DIE AFRIKAANSE
KORTVERHAALB

DIE AFRIKAANSE KORTVERHAALBOEK

Saamgestel deur Abraham H. de Vries

Sesde, hersiene uitgawe

HUMAN & ROUSSEAU EN TAFELBERG

Die publikasie van hierdie boek is moontlik gemaak deur 'n ruim subsidie van die L.W. Hiemstra-trust.

Eerste uitgawe 1978, 2 drukke
Tweede uitgawe 1980, 5 drukke
Derde uitgawe 1986, 3 drukke
Vierde uitgawe 1990, 11 drukke
Vyfde uitgawe (met titel *Eeu*), 2 drukke

Lys van kopieregerkennings agterin die boek

Sesde uitgawe in 2004 deur Human & Rousseau en Tafelberg-Uitgewers
Heerengracht 40, Kaapstad
Foto op band: www.gettyimages/galloimages.com
Tipografie deur Etienne van Duyker
Geset in 10.5 op 12.25 pt Times New Roman deur Alinea Studio, Kaapstad
Gedruk en gebind deur Paarl Print,
Oosterlandstraat, Paarl, Suid-Afrika

ISBN 0 7981 4443 2

By die sesde uitgawe

Hierdie sesde uitgawe van *Die Afrikaanse Kortverhaalboek* is grondig hersien en aangevul met 'n keuse uit die verhale wat verskyn het tussen 1995 en 2003. Gehalte het steeds as wagwoord gegeld, persoonlike vooroordele is al by 'n vorige geleentheid bely, die praktiese limiete wat so 'n bloemlesing stel (bv. aan die lengte van verhale) is bekend. Ondervinding sedert die eerste uitgawe in 1978 het ook geleer dat daar ander faktore is wat 'n rol speel.

Die meeste lesers maak met eie voorkeure 'n keuse uit kortverhale, ook dus uit so 'n bloemlesing, en daarvoor is die mate waarin die verhale as illustrasies kan dien vir teorieë en insigte belangrik. Voorsiening is daarvoor gemaak deur 'n geselekteerde groep lesers te versoek om uit die vorige uitgawe dié verhale te kies wat hulle behoue wil laat bly; ons het die keuses sover moontlik gerespekteer.

Maar meer as 'n eeu se Afrikaanse kortverhale weef ook 'n eie net waarin verhale, soms uit verskillende tydvakke en om vele verskillende redes, by mekaar aansluit, mekaar aanvul, in gesprek tree met mekaar. Vir wie let op dié verskynsel ontstaan daar in die lees en herlees – by kortverhale altyd aan te beveel – opwindende verwagtings en ontdekkings. 'n Paar voorbeelde uit baie: leeservaring met die verdigtingstegnieke van die sestigerjare se verhale laat die leser al vermoed dat Tities en Jeremias in "Gebet van Tities" nie toevallig sulke Bybelsklinkende name het nie. Die tematisering van kunsgrepe in eietydse verhale, die "baring of the devices" (Russiese Formaliste) laat die leser weer kyk na die wyse waarop waarheid en verdigsel teen mekaar afgespeel word in Lub se "Mij oom Hansie". "Rust-mijn-ziel – 'n Aandgesang" van Hennie Aucamp (voorloper ook van die Romantiese estetisering van die bisarre in verhale van Kerneels Breytenbach) gee aan Herman Wasserman se "Kaap van Goeie Hoop IV: 'n blyplek in die stad" 'n interessante dimensie met die vervanging in die slot van land met stad. Thomas Deacon se "Bergmannetjie" maak nie net Marais se *Dwaalstories* wakker nie, ook Rooikappie en die Tokkelos se spore is herkenbaar. J.C. Steyn se "Die dag toe ons agtergekom het dis oorlog" is, as tydsdokument "op die wyse van die verhaal" (Weideman) 'n voorloper vir E.K.M. Dido se "Die prediker" en Leonard Koza se "Juffrou Bester en Boelie, die boikotter". Wanneer tussen verhale van ongeveer gelyke gehalte gekies moes word – uiteraard met behoud van agting vir indiwiduele talent – het hierdie net van stemme en tendense soms die deurslag gegee.

Nie altyd nie; by sommige skrywers moes 'n interessante verhaal byvoorbeeld afgeweeg word teen dié wat die variasies in 'n groot oeuvre die beste kan verteenwoordig. "Nag van twee vroue" van P.J. Bosman, 'n plaasmoordverhaal wat opgeneem is, word histories voorafgegaan deur Pieter Stofberg se (lang) "Die evangelie volgens Piet Botha" (uit *Kruispunt*). Maar daar is ook 'n nóg vroeëre verhaal van Hennie Aucamp met dieselfde tema, "Die bevel", wat eers in 2003 in *Briewe uit die lug* (saamgestel deur Etienne van Heerden) gepubliseer is; pas in 'n vergelyking dáárvan met die ander twee word byvoorbeeld die skrikwekkende ondergang van mededoë en medemenslikheid belig.

Ten slotte: die geringe wysigings in die verhale van Deacon en Koza is deur die skrywers. My dank steeds aan Aucamp, Brink, Huisamen en Miles wie se keuse uit my eie verhale deur die lesers gehandhaaf is.

A. H. de V.
Kaapstad, Mei 2004

Inhoud

PULVERMACHER

Gebet van Tities Tokaan

als oû Meneer té afgemat is.
door Ad. de S . . .

Halluja! . . . Heere; jy het jou in die laaste tyd rechte goed gedrâ. Kyke die gras! . . . Kyke die gousblom! . . . Kyke die banjang water in die sloot! . . . Kyke die bees! . . . Hulle wil almal uit hulle vel spring van die gladgyt. Kyk hoe hulle hol en achterop schop, net's die jong meide van die baldadigheid. Dan kyk al die mense hul mielies, hulle osse, hulle aerdappels, hulle schaape, hulle boone, hulle pampoen, hulle ertjies. Alles is volop, en hulle kinders is almal boekpens van die vettigheid. Ja allemaal, net maar alleen Jeremias, zyn kinders nie!

Ons wil erken Heere, dat jy jou planne mooi achter mekaâr gezet het, en dat jy jou best gedoen het van deuze jaar; maar tog Heere, jy het nie pad langs gehouw met Jeremias nie. Jeremias, hy het hom in die laaste tyd, goed gedrâ. Hy het laat staan die vloek, en het padgegéé ver die vrouw mens, hy het alle weeke zyn treppens in die kerkbord gegooi, en hy het lange tyd nie ver jou ergenis aan gedoen nie. En kyk Heere, wat het jy gemaak? . . . Jy het jou blits geschiet, en Jeremias zyn melkbokke almaal dood geslaan. Jeremias, Heere, hy voel nie lekker onder die dinge nie. Toen hy in die zonde was, het jy zyn beste vóór-os laat vrek! dit was tog nie mooi nie om Jeremias zoo vaderlyk te berispe nie, om zyn goddeloosheid het jy zyn kleine Lukassie stilletjies in die zeepot laat verongeluk. Nou, dit was ook nie manierlyk nie; en kyk nou? . . . daar vreet die Aasvoëls zyn melkbokke almaal op. Perbeer nou Heere, Jeremias was in jou plek gewees: Wat het hy gemaak, zal hy jou kinders en jou melkbokke doodgeschiet het? . . . Maar Heere ons moet volgens jou wette handel, en malkander al die foute vergeeve. Halluja!

ONGEDATEER: ± 1893

JACOB LUB

Mij oom Hansie

Verstaan mij nou tog mooi! Als ik jullie van mij oom Hansie vertel, dan is dit niet regtig 'n oom, wat ik geken het nie! En ook nie so maar leuns, wat ik uit mij duim gezuig het nie! Luister nou mooi vir mij, dan sal ik perbeer mij klein storie agtermekaar te vertel . . .

Als dit waar is, wat een van die Hollandse digters gesê het, dat "ons leven een staêg verhuizen" is, dan is sommige gedeeltes van Johannesburg, die uitgedrukte beeld van die lewe. En hoekom die verhuurder van die huise nog die moeite neem die "To Let" van hul veranda-pale af te haal, is 'n ding wat ik glad nie verstaan nie.

Op die plek, waar ik gewoon is van die tram af te klim, was 'n paar huisies al twee maande leeg gewees en op 'n more sien ik dat daar weer mense in trek. Ik het voor 'n hele week glad nie notisie geneem van die huis nie, maar op 'n middag, dat ik vir die tram wag, sien ik in die hoek van die veranda iemand op 'n stoel sit. Dat dit 'n ou oom is, sien ik ook en mij belangstelling is op een maal wakker gemaak. Ja, daar sit hij! Sij stoel is laag, want hij is 'n kleine man. Alles van hom is klein, behalve sij pijp.

Op sij hoofd draag hij 'n ou bruine harde hoedjie. Ik het hom nooit sonder die keil gesien nie. Sij gesig is omring deur 'n grijse baardjie, wat kort is afgesnij. Sij hare is ook grijs. Hij dra 'n bruine baaidjie en 'n broek en 'n paar skoene, wat vir hom te groot is. Hij blink sij klein ogies teen die lig en het die arme o'er die bors gevouw. Ik hoes hard, als ik langs die veranda loop, om sij aandag te trek maar vir niet, hij blink net.

Die tram kom; ik beskou hom nog 'n keer en als ik bowe sit, gé ik hom die naam van "Oom Hansie" en begin met sij lewens-geskiedenis same te stel.

Ik set hom op 'n plaas, nie al te groot nie, maar 'n gawe plek. Ik noem die plaas Dassiesfontein. "Daar het hij geblij," so redeneer ik bij mij self. Hij moet al o'er die seventig wees en, 'n groot stuk geskiedenis deur-leef het . . .

Elke dag sien ik die ou man weer en almijlewe sit hij in die selfde houding en rook. Daar is nog 'n ou oom in die huis. Hij is 'n groot man met 'n lange bosbaard. 's Zondags gaat hij met 'n ou tante saam kerk toe, maar oom Hansie blij maar sit. Hul groet hom nie. Daar is nog 'n huisgesin met vijf kinders, maar niemand neem die minste notisie van mij oom Hansie nie. Die man noch die vrou praat met hom en selfs die kinders kom staan nie bij sij knie nie.

Ik voel 'n grote medelijde met die arme ou sukkel. "Ja," so denk ik, "dis nou die einde van jou moeitevolle lewe. Die wildernis ingetrek, geveg teen wilde diere en skepsels, altemit nog gemerk deur die littekens van die assegaai of van 'n ko'el in die oorlog vir die vrijheid van jou land, en nou sit jij daar, arme ou man, en nie eens jou familie neem notisie van jou nie!"

Sies, ik word somaar kwaad als ik denk o'er al die dinge en als ik virbij die veranda stap neem ik mij hoed eerbiedig af, maar die ou blink net met sij oge, dat 's al! Ik neem hom dit nie kwalik nie, dat hij niks van mij denk nie! Het hij nie genoeg te denk nie? En weer verbeel ik mij die ou op sij plaas Dassiesfontein, en sien hom op sij klein ponie, beeste-toe rij, deur weer en wind. Ik leef saam met hom in al sij teenspoede: droogte, sprinkhane, mislukte oes, klauwseer, en op die end die noodsakelike verkoop van die plaas aan 'n paar gewetelose handelaars. Ik sien hom beroof van vrou en kinders, die genadebrood eet van sij broer, wat tog sij laatste geld met hom gedeel het en nou, nou op die end, sit mij arme oom Hansie als 'n verskoppeling in 'n vreemde grote stad, alleen! En ik voel seer en baing ontevrede als ik die grote broer Sondags sien kerk toe gaan met die boeke onder die arm en ik sê: "Wag jou huigelaar, ik hoop jij sal nog een dag bedel vir jou brood!"

Vir twee weke had ik mij ou oom nie gesien nie en ik is nou net nieuwsgierig, wat het hul met hom gemaak. Daar is seker iets verkeerd en ik wil nou weet, waar is mij oom Hansie.

Op 'n middag stap ik langs die plek, als die broer en sij vrouw daar sit en gesels. Ik maak net so's ik vir die tram wag en se: "Middag, dit blij maar banje droog, nê?"

Die ou man kijk vir mij en sê: "Ja banje!"

"Denk oom, dit sal nog lank so blij?"

"Altemit, altemit nie!"

"Ik hoor, die water word skaars!"

"Ja, ik hoor so."

Ik word 'n bietjie ongeduldig vir die ou man en ik sien so maar, dit is 'n onverskillige kerel en ik denk: "Waarom sal ik wag, om te vra wat ik wil vra? Ik sal *nou* vra," denk ik, en sê ook somaar: "Hoe gaat dit nog met jou broer Hans, wat . . ."

"Mij broer Hans?" sê die ou man verwonder.

Ik sien ik het 'n fout gemaak en verbeter: "Ik meen, die ou man, wat ek hier op die veranda gesien het."

Die vrouw fluister die man iets in die oor en die ou begin en lach: "O," sê hij, "jij meen mal-Louw!" "Nee," sê ik verontwaardig, "ik meen die ou klein mannetjie, met die harde keiltjie." "Ja, ja," val hij mij in die rede, "dat is mal-Louw; hij is 'n kind van een van mij pa s'n bijwoners, hij was als kind al deurmekaar en nou onderhou mij broers en ek hom nog 'n bietjie. Hij's nou weer bij mij broer op die plaas . . . arme ou ding," vervolg hij medelijdend en toe: "Daar is jou tram, meneer!" – "Middag," sê ik toe en klim op. Toen ik in die dorp kom, kon ik mij eers nie herinner nie hoe kom was ik daar, tot dit mij beval, dit was mij oom Hansie, wat mij daar gebreng het.

1913

C. J. LANGENHOVEN

Die bouval op Wilgerdal

(Ou Hendrik Duiwenal is 'n lid van die Volksraad. Ek weet nie of dit opsigself 'n getuienis verskaf van sy geloofwaardigheid nie. Maar hy is so welbekend dat dit impertinent van my sou wees om hom aan die publiek met 'n lange introduksie voor te stel.

Miskien egter darem sal dit my vergun word om net dit te sê. Ons ken ou Hendrik almal vir 'n haastige, kortgebonde, driftige ou man, impulsief, sonder vrees vir mens of dier of duiwel. Dis nie ons ondervinding om by daardie klas, leuenaars aan te tref nie – G.H.H.K.)

"Foeitog, my arme ou perdjies!" sê ek. "Maar net een trekkie nog dan is ons bo. En by die eerste plaas waar ons kom sal ons uitspan en die nag oorbly, en ek sal sorg dat julle elkeen vier hawergerwe se skone are kry. H-o-o-o-kaai, blaas maar darem eers weer so 'n oomblikkie. Ek sien dit gaan baie swaar."

Ek sit 'n klip agter die wiel, want ek stap langes my kar met die leisels. Die hoogte was steil. Dit was vir my 'n vreemde pad in die Klein Karoo, in die suidwestelike streke van die ou Kaapkolonie. 'n Warme namiddag in die hart van die somer. Die wêreld om my heen was droog.

Toe ek bo op die hoogte stilhou, kyk ek voor my met groot verwondering. In die vallei waar ek op afkyk, lê die allerfraaiste plasie wat 'n mens se oog ooit kon begeer om te aanskou of jou hart om te besit. 'n Boord van reusagtige okkerneutbome langes die donkerder groen van 'n lemoengaard; ander vrugtebome, perskes, amandels, appels, pere, appelkose, 'n paar kastanjes; 'n wingerd omhein met 'n kweperlaning aan twee kante en 'n vyelaning aan die oorkantse twee. Verder af strek landerye, afgekamp met mure en draadheinings. Deur 'n populierbos in die uitgang van 'n kransige poortjie op die boënt van die plaas, en daarvandaan verder oor die plaas tussen fluitjiesriet en papkuil en wilgers deur, raas 'n riviertjie nieteenstaande die jaargety en die droogte. 'n Vaste voorraad water dus; en die lande lê gelyk en die grond is geil. Nog so 'n heerlike plasie sal jy ver deur die wêreld na soek en nie kry nie.

Wat was daar dan om so verwonderd oor te wees? Alles lê verwaarloos en verlate asof daar in geen jare 'n mensehand aan die boerdery gesit was nie. Heinings en mure lê stukkend en omgeval; die wingerd groei met lang lote wild nes 'n rietbos; die vrugte val vrot-ryp van die bome af en die blare hang verlep van die droogte. Alles is van gras en onkruid ingeneem – 'n skone woesteny.

Van naby die pad af aan die oorkant, waar hy op die onderent van die populierbos die riviertjie deurgaan, loop 'n granaatheining langes 'n watersloot af tot by die hoek van wat daar nog staan van 'n ringmuur beskaduwee deur groot eikebome. Tussen die bome deur sien ek die opstal en daaragter steek buitegeboue uit. Hulle lê merendeels in puin. Die woonhuis staan nog, maar vensters en deure is uit of hang stukkend. Hier en daar deur die rietdak kan jy binne in die solder in sien. Die stoep is oorgroei met allerlei bosgasie.

Die son was al laag gesak; ek moes nog vir my 'n herberg soek vir die nag; ek was moeg, my stomme perde uitgeput. Anders had ek daar by die drif op die boënt van die verlate plasie uitgespan en gaan rondkyk of ek nie 'n oplossing kon vind vir wat vir my so onverklaarbaar lyk nie.

Maar ek ry dan toe maar aan, die riviertjie deur, op die onderent van die populierbos, en die oorkantse hoogte oor. Daar, oor 'n korte halfuurtjie, kom ek op die volgende plaas, by die woning van ene ou meneer Freek van Zyl. Goeie liewe mense, hy en die tante en die kinders – twee groot seuns en 'n dogter – wat my met 'n hartelike welkoms ontvang het en dadelik tuisgemaak het.

My perde was in die stal gesit, my kar in die waenhuis gestoot, my goedjies van die kar af gebring in die vrykamer. Terwyl die seuns nog besig was by die krale en stalle om die diere te versorg, en die vroumense binne aan 't klaarmaak aan die aandete, sit ek en Oom Freek op die stoep om die skemerkoelte te geniet na die drukkende hitte van die dag. Toe vra ek hom uit na die verlate plasie. Die oplossing wat hy my gee was snaakser nog as die raaisel.

Die plaas behoort dan aan 'n betreklik jonge man, Petrus van Graan, wat daar gebore en groot geword is, en toe die plaas geërf het op die dood van sy vader. 'n Oppassende, vlytige, voorbeeldige seun; in alle opsigte 'n skone jonge man. Toe sy vader dood is, was hy reeds verloof aan 'n nooi Emmie Damberg van 'n plaas 'n paar uur daarvandaan.

In verband met daardie selfde verloofskap was daar 'n lelike treurspel gebeur, nog in die ou kêrel se leeftyd. Daar het 'n ander jongetjie na haar gevry, met die naam van Frans Rysselaar, van 'n geaardheid verskillend van dié van Petrus soos die nag teen die dag, 'n roekelose woestaard wat nooit sy bose hartstogte beteuel het nie. Hy het ede gesweer, sommer in die openbaar, en met die gruwelikste lasterwoorde, dat daar moord sou gepleeg word voordat Petrus van Graan met Emmie Damberg sou trou.

Nou ja, daar hét ook wat 'n mens kon noem moord plaasgevind, maar op 'n ander manier as wat Frans se bedoeling was. Toe Emmie eenmaal en vir altyd op so 'n manier vir hom nee gesê het dat hy nie weer sou kom nie, want sy had 'n afkeer in hom, het hy daar weggery – dit was na ete in die aand – en by sy huis omgery en sy geweer gaan haal, en ou van Graan se huis se voordeur gaan oopskop, op hierdie einste verlate plasie – ja, die naam is Wilgerdal – en in die huis ingebars om Petrus in sy slaapkamer te gaan doodskiet. Hy skop die slaapkamerdeur ook oop; met die inloop haak sy voet aan die drumpel; hy slaan neer teen die grond; die oorgehaalde geweer gaan af; die skoot in sy kop, morsdood op die plek.

Toe Oom Freek tot hier gevorder was met sy verhaal, kom die tante van binne af uit.

"Hartjie, kom tog nou maar eers met die neef tafel toe, dis opgeskep."

Ná die ete en die huisgodsdiens bly ons almal om die eettafel sit, en Oom Freek vervat die geskiedenis wat hy my op die stoep halfpad vertel het. Van sy eintlike uitleg, waarom Wilgerdal dan verlate lê, het ek op die oomblik niks geglo nie. Maar ek het dit natuurlik nie laat merk nie. Die ou man was so klaarblyklik in sy siel oortuig van die waarheid van wat hy my daar sit en vertel dat ek hom nie met die minste skyn van twyfel wou aanstoot gee nie. Aan sy opregtheid was daar by my ook geen twyfel nie. Nie 'n liggelowige, oppervlakkige losprater was Oom Freek nie, maar 'n verstandige, besadigde ou man van die egte ouderwetse Afrikaner-boeretipe. Aan die gesigte van die tante en die dogter en die twee seuns om die tafel kon ek sien dat hulle net so vas oortuig was van die waarheid van die geskiedenis as die ou man self. Maar ek laat sy eie woorde hier volg.

"Nou ja, Neef Hendrik" – dit was natuurlik dadelik van die uitspan af Oom Freek en Neef Hendrik – "daardie ellendige Frans Rysselaar het dan sy eie loon met sy eie hand gevind, en niemand het dit betreur nie. Daarna is Petrus se vader dood; die huwelik wat eerder moes plaasgevind het, is vir 'n ses maande uitgestel; en toe, ná die afkondiging van die eerste huweliksgebooie, kom die griep. Petrus was een van die eerste wat inval. Die derde dag van sy siekte had hy longontsteking met 'n koors van, ek vergeet, 105 of 106. Nag en dag het Emmie hom verpleeg; en sy was dit wat sy oë toegedruk het.

"Ek en sy saam het hom in die kis gelê; en die dag toe die tyd van die begrafnis daar was, en net voor die dominee met die lykdiens sou begin, was dit ek en Emmie wat in die doodskamer ingegaan het, ons twee alleen, sy om vir die laaste maal sy gesig te sien, en ek om die kis toe te skroewe.

"Ek skuif die deksel, wat los op die kis lê, na onder toe.

"'Oom Freek,' skree Emmie, en sy klou my arm krampagtig vas, 'Petrus is nie dood nie – kyk sy kleur!'

"En toe gee die skyndooie 'n sug en hy maak sy oë oop. Emmie val op haar knieë by die kis; sy steek haar hande weerskante onder Petrus se skouers in; sy lig hom op, en sy soen hom.

"Meteens los sy hom asof met walging sodat hy weer agteroorslaan in die kis. Op haar gesig is 'n uitdrukking soos ek hoop om nooit weer op 'n mensegelaat te sien nie. 'Oom Freek,' sê sy, 'dis nie Petrus nie; dis Frans Rysselaar.'

"Die voorafgaande spanning en verdriet, gevolg deur die skok, had Emmie van haar verstand af gebring. En tot vandag toe nog het sy nie reggekom nie. Die dokters het geen hoop dat sy ooit sal herstel nie.

"Petrus het weer fris geword. Maar van die eerste dag af was hy rasend om weg te kom uit die huis uit. Ons was verplig om hom met bed en al hierheen te dra; en hier in my huis is hy verpleeg tot hy kon opstaan. In sy geaardheid het dit ook vir ons gelyk of daar deur wat hy deurgemaak het, 'n verandering gekom het – 'n iets wat 'n mens nie kan beskryf of vir jouself duidelik voorstel nie. Die stem, houding, gebare, 'n eienaardige trekkie nou en dan aan die linkerhoek van sy mond – alles was dieselfde ou Petrus. Maar daar was iets in die uitkyk van sy oë . . . ek kan nie sê wat nie.

"Een slag het hy geprobeer om met Emmie te gaan praat. Maar sy het so onkeerbaar woedend geword dat hy haar nie weer gaan sien het nie. So gou as hy sterk genoeg was om te reis, het hy ook hier weggetrek en nooit weer hier naby gekom nie. Hy woon nou in Lydenburg se distrik in die Transvaal. Ek het sy skriftelike volmag om Wilgerdal te verkoop – daar onder die huisklok hang die sleutels, as daar vandag nog sleutels nodig was om in die huis in te kom. Maar niemand sou die plaas ook verniet wil hê nie."

"Oom Freek," sê ek, "maar waarom dan nie? Dis 'n aaklige geskiedenis wat Oom my vertel het, maar wat het dit met die plaas te doen?"

"Neef Hendrik, ek was tweemaal daar vandat Petrus daar weg is. Ek sal nie 'n derde maal gaan nie. En albei kere was dit in die helder dag. Ek het altyd nooit aan spoke geglo nie; nou weet ek beter."

Maar nie 'n woord kon ek uit Oom Freek uitkry wát hy dan daar gesien het nie.

Ons het nie veel meer gesels die aand nie. Dit was 'n vroeë huisgesin, saans vroeg en smôrens vroeg. Die tante stoot aan Oom Freek se arm. "Hartjie, neef Hendrik moet baie moeg wees. Hy sal bly wees om maar te gaan rus."

Ja, moeg wás ek van die lange dae se karry. Maar my vaak was glad weg. Ek het rondgerol en rondgerol op die kooi en naderhand maar weer my kers opgesteek. Oom Freek se storie kon ek nie uit my gedagte kry nie.

"Wat op aarde kan dan die verklaring wees?" hou ek maar aan om myself af te vra. "Iets baie buitengewoon moet daar wees. Dat hierdie ou man vas glo aan wat hy my vertel het, betwyfel ek vir geen oomblik nie. Maar spokery!" En ek lag.

Uit die eetkamer vandaan hoor ek die ou huisklok een vir een van die lange ure van die nag afslaan. Toe dit twee-uur was, kon ek nie langer lê nie. "Ek gaan nou kyk," sê ek, "wat die geheim van die verlate plasie is. As daar dan sulke goed soos spoke bestaan, wil ek hulle ook eenmaal in my lewe sien."

Ek staan soetjies op en ek trek my aan. Uit 'n handsak haal ek my rewolwer en ek steek hom in my sak. Ek stap op my sokkies uit, eers na die eetkamer toe, en daar vat ek die bos sleutels. Dit was kwart oor twee. Toe ek op die stoep kom, trek ek my skoene aan. Buite slaap die hele wêreld onder die toorgaas van die driekwart-volle maan. Ek vat die pad waarmee ek die namiddag gekom het.

Net voor ek by die populierbosdrif kom, draai ek uit. Ek moes eers deur 'n plaat geelbossies deur en daarvandaan langes die granaatheining en die sloot af. Ek had mos gister die trekke van die plaas noukeurig waargeneem. 'n Drie-vierhonderd tree voor my kon ek die eikebome sien. Onder hulle donker skaduwees deur lê die opstal helder sigbaar in die maanskyn.

Ek was 'n entjie, dit kan 'n tree of tien gewees het, in die geelbossies af, toe bly ek staan en ek kyk om. Agter my aan het ek 'n ander voetstap gehoor. Maar daar is niks te sien nie. Rondom my staan die bossies skoon in die maanlig. Ek stap weer aan; dis weer so.

"Ek moet my regruk," dog ek, "daardie storie van ou Freek het my senuwees aangetas." En ek stap aan. Al agter my aan kom die voetstappe; nou en dan hoor ek iets teen die bossies skuur; een slag kraak 'n droë stokkie kort agter my op die grond. Ek voel toe al taamlik anders as op my gemak, maar ek vererg my vir myself en ek stap met vaster treë sonder om weer om te kyk.

Toe ek deur die geelbossies was en by die granaatlaning se boënt kom, dwing ek om te gril. Ek stop my pyp en ek steek hom op. Tot my verbasing sien ek dat ek nie die vuurhoutjie kan stilhou nie. Ek dwing myself tot kalmte.

"Wat bog!" sê ek, hardop; "ek is nie 'n babetjie nie. Spoke? Gmf." En ek lag, maar die toon van my eie lag klink nie vir my mooi nie. Ek haal weer brawado uit. "Kom hier, jou wegkruiplafaard, en wys jou gesig. Dink jy om my met jou kotjakstreke bang te maak?"

Op my woorde volg 'n doodse stilte. Ek bly 'n hele rukkie staan. Daar gebeur niks verder nie. Ek vat weer moed.

Toe roer die takke van die boonste granaatboom. Ek spring oor die sloot, lig die takke op, trek 'n vuurhoutjie, en kyk onder in. Daar is niks. Ek tree agteruit tot op die sloot se wal. Dieselfde takke word weer opgelig en val terug in hulle plek.

Woedend nou oor hierdie onsigbare en stemmelose ding wat my vir die gek hou, haal ek my rewolwer uit en ek hou hom reg om in die granaatbos in te skiet. Ek was net klaar om af te trek toe vat iets my om die hand en hy druk my hand met rewolwer en al terug in my sak. En toe word ek bang, so bang dat ek koud en lam word.

Ek vlieg weg, terug oor die sloot, klaar om te hardloop, terug pad toe. Gelyk met my hoor ek spring nog iemand oor die sloot, maar bokant my. Ek hoor hy loop om sodat hy op die rand van die geelbossies kom, tussen my en die pad.

Toe ek weer sien stap ek langes die heining af in die rigting van die opstal, onder die dwang van 'n onweerstaanbare krag. Ek moet my bewustheid by dié tyd verloor het want ek kon die dag daarna nie onthou nie en ek onthou vandag nog nie, hoedat ek die ent af gelê het langes die heining af nie. Toe ek weer by myselwe kom, staan ek op die stoep, voor die voordeur. Die deur is nog heel en hy staan toe. Die sleutels word uit my sak gehaal, een daarvan word in die sleutelgat gesteek en omgedraai. Toe draai die knop. Die voordeur gaan oop met skreeuende skarniere.

Binne is 'n groot voorkamer, 'n tafel in die middel, rusbank en stoele langes die mure. Die maan skyn helder deur die oop voordeur en die gate van die vensters, en een plek deur 'n gat in die solder waar geen dak oor was nie.

Ek stap oor die drumpel; ek word aangedruk van agter tot ek by die tafel staan. Ek hoor die sleutel van buite uittrek en van binne in die slot steek. Die skarniere kraak en kreun weer van die roes van jare; die deur slaan toe op die knip; hy word van binne toegesluit.

Van die voordeur af sien ek op die dik stof van die vloer spore vorm onder die stappe van ongesiene voete. Hulle loop tot by 'n stoel; die stoel word opgelig en by my aan die tafel gesit. Ek neem plaas daarop. 'n Ander stoel word aangebring na die tafel toe, regoor my. Ek hoor hom kraak soos met die gewig van iemand wat daarop gaan sit. My stoel staan in die donker, die ander stoel in die maanskyn wat deur die gat in die solder val. Maar ek sien niks. Die stoel bly leeg.

"My vriend!" Die geheimsinnige praat vir die eerste maal; 'n gewone mensestem, dié van 'n jonge man, helder, sonder die minste toon van onvriendelikheid – inteendeel. "My vriend, sit jou dwase vrees opsy. Ek is minder as jy – ek is maar 'n gees, jy is 'n liggaam en 'n gees albei. En had jy maar gesorg om baas te bly oor jouself – jy het dit byna reggekry – dan sou ék geen mag oor jou gehad het nie. Maar toe ek sien dat jy jou selfbeheer begin te verloor, het ek van jou vrees gebruik gemaak om jou 'n les te leer wat jy nodig had. Jy het die spot gedryf met dinge waar jy niks van weet nie. Luister, my vriend: ek kom daarvandaan waar ek geleer het dat 'n mens nooit moet spot nie – jy weet te min.

"Maar dis nie daarvoor wat ek jou hierheen gebring het nie. Ek het 'n smeekversoek; ek het jou nodig. Nog al die jare soek ek na lewende mensehulp, en almal wat ek nader, vlug van my weg. Asof ek geen ander oogmerk kon hê nie as om paaiboelie te speel!

"My vriend, ek lees op jou gesig dat jy 'n vyand is van onreg. Nog nooit het jy van so 'n onreg op aarde gehoor as wat my aangedoen is nie. Luister: ek is Petrus van Graan. Daardie man wat met my liggaam hier uit die skyndood opgestaan het, is nie ek nie.

"Ek en Frans Rysselaar het albei na dieselfde nooi Emmie Damberg gevry. Miskien het jy die geskiedenis hier van die mense gehoor?"

"Ja," sê ek, en ek was my nie eens verwonder oor die kalme alledaagsheid van my stem nie. Alle vrees was van my gewyk; dit kon 'n gewone lewende persoon gewees het met wie ek in die gesprek is. "Ja," sê ek, "Oom Freek van Zyl het my gisteraand die hele geskiedenis vertel; die woeste geaardheid van Frans, die moordaanslag waarby hy homself verongeluk het, jou siekte, die ontwaking uit die skyndood. Emmie se kranksinnigheid . . ."

"Dis na Emmie toe wat ek jou wil stuur," vervat die stem en ek kon sy aandoening daarin merk. Hy bly 'n rukkie stil, en toe gaan hy aan.

". . . Deur die ylende waan van my koors was Frans se gees altyd by my, spottende, vloekende, teen my worsteling worstelende. Toe Emmie my oë toemaak en haar afskeidsoen op my voorhoof druk, en ek voel dat ek wegsink tot niet, hoor ek nog met my heengaan Frans se afskuwelike spotlag. 'Petrus van Graan, nou het ek vir jou . . . en vir Emmie. Swerf jy nou ná dese rond as 'n spook.'

"Die dag van die begrafnis, toe die skare buite aan 't versamel was, staan ek aan die voet van die doodkis – 'n gees. In die kis lê my liggaam. Die kamerdeur – daardie deur aan jou linkerhand, my vriend – die kamerdeur gaan oop. Oom Freek en Emmie kom in. Hy skuif die deksel opsy; Emmie gryp hom aan die arm en skree: 'Petrus is nie dood nie!'

"Ek staar so in die gesig in en kyk van die liggaam in die kis. Net vir 'n halwe oomblik, en sonder dat die twee dit merk, lig een van die ooglede so effentjies op; 'n venynige gryns sprei oor die lippe om dadelik weer te verdwyn. Ek sien dis Frans Rysselaar se gees wat van my liggaam besit geneem het.

"Hy maak sy oë oop en gee 'n sug. Emmie kniel by die kis, omhels die liggaam . . . my liggaam. Ek wou uitbars en skree, 'Emmie, Emmie, dis nie ek nie!' Dit was onnodig. So 'n bedrog was op haar onmoontlik. My liefde en hare het nie by die liggaam opgehou nie. En die mense dink Emmie was deur die skok van haar verstand af geraak! . . .

"My vriend, as jy niks oorhet vir 'n blote spook nie, neem ek jou nie kwalik nie. Jy sal self een dag een wees, maar tot hier toe is jy nog 'n mens van vleis en bloed; meegevoel is maar net moontlik tussen gelykes . . . buiten, dink ek, tussen my en Emmie . . . Maar om my ontwil soebat ek nie . . . om haar ontwil, sy is nog 'n mens soos jy; en in stilte en eensaamheid . . . sy durf mos nie medelye soek nie, sy is dan kranksinnig . . . in stilte en eensaamheid ly sy die foltering van 'n hel op aarde . . .

"Het jy die mensehart, my vriend, om jammerte te voel vir die bittere ellende van 'n mensedogter? Om iets te doen vir Emmie? Ek is magteloos. Die geregshof staan nie vir my oop nie. Aan hierdie toneel van my afskeid, om 'n rede wat ek nie vir jou kan uitlê nie, is ek gekluister. Ek kan nie hier weg nie; diegene wat hier kom, vlug van my. My liggaam met die valse siel wat daarin is, het ek hier weggewerk. Maar wat help dit? Ek is eensaam; Emmie is eensaam . . ." Die gees bly stil.

"Petrus," sê ek, "wat ek op aarde kan doen, sal ek doen. Sê vir my, op watter manier kan ek van diens wees?"

"My vriend, koop Wilgerdal van Oom Freek. Dis 'n valse prokurasie wat hy het, met my hand in my handskrif onderteken. Maar die valsheid daarvan maak hier geen saak nie; ek, die eienaar, gee jou die reg. Jy sal die plaas so te sê verniet kry; en Emmie, wanneer sy verstaan, sal sy jou die koopprys terugbetaal. En dan, my vriend, gaan dan na Emmie toe en sê vir haar ek wag hier vir haar, en bring haar hier."

Net so stil soos ek uitgekom het, het ek weer ingegaan by Oom Freek se huis, en in die vrykamer gegaan en my uitgetrek en gaan lê.

Ek lê nie te lank nie toe breek die dag. Ek hoor in die huis roer om koffie te maak. Oom Freek bring self my koffie in kamer toe.

"Ek hoop jy het 'n goeie nagrus geniet, Neef Hendrik?"

"Oom, nee; ek het nie geslaap nie. Ná oom se verhaal van gisteraand was ek die heel nag met Wilgerdal besig."

Die ou glimlag. "En hoever het jy daarmee gekom, Neef Hendrik?"

"Oom, sit tog hier by my op die kooi. My plan was gewees om dadelik vanmôre my reis voort te sit. Maar ek het lus gekry om Wilgerdal te koop. Oom het mos die prokurasie."

"Neef Hendrik, dis nie my saak nie; ek tree op vir 'n ander man. Ek kan nie 'n koper afraai nie. Maar tog, soos hy sou handel, so sal ek handel in sy plek, sonder bedrog. Ek het jou gesê die plaas is onverkoopbaar. As die vloek nie daarop was nie, was hy 'n agtduisend pond werd. Verlede week het Petrus my geskryf ek moet die plaas weggee al was dit vir honderd pond. Hy betaal belastings; daar is geen vooruitsig om ooit iets terug te kry nie . . . Snaaks, daar was 'n vloekwoord in die brief – iets wat ek nie van Petrus gewend is nie. Maar dit wys hoe't hy voel oor die plaas; dis 'n ketting om sy nek."

"Sal ons sê honderd pond, Oom Freek?"

"Neef Hendrik, as jy honderd pond het om weg te gooi, is dit jou saak. Ek het niks vir jou weggesteek nie."

Na brekfis, dieselfde voormiddag daar in Oom Freek se voorhuis, het ons die koopbrief geskryf en geteken. Daar was 'n paar bure by. Ek kon sien hulle beskou die vreemde neef Hendrik vir 'n mal man. Hy sou sy dwaasheid besef met sy eerste besoek aan Wilgerdal. Weinig wis hulle dat my eerste besoek al klaar afgeleg was.

Emmie se ou moeder, 'n liewe tante, kon maar nie verstaan wat ek daarmee kon voorhê, ek 'n vreemdeling, om Emmie te wil sien nie. Watter soort onbeskofte nuuskierigheid was dit? kon ek sien dog sy. Dit het my soebat gekos voordat die ou dame my wou toelaat om na Emmie toe te gaan.

Ek kry haar onder 'n wilgerboom, langes die rivier, sit sy op die gras. Sy is besig om 'n krans van wit rose te vleg. 'n Entjie van haar af staan ander kranse opmekaar gestawel, droër en droër en meer verwelk na onder toe tot daar naderhand net die kaal stokke was. Ek kom tot voor haar. Sy kyk dwars deur my sonder om my te sien.

"Petrus," sê sy, "ek vleg dag vir dag 'n vars krans vir jou. Maar dan verwelk hy maar weer. Want daar is nie 'n graf van jou waar ek my kranse op kan lê nie."

"Emmie," sê ek, "Petrus het my na jou toe gestuur. Nie die valse Petrus nie – jou Petrus, jou eie Petrus wat jy liefhet."

Vir die eerste maal kyk sy my met verstand aan.

"Vreemdeling," sê sy, "het jy geen hart nie? Kom jy my leed bespot?"

Ek gaan by haar op die gras sit en ek vat haar hand. "Emmie," sê ek, "luister en oordeel self of jy my sal glo. Ander mense sal my nie glo nie."

En toe vertel ek haar stap vir stap wat my die nag wedervaar het.

Toe ek klaar was, staan sy die eerste op. "Kom," sê sy; "ry met my na Wilgerdal toe." Sy loop vooruit tot by die huis.

Toe ons aankom, staan die ou tante op die stoep. "Moeder," sê Emmie, met die stem en toon van 'n regsinnige, "ek gaan met hierdie vriend 'n entjie saamry. Ek het tot myselwe gekom."

Die trane kom in die ou dame se oë. Sy omhels haar dogter, en toe kom sy na my toe en sy gee my 'n soen. "Vergewe my die vryheid, my neef; maar jy het my dogter gered – ek weet nie hoe nie."

'n Paar uur later hou ek met my kar voor die bouvallige opstal van Wilgerdal stil. Ek help vir Emmie van die kar af en stap met haar aan die arm tot op die stoep. Die voordeur gaan oop. Ek kyk in, daar is niemand nie; by die deur vandaan kom dieselfde stem wat die vorige nag met my gepraat het: "Kom in, Emmie; ek het lank gewag vir jou."

Emmie gaan in; die deur gaan agter haar toe. Ek draai om, terug na my kar toe.

Wilgerdal is weer 'n skoonbewerkte plaas. Die eienares het die soete stralende gesig van 'n engel. Om besoekers te ontvang en vreemdelinge te herberg het sy 'n besondere huisie gebou, met sitkamer en vrykamer. In die groot huis woon sy self; stoksielsalig alleen. Niemand anders kom ooit daarin nie.

1924

EUGÈNE N. MARAIS

Klein Riet-alleen-in-die-roerkuil

Die eerste boodskapdraer by Gammadoekies was die geel Boesmantjie Riet-alleen-in-die-roerkuil.

Sy ta se ta, ou Heitsi-eibib, het hom so genoem toe hy nog in die dra-vel sit. Hy kon so vinnig hol dat die stofwarreltjies onder sy hakskene uitdraai; en as hy reg-reg uithaal, dan word hy nes 'n vaal strepie in die middel van die wapad.

En toe kom die groot gevaar by Gammadoekies. Ou Heitsi-eibib het in die nag kajuitraad belê, want die nood het gedruk. Hy het selfs ou Klipdas-Eenoog laat haal om te kom by sit, en hy was so oud dat sy kakebeen weggeslyt was en sy oë byna toegekrimp. Die hele nag het hulle om die vuur in die tgorra gesit, en dit was ou Klipdas-Eenoog wat die groot woord agtermekaar gesit het. En met die rooidag roep hulle vir Riet-alleen om die boodskap na Rooi Joggom te dra.

En toe hy kom, hoor hy die meide in die strooihuise skree: "Hot-'tgorra! Hot-'tgorra!" En die mans is so bang dat hulle toonnaels kletter en die sweet drup van hulle lyf in haelkorrels. Elkeen kan die vuur met een asem doodblaas.

En toe die dag wit word, spring hy van Gammadoekies weg. Hy dra die uitspeelstel in die linkerhand en met die regtervuis slaat hy op sy voorkop; vir elke woord van die boodskap 'n slag met die vuis – dan kan hy nie vergeet nie.

Die laaste woord van sy Ou Ta was: "Pas op vir Nagali: sy sal jou op baie maniere voorlê; sy het sterk toorgoed. As jy verkeerd maak, word jou lyf so styf gespan as die snaar van die groot ramkie!"

Toe die son hoog was, siet hulle nog op die laaste bult die warrelwindjies onder sy voete uitdraai, maar Riet-alleen self was net 'n vaal strepie in die wapad.

Toe sê Klipdas-Eenoog: "Arrie! Die vonke sit in die wolf se stert." Want dit was hy wat die groot woord uitgedink het.

En toe Riet nie meer sy eie skaduwee kon sien nie, kyk hy voor in die pad, en daar gewaar hy 'n skraal Boesmanmeidjie. Sy trap stadig 'n paar danstreë oor die pad. "Arrie, Ousie," sê Riet "kan jy dans?"

"My boeta!" sê sy, "wat sit jy op die miershoop neer?"

"Dis 'n beste uitspeelstel," sê Riet, en hy sit hom op die miershoop. "En wat het my ousie?"

Sy vat die blou kraleband van haar nek en sit dié neer. En toe spring hulle weg veld in. Tot by die derde miershoop bly hulle bymekaar, en van daar begin die meidjie ringe om hom te dans en sy draai met 'n groot halfmaan terug na Gammadoekies. En Riet wil skree: "Dié kant toe, my ousie! dié kant toe!" maar sy asem is klein, en sy dans so vinnig dat sy die woorde voor sy mond wegwaai. En Riet se hart word klein, en hy dink: "Ek sal soheentoe haal en my uitspeelstel red." Maar toe hy wegspring, siet hy die vaal meidjie dans ver voor hom soos 'n dryfwolkie op die bergtop; en toe hy nog ver was, gryp sy die uitspeelstel en sit haar krale om. En hy hoor sy lag, en sy roep: "My ou boet, my vuurmaakplek is aan die bokant. Ek sal vir Nagali jou groete sê." En toe sy wegdans, toe siet hy al die tyd die warrelwind uit die groot woestyn.

En toe sê hy: "Hot-'tgorra! die snaar van die groot ramkie!" want die son was aan die afdraand en Rooi Joggom is ver!

En hy spring weer weg, maar hy sê nie meer die boodskap nie, want die jammerte van die uitspeelstel was in sy hart.

En hy eet die pad tot by die middelbergse nek. En toe gewaar hy, langs die los klip links van die pad sit 'n Boesman, en in sy hardloop hoor hy die vaal maat roep: "Wat is die treur dat my boet vandag so stadig loop?"

En Riet-alleen stuit by hom. "Kan my boeta hardloop?" vra hy.

"Die meide van Jakkalsdraai het my so vertel," sê die vaal Boesman.

En Riet se hart brand in hom, want hy het nog nooit een gekry wat sy stof kon asem nie.

"Sal dit wees tot bo-op die nek?" vra Riet-alleen.

"Heitse!" sê die vaal Boesman, "die bobbejaan hol die berg uit. Nee, my boeta, dit sal wees tot by die spits klip," en hy wys terug tot onder in die leegte, en hulle staan klaar. En toe hulle wegspring, gly die vaal Boesman van Riet weg. En Riet druk sy oë toe, en hy haal uit. En toe hy die grond gelyk voel onder sy voete, kyk hy weer, en hy sien die vaal Boesman soos 'n klein stoffie ver in die wapad. En toe hy sy hand oor sy oë sit, gewaar hy dit is Nagali se oribietjie. En hy slaat op sy mond, en sy hart word sag in sy lyf. En hy draai om en spring berg uit, en hy sê net: "My ta se ta!"

Dit was donker toe Riet-alleen op die wal van Moetmekaar se drif uitkom: en daar stuit hy vir die eerste maal weer. Toe die weerlig slaan, sê hy: "Heitse! dis Nagali wat lig maak om my te soek!" en hy bêre sy lyf.

Van ver kon hy die swart water hoor brom, want die rivier was kwaai, en voor hom in die drif siet hy die aandlig soos die stert van 'n vis die maalwater swaai.

"Deurgaan of ramkie se snaar!" sê Riet-alleen, en hy trap die water in.

En oorkant, teen die wal, sit ou Nagali se Narrakierie, en Riet-alleen hoor dat sy hom uitlag. En toe sê hy: "Heitse, Ousie! Netnou sal ons met mekaar van naby gesels. My vuurmaakplek is na die bokant!" En net daar het die groot ongeluk hom gevang. Hy het vergeet dat hulle by Gammadoekies gehoor het dat Nagali op oulaas die towerstokkie gekry het wat haar baas maak oor die krokodil.

En toe Riet-alleen die swart water inloop en hy voel dit maal, toe sing hy die regmaakliedjie:

Ek vat hier en jy vat daar,
O julle Geel Goed, gryp mekaar.

Maar dit kon nie help nie. Oorkant teen die wal gewaar hy die maalgat voor sy voete, en deurkom is min. En toe siet hy net langs hom die groot soetdoringstomp met een punt in die vlak water. Hy klim stadig op en hy loer waar Nagali se Narrakierie sit en hy lag lekker in die holte van sy hand. En toe voel hy die soetdoringstomp roer onder hom, en roer onder hom, en hy klou vas met al sy naels, en hy roep sy ooroupa se groot naam, drie keer. Maar dit help nie. Hy hoor die Narrakierie roep: "My ouboet, watter kant is jou vuurmaakplek?"

Maar hy het die antwoord vergeet.

Toe gewaar hy dit is Nagali se krokodil; en toe hy hom weer kry, lê hy hoog op die sandwal waar hy vandaan gekom het; maar hy weet dit nie.

En hy spring weer weg en begint weer op sy voorkop slaan, en hy onthou weer Heitsi-eibib se boodskap, en hy skiet die nag in. En voor hom siet hy die groot vuur, en hy stuit tussen hulle net met die kom van die rooidag, en hy begint sy boodskap opsê. Maar eer hy halfpad was, gryp hulle hom, en toe gewaar hy dat hy weer terug is in Gammadoekies, en dis sy einste oupa wat hom aan die linkerbeen beet het.

En Heitsi-eibib sê vir ou Klipdas-Eenoog: "Ons moet hom stywer span as die snaar van die groot ramkie!"

En daar het hulle die vuurtjie doodgemaak van Riet-alleen-in-die-roerkuil.

1927

M. E. R.

Die boodskap

Ons, Afrikaners, is so besig met die bou van ons nasie, so verdiep in die taak; en so is ons deurtrek van die gees van die veld wat ons dra en voed oor driehonderd jaar – so kompleet het ons Suid-Afrika se kinders geword dat ons byna heeltemal vergeet het dat ons voorouers van oor die see gekom het, van ander tuislande. Maar die mens se onbewuste wese onthou dinge waarvan sy helder verstand nie weet nie: en soms, by die hoor of lees omtrent daardie lande, is dit of diep verborge snare antwoord gee: daar roer iets vaag in die geheue, maar so vaag, so sag, dat ons nie seker kan wees dat dit nie sommer verbeelding is nie. Waarom is dit dat die lied van die wind in die dennebome, die blou-groen skaduwees onder die brander se kruin as dit vorentoe omkrul om te val, die hart aanraak soos die hand van een wat ons liefhet? Iets daarin is onse eie – van ver, ver weg, maar eie. Ook aan ons behoort die pad oor die groot water, die wind wat die seil vol stoot, die slag van die roeispane – vreemd vir ons wat uit die binneland kom en dit vir die eerste maal sien, en tog ná-bekend.

So was soms vir my stories van die Skandinawiërs se lande, en sodaniges het ek soms in my jong dae gehoor van oom Karel. Hy was 'n Sweed, in Uppsala gebore, wat hom as jong man hier kom vestig het, en met my tante getroud was: dit was lank gelede, so om en by die honderd jaar gelede, as ek vandag reg uitreken; want ek is nou ouer as wat oom Karel ooit geword het, en hy was 'n grysaard, sy skouers al krom, toe ek my as jong mens kom kry het.

Hy het graag in sy ledige ure, in daardie ou dag, aan een wat dit wou aanhoor, van sy geboorteland vertel. Daar, so het hy gesê, was die mense nog eerlik – hulle het eenvoudig geleef, maar eerbaar: as 'n misdaad begaan is, is daarvan vertel deur geslagte daarna: dit was geen alledaagse, gouvergete gebeurtenis, het Oom weemoedig bygevoeg, soos hier by onse goud- en diamantvelde nie.

Daar, het Oom vertel, het die mense nie na groot rykdom gestreef nie: hulle kon nie: daar was geen onderaardse skatte nie, geen groot plase van duisende morg grond nie, want dit was 'n berge-wêreld, met klein bougrond: geen spanne swart werkvolk nie, soos by ons: die eienaars van plase moes maar self werk. In die lang somerdae moes oor byna die vier-en-twintig uur geploeg of gesaai of geoes word om elke vlentertjie kos, vir mens en vir dier, uit die grond te haal voor dit bedek sou word deur die diep, blywende wintersneeu, wanneer alles wat leef, onderdak moes gaan.

So het oom Karel stories van sy land vertel soos dit honderd jaar, en nog voor honderd jaar gelede was; stories wat sy ou mense in die winteraande om die groot haardvuur vertel het. Die een wat ek die beste onthou, vertel ek weer op my manier hier.

Daar was eens in Noorweë 'n boerepaar wat op 'n plaas aan die grens van 'n dorpie gewoon het. Ek sal dit Grootplaas noem, want vir daardie wêreld was dit 'n groot plaas, een naamlik, wat wei verskaf het vir vyf-en-twintig koeie, soos die mense daar die grootte van hulle plase bereken het en nog bereken. Die eienaar was derhalwe 'n vermoënde man; hy het sy werksmense gehad en ook 'n inwonende opsiener – 'n kneg, soos onse ou mense so een genoem het. Onder daardie mense was daar, veral destyds, nie eintlik standsverskil tussen baas en kneg nie: hulle was soms eie familie: so 'n man was, net soos by onse boere, een van die huisgesin, almal onder sorg en leiding van die boer en sy vrou. So 'n verhouding kom natuurlik tot stand – so het ek al gedink – in 'n land waar die plase afgesonder is, en die plaasbewoners meesal net mekaar vir geselskap het – soos ook by ons die geval is, en in die verlede in nog groter mate was. Net by ons was die afsondering deur afstande; by hulle, dink ek, deur die afgeslotenheid wat die sware winter meegebring het in vorige tye toe die paaie, en die vervoermiddels, nog eenvoudig was.

Grootplaas het 'n kneg gehad, 'n fris jongkêrel, groot en sterk gebou, met blink, blonde krulhare en helder blou oë, soos 'n mens dit by die Nore aantref. Wat ontwikkeling betref, was hy net so geleerd, volgens die standaarde van die tyd, as sy baas: goedgemanierd, hoflik, skiklik.

Die eienaar was 'n gesiene man, nie alleen omrede van sy besittings nie. Hy het sy sake goed bestuur en het sy vriende en bure waar nodig met raad en hulp bygestaan. Maar soos soms met 'n goeie sakeman die geval is, kon hy hom nie maklik in ander aktiwiteite as dié van sy eie lewe indink nie – had ook geen begeerte daartoe nie. Dit kan dan gebeur dat so 'n man dié wat naaste aan hom is – sy kind of sy vrou – nie altyd goed begryp nie – soos gesê, vind hy dit nie nodig nie, veral waar die kind of die vrou genoeg verbeeldingskrag het om hom te begryp, en hulle so ver moontlik na hom te skik: so ver moontlik. Maar nie in alles nie. Dit was op Grootplaas by die egpaar die geval.

Miskien was dit omdat die man heelwat ouer was, goed 'n twintig jaar, as sy vrou. Sy was anders as die meisies van haar omgewing – klein, stil, sag van sprake en van optree, hoewel geensins onbeslis nie: met donker hare en oë. Haar hele voorkoms was fyn: sy het aandag getrek, veral van mans, by wie bewondering vir iets fyn afgewerk dikwels voorkom. Hoewel sy arm grootgeword het, was dit tog by haar iets ingebore, en sy het gretig alles geleer wat dit in haar sou versterk; alles gelees wat sy kon kry, haar eie eenvoudige klere met sorg en smaak gemaak en gedra, haar liggaam keurig opgepas.

Sy was dus 'n aangewese persoon om kinders te leer. Daarmee het sy toe die brood verdien.

Bewus van die aandag wat sy so stilweg getrek het, het sy haar nie sommer as allemansvriend laat tel nie: sy het goed opgelet, goed uitgesoek. En altyd het sy verlang na die leefwyse waarin sy los sou wees van die kwellende beperkings van armoed en van die broodverdiening, en vry sou wees om oor haar doen en laat te beskik – bo alles, om oor haarself te beskik. Mense wat met hierdie verlange in die hart loop, is mense wat met die oortuiging ingebore is dat die lewe hulle iets skuld, en wat algaande in toenemende mate voel dat die skuld nie betaal word nie en dat hulle veronreg is: wat hulle ook kry, dit is nog nie wat hulle werklik toekom nie.

So 'n voortdurende teleurstelling skep soms desperaatheid.

Toe die vermoënde boer haar so onder die lewendige maats uitgesoek het, het die mense haar gelukgewens, en haar geluk meer beklemtoon as vir haar aangenaam was. Maar sy het niks laat merk nie; sy was gewoond om heelwat te ondervind, te begryp en te voel, sonder om iets te laat merk; en die skoolhou vir kinders het haar goeie oefening daarin gegee. Sy het haar pligte stip uitgevoer, nooit humeur verloor of haatlik met die kinders gewees nie; maar sy het so 'n innige vreugde en verligting gevoel toe die welgestelde man haar jawoord gevra het, dat hy dit maklik aangeneem het vir gehegtheid aan hom, en dit des te meer in so 'n stil meisie op prys gestel het.

So is hulle getroud – ideaal gelukkig, het die mense gesê: so 'n mooi plaas, so 'n gerieflike huis, so 'n goeie man: die meisie het waarlik in die botter geval. Waar hierdie gesegde gebesig word van 'n vrou se huwelik, kan 'n mens maar gerus oplet dat sy daarna gemaak het – nie eintlik onaangenaam genoeg geleef het om afguns te verwek nie, nie selfopofferend genoeg gewees dat geluk haar gegun word nie. Niemand wil haar dit ontneem nie: hulle sê net: Nou, sy het in die botter geval, hoor!

Maar die meisie het ná die eerste maande gevind dat sy geensins haar selfbeheer kon laat verslap nie: sy was nog vas. Sy was vas aan haar pligte as boervrou, en dit was dagvullend; vas aan die plaas, vas aan 'n man vir wie sy nie die minste liefde gevoel het nie, vas aan sy leefwyse: en sy wou tog so graag los gewees het! Kinders het nooit die pligte vermeerder nie; was daar maar één kind, sou alles miskien anders geword het. Want die bewustheid dat sy haarself en haar begeertes so van almal om haar kon verberg, het in die vrou 'n magsgevoel gekweek, en dit is 'n gevaarlike stuk sielsgereedskap. Van 'n kind sou sy dit nie kon verberg het nie – van sy kind kan niemand op die duur sy ware aard verberg nie, veral nie 'n moeder nie: die kind knoop onbewus diep aan, nie by wat die ouer sê of doen nie, maar by wat sy is.

Vir die man was dit 'n groot teleurstelling, hulle kinderloosheid. Hy het dit soms gesê, maar naderhand onwillekeurig geswyg vir die manier waarop die vrou haar lippe in 'n bleek lyntjie opmekaar gedruk het wanneer hy die onderwerp aanroer.

Ander dinge het hy langsamerhand ook so verswyg: wat sal 'n mens jou eie strewe en verlangens aan dowe ore voorlê, om nooit 'n antwoord te kry nie? Dat sy hom nie liefgehad het nie, het hy nooit werklik besef nie: hy was van 'n te eenvoudige geaardheid. Sy het hom soms so raaiselagtig aangekyk, lank en stip, of hy iets nuuts in sy gesig openbaar het sedert sy hom laas gesien het. Dan het hy maar 'n rede gevind om op te staan en weg te gaan. Maar sy het niks gesê nie.

So het die twee langs mekaar op die mooi plaas geleef. Op die oog het hulle klaargekom, maar die sake wat ieder die meeste op die hart gehad het, het hulle van mekaar weggesteek. En waar twee mense dag na dag saam moet woon, en sulke sake verswyg, is dit kant en klaar met geluk. Eerder sal 'n ramp uit so 'n swye gebore word!

Na byna twee jaar van hierdie lewe het die jong opsiener in die plaashuis kom inwoon. Hy was vir albei 'n aanwins; hulle het in hulle geneentheid vir hom byna 'n nuwe vriendskapsband vir mekaar aangeknoop. By die man was daar goeie rede vir tevredenheid: die jongkêrel het sy werk goed en fluks gedoen: sy lus was daarin, en onder die baas se bekwame bestuur en die seun se flink optrede het die plaas al hoe meer in waarde gestyg. In so 'n stil lewe, en dit sonder kinders, was die groot belang maar die plaas, en die verbeterings wat aangebring kon word: deeglike skure en stalle, nuwe geriewe op die lande, dit en dat aan die woonhuis. "Die vroutjie kan darem van geluk spreek!" So het die besoekers gesê.

Was dit dan geluk wat in haar donker oë gevonkel het, wat die kleur op haar bleek gelaat laat gloei het? 'n Verborge gloed wat eindelik haar koudheid laat smelt het?

Vir die eerste maal in haar lewe had sy iemand lief – onredelik, teen alle beterwete, lief. Maar geskool deur lewenslange selfbeheersing, het sy niemand dit laat agterkom nie. Die mense, dit wis sy goed, sou nie alleen oor so 'n onwettige hartstog geskok gewees het nie, maar sou haar ook geminag het as een wat nie na waarde kon skat nie. Maar daar was iets in die jong man se fris, sterk houding, in sy ongedwonge seunsmaniere, in sy kinderlike opsien na haar, wat haar verbeelding totaal baasgeraak het. Sy had hom lief, en sy moes dit verberg, moes dit diep wegsteek sodat geen mens, allermins die seun self, enige teken daarvan sou bespeur nie.

So het sake gestaan oor goed 'n jaar. Die vrou was van 'n taai stoffasie, sy kon verduur. Maar sy het soms met verbasing haar man aangekyk, soms byna met verbittering die jong man aanskou, of hulle twee mense elke dag langs 'n afgrond verbyloop en dit nie sien nie . . . so wyd het dit voor haar gegaap, dit was of hulle dit moet sien! Maar niks merk hulle nie: sy stoot die oomblik van half rasende verbasing opsy, en gaan weer haar stille gang. So 'n onderdrukte gevoel groei naderhand buite alle perke – en verleen 'n onnatuurlike krag.

Een oggend is die loop van sake van sy koers afgesmyt. Dit het so gebeur: die baas het die nag om vieruur eers die huis ingekom. Een van sy beste koeie was siek, en hy en sy kneg was die hele nag daarmee aan die gang, 'n kragvereisende taak. Toe hulle teen die oggend doodmoeg inkom, het die vrou opgestaan en vir hulle koffie gemaak; maar toe sy uit die kombuis uitkom na die voorhuis met die kan in haar hande om daar te skink, kry sy net die jong man. Hy het hom op die breë bank langs die eettafel neergevly, en sit daar met sy kop op sy arms op die tafel gelê, vas aan die slaap, gedaan van vermoeienis. Naby hom brand die kers, en met die tog wat die vrou se inkom maak, flikker die lig op sy krulkop.

Sy sit die kan op die ander end van die tafel neer, haal kommetjies, skink een vol, en neem dit na haar man in die slaapkamer langsaan. Daar lê hy op die bed, ook dood aan slaap, sy boklere sommer op 'n hoop langsaan soos hy dit neergesmyt het. Sy was ál in die huis wat wakker was. Sy sit die koffie op 'n bankie neer wat langs die bed staan. Werktuiglik neem sy die broek en baadjie van die vloer af op, skud dit effens, en hang dit netjies oor die rug van 'n stoel; sy trek die verekombers op oor die man.

Toe gaan sy weer na binne.

Sy kan die seun mos nie so daar laat sit-lê nie: hy sal alte koud word. Sy pak 'n groot velkussing op die breë bank reg en slaan toe haar arm om sy skouer.

"Kom, lê nou," fluister sy in sy oor asof hy 'n kindjie was wat in sy bedjie neergesit moes word. Sy trek en stoot saggies; sy keer met haar wang teen sy kop dat dit nie teen die tafelrand moet stamp nie; en hy kom half by, en skik hom om te lê. Maar sy oë gaan nie oop nie, so deurtrek was hy van die slaap. Sy gaan na die slaapkamer en kom met 'n donskombers terug; daarmee maak sy hom netjies toe. Toe neem sy die kers, en draai weg van hom. Maar so half weggedraai staan sy tog stil met die kers in die hand – en blaas dit dood. Sy gaan by die bank staan, lank . . . lank. Toe sak sy op haar knieë langs die slapende seun, en luister na sy gereelde, sterk asemhaling, so in die donker, lank . . . lank.

En toe staan sy op, loop in die donker na die kombuis en terug, stap die voorhuis reg deur so in die donker na die slaapkamer, trek die deur saggies agter haar toe en stoot die grendel in. Toe was alles doodstil.

'n Halfuur daarna het sy weer uitgekom, want dit was reeds skemeroggend; dit was in die tyd tussen winter en somer. Sy maak die diensmeisie wakker in haar buitekamer.

"Werk maar eers hier agter," sê sy, "en laat die twee mans nog slaap; Christof lê in die voorhuis op die bank. Ek gaan buite nasien. Hulle was die hele nag by die siek koei, en moet nog slaap."

Dit was eers 'n uur daarna dat die diensmeisie uitgehardloop gekom het om haar te soek. Christof het opgestaan, en na die slaapkamer gegaan om sy kombers daar weg te sit – en daar kry hy die baas van die plaas dood op sy bed. Dood en kalm, net of hy slaap, sy arms boontoe uitgegooi net of hy baie moeg was toe hy gaan lê het. Daar was groot ontsteltenis. Die geneesheer en die pastoor en ander dorpsbeamptes het van die dorp gekom en lykskouing gehou; dit was seker 'n geval van oorspanning, het die geneesheer gesê – die man se hart was nooit van die sterkste nie.

Sy vrou het hom die nag, teen die oggend, in die kamer gelaat, het sy gesê, rustig aan slaap – want sy was op en aangetrek om vir die mans koffie te maak toe hulle om vieruur ingekom het, en sy het toe nie weer gaan lê nie.

Stil en bleek, soos altyd, het sy self al die droewe werksaamhede verrig. Sy wou niemand anders die lyk vir die doodkis laat reg maak nie, net die diensmeisie en die buurvroue laat help waar hy te swaar vir haar was om op te lig; sy het bygestaan toe hulle die kis na 'n paar dae toegespyker het om na die dorp weg te dra vir begrafnis. Die mense was getref deur sulke kalmte en gelatenheid. Die jong pastoor veral; sy vrou, het hy gedink, sou dit nie so reggekry het nie. Tog was daar vir hom iets vreemds in so 'n optrede. Veral toe hy en sy, voor die draers die kis uit die buitekamer, waar dit gewag het, kom uitdra het, aan weerskante daarvan neergekniel het, en hy in 'n gebed vir haar om troos en versterking gesmeek het.

Toe hulle opstaan, was daar iets in haar oë wat sy aandag vasgevat het; sy het hom stip aangekyk, net of sy iets wou vra; maar het toe weer swyend weggedraai.

Na 'n jaar is sy met Christof getroud. Die mense het wel iets daarop te sê gehad, maar oor die algemeen het dit tog geen verwondering gewek nie. Die egpaar het op die plaas gewoon, en het voorspoedig geboer, sodat hulle naderhand byna weelderig, vir daardie tyd en omgewing, kon leef – niks ontsien het wat gemak of gerief kon meebring nie. Alles het goed gegaan, alhoewel die bure soms grap gemaak het oor wie van die twee eintlik baas was. Hulle self het nie daaraan aandag bestee nie. So het die jare rustig verbygegaan.

Die nuwe verbintenis is ook nie met kinders geseën geword nie.

So het jare verbygegaan.

Die pastoor, miskien meer as iemand anders, weens sy besondere kennis van die mense van sy gemeente, let na die veranderings op wat, ongemerk deur die meeste, die jare teweegbring. Die kinders word groot, die nuwe geslag skiet weer uit hulle op, die oues val weg wanneer hulle afgeleef is, en as 'n mens self oud geword het, kan jy, bevoorreg, op baie lewenslope sien, van begin af, en oorsake van rigting nagaan, en resultate skat.

Met sulke gedagtes was die pastoor van die gemeente waarvan ons vertel, een môre vervul. Dit was 'n harde wintersdag, en hy staan by die venster in sy studeerkamer en kyk uit op die sneeubedekte wêreld. Die begraafplaas was aangrensend aan die pastorietuin, met 'n lae ringmuur van klip daarvan afgeskei, en hy kon sien hoedat iemand daar met die grawe van 'n graf besig was; telkens het die pik se kop bokant die muur opgeswaai, 'n oomblikkie staande gebly, om dan weer kragtig in die harde, bevrore grond neer te slaan. Dit was 'n gesig wat hy al honderdmaal so van sy venster af gadegeslaan het, en telkens het hy nie meteens daarvan kon wegdraai nie, maar gestaan om daardeur geboei te word in oorpeinsing van die lewe en aard van die mens wat in die aarde gelê sou word. So staan hy ook daardie môre. Maar naderhand hou die pikslag op, en kom nie weer nie.

"Nou sal ou Lars kombuis toe kom vir 'n verversinkie," glimlag hy, en gaan na sy tafel waar sy gansveerpen en sy blad papier vir hom wag. Maar voor hy begin skryf, word aan die deur geklop, en op sy uitroep kom ou Lars binne met iets in sy hand. Hy stap gewigtig na die tafel, sonder 'n woord, en sit die voorwerp by die pastoor neer. Sy oubaas deins terug, die hande teen die bors asof hulle vanself wegkeer.

"Waar kry jy dit, Lars?"

"In Grootplaas se graf, Meneer."

"Lars! Wat beteken dit?"

Die grafdelwer skud sy kop, en kyk die pastoor met sy grou ogies bedenklik aan.

"My saak is dit nie," sê hy eindelik. "Kom kyk self."

Die pastoor sit sy wolmus op, en trek dit oor sy ore af. Maar voor hy agter Lars uitgaan, vat hy wat ingebring was, en sluit dit in 'n muurkassie weg.

"Geen woord aan 'n mens nie, Lars," sê hy. "Laat dit wees asof die graf dit nog bewaar."

In Grootplaas se voorhuis is die egpaar. Sy sit langs die groot haard by die vuur en brei: Hy is by 'n venster wat op die voorwerf uitsien, en staar uit op die sneeu. Dit is al byna skemernamiddag buite, en in die groot vertrek word dit al donker. Die vrou brei op gevoel; die vuurlig glinster op haar nimmer rustende breinaalde, haar oë bly op die donker gestalte by die venster.

"Daar kom waarlik die pastoor se slee!" sê die man skielik, en hy tuur vorentoe om beter te kan sien. "Ja – daar kom hy hierheen ingedraai – op so 'n dag!"

En hy gaan by die voordeur uit om die gas so spoedig moontlik binne te haal, en sy perd te laat besorg.

Sy vrou sit haar werk netjies neer, en gaan ook na die venster om haarself te oortuig dat hulle werklik besoek kry. En onderwyl haar man met die ontvangs nog buite besig is, gaan sy agtertoe om te sorg dat die gas goed onthaal word. 'n Aangename taak – sy was bly oor die besoek; die pastoor was seker op weg na iemand wat hom noodsaaklik moes bykry; en sy was altyd gesteld op so 'n aankoms, veral van 'n man van invloed soos die pastoor.

Toe sy met 'n brandende lamp die voorhuis weer binnekom, staan hy, nog in sy lang mantel gehul, langs haar man by die vuur. Sy sit die lamp neer en groet die besoeker met haar gewone ingetoë hartlikheid. Maar die woorde sterf skielik op haar lippe weg: haar hand sak neer. Wat was daar in die pastoor se houding wat haar meteens tot swye bring, wat haar beweginglo os laat staan om hom aan te staar? Hy staan mos net daar. Agter hom werk haar man met die stompe in die vuur, om dit tot gasvrye warmte te laat opslaan: maar die skielike stilte gryp ook sy aandag, en hy kom vorentoe tot waar die lamplig op sy vrou by die tafel val: daar staan hy sprakeloos, om die geweldige onuitgesproke gedagtewisseling tussen die ander twee te probeer vertolk. Hy kyk van een na die ander: die pastoor is stil, die lang mantel wat hom omhul, hang regaf en beweginglo os; en die vrou staan net so roerloos, soos een wat 'n slag afwag. Toe gooi die pastoor sy mantel oop; hy maak 'n stap vorentoe en lê iets op die tafel neer wat in 'n wit doek toegedraai is.

"Ek bring jou 'n boodskap van die dooie, uit die graf!"

Die man steek sy hand uit na die doek.

"Wag!" sê die pastoor. "Sy moet dit oopmaak." Hy kyk haar gebiedend aan. Maar sy draai haar gesig weg. "Ek kan nie!" sê sy half fluisterend.

"Maar wat is dit?" vra die verskrikte man.

Die pastoor vou die doek oop, en daar lê op die donker tafelblad die verweerde bokopbeen van 'n mens. Hy keer dit onderstebo neer onder die lamp, en in die ligstraal is te sien 'n lang, verroeste spyker, wat nog so vas daarin is dat dit regop staan vanuit die wit been, soos 'n donker wyster.

Die vrou kyk daarvan weg, sy soek haar man se gesig. Maar hy kyk die pastoor verwonderd aan.

"Uit wie se graf?" vra hy vinnig.

"Dit is uit Grootplaas se graf. Dit is die kopbeen van jou heer en jou vriend." Hy kyk die vrou lank aan. "Dit is die kopbeen van jou man," sê hy eindelik.

Die man, verbysterd, kyk na sy vrou. Wat op haar gesig te lese staan, maak alles soos met 'n weerligstraal vir hom helder. Met afsku tree hy 'n stap agteruit van haar af.

Sy gee een lang sug, probeer haar hande na hom uitsteek, maar sak inmekaar, en val bewusteloos op die vloer voor hulle neer.

1927

C. M. VAN DEN HEEVER

Leuens

Dit is Saterdagmôre en Eloffstraat, met sy rye blink winkelvensters wat opglans in die son, is een en al lewe: rye motors wat by die robotte staan om dan vinnig vooruit te skiet, muilwaens wat moeilik by die hoeke van die strate draai; geskreeu van koerantverkopers en die bonte wisseling in kleredrag van wandelaars langs die sypaaie. Naomi gaan van winkelvenster na winkelvenster en beskou die pragtige rokke, die elegante modes. Dan kyk sy weer na haar eie rok, al effens afgeslyt van die dra, en die ou wrokkende gedagte kom weer in haar op: waarom kan ander die mooi klere hê en sy moet skaam-skaam op die straat kom met hierdie rok van haar? Maar dan sien sy die vol gesiggie van haar seuntjie wat moet versorg word, daar kom 'n vertedering in haar oë, en dis of sy haar hoof in weemoed buig voor die wonderlike lewe self, die lewe wat haar so verslaan het . . .

Plotseling word sy bewus dat iemand langs haar gaan staan. Sy kyk op en hoor 'n bekende stem, met vreugdevolle verrassing daarin: "Ek dag dit is jy, Naomi! Ek was eers nie seker nie. En hoe gaan dit met jou?"

"O, goed dankie. O, dis jy, Olga!" Naomi se gedagte fladder soos 'n voël rond wat geen tak kry om op te sit nie. Altyd as sy haar welgestelde vriendinne ontmoet, dan word die onrus in haar opgejaag, dan is sy vaag verward en wil net wegkom voordat vrae oor haar huislike lewe begin. In 'n oogwenk het sy Olga van kop tot tone opgeneem: die duur modelhoed, die kosbare swart syrok en fyn slangvel-skoene.

"Ja," sê Olga, "ek ontmoet nou die dag nog vir Hester, toe gesels ons oor jou.

Sy vertel my toe dat jy nou in Johannesburg woon. Dis darem lank laas dat ons mekaar ontmoet het! Wag, laat ek sien. Dis mooi tien jaar gelede dat ons laas met mekaar gesels het. Dit was darem lekker dae saam op die kosskool, nè? Partymaal wens ek dat ons weer van dié dae saam kon belewe. Maar vertel my van jou. Wat doen jou man? Waar woon julle?"

Weer die dodelike vrae wat ontwyk moet word.

"My man is hier in besigheid," en vinnig probeer sy die belangstelling van haar afskuiwe. "En wat doen jou man?"

"O, hy is spesialis in senuweesiektes hier – dr. Neber. Jy het seker al van hom gehoor. Ons het net 'n maand gelede uit Europa teruggekom. Hy het weer 'n bietjie gaan navorsingswerk doen. Maar kyk, ek het 'n afspraak om elf. Kom ons spreek nou af. Ek gaan vir jou kom kuier."

"Nee, nee," weer Naomi vinnig af, "ek sal na jou kom."

"Wanneer sal dit jou die beste pas?"

"Hoe is Woensdagmiddag om vier?"

"Goed! Hier is my kaartjie en adres. Ek wag nou vir jou, hoor! Tata," en die elegante Olga beweeg reeds onder die mense in.

'n Rukkie staan Naomi asof sy effens verbyster is. Hierdie afspraak moet sy hou. Olga was haar beste vriendin op skool, en deurdat sy so agteruit gegaan het, moes sy Olga so te sê uit haar lewe skuiwe. Sy het opgehou om te skrywe aan haar, en die verhouding wat daar tussen hulle bestaan het, verbreek . . . Sy loop ingedagte langs die straat af. Haar man het haar 'n pond gegee om hierdie maand 'n rok te koop. Watter soort rok kan sy daarvoor kry? En tog weet sy dat haar man opgeoffer het om dit te gee. Sy sal maar huis toe gaan en die pond hou. Dit is of die juigende straat, met die lewendige, blye gesigte, haar vertel wat sy van die lewe mis, hoe die heerlike daarvan verbygaan . . . Wag, hier is Melville se trem. Sy klim in. Sy sal maar terugsluip Vrededorp toe . . . sy, die dogter van een van die rykste boere in die Vrystaat. Vandag is haar pa bankrot. En haar arme man!

Daardie Woensdag-affêre! Dit sal haar weer bekommernis op bekommernis besorg.

"Ekskuus, Miesies," sê 'n kêrel met 'n stinkende pyp in die ingevalle mond, en hy val langs Naomi neer. Sy kyk by die venster uit en sien die bome verbydein. Eentonig lui die klok van die trem . . .

"Wat laat jy nie die mens staan nie!"

"Dit is vir jou maklik om te praat," en met trane in haar oë kyk Naomi na haar man wat skuins op die enkelbedjie lê en sy sigaretrook langs die venster op blaas.

"Ja, vir my is dit maklik om te praat. Waarom het jy met my getrou? Die tyd toe ek 'n aansienlike man was, onderwyser op 'n dorp, toe was ek goed. Maar nou is ek natuurlik van die 'lae klas'! Gaan maar na jou vriendinne toe. Julle is almal 'n klomp 'snobs'." Hy loop die kamer uit en die deur knal agter hom toe. Naomi kyk na die wekker voor haar wat met ongeduldige stappe die tyd afmeet. Halfdrie! Vieruur moet sy daar wees. Sy het haar al halfdood gesukkel met hierdie rok wat sy self gemaak het en haar lam gespook om haar hare met die primitiewe krulyster tog enigsins in orde te kry. Sy kon wegbly van haar vriendin, maar dié sal dalk soek tot sy haar kry. En dan in hierdie huisie! In haar hart lewe nog ongebroke 'n fiere onafhanklikheidsgees, 'n drang om haar soos vroeër te beweeg onder haar medemense, om nie skaam vir haar huislike omgewing te wees nie. Sy begin haar nou haas. Om drie-uur moet sy al weg. Naderhand is sy klaar. Sy kyk nog 'n slag in die spieël, maar skud saggies haar kop en loop dan na die klein ou kombuisie toe, waar haar swartoog-seuntjie op die deurgetrapte tapyt met tolletjies speel. Sy soen hom en druk hom teen haar vas. As haar gees tog maar gou wil afstomp dat sy kan gewoond word aan hierdie omgewing . . . Sy 'n snob! Dis al woord wat haar man die laaste tyd vir haar het. Die Here weet sy is nie hoogmoedig of aanstellerig nie, maar sy wou haar kind fyn opvoed, hom in 'n goeie omgewing laat grootword. Die nare woorde wat hy alreeds aangeleer het in hierdie omgewing! 'n Oomblik dwaal haar blik deur die klein kombuisraam: wasgoed wapper aan skommelende lyne tussen sinkafskortings. Vinnig draai sy om en loop by die voordeur uit. Snob! Die woord brand deur haar. Sy skuiwe die onplesierige gedagtes weg. Sy is nou haastig. As daardie buurvrou haar tog nie weer voorkeer nie, maar daar snerp die blikstem reeds op: "Miesies Plesie, het jy gehoor van die Kaffer wat die vrou vermoor het . . ."

"Nee, Mevrou, maar sal u my asseblief verskoon, ek moet trem toe." 'n Trek van onverbloemde misnoeë kom op die ou tante se gelaat, maar Naomi haas haar, want in die verte hoor sy reeds die klokgelui van die naderende trem. Toe sy sit, begin die eindelose stroom van gedagtes weer. Sy sien haar man, toe hy nog 'n jongkêrel was, so netjies gekleed op haar pa se plaas kom, maar dan verander die beeld in haar gees skielik en sy sien hom terugkeer die dag van die skool af toe die skoolkommissie hom gevra het om te bedank, omdat hy te agtelosig was met sy werk. Van daardie dag af het dit afdraande gegaan met hulle. As daar maar 'n hoop bestaan dat haar man sal verbeter, maar sy weet dit nou dat daardie agtelosigheid, die gebrek aan 'n sin vir verantwoordelikheid alle kanse op 'n goeie betrekking sal vernietig. Sy sal waarskynlik ook maar eendag met 'n losieshuis eindig, met 'n man wat sy broek deursit op die stoep. Ten slotte is sy 'n lafaard; sy kan nie die las wat die lewe op haar gelê het, dra nie. Sy is bang vir die armoede. Sy moet eerder haar man help worstel. Ja, sy kan dit doen . . . maar die vernietigende besef dat haar man 'n mislukking is! Een na die ander werk het hy verloor, nadat die skoolkommissie hom gevra het om te bedank. Tog is daar nog die skoonheid van die hoop in haar, 'n vae hoop dat 'n wonder in haar lewe sal gebeur. Sy met haar ewige idealisme! As sy dit maar in die grond kan vertrap en nugter en prakties word. Dalk het haar dromerige geaardheid gehelp om haar man in die ellende te bring. Maar op skool was sy tog knap, veel knapper as Olga. Olga het maar 'n derde klas in Matriek gekry en sy 'n eerste, maar haar vriendin was nooit 'n dromer nie. Sy kon altyd 'n saak mooi uitpluis en kyk of daar voordeel vir haar in skuil. Hoe baie het Olga nie aan haar gesê nie: "Naomi, laat staan jou dwepery, kom na die aarde toe terug . . ."

Sy het haar alweer sit en verdroom, want hier is die plein waar sy moet oorstap in 'n bus. Daar volg 'n saambondeling van mense, geskuur teen mekaar, en eindelik sit Naomi in die bus wat in die rigting van Saxonwold gaan. Sy word nou senuweeagtiger, neem haar vriendin se visitekaartjie tussen die vingers, vra die kondukteur om haar tog te waarsku waar sy moet afklim. Sy kyk deur die busvenster en sien die blouwit donderwolke wat saamgepak lê in die rigting van Krugersdorp. Dit lyk of dit vanmiddag gaan reën en sy het nie eers 'n jas by haar nie. Die woonhuise hier voor haar wedywer nou in sierlikheid. Pragtig uitgelegde tuine, glad gesnyde grasperke, blomme . . . dit draai voor die venster verby. Eindelik! Die bus gaan met 'n skok staan. Sy kyk . . . ja, hier is die straat. Die huisnommer is 26. Sy loop vinnig en skugter langs die sypad af. Ja, hier is die nommer. 'n Ligte huiwering van bewondering en tog mensskuheid gaan skielik deur haar, want voor haar rys, soos die huis van haar drome, die tweeverdieping-woonhuis op met die netjies bewerkte rose wat dele van die witgekalkte mure oorrank. Sy neem 'n bewuste ferme houding aan en druk die klokkie. Sy kyk na haar handskoen, wat by die vinger wat op die knoppie rus, byna deur is. Die deur gaan oop en die diensmeisie neem haar na die sitvertrek.

"As u net 'n oomblik wil wag, Mevrou sal nou kom," klink dit. Dit is of die meisie haar bejammerend aankyk, asof sy dadelik sien hoe sy gesukkel het om die ou rokkie sover te kry dat hy darem aangetrek kan word. Sy sak weg in die heerlike leunstoel en haar oë streel oor die skilderye teen die muur, en die damasgordyne, die flonkerende koperwerk by die kaggel en die dik geblomde tapyte.

"O, hullo!" Olga kom met 'n geruis van haar keurige middagrok in, en terwyl haar gesig straal van vriendelikheid, soen sy Naomi. "Jy het toe darem die huis gekry. Het jy met die motor gekom?"

"Nee, met die bus," klink dit onseker.

"O ja, gelukkig dat hy hier naby stilhou. Ek hou van Saxonwold. Dis so oop hier, al is dit 'n bietjie ver uit die stad. Maar ek het vergeet: waar woon julle?" 'n Ligte rooi blos wolk oor Naomi se wange en met 'n klein slukkie sê sy:

"In Westcliff."

"O, dit is 'n heerlike buurt. Ons wou eers daar gaan woon het, maar kon nie 'n lekker geskikte huis kry nie." Naomi merk hoe haar vriendin, onderwyl sy gesels, na haar klere kyk, haar skerp opneem, en dit is asof in die grysblou oë bejammering aanskemer. Die leuen wat sy vertel het en hierdie blik in haar vriendin se oë verontrus haar, en die mensskuheid, wat sy in die laaste tyd so skerp ontwikkel het, word hewig in haar wakker. Sy wil weg na die ruimte buite. Sy verag haarself, maar dan hoor sy die simpatieke stem van haar vriendin. Daar kom 'n impulsiewe begeerte by haar op om alles aan Olga te vertel, om haar nood te kla en troos te soek. Maar onvriendelik glans die meubels haar weer teen, koud en hard, sy sien die weelderige klere van haar vriendin en sy swyg, verbouereerd en asof oorweldig.

"Ja, dit is darem wonderlik hoe die tyd omgaan," gesels Olga opgewek. "Onthou jy nog hoe ek jou altyd met jou dwepery gespot het?" Naomi slaan haar mooi ooglede skugter neer en knik saggies haar hoof. "Jy was mos altyd 'n outjie vir die ideale!" en Olga lag haar mooi wit tande bloot. "Maar wat ek eintlik wou vra: Het julle kinders?"

" 'n Seuntjie," kom die antwoord, asof met eerbied uitgespreek.

"Ons het twee dogtertjies. Wag, voor ons tee drink, wil ek jou tog eers hul speelkamertjie wys." Die twee staan op, gaan na bo, en toe Olga die speelkamer se deur oopmaak, jubel twee dogtertjies se bly stemmetjies op. Met hul glad gekamde haartjies en helder ogies kom staan hulle langs hul ma skamerig na Naomi en kyk. Laasgenoemde mompel verward iets van "pragtig". Sy voel lomp in hierdie weelderige omgewing. Dit is asof sy die mooi kinderkamer, met sy koddige, geskilderde figuurtjies teen die appelgroen mure, die haelwit bedjies en duur speelgoed in haar gedagte wil meeneem na haar seuntjie, waar hy eensaam op die deurgetrapte kombuisvloer met tolletjies speel . . .

Toe hulle met die trap afgaan, vertel die vorstelike Olga: "Jy is miskien ook geïnteresseerd in sosiale werk. 'n Klompie van ons vrouens in hierdie omgewing het 'n klein klub gestig, dan maak ons klere bymekaar en elke Woensdagmiddag gaan ons na Vrededorp om dit onder die armes uit te deel. Voel jy nie lus om ons te help nie? Ons twee kan maklik saamry, nie waar nie?"

"Ja," antwoord Naomi, "ek sal graag wil help as ek kan," maar in haar hart skryn dit. Sy moet op haar lippe byt, want trane wil in haar oë kom. Sal sy nie maar bely nie, sê dat dit alles 'n bedrog is! Maar die woorde huiwer net tot op haar lippe, dit kan nie by haar onvernietigbare onafhanklikheidsgees verby nie. Die fyn, deurskynende porseleinkoppietjies, die geurende tee, die roomgebakkies maak onbepaalbare gedagtes in haar los, sy weet self nie meer wat sy van die lewe verlang nie. Vir die eerste maal gedurende hierdie middag van marteling kom daar weer rus in haar toe sy vra: "Olga, jy het alles van die lewe gekry wat jy verlang het?" Haar oë, byna onskuldige kinderoë, is op haar ryk vriendin gerig, wat dit nou vrolik uitskater: "Maar, Naomi, jy bly maar die dweper! Waar dink jy nie alles om nie! Jy hou nou maar daarvan om rond te vroetel in al die lewensprobleme! Ek geniet die lewe, dis al! Ek verwag nooit te veel nie en raak daarom nooit te erg teleurgestel nie." Oordeel sy verkeerd, peins Naomi, maar as haar vriendin na haar swak ou rokkie kyk, dan is daar die trek van goedige jammerhartigheid in, en dit kwes haar meer as die ergste hooghartige koudheid. Dit is of daar in die brose van die vriendskapsatmosfeer verandering gekom het.

Die ou Olga is dit tog nie meer nie. Hier is die mondaine vrou wat alles het wat 'n vrou kan verlang en vir eie plesier "doen" aan sosiale werk, die vorstelike mooi geboude vrou, sonder dweepsug, sonder sentimentaliteit, wat uit die lewe presies kry wat sy wil hê. Miskien was haar huwelik 'n "besigheidsonderneming". En hier sit sy met haar "diep gedagtes", haar "idealisme" en haar rampsalige rok en jammerlik gekrulde hare! Tussen haar en haar vriendin lê 'n lang, diep kloof wat die jare geskep het, die jare wat wond, verbreek en verouder. Sy kan nie omskrywe wat hulle presies skei nie, maar sy weet dit. Sy het skielik opgestaan. "Kyk, dit is kwart voor vyf, ek moet na die bus," en in haar is die weeïge gevoel dat die hele middag 'n droewige mislukking was.

Maar Olga, met haar doodsekere steun en gebaar, het al weer raad. "Wag, ek bring jou weg," en hoe Naomi nou ook al teenstribbel, dit is verniet. Nou begin die plannemakery weer, die leuens . . . Haar vriendin trek haar nuwe tweesitplek-motortjie uit die garage en netnou gly hulle sag oor die glansende asfaltstrate. Oor die huise heen blou die donderwolke op, swaar en dreigend, en na Aasvoëlkop se kant toe wolk die vaal rokerigheid van 'n middagbui neer. Hulle ry in Jan Smuts-laan af, en hoe nader die motor na Westcliff toe suis, hoe benouder Naomi rondskuiwe. Iets rebelleer nou geweldig in haar: sy verneder haarself tot in die grond met haar leuens; eendag moet alles uitkom, en die verkleinering dan! Maar Naomi is so magteloos om haar toestand te bely aan haar oppervlakkige vriendin, en waar is die hartlikheid van die vriendin van vroeër nou?

"Waar woon julle?" vra Olga. Sku en onseker wys Naomi na 'n woning en sê vinnig, terwyl sy 'n beweging maak om uit te klim: "Wag, laai my hier af, dan kan jy jou motor sommer hier draai." En Olga dink: dit is nie alles pluis met Naomi se mededelings nie, want haar hele voorkoms wys dat sy veragterlik het, en die huis wat sy nou daar aangewys het, daar woon dr. Henley tog! Die ander aand het hulle daar gaan kaart speel. Naomi sien die agterdogtige blik in haar vriendin se oë en verward groet sy, bedank . . . is op pad, terwyl sy in haar hart weet dat dit tussen hulle twee vir ewig uit is, dat dinge nooit meer sal word soos dit was nie. Die motor van haar vriendin glans reeds by die draai om. Dit is of al die onwaarhede, die huigelary plotseling in Naomi se gees soos afskuwelike drake opstaan. Sy verag haarself, haar vriendin . . . Sy haat die hele wêreld. *Haar* huis hierdie met die struikbedekte rotstuine en tennisbaan! Sy lag stroef en bitter . . . Opeens val die reëndruppels; groot en blink skyn hulle teen die son, wat net agter die donker geriffelde wolke in verdwyn. Hulle vorm donker kolle op die stofbedekte straat en op Naomi se rok, maar sy stap nou aaneen, want die stilhouplek van die bus is ver van haar af . . . Sy sal maar stap Vrededorp toe. Blou kom die reënbui teen die hange by Melville af, die druppels dans vrolik op die blink strate en in die sag vallende reën gaan, langs die sierlike wonings, 'n vrou met papnat rok verby. Dit is donker toe sy by Vrededorp kom. Die elektriese ligte priem glansend deur die dun gordyn van reën en 'n paar muile staan dromerig voor 'n wa met die water glimmend langs hul sye. Vèr weg ruis die weemoedige stem van 'n outydse harmonium op.

Die reën is koel teen haar wange, en die wind wat nou en dan roer, is strelend en teer. Sy draai by die lendelam hekkie in en toe sy die voordeur oopmaak, slaan die felle, onbedekte elektriese lig soos 'n skok op haar oë aan. Langs die tafel sit haar man en seuntjie.

"Jy lyk 'n mooi een om nou hier aangestap te kom," brul hy onredelik. "Ek en die kind moet seker vergaan van die honger terwyl jy by jou 'hoë vriende' sit en tee drink. Klomp snobs!"

Hy blaas veragtend deur sy neus en sit sy hand op die seuntjie se skouer, wat met groot-oop oë na sy ma sit en kyk en toe onverwags sê: "Mammie se mooi rok is papnat!" Toe skater hy van die lag.

Naomi sê geen woord nie. Haar lippe is ferm op mekaar. Sy gaan na die klein slaapkamer en in die donker verkleed sy haar. Sy sit haar voorskoot aan, meganies en met vinnig bewegende vingers. 'n Rukkie staan sy stil voordat sy uit die slaapkamer gaan, haar hoof gebuig soos in deemoed . . .

Voor haar teen die klein ruitjie sukkel 'n reëndruppel af, blink-glansend teen die straatlig daaragter.

1934

J. VAN MELLE

Oom Diederik leer om te huil

Die koors was daardie jaar baie kwaai en selfs in die wyk van Buffelshoek, waar gewoonlik geen malaria is nie, het baie mense siek gelê aan die koors.

Dit was in die nasomer aan die end van Maart. Oom Diederik Blas sit alleen in die sitkamer van sy taamlik ruim, maar armoedige huis en sit daar en dink aan al die siekes in sy omgewing. Noord en suid van hom woon sy kinders, al langs die spruit, op hul klein stukkies grond in hul klein woninge, kleinboere wat hard moet werk om hul grondjies te behou.

In elke huis is siekte. In hul klein lae kamers lê die siekes, grootmense en kinders in die hitte van die nasomer en bewe van koue of woel in koorshitte, smagtend na koelte. Die armoede is ook groot en in menige huis het hulle gebrek aan die dinge wat 'n siek mens nodig het.

Sy vrou kom uit die kombuis en praat met hom. Dit is al weer oor die siekte. Sy staan daar in die deur, oud en grys, krom en maer, verwaarloos deur sorge en ontbering.

"Flip het ook weer ingeval," sê sy. "Hulle pas hul ook nie op nie."

Sy het dieselfde 'n uur gelede ook al gesê en hy begryp dat sy na geselskap verlang, maar na 'n paar minute verval hy weer in gepeins. Dit druk haar dat hy so weinig spraaksaam is; dit maak haar so triestig as hy daar so stil sit sonder om 'n woord te sê. Met 'n sug gaan sy weer weg.

'n Dogtertjie van 'n jaar of twaalf kom binne en vra of Ouma nie kans sien om bietjie oor te kom nie, want boet Jan het weer so harde koors. "Ma weet nie wat om te doen nie," sê die kind, "en Pa is nie by die huis nie."

Hy roep na haar. "Gaan tog maar weer bietjie soheentoe," sê hy.

Toe sy vrou weg is, dink hy: Ek is verwonder dat die koors my nog nie aangetas het nie. Maar een van die dae sal hy my seker ook kry.

Iemand klop en hy staan op. Dis 'n opgeskote seun, die seun van een van sy kinders wat 'n paar uur verder woon.

"Hoe gaan dit by julle?" vra hy.

"By ons is nog baie siekte, Oupa. Pa het my gestuur om te verneem hoe dit hier by Oupa-hulle gaan."

"Ja, kind, hier is dit maar net so. Jou oom Flip het weer ingeval. By Hendrina lê ook twee van haar kinders siek. Stefaans se vrou lê ook al 'n paar weke. Hier is amper nie 'n huis waar geen siekte is nie. Ek verwonder my dat die siekte my ook nog nie aangetas het nie."

"Oupa is gelukkig," sê die seun.

"Ja, maar hy sal my seker nog kry."

Die seun sê niks, weet nie watter antwoord hy daarop moet gee nie.

Toe hy weg is, loop oom Diederik uit na sy mielielande. Hoog en groen staan die mielieplante in die hitte van die warm voormiddag, weelderig, met groot koppe. Dit kan 'n goeie oes word, dink hy. Maar mens weet nie of jy nog sal sien dat hierdie mielies gedors word nie.

Na 'n tyd sien hy sy vrou weer terugkom. Dit val hom by dat hy die laaste tyd so min met haar gesels; so met sy eie gedagtes besig is dat hy die geselskap verwaarloos. Dis darem nie goed genoeg nie, dink hy. Hy gaan haar tegemoet en vra haar uitvoerig uit en dit beur haar op dat hy weer so spraaksaam is. Dis alte swaar as mens net twee in die huis is en een sê amper geen woord nie, dink sy.

Een bedompig-warm middag, terwyl hy in die huis by sy oudste seun sit, voel hy die koue hom bekruip. Sy seun sien dit.

"Pa voel tog nie siek nie?" vra hy.

"Ek voel of ek koud wil word," sê hy. "Ek wil maar weer loop."

"Wag, ek sal gou inspan," sê sy seun.

"Nee toe maar, dis nie ver nie; miskien is dit goed as ek 'n entjie stap."

Maar toe hy by sy huis kom, is hy so duiselig dat hy op sy bene wankel. Dadelik gaan hy lê en terwyl hy rillend inmekaar krimp van die kouekoors, sê hy elke maal by homself. "Hier het hy my nou ook; ek het dit verwag."

Sy ou vrou dokter hom so goed as sy kan, maar die koors neem toe. Van koue wat hom so laat bewe dat sy kooi skud, kom hy dan langsaam in 'n hitte wat hom na koelte laat smag. Dan lê hy uitgeput tot die kouekoors weer vat.

So gaan dae verby met tye dat hy helder van gedagte is en tye dat hy nie weet wat hy praat nie, dat hy dinge om hom heen sien wat nie bestaan nie; tot daar 'n ding kom wat sy denke een rigting laat loop. Dis 'n droom.

Dis 'n droom wat elke maal terugkom. Dit gaan aan as hy wakker lê en terwyl hy slaap, ook as hy by tye by sy bewussyn is, dan nog gaan hy met die droom aan. So gaan dit dae aanmekaar.

Hy droom dat hy met kar en perde ry, 'n lang pad. Hy sit alleen op die kar met sy oë benoud met die pad af, want 'n vrees is in hom dat hy by 'n hek sal kom. Daar is geen rede om bevrees te wees vir 'n hek nie, want hy kan dan mos maar afklim en die hek oopmaak, maar tog maak die gedagte dat hy moontlik voor 'n hek sal kom hom so bevrees dat hy vir niks anders aandag het nie as net daarvoor. Maar die pad is oop en geen hek hou sy voortgang op nie tot hy meteens sien dat daar draad oor die veld en oor die pad gespan is en hy die pale van 'n hek sien. 'n Skok gaan deur hom. Sê nou die hek is toe? Maar toe hy nader kom, sien hy dat die hek ooplê. Dis maar 'n draadhek en lê daar neergegooi aan die kant. Met 'n sug van verligting ry hy deur.

Hy lê daar op sy bed in die donker bedompig-warm kamer met sy broek en hemp en sokkies aan, heet van die koors, en woel onrustig. Soms maak hy sy oë oop en dan kan mens sien dat hy deurmekaar is. Hy gooi homself heen en weer; hy mompel. Sy ou vrou sit by sy bed; sit elke maal nat lappe op sy voorkop.

"Daar is 'n hek," sê hy verskrik.

Toe sê hy: "Gelukkig, hy lê oop."

Dan lê hy weer 'n rukkie rustiger.

So ry hy verder. Elke maal is daar weer 'n hek, maar die hekke is altyd oop en sonder dat hy selfs nodig het om af te klim, ry hy deur. Tog laat elke nuwe hek hom weer skrik.

Naderhand kom hy voor 'n hek wat toe is. 'n Man staan daar by die hek, 'n gewone man, 'n gewone plaasboer soos mens baie ontmoet. Hy hou stil en wag of die man die hek sal oopmaak.

"Waar ry oom heen?" vra die man.

Daarop het hy nie dadelik 'n antwoord nie. Toe sê hy: "Waar almal heen ry."

Die man maak die hek oop.

"Ry maar," sê hy.

So hou dit aan. Elke maal is daar 'n hek en staan daar 'n man wat hom vra waarheen hy ry, en altyd gee hy dieselfde antwoord. Maar sy vrees word altyd sterker. Miskien sal hy voor 'n hek kom waar 'n man staan wat nie wil oopmaak nie. Maar dit gaan goed; altyd weer maak die man die hek vir hom oop. Toe, by 'n nuwe hek, vra die man hom 'n nuwe vraag. Dis 'n ou man soos hyself: "Wie is neef?" vra die man.

"Ek is Diederik Blas," sê hy.

"Diederik Blas wat in die Eerste Vryheidsoorlog in die slag by Bronkhorstspruit onder kommandant Frans Joubert by was?"

"Ja, ek was daar."

Die ou man maak die hek vir hom oop.

"Ry maar."

By elke hek wat hy moet deur, staan daar nou net so 'n ou Boer. Hulle lyk almal soos die ou mense wat al bejaard was, toe hy nog maar 'n opgeskote seun was, manne met lang baarde en klapbroeke en ouderwetse geweers.

"Wie is neef?" vra hulle.

"Ek is Diederik Blas, oom," sê hy dan nederig.

Hy is self oud, maar hulle is van vanmelewe se mense en vergeleke by hulle, voel hy jonk.

"Is jy die Diederik Blas wat met die inval van Jameson heeltemal van Middelburg met 'n klompie burgers gekom het om te help veg?"

"Ja, oom."

Dan maak hulle die hek oop.

By 'n ander hek vra hulle hom of dit hy was wat in die Driejarige Oorlog in die slag by Bakenslaagte gewond is, toe die vrede al so te sê gesluit was. 'n Ander vra hom weer iets dergeliks; en altyd laat hulle hom dan gewillig deur, want oom Diederik was 'n goeie burger wat altyd klaar gestaan het om sy lewe vir sy land te waag. Hy begin langsamerhand meer moed kry, want hy sien dat hulle hom oral ken en dat niemand hom die deurgang versper nie.

Maar by 'n nuwe hek staan daar twee manne en dit laat hom weer met angs nader kom. Dis mense soos die ander, maar vernamer; hulle lyk soos offisiere, manne met gesag, en hy besef dat dit hier moeiliker sal gaan. Bang wag hy vir hul vrae.

"Wie is neef?" vra die een.

"Ek is Diederik Blas, oom." Hy voeg daarby: "Ek was in die slag by Bronkhorstspruit en ek was by die geveg met Jameson. Ek het ook in die Driejarige Oorlog al die tyd buite gebly."

Maar tog aarsel hulle en 'n tyd staan hulle met mekaar en gesels sonder dat hy kan hoor wat hulle sê. Lank bekyk hulle hom, twyfelend.

Toe vra een van hulle: "Was dit jy wat in die rebellie gesê het dat julle ook vir die Sappe moes bid?"

Ja, dit het hy gesê. Dié ding het hy al byna vergeet, maar nou herinner hy hom dit weer.

"Ja, oom," sê hy, "dit het ek toe gesê."

Hulle maak vir hom oop.

"Jy kan maar aanry," sê hulle.

Lank ry hy nou ongesteurd verder. Daar is geen hekke nie, geen manne wat vrae stel nie; wyd en oop lê die wêreld sonder êrens 'n enkele kamp of waar die grond met draad toegemaak is, oop sonder iets wat jou keer, soos vanmelewe, en oor die lang vlaktes klim en daal sy pad onbelemmerd na die verte. Maar terwyl hy hom nog daaroor sit en verheug, kom hy plotseling om 'n draai weer voor 'n hek. Weer staan daar twee manne, van uiterlik soos die twee voriges.

"Is jy Diederik Blas?" vra een van hulle.

"Ja, oom."

"Ons laat nie sommer elkeen deur nie," sê hulle.

Groot angs staan in hom op. Hier stuur hulle my terug, dink hy.

"Ons wil jou bietjie uitvra," sê die ander een.

"Ja, oom," sê hy.

"Wat het jy gedoen met jou skape?" vra die man.

"Hoe meen oom?"

"Ek meen jou swart skape; wat het jy gedoen met jou werkers? Hulle is mos jou swart skape. Hê-jy hulle in die Evangelie laat wei?"

Oom Diederik laat sy kop sak. Nee, hy het hulle nie in die Evangelie laat wei nie. Hy het hulle laat werk; hy het hulle kos gegee; hy het hulle nie sleg behandel nie, maar moeite om hulle te bekeer, het hy nie gedoen nie. Net met een of twee het hy moeite gedoen; daaraan dink hy nou.

"Nee," sê hy. "Met boekevat was party soms by, dis al. En dan soms, byvoorbeeld met Windvoël, hom het ek iets probeer leer van die Christendom. Ja, met hom het ek regtig my bes gedoen. Maar hy was baie dom. Hy was my agterryer in die Driejarige Oorlog en meer as een aand het ek lank met hom gesels om hom dinge te laat verstaan, maar hy het te min verstand gehad om veel daarvan te begryp. En dan Vaatjie, wat saam met my grootgeword het, met hom het ek later ook dikwels oor die geloof gepraat. Hy was ook 'n getroue werker. Hom kon ek iets leer, want sy verstand was wonderlik goed."

"Ja," sê hulle. "Ons weet daarvan."

Tog aarsel hulle nog. Toe, langsaam, asof hulle nog half twyfel, maak hulle die hek oop.

Neerslagtig ry oom Diederik verder. Die ding word al moeiliker; hy sal dit nie maak nie. Netnou sal hom vrae gestel word wat hy ontkennend moet beantwoord. En dan? Dan sal hulle hom nie laat deurgaan nie.

Toe sien hy iets wat hom tegelyk van hoop en wanhoop laat bewe. Hy sien 'n hoë bult voor hom en bo-op die bult 'n kerk. Dis 'n mooi groot kerk en sy vensters blink in die son. Rondom die kerk staan dit vol waens en tente. Sal hy daar kan kom? Hoeveel hekke sal hy nog moet deurgaan voor hy daar sal wees?

'n Nuwe hek is al weer voor en 'n man staan daar. Dis 'n buitengewone man, indrukwekkend om te sien, lank en fris gebou, met 'n groot grys baard en oë wat dwarsdeur jou heen kyk. Hy hou sy kop soos 'n groot generaal, soos 'n mens wat vir niks vrees nie; soos iemand wat mag het om jou met een woord te verdelg.

Vol vrees hou hy 'n ent van die hek af stil.

"Waar ry jy heen?"

"Na daardie kerk, meneer," antwoord oom Diederik vol angs.

"Wie is jy?"

"Diederik Blas."

"Waarom huil jy nie, Diederik Blas?" vra die groot man. "Ons laat net mense deur wat huil."

Hierdie woorde verwonder hom.

"Waarom moet ek huil, meneer?" vra hy. "Moet ek huil oor my kinders wat dood is; of oor my eerste vrou wat ek verloor het; of oor al die teenspoede en ongelukke of teleurstellings in my lewe? Dis mos nie manlik om daaroor te bly huil nie?"

"Nee, mens kan nie altyd daaroor bly treur nie," antwoord die man.

"Moet ek oor my sondes huil?"

"Mens kan ook nie aanhou om daaroor te huil nie."

Daar is 'n lang stilte.

"Wat moet ek doen, meneer?" vra oom Diederik bedroef.

"Omdraai."

"Waarheen?"

"Terug waarvandaan jy gekom het."

"Om wat te doen?"

"Om te leer huil."

"Waarom moet ek dan huil as dit nie oor my sondes is nie?"

Maar die man gee hom geen antwoord nie en gans bedruk en terneergeslae keer oom Diederik die perde om en ry terug met die pad waarmee hy gekom het.

Stadigaan word oom Diederik weer gesond; langsaam met tye van nuwe verswakking. Ure lank kan hy sit sonder om te roer, sy gedagtes stil soos 'n gat water. Dikwels ook dink hy aan die droom. 'n Wonderlike droom was dit. Hy beskou dit as 'n voorbode. "Hierdie droom wil vir my iets leer," dink hy, "maar wat weet ek nie." Die predikant kom eindelik daar. Hy moes lankal daar gewees het, meen oom Diederik, maar nou kom hy dan tog eindelik en oom Diederik besluit om hom omtrent die droom uit te vra.

Die predikant is 'n man van so by die vyftig, vol krag en werklus nog. Hy is op huisbesoek en ry nou ook by oom Diederik aan. Dat hy nie al eerder, spesiaal vir hom, gekom het nie, sou oom Diederik hom vroeër seker kwalik geneem het, maar nou traak dit hom min. Daar is nog 'n ouderling by ook. Ook dit kan oom Diederik weinig skeel. Hy is wel helder van gedagte, maar hy is so kragteloos, so deur en deur swak, en tegelyk so sorgeloos dat hy sommer dae aanmekaar sit sonder om hom oor iets te bekommer. Hy dink ook weinig. Hy is soos 'n spieël waarin die dinge om hom heen weerkaats. Hy neem die beelde op, dis al. Daar sit die predikant, daar sit die ouderling in hul swart pakke. Hy hoor wat hulle sê. Hy sê self ook iets. Ja, hy het koors gehad. Amper was hy nie meer daar om die dominee te ontvang nie.

"Ja," sug die predikant, "die Here weet sy tyd."

Die ouderling sug ook: "Almal moet maar die pad loop," sê hy.

"Daardie hek moet jy deur," sê oom Diederik.

Daar is 'n lang stilte. Oom Diederik se vrou sit ook daar, maar sy luister net – praat geen woord nie. Oom Diederik sit daar, regop, maer, geelbleek; sy grys baard blouwit, sy blou oë flets en sonder spraak. Hy sit daar roerloos, soos 'n beeld, sy stil hande oormekaar. Die predikant sit hom en beskou.

Die ou is klaar met die wêreld, dink hy.

Oom Diederik weet wat die predikant dink, maar dit maak geen indruk op hom nie.

"Dink dominee 'n Christen moet 'n neerslagtige soort mens wees?" vra hy onverwags. "Moet jy dan almelewe bedruk en droefgeestig wees? Treurende so te sê?"

"Nee, oom Diek, ek glo nie. Wat is daar benydenswaardiger as 'n blymoedige Christen? Natuurlik, daar is altyd dinge om jou oor te bekommer en dinge wat jou leed doen; maar tog, 'n Christen het tog alle rede tot blydskap."

"So het ek ook gedink," sê oom Diederik.

"Net jou sondes, oom Diek, daaroor sal jy altyd bedroef voel."

"Mens kan darem ook nie aanhou om altyd daaroor te treur nie," sê oom Diederik.

Die predikant kyk verwonder, 'n weinig pynlik getroffe selfs. Ook die ouderling vind dit 'n snaakse antwoord.

"Nee, oom Diek," sê die predikant, "as ons besef hoe groot sondaars ons almal is, kan dit nie anders nie of dit moet ons neerslagtig maak."

Oom Diederik gee nie antwoord nie. Hy voel nie lus om hieroor te stry nie, al weet hy nou beter.

"Dominee kan 'n stukkie vir my lees as dominee wil," sê hy na 'n tyd.

Sy vrou kry die Bybel en die predikant dink wat hy sal soek. Die woorde van oom Diederik het hom egter laat sleg voel en hy sit daaroor en dink terwyl hy soek. Hy weet waarlik nie wat hy moet lees nie.

"Het oom Diek voorkeur vir een of ander gedeelte?" vra hy.

"Nee, dominee kan maar enigiets lees."

"Dan sal ek sommer hier lees waar dit oopgeval het."

Hy voel bietjie skaam dat hy nie 'n toepaslike gedeelte in sy gedagte kan kry nie en met weinig besieling begin hy lees. Hy lees 'n gedeelte van Lukas 19. Oom Diederik neem elke woord op, al lyk dit of hy skaars hoor.

Hoe verder die predikant lees, hoe meer meen hy dat hy nou iets lees wat weinig troos of bemoediging in hierdie oomblik kan gee; dat dit jammer is dat hy nie iets meer toepasliks gesoek het nie. Tot hy kom by die een-en-veertigste vers: "En als Hij nabij kwam en de stad zag, weende Hij over haar."

Toe hy daar kom, sê oom Diederik: "Dankie, dominee, dis genoeg. Ek weet nou wat ek wou geweet het."

Verwonderd wag hulle of hy meer sal sê, maar hy bly swyg.

"Wat is dit, oom Diek?" vra die predikant. "Wat was dit wat oom Diek wou geweet het?"

Maar oom Diederik het geen lus om van die droom te vertel nie en hy sê: "Die Woord is darem wonderlik, dominee. Dit gee jou antwoord op al jou vrae."

"Ja, oom Diek?" vra die predikant.

Maar oom Diederik sê niks meer nie. Roerloos sit hy daar soos 'n beeld van was. Hy sit daar so stil asof alles in hom onbeweeglik is, asof al sy gedagtes slaap, soos 'n grou water in skemering; soos 'n sandplaat by nag. Hulle sit hom en bekyk. 'n Ou man, 'n mens by die poort van die dood; een wat die hek weldra sal deurgaan.

'n Buitengewone stemming is in die kamer. Sonder beweging sit die vier mense daar en niemand praat 'n woord nie. Die drie sit soos die drie wat kyk hoe een van hulle vir goed weggaan, soos drie mense 'n wa nakyk wat wegry. Daar gaan hy heen en neem alles saam wat hy het: sy geloof, sy berou, sy werke – goeie en slegte. Watter soort vrag is daar op sy wa? So sit hulle daar en dink.

Die son sak en goudagtig skyn sy strale deur die een venster. Die stil mense maak dit alles nog plegtiger.

Eindelik staan die predikant op en oom Diederik sit weer alleen met sy gedagtes. Hy sien dat sy kar ingespan staan, opgepak en klaar om te ry. Alles wat hy nodig het, is op, net die trane, die regte trane, ontbreek. Hy sien vooruit reeds al die hekke wat hy sal moet deurgaan en hy weet nou dat dit nie moeilik sal wees nie, dat hulle hom oral sal deurlaat; net die laaste hek sal hy nie kan deurgaan nie; daar gaan alleen die mense deur wat huil, trane huil wat nooit ophou vloei nie; waar jy is, hier op aarde of van die aarde weg, aanhou vloei solank die mensdom in nood en sonde leef. Mag hy dan nie daardie trane hê nie?

Groot droefheid vervul hom, 'n bitter droefheid dat hy oud geword het, sewentig jaar geleef het sonder daardie trane te huil, regtig daardie trane te huil en hy bid om daardie droefheid wat sal aanhou, aanhou solank die son op 'n onveranderde aarde skyn.

1938

Die tuiskoms

Sy sit met haar kleinste kind op haar skoot en luister na die wind. Dit waai nou al dae aanmekaar. Elke môre staan hy op en waai tot die son ondergaan; dan gaan hy lê tot die volgende dag. Hy waai oor die oneindige veld, oor die dor, doodgerypte gras en oor die groot, swart brande. Na dié kant toe is die veld heeltemal afgebrand en waar sy so sit, sien sy deur die venster die hele vlakte swart. Die bleekblou hemel staan daarbo, strak, sonder 'n enkele wolkie, en daarin skyn die son, magteloos om warm te maak waar die koue wind waai. 'n

Ent van die huis af is ’n rantjie, laag, van wit klippe, ver agter al die wind, so alleen, soos ’n eiland.

Dis eensaam in die huis en die wind daarbuite maak dit met sy geraas nog eensamer.

In ’n hoek van die kamer, op die grond, met haar kop op ’n kussing, lê ’n meisietjie en slaap. Dan het sy nog drie seuntjies, maar die is nou almal skool toe. Hulle gaan vroeg in die môre al weg en eers laat in die middag kom hulle terug. Sy moet nou opstaan om te gaan kos kook, maar sy bly nog sit; die wind maak ’n mens moeg en droefgeestig; lusteloos, asof daar niks is nie behalwe die sprakelose huis en die afgebrande veld en die wind wat maar steeds waai.

Sy is ’n teer, bleek vroutjie met groot, blou, droewige oë; glad nie mooi nie, met ’n vaalbleek kleur, haar hare dun en sleg versorg en haar mond altyd half oop, sodat ’n mens die geel, ongeborselde tande sien. Maar tog is daar in haar gesig iets aantrekliks. Waardeur kan ’n mens nie so dadelik sê nie, maar as jy haar so bekyk, voel jy ’n geneentheid vir haar in jou opgroei.

Die hele winter was sy alleen met haar kinders, want haar man was met die skape na die Bosveld, en sy wou nie saamgaan nie om die kinders in die skool te hou. Dit was baie onplesierig, sowel vir haar as vir hom, die hele vier maande alleen, maar tog wou sy dit so hê. Dit sou nog ’n maand duur voordat hy met die skape terugkom.

Martinus Cloete trek met sy skape uit die bosse. Dit het al so warm geword dat hy nie langer daar kan bly nie en hy het gehoor dat daar mooi reëns geval het langs die pad en dat die gras al begin uitloop. Maar op die eerste reëns het weer droogte gevolg; die jong grassies het verlep en dit was weer die ou swart brande met net hier en daar ’n bietjie gras.

Oor die afgebrande veld trek die skape moeisaam verder en knabbel aan die yl, dun, verflenste grassies, stadiger, die koppe altyd laer, na ander nuwe kolletjies gras. Agter loop Martinus Cloete. Sy lang, hoekige gestalte in die verslete, verbleekte klere beweeg stroef in verdrietige gang. ’n Ent voor hom ry sy wa in die pad.

Aldeur stadiger trek die skape, so maer is hulle, so swak. Nou en dan bly daar een van hulle lê. Hy neem sy mes en sny haar keelaf; loop dan weer verder.

So nietig lyk hulle daar, die trop armoedige skape en die man; so verlate in die wye, drukkende eensaamheid met die geel son bo hulle, die son wat daar soos ’n vuur alle koelte en reën wegbrand en die bietjie gras wat daar is, verdroog.

Elke dag bly daar meer skape lê en hy sny hulle keelaf, sodat die aasvoëls hulle nie lewend kan kry nie. Dis nog die ergste om die stomme diere te moet doodmaak. Hulle kyk hom aan met hul bekende oë; hulle vra hulp en dan moet hy hulle doodmaak. Hy is voortdurend vol angs dat daar meer sal agterbly, en bly lê. Hy sien dit naderhand altyd, terwyl hy loop, of as hy saans by die vuur sit of as hy onder die wa lê voordat hy aan die slaap raak; in sy slaap ook, altyd sien hy dit: 'n skaap bly agter, gaan staan, gaan dan lê.

Somtyds wens hy dat hulle maar almal moet dood wees, sodat daar 'n end aan kan kom.

Een môre sien sy hom kom en haastig loop sy hom tegemoet, maar toe sy die klein klompie skape sien, bly sy verskrik staan. Is dit al die skape? Sou daar so baie dood wees? En sy bly staan waar sy is en kyk na die skape wat traag nader kom tot hulle by haar is en verbygaan. Toe gaan sy na haar man, groet hom met 'n soen, sprakeloos.

In die huis gaan hy moeg sit op een van die kiste. Sy gaan by die tafel sit en kyk hom aan met groot, droewige oë, maar hy kyk reguit voor hom in dowwe moedeloosheid. "Die helfte is dood," sê hy.

Sy gee nie antwoord nie, maar staan op en gaan by hom sit. Sy leun teen sy skouer en neem sy hand in hare, maar sy sê niks nie. Lank sit hulle so, want die slag was hard. Maar aan hom dink sy die meeste, aan die swaar wat hy deurgemaak het. 'n Sterk verlange kom in haar op om hom te troos, maar sy vind geen woorde nie, en stil sit sy daar teen hom en liefkoos sy groot, ruwe hand.

Breed is die groot teenspoed om hulle, en daarbinne, asof opgesluit, benoud en alleen, hulle twee. So dig bymekaar is hulle nou.

Langsaam begin hy vra en vertel.

1938

TOON VAN DEN HEEVER

Werkstaking by die kleigat

Was jy al op die Hoëveld na die eerste reëns geval het, as die brande groen uitslaan en die skape wind op uitstryk agter die botterblomme aan? Het jy dan al gelê teen 'n heuwel naby die kuile terwyl die skape, so teen die middag, as dit warm begin te word, rustig om jou wei, en gehoor hoe die geluid van uitgetrekte grashalmpies verenig en saamsmelt tot die gerommel van 'n verre onweer? En as die skape dan gaan lê, het jy al plat op jou rug in die gras probeer om die rooivlerke te sien wat hoog in die blou lug klapwiek en sing en, as hulle lied uit is, luidrugtig afstort na die aarde?

Net so 'n dag was dit waarvan ek vertel. Pens was die beeswagtertjie en ek het die skape opgepas. Toe ek met die skape aangewei kom, was die beeste al daar, maar van Pens geen spoor nie. Naderhand hoor ek 'n gemompel tussen die uintjies en die biesies langs die vlei en bekruip toe die plek waar die geluide vandaan kom. Plat op sy rug lê Pens in die ruigte, sy hoed oor sy gesig, besig om vir homself 'n dramatiese alleenspraak voor te dra:

(Op gebiedende toon met 'n growwe stem om my vader voor te stel): "Pens!"

"Ja, Oubaas!"

"So en so en dit en dit!"

(Brutaal): "Nee mastaag, Oubaas, glad nie so en so en dit en dit nie; so en so en dit en dit!"

"Boggom!" skree ek en gooi my baadjie oor hom. Verskrik vlieg Pens orent en kyk diékant toe in die verte. So maak hy altyd as hy skaamkry – hy kan mos nie bloos nie.

In die walle van die kuil was pragtige blou potklei en dit was nie lank nie of Pens en ek was druk besig om die klei te brei en reg te maak. Nie weer lank daarna nie of Pens het 'n wa geskep én 'n span Afrikaners daarvoor met wye weglê-horings en hy dryf hulle met 'n lang biesie so luidrugtig dat die osse wat teen die hang lê en herkou, eintlik omkyk en pynvolle herinneringe kry.

"Swartla-a-and, jou dessitse ditsem! Vasvat! Donkerber-r-r-rg! Vaalty-y-yn, jou moern . . . ker-r-r-Vaalpens! Rooiland! Styfstaan, julle maaivoer-r-ies!"

Toe Pens van sy karweiery moeg was, kom hy oor na my toe waar ek werskaf.

"Wat maak jy nou?" vra hy verwonderd.

" 'n Klei-os."

"Maar wat maak jy daar met die knipmes?"

"Ek sny die splyte van die hoewe."

Die volgende oomblik val Pens reg agteroor in die gras en skop sy hakskene in die lug soos hy lag.

"Hoewe!" lag hy, "wie het al 'n klei-os met hoewe gesien!"

Toe kry ek sommer skaam vir my werk en praat oor ander dingetjies.

"Weet jy wat, Pens, ek word nou moeg van skaap oppas."

"Wat wil jy dan maak, skool toe gaan?"

"Nee!" (veragtelik) "Ek wil wegloop."

"Wegloop! Waarheen?"

"Sommer wegloop, verdwyn. Dan gaan ek ver weg: Bosveld toe of Johannesburg toe of na 'n ander land toe. Dan dink al die mense dat ek dood is. Naderhand sal hulle hoor van 'n kommandant of 'n generaal wat so kwaai is; hulle hoor hoe hy die Kakies uitmekaar gejaag het, hoe hy die tjaainies laat spaander het. Dan trou die generaal met die dogter van 'n koning of 'n 'knight' . . ."

"Naait? Wat is 'n naait?"

"Dis 'n kêrel wat 'n sawel dra en ysterklere."

"Ysterklere! Hoe loop hy dan?"

"Wa-a-ag man! Laat ek jou eers vertel. Dan hoor al die mense eendag dat die beroemde generaal op die stasie gaan wees. Dan span ou Van Eeden sy verewa in en bind linte in die perde se maanhare. Van Tonder en Brits en Van Vuuren en Pa en die hele spul trek hulle kisklere aan en gaan stasie toe om die generaal te sien. En as die trein stilhou, sit hulle 'n plank teen die goetswen en daar kom die generaal uitgery op 'n groot swart hings met 'n bles en 'n witvoet, wat so kopspeel en trippel dat mens sy hoewe skaars kan sien. Regop sit die generaal te perd met 'n blink uniform aan en 'n lang blink sawel in sy hand. Die polisiemanne en die gart sal almal salueer. Die mense sal hoera skree en hulle hoede opgooi. Ewe deftig haal die generaal sy hoed af en verbeel jou hoe verwonderd Pa sal wees om te sien dis ek!"

"Ek wil ook wegloop," begin Pens met geesdrif, "en dan dink almal ek's dood. Dan sê hulle: 'Dis goed, die blikskottel is tog niks werd nie?' Dan hoor hulle naderhand van 'n groot kommandant of 'n generaal wat die rooinekke . . ."

"Maar jy's dan 'n kaffer!" val ek Pens in die rede.

"Ja wragtaag!" sê Pens, langsaam en terneergeslae. "Wat kan ek dan word?"

"Ek sal jou sê," kry ek 'n blye inval, "jy kan my agterryer word."

"Jou agterryer? Jou verstand!"

"Wat, kamsketel? Jy sal my agterryer word!"

En daar is die middag 'n hewige slag gelewer langs die kuil bo in die vlei. Die biesies en die uintjies was naderhand platgetrap en deurmekaar en Pens en ek altwee uit-asem. Daardie slag sou miskien beslissend gewees het, een van die keerpunte in die geskiedenis van ons land. Maar helaas, skape is vir sulke aangeleenthede net so blind soos die Voorsienigheid. Daar het 'n koel windjie oor die brand gekom en het met hom die geur van oopgaande botterblomme gebring. Neus-in-die-wind begin die skape wind op tou te vat. Ek moes weg. Maar vir 'n paar dae was daar 'n werkstaking by die kuil, waar mens teen die wal sulke gawe blou potklei uithaal.

1948

BOERNEEF

Teen die helling

In hierdie stadswyk aan die onderste helling van die berg knoop die stedelinge, veral die van middelbare leeftyd en ouer, makliker 'n praatjie aan met iemand wat hulle net van sien ken, as die stadsmense wat op die gelykte woon. Stedelinge is jaers en jagters en gejaagdes en oor die algemeen geen praatjiesmakers op straat nie. Hoe gelyker die stadswoonbuurt, hoe gejaagder die wandelaar. Maar hier teen die helling word daar vanself stadiger geloop. Die opdraand draai op sy eie manier die rem aan. Dit weet die middeljariges en bedaagdes heel goed, en daarom is hulle soms maar dankie-bly as hulle 'n bietjie kan staan en rus en gesels oor die weer of die politiek of die onmanierlikheid van die hedendaagse jeug. Hierdie drie dinge se maters is dood om 'n geselskap aan te knoop, of sommer ook vol te hou, as dit lyk na hoe. Die politieke terrein is natuurlik effe gevaarlik, maar as jy genoegsaam geïnteresseerd is en jy verstaan die kuns om die kat uit die boom te kyk, dan het jy hier geselsmoontlikhede soos min. Besit die wandelaar teen die helling 'n hondjie of 'n hond of twee hondjies of twee honde, en die man wat hy raakloop, is 'n soortgelyke besitter, dan moet daar opsluit 'n paar woorde gewissel word, want die honde beginne eerste met hulle akkelpienies en fieterjatsies. En waarna sal dit dan nou lyk as die base buffelagtig en woordeloos staan en toekyk onderwyl die honde mekaar met intieme hondsheid bejeën? Dan sê ou McCorkindale: "Goeie en nuttige dier, 'n hond. Dwing jou om te gaan stap, of jy lus het of nie."

"Dis net wat dit is," antwoord ou McAlpine. "Hierdie tweetjies van my kan lees en skrywe. Hoe mense dit oor hulle hart kry om 'n hond te verwaarloos, begryp ek nie. Maar, nou ja, sorgsaamheid is 'n deug wat al hoe seldsamer word. Ek sê altyd . . ." Die berghelling waarteen ek woon en my breëborsmops, Jan – die getrouste en intelligentste van alle mopshonde – was die aanleiding tot my kennismaking met McCorkindale en sy twee wit wolhaartjies en met McAlpine en sy twee bruinetjies. Maar ook en veral met Andries Harlekyn. Dis van my ontmoeting en gesels met laasgenoemde wat ek wil vertel.

Op 'n dag staan ek voor my tuinhek op die sypaadjie met Jan en speel. Ek gooi akkers en hy gaan haal en byt stukkend. Toe kom Andries daar verby.

"Tag, maar jy's 'n mooi hondjie. 'n Pokkeltjie. 'n Dikketjie. 'n Potjierolletjie. Katerangghangghang en orangoetang se skurwejanwang. My tata en my mama en waar's my land en my dae? Nee, maar jy's glad te vet, ouste. Jy moet matiger eet en drink, jou ou vet buksie. Middag, Baas. As ek 'n hoed opgehad het, sou ek hom wis en seker afgehaal het. Dit woort so. Maar ek het g'n kopding op my naam nie, en kyk hoe verflenter is my klere. Ek is so arm soos 'n luis op 'n kam. Ek is die Verlore Seun se eie bloedbroer as ek nie dalk die Verlore Seun self is nie."

"Maar jou woorde loop mos ligvoet. Hoe's jou naam en waarvandaan kom jy en wat doen jy vir 'n broodwenning?"

"Dis Andries Harlekyn wat hier voor Baas staan. Ek is in die wye wêreld gebore, en nou doen ek los werkies hier teen die hang van die berg rond. Ai, waar is die wye wêreld tog!"

"Hoekom is jou naam dan Andries Harlekyn?"

"Toe ek my kom kry, het almal maar vir my Andries gesê. Harlekyn het naderhand bygekom, omdat ek die jong is vir die baie aksies en sêgoed en woorde en name. Katerangghangghang en orangoetang en skurwejanwang. Hond se voet en kat se klou! Maak oop die vensters en deure dat ek ver kan sien tot doer waar die dynserigheid lê. Ditsim! Ja so ja. Hotnot-se-kjend – Boesman – Koeranner – peperkorreltjiekop – boepens – dik-kaiings!"

"Hoekom is jy van die ver en wye wêreld af weg?"

"Ek wou gaan kyk hoe dit agter die bult lyk, en dan nog 'n bult, en dan nog 'n rant en 'n hoogte. Ammelee verder. Ammelee sien hoe dit doer ver lyk. En ek wou meer geld hê."

"Hoeveel het jy al vandag gedrink?"

"Ek sal ruiterlik die waarheid sê, my baas: net 'n paar vyfvinger-glasies vaaljapie. Gij zult geen valse getuigenis spreken."

"Maar hoor dan so! Waar kom jy daaraan?"

"Ek het 'n bietjie skool gehad. Ek kan lees en skrywe. Ek ken baie stories en name uit die Bybel. Ek het op my dae ook gekatkiseer. Ek het al die name van die Rigters en die Profete geken, en die meeste ken ek nog. Andries Harlekyn is 'n derduiwel van onthou. Ek het ook baie Hallelujagesange in my jong dae geleer en ken nog baie van hulle. Ek het 'n mooi tinnerstem, al sê ek dit nou self. Maar die name is eintlik my kos: Otniël, Ehud, Samgar, Debora, Sefanja, Amos, Obadja, Jona, Miga, Nahum, Potifar, Handelingen der Apostelen, Prediker en Ruth."

"Op dees aarde! Jy sê jy't vandag nog net 'n paar glasies weggeslaan?"

"Net 'n paar, my baas. Dis die reine waarheid. Ek sê mos: 'Gij zult geen valse getuigenis spreken.' Maar ek moet inspan en verder trek teen die berg uit. Die opdraans hang swaar aan 'n ou se lyf. Ek sal die span rooies moet aanpraat hiervandaan af. Dag, my baas. Staan pad toe, julle natneuse. Een van die dae kom ek vir Baas 'n sikspens vra om vir my 'n druiwekorrel te gaan haal. Vat hom, kinners: Douland, Donkerland, Blokland, Koorland, Rooiland, Ingeland, Skotland, Pasman, jou rakker!"

En daar trek hy straat op met sy denkbeeldige span natneuse. Ek staan en kyk hom agterna. Hy dwing om my kontrei se taal te praat, dié Andries Harlekyn. Andries dwing om my hart week te maak. Vaaljapie ofte nie en almiskie.

Met hierdie taal en klinkende name van die ver wêreld sal ou McCorkindale nie hond haar-af maak nie.

'n Paar dae later. Dit was 'n venynige wintersaand met geweldige wind- en reënvlae. Vir oulaas gaan ek en Jan nog 'n draaitjie maak in Warrenstraat op voor ons inkruip. Met die terugstap sien ek iemand in die middel van die straat aankom. Ek hoor hom osse drywe en alleen-alleen praat: "Vlakveld, Sandveld, Hardeveld! Ai, so 'n wa is swaar. Die deurslag suie en suie al hoe vaster. En die willesand! Liebestegats!"

Hy gaan staan skuins onderkant my.

"Hou hoog julle naam, julle natneuse. Julle met die breë skowwe. Lekkerland, jou vuurslag! Hook! Haa-nou! Gaan vreet julle nou maar 'n paar bekke vol in dokter Roog se roostuin. Matjiesgoed! Vanaand is ek darem lekker geswael. Vaaljapie en wilde-als en wonnerliksens! I want to be happy. I want to love you."

"Naand, Andries Harlekyn. Hoeveel doppe vaaljapie het jy vanaand weg?"

"Sal nie seker kan sê nie, my baas. Die vaaljapie het my net mooi warmketting gebantom. Hy maak 'n man se lyf reg vir hierdie weer. Ek drink partyslag darem ekstra druiwekorrels tussen die vaaljapie. Dan help dit eers. Ai, ek verlang vanaand omtrent na my ver wêreld, maar ek sal hoeka nie meer daar aard nie. Ek is al te ver heen."

"Dis te onplesierig hier, Andries. Waar slaap jy vanaand?"

"Ek maak sommer daar onder baas Herman se afdakkie kooi."

"Nou toe. Da, koop hiervan môre vir jou iets om te eet."

"Dankie tog. Baas se loon sal groot wees."

Toe ons van mekaar wegstap, roep hy weer 'n paar osname en begin toe *Ruwen Stormen Mogen Woeden* uit volle bors sing so onder die reën en windvlae deur.

Hierna het ek Andries meermale by my huis verby sien drafstap straat af op pad na die oog om 'n druiwekorrel of twee te gaan haal. Met die terugkom teen die opdraand uit was dit nie meer drafstap nie, maar topswaar en noustrop trek, omdat Andries onder in Kloofstraat sy druiwe teëgekom het wat hy gaan haal het. Dit gaan nou brom-brom en ent-ent drywe hy duidelik hoorbaar die span rooiskillernatneuse. Los hy die osse, dan is dit ritse name van plase en mense en diere en dinge. En rympies ook:

Die vaaljapie en die hermityk
En annerman se wyn wat ek wil hê
Ek is 'n warm kettang en 'n vuurbekklong
By vaaljapie wil ek gebantom lê.
Wat gaan so? Staan stil en luister.
Hoor die gedruis, ja hoor die gedruis.
Meulsrivier se waters is vir ammal te sterk.
My mama, ek is voëltjie-swak.
Meulsrivier se waters is vir ammal te sterk.

"Haaaa-nou, julle omgeëlliede skillerspan! Gaan vreet julle dik as julle weet waar om kos te kry."

En toe was daar die dag dat ek in my roostuin staan en spit het. "Môre, Master," sê hy oor die tuinhekkie. "Moenie kwaad word nie, Baas, maar gee my dan tog iets om 'n groterige druiwekorrel te gaan haal. Kyk dan hoe maak ek my hande bak."

"Goed, Andries, ek sal jou iets gee, al doen ek 'n verkeerde ding. Die vaaljapie het jou so vasgevang dat jy nooit ofte nimmer sal loskom nie. Dronktrekkings is nog jou voorland. Maar vertel my eers waar en wat jy gewerk het voor jy hier in die Kaap beland het."

"Ek het in my jong dae by baie base op baie plase gewerk. Ek kon van geaardheid nooit lank by een plek bly nie. Daaroor het party mense my sleggesê en uitgeskel vir 'n rondloper. Maar die base het baie dae gesê ek is deetlik en fluks, as ek net langer wil bly."

"Jy wil nie weer terug nie?"

"Kan nie, Baas. Sal nie meer daar aard nie, maar ek verlang altevol, my baas, glo my!"

"Waar het jy gewerk?"

"In Biedouw se wêreld en by kwaai baas Fanie Vannermerrel op Wateruintjiesgatseland en by Tontelboskolk en langs die Olifantsrivier en by Sakrivier se saaidamme en in die Rôeveld en op Houdenbek en in Baliesgat. Ek het in my jong dae baie met osse en pêre en skaap en bees gewerk, en ek ken hulle nog baie goed, al sien ek hulle nie meer nie. Ek was nog sommer 'n boggie toe't ek al saam met ou oompie Loekas Pofadder op ryk baas Rens Opperman se plaas elke dag vir die stalpêre groenvoer gesny. Oompie Loekas moes glo op sy dag 'n swernoot met 'n sekel op die oesland gewees het. Hy't my gevertel hoe hulle geja het as hulle wil gaan Nuwejaar hou en haastig is om die oes af te kry. Dan is dit net bakstaan en aasvoëldans met die sekel. En dis mars en kwyk en mars en kwyk en velskoenklink met die sekelpunt. Katarangghangghang. Asseblieftog, my basie. Ek is haastig soos ek hier staan. Baas het mos gesê."

"Dronklap is 'n lelike woord, Andries."

"Die vaaljapie die lê my vas, Alaster."

"Da."

"Baas se loon sal groot wees. Dis genog vir 'n paar groot korrels."

Laaste sien.

'n Entjie van die naaste huise stap ek en Jan hoër op teen die helling onder die dennebome rond en kom later op die rant van 'n klofie uit. Reg onderkant ons onder 'n bloekomboom is Andries aan die vroetel tussen wat vir my lyk na toiingrige kooigoed en klere. Sou hy soms snags sommer hier slaap? In die winter? Hy staan kop onderstebo en werskaf en praat een stryk deur:

"Anries, Anries. Jy moet luister en hoor. Jy wil maar jy kan nie. Die Here woon hoog. Die Here siet laag. Anries. Ei-en-dee-aar-ee-joe. Hy woon hoog. Hy siet laag."

"Dag, Andries," sê ek. "Is dit al weer sulke tyd?"

"Die vaaljapie die lê my vas. Maar ek voel onrustag. Wat gaan so? Hoor die gedruis. Meulsrivier se waters is vir almal te sterk. Agter die dipkraal runnik die donkiehings: 'Maaa-ek-het-'n-nuwe-ding-opgetel. Hoe-kort? Te-kort-tekort.' Wanneer blaas die laaste basuin? Hoor hoe skree die seevoëls daar oor die baai. Hoor hoe gaan die spookvoëls te kere."

Hoewel ek my volkome bewus was van die sotheid daarvan, begin ek nietemin te deklameer:

. . . o, de vele
meeuwen zwevend door de zuiverende kou,
zwermend als een bui, als een gevleugeld sneeuwen,
en hun kreten af en aan over mijn hoofd;
heb ik ooit wel in een ander lied geloofd
hier op aard dan de verloren kreet der meeuwen?

"Hoe nou, Master?"

"Ander man se seevoëls van 'n ver, ver see."

"Wou ok al sê. Ken hulle nie."

"Jy sê, Andries Harlekyn, jy sê jy sal nie meer daar aard, doer ver waar die dynserigheid lê nie?"

"Nee, Baas; ja, Baas; nee, Baas. Waar sal ek aard? Waar sal ek aard? Hier op aard, leed voor 't hart, waar sal ek aard? Hoor hoe gaan die spookvoëls te kere."

Hy bly stil, skud sy kop en sonder 'n woord verder vat hy slinger-slinger koers in die klofie af.

1956

ELISE MULLER

Kinders in die skemer

Op Sondagmiddae het ons kerkhof toe geloop, my sussie en ek en die skoolhoof se dogter. In ons beste rokkies, met ons blinkleerskoene aan en ons wit panama-hoede op, het ons deur die ledige stil middagure gaan wandel.

In die winter kon ons veld toe loop, maar wanneer die koekemakrankatyd verby was en die gousblomme droog in die saad gekom het, het die son meteens van gesindheid verander en moordend uit die hoogte neergebrand. Dan het ons vir die weeklikse wandeling 'n koel bestemming gesoek. 'n Kwartmyl anderkant die naaste wonings het die stofbelaaide lower van peper- en kareebome en enkele tingerige sipresse 'n mate van beskutting gebied. Met die stofpad na die kerkhof het ons dus geloop. Sondag na Sondag, die een maand na die ander, met onverminderde geesdrif, ten spyte van die skynbare eenselwigheid van die rusdag-ontspanning.

Want die kerkhof was vir ons . . . baie dinge. Dit was 'n oase van koelte en verskeidenheid; dit was 'n park waarin ons rustig gaan wandel het; 'n kunsgalery waar die enigste beeldhouwerk op die dorpie te sien was, en 'n argief met name en datums uit die vorige eeu.

Dit was ook 'n bron van vermaak, omdat ons altyd iets nuuts daar gevind het; af en toe 'n nuut opgerigte steen, maar meer dikwels 'n ou graf wat opgeknap is. Dan was daar vars blomme in ou kruike, en soms, onverwags, 'n blinkwit krans agter ronde glas of een van sewejaartjies. Uit die woorde op die steen kon ons gewoonlik aflei dat die verjaardag of sterfdag van die oorledene die vorige week deur die familie in herdenking gehou is. Nie een van dié dinge het ons oë ontgaan of ons kommentaar vrygespring nie.

Maar nog meer as dit het die kerkhof ons gebied. Agter die dinge wat ons kon sien en bespreek, was daar die wat ons aangevoel het sonder om hulle ooit te noem. Die begraafplaas was ook die plek waar die geheimsinnige verlede, daardie sprokieswêreld van dinge wat verbygegaan het, nader aan ons gekom het as êrens elders. En dit was nog die grootste bekoring van die stil oord: dat die vervloë jare waarvan ons oupas en oumas met 'n weemoedige verlange gepraat het, hier net-net buite die kring van ons waarneming was. By die tekens van verwering op die heel oudste grafte, by die naamlose hope grond en die jaartalle uit die vorige eeu is ons vir een kort, klare oomblik teruggevoer na die dae toe hierdie grafte nuut was en die syfers maar pas uitgebeitel. Dan kon ons vir dié oomblik in die dynsigheid van die somermiddag die verlede soos 'n oneindige landskap tot die verste vertes sien strek . . . onbegryplik ver. En uit ontsag vir die jare is ons eerbied vir die dodes gebore.

Ja, baie gesigte het die kerkhof na ons gekeer, baie behalwe die één, die ware . . .

Want ons was gelukkige jong kinders oor wie se gesigseinder die dood nog nie sy skaduwee opgewerp het nie. Veel dieper as die vaal aarde het ons nie gekyk nie, en die hiernamaals was so yl en afgeleë soos die blou koepel van die lug waarop ons slegs op onweersdae ag gegee het.

Slegs af en toe het 'n skemering van onsekerheid ons gekwel. Wanneer daar in die voorafgaande week 'n sterfgeval op die dorp was, het ons behoedsaam deur die ysterhek geloop en in die rondte gekyk voordat ons die nuwe graf nader. Ons wil geen naasbestaandes raakloop nie. As 'n swartgeklede persoon met die opvallende wit sakdoek te sien was, het ons op 'n afstand gebly. Diep in ons het iets geroer wat nog verborge en naamloos daar geskuil het. 'n Vae onrus het ons pret vertroebel. Maar sodra die roubeklaers huis toe gaan, was die kwelling verby. Ons het gretig geloop na die graf waar die kranse reeds verlep sou wees, maar waar die name en woorde van meegevoel op die kaartjies, vasgesteek op breë wit linte, nog leesbaar was. Dit was moontlik om te sê wie die mooiste krans gestuur het, dit was prettig om daaroor 'n hele argument te hê. – Die dood was nog anderkant die rante van ons lewes, en die lug was blou met 'n onpeilbare diepte.

En toe, op 'n vroeë Meinag, het dit eensklaps verander. Die onherroeplikheid van die dood self was in die verandering: dit was so blywend. Geen pret of durf sou ons ooit terugvoer na die eertydse onbekommerde aanskouing van dinge wat verbygegaan het nie. Wat eenmaal verborge en naamloos in ons was, het te voorskyn getree. Dit het 'n naam gekry, en die naam was meteens ook oor ons geskrywe.

Verganklikheid.

Maar ons het die woord nie geken nie, al het ons sy betekenis verstaan. Daarom het ons dit die angs genoem, die klein kloppende angs. Maar ons het nooit met mekaar daaroor gepraat nie, net met 'n gevoel van troos geweet dat die ander dit ook het.

Toe ek in die nanag wakker word, skyn die kerslig dof deur die oop deur na die gang. Uit die rigting van die lig kom fluisterwoorde, wat so gedemp en onverstaanbaar as hul was, 'n boodskap van nood dra. Iets het gebeur en my ouers uit hul slaap gewek. Ek kruip tot op die voetenent van die bed en luister, maar die woorde bly onduidelik. Toe word 'n kasdeur toegeklap, en my vader kom vinnig die gang af met 'n kers in die hand. Hy het sy dik jas aan. Die lig verdwyn: die kers is doodgeblaas. Die voordeur slaan toe.

Nou eers gewaar ek die koue teen my nagklere. Ek klim van die bed af en loop voel-voel langs die gangmuur na my moeder se kamer, waar 'n dowwe uitstraling van lig 'n hawe van veiligheid teen my vrees bied. Wat het gebeur? Geluidloos kom ek oor die gangtapyt sodat ek haar met die flikkerende lig van die kers oor haar gesig in die bed sien sit voordat sy van my teenwoordigheid bewus geword het. Sy buig vooroor en trek die kombers met so 'n kragtige beweging op dat ek meteens verlig voel. Sy is nie siek nie, en in die kamer waaruit ek pas gekom het, lê my sussie rustig en slaap. Ek was dus verniet ontstel: die onheil het niks met ons te doen nie.

Toe gewaar my moeder my.

"Waarheen is Pappie nou?"

"Jy sal koud kry," sê sy en wink my nader en slaan die punt van die kombers om my skouers toe ek op die bed kom sit. "Dis 'n baie treurige ding wat vannag gebeur het. Oom Jan het nou net jou pappie kom roep. Meneer De Vries is netnou dood."

Lettie se pappie! . . . Meneer, soos ons hom nog altyd aanspreek omdat hy die skoolhoof is, al ken ons hom baie beter as sommige van die mense wat ons lankal oom en tante noem. Buite ons eie familiekring kon dit nie nader gekom het nie. Want Lettie se ouers is ons huisvriende, en ons hulle s'n. Lettie self is die beste vriendin wat Ina en ek het – vir jare al. Ons loop smôrens saam skool toe en wag smiddags vir mekaar. Elke middag kuier sy by ons of ons by haar. Ons verskil gedurig en lug ons verskille; ons sê dikwels met die opregtheid van die oomblik en die onbesonnenheid van die jeug dat ons mekaar nooit weer wil sien nie. Die woorde het geen betekenis nie. Ons hoort bymekaar. Dis ons drie wat weet waar die eerste koekemakrankas hul koppe uitsteek in die lente; dis ons drie wat dink dat ons skrywers van die toekoms is en vir mekaar en vir geen ander sterfling nie ons letterkundige produkte voorlees; dis ons wat geheime byname vir die helfte van die dorpsbewoners het en nooit eens 'n vierde saamnooi as ons op Sondagmiddae gaan loop nie. Ons is 'n driemanskap so lojaal as wat kan kom. Wat die een raak, raak ook die ander twee.

En nou is Lettie se pappie dood.

Dis finaal: daar's geen skrefie van vergissing nie. Jy kon sê: "Maar gistermiddag het hy dan nog tennis gespeel." Dit verander niks daaraan nie. Jy kon wonder: "Toe hy gisteroggend by die oggendgodsdiens in die saal gesê het dat daar nie papiere op die speelterrein gegooi moet word nie, het hy toe al iets makeer?" En of dit so was, of nie, daar bly op jou vraag maar net een antwoord: Hy is dood. Hy sal nie weer tennis speel nie, hy sal niemand weer bestraf oor papiere wat rondwaai nie. 'n Uur tevore het hy in sy slaap omgedraai, hard gekreun en nie geantwoord toe sy vrou met hom praat nie.

Toe het oom Jan wat langsaan hulle woon vir Pappie kom roep – "om wat te doen?"

"Die nodige," sê Mammie kripties.

My oë vra dieper in, maar my lippe volg die vraag nie op nie.

"Dis nog maar vieruur," sê Mammie; "probeer om weer te slaap."

Ek sou nie weer slaap nie. As ek Ina eers wakker gemaak het om haar te vertel wat gebeur het, sou ons wakker bly totdat dit lig word.

"Loop suutjies," fluister Mammie agterna, "anders maak jy Ina wakker."

Om Ina te laat slaap, heeltemal onbewus van die verskriklike gebeurtenis, het nooit by my opgekom nie. Maar Mammie se stem is beslis: laat haar slaap.

Terug deur die gang wat met elke tree van die ligkring af donkerder en kouer word, terug na my kamer en die bed wat intussen koud geword het. Ek sit daar met die donskombers opgetrek tot teen my kin en my rug oop en koud. Ek bewe.

Daar het af en toe mense op die dorpie gesterwe, mense wat ons goed geken het. Iemand het met die gebruiklike kennisgewing van 'n sterfgeval aan die voordeur geklop. Mammie het miskien 'n krans gemaak, en wanneer die roudiens verby was, het ons die motors in die begrafnisstoet getel. 'n Week later, en die mooi kranse was verdroog, die graf self onpersoonlik, en die leë plek in die samelewing iets waaraan ons reeds gewoon geword het.

Maar hierdie keer is dit anders. Ek weet dit reeds. In die eensame donker spoel die eerste rimpeling van hierdie gebeurtenis oor my heen: ek kan nie weer slaap nie. Ek is heeltemal nugter, en ek durf nie my oë sluit nie, want o, die dinge wat 'n mens sien as jou oë toe is en jy dink, dink, dink nog een stryk deur! Met wydoop oë hou ek wag teen die vrees. Dat Meneer nie weer sal skoolhou nie . . . die verandering lê nog onwesenlik iewers by die skool en wag op vervulling; dat hy hierna nooit weer in sy tennisklere sonder om te klop die voordeur sal oopdraai en roep-roep in hierdie gang afloop op soek na Pappie nie, dié feit tref my met onweerlegbare helderheid.

Dis doodstil en koud en donker. En nou moet hy kom, soos tevore, sy stem vrolik die gang af, nou . . . nóú . . . Nooit weer nie!

Ek leun terug teen die kussing aan, en langsamerhand keer die warmte na my liggaam terug. Ek bewe nie meer nie, maar ek sluit nie my oë nie. Eindelik, na ure, toe die grou oggendlig aan die meubels in die kamer hul omtrekke teruggee, hoor ek voetstappe buite. My vader het teruggekom. Die nodige is afgehandel.

Daar was die dag geen skool nie.

In klompies het ons om die skoolgebou gestaan en gedemp gepraat met ons oë wyd en verwonderd asof ons oornag vir mekaar vreemdelinge geword het. Soms in ons gretigheid om te vertel waar en wanneer ons die tyding gehoor het, het ons wedywerend al harder gepraat om meteens verskrik te swyg en fluisterend voort te gaan asof die klank van ons stemme die dode kon steur.

Daar is hope tyd vanmôre. Geeneen kom op die laaste minuut by die skoolhek ingehardloop nie. Toe die klok eindelik lui, val ons in rye in, ordelik soos op geen ander dag nie. In die skoolsaal heers 'n afwagtende stilte. Ons staan daar, nie soos mense wat iets verloor het nie, maar soos dié wat iets te wagte is . . .

Die ou dominee kom binne. Sy bleek hande klou om die kante van die katedertjie.

"Sit, kinders."

Die dood is 'n voldonge feit.

Ina en ek praat nie oor Lettie nie, al dink ons honderd maal die oggend aan haar. Wat maak sy op hierdie dag wat so leeg en doelloos voor ons strek? Met weersin en 'n ligte siddering dwing ons telkens die onaangename vrae opsy. Maar: wat maak sy? kom die kwellende vraag elke maal weer by ons op. Ons vind geen antwoord daarop nie. Deur ons kring van drie het die dood 'n streep getrek. Lettie staan anderkant die skeiding. Ons ken haar nie soos vroeër nie. Lettie het 'n vreemdeling geword, en ons wil die vreemdeling nie ontmoet nie.

En wat moet ons maak op hierdie dag? Daar sal vandag geen klasse wees nie, het die dominee aangedaan gesê; die dag moet op paslike wyse deurgebring word.

Teen elfuur sit ons in ons kamer, verveeld.

"Dink jy ek mag klavier speel?" vra Ina.

Ek dink aan Sondae en die soort musiek wat op so 'n dag gespeel mag word.

"Wat wil jy speel?"

"My eksamenstukke."

"Jy bedoel . . . jy wil oefen?"

Sy knik bevestigend, en in die stilte wat daarop volg, hoor ons die opgeruimde maat van die stukkies wat sy speel.

"Ag nee wat," sê sy, nou ook nie meer lus daarvoor nie. "Ek wil tog nie regtig graag nie. Het jy dan gemeen . . . Hallelujas?"

Ek skud my kop baie beslis, want nou dat sy sê wat ek gedink het, klink dit verspot.

Ons sit en lees. Ek word vaak, maar ek waag dit nie om te gaan lê nie. Sê nou maar dat daar iets gebeur onderwyl ek slaap en Ina betaal my in eie munt en roep my nie. Sy was boos toe sy vanoggend op die gewone tyd eers wakker gemaak word. Ek kon haar tog maar geroep het in weerwil van wat Mammie gesê het . . .

Sy drentel na buite, maar kom dadelik weer terug.

"Waar's Pappie?" vra sy.

Dis ’n snaakse vraag. Hy loop tog elke oggend kantoor toe.

Ina praat met gesag. “Ons motor is nie in die motorhuis nie, en dit staan ook nie by die kantoor nie.”

“Dink jy hy is miskien weer daarheen?”

Sy haal haar skouers op. “Bets, kom . . .”

“Ja?”

“Nee wat . . .”

“Maar wat wou jy dan . . .?”

“Ek het vergeet. Ek wou roomys gaan koop het, of lekkers. Sommer iets om te eet.”

Maar Dominee het gesê hy wil die kinders nie vandag op straat sien drentel nie.

“Ek gaan buitetoe,” sê Ina.

Teen die stam van die witvyboom gaan ons sit, gevang in die windstilte van die dood. Nêrens om heen te gaan nie, niks om te doen nie . . . Die verlatenheid van ’n lang ledige dag strek om ons uit. Ons het geen verdriet of vrees nie: dis verveling wat op ons neerdruk.

’n Rukkie voor die middagete kry Pappie ons daar. “Ek soek julle die hele huis deur,” sê hy met ’n glimlag wat soos ’n boodskap van verlossing deur die somber môre val. Maar sy volgende woorde ontneem ons elke greintjie verligting. “Julle twee kan gerus vanmiddag ’n bietjie by Lettie gaan gesels,” sê hy. “Sy is so alleen.”

Dis nie ’n voorstel nie; dis ’n opdrag. Dis asof hy sê, dit hoort so; dis ’n plig wat nagekom moet word. In vertwyfeling kyk ons eers na mekaar, toe op na hom. “Vandag, Pappie?”

Hy het hom verspreek, hy het ’n fout gemaak! Maar hy sê doodgewoon asof hy praat oor iets wat elke dag gebeur: “Ja, die begrafnis is gereël vir môremiddag. Die familie is nog nie daar nie; hulle kom eers vannag.” Hy kyk oor ons koppe heen. ’n Ligte windjie gaan ritselend deur die verkleurde lower, en ’n paar geel blare dryf grond toe.

Die glimlag op Pappie se gesig het verdwyn. Sonder ’n woord meer draai hy om.

Kersregop sit ons teen die stam. Ons hoor nie die wind nie en ons sien nie die blare nie.

“Wat sê ’n mens vir haar?”

“Ek weet nie.”

“Innige simpatie . . . of net dat ons jammer voel?”

“Moet ons dan iets sê?” vra Ina ongeduldig. “Sy sal mos weet ons is jammer vir haar.”

“Doen ’n mens dit dan nie altyd nie?”

Ina sê sy weet nie; daarom het sy vir my gevra. Ek is oudste, is ek nie? En toe na die ontevredenheid stilswye: “Sê nou maar Lettie huil?”

Nou weet ek glad nie wat om te sê nie. Ons twee het nog geen traan gestort nie, en dit kwel ons. Ons behoort tog baie verdrietig te wees: ons het hom so goed geken – hy het meer dikwels by ons huis gekom as by enigiemand anders s'n. Ons hét ook baie van hom gehou . . . en tog, toe ander kinders by die skool vanoggend hartseer was, kon ons nie huil nie. En nou nadat hy 'n hele oggend dood is, sit ons hier met droë oë onder die vyeboom.

"As sy huil, sal ek ook huil," sê Ina. Dis waar: as een van ons huil, loop Ina se trane sommer.

Die middag is 'n vonnis wat op voltrekking wag. Ons koppe hang. Ons sit verslae daar met slegs enkele ure uitstel: die veroordeeldes tot simpatiebetuiging.

"Ek wens," sê Ina, "ek wens ek weet of sy gaan huil."

Vandag laat ons die kortpad oor die oop erf van oom Maans Lotter links lê. Dis die paadjie waarlangs ons altyd na Lettie-hulle loop; dit bring ons by die agterdeur van hul huis waar ons gewoonlik sommer binneloop en soek totdat ons Lettie kry. Vandag, het Mammie gesê, is dit paslik dat ons aan die voordeur klop en beleef vra of ons haar mag sien, asseblief. Vir ons pas dit ook om straat langs te loop. Dis 'n ompad: dit verdubbel die afstand en die looptyd.

"Jy moet praat as ons daar kom," sê Ina. "Jy is die oudste." Op ander dae probeer sy die voordeel van die ouderdomsverskil kry. Dan sê sy: "Maar ek is jongste, ek is die kleinste . . ." Nie vandag nie.

Opnuut stoot die gevoel van beklemming in ons op totdat ons benoud sluk na verligting. Hoe gaan dit wees as ons daar kom? Wat gaan ons sê? Wie gaan die deur oopmaak? En nou meteens staar 'n verskriklike moontlikheid ons in die gesig: Sê nou maar net dat Mevrou ons self ontvang! Om haar weer te sien na wat gebeur het vannag . . . daar by haar op dieselfde bed, 'n dooie!

Maar nou het 'n nog meer ontstellende gedagte die ander verdring. "Waar sou hulle . . . dit gesit het?"

"Wat?"

"Die . . . vir Meneer, bedoel ek . . ."

"In 'n kis," sê Ina dadelik.

"Maar waar is die kis nou?"

Sy hoef nie eens te dink voordat sy praat nie. "In die klein huisie by die kerkhof – nie in die lykwa se huisie nie, maar in die ander een; daar hou hulle die lyke."

Teen al ons voornemens in loop ons tog vinnig. Die spanning is 'n opgerolde veer binne ons wat ons voortdu, al vinniger totdat dit voel of ons treë tred hou met die hamerslae van ons benoude harte.

"Onthou, jy moet praat," kom Ina se stem uit-asem.

"Maar ná my, jy ook. En jy moet net sê dat jy jammer is, en jy mag nie uitvra nie, het Mammie gesê."

Ons loop om die hoek van die straat. Nou lê die huis voor ons, oop en gereed vir die marteling. Maar nou maak die verskriklike spanning plek vir verslaentheid, vir 'n bot ongelowige verwondering. Dit kan nie wees nie! Wat ons sien, is nie regtig so nie! Maar dit is. 'n Leer leun skuins teen die veranda aan, en hoog op een van die boonste sporte met haar hand op die sinkdak, staan Lettie in die geblomde linnerokkie wat ons so goed ken, met die stukkende geel trui daaroor. Ons pas verlangsaam totdat ons langs mekaar in die straat bly staan. Lettie weet nog nie van ons nie. Al haar aandag is by die geut waaruit sy die een handvol droë blare na die ander haal en op die grasperk onder haar afgooi.

Uit die lig van ons verbasing glimlag ons vir mekaar. Ter elfder ure is die vonnis versag.

Eers toe ons deur die hekkie kom, gewaar Lettie ons. Sy kyk verwonderd uit die hoogte op ons neer en klim vinnig af. Maar toe sy onder kom, staan ons drie vir een oneindige lang telling woordeloos langs mekaar – sy nog anderkant, ons nog duskant die onsigbare streep wat die vorige nag tussen ons getrek is.

En Ina vergeet dat sy nie eerste wou praat nie. "Pappie het gesê dat ons moet kom," sê sy.

Lettie knik. Sy weet, as ons nie gestuur was nie, sou ons nie gekom het nie. "Ek maak die geute skoon," sê sy.

"Ons het niks gehad om te doen nie," sê ek. Maar as Lettie vandag die geute skoonmaak, mag Ina tog seker haar eksamenstukke oefen of roomys gaan koop . . .?

Die sorgvuldig herhaalde woorde van meegevoel bly onuitgesproke. Hulle pas nie hier nie. In die oomblikke erken ons die ontoereikendheid van woorde, en omdat ons nog nie geleer het hoe formele woorde soms 'n bruggie oor die ongemaklike oomblik slaan nie, sê ons nie een van die woorde wat ons vooraf so dikwels herhaal het nie. As ons oë maar rooigehuil was, dink ons, sou sy weet hoe ons voel. Dan merk ons verwonderd en verlig dat hare ook geen tekens van trane dra nie!

Aan die voet van die leer gaan ons op die kweek sit met die heining wat langs die paadjie groei agter ons rug. Hierdie hoekie gee ons altyd die gevoel van afsondering wat ons so strelend vind. Bokant ons word 'n venster toegemaak, Lettie se kamervenster.

"Tant Maggie slaap in my kamer," sê sy.

Ons ken vir tant Maggie. Sy is 'n weduwee. Sy is ook 'n verpleegster, maar nie die soort wat 'n wit keppie dra nie. Sy word dikwels ingeroep waar daar iemand siek is of sterf.

"My goed is nog net so in my kamer," sê Lettie. "Ek slaap net by Mammie."

"Waarom slaap tant Maggie nie in die vrykamer nie?"

Dis 'n dom vraag van Ina, dink ek. Onthou sy nie dat Pappie gesê het dat die familie kom om die begrafnis by te woon nie?

Maar Lettie sê: "Pappie lê daar."

Drie woorde val op ons ore; drie blokkies ys glip agter ons rûe af. Agter die venster in die gewel wat ons hiervandaan kan sien sonder om ons koppe te draai, daar waar die wind die gordyn na binne stoot en langsaam weer na buite trek, daar en nie 'n halfmyl hiervandaan in die eensame lykhuisie langs die kerkhofdraad nie, lê . . . Meneer.

Hier buite is die najaarsmiddag vol lig en warmte. Deur die bloekomtakke val die sonlig in vrolike vlekkies op die gras, op ons gesigte, op ons kaal bene. Dis Meimaand. Oor 'n maand of twee begin ons koekemakrankas soek . . .

Ons skrik toe die voordeur oopgemaak word. Deur die heining loer ons op na die stoep. By tant Maggie is 'n ander vrou wat ons goed ken, tant Johanna wat vir 'n byverdienste klere maak. Sy leun oor die heining, en 'n afgerolde maatband hang aan haar hand.

"Kom 'n oomblikkie hier, my kind. Tante het vergeet om jou arm te meet. Jou mammie sê die rokkie moet lang moue hê."

Weer gee die angs 'n klein plukkie aan die hart. Tant Johanna maak die rouklere. Lettie gaan voortaan swart klere dra.

Toe sy weer langs ons op die gras sit, sê Ina: "Ons het die hele oggend niks gehad om te doen nie."

En Lettie sê dadelik opgewonde: "Maar ek het glad vergeet om vir julle te vertel: ek het gisteraand 'n boek begin skrywe. Sowaar! Nie sommer 'n storie nie . . . nie soos 'n mens in tydskrifte lees nie. Dit gaan 'n boek wees, 'n dik boek met baie hoofstukke. En julle sal nooit raai wat die held se naam is nie. Hy is van Duitse afkoms . . . sien, sy ma was 'n Duitser, daarom het hy die Duitse naam." Sy wag met 'n glinstering van trots in haar oë. "Armand. Is dit nie pragtig nie?"

"Maar dis nie 'n Duitse naam nie! Dis Frans!"

"Nee, nooit nie! Dis Duits – kan jy nie hoor nie?"

"Maar dit is Frans! Ons het 'n boek oor die Franse Vlugtelinge. Al hulle name is daarin, en ek is seker daar is een wie se naam Armand is!"

"Dalk was *sy* ma ook 'n Duitser," sê Lettie onverstoord. "Maar dit maak tog regtig nie saak nie. My held se naam is nou eenmaal Armand. As die naam tog Frans is, dan was sy ma 'n Franse vrou – dis al." Sy strek haar lui agteroor asof sy met die beweging te kenne wil gee dat daar vir romanskrywers niks onmoontlik is nie.

"Pasop," waarsku Ina katterig, "jy lê op die blare wat jy uit die geut gehaal het."

"Dit maak nie saak nie."

"Maar hulle is vuil, Lettie!"

"Ag wat, van môre af dra ek tog nie meer die klere nie," sê Lettie snipperig.

Die dood druk die gordyn opsy en loer deur die skrefie vir ons. Ons bly stil. Ons kyk onderlangs na mekaar. Word dit nie al tyd om huis toe te gaan nie?

'n Rukkie later word die voordeur weer oopgemaak. Tant Maggie buig oor die stoepmuurtjie. "Daar is koeldranke op die kombuistafel neergesit," sê sy in 'n hees fluisterstem. Die ou oë wat op ons neerkyk, is saamgetrek teen die skerp lig.

Ons loop om die huis en by die agterdeur in. Hier in die skemer kombuis waar die toegetrekte gordyntjies die helder sonlig uitsluit, roer die ou onrus in ons. Terwyl ons vinnig die koeldranke wegsluk, dwaal ons oë oor die glasrand na die half-oop deur na die gang. En alreeds het ons gedagtes ons daardeur gesleep, en met die gang af verder tot by die vrykamerdeur op die linkerhand, en oor dié drumpel tot daar binne waar die donker kis staan . . . Op die bed? Of sommer op die vloer?

Die binnedeur van die kombuis word geluidloos oopgestoot. Die glase in ons hande ruk en klap teen ons tande. Maar dis net tant Maggie wat kombuis toe gekom het. Hier is haar oë wyd oop. Rooi en waterig lê hulle agter die raamwerk van fyn plooitjies. Sy kom dig by ons staan, met haar hande oor haar donker voorskoot ingeslaan.

"Wil julle nie nog een keer na julle liewe meneer kom kyk nie?"

Maar ons is verlamdes wat alle vermoë tot beweging verloor het. Ons kan nie meer praat nie; ons haal net diep, diep asem.

"Hy lê so mooi daar . . ." – sy snik snuiwend en lig die voorskoot, "so mooi, kompleet asof hy slaap."

"Nee . . . *Nee!*"

Dis 'n woord sonder klank, 'n wilde rukbeweging van die mond en die hoof tegelyk.

Ons groet nie. Ons kyk net eenmaal na Lettie in 'n wanhopige poging om die groeiende angs in ons te keer. Maar Lettie kan ons nie help nie. Niemand kan ons help nie. Met die sweepslag van die dood op ons harte kies ons die kortpad oor die erf van die Lotters. Huis toe! Huis toe! Maar terwyl ons hardloop en voel hoe ons kele droog en ons spiere lam word, weet ons met vernietigende sekerheid dat vlug ons nie sal baat nie. Hierdie angs lê ons nooit af nie. Iewers, eenmaal, wag die skaduwee óns ook in.

1956

JAN RABIE

Drie kaalkoppe eet tesame

'n Drie-eenheid kaalkoppe sit rondom die tafel. Die ligte van die restaurant gloei metaalagtig op die kaal gepoleerde krone. Dit laat dink aan eierdoppe, oopgekraak tot monsteragtige misgeboortes van drillende wange en monde. Die lywe van die kaalkoppe is enorm en geswolle bo die drie pare verdwergde beentjies wat hongerig onder die tafel trappel.

’n Lang skraal kelner in ’n swart aandpak bedien hulle met al die geregte wat hulle verlang. Hul veelvoudige kenne flap op en af terwyl hulle die vleis met vratige haas afwerk; en as hulle glase wyn lig na hul monde wat rooi en gretig onder hul bolagtige neuse oopgaap, verdwyn hul oë in die voue van hul wange.

Die skraal kelner bedien hul swyend. Gereg na gereg bring en plaas hy voor hulle. Hy toon geen emosie voor sy kliënte nie; maar ander mense in die restaurant is verbaas oor die etery van die drie kaalkoppe, en verlaat hul eie tafels om in ’n kring om die drie eters te kom staan.

Die drie kaalkoppe swaai op en af in die woeste vaart van hul eet. En terwyl hulle al vinniger eet, kwylend van ongeduld voor hul vliegende hande hul monde vol kan prop, gebeur ’n vreemde ding: Sodra ’n nuwe bord voor hulle neergesit word, neem die inhoud daarvan menslike vorms aan: arms, bene, borste van maagde, en selfs ’n kinderhofie, rosig gekook.

Die omstanders hyg van walging, maar die drie kaalkoppe gewaar daar niks van nie. Hulle eet met ontstellende wellus, en vergeet selfs om die strome vet wat oor hulle wange loop, af te vee. Hulle gun hulleself geen verposing tussen elke nuwe stuk mensvlees nie; hulle monde maal soos groot vleismeulens.

Die dun, swygende kelner is altyd betyds met die volgende gereg. Maar die drie kaalkoppe skyn verblind te wees van hul duiselende inspanning en al die sweet wat in hul oë tap: hulle kan nie langer die kring toeskouers onderskei van die geregte wat die kelner bring nie. Een kaalkop begaan die fout om ’n jong meisie vir ’n saggekookte hoender aan te sien, en, terwyl hy sy vurk in haar steek om haar op sy bord te lig, skeur hy haar lid van lid. Die tweede kaalkop kap die boonste helfte van ’n man naby hom netjies af; die derde maak sy mond wyd genoeg oop om ’n skreeuende vrouehoof met een hap af te byt. Die toeskouers vlug in afgryse; die restaurant loop leeg.

Die drie kaalkoppe gaan waansinnig voort met hul maal. Hulle hande vlieg links en regs om hul kwylende monde te voer. Hul oë het verdrink onder die bulte van hul wange; hulle kan die borde vleis wat die kelner aandra, nie langer raaksien nie; hulle byt hulle eie vingers af en skeur groot stukke uit mekaar se lywe.

Die tafel en die stoele tuimel neer en die eetmaal word in stuiptrekkende wanorde op die vloer voltrek. Die liggame verdwyn in die newelende warreling van die monde. Niks bly oor op die vloer nie, behalwe die drie kaalkoppe glimwit soos doppe van oopgekraakte eiers.

Dan vee die kelner die vloer. Hy gooi die drie kaalkoppe in ’n vullisblik waar hulle soos drie verrotte pampoene lyk. Hy dek die tafel swyend vir die volgende dag se maal.

I-’50

1956

Die man met die swaar been

’n Man het neergeval teen die relings van die Luksemburgtuine. Die skaduwees van die kastaiingbome sny oor die sypaadjie verlig deur ’n glaslamp elke vyftig tree, en dit duur ’n tydjie voor die verbygangers hom gewaar. Dan voeg hulle hulself een vir een by die versamelende skare. Hulle bly ingetoë, hulle kyk toe met die waardige terughoudendheid van ou mense wat deelneem aan ’n dikwels herhaalde toneel. Iemand vertrek onhaastig oor die plein Port Royal om vir ’n ambulans te gaan telefoneer.

Die man kreun en probeer om hom aan die relings op te hys. Maar elke keer val hy terug, heftig bewend. Sy hande gly tot op sy bors, en pluk aan sy klere, en sidder dan tot op die grond. Die handpalms val oop en tril soos motte sterwend onder die spelde van ’n insek-versamelaar.

“Medelye,” kreun hy, “medelye.” Sweet rol van sy nog jonge gesig, vertrokke van pyn en koors. “Dis klaar met my . . .” Sy eentonige gebewe en gepoog om homself op te lig, is jammerlik van nutteloosheid. Die toeskouers laat hom lê. Hulle toon geen sentiment nie, alleen praktiese bedagsaamheid. ’n Heer tree vorentoe met die gedienstigheid van ’n afgevaardigde. Hy buk oor die siek man en vra:

“Wat neem jy gewoonlik?”

“Kwienien.” Die siek man se oë rol vervaarlik op. “Maar dit help niks nie . . . dis die einde . . .” Sy tande klem toe op ’n nuwe aanval van bewing terwyl sy kop heen en weer rol soos hy poog om nog meer te sê. Sy hande pluk aan die klere op sy bors.

“In my sak,” snak hy oplaas, “my naam . . .”

Die heer buk laer en neem die man se sakboek om die dokumente daarbinne deur te kyk. Hy sien dat Jean Thomas, 37 jaar, soldaat in Indo-China was, en dat hy daar malaria en gevolglike chroniese siektes opgedoen het. Nou is hy werkloos en gedurig in die hospitaal.

“Het jy gedrink?”

Die siek man knik ongeduldig; dan herhaal hy:

“My naam . . . My naam . . .”

“Toemaar, bly kalm. Ons weet jou naam.”

Die siek man sidder soos hy sy kop opdwing.

“My naam!” stamel hy. Sy oë dring angstig aan.

Die afgevaardigde heer buk weer voorwaarts, en artikuleer duidelik om die siek man te kalmeer:

“Moet jou nie ontstel nie. Jy is Jean Thomas. Ons weet dit. Ons het jou naam en adres. Jy is Jean Thomas.”

Dan eers val die siek man terug. Die krampagtige geruk van sy liggaam duur voort, en die sweet wat glinster op sy gesig, boetseer dit in vreemde, skitterende reliëf.

Sy hand raak en klou aan die been van een van die omstanders. Dit is ’n skraal man met ’n groot ingesakte mond waarop ’n onsekere glimlaggie nou verskyn. Dalk is hy verleë vanweë die hand wat vasklou aan sy been, of miskien met die gedagte dat daar weinig warmte en vriendelikheid in ’n dun, benige enkel is.

Toe die hand se greep losgeskeur word deur ’n nuwe aanval van siddering, gee die lang man ’n tree vorentoe, nader aan die sieke. ’n Beleefde glimlaggie is op sy gesig en ’n mens weet dat sy been baie styf en selfbewus gehou is, gereed om die hand weer te ontvang. En meteens neem die skare se ingetoënheid nuwe betekenis aan.

“Asseblief mense,” sê die heer, “staan terug.”

Die ambulans kom aan met swaaiende koplampe: vir ’n oomblik sirkel kosmiese vuur. Vier konstabels plaas die siek man op ’n draagbaar. Hul saaklikheid is soos ’n verskoning vir wat hulle beoog: die hospitaal, en miskien, binnekort, die lykehuis. Die ambulans vertrek. Gelyktydig vorm die ontbindende skare die speke van ’n wiel.

Slegs die man wie se been aangeraak is, bly naby die relings draal. Hy buk om te sien of daar ’n kol bloed is, en sy neusgate snuif.

As hy eindelik met Boulevard Saint-Michel afdaal, kan die man nie vinnig stap nie. Sy lang skraal lyf is nog steeds na vore gebuig, en sy linkervoet sleep en voel ongewoon swaar.

Onder in die kafee-gebied is die man bang om teen verbygangers te struikel, en hy gaan staan om ’n neon-krabbel bo die glas en rumoer te lees. Maar toe hy weer verder wil gaan, is hy nie dadelik in staat om sy been te lig nie. Dit het so swaar geword soos die steen-plaveisel waarop hy staan. Nou vertoon sy gesig so ’n trek van verbasing en pyn dat mense wat verbygaan in die rossige lig, ’n oomblik huiwer voor hulle verder stap.

2-’50

1956

La promenade en chien

In die môre ontwaak Madame en besef haar bui vir die dag. As sy uit haar bed opstaan, weet sy presies watter kleed by watter hond sal moet pas. Want Madame het ’n kleed vir elke stemming en, natuurlik, eweveel verskillende honde.

Soms dra sy die wit gaas wat haar net so hoogmoedig en skraal op haar hoë hakke laat wieg as die wit Borzoi wat homself verwerdig om sy syige koppelriem vooraf te gaan; op ander dae 'n wakker swart-en-wit geruite kostuum om by die foksterriër te pas; en soms ook die gewaagde swart affêre wat haar 'n tergende aand-houding gee, en haar net so verruklik verspot laat lyk as haar Franse poedel met sy fietse lyfie kaalgeskeer in onverwagte plekke.

Wanneer Madame aldus in voortreflike harmonie met haar hond aan sy riem deur die strate wandel, dink die verbygangers dat Madame haar toilet gekies het om by haar hond te pas. Maar die teenoorgestelde is ook waar.

Natuurlik het Madame meer om te doen as net bloot onberispelik te wandel, maar dié feit word beswaarlik vermoed in die groot saal van die honde. Daar wag elke hond kwynend in die donker van sy hok op die ylhoofdige wandeling. Daarvoor alleen bestaan elke hond.

Die oomblik dat Madame die saal binnekom en hulle die geheimsinnige ruis van haar kleed hoor, gaan 'n rilling deur elke hond en druk hy sy neus teen die hout van sy deur, en snuif hy en huil en slaan sy stert teen die donker mure van sy hok. Maar alles omtrent Madame is vol geheim, bowe-al die gril van haar keuse.

Van al die honde dra die klein swart-en-wit foksterriër teleurstelling en verlange die brandendste in sy hart. Omdat hy die kleinste van hul almal is, is hy in staat om sy neus en oë in die spleet onder sy deur in te woel. Hierdie pynlike posisie vergun hom 'n mate van geleentheid tot sien en ruik.

Vandaar sien hy die soom van een van Madame se klede soms in 'n vreemde en lieflike ruik verbybeweeg, en eenmaal het hy ook vier pote soos syne rond en bont gesien warrel. Maar die aanblik daarvan het hom 'n hele dag lank siek en verwilderd laat voel, want selfs al weet die foksterriër uit hul ruik en geblaf van die ander honde, kan hy nie begryp waarom Madame vir 'n ander hond as hyself sal kom nie.

Die foksterriër is geen filosoof; elke emosie wat van Madame na hom kom is onmiddellik en geheim. En elke keer as Madame sy deur verbygaan, laat hy sy gefolterde kop op sy pote sak, en begryp dit nie.

Maar as Madame eendag, onverklaarbaar en tog so vanselfsprekend soos sy wag op haar, eindelik voor sy deur kom staan en dit open en glimlag teen hom en daar staan in 'n kleed met wit en swart stroke, voel die foksterriër se klein hartjie of dit kan breek van vreugde. Dan tuimel hy uit, hygend en bewend, vurig met trots op homself, op die leerriem wat sy meesteres om sy nek bevestig, en op die mooi kleed wat so baie op hom lyk. Die hele verlede is vergeet: hy is geheel en al vertroue en vreugde, geheel en al foksterriër, ontploffende oomblik.

6-'50

1956

Ek het jou gemaak

Ingenieur Jacobs het sy vrou so lief gehad dat hy na haar dood 'n lewensgroot wasbeeld van haar gemaak het. Elke aand as hy tuiskom, het sy op haar gewone plek aan die tafel gesit, gekleed in haar trourok en met 'n stuk breiwerk in haar hande wat nooit meer kon beweeg nie. Dan het hy haar op haar was-voorkop gesoen, en soos voorheen met haar gepraat.

Net nou het sy nooit geantwoord nie.

Sy belangstelling in sy werk het verflou. Sy vorige energie het so onrusbarend gekwyn dat die direkteure en die firma se dokter hom moes versoek om af te tree. Onverskillig daaroor het Jacobs huis toe gegaan na sy swyende vrou.

Bedags het hy broeiend rondgedwaal in die huis sonder lus om uit te gaan of sy ou vriende te besoek. Etenstye het hy sy vrou se plek ook gedek, en met haar oor die dood gesels. Soms het hy kwaad geword, en met sy vuis op die tafel geslaan. Maar nooit het haar sagte glimlag verander tot die tere woorde wat hom altyd laat voel het asof blomblaartjies oopvou in sy hart nie. Sag en geduldig het sy net bly glimlag.

Eendag, miskien omdat die lente buite die huis gefluister het of omdat waansin oplaas daarin geslaag het om sigself agter 'n herwonne bedrywigheid te versteek, het ingenieur Jacobs 'n robot begin bou om hom die stilte te help verdrywe. Maande aaneen was hy besig aan die inmekaarsit van stukkies yster, elektriese draad en gloeilampies, en die vasstel van die oneindig ingewikkelde samehange wat nodig is vir selfs eenvoudige meganiese handelinge soos 'n arm op te lig of skielike klankgolwe tegemoet te swaai.

Hy het die robot die gestalte van 'n mens gegee, en hom Andries genoem.

Die dag toe Andries klaar was, het ingenieur Jacobs hom losgelaat in die woonkamer waar hy gou geleer het om vaste voorwerpe te vermy. In die aand het Jacobs Andries langs die tafel naas die wasbeeld van sy vrou laat staan. Onder die ete het hy met die robot gesels. Sy vrae en die robot se antwoorde was altyd dieselfde, ses in getal, want dit was al spraak waarmee hy Andries kon bedeel.

"Wie is jy?" het hy gewoonlik begin.

Dan het die robot se foto-elektriese oë groen geblits, en sy ystermond geklepper soos hy monosillabes in 'n grafstem uitspel:

"Ek is An-dries die ver-dom-de ro-bot."

"En waarom is jy hier, Andries?"

"Om oor lief-de te praat."

"Wat is liefde, Andries?"

"Aan-hou be-weeg en ge-raas maak."

"En wat gebeur as mens ophou beweeg, Andries?"

"On-ver-my-de-li-ke dood."

"En wat is die dood, Andries?"

"Nim-mer. Al-tyd."

By die laaste vraag het Jacobs geskaterlag en die tafelrand vasgegryp met sy blou-beaarde hande só aan skud dat die washande van sy vrou ook gebewe het:

"Maar wat is die lewe, Andries?"

Waarop die robot se aaklig-klepperende mond weer eens laat hoor het:

"Nim-mer. Al-tyd."

Dan het Jacobs sy mes en vurk opgeneem, en aan sy swyende gesellin vertel:

"Het jy dit gehoor, Bettie?"

Byna die hele dag lank was Jacobs besig om sy robot te verbeter. Hy het Andries so ver gekry om te kom as sy naam genoem word, om 'n voorwerp in sy ysterhande te neem en dit fyn te druk.

Maar Andries het niks op sy eie gedoen nie, en slegs op telekommandeerde bevele reageer.

Eenmaal het hul daaglikse gesprek Jacobs in so 'n woede laat uitbars, dat hy sy stoel na Andries gegooi en al die breekware op die tafel verpletter het. "Jou verdom-de ro-bot, wie is jy om van die dood te praat!" het hy in hygende spot die robot se monosillabiese spraak nageboots, "jy wat nie eens le-we kan onder-vind nie! Moe-nie ver-geet dat ek le-wen-dig is nie! Le-wen-dig!"

Die dag daarna het hy uitgegaan om 'n pot verf te koop. Hy het teruggehaas deur die sonnige strate, die voordeur gesluit, en Andries se massiewe metaallyf met swart oordek. "Nou rou jy, Andries," het hy vertel, "oor Bettie wat dood is, en oor my wat ook moet sterf."

Snags het die twee gestaltes hom van oorkant die tafel aangestaar: die grimmige swart ysterding, en die wasbeeld, eteries in haar sneeuwit klere soos 'n appelboom oordek met bloeisels. Hy het selde geëet, en dikwels maar net voor hom gesit en staar met sy kop afgehurk tussen sy skouers, en sy lippe geluidloos aan die beweeg. Al meer het hy in 'n angskoma verval waarin trane na sy oë wel en een vir een op sy wange droë. Daaruit het hy vol vertwyfelde energie ontwaak. "Wat is liefde, Andries?" het hy geroep. En dan het die robot soos 'n doodsroggeling uit die graf geantwoord: "Aan-hou beweeg en ge-raas maak."

Hy het opgehou praat met sy vrou, en in gesprek met die robot onbewus in dieselfde stotterende monosillabes verval. Nou kon hy dit nie meer verdra om Andries te lank uit gesig te verloor nie; hy was altyd aan die roep na hom, en besig om te spot met sy gebreke of sy lelike gevreet. "Alles is na die mens se ewebeeld gemaak," het hy Andries meegedeel, "God, die duiwel, en jy. Ja-nee, ek het jou na my ewebeeld gemaak sodat ek vir jou kan lag." En dan het hy Andries een beweging tot vyftig maal laat herhaal, of sy battery in die middel daarvan diskonnekteer. Andries het altyd net gelyk of hy geduldig wag dat Jacobs moet klaarkry.

Op 'n dag het Jacobs die ragfyne trourok van die wasbeeld afgepluk, en oor Andries se swart karkas gehang.

"Jou moeilikheid is dat jy lelik is, ek moet jou mooi maak." Hy het gesnak van die lag. "Nou't ek jou lief!"

In heldere oomblikke het die wilde koorsglans in sy oë net aangegroei; selfs as hy stil in sy leuningstoel lê, was hy ongeduldig besig met 'n nuwe idee, 'n nuwe plan om Andries te verbeter.

"Weet jy dan nie ek is 'n skitterende ingenieur nie?" het hy teen die robot gespog, "en dat ek tot in alle ewigheid beroemd sal wees nie. Ja, ja, Andries, weet jy dan nie ek gaan jou lewendig maak nie?"

En hy het voortgeyl teen die onverstoorbare robot oor hoe mens regtig net vir 'n wese in menslike gestalte bevrees kan wees, en hoe sot dit is dat hy nie vir hom, Andries, bevrees is nie. "Jy's verkeerd, liefde is vrees," het hy die robot doodsbleek verseker.

Tog het hy die staaldeur in Andries se bors 'n hele week lank nie oopgemaak nie.

Hy was kalm toe hy oplaas begin aan die laaste deel outomatiese kamratte wat binne Andries se staaldop ingepas moes word. Dit was maklik om Andries se foto-elektriese oë te laat reageer op die liggaamshitte van 'n lewende wese, heel maklik om die mikrofone in Andries se ore te reël. Wat moeilik was, was om Andries daartoe te bring om sulke liggaamshitte, gepaard met beweging en geluid, te agtervolg, dit geduldig en onverbiddelik te agtervolg totdat hy dit bereik, en om dit dan met sy ysterarms te omhels tot dié warmte koud word en geluid en beweging verstil.

Toe alles klaar was, het ingenieur Jacobs die robot weer eens in die sneeuwit trourok geklee. Hy het die skakelaar nie aangeslaan nie, maar sy maer, uitgeputte lyf na sy stoel gesleep. Lank het hy roerloos bly sit.

Teen die namiddag het voetstappe die huis genader en het iemand, waarskynlik 'n koppige vriend, aan die voordeur geklop. Jacobs het sy kop nie gedraai en skynbaar nie gehoor hoe die stappe weer wegsterf nie; slegs langsaam het 'n triomfantelike glimlag uitgekruip langs die uitgeteerde vore van sy gesig. Baie langsaam het hy opgestaan, die robot genader, en die skakelaar gedraai.

Meteens, toe die robot opleef en na hom toe swaai, het hy buite bereik weggespring.

"Aan-hou be-weeg en ge-raas maak! Onthou jy, Andries?" het hy triomfantelik gehyg. "Snap jy dit nou?" Hy het ingespring agter die tafel, verder weg van die robot wat nader kom met opgehefde ystertange. Die wasbeeld het op die vloer geval, glimlaggend, afgryslik naak. Jacobs het verbygespring na 'n ander hoek van die kamer. Andries was stadig, maar seker. Hy het omgeswaai om sy maker opnuut swaarvoetig maar onverbiddelik te agtervolg.

"Sien jy, nou's jy verlief op my!" het Jacobs honend gespot waar hy teen 'n muur aanhurk en kyk hoe die robot nader kom. Met elke tree het die trourok gebewe soos 'n bloeiselblom in 'n September-bries, nagmerrieagtig in teenstelling met die starre swart kop en groot swart ystertange opgelig om te gryp. Gehurk teen die muur, het Jacobs gesien hoe sy dood in die gewaad van sy liefde nader kom. "Nou's jy ook verlief!" het hy gehyg.

Net toe die robot byna by hom was, het hy weggespring, vry. Waansinnig het hy gestamel: "Nee, nee, Bettie, ek is nog nie reg vir jou nie!" En hy het gestorm na die naaste deur, dit oopgeruk, toegeklap, en agter hom gegrendel.

'n Bietjie later het hy teruggekom, aangetrek in sy troupak, 'n blom in sy knoopsgat.

Terwyl sy bruid hom weer eens nader, het hy met 'n hooghartige glimlag gesê:

"Ek het jou mos self gemaak."

6-'54

1956

Droogte

Hoë pilare stof loop oor die bruin vloer van die aarde. Die wortels van die verskroeide gras wag op reën; dorstig vir groen liefde strek die ontsaglike dorre vlakte eindeloos uit na sy horison. Een reguit liniaal-getrekte spoorweglyn pyl van onder die middagson-gloed na waar 'n nag fluwelig koel met sterre sal wees. Die landskap is dié van droogte. Klein soos twee korrels sand bou 'n witman en 'n swartman 'n muur. Vier mure. Dan 'n dak. 'n Huis.

Die swartman dra blokke steen aan en die witman plaas hulle in die muur. Die witman staan binne die mure waar daar effens skadu is. Hy sê:

"Jy moet buite werk. Jou vel is swart, jy kan die son beter verdra as ek."

Die swartman lag teen sy spiere se geglinster in die son. 'n Honderd jaar gelede het sy voorouers donker oeste met hul assegaaie gemaai en die drif van die swart son in hul ledemate, in die Ngoma-dans uitgetrap. Nou lag die swartman terwyl hy begin frons.

"Waarom praat jy altyd van my swart vel?" vra hy.

"Jy is vervloek," sê die witman. "Lank gelede het my God jou met duisternis vervloek."

"Jou God is wit," verweer die swartman kwaad. "Jou God lieg! Ek is lief vir die son en ek vrees die nag!"

Die witman praat dromerig voort: "Lank gelede het my voorvaders oor die see gekom. Van ver het hulle gekom, in wit skepe hoog soos bome, en op die land het hulle waens gebou en met die seile van hul skepe oordek. Ver, ver het hulle gereis en hul kampvuur-asse wyd oor hierdie groot en barbaarse land versprei. Maar nou is hul kinders moeg, ons wil huise bou en julle swartes leer om in vrede met ons te lewe. Dit is hoog tyd, selfs al sal julle velle altyd swart bly . . ."

Trotsig verset die swartman hom: "En *my* voorouers het hul assegaaie in die bloed van joune gedoop en gesien dat dit rooi is soos ons s'n."

"Dis tyd dat jy die bloedige verlede vergeet," sê die witman verdrietig, "kom, jy moet leer om saam met my te werk. Ons moet hierdie huis bou."

"Jy kom om my te leer dat God wit is, dat ek 'n huis vir die witman moet bou!" Die swartman staan met gevoude arms.

"Kaffer!" roep die witman, "sal jy nooit niks verstaan nie! Doen wat ek sê!"

"Ja, baas," brom die swartman.

Die swartman dra blokke steen en die witman plaas hulle in die muur. Hy maak die mure sterk. Die son blaak moorddadig neer. Ver, soos 'n enigste boom in die dorsland, loop 'n hoë pilaar stof op die bewende horison.

"Verdomde hitte!" brom die witman, "as dit maar wil reën."

Hy vee die sweet vererg van sy voorkop weg en hy kom styf regop om weer te sê:

"Jou voorouers is dood. Dis tyd dat jy hulle vergeet."

Swyend kyk die swartman hom aan met oë wat antwoord: Jou voorouers is ook dood. Ons is alleen hier.

Alleen in die dorre en verlate vlakte bou die witman en die swartman 'n huis. Hulle praat nie met mekaar nie. Hulle bou die vier mure en dan die dak. Die swartman werk buite in die son en die witman binne in die skadu. Nou kan die swartman slegs die witman se kop en skouers sien. Hulle lê die dak.

"Baas," vra die swartman oplaas, "waarom het jou huis dan geen deure en vensters nie?"

Die witman het treurig geword. "Dit, ook, kan jy nie verstaan nie," sê hy sag. "Lank gelede in 'n ander land het my voorgeslagte mure gebou om die see uit te hou. Dik, waterdigte mure. Daarom het my huis ook geen deure en vensters nie."

"Maar hier is g'n groot water nie!" roep die swartman uit, "die sand is droog soos 'n skedelbeen!"

Jy is die see, dink die witman, sonder om verder te praat.

Hulle lê die dak. Hulle spyker die laaste plank, die laaste sinkplaat, die swartman buite en die witman binne. Nou kan die swartman die witman nie langer sien nie.

"Baas!" roep hy, maar hoor geen antwoord.

Die Inkoos kan nie uitkom nie, dink hy met skrik, hy kan nie die lug sien of weet wanneer dit dag of nag is nie. Die Inkoos sal sterf in sy huis!

Die swartman hamer met sy vuiste op die huis en roep:

"Maar baas, geen groot water sal ooit hierheen kom nie? Hier sal dit nooit veertig dae en veertig nagte reën soos die Boek van jou wit God sê nie!"

Hy hoor geen antwoord en hy skreeu:

"Kom uit, baas!"

Hy hoor geen antwoord.

Met sy vuiste nog steeds gelig asof om weer te klop, staar die swartman verwilderd op in die hemel sonder 'n enkele wolk, en rondom hom na die horison waar warrelwinde rooi-warm stof die vreeslike Ngoma van die droogte dans.

Dan stamel die swartman verlate en beangs:

"Kom uit, baas . . . Kom uit na my . . ."

12-'51

1956

C. G. S. DE VILLIERS

Die swygsames

'n Mens vind darem snaakse vriendskappe op dese aarde . . . Toe ek 'n seun van so neëntien was, het ek dikwels my vakansie op Kleibank in 'n naburige distrik deurgebring. Die plaas was nog tipies Reuens, maar dit het aan 'n pragtige rivier gelê met vaal valsgate en 'n "siekgat" met pikswart water. Die vlei was 'n lushof met geel kalkoentjies, klossies en aandblomme. Die rivier was so breed dat 'n mens met 'n soort trekskuit moes oorgaan om by naburige plase te kom. Daardie siekgat was vol lekker vet springers en palings, en in die tuin was daar volop vrugte: granate, langelyspere, paweeperskes en groot vet adamsvye met sulke fyn barsies.

O, dit was 'n heerlike plek om vakansie te hou, daardie Kleibank. En die gesin het net uit twee persone bestaan: oom Eerk en tant Fyta. Watter vermaak 'n jong seun nou vir die bejaarde egpaar was, kon ek nooit ontdek nie. Hulle kinders was lankal getroud en die huis uit, en wie weet was die twee outjies soms maar eensaam. Ek het hulle liefgehad soos my ouers, maar op 'n ander manier. Daar was niks styfs aan die oom en tante nie, en hulle het gebeurlikhede en aangeleenthede met die jong seun as met iemand van hulle "betuurs" bespreek. Tant Fyta was maar gedurig in die huis bedrywig, veral met die kossies, en elke maaltyd het 'n feesmaal geword, sodat die ou geelhouttafel onder die las van die verskeie geregte gekreun het. Al daardie heerlikhede moes die drie huismense verorber. So tussenin het oom Eerk en sy gas 'n tamaai waatlemoen alleen weggeslaan.

Oom Eerk het gelyk soos 'n Wiking, 'n kolos van 'n Afrikaner met sy rooiblonde hare en baard en sy frisse gelaatskleur. Tant Fyta was tot op haar dood 'n beeldskone vrou. Sy was 'n lewendige, grasieuse brunet, met swart oë soos ryp nastergalbessies. Kleibank was die ware Soete Inval, waar daar 'n ewige kom en gaan van familie en onbekendes was, en almal was welkom, want die enorme male was altyd gul genoeg vir alle bysitters. Maar in 'n lang vakansie het dit tog dikwels gebeur dat die oom en tante en hulle jong gas die hele spul kos moes opeet omdat hulle die enigste persone aan tafel was. As sorgsame gasvrou het tant Fyta gedurig die twee mansmense dopgehou om te sien of die bome van hulle borde nie miskien sigbaar word nie.

"Connie, my kind, jy eet dan niks nie, en daardie elfie is net reg. Nee bog, wat pik jy dan net aan die soutribbetjie. Jy moes daardie vet hamel aan die hak gesien het, hoor! Eet, man, eet!"

"Maar ta' Fyta, ek het nie meer honger nie."

"Nou ja, eet dan vir die honger wat nog kom. Dis 'n lang skof tussen nou en koffiedrinktyd."

Natuurlik het die sorgsame huisvrou se spiedende oog ook gesorg dat oom Eerk se bord rand en kant lê. Maar die vermaning aan *hom* om te eet was 'n hele drama. Of dit 'n komedie of 'n tragedie was: daaroor het die jong gas eers later probeer besluit, en hy is tot vandag se dag nog nie oortuig daarvan dat sy gevolgtrekking reg of verkeerd was nie.

As ta' Fyta gemeen het dat oom Eerk nog van sekere geregte wou hê of behoort te neem, het sy nooit op onelegante manier gesê: "Eerk, nog 'n stukkie rugstring?" nie. O, nee; in so 'n geval was daar 'n hele ritueel, so onwrikbaar soos aan die hof van die Escurial. Die aanhef het gewoonlik so begin:

"Connie, dink jy nie dat die tersalle vandag besonders lekker is nie?"

"Ja, ta' Fyta, besonders lekker. Maar nou gooi ek tou op. Ek kan nie meer nie."

"Ag, kind, jy is maar net nie meer aan plaaskos gewoond nie. Maar dink jy nou nie dat oom Eerk nog hierdie lekker vet stukkie moet eet nie? Hierdie skyfies met die koljanderpitte daaraan. Dink jy nie dis net die regte stuk vir oom Eerk nie?"

"Ja, ta' Fyta, ta' Fyta het volkome reg. En dit lyk my juis dat oom Eerk vandag nie sy gewone aptyt het nie."

O, die verlossing! My broeder in die verdrukking gaan sy regmatige deel van die alte gulle gereg nie vryspring nie. Netjies skep ta' Fyta die welriekende bruin tersal met sy persrooi hart op oom Eerk se bord, en die ou man val gedwee weg. Die tersalle was maar so 'n bykomstigheidjie, en die hef-aan van die reusemaal het nog voorgelê. Oom Eerk was goed in oefening en het ook enduit in uitmuntende oefening gebly. Die souskluitjies en koue varkribbetjies het nou aan die beurt gekom, en oom Eerk het nie geskroom om homself te meld nie.

Maar nie aan ta' Fyta nie.

Dieselfde ritueel, maar met effens anderse bewoording is gevolg.

"Connie, neem nog ribbetjie, man. Die kos is mos daar om geëet te word. Ek dink ek sal ook nog so 'n flintertjie kan baas raak. Jy kan gerus vir ta' Fyta vra om daardie bruin stukkie so langs my rys te sit."

So gesê, so gedaan, en die drie eters vind hulle tweede wind en die gemoedsewewig word nie versteur nie. Dit is sommer 'n lekker feesmaal, en die oom en tante is tog te gaaf, die kos is tog te smaaklik en die jong gas kuier tog te lekker op Kleibank.

Maar daardie ritueel: hoe moes 'n mens dit verklaar? Was dit 'n reuk uit die ou dae toe ons voorgeslag sy eie welvoeglikheidsgewoontes gehad het wat mettertyd vir die Angel-Saksiese korrektheid moes wyk? Of was dit miskien iets eie aan Kleibank? Wie weet, net 'n ritueel wat gevolg is wanneer daar gaste aan tafel was, wat feitlik heeldag en aldag gebeur het? Nie dat so 'n onregstreekse aanspreekmetode tot die kos beperk was nie. Connie is ook gevra of hy nie dink dat hy en oom Eerk en tant Fyta 'n slag dorp toe moes ry nie om een of ander huis- en plaasvoorraad aan te vul. Connie moes dan die vraag as 't ware verder gelei en die antwoord aan die man (of vrou) besorg.

Op die wye ou kapkar met die lui, uitgevrete karperde daarvoor is die verdere bedrywe van die nimmereindigende drama voortgesit. Connie moes dan sy mening uitspreek oor die toereikendheid van tant Fyta se beursie of hy moes vir oom Eerk vra wanneer hy dink om by die tuishuis terug te wees na sy besigheidjies op die dorp.

En Connie het die ingewikkelde tegniek geleer om buffer te speel en as 'n middelateur tussen die oom en die tante te fungeer.

Die huisgodsdiens het sy tradisionele vorm gehad: oom Eerk het saans en tant Fyta soggens die gebed gedoen, en Connie kon enige psalm of gesang "insit", want dit was nog in die dae toe 'n mens die dinge uit jou kop geken het.

En kort na die aandgodsdiens het almal gaan slaap, die gas in die groot vrykamer met sy lappieskombers in sy "puntjies"-slope, en die oom en die tante op hulle groot hemelbed met sy duitsesis-komberse. Twee mense in intieme verhouding tot mekaar en tonggebonde? Sonder buffer!

Waaroor is in daardie slaapkamer gepraat? Die twee het darem seker minstens vir mekaar goeienag gesê . . . Of het ook daardie fase van die lewe van die egpaar woordeloos verloop?

Hoe het daardie "kompleks" ontstaan? Wanneer het dit die egpaar in sy boeie gevang?

Duisend vrae en geen antwoord nie. Nie gedurende die oumense se lewe nie, ook nie in die jare toe tant Fyta as weduwee op Kleibank gewoon het nie.

Dat die vervreemding daar was, dit wis die menigte besoekers nie. Ek twyfel selfs of die kinders ooit daarvan bewus was. Maar ek het dit geweet. En met ryper jare het ek my honderde male dieselfde vraag gevra: waarom? Was dit nie dat ek die liewe oom en tante so innig liefgehad het nie, sou ek my nooit daaroor geknies het nie. Want die liefde wil help dra, die liefde wil ook die verskansings help bou waarsonder niemand die lewe kan leef nie.

Maar vir die taak was ek te onryp, te arm aan ervaring, te onbewus van die onverbiddelikheid van karakter wat die mens se noodlot bepaal. Miskien was ek te onhandig met die skepping van illusies wat juis 'n mens se sterkste verskansing teen die noodlot is.

Wie weet was die egpaar op hulle manier doodgelukkig in die gevangenis wat hulle vir hulleself geskep het, miskien was dit nou *hulle* aanpassing aan die oudword eerder as aan die ouderdom, want die geluk is iets betrekliks, en " 'n mens besit vir ewig net dit wat jy verloor het".

Na 'n geruime afwesigheid aan 'n buitelandse universiteit het ek Kleibank weer besoek om tant Fyta te groet. Sy het intussen weduwee geword en het stokmoedersalig op die ou plaas gewoon, alleen aan tafel gaan sit en saans alleen in die ou kamer van haar daaglikse taak gaan rus. 'n Mens kon sien dat tant Fyta opmerklik ouer geword het. Die skoenknoopogies het nog lewendig haar mikrokosmos beskou, en aan gesels was daar geen end nie, maar . . . dit was kompleet asof op Kleibank 'n onderhoudende kinderspeletjie onderbreek is, toe moeder werf toe geroep het: "Eerkie, my kind, dit word laat, jy moet kom slaap."

Vir my was Kleibank onuithoudelik, want oom Eerk se plaas het hom nie meer geken nie, en tant Fyta het te veel na die buitedeur geloop of na die leë stal waarin die plek van die twee karperde ook nou leeg was. Aan tafel was daar nooit meer die geraffineerde wisselgesprek tussen oom Eerk en tant Fyta en . . . die buffer nie: Kleibank was dood omdat die laaste bedryf van die gemeenskaplike drama afgesluit is.

En tog . . . na jare kom nog steeds die vraag: wat was die werklike verhouding van die egpaar? Hoe het 'n maaltyd sonder 'n buffer verloop? Wat was hulle gesprek wanneer die ou geelhoutdeur van die slaapkamer die twee oues afgesluit het van kinders, familie, vriende of gaste? Altyd opdoemende vrae, ewig onbeantwoord, want die mens is gevange op die aarde en is 'n eenling in die diepste van sy siel.

1957

UYS KRIGE

Dood van die Zoeloe

Dit was ongeveer twee uur nadat ons deur die Duitsers aangekeer is; en ons was besig om van Figtree na die Tobroekhawe voet te slaan. Dit was in die hartjie van die somer, die son reeds hoog teen die lug, maar goddank nog nie te warm nie – alhoewel die harde, kobaltkleurige voorkoms van die hemel my maar alte goed laat besef het dit sou nie lank wees nie voor die hitte ondraaglik word en dit in 'n bibberende sonvloed op daardie dorre aarde neerslaan.

Ons het niks gedoen – had nie eers los gedagtes nie, so het dit my voorgekom – net maar aangestrompel, ons swaar voete deur die sand gesleep om die stof of in yl geelgrys dampe in die duike of laagtetjies teen die lug te laat opstaan of dit in fyn pofvlagies om ons stewels te laat draal op die gelyktes.

Dit was asof ek twee breine had: die een totaal verlam, die ander volkome bewus, besig om daardie woestynwêreld om ons koel en nugter waar te neem. Net een gesig was helder en skerp omlyn: daardie magdom mans wat, swyend en stug, aanpiekel na Tobroek. En net een geluid hoorbaar: die skerp geklik-klik of stadige geknars van woestynstewels wanneer ons 'n klipplaat of 'n strook los grint teëkom.

Daardie stewels, daardie ewige vertraagde, sleurende plof, plof, plof . . . Soos 'n trom . . . soos die langsame gepols van 'n trom. En met 'n enkele eentonige refrein: uit niks, deur niks, na niks . . . Uit niks: die dreunende lugledigheid van die veldslag. Deur niks: hierdie vreemde onwerklike toneel asof flikkerend in 'n rolprent. Na niks: die reusagtige ondenkbare leegte van ons lewe van gevangenskap wat ons voor die deur lê . . .

Dit sou juister wees om te sê dat ek skynbaar nie twee nie, maar drie breine had, die derde luisterend na 'n monoloog deur die wakker, besinnende gees. "Ja, vroeër het dit altyd vir jou gelyk," was die bewuste gees besig om te sê, "asof jy net in die verlede of die toekoms lewe, nooit werklik in die hede nie. Die hede het jou altyd ontsnap, soos sand deur jou vingers geglip. Maar nou het jy jou hede en wat 'n geskenk, broer, wat 'n gawe! 'n Teenswoordige tyd so teenwoordig as maar kan kom. Werklik, baie werklik . . . En jy kan nie vir hom wegkruip in die loopgrafie van ou herinnerings nie. Want selfs hulle is kapot. Nog minder kan jy 'n doringdraad teen hom span met jou hoop, jou verwagtinge, jou planne vir die toekoms. Want ook jou toekoms is na die maan. Daar is geen verlede nie. Daar is geen toekoms nie. Daar is net hierdie oomblik, hierdie nou, hierdie niks."

Daar het lyke langs die pad gelê, party alleen, party in klompies. Ek het nie na hulle gekyk, nie in die minste in hulle belanggestel nie. My oë het oor hulle geglip asof hulle ou stukke motors was, rondgestrooi iewers in 'n verlate agterplaas.

"Hulle's dood en hulle't 'n vrou soos jy . . ." hoor ek 'n dowwe stemmetjie van ver af fluister. "Hulle's dood en hulle't 'n moeder soos jy . . ." klink die stem nou vas en helder op.

Dit was my verslae gees wat ontwaak het; en die monoloog het 'n dialoog geword.

"Dit raak my nie . . ." hoor ek die nugter gees sê, maar hy is vinnig besig om sy onverstoorbaarheid te verloor. "Laat hulle almal na die hoenders gaan . . . Laat hulle almal reguit na hul maai gaan, ek gee nie 'n hel om nie!"

Onderkant die volgende hang het die pad 'n wye draai na links gegooi. Ek was aan die regterkant van die pad toe ek iemand hoor roep. Onwillekeurig het ek opgekyk. Regs, in die bog se vou, ongeveer vyftig tree van my af, sien ek 'n Duitse offisier staan bo iemand uitgestrek op die grond. Hy roep weer, wenk met sy arm. Alhoewel ons groepie uit minstens twaalf stuks mans bestaan, dink ek suf: "Dis ék na wie hy roep, hy kyk reguit na my, ek kan sien hy het blou oë . . ."

Werktuiglik het ek onder my maats uitgestap. En nou gewaar ek twee ander Suid-Afrikaners langs my. Ek weet nie wie hulle is nie. Hulle moes deurentyd daar langs my of kort agter my gewees het gedurende daardie hele lange ellendige trek vanaf Figtree, maar toe het ek hulle nooit eens raakgesien nie; dis slegs nou, terwyl weerskante van my ook hulle op die offisier en die figuur aan sy voete afstuur, dat ek bewus raak van hul teenwoordigheid. En alhoewel ek minstens 'n kwartier in hul geselskap sou deurbring, kan ek my vandag 'n jaar later nie 'n enkele trek of liggaamlike kenmerk van die twee mans herinner nie.

Die volgende oomblik het ek langs die man op die grond te staan gekom. Dit was een van ons naturellesoldate, en aan sy bou en gelaatstrekke kon ek, as iemand wat jare lank in Natal geleef en onder die Zoeloes gewerk het, hom dadelik as 'n Zoeloe eien.

'n Bom moes naby hom geval het. Sy linkerarm was by die elmboog af. 'n Bomsplinter moes dit middeldeur gesny het soos 'n mens 'n droë mieliesteel met 'n vinnige beweging van jou vingers stomp afbreek. Sy hemp, vol kratertjies, is styf van ou droë bloed.

Dan sien ek sy oë. Hulle is 'n helder gitswart, deurtrek van pyn; tog lyk hulle vir my op 'n eienaardige manier afsydig. En ek kry ook die indruk hy sien my glad nie raak nie.

"*Kuyini, umfana*? (Wat is dit, jong Zoeloe?)" vra ek terwyl ek oor hom buig; en dis of ek my stem met 'n bars ondertoon hoor sleep oor die sand as sou hierdie gebeurtenis 'n verdere stommiteit wees waarvoor ek nie in die minste verantwoordelik is en waarin ek om die dood nie betrokke wil wees nie; en as sou daardie norse stem in werklikheid wil sê:

"Hiermee is ek klaar en gedaan, hoor julle? Klaar en gedaan . . . Laat staan my! Vir wat word ek hier ingesleep? Laat my in godsnaam met rus . . ."

Toe hy sy eie taal hoor, lig die jong Zoeloe sy kop effens. Sy oë lyk skielik blinker en hul uitdrukking het verander: dit is nie langer afgetrokke nie, maar intiem. Dan sak sy kop terug, maar kyk hy pal na my. "*Hau . . . umlungu . . .*" kreun hy. "*Kuhi . . . Insimbi ingshayili . . .* (O . . . witman . . . Dit is nie 'n goeie ding nie . . . Die yster het my geslaan . . .)."

En meteens besef ek ek is weer normaal, my gees nie langer gesplete nie, maar 'n geheel met volkome logiese gewaarwordinge en reaksies.

Ek het orent gekom, kyk om my. Ek sien hoe die Duitse offisier op 'n afstand van omtrent vierhonderd tree in 'n stofwolk in sy vragmotor wegtrek. Ek draai weer na die Zoeloe om. Hy is nou in 'n halfsittende posisie; en een van die twee onbekende manskappe sit op sy hurke hom van agter en vashou.

"Hoe voel jy, *umfana*?" vra ek hom terwyl ek langs hom kniel.

Daar kom 'n koue skittering in sy oë, dan sê hy langsaam, baie duidelik: "*Umlungu, ngidubule* . . . (Witman, skiet my . . .)."

Daar is nie aan te twyfel nie, hy pleit met my – blykbaar heeltemal onbewus van die feit dat ek, net soos hy, 'n krygsgevangene is sonder 'n wapen en derhalwe ewe magteloos teenoor sy lot.

"Moenie so praat nie, *umfana*. Jy het maar net 'n arm verloor. Baie mans het 'n arm verloor, en hulle stap weer rond, laggend, met hul kop in die son."

"*Ca* . . . *ca* . . . (Nee . . . nee . . .)" prewel hy, driftig, deur saamgeperste tande.

"Ja . . . ja . . ." vervolg ek terwyl ek al vinniger praat. "Ons sal vir jou 'n dokter kry en jou na die hospitaal neem" – ons, ons, wie die joos is ons, dink ek, ons is niks, minder as niks – "en daar sal hulle vir jou goed wees en jou gou gesond maak en dit sal nie alte lank wees nie of jy is terug onder jou eie mense in Zoeloeland . . . En dan sal jy jou weer besig hou met jou eie dinge . . . Jy sal weer saai . . . en jy sal weer bier maak."

Ek weet nie wat my dit laat sê het nie. Ek weet dis nie waar nie. Met 'n hol klank slaan my eie woorde in my ore terug.

"*Ca, umlungu* . . . *Ngidubule! Ngidubule!* (Nee, witman . . . Skiet my!)." Hoe sterk tog sy stem, dink ek, buite alle verhouding met sy liggaamlike krag.

"Hulle sal jou, *umfana*," herhaal ek meganies, "gou gesond maak."

"Nee, nee, witman . . ." en hy skud sy kop op presies dieselfde manier as wat ek so dikwels ou Zoeloe-indoenas hul koppe sien skud het wanneer hulle by 'n indaba, deur hul hele houding en uitdrukking, dit aan die blanke beampte onder hulle aan die verstand wou bring dat al sy kennis en al sy kunde geensins kon opweeg teenoor hul eeue-oue oorgeërfde stamwysheid nie. "*Ngipelile* . . . (Ek is gedaan . . .)."

Twintig tree daarvandaan het 'n klein woestynmotor gaan staan. 'n Lang skraal Duitse offisier met skerp gelaatstrekke spring uit en stap vinnig met besliste treë in ons rigting. Gou is hy by ons. 'n Tweede Duitse offisier, kort en stewig gebou, volg hom en staan ook nou langs ons. Die volgende oomblik buk die skraal offisier oor die naturel en bevoel sy bors onder die bebloede hemp. Daar is 'n paar sterretjies en die slang van Aesculapius op sy kenteken; en ek voel meteens verlig.

Ek kyk weer na die Zoeloe se arm. Die grootste gedeelte van sy elmboog het 'n kors gekoekte bloed. Die wond bloei nog, maar effens, slegs 'n straaltjie sypel deur die verbryselde vlees.

"*Ngidubule!*" Sy stem is nie langer smekend nie, maar het 'n weerbarstige toon asof in protes verhef dat hierdie versoek geensins buitensporig is nie, maar 'n billike beroep op my regverdigheidsin.

My blik dwaal oor sy pragtige liggaam. Die breë borskas bult uit onder die leerhemp. Die dye soos hulle uitsteek onder die vuil bloedbespatte kortbroekie, is van 'n klassieke eweredigheid, die kuite ewe sterk en simmetries.

Dan val dit my by dat die Zoeloes, liggaamlik, besonder welgeskape is; die

Zoeloemans buitengewoon trots is op hul liggaamsbou; dat hulle enige mismaaktheid en veral verminking – as onnatuurlik, selfs gedrogtelik, beskou; en dat hul vanmelewe se dae alle kinders gedood het wat kreupel gebore is. Natuurlik wil hierdie jong Zoeloe, die nasaat van geslagte van krygsmanne, nou sterwe, verwelkom hy die dood, dring hy daarop aan, eis hy dit op as sy geboortereg, want hierdie gebroke nuttelose liggaam, dié stompie van 'n arm, is hulle dan nie 'n smaad en 'n skande om sowel die mens as die geeste van sy vadere te krenk nie?

Weer glip my oë oor sy bors en ontmoet syne. Ek weet sy blik het nooit my gesig verlaat nie al is die dokter nog altyd besig om hom te ondersoek. Nou, doodgewoon, asof hy my gedagtes gelees het en hy die volste vertroue het sy wens sal uitgevoer word, sê hy stadig:

"Ngidubule, umlungu . . ."

"Nee, jy praat dom dinge."

"*Ngidubule!*" Die kort tussenpose van kalmte is verby, die stem weer dringend. Bevat dit 'n verwyt?

"*Ngidubule, umlungu, ngidubule!*" Ja, dit is verwytend. God, sal daardie ewige kreet van "*Ngidubule* . . ." nooit end kry nie?

Die dokter het sy hand onder die hemp uitgetrek, omgedraai en kyk nou na my.

"Wat sê hy?" vra hy in Duits.

"Dit is sy versoek dat ons hom sy dood gee . . ." antwoord ek om dadelik te besef dat ek 'n stroewe letterlike vertaling in Duits gegee het nie van wat die Zoeloe so pas aan my gesê het nie, maar wat sy opperhoof langsaam en plegtig aan sy bejaarde stamlede sou verklaar het, was hulle nou in 'n hut om die vuur gehurk, besig om oor die sterwende man se geval te beraadslaag.

Of die Zoeloe eindelik begryp het ek wou dit, kon dit nie doen nie en of hy oplaas die Duitse dokter herken het as sy vyand wat derhalwe volgens sy intuïsie, minder afkeurig sou wees van 'n dergelike daad, weet ek nie; maar so gou hy hierdie nuwe vreemde stem hoor indring het op ons dialoog, het hy nie langer na my gekyk nie, maar na die Duitser.

Al leunende teen die Suid-Afrikaner wat hom van agter stut, had hy dusver sy regterhand op die grond. Maar nou, in 'n verbete poging, terwyl sy lippe bewe van die pyn – daar is skuimvlekkies op hulle vermeng met bloed – lig hy sy hand op na sy hempsfront en stadig, tastende, ontbloot hy sy bors. Dan terwyl hy vorentoe beur, sê hy in 'n diep-klinkende stem aan die Duitse kaptein:

"*Wena aungidubule!* (Skiet *jy* my!)."

Snaaks, maar op daardie oomblik was dit amper soos 'n bevel.

"Hy wil hê dat u hom moet skiet . . ." sê ek aan die dokter; maar die Duitser wat orent gekom het en penregop langs my staan, swyg.

"Het hy 'n kans?" vra ek.

"Glad geen kans nie," kom die nadruklike antwoord. "Hy's seker gistermiddag gewond, het die hele nag hier gelê. Hy't al so baie bloed verloor hy kan nie veel meer oor hê om te verloor nie . . . Was hy 'n blanke, sou hy al lankal dood gewees het . . ."

En toe merk ek dat alhoewel ons Duits gepraat het, ons instinkmatig 'n paar tree van die Zoeloe af weggestap het asof bevrees hy sou ons dalk verstaan.

"En hy praat nog," stakkato die offisier se stem voort, "met al daardie skrapnel in sy liggaam! Hy sal heel waarskynlik sterf voor ons by die veldhospitaal kom. Maar mens weet nooit, hy's so sterk dalk lewe hy nog ure lank."

Ek wend my weer tot die Zoeloe. "Die dokter sê jy's swaar gewond, maar dat jy baie sterk is en jy jou nie moet bekommer nie. Ons gaan jou na daardie trok dra, jou na die hospitaal neem."

"Nee, nee . . . Ek is gedaan . . . Skiet my . . . Ek kan nie langer leef . . . wil nie langer leef nie. Die pyn is te diep . . . *umlungu* . . ." En hy kreun weer, sy stem nou swakker, en vir die eerste maal sluit hy sy oë vir langer as 'n oomblik. Dan val sy hand slap terug op die grond, swart teen die bleekgeel aarde.

Die dokter het my aan die arm geraak. "Miskien is dit nog die beste uitweg," sê hy en wenk die jong offisier om nader te staan. 'n Bevel van die kaptein en die luitenant het sy pistool uitgetrek en aan my oorhandig. Ek staan daar, asof versteen, met die pistool in my regterhand.

"*Umlungu . . . umlungu* . . ." is al woorde wat die Zoeloe, met toe oë uitgestrek aan my voete, nou deur sidderende lippe prewel; en hy hou aan om hulle te prewel terwyl sy stem nooit bo 'n gefluister uitstyg nie. Dog daardie herhaaldelike "*umlungu . . . umlungu* . . ." het, lyk dit my, 'n ondertoon van eerbied, byna van ontsag – nie, voel ek, omdat ek 'n offisier en hy 'n manskap is nie, maar omdat ek op daardie oomblik voor sy verwarde gees, half kranksinnig van pyn, soos iets vas en onwrikbaar moet staan as sou ek die groot weldoener wees wat in my hande dra die godsgawe van verlossing en die helende vergetelheid van die dood.

Ek kyk van die pistool na die kaptein, van die kaptein terug na die pistool en dan na die Zoeloe. Intussen het hy sy oë oopgemaak.

"*Ngidubule!*" weergalm sy stem in my ore, so sterk soos altyd.

Ek skud my kop. "Nee," sê ek aan die kaptein en gee die pistool aan hom, "ek skiet nie my vriende nie."

Dit was minstens twee sekondes voor ek besef het ek het die Duitser in Zoeloe aangespreek.

Die Zoeloe se blik het die pistool se beweging gevolg; nou staar hy stip na die kaptein. 'n Paar oomblikke lank staan die Duitser roerloos asof met die pistool opgeskeep. Dit lyk of hy wik en weeg. Dan draai hy na my om en sê stadig met klem:

"Dit is my taak om die lewe te beskerm, nie om dit te vernietig nie."

"En nie om pyn te stil nie?"

"Ja, wel om pyn te stil." Hy praat nou selfs stadiger; maar sy stem het sy gebiedende toon verloor. “Dit sou egter teen die Rooi Kruisreëls wees. Ek is nie eers toegelaat om ’n wapen te dra nie . . .”

Hierdie tipiese Duitse eerbied vir reëls en regulasies, hoe onvanpas op hierdie plek en in hierdie omstandighede!

Met ’n ongeduldige beweging gee die kaptein die pistool terug aan sy eienaar. “Herr Oberleutnant Müller,” beveel hy op militêre toon, “skiet hierdie man!”

Dan sien ek hoe die Zoeloe se hand teen sy bors opkruip en vergeet ek alles, boei daardie hand my onweerstaanbaar. Dit is ’n breë vierkantige hand met ’n groot vratjie op die voorvinger – en op hierdie oomblik lyk dit vir my asof dit pols van lewe, dit een van die lewenskragtigste dinge is wat ek nog gesien het. Die groot sterk vingers voel-voel na die soom van die hempsfront waar die V-opening eindig, sluit in ’n vaste greep daaroor, daar is die skielike skeurgeluid van kakiestof wat in ’n enkele pluk oopgeryt word, en die hemp val oop om die hele borskas bloot te lê. Die regterkant is skaars geraak, glim van die sweet op die gladde swart vel, maar die linkerkant, tot nou toe deur die hemp bedek, is gruwelik vermink.

Ek kyk weg. Die luitenant het na vore gestap, staan nou vlak by die Zoeloe, sy gesig stroef, sonder uitdrukking; en in ’n regop, gespanne houding met sy regterarm uitgestrek, hou hy die wapen, gerig op die sterwende man, strak voor hom uit.

Die Zoeloe se hand grawe diep in die sanderige grond asof hy steun soek vir sy swaar liggaam. En vir my lyk dit nou asof die man in ’n laaste bomenslike kragsinspanning homself wil ophef, opstaan en hy, fier en sonder vrees, met albei voete vierkantig op die grond, sy dood van aangesig tot aangesig wil ontmoet. En meteens het hy sy skouers breed gemaak, hulle teruggestoot en beur hy met sy bors vorentoe en opwaarts asof om die vyand ’n groter teiken aan te bied of om sy bors styf teen die pistool se loop vas te druk.

En nou straal sy wydoopgesperde oë asof al die hartstogtelike lewe in hom in hul dieptes saamgetrek is.

“*Ngidubule! Ngidubule!*” breek dit deur sy droë, gekraakte lippe in ’n crescendo, soos ’n uitroep van vreugde, ’n skreeu van triomf; en ek word herinner aan die Zoeloestrydkreet wat ek al so dikwels, woes en barbaars, hoor losbars het uit ’n duisend kele wanneer die oorlogsdans styg tot sy rasende, tartende hoogtepunt.

“Ngidubule! Ngidubule!”

Ja, hy tart sy liggaam uit, tart sy pyn uit, tart die dood uit.

Ek staan daar, vasgenael, kyk pal na hom af. Ek wil my van dié plek wegpluk, maar ek kan nie.

Versigtig, stelselmatig vat die luitenant korrel langs die pistoolloop.

Ek voel ’n hand op my skouer. ’n Oomblik lank rus dit daar, slap, sonder beweging. Dan vat dit my sleutelbeen styf vas. Ek draai half om. Dis die kaptein. Langsaam laat hy my heeltemal omdraai. Hy neem ’n tree vorentoe. Ek volg hom.

Ek wag, voel ek, op nog ’n brullende “*Ngidubule*” eerder as op die knal van die pistool; en toe 'n slakskulp (een van daardie tallose beenwit skulpies soos kopbeentjies oral oor die woestyn versprei) onder my voete klap, sidder ek.

Ons het ongeveer vyftien tree gestap voor die pistool geknal het. Daar is nie weer geskiet nie.

Ek het 'n baie vae herinnering van wat daarna gebeur het.

Ek onthou nog hoe die Duitse kaptein sy hakke bymekaargebring en my gegroet het met 'n beleefde "*Auf Wiedersehen*"; hoe die twee offisiere in hul motortjie weggery het; en hoe ek geruime tyd verdwaas daar op 'n plat klip langs die voetpaadjie gesit het.

Bene, baie bene het verby my gemaal, aangehou om in en uit my nou gesigskringetjie te skuiwe. Maar hulle het geen indruk op my gemaak nie; in 'n dowwe, onsamehangende manier het ek meer belang gestel in die vlagies stof, wat nie opgehou het om die lug op te krul, om my stewels te kronkel en dan in 'n dun bleekgoue lagie op die breë vierkantige neusleer uit te sif nie.

Hoe lank ek daar gesit het, starende na my skoenpunte, weet ek nie. Iemand het uitgeroep: "Komaan, opskud, Du Toit! Toe, man, aanstryk . . ." en toe ek my weer kom kry, was ek nogmaals deel van daardie naamlose skare krygsgevangenes wat stadig en moeisaam aankruie na Tobroek.

1962

ETIENNE LEROUX

'n Dag in Berg-en-Dal

Drieduisend siele

Die strate is bedek met wit kalk en blink so skerp in die somerson dat REGINALD, die winkelier, sy hande voor sy oë hou en terug in sy winkel stap waar

NOENS, sy vet vrou, in die donker na negosie ruik. Noens, sê hy vir haar en beduie vermanend, Noens . . . en sy haal 'n laaste handvol lekkergoed uit die glasbak uit. Sy keer terug tot haar taak en waggel woelig weg na die vroueafdeling waar dit nog donkerder is en die materiaal vanaf die boonste rakke uitbundig blom. Sy verkoop 'n gerekte blou bloomer aan

GERTRUIDA GERTZEN wat die sterkte van die rekke met haar kneukels toets. Gertruida praat oor vroueprobleme terwyl Noens met 'n oranje roosknopmondjie glimlag en die orige lekkergoed in haar klewerige hand aan Gertruida Gertzen se geeloogkleuter gee. Het sy nie mooi geword nie? vra sy terwyl

DIE VOORWERP VAN BELANGSTELLING met bollende kieste terug in die voorvertrek van die winkel die vaderlike hand van Reginald op haar voorhoof betyds vermy.

Liewe klein WANDATJIE, sê Reginald skynheilig voor KLASIE die klerk met die horrelvoet. Klasie breek 'n toutjie om sy pinkie, beduie en besluit: Oubaas Bêrend is weer bedonderd vandag met 'n skouer-beweging verwysend na die

LANG OUBAAS met die bakkebaard wat so pas in sy blou Buick geklim en gery het tot by

POPOLOUS, die Griek, wat guitig uit sy kafee uitkom, groet, glimlag en genoeë neem met die grappie: Jou bleddie Griek, jy maak seker weer groot geld vandag, het jy tamaties? – Waarop,

PANDROS, sy broer, deur die gaasdeur, tussen die kroom, langs die frigidaire, agter die groen sodafontein, opkyk en afkyk. Met nette, presiese, klappende hande berei hy 'n bruismelk in 'n skommel. Hardhandig gooi hy die skuimende vloeistof in die plastiese glas en kyk hoe dit skuim en borrel en dreig om te stort. Dit rys tot die kruin en sak af.

WARRELWINDE waai oor die plein, jaag stof en niks en slaan vas teen

MARKTAFELS wat leeg is.

OOM PIET, 'n rustende boer, trek onhandig en onverskillig weg in sy Hudson op hierdie sy daaglikse uitstappie na die dorp waarin hy 'n plesier en 'n paslike afronding van sy lewe vind. Hy ry na die hotel en koop 'n bottel Klipdrif vir gesondheidsredes by

GOTHRIET MORGENTHAU wat in die dorstige dorp welaf word en sy welvarendheid onwillekeurig adverteer met wit baadjies en klaargeknoopte strikdassies. Hy leun met gevleuelde elmboë oor sy greinhout-toonbank en gee 'n vals glimlag vir al die karakters wie se privaatlewens hy selfs beter ken as al die wasvrouens. Met die muur van sy kroeg omsoom deur afgesnyde dasse en onheilige tekste, met sy bottels vervrolik deur vals etikette, met sy gewete gesalf deur kollektedosies vir die armes en blindes, kyk hy op hierdie Vrydagmôre na

KOOS DIE KOSTER wat fortuin vertel, sy vrouens verwaarloos en bystand kry; na

GERRITSEN GRUNDELING GROENEWALD wat bouwerk doen en die dorp vul met hobberige huise, skewe skoorstene, gekrulde gewels, swanger mure (sy vrou soos sy mure) en bystand kry; na

LODEWYK LODIJSEN, die groot boer met sy klein plasie waarvan die morge en roedes strek tot die nimmereindigende grens van sy verbeelding, wat alles weet wat orals aangaan en bystand kry; na

dik donkerbaard JOHNNY, werker na willekeur as plaasvoorman, mallemeulebestuurder, klerk, agent, smid en opsigter van die skut, wat in Sidi Barrãni spitfires met sierlike behendigheid oor die woestyn kon loods; na

LAMBERT MANEWEEK, die mooiste, die bekwaamste, die rykste man van die omgewing, wat homself tot horries drink omdat hy aan die wagtende meisies net woorde gee, sy een meulsteen van onvermoëndheid swaarder wegend as al sy vermoëndheid; na

JOHAN BARNARD met die groot buik, met bergespiere wat spreek van sy onuitputlike uitbundigheid, onder die aanslag waarvan menige maagde hulle madeliefies tussen die riete langs die rivier verloor; na

RUDOLPH LEFEBRE, liefling van almal, mooi van voorkomste, verfynd van geaardheid, vader van slanke dogters, faktotum van liefdadigheid, gedoem tot respektabele ondergang met al sy ware ambisies onvervuld, vasgevang deur sy verbond met die omgewing waar hy sy tyd, sy genie en sy jare verspeel; na

HANDELSREISIGERS met spit-balls, seduksieplanne en slegte spysvertering; en na

AL DIE ANDER, drank-bevry van hulle gewetes, vrolik uit die aard van die vergunning wat hierdie laaste weeksdag bied. Voor hulle in die muurspieël weerkaats die verbygaande toneel en wys

MEV. JOLANDE VAN NIEKERK, hoof van die Vroue-Landbou-Unie, op pad na 'n vergadering met haar hoof vol mosies en haar hart vol woede teenoor mev. Van der Westhuizen wat uit protes bedank het omdat sy ontevrede is met die organisasie van die komende skou, haar handsakkie vasgeknyp onder haar arm en die pluim van haar hoed wuiwend in die nadraai van die warrelwind, haar gedagtes meteens op die dromerige man wat die vorige aand 'n lesing gehou het oor die behandeling van die adolessente kind, die seksaspek van die huwelikslewe en die oorgangstadium in die lewe van die vrou. Sy onthou die laaste sin terwyl sy die straat oorkruis en ongemerk aan haar borsrok met haar plomp hand skuif: 'Netsoos die Lewe begin het, word die Golwinge na die be-eindiging van die Hartstogte al hoe wyer en Verdwyn hul in on-ein-dig-heid . . .' Behalwe (met wrewel) behalwe (daar klim sy nou in haar sportmotor voor die slaghuis).

JOAN LEFEBRE, met haar hooghartige houdinkies, wat GELAG het – sy met haar swaaiende rokke wat nou ook swaai as sy 'n slank been in die lae motortjie plaas, agter die wiel inskuif en die deur met 'n sagte, klikkende geluid toetrek, haar grys oë bedek met 'n groen sonbril met 'n geel rand, haar tingerige skouers skuins teen die sitplek geskuif as sy die Simca in eerste versnelling plaas en met sidderende wiele wegtrek. 'God, hoe moeg is ek nie vir hierdie skynheilige Gomorra nie . . .' Sy ry tot by die garage en merk met 'n rooi glimlag op hoe Marcel self uitkom en die jong opsystoot, sy een voet op die loopplank plaas met sy elmboog in die venster leun en vrypostig vra: 'Hoeveel?' 'Nege gelling,' sê sy en loer met dalende wimpers na hom, half uitdagend en half lui, haarself herinnerend aan die aand toe hulle mekaar toevallig in die stad op 'n dansparty gesien het en sy (God, sy was 'n bietjie oor die vier) hom toegelaat het om sy een hand op haar bors te rus terwyl hulle dans. Hy gooi die nege gelling in en het skaars die dekseltjie opgeskroef toe sy met rasende wiele wegtrek en hom oogverblind, oogvrywend gans alleen in die stof laat staan.

So 'n bleddie Sy-Satang, sê MARCEL, maar glimlag en staan terug as oom Piet terugkom van Gothriet Morgenthau om weer petrol in te gooi. 'Maar dis nou net volgegooi, Oom,' en Oom Piet wys met sy vinger na sy slape om die gewiegel van sy gedagtes aan te dui. Hy verdwyn uitgelate om die draai met 'n wuiwende hand en 'n uitbundige gevoel in sy binneste, op pad na sy plaas.

MAAR

sonder doel of rede ry hy deur die dorp soos iemand wat vir oulaas laaste indrukke wil vaslê.

OOR die dwarswalle

DRAAIENDE LINKS en DRAAIENDE REGS

NA willekeur

verby die DOMINEE se huis, toegegroei deur rankdruiwe, oorskaduwee deur erotiese sipresbome, blinkend in die son met die nuwe sinkdak wat die gemeente gesamentlik opgesit het; en verby

die KERK met die geteëlde toring wat sweef oor die asters in die tuin waar die bye gons – die grou mure gerofkas, die vensters grys en vaal, die deure gegrendel; die kerksaal langsaan verbleik en versteek agter 'n paar gombome met verdroogde takke; en verby

Die JOODSE kerkie met die Semitiese Ster;

die ANGLIKAANSE KERK tussen twee armsalige acacias;

die BANTOEWINKEL met die gekleurde kombers en die vliegwegwaaiende Basoeto's op die stoep;

verby die TENNISBANE en terug (doelbewus nou na die plaas) via

die MARKPLEIN waar 'n seuntjie so pas van sy fiets afgeval het en stadig orent kom, vrywende aan die rafels van 'n afgeskuurde vel, behep met die rooi bloed wat net-net begin deursypel, op pad na sy huis waar sy ma,

MEV VILJOEN, ongeduldig wag met die ete wat besig is om koud te word – 'n tweede oproep alreeds tevergeefs deurgeskakel na Gothriet Morgenthau se onheilige huis, haar oë gerig op die stof wat in die vensterbank vergader, die meid verwensend, haar klere taai aan haar hangige lyf, 'n warmte in haar wat tevergeefs wag op bevrediging; ongeduldig, magteloos, behoeftig, vies en sonder kennis, 'n probleem vir

DIE SPREKER OOR VOLWASSE OPVOEDING (maar sy het sy vergadering vergeet) wat nou so pas aan die welgevulde tafel van die prinsipaal se vrou plaasgeneem het en met sjarmante glimlaggies, en 'n gedraaide pinkie na 'n pas-uitgesproke komplimentjie, onder die bewonderende oë van die hele vrouevolk begin eet aan 'n gebakte gans, onderwyl

die PRINSIPAAL self, verdiep in sy eie personeelprobleme, deur sy lewenstaak verander in 'n afsydige outomaat, deur vitterige probleempies, deur 'n gebrek aan 'n behoorlike personeel, deur 'n warm son en onvoldoende fondse gevoer tot betekenislose kompromieë en steeds toenemende verydeling, met donker oë onder swaar wenkbroue na die idealistiese indringer tuur en met elke mondjievol geleentheidskos vergelykings tref en oplaas, alleen en uitgesluit, by die venster uitkyk na die huis oorkant waar

MAGRIET, 'n MAAGD van sestien jaar, haar vlegsels oor haar skouers trek en belowe om saam na die konsert te gaan met die besope, buikige Barnard wat by Gothriet Morgenthau 'n bottel, 'n kamer en bykomstighede gekry het.

Dis meteens stil oor die etensuur in die dorp. Niks beweeg nie behalwe 'n Korannajong op 'n ysterwielkarretjie wat met sy selfgemaakte sweep die donkies tussen die ore piets.

DR. DÖHNE vee sy kuiltjieken met sy servet af en jaag haastig met sy vinnige motor na mev. Veenstra wat handverwronge glo dat Sannie sterf. Dis masels, sê dr. Döhne en knik vir

SANNIE, wat gloeiend in haar bedjie lê en kyk na vlieë op die muur. Die son skyn deur die blindings. Sy voel die verdwyning van die direkte lig, word bewus van die skaduwees wat aanwas, en dink met heimwee aan 'n koringblom.

Op die TENNISBAAN speel die posmeester se vrou, die sersant se vrou, die dokter se vrou, die burgemeester se vrou 'n dubbelstel tennis.

Hulle kla oor die balle wat te lig is.

Die standerd agts swem in die swembad onder die toesig van juffrou FRANSCINA VAN ROOYEN wat puntige pêrelwit uitstaande tande het en een keer in haar lewe gesoen is deur 'n dronk man op 'n partytjie.

Die Sub B's sing in die skoolsaal, "Witter as sneeu".

Koos die Koster, sjerrie-mal, slaan Siena met 'n skaapvelsambok.

Johnny vertel vir Gothriet van Bengazi.

Lambert is terug op die plaas te midde van die Maneweekmorge merinoveld, dronk soos sy volk.

Lodewyk Lodijsen koop driehonderd dorperhamels, onbesiens onbesuis, van Woudenstein die spekulant, teen 'n bedrag van driehonderd pond wat hy nie besit nie.

Rudolph Lefebre het een van die handelsreisigers na sy plaas toe genooi en hulle sit aldrie voor in die motor terwyl Joan bestuur en 'n geringe drukkie teen haar knie agterkom.

Die dominee poleer sy gemeentemotor.

Die ouers wag by vriende en in groepies onder die skaduwees van sipresbome vir die skool om te sluit. Een na die ander ry hulle weg van die dorp. Die stofwolke word al hoe swarter as hulle mekaar selfgeldend probeer verbysteek.

Allengs word dit laat-middag

en daar kom 'n nuwe lewe voor die naderende skemer.

In Popolous se kafee begin die radio speel en glim die neons teen 'n spesiale nagtarief.

Meteens begin die enjins van die kragsentrale dreun en die skaduwees onderneem hulle nagvlug.

'n Allenige nagvlinder verskyn in Morgenthau se sitkamer en die maagdelike Magriet verloor vir ewig haar voorvoegsel in monnikheilige Morgenthau se gastekamer. Met 'n momskerm van onderdanigheid bedek hy Momus met eerbiedige buiging as Barnard en beskaamde bruid verbygaan.

RONALD RORICH se rondreisende toneelgeselskap, bestaande uit Ronald self en twee blonde helde en heldinne, het so pas gaan eet nadat hulle 'n paar puntige aanmerkings oor die hotel, die dorp, die saal en die omgewing gemaak het. Met snedige snorretjies en krullebolkapsels lyk hulle kettervreemd en keuwel spottend superieur hulle keurbendetaal.

'Sondagmiddag gaan ons vir die Lefebres kuier,' sê die aflosmagistraat vir sy vrou en skroef die veertjie van sy horlosie styf. 'Dis tyd dat jy moet aantrek vir die konsert.'

In die lokasie brand die vure en dit ruik na mis; die rook rol breed oor die rommelhuisies en spiraal op en oor die lae rantjie.

Die konsert begin en die strate is leeg –

in teenstelling met die stadsaal waar elke grappie, elke gebaar, elke verwikkeling in die saaie storie van die grootste betekenis is.

Dis pouse en almal haas na Popolous en Gothriet,
die tuisblyers luister na Springbokradio, of slaap alreeds.
Die hoofkarakter verklaar sy liefde te laat vir Linda. Sielig sterf sy.
Wee word
'n werklikheid
'n Vrou vee 'n stille traan weg

en deel in die dawerende applous as die akteurs met geboë hoofde en gemaakte nederigheid die toejuiging ontvang. Die ligte word een na die ander verdoof sodat nog net die straatligte brand en die donkerte en eensaamheid besit neem. 'n Sinlose swerwer doem af en toe onder 'n ligkol op en verdwyn in die nag. Daar is 'n groteske stilte wat daal oor die dorpie: dit klem alles met 'n doodsgreep vas, dit wis herinnering aan die dag volkome uit.

Vergete is vir die nag:
Vergete is vir die nag die maskers en die maskerades;
Lodewyk se vals aankope van Woudenstein;
Barnard se saad in sy bruid;
Rudolf se ambisies;
Johnny-Tripoli;
Spitballs;
'n koring-
blom.
Maar in 'n
kamer in een van
die huise regoor 'n brandende
straatlig beskrei klein Gert Groenewald die wande
en word presies om twaalfuur aldus met die helm
gebore . . .

1964

ADAM SMALL

Klein Kytie

Roses!
Carnations!
Mooie bossies narsangs!

HAWKER
Hél, ma djulle kan daam heller oordag
bagrafnis hou!

FLOWERGIRL
Gwaan voetsêk djy moet djou
vakrimpte piesangs!

HAWKER
Got hoe wiet djy dáái, hi?

Kós even so was sy my kind nog gawies meneer. Nai.
Dja even so lat ’n mens jou kind nie soema só weggan nie

KLANKBEELD
Diekaapseklopse
(Y town,
bie-town,
bie-town,
sie-town,
sie-town,
die-town,
hie kom ons
hie kom ons
hie kom ons an)

Dou ek wiet ons moet ammal weggan ek wiet nie, kós om só te gan.

KIEK
Klêngoed innie straat

Hê'k nie vi djulle gasê moenie kirjink innie pat innie hê? Djulle soek djulle eie doed, wil djulle doed wies hê? So dis daarie bloed gawies ek wiet, ek moet nóút dou ek het vi Djakop se liefgahad meneer Got troos sy siel moet hom gatrou hettie, kôssit wassie wyn gawies meneer sê ek die dop oppie plaas in sy bloed meneer en nawieke oppie dorp Got troos sy siel innie kantien o Here meneer.

Sirenes van die ambulans huil, húil strome verkeer tot stilstand, skreeu uit Hanoverstraat kantelend 'n swart kring om die rooi eiland, Darlingstraat, Sir Lowryroad in, huil, húil tussen Distrik Ses, tevergeefs, en Groote Schuur. Die lyk is uitgetrollie in 'n wit laken; die verkrimpte ou weduweegesiggie wat die coons gasien het niewedjare ennie kinners doedgan specially vi Kytie kôs even so was sy my kind gawies en om só te gan; die verkrimpte ou handjies, dis so gabars sien meneer vannie ouderdom hêhêhê ennie char specially die char, kôs ek het vir 'n rukketjie die blomme oek gahad en oekie pars, wat, toe die polisie daarmee klaar was, Klein Kytie se lyk ingeneem het, die skandes reg gesien en toe ma gatry het ommit yt te lê virrie kis en daai's toet ekkie eeste attack gakry het meneer, raai daas 'n man hy priek altyd daasoe oener oppie parara meneer, hy priek die waarheid.

VOLFLITS
Pararaprediker

EERSTE DJOKER
Wie's daai lielake ou
daa
moerie grootbek
ennie bênjo?

TWIERE DJOKER
Daai ene daa so rou
gabrand vannie son
en vannie swiet ennie stof
skoon grou?

Dja!

Lyster!

o die Here vagewe my, 't was alles my skild o God gawies meneer ek moet nout, kóssit wassie wyn in Djakop sy bloed gawies, dou ek het hom liefgahad, so vi Djakop gatrou hettie. Toe's hy doed oppie plas meneer so daa was niks vi ons gawies nie, Klein Kytie het allienag by my oorgably kós Skoen-hulle was unemployed innie Kaap en ek kannie eintlik mee so wêk nie sien meneer dou ek moet sê ek het 'n bitji gatry moerie char, meneer sien selwers hoe lykie ou lyfie hêhêhê, toe moet ons oek ma Kaaptoe wat kannós tog doen oppie plas het die bas oek gasê. Dja's swaar om doed te gan dja's swaar om te lewe meneer miskien sillie Here my vagewe. So toe sit ons marie furniture oppie karrentjie.

LANGAFSTANDFLITS
Donkiekarretjie met bietjie
huisraad op die grootpad.
Ou Kytie
(sy hou die teuels)
en Klein Kytie

KLANKBEELD
O staragstaragoorieklippertjies

Daar was die lykwa van Goodall and Williams en die dubbeldekkerbus. Hulle het nie geweet waar om 'n predikant in die hande te kry nie, toet die undertaker die lyksrere gahou, so't hulle die gat toegagooi toet hulle abaid whit mie gasing ou Diena het ingasit; haar swart rok het gablink moerie rooi spry op, dose were de days toe sy en Ou Kyt wat nou hie onner die grond galê is same nog by ou Mêrim Kanskie God troos haa siel sy was 'n goeie ou Joremiesies, kristalik en alles, palemyds gawies het. Dis daai Klein Kytie wat haa ma oek nou hieso onner die grond gabring het God troos haa siel, dis daai Klein Kytie.

En Gód weet, wie sal my glo wat nie gesién het nie, wat nie wéét of kán weet nie –

KLANKBEELD
Die trane die rol oor
djou bokkie

(nie nie
nie
my dolla nie nie
nie
nie
nie my dolla nie
nie
nie
nie nie my dolla nie
nie
nie
nie my dolla nie)

– Ou Kytie haar oorlewende seuns, die vyf, Klein Kytie se broers, hulle's die vyf wat oorgably het kós Klein Kytie sysie ienagste meisiekind van my en Djakop, die vyf, mesmerke soos pokke se merke op hul gesigte, elkeen met sy mes onder sy baadjie toe die kis sak, die twie hawkers en drie unemployed hulle het soos klein kindertjies gehuil toe die kis sak net soos drie maande gelede met Klein Kytie se begrafnis.

Goodall and Williams het weggery. Toe het ons almal innie City Tramways se bus hystoe gaklim. Hulle het alles decent gadoen, Djakop kós hysie oudste moet sy pa se naam dis sy kennertjies dié foeitog kó vie af djou snotnies dê, Daad, daai was sy oupa my pagoed se naam gawies meneer, hulle issie twie hawkerkinners; Djimmy en Toffie en Skoen foeitog hysie bybie meneer. Tea is byrie hys gaserve. Ma Skoen het al lankalal een djoker daa innie oeg gahad, toe kom sy chance. 'Hél, daai undertaker, sy blêrie manel assit net 'n bietjies langere gawies het so lank soes sy gavriet ek bêt hy't gatrip en homselwers soema dêr-in-den bagrawe!' Hy't gabagint lag toet Skoen hom alklaar in sy bek gastamp, 'Clear yt, djou vokkieng bastard! Dis ma se lyk, dissie 'n blêrie concert nie!' Ons het vi Skoen gatry om te keer kós hy's ma bietjies gou virrie mes, toe staan daai Roel moet sy bloedbek vannie grond af op, o.k. sê hy o.k. ons miet wee.

Skoen het ga-explaint. Hy ry vaniet in onse blêrie bus, hy hou vi hom heilag die vark 'nas hy een van daai Poena se bastards! Wassit nie vi ma se lyk nie, het ek hom daa byrie gat al in sy moer . . .

'Ma Skoen, ou Roél . . .'

SKOEN
Djakop, sê, issit true?

JAKOB
True.

'Kós is true.

Hulle het al vyf gepraat. Die ander het met groot oë in die rondte begin staan. Die vyf was eenkant, sáám.

Daar was die bloedbad in die buurt na Ou Kytie se begrafnis, selfs 'n hele ruk nog nadat Poena Henriks opgehang is. Snaaks, tussen Klein Kytie se dood en haar ma s'n, en dit was drie maande, het niks om van te praat gebeur nie. Enigeen van die vyf sou Poena Henriks die mes gagie het, marie ló het die vark gavat, en hulle het tevrede gelyk. Maar die middag met Ou Kytie se begrafnis . . . Hulle het natuurlik alles geweet, al vyf, hoe Ou Kytie die eeste attack gakry het daa by Klein Kytie se skoengawaste lyk, kós why . . .

‘’Kós ons miet wee, vylgoed! Ons sil djulle ’n vokkieng stryk wys! Dink ons believe daai blêrie Poena was allien, hi, en daai klomp wit varke wat soes ritsage hondjies hie angatjank gakom het vi lekkekry, Klein Kytie was mossie lielak nie, hi, ampe wit en lang hare, God en cheap! Waantoe het hulle nou suddenly gadisappear? Dink ons wiet nie, hi?’

‘Ons was unemployed gawies, en ma moet lewe!’

Die kamertjie was klein, warm, te vól om die ovaal eettafel waarop die kis die oggend en die vorige twee dae gerus het. Die vyf het skielik dommerig half besef hulle het onnodig veel gesê. Die vrouens het begin fluister. Got, as ek gewiet het, was ou Kytie daai type gawies en ons dink allie tyd . . . Gêgêgê! Ou Kytie, kan djy galoef, hi? Die ou djintoe, got ou Kytie! . . . In ek sing nog iewe abaid whit mie en kennitie ’n vok nie vi Ou Kytie die tief! Dan’t sy haa eie kind . . .

Toe het dit lelik geword. Skoen het soos ’n malman geskreeu, dreigend gevloek en ’n stoel tussen hulle ingeskop. Een het daaroor geval en begin huil toe sy die arm verstuit. Iemand het gegiggel, toe het die eerste hou geval. ‘Hou djulle vyl bekke van ma af! Hou djulle blêrie vyl bekke van ma af!’

van ma af!

van ma af

Dit was besetenheid. ‘Voetsêk, djy moet djou rooi pikei wat djy innie blêrie villisblik opgatel het, skynheilage biets! Abaid whit mie, hi? Abaid whit mie?’ Toet die ambulance ga-arrive ennie poelies.

Dja meneer dis swaar om doed te gan, om ’n living te mak is baie swaar specially hie innie Kaap, en toet ek baginne ytvinne vannie slegte Poena. Eeste het hy gatry om my weg te hou vannie hys af, dja hy’t my altyd so mooi gatriet ek moet sê meneer hy was nout onbeskof moet my gawies nie, nai. Ma toet ek ytgavinne en ek het niks gatry om te sê nie meneer kós Kytie sy’t vi ons gasôre, en ek het niks gatry om te sê nie

VOLFLITS
Natterage floral rok byrie knietjies

So ek het niks gatry om te sê nie meneer.

VOLFLITS
Tierende Pararaprediker

KLANKBEELD
Wáár is Moses?

Hulle was gatroud en alles, decent soesit hore dou nie innie kêk nie voorie magistraat meneer, daais die sêdste part daavan hoekô Poena so sleg gawies het hy willie wêk nie, daais hoekô hy so sleg gawies het, verder was hy nie so sleg nie; so hy wil baie geld easy gahad het kôs hy't gadrink, dit kos geld meneer ennie dagga so hy't nie gakan wêk nie. Poena het baie sleg gaworre later kôs later hy't selwers – ek het tog gawiet, dit was net hieso langesan meneer – even nie mee same moet haa gamaak nie, sieke annerplek, so hy't haa net hieso geleave dan kom allie anner, die wit base oek het hieso gakom. So later het Kytie innie aand se kant baginne hyl, soggens kan sy nie roer nie, lýster djy meneer, en ek het niks gatry om te sê nie, innie aand het hulle alwee gakom o Here Got help my dááis die kooi meneer.

VOLFLITS
Krom ouvroutjie met verwarde
oë en vrot tandjies se
verrimpelde gesig

Ma Klein Kytie was al klaa doed gawies meneer, so afterôl dit maakie saakie, sy was 'n plasmeisie so sy was al klaa doed kôs ons het oek altyd die Bybel gahad, so ek het ma niks gatry om te sê nie. En Klein Kytie Got troos haa siel meneer sy't gadink om vir my te help so sy't ma galyster vi Poena kos sy wiet hoe swaar het ek en Djakop haa groetgamaak en nou's ek 'n wierewie sonner sôre. En elke keer het Poena die geld gako haal meneer, nai, hy't altyd ganoeg galat staan vi ons, hy was regtag nie so sleg gawies nie meneer, en so Skoenhulle het oek altyd iets by my gakry, foeitog Djimmy en Toffie is oek unemployed, Djakop en Daad vadien dammers iets moerie groentetjies, so Poena hy't nout gasê wanner hy gan kom nie meneer ma altyd innie aand lat hy kan sien of Klein Kytie wêk, Klein Kytie was baie bang vi hom gawies meneer ma ól de sym hulle het makaar liefgehad ofkôs.

VOLFLITS
Mooi duisendmaal verkragte bruin meisie se
geel gesig onder maar effens kroes hare
verwaarloos. Vrees van die dood

ROFFELINGE SOOS VAN TROMME

OU KYTIE
Poena! . . .
(sy pleit)

POENA
Marie geld word al minere, kyk net hie!
Sy worre te blêrie ly . . .
Kýk net hie . . .

KLEIN KYTIE
Poena . . .
(sy pleit)

AFSTANDHOEKFLITS VAN BO
Vorm van man wat wankelrige trap afsluip
na dagga in die nag, wég van duet
van sy naam agter 'n toe deur

HOEKFLITSE
Ou Kytie en Klein Kytie.
Die bed, 'n bottel, die Bybel, die buurt

TERUGFLITS
Poena in die nag

TERUGFLITS
Klein Kytie

LANGAFSTAND HOEKFLITSE NADER TOT VOLFLITS
Die manne wat kom, gesigte van
die manne wat kom in half-,
in kwartprofiel, lywe

TERUGFLITS
Ou Kytie.
Ou Kytie en Klein Kytie.

HOEKFLITS AF HOEKFLITS OP
Trappe

VOLFLITS
Deur

Toet Klein Kytie pregnant gaworre meneer, toet sy weer 'n anner wêk wil baginne doen, Poena dou hy't gasê nai daas gan ganoeg geld daa innie, nai daasie profit daa-in nie, nai hy wil niks vastaan nie die dagga het hom gehad. Nai ek praatie vir Kytie skoon nie meneer sy's glattie skoon te praatie, ma toe het sy nie meer gakan nie, hóór djy meneer kós sy't toe die bybie ga-ekspêk sê ek, so toe stop ek hulle die aand ek het vi hulle mooi ga-explaint en raai hulle het ammal galoep tog raai, hulle't respek vi my gahad altyd ek kannie kla nie, en toe kom Poena die aand.

ROFFELINGE SOOS VAN TROMME

Toe kom hy dieselfde aand en well, hy't niks eintlik gasê nie, hy't moet haa gan lê ek was so bly kôssit was lank laas gawies soes ek ga-explaint het meneer onthou, en sy't niks gasê nie kôs sy't oek ma gahoep hy kom en daai was haa mistake gawies. Daai was net haa mistake gawies meneer, well toe't hy klaa is toe staat hy op ma hy was mal vannie dagga sê ek, oh so ek het gadink djy's te moeg djy kannie wêk nie sê hy vi Kytie, en Kytie het wit gaworre soes 'n lakent.

So daais wat ek alles gasient het o Here Got help my meneer.

FLITS
Ouvroutjie in hoek hulpeloos
met vrees van die dood
tussen vrot tandjies

FLITS
Klein Kytie, wit soes 'n lakent

WARRELENDE VOLFLITSE
Hande. Oë. Die Kéér. Monde.

KLANKBEELD
Doof roffelinge uit. Kitaars, saggies.
Mense wat opstaan, keelskoonmaak, regmaak
om te loop. Die fliek is uit.

Snaaks issie toe lat ekkie eeste attack gekry hettie meneer, raai marie oggent eeste toerie poelies vir Klein Kytie truggabring het toet ek gasien die plekke wee reg ennie anner plekke oek meneer. So onthou ek niks meer nie, toe ek bykom was my Skoen-hulle daa. Raai, en Poena, ek het die aand gadink wat gan hy moet my maak, en hy't tog niks gamaak nie meneer, nie eeste na my toe gakyk nie, die Here wies 'n ou vrou ganarag meneer, Djakop sil in sy graf in omdrai hy wassie sleg gawies eintlak nie meneer, kompliet of hy my nie eeste ganotice het nie. Hy't net dit afgavat vannie hakkie agte die kombysdeur meneer, die poelies het dit wegganiem ek kan djou nie wys nie meneer o Here Got help my, Klein Kytie het die hele nag deur gaskrou. Dit was eeste die oggent toe's sy yt, ek wiet nie eeste wanner is Poena daa-yt nie, toe't ek wee sien toe sit dit nog allie tyd daa innie plek . . . daa . . . wat Kytie pregnant gawies het meneer, o Here Got help my, die handbyltjie . . .

VOLFLITS IN KLEUR
Ouvroutjie wat hartaanval kry

KITAARS
(die Hiemelpad is nou
ma dis vi djou! nie vi my
ons pad se naam is Broadway)

DOOF UIT IN HOEKFLITSE VAN BO,
VAN ONDER VAN

My stad

DOOF UIT

1964

BREYTEN BREYTENBACH

selfmoord 2

Was dit selfmoord? Wie sou weet? En as dit was, waarom was dit? Maar dis alles alles normaal as mens 'n busbestuurder is. Ek is. In hierdie besondere geval moes ek my vrag toeriste gaan aflaai in 'n gesogte kusdorp. Dit was reeds aand 'n ruime blou aand toe ons die laaste nek in die rits berge oorsteek en afdaal die draaie af na die see. 'n Lang vrou het op die bank net agter my gesit en elke dan en wan leun sy vorentoe en lek aan die bel van my oor. In die agtertoekykspieëltjie kon ek sien hoe haar eggenoot se gesig opblaas en verrooi. Maar dis deel van 'n busbestuurder se roetine. Ek het my mense afgelaai voor die hotel waar ons almal die nag sou tuisgaan dit was 'n reuse-plek. Swartjas hotelbeamptes wag ons in ene pikkewyne en miskien omdat hotelkamers identies is val dit toe so dat ons 3 (lang vrou eggenoot en ek) (maar hy wis dit nie) in dieselfde kamer te lande kom. Maar dis deel van 'n busbestuurder se roetine. En teen die tyd dat hy hulle swaar koffers die trappe opgesleep het was die lang vrou en ek reeds die venster uit oor die afdak af laer op 'n ander dak af met die brandtrap deur die hoteltuin en op die strand. Die nag was fantasties mooi en verlig deur 'n onaardse blou maan agter die berge op iedere bergtop hurk 'n wit geheimsinnige stad die koepels glim in die lig en ons kan plesierige dansmusiek hoor uitsypel uit die stede en af na ons toe. Eendag so sê die lang vrou sal ons net twee swart figuurtjies wees in die strate van een van die stede op 'n bergspits. Toe gaan lê ons op die warm sand en vat aan mekaar se lywe dis alles normaal as mens 'n busbestuurder is. En as die nag laat is loop ons terug na die hotel. Swartjas hotelbeamptes ene pikkewyne wag ons in en vertel ons benoud dat 'n sekere eggenoot huilend navraag kom doen het na sy vrou en dat hy dan kwansuis 'n vreemde man se pet in sy kamer sou aangetref het en hy het 'n graaf kom leen want hy sou optrek en die donder se kop gaan afspit en hy het die venster uitgeklim die afdak af laer op 'n ander dak af met die brandtrap en deur die hoteltuin tot op die strand. Ek het die hotelbeamptes verseker die man is 'n gek en die hoofkelner 'n fooi in die hand gestop en ons het almal daaroor gerunnik. Toe klim die lang vrou en ek op na ons kamer en gaan lê die bed warm en vat aan mekaar se lywe. Dit is alles deel van 'n busbestuurder se roetine. Die eggenoot het nie weer sy opwagting gemaak nie. Die graaf het ons die volgende môre aangetref langs 'n vars omgedolwe hopie sand. Blykbaar het hy daar 'n graf gegrawe met die bedoeling om my afgespitte kop daarin te plant en ons toe voorgelê. En 'n seeskilpad wat in die vroeë môre op die sand uitgekruip het het hom verwar met 'n eier en hom die graf afgestoot en toegeskrop. Daar was nog slegs 'n swak skopping onder die hopie. Maar ons moes verder en kon nie vertoef nie. Ek het 'n nuwe vrag mense opgelaai om hulle die nek in die rits berge oor te karwei na 'n gesogte rivierdorp. 'n Kort vrou op die sitplek agter my het elke nou en dan vorentoe geleun en my in die nek gebyt. In die agtertoekykspieëltjie kon ek bemerk hoe haar man se gesig opblaas en verblou. Maar dis alles normaal as mens busbestuurder is.

1964

die boenk

Die boenk is 'n nuwe dier: met 3 oë en 5 bene en dus altesaam 31 tone. Dit dra stewels want dit se voete is teer. Die ore is lank en pesig en bedek met hare wat dien as skokbrekers of klankkussings want die geluide van die wêreld is te brutaal vir sy oordromme. Sy ore is van meer nut, of dien as vlerke. Alhoewel die boenks lomp in die lug rondval is hulle geharde vlieërs. Hulle leef op land of in die water. Eintlik is hulle gek na water en dis glad nie verrassend om soms as jy jou hande wil was 'n boenk uit die kraan te sien peul nie. Hulle is rustige diere en byna heilig omdat hulle so nutteloos is. Soms in die somer kan jy 'n boenk pylregop in die lug sien opvlerk (oor) tot bo-op 'n wolk waar dit dan hemels op die rug gaan lê en snork. Soms loer hulle af oor die rande van die wolke en roep. Dié klank ontstel vele aardlinge want dis kompleet asof hulle onbedaarlik skater oor iets wat belaglik is hier onder. Hulle leef van boomvisse maar hulle klim met moeite want met hulle stewels aan is dit moeilik om vas te trap en te klou. Snags hoor mens hulle in die bome vroetel en as hulle versadig is kraai hulle van die lag met doodernstige gesigte. Ki-ki-ki-ki-ki-ki-ki-ki-ki-ki-ki giggel die wyfies (met plat sterte) en die reuns antwoord met 'n skommelende ku-ku-ku-ku-ku-ku-ku-ku-ku-ku-ku. Hulle sou graag groter geluide wou maak maar omdat hulle bril dra vir hulle swak knippende oë is hulle beperk tot die klank wat die mins moontlike wasem op die brilglase sal blaas. Hulle hou daarvan om oor hul mae te streel.

1964

fascistiese pampoen

'n Man het 'n pampoen gekoop vir sy verjaardag die sestiende september. Hy het die pampoen in 'n ou koerant gevou en dit sorgvuldig onder sy arm gehou. Op pad huis toe het die reisigers in die bus hom agterdogtig aangekyk en die kondukteur het ontevrede vlak agter hom sy snor kom stryk. Hy weet nie of dit sy verbeelding was nie maar dit was kompleet asof daar 'n grommende geluid van die pampoen kom. Tuis het die man die eentonige trappe na sy vyfde-verdiepingwoonstel blasend opgeklim en hy had moeite om die deur oop te sluit want hy moes die pampoen al stywer onder sy blad vasklem. Sy swartoogdogtertjie het hom kom soen en gesê naand pappa wat het jy onder jou arm. Sy vrou het stuurs iets gebrom en gevra wat nou so danig in die vuil ou koerant mag wees en gekla dat sy moeg is. Die man het gesê dis 'n pampoen wat ek gekoop het vir my verjaardag die sestiende september en sit dit met sorg in die yskas sodat dit vars kan bly. Sy vrou het gesê dat daar vis sal wees vir aandete en die kind het nuwe skoene nodig vir die skool. Skielik was daar 'n kabaal vanuit die yskas en sy vrou het gaan kyk en gegil die verdomde pampoen het die vis opgeëet. Die man het haar probeer gerusstel dis maar net 'n ou pampoen kom laat ons hom op die vensterbank in die aandlug sit om af te koel dis vir my verjaardag die sestiende september. Maar in die môre was die pampoen weg en van die dogtertjie het slegs haar ou skoene onder die bed oorgebly. Die man se vrou het vir dae aaneen geween. Die maan het kleiner geword soms het brokkies daarvan op die aarde geval en toe opeens een aand was daar 'n groot rooi rollende grommende bal soos 'n pampoen in die naglug. Nou het die man geweet sy dogtertjie is die prinses in die maan. Maar hy was diep ongelukkig. Hy het sy kop vasgehou en gekreun my pampoen my pampoen wat sal ek nou hê om aan te smul vir my verjaardag die sestiende september.

1964

Die verlossing van die beeld

Once is perversion, twice philosophy

Dit reën asof 'n reuse-horlosie – 'n vet ui – lank verstop was, oplaas oopgebars het, en al sy tikke nou in oorvloed losgelaat het. Sal ons verder gaan? Indien ons waterstewels en reënmantels het. My grootvader dra 'n uivormige horlosie aan 'n kettinkie in sy onderbaadjiesak. Die horlosie, nes 'n ui, het baie doppe, skille. Met sy verknotte oumenshande vol bruin lewervlekke slaan hy die dekseltjies oop, die een na die ander tot op die laaste een van glas. Die glas moet hy nie oopmaak nie want dan hardloop die tyd deurmekaar. Kwiksilwer. Onder die glas spil die veerwieletjies, kring die kamratjies, kam die wysters, ruk die meganisme met die bewegings van water. My grootvader se horlosie lek. Hy kom dit nie agter nie. Sy sak word al hoe swaarder sodat sy rug al krommer trek. "Ek wonder tog hoe laat dit is," sê hy, en vroetel met sy ou vingers al met die kettinkie langs. Maar sy hande het te glibberig geword. Wanneer die las te swaar word, knak hy en hy is dood. Die familie tjk-tjk-tjk met die tonge. Party sê hy is dood van water op die hart. Ander weer dat hy 'n giftige ui geëet het. Of ook dat sy tyd aangebreek het. Dis die breek van die water. Sy tyd was om. Dit het te veel geword. Hy is oorlede soos 'n reënbui los sou bars en nou is daar nie meer wolke nie. Ek kyk deur die glasdoppies van sy oë. Die ratwerk is gefikseer, die aanduiding van tydsverloop geïsoleer en asemloos vasgenael in die oorbrug van die een sekonde na die volgende. Reeds weg van die een maar nooit aangekom by die nie-een nie. Ons sit hom in 'n kis, die een deksel op die ander. Hamer die spykers ritmies in. Maak die kis vol tikke. Ons skud die kis maar die binnegoed wil nie weer aan die loop gaan nie. Ons dra hom aarde toe. Sal ons verder gaan? Indien ons reënmantels en waterstewels het. Dit is die plantseisoen. Daar is trane in die familielede se oë asof hulle uie staan en afskil het. Bo is daar groot donker wolke, elk met 'n interne beweging, 'n opstapeling – soos horlosies sonder omvang. Ek soek 'n erfstuk. Wat het van die ou horlosie geword? Ek gaan terug na die gat in die grond, spit dit oop: die trog is vol water. Die tyd het die meganisme self opgevreet. Ratte en stange lê soos losgeraakte beendere onder die water. Daar was sellulêre dekadensie, die bloudruk is vernietig en nou is daar bandelose voortplanting, vervlieting. Uitspattigheid. Uie sal goed hier aard, die grond is lekker sanderig. Net té nat. Ek soek vir my 'n ui. Maak dit aan 'n toutjie in my onderbaadjiesak vas want ek vertrou geen skakels nie. Wanneer ek dit teen my oor hou, hoor ek die tikke. Jan tateraat sit en roep, loer om die struik met een kraalogie. Die weer steek op. Sal ons verder gaan? Op die dak val die reën tik-tak-tok. Vet uikleurige horlosietjies word verpletter. Die tyd vervloei in water. Dit reën soos hawelose presiese afmetings wat die sekure gebondenheid van 'n tydmeter, 'n graf, soek.

1983

Kortverhaal

Daar was eendag 'n man met die naam van Lukas Percy Vermoken. Wel – om die waarheid te sê – hy was eers 'n fetus en toe 'n baba en nog verder aan 'n seun voordat hy verander het in 'n man. Hy is om 01h36 in die voornag verlos en by geboorte reeds was sy hande rooierig. Hy het vir sy dertiende verjaardag 'n trapfiets present gekry en sy bynaam was Peertjies. Daar was 'n lint gebind óm die stuurstang van die fiets. Enkele jare nadat hy begin werk het as klerk (by 'n verpakkingsfirma), het hy in die huwelik getree. Sy vrou se een voortand was gestop met goud. Sy tweede dogter se naam was Magriet. As stokperdjie het hy posseëls versamel wat hy met sy rooierige vingers in albums gerangskik het, onder deursigtige papier, en honde of katte in die huis het hom hooikoors gegee. Tydens 1965 het hy saam met sy vrou en hul jongste seun die Krugerwildtuin besoek. Die 12de Maart 1969 is hy bevorder tot assistent-personeelbestuurder, sy salarisaanpassing terugwerkend tot die 1ste Januarie. By sy aftrede sou hy tien teen een 'n silwer polshorlosie ontvang, met iets gepas gegraveer op die rugkant. Met vakansie by skoonfamilie in Williston het hy aan hartversaking beswyk. Gebraaide hoendermagies was een van sy geliefkoosde geregte. "Ons stort 'n traan so stil maar weet dis als God's wil, ja al sien ons u nie meer weet ons u is veilig by die Heer." Diep betreur deur Hannetjie, Lukas (Boy), Sunara, Magriet en Freddie (skoonseun). Charles en Elefteria, swaers en suster. Begrafnisreëlings deur Human en Pitt.

1983

INGRID JONKER

Die bok

Deur die venster waar sy staan, kan Susan die klipperige heuwel deur die oggendmis sien. Êrens in die nabyheid moet die bok wees. Hy sou die rant afgekom het, wit geloop het onder die mis. As sy haar kop draai na die bries se kant, sal sy hom sien staan onder die rooikransboom net buite die draadheining van haar blomtuin. Maar haar oë bly binne die kring van die eerste ry roosbome. Hier en daar is reeds 'n rooi bottende knop. Net toe die effense luggie weer verbytrek, draai sy haar weg van die venster en vou die blou syjapon toe om haar bultende maag.

"Hein!"

Hy roer nie in sy slaap nie. Dis asof hy gewoond is aan die stem wat sy naam altyd gebiedend roep. Hy lê op sy sy, die een hand onder die songeel wang waar die los vel klein rimpeltjies maak. Sy wit spitsbaardjie lê bo-op die komberse. Susan onthou hoe sy hande met die bokke werk, hoe hy melk en spit en plant, die deeglike krag van sy maer polse en die vreugde van sy vingers. Tog word hy deesdae meer en meer uithuisig, raak alles verwaarloos.

Toe sy die eerste koppie koffie bring, kom hy stamelend orent en begin drink met rukkies en klein slukkies. Nou kyk sy reguit oor die blomtuin tot onder die rooikransboom. Sy kan skaars die gestalte van die dier in die mis onderskei, en tog is daar dié digte kol. Toe sy lank genoeg daarna kyk, sien sy die skaarse omlyning van sy vorm. Langsamerhand verdwyn die mis en onder haar oë tree die bok na vore met sy versigtige, raak passies, om haar uit te daag.

Hy knik 'n paar maal astrant met sy kop, die gelerige hare van sy bene lig in die bries, sy uitdrukkinglose oë is naelvas op haar. Agter hom staan die rooikransboom met sy yl spiesblaartjies en geel donsies teen die dunblou lug.

Die man het uit die bed geklim, kaal en witterig, kleingespierd, met rimpels op sy maag, en harde knieë.

"Wat kyk jy, vrou?"

Die bok draai om en staan ongeërg aan die gras en vreet, sy agterkant na haar toe.

"Ek sal daardie bok nog vrekmaak!" Sy draai haar om na hom, waar hy in die middel van die kamer staan. Sy hande vryf koesterend oor sy bors.

"Wie, die bok?"

"Ek sal hom nog vrekmaak. Ek waarsku jou."

"Maar, vrou, wat kan jy teen die stomme dier hê?"

Sy wys ongeduldig agteruit deur die venster.

"Teen hom hê? Jy moet hom verkoop, ek sê jou."

"Ag toe nou, vrou."

"Wat soek hy hier?"

"Wêreld, vrou, die bokke loop maar rond. Dis mos ons grond."

"Waarom bly hy nie op die rant soos die ander bokke nie? Wat wil hy hê?"

"Wêreld, vrou, wat het die onskuldige bok nou vir jou gemaak?"

"Hy moet net hier in my jaart kom."

"Hy kom nooit in jou jaart nie. Daar's mos 'n hek."

"Ek wag vir hom."

"Ag toe nou, vrou."

"Ek sê jou, ek wag vir hom . . . hy met sy . . . sy sondige oë!"

"Ag, vrou . . ."

"Maar trek jou aan, vir wat staan jy daar met jou kaal lyf? Dink jy ek wil heeldag na jou kaal lyf kyk? Opskud, man, en ja die bok na die rant waar hy hoort."

Hy draai hom na die stoel waar sy kakiebroek en wolhemp lê, buk weg van haar om dit aan te trek.

"Kyk waar sit die son!" sê Susan, en gedemp: "Dan wil hy ook nog pa wees."

Hy het hom vinnig aangetrek en wou net die kamer uitloop toe sy sê:

"Jy hoef jou seker nie te was nie, jy's mos 'n man."

Toe verdwyn hy haastig om die deur.

Deesdae dwaal haar gedagtes af in sy senuweeagtige omhelsings, dink sy eerder hoe hy wegstap met iets styfs en afsydigs in sy skouerblaaie. As hy naderhand stil lê, en sy liggaam hom slap tuismaak in eie warmte, verwyt sy hom met haar magtelose swye. Dan word hy vir haar soos 'n onbekende, en die kind wat kom, kan geen verskil maak nie.

Nadat sy haar aangetrek het, hoor sy die vragmotor uit die stilte dreun. Dis asof sy meteens agterkom hoe stil die huis is, en dat sy nêrens vir Lena besig kan hoor nie. Buite die venster het die mis heeltemal opgetrek. Miskien het Hein die bok na die rant verjaag, want dis leeg onder die rooikransboom.

In die kombuis staan die skottelgoed in die wasbak opgestapel. 'n Paar vlieë sit rustig daarop. Op die stoof het die blourandbekertjie met Lena se koffie oorgekook. Susan kyk by die agterdeur uit en sien die Kleurlingmeisie swaaiend tussen die bottende bome aangestap kom. Daar is iets in haar stap wat lyk asof sy die pas hou met 'n geheime, weemoedige deuntjie; maar toe sy uitkom in die son, kan 'n mens sien sy glimlag. Die lig val skerp oor haar skouers en op haar borste, los onder die wolstof van haar bloes. Sy staan stil toe sy by die tuinhekkie kom, en met haar hand daarop, draai sy haar kop asof sy nog luister na daardie liedjie wat deur die vrugteboord wegtrek.

"Lena!"

Die meisie maak die hekkie oop en kom haastig nader.

"Was jy al weer by Jager? Kyk hoe staan die skottelgoed in die bak!" Toe Lena wil verbyloop, laat iets in die vrou se houding haar vraend opkyk in die geswelde gesig.

"Het jy nie 'n tong nie?"

"Miesies?"

"Was jy al weer by Jager, vra ek jou."

"Ja, Miesies."

"Om te?"

"Ek het net sy koffie gegee, Miesies."

"En die hele huis moet lê? Kyk, Lena, julle bruinmense word glad te voorbarig. Jager kan mos sy eie koffie kom haal as hy dit wil hê. Hoeveel maal moet ek praat?"

Toe Susan naderhand haar tuinskêr in die kombuis gaan haal, is Lena besig om die skottelgoed vinnig en behendig af te droë. Sy kyk vir 'n oomblik na die meisie se rug en die beweging van haar skouers.

"Julle vry seker ook al, hê?"

Sy draai haar om om die skêr van die hakie af te haal. Weg van die meisie praat sy gedemp:

"Hy's in alle geval te oud vir jou. Vroeg ryp, vroeg vrot." En hervat driftig: "Ek wil ook nie 'n gelêery hier hê nie. Hoor jy my?"

Toe sy verbyloop, kry sy die indruk van die jong gesig, die mond effens oop, asof om 'n soen te ontvang. En daarbo, die gekwetste oë, donkerbruin en dof.

In die tuin flikker die skêr en gooi sy vuur om die gewitte mure van die huis. Sy buk swaar by die eerste boompie, en haar hand vroetel tussen die blare. Sy voel 'n bottende knop raak, waar die blaartjies by die punt sag ineengevou lê, en skud haar kop:

"Dat die goed nog kan blom in so 'n aarde!"

Onder haar hart roer en beur die kind. Sy hurk gemaklik tussen die roosbome. Die son op haar blote kop en die geur van die bloeisels het haar lomerig gemaak. Dis snaaks hoeveel sy deesdae daarvan hou om in die grond te werk. Dit het sy seker van Hein. Want toe sy as jong meisie saam met hom na hierdie klipperige lappie grond bo die baai gekom het, wis sy niks van tuinmaak nie. Sy het in die stad gewoon, saam met haar groot familie, 'n bloesende nooi toe sy hom ontmoet het. Hy was twintig jaar ouer as sy, maar regop en stil, soos een wat gewoond is aan die veld.

Die bloed stoot in haar wange op en terselfdertyd kry sy 'n muwwe reuk in die lug. Toe sy omkyk, staan die bok agter haar. Terwyl sy haastig orent kom, knoop sy haar bloes voor toe, sonder om haar oë van hom af te neem. Hy maak 'n paar passies asof hy haar nooi om te kom saamspeel, dan krap hy ritmies met sy voorpoot op die grond.

Met lang hale stap sy na die tuinhek en ruk dit oop. Die skêr flits in haar hand. Die bok kom spring-spring nader.

"Kan jy nie sien ek sal jou doodmaak nie?" Maar hy staan nader, stoot sy tong klapperend in en uit by sy bek, half speels, half brutaal.

"Doodmaak!" waarsku sy, maar hy knik stuitig met sy kop en staan vas in sy glinsterende wit hare. Toe sy na hom gryp, val die skêr uit haar hand, en sy druk hom skielik styf teen haar vas, sodat hy 'n kortaf falsetnoot uit sy keel stoot, eer sy hom los en langs die tuinpaadjie na die kombuis hardloop.

Lena wat die besem netjies in die hoek staangemaak het, kyk 'n oomblik medelyend na die vrou waar sy by die kombuistafel gaan sit het, haar kop in haar hande.

"Moet ek Miesies se lunch maak?"

Susan staan moeisaam op.

"Nee . . . nee dankie, Lena." Ingedagte loop sy die gang af. Sy gaan sit op die voorstoep op die groen houtbank, van waar sy in die verte onder haar die baai blou kan sien blink.

Daar tussen die vissers moet Hein wees, waar hy in een van die koue kliphuisies sit en wyn drink, of miskien op die skuitpad waar hulle aan hul bootjies werk, of op die kaai met sy vis- en aasruik in die nate van die hout. Ja, miskien sit hy daar, plat tussen die mans met hul nat bruin bene; miskien staan hy en gesels met een van die stadsmense wat Saterdags kom hengel, in hul vakansiedrag, met hul gesigte rooi verbrand onder hul wit strooihoede.

Dis reeds laatmiddag toe sy die vragmotor by die slingerende opdraande sien uitklim. Sy rol die paar kouse wat sy gestop het op in haar skoot. Voor die deur klim Hein uit en kom in die laaste gloeiende lig nader met 'n huiwering in sy stap.

"En toe, vrou, hoe sit jy dan so op die stoep?"

"Nee . . ." antwoord sy met 'n beweging van haar lyf.

"Ja . . ."

Hy sug en gaan sit langs haar, strammerig, terwyl hy die verkreukelde kakiebroek optrek by die knieë, en begin sy pyp stop.

"Dis natuurlik te laat om nou die heining reg te maak," sê Susan. "Een van die dae is die bok daar deur."

"Maar dis mos Saterdag."

"Dit maak niks. Jy't beloof om dit te doen."

"Ja, vrou . . . Maar ek het die vissers 'n bietjie gehelp nette regmaak. Hulle trek vannag. En ek het vir 'n paar nuwe kêrels wat hier wil vang, beduie waar om te gooi. Ek kon ook nie bra gou wegkom nie."

Hy voel verleë as hy onthou hoe die manne hom geterg het oor sy vrou wat 'n kind verwag. Hy's mos nie meer so jonk nie. Hulle meen ook hy's 'n halwe miljoenêr, met sy vragmotor en sy grond. Hy's nie juis een van hulle nie, meer 'n man van die veld as van die see, en hulle sien op na hom. Hy voel wel half jammer vir die vrou, swanger en heeldag so alleen by die huis, maar sy is seker ook dankiebly as hy haar met rus laat. Buitendien, noudat hy 'n kind het wat kom, hoef hy hom nie meer so in te span nie, hy het darem 'n hulp vir sy oudag.

Links van die huis, tussen bloeiende peerbome, sien hy Jager na sy kamertjie loop. Hy wil-wil opstaan om die skepsel te vra of hy darem iets uitgerig het, maar sit dan terug teen die houtleuning, skielik skaam, aangesien hy heeldag uit was.

"Dié Lena en Jager lyk my danig met mekaar," sê hy, om 'n grappie te maak.

Susan, wat ook die bruinman met sy slenterende houding gesien het, staan op.

"Kyk hier, man, as die gevryery vir jou snaaks is, kan ek jou net sê dat ek g'n niks daarvan hou nie. Wat weet jy van hoe ek met hulle sukkel? Jy, jy boer heeldag in die baai. Jy't mos vergeet dat jy 'n vrou het, en 'n kind wat kom. Dis mos niks! Maar een van die dae lyk daardie klemeid soos ek, opgesit vir jul plesiertjie, en dan, waar's die danigheid dan? Nee, dan's daar niks . . ."

"Maar hoe praat jy dan nou, vrou?" Hy staan ook op, sy wit kop skerp afgeteken teen die rosige lug; sy baardjie sit effens bewerig aan sy kin, maar sy ligte oë is uitdrukkingloos.

"Ek praat pront."

"Wêreld, vrou . . ."

"Man, hou jou mond as jy te onnosel is . . ."

Sy loop by hom verby van die stoep af en om die hoek van die huis. Toe sy onder die rooikransboom stilstaan, sien sy die bok in die blomtuin, waar hy vreedsaam in die skemering vreet aan die lote van die nuwe rose. Daardie rose sal nooit weer bloei nie, nie nadat 'n bok hulle afgevreet het nie, sê die geloof.

Sy gooi haar kop agteroor en roep uit haar keel: "Jager!"

Al die lote is afgevreet voordat Jager uit sy kamer kom. Sy hemp is oop tot in sy middel en sy broekspype is opgerol. 'n Spottende glimlaggie is op sy vol lippe.

"Miesies?"

"Magtig, het jy dan nie oë in jou kop nie? Kyk daar!" Hy draai sy kop na waar sy wys en haal sy skouers op, stel dan sy vraende oë op haar.

"Man, pak die blerrie bok en stoot hom die skuur in! Toe loop, vat hom!" Die bok kyk nou eers in hul rigting en kom brutaal nader, reguit na haar toe, doelbewus.

"Vat hom, Jager!" Hy spring bo-oor die draadheining, beland op sy voete aan die ander kant en gryp die bok. Hy vat die een horing vas, die spiere bol op sy arms en rug onder die dun hemp en hy skop die dier hard in die sy voordat albei sy hande vas om die horings kan sluit. Dan tree hy agteruit en trek die bok vorentoe. Die dier gly telkens op die klipperige grond. Lena het gehardloop en die skuurdeur wawyd oopgemaak. Onder die rooikransboom staan die vrou styf, haar oë op die skuifelende bok, wat nog sy kop na haar draai eer Jager hom instoot en die skuurdeur toeklap.

In die kombuis trek Susan 'n laai oop, sonder dat sy weet waarna sy soek; tussen die toue en vuurhoutjies en rommel glim die lang lem van die slagmes. Haar vingers span saam oor die hef.

"Wat is dit, vrou?"

Sy stoot die laai met 'n slag toe en leun daarteen, maar hy het reeds gesien. Sy haal asem deur haar oop mond en antwoord nie.

"Ek praat mos, vrou!"

Hy kom 'n treetjie nader, sy hande bak. Hy voel 'n benoudheid in sy keel opstoot. "Jy't mos vergeet dat jy 'n vrou het," het sy gesê, en "opgesit vir jul plesiertjie". Hy kyk verwilderd rond en vas teen die mure waar die skaduwees roer, en hy voel haar aantyging teen hom; hy sien dit in 'n vloed op hom afkom in die stuwing van haar groot moederborste.

Sy het haar nie verroer nie, maar terwyl sy na hom kyk, weer gedink aan die verwekking van haar kind, die kind wat die verwydering moes wegmaak, wat hulle een moes maak. Nou's dit net haar kind, nie hul kind nie, nie soos sy gedink het nie, anders. En hy wat eenkant staan en toekyk, êrens van 'n koue rant af.

Vanuit die skuur hoor sy meteens die vals, kortaf blêr en sy weet dat die bok teen die skuurdeur staan; dis asof daardie oë nog steeds na haar kyk, eisend. Toe besef sy dat sy vaskyk in die ligte oë van die man voor haar.

"Wat het jy daar, vrou?" Sy stem is onvas.

Meteens stamp hy by haar verby. Hy ruk die laai oop sodat die hoek in haar rug slaan. Sy val teen die tafel en staan met haar hande daarop, vooroor gebuig, haar kop op haar bors. Agter haar het hy die mes uitgelig en hou dit met die lem na bo in sy vuis. Toe laat hy dit willoos sak en vra:

"Wat wil jy met die mes maak, vrou?"

"Ek wil hom skerp maak, dis wat ek met hom wil maak."

Hy deins terug in die donkerende gang, staan 'n oomblik stil en draai toe met sy ou vinnigheid om, loop struikelend, potsierlik, deur tot op die voorstoep. Onder hom lê die baai, donker, én die visserhuisies, waar die manne nou met hul sop en brood voor die stoof sit. Snaaks hoe warm hy gevoel het vanmiddag toe hulle hom terg:

"Wanneer is haar tyd? Dis seker 'n jongetjie, jou ou ram!" Nou voel hy net die lem van daardie mes asof hy reeds koud bloei.

Toe hulle naderhand eet, sit sy met haar arm op die tafel geleun, haar oë op die oop venster aan die skuur se kant. Die man se kake beweeg hortend heen en weer soos hy op 'n stuk growwe brood kou. Toe sy opstaan, skrik hy effens terug in sy stoel, maar sy loop by die kombuisdeur uit.

Sy wag voordat sy hard aan Jager se kamerdeur klop. Daar is 'n gekraak van die bed. Sy maak die deur wyd oop. Jager het op sy elmboog orent gekom.

Sy oë lig warm in hare. Die meisie, wat wakker geskrik het, draai haar met 'n sagte kreet na hom toe en druk haar gesig teen sy bors.

"Wat gaan hier aan?"

"Miesies?"

Lena sit meteens regop en trek die komberse op.

"Miesies kan nou maar sê ek moet loop," sê sy. 'n Klein, harde trekkie het om haar mond gekom en haar kop is agteroor gegooi.

"As ek vir haar sê sy moet loop, Jager, hoe sal jy dan maak? Maar weer vir jou 'n ander een vat?"

"Ek? Nee, ek sal maar saam met haar loop, Miesies."

"En dan? Een, twee, drie is die aardigheid daarvan oor . . ."

"Miesies?"

"Staan op en gaan haal die bok uit die skuur."

"Ja, Miesies."

"Bind hom vas aan die rooikransboom."

"Goed, Miesies."

Buite is die lug skraal, en 'n yl halfmaantjie skyn op die wit bloeisels van die peerbome. Toe sy in die slaapkamer kom, lê die man waaksaam. Die halwe lig skyn grys op die verslete meubels. Sy trek haar uit en klim in die bed, waar hy opskuif en styf eenkant op die randjie bly lê. Net voordat hy uitgeput aan die slaap raak, sien sy die glinstering van sy oë na haar gedraai.

'n Swaar wind het in die bome opgekom, en al kon sy niks hoor nie, wis sy die bok staan daar, vasgemaak aan die rooikrans. Sy lig haar saggies op haar elmboog en die komberse val weg van die man se kaal bors. Sy baardjie staan spits na bo, soos sy koppige kake dit uitstoot. Sy buig vooroor en trek die komberse van hom af, sodat hy heeltemal ontbloot lê, witterig in die flou lig, skraal, hard. Sy sit haar hand sag op sy maag tussen die smal heupe.

Hy ruk hom op, stamelend:

"Moenie!" en beduie met sy hand, gryp dan na sy bors asof hy daar reeds bloei, maar hy het in sy slaap uitgeroep en lê weer stil agteroor, die verdrietige lyn van sy mond gesak. Versigtig bedek sy hom en klim uit die bed.

Buite waai die wind van die rant af die koue lem in die binnesak van haar kamerjas vas teen haar maag.

"Nou gaan jy boet, jou vark!" Die bok staan waaksaam, asof hy weet. Sy trek die mes uit en gryp die bok aan sy horing.

'n Lui gestalte tree uit die skaduwee en leun teen die boomstam.

"Wat doen jy, Miesies?"

Jager skiet sy brandende sigaret uit tussen sy duim en middelvinger. Dit val vonkend bo-oor die tuinhek. Dan kyk hy anderkant toe, na die rant.

"Ek het net vir Miesies kom sê dat ek saam met Lena sal loop, Miesies. En ek meen ook maar, daar's blomtyd en daar's afvaltyd. Maar nou sal ek saam met haar loop."

Hy staan nog, kyk dan af na die bok en sê spytig:

"Sies tog, en hy lyk net soos die oubaas."

Die sterk horing ruk in haar greep, wat reeds verslap het. Die hare onder haar hand is syig en golwend soos dié van Hein in sy fleur. Sy sien hom ineens soos op 'n ou foto, op 'n vergete môre, op sy graaf geleun in die roostuin, in die sagte lig, met 'n soet, geheime glimlag, sy blik reguit, rustig, onveranderlik.

Die bok worstel onder haar greep. Dan sny sy hom los.

Lank nadat hy wit in die halfdonker na die rant gekoers het, staan Susan nog daar. Eers toe die kind in haar begin roer, stap sy stadig deur die hekkie. Agter haar lê die rant donker en beskuttend, en daar voor, die baai, net soos die eerste maal toe sy hier kom woon het. Die wind het gaan lê en 'n singende stilte kom uit die duister. Sy kyk op na die wit huis waar haar man slaap; dan buk sy by die boompies om aan hulle te raak.

Volgende somer sal daar geen rose wees nie.

1964

ANDRÉ P. BRINK

Dertien

(variasie op 'n tema van Grass)

"Du, Nachbar Gott . . .
Nur eine schmale Wand ist zwischen uns"
– Rilke

Agtuur in die môre, as al die ander van hul kamers en woonstelle straat toe stad toe kom vir die dag, kom hy van die nagwerk terug by Olympic Heights en reis allenig in die hysbak boontoe. Eentweedrieviervyfsesseweagtnegetienelftwaalfdertien. Die hokkie is ses by ses by agt en vaal en vuil, met baie inskripsies en tekeninge en kolle. 'n Diep gekerfde hoofletter F met 'n onleesbare veegsel daarna. 'n Uitroepteken met bene weerskant. Die getal 69. 'n Lang telefoonnommer met 'n uitnodiging *Want a nice time honey phone me tonight* daarby. Die twee opvallendste graffiti is links en regs van 13 getatoeëer. Links die diagram van 'n kersvlam. Regs twee koeëlronde oë met 'n lang dun neus daartussen. En 'n stippellyn skuins bo-oor die 13 loop van die punt van die neus na die kersvlam.

Hy staan elke oggend as hy opry en elke nag as hy afry en tuur na die twee sketse by sy nommer en wonder waarom hulle juis met soveel sorg ingegrif is. Niemand anders ry tog ooit op na 13 of kom daarvandaan nie. Tot by en vanaf 2,3,4,5,6,7,8,9,10,11,12, ja, maar nie 13 nie. 13 is bo hoër as al die ander geboue in die omtrek verder van die grond, nader aan. En 13 is kleiner as 1 tot 12. Op 1 tot 12 is daar ses woonstelle elk. Soms loop hy snags voor hy werk toe gaan met al die gange van die gebou langs, op elke verdieping, om kennis te maak met die nommers waarmee hy saamwoon. 12A, 12B, 12C, 12D, 12E, 12F. Dan weer 11A, 11B, 11C, ensovoorts. Hy ken al almal uit sy kop, tot by 1F in die portaal onder by die hysbakdeur. Maar op 13 is daar nie ses nie. Daar is net 13A en 13B. Ek is 13A. 13B is net 'n deur. Nee: 13B *was* 'n deur. Dis nie meer nie. Dis nog 'n deur, maar daar is nie meer 'n leegte agter soos tevore nie. Daar is iets agter. Daar is agter 13B, in 13B, iets wat beweeg. Daar is iemand wat beweeg in 13B. Daar is iemand wat waarskynlik soggens van 13B af met die hysbak uitry stad toe soos die ander en saans of laat smiddags weer uit die stad opry na 13B en oopsluit en ingaan en toemaak. Ek weet nie wie dit is nie maar ek vermoed wel dat. Dit kan die wind wees. Dit kan 'n wind wees. Ek stel my soms voor dat dit die son is wat daar slaap in 13B, in 13B langs 13A, langs my. Ek woon in 13A. Maar soms as ek agtuur in die môre agter my deur terug is, in

13A, en die son al op is, is daar nog roering langsaan in 13B. Tensy die maan bedags daar bly, maar soms skyn die maan bedags oor. 'n Wind kan dit natuurlik wees, maar ek sou dit tog vreemd vind dat 'n wind langs my woon in 'n woonstel met die nommer 13B in 'n blok met 'n Engelse naam Olympic Heights. En ek weet nie of die wind sou bad nie terwyl iets iemand in 13B wel soms bad ek hoor dit deur die muur as ek my oor daarteen druk, tensy ek slaap dan kan ek natuurlik niks hoor nie.

Hy wonder nooit oor die ander nommers in sy gebou nie, dis tog vanselfsprekend dat daar niks omtrent 'n nommer soos 3D of 7A of 10F is wat mens kan nuuskierig maak nie. En as daar 13ABCDEF was sou dit hom ook nie ontstel het nie maar daar is net 13A en 13B en 13B is langs my en daar roer soms iets stap soms iets kaalvoet kaal rond trek soms 'n toiletketting maak soms 'n kasdeur saggies oop en laat soms 'n enkelbedjie effens kraak. Net soms. Een maal 'n week, een maal in drie dae miskien, want hy slaap bedags, hy kom agtuur smôrens tuis en begin weer middernag werk, hy kan nie heeldag teen die muur staan en luister nie. Buitendien is daar nie heeldag iemand langsaan nie iets langsaan nie, net vroeërig soggens of in die aand. Dit vind ek vreemd. Mens sou verwag dat as daar net twee inwoners op 13 is, in 13A en 13B, hulle dieselfde gewoontes sou hê, dat 13B soos ek middernag sou gaan werk en agtuur terugkom, mekaar sou ontmoet, soms sou gesels, soms sou. Maar nou is 13B se gedrag nie net anders nie dis ook ongedurig dit ontstel my. Mens behoort dit met die opsigter te bespreek, maar ek sien hom nooit en die saak is te delikaat om per brief te bespreek, ek kan nie. As ek snags gaan werk, slaap die opsigter al en soggens agtuur is hy uit ek het al gaan kyk. Ek sien nooit iemand nie. Ek het die advertensie in die koerant gesien en skriftelik geantwoord en 'n kontrak ontvang en geteken, en elke maand stoot ek my huurgeld in 'n wit koevertjie vierbyses deur die opsigter se gleuf, gewoonlik net voor ek werk toe gaan die dertigste of een-en-dertigste van die maand Februarie die agt-en-twintigste en eenmaal elke vier jaar die nege-en-twintigste.

By die werk ook. Hy het skriftelik aansoek gedoen en moes daarna die baas bel, die telefoon was krakerig, hy sal die man se stem nie weer herken nie. Hy het 'n aanstellingsbrief ontvang en in die vaal koevert, vierbyagt, was 'n klein stadsplan met die fabriek waar hy sou werk daarop aangedui, en S.O.S. onderaan gedruk, en ommesyde was 'n diagram van die fabriek met 'n pyltjie na die deur waar hy moes ingaan. Daar was 'n volledige stel regulasies ingesluit. Snags gaan hy by die deur in, net hy, want die skofte is so gereël. Teen 'n muur is 'n bord met rye kaartjies, elk genommer, syne 31, die haal hy van die hakie af en druk hom by 'n gleuf van 'n ponsmasjien in wat die juiste tyd van aankoms daarop druk, dis noodsaaklik vir kontrole en loonberekening. Daarna stoot hy die kaartjie deur 'n gleuf en wag tot 'n hand 'n sleutel deurskuif. Hy gaan sy masjienkamer oopsluit en maak weer die deur agter hom toe, en tot halfagt beheer hy die masjien volgens die aanwysings op 'n metaalplaat agter die deur. Van die masjien loop 'n band deur 'n gat hoog in die muur. Wat anderkant die gat is, weet hy nie. Wat anderkant die gat is, weet ek nie ek het nog nooit gekyk nie. Halfvier het hy 'n halfuur etenstyd. Daar is 'n self-service in die gebou waar mens op 'n kaart die nommer soek van die gereg wat jy wil eet en dan die betrokke hefboom gaan trek en wag tot jou kos deur 'n luik geskuif word. Daar is 'n lang ry eethokkies waar mens afgesonder by klein tafeltjies een-een kan sit en eet. Halfagt skakel ek die masjien af, sluit toe, lewer my sleutel in, kry my kaartjie terug, laat dit pons, en hang dit weer aan sy hakie op. Dan kom ek met die ondergrondse trein huis toe en gaan alleen in die hysbak op eentweedrievieryyfsesseweagtnegetienelftwaalfdertien met die inskripsies en die kersvlam en die neus-en-oë.

Dis gewoonlik net mooi agtuur in die môre as hy in sy woonstel terug is, in 13A. Dan maak hy dadelik aandete, sop of iets, en gaan slaap. Woensdae en Sondae bad hy eers. As hy die aand wakker word, lê hy eers na die plafon en kyk, daar is 'n kolletjie, staan dan op en maak ontbyt, maak die plek aankant, en gaan 'n ruk op die balkon staan en uitkyk. Onder kan mens niks sien nie, want die straatligte is ver uitmekaar en dis gewoonlik mistig of rokerig. Hier en daar is ligte in vensters van ander geboue, maar ver, en almal veel laer as myne. Die sterre kan ek wel sien, al maak die stad se gloed hulle dof, en die maan as daar 'n maan is, en die wind natuurlik. Daar is altyd effens wind hierbo en ek het gou met hom maats gemaak. Ons kom goed klaar. En dan is dit weer tyd vir werk. My dae is dus baie vol, ek het nie tyd vir leeglê nie. En as ek wel 'n kwartiertjie vry is, besoek ek die deure van my groot gebou, almal netjies eenders, almal bruin, maar elk met sy eie nommer, elk verskillend.

Eers was 13B net so 'n deur soos die drie-en-sewentig ander in Olympic Heights, 'n deur met 'n nommer, 13B, 'n nommer wat ek uit my kop geleer het, dit was nogal maklik om te onthou want dis baie soos my eie, 13A, net die letter verskil. Maar toe het daar eendag iets geroer, iemand dalk, agter die deur, binne-in, langs my, naby my. Dit was nag, elfuur die aand, en ek het so pas ontbyt geëet, ek wou regmaak om te gaan werk. 'n Effense geluid, dit kon 'n voetstap gewees het, of iets wat skuif oor 'n sagte mat, of 'n roering van 'n bed, iets. Hy het na sy balkon gestap en uitgekyk, menende dat dit die wind kon wees, maar dit was nie. Hy het na die partisiemuur teruggekom en sy oor daarteen vasgedruk, maar dit was doodstil. Dalk het ek my dit verbeel, maar ek het nie, ek verbeel my nooit dinge nie. Daar was 'n geluid langsaan, 'n voetstap, of iets wat skuif oor 'n sagte mat, of 'n roering van 'n bed, iets. Maar wat was dit as dit nie die wind was nie, wie was dit? Was daar dan in 13B ook iets, ook iemand, soos ek, maar nie ekself nie, iemand wat ook eet, ook slaap, ook werk toe gaan en terugkom, ook aantrek, ook uittrek, ook soms verbaas aan sy eie liggaam raak en nakend voor 'n spieël gaan staan, ook praat met die wind, met net 'n muur tussen ons? Maar wie? maar wat? en van wanneer af? en sou dit so bly? en sou ek ooit weet wie? en hoe sou ek voortaan kon opstaaneetwerkterugkomeetslaap as ek nie weet nie? As ek nie. Weet nie.

Langsaan was dit stil. In 13B was dit stil.

Hy het uitgegaan in die gang die skemergang die lang gang tussen die mure tussen die roerlose mure onder die dak, hysbak toe, op die verste punt, ver van 13A af, nog verder van 13B af. Maar hy het 'n paar maal gaan staan en omgekyk: sê nou 13B gaan oop, sê nou iets kom uit, sê nou iemand kom uit en ek is alleen in die gang, ek is alleen, sê nou. Ek kon nie meer my rug draai nie. Ek het agteruit geloop tot by die hysbak en die knoppie gedruk en eers weer veilig gevoel toe ek alleen binnekant hom met die ry knoppies die ry syfers en die kersvlam en die neusenoë wat my bly aanstaar bly aan bly staar aan het bly.

Hy was twee minute laat by die werk.

Halfvier in die self-service het hy gereg 13B gedruk vleiskoolspinasie wat hy nooit eet nie.

Agtuur het die oë my aangegaap en die kersvlam was 'n mond wat glimlag vir my en vir die oë wat vir die neus sê kom kom gerus kom.

Die gang was leeg. Die deure het niks gesê nie. Die son was buite al uit. Hy moes aandete maak en gaan slaap. Maar hy het teen die partisiemuur bly staan en geluister geluister. Buite het die stad geraas. Ek het iets gehoor, ek weet nie wat nie, iets. Toe die deur, 13B, die deur wat klik. Ek het doodstil bly staan. In die gang het ek niks gehoor nie die mat is dik. Ek het opgespring en deur toe gehardloop en dit oopgeruk maar die gang was leeg. Die hysbak het gezoem. Dan tog dan tog dan was daar iets in 13B iemand langs my wie wie wie. Ek het nie geëet nie ek het bly wag dwarsdeur die dag, maar toe aan die slaap geraak, verslaap, niks weer gehoor voor ek weg is werk toe nie weer laat drie minute.

Daar was drie dae niks. Hy het sleg geslaap hy het begin droom dat sy deur snags oopgaan al het hy dit gesluit en die grendeltjie ook toegeskuif wat hy voorheen nooit gedoen het nie, en gedroom dat iets inkom, ietsiemand uit 13B op sagte voete iets onsigbaars want ek kon my oë nie oopkry nie en eenkeer het ek wakker geword van 'n stem wat skree dalk was dit ek self my eie stem maar dalk was dit die vreemdeling langsaan, en sy werk het daaronder begin ly en een nag was daar 'n nota van waarskuwing langs sy masjien. Ek sou iets moes begin doen anders verloor ek my werk maar wat maar en toe ek in die hysbak terugkom, het ek die vanselfsprekende oplossing gevind.

In sy kamer het hy 'n potlood gaan haal in sy badkamer 'n nuwe ongebruikte lemmetjie en daarmee na sy deur gegaan, na 13A, en buitekant, netjies onder die chroomletters 13B het hy die Neusenoë van die hysbak nágeteken en die buitelyne met die lemmetjie diep wit in die bruin sagte hout uitgesny en toe my deur toegemaak 13A en gerus gaan slaap want in my drome snags het die deur nie meer oopgegaan nie.

Maar hy het nog bly luister. En hy het amper verlang dat hy weer iets moet hoor.

Sagte voetstappe een nag net voor hy uit is, langsaan heen en weer, en sy oor teen die muur, maar toe het dit opgehou en hy het 'n skakelaar hoor klik, 'n bed, en stil. Die gek gek ding langsaan het gaan slaap. Maar hy het 'n plan gekry en saans vroeër opgestaan en dan op sy balkon gaan staan en ver oorgeleun oor die afgrond oor die stad onder die dowwe sterre en soms kon hy 'n effense skynsel lig oor die balkon langsaan, 13B, sien uitstreep, dit moet deur 'n gleuf in die gordyne gewees het. Dit het hom rustiger laat voel.

Maar hy kon tog nie net geluide hoor en lig sien nie. Ek moes uitvind ek moes weet anders. Anders sou. Hoe kon ek gerus wees leef as ek nie eers weet wie hier langs my woon nie. Ek kon tog nie altyd dink *iets*, *iemand*, *dit*, *ding*, nie, ek moes dit 'n naam gee, dit moes tog 'n naam hê, dit moes na iets lyk, dit moes *heet*.

Hy het weke bly soek na 'n naam 'n woord, maar hy kon niks kry nie. By die werk was hy te besig en tuis het hy geslaap of tuis het hy geluister. Sy enigste dinktyd was in die hysbak op smôrens in die hysbak af snags. Hy het ontdek dat hy makliker dink as sy hande streel oor die mure van die hokkie oor die Kersvlam die Neusenoë. Oor en oor het sy vingers die buitelyne van die tekeninge gevolg, oor en oor, en hy het begin om elke keer wanneer hy hysbak ry drie keer heen en weer te ry, of hy opgaan of afkom, sodat hy beter kon dink.

Dit het stadig gekom, nie skielik nie, stadig, soos die buitelyne van die stad soggens as hy voor die venster staan vorm kry deur die mis. En toe het dit gebeur, toe het die naam gekom, toe hy een aand vroeërig die deur langsaan hoor klik, 13B hoor klik. 'n Rukkie het hy roerloos bly wag, toe na sy eie deur gestorm, uit in die gang, die gang was leeg. Maar by die onderpunt van die gang was die hysbak se buitedeur aan die toeswaai en ek het 'n vae silhoeët daardeur gesien, deur die matglas, 'n vae silhoeët van 'n wit rok, en toe het die deur geklik en die hysbak het weggezoem.

Toe het ek geweet wat in die kamer langs my woon, 'n vrou. In my woonstel het ek 'n potlood gaan haal in die badkamer 'n nuwe ongebruikte lemmetjie ek het my klere uitgetrek my kaal uitgetrek en uitgeloop in die gang se skemerlig, by my eie bruin deur uit, 13A, na die bruin deur langsaan, 13B, en stadig en versigtig en met behoedsame vingers die Kersvlam daar geteken en ingegrif, diep en sekuur, en toe teruggestaan en gefluister: "God."

En ek het skaam geword omdat ek nie klere aanhet nie en na my eie kamer teruggegaan en my deur agter my gesluit en begin lag en begin huil en op die vloer neerval en heen en weer begin rol rol rol tussen die deur en die balkon rol rol rol en gestik van die lag en gesnik van die huil godgodgodgodgodgodgodgodgodgodgodgodgod dertien maal.

Hy het nie geweet waarom hy juis dié woord gesê het nie, dit was een wat hy tevore al gehoor het, uit sy kinderjare dalk onthou het, daar was soveel ander wat hy kon gebruik, die woorde in die hysbak byvoorbeeld, dié het ook amper almal drie letters.

Die res van die nag het ek bly wag bly lê en wag tot die deur langsaan klik en ek stil voete oor die mat hoor roer en die bed en die skakelaar, en ek het geweet dat my woord goed was en gaan slaap, want daar was lig, die son was amper op, gelukkig was dit sondagnag afnag.

Maar nou dat hy geweet het, moes hy meer weet, nou moes ek sien, ek wou haar sien, ek wou haar van aangesig tot aangesig sien, god, maar hoe kon ek daar was 'n muur tussen ons en twee geslote deure 13A en 13B, albei 13, noodlottig eenders maar die een A en die ander B, noodlottig anders. En ons was alleen op ons hoë verdieping, op ons hoogte, hoër as die stad, tussen die winde, onder die sterre en soms die maan en bedags die son en altyd altyd die wind diewinddiehemelsekind altyd en ek hier en sy daar die onbekende daar die vrou kersvlam god daar en tussen ons die muur alleen op ons verdieping op 13 alleen saam en die wind god die wind.

Hy het geluister en min gehoor. Hy het soms gaan klop aan 13B, maar dit het toe gebly, dan was daar niemand binne nie, en as sy binne was god dan was ek te skaam of bang vir klop omdat ek dan sou moes weggaan van die muur waar ek kon luisterluister na stappe of 'n bed of watertap en altyd na my hart, my hart in my bors in my oor in my oë in my kop in my hart in my in my, duskant die muur. En anderkant ook 'n hart, haar hart, 'n ander hart, maar ook 'n dertienhart, anderkant die muur. Wat beteken dit dertien 13 doodengeboorte 13 dertien dit beteken wat.

Hy het begin tuisbly snags om meer te hoor, die bed te hoor, sy hart te hoor, my hart te hoor al harder slaan. En toe was daar een nag 'n finale gedrukte kennisgewing by sy masjien met 'n koevertjie geld daarby, sy ontslag.

Een nag laasnag my ontslag.

En vannag:

Ek kan nie langer hier bly nie, ek moet weggaan, ek het reeds die opsigter laat weet, ek het nie geld om te bly nie, nog net vannag is ek hier, môre moet ek weg, môre moet ek weet. Ek sal na vannag nooit weer kan staan en luister nie. Vannag sal ek moet. *Vannag sal ek moet. Sal. Ek. Moet.*

Hy was netnou op sy balkon. Daar was 'n strepie lig langsaan. Maar nou, nou dat hy weer gaan kyk, is die lig dood. Sy slaap. Dis donker. Oor die stad hang 'n newel. Hy is alleen wakker op 13. Ek voel my hart agter my oë klop en in my hande klop en baie laag in my onderbuik klop. Ek voel sweet sweet sweet op my voorkop onder my neus tussen my blaaie tussen my dye. My oë brand my bors brand. Hart. Sy hande beweeg sonder hom, beweeg op na sy nek en begin sy hempsknope losknoop. Hy probeer sy hande keer, maar hulle knoopknoop laer los. Sy hande laer laer los. My hande dringender. Ek weet ek word koud en gloei van vuur.

Hy skop sy klere uit, oor die reling van die balkon, uit oor die newelstad, weg van hom. Hy gaan sit op die reling wat koud onder hom brand. Hy swaai sy bene oor die reling uit oor die stad onsigbaar in die newel. Hy voel met sy tone na 'n dun gleufie tussen sierstene. Hy voel met sy vingers na 'n dun gleufie tussen sierstene. Sy gewig trek aan sy arms en sy kuite. Sy kaal lyf is vas teen die growwe stene. My kaal. Ek klop soos 'n hart teen die muur. Ek skuif duim vir duim vir duim. Dit pyn godditpynhoorjymynie. Ek kom. 'n Duim 'n duim 'n duim. Die balkon langsaan is naby. Ek gooi my kop agteroor en hang oor die afgrond en sien die sterre wegdraai. Ek sien sterre en maan en ver son verduister kolke kolke sfere, ek hang oor die afgrond en sien die uitspansel, sien my hart rooi klop-klop teen die hemel. As ek val verskiet ek soos 'n ster. Draai draai, pyn, klop draai. Duim. Duim. Duim. My vingers raak aan 'n ysterreling. Balkon.

Hy swaai sy lam bene oor. Hy gaan huil. God ek is hier god ek is hier. Ek huil. Hy voel-voel met sy hande vooruit na die glasdeur. Dit gaan oop in sy hande. Ek voel verder voel in die donker voel my hart slaan.

Ek huil.

'n Lig gaan. 'n flitslig. 'n ronde kol skrikwekkende lig in sy oë in die donker.

Neem weg die lig, wil ek vra, dat ek kan sien, jou gesig kan sien, dat ek jou kan sien, ek woon al so lankal langs jou ek ken al so goed en jy is heeltemal vreemd vir my. Neem weg die lig ek wil jou sien ek wil sien. Neem weg ek wil. Maar ek huil.

'n Stem vra: Wat maak jy hier? 'n Sagte stem 'n vrouestem meisiestem mooi stem godstem, 'n sagte stem, bang. Wat maak jy hier?

Gaan weg! Loop loop! Wat maak jy hier loop loop!

Ek skud my kop. Ek kom nader. Ek steek my hande uit.

Ek sien 'n klein swart sirkeltjie langs die lig verskyn.

En sonder dat hy sien wie, sonder dat hy sien Wie, skiet iets hom dood.

1964

ABRAHAM H. DE VRIES

Brood 2

Toe het die eerste sneeu begin val en ons het nie geld gehad om in die meter te gooi nie. Die geroep van die vrou op die stasie, wat ek voorheen nooit gehoor het nie, het my begin irriteer. Die trein na Oosteinde staan gereed op perron twee! Die trein van Parys af is 'n halfuur vertraag! Die trein na Rotterdam vertrek vanaf perron ses! In die oorlog leer 'n mens elke vreemde geluid verdink. Baie mense se huise is deursoek en die volgende oggend was hulle weg of het die Dawidsterre voor hulle borse gedra. En dié vroumens het ook 'n stem gehad waarmee jy glas kon sny. Elke keer het sy iets anders geroep; voorheen het ek daar nooit las van gehad nie, maar toe het my hande begin sweet as ek haar hoor.

Voor die venster het my wasgoed vol sneeu gehang. As ek deur die luik wou klim om dit in te haal en sy roep, het ek vinnig teruggespring. In die kamer, as dit weer stil was, kon ek Hein op die eerste verdieping hoor hoes.

Die Grüne Polizei het my voorgekeer toe ek een agtermiddag van 'n plaas af kom met die fiets. Daarna het hulle my dopgehou. Ons het elke dag minder kos gehad om te eet.

Op Utrecht was daar 'n dokter wat ons geken het voor die besetting. Hy het by ons geloseer toe hy nog gestudeer het. Die een in ons buurt? Nee, hy was 'n N.S.B.-er; na hom toe het niemand meer gegaan nie. Ek het die een op Utrecht eenmaal probeer bel, maar hy het die telefoon neergesit toe hy hoor wie dit is wat praat. Vuile rotterd, hy was die eerste man wat by my geslaap het en toe ek hom bel om te vra of hy nie na Hein wil kom kyk nie, toe hang hy die telefoon op.

Hoor jy, die plaat is klaar? Gooi nog 'n gulde in. Speel Piaf se *Non, Je Ne Regrette Rien*. Dit was vir my altyd so mooi. As Hein van die vaart af terugkom huis toe, het hy dit altyd gespeel. Buitendien, ek kan die stilte nie verdra nie.

Daar het nooit 'n bom naby ons geval nie. Dit was gek van my om bang te wees daarvoor as dit stil raak, maar dit besef ek nou eers.

Wanneer ek besluit het om weer met my beroep aan te gaan? Nee, ek het daar nooit mee opgehou nie. Nee, Hein het nie daarvan geweet nie; jy kan enigiets van hom dink maar dit, dit was hy nooit. Solank hy by die huis was, het ek dit nooit gedoen nie. Dan het ek na hom geluister, want hy kon altyd so mooi vertel van wat ons gaan doen as die oorlog verby is. "Ons gaan iewers heen emigreer," het hy gesê. "Amerika of Australië. Of Suid-Afrika." Maar hy het nie geweet dat hy so siek sou word nie. En dit in die eerste maand van die besetting.

Ja, ek lees baie. Net wat ek kan kry, dit lees ek. Het jy al gelees wat Camus van Amsterdam geskryf het? Dat die gragte soos die sirkels van die hel is? Ons sit in die binneste sirkel. Kom ons gaan by 'n ander tafeltjie sit; daar kom die vervloekte Duitser weer in. Rotmof! Hy wou my nie betaal nie. Ek wag my kans af: ek sal die geld nog uit sy sak uitsteel. Ek het daarvoor gewerk, dit kom my toe, wat sê jy?

Nee, ek het nie 'n man wat my beskerm nie, jy hoef nie bang te wees nie. Ek werk alleen. Ek deel my brood met niemand nie. Kleine Hennie het my 'n kamer daar by hulle aangebied, maar ek het gesê, nee, ek werk alleen. Al kry hulle my lyk ook eendag iewers godweetwaar, ek deel my brood met niemand nie.

Die Mof daar by die toonbank – hy kan ons nie sien nie, nè? – hy's 'n snaakse man. Hy laat my dink aan die vent wat die aand by was toe Hein dood is. Dit was ook 'n Mof. Miskien is hulle nog familie. Die priester sê ook so. Ek het dit vir hom vertel, toe sê hy miskien is hulle familie.

Die eerste dag toe daar nie brood in die huis was nie, onthou ek soos gister. Dit het die vorige nag gesneeu, maar dié oggend het die son uitgekom en die dakke was blink en jy kon die roes nie sien nie. Bars mooi, so ’n oggend. As hier nou so ’n oggend kom, dan vat ek die trein uit Arnhem toe. Daar kan jy sit en oor die bome en die vlakte kyk. Nee, in die Vondelpark kom ek nie. Nooit. Dis so tussen die geboue, weet jy? Daar kan jy ook nie eens bedags in rus en vrede sit nie. Word jy lastig geval, in die laaste tyd veral deur die Amerikaners. Hulle het die geld, maar nee, ek moet hulle nie in my bed hê nie. Amerikaners het ’n vuil manier om gedurig te wil lag. Vrolik wees. Ek hou van vrolikheid, maar op sy tyd. Jy kan nie in die bed lê en lag en jou werk goed doen nie.

Ons het twee gulde in die huis gehad, daardie oggend. Toe loop ek na die bakkersvrou toe en ek bedel by haar, want bedel was vir my nie iets vreemds nie, nee. My ma het altyd gesê as jou maag vol is, kan jy teen siekte veg, en Hein het op die eerste verdieping gelê en hy kon dit tog nie doen nie. Dit kan jy nie van ’n siek mens verwag nie. Die bakkersvrou het ek goed geken. Daardie oggend het sy by my verbygekyk en ek het gedink sy is besig, maar sy wou my nie raaksien nie. Hoekom nie? Oor ek twee weke voor Hein huis toe gekom het een aand met ’n Duitser in die stamkroegie was waar sy en haar man ook altyd gekom het. “Duitse hoer!” het sy daardie oggend vir my gesê, toe het ek geweet hoekom sy nie vir my brood wil gee nie. Ek dink sy het miskien ook nie genoeg gehad nie.

By die huis, het ek eers na die tweede verdieping toe gegaan om oor die dakke uit te kyk. Dit het jy partymaal nodig. Om so te staan en uitkyk na die sneeu. Dan vergeet jy hoe min verstand mense kan hê. Maar die vrou op die stasie het weer geroep en my hande het gesweet. Ek het nie kans gesien om die wasgoed wat ek die oggend vroeg opgehang het, te gaan afhaal nie.

Ek weet nie presies wanneer Hein se siekte erger geword het nie, maar ek het al gedink dit was daardie oggend, want hy het gehoes en toe ek afstap met die trap, het ek hom uit die bed uit hoor val. Die hele kamervloer was vol bloed. En bloed kon ek nooit verdra nie. Ja, later ja, maar toe het ek daar al aan gewoond geword. ’n Mens raak aan alles gewoond.

’n Vriendin van my het een oggend met haar seuntjie in die park gaan loop. Haar man was ook siek, en so ’n kind moet tog son kry. Dit was in Rotterdam. Toe sien sy die vliegtuig bokant die park. Raakgeskiet. En die vliegtuig kom soos ’n tol grond toe en reg op hulle huis af, so het sy gedink. Maar die kind het daar niks van geweet nie. Sy sê vir hom hy moet platval, en sy doen dit, maar toe sê hy, soos ’n kind, sê hy koppig hy sal nie. Sy ruk hom plat, maar hy was ’n weerbarstige mannetjie en hy spring weer regop. Jy sou dink sy moes daar nooit oor gekom het nie, maar sy het tog. Dit het haar lank geneem, maar sy het. Ek het haar lank laas gesien, maar soos ek gehoor het, woon sy vandag die dag by hom en sy vrou.

Die bloed het ek opgevee, maar toe ek Hein op die bed op help, toe sien ek hy het nie meer die krag om teen die siekte te veg nie. Dit was ook die eerste keer in sy hele lewe dat hy nodig gehad het om my te sê hy het honger. So met 'n glimlag. " 'n Stukkie brood en tee sal so lekker smaak," het hy gesê, ek onthou die woorde.

Ek het gewéét hy sou nie lank meer lewe nie. Daarom het ek by hom gaan sit en hom vertel wat ons gaan doen as die oorlog verby is. Uit die boeke wat ek gelees het, het ek aangehaal. Die klimaat, die mense, daarvan het ek vertel. Soos vir 'n kind. Ons het nooit kinders gehad nie, nee. Buiten die een wat ek gehad het voordat ek met Hein getroud is, maar daarvan het hy nooit geweet nie. En die kind is dood. Ek het daar self al van vergeet.

Hy het teen die agtermiddag aan die slaap geraak. Vir die twee gulde het ek rookwors gaan koop. In die kas het ek nog beskuit gehad. Toe hy wakker word, gee ek vir hom rookwors en beskuit wat ek in die water geweek het. God, hy het beter gelyk daarna, ek lieg nie, hy het beter gelyk. So beter dat ek hom toegemaak het die aand en self vergeet het hoe honger ek is. My ma was 'n eenvoudige mens, maar sy het geweet van sulke dinge. Dis daarom dat sy langer geleef het ook as my pa. Nou ja, die mens kon later omtrent nie loop nie, want haar bene kon haar gewig nie dra nie, maar sy het geweet. En sy was opgeruimd van geaardheid, nè. Gesette mense is altyd opgeruimde mense. Nie soos die Amerikaners nie, anders. Maar opgeruimd! En lief vir diere. 'n Verjaarsdagfesie het sy nooit gemis nie, en die katte moes altyd saam.

Die aand het Hein vroeg aan die slaap geraak. Hy was so bleek tussen die komberse en ek het lank na hom gestaan en kyk, want ek moes seker maak dat hy slaap voor ek my jas uit die kas kon haal. As hy dit gesien het, sou hy alles wou weet, waarheen ek gaan, wat ek gaan doen en wanneer ek terugkom, en ek kon nooit vir hom lieg nie. Hy was die enigste mens vir wie ek nooit kon lieg nie. Jy móét so 'n mens nooit bedrieg nie, jy het jou lewe lank daar spyt van. Goed, ek het nie vir hom gelieg nie, maar darem.

Bessejenewer vir my. Ek drink nooit iets anders nie. Eers het ek bier gedrink, maar daar raak jy so ongemaklik van.

Die Duitser het my gesien. Hy kyk in die spieël hiernatoe. Ek sal nie meer lank kan sit nie.

Nee, ek het dié aand niks verdien nie. Kleine Hennie se eerste vrou het byna my hare uit my kop uitgetrek, dis al. So was ons mense in die oorlog. Hulle baklei nou nog, maar anders. Het jy gisteraand die twee op die Burgwal gesien? Vreeslik, nè? Ek ken hulle goed. Dis oor 'n vreemde man dat hulle so baklei het. Baie geld, maar ek dink nie dit is daaroor nie, hier kom baie mense met geld. Die een vrou, Tienie – is haar naam – sy het voor die ander een se venster gestaan. Daarom het hulle baklei. Die man het nie eens die moeite gedoen om agter Tienie se rug te kyk nie. Almal praat vandag daarvan. Nou ja, die mens moet ook geld verdien en sy is oud. In die oorlog het ek haar al geken. Dit was haar suster wat vir my die brood gaan koop het.

By die vrou, ja. Maar sy het haar nie geken nie, sy kon haar nie uitskel nie. Buitendien het ek vir haar genoeg geld gegee. Twintig gulde.

Dié nag het Hein swakker geword. Die volgende oggend het ek vir hom tee gegee, maar daar was nie meer beskuit nie en die rookwors was ook op. Het ek dit gehad, sou ek dit gegee het, want ek het nie aan myself gedink nie, nee. Twee dae sonder kos, daarvan kan ek wel nog op my voete bly. Nou ja, twee dae was dit ook nie; ek het van die rookwors so 'n puntjie vir myself afgesny.

Maar teen die agtermiddag was ek honger. Hein het gehoes en daar was weer baie bloed. Toe ek dit opvee, toe voel ek daar kom sulke swart kolle voor my oë.

Van die hongerte. Maar hy het gelukkig vroeg aan die slaap geraak en ek het my jas in die boonste kamer op die bed laat lê. Miskien was hy toe al in 'n koma vir al wat ek weet.

As jy geluk het, moet jy daar gebruik van maak, en dit het ek die aand gehad. Ek was nog nie om die hoek nie toe ek die Duitser raakloop. Gekla oor sy vrou en sy kinders! Verskriklik! Ek word daar nou nog naar van as ek daaraan dink. Maar hy het my betaal, nie soos daardie rotvent daar voor die spieël nie. Twintig gulde. Dié gee ek toe vir Tienie se suster – Maggie was haar naam; sy is later weggeneem toe hulle die Jordaan skoongemaak het – en ek laat die brood koop. Vir haar het ek nog 'n kwartbrood gegee omdat sy dit gedoen het, want die mens was ook honger, dit het sy vir my gesê.

Toe loop ek terug huis toe. Met die brood. 'n Mens moes so iets styf vashou in die oorlog, maar ek het die brood stywer vasgehou as wat nodig was. Dit was 'n mooi grote. Met 'n bruin kors daarop. Só lank skat ek om en by. Met die stuk daaraf natuurlik. En nog warm ook. Die kolle voor my oë het net van die ruik weggegaan. Maar ek het nie daarvan geëet nie. 'n Mens moet jou geluk uitbuit, dit het ek gedink. Hein was wakker toe ek met die brood by die kamer inkom. Ek het dit van 'n vrou gebedel, het ek gesê, en al het ek gelieg, weet jy, dit is snaaks, maar dis nou die eerste maal dat ek weer daaraan dink. Dit bekommer my nie.

Die brood met 'n mes daarby het ek op die kassie voor die bed laat staan. Ook 'n soort geloof van my ma. As daar nie genoeg kos is nie, laat staan die kombuisdeur oop, dan kry hulle al iets net van die reuk van die kos, het sy altyd gesê, maar ek weet nie hoekom sy dit gesê het nie, want daar was altyd genoeg in die huis.

Ek het een snytjie geëet. Met konfyt daarop, wat ek gewoonlik vir suiker in die tee gegooi het. Hein het doodstil gelê. Dat hy seker nie weer aan die hoes moet gaan nie, het ek gedink. Maar toe ek 'n ruk lank met hom gesels het, het ek gesien hy slaap weer. Nou, slaap is ook goed vir siekte. Ek het hom toegetrek en weer by die deur uitgeloop.

Weet jy waaraan ek gedink het toe ek uitloop? Nee, nie aan kos nie; ek het mos die snytjie geëet. Ek het daaraan gedink dat ek nooit weer sal werk as die oorlog verby is nie, daaraan het ek gedink. 'n Mens kry daar langsamerhand genoeg van. Goed, ons het goed gelewe op die twee van ons se verdienstes, maar dis nie die moeite werd nie, nee.

Nog 'n Besse vir my as jy dit kan bekostig. Toe maar, daar loop die Duitser na die kas toe. Hy speel altyd jazz-musiek. Nie dat ek nie van jazz hou nie. In my beroep kan ek nie op mense se tone trap nie en elkeen het sy eie smaak, sê ek altyd. Maar ek kry daar gou genoeg van, weet jy? So die hele aand jazz luister, dis nie vir my nie. Nou, opera ook weer nie, hoor. Ek is gemiddeld van smaak. Nie te veel van die een nie en nie te veel van die ander nie.

Drie het ek dié aand gehad. Mens, dit was 'n fees. Ses tientjies so ná mekaar, nou ja, ek bedoel vir die hele aand, maar 'n fees was dit wel.

Dié jazz . . . dit is wel soms mooi ook, vind jy nie? En wat kan die man suip, nè? Daar moet jy ook genoeg geld voor hê. Ek? Ja-seker! Nee, nie vanaand nie, maar soms wel. Daar moet jy nou eg op 'n aand voor voel. Dat jy sê: vanaand gaan ek suip. En nie as jy bekommerd is nie, nee. Jy moet opgeruimd voel. Tevrede ook. Dan kry jy daar ook nie so 'n kop van nie, weet jy?

Met die geld? O, van dié aand, bedoel jy? Ek het die draad van die storie verloor. Nee, vir my nie meer vanaand nie. Ander aand miskien.

Die laaste man was 'n Duitser soos die een daar voor die spieël. Dis die een waarvan ek gepraat het. Hy kon goed Hollands praat. Het vertel van sy grootjie wat uit die Agterhoek gekom het. Ek moes hom stilmaak met die trap op, na die tweede verdieping toe. By Hein se kamer verby.

Het jy nog 'n gulde? Voor die Duitser weer met sy jazz begin. Nee, enigiets. Piaf maar weer as daar nie iets anders is nie. Koud hier in die hoek, nè?

Op die trap het ek dit al geruik. 'n Mens kan dit ruik. Die vriendin van my in Arnhem, weet jy, sy kon dit ook ruik. Toe haar vader dood is. Niks om oor te seur nie, nee, hy was oor die sewentig, hy het sy lewe gehad. Mooie lewe ook. Sy kon dit ruik. Die aand voor hy gesterf het, toe het sy dit geruik. Geen ydele praatjies nie, sy het dit vir my oor die telefoon gesê, en die volgende oggend toe sterf hy.

Ek het nie in die kamer ingekyk nie. Daarvoor het ek nie die moed gehad nie. Ek het net gedink: dis snaaks dat ek die vars brood nie ruik nie, wat ruik ek dan? Toe het ek geweet. Dit het niks met die helm te doen nie, maar ek het gewéét.

Hy wou baie praat, dié Duitser, maar ek het nie daarvoor gevoel nie. Toe hy die geld vir my gee, toe het ek eers 'n rukkie by die venster gestaan en uitkyk. Oor die dakke. Kry jy moed. En ek het gekla van hoofpyn. 'n Kunsie natuurlik, maar ek het gesien hy is die soort wat daarvoor sal val.

Die treetjies het ek een vir een met hom saam afgestap. Maar ek kon dit nie langer hou nie. Ek het verskoning gemaak en gesê hy moet voor die deur wag, want hy het gesê ons moet iets gaan drink. Vir die hoofpyn.

Toe ek in Hein se kamer kom, toe sien ek dit: hy het die hele brood opgeëet. God, hy moes honger gewees het, want so iets sou hy anders nooit gedoen het nie. Hy het op die bed gelê met die laaste stuk brood, die bruin kors, nog so half by sy mond uit, en sy oë oop, maar glaserig. So met die brood in sy mond. Ek het sy oë vinnig toegedruk en uitgehardloop.

Die Duitser het buite in die koue vir my gestaan en wag. Hy is die enigste man by wie ek ooit in my lewe gehuil het en hy weet – as hy nog leef – seker tot vandag nie waarom nie. Ek weet dit ook nie.

Dit was tog 'n móói dood.

1965

Passenger in transit

"My wêreld, dames en here, my wêreld bestaan uit motors, blikkiesvleis, tandepasta, skoenpolitoer, mense wat op ander mense teer, hongersnood, vrede, stamoorloë, koperbeslag op deure, gou-gaar hawermout, radio's, politiek, bioskope, koerante, wasmasjiene, handdoeke, yskaste, moord en haarnaalde, en ek háát motors, blikkiesvleis, tandepasta, ek háát . . ."

Walter het drie dae gelede al deur die grou strate begin loop en al sy vriende gevra of hulle nie na sy partytjie toe sal kom nie, want hy het 'n verhoging by die werk gekry.

"Dan kan jy mos nou 'n motor bekostig, Wallie," het die een gesê, en die ander: "Ek het jou gesê jy is onmisbaar by die firma," en nog 'n ander: "Jy behoort jou te skaam, jou kapitalis. Kyk hoeveel vrek van die honger. Dit staan vanoggend nog weer in die koerant," en die laaste vriend was nie tuis nie, maar sy maer vroutjie wat ses maande verwagtend is, het gesê: "Jy kan gerus iets na ons kant toe ook gooi. Ben het 'n wasmasjien gaan koop om die baba se doeke te was. Ons sal kyk of ons kan kom."

Vroeg vanoggend het die son 'n repie in sy kamer ingeskyn, geel soos pampoen. Tienuur was die lug al weer bewolk en die radio het los donderbuie voorspel, maar hy het sy strepiesdas aangesit, wat hy spesiaal vir feestelike geleenthede gekoop het.

Elfuur het die telefoon vir die eerste maal gelui. "Koen het skielik gisteraand by die huis gekom met 'n galaanval, Walter. Jammer, maar ons sal nie kan kom nie."

Tien minute oor elf, nadat die son flou probeer skyn het, maar moedeloos moes skoert, het die telefoon weer gelui. "Johan het die motor garage toe gebring, en hulle sê dit gaan weer 'n hele klomp kos. Dis bietjie ver te voet daar na jou toe. Maar geniet die aand . . ."

Halftwaalf. Eenuur. Ses minute oor een. Sewe minute oor een. Daarna minder. Die name wat Walter in sy sakboekie geskryf het, het onder strepe begrawe geraak. Oplaas was daar net die naam oor van die meisietjie wat in die selfbedieningsaak op die hoek van Kerk- en Koningstraat agter die geldlaai staan.

Walter het haar ontmoet toe hy een oggend ontbytkos gaan koop het, daarna een agtermiddag toe hy op aanbeveling van sy dokter 'n soort warm aanddrankie sonder baie kalorieë moes drink. Sy het lang hare wat oor haar skouers hang en oor al die muntstukke in die laai streel. Haar oë is groot en rookblou.

Op pad terug van die kantoor af het hy vanmiddag weer by die winkel ingestap. Agter die geldlaai was 'n gesette vrou met een goue tand voor in haar mond. Sy het koketterig geglimlag en na hom toe oorgeleun. Maar hy het die meisie se naam vergeet. In sy sakboekie het hy "selfbediening" geskryf.

"Sy . . . werk nie meer hier nie. Dit sal dertig sent wees, meneer," het die vrou vir 'n klant agter Walter se rug gesê. Hy het nog besluitloos bly staan. Hy wou vra wat haar naam is, waar sy nou werk.

"Ek . . . weet nie, meneer, ons is baie besig. Vyf-en-twintig sent en sestig sent. Is dit al? Dit sal vyf-en-tagtig wees. Dankie."

Toe hy uitstap en voor die vertoonvenster gaan staan, het die vrou nie meer agter die geldlaai gesit nie. Sy het by een van die ander vrouens gaan staan en praat en hulle het verontwaardig beduie in hul blou eenderse rokke. Hy het skaam gekry toe hulle na hom wys, daarom het hy aangestap.

Toe het Walter al 'n gedeelte van die toespraak in sy kop gehoor. Ek haat motors, blikkiesvleis, tandepasta . . . maar hy kon nie méér name agter mekaar kry nie.

Dit het al baie gebeur dat hy vóór 'n blik of 'n buisie staan en die naam daarvan nie onmiddellik kan onthou nie. Verlede week wou hy op kantoor vertel van 'n ongeluk wat hy sien gebeur het, en hy kon op die eenvoudige woord "bromponie" nie kom nie. Daar was soveel bloed op die teerstraat.

Kramer het die ongeluk ook sien gebeur, en hom reggehelp: "Jy bedoel 'n bromponie."

"O, ja. Van die ongeluk . . .," het hy voortgegaan, maar Kramer het 'n kans gesien om weer een van sy flou grappe kwyt te raak: "Jy sal nog eendag 'n bus ook vir 'n bromponie aansien, Walter."

"Ja, maar die ongeluk . . ."

"Daar is 'n verskil tussen 'n bus en 'n bromponie se ongelukke."

"Wat ek wou sê: dit het my gelyk die vrou is dood." Kramer het dit nie geweet nie. Hy was te haastig.

Kramer kan ook nie kom nie. Hy het gebel: hy moet vanaand dringend iemand gaan spreek. "Ek sal hom 'n gat in die kop kan praat, as Meiring net nog nie daar by hom was nie. Jy verstaan mos, Walter. Kwessie van dood en lewe . . ."

Maar Walter verstaan *nie*. Hy verstaan ook nie waarom die vrou wat nou daar werk, niks van die meisie geweet het nie. Miskien het sy gelieg.

Onder in die voorportaal van die dubbelverdiepinghuis, waarvan hy 'n solderkamer huur, het sy hospita vir hom gewag. "Ek het die kamer so netjies reggemaak, meneer. Meneer is self 'n netjiese man, en dis mý trots ook. Here, nie soos dié man van my . . . Maar wat ek wou vra, meneer, is van die geld. Dis vandag die end van die maand en meneer betaal altyd voor die tyd. Dis nie dat ek . . ."

Hy het sy tjekboek uitgehaal en haar betaal. Uit dieselfde sak uit waarin sy die tjek gesteek het, het sy kamersleutel te voorskyn gekom. "Hulle steel in die laaste tyd tot hier by ons ook . . ."

Oorkant die straat en sigbaar uit sy kamervenster is 'n étalage vol winkelpoppe. Elke dag het hulle ander klere aan. Maar vanaand hang daar 'n vaal doek voor die ruit. Hy kan mense daaragter sien beweeg, maar wat doen hulle?

"Hoere!" snuif hy deur sy neus en gaan in 'n diepinsakstoel sit. Voor hom onder die neonlig is elke ding op sy plek en so netjies dat dit lyk soos nuwe goed. Boekrak, radio, klerekas, tandeborsel in die rakkie (soos 'n sirkusakrobaat wat aan sy kennebak hang), buisies, seep, handdoeke.

Die verhoging is tien rand per maand. Dus honderd-en-twintig rand per jaar. Altesaam kry hy nou XXX rand per maand [belasting afgetrek]. Hy skryf die syfers neer, maar skeur die papiertjie vinnig op, want die ander op kantoor mag nie weet wat hy verdien nie. Die bestuurder het gesê dit veroorsaak net probleme. In die bank het hy XXX rand minus die kamerhuur. Dan is daar nog die posspaarboekie.

Maar waar is die verdomde boekie? Hy het dit laas gebruik toe hy geld gaan trek het om die warm aanddrankie sonder kalorieë by die selfbedieningsaak te koop.

Bo-op in sy kaslaai lê hemde netjies op mekaar gestapel. Heel bo die witte, dan die bloue en daaronder 'n streephemp. Hy was hulle self. Dit duur 'n nag voordat hulle weer droog is. Sy ander hemde gebruik hy selde. Walter pak die rak hemp vir hemp leeg. In die middelste rak is sy slaapklere en sy beddegoed. Sy hospita voorsien die verskillende kleure lakens. Elke loseerder het sy eie beddegoed. In die derde laai lê wit sokkies en 'n handdoekgoedhemp op 'n kort wit broek.

Agter al dié laaie teen die muur is 'n plakkaat van 'n stiergeveg in Spanje. Hy het dit self daar geplak sodat die kalk van die muur nie aan sy klere kan afsmeer nie. Hy sien dit nou vir die eerste maal weer raak! Toe hy die boonste (die wit) hemp afhaal, sien hy die horlosie teen die nok van die arena. Vyfuur. Die tweede hemp maak die boonste ry sitplekke oop. Nadat hy al die hemde agter hom op die bed uitgepak het, is die syfers op die omheining sigbaar.

Walter sweet. Die radio het vanoggend aangekondig dat daar 'n storm van suid na noord oor die Laeveld trek. Los donderbuie, maar drukkend warm. Hy kyk na die stapel hemde op die kreukelvrye deken. Bo-op lê die wit hemde wat hy nie baie gebruik nie. Die bloue lê heel onder.

Hoe staan die bul nou weer?

Hy pak vinnig die beddegoed en sy slaapklere ook uit. Die stapels agter hom raak groter. In die kas het sy slaapklere bo-op die lakens gelê, nou – op die bed – lê dit onder die pienk en die geel lakens.

"Dan kan jy mos nou 'n motor bekostig, Wallie."

"Kyk hoeveel vrek van die hongerte."

"Ben het 'n wasmasjien gaan koop om die baba se doeke te was."

Die vrou agter die geldlaai in die selfbedieningsaak het 'n goue tand voor in haar mond, maar haar hare is nie lank nie en haar oë is klein sodat 'n mens die kleur daarvan nie kan sien nie.

Niemand het opgedaag nie. Sy met haar lang hare en rookblou oë, sy óók nie.

Agter die tennisklere lê die matador met sy skerp swaard skuins oor die bul se horings. Hy druk met sy een hand oor die dier se kop soos iemand wat oor 'n draad wil spring. Die swaard is halfpad weggesak in die harige skof.

Walter gaan op sy knieë staan en pak sy skoene twee-twee uit. Daar is bloed op die grond. Langs sy skoene staan rye blikkieskos opgestapel. Hy pak dit langs die klere op die bed.

Toe hy opstaan, voel hy duiselig. Hy maak die venster oop. Die vrouens in die étalage is nog agter vaal doek, maar daar is niemand meer by hulle nie.

In Spanje is alles baie goedkoper as elders in Europa, het 'n vriend eenmaal aan hom geskryf. En 'n mens het min klere nodig, want die Spanjaarde steur hulle nie juis aan netjies aantrek nie.

Walter glimlag.

Ek gaan op reis! dink hy. Daar is alles uitgepak. Die hemde en die slaapklere en die beddegoed en die skoene. Op die tafel in die een hoek het mevrou glase neergesit en southappies vir my afskeid.

Maar waar is die verdomde boekie? 'n Mens moet geld hê om mee te reis. As hy die boekie kan kry, kan hy sien of hy genoeg het. Maar hy is te moeg om verder te soek. Buitendien: hy het besluit. As hy eenmaal 'n besluit geneem het, wyk hy nie daarvan af nie. Dis 'n goeie beginsel. Dit het hom gehelp om die verhoging te kry. As hy iewers heen wil gaan of iets wil doen, praat niemand hom om nie. Al moet hy alles wat hy het, verkoop.

Walter klim op 'n stoel. Van bo af is daar net een hemp en een pak slaapklere te sien. "Gee my 'n bod."

Eers is daar niemand wat bie nie. In die straat dam motors op soos 'n trop diere voor 'n hek, maar as die verkeerslig verander, stroom hulle weer weg. Iemand steek sy kop by 'n motorvenster uit en skel. Die bieëry begin. Vir die hemde wat jy nie hoef te stryk nie, betaal hulle meer as vir die ander. En omdat dit ónder in die stapel lê, kry hy kans om die koper te verneuk.

Toe hy van die stoel afklim en weer in die diepinsakstoel gaan sit, is die vrouens in die étalage oop. Die een sit, die ander staan, en die derde lê op haar maag met 'n baaikostuum aan. Nou kan die partytjie met dubbele reg aangaan, dink hy. Ons sal die verhoging vier én my afskeid.

". . . Ek háát motors, blikkiesvleis, tandepasta, ek háát . . ." begin hy, maar hy is te moeg om verder te kom as die haarnaalde. Die brandewyn wat hy spesiaal vir Kramer gekoop het (hy drink niks anders nie) kikker hom weer op.

Toe hy met die trap afgaan, kyk sy hospita by die kombuisdeur uit en vra: "Wanneer kan ek die sop bring?"

"Later," antwoord hy en knipoog vir haar. "Ek sal vir u kom sê," maar hy bedink hom skielik, vra of dit al gaar is en vat toe die hele kastrol. "U wil seker ook gaan slaap. Ek sal dit in die kamer neersit."

Teen die tyd dat hy die derde vrou in die kamer het, moet hy vir homself 'n tweede dop brandewyn skink. "Wat sal die dames drink?" vra hy.

Anna bestel whisky. Sy het blonde hare. Verlede week het sy 'n bikini geadverteer, maar vandeesweek is dit 'n tweestuk van katoenstof.

Geraldine sal wyn drink (as daar is). Sy het pas uit Italië gekom. "Dit gebeur soms dat wanneer die groothandelaars groot bestellings plaas, hulle 'n paar van ons saamstuur," vertel sy.

"Interessant. Interessant," antwoord Walter. Hy het die uitdrukking by Kramer gehoor en vanaand kom dit handig te pas. "En wat vir jou . . . ê . . . ê . . ."

"Mona! Ek is geskok in jou onvermoë om name te onthou, en ek was die laaste een in jou arms. Jenewer vir my," koketteer sy.

"Ek . . . (hy skink stadig; die aand lê nog voor) . . . ek het die nare manier om name te vergeet. Dit lyk my partymaal goed se name is van minder belang. Alles is ook groter as hulle name," maak Walter verskoning.

Dít vind die drie vrouens 'n groot grap, want Mona is inderdaad nie swak bedeeld nie. Sy adverteer gewoonlik buustelyfies en aan haar voete was daar vanaand die rooiste pryskaart.

Hulle vat lank om tuis te raak, dink Walter. Hy het sy derde glas brandewyn al gedrink toe proe-proe Geraldine nog aan haar wyn. Nog? Sy knipoog vir hom. Terwyl hy besig is om die wyn te skink, drink die ander twee gou hul drankies ook op. Hy knik vriendelik, skink vir almal nog 'n ronde.

"Ek hou julle elke aand hier uit my venster dop. Ek het al jaloers geraak soms. Soos vanaand weer. As daar van die gordyne voor die venster is en ek nie kan sien wat agter die ding aangaan nie."

Al drie lag gelyk. "Jy kan dit tog self dink: dan is meneer Steward besig om ons aan te trek. Dames mag tog nie so oop en bloot en nakend staan nie. Hulle het alreeds gekla toe ek voorverlede week net die onderklere aangehad het," sê Anna. Sy praat met 'n skor stem. Hoer, dink Walter, maar hy grynslag.

Ek háát blikkieskos, ek háát motors, ek haat gou-gaar hawermout en beurse en wasmasjiene. Ek gaan op reis. In Spanje is daar stiergevegte. In Italië is daar groot warehuise wat vrouens saamstuur wanneer jy genoeg by hulle koop.

Hulle vind die sop héérlik. Daar is baie soorte groente in en 'n geurtjie wat sy hospita se eie uitvindsel is, maar wat presies is waarvoor hulle al die hele aand lus het.

Walter het een swakheid: as hy te veel drink, raak hy handtastelik. Nie een van die vrouens gee om nie. Hulle glimlag daaroor. Hulle kyk nie na mekaar nie. Op maat van die musiek uit sy gramradio begin hulle later dans.

Teen twaalfuur begin daar iets suur word in die aand.

Hy dans met elkeen en elke slag dink hy, hoere! . . . maar dan kyk hy na die leë sopbakkies en die leë glase en glimlag. Hulle het na sy partytjie gekom. Al die ander het verskonings gehad, maar húlle het gekom. Die behangsel en die radio raak waserig. Hulle het gekom . . . Ek het 'n partytjie gegee en hulle het gekom. Liewe, liewe mense. Vergewe my, vergewe my al die vooroordele. Geraldine lag rinkelend toe hy haar styf teen hom aandruk en soen.

Oplaas het hy 'n aankondiging om te maak. Hy klim op 'n stoel. "Ons het vanaand góéd gevier. Ons het gevier dat ek 'n verhoging gekry het, dat ek op reis gaan, én ons het 'n bankrotverkoping gevier. Sien julle die hemde en die handdoeke en die slaapklere? Sien julle die gramradio en die elektriese skeermes, die tennisskoene en die tandepasta. Dis so bankrot as wat ek is. Maar ek het dit verkoop. Nou gaan ek op reis. Dankie vir die aand . . ."

Maar waar is die verdomde boekie?

Terug in die kamer waai hy deur die venster vir sy gaste. Hulle waai terug, bly dan verstyf staan as daar 'n konstabel verbykom.

Iemand klop aan Walter se deur. Dis sy hospita wat nog op is. Sy kom die sopbakkies haal. En die kastrol.

"Het u nie die spaarboekie gesien nie? Ek gaan op reis," vra hy. Sy knik met haar kop, kom in haar lang naghemp die kamer binne en haal die boekie onder sy kopkussing uit. "Hulle steel in die laaste tyd verskriklik," sê sy verskonend en sy trek haar voorkop op honderde plooie.

"Hoe was die partytjie?"

Maar Walter het op die bed tussen sy besittings omgeval met die spaarbankboekie in sy hand en hy slaap van al die opwinding. Ek haat motors en tandepasta en blikkies . . ., mompel hy vir oulaas. Sy trek die deur agter haar toe.

Eers die volgende oggend nadat sy vir al die loseerders koffie gebring het, sê die hospita vir haar man: "Dit was die mooiste meisie wat ek nog gesien het. Ek het gedink ek droom van my jong dae." Sy gaan sit voor haar spieëltafel met rye, rye botteltjies en blikkies en kammetjies en sy kyk in die spieël soos deur die deur wat sy vir die jong meisie oopgemaak het, maar dis die wêreld se oudheid wat terugkyk.

"Wat se meisie?" vra hy en snork deur sy neus dat die skuim op die spieël spat.

"Die meisie wat vannag hier geklop het. Sy het lang hare wat tot oor haar skouers hang en diep, diep blou oë wat in die kers se lig só mooi was, ek wou grens. Sy het gevra of meneer Walter hier woon, toe sê ek nee, want ek kon haar tog nie laat inkom nie."

Mevrou begin die blikkies en die potjies die een na die ander van die kas afhaal en terugsit soos 'n kroegman sy bottels, en sy antwoord:

"Meneer was vannag weer op reis."

1965

Die uur van die idiote
(vir Sue)

Nie 'n see nie (and a star to steer me by), nee, in die stad was daar nie 'n see nie, maar om die huis was daar ook nie 'n heining van gegote ystertralies nie. Boonop swart geverf. Jou laaste kans vir uitbreek, dink hy wrang, be thankful. Die vorige eienaar was 'n argitek wat tot aan die einde in die onklaar huis net gesit en planne teken het.

Die huis is deur 'n boer gebou, toenterjare met die volstruisveertyd. Hy wou hier by die see 'n kleinerige replika hê van sy plaashuis in die binneland.

Drie maande gelede het hulle hier ingetrek – dit was al herfs. Maar die bouers was nog gewillig. Die kelderverdieping is nou 'n gimnasium en 'n sauna – hy het die apparaat vir sy verjaarsdag present gekry. In 'n ander vertrek onder die vloer is sy drankkelder wat hy volgemaak het nadat 'n hotel op Riversdal bankrot gespeel het.

Drie maande, en alles het al weer bekende patrone begin aanneem. Binne lyk die huis byna bekend, die meubels, die gordyne, die skilderye. Behalwe die stok en katrol op die stoep en die pitlamp onder die growwe visnet wat tussen die balke gespan is, laat alles hom voel asof hy in 'n bekende plek verdwaal het.

Dié tyd van die jaar is hier nie baie vakansiegangers nie en die inwoners van die stranddorp is min. Dis hoekom hulle (sy) die plek uitgekies het. Hulle vriende was jaloers op hulle, want almal droom, maar almal kan nie by die koerant, die skool, die bank of die firma bedank nie.

Die boeke, die skryftafel, die liasseerkabinet in sy studeerkamer, die Breughel-afdruk bokant die kaggel, alles is bekend, maar teen die laatmiddag as die mis van die see se kant af begin opkruip, slaan die vensters aan die binnekant aan, selfs al brand die vuur.

Hy het nog nie begin werk nie. Wegkom is nie noodwendig iewers heen gaan nie, het sy optimisties gesê, dit kom vanself.

"Is die skuitpad se bote vanoggend uit?" vra hy.

"Ons het vis in die huis," antwoord die vrou oorkant hom in die diepinsakstoel en sy laat haar tydskrif sak. "Tensy jy vanaand wil vis braai."

"Ek gaan kyk," sê hy. "Dis verstikkend warm hier."

"Sit 'n serp om jou nek, want buite is dit koud. Ek maak tee vir wanneer jy terugkom." Sy steek haar hand uit toe hy verbystap, maar hy maak asof hy dit nie gesien het nie. Sy laat haar kop sak en begin weer in die tydskrif blaai.

Melodrama, dink hy. Jy kan dit bekostig. As iets eendag moes gebeur wat die emosie uit jou sal uitpers, dan – maar hy weet nie wat dan nie. Wat het buitendien van my eie geword? dink hy. Hy trek die voordeur versigtig agter hom toe en slaan die kraag van sy duffelse jas om sy keel op.

Sy tel die boek op waarin hy gesit en lees het. Hemingway. Sy dink: hy tree op soos die karakters in die boeke wat hy lees. Verlede week se drinkery het iets te doen gehad met *Les volets verts*, maar sy kan nie Frans lees nie en sy weet nie wat dit is nie.

Hy het met 'n potlood ('n draaipotlood wat sy vir hom gegee het) iets onderstreep:

'Your bloody money,' he said.

'That's not fair,' she said. 'It was always yours as much as mine. I left everything and I went everywhere you wanted to go and I've done what you wanted to do. But I wish we'd never come here.'

Sy gooi nog 'n stomp op die vuur, staan op en teken 'n prentjie in die wasem teen die ruit, terwyl sy die opstand in haar onderdruk. Sy doen dit so lank al dat sy met 'n eenvoudige, soms kinderlike gebaar daarvan ontslae kan raak. Dit het sy van haar pa geërf. Hy was 'n ingenieur en hy het hom altyd te veel bekommer oor die werkers op 'n projek wat soms nie eens baie gevaarlik was nie. "Die dokter" het hulle hom agter sy rug genoem. En dis hy wat gesê het: "Jy kan ander mense net beheer as jy jouself kan beheer." Oor en oor het hy dit gesê, asof hy homself daarvan wou oortuig. Sy was die enigste kind.

Hy het dit nie met opset gedoen nie, sê sy vir haarself. Hy het nie geweet sy sal die boek optel nie. Hy doen so min dinge in die laaste tyd met opset. Met 'n ander potlood, sodat hy dit móét sien, onderstreep sy.

'I'd like to destroy you a few times in bed,' he said.

'Yes. That's the good destruction. That's the way we were made to be destroyed . . .'

Ondanks, dink sy 'n bietjie wrang, ondanks, want sy is jonk en sy weet dat sy nie onaantreklik is nie. Selfs haar naaktheid – en sy hou daarvan om in deurskynende kaftans deur die huis te loop as hulle alleen is – selfs dit is meermale nie meer genoeg nie. Sy skuldgevoel gebruik soos kanker alles wat normaal is in hom en bly self morbied voortbestaan. En waarom? Daar is geen rede voor nie. Daarom maak dit haar magteloos.

Soms voel dit vir haar soos iets wat langer bestaan as wat hy bestaan, iets van voor sy geboorte af.

In die kombuis maak sy slaai gereed vir die aand. As hy vis wil braai vir die gaste is dit minstens iets wat hy wil doen. So nie is die sop gereed.

Die water in die riviermond het weggetrek met die gety en al wat onder die grys lug oorbly, is 'n kou moeras. By die kafee naby die swemplek staan die eienaar lusteloos agter die toonbank en rook. Die seilstoele wat somers uitgehuur word, staan teen die een muur opgestapel en binne het net 'n paar van die tafels kleedjies oor. Teen die muur agter die toonbank hang 'n plank met 'n grap daarop waarvoor die boere soms lag: Hier bars Hans en Kitty om 'n lewe te maak. Maar in die winter is daar niemand om dit raak te sien nie.

Ek wil 'n storie skryf van 'n man wat na 'n waarsêer toe gaan. Sy kyk in die kristal of in sy hand, maar sy sien niks, en nogtans vertel sy vir hom die wonderlikste verhale oor dinge wat met hom gaan gebeur. Toevallig kom een van die voorspellings uit. Hy gaan gereeld soontoe. Sy vertel verder. Toe kom hy agter dat sy vir hom gelieg het.

Op die krop van sy maag trek 'n vuis saam, asof hy vir iets bang is. Hy draai by die verlate swemplek om en stap in die rigting van die brug oor die rivier. As hy ver genoeg stap, sal die gevoel verdwyn. Of as hy by die hotel instap en iets gaan drink. Maar daarvan het hy ook al genoeg. Anderkant die brug dreun 'n boot op die rivier. 'n Skiër staan stadig op uit die water uit, soek gebukkend na balans terwyl hy die trektou styf vashou en dan begin hy in wye halfmane sy vastigheid tart. Toe die boot se motor gaan staan, sink hy weer in die water weg. Hy roep na die bestuurder wat sukkel om die enjin aan die gang te kry.

. . . dan begin hy homself dinge wysmaak oor die toekoms, maar hy slaag nie daarin nie, want hy glo homself nie. Hoe kom ek by die slot uit? Want die slot ken ek: die besef, as hy haar leuen kon glo en gelukkig wees daarmee, hoekom nie my eie nie? Maar hoe kom jy daaruit as jy die leuen eenmaal raakgesien het? O shit, he said. Shit. Having said that, what now? she asked.

Hy onthou: op Oudtshoorn, oorkant die berg, is daar 'n moord gepleeg. Die koerante was vol daarvan. Jong meisie verkrag en toe vermoor, of andersom. By 'n winkel waar dit lyk asof alles van plastiek gemaak is (die somer is kort en daar is min nut vir blywende dinge, dit raak te veel om saam te neem), koop hy 'n koerant. Lees gou die opskrifte. Met sy hande in sy jassakke en die koerant onder sy arm stap hy oor die brug.

Oorkant die rivier woon net 'n paar mense. Bester, die skilder wat sy naam teen 'n melkhoutboom vasgespyker het. Jana, wat hom nog soms in geselskap vermy omdat sy weet hy was nuusredakteur tydens haar hofsaak. Hoekom het sý – van alle mense – daarin betrokke geraak? Jong mediese dokter betrokke in A.N.C.-komplot. Sy het nou al afgetree, bewerk al die tuine in die buurt terwyl die eienaars weg is. Van al haar belangstellings van vroeër was dié in die grond die hardnekkigste, het hy haar eenmaal hoor sê.

Hy sien nie dat sy besig is om langs haar huis te werk nie, hoor eers toe sy na hom roep. "Kom hier," sê sy. "Wat het jy verloor?"

Hy besluit om haar op haar eie manier te antwoord. "Lus," sê hy, "en jy?"

Sy ignoreer sy vraag. "Is jy nou uit?" vra sy. "Uit waarin jy ook al was?" en haar oë is op skrefies getrek asof sy antwoord werklik belangrik is.

Hy trek sy skouers op.

"Ons moet praat," sê sy. "Die mense hier weet van my. Hulle verstaan. Want ek kan sê: 'ek het 'n man liefgehad en was in die tronk' of, 'ek was nou oor my middeljare en ek is bang vir die dood'. Dit help nie om in raaisels te praat nie." Haar stemtoon verander skielik. "Julle het nie kinders nie, nè?"

"Nee."

"Saterdagoggende lees ek stories vir die kinders in die biblioteek, dis hoekom ek vra. Party mense praat agter my rug al van ou mal Jana, maar ek gee nie om nie." Sy steek haar hande in haar ferweelbroek se sakke en kyk voor haar op die grond, sê half weemoedig, half spottend: "Die polisie hier is al glad vriende van my. Ons speel gereeld poker. Hulle stel nie meer in my belang nie."

"Ek moet loop. Daar kom vanaand 'n spul mense na ons toe. Wil jy nie ook kom nie?"

Sy skud haar kop. "Ek het nog nie vandag se koerant gelees nie, môre is daar al weer een," sê sy.

(Van ons plaaslike korrespondent)

Die gruwelike moord verlede week op Oudtshoorn het tot gevolg gehad dat een van die bes bewaarde geheime van die Klein Karoo oopgevlek is. Navraag het aan die lig gebring dat tydens die volstruisveertydperk daar kinders van welgestelde families met mekaar getroud is, ondanks reeds bestaande familiebande. Die huwelike is gewoonlik deur die ouers gereël om die rykdomme bymekaar te hou.

Uit hierdie huwelike is dikwels idiote gebore. Die meeste van hierdie idiote is onder die groot volstruispaleise gehou, want elke huis se kelderverdieping is 'n skaduwee van die groot huis bo-op die fondament, vandaar die hoë stoepe wat vandag nog op 'n paar plekke gesien kan word. Daar het hulle gebly. Daar het hulle hul lewens deurgebring. Hulle oppassters was gewoonlik weesmeisies of dogters uit arm families.

Net een uur per week is die idiote toegelaat om buite rond te loop: Sondae tussen twee en drie, terwyl almal na die middagete geslaap het.

In die Klein Karoo staan dit bekend as die Uur van die Idiote.

Uiteraard lewe daar vandag nie meer enige van die idiote van die volstruisveertydperk nie, maar verlede week se moord het tog merkwaardige ooreenkomste met wat vroeër gebeur het. Die vermoorde meisie was 'n weeskind wat later as toonbankklerk by 'n plaaslike bank gewerk het. Die moord het, volgens wat vasgestel kan word, in die uur van die idiote plaasgevind en die lyk is gevind naby die Xenia-restaurant, waar vroeër die volstruispaleis van die Meckler-familie gestaan het. Dit is in 1952 heeltemal afgebreek.

Niemand is nog in verband met die moord in hegtenis geneem nie.

Nadat Bester met Marie gepraat het en Tonie gestaan en knik het vir Boet se bewerings oor die verarming van die kleinboer, nadat Rita niks meer wou drink nie, nadat Tina vir Mona gehelp het met die southappies en Birgitte gevra het waar die toilet is, nadat hulle gesels het oor die politieke situasie, die prys van nuwe bande, die energiekwessie, vrouekwale, sakrekenaars, honde, die gebruik van plastiek in die boubedryf, nadat hulle gepraat het oor Laingsburg waar Nils vandaan kom en Grabouw oor Tonie daarvandaan kom, oor Groblersdal, Nylstroom, Hennenman, Aberdeen, Umdloti en Kaapstad,

toe dit stil word aan tafel omdat almal gelyktydig besig is om aan iets te kou of iets te sluk, en die silwereetgerei blink in die dowwe lig van die twee geelektrifiseerde Miller-lampe wat bokant die geelhouttafel hang, en die skaduwees oor die skouers en nekke val, en die bouillabaisse die aandag opeis van die medikus en die bankbestuurder, die bouer, die huisvrou, die garage-eienaar, die tandarts, die Libanese kruiedokter, die regter, die kruidenier, die onderwyser,

terwyl die verlate baaiplek en die verweerde kafee en die hotel met sy halwe kroegtoonbank en die viswinkel se reuk en die hoenders onder die paar krom bome op die leë erf, en die karavaan waarin niemand woon nie en die skiër op die water vergete raak,

toe die swaar fluweelgordyne en die bokhaaroortreksels en die antieke banke en die persiese matte en die rooileerdiepinsakstoele en die boekrakke en die koperskeepslamp begin grense en topografie en verlange word,

toe,

ondanks die breë stoep en die toe luike aan die oostekant, en die volvloermatte en die netjies versteekte Mozart uit die Bang en Olufsen-luidsprekers en die Land-Rover van die polisie wat gereeld die gebied van die duinesand tot by die harde teerpad patrolleer,

begin – al is dit ver – die harde slae van die see teen die rotse met tussenpose hoorbaar word.

Na die nagereg staan almal op (koffie en likeurs word in die studeerkamer bedien) en elkeen loop verlate in sy eie klere rond, versadig maar 'n bietjie lomp, en elkeen met 'n dowwe opstandigheid of verlange of albei.

"As ek net gewil het," sê Nils.

"As, ja," antwoord sy vrou.

"Dis 'n gedonner met die idioot wat die meisie vermoor het," sê Boet.

"Jy het verkeerd gelees, Boet," sê Bets, die afgetrede aktrise, en almal bewonder haar omdat sy nog so duidelik kan praat, al hou sy soos gewoonlik aan 'n stoelleuning vas en staan skeef. "Jy's nou nes ou Jana, sies tog. Lees elke koerant wat sy kan kry en al waaroor sy praat, is toeka. As ons so moet word eendag . . ."

Hy tel die Hemingway op, maar blaai nie daarin nie en soek nie na die plek waar hy laas gelees het nie. Hy dink: ons het niks om so oor te word nie. Sy het 'n man liefgehad en hy het haar misbruik en sy het in die tronk beland, dis maar nou eers dat sy poker speel met die polisie en vir kinders stories lees. Iets het haar laat uitbreek. Iets het haar weggeruk. Dis waarop ons almal wag.

Drie maande, en die patroon is al bekend; julle het almal net ander name en ander gesigte, maar julle is soos melkbottels, soos buisies tandepasta, soos motors van dieselfde fabrikaat. Julle duplikate loop rond in elke stad, op elke dorp. (Wie is ek om te praat? Drie maande lank al is die heining van gegote ystertralies om die huis, soos 'n in memoriamraam. En ek woon hier.)

"As ek wil, sal ek," herhaal Nils en hy gaan sit in 'n stoel.

"Die herhaling," sê Dirk, die afgetrede professor. "Die plek van die moord, die tyd." Aan sy gasheer: "Wat dink u?"

Hy trek sy skouers op.

"Die idioot is so 'n enigma," peins die professor. "Keer als altyd om. Daar sal baie vrouens by die verhoor wees."

"Ons moet gaan," sê Boet se vrou.

"Haai, ja," sê Bets.

"Wag vir ons," sê Birgitte.

"Kan ons nie eers help opwas nie?"

"Nee, nee, ons het al 'n bediendetjie."

Nag, nag, goeie mense, nag. Kyk na my hand. Dit wuif. Kom weer. Kom weer. En weer. Slaap gerus. Die ergste wat met ons kan gebeur, het al gebeur.

As dit stil is, hoor 'n mens die see.

Om hom bou die hitte op, die hele aand al. Die sauna se deur staan oop. Op 'n metertjie teen die muur kan 'n mens sien hoe warm dit is, maar niemand steur hom daaraan nie. Die bouer stoot vir die soveelste maal sestig kilogram met die een been op. Die huisvrou wip oor 'n springtou, haar arms twee wiele langs haar. Op die fiets wat nêrens heen ry nie het die bankbestuurder dertig kilometer voltooi teen veertig kilometer per uur, maar die metertjie is stukkend, miskien het iemand voor hom dit ook al gedoen. Die tandarts is teen die muur aan die rekstok besig om sy maagspiere te oefen. In 'n hoek staan die aktrise en buig heen en weer met 'n handgewig in elke hand. Die prokureur lê op die skuins plank, sy voete vasgegespe soos op 'n pynbank, en dit lyk asof hy rus. Maar dan trek hy sy swetende spiere saam, kom orent, tien maal, rus weer.

Hy gooi water op die verwarmer omdat die lug droog geword het en in almal se kele brand en die mis wat smiddags uit die see uit opkom, wasem opnuut teen die ruite aan. Alles is ondeursigtig. Hy probeer die deur oopkry, maar niemand help hom nie, nie die medikus of die garage-eienaar of die kruidenier nie. Kyk hoe hang hulle monde oop. Kyk hoe sweet hulle. Hulle lang hare hang nat tot op hulle skouers. Hulle beweeg almal 'n bietjie lomp rond, almal met 'n dowwe opstandigheid en verlange, almal.

Lees solank, sê sy vrou en gee vir hom 'n boek, maar sy oë brand nog. Oral op die banke lê tydskrifte rond met prikkelfoto's op die buiteblaaie, nat en verkreukel en geskeur.

Hoe lank nog? vra die onderwyser terwyl hy beur aan die kortstanggewigte, en sy asem jaag, en die bankbestuurder se gesig is wit, maar hy ry en hy ry, waarheen? Hoe lank nog? Is dit die mis uit die see uit of is dit hulle asems? Hoekom wil die deur nie oop nie?

Alles is bedompig en nat. Almal lyk asof hulle nie verder kan voortgaan nie, maar niemand hou op nie. As hulle van die een apparaat na die ander toe loop, hang hulle arms swaar langs hulle sye en die sweet rol uit die hare op die bouer se rug, maar hy vat die gewigte weer met sy beswete hande vas en maak sy nek dik.

Almal is moeg, maar wat maak dit saak? Toe onthou hy die tydmeganisme. Hy maak die ruit met sy hand skoon en kyk uit.

Buite op die rivier ry 'n boot rond, 'n motorboot, en uit die water uit staan 'n meisie op, 'n jong meisie, en haar rok wapper in die wind, in die son, dit wapper. En sy wink. Sy wink vir hulle. Kom. Kom.

Hulle asemstote kom in golwe. In die mistigheid kan hulle mekaar nie meer herken nie.

Wanneer? Wanneer? Hoe lank nog?

Hy kyk op die horlosie bokant die swaar deur.

Dis vyf minute voor twee. Netnou is dit tyd. Dan sal almal sien ons is sterk genoeg.

Ons kan 'n lewe maak.

1980

Siënese dagboek

Vrydag, 2 Desember

Dit is die woord, die naam, plek én kleur: Siëna, wat ons vanoggend op die Piazza della Republica in Rome op die bus laat klim het. Vandat ons op die Leonardo da Vinci aangekom het, het ek agtergekom hoeveel 'n mens vergeet: die geure en geluide, die sinnelikheid waarmee 'n Europese stad wakker word, die gelatenheid waarmee die dag na die middaguur oorwentel in die aand in. En ek het die salige oudheid vergeet, die panorama van gebeurtenisse en figure en drome en oorloë wat tot nóú, tot hiér gelei het.

In die Rua du Macelli waar ons die afgelope paar dae gebly het ('n *macellaio* is 'n slagter, maar wie die slagter was, weet niemand meer nie), het ons die weelde geniet van *apoggiare l'alibarda*, 'n gesegde wat glo ontstaan het by die straat se vroeëre bakkery (nou 'n modewinkel) waar die wagte aan diens tydens die een of ander hongersnood ook maar "sonder veel inspanning hul dagtaak verrig" het.

Op die hoek van ons straat en die pleintjie voor die Spaanse Trappe staan nog die gebou van die Vatikaan se Propaganda Fide. Die geloofsywer waarop Pous Gregorius XV in 1622 waarskynlik gehoop het toe hy die Sacre congregatio de propaganda fide gevestig het, het met die jare verbleek voor die enkele woord wat daar ontstaan het.

"Jy't 'n komieklike manier om vir jou tuis te maak in 'n straat," het Han gisteraand geskerts. "Jy loop net tot jy sitplek kry om verder te lees."

Ek het gesê om net te loop, vertel vir jou nie veel nie. Die Sala Umberto was tydens die Belle Epoque die bymekaarkomplek vir kafeekonserte, maar dis verdoop, dis nou die Salon Margherita, hier naby ons hotel, ons loop elke dag daar verby. Die slaghuis van die straatnaam is nou 'n modehuis. 'n Straat skryf sy eie verhaal. (Om sý storie te vertaal, dis die kuns – heil Heidegger! Want syne werk met geboue en trappe en straatstene, myne met woorde.)

Woonhuis word slaghuis word modehuis – geboue verander in geboue, strate verander in pleine, verander in tuine, word fondamente. Woorde verander sonder troffel of sement in woorde: straat, Strasse, strada, street, van straza, strazza, verder terug van strata, vervorming van sternere: om oop te sprei, om neer te gooi.

En al dié woorde is nog te min (en boonop so vlietend) om mee te onthou: óns straat van die afgelope paar dae. Ontwaking, koffiereuke, Willem se pizzeria rustica, Han se droombalkon, die slanke, sjiek vroue van Rome, my seun se lang stilte voor die Piëta, ons geharwar en watter-kant-toe-lê-die-Republica?-metrorit van vanoggend, dis alles sonder spoor of teken.

Soos die verligting op die bus iewers tussen Umbrieë en Toskane by die besef hoe yl, hoe wonderlig hierdie winterdae in die sintuie lê. Toe ons in Siëna van die bus afklim en afkyk op die bruin, bruin Middeleeuse stad met sy bruin luike voor die vensters het ek gedink ek wil van hierdie reis selfs nie die gebreekte dakteëls óf die vuil balustrades vergeet nie. Vandaar my gekrabbel hier in die Hotel Tre Donzelle, in die Via Donzelle 5, in Siëna.

Op pad hotel toe – in Siëna kan 'n mens nie maklik verdwaal nie – het ek hom al in die Via della Sapienza sien sit: 'n ou skoenmaker, leervoorskoot voor, geborduurde kadotjie op sy kop, geboë oor sy werk onder die groen lampskerm wat vlak bokant sy kop hang. Daar staan 'n naaimasjien, van die soort wat 'n mens trap, teen die een muur, op die vloer lê saagsels en riempies en teen die agterste muur hang 'n Christusbeeldjie. Soontoe gaan ek terug.

Ek onthou nou, hoekom weet ek nie, dat voor die eertydse Sala Umberto in die Macelli twee dae lank 'n televisie b.o.-eenheid gestaan en die verkeer versper het. Niemand het gekla nie, want uit die opnamewa uit het dik kabels oor die sypaadjie, by die deur in en met die trap op gelê; hulle was besig met iets.

Sondag, 4 Desember

Die belangrikste wat Vrydag gebeur het, het ek uitgelaat. Ek het my rooi Croxleyonthouboek met die spiraalrug (uit die skryfbehoeftewinkeltjie op Kerkplein in Kaapstad, gekoop om ons terugkoms in dié stad te vier) per blote toeval oopgemaak by aantekeninge oor die Trojaanse Perd-episode in Athlone op 15 Oktober 1985, 'n jaar en 'n paar maande nadat ek by die Technikon Skiereiland begin werk het.

"ANC-vlag oral by begrafnisse, 6 duisend by dié van Mathiso." Als onwerklik, asof dit in 'n ander land gebeur. Polisie het, vertel kollegas, van 'n vragmotor van die Spoorweë af op kinders begin skiet na klipgooiery. Die polisie het in kratte op die bak gesit, die kinders kon hulle nie sien voor hulle begin skiet het nie. Drie is gedood. Agt beseer. Die mense bou nou barrikades, skiet op die polisie.

3 Desember: Ek het vandag 'n foto gesien van een van die kinders van Athlone in sy kis. Hy lyk asof hy slaap. Hy is so oud soos Willem.

Onderaan die bladsy het ek gekrap: "Gevallen in de chaos als een vonk" en "Ik ween om bloemen in de knop gebroken", maar toe al erken: "Ek het nie woorde vir die woede en die onuitspreeklike droefheid nie. Wat kan ooit die leed aan kinders regverdig? Wat begin waar menslikheid en geregtigheid eindig? 'n Klaaglied soos in Rama? Die oerwoud? Ons verwag te veel van woorde. Wat nie melodramaties is nie, is banaal. Kuiergaste gisteraand kla oor die stygende pryse van ingevoerde artikels as gevolg van die lae rand."

Ek kon van 1985 geen verhaal maak nie, maar hier in ons nogal karig gemeubileerde kamer het dit onverwags weer voor my gelê. Ek het nie raad daarmee nie, ek weet ook nie waarom ek dit deel laat word van hierdie dagboek nie. Omdat dit tóg woorde geword het, die onbeskryflike in sakformaat?

Is dit wat versweë agter Vrydag se gepieker sit oor ons prison house of language?

Gister was ons na die Piazza del Campo toe, die groot halfsirkelvormige stadsplein aan die voet van drie heuwels, omring deur die Stadsaal, Bernardo Rosselino se Piccolominipaleis, die Sansedoni en die Loggia della Mercanzia met sy Gotiese nisse en standbeelde.

Hier verdwaal die jare in name: Pinturicchio, Giovanni, Quernico, Donatello, Pisano, Turino, Lorenzetti, Beccafumi, Algardi.

Woorde vervaag voor beelde, kleure, teksture: skilderye, muurbehangsels, fresco's, standbeelde, kapelversierings, gebrandskilderde vensters, inlegwerk op katedraalvloere, graveerwerk op marmer, altare, fonteine.

En die beelde herhaal dieselfde geloof, hoop, visioene, dieselfde waansin, dieselfde raaisels: die Heilige Familie, Madonna en Kind, die Passie van ons Heer, martelare, heiliges, profete, veldslae, oorloë, die Moord op die Onskuldiges.

By die Gia-fontein offer Willem sy muntstukkie en wens hy ken die name van al die strate rondom die Piazza del Campo uit sy kop uit. Dan kan hy makliker in die doolhof die pizzerias opspoor. Hy kan nie uitgepraat raak oor die Testarossa wat agter ons moes ry van die lughawe af tot in Rome nie. Hy het al 'n mooie op 'n plakkaat by die huis, maar hy soek nou 'n model, want 'n Testarossa móét uit Italië kom. Om te dink die taxibestuurder het spesiaal vir hom probeer om van die Testarossa weg te jaag en dit net omdat hy die motor herken het!

Gisternag het hy gedroom daardie vinger in die kerk wink vir hom. Ons het die dag afgesluit met 'n besoek aan die Kerk van die Heilige Dominico, naby die pleintjie waar ons aangekom het (ek wou weer by die skoenmaker verbystap). Hier hang die bekende skilderye deur Sodoma en Vanni van tonele uit die lewe van die beskermheilige van Italië, Sint Catherina, dogter van 'n wolkleurder van Siëna. Maar daar is ook relikwieë wat moet herinner aan haar. Dis immers sy wat dit in 1377 reggekry het om Pous Gregorius XI uit sy "ballingskap" in Avignon terug te laat gaan Rome toe. Die klip wat haar kopkussing was, is daar, haar gebedekrale, haar beffie, maar ook haar voorvinger en haar gebalsemde kop agter glas in 'n altaar. Hoewel omgeur deur wierook en kerse en skaars verlig, het die serene, mooi gelaat van die skilderye 'n verskrompelde kadawergesiggie geword. Sy is in 1380 al oorlede. Die kop het minder indruk gemaak op my seun as haar vinger. Hy het vanoggend, toe die eerste bromponie in die Via Donzelle afdreun, die houtluike voor die vensters oopgemaak en lewenslustig die yskoue lug van Toskane begin prys.

Ek weet hoe ek sal begin, ek weet dit nou. Ek sal hom messer Donato noem. Die skoenmaker van die Via della Sapienza. Hy is gebore en hy't grootgeword in die Via Tommaso Pendola. Uit Siëna weg was messer Donato nog nooit vir lank nie, hoekom sou hy hom verder begewe as Poggibonsi en Radda, dis al waar hy familie het, en dis klaar ver. Chianti is 'n groot streek, groot genoeg.

Sy vrou noem ek Margherita en ek laat haar ouers van Rome af Siëna toe kom toe sy so tien of elf was. Dit verklaar hoekom sy die een is wat eerste ingestem het toe hulle enigste kind, Antonio, in Rome wou gaan werk. Kan ek Antonio 'n student maak aan die Chigi, die Siënese Akademie vir Musiek? Doseer hulle drama aan die Universiteit van Siëna? Sou 'n skoenmaker se seun hier Universiteit toe kan gaan? Die seun met die mooi stem? Die skoenmaker wie se seun elke jaar in April met die Siënese Onafhanklikheidsviering die beste voordragte gelewer het van almal in die Contrada della Tartuca, die Skilpad-distrik.

Antonio aard na sy pa. Messer Donato is nie net 'n skoenmaker nie. Hy is die storieverteller van die Tartuca, maar messer Donato is nie net in dié strate bekend nie, hy is bekend en bemind in al sestien die ander distrikte van die stad ook, want hy kom elke keer met nuwe stories te voorskyn. As jy jou skoene na hom toe neem en jy staan 'n rukkie daar en gesels, sal jy sweer in dié buurt woon al die interessante mense van Siëna. En die wonderbaarlikste dinge gebeur daar. Net messer Donato kan dit so vertel.

Maandag, 5 Desember

Waar werk Antonio in Rome? Antonio Donato is 'n regisseur by die Italiaanse televisie. Hy het sy eie woonstel in die Corso Vittoria, dis nou hoog in die mode. Hy en sy span was 'n halwe week lank besig met opnames in die eertydse Sala Umberto, gedramatiseerde tonele vir 'n program op die patroon van die destyds beroemde kafeekonserte.

"Ek redigeer én ek meng Maandagmiddag en dan is ek klaar," sê hy vir die direkteur van musiek, Francesco Cafarelli. Hulle sit in 'n kantoor waarvandaan 'n mens kan uitkyk oor die dakke van Rome as dit nie reën soos nou nie. Die ligte brand al oral in die vensters, al is dit nog maar drie-uur in die middag. "Vir die volgende jaar vat ek nie aan musiek nie, ek is siek van primadonnas. Albei geslagte. En dan nog 'n kamera wat by hulle aansteek. Toe Simonetta Pacchiani uit-ein-de-lik besluit sy is afgemat van al haar malaise, toe konk die Betamax in. Daar staan die nuutgebore Simonetta. En daar staan die nuwe Betamax. As die een wil, dan wil die ander nié. Impotensie in die heiligdom van die Belle Epoque!"

Han en Willem het nou net ingekom. Hulle sê hulle het daar verbygeloop, by daardie skoenmaker van wie ek gepraat het. Maar sy werkplek is vandag toe.

(As jou oë gewoond geraak het aan die min lig in die katedraal, sal jy hom daar kry voor die altaar. Maar hoe sal hy daar kom?)

Die dagboek word al hoe meer 'n verhaal waarvan ek die volgende paragraaf nie eens ken nie.

Dinsdag, 6 Desember

Cafarelli stem saam met Antonio (regisseurs moet hul werk afwissel, sê hy altyd). Daarom het hy tydens 'n programkonferensie hóm voorgestel. Sefarino, die direkteur van dokumentêre programme, soek na 'n regisseur vir " 'n totaal nuwe en unieke" reeks oor die streke van Italië. "Nié die gewone soort dokkie nie!" sê Sefarino, opgewonde soos altyd, te opgewonde vir sy groot liggaam wat 'n bietjie suur ruik.

"En Antonio Donato kom altyd met iets gewoons te voorskyn, nè?" het Cafarelli hom 'n bietjie vererg vir sy kollega.

"Nee, nee, dit bedoel ek nie!" Sefarino se stoom raak gou op, dan weet niemand hoekom hy so opgewonde was nie.

"Dus?"

Dus word Antonio ingeroep en die reeks word met hom bespreek en 'n paar weke later begin hy met die navorsing. Hy begin in Siëna. Hy het een naweek by sy ouers, omdat hy met programoë na alles gesit en kyk het, raakgesien wat almal al weet: daar is nie 'n beter storieverteller as messer Donato nie. En wie ken Siëna beter?

Met die geselsery oor die program leer Antonio sy pa beter ken as vroeër. Nou en dan stry hulle. Vir die dogter van sy ou vriend Ugo, Amalia, wat in die Turismokantoor op die Piazza del Campo werk, sê messer Donato een aand:

"Die Siëna waarvan julle skryf, jy en Antonio, is anders as die plek waar ek gebore is. Die palio's wat 'n mens so op papier sien, is sonder perdemis en sakkerollers en jy sou sweer Lorusso, die ou opstoker, het nooit in die Civetta gewoon nie soos julle oor die Civetta skryf. Ek sit die strate en die pleine hier binne op 'n ander manier aanmekaar as julle. Ugo, onthou jy vir Atilio met sy boeksak en sy pensklavier? Niks in die boeksak nie, jy kon maar kyk. Nes 'n stout kind. Staan vroeg op om die leëtjies van die vorige dag langs die Santa

Maria te gaan pak. Wou glo róndom, mag sy siel rus in vrede. Dit was sy ideaal. En na sy dood toe trou Mariarosa weer, en weer met net so 'n put sonder boom."

En dis ook hoe hy met Antonio oor die saak gepraat het. Hy sal vertel van die Palazzo Piccolomini, waar die bank nou is, hy sal vertel, soos op die papiere staan, maar wie ken nou vandag nog vir Pous Pius II en sy goeie suster vir wie die plek gebou is? Nee, hy wil darem eintlik vertel die Palazzo staan net langs die vaaswinkel van Giulo. Dis mos nie in die Palazzo waar die suinige vrek van 'n Alessandro Monaco die vaas die dag vir sy vrou kom koop het nie, dis by Giulo. Mooi netjies 'n stukkende vaas uitgesoek en laat inpak en laat stuur – bid jou aan! – laat stuur na sy huis en sy nuwe vrou toe. Hoe moes hy nou weet die arme Grazia wat toe net daar begin werk het, sou die stukkies almal apart toedraai? Dan bly messer Donato so 'n rukkie stil en dan sê hy net: "Vyf maande." Nou moet iemand eers vra: "Vyf maande wat, messer?" Dan maak hy van die slot van die storie 'n sêding: "Vyf maande is al wat 'n goeie vrou met 'n vrekkerige man getroud bly."

Antonio het 'n plan beraam. 'n Ander man sou glo die gewone stories van Siëna vertel, die geskiedenis en so, hy moes vertel van Giulo en van Atilio en van die mense wat hy geken het en die dinge wat hy meegemaak het.

Die seun is nog jonk, 'n mens moet hom 'n bietjie help, 'n mens moet maar oral bietjie help, het messer Donato gedink. Margherita wou weer hê hy moes sy skoenmakerswinkel 'n rukkie toemaak terwyl Antonio-hulle met hom besig is, maar daar het hy ook 'n stokkie voor gesteek. Almal in Siëna ken hom soos hy is. Hy trek vir hom nie anders aan nie en sy winkel bly oop, waar moes die mense heen?

Oplaas neem hulle die meeste van sy verhale in sy werkswinkel op. Net 'n paar langs die winkel op die trappies, met die stad op die agtergrond, voor die Fontequista, by die Klooster van Sint Franciskus en by die Branda-fontein. Die groot televisiewa versper byna 'n week lank die Via della Sapienza, maar almal in die buurt weet hoekom en niemand kla nie.

Saans moet hy vir Margherita vertel en vir Mario van die vrugtewinkel en vir Leonardo van die bank ook. Hulle weet waarvan hy praat. Hulle het saam met hom weggekruip in die Leccio-bos net buitekant Siëna toe Mussolini die mense begin mal praat het. Daaroor, oor die oorlogsdae, moet hy juis môre begin.

Selfs die man agter die kamera geniet sy stories so dat hy die volgende dag glad 'n vriend van hom uit Rome daar het. Hulle lag en hulle raak stil, want die storie van Gino Nespola vertel hy nooit sonder dat iemand asem optrek vir die slot nie. En met die moord in die Via del Porrione weer weet hy hoe om die mense saam te bondel, woord vir woord, sodat almal goed kan sien, en hy weet net waar om hulle te los: as die deur aan die bopunt van die trap oopgaan en Piero se vrou herken haar minnaar, en almal besef: niemand, niemand sal haar ooit glo nie, al is sy totaal onskuldig.

Maar intussen het Mario en Leonardo die tweede dag al agtergekom dat messer Donato stil is as hulle hom uitvra: "Daar lê meer skoene as wat ek kan behartig in 'n maand se tyd," brom hy soms. "Antonio moet nou klaarkry." Hulle spot hom en sê: "Jy moet sien hoeveel skoene lê daar as jy eers op televisie was." Op 'n vreemde manier voel hy sy vriende wat altyd alles verstaan het, begryp nie meer nie.

Hy begryp self ook nie meer alles wat met hom gebeur nie.

Dit het op so 'n onskuldige manier begin. Iets het dié dag gebreek aan die kamera of aan die opnamemasjien (Antonio sê die masjiene kan net so befoeterd wees soos mense). Hy moes die storie weer vertel. Hierdie keer, het hy toe nog ewe gedink, hierdie keer gaan hy dit nóg beter maak, hy kry mos nou die kans. En toe hy klaar is, toe's almal stil. Soos dit hoort.

Dis Antonio wat al agtergekom het die verhale speel nie altyd in dieselfde strate af nie, wat toe vra: "Pappa, waar het die moord plaasgevind?"

"Mos daar in die kamer met die buitetrap," het hy geantwoord.

"Ja, maar in watter straat, bedoel ek, daar is baie buitetrappe in Siëna, Pappa."

"Wat maak dit nou saak?" het messer Donato gevra. "Met die buitetrap is hoe Piero se vrou se minnaar in die kamer gekom het, het jy nie geluister nie?"

Dis dié soort praat wat messer Donato begin ontstel het.

Hy wou altyd graag gehad het almal moes dink sy verhale het regtig almal in Siëna gebeur. Al het hulle nie, jy maak so 'n verhaal staan in, sê maar, die Via di Salicotto en daar laat gebeur jy vir hom keer op keer. Niemand het nog tevore sulke vrae gevra nie. Partymaal maak hy selfs sy oë toe om beter te sien. Of as hy name wou onthou. Hy onthou name goed, dié name wat hy in stories kan gebruik. Wie is nou dom genoeg om navraag te doen na so 'n man se familie?

En nou kom vra Antonio sulke vrae!

Dat die man agter die kamera en die juffrou met die boek moet dink hy lieg?

Dit krenk messer Donato in sy eer en dis al asof dit hom wil laat twyfel. Hy besef nie Antonio het maar uitgevra omdat hy moet weet watter buitetrap om af te neem vir die storie nie. Hy het wakker gelê daaroor. Teen die voordag eers neem hy sy besluit en hy raak aan die slaap.

En daardie laaste paar dae toe vertel hy dat sy eie seun dink: so het ek Pappa in al my jare nog nie gehoor nie. Want toe dog messer Donato: kyk, voor enigiemand nou weer dink ek lieg, kan jy wat Antonio is en Amalia maar gaan buitetrappe en vyebome en strate soek wat opgekap word en blinde mure met boë oor en agterplase met druiwepriële. Nou laat draai en swaai ek hierdie stories elkeen soos die storie dit wil hê en nie julle onnosele buitetrappe en palio's sonder perdemis nie.

Hy had hulle stil en hy had hulle aan die lag en hy had die juffroutjie met die boek aan die soek na haar sakdoekie en hy het vir oulaas die hele klomp doodstil laat sit soos mense wat bang is hulle breek iets.

Net na die middaguur die laaste dag, toe pak Antonio se mense hulle ligte en die kameras alles in die groot wa en hulle verdwyn die een na die ander. Kom later terug met presente vir hom en vir Margherita, kom groet en sê dankie. Die groot wa trek weg, messer Donato kan weer die mense in die straat sien.

"Ek wil die naweek die bande deurluister. Maandagoggend op die Campo," spreek Antonio af en sê dan vir sy pa terwyl hy sy swart koffertjie toeknip: "Pappa, ek moet terug Rome toe."

Daar was nog genoeg tyd oor vir minstens die voorsole van Oscar Petracchi se kerkskoene (wat hy al Dinsdag gebring het), maar toe hy alleen is, skakel messer Donato die groen lamp nie aan nie. Hy sit eers 'n rukkie so, maar dan trek hy die deur agter hom toe en begin stap straat op in die koel lug wat hom altyd verfris. Wat makeer dan? wonder hy. Moeg is hy tog nie, wie raak nou moeg van stories vertel?

Nee, dis iets anders, iets heeltemal anders, iets wat hy nie ken nie. Die winteraand het begin toeskemer, die stad lê onder wit mistigheid, die strate is leeg. Hy voel of hy 'n ruk weg was.

Vesper het al begin in die katedraal. Hy steek 'n kers aan.

Dis als soos die dae in die Leccio-bos, dink hy. En die herfsblare wat alles toeval tot dit lyk asof die bome net daar is om die blare te maak. Hy het veilig gevoel, want hy het geweet hoe goed hy kon wegkruip. Die reën en die wind laat die blare en wolke vandag sus bondel, môre anders. Teen die verwoesting prakseer jy daarmee fantome en gedaantes tussen die stamme. Dis so iets wat hy diep binne voel.

En dat op 'n oggend die bome kaal is.

En dat die grond anders lyk as jou maaksels.

Donderdag, 8 Desember

Vroeg gestorwenes, beween in Athlone soos in Rama, ek wou julle van woorde af weghou, omdat julle soveel werkliker is as woorde. Maar julle het vanself ingesluip. Julle het die woorde in my dagboek opgejaag, soos duiwe op die plein, soos voëls uit hul neste in 'n ou bekende doolhof. Kyk, hulle swenk en maal en swiep en buig en sweef. Hulle teken hul eie patrone.

Blywender as die krummelende stad.

1989

Nag van die clown

Die Oukersmiddag van 1980 was ek en Kezia op Makkadas – 'n trein waarvan ons vir die eerste maal by jou gehoor het, Braam – onderweg tussen Touwsrivier en Ladismith. Die Karoo in. Ons kon die kompartement se vensters nie oopmaak nie, die steenkoolstof en die skerp reuk van die enjin se rook was oral. 'n Bietjie louwarm water het onder in die gang in 'n glasfles heen en weer geskommel en op die vuil mat gelek. Maar die geklik van die wiele oor die laste en die son wat loom sak oor die wye veld rondom die treintjie het ons gelate en rustig gemaak.

Twee kompartemente van ons af was die ander reisiger, maar daarvan het ons aanvanklik niks geweet nie. Ons het ons verbeel ons was al mense op die trein, behalwe die drywer en die kaalbolyfstoker voor in die lokomotief en die kondukteur met sy pet agter in sy keboeswa.

Ons was op pad Kaap toe, maar op Touwsrivier het ons daardie oggend op die ingewing van die oomblik afgeklim. Ek het die taklyntjie se kennisgewingbord op die perron gesien langs die kiosk, en die Karoovlakte daaragter. O ja, en die sirkus. Kezia het by die gangvenster uitgekyk en die sirkus gesien op die dorpsmeent. Toe die trein 'n ruk later wegtrek en ons met die bagasie op die perron agterbly, het sy nog skertsend gevra: "Wat wil jy hê vir Kersfees wat 'n mens op Touwsrivier se stasie of by Boswell se sirkus kan koop?"

Ons het die bagasie in die stasievoorman se kantoor neergesit wat die hele tyd vir my beduie hoe 'n probleem hy en die vrou het, want hulle kinders van Tzaneen af was by hulle vir die Dae en toe daag "die ou kleintjie en haar man" ook gisteraand op; nou weet hulle nie wie om in die karavaan te laat slaap nie! Nee, ons kon maar gaan rondkyk in die dorp, hy was seker daarvan Makkadas sou nie sonder ons ry nie, hy sou die vertrek van die treintjie aankondig oor die luidspreker en dié kan 'n mens mos oral in die dorp hoor! Ek het tóé al die gevoel gekry dat iets tussen my en al die narigheid ingeskuif het. So gebeur dit. Jy klim onverwags van 'n trein af op 'n verlate stasie, jy stap deur stofstrate met eenderse huise aan weerskante en jy hoor van liewerlee jou pa se stem in jou ore: "Nou maar magtag!" Sy meestal ook maar magtelose manier van sê genoeg is genoeg.

Ons het selfs by die sirkus 'n draai gemaak, maar al wat al wakker was, was die diere. Vreemd, toe ons by die kameelperde se kampie staan, dink ek weer aan jou storie. Van die ou daar by julle wat met die blik perskes van Koo in sy hand in die kombuis gesit en fantaseer het: "Sê nou maar die man wat die perskeboom geplant het, kon hier wees. En die man wat die boom natgelei het. En die man wat die perskes gepluk het. En die man wat die mandjie op Ashton van die lorrie afgelaai het. En die man wat die kissie geblikte perskes op Touwsrivier op Makkadas gelaai het. Dit sou darem lekker gewees het as hulle almal hier by ons in die kombuis kon wees."

Hoekom? Ek weet nie. Dit was minstens 'n iets anders as die dwingende eentonigheid van al die waaroms. Waarom het ek Johannes toegelaat om die spreekkamers in assosiasie te deel? Waarom het ek Talie by ontvangs en rekeninge toegelaat, ek het tog goed geweet hoe ongewens dit is dat 'n dokter se vrou ook in die praktyk werk. 'n Rukkie nadat hy die spreekkamers langs my betrek het, het hy nog 'n persoon vir die administrasie nodig gehad – suster Liza kon nie meer die werk alleen behartig nie; Talie het ondervinding gehad, so het dit alles begin. Hoekom het ek die skedule-sewe-medisyne nie meer dikwels nagegaan nie? Hoeveel briewe kry ons nie voortdurend om ons daarop aandagtig te maak dat verslawende middels agter slot en grendel moet wees nie?

Hoekom het ek niemand geglo wat my teen Johannes van Niekerk gewaarsku het nie? Sy humeurigheid en die stories oor sy dwarsheid het ek geken, maar hy was 'n goeie medikus en teenoor pasiënte het hy hom in toom gehou. Toe ons gesels het oor die assosiasie, het ek van hom die indruk gekry van 'n man wat sy eie tekortkomings ken en iemand wat eintlik 'n bietjie te toeskietlik is vir die soort vrou wat hy het.

Toe die Inspekteur van die Beheerraad my skedule-sewe-inskrywings die dag kom ondersoek, het ek waaragtig nie besef dis nié 'n roetine-ondersoek nie. Steyn, die Registrateur van die Raad, se oproep het ek as 'n grap beskou; ek en Steyn was kamermaats op universiteit, ek het gedink hy skeer die gek met ons studentesuipery destyds toe hy sê hy moet my inlig hy het 'n klag ontvang oor "nalatigheid met verdowende middels".

Oor hoe 'n lang periode het Talie die middels uit my tas en uit my spreekkamer verwyder sonder dat ek dit agtergekom het? Ons het nooit daaraan getwyfel dat dit sy was nie. Ek het haar net een maal in my spreekkamer gekry, sy het Johannes se preskripsieboekies wat die rep by my gelaat het, kom haal, het sy gesê. Ek was besig, ek weet nie eens meer waarmee nie, ek het nie weer daaraan gedink nie.

Gelukkig het die Inspekteur, wat ek ook al jare ken, by Steyn vir my 'n fotostaat gekry van die inskrywing wat hy gemaak het nadat hy die telefoonoproep van Johannes gekry het. "Dr. Van Niekerk spreek vermoede uit dat dr. Lohan probleme ondervind met verdowingsmiddels en vra ondersoek aan."

My konfrontasie met Johannes was 'n slegte film wat oor en oor voor my oë afspeel en waarvan ek geweet het net die tyd kon dit verweer. Hy het sy arms oopgegooi, my vas in die oë gekyk en wou op die Bybel sweer dat hy nie weet waarvan ek praat nie. Was dit nie vir Steyn nie, het ek waaragtig self getwyfel. Talie wat daarna Kezia bel en huilend sê dat haar man se integriteit tog bo alle twyfel is . . . Melodrama het ons genoeg meegemaak.

Nee, ek het nie rede gehad om aan jou storie te staan en dink nie. Met hoeveel diskresie so 'n saak ook gehanteer word, daar is altyd tonge en daar is altyd ore. Talie het nie verder gewerk nie. Suster Liza moet aangevoel het dat daar spanning is tussen my en Johannes. Erger nog: daar was in 1980 al onverklaarbare navrae na die "ander dokter" wat ook na die voorstad toe sou kom waar ons is. Niemand het geweet waar die storie vandaan kom nie. Net ons het vermoed selfs wie die dokter was. 'n Vriend van Johannes van die platteland af, met 'n dogter wat universiteit toe moes kom. Ons het niks gesê nie, hoewel ons maar te goed geweet het as jy in 'n klein gemeenskap weier om te skinder, is dit so goed as om skuld te erken. Toe ons by daardie kameelkampie op Touwsrivier gestaan het die oggend het ons nie meer 'n kombuis vol vriende gehad nie.

Kersfees? Nee, ek het net gewens dat die tyd van plastiek-Jesussies en stalle met houtkoeie moes verbygaan, dat die Raad weer sy werk kon hervat en die ondersoek afhandel.

Dokters het nie baie illusies oor mense nie. Ek had geen. 'n Klag van selfs net "agterlosigheid met verdowingsmiddels" loop soos 'n brand deur fluitjiesriet. Diewe en moordenaars is voorbeeldig en van goeie inbors, gereken teen iemand wat weet hoe om die samelewing te misbruik. Daar is nie iets soos onskuldig in so 'n situasie nie.

Buitendien was ek skuldig, al was dit net aan goedgelowigheid. (Maak enigeen van ons, hoe sinies ook, ooit voorsiening vir gewetenloosheid?)

Net na middag het Makkadas vertrek. Toe ons om die eerste draai gaan en nêrens meer huise of mense kan sien nie, het Kezia gesê: "As ons met die motor gery het, was ons nie nóú hiér nie," maar ek het nie heeltemal gesnap wat sy bedoel nie.

Ek het dit eers later onthou.

Omtrent drie uur van Touwsrivier af het ek by die venster gesit en uitkyk na die vaal Karoovlakte en die berg op die horison wat so verander soos die son wentel, Kezia het 'n boek gesit en lees, toe die kondukteur die kompartement se deur sommer oopmaak sonder om te klop.

"Meneer, weet meneer nie iets van medisyne af nie, hier's nou 'n lelike ding." Hy het my dokterstas op die bank gesien. "Kom hier, dokter, dis net hier langsaan, ek moes ook sukkel om die deur oop te kry, ek het ook maar eers onraad gemerk toe ek deur die gangruitjie kyk."

Nee, dit was nie wat jy verwag nie, Braam. Ek het jou uitgeluister oor hoe onmoontlik 'n goeie Kersverhaal is. Omdat 'n mens weet wat gaan gebeur, al is dit ook in ander gedaantes, soos in die Middeleeuse skilderye. Altyd 'n swanger vrou, altyd die geboorte, meestal ook die Wyse manne – in watter land dan ook, in watter tyd.

Maar dit is nie 'n Kersverhaal hierdie nie en daar was nie 'n vrou in die kompartement laer af in die skommelende gang nie. Dit was 'n clown. 'n Nar. Een wat op en af spring in die sirkus en oor sy eie voete val en trane met tuite huil om die kinders te vermaak. Sy geel pofbroek met die rooi kolle het hy nog aangehad. Strepe op die gesig van die laaste vertoning die vorige aand.

Hy het bewusteloos tussen die twee groen treinbanke gelê. Veel pols was daar nie meer nie. Gelukkig het ek altyd 'n maagbuis in my tas. 'n Tregter kon ons prakseer van karton. Die trein se louwarm water het nog nooit 'n beter doel gedien nie.

"Kom ons vat hom darem net na 'n ander kompartement toe, dokter," het die kondukteur voorgestel toe ek klaar was. "Ek sal op Kareevlak vra hulle moet eers weer hier skoonmaak. Wat sou hom tog besiel het? Hy moet weggeloop het van die sirkus af, sommer skielik, hy het nie eens 'n kaartjie nie."

In die skoon kompartement het ek aangebied om hom verder te versorg.

"Ons ry nog so drie uur voor ons op Ladies is, dokter, die manne gooi kole. Almal wil by die huis kom, maar ons is bietjie laat weg."

My waak by die clown het begin. Die spoelings het my kommer verminder, maar hoe lank hy in die kompartement gelê het voor die kondukteur hom gekry het, het ek nie geweet nie. Ook natuurlik nie wanneer hy die oordosis geneem het nie. Ek het hom 'n inspuiting gegee.

"Ek sal bietjie by mevrou gaan gesels as dokter nie omgee nie," het die kondukteur later kom aanbied. Teen hierdie tyd was dit buite byna donker. Ek het die kompartement se liggie afgeskakel. Na 'n ruk was my oë gewoond aan die skemer.

Hy het net voor Kareevlak al half wakker geword, maar onmiddellik weer weggesink. Voor hy aan die slaap geraak het, het hy iets gemompel van die olifante wat slaap. Ek het 'n kombers oor hom gegooi en hom so gedraai dat daar nie gevaar was van asfiksie nie.

Om hom te probeer wakker kry en wakker hou, het ek aanhou praat met hom. Dit was aanvanklik maklik, ek was kwaad. Die clown het inbreuk gemaak op – ja, op wat? Op my en Kezia se aand? Kezia. Sy was saam met my toegespin in die redenasies, die woede, oplaas die magteloosheid.

Ek het vir die clown van haar vertel. Dat sy 'n Duitse weeskind is. Van haar lojaliteit. Van haar eerlikheid. Die woorde het vanself in 'n sirkel beweeg en altyd weer, altyd weer, uitgekom by dit wat nie een van ons kon begryp nie.

In ons kompartement het ek haar hoor lag, régtig lag. Nie soos wanneer sy narrestreke uithaal om ons te laat vergeet nie. Die kondukteur het dit sy plig beskou om haar op te beur.

Jy slaap tog, clown, het ek gedink. En ek het vir hom begin vertel. Stuk-stuk. Dit was die eerste keer dat ek myself hóór praat het oor alles. Nie net met walging en woede nie. Ek het met hom gepraat oor pyn. Wat maak dit in die nag saak? Oor vriendskappe wat tot niet gegaan het, oor pasiënte wat ek liefgekry het met al hul skete en kwale en wat stadig, miskien uit vrees, verdwyn het, net nie meer afsprake gemaak het nie. Oplaas oor eensaamheid. Alles waaroor 'n mens nié praat nie, kon ek teenoor die clown uitpak. Wat maak dit saak wát jy alles erken as jy 'n clown aan die lewe probeer hou daarmee? Ek kon van die gif in my ontslae raak.

Waarskynlik het ek ook later ingedommel, want ek het gedroom, nogal oor jou storie van die klomp mense by daardie ou in die kombuis. Ons het voor so 'n ou huis gekom en iemand het my en Kezia ook ingenooi, ek het met 'n koppie koffie in my hand gestaan toe Kezia my kom wakker maak.

Die trein het stadiger geloop en ons was in 'n smal vallei tussen bruin heuwels. Ek het op my horlosie gekyk. Dit was byna middernag.

"Dokter," het die kondukteur kom sê, "ons is nou byna by Winkelplaas, die dorp lê net om 'n paar draaie in die vallei op. Maar dis Oukrismis en dis tradisie hier. Die mense sing op die plase die Krismis in. So van huis tot huis. Miskien kan ons hulle hoor. Ek het vir die manne gesê hulle moet die stoom bietjie toedraai."

Ons het uitgeklim. Véraf kon ons mense hoor sing, maar soos die geluid van die stoom afgeneem het, al hoe duideliker. Dit het vir my geklink asof die hele stil, donker wêreld stem kry. Dit was stemme wat welkom maak, so het ek gevoel. Kezia het op Duits saamgeneurie. Stille Nag. Die Heiland is gebore.

Ek was iewers waar ek nog nooit vantevore was nie. Nee, nie net in die mooi, geheimsinnige landsdeel waaroor jy so baie vertel nie, ook op 'n ander manier. Ek het Kezia se woorde van die oggend onthou. Ek het toe al besef dié reis was belangrik, maar alles was nog nie duidelik nie.

Dit was die clown wat my verder gehelp het. Toe die trein weer vertrek, het ek gaan kyk hoe dit met hom gaan. Hy was wakker. Ek het vir hom koffie geskink uit die blou kannetjie wat die kondukteur op die wasbaktafeltjie neergesit het.

"Ek slaap al lankal nie meer nie," het hy gesê. "Hoe het jy op dié trein nou juis gekom, dokter?"

"Heeltemal toevallig," het ek lig geantwoord. "Ek is bly jy is weer wakker en nog by ons."

Die trein het om 'n paar draaie gegaan en groete gefluit vir die mense in die vallei. Hier en daar het witgekalkte huise teen die donker koppies gestaan, dit was 'n onwerklike landskap.

"As ons toevallig op hierie trein was," het hy gesê en oorgeslaan in gemoedelike sirkustaal, "dan het die toeval 'n lang rehearsal gehad. Toe ek die mense so hoor sing, toe het ek iets anders gewonder. Toe't ek gewonder wie die script skryf, meester, dat ons kan rondval met sulke perfect timing."

Ons het tot 'n ruk na Nuwejaar op jou dorp gebly. Toe die uitslag kom, die Raad se vryspraak, was dit asof ons nie eens meer daarop gewag het nie. Die clown se sêding het later, soos jy weet, nóg wyser geword, want teen die einde van Januarie 1981, net 'n maand later, het Makkadas se spore met die groot vloed weggespoel.

Julle wonderbaarlike trein het daarna nie weer geloop nie.

1989

Winkelplaas – 'n verhaal

(Vir Andries en Willem)

Uit die eerste skemering kom die ligte buitelyne van 'n plaas op 'n knarsgerypte winteroggend; die reghoeke van die lyndrade, strak mure en vensters en deure. Al wat kleur is, kom stadig los uit digte mistigheid: die riffelrooi-en-swart van die sinkplaatdakke, 'n groen lusernkolletjie rondom 'n windpomp. Blink kolle op die watertenks en op die sinkplaat-stasiegebou langs die treinspoor wat wegraak in 'n kloof tussen bruin rantjies. Daar staan ook bome teen vuilwit winterlig, populier, doring, granaat, wildevy, die geel appelkoos. Laat dit stil wees en koud en verlate.

Met die eerste rook uit die skoorstene raak Winkelplaas 'n werf met 'n put in die lusernlandjie, 'n wildevyboom langs die grensdraad en 'n trapleer agter die huis waar – so het ek my altyd verbeel – Jakob die droom gehad het van die engele. Die put is so diep, as 'n mens daarin afkyk, dan sien jy die blou lug aan die ander kant van die wêreld.

Hiervandaan loop baie paaie oor Almesbos se Nek na die grootpad toe, deur Dwarsrivier en by die Kruis verby Buffelsdrift en dorp toe, en die veldpaadjies kronkel tussen die veeposte waar die vee staan en wag, wit en stomend, tot die wagter met sy knapsak en sy hond by die deur van sy huisie langs die peperboom uitkom.

Die stilte is so stil dat die geluide van die vroeë voëls en die geroep na die melkbeeste daarin wegsink. Die eerste harde lawaai sal Makkadas wees wat daagliks hugge-kugge-hugge-kugge-fjuuuuut tussen Ladysmith en Touwsrivier. Maar nou soek die dassies nog ongestoord sonkolle op teen die steil, koel kranse langs die spoor.

En 'n mens kom stadig orent soos uit 'n diep droom en jy lê en kyk na muurtekste, tot die kamer om hulle vorm aanneem. Op die een was "Be ye holy for I am holy"; woorde geteken met gebuigde takke en blare. Daarlangs het 'n mooi engel toesig gehou oor 'n seun wat agter 'n hoepel aan op pad was na 'n wankelrige bruggie. In die diep rivier onder die bruggie het die kind nooit geval nie, en ek was elke oggend verlig daaroor.

En die mooi engel het gelyk soos die vrou in die koel voorhuis, die vrou wat ek nooit geken het nie, die een in die ovaal raam tussen die voorgeslagte.

Oumoedie het almal in die huis haar genoem en ek het geweet uit die ander plaasmense se praat dat sy gesterf het dieselfde Dinsdagmiddag toe ek gebore is in die kamer agter die ronde watertenk. Uit almal se vertel het ek 'n beeld van haar gebou: Oumoedie was nuuskierig, het my suster vertel, sy het almal langs die rivier se geheime geken, onder van Bethlehem af tot bo in Droëkloof. Sy het haar neus in almal se sake gesteek, sy't geweet van elkeen se nood, en as Vader haar nie partymaal gekeer het nie, het sy als weggegee.

Soos die vrou in die raam, wat eers bokant my ouers se bed gehang het, het die engel gelyk, maar ook soos die een wat elke oggend wanneer ek wakker word in die kombuis of saam met Vader in die winkel besig was. Hulle was susters, die twee vroue. Hy was die laaste winkelier op Winkelplaas. In die kombuis sou sy ontbyt maak of suurdeeg inknie wat die vorige nag op die agterste plaat van die Bolinder-stoof staan en uitrys het. In die winkel het sy rakke reggepak, die toonbanke skoongevee, die polshorlosies en die krom naelskêrtjies in die ronde rakkie op die materiaaltoonbank gerangskik.

Die vrou in die ovaal raam was 'n beeld in my gedagtes wat ek soms op die portret probeer meet en pas het, maar die vrou in die kombuis was mý ma, en sy was altyd daar, soos die warmte van die stoof, soos die kwaste in die hout van die kombuistafel, soos die warm brood. Haar het ek beter geken as wat ek Vader geken het – agter sy stil wysheid en sy rustige gebare was 'n vreemdeling, in sy frons het iemand onbekends geskuil. Ek het later, veel later, te laat, agtergekom hoe onbuigsaamheid 'n manier is van staande bly. Sý het hom geken, sy het vóór hom al berus in die skewe beloop van die wêreld, in die onvoorspelbaarheid van goeie mense.

"Thyyys! Koffie!"

So het die eerste liefdesverklaring geklink wat ek ooit gehoor het, niemand weet beter nie as 'n kind waar daar op 'n winterwerf warmte is.

Dan het hy koulik van die rivier af ingekom en voor die stoof gaan staan om te ontdooi.

"Die bittertjie is lekker, Ma." Dit was sy manier van sê: en ek vir jou.

"Die berg is weer toe. Ek dink so aan mense wat nie genoeg het in so 'n nag soos laasnag nie. Dit moet bitter wees."

"Gee maar vir my jou koppie, maak eers jou hande warm."

Op Winkelplaas het ons op baie maniere met mekaar gepraat en ons het baie dinge vir mekaar gesê wat rondom die betekenisse van woorde lê. Ek onthou die eerste oggend toe hy gesê het: "Ek wonder of daar vanoggend darem mense in die winkel sal wees. Dis Vrydag, almal is seker weer op die lorries in dorp toe." Op die dorp het hulle die Koöperasiewinkel oopgemaak. Sy het geantwoord: "Die mense sal uitgedorp raak, jy sal sien. Dorpswinkels is so leeg. Jy moet jou dinge nie so aantrek nie."

"Maar hulle kan slegteskulde dra. Hulle kry steun. Ons kon dit mos bepraat het. Hulle lúister na niemand nie."

Rondom die betekenisse en agter die gedruis. Want stilbly was soos Hansie wat die kombuis se onderdeur oopstoot en vra: "Slaap julle nog?"

Een oggend het hy niks gevra nie, hy het net op die houtbankie langs die tafel gaan sit en sy skouers het geruk, net een maal. Sy gesig was weggedraai na die deur toe. Ma het vir hom koffie ingeskink. Na die eerste sluk het hy gesug, maar toe sy sleutels op die tafel sien lê. "Ons ou Pedal-Fordjie kon jy ook oopsluit met die sleutel," en hy het sy soldersleutel uitgesoek tussen die ander aan die granaatstok. "Vra vir Fielie as julle nie wil glo nie. Ons was al in die pas op pad na Riversdal toe; daar anderkant Muiskraal, voor jy die ou tolhuis kry, daar gaan staan die swernootse ding. Stoot was al genade, maar hoe stoot jy nou 'n kar bultop? Naderhand ruil ons om, toe sit ek agter die wiel en Fielie stoot, daar vat die ding."

Hy vee met sy hand oor sy oë.

"Ons was al in Novo, byna in Riversdal, toe kyk ek en ek sien daar langs my sit Fielie met sy karsleutel in sy hand, maar ek sit agter die wiel en die kar loop. Waarmee? Met hierdie soldersleutel. Hierdie een. Wat sê die slim mense daarvan?"

Toe hy opstaan om te loop, sê hy: "Thys, ek gaan maar slag vir die begrafnis. July-hulle het al begin grawe. Ma se lyding het vannag stil geraak. Sy is op pad van ons af weg."

Maar ouma Truia het nog twee dae geleef en die skaap wat hy die oggend keelaf gesny het, se vleis was vir die begrafnismaal al ryp genoeg.

En dan het daar op Winkelplaas ook nog altyd, soos in stories, iets onverwags gebeur. Ons was so gewoond daaraan. Man, jy kon lag.

Flip Bethlehem het 'n vark geskiet, maar hy het sleg gemik. Toe hy hom weer kom kry, toe sit hy agterstevoor op die vark se rug, want die dierasie het tussen sy bene deur by die hek probeer uitstorm. Maar spasie genoeg vir 'n vleisvark was daar nie. Nou is daar een ding wat bietjie moeilik is om te doen en dit is om jou bene op te trek as jy agterstevoor op 'n gewonde vark sit, dis dié dat Flip se voetsole deur die velskoensole rou geskuur was op die harde werf. Klaas Japhta het van die slagtery niks geweet nie, hy't van vroeg die oggend af al selonsroos in die rivier uitgekap en hy was op pad brekfis toe met die byl oor sy skouer. Maar toe hy om die hoek van die huis kom, toe loop hy hom byna vas in die vark. En hy skrik en van die skrik laat val hy die byl, die skerp kant vang die vark tussen die oë. Daar lê die vark. Flip het mos so stadig gepraat. Met die opstaan, het hy glo net gesê: "Nee, maar baie dankie, Klasie. Vir jou onversigtigheid met die byl!"

Een maal, net een maal, was daar 'n lyk op ons werf, koud onder die komberse aan die voet van die solderleer, dood soos 'n bondel klere. Twee dae lank het dit gereën. Al die tenke om die huis was naderhand vol en op die landjie voor die winkel het 'n droëlopie riviervragte water gebring, eers vuilbruin, maar later so helder soos drinkwater. Buffelskloof het afgekom en oupa Dirkie se werkershuisie het die vorige middag weggespoel. Hy was nie by die huis nie, net sy vrou was daar. Dit was sy wat die oggend daar op ons werf gelê het. In die kombuis voor die vuur het die soekgeselskap se boere hul hande warm gemaak, hulle het die hele nag gesoek al langs die rivier af soos die water gesak het. Dit was bitter koud, maar hulle wou nie wag tot die volgende oggend nie, want hulle het na die wolke gekyk en 'n tweede watervloed gevrees. Vroeg, vooroggend nog, het ons gehoor een van die boere het onder 'n boom gaan staan en rus toe dit gebeur. Daar was 'n windvlaag deur die takke, hy het 'n gekraak bokant sy kop gehoor, maar kans om weg te spring, was daar nie, want die lyk het maar in die laagste takke van die boom vasgedryf gelê.

"Kom in, man, staan weg daar onder die vyeboom; het jy nie jou les geleer nie?"

"Ek staan maar buite, gee net die koffie aan, ek kan nie in die huis inkom nie, my broek is so vuil . . ."

"En dan sê jy dit nog!"

Hulle het gelag, hulle growwe hande oor die vuur warm gemaak, later met die hoed oor die kniekop oral in die kombuis rondgesit en min gepraat oor die nag.

"Waar het jy ook nou gehoor van donderweer hierdie tyd van die jaar?" het iemand gevra en niemand het hom geantwoord nie.

Ons het gelag en ons het mekaar se dooies onder die sipresse begrawe en die seisoene het ongemerk oorgeskuif van winter af somer toe en dan die volgende herfs as Ma melkkos, snysels en paddaogies begin maak vir aandete.

Terwyl ek na die hok onder die wildevyeboom toe loop om die kombers oor die draadhok van die wit konyn te gaan oorgooi, het ek geskel op Vroetel, want sy het haar twee dagoudkleintjies opgevreet. Die aand was hulle nog daar, blind en waggelrig en sag, die volgende oggend was sy alleen en daar was bloed aan haar bek. En dis maar een van die dinge wat daardie winter sou gebeur. Meester het gepraat van 'n tekort in hul dieet, miskien is dit die oorsaak, sê hy; Vader sê varke vreet ook partymaal een of twee van die werpsel self op. Karnivore is een van die geheimenisse van die aarde, sê hy, daar is baie dinge wat ons nie verstaan nie.

Mense ook, sê hy, en ek weet nie wat hy bedoel nie, maar ek hou nie daarvan as hy so praat nie. Hy vat aan my skouer. "Ons vra vir oom Neels, hy weet altyd iets."

Oom Neels kom kuier net om met Vader te stry. Hy het iets te make met die Nasionale Party se politiek, hy en Vader is ou vriende. Hy praat van al die planne wat hulle het, van die geroepenheid van die leier, van hoe almal moet saamstaan om die beleid te laat slaag. Die Liewe Heer het ons hier geplaas en sekerlik met 'n doel. In die Parlement kry hulle al hoe meer steun van oorsee ook. Die buiteland begin saamstem: hou die rasse uitmekaar uit, gee elkeen sy eie land, sy eie gebied, dis niks minder nie as regverdig.

Dan hou Vader hom dom en dan vra hy: "Ja, maar hoe, Neels?" Of: "Hier ook?" Of: "Waar?"

En oom Neels antwoord: "Ek ken ook nie al die antwoorde nie, ek is Parlement toe oor ek gesien het ons plaas is te klein vir twee broers. Maar 'n mens het mos darem geloof ook. En vertroue."

"Ek het oë en ore en ek het 'n gewete. Op húlle moet ek eers vertrou. Dis maar hoekom ek vra: hoe? Oor ek nie weet nie. Op Ladismith en Barrydale en Calitzdorp? Wie gaan betaal vir twee van alles oral?"

Hoe eenstemmiger mense was, hoe meer vrae. Hoe kon hy weet: wie vrae vra, was toe al Ongelowig. En wat weet 'n Ongelowige van Gewete? 'n Mens vrá nie sulke vrae nie, 'n mens sê so lyk mý volk. Eintlik was hy ook nooit een van ons nie, hy't 'n intrekker gebly. Miskien moet ons iets doen.

In die winkel was die wye wêreld en al sy politiek net berigte in die koerant en oor die radio, veel minder as die Leuen se drif. Oor die Sappe wat die Parlement Pretoria toe wil verskuif, oor mense wat die regering ondergrawe; het jy gehoor wat die minister gisteraand gesê het? Maar eintlik was almal meer bekommerd oor die stormskade op Willowmore en Carnarvon. Selfs as Bennie sê hy't in die koerant gesien daar's 'n Plesie-professor op Potchefstroom wat sê ons verdruk al die nieblanke nasies, sit almal ’n ruk stil. Dan kyk Mattewis later by die deur uit oor die lusernland en dan vra hy: “Wat maak mens met somerweer in Julie?” voor hy antwoord: “Is dit nie die Plesie wat ’n agterneef is van Wynie-hulle nie?”

Maar een aand laat het Dawid, wat al die jare by ons gewerk het, iets so vreemds kom vra. Dit was al laat toe hy aan die agterdeur kom klop. “Slaap jy en Anna dan nog nie?” het Ma gevra en die deur oopgehou. “Anna was so moeg, ons het die hele dag konfyt gekook.” Maar sy kon sien iets was verkeerd. Hy het gesê hy voel so sleg, dis al so laat, maar hy moet dit nou kom vra, asseblief, anders slaap hulle nie. Hy en Anna het die hele aand draadloos geluister. Nou kom hy dit maar reguit vra, al klink dit laf, asseblief, Oubaas, die mense praat so ongeskik op die nuus, moet ons tog net nooit weggooi nie.

Vader het gesê: “Skink vir jou koffie in en vat vir Anna ook. En dankie, Dawid, dat jy kom praat het. Hoe sal ons mekaar ooit weggooi?”

Laat, laat daardie selfde aand het hy die kers tussen sy vingers gesnuit en lank wakker gelê voor hy geprewel het: “Ons moet maar daaraan dink om die winkel toe te maak. Hier kom tog so min mense nog koop. En, ag die ou gepraat.” Ma kon nie meer troos nie.

Buite het die koue sterre groot oor die werf gehang en ’n yl windjie het om die hoek gehuil, en ek het gedroom ek was ongerus, want die konyn het so groot geword, haar hare het deur die ogiesdraad gesteek, die hokkie het te klein geword. Wat vreet sy nóg als op? Ek was iewers buite, want die gerofkaste muur van die plaashuis was gehul in wolkeskaduwees. Die deure en die vensters was donker kolle. Toe ek wakker word, het ek agtergekom dat ek gehuil het in my slaap.

Wat daar was, is daar nie meer nie, kyk die bos onder langs die rivier waarheen die bosluisvoëls teen skemer in swerms teruggekeer het, is nou snags leeg. Bome het geknak. Daar’s niemand meer om hout te saag nie. Onverwags kom soms, soos uit digte mis, ’n herinnering te voorskyn, lyne, kleure, die reuk van grond of dassiekranse. Vir ’n rukkie maar. Net vir ’n rukkie.

Daarom – “de bomen dorren in het laat seizoen” – voordat al die takke kaal word en die winter vol in die bot staan, noem ek julle name sag in die vroeë lig. Roep ek julle uit die mistigheid: verwyl in die woord, o, verwyl. Want wat bly oor? Kyk, alles is vlietend soos skaduwees. Wat anders bly oor as die verhaal van twee minnaars in ’n ou huis, en van die man wat in donker tye gesoek het na die waarheid. Hoe hy arm en verstote gesterf het. En sy het hom begrawe langs sy eerste vrou onder die sipresse.

1997

KAREL SCHOEMAN

Die park na die val van die blare

Hulle het altyd bymekaargekom in die park, wat die gerieflikste was, want hulle het in verskillende dele van die stad gebly, en wanneer hulle wou uitkom of wegkom van die medeloseerders, die beperkte uitsig, die kamers waar die son nooit skyn nie, het hulle hul na die park begewe, na die vriendelike bankies en die sonskyn, met die wye tuin rustig om hulle en die geraas van die stad saam met sy kantore en woonstelgeboue teruggeskuif anderkant die relings. Vroeg reeds kom hulle van hul bankies besit neem, en niemand betwis ooit hul reg daarop nie. Wie stel trouens in hulle belang? 'n Klomp nogal armoedige ou mense wat in 'n vreemde taal gesels en met uitlandse driftigheid beduie: daar is niks meer nie.

Ou mense vir wie die lewe verbygegaan het sodat geen hoop of verwagting meer oorbly nie, saamgewaai uit hoeveel lande, opdrifsels van hoeveel oorloë, pogroms en agtervolginge, totdat hulle uiteindelik beland het onder hierdie vreemde son, toevallig saam op bankies in die park. Hulle is oud, die lewe is verby, en dit is geen tyd om wortel te skiet in vreemde aarde nie. Buitestaanders sal hulle bly, en hulle het ook geen begeerte om in hierdie laaste jare iets meer te word nie, want mens bereik 'n punt wanneer dit moontlik is om jou terug te trek van die barheid van die hede en geen verdere stut of steun te vra nie as dit verby is: dit wat volmaak staan en afgerond, onaantasbaar vir altyd.

Toevallig byna het hulle bymekaargekom en begin vergader in die park. Hoeveel ander mense was daar wat nog hulle taal kon praat; hoeveel kon die ou, verlore wêreld onthou wat eens aan hulle behoort het, of het selfs belang gestel daarin? Niemand nie, net hulle, en dus het hulle steeds meer krampagtig vasgehou aan mekaar – die mense wat nog kan verstaan en begryp, en wat daagliks die versekering bied dat hulle nie alleen is nie.

Van almal wat daar op die bankies byeenkom, is meneer Treisman die mees teruggetrokke. Gewoonlik bly hy 'n toeskouer aan die rand van die groep, tevrede om net te luister met 'n halwe glimlag terwyl sy oë van die een spreker na die ander beweeg: ou meneer Marcus met sy serp en breërandhoed, meneer Seidel met sy verslete Hebreeuse koerante, meneer Jedeiken dubbelgeboë oor sy wandelstokkie, mevrou Abel met die jubelende lag en juffrou Guret met die wolmussie – hulle, en al die ander lede van die groepie. Mens sou sê dat hulle hom oorstem en oorweldig met hul vertoë en argumente, dog sy stilswye is heeltemal vrywillig. Vir hom beteken hierdie byeenkomste en gesprekke miskien ook die meeste: die vertroude taal, en mense wat 'n ou en verlore wêreld aan die lewe kan hou oor jare en myle heen.

Die herfs kom altyd as dreigement: die ligte karteling aan die rand van 'n blaar, die koelheid in die lug en die vergang van die blomme. Die dae word korter en killer en die ure van hulle samesyn verminder. Hulle wag tot later voordat hulle hul uit begewe, en vroeër reeds vryf die een of die ander die hande inmekaar: ja, die weer word koud.

Soos die blare oor die wye paadjies en sonnige gras kom daardie woorde langsaam en rustig oor die geselligheid van hul gesprek. Die winter kom, die winter kom, en die kring word opgebreek; die blare val en die bome staan troosteloos. Slegs af en toe, toevallig byna, loop jy in hierdie maande die een of ander lid van die kring nog raak.

Vir Treisman is dit 'n eensame tyd, die wintermaande met hulle naakte bome en die kil blou skaduklowe van die stadstrate waar die son nooit kom nie. Net aan die einde van daardie strate sien jy nog verre sonnigheid soos 'n belofte waaraan jy kan vashou. Die lente sal kom, groen waas oor die bome en die jubeling van narsings in die formele blombeddings; en op 'n dag sal meneer Marcus weer meteens op die rand van 'n bankie sy hande sit en vryf in die sonskyn met sy serp om sy nek. Mooi weer, ja werklik.

Die een na die ander tree hulle te voorskyn uit verspreide woonstelletjies en kamers om die dae om te gesels in die son. Treisman kom weer sit en luister. Dit is tog al wat saak maak: vertroude stemme in 'n bekende taal oor 'n geliefde wêreld: wit dorpies en ganse in die pad, feesmaaltye en begrafnisse, ou verhale en gesegdes wat hulle as kinders gehoor het. Hand in hand staan hulle in 'n kring, gestut en gesteun deur hulle gemeenskaplike verlede, die enigste werklikheid wat daar vir hulle behoue gebly het.

Op 'n dag het meneer Marcus egter skielik en sonder waarskuwing uit die groep ontbreek. Toe hy die tweede dag nog nie opdaag nie, het meneer Seidel onderneem om op pad huis toe by sy kamer aan te gaan, en hy het hulle ook die volgende oggend kom meedeel dat Marcus dood is, weggevoer na die dodehuis en kerkhof voordat hulle selfs bewus was van die feit.

Treisman het 'n kilheid gevoel teen sy hart, soos die kilheid wat in die somer reeds dui op die herfs en die winter wat gaan kom. Één minder, het hy gedink, en gewonder waarom dit vir hom so 'n skok is. Hulle is immers almal bejaarde mense. Van die mans het een aand saamgekom om die kaddisjgebed op te sê ter gedagtenis van die oorledene, en toe het hulle almal 'n bietjie breër opgeskuif langs die bankies in die park. Dog daar het 'n blaar verkleur, lig gekartel met goud langs die rand, en die kanteling van die aarde vanaf die son kan nie gekeer word nie.

Die volgende lente toe hulle weer byeenkom om die fontein, is dit mevrou Abel wat ontbreek en juffrou Guret kom met driftige gebare vertel hoe sy drie weke lank in die bed gelê het en soos 'n kind geroep het om haar moeder voor haar dood. Die winter is maar 'n moeilike tyd as jy begin oud word, besluit hulle. Soos 'n vyand wag dit, dink Treisman, soos 'n vaal wolf op die sneeuvelde van sy jeug, wat skuil in die skadu van die dennebome om te spring.

Die lente hou vir hom nie meer dieselfde blymoedige vooruitsig van hereniging in nie. Blare en bloeisels, warmer sonskyn en singende voëls is van verbygaande aard, en die aarde kantel in sy draaiing in 'n dieper skadu, in 'n kouer en donkerder gety waaruit daar geen terugkeer is nie. Elke lente moet jy versigtiger die groepie na-tel wat in die park vergader, en telkens weer ontbreek hierdie gesig of daardie een. Meneer Jedeiken is in 'n outehuis opgeneem, vertel iemand; hy is ook al by die negentig. Meneer Winik lê lank in die hospitaal (Seidel gaan hom gereeld besoek met lemoene in 'n kardoesie) voordat hy sterwe. Van blaar na blaar, langsaam en in groot stilte en suiwerheid, verkleur die bome, en die wind waai skerper langs die paadjies. Juffrou Guret is kromgeboë van ouderdom en rumatiek. Ja, 'n mens word oud, knik hulle saam in die sonskyn. Hoeveel jaar gelede reeds dat Marcus dood is?

Nie slegs die terugkeer van die lente hou vrees in nie, maar elke nuwe oggend. Wie sal daar ontbreek in die park? Een dag bly Treisman lank sit op die bankie voordat Seidel aangeskuifel kom deur die drywende sproeiwater van die fontein. Nou is daar net hulle twee.

Hulle praat weinig met mekaar, want dit is genoeg om net die versekering van mekaar se aanwesigheid te hê, en hulle is trouens ook so oud dat woorde al minder nodig geword het. Seidel vou die verfomfaaide blaaie van sy Hebreeuse koerant oor en weer, en Treisman kyk na die son, die gras, moeders met kinderwaentjies.

Een oggend bly hy lank daar wag, maar daar kom niemand nie, en dié aand stap hy alleen huis toe. Miskien is Seidel ongesteld, dink hy, en bly wag met groot geduld, die volgende dag en dae, die volgende weke; maar geleidelik vergeet hy om te wag en bly maar net daar sit, alleen in die sonskyn. Eers baie lank daarna gaan hy na die sinagoge om die gebed vir die oorledenes op te sê. Vir Seidel wat seker dood is, vir Marcus – vir almal, besef hy skielik, wat hy ooit geken het, vir ouers, familielede en skoolmakkers, vriende en kennisse, want van hulle almal het net hy oorgebly.

Hy is alleen agtergelaat in die suiwer en helder lig van die winter, hoë hemel en naakte takke uitgestrek teen die lug: alleen op die bankie in die park, 'n ou man wat dommel in die sonskyn; alleen raak hy saans aan die slaap, en alleen word hy wakker.

Eers is dit moeilik om te wen aan die algehele stilte waarin hy nou leef: niemand meer met wie hy die moedertaal kan praat of van wie se lippe hy dit kan hoor nie, niemand wat meer onthou nie, behalwe hy. Geleidelik is dit egter of die vereensaming kristalliseer in glansende prag om hierdie besef heen, met skitterende yskeëls en ryppatrone. Net hy onthou, en net in hom leef die geliefde ou wêreld nog. Wanneer hy doodgaan, sal dit alles finaal verby wees en verlore, sonder bestaanplek meer op aarde.

Die wete gee aan die dae nuwe sin. Hy is baie oud en nogal armoedig; hy tel stukkies tou op op straat en versamel ou koerante uit snippermandjies; hy mompel by homself in 'n vreemde taal en praat met niemand nie. In die park of die kille gange van die losieshuis waar hy woon, kyk mense hom aan in die verbygaan, maar hy merk dit nie. Bewus van sy eie waardigheid en verantwoordelikheid, gaan hy deur die dae; hy dra iets waardevols, hy alleen, in sy gang deur die donker, alles wat kosbaar en bemind in sy arms geskut is. Dit is hy wat dit moet bewaar teen vernietiging.

Hy praat met niemand nie en slaan ag op geeneen; hy is kinds, sê die mense, 'n arme, armoedige ou man. Hy het geen familie nie, of vriende, hy kom van oorsee, heeltemal alleen hier oorgelaat. Wanneer hy doodgaan, word hy ook deur die munisipaliteit begrawe, en daar is niemand om hom in die kaddisjgebed te herdenk nie.

1966

Die hotel

Van die ingang van die hotel voer die loper tussen twee rye potpalms na die ontvangstoonbank. Die toonbank self, waar die bejaarde Alphonse oor registers en sleutels waak, rys soos 'n eilandjie te midde van die wye, uitgerafelde blare op, en daaragter verdwyn die sit-, die skryf- en die rookkamer in 'n see van plantegroei. Die lig van die verspreide lampe kan slegs nog met moeite hier deursyfer, en daagliks word die rusbanke en tafeltjies verder teruggedring, maar geeneen van die gaste maak ooit beswaar nie. "Potpalms laat 'n hotel so gedistingeerd lyk," deel die Gravin die ou Prinses gereeld mee, en die Prinses knik.

"Inderdaad, Gravin," beaam Herr Von Liliencron, "hier kan 'n mens voel dat hy nog nie álle kontak met die beskawing verloor het nie," en hy gebaar goedkeurend na die geboomte, waaragter slegs die vae aanduidings van die enigsins verslete rooi tapyte, die namaakmarmer en leë spieëls sigbaar is.

Buite lê die markplein leeg onder die gloeiende son en die stofstrate strek weg tussen kleihuisies tot waar hulle plotseling in die oerwoud eindig. Van die veranda kan die gaste soms hoor hoe die markvroue saam gesels waar hulle in die skadu op die grond sit met hulle groente en hul potte, soms sien hulle 'n boer wat met 'n eseltjie oor die plein verbykom of merk hulle wanneer hulle skielik opkyk hoe 'n paar kaalvoet seuntjies verskrik om 'n hoek verdwyn. Hulle verstaan egter geeneen die taal van die land nie en kom ook nooit in aanraking met die inboorlinge nie. Net die Generaal verlaat die hotel soms snags deur 'n agterdeur om met die bevolking te gaan fraterniseer – of so deel die Gravin madame De Traz in elk geval met 'n elegante beweging van afkeuring mee.

Hulle ken die land nouliks en is bang daarvoor: vir die spinnekoppe, skerpioene en vlermuise wat soms hulle kamers binnedring, vir die felkleurige, giftige blomme, die geweld van die donderstorms wat strate en plein in 'n moddersee omskep, en die nagte met hul ondeurdringbare donker en hul dreigende geluide: die geroep van nagdiere, skielike geskreeu of gegil, of soms die klank van geweervuur in die verte. Dan moet Alphonse die deure sluit en die vensters toemaak, en hulle kom saam in die salon om in kaartspel en konversasie die verskrikking van hul situasie te vergeet.

Ten slotte is hulle ook almal vreemdelinge: die ou Prinses met haar vingers vol ringe wat sy uit Midde-Europa saamgebring het, die elegante Gravin (slegs 'n Belgiese titel, soos die Prinses soms afkeurend vir die Generaal opmerk), madame De Traz met haar Brasiliaanse verlede en drie giggelende dogters, die Generaal, wat deur Siberië vir die Bolsjewieke gevlug het, en Herr Von Liliencron met sy laventelwater en smetlose mansjette. Van verskillende lande het hulle hier uitgespoel met 'n paar gehawende koffers, 'n handvol juwele of medaljes, 'n bietjie geld en herinnerings, en hulle hier in die verslete heerlikheid van die hotel gevestig. "Maar dit is 'n barbaarse land," sê die ou Prinses. "Dit is geen land om in te woon nie."

"Die inboorlinge is nie werklik beskaaf nie," stem madame De Traz saam, en kyk om om te sien of haar dogters haar kan hoor. "Sommige van hulle gebruike . . ." Een aand het hulle 'n gegil op die veranda gehoor: die Gravin het haar reukwaterflessie laat val en die Prinses het verklaar dat sy dié nag nie sal kan slaap nie. Toe het alles egter stil geword. Die volgende oggend het daar 'n vermoorde man voor die ingang gelê; maar Alphonse het die bloedvlekke laat verwyder, en die Generaal en Herr Von Liliencron het ooreengekom dat hulle die dames niks hiervan sal vertel nie.

"Moet nie oor die inboorlinge praat nie!" roep die Gravin uit. "Die personeel hier in die hotel is eenvoudig onuitspreeklik. Die bediening in die eetsaal! En die kamermeisies! In Europa was ek gewoond aan die beste hotels."

"In Marionbad," begin die Prinses, "of in Karlsbad . . ."

"In Brussel . . ."

Die sjampanje hier is verslaan, sê die Generaal. Dit is ook nie die beste kwaliteit nie, bevestig die Gravin. Hulle kla oor die tafelsilwer wat nie blink nie, oor die gebarste glas en die dooie blomme; hulle kla oor die klokkies wat weer stukkend is, en roep na die bediendes, totdat ou Alphonse aangehink kom met 'n dienblad onder sy arm om hulle gerus te stel. Die kraan lek, sê die Gravin; die deur kraak, sê die Prinses. Alphonse maak sussende geluide. Hulle kla oor die ete. Daar is byna niks op die mark te kry nie, verduidelik hy: daar was droogte, daar was oorstromings. Hulle kla oor die personeel. Niemand wil in die hotel kom werk nie, sê hy; die mense is onwillig en bang. "Bespotlik!" roep die Prinses uit. "Ons betáál tog!"

Selfs in die hotel kan die gaste egter merk dat daar iets gebeur, want die markvroue het van die plein verdwyn, die kos bly sleg, en die personeel het weggekrimp tot een verveelde kelner en 'n paar trae, luidrugtige meisies, sodat Alphonse wit handskoene aantrek en al hoe meer wanhopig rondhink om oor alles toesig te probeer hou.

Een oggend word hulle wakker gemaak deur die Generaal wat langs die gang af skreeu na die kneg om sy laarse te bring, en hulle skud afkeurend hulle koppe oor sy kortgebondenheid. Dan verskyn die Gravin egter in verbleikte kant om te kla dat die meisie nie haar warm water gebring het nie, en madame De Traz sug dat sy reeds 'n halfuur lank die klokkie lui vir haar tee.

Vasberade begewe die Generaal hom by die trap af terwyl hy na die bediendes skreeu, maar niemand antwoord nie: die salon is leeg, die tafels in die eetsaal is nie gedek nie, en selfs die kombuis, wanneer hy daarheen deurdring, is verlate.

"Wat de duiwel!" roep hy uit. "Hulle't verdwyn, die hele vervloekte spul."

"Maar Alphonse moet tog hier wees," sê Herr Von Liliencron ongelowig.

"Ja, Alphonse," sê die Gravin. "Sê vir hom dat ek my water wil hê."

"My tee . . ."

"Waar is Alphonse?" vra die Prinses.

Nogmaals gaan die Generaal verken, met Von Liliencron wat hom op 'n afstand behoedsaam volg, maar die hotel is heeltemal verlate.

"Hoe is dit dan moontlik?" vra die Gravin. "Alphonse was byna soos een van óns."

"Hulle is almal onbetroubaar," sê Von Liliencron. " 'n Mens kan dit nie ontken nie."

Vir 'n oomblik is hulle uit die veld geslaan, maar dan herlewe hulle. Hulle sal vir hulself moet sorg, besef hulle, en met 'n sekere opgewektheid begewe hulle hul na die kombuis: Madame De Traz maak koffie, die Gravin klits vrolik die eiers vir 'n omelet, die meisies dek die tafel, en Von Liliencron bedien hulle styf en selfbewus met 'n servet oor sy arm en komplimentjies vir die dames.

In die loop van die oggend hoor hulle verskeie kere geweervuur in die nabyheid, en later merk hulle dat daar êrens 'n brand is. 'n Swaar rookwolk hang roerloos oor die dakke, en die dames hoes en swaai ywerig met hulle waaiers. Af en toe galoppeer daar 'n groep berede mans oor die plein verby, maar dan word alles weer stil.

"Een of ander plaaslike skermutseling," sê die Generaal gerusstellend. "Die regering sal troepe stuur om die orde te herstel; ons moet net geduldig wees."

Die volgende dag het die bediendes nog nie teruggekeer nie, en vanuit die verte kom daar 'n dowwe geroggel. "Artillerievuur," sê die Generaal, en lewe op.

In die hotel begin die voorrade egter min word, en hulle beraadslaag daaroor wat hulle moet doen.

"Ek sal gaan verken," besluit die Generaal dan. "Ten slotte het ek ook ondervinding van oorlog, ek weet hoe om my te beskerm." Madame De Traz se oudste dogter bars in trane uit. "En miskien kan ek iets vir ons in die hande kry. Ek ken 'n paar plekkies in die stad."

"Daaraan twyfel ek geen oomblik nie," fluister die Gravin veelbetekenend vir madame De Traz.

Hulle halfhartige pogings om hom te verhinder, misluk, en alhoewel die Prinses voorstel dat Von Liliencron hom vergesel, voel Von Liliencron self dat hy beter kan agterbly om die dames te beskerm. Hulle sit dus hulle geld bymekaar in 'n ontoereikende versameling marke, roebels en franke, aangevul met 'n barnsteensigaretpypie wat die Gravin nie meer gebruik nie en 'n paar van die Prinses se meer opsigtige en minder waardevolle ringe. "Hierdie mense hou van blink dinge," sê sy. "Miskien kan u hiermee vir ons iets te ete kry." Die geld en juwele word in 'n bondeltjie vasgebind, en regop en fier verlaat die Generaal die hotel tussen die erewag van die potpalms met 'n mandjie aan sy arm, marsjeer oor die verlate plein, en verdwyn om 'n hoek.

Hy kom nie terug nie. "Daardie sigaretpypie het 'n aartshertog my present gegee in Hamburg," merk die Gravin met 'n sekere skerpheid op. "Dit was 'n egte topaas," sê die Prinses. Dié nag is hulle onrustig en durf niemand om te gaan slaap nie, maar wanneer hulle die volgende oggend uitkyk na die stad, verblindend in die felheid van die son, sien hulle die Generaal waar hy aan sy voete aan 'n geïmproviseerde galg hang op een van die geboue oorkant die plein. Hulle kan hom nog aan sy uniform herken.

Madame De Traz se oudste dogter word histeries en sak neer in die arms van Von Liliencron, wat haar verbaas in ontvangs neem, maar niemand anders let op haar nie. Na 'n oomblik van volslae paniek neem die Prinses die leiding, en die ander vroue voer blindelings haar bevele uit. Die blindings word neergehaal en die gordyne toegetrek, en voor deure en vensters word meubelstukke opgehoop om die toegang te versper. Self werp die Prinses haar sjaals opsy en ruk met beringde vingers aan vleuelklaviere en kanapees om hulle te verplaas.

Hulle kampeer in die salon en durf nouliks die veiligheid van die groepie verlaat. Soms hoor hulle nog geweer- of artillerievuur, of galopperende perde of 'n verwarde geskreeu. Von Liliencron hou die wag met 'n pistool uit een of ander langvergete oorlog. Van tyd tot tyd klouter die meisies in opdrag van hulle moeder oor die opgestapelde meubelstukke om deur 'n skrefie na buite te loer en te vertel wat daar gebeur. Hulle sien mans met gewere en bandeliers, sê hulle, muilkarre met gewondes, en 'n eindelose stroom mense te voet met sakke en bondels. Hulle sien huilende, bebloede kinders, en oumense wat alleen voortstrompel. Hulle sien verskrikkinge in die felheid van die daglig en snags in die gloed van flikkerende lanterns, en klim dan haastig van die barrikade af om dit nie langer te moet aanskou nie.

Hulle sit en slaap in die stoele van die salon of strek hulle uit op die verslete rooi tapyt, te midde van die namaakmarmer en die leë spieëls, omring deur die donker oerwoud van die palms. Die laaste tee, die laaste suiker, die laaste rys word afgemeet, die laaste flesse verskaalde sjampanje word gedrink.

"Wat moet ons doen?" vra madame De Traz.

"Herr Von Liliencron kan gaan verken," stel die Prinses voor.

"Ná wat daar met die Generaal gebeur het? My liewe Prinses . . ."

"Ek het daardie sigaretpypie van die Kroonprins van Roemenië gekry," mymer die Gravin.

"Maar wat moet ons eet?" vra madame De Traz. "Wat moet ek my kinders gee?" En sy maak 'n dramatiese gebaar in hulle rigting.

"Daar is altyd nog die palms," sê die Prinses nadenkend.

" 'n Mens kan tog nie palms eet nie!"

"Hoe weet u? Het u dit ooit probeer?"

"Die Generaal het gesê dat die regering troepe sal stuur om die orde te herstel," sê Von Liliencron, "en ek het die volste vertroue in sy oordeel. Ons moet geduld hê en moed hou en uithou." Hy trek sy mansjette reg. "Ons het inderdaad ook 'n feitlik onbeperkte voorraad palms tot ons beskikking."

"Hoe kook mens 'n palm?" vra die Gravin.

"In elk geval, ons het self gesien dat dit lewensgevaarlik is om in hierdie omstandighede die hotel te verlaat. Die mense hier is blote barbare."

"Dit is waar," sê die Prinses; "ons moet geduldig wees en wag"; en sy begin vertel van die gruwele wat daar in verskeie Balkan-oorloë gepleeg is.

Gedurende die volgende paar dae hoor hulle van tyd tot tyd nog skuifelende voetstappe of stemme; soms word daar nog êrens geskiet, en dan weer begin mense 'n marslied sing. Hulle kyk egter nie meer na buite nie. Later word alles stil. Die markvroue sprei hulle ware weer uit in die skadu langs die mure, 'n man lei sy eseltjie oor die plein, en die kaalvoet seuntjies speel in die wye, verblindende lig. Deur die blindings en gordyne en die barrikades wat hulle insluit, dring geen skrefie sonskyn egter na hulle deur nie: in die donker sit hulle saam op die ongemaklike stoele van die salon en wag om bevry te word. Die potpalms smaak heerlik.

1973

HENRIETTE GROVÉ

Dood van 'n maagd

Altyd was daar paaie wat weggelei het van haar af. Deur die lande tot waar dit vaal raak tussen die mielies – dit was die smal pad. Dan die dampad, en agter die huis verby, oor die Rooihoogte, die sinkplaatriffels dorp toe. Soveel paaie, en almal gaan aan, weg, maar nou, en dit was die end, net die kamer.

Eers toe hulle haar daar ingestoot het, het sy aangehou hulle moet die venster oopmaak. Dit was so wit en dig, maar al wou hulle ook, en hulle was tog by alles simpatiek, kon dit nie, want die ruite was bloot ter wille van die voorkoms. Sowel die vogtigheid as die temperatuur is konstant gehou deur 'n blink installasie bo in een hoek, en lig het afgestraal uit 'n bal teen die plafon. Dit was 'n moderne hospitaal en die personeel was met reg trots daarop.

Die spesialis, stewig, hartlik, met 'n gladde vaardigheid van hand, het haar wang gestreel toe hy hoor dat sy ongelukkig voel. Dit was na die operasie toe sy al weer so was dat sy bewus was van haar omwêreld.

"Ag, Tannie, alles is dan so mooi gereël. Al wat jy moet doen, is gesond word. Verbeel jou maar jy is nog nie gebore nie. Daar's dit mos ook so veilig en toe. En dan, as alles reg is, haal ons jou uit. Ka, ka!" Die kamer skud in die dreun van sy lag.

Die Suster plaas haar vinger waarskuwend teen haar lip en wys na die naamkaart onder teen die styl van die bed: *Martyn: Frieda Marie. Mejuffrou.*

"Ag, dit! Dit . . ." Maar hy maak nie sy sin klaar nie. Geboorte en dood en die lewe tussenin. Na dertig jaar se besig wees daarmee was die spul vir hom nou *éérs* inmekaargekoek, soos by die moeilike gevalle waarmee hy as verloskundige dikwels te doen gekry het. Om gebore te word was 'n verdomde ding! God, die komplikasies. Hy kon van gevalle vertel . . . maar dan weer, as die asem eenmaal daar was, was die laaste uitblaas daarvan dikwels louter genade. Skraap, sny, brand, groeisels verwyder, en net as jy dink jy het die twee, lewe en dood, behoorlik uitmekaar, begin die een stilletjies inteel op die ander, soos by 'n kanker waar die vraatsige, vrugbare selle uiteindelik die dood self was.

Hierdie vrou, hierdie uitgeteerde, opgedroogde geraamte van 'n mens met haar skedelkop op die kussing en die bloute van die einde in die aartjies wat soos paaie oor haar hande tak, as iemand ooit lewendig dood was, en, soos 'n mens aflei, dit al baie lank was, totaal eensaam en op haarself – *media vita in morte sumus.*

Sy het nie eens haar oë oopgemaak toe hy uitloop nie. Waarom kyk as alles tog wit was, mure, plafon, die hoë hospitaalbed, sprei en stoel – so wit dat sy daarin gedroom het. En so het oggend en aand, dag en nag, die tyd self uiteindelik wit geword.

Soos sneeu, of die vag van 'n jong lam, maar die dood ook: 'n wit kind in 'n wit kis.

". . . Geliefdes in die Here, waar ons vanmiddag vergader is om 'n oop graf – en dit in sulke diep bedroewende omstandighede . . ."

Die Bond van Susters het die kissie geskenk. Dit was van hout maar oorgetrek met linne, sowel die binnekant as die buitekant, asook die deksel wat dig toegeskroef was.

". . . U wat gesê het: laat die kindertjies na my toe kom . . ."

Al is hulle dood en styf toegedraai in doeke, om en om, 'n ruspe wat spin tot alles wit en toegedek was?

Maar dan die spyker, dwarsdeur die kop waar dit vaskom aan die nek. As die dood 'n wit kokon was, was die sonde 'n geroeste spyker ". . . ingeslaan reg van agteraf, U Edelagbare. Die daad is heel waarskynlik gepleeg met 'n plat klip of 'n stuk hout. Moord, koelbloedige moord . . ."

'n Pasgebore kind se kop is slap en uitermate groot: 'n lomp paddastoel op 'n dun rimpelnek.

Hulle het dit gevind in die doringleegte langs die dampad, half onder grond en groeisels versteek. 'n Jong het op die reuk afgegaan, so vrotterig-soet. Hy het gedink dit was 'n dooie skaap. Daar was 'n menigte brommers al bokant die lyk.

Here, laat die kis sak. Gooi kluite op, maak toe!

Die vrou se kop spin om en om, haar hande vou die lakenkant aanhoudend oor en terug, en haar lippe flap soos 'n vis maak op droë grond.

As iets net wou aangaan, weg, uit, al was dit ook met 'n gang af. Maar die toe hok! Was dit dan so, die einde? En sý Waarheid dan en sý Pad?

'n Mens kon ver sien as jy in die laagte afkyk: lappe en lappe mielies, Faan Benade s'n, dié van die De Bruyns, dan die teflande van die Bassons, en tussen hulle almal deur die hobbelrugpaadjie na Suster Graaff toe. Dit het aan en aan gegaan, maar jy kon nie haar huis of die ander geboue van die sendingstasie sien nie, al klim jy ook op die windpomp. Net die pad, dun en smal, oor hoogtes en dale, soos die Smal-pad van die Benades se voorhuisprent, so bitter smal soos dit al langs die afgrond beweeg en oor die maalstroom span, een enkel plank. Hoe kon 'n sterflik mens ooit staande bly daarop? As jy sou durf afkyk, en veral sy wat so maklik dronk word, selfs as die motor net oor die Rooihoogte gaan en dít was maar 'n bult.

En dan so eensaam, een pelgrim of drie met sy pak en krom skouers en sy gesig stip na voor. Seker het hy na die reënboog gekyk en die kroon van die saligheid. Maar dit was oorkant die water, en dit kon sý nooit sien nie, want dit was te donker in die hoek waar die prent gehang het, reg bokant die orreltjie.

Daar was 'n venster in die voorhuis maar nie groot nie, vier ruite net, en daarvoor was buitendien 'n oleander wat somer en winter groen teen die glas gekrap het. Lig moes deur die kombuis kom, en dan was dit muf van stronkrook en stowepatats en koffie wat van vroeg smôrens al moererig stoom.

Wanneer jong Salmon Benade op die orrel speel, het hy net gesorg dat hy middel-C met sy duim raak vat – dit het 'n keep ingehad. Dan het hy die voetpedale begin trap, en daarvandaan was dit amper net op gevoel: "Rots der eeuwen geklieft voor mij." Toe sy kleiner was, en sy was toevallig daar, het sy op sy skoot gaan sit terwyl hy speel. Dan het sy haar hande bo-op syne gesit en haar verbeel dat dit sý was wat speel. Wanneer hy trap, kon sy sy bobene voel werk soos hulle die pype voer: op en af en op en af. Sy hande soek en vat en druk, en die lug wat donker opgesluit was in die houtkas, hyg hees uit: enkelnote, dubbelnote, yslike dreunakkoorde. Tremolo, Pathetica, Melodium! Trek uit die proppe en loof die Heer, want bokant die musiekie, omlys deur 'n goue raam, lei die Smal-pad na die Saligheid!

Trap, Salmon, trap! Ziet de kleine bende, ag Here, so maer en uitgeteer en boggelrug-krom, hinkende, pinkende al in die rigting van die Kruis.

Die ander pad was so mooi – 'n yslike weg wat wriemel van lekkerkry. Bont vlae wapper in die wind. 'n Fles wyn word omgekeer. 'n Veelkleurige kleed, ekskuus my vir 'n wals.

Trap, Salmon, trap! Die note hergroepeer hulleself, hyg nou van plesier; wit en swart dans saam.

Maar Ouvrou Benade doof alle lig uit toe sy in die deuropening verskyn: "Die duiwel kry lekker, hè, Salmon? Binne-in jou vingers, saam met jou bloed. Skaam jou! En jy ook, Frieda! Pure kind nog. Siedaar!" en sy wys met 'n uitgestrekte vinger na die prent, "die uiteinde van diegenes wat hom aanbid, kyk hoe brand hulle almal!"

Die kind kyk stip op in die skemerte bokant die orreltjie: "Waar, Tante?"

"Vuur en vergelding!"

Maar nes die Smal-pad, verdwyn die uiteinde van die Breë-weg in die skaduwees.

Eendag, die kind was toe so nege, het sy van die man se skoot afgeklim. "Lig my op," beveel sy ongeduldig, en toe hy dit doen, trek sy met haar vinger oor die prent. Sy wou self voel. Maar daar was glas voor en sowel die Sonde as die Saligheid was eenselwig glad en koud. Toe kyk sy baie stip laer af, na die Breë-weg. Sy het geweet as sy lank genoeg kyk, sou sy die twee Carstens-seuns tussen die dansers herken: Kit met sy pa se pikswart hare, die ene galantheid en grasie, en Bob met sy merrie, "hiert jou boksem!" Hulle kon ook by die klomp gewees het wat gekoek was om die tafel. "Sny . . . deel . . . roep!" Of as sy haar oë effens op 'n plooi trek, kon sy haar amper verbeel die man wat die fles omhoog hou, was een.

Nie dat sy hulle goed geken het nie. Hulle het langs die dampad gewoon, net veel verder aan. Maar dit was tog die Breë-weg. Sy het dit lankal geweet, want dit was so mooi, al onder die voor, en dan al die sonde, al met die pad saam, nes die natleilandjies onder die water. Koring en lusern en hawer en rog, wat 'n verskeidenheid: Jan Dronkverdriet slaan sy vrou dat die hale pimpelblou vir dae daarna wys; Anna Meraai en haar swart haaslipbroer. Hulle sê glo . . . sjuut, sjuut kleine muisies, maar is dit nie gruwelik nie? Die egskeidinghuis onder die aasvoëlrant, soveel jare al toe, en dan, maar dan was mens by die dam, by Kit en Bob Carstens – verdomde merrie, foeter haar op die boud dat die vlamme onder die hoefysters uitslaan; dans en dobbel, wild, oordadig, groen koring waaruit die geilte bars.

Die Sonde was vrugbaar, maar die Goeie het geruik, die ene karbol en blouseep. Haar hande was skurf geskrop, en as sy haar gesig afbring, sien jy die baard op haar bolip.

"Sê dag vir Suster Graaff, Frieda. Nee, soen haar. Sy's dan so goed vir julle kinders, ondersoek julle altyd en maak julle gesond. Kom al die pad van die stasie af om vir jou 'n inspuiting te gee."

Miskien as sy bont gedra het, maar die spierwit uniform en wye gestyfde sluier, kompleet vlerke om die wind-en-weer gesig.

"Kom nou, Frieda, jy's tog 'n soet kind. Steek nou uit jou tong." Soos dit nader kom, word die rooi verpleegstergesig nog rooier.

"Dit help jou niks, Frieda, ons het jou," en haar hande vat seningrig vas. G'n genade ooit of medely. Sy't jou ooglede oopgevlek en tot wie weet waar in jou ingekyk, jou mond wyd gerek, jou maag geknie. Jy kon niks wegsteek nie, en dan die naald, al om die ander week.

"Kom nou, Frieda. Dis net 'n prikkie. Jy sal nooit eers voel nie. Toe nou! Kyk hoe lyk jy, so maer en bleek. Dit gaan vir jou nuwe rooi bloed gee. Toe, Frieda!"

Here! Here! Die dun, blink naald. God se engel wat in die nag al die eersgeborenes afmaai. God se wit engel, die smal pad, die nou poort.

Ruk los, hardloop weg, vinnig, vinnig! Onder die bed, die donspeul, smoor, stik! Maar sy't jou altyd gekry. Sy't jou uitgeruik en vasgekeer, nes met die sonde waarvan sy altyd alles geweet het. Al wriemel jy hoe en ruk weg en skreeu jou hees, as die naald wegsak, sprei die vuur tot diep in jou sagte vleis – God se vuur, sy brand!

"Nee! Nee!"

Die vrou in die bed kerm en haar hande probeer vashou kry aan die lug maar krimp toe op niks. Sy kon alles verdra, selfs die wit as dit moet, maar die inspuitings, vyf op 'n dag. Twee was vir yster – dit was met die klein spuit en kon nog gaan – maar dan dié wat die Suster altyd self kom gee het vir moontlike infeksie van die wond: dik, taai jellie wat sy deur die naald moes pers.

"Mens, waar moet ek nog plek kry? Jy's al voos gesteek," en dan draai sy die verweerde liggaam knaphandig oor na die ander sy.

Dat al haar jare, en sy was byna veertig, geen verskil kon maak aan die pyn nie! Het 'n mens dan nooit daaraan gewoond geraak nie?

Net na die operasie, voor sy nog behoorlik by was, was dit of sy daarin rondgedryf het, selfs opgelos was daarin – 'n vormlose koeksel senutrillinge en impulse wat doelloos heen en weer beweeg. Maar soos die uitwerking van die narkose afgeneem het, het die menigvuldigheid van selle wat sy was, saamgespan. Sy was nie meer in die pyn of daarmee saam nie, maar daartéén, genadige Vader, verskriklik daarteen met alles wat sy was. Toe het sy ook geweet dat sy leef.

Soos die bestaan van die kind vroeër afgeprik was in periodes van veertien dae, so het die vrou nou gewag van inspuiting na inspuiting. Maar waar die kind altyd weggevlug het, haar keer op keer verset het, met haar ganse bleek bloedarmoedige liggaampie, moes die vrou dit aanvaar, het sy uiteindelik 'n vreemde genot daarin geskep, want die inspuitings – veral dié vir die wond – was 'n sigbare teken dat dit wat sondig was, uit was, diep uitgesny uit haar uit, en die brand, hoe erg ook al, 'n bewys dat sy uiteindelik skoon was. Sy het selfs mettertyd begin wens dat sy sienderoë by die operasie teenwoordig was. Sy wou dit self aanskou het: die sny, die afbind van die are en uiteindelik die uitlig van die vrugbaarheid.

Toe sy die eerste keer by die ginekoloog kom, was sy erg onthuts toe hy die moontlikheid noem van opereer. Aan haar laat sny en nogal daar! Sy word bloedrooi.

"Alles, Juffie . . . de lot! Jy lyk verniet so bekommerd. Jy met jou jare en nie eers getroud nie."

Weer die skaamte. Druk die deur toe op alles wat uitpeul. Haar hande rol haar sakdoek in 'n bondel. Sy sê niks. Tog is die spreekkamer vol van haar protes.

"Kyk hier," en hy neem 'n dik boek met afdrukke uit sy rak. "As daar nie werk van gemaak word nie, kan dit gebeur, en dit!"

Swart-wit foto's, 'n menigte van hulle. Dan 'n kleurprent: die peersak van die vermenigvuldiging. Maar daarin en daarlangs 'n rooi kankertros.

"En dis maar die begin. Hiervandaan sprei dit vinnig, op in die buise in tot by die niere en die lewer, kan selfs die dybene aantas. As hy eenmaal vasgevreet het, word dit baie vinnig meer." Sy potlood beweeg oor die afdruk.

"Nes die sonde." Maar sy praat met haarself. "Daagliks meer en ook so rooi. Jy kan maar sny, dadelik."

Die spesialis maak die boek toe: "Waarom kom jy nou eers? Jy het tog geweet iets is verkeerd toe dit so wegbly. Het jy jou nie bekommer nie?"

Februarie, Maart, April en nou was dit al weer Desember, byna twee jaar en al die tyd was sy só bly dat die bloed wat vir twintig jaar gereeld al om die vierde week gewys het, opgehou het, die patroon van die vrugbaarheid verbreek. Vir die eerste keer na die dood van die kind het sy skoon gevoel. Waarom sou sy dan kla? "Ek . . . ek . . ." maar hy praat al weer. "En toe jy so begin maer word en pyn kry, waarom het jy nie tóé gekom nie? Maar nee, jy wag eers tot dit wéér begin, en toe nog, tot dit so erg was dat jy dit nie langer kon uithou nie. Liewe mens, vir 'n vrou beteken bloed lewe!"

. . . Al is dit 'n afkophoenderhaan in die Benades se agterplaas: net een sny en die bloed spuit uit. Dans, dans onder die rooi fontein, skop uit die geel kloupoot. Maar die afkopoog eenkant wat kyk en sien hoe die bloed dans. Druk toe, asseblief, Salmon. Gooi sand op, baie sand dat dit stol in die stof.

Die Benades het Vrydae geslag sodat die vleis nog vars kon wees vir Sondag. Dit was altyd 'n skaap – die hane was net tussenin as hulle begin lastig word. Frieda moes die lewer gaan haal om rou te eet. Lewer maak bloed, maar dan moet dit vars wees, eintlik nog warm, sommer nes dit uit die ingewandsholte kom – 'n bruin drelsel bymekaargevat in 'n deurskynende vlies.

Vars lewer maal swaar. Ouvrou moes 'n soplepel deur die hengsel van die meul steek vir genoeg krag. Om en om! Buise, vetvelle, spierwit senings – alles kraak glibberig in die meulgat in, om anderkant deur die sif te pars.

"Nou moet jy sluk, Frieda. Ja, nes dit kom. Druk maar jou neus toe."

En as dit terugkom? So 'n weersin, al die pad af. Haar maag ruk en haar mondholte vergaan in slym.

"Verdomp, kind!"

Altyd Vrydag, en altyd dié smaak in haar mond.

"Wanneer hou ek dan eendag op om dit te eet . . . die bloed," en sy gril merkbaar.

Die ou vrou knipoog net: "Wag tot jy jou eie sien. Vir party meisies slaan alles dan om, veral as hulle sukkel soos jy."

Maar as die kind meer wil eet, skud sy haar kop ergerlik: "Nou's jy weer te slim. Wat sal jou ma sê?" En sy steek haar arm in die skaap se maagopening en lig die dikderm uit. Dit wurm om haar hande – slym en bloed en groen mis. "Los die bloed uit. Hy ken sy eie tyd."

. . . Ja, want dit kon selfs tel, tot by nege maande.

Dit het gelewe by geboorte.

". . . Beslis, U Edelagbare. Die geneesheer kon dit sonder twyfel vasstel. Dit was ook heeltemal volgroeid, die naels, u begryp. Hy was voltyd, manlik ja, 'n seun."

Die eersgeborene: Piet of Jan of Klaas. Net hy't nooit 'n naam gehad nie. Hulle het hom selfs daarsonder begrawe: "As tot as en stof tot stof," hy wat bloed was, en die uitkoms van die bloed, al het die stank daarvan opgestyg ten hoë hemel.

Inmekaar, deurmekaar, gekoek en getros, vuil dermdrelsels, afvalflapvliese, maar Ouvrou Benade kon met hulle werk: skraap en sny, een keep in die hart vir die oortolligheid om uit te loop, dan die longsponse en die tweelingniere. Selfs die maagsak het sy eiehandig spierwit geskraap en die grys sin van die verstand helderskoon gespoel; alles wat bruikbaar was, bymekaar gesorteer en die res in 'n emmer weggegooi. Eers dan lig sy die rooi karkas en hang dit voor die spensvenster: 'n tokkelghitaar in die trek – silwerskoon en leeg.

Tussen haar kombuis en die voorkamertjie was 'n gordyn. Dit was van krale, almal ewe rond en swart en in lang aparte rye ingeryg vir die maklik deurloop. 'n Mens het net nodig gehad om hulle weg te druk. Hulle het geen werklike hindernis gevorm nie. Maar tog, dat 'n gordyn so 'n verskil kon maak. Aan die deuskant was alles druk, altyd iets wat aangaan, al is dit net water wat borrel op 'n agterplaat. Kos opsit en was en stryk, stoom wat bokant klam klere damp. "Toe, toe, kleinmeid, roer jou. Ons het g'n die ewigheid tyd nie. Stefaans, Salmon! Skuif die potte, draai die vleis. Verdomp."

Maar dan skuif jy die kraalstringe oop. Alles skemermuf en stil.

Eert uwen Vader.
Eert uwe Moeder.

Die tekste vermaan mekaar oor en weer, en God sien die sondaar aan.

Die Benades het altyd in die kombuis geëet, yslike skottels kos. Hulle was groot mense. "Heer vir spys en drank. Skep in, vrou!" Maar die boeke is binne gevat. Jakob en die engel Gods by die spruit, Moses wat met 'n groot stem water uit 'n klip uit praat. Die ou vrou het gelees, maar die pa het gebid – almal op hulle knieë met die hande gevou: "Here, Here, wees ons arme sondaars genadig. Ons is ellendig!" en dan slaan hy sy voorkop teen die leersit van die stoel en wring sy hande dat die sweet hom uitpars. "Oud en volgroeid soos ons is, is die kwaad in ons aanwesig, in ons bloed, in ons gebeente, dit vermeerder in die murg." Sy stem styg en daal, pleit, kerm, is 'n aanklag teen die aarde en sy versoekinge.

Een Sondagaand, die kind was by want haar ouers was weg met siekte; hy het al vreeslik gestry: "Help dan, Here. Die vlees en sy begeerlikheid. Hoe kan ons self daarteen staan? Dit lok alewig en ons self so swak!" Toe kyk hy op, sy oë toe, sy mond wyd oop: "Genade!"

Maar as die erbarming uitbly, struikel hy sonder sien na die musiekie toe en laat sy hande vol val op die note.

Natuurlik was daar geen klank nie.

"Oom moet trap," sê die kind.

Hy laat weer sy hande val, mond en oë ontredderd. "Trap?"

"Ja, so op en af," en sy buk onder die klawerbord in en werk die pedale. Maar as die klank dan uitkom, is dit totaal vals want sy hande lê nog net so slap.

"Dis vir jou 'n antwoord hê. Pragtig, pragtig!" En met iedere herhaling laat hy sy vingers oor nog 'n handvol vals note sak.

"Stefaans!" Die ou vrou verskyn in die orrelspieël voor hom, haar hand omhoog. Man en beeld weeg mekaar, maar as sy onversetlik bly, vaar 'n gees in hom. Hy buk oor die note, trap nou self, en as sy vingers hulle pad kies tussen die klawers, is dit onmeetlik breed, want die klanke dans en jaag, hulle wink, hulle lok, lei in gruwelike versoekinge in.

Die kind druk haar ore toe. Stop! Dit was die Halleluja-orrel en die Sondagkamer.

"Skaam jou," sê die ou vrou. "Jy hou dit nou nie net meer in jou bed nie maar bring dit in my voorhuis in. Ek het jou gesien na hulle kyk as hulle verbygaan skool toe, die ou meisietjies. Een vir my en een vir jou," en haar dik heupe beweeg lomp in 'n obsene namaak van 'n jongmeisie se tergstap. "Stokou bul agter jong bloed. Sies!"

"Ek het niks gedoen nie!"

"En jou gedagtes? Onthou, Stefanus, hy wat in sy gedagtes oortree."

Die kraalgordyn was so mooi: pikswart en blink, en as die wind daardeur speel, rinkel, rinkel, tinkel. Maar as skeiding tussen kamer en kamer heeltemal onvoldoende. Afval en dermuitwerpsels, bloed wat drup van 'n vars karkas – dit het dwarsdeur die krale gestink.

Middel-C was uitermate goed. "By die Kruis, by die Kruis!" C en C en D! Maar dan speel jy C en C en D en F en wissel die tyd net so en so, en dan's dit:

"Hou jou roksak toe!" Een en dieselfde noot uit een en dieselfde orrel met al die proppe presies eenders oop: "Roksak, handsak, gatsak . . . Halleluja!"

"Nee!" skreeu die kind en ruk die deur oop. Die klein, swart kamer druk haar vas. Maar buite het die nag alles ook swart gemaak: die oleander en die peerboom en al die beddings, want dit was die Smal-pad. As sy dít net kon sien, hoe dit aangaan, want dit was die Smal-pad en die uiteinde daarvan was die Môrester, so was daar geskryf, oorkant die water blinkend en bly.

Sy hou haar hande voor haar uit, voel met haar voete en kry so koers.

Donker, donker! Sy soek met die vingers, vat daaraan, maar ineens is dit vol dorings: 'n bos, deurmekaar takke en skerp klouhake. Dit krap haar arms en brand in haar gesig. Sy probeer keer maar ontelbare dorings steek in haar vleis. Sy proe bloed op haar lippe "liewe Here", sluk en snik, totaal blind van donkerte en trane.

Wanneer sy uiteindelik los is, draai sy om in die rigting van die dam. Ook hier kon sy g'n pad uitmaak nie. Tog het liggies die rigting gewys. As jy tussen hulle deur hou, wink en blink en wink – almal klein bakentjies, knip-knip so vriendelik. Kom, Frieda, langs die kraal verby tussen die populiere deur.

Maar dan die Oog, binne-in die prent, hoog op, sý Oog! Enormgroot en blink en sien alles, altyd, selfs in die donkerste donker. Wat jy ook al doen of nie doen nie, dink of sê, Hy kyk en Hy weet, sien hoe jy loop al langs die heining af, deur die laan en dit was die Dampad waarteen die dominee gepreek het.

Haak-en-steek-bos met vuurdorings wat brand! Of die soetgeurende kleiweg onder die voor, met aan weerskante vertroetelde grondjies en vorentoe mense en baie lig.

"Lei, vriend'lik Lig." Dis dan wat hulle Sondae gesing het, maar dan het die Meneer ook gelees van die buitenste duisternis van die ongelowiges. Lig en donker? 'n Vlam was lig, pragtig goud en blou, maar diep binne-in 'n pikswart pit. Hoe moes 'n mens weet? In die Bybel was dit so maklik: hulle kon 'n ster volg, en vir Moses het die bos van ver af gebrand. As sy sou roep . . .

'n Bees bulk. Die donker ontliggaam die geluid, sonder dit af: 'n reddeloos alleen geluid, totaal verontagsaam deur die nag.

Geen teken ooit, toe of later. Die son het oor die Rooihoogte opgekom en agter Suster Graaff se rante ondergegaan. Dit het damkant toe beweeg saam met die koue en terug daarna. Die maan het gereeld deur sy kwartiere gegaan, al vier van hulle, soms op sy rug gedraai, dan weer skuins gehel. Eenkeer het sy haar verbeel sy sien 'n ster helder oordag, maar haar ma het gesê dis verbeelding en 'n mens moet nie te stip na die lig kyk nie, want dit maak blind!

Toe sy al mondig was, het die opwekkingsprediker met sy tent gekom. Hy sou preek en siekes gesond maak en die menigtes wakker skud uit hulle slaap. Hy het lanterns laat inplant – al langs die pad sodat niemand kon verdwaal nie. Ook pyle laat wys:

Na Sonny – links
Na Sonny – regs

Die tent was baie groot, behoorlik 'n uitspansel tussen duisternis en duisternis. Jy kon dit sien van Frieda-hulle se huis af. Hy het dit in die damleegte opgerig. Nes Suster Graaff kon hy die sonde ruik, want met die jare het dit niks beter gegaan met die mense van die kleinhoewes nie, en waar Frieda vroeër maar 'n vermoede gehad het van dinge wat nie reg was daar nie, het sy nou als geweet, en buitendien was dit ook in die rigting waar die kind destyds gevind is.

Buitekant die tentdeur het Sonny 'n man opgestel met 'n spreekbeuel van koper om sy boodskap uit te blaas: "Kom, sondaar, kom!"

Hulle het ook. Die karre het elke aand van die veertien dae 'n plaat gestaan. Selfs ou oom Buitendach het gekom en dit was jare dat hy laas uit sy bed uit was. Sy drie seuns het hom op 'n kampkatel ingedra, want die mense het gesê die prediker was juis so goed met sy soort verlamming.

Dit was die aand toe die perd so amok gemaak het, eers die spatbord van die kar flenters geskop en toe losgeruk en al runnikende in die nag weggalop het, dieselfde aand toe Frieda daar was, sowat drie jaar na die begrafnis.

Sy wou eers nie gaan nie, maar van die mense het aangehou. Dis tog nie goed dat 'n jongmens haar so afsonder nie. Een van die dae is haar ouers dood – hulle was altwee al oud – en wat word dan van haar, en dit was vir 'n goeie doel. Soos die man kon preek, 'n mens het die hemel sien oopgaan.

Sy het nie die perd gehoor nie. Niemand het nie, al was dit toe nog baie ordelik en het die gehoor behoorlik swart en penregop sonder rugstutte op die planke gesit. Daar was 'n orkessie wat aanhoudend stigtelike liedere gespeel het.

Selfs toe Sonny begin om almal te maan, het die musiek baie gereeld ingeval. Die konsertina het die wysie geneem en die trom het die tyd afgeslaan, terwyl die ghitaar met 'n klingeling van snare heen en weer beweeg het.

"Wie is julle?
Sondaars, almal sondaars.
Halleluja."

Dan sketter die trompet dit uit, die blaasbalke wurm en krul, en soos die laaste oordeel boem die trom.

"Waarheen is julle almal op pad?
Die vlam, die vuur.
Halleluja!"

En nes die trompet skal sy woorde ook uit, en die weerklank vul die tentruimte.

"Soveel siele, soveel sondes!"

Hy ryg hulle uit, hang hulle op vir almal om te aanskou, dop hulle om – vuilkant bo.

" 'n Onkuise le-we.

Egbreuk.

Ongeregtigheid.

Satanas en Beëlsebub.

O die vlees, die brose vlees.

Bekeer julle – Boem! Boem! Boem!"

Die prediker se stem gryp hulle vas, sweep die gehoor aan tot bekering.

'n Jong man slaan op sy bors: "Ek is boos, deur en deur."

'n Gryskop hou haar hande op in 'n bewerige poging om die gerig af te weer: "Wee my!"

'n Meisie ruk haar hare los, pluk bondels daarvan uit: "Hulle het my gewaarsku."

Frieda druk haar ore toe, maar die tromslag kla haar deur haar handpalms aan, moker die oordeel in.

Langs haar en voor haar kruip skepsels op die grond. Hulle stry die stof los, dit damp saam met die sweet van hulle benoudheid.

"Waarom stuur U nie die bliksem nie, of slaan met die wit melaatsheid?"

Die tent is 'n put met onklimbaar steil walle, al slaan jy jou oë waarheen op.

. . . Hy't op sy rug gelê toe hulle hom kry, sy oë oop en styf gestol, die etter goudgeel in die kasse, arms en bene stokstyf en die maag 'n koeëlronde boep geswel. En waar oop was, oog en oor en mondholte, maaier die verderf.

"Help dan, Here, erbarm U, o God!" Eers toe sy die woorde hoor, besef sy dat dit syself is wat so roep.

. . . Sy was vol sewentien voordat haar vroulikheid vir die eerste keer gewys het, 'n spierwit sewentien, bleek en maer. Haar ma was al so bekommerd, maar hulle huisdokter wou die natuur tog maar sy loop laat neem.

"Nee, miesies Martyn, ek gaan nie lol nie. Die bloed is baie gevaarlik, en as hy loskom, dan wil julle walgooi en vashou en netnoumaar is dit 'n halsoorkop trouery en ander ellende. Nee," en hy vroetel Frieda se hare deurmekaar. "Ons wag maar nog 'n bietjie."

Maar Frieda was al so ongedurig. Haar ouderdomsmaats was almal al uitgegroei en hulle rypheid het in die sagte rondinge van hulle liggame gewys, op sekere tye van die maand rooi en puisierig in hulle gesigte uitgeslaan. Dit het in afgesonderde hoekies opgeklink uit hulle gegiggel en was in die skielike opslaan van hulle oë, die beweeg van heup en dy. Nes die anemie haar vroeër uitgesluit het van hulle energieke speletjies, was dit nou weer 'n hindernis tussen haar en hulle nuwe lewe.

Bloed, hu! So warm en klewerig-rooi. Hoe het sy dit gehaat, die sien sowel as die proe. Maar as dit die voorwaarde was vir die nuwe dans – 'n granaat wat rooi geryg oopbreek, 'n stokroos wat in ritse blom . . . Soveel keer op 'n dag sit sy haar hande teen haar hart net om die klop te voel. Verlange en weersin.

Een nag droom sy van 'n enorme lewer aan 'n haak bokant haar kop sodat die bloed aanhoudend afdrup in haar oop mond, drup en drup. Eers kon sy dit wegsluk, maar toe kom dit al vinniger sodat dit sommer oor haar stroom, haar oë en ore en neus. Dit smoor haar toe. "Sluk, Frieda!"

Toe sy wakker word, was dit sulke tyd, en daarna gereeld volgens die maan. Dit wás toe ook soos die ou vrou voorspel het. Nes die klipplaatdam met die reëns vol word en in blaar en spriet oorstoot, so het haar bestaan met die geheime beweging van die hormone verby uur en plek beweeg. Wat hindernis was, wal en sluis en oorloopsloot, die vloed swel aan en was oor, benat en bevrug.

Sy het ook vol en rond geword, en onder haar vel kon 'n mens die nuwe rooi lewe merk. Sy het dikwels na haarself gekyk of aan haarself gevat. Sy was sý, haarself, veel meer as vroeër, tog tegelykertyd buite haarself, en in die vreemde distansiëring het sy gewens om deel te hê aan alles wat groei om haar.

Of dit 'n boom was in drag, of 'n lap sonneblomme, almal met die saadkoppe na die lig gekeer, katbos en kweper wat oordadig die kante van 'n bewerkte land inneem, groot wit motte wat saans teen haar raam aanwieg en hulle eiers in trossies teen die weerkaatsing van die lig lê – orals om haar was lewe en groei, en wanneer sy nou stap, het sy sommer enige rigting ingeslaan. Die wa-spore tussen die mielies of die gruisweg oor die hoogte, die pad langs die voor, waarom kies, want almal gaan aan. Breed of smal, mielies en miershoop, 'n soetdoringbos – waar sien ophou, het verbeelding oorgeneem. Geen grense; die wêreld was oop-groot. Maar dan weer, as sy op 'n keer dors word in die Benades se kombuis en sy druk die soplepel in die balie in en skep die water uit en bring dit na haar mond, baie versigtig dat dit nie stort nie, en sy sluk dan. Dit was putwater en altyd koel, selfs op die warmste dag, en jy kon die klam klei daarin proe en ander skadudinge wat diep onder die watervlak bestaan – wortels en stingels en mos, 'n ganse heelal saamgeskep in 'n soplepel. Sy kon nie ophou drink nie, eintlik gulsig agter die water aan, asof sy dit so wou insluk en opneem en déél daaraan kry, want saam met die maan het die vreemdste verlangens gegroei en afgeneem en weer gegroei. In die begin was dit vaag en onbepaald, 'n hunkering na iets, iets of iemand. Maar hoe en wat? By tye het sy gelag, dan weer gehuil. Sy was vreemd vir haarself.

Toe op 'n aand kom sy 'n ruiter teë op die dampad. Dit was Bob Carstens. Sy het sy hare herken, maar meer nog die ongeërgde sit in die saal nes hy sê: Dis ek en te duiwel met die res. Hy wuif en lag: "Hallo, mooi ding!" Sy bloos en draai haar kop maar sien tog nog hoe hy 'n soen in haar rigting blaas. Dan lê hy weer vooroor en die pressie van sy bene teen haar sye jaag sy merrie aan.

As hy om die draai gaan, begin sy ook hardloop. Sy wou nog sien hoe hy vorentoe lê en saam met die dier beweeg, spier wat teen spier span. Maar die stuk reguit pad tussen die populiere was ook al leeg. Die Carstense was altyd so haastig en sy kon net die perdepote nog hoor.

Om haar was laat skemer – donker wat in donker loop en die sin van die daglig ontken. G'n kleur en weinig vorm, maar soos sy na die hoefslae luister, die klink en weerklink, word sy bewus van die klop van haar eie bloed, net so egalig en dwingend. Hoef- of hartslag, bloed en beweging, haar vae onbepaalde verlangens is deur die ritme tot betekenis geslaan. Die motte wat snags teen haar raam aanfladder en die blomme wat in die brand van die lig oorloop met olie – alles wat waarneming was, getuienis van oor en oog, sy het nou geweet wat dit inhou.

Sy strek haar arms uit, vou hulle dan styf toe oor haar borste, maar as die puntigheid daarvan teen haar palms aandruk en sy die dwingende geklop daarin ook voel, sak sy neer op haar knieë langs die pad en druk haar gesig radeloos in die gras. Sy was so warm: haar wange en hande en voorkop, alles gloei.

Vuur! Brand! 'n Winterwit Augustus, rypkaal en bar, maar as dit op 'n aand vlam vat en bult na bult steek aan . . . Eers net die skyn wat ver opslaan – al die tyd lê die weilande wyd oop – maar dan kom die vlamme nader en dans en galop en stoot horings uit. As hulle sou weghol! Wat van die bêrekamp. Slaan dood! Keer voor! Maar dis dwarsoor die brak en dreun af op die skoffelstrook. G'n hindernis meer nie en in die nou daglighelderte ontmoet vlam en gras in die genade van die brand. Ken en beken. O, my beminde!

Om haar stuif meel van nagpapawers neer op hulle wagtende stampers, goudgeel dons en die groei stoot af tot in die begin van die vrug . . . Die kind is twee maande later gevind, nakend onder die doringbos die naelstring 'n ontbindende leidraad na die sterflikheid. Sommer net na twaalf die oggend het almal daarvan geweet by die skool. Die onderwysers het nes die leerlinge saamgedrom, almal rotnuuskierig. Wie en hoe?

'n Swart motor ry die Rooihoogte af, kom by die kruising. Is dit links of regs? Sy neus soek die dampad tot onder in die boomleegte, diep in, tot waar die groen-en-goue brommers nog altyd om en om soem.

Dood? Soos 'n mossie, maar sonder vere nog, 'n klein, kaal voëltjie. Die medisynemeester bêre sy stetoskoop. Dit was totaal oorbodig hier. Maar wanneer die speurder sy instrument ophou, brand die lig in die glasoog saam en getuig ondubbelsinnig, groot, vergroot! Die sonde groei in die lens.

Lewe beslis, al was dit pasgebore. Maar saam daarmee, en dit hopeloos te vroeg, die dood. En dit wat die twee, die lewe en die dood, koppel, roeserig aanmekaarspeld, getuieniseksemplaar nr. 1, die speurder trek die spyker fyntjies uit met sy tang.

Dit wat God saamgevoeg het! Maar ons sal die skuldige uitruik. Die vader weet daar was stank genoeg, maar laat die hond net die bloed ruik, al was dit poeierdroog.

Huis in en huis uit, die diender leun sommer oor die onderdeur. "Wat weet jy, en jy, en julle? Watter meisie hierlangs het verwag en was nie getroud nie? Wie het dit gedoen, wie's skuldig?"

Ruik en snuif met sy neus al op die grond. Hoe pluk die dier dan so aan sy ketting? God slaap nie en moord peul uiteindelik uit, al steek jy hom weg onder die bitterbessiebos en skiet jy jou kop fyn en flenters as jy die fyn tjank van die honde hoor.

Dit was Dina Gouws, Dientjie Doll, soos almal haar genoem het, want sy was baie mooi, al kon 'n mens dit nou beswaarlik glo met haar gesig so totaal verrinneweer en sy maar sewentien. Die tye darem! Sou niemand dan die verwagting opgemerk het nie, of die geboorte? Sy moes tog al die maande geloop en uiteindelik in die bos gewerp het nes 'n dier; net geen dier sou daarna kon doen wat sy met haar eie hande reggekry het nie. En die kind was so mooi geskape. So was sy tog nie grootgemaak nie.

Trek die laken toe. Dis nie 'n mooi gesig nie: voorkop, wangbene, neus en ken – alles vergaan in bloed. Dit het dwarsdeur die donspeul gesyg en onder die bed in 'n swart dam gestol. Sonde tot die dood toe! Dis dan wat van die bloed gekom het en die maan wat elke vierde week vol was.

'n Storie het hardnekkig rondgegaan dat een van die Carstensbroers die pa was. Party het gemeen Kit, ander was weer seker dis Bob, of albei; waarom nie? As 'n hek eers oop was, en die Carstense was almelewe so wild.

Maar waarom die Martyndogter haar dit so aangetrek het, was 'n raaisel. Sy't by die graf flou geword, dié van die kind, toe die predikant laat sing het. En daarna het sy in 'n stryd geraak, was weke lank siek. Die dokter het gepraat van 'n breinstorm, maar hy kon dit ook nie verklaar nie. Soos sy aangegaan het oor die dubbele dood en altyd die wit en die rooi: so wit soos was, so rooi soos bloed.

"Sluk, Frieda, hou dit in. Bloed is lewe!"

Maar dit was dan sonde ook – vuil, stink sonde.

Dan was die lewe self sonde?

. . . Heuninggeel doringkwassies drink die lig en stuif weg in poeierdons. Maar die brommers al om en om die liggaam?

Dit was altyd die bloed en die verderf.

Die kind, wie ook al die pa, was niks van haar nie, nie eers vérlangs nie, en die moeder moes hulle bymekaarmaak uit die vier hoeke van die slaapkamer. Dit was háár bloed wat die peul so gevlek het, Dina Doll s'n. Sý't hom doodgemaak.

"Here, Here, wees my arme sterfling genadig, bewys my barmhartigheid. My kind, al het sý hom gedra, mýne, al het 'n ander liggaam hom ontvang en gevoed, nege maande lank. In mý was ook die brand en die begeer. En toe die vrugwater kom en die aanmaning van die bloed, het ék na die doringplaat moes vlug.

"Dit was groen daar, somer, en skuins lig deur die stamme. Mens kon die doringgroeisels ruik en hulle blomme. Ek het hom neergelê op die blare, so 'n vrugbare tapyt. As hy geskend was soos die Grimms se kind – binne die eg gebore en tog met albei arms weg – maar hý sonder 'n letsel, volmaak geskape. Het die sonde dan só vlees geword? Ek tel die spyker op . . ."

Die elektriese klokkie lê op die sprei binne bereik van die vrou se hande. Sy voel, voel daarna en gryp dit dan vas. Gelyktydig met die skel flits 'n rooi lig op die aanwysingsbord in die dienskamer aan. Nr. 36.

'n Jong verpleegstertjie triptrap flink die gang af en loer om die deur. Die vrou se wange is twee koorskolle: "Hy is dood. Ek het dit dwarsdeur geslaan."

"Kom nou," en die verpleegster probeer haar kop terugpaai op die kussing. "Probeer slaap."

Maar sy beur met alle mag orent: "Onmoontlik, 'n lam blêr aanhoudend." Sy gryp die meisie se hande vas: "Maak hom stil, en die ander ook, hulle is almal vasgekeer teen die draad. Waarom het die Benades nie seker gemaak die kamp is leeg voor hulle die vuur aangesteek het nie, en die gras juis so tonteldroog. Een vuurhoutjie was genoeg. Ruik jy nie die rook nie?"

. . . die hele Rooihoogte was toe onder die vuur. Dit het sommer oor die pad getrek asof daar g'n versperring was nie. Dit was goed om te sien hoe alles wat maande lank al dood was, begin lewe. Selfs die uitspansel brand, en koringstoppels en kakiebosse – alles kurktrekker op in die lug.

Sy klim op die windpomp om beter te kan sien. Hoe hoër sy gaan, hoe wyer brand alles. Haar neus en keel word horingdroog en sy kon duidelik die hitte voel soos die wind dit teen haar aan dryf. Ver onder teen die lig sien sy hoe die brandslaners probeer keer – klein, swart voëlverskrikkertjies.

"Hu, nes hulle iets kon doen. Hierdie geilte, hierdie goudgeel wulpsheid wat aan en aan dreun en verteer, lewe vir altyd en altyd. Hiep, hiep, hoerê!"

Maar toe hoor sy hulle duidelik in die middel van twee vure en sy onthou die hek. Sy het dit laat oopstaan toe sy deur is vroeër die middag, en hulle het deurgespring na die boonste kamp toe.

Die vrou wring haar lyf heen en weer nes sy in die beweging verligting wou vind: "Blêr, blêr, vas teen die draad. En alles my skuld. Pa sê hoe kon ek vergeet. Ek was tog al tien jaar oud en wis hoe snoep lammers Augustus agter groen is, maar laat dit vir my 'n les wees, want daardie gekerm sal ek in my lewensdag nie vergeet nie."

. . . Hulle het nie dadelik begin brand nie; wol is traag, maar toe dit vat, het daardie lammers gehuppel en gebokspring en met die kop gepomp. Elke vesel en elke senuwee het uiteindelik gebrand, en die vlees het vuur geword. Nooit het hulle so geil geleef nie. Maar terwyl dit vlam, gryp die kole van onder af vas. Lewe en dood en tussen die twee die lam.

Haar gesig vertrek en haar oë wat so lank na binne gekeer was, sper aanklaend en ontstellend oop: "Blêr, blêr, tot die blêr self as word en vir ewig dood, al het die rooklinte nog lank die volgende oggend oor die swart gehang. Skuld! Skuldig!"

"Dis soveel jare al terug," troos die leerlingverpleegster en neem die maer pols bekwaam tussen duim en voorvinger vas, meet dan die klop daarvan teen die tik van haar horlosie. "Jy was nog 'n blote kind, en buitendien dit was 'n ongeluk."

"Nee," en sy skud haar kop, "dis die sonde. Dis óm mens en by jou, en binne-in, diep in. Hulle dink verniet om 'n gordyn voor te hang, want dis selfs in sý tent, al het Sonny met 'n groot stem geroep om dit uit te werp." . . .

"Swart gedagtes.
Swart woorde, werke.
Alles pikgitswart!"

Maar sy kleed was spierwit. Hy was bedek met wit, 'n wit prediker met woorde wat soos wit haelstene slaan.

"Aanskou die bedorwenheid.
Onreg! Verderf!
Maar bewaar julle as sy vuur kom.
Swawel, salpeter."

Die lammers het dit van vér af geruik nog voordat dit hulle vasgekeer het, en soos die rook nader kom en skerper stoot, het hulle al benouder geword en saamgebondel. Skape is so onnosel.

"Verskriklik so 'n vlammedood!
Wee julle, bedorwenes.
As dit brand en daar's geen uitkoms nie."

Hulle bondel op mekaar se rûe, klim, maal, stoei, heeltemal verwilder.

"Dit lek aan julle skene.
Voel julle dit nie?"

Wit wol brand, die spierwit onnoselheid brand. Wie het die hek laat oop-staan?

"Red ons, bewaar ons!" Die menigte hou hulle hande uit. Asof dit was waarvoor hy gewag het, gooi die prediker sy kleed wyd oop: "Dan moet julle julle bekeer!" Sy stem styg en sy oë sien verskriklike dinge. "Julle moet die sonde van julle afruk! Trek dit uit. Skeur dit af, want dis die voddes wat die ware mens bedek."

'n Jong man voor in die ry se oë volg hom glaserig en terwyl die oproep weergalm, buk hy en trek sy hemp uit. Hy swaai dit soos 'n vlag bokant sy kop. Dan byt hy dit tussen sy tande vas en ruk dit in repe.

Dis byna of die prediker uit die veld geslaan is. Hy kyk dom of hy nou nie verstaan nie. Sy adamsappel werk op en af. Dan vat hy met 'n blinde hand na die seun wat met 'n blink gesig en melkwit bolyf voor hom wag. Hy knyp sy oë toe en ruk sy kop op: "Is dit u weg, Here, en dit so eenvoudig. Dankie, dankie!"

Dun blomrokke, wolbaadjies en bloeses, baie bokledingstukke reën voor hom neer.

"Trek uit! Gooi op 'n hoop. Kyk hoe word dit meer!"

Egbreuk en diewery en omkoopgeskenke, katoen en sy en wol. Sommige dragoed is geweef, ander handgebrei, deurgewerk, party is selfs gestop maar almal is boos. Halleluja!

Frieda begin haar jakkie losmaak – drie knope en 'n gespe. Haar vingers is oorhaastig. Uit, uit! Lus en begeerte – uit. Sy gooi dit met 'n wye swaai van haar af weg.

Nou die romp. Dit kry sy moeilik los. Oorgretig probeer sy dit sommer oor haar heupe forseer, maar as haar hande teen die hindernis van been en spier stuit, die stewige rondings voel, besef sy met 'n skok haar vroulikheid. En as sy dan verward opkyk, is dit na 'n man langs haar. Sy baadjie is al uit en hy klap met sy hande op maat van die lied wat die orkes speel. Tog is sy oë onrustig op haar onderrok. Dis dun, byna deurskynend, en as sy nou na haarself kyk, verbeel sy haar sy sien lieste en heupe – 'n kom, hol en wit, en om die knop sagsag vir uitnooi en ontvang. Die man se mond bewe; dis byna of hy sy hand wil uitsteek. Die nag en die menigte – alles versink in die kom.

Hou jou roksak toe! En dit in sy tent! Sy byt haar lippe stukkend, en as sy die bloed proe, word haar mond oudergewoonte vol slym.

Die prediker was mis. Dit was nie genoeg om jou klere af te werp nie. Dáár lê haar jakkie. Ontdaan van sy vulling was dit 'n armsaligheid, en skadeloos. Dit was die vlees self – sel en sening en murg. Oë aanskou die kwaad, hande streel dit en heupe ontvang.

Om haar was baie mense. Vir die eerste keer dié aand kyk sy na hulle, behoorlik, een vir een: 'n kropgeswel stoel aan 'n dun, geplukte nek; in 'n jong meisiesgesig stoot etter puisierig op, rumatiekkrom hande bedel en 'n kankerlip lag wyebek; een skepsel abba sy boggel, 'n ander troetel 'n dwerghand teen sy bors – verdroog, verweer, vervorm, vermenigvuldig, en alles vlees.

'n Vrou stap vorentoe met 'n kind toegevou in haar arms. Sy rol die tjalie af en hou hom op voor die prediker.

Moes 'n mens nie lag tot jy stik nie? So 'n grap. Steek dit op 'n paal vir almal om te aanskou en skryf onderaan: Siedaar.

Dit was net kop, 'n beesblaas volgepomp met water. Sien en hoor en wete – alles vergaan in die soutvog opgedam tot barstens toe onder die blinkstyf vel.

. . . Afsigtelike paddastoel wat swel tot die slym al wat oop holte is vul . . .

'n Seuntjie kom voetjie vir voetjie nader en hou een vinger ondersoekend uit. As hy aan die drogkop raak, ruk hy onmiddellik terug. "Sleg," skreeu hy, "vat dit weg!" En hy druk sy gesig beangs tussen sy ma se klere in, trek die donker voue om hom.

Wis uit en smoor; spyker toe en gooi sand op, skopgrawe vol, sodat dit self weer stof word en gelyk met die aarde. Vervloekte vlees, besoedel en besmet tot die dood toe, vervloekte aarde waaruit dit geformeer is.

Sy maak haar romp vas, tel haar jakkie op en trek dit aan. Sy kon nie dadelik huis toe gaan nie, maar sy het haar volkome gedistansieer van die rumoer, die singery en die talryke bekerings. Die bedryf het langs haar verbygegaan net soos die lewe die volgende dag en daarna. Sy het lankal geweet dat die pad na die sendingstasie kort anderkant die geboue uitgeloop het in 'n menigte voetpaadjies wat na verskillende struise gelei het. En soos die mense vertel het, kon dit Saterdagaande daar ook maar lawaaierig toegaan met al die bier en die end van die week jolyt, veral na ou Suster Graaff se dood. Sy kon lag as sy haar dwase kinderfantasieë onthou. Tog het haar bestaan die skraalte en doelbewuste eenkant hou gehad van die smalpadpelgrims wat soveel jare gelede onder hulle bondels uitgesukkel het na die gerig. Soms het sy gewens haar mense was nie so streng Protestants nie, want sy het gedroom van 'n leë kloostersel waar 'n mens met daelange vaste en oorpeinsing die liggaam weg kon kruisig. Sy sou veel kon hê aan 'n rosekrans waarmee jy die tyd kraal na kraal verby kon bid.

Miskien as sy na 'n sielkundige kon gegaan het. Hulle is baie slim om die jare wat verby is, weer op te diep en skoon te stof sodat 'n mens jou pad vorentoe reguit kan sien lê. Nou was alles – binne-in haarself sowel as die wêreld buitekant – onherkenbaar inmekaargekoek. Sy sou hom kon vertel van die veraste lammers en die afkophaan en wat dit te doen kon hê met Dina Doll se kind.

Toe sy op 'n dag 'n miernes ontdek onder haar sitkamervloer – dit was ná haar ouers se dood, toe sy alleen in die hoekhuisie in die dorp gewoon het – was sy baie omgekrap: die wriemelende, krioelende, ryswit insekte – tonnels vol onder die hout. Hulle was aanmekaar getros, en waar die planke gevreet was, kon 'n mens dit soos sand uitmekaar frommel.

Hulle kon nie die koningin kry nie. Die man wat die nes uitgehaal het, het lank gewerk, maar dit het niks gehelp nie.

Van die tyd af het sy haar dikwels verbeel sy hoor die miere snags knaag, en sy het gedink aan al die miljoene eiers wat gelê word, en hoe algar uitbroei en begin vreet.

Sy het weer vir Verster laat kom. Hierdie keer het hy 'n groot stuk van die vloer opgekap. Dit het nog geruik, so miererig-suur, maar al die gange was leeg. Sy moes haar verbeel het van die knaag. Dit was die tyd toe sy al kwaai pyn begin kry het en snags nie kon slaap nie. So alleen met jouself prent 'n mens jou dinge in, ag, en agterna gesien, dis mos hoe 'n gewas ook werk, al in die donkerte aan en aan.

Gelukkig was die spesialis 'n baie knap man. Hy sou hom kon bykom.

Dit was 'n lang operasie, want hy was baie presies. Hy het twee dokters gehad wat geassisteer het; hy wou behoorlik seker maak dat alles uitkom. En dit nie net ter wille van sy pasiënt nie maar omdat hy homself persoonlik met sy eie hand en vaardigheid gestel het teenoor die koeksel wat so onbarmhartig meer geword het: wortel en tak tot die fynste uitlopertjie wat gryserig in die lewe ingestoot het.

Maar vanwaar dan nou die reuk in haar kamer, toe sy eintlik al gesond moes gewees het? Niemand het iets gesê nie, net op 'n keer het 'n verpleegster 'n botteltjie met chlorofiel oop op haar bedkassie neergesit. Dis die tyd toe sy ook meer pyn begin kry het – 'n aanhoudende geklop in haar onderlyf, so erg dat sy soms begin yl het. En altyd oor die graf. Nie so 'n groot graf nie; dit was nie nodig nie – die kissie was skaars twee voet lank – maar dit was die volle ses voet diep. Daardie grond het maklik gegrawe. Sy het dit goed onthou, die skraal baie diep swart gat, want dit was 'n ewigheid voor die kis onder was. 'n Behoorlike graf en behoorlik toegegooi. Waarom die reuk, iets wat sleg word, so vrotterig-soet?

Die verpleegster wou nie toegee nie, maar soos sy praat, trek haar neusgate vieserig: "Onmoontlik, Juffie, kyk self. Alles spierwit."

Mure, plafon en bed – alles baie presies. Ook die lakens, elke dag vars. En as 'n mens hulle afstoot, was die verbande ook wit: lae wit om haar lyf.

"Maar daaronder?"

"Genesing neem altyd tyd." Die meisie werskaf doenig, alhoewel haar oë skuldig wegkyk.

"Dis om dit weer groei, nè?" en die vrou druk met haar palms teen haar buikholte. "Hy't dan belowe hy sal dit uitsny al moet hy tot op die been gaan. Ál die kwaad!"

Daar is so 'n aanklag in haar stem dat die leerling in jeugdige verdediging van haar beroep voortvarend uitroep: "Maar as dit tog in die bloedstroom is."

Die hart, so 'n ingewikkelde bousel: 'n dubbelverdieping, kamer bokant kamer met heel eiesoortige mure wat span en ontspan, en soos hulle saamtrek, die bloed al aan forseer: eers in die slagare in, dan die syare, spuit en spuit, altyd nouer, vaat en haarvaat tot dit uiteindelik ligrooi glim in 'n enkel sel. Slape en pols en ingewandsholte – orals die dwingende klop, gee en neem, en saam daarmee, onherroeplik vermeng, of dit ook al spuit of vloei of drup of oneindig stadig van een sel na 'n ander sypel: die kwaad.

Sy hou haar hand op. Dit was tot die been toe vermaer, maar duidelik onder die vel kon 'n mens die paaie sien waarlangs die bloed beweeg, en sy onthou die sketsprent van die sirkulasie in die mediese boek, die miljoene rooi lyne wat van die hart af tak: vertikaal van kop tot tone, horisontaal van arm tot arm – rooi bloedpaaie, dwars en af: 'n kruis, sodat die mens vir ewig gespyker was aan sy eie bloed. Miljoene mense en miljoene kruise – 'n aarde vol daarvan. "Maak oop die venster!" skreeu sy en slaan met haar arms.

"Onmoontlik!"

Maar sy is al halfpad van die bed af. Die verpleegster kry haar vas.

"Asseblief," soebat sy.

Waar sy nog krag vandaan gehaal het. Die verpleegster kon nie eers haar hand loskry om die klokkie te druk nie: "Daar's tog niks om te sien nie, net nog so 'n hoë muur."

Drie paaie. Een was smal, een was sondig en die ander gaan dorp toe. Hoe't almal dan saam in die kamer uitgekom, op die wit bed?

Sy verslap onverwags en totaal – 'n saagselpop waarvan die opstopsel uitsak.

Die Suster het dit ernstig oorweeg om haar tog maar te skuif, miskien na een van die voorste kamers. Hulle het 'n soort uitsig gehad, en as dit haar sou rus gee, maar die ginekoloog het sy kop geskud. Geen skuif kon enige verskil meer maak nie. As die end daar is, moet jy dit in die oë kyk. Dit was jammer dat die operasie juis so 'n wending moes neem, maar met 'n gewas kon niemand voorspel nie. Jy opereer en jy't sukses, maar so 'n groeisel kon net sowel met die sny daaraan 'n nuwe loop neem, en dit het die dood beteken. Vreemd tog, die selle self was oervrugbaar, dit groei soos 'n wegholvuur – lewe in die hoogste rat. Tog was die vrou sterwend, die liggaam al besig om te vergaan voor die asem behoorlik uit was. Hoe ingewikkeld was dinge nie. Hy trek sy skouers op: 'n mens kon maar net probeer verligting gee.

Hy het twee druppe laat opstel: een met hemoglobien, die ander met 'n sterk suikerkonsentraat. Daarvoor moes hulle are in albei arms oopmaak. Links vir die bloed en regs die glukose.

Dit was 'n hele werkstalligheid, maar sy het nie besef wat aangaan voor veel later nie. Dit was toe al nag en die water was al laag gesak.

Toe sy haar oë oopmaak, het sy eers gedink dis twee mense wat aan weerskante van die bed staan, en sy het haar oë weer toegemaak. Maar toe besef sy sy is vas, en wat sy vir koppe aangesien het, was die bottels waaraan sy met lang gomlastiekbuise gebind was.

Die verpleegster het pligsgetrou elke nou en dan ingeloer om seker te maak dat alles in orde was: "Bloed, ja. Dis dat jy weer kan sterk word. Môre voel jy 'n nuwe mens. En die ander bottel? Sommer 'n bietjie stroop vir die lekker – bloed en heuning."

Het hulle dan nie geweet van haar en die bloed nie? Anders sou hulle haar mos nie so daaraan gegespe het nie.

Gog en Magog, een op linker-, een op regtersy, dwarsdeur die nag. Drup en drup. Die swaartekrag forseer die taai vloeistof af. Dit sak ondertoe in die buis en sink weg in haar are. Deur haar eie liggaam voed sy die kwaad. Dit deel, verdeel. Buikholte, onderlyf – als word vol.

En toe, in die alleentyd ná middernag tussen slaap en wakker wees, wis sy dit was die kind, en al het hulle dit toegedraai in grafdoeke en diep gebêre, was dit in haar, dood nes toe hulle dit onder die dorings gevind het. En soos dit in haar opgekrul lê in sy doodslaap, sprei die reuk. Dit vul die aarde. "Verlos ons van die bose. Afskuwelike paddastoel, vervloekte kankerkind!" As sy dit kon uitskeur, maar haar hande het totaal geen krag meer nie. Sy was vas: Frieda Marie in die hoek, saam met die kind. En as die roggel nou opstoot, bied haar lippe geen weerstand nie, en die slym loop ongehinderd oor haar ken.

Die bloed drup, egalig en vanself, en, saam daarmee ook die suiker.

Soet, suikersoet en bloedrooi bloed. Drup en voed. Dit vloei in onder die vel, op na die hart – sterkte en soetigheid.

. . . 'n Pad gaan aan deur die doringplaat tot by die bessiebos wat blom, baie blomme – 'n someroes.

Heuning en stroop drup, drup lewe, soet lewe, stuif goudgeel en bedek die kind, onder die doringbos, binne-in haar. So 'n groot kop, 'n papawer op 'n stingelnek – arme geknakte blom, veels te vroeg gepluk, met jou blinde ogies oop vir die lig. Hou dit styf vas in jou hart en wieg dit heen en weer: Japie, my skapie, my wit wol-lam.

Miljoene brommers zoem, almal groen-en-goud en deurskyn van lig. Hulle wieg en styg, om en om, en verteer so die dood tot 'n stralende kleurveel lewe.

As jy middel-C druk, gaan al die C's tesame af, en die klank stoot uit deur duisende pype. Tremolo, pianissimo. Geen dood sonder lewe. Trek uit die proppe en loof die Heer.

1966

CHRIS BARNARD

Bos

Daar is 'n soort stilte wat meer behels as die afwesigheid van geluid; 'n stilte sonder beweging; 'n stilte wat byna die dood self is. Die lug is stil, die blare en gras is stil, die voëls is ongelooflik stil. As die meide smiddae die mangopitte los en wegraak tussen die bome, dán kom dié stilte. Dis die uur sonder sonbesies – die dooie vuur waarin 'n mens begin vermoed dat selfs die son iewers vasgesteek het.

In só 'n uur kom Kirst.

Die bos se hol voetpaaie bring hom hiernatoe, oor 'n honderd riviere en net soveel vlaktes – elke rivier, elke vlakte, elke nag se hiënas náder aan 'n godverlate oomblik. Hy kom oor die klipplaat aangestap waar die meide soggens mangopitte droog, oor die blink en harde werf; ek hoor sy voetstappe oor die klippers, sien hom teen die houttrap van my hoë stoep opklim, onder die skaduwee in. Dan staan hy tussen die potvarings en ek wag dat hy oor die drumpel moet tree.

Sy gesig blink waarskynlik van die sweet. Hy kyk na my waar ek langs die tafel sit en miskien dink ek hy het oud geword. Maar ten spyte daarvan herken ek hom. Ek het sy voetstap reeds al herken.

"Dag, Kirst," sê ek.

Of miskien praat ons nie. Kirst praat in ieder geval nie. Ek hoor hom aankom en wag op hom soos ek al die jare op hom gewag het. My hart tamboer in my, ja, en daar is 'n warm gevoel op my tong; maar dis al wat anders is. Ek roer nie. Ek probeer nie vlug nie. My oë is op die deur gerig en ek wag hom in. En hy verskyn – sy gesig nat van die sweet. Dis reg: sy gesig blink van die sweet. Hy sê niks, en ek sê niks.

Dis doodeenvoudig.

Miskien nog dieselfde rewolwertjie; 'n klein swart Beretta met 'n stomp neus. Hy rig dit op my en ek haal my pyp uit my mond uit en sit dit op die tafel neer.

Wieg hy effens op sy voete? Of is dit ek wat heen en weer beweeg? Aanvanklik kan ek nie besluit nie. Eers later besef ek wat skeel: dis my kop; ek is besig om my kop te skud. Miskien wil ek daarmee sê: "Nee, Kirst, nie ná al dié jare nie!" Of miskien wil iets in my maar net sê hoe verskriklik oud hy geword het.

Maar dis nie ek wat uiteindelik praat nie; dis Kirst wat sê: "Dis jy . . ."

Hoe goed onthou ek jou nie, Kirst! Byna 'n leeftyd lank haal ek jou gesig dag vir dag uitmekaar en herbou dit weer stuk vir stuk: die breë voorkop onder windverwaaide hare, bruin oë wat deur alles kyk, skerp wangbene en 'n vol en manlike mond, 'n vierkantige ken. Maar nou? Wat is dit hierdie, Kirst? Wat vir 'n verrimpelde voorkop, yl hare, hol wange met stoppelbaard, tandelose rosyntjiemond? Net die skedel is nog onmiskenbaar jy.

Jy tree oor die drumpel en sien my en sê "Dis jy . . ." asof jy nog tot 'n oomblik gelede geglo het al jou gesoek na my sal op niks uitloop nie.

As jy verbaas is om my hier te sien sit, Kirst, is dit miskien omdat ek self nie jonk gebly het nie: jy het byna 'n leeftyd lank na 'n jong en onervare man gesoek, en nou dat jy hom ingehaal het . . .

Dit sal onvanpas wees om jou iets te drinke aan te bied. En oor jou welstand durf ek ook nie vra nie.

Oor myself praat? Wat kan ek sê? Dat ek jou verwag het? Dat ek bly is jy het gekom?

Daar is dalk tóg iets waaroor ons lank sou kon gesels. Eensaamheid. Maar ook weer: jou soort eensaamheid en myne was nooit dieselfde nie. Myne was die van iemand wat op sy straf wag; joune die van iemand wat straf moet uitdeel.

Selfbejammering en haat. Dis miskien tog maar dieselfde.

Ek dink daaraan, elke dag. En aan al die plekke in Afrika waar ek jou op 'n straathoek gewaar het, of in 'n kroeg, langs 'n kaai, op 'n rivierboot, by 'n doeane, in 'n herberg. Maar elke keer was ek teleurgesteld dit was tog nié jy nie.

Op 'n godverlate wit pleintjie in Zanzibar sien ek 'n man met sy skouers. En dit is hy. Na al die jare is dit hy. En hy draai om en sien my en kom aangestap. En ek wag hom in, wag dat sy hand na sy sak toe beweeg, wag vir die klein Beretta en die wit kneukels. Maar die man met Kirst se skouers stap verveeld verby en sien my nie.

In 'n broeiende hotelkamer in Luanda, 'n kamer met kakkerlakke en krake in die mure en kokkerotte, kom iemand stadig teen die trap op. En ek herken Kirst se voetstap. En wag. Weet: uiteindelik, nou. Maar hy gaan verby; sy voetval raak weg in die gang.

Iewers in die Karoo, op 'n koue stasietjie waar ek tussen die melkkanne wag op die volgende trein, verskyn hy skielik uit die sinjaalkamer. Hy het 'n vlag in sy hand, maar sy vlag en verslete uniform lei my nie om die bos nie. Ek herken sy neus en hoë voorkop. Hy kom nader in die skemer, baie stadig. En ek wag. Ek weet: as hy langs my kom, sal die Beretta onder die vlag verskyn en hy sal die loop oplig en daar sal 'n blou vlam uit die skemer spring. Hy staan naby my, meer as 'n kwartier; en die trein kom en ek klim in sonder dat hy hom aan my steur.

Voor die poskantoor in Mbabane, tussen die dooie vis-oë op die mark in Beira, skielik op 'n middag 'n ent agter my tussen die silwerbome teen Seinheuwel, op die gaasdek daardie nag op die Victoriameer onderweg na Muhutwe, in Swakopmund, Coquilhatville, selfs in Ibadan die laaste somer voor ek hierheen gekom het.

En sedert ek hier is, verwag ek hom.

Ek staan tussen die piesangbome en kyk hoe twee bantams in die stowwerige agterwerf onder 'n verskrompelde suurlemoenboompie skrop. Die middagson bewe teen die wit kombuismuur en die bougainvillea is 'n koorsige pers dans teen die staalgrys lug. En hy staan ineens in die voetpad wat van die rivier af opkom, die sweet silwerig in sy wenkbroue.

Dis anders as wat ek verwag het dit sou wees. Al die jare het my laat berus by die gedagte aan sy uiteindelike koms. Ek het gedink ek sal doodstil bly staan as ek hom sien; ek sal nie roer nie, ek sal nie wil vlug nie.

Maar die vrees is eensklaps in my en so verskriklik soos die son. Hy staan daar, moeg en verwaarloos, baie ouer as wat ek verwag het.

Sy hand beweeg na sy sak toe en ek weet hy wil sy Beretta uithaal, maar my hand lig na my gesig toe en ek wil sê: "Wag, Kirst – wag eers!" Tog: ek sê niks. My keel is kurkdroog en ek kry geen geluid uit nie; niks. Dis hy wat eerste praat; dis Kirst wat sê: "Dis jy . . ."

Jy weet seker teen die tyd al self: 'n mens se geheue, as hy ouer word, verloor sy skerpte. Jy het dit tog al ondervind? En nogtans huiwer ek om uit te vra – jy mag dalk dink dis 'n set om my onskuld te probeer bewys. Soos 'n naïewe kind wat 'n kat vermoor en dan met engel-oë fluit-fluit sy ma tegemoet stap as sy kom straf uitdeel.

Nee, Kirst. Ek sal niks vra nie. Ek sal miskien selfs nie eens my vrees probeer verberg nie. Ek moet net na jou kyk. En wag.

Tog: dit sou eintlik makliker gewees het, sou dit nie? As ek net weer kon onthou?

Vreemd, en miskien selfs 'n bietjie komieklik, dat 'n mens om die een of ander rede begin vlug, en verplig word om aan te hou vlug, sy hele lewe instel op dié vlug, hom uiteindelik geheel en al toewy aan die vlug – so toewy daaraan dat hy op die duur vergeet wat die oorsaak was van alles.

Dis nie ter sake nie. Ek weet. Wat ter sake is, is dat jy uiteindelik gekom het; dat jy my oplaas ingehaal het.

Dis laatmiddag en die riete staan roerloos in die lui rivier. Ek kniel kaalvoet tussen die ronde klippe, skep die lou water met bak hande op, spoel die seep van my gesig en skouers en bors af. Die skuim dam om my bleek knieë, raak dan los en verdwyn weerskante van my kuite. Druppels water klou tussen my ooghare en in dié druppels gaan die son onder, hurk kameeldorings windskeef op die oewer, prik 'n rietsteel die groen aandlug. En, skielik, skuins langs die son, tussen die bome en riete, staan hy roerloos na my en kyk.

Ek maak my oë toe. Maar sy beeld bly. Deur my rooi ooglede sien ek hom staan en kyk, sy gesig uitdrukkingloos, sy arms slap langs sy lyf – net die een hand effens wakkerder as die ander.

Hy kyk na my nakende lyf soos na 'n klip. En ek onthou skielik hoe ek lyk. Die borsspiere reeds verslap, die skouerknoppe deesdae heelwat prominenter, die elmboë skerper, die dye witter en skraler, die are op my hande blouer.

Dít kon jy my gespaar het, Kirst! Dié nakende oomblik.

Maar ook dit, vrees ek, is nou van minder belang. En ek sukkel orent, trap onseker tussen die ronde en donker klippe. Ek staan regop voor jou in die water en my hande tas vernederd oor my vormlose skaamte.

God, was dit dan nodig? By alles ook nog dié oomblik van algehele weerloosheid? Jy was van jongs af genadeloos, Kirst, baie deeglik en verskriklik sekuur.

Dít is dan die oomblik, neem ek aan.

Moenie lag nie, maar ek onthou ineens 'n vreemde vinger op die kaart van Afrika. Hoeveel verskillende nagte het ek hom uitgestuur op safari, al verveelder, 'n klein mikstok op soek na water, wat skielik seëvierend oor Angola of die Soedan stuit en sê: hier is Kirst vannag.

En soms, minder seëvierend, moeër, meestal in die lou en soet hitte van die somer, gebukkend oor 'n al verkreukelder kontinent, die verbitterde gebed: ek gee oor; ek speel nie meer nie.

In die wit lamplig, die nag 'n onuitgesproke woord buite, die nag soet om die varings en die vlermuise, weet ek skielik dis hy wat voor die venster staan. En ek kyk op en sien sy eensame gestalte, effens onseker onder sy hoed.

Hy kom uit die nat nag uit. Terwyl ek voor die venster staan en wag dat die klein grys geitjie sy korreltjie suiker kom haal, flits die weerlig byna onsigbaar vinnig agter die reën. Maar die vlietende oomblik is genoeg om hom te herken: hy staan na die huis en kyk, moeg in sy broeiende reënjas.

Waar die meide bedags hulle bruin mangopitte droogmaak in die son, tussen die donker bome, die eerste lig rosig teen die trosse frangipani's, staan hy skielik.

Hy weet nie ek sien hom nie. Of miskien weet hy. Maar hy staan lank en kyk. Hy wag.

En ek hou hom dop terwyl hy wag. Ek weet nie of ek bang is nie. Ek weet net dis heeltemal anders as wat ek my dit voorgestel het. Niks in die oomblik is buitengewoon nie. Dis maar net dagbreek en hy staan op die werf.

Dan, baie later, beweeg hy. Ek sien sy hand wegraak in sy broeksak. En dit bly daar. En op die agterwerf, halfhartig, hoor ek die bantam kraai. En hy kom oor die werf aan, tussen die bome uit.

Die môre ruik na klam grond, na herfsgras, na kiewieteiers.

Die môre ruik na Afrika, Kirst.

En ek sien jou kom. Ek sien jou stadig aangestap kom oor die droë grint. En die houttrap kraak as jy dit bestyg, op jou gemak, glad nie haastig nie, glad nie bang nie.

Ek kyk nie na jou broeksak nie, al wil ek ook. Nee, ek kyk na jou oë; ek soek na jou oë – want, God, jy het oud geword, Kirst! Heeltemal te oud.

Heeltemal te oud.

En ek sê, sonder dat ek wou: "Dag, Kirst."

En hy sê: "Dis jy . . ."

1968

Hoogsomernag

Ons droom almal soms dié soort drome. En seuns veral. Swaar en donker drome waaruit ons langsaam en teensinnig wakker word en wat 'n dag of drie daarna nog by ons bly soos 'n mooi en treurige herinnering.

As kind had ek 'n dik, blou boek met prente van al die vreemde plekke in die wêreld. En op bladsy soveel was daar 'n prentjie van die Swartwoud. Die náám het my gevang, die naam meer nog as die prentjie. Dit is die soort naam wat enige kind se verbeelding sal aangryp, hom drome sal laat droom.

Die Swartwoud sou 'n plek wees met myle-myle donker bome, met kastele en kuile blou water en wit swane. En prinsesse, miskien, en prinse op perde.

Toe ek sestien was, het ek nog die boek gehad, maar dit toe al reeds te goed geken om nog daarin te blaai. Ek het ook nie meer aan kammaland geglo nie. Ek het nie meer van dwergies gedroom en van feetjies met towerstaffies nie. Ek het gedroom van dogters in my klas en van sonde en van groot, swaar vroue en die see.

En warm somermiddae as ek verveeld was en nie werk had vir my hande nie het ek die veld ingegaan met koorsige gedagtes. Tussen die bome en die warm gras sou ek op my rug gaan lê en my verwonder aan die blou lug en aan miere wat op takkies loop en aan meeldou op die blare.

En dan het ek myself probeer voorstel ek lê in die Swartwoud. Maar dit was nie altyd maklik nie; die landskap om my was te oop en te lig, te bekend. Die Swartwoud sou 'n donker en klam plek wees wat ek nie ken nie, 'n eindelose woud met sneeu en snoesige herberge en dakkamers met smal vensters en groot, wit dubbelbeddens en fluistergesprekke. Elke herberg sou sy meisies hê: robuuste, blonde goed met haelwit tande en koper-oorringe en heupe.

'n Mens verander baie in tien jaar, en bly baie dieselfde. 'n Man van ses-en-twintig moet soms glimlag as hy terugdink aan die drome van sy puberteitsjare. En dan, op 'n dag, betrap hy homself dat hy dieselfde drome droom.

Maar nie meer, soos vroeër, in sy slaap nie.

Ek het die aand so teen vuilskemer in die stasiekafee in Stuttgart gesit – tussen twee vure. Ek wou 'n trein haal Basel toe maar kon nie mooi besluit watter een nie. Daar was twee om van te kies: die sneltrein oor Karlsruhe, en 'n boemel-treintjie oor Herrenberg en Titisee. Die sneltrein sou my die volgende oggend voor dagbreek in Basel besorg, die boemeltreintjie eers die nag daarná teen twee-uur se stryk, en ek sou 'n paar keer oorklim – maar die boemeltreintjie sou my deur die hart van die Swartwoud neem.

Na 'n bietjie wik en weeg het ek téén die sneltrein besluit en 'n kaartjie gaan koop Herrenberg toe. Tyd was nie 'n probleem nie en ek wou die Swartwoud sien.

Daar was nie baie mense op die trein nie, maar die paar wat daar was, het die beknopte drinksalon vol gesit. Dit was in die hartjie van die somer en die aand was drukkend warm. Ek het in die gang by 'n venster gestaan met my kop buite om 'n bietjie vars lug te kry.

Die landskap was geheimsinnig in die vroedonker: spitsdakhuisies uit 'n vergete dwergland, af en toe blougroen dennebosse, dan weer lappe oop veld met koeikampe, skielik 'n haltetjie met 'n naambord, melkkanne, 'n paar roetswart huisies met televisieantennes, nogmaals bosse, plasies, kampe. Dit was asof ek na jare weer deur my blou prenteboek blaai.

Ek het daardie nag min geslaap. Elke keer as die trein by 'n haltetjie tot stilstand kom, was ek wakker. Dan was daar lui stemme op die perron, en aflaai-geluide, die gekners van voetstappe oor gruisklip, lang stiltes, en uiteindelik sou ons weer beweeg, langsaam spoed wen, al hoe vinniger, wiegend, en ek sou weer slaap.

As dit nie was dat ons op byna elke haltetjie 'n halfuur of wat moes vertoef nie, sou ons Basel waarskynlik vroeg die volgende oggend kon bereik het. Die roete was immers korter as die een wat die sneltrein oor Karlsruhe moes volg – ek glo nie dit was verder as tweehonderd kilometer nie. Maar 'n boeretrein ken geen haas nie.

Ons was die volgende oggend tienuur in Rottweil, en ek moes tot eenuur daar wag op 'n aansluiting na Neustadt. As ek maar geweet het ons sou eenuur vertrek, kon ek 'n huurmotor gekry het om my 'n bietjie in die distrik rond te neem, want ons was nou midde-in die Swartwoud. Maar niemand het presies geweet wanneer wat gebeur nie en ek had geen keuse nie as om in die bedompige stasiekroeg 'n onlesbare dors in bedwang te probeer hou.

Sesuur die aand was ons in Titisee en ek moes weer wag op 'n aansluiting, maar dié keer kon ek darem vasstel dat my trein eers teen tienuur die aand sou vertrek; ek het van die geleentheid gebruik gemaak om die dorpie in te gaan en vervoer te soek.

Maar Titisee het blykbaar nie huurmotors nie. As die dorp so iets het, was ek seker ongelukkig. En kon in ieder geval nie een opspoor nie.

Ek het gevolglik maar op dapper en stapper besluit.

As ek sê ek was teen daardie tyd lankal nie meer in die beste van buie nie, stel ek dit lig. Al die moeite om die Swartwoud te sien, en al wat ek nog tot in daardie stadium te sien gekry het, was godverlate haltetjies, stasiekafees en die eenselwige binnekante van 'n paar tweedeklas-treinkompartemente.

Titisee lê weggesteek tussen beboste heuwels. Veel van 'n dorp is dit nie – net 'n paar strate, 'n paar huise, 'n paar winkeltjies. Die heuwels rondom was donker van pers denneplantasies en die lug was blou en oop en dit was stil. Ek kon my eie voetstappe tussen die bruin baksteenmure hoor opklink terwyl ek aanstap, sommer 'n koers in.

Daar was niks besonders aan die toneel nie. Daar was geen houtherberg nie, geen laggende blonde meisies nie. Die enigste meisie wat ek gesien het, was 'n skraal donker kind wat my stuurs begluur het met die verbygaan. Sy het 'n tamaai kruisbeeld aan 'n kettinkie om die nek gehad wat effens geblink het in die laatson.

Ek was gou uit die dorp uit. Die pad het die bosse ingeslinger, maar ek het dit nie gevolg nie, ek het 'n voetpad gekies wat in 'n eikelaning af loop. Daar was voëls in die bome wat die warm middag met hulle eensame gefluit getrotseer het. Ek het my baadjie uitgetrek en aan 'n vinger oor my skouer laat hang. Hier en daar links en regs van die laan was daar weggesteekte woonhuise maar nêrens 'n lewende siel nie.

Dit was al sterk skemer en ek het begin dink aan omdraai toe ek die grootpad sien, en oorkant die pad 'n herberg. Omdat ek dors was, het ek besluit om eers 'n dop te gaan maak.

'n Paar ou mans het in die kroeg gesit en gesels, maar hulle het stilgebly toe ek binnekom. Dit was drukkend warm in die vertrek, donker – so donker dat ek eers na my tweede bier die meisie in die hoek gewaar het. Sy het in 'n rottangstoel gesit met haar elmboë op die tafel voor haar. Langs haar op die grond het daar iets gestaan wat ek aanvanklik nie mooi kon uitmaak nie. Dit het effens geblink en ek het my verbeel ek kan 'n groot tuit uitmaak soos die van 'n blaasinstrument.

Ek was besig aan die laaste bietjie van my derde bier toe die meisie opstaan. Die oubasies, wat intussen weer aan die gesels geraak het, het haar oor hulle skouers dopgehou en vriendelik gegroet toe sy uitgaan.

Dit was 'n musiekinstrument wat sy by haar gehad het – 'n yslike tuba. Die ding was so groot dat sy moes meet en pas om dit by die deur uit te kry. Sy was jonk en skralerig, en blond. Ek het haar dit nie beny om daardie tamaai gevaarte te dra nie.

Ek het my bier klaar gedrink en betaal en uitgegaan.

Dit moet 'n rapsie oor sewe gewees het.

Die meisie het 'n entjie van die herberg af langs die pad gestaan, die tuba soos 'n opgerolde koperluislang langs haar op die grond. Toe ek naby haar kom, tel sy die instrument op en begin met moeite daarmee aanstryk, oor die pad en in die laan op waarmee ek gekom het.

Ek het maar 'n entjie agter haar gehou, want ek het besef dat as ek by haar verbygaan, dit niks minder as my plig sou wees om hulp aan te bied nie. Maar na 'n honderd tree het ek skaam gekry vir my blatante lyfwegstekery, haar ingehaal en aangebied om te help dra.

Sy het die instrument neergesit en na my gekyk, toe gesug en geglimlag en die sweet met 'n moupant van haar voorkop afgevee.

"Jy red my lewe," was al wat sy gesê het.

Ek kon haar gesig nou vir die eerste keer ordentlik sien, en iets daarin het my nuuskierigheid geprikkel. Daar was iets bekends aan haar wat ek nie kon plaas nie. Sy het só bekend gelyk dat ek op die punt was om haar na haar naam te vra, maar ek het net betyds besef: dis onwaarskynlik dat ek haar ooit voorheen sou ontmoet het; sy lyk waarskynlik maar na iemand wat ek ken maar op die oomblik nie aan kan dink nie.

Ek het die tuba opgetel en ons het begin aanstap.

Die ding was swaar – en boonop nog ongemaklik om behoorlik vatplek aan te kry.

"Is jy op pad dorp toe hiermee?" wou ek weet.

Sy het geknik, tot my ontsteltenis. My lot was dus beklink; ek sou haar tuba die kilometer of wat dorp toe moes dra.

Ons het maar min gepraat op pad. My Duits was nog nooit van die beste nie. Die dinge waaraan ek kon dink om te sê, kon ek nie op Duits geformuleer kry nie, en die dinge wat ek geformuleer sou kry, was niks om van te praat nie.

Ek sou byvoorbeeld graag wou weet hoe dit gekom het dat sy met die tuba opgeskeep sit – ás dit 'n tuba was; want daaraan het ek al hoe meer begin twyfel. Die ding was groter as 'n tuba en beslis swaarder: dit kon miskien 'n bombardon wees. Ek het gewonder of sy die instrument kan bespeel. 'n Tuba word nog net hier en daar in dorpsorkeste gebruik en dan moet jy dit dra. Sy kon die instrument skaars oplig, wat nog daarop loop en blaas.

Sy het die hele tyd 'n tree of wat voor my geloop, en terwyl dit nog lig was, het ek van die geleentheid gebruik gemaak om haar onderlangs dop te hou, te probeer dink aan wie sy my herinner. Maar later was dit donker onder die bome en haar gesig het sy buitelyne begin verloor.

Hoe minder ek van haar gelaatstrekke kon sien, hoe meer het sy my herinner aan meisies wat ek geken het, aan meisies wat ek wou ken, aan meisies oor wie ek gedroom het. Haar oë was iemand s'n en haar mond het my aan iemand anders herinner. Haar hande was bekend, maar ek kon nie dink hoekom nie; haar manier van stap . . .

Ek het almal weer onthou, die een na die ander. Met die swaar tuba op my skouer, skuins agter haar in die voetpad, die someraand swaar en soet, het ek hulle onthou.

Die donker een by die groen dorpsdam wat ek nooit wou soen nie omdat sy vir my heilig was. Haar het ek eerste onthou.

Maar daar was ander. Na haar; ná die wit klein maagd was daar ander, minder maagdelik. Die gedroomdes en dié tussen die bladsye van vergeelde tydskrifte, die wat wydsbeen staan en terg terwyl hulle oplag na my bruin seunsknieë tussen die geniepsige turksvye.

Die groen meisie onder die water wat afduik langs my heupe, en sak, en sak, haar hare soos seegras om my knieë, afsak en weer styg terwyl ek wag dat sy haar borste instuur in die holtes van my hande.

En die kloosterkind met die bokhaarjas en die warm mond wat na wildeklapper ruik; die afsydige wat my in die sneeu soen voor 'n swaar houtdeur kort na middernag eenkeer.

En die ander heilige meisie in die grys hotelkamer by die see; die amber een met die treurende borste en die foto van 'n guru in haar handsak wat haar vreugde met haar naels hiëroglifies op my rug skrywe, sonder 'n geluid.

Met die reuse-tuba oor my skouer en vensters lig ver agter bome, die voëls lankal slapend, het ek hulle in my geheue getel. En elkeen met haar vergelyk. En sy was almal van hulle. En sy was niemand.

Intussen, tree na tree, het die tuba aan gewig gewen – totdat ek later, naby die dorp, net nie meer kon nie; ek het die instrument op die grond neergesit en gesug.

"Is hy swaar?" wou sy weet.

Ek het geknik en geglimlag, toe plat op die grond gaan sit. Sy het nader gekom en op haar hurke neergekniel, só dat sy met haar voorarms op die instrument kon leun. Om die een of ander rede was die aand nou ligter as 'n rukkie tevore – ek kon haar gesig weer naastenby uitmaak. Ek het oor die bos uitgekyk en die bleek skynsel bokant die bome gesien en geweet die maan kom op.

"Dis lief van jou," het sy gesê, "om my te help."

Iewers het 'n koekoek geroep, vlugtig, tussen die bome. Dit was laat in die jaar vir 'n koekoek, het ek nog gedink. Ek onthou dit, want net daarná, asof sy my gedagtes geraai het, het die meisie gesê: "Hulle roep altyd as die maan opkom."

Die tuba se tuit het na my gekyk, 'n ronde swart kol, 'n swaar oog wat my dophou en wag om weer opgetel te word. Die koekoek het weer geroep, nader nou, en ek het gesê: "Ek dag hulle roep net in die lente."

Sy het oor die instrument gestreel, byna liefderyk, glimlaggend. "In liefdesverhale, ja." Sy het fluisterend gepraat asof sy bang was iemand hoor wat sy sê. "In Titisee roep hulle dwarsdeur die somer." Sy het nog steeds die instrument gestreel, saggies, baie saggies, en iets in die gebaar het my verleë gemaak en my laat wegkyk.

Reg agter die donker oog van die tuba het die maan nou verskyn, 'n koeëlronde skyf; maar die tuit het 'n deel daarvan onsigbaar gemaak en dit soos 'n sekel laat lyk.

"Hulle roep tog net as hulle paar," het ek gesê. "En hulle paar net in die lente."

Sy het haar wang teen die instrument gedruk. "Daar is altyd die wat nie 'n maat kan kry nie. Húlle roep dwarsdeur die somer. Hulle gee nie moed op voor die herfs nie."

Die maan se skyf het elke oomblik voller geword; later was dit byna rond, behalwe vir 'n happie heel onder.

"Is hier nagtegale ook?" wou ek weet.

Sy het geknik.

"Ek sou graag 'n nagtegaal wou hoor. Ek het nog nooit 'n nagtegaal gehoor nie."

"Miskien," het sy gesê, "as ons gelukkig is, hoor ons een. Maar ek dink jy gaan teleurgesteld wees."

"Ek glo nie."

Ek het na die tuba gekyk. Dit het geduldig tussen ons gelê, blink en eensaam. Maar ek had die gevoel, die hele tyd, dat hy luister na ons gesprek.

"Toe ek nog 'n kind was," het ek gesê, maar nie verder gekom as dit nie. Ek was bang my woordeskat laat my in die steek. En ek was spyt; ek wou graag vir haar vertel van die nagtegale wat ek as kind hoor sing het snags as ek van die Swartwoud droom.

Die maan was nou los van die tuba se tuit, los en drywend en lig soos 'n geel ballon.

"Dink jy ons kan weer probeer?"

Ek het geknik en opgestaan en die instrument opgetel, op my skouer gelig, aangestryk, baie stadig, baie teen my sin.

Die maan was al hoog toe ons die dorp oplaas bereik. Daar het 'n paar straatligte gebrand, maar dit het onnodig gelyk, want die nag was helder en oop.

"Is dit nog ver?" wou ek weet toe ons al 'n hele ent die dorp in was. Die instrument het teen dié tyd reeds 'n ton geweeg en ek het geweet ek sou nie meer kon veel verder nie.

"Nog so twee blokke," het sy gesê, en na 'n rukkie: "Ek is jammer ek moet jou dit aandoen."

Ek wou nog sê ek weet nie hoe sý die ding gedra sou gekry het nie, maar ek was te moeg om my brein ook nog in te span.

Ek stel my voor dit sou 'n mooi aand kon gewees het, was dit nie vir die tuba nie. Ek was immers in die Swartwoud en dit was hoogsomer en volmaan en daar was koekoeke in die bome. Maar die tuba was te swaar vir my; dit was soos 'n berg op my skouers en ek weet net ek het gebid, met elke tree, dat die oomblik moes aanbreek waarin ek dié las vir goed sou kon afwerp.

Dit het vir my gevoel ons is al déúr die dorp toe die meisie oplaas by 'n tuinhekkie gaan staan. Die heining was vol wit rose en iewers was die swaar, soet geur van iets soos katjiepiering.

"Hier," het sy gesê.

Sy het voorgegaan en ek moes sukkel om my vrag deur die smal prieel te kry. Die tuinpaadjie was van los gruisklip en ek kon hoor hoe sleep my voete toe ons daaroor beweeg. Sy het die voordeur oopgesluit en ons het die donker huis binnegegaan. 'n Lig is iewers aangeskakel en ek het 'n trap voor my gesien en byna hardop gebid dat ek nie nog dáár ook moet uit nie. Maar sy het teen die trap begin opklim en ek had geen keuse nie as om te volg.

Weerskante aan die mure was geraamde prente van houthuisies en sneeuberge en dennebome en takbokke, en bo teen die trap was daar 'n oudmodiese koekoekklok.

Die meisie het by 'n swakverligte kamer ingegaan en omgedraai en gesê: "Hier." Ek moes weer sukkel om die tuba tussen die kosyne deur te kry. Maar daar was 'n bed voor my en ek het die laaste twee, drie tree soontoe gestruikel, die tuba op die bed neergegooi en self op die voetenent neergesyg, hygend en nat van die sweet.

Eers toe ek opkyk, 'n oomblik later, het ek die ou vrou teen die kussings sien sit. Sy was skrikwekkend maer; haar gesig was benerig en hol en bebaard, en daar was 'n swart slaapmussie op haar kop. Anderkant haar het 'n kers op 'n hoë tafeltjie gebrand en die donker bedstyl agter haar skewe tralieskaduwees teen die muur laat gooi.

"Moenie met haar praat nie," het die meisie agter my gesê. "Maak asof jy haar nie sien nie."

Maar ek het skaars gehoor wat sy sê, ek het net roerloos gesit en kyk na die bleek kadawergesiggie. En op haar beurt het sy my dopgehou, baie agterdogtig. Haar pap mond het af en toe inmekaar gefrommel tot haar ken byna aan die punt van haar neus raak. Ek kon nie haar oë sien nie, maar ek het gemerk sy draai haar gesig stadig van my na die meisie en terug, van my na die meisie en terug. Toe begin haar een hand beweeg, baie stadig, soos iets wat oor die laken kruip – 'n slu geel diertjie. Ek het die hand dopgehou, gesien hoe dit tot by die tuba vorder, hoe die benerige vingertjies voel-voel oor die koper kruip. En toe begin die instrument beweeg, so ongemerk dat ek die eerste paar oomblikke gedink het ek verbeel my dit. Maar later kon ek sien hoe trek sy dit nader na haar toe, baie versigtig oor haar knieë, duim vir duim, tot op haar skoot. Toe lig sy albei hande en tas oor die tuba rond, stuur haar arms daaroor uit, omhels dit soos 'n jaloerse kind sy enigste speelding.

Ek het die meisie aan my skouer voel raak en omgekyk. Sy het met haar kop gewys ons moet uitgaan. En ek was ineens verlig om te kan gaan; dit het my gevoel ons hoort nie daar nie; ons blote teenwoordigheid het ons skuldig gemaak aan die een of ander vreemde en onvergeefbare sonde. Ek het saggies opgestaan en deur toe geretireer, my oë nog onseker en verskonend op die ou vrou gerig.

Die meisie het die deur versigtig agter ons toegetrek.

"Hoe kan ek jou bedank?" het sy saggies in die donker gevra.

"Ek moet gaan," het ek gesê. "My trein vertrek tienuur."

"Rus net eers," het sy gesê. "Jy's nat van die sweet. Ek sal solank vir ons iets maak om te drink."

Ons het met die trap af gegaan en agter ons het die koekoek skielik geroep – nege keer.

Die meisie het beduie ek moet saamkom kombuis toe. Sy het my 'n stoel aangebied en ek het langs die swaar houttafel gaan sit, haar dopgehou terwyl sy koffie maal, die ketel kook, die koppies regsit. Dit was 'n stil nag en die huis was stil. Haar werskafgeluide het eensaam geklink in die groot en skemerige vertrek, en tussen dié geluide deur kon ek my horlosie hoor tik.

Ek het die hele tyd aan iets probeer dink om te sê, maar daar was niks; daar was niks op aarde wat die moeite werd was om oor te praat nie. En ek moes die stilte verdra, ongemaklik en teen my sin, soos lank tevore as ek en die donker maagd gaan stap het en by die groen dorpsdam op die mankolieke pier wag op mekaar se woorde.

Toe, ineens, was daar die rare geluidjie iewers in die huis. 'n Kortaf blêr. Ek het na die meisie gekyk en sy het geglimlag en met haar kop plafon toe beduie.

"Die tuba?"

"Ja."

"Kan sy dan speel?"

"Sy probeer."

Vir die tweede keer het ons die blêrgeluid gehoor, harder dié keer, maar die toonhoogte was dieselfde. Ons het saam geglimlag en gewag. Maar lank was dit stil. Die meisie het vir ons rogbrood gesny en ons het bokmelkkaas daarby geeet en ons koffie proeënd gedrink.

Af en toe was daar weer 'n vals en onseker noot uit die dak uit, dan twee note, dan drie. Dan 'n wysie wat begin posvat, koers verloor, wegraak. En weer stilte.

Ek wou aan ander dinge dink, maar telkens as ek die tuba hoor, het ek weer die instrument in die ou vrou se arms gesien, bronstig opgekrul in haar skoot.

Hoe dit presies gebeur het, weet ek nie, maar ek het my trein verpas die aand. Ek het teen kwart oor nege aanstaltes begin maak om te loop. By die voordeur, toe ons groet, het ek gevra hoe ek moet stap om by die stasie te kom. Die meisie het probeer beduie, maar later aangebied om liewer self vir my te gaan wys.

Die dorp het al geslaap. Die strate was bleek en verlate en ek het die hele tyd gevoel ek wil op my tone loop om niemand wakker te maak nie.

Na vyf minute se stap het ons op 'n plek by 'n smal steeg ingegaan en toe oor 'n donker binneplein gestap, deur nog 'n steeg, en toe kortpad deur 'n park.

Ons was in die middel van die park toe die meisie skielik gaan staan. Ek het na haar gekyk en gesien sy luister, haar hand half gelig.

"Dis 'n nagtegaal," het sy gefluister. "Hoor jy?"

Ek het geluister, maar kon niks hoor nie. Nie dadelik nie. Eers veel later het ek iets gehoor wat dalk 'n nagtegaal kon wees; maar ek was nie seker nie – die metale gebalk van die tuba het nog steeds in my nageklink; dit kon dít wees wat ek in my verbeelding hoor.

Maar toe die meisie weer vra of ek die nagtegaal hoor, het ek geknik en gesê ek dink so.

"Daar is nog tyd," het sy gesê. "As jy wil, kan ons nader gaan."

Ons het tussen die donker bome begin deurstap. Die maan was reeds hoog en klein in die lug, en daar was wolke aan die verbygaan wat ons beurtelings in lig en skaduwee laat loop het.

Die nagtegaal het net af en toe geroep, en elke keer kon ek dit duideliker hoor. Later was hy so naby dat ons hom in die takke kon hoor rondspring. En verder vorentoe het daar nou 'n tweede hoorbaar geword, en 'n derde. En tussen die geroep deur het ek steeds nog in my verbeelding die tuba gehoor, 'n treurige geluid uit die woud van my blou prenteboek.

Ek het nie aan tyd gedink nie, maar in die tyd ín terúg. Totdat my trein gefluit het 'n minuut voor tien.

Dit was die tweede nag agtereenvolgens wat ek nie kon slaap nie. Op elke kwartier het ek die muurhorlosie sy deuntjie hoor speel, op elke uur na die koekoek geluister. En tussenin, soms minute aanmekaar, soms net af en toe, noot vir noot, was daar die gebalk van die ou vrou se tuba.

Die meisie het by haar in die kamer geslaap. Aan die begin kon ek die twee hoor praat, maar later het die meisie nie meer geantwoord as die ou vrou vrae vra nie. Ek het gevolglik afgelei die meisie slaap. Sy was waarskynlik gewoond aan dié soort nagmusiek. Maar ek nie. Die tuba het my wakker gehou, en die tik-tak van die muurhorlosie teen die trap, en die deuntjie elke kwartier.

Daar was ook nog 'n ander geluid, 'n huiwerige gekraak van hout of sink af en toe. Eers het ek gedink dis die dak wat krimp na die dag se hitte, maar later was ek nie meer seker nie.

Net ná drie het ek opgestaan en by die venster gaan uitleun. Die kamertjie was klein en bedompig, maar met my gesig buite kon ek die tuin se rose ruik. Die maan was reeds onder en dit was so donker dat ek niks van die tuin kon uitmaak nie.

Later het ek by die deur gaan staan, my oor daarteen gedruk. Die tuba was stil, maar ek kon die getik-tak hoor by die trap. Ek het my hand op die deurknop gesit maar dit nie gedraai nie; dit was 'n troos om te dink ek kan dit draai as ek wil. Ek kan dit draai en die deur oopmaak en uitgaan. In my verbeelding het ek die deurknop gedraai en die deur oopgemaak, uitgegaan.

Ek het probeer dink hoe dit moet voel om die meisie teen my vas te hou. 'n Mens verander baie in tien jaar, en bly baie dieselfde.

Die muurhorlosie het die halfuur geslaan. En terwyl die klank daarvan aan die wegsterf was, het ek skielik weer die gekraak gehoor, en ek kon die vloerplanke onder my voete voel meegee, baie effentjies.

Daar was iemand in die gang.

My hand was op die deurknop en ek het gevoel hoe die deurknop onder my vingers begin draai. Maar dit het nie ver genoeg gedraai om die deur te laat oopgaan nie. Instede daarvan het dit begin terugglip; ek het dit probeer keer, maar my vingers was nat van die sweet en kon nie vat kry aan die gladde knop nie. Ek het my hand aan die laken afgevee en weer na die deurknop gesoek, dit gekry, dit gedraai. Ek kon voel hoe sy weerstand bied. Ek het die knop stadig heen en weer in haar hand gedraai, heen en weer, baie versigtig. Ek kon voel hoe sy dit vashou en dan weer los, vashou en los. Ek het teen die deur geleun, my oor teen die hout, en geluister, en die knop in haar hand gedraai, links en regs gedraai, saggies, en gevoel hoe sy dit vashou en los, vashou en los. My hand het weer begin sweet en die knop het al hoe gladder geword in my palm. Dit het weer begin gly. Maar ek het dit gedraai, heen en weer, baie saggies heen en weer – totdat sy dit na 'n ruk skielik stewig vasgegryp het, so styf dat ek dit nie meer kon roer nie.

Ons het lank so gestaan, weerskante van die deur. My lyf was klam en moeg, en ver in die dorp het 'n klokhorlosie vieruur geslaan.

Ek het gestaan en luister hoe die geluid wegsterf, hoe dit stil word, hoe die stilte ons inneem, die huis inneem, ons en die huis verower. En toe alles stil was, die vloer, die gang, die hele huis, die dorp – toe, vir die eerste keer dié nag met selfvertroue, nootvas, het die tuba begin speel. 'n Stadige statige, melankoliese mars.

1968

A. A. J. VAN NIEKERK

Die-aader-naait-deer

Op 'n Junie-oggend in nege-en-veertig het ek en Klei'Gert Byl haastig elkeen 'n groot beker koffie weggeslaan en met karwatse ingeval agter die trop karakoele wat toe net van die werf af geroer was. Die oggendwindjie het skerp oor die swart Boesmanlandse vlaktes gesny, maar die hot-en-haar-lopery agter die agterskaap het ons gou warm gemaak.

Die Boesmanland het lankal meer geen lewe gehad nie. So ver as die oog kon sien, was die wêreld een swart dooie see van tot in die grond afgevrete graspolle. Die Binneveld het in die voorwinter 'n paar vlagies misreën gekry en die xhouroebossies was darem daar 'n bietjie uitgeswel. Die sestig myl daarheen moes in die kortste tyd afgelê word, maar die moeilikheid het gekom by die deurmekaar gehalte van die skaap. Daar was die groot sterk hamels wat, hoewel maer, nog goed kon loop. Dan was daar die gusooie wat darem ook nog 'n bietjie kon uitstaan, maar daar was ook die afspeenlammertjies, party bly-lê-gehalte. En almal moes saam. Die meeste lammers was nie meer as bondels gekoekte swart hare nie. Voor elfuur die oggend was daar van hulle wat ent-ent gedra moes word. En as jy hier agter aan die lammers dra is, loop die voorskaap skoon weg van jou af.

Klei'Gert was 'n bietjie ouer as ek en omdat hy al so lank by Pa gebly het en ook dikwels vir Ma kombuishulp gespeel het, het ons soos halfbroers teenoor mekaar gevoel. Maar Gert was geneig om van sy ouderdom misbruik te maak. Hy het my graag 'n bietjie "georder" en so was dit weer die oggend. As die sterk skaap te ver vooruit was, het hy in my rigting aangesukkel met 'n lam of twee oor die skouers en dan op sy hakkelende manier gesê:

"Jong, an-an, loop stuut dan vir ons daar voor."

Op hierdie "order" het ek dan maar die skommelende sakgereedskappies in my baadjiesakke vasgedruk en krom-krom teen die windjie links of regs van die trop gedraf om voor te "stuut".

As ek dan eindelik by die voorlopers om gedraf het, het daar darem bietjie rus gevolg, want ek moes keer totdat Gert weer met die agterskaap bykom. Dan het my oë oor die vlaktes gedwaal. Hier was werklik nie vir 'n skilpad kos nie. Die skaap het ook lankal opgehou soek na iets te vrete en die voorstes staan my met onrustige groot oë en aankyk; so asof hulle my wou vra waarheen ons hulle neem; of hulle ooit iets te vrete op hierdie trekpad sal kry.

Teen dié tyd het ons dors begin raak en ook honger.

Gert het geweet van 'n droë puts teen 'n heuweltjie daar naby. In sy velsak het hy 'n bietjie koffie, 'n swart blik en 'n leë bottel gehad. Toe ons in die ou puts afloer, blink 'n bietjie sugwater diep onderin. Die twee karwatse aanmekaar gebind, het die bottel nog nie by die water gebring nie. Gert se kruisbande en 'n stuk riem waarmee hy die swaklammers se bene aanmekaar knoop om hulle oor sy skouers te dra, het dit darem saam met die karwatse gehaal. Die eerste bottel is uitgedrink en die tweede moes koffie maak.

In sy sak het Gert 'n stukkie skraper en een vuurhoutjie gehad. Maar toe doen hy 'n ding wat my laat ys dat daar nooit koffie sal kom nie. Hy vat sy knipmes, druk die "mêtjie" op sy veldskoenpunt en "split" hom. Gelukkig bars die kop van die vuurhoutjie ook middeldeur en daar het ons toe twee vuurhoutjies. Die een maak die vuurtjie en die ander word sorgvuldig gebêre vir later. Solank die swartblik op die vuur gestaan het, het Gert in sy sak gekrap en sy koffie uitgehaal. Toe hy dit oopmaak, sak my moed, want daar was geen koffie in nie, net 'n stukkie skaapvel met die hare nog so daaraan. Hy beduie dat hy altyd die vel in sy koffieblik hou. As hy nie meer koffie het nie, sê hy, kan hy nog een maal koffie maak. Hy begin skud die vel oor die blik, slaan dit sorgvuldig op sy hand oor die water uit en 'n stywe treksel val uit die hare. "Die-die koffie is sommer reg," sê hy tevrede en begin dit roer met 'n stokkie wat hy argeloos op die grond optel. "Jy-jy kan uit die bottel drink en ek sal sommer die blik vat."

Geen suiker, geen melk, pikswart, maar dis lekker, want dit spoel die moegheid weg. Ek gooi my dwars neer in die sand en vat kort-kort 'n lekker sluk uit die bottel. Die voorskaap wys nog net sy stof in die verte. Die agterste lammertjies lê sommer hier kort onder teen die bultjie.

Ek het nou beter gevoel en nog voor Gert sy orders kon gee, was ek al aan die draf. Die voorskaap het met mening getrek en toe ek al byna regoor die voorstes was, moes ek sommer uithaal om regtig voor hulle te kom. Dit was op die rand van die laaste vlakte van die Boesmanland. Hiervandaan breek die veld en gee dit koppies en bossieveld. Voor 'n klomp rooi kranse wat sommer so ewe skielik hier uit die sand uitsteek, het ek voor die skaap om gedraf en met my hande in die lug geswaai om hulle te keer.

Dit was mooi op 'n skaapwerf en ek het al lank daar gestaan voor ek die vaal goiingsakpondokkie 'n paar tree agter my tussen die rotse opmerk. Ek was weer dors van die lang draf en stap dadelik nader. 'n Paar poedelkaal kleingoed met boepensies staan my nuuskierig en bekyk. 'n Bruin vrou sit in die plat bossiekookskermpie, maar sy kyk nie op nie. 'n Maer hond wat in die son langs die pondokkie lê en slaap het, spring nou op en hardloop met maanhare gerys en stert tussen die bene grommend 'n wye draai om my. Nou merk ek ook 'n jong seun teen die opening van die pondokkie op. Hy is seker so twintig jaar oud en het net 'n ou gelapte langbroek aan. Maer, verdraaide voete steek by die pype uit, maar bokant hierdie broek met die uitgedroogde onderlyf, vertoon 'n groot gespierde bolyf soos hy daar teen die deurpaaltjie leun. Kinderverlamming, dink ek en groet vriendelik. Ek vra water en een van die groter kinders wys my 'n sinkemmer in die skaduwee van die bossieskerm. Ek huiwer eers, maar waai dan die vlieë weg en drink sommer uit die emmer. Ek wys met my oë na die vrou wat nog nie opgekyk het nie en vra woordeloos aan die seun wat dan skeel. "Blind," antwoord hy sag.

Die vrou voel rondom haar en trek een van die kinders nader. "Wie is dit?" fluister sy. Die kind beduie skaam-skaam iets van " 'n vrimme witman". Toe neem ek maar oor.

"Ons is op die trekpad. Jan Niekerk se skaap. Trek Binneveld toe. Klei'Gert van Ou Gert is agter die skaap." Sy glimlag dankbaar vir die inligting.

"Die oë kan nie sien," vertel sy sag. "Die tjind kan ook maar min help, want hy kan mos net kruip. Die ander is nog sommer tjommetsa" (baie klein en nikswerd).

Ek voel skielik half tuis daar tussen die verlatenheid en ellende. Die kleingoed gaap my nie meer so aan nie; hulle hurk nou op 'n ry langs hul moeder teen die bossieskerm; die hond lê weer rustig en slaap en die vlieë het teruggeswerm na die wateremmer. Die skaap staan stil op die werf en Gert kom nog ver met die agterstes aan. Ek moet tog hier wag. Ek gaan sit op 'n geroeste paraffienblik en begin gesels.

Die vader is 'n afgedwaalde en ontstamde swartman wat hier skaap oppas. Hulle het nog ander kinders ook, maar dié is al groot genoeg om los werkies te doen en nou bly hulle op die plaas. Die gebreklike seun moet die middag nog met die donkiekarretjie daar gaan water haal. Hoe hy dit regkry? Hy span die donkies self in, beduie die moeder trots. Die donkies ken hom en as hy op sy knieë staan, maak hy al die "gespers" self vas en tel ook die draaghout op. Die drom laai hy ook self op en gooi dit vol water.

Die seun sit kop in die grond en luister oënskynlik glad nie. Ek merk hoe die pragtige spiere van die bolyf beweeg as hy maar net met sy knipmes aan 'n stokkie sit en sny.

Hy is besig om vir hom 'n nuwe strykstok te maak. Toe wil ek ook sy viool sien. Hy trek dit nader uit die pondokkie. 'n Geroeste blikkie met 'n greinhoutnek en kitaarsnare. Ek soebat hom om iets te speel. Eers weier hy, maar ek hou aan en hy begin die instrument stel. Sy ou perdestert-strykstok is nie so reg nie, vertel hy. En dan begin hy speel. Ek herken dadelik die deuntjie. "You are my sunshine, my only sunshine."

Die klanke is yl en huil die eensaamheid in.

En skielik begin die wêreld verander. Die vlakte word nog wyer en eensamer en swarter, die rooi rotse rooier. Die ou liedjie word 'n simfonie.

"Die-aader-naait-deer," begin hy met 'n ryk diepbas saamsing. Die potsierlike voetjies wat by die pype van die gelapte langbroek uitsteek, verdwyn. Ek sien net die pragtige blinkswart bolyf en ek hoor die primitiewe viool en die diepste bas.

As die musiek ophou, slaan die hond vriendelik 'n paar slae met sy stert op die grond. Eenvoudige, opregte applous. Die vlieë warrel 'n oomblik op van die kospot op die dooie vuurherd in die middel van die bossieskerm.

Ek staan traag op en groet, want die skaap is al weer aan die trek. Die swaklammertjies word met die karwatspunt aangeroer om weer die tog te begin.

Die aand sit ek vér van die rooi rotse teen 'n bos en sluimer. Die vuurtjie flikkerbrand nog effens. "Die-aader-naait-deer" en die fynsnaar se lied van verlange bly in my naspeel. En dié nag deurleef ek in 'n droombeeld die ervaring van die dag: 'n wye swart vlakte met rooi rotse en 'n gespierde, glimmende bolyf wat hoog bokant die rotse uittroon en later selfs die vlakte verdwerg en hy speel sy viool en hy sing sy lied.

1969

AUDREY BLIGNAULT

Die onverganklike spoor

Vir my was daar van my vroegste kinderjare af één held in ons familie: my oom Thys Swart, vierde seun van oupa Boois en ouma Annie, die één van my pa se vyf broers wat ek nooit gesien het nie, maar wat van die begin af my verbeelding aangegryp het omdat ek in sy volslae andersheid so 'n sterk teenstelling met die bekende alledaagsheid van my familie gesien het.

Ek het grootgeword met die sage van oom Thys: hoe hy as jong man van Heuningrug af weggegaan het Onderveld toe; hoe hy daar in die Middelburgse distrik begin boer het; hoe hy verloof geraak het aan een van die mooiste meisies in daardie kontrei. Toe die Anglo-Boereoorlog in 1899 uitbreek, sluit hy by sy aanstaande swaer se kommando aan, help treinspore opblaas en goederetreine voorlê totdat hy swaar gewond is en, terwyl hy van die wond herstel, rapportryer word. Een aand op sy tog ry hy vlak verby die plaas waar sy verloofde woon. Hy besluit om vir haar te gaan kuier, keer van sy ingeslane weg af en ry by die plaas aan. 'n Volksgenoot wat die guns van die vyand gesoek het, verraai hom. Die plaas word omsingel, hy word gevange geneem, die huismense word na die konsentrasiekamp vervoer, die huis word afgebrand en hy word as krygsgevangene na Bermuda gestuur. Later bereik die tyding hom dat sy verloofde in die kamp dood is.

Toe die oorlog oor is, weier hy om die eed van getrouheid aan die Britse koning af te lê en ná vier-en-twintig jaar van selfopgelegde bannelingskap is hy as die laaste bittereinder van die Boerekrygsgevangenes op Bermuda dood.

Eendag, het ek my voorgeneem, sal ek, dogter van oom Thys se jongste broer, kleinkind van oom Thys se moeder, wat ek as kind vir haar verlore seun sien rou het, eendag sal ek na die Bermuda-eilande gaan en na ons verlore familielid gaan soek. As 'n mens vier-en-twintig jaar op 'n plek gewoon het, moet daar tog nog êrens op daardie plek 'n spoor van jou oorbly. In sy laaste brief aan Pappie het hy gesê dat hy, saam met 'n ander man, 'n besigheid op Bermuda het. Dit was 'n jaar voordat ons die berig gekry het van sy dood. Daarna niks. Geen kennisgewing van enige besit wat hy nagelaat het nie. Geen dokumente van enige aard nie. Niks. Ons het nie eers geweet hoe en waar hy begrawe is nie. Pappie en sy broers het maar aangeneem dat hy in die begraafplaas vir die Boerekrygsgevangenes op Bermuda begrawe is, maar ook dáárvan was hulle nie seker nie.

Dáár, in die begraafplaas vir die Boerekrygsgevangenes, sal ek tog heel eerste na my oom se graf gaan soek, het ek besluit toe ek en my man uiteindelik op Bermuda aankom. Maar sy graf was nie daar nie. Sy naam verskyn nie op die gedenknaald wat ter herinnering aan die gestorwe Boerekrygsgevangenes in die begraafplaas op Long Island opgerig is nie.

Onder die name wat later op versoek van die Suid-Afrikaanse regering bygevoeg is, verskyn daar die naam van 'n neef van hom: Matthys Johannes de Villiers, wat in 1912 dood is.

Maar hy, die heel laaste Boerekrygsgevangene wat dood is sonder dat hy die eed van getrouheid geteken het, word nie hier vermeld nie.

Toe ons van die begraafplaas op Long Island weer terug is in ons hotel op die hoofeiland van Bermuda, haal ek weer die paar stukke van oom Thys wat ek al jare lank bewaar uit my tas. Ek kyk weer na die portret wat hy vir ouma Annie van Bermuda af gestuur het: 'n mooi man. Lank soos die De Villiers-mans van sy ma se familie. Sagte oë, maar 'n ferm lyn om die mond onder die elegante puntsnor. Groot, sterk hande, langer as Pappie of Oupa s'n. Hoë wangbene, 'n breë voorkop en donker hare, glad gekam. Soos ek hulle onthou, die aansienlikste van Pappie se broers. En hier op die foto, afgeneem op 'n houtbankie aan die waterkant, maak hy 'n deftige vertoning. Hy het 'n donker baadjie en onderbaadjie by 'n wit hemp en 'n wit broek aan. Daar is 'n wit blompatroon op sy donker das en 'n horlosieketting voor oor sy baadjie, net soos Pappie dit vroeër gedra het. Wit sokkies en swart skoene met groterige swart strikke. Op die leuning van die bankie waarop hy sit, lê 'n sagte vilthoed met 'n breë rand.

Ek lees weer die laaste brief wat hy vir Pappie geskryf het:

Beste Broer Johan,

Ek dank jou vir jou brief wat ek ontvang het. Ek was bly om te hoor dat my moeder nog gesond is en dat dit met julle goed gaan.

Jy maak jou weer besorg oor my en my toekoms. Ek wil jou nou reguit sê dat ek nooit sal terugkom nie. Ek sal nooit solank ek leef 'n eed van getrouheid aflê aan die vyand wat my lewe en geluk verwoes het nie. Ek verkies om hier in hierdie land te sterf eerder as om my siel geweld aan te doen deur die ondertekening van daardie gruwelike eed. Ek verseg om my konsensie so te beswaar en my so in die stof te verneder.

As ek sou terugkom, is dit gewis en seker dat ek as moordenaar my dood tegemoet sal gaan in Suid-Afrika. Sodra ek voet aan wal sit, sal ek daardie vuilgoed soek wat my verraai het en hom vernietig. Jy weet wie ek bedoel. Hy leef nou net omdat ek hier sit.

My plaas is tot niet. My verloofde is in die helkamp dood. Julle het my lankal vergeet. My land is nie meer my land nie. Daar is niks meer wat my na Suid-Afrika trek nie.

Julle moet julle nie meer oor my besorg maak nie. Julle moenie weer aan my skryf en vir my sê ek moet terugkom nie. Ek sal dit nooit doen nie.

Ek is nie 'n armlastige nie. Ek het 'n besigheid hier, saam met 'n ander man wat net soos ek oor ons verlore land en ons verlore vryheid voel.

Kruip julle maar waar dit julle pas om te kruip. Dit lê nie in my aard nie. Sê maar vir Ma groetnis van my.

Jou afgestorwe broer,
Matthys Swart.

Ek vou die brief op en sit dit saam met die foto terug in my tas. Ek haal die vel papier met die eed van getrouheid wat die Boere ná die oorlog moes onderteken, daaruit:

"1 . . . (name and home address) . . . adhere to the terms of the agreement signed at Pretoria on 31 May 1902, between my late Government and the representatives of His Majesty's Government. 1 acknowledge myself to be a subject of King Edward VII, and I promise to owe allegiance to him, his heirs, and successors according to law."

Dit was die verklaring wat in triplikaat onderteken moes word deur die krygsgevangene in die teenwoordigheid van 'n vrederegter en getuies. Die krygsgevangene het een afskrif gekry, die tweede is deur die Britse Regering behou en 'n derde afskrif is na Suid-Afrika gestuur.

Dít was die verklaring wat oom Thys keer op keer geweier het om te onderteken.

Ek sit daar in die groot, wit hotelkamer met sy baie vensters op die vredige blou van die Atlantiese Oseaan en ek raadpleeg weer die boekie deur die Bermudiaanse historikus, Colin Benbow: *Boer Prisoners of War in Bermuda.*

Daarin meld die skrywer dat ene M. J. Swart wat in Mei 1926 oorlede is, die laaste van die 4,600 Boerekrygsgevangenes op Bermuda was. In sy woorde was hierdie M. J. Swart "The last irreconcilable". Sy naam is in die begrafnisregister van die Pembroke-gemeente opgeteken.

Die Pembroke-gemeente, verduidelik 'n jong Bermudiaanse polisieman vir ons, is hier op die hoofeiland. Pembroke is 'n voorstad van Hamilton waar ons nou is.

Hy stel voor dat ons na die Saint John's Anglican Church, Pembroke, gaan en die koster vra om ons die begrafnisregisters te laat deurkyk. Die vriendelike jong polisieman bied aan om vir ons die afspraak te reël en saam met ons te gaan na die kerk.

Hy soek die nommer in die telefoongids op, bel die koster en maak 'n afspraak om hom vyfuur die middag by die kerkdeur te ontmoet.

Ons bestel 'n huurmotor en ry saam met die jong polisieman deur wit kronkelstrate tussen rooi hibiskusheinings na die Saint John's Anglican Church, 'n rooskleurige L-vormige kerkgebou van koraal-kalksteen met 'n vierkantige toring. Rondom is spits vensters, almal op dieselfde hoogte, en bo-op die toring 'n silwerkruis. Die kerkie staan rustig omring van netjiese grasperke, vlamrooi Poincianabome en oleanderheinings. Aan albei kante van die kerk is daar kerkhowe met lang rye wit grafte.

By die ingang van die kerk wag ons op die koster. Hy daag uiteindelik op: 'n onverwagse vrolike, manhaftige kapokkie in 'n spierwit Bermuda-kortbroek, loshanghemp bo-oor en aan sy voete sandale sonder sokkies. Ons het klaarblyklik met ons ontydige koms sy ietwat vroeë middagsopie versteur, maar hy is nietemin welwillend, hulpvaardig en lus vir gesels.

In die konsistorie sluit hy 'n groot kas oop en haal vir ons die begrafnisregister van 1926 daaruit. Die name van die gestorwenes en die datums van hulle dood is in twee kolomme met die hand ingeskryf. Allerlei name: Engels, Skots, Portugees, Frans.

Ons blaai en blaai deur die boek.

Die kostertjie – hy het hom aan ons voorgestel as mnr. Tipps – het min belang by ons onderneming. Hy wil van die polisieman weet waarom dit so lank neem om 'n sekere skip in die hawe af te laai. Is daar dalk bedenklike inhoud in die lading?

"You know what we Bermudians need most, don't you old chap!" en hy knip 'n leepoog vir die konstabeltjie om te beduie dat hy die mens en sy weë ten volle begryp.

Toe val my oog op die naam wat ons soek: M. J. Swartz. 25 May, 1926.

"Dit is hy," sê ek vir Johan. "Dit is oom Thys. Matthys Johannes Swart. Sy naam is hier met 'n Z gespel, maar Colin Benbow spel dit ook só in sy boek. Die datum van sy dood stem ook ooreen met die datum op ouma Annie se geslagsregister wat altyd op Heuningrug teen die muur gehang het."

"Dan is hy hier in hierdie kerkhof begrawe," sê Johan.

Mnr. Tipps is sigbaar verlig dat ons die naam gekry het waarna ons soek. Hy praat sommer van na die hawe gaan om te kyk hoe hulle die skip aflaai:

"Something to see in Bermuda, you know. The unloading of a cargo boat, believe me!"

"Nee," sê ek, "ons wil darem graag kyk of ons nie my oom se graf in die kerkhof kan kry nie."

"Yes, of course, of course," beaam hy.

Maar nou moet hy vir ons verduidelik: die kerkhof by hierdie kerk bestaan eintlik uit twee dele. Aan die regterkant is die grafte van gemeentelede, aan die linkerkant grafte van dié mense wat nie lede van die kerk was nie, maar wat hier in Pembroke gesterf en tog as Christene uit die kerk begrawe is. Ons kan verstaan: daar was maar altyd baie vreemdelinge op Bermuda. Maar ons kan nou maar rustig deur die kerkhof loop en kyk.

Hy moet ons egter waarsku dat daar baie grafte sonder name is. So is dit nou maar as 'n mens as vreemdeling in 'n vreemde land sterf.

Ons bedank die koster, gee 'n bydrae vir sy kerk en neem van hom afskeid.

"Boy, is he fired!" Die polisieman kyk die kostertjie agterna. "I have my own little idea where your donation is going."

Hy stap saam met ons oor die groen gras na die begraafplaas vir vreemdelinge aan die linkerkant van die kerk.

Dit is baie stil en rustig in die laatmiddag. Oral tussen die grafte staan oleanderbome rooi in die blom. Buite in die straat ry die huurmotors en bromponies van Bermuda in 'n onophoudelike stroom verby. Die blomme van die Poincianabome geur soos lemoenbloeisels.

Wat ons dadelik tref, is die verskillende eendersheid van die rye grafte voor ons. Almal presies ewe lank en presies op dieselfde manier 'n paar voet bo die grond toegemessel.

"Dit is vanweë die koraalrif," verduidelik ons polisievriend. "Daar is in dié wêreld nie eens genoeg grond om 'n mens te begrawe nie. Daar is oor die hele eiland net een tot een en 'n half voet grond bo die koraalrif. As daar 'n perd begrawe moet word, moet ons wat die polisie is, die perd se karkas in 'n skuit laai en dit in die see laat sak."

Ons loop deur en om die rye, rye grafte. Dit is soos die koster gesê het: op die meeste grafte is daar geen name nie. Een na die ander net die opgemesselde, witgekalkte graf. Hier en daar een met 'n kopsteen, maar die meeste net solied opgebou en plat bo. Niks, glad niks, om die een van die ander te onderskei nie.

En soos ek om en deur die eenderse, onpersoonlike grafte loop, weet ek dat ek nie êrens die naam van Matthys Johannes Swart sal sien nie. Daar was immers niemand om sy naam op 'n graf te laat aanbring nie. Daar was niemand om sy dood te betreur nie.

Ek, sy broerskind, wat so ver gekom het om op hierdie eiland van sy ballingskap 'n spoor van hom te kry, kan nie eens vasstel watter een onder die tientalle eenderse, lang, wit messelwerke sy stof bedek nie.

Daar kom 'n groot weemoed oor my. Dit was 'n dwase, kinderagtige ding om te wil doen, dink ek, om na hierdie plesiereiland van die rykes te kom, hierdie geldbeluste kammaland, waar daar nie eers regte grond onder 'n mens se voete is nie, om te soek na die spoor van 'n Strandveldse oom wat ek nooit geken het nie. Ek kon geweet het dat dit só sou wees, dat ek nêrens iets van hom sou vind nie, dat niemand meer iets sal onthou van die laaste Boer wat op Bermuda geleef en gesterf het nie. Die titel van "die laaste onversoenbare, die Bittereinder", is niks meer as 'n droë reël in 'n yl geskiedenisboekie nie. Vir oom Thys het dit niks beteken nie. Al wat hy tot die einde van sy lewe seker geweet het, is dat hy nie die eed van getrouheid aan die Britse koning onderteken het nie.

Daardie aand, terwyl ons in die swierige eetsaal van die hotel sit, kom 'n kelner sê dat daar vir dr. Blignault 'n telefoonoproep is. Johan bly 'n rukkie weg, en toe hy terugkom, sê hy: "Dit was 'n verslaggewer van *The Royal Gazette*, die dagblad van Bermuda. Hy sê hy het gehoor dat ek en my vrou na Bermuda gekom het op soek na 'n oom wat as laaste Boerekrygsgevangene op Bermuda gesterf het. Hy wil graag met ons 'n onderhoud kom voer vir sy koerant. Ek het gesê hy kan maar kom, môre-oggend. Dit kan tog geen kwaad doen nie. Wie weet, as ons vertel van die Boerebegraafplaas op Long Island kan dit dalk die plaaslike Historiese Monumentekommissie weer prikkel om 'n bietjie opknapwerk te laat doen."

Die volgende oggend is die verslaggewer van *The Royal Gazette* by ons hotel. Sy naam is Stan Jones en hy is vol belangstelling vir die bedevaart wat ons na Bermuda gebring het.

Ons vertel hom die hele verhaal van oom Thys, hoe hy verraai is deur 'n landgenoot, hoe sy verloofde dood is in die konsentrasiekamp, hoe hy nooit die eed van getrouheid wou teken nie en vier-en-twintig jaar lank op Bermuda gewoon het voordat hy hier dood is. Ons vertel hoe ons sy graf gesoek het, eers in die begraafplaas op Long Island, toe in die kerkhof vir vreemdelinge by die St. John's-kerk.

Ons vertel hoe ons navraag gedoen het by die oudste inwoners, by die biblioteek en die museum. Ons verwys na Colin Benbow se boekie oor die Boerekrygsgevangenes en wat hy daarin sê van ons oom wat die laaste onversoenbare onder hulle was. Ons vertaal vir hom oom Thys se laaste brief en wys daarop dat hy hier op Bermuda 'n eie besigheid gehad het, maar dat niemand nou meer iets daarvan skyn te weet nie.

Dis vir die verslaggewer 'n mooi storie. Hy skryf alles op wat ons sê. Dis 'n interessante nadraai van die geskiedenis, meen hy. Hy neem 'n foto van ons en gaan terug na sy kantoor.

Die volgende oggend vroeg kry ons *The Royal Gazette*. Ja, daar is die verslag van die onderhoud, lank, breedvoerig, nogal op die voorblad van die koerant. Ons lees dit en koop nog 'n paar koerante om darem vir ons familie te wys dat ons wel op Bermuda was.

En toe begin ons inpak, want die middag om twaalfuur moet ons op die Kindleylughawe wees om op die volgende skof van ons reis te vertrek.

Ek staan voor 'n halfingepakte koffer toe die telefoon in ons kamer lui. Ek tel die gehoorbuis op en 'n manstem vra, baie opgewonde, of dit ek is. Hy spreek my naam moeisaam en foneties uit en ek herken die intonasie in die stem as dié van 'n Neger.

Is ek die vrou uit Suid-Afrika wat na my oom op die Bermuda-eilande kom soek het?

Ja, sê ek, dit is ek.

"My naam is Ernest Richardson," sê hy, "en ek het 'n mnr. Swart geken. As seun het ek vir 'n mnr. Swart gewerk, in sy soewenierwinkel op East Broadway. Ek dink dit moet dieselfde mnr. Swart wees. Hy was 'n Boer uit Suid-Afrika. Daar was nog twee ander Boere saam met hom in die winkel. Hulle het soeweniers gemaak – pragtige houtwerk. Al die toeriste het na die winkel op East Broadway gekom. Ek het later gehoor dat hy hier dood is."

Ek voel hoe daar meteens 'n opwinding oor my kom. My hande bewe om die hoorbuis.

"Mnr. Richardson, is dit moontlik dat ons mekaar kan sien?"

"Ek wil baie graag vir u sien," sê hy. "Ek was baie lief vir mnr. Swart. Ek sou graag iemand wil sien wat van hom familie is."

"Hoe kan ons by jou uitkom? Waar woon jy?"

"Ek werk by die elektriese maatskappy van Hamilton," sê hy. "Ek is die telefoonoperateur hier. Dis nie ver van die Princesshotel af nie. U kan dadelik kom. Ek sal u by die deur inwag."

Haastig vertel ek vir Johan wat gebeur het.

"Ek gaan dadelik 'n huurmotor bestel," sê hy. "Onthou om die foto van Thys saam te neem."

'n Rukkie later ry ons weer deur Hamilton. Dit reën saggies en die stad met sy wit strate, nat oleanderheinings en rooi Poincianabome lyk onwerklik, 'n swewende, onvatbare beeld teen die wye, omringende see.

Ons hou voor die elektriese maatskappy van Hamilton stil – 'n groot, hoekige, grys gebou.

Bo-op die staaltrap wag 'n man ons in. Hy is 'n Bermudiaanse Neger, 'n korterige, gesette man met 'n vriendelike, ronde gesig en kroes, grys hare. Hy dra 'n netjiese grys pak klere en sy swart skoene blink.

Hy verwelkom ons hartlik. In sy stem, in sy oë, in sy hande is opwinding merkbaar.

Hy nooi ons in sy werkkamer in waar hy vir ons voor die rye, rye skakelborde stoele reggesit het. *The Royal Gazette* met die artikel oor ons lê oop op die tafeltjie waar hy sit.

Ek sit die foto van oom Thys voor hom neer. "Is dit hy?" vra ek.

Die Negerman buk vooroor en kyk stip na die foto. Toe sê hy sonder om op te kyk:

"Ja, ja dit ís hy. Dit ís mnr. Swart."

Sy stem klink meteens skor. Hy tel die foto op en hou dit voor hom. Hy kan sy oë nie daarvan afwend nie. Ek sien hoe hy sluk en sluk, iets wil sê, sy kop skud en wéér kyk na die man op die foto.

"Dit ís hy," sê hy, "dit ís hy. Ná al die jare. Dis 'n lang tyd gelede dat ek hom geken het. Ek is nou drie-en-sestig. Ek was toe tien jaar oud toe ek by hom begin werk het. Dit was in 1913. Ek was van 1913 tot 1916 by hom. Daar het nog 'n maat van my saam met my daar gewerk. Sy naam was Ashley Young, maar hy is nie meer op Bermuda nie. Dis jammer. Hy sou julle ook van mnr. Swart kon vertel het."

"Watter werk het julle in die winkel gedoen?" vra ek.

"Ons het die handwerk wat hulle klaargemaak het, blink geskuur en opgevryf. Ons het 'n tiensentstuk gekry vir elke kierie of kissie wat ons blink gevryf het. Ek onthou dit so goed – 'n tiensentstuk vir elke ding wat ons klaar gevryf het."

"Watter soort handwerk het hulle gemaak?"

"Baie mooi goed, van ons inheemse sederhout: juwelekissies, kieries, miniatuursteweltjies en skoene, speelgoed, fotorame, servetringe."

"Het mnr. Swart self van die goed gemaak?"

"O ja, hy het verreweg die meeste goed gemaak. Hy was kunstig met sy hande. Ek en Ashley kon ons verkyk aan hom as hy iets maak."

"Wat was die ander twee Boere se name – die twee wat saam met hom gewerk het?"

"Een was mnr. Loubser – hy was die oudste – en die ander was mnr. Botma, en dan mnr. Swart. Hy was die jongste van hulle drie."

"En waar het hulle gewoon?"

"Bo-op die winkel daar op East Broadway. Toe ek in 1916 weg is na Kaap Hatteras was hulle nog al drie daar. Maar ek was lank weg. Ek het eers weer in 1930 teruggekom om hier te kom woon. Toe was hulle nie meer daar nie. Ek het verneem dat hulle toe al drie dood was."

"Ja," sê ek, "dit stem ooreen met wat die historikus, Colin Benbow, in sy boek oor die Boerekrygsgevangenes sê. Die laaste drie was Loubser, Botma, en Swart. Mnr. Loubser is in 1924 dood. Toe was hy vyf-en-sewentig jaar oud. Mnr. Botma is in 1925 dood. Hy was toe agt-en-sestig. En oom Thys is in Mei 1926 dood. Hy was maar twee-en-vyftig."

"Nou, soos ek hulle onthou, was hulle altyd so saam," sê Richardson. "Hulle het saam gewoon en saam gewerk. As ek reg onthou, het hulle nie juis vriende onder die ander stadsmense gehad nie."

"Was geeneen van hulle ooit getroud nie? Het julle nooit vrouens hier gesien nie?"

Richardson skud sy kop. "Nee, hier was nooit vrouens nie."

"En watter taal het hulle gepraat?" vra Johan. "Kan jy onthou dat hulle 'n ander taal gepraat het as julle?"

"Ja, hulle het 'n ander taal met mekaar gepraat. Ons het dit nie verstaan nie. Maar met ons het hulle Engels gepraat."

"O ja, hy het met die klante ook Engels gepraat. As die toeriste van die skepe af kom, het hulle altyd na die soewenierwinkel op East Broadway gekom. Eers na die Botaniese Tuine en dan na die soewenierwinkel."

"Die soewenierwinkel bestaan nie meer nie, nè?"

"Die gebou staan nog, maar dit is nou 'n koffiewinkel."

Richardson sit weer na die foto te kyk. Hy kyk en kyk, skud sy kop en daar kom 'n weemoedige trek om sy oë asof hy na iets verlang wat hy lank gelede verloor het.

Ek dink 'n bietjie na. Toe vra ek: "Weet jy of mnr. Swart ooit kerk toe gegaan het? Miskien na die Saint John's-kerk in Pembroke? Of onthou jy dit nie?"

Hy frons diep, sy oë troebel. "Nee," sê hy, "ek glo nie een van hulle drie het ooit kerk toe gegaan nie. Dit was mos nie hulle kerk nie. Maar soms as ons saans laat werk, het hulle gesing. In hulle taal. Dit was seker kerkliedere. So half stadig en treurig. Maar vir ons baie mooi, al het ons nie verstaan wat hulle sing nie."

Ons sit al drie 'n rukkie stil. Toe skielik sê die Neger: "Maar hy was 'n liewe man. 'n Goeie man. Die mooiste ding wat hy ooit gemaak het, was 'n klein houtsteweltjie met so 'n skuifdekseltjie bo-op, en as 'n mens dit oopskuif, spring daar 'n slang uit. Hy wou dit nooit verkoop nie. Maar die dag toe ek hom groet voordat ek sou weggaan na Kaap Hatteras, gee hy vir my die steweltjie persent. Ek het dit nou nog by my huis. Dit is een van my kosbaarste besittings, mnr. Swart se slangsteweltjie. Dit staan op 'n rakkie in my voorhuis."

Met verwondering kyk ek na die één mens op Bermuda wat my oom Thys, die laaste Bittereinder van die Boerekrygsgevangenes op Bermuda, onthou: 'n ouerige, onaansienlike swart man, ná aan sy aftreetyd uit 'n beskeie betrekking wat hy jare lank beklee het.

By hom het ek uiteindelik in hierdie dorre, vlak land iets van my oom Thys gekry – 'n helder herinnering aan 'n brokkie warm menslikheid wat eendag lank gelede 'n ou man uit 'n vreemde wêreld aan 'n bevatlike kind verbind het.

Ek groet Ernest Richardson met dankbaarheid. Oor 'n uur vertrek ons en ek weet dat ek nooit weer na Bermuda wil terugkeer nie.

Maar ek neem tog 'n nuwe wete met my saam: dat die enigste spoor wat nie vergaan nie dié spoor is wat een mens laat op die hart van 'n ander.

1969

HENNIE AUCAMP

'n Bruidsbed vir tant Nonnie

Ons het almal voorsien dat dit só gaan gebeur: op 'n kwade dag laat tant Nonnie se nikswerdseuns haar in die steek; 'n maand of drie probeer sy uit haar spaargeld die woonstel betaal, net om 'n oordeel uit te stel, maar eindelik moet sy, woedend oor die vernedering, 'n bedelbrief aan Pa skryf, nie om geld dié keer nie, maar om verblyf – om 'n dak en kos.

Pa het die hand van die Here in die saak gesien, Ma 'n moedswillige streek van die lot: sal sy dan altyd haar man met familie moet deel?

Dié dinge het in my afwesigheid gebeur; ek was in geen jare op die plaas nie. Op pad huis toe het ek my op verskillende veranderings probeer instel: Pa en Ma wat, soos ek uit foto's kon aflei, ouer en selfs oud geword het; 'n huis wat verbou en verbreek is; nuwe bediendes; 'n troetelperd wat dood is. Maar geen brief of berig het my voorberei op tant Nonnie nie. Ma het wel gesê dat sy "baie agteruitgegaan het", en Pa, in sy skaarse briewe, het gedurig na haar verwys as die "stomme ou mens" of "die arme ou sus", maar hoe kon ek weet dat sy 'n wrak geword het? Toe ek haar laas as skoolseun gesien het, was sy 'n vietse vyftig of wat, hare gehenna, potloodstrepe vir wenkbroue, presies soos die mode dit toe wou hê. En haar stem was soet en helder. Op Lankverwag se stoep het sy in die maanlig 'n ghitaar getjingel en smagtend gesing:

"Beautiful isle of somewhere . . ."; en by die godsdiens saans voor die serfyn, met ewe veel verlange:

Zullen w'eenmaal, eenmaal komen
In dat oord, zoo rein en schoon,
Aan de kristallijnen stroomen,
Vloeiend uit des Hemels troon?

Nou, op sewentig, die prooi van rumatiek: haar lyf, wat die liefde so goed geken het, lyk of dit in die liefdeskramp gestol het.

In dié dae moet sy haar "gereed" kry, want die ongerief van pyn het 'n sondebesef by haar uitgebroei – nie die pyn soseer nie, maar Pa, Bybels en hardvogtig, 'n ouboet wat ook vader is. Wanneer tant Nonnie oor haar laste kla, sê Pa streng: "Tel jou seëninge, Nonnie." En onwillig begin tant Nonnie hulle op die knobbels van haar kloutjies aftel, maar in die proses kry die knobbels name: Harry – Jan Koelie – Benna – Mike, en 'n wufte trek sprei oor haar ou gesig. Dis dan dat Pa keel skoonmaak: Nonnie, Nonnie, verhard nie jou hart nie, my suster; beween jou sonde, dink aan die mens dat hy stof is . . .

As die wintermôres stil is, wieg tant Nonnie in haar rystoel voor die buitekombuis. Sy wieg met die drif van 'n kind wat met sy swaai op in die lug wil klim. Pa loer vir haar deur 'n gaatjiesgordyn en lag 'n snaakse laggie: "Ek sê, die ouvrou ry hom bloots vandag!"

Tant Nonnie se kappie het agtertoe geskuif op haar kop. Sy lig haar gesig na die dag wat wydsbeen oor haar staan en haar wange word warm onder die rooisel wat sy elke môre aanbring: 'n bokspoortjie op elke wang.

Sy dink haar mémoires in die son.

Eers was daar die seuns agter die kraalmuur, die hooimied, die bos: wat was hul name, Diek, Tom en Herrie? En wat maak dit saak, en wat het dit tóé saak gemaak?

"Word dit nie te warm vir haar nie?" vra Ma.

"Dit was nooit te warm vir haar nie," sê Pa.

"Moenie vir haar kyk nie," pleit Ma, en sy trek my agter aan my hemp. "Moenie vir haar kyk nie."

Ek neem haar tee buitentoe.

Sy moet tee uit 'n tuitkannetjie drink, die stout ou kind.

Sy slurp en sluk, en knipoog teen die son.

"Vertel my," sê sy wanneer sy klaar is, "was hier vanjaar weer kwepers?"

"Nie vanjaar nie, maar 'n jaar of vyf gelede."

Dit was 'n kweperjaar soos min. Ná die heining 'n paar jaar oorgeslaan het – ouderdom, en dan die droogtes – kom 'n nat najaar, en reën in die winter, én reën in die lente. Die kwepers het soos klosse gehang, borriegeel en blink onder hul wol, en als was weer 'n vroeër tyd. Die hele distrik het kom kwepers haal, ballasmandjies vol. En nog het die kwepers sulke knoeste gehang; en Ma het smeer gemaak, en flesse en flesse rooi konfyt; en elke dag 'n klompie kwepers in die oond. Toe pak sy weg vir die winter, kwepers op strooi, ry na ry; en later toe die wors en biltong begin droog word op solder, raak die kwepers ryp en mild, die suur daaruit, maar hul kwepergeur behoue.

"Dis al," sê tant Nonnie wulps, "of ek weer kwepers ruik."

Maar skielik raak sy skaam vir die son. Sy trek haar soel gesig diep terug in die tuit van haar kappie, waar sy in haar duister mompel:

"Al was dit dan ook sonde, Heer . . ."

Ook ék is soel. Ek skrik nie vir die son nie. Ek dra 'n veldstoeltjie buitetoe en gaan sit aan tant Nonnie se voete. En agter die vensters bid Ma vir my.

"Van die seekaptein, tant Nonnie, toe!"

"Nie van die seekaptein nie, nee!"

"Ja, ja, ja!"

Die hoeveelste was hy? Die soveelste.

Sy hawebruid staan boep in die wind op die westerkaai. En sy waai en sy waai op die westerkaai.

"Miskien" – tant Nonnie ry in volle see – "miskien hét sy skip in die Ooste gesink."

Ma hou niks van ons gesprekke nie.

"Hoekom nie, Ma?" vra ek verveeld.

"Jy's 'n man en jy hoort te weet hoekom. Kyk na haar, en sien dat God nie slaap nie."

Ek kyk na buite. Tant Nonnie is skeef en klein, en bruin soos 'n pruim. Ek lig 'n rafel van my mou.

"Sy was tog getroud met die seekaptein!"

"Met hóm, ja."

Dis 'n gedagte wat my al jare tart: tussen al die mans wat tant Nonnie geken het, moes daar één gewees het wat vir haar meer was as die ander; één wat, terugskouend, alles was: 'n wrede minnaar, selfs 'n vriend. Ek noem name wanneer sy die minste daarop bedag is: Benna, Mike, Dennis, Koos; toets haar terugwerking. Toets dit dag na dag. Één moes haar seergemaak het, en gans en al besit het. Maar slinks omseil sy my vrae. Haar oë lag jonk in 'n plooigesig.

Soms mislei sy my met 'n herinnering:

"Toe vat hy my gesig in sy hand en verf my wange met moerbeisap."

"Wie was hý, tant Nonnie?"

Sy kan nie dadelik op sy naam kom nie. Veins sy onverskilligheid?

"O, nou onthou ek," sê sy onbewoë, " 'n klein Viljee van Drakenstein. Jy kon so ver uit die moerbei sien."

"Maar die klein Viljee – was jy gek na hom?"

"Og, soos 'n suster; niks meer nie. En hy wou ook niks meer nie. Soms gevry, ja" – tant Nonnie giggel by die gedagte – "maar net uit lawwigheid. Want hy was een van die ander soort."

Lamplig val op die pluisferweel soos water val uit 'n gieterkop. Pa het van Ouma se meubels oorgeneem: die lang tafel met sy seeblou kleed en tossels, 'n lamp wat bo die tafel hang, en rondom die tafel, regop en hoog, agt stoele van beukehout wat grootjie uit Holland saamgebring het. Miskien help die dekor tant Nonnie om haar terug te dink in 'n meisietyd, want sy is opgewonde oor die foto-albums wat ooplê op die pluisferweel.

Kort-kort stuur sy my met 'n foto na Pa wat voor die vuur sit en lees. Pa geniet die herkenningsparade, maar Ma, wat ook voor die vuur sit, hou haar rug styf: sy wil geen deel hê aan dié skandalige séance nie. Nonnie roep dan net haar minnaars op! Daar is 'n soort patroonmatigheid in die portrette en kiekies waarop tant Nonnie verskyn. Byna sonder uitsondering is sy die middelpunt van belangstelling; die mense om haar – meestal mans – wedywer om haar geselskap, of dit nou 'n piekniek-, 'n tennis- of 'n gymkhana-geleentheid is; dié wat langs haar staan, lyk trots en besitlik, maar soms ook onseker, al of hul twyfel oor haar guns.

"Maar dis mos Nolsie van oom Zacharias!" roep tant Nonnie met 'n skurwe stem. "Gaan wys vir jou pa!"

Pa bestudeer die sepiafoto op armslengte en sê dan byna bestrawwend: "Nee, a, Nonnie, dis Nolsie se broer Ben dié; die een wat in '18 se griep oorlede is."

Tant Nonnie vlam op: "Maar hoe sal ek vir Nolsie nie ken nie! Hy het dan vir my 'n perd gegee!"

"Midnight," sê Pa, "mag, maar so 'n perd het vir jou 'n gang geloop!"

"Dit was nie al present nie," lag tant Nonnie onderduims.

"Julle kort diskoers," sê Ma koud en vat haar breiwerk bymekaar. "Kom, Jan, laat ons gaan slaap."

Lank na Pa en Ma bed toe is, sit ek en tant Nonnie nog voor die vuur. Die gloed wat opslaan uit 'n kolebedding flikker oor die teëltjies om die haard. Ek gooi stronke op die vuur, kyk hoe hulle verskrompel tot wurms as.

"Tant Nonnie, sê my een ding: is dit so dat 'n mens net een maal in jou lewe werklik liefhet, met jou hele hart en jou hele siel en jou hele verstand, ja, tot in jou niere toe?"

Tant Nonnie se onstuimige antwoord is vir my 'n openbaring: "Reine onsin, kind, onsin, onsin! Ek was dan al op twee mans gelyk verlief, en as ek by die een is, voel ek glad nie ek skeep die ander af nie! Ek sê wéér: onsin."

Was dit nie vir haar woorde voor die vuur nie, sou ek my Scheherazade die diens opgesê het, want haar opgewarmde romanses uit 'n naïewe era het my hartlik begin verveel: een verslinding soos die ander. Maar haar ontkenning van die Groot Liefde wat sy skaduwee gooi tot aan jou graf, het my opnuut laat glo dat sy een besondere naam onder al die ander name toekrap.

En weer het ek soggens aan haar voete in die son gaan sit. Een oggend kom sy nie na buite nie.

Ek gaan soek haar in haar kamer. Sy't kop gewas; sit nou ken op die bors, met haar grys hare voor haar gesig.

"Môre," groet sy vanagter haar sluier.

Soos 'n oerwoudkat deur lower, so bespied sy my.

Na 'n pouse wat veels te lank duur, splyt sy haar sluier met die snykant van 'n hand, vat met elke hand 'n helfte hare soos 'n gordyntjie bymekaar, loer vanagter haar omlysting koket na my. Sy lag murmelend oor my kyk.

"Mans of seuns, almal eenders, altyd moet jou hare los."

Op dié oomblik, wat nie sonder gruwelikheid is nie, word dit vir my duidelik waarom die mans op die foto's om haar meegeding het. Om haar skoonheid kon dit nie gewees het nie, want mooi was sy nie, selfs nie in haar jeug nie, tensy lewenslus, nee, lewensgulsigheid, 'n eie skoonheid skep. Die antwoord is dit: sy't geleef – leef nog – of dit haar goeie reg is om te leef. En om nog 'n eis wat sy nooit betwyfel nie: haar reg om vrou te wees. Maar as sewentig en siekte jou nie van jou vrouwees verlos nie, raak dood mos 'n genade?

Nog dieselfde middag kry ons besoek van verlangs familie uit die Vrystaat wat op pad is na Oos-Londen.

Die gesels dobber op 'n stroom burgerlike gemeenplase. Ek raak kriewelrig van verveeldheid: tant Nonnie sit stuurs na 'n mat en kyk. Die gesprek beweeg nie van die algemene na die besondere nie. Nooit is daar 'n oorspronklike kyk op droogte, dood en babas nie.

Dan, so skielik dat dit ons almal betrap, kom daar spanning in die lug: 'n naam is genoem.

Die verteller, 'n groot vrou, kraakstyf onder 'n pienk *moss crèpe*-rok, praat onverstoord voort:

"Ek dag toe, dit moet ek vir Nonnie vertel as ek haar ooit weer sien. Lyk ook al sy jare, hoor, maar skop nog na sy kwas. Leef nou met sy vierde vrou – kon sy dogter gewees het. Dogter, wat praat ek! Sy kon sy kleindogter gewees het. Skat-, skatryk. 'n Twakplaas in Rhodesië . . ."

"Ek is nie geïnteresseerd nie."

Tant Nonnie se stem is so verbitterd dat die vet vrou rooi word onder haar poeier.

Ma probeer die gesprek in ander bane stuur, maar die middag is gedoem. Nog voor die gaste weggaan, staan tant Nonnie op en groet:

"My kop is seer, ek wil gaan lê."

Na die Naudés vertrek het, laat ek Ma nie 'n oomblik met rus nie. In die spens gaan sit sy langs die tafel, volg met 'n maer vinger die patroon op die linoleum terwyl sy nukkerig vertel: ". . . maar van die baba het niemand geweet nie, net die broers en susters . . ."

"So dan het sy tog die Groot Liefde geken."

"Liefde?" vra Ma nugter. "Ag, my kind, ek weet nie; hy was die man wat sy nie besit het nie. Die baba was lank nie vir haar die ergste nie, maar dat hy met haar woer-woer gespeel het, nes met al die ander . . ."

"Waar pas hy in, Ma? Voor die seekaptein?"
Ma bly 'n lang ruk stil. "Voor die seekaptein."

Miskien dwing ek die kloutjie tot by die oor.

Dalk was dit toeval: die besoek van die Naudés uit die Vrystaat, tant Nonnie se siekte onmiddellik daarna, en toe haar dood. Maar ek verkies om te glo dat sy gesterf het omdat sy wou sterf. Omdat die Naudé-vrou haar onwetend teruggeruk het tot in haar grootste vernedering, haar enigste neerlaag.

Iemand wat van kindsbeen af die lewe voorgeskryf het, driftig en onboetvaardig geleef het, altyd geëis het, selde gegee het, en dan net as sy niks kon verloor nie – so 'n mens genees nooit van vernedering nie. Bolangs, ja, maar onder die vel bly klop die seer.

Hoe dit ook sy, tant Nonnie is dood.

Ek moes my weggaan uitstel om op die begrafnis te help dra. Oor die begrafnis het ek niks te sê nie. Die diens is gelei deur 'n jong predikantjie wat, genadiglik, niks van haar lewe geweet het nie.

Dis die middag voor haar dood wat 'n soort demoniese herinnering word: Tant Nonnie yl in haar kamer wat na patente medisynes ruik. As laaste toeverlaat het sy gekies die reuke wat vertroudheid spel: lewensessens, staaldruppels, balsem-sulfuris. Sy sit teen die katelstyl, haar oë nie op die berge buite die venster nie, maar op 'n afdruk wat in Ouma se kamer gehang het, na Ouma se dood na Nonnie se woonstel in die stad verhuis het, en toe saam met haar na die plaas toe teruggekom het. 'n Vet engel leun lui op sy voorarm en handpalm, dop sy oë om na 'n geskrif deur angeliere omkrans:

HUISELIJKE DEUGDEN.
Zindelijkheid is des huizes sier;
Gastvriendschap des huizes eer . . .

"Ou broer," praat tant Nonnie skuins oor my Pa se kant toe – ek ruik dat haar asem suur is – "ou broer, jy moet my gat laat grou . . ."

"Ag, Nonnie," sê Pa ongemaklik, "jy verbeel jou allerhande dinge . . ."

"Môre nog!" Stem, oë, krom handjies – alles eis.

"Die volk maak draad."

Ma kyk kwaai na Pa.

"Goed," sê sy, en buig oor na tant Nonnie en maak haar slape met oliekolonie nat, "ons sal sorg daarvoor."

"Môre nog!"

"Môre nog," sê Pa gedwee.

"Langs die wilderoos."

"Goed, Nonnie, langs die wilderoos."

"Aan die ander kant van Sienatjie."

"Langs die wilderoos, aan die ander kant van Sienatjie."

Tant Nonnie, wat tydens die gesprek penregop gesit en woes beduie het, sak terug teen die kussings. Haar mond val oop in vervoering; 'n blink draad span van lip na bors.

Het ek erbarme met haar gevoel? Ek weet nie. Miskien. Maar ek onthou dat ek gedink het:

Ek sal jou bruidsbed regkry, tant Nonnie. Met kwepers sal ek dit uitvoer, en ou, nat blare uit 'n winterbos. Die skemer sal oor jou kom, tant Nonnie, met kwepergeur, en die duiwe rinkink op 'n vars boep grond.

1970

Armed vision

Die dokter maak die deur toe. Dis 'n skuifdeur van kunsleer. Sy spreekkamer is sober, maar nie klinies nie: roomkleur en groen, en weinig wit.

"Sit maar," sê die dokter, en wys na 'n troonstoel van chroom en leer.

" 'n Teregstelling?"

My grappie slaag nie. Die dokter sê niks nie.

Skielik kyk die dokter op van 'n tafel waar hy met papiere werskaf. "Dit hang van u af."

Het die dokter geglimlag of het hy sy tande vir my gewys?

"Wat doen u – ek bedoel: watter werk?"

"Ek skryf."

"O, 'n skrywer."

Ek het nie die moed om "ja" te sê nie.

"Sit maar," sê die dokter weer.

Die stoel het 'n nekstut.

"Net na die lig daar vóór kyk; vergeet van mý lig."

Die dokter loer by my oog in. Ek voel sy kyk: 'n sonstraal tas deur water na 'n anemoon.

Die lig daar vóór: dit word 'n embleem. Dit stoot ligpunte in die omringende duisternis uit.

"Nou die ander oog."

Die lig daar vóór is 'n amoeba. Ligvoete stoot oor swart fluweel. Die dokter soek kontaklense in 'n lêer.

"Dis by benadering," sê hy. "U moet nie perfekte visie verwag nie. Dis proeflense. U moet kyk of u hulle kan verduur."

"Ek begryp. Dis hoekom ek hier is."

"Moenie bang wees nie; ek gaan hulle nou vir jou opsit."

Ek moet nie vrees nie: in U lig sien ons dié lig. Maar as die lig duisternis . . .

Ek ruk en kreun effens.

"Dit is nie seer nie," sê die dokter beskuldigend. "Dis u verbeelding."

Daar's sand in my oë. Gruiskorrels. En al die rook van 'n nanagparty.

"Moenie skrik nie," sê die dokter, "jou oë verset hulle teen die vreemde element, daarom traan hulle so."

Trane loop oor my wange.

"Hier," sê die dokter, "vee af." Hy sit 'n doos papiersakdoeke langs my neer.

" 'n Korrel skaaf die oesterdier." Of so iets. Ag, Here, tog nie pêrels nie. Nie op my oë nie.

My huil is verby. Ek kyk na 'n spieël wat teen die muur hang; kyk vinnig daarna, maar nie in die spieël nie.

Nie voor die dokter nie. Ek wil nie kaal voor hom staan nie. Ek wil my beeld behou.

"Die dinge gaan nie dadelik vir u duidelik wees nie. U oë moet hulle nog aanpas by die nuwe omstandigheid. En onthou: dié lense is by benadering. Dis nie spesifiek vir u nie. Die lig sal u hinder. Proporsies gaan vir u anders wees as gewoonlik – onthou, u dra 'n bril: u visie is effens verwring."

'n Kleurdruk wat nie sy onderwerp dek nie. As die dinge net enkel wil word. As ek net behoorlik kan sien.

"Maar kyk, gaan nou uit die stad in; bly lank weg, 'n uur of twee. Alles gaan geleidelik in fokus kom. Dit sál."

Voor ek loop, gee die dokter vir my 'n groot donkerbril. "Vir beskerming," sê hy, "as jy selfbewus voel."

As jy káál voel. Dis dan wat dit beteken om kaal te voel: om in 'n vreemde lig in te stap wat meer is as 'n lig – 'n element wat die vel soos spelde prik. Die vel om die oë. Die kaal vel om die oë. Dis wat dit beteken om kaal te voel: om terug te keer in die wêreld van jou kindertyd, maar as vreemdeling, 'n ongenooide gas.

Ek kyk na die asgaaifigure op die African Life Centre.

Sien ek hulle omdat ek wéét hulle is daar, of sien ek hulle regtig?

Ek moet die dinge uitsoek wat ek nie ken nie.

Na mense moet ek kyk.

Ek fikseer 'n vrou wat met twee seuntjies oor die straat stap. 'n Blonde vrou met 'n baret, en laarse wat blink in die son. Die kleinste seuntjie – sien ek hom so klein as wat hy ís? – dra speelgoed-rewolwers op sy heupe. Die rewolwers is swaar, trek hom grond toe.

Ek moet nie net ná mense kyk nie, ek moet hulle in die oë kyk. By 'n skakelwinkel is 'n uitverkoop. Ek kyk lank na 'n hemp in die uitstalvenster. 'n Grys hemp met donker, regaf strepies. Daar is 'n smal baan tussen die strepies. Die hemp kos R2,75. Dit het vroeër R5,50 gekos.

Oupa en al die ooms van vroeër het sulke hemde. Ek móét een hê. Die hemde van 'n kindertyd, hoe duur hulle tog nie. Gaan niemand my bedien nie? Stoot ek die mense af?

Ek kyk skrams na 'n spieël op die dastoonbank.

"Kan ek help?" vra 'n stem vermoeid. 'n Vrou het agter 'n stapel hemde opgestoot. Haar vinger sit gevang in 'n ring.

"Asseblief. Daar's 'n hemp in die venster."

Die vrou leun terug op haar tweede ken en glimlag suur.

"Hy's grys en het strepies."

"Kom wys vir my," sê die vrou en sug.

Lyk ek dan só sleg? Sy maak dit vir my onmoontlik om haar in die oë te kyk.

"O, dáárdie een? Daar's nie meer van hulle nie."

"Dan wil ek die een in die venster hê."

"Dis 'n regular."

"Dalk is ek 'n regular."

"Mister Bernie!"

Die vrou skree so onverwags dat ek skrik.

Haar óú rooi mond gaan oop soos 'n blom.

"Mister Bernie, dié man wil 'n hemp hê. Jy moet dit uit die venster loop uithaal."

Die vrou onttrek haar aan die saak.

Ek kyk na Mister Bernie. Van ver af het hy na 'n seuntjie gelyk; nou, van naby, is hy 'n óú seuntjie van vyf-, ses-en-dertig. Sy ronde gesiggie het hom skielik in die steek gelaat. Dit lyk nie meer jonk nie. Dit het 'n moeë, beteuterde aapgesiggie geword.

"Voel u sleg?" vra die apie.

"Lyk ek sleg?"

"O, nee," sê Mister Bernie verskrik. "But distant. Ek wil weet of u wil aanpas. Die hemp is eintlik 'n regular."

Nóú. Ek kan dit nie vermy nie. Nóú.

"Goed dan."

Ek trek die gordyn voor die aanpashokkie sorgvuldig agter my toe. Ek sit die donkerbril versigtig neer op 'n stoeltjie wat op hoë pote staan. Ek trek my baadjie uit en hang dit aan 'n haak.

Ek trek my hemp uit en gooi dit op die vloer.

Ek kyk in die spieël.

Ek word naar. Ek moet my red in ironie: "Was this the face that launched a thousand ships?"

'n Mens kan net tot op 'n punt toe seerkry. Daarna raak jy moedswillig. Ek kom so ná aan die spieël dat my asem 'n wasem oor die glas stoot. Driftig vee ek die spieël met my sakdoek skoon.

'n Nonnetjiesuil. 'n Regte nonnetjiesuil. Foei tog. Is dít wat van jou oë word in daardie lange jare van gevangenskap? Hulle word klein en raak skaam vir die lig. Daar is 'n sakkie onder elke oog, sag en wit, en effens pers. Jy merk dit nooit nie, want as jy sonder bril voor die spieël staan, sien jy nie. Jy vermoed net. Ek het gedink ek sou jonk lyk sonder bril. My jeug terugkry met één slag. Ek het nie.

"Is u klaar?"

Hoekom is die apie so ongeduldig? Oor ek vir hóm 'n spieël is?

"Nog nie."

Ek pas nie my nuwe hemp aan nie. Ek betaal vir die hemp en loop met 'n gestreepte pakkie weg.

Voor die winkel sit 'n jong en bedel. Hy merk my gebrek en lag.

Haastig sit ek die donkerbril op wat die dokter vir my geleen het. Vir twee blokke loop ek met die donkerbril. Skielik kan ek my waarnemings beheer. Ek kan hulle in toom hou. Ek is nie uitgelewer aan die lig nie.

Nou's ek mos belaglik. Ek wil wegkruip.

Ek pluk die bril van my gesig af.

Maar hoekom wou die apie en die vrou nie na my kyk nie? Maar hulle hét na my gekyk. Dis ek wat nie na hulle kon kyk nie! Ek sit die bril weer op en stap haastig na Die Laan. Ek soek 'n bank in 'n stil buurt en haal die bril af.

Só, rustig sit en rustig dink; ek het op hol geraak. Sien ek soveel beter as gewoonlik? Net by tye. Want niks bly in fokus nie. En van als is daar te veel. 'n Hele hemel, en 'n hemel vol lig. Ek gaan die skille van my oë afkrap! Ai, ai, tog; stadig nou. 'n Mens moet die dinge kans gee. Oor 'n halfuur is dit alles beter. Dit is nou al soveel beter as in die winkel. Dit was moeilik in die winkel, met al die mense om my. Ek wonder of ek kan lees? Ek wil vir Ria 'n boek koop. Dis nóú die kans.

Sonder bril stap ek na die naaste boekwinkel.

Daar staan 'n nuwe reeks boeke op die kunsrak. Derain, Bonnard, Pascin. Jules Pascin. Ek blaai opgewonde deur die boek, buig laag oor die gedempte kleure wat soos poeier op die blad lê.

"Vee asseblief die prys uit, dis 'n present."

Die verkoopsdame vee die prys uit en kyk vriendelik na my. Sy't oud geword van ek haar leer ken het, maar stil, byna ongemerk en sonder paniek.

"Dis 'n mooi boek," sê sy, "ek wens ék het dit gekry."

Sy kyk na my – nie jammer nie, nie geskok nie.

Ek wens ek het beter gelyk. Om háár ontwil.

My tweede pakkie rem aan my.

Wat sal ek drink: tee of koffie? Of bier?

Die kroeg het die bruin kleure van 'n middag wat moeg word.

Ek bestel 'n Gunnar.

Aan die eindpunt van die toonbank sit 'n man met 'n litteken oor sy voorkop. Sy oë is rokerig, asof hy aan pille of 'n verborge passie verslaaf is. 'n Bokser?

Hy's dom geslaan. 'n Dorpsidioot. Hy gaan met my praat.

Ek sit die bokser gespanne en inwag. Elke mens word vir my 'n toets: kan ek deurbreek sonder masker?

Die bokser grinnik familiêr. Hy kom sit op die kruk langs my.

"Why so sad?" vra hy.

"Ek het my onskuld verloor," sê ek.

"Go on," sê die bokser.

"Wat sal dit wees?" vra ek. " 'n Bier?"

" 'n Bier is O.K.," sê die bokser.

" 'n Gunnar?" Skielik is dit vir my belangrik dat die bokser 'n Gunnar drink.

" 'n Lion vir my."

"O."

As hy 'n Gunnar wou drink – dit sou vir my iets beteken het.

Wát? Dit weet ek nie.

"Is jy seker jy wil nie 'n Gunnar hê nie?" vra ek dringend. "Dis gesond, man." Die bokser lag dawerend.

Sy tande is geel en sy keel is bruin. Die middag word ál bruiner.

"Wat is jou naam?" vra ek. Ek proe aan my bier. Dit het 'n soeterige nasmaak. "Henry de Goede," sê die bokser. "En jy?"

Ek lag in my bier en moet die bier wat op my broek spat met my sakdoek afvee.

Dit moet ek vir meneer Leroux vertel as ek hom ooit weer sien. Ek het meneer Leroux in die Metropole ontmoet. Hy het 'n stigtelike pak aangehad, met 'n blinkerige onderbaadjie daarby; swart skoene van die veterlose soort. Dit moet ek hom vertel: Henry de Goede.

"Wat is jou tweede naam? Begin dit met 'n H?"

"Ek het nie 'n tweede naam nie."

Die bokser neem sy glas en drink nukkerig.

Etienne Leroux lyk soos sy foto's, maar hy was korter as wat ek verwag het. En die hele middag het hy 'n donkerbril opgehad. En hy't gesels oor Saul Bellow, maar later het ek nie meer 'n woord verstaan van wat hy sê nie, want ek het net één ding bly dink: hy lyk of hy nie sien nie, maar dis net hy wat deurkom, deurbreek. Want sy visie is bewapen.

"En jy?" vra die bokser woedend, en sit sy glas hard op die toonbank neer. "Wie is jy?" Hy is teenaan my; sy oop, bruin mond is teen my.

Sy vel ruik benoud. Dalk was hy hom gereeld, maar al was hy hom gereeld, sy vel sal nog bedompig ruik, want dis van nature so – altyd klam. En dit ruik na siekte en alles waarmee siekte bestry word: boegoe en kanfer en bloekom en die vader weet wat.

"Wie's jy?"

"Dit traak jou nie!" skree ek.

"Bloody fool! Bloody owl!" skree die bokser.

Ek drafstap deur die strate met 'n groot donkerbril voor my oë en pakkies in my hande.

Die dokter druk sy pinkie in 'n bakkie water.

"Jou oë het dit goed gevat."

Hy haal die kontaklense met 'n eksperte beweging van my oë af.

"U sal vind," sê die dokter, "dat u vir omtrent 'n halfuur nie so goed gaan sien soos gewoonlik nie. U visie sal effens wasig wees. Die oog moet terugkeer na normaal."

Ek proe die bier in my mond. Ek moet nog drink. 'n Goeie hotel dié keer, 'n hoflike kroeg. Groen leer en skeepslampe, en houtbeskot teen die mure.

Ek bestel 'n dubbeldop.

Ek móét my weerloosheid te bowe kom.

Die laatmiddagson skyn deur die stof teen die ruite.

"Die stof word goud, word stofgoud, word stof tot dankbaarheid." Was dit 'n phoney reël? Wat maak dit saak, ek het dit nie hardop gesê nie. Of het ek?

Here goes. "Nog 'n dubbel, 'seblief. Nie water nie, dankie; nét so. Dankie." Die warmte sprei deur my lyf.

Sprei van my maag af uit. 'n Amoeba wat sy ligvoete uitstoot – uit, uit, tot in my pinkies toe. Oeps, hoe mors ek.

Armed vision, dis die ding. Met of sonder kontaklense. Met of sonder bril. Afstand behou. Waarneem, nie waargeneem word nie. Nie weerloos wees nie. Ander in hul weerloosheid inkyk. Nog 'n dop: vat so!

Ek is dronk. Net nie 'n scene maak nie. Stil sit tot ek reg is.

Boek, waarsie bleddie boek?

Jules Pascin.

Naakstudies. Aha-a-a.

Maar nie met naakte oë gesien nie deur 'n sluier gesien 'n sluier van chiffon die lyf is pêrels met tinte van pêrels lig opgebreek in perlemoer maar swyne sal nie hou van hierdie pêrels nie sorry swyne Jules Pascin Jules Pascin Jules Jules o soetste naam jou het ek lief bo alles en nie net pêrels nie maar ook vrugte en ook vrugte van die see *les fruits de la mer* o Jules Jean Welz móét jou ken en liefhê en meestal haat.

Die boek val uit my hande. Haai, boek!

Ek moet dit so ongeërg moontlik optel, want die kroegman kyk na my.

Stilsit, tot als weer vas word.

Ek kyk deur die venster na die oop stuk grond waar vroeër die stasie was.

Waste Land en Grysland, maar nou, op dié oomblik, in die laaste lig wat verheerlik, 'n goue akker; en mooi, met 'n mooi wat nie té oop is nie.

1970

Die nag van die ooms

Dae lank loop ek met 'n knaende behoefte om te huil. Maar ek huil nie maklik nie, al wil ek ook. Toe kom die huil in my slaap. Ek ruk en ruk en net voor ek wakker word van my eie stem, hoor ek Pa bekommerd vra: Wat is dit tog, my arme kind?

Ek sit op die bedrand en wonder of ek verlig is. Ek steek 'n sigaret aan. Na 'n ruk begin ek bewe, want ek onthou: my pa is dood. My pa, die vreemdeling.

En nou's die poort gesluit: die laaste oom van Die Poort is weg. Ooms met baarde en wysheid en koppigheid, heer van hul hoewe, baas op hul plaas. Verby en soos 'n nagwaak, en hul plase en plasies ken hulle nie meer nie. Patriarge: oom Sefanja en oom Nols. Kleinboere, bywoners: oom Terpie en oom Rosie en oom Jan. En sommer net ooms, Pa en oom Teuns en oom Kas en oom Tien. Verby soos die trots mooi diere van 'n vroeër tyd: die kwagga en die Kaapse leeu.

Ek luister na die meulsloot wat voor die woonstel verbyloop; dis twee-uur en dis stil. Af en toe hoor ek 'n padda, of 'n hond wat in die verte blaf, soos op 'n plaas. Dit word baie stil na 'n duif in die stilte gekoer het.

Daar is mense wat die aarde 'n leeftyd bewandel en dit nooit ken nie.

Daar is mense wat sê: niks op aarde bind ons nie. En vergeet dat die grond hul bind. Uiteindelik.

My ooms het almal goed geaard.

Sal ek probeer slaap? Maar slaap slááp jy, jy probeer nie. 'n Nagwaak, weet ek, het begin.

Hoe't dit gekom dat ek saam met Pa na die waak is? Dit was tog g'n gesig vir 'n kind nie: 'n ouman wat hardop bid om verlossing, maar nie sterf nie? Die kamer was galsterig en muf en benoud, die gordyne byna toe. Die Botha-vrouens, jonk reeds swaar van lyf en traag van beweging, het agter sakdoekies gesug, gehuil, en gefluister: Dat die dood so taai kan wees. Arme, arme Pa.

Oom Sefanja se lippe was – ja, nou onthou ek die uitdrukking weer – sy lippe was so swart soos pypolie.

Ek is saam met 'n klomp kinders in 'n dubbelbed gebondel. Een van die groter seuns het gevra: Is julle reg? en die kers doodgeblaas. Eers toe ek die venster in die donker uitmaak, kon ek weer asemhaal. Twee van die seuns het lê en fluister:

"Dis oor Oupa die kaffer doodgeslaan het."

"Watter kaffer?"

"O, baie jare terug; Oupa was nog ongetroud. Die magistraat het die ding toegesmeer. Oom Doon het mos dié man se naam."

Net na oom Sefanja sy asem uitgeblaas het, het die sweer onder sy arm oopgebreek.

Ek en Pa is in die vroeë ure met die kapkar huis toe; 'n silwerige môre met mis in die vleie. Pa het kort-kort by 'n plaas ingedraai en die tyding gebring: Ja, vanmôre om tien oor vier. En toe breek die sweer nét na sy dood. Met permissie gesê, 'n kommetjie vol.

Ou dominee Landman het uit Kronieke gepraat:

"Doch deze dingen zijn oud."

'n Vrou met 'n sluier het so 'n entjie van die graf af by oom Doon gestaan en hom probeer troos, maar oom Doon was nie te keer nie: "O, die skande. Om alles op sy sterfbed uit te blaker. Ek sê vir jou, ek's kwaad vir Pa!"

Oom Rosie was nie 'n boer nie, hieroor was almal dit eens, maar hy had 'n kop vir boeke, en hy was uit 'n goeie familie. Hy was baie jare lank deelsaaier by Oupa; van sy platdakhuis staan vandag nog net een kamer. Nie dat die huis veel groter was nie: daar was 'n sitkamer, 'n kombuis, 'n slaapkamer; die slaapkamer 'n trap laer as die sitkamertjie, 'n donker vertrek met 'n grondvloer en velle en 'n voorstelling uit Jesaja: die lam en die wolf wat in vrede leef. 'n Platdakhuis van rooiklip – klip wat afgee aan jou, en blus in jou mond en souterig proe; kriebosse op die kaal erf en op die wal van 'n leidammetjie. En in dié omgewing het hy sy spreuke gedink. Hier en daar kan iemand nog 'n spreuk onthou, dinge soos:

> *Effens skeef is Engelsgesind;*
>
> Of: *Jaloesie is 'n siekte, maar ook 'n straf, want jy gaan nie daarvan dood nie;*
>
> En bowenal: *Daar is nie 'n hel nie. Die een mens is die ander se duiwel.*

Laasgenoemde lank voor Sartre.

Aardig, het die mense oom Rosie genoem, en eienaardig, die klein oompie met sy skewe skouer en knypstappie.

Nooit: verskriklik nie.

Oom Rosie het ook musiek gemaak. Op someraande het ons oorgery of gestap na sy platdakhuis en stoele op die kaal werf uitgedra. Dan het oom Rosie konsertina gespeel en die paddas en krieke doodgesing:

Jy lyk vir my so mooi in jou ou papawerjas:
ek kry jou altyd liewer en ek druk jou vas!

Die Else het op 'n keer in die roubaksteenhuisie by oom Tien gebly. Baie aantreklik, het die mense van oom Doorsie gesê en bedoel: hy trek hom dinge so aan. Die mans, selfs sy eie broers en pa, het gedurig gekgeskeer met hom. Hulle vat 'n sak vol miskoeke en sit dit langs oom Doorsie neer: "Toe nou," sê hulle, "kyk mooi, dis 'n vroumens; sit op met haar." En oom Doorsie slaan sy arm om die sak, en koer en kwyl, en kyk op na die meisie, maar sy oë kon ek nie sien nie, want sy laphoed was te laag oor sy oë getrek.

Maar niemand het nodig gehad om hom te vertel dat blomme getoorde prinsesse is nie. Langs die tuinmuur het 'n vlieërbos gestaan waarin bye en vlieë somers gedreun het. Met die blomme het hy gepraat, sag en vriendelik en paaiend. Soms het hy hulle afgepluk en in 'n ry op die tuinmuur staangemaak. Maar vir sonneblomme was hy bang.

Oom Rosie het nooit vir oom Doorsie gelag nie; tussen al die rooi gesigte, dik en lelik van die lag, één ernstige gesig. Want oom Rosie het geweet: die waansin is 'n ander syn.

As ek 'n towenaar was, sou ek die eerste miskoektoring in die veld, die eerste bessiebos of kopseerblom besweer en sê: Wórd oom Rosie, en terstond! En ek sou nét daar met 'n bandopnemer gaan sit en die wysheid van 'n leeftyd opeis.

Daar is rose wat in verlate tuine blom, gewillig in weerwil van droogte, en blom en verval. Maar 'n roos moet tog vir iemand bestaan? Is dit dan nie so nie: dat ander ons bestaan bepaal? Of dít altans: die gehalte van ons bestaan?

Pa en Ma het nie hul kinders maklik uitgeleen nie. Ons het net die twee, het hulle gesê, ons gaan nie skade soek nie. Maar na oom Tien en tant Nel kon ons altyd weer gaan.

Ek onthou een laatmiddag, 'n somermiddag met heuninglig. Ousie en tant Nel was by die huis, ek en oom Tien was in die vlei. Die vlei het mals geruik: na jong gras wat 'n dag lank in die son gestowe het, na wilde-als en balderjal en modder; en ek was dronk van eie jeug.

Toe hoor ons 'n koei kreun. Haar horings en ore en die bult van haar maag steek bo die blougras uit. Pa sou my weggelei het; nie oom Tien nie. Want oom Tien was 'n deurwaste kinderkenner. "Ons bly," fluister hy opgewonde, "dit kom."

En sowaar die voorpote en snoet van die kalfie kan al gesien word. Die koei steun laag en kom orent. Kort voor lank is die kalfie daar: blink en verward, op onseker pote, 'n wit driehoek op sy voorkop.

"Mooi geteken," sê oom Tien, en vee oor sy oë. "Mooi." En hy praat nie net van die kalfie nie.

Oom Tien was nie 'n boorling van ons wêreld nie, en al het hy die raadgewer van Die Poort geword – hy't onder andere die hingste van die buurt reggemaak en families en man en vrou met mekaar versoen en in rade gedien – sou hy altyd 'n Bolander bly: 'n mens wat hom bo die ellende van die oomblik uit kan lag. Oom Nols het die ding só uitgelê: "Onse mense is harmansdrup-in-die-winter, maar Tien se olie, broertjie, Tien se olie lóóp!"

Liefde en respekte: die dinge hoort saam. Nee, hardop het ek hom dit nooit hoor sê nie; sy werk was sy getuie. Sy appelboord, sy rose, sy perskes. En perskes ruik soos rose, en rose ruik soos perskes; water in die leivoor, oom Tien se broek opgerol tot onder sy knieë, en hy sing: Vanaand gaan die volkies koring sny, of hy gooi 'n kluit dat die water so spat. Soms het hy so lank oor 'n akker gebuk gestaan, sy wit bene wyd uitmekaar uit, sy vingers in die grond, dat ek benoud begin word het: sê nou daardie vingers en tone groei af in die grond in, áf, áf, áf?

Ek was onlangs op jou werf, oom Tien; ek móés gaan. Ja, die plaas is nog verhuur en Dries is 'n goeie huurder, hy verniel nie die grond nie, maar wat kan ons teen die droogte vermag? Verlede jaar was darem baie mooi, net jammer van die kraakstewels en die bitterbossie. Geel plate, van Oos-Londen af op; en Attie Jordaan van Pimgradia sê van sy plaas af tot in Natal toe het hy dieselfde ding gesien: geel net waar jy kyk. Ja, iets moet gedoen word. Die Boerevereniging of die Regering moet inspring en doodspuit.

Groei is mooi, het oom Tien geglo, maar groei moet bedwing word; snoei terug die boord; snoei terug die rose.

Ek was op Vinkelfontein se werf.

By die strooise geen teken van lewe nie; geen kleingoed, honde, rokies nie; die drade kaal, sonder komberse, elke stroois 'n leë dop.

Maar die huis self, vreemd genoeg, het my nie as verlate getref nie; dis 'n huis wat op sy mense wag. Agter die blindings, so stel ek my voor, staan elke meubelstuk op sy plek. Die erdekruik en die ingeduikte blikbeker. (Dis die eerste ding wat hy doen as hy van die veld af kom, oom Tien, drink bekers vol uit die erdekruik.) Die rak met die rooikoperketel. Die stoele wat uit Tulbagh kom.

Voor die deur sing die telegraafpale; daar's water in die krane; die werf is bont van gousblomme en syerige Kaliforniese papawers, en in die denne raas die duiwe. Ek weet dit nou, oom Tien, maar ek sal dit nie verder aangee nie: op maanligaande kom lei jy in die boord. En die snoeiskêr waarna almal op die vendusie gesoek het, dié't jý weggesteek. Lag harder, oom Tien, kom nader?

Ek moet oom Tien van die begrafnis vertel. Tant Nel was dapper, nes oom Tien dit wou gehad het. Nie gehuil nie. Sy't regop die kerk binnegestap, die kinders en skoonkinders agter haar aan. Mooi gelyk; hare netjies, lippe rooi. Soos dit hoort. Smart is 'n private saak.

Hoe dit nou met haar gaan? Goed en ook nie goed nie. Sy soek nog altyd. Almal droom van jou, sê sy, net sy nie. Ek wil nou nie voorbarig wees nie, oom Tien, maar as jy iets kan reël? Net één mooi droom: 'n dood-, doodgewone werksdag op Vinkelfontein?

Oom Kas kón nie duur nie: hy was te gul. Boude soos boerpampoene, en 'n lag en 'n stem wat 'n huis laat skud.

Beeste was sy lewe. Hy was 'n stoetboer wat swaar bulle uit Friesland laat kom het. Op 'n keer sélf een gaan haal. Dit was soos 'n monumentonthulling: 'n nuwe bul van oom Kas. Die ou saaier, het die boere 'n bul genoem, en met 'n ondeunde lig in die oë: "En die bôgger dink hy wérk!"

Op 'n dag moes ek opsluit saam met Klein-Kas na sy pa. Hy wou trouplanne aanroer en het steun nodig gehad.

"Met ou Tewie se meisiekind?" Oom Kas begin gevaarlik swel.

"Hoekom nie, Pa? Sy kan nie help vir haar pa nie."
"Dis waar. Maar sy's nog 'n tweetand."
"Sy's mondig en aangeneem."
"Sy's te lank in die lies."
"A nee a, Pa, kyk weer. Sy sal 'n kalf gooi soos min."
Oom Kas het weer gekyk en Klein-Kas het sy sin gekry. En Klein-Kas doop nog al die tyd.

My ooms het huise en krale en stalle gebou, meestal van sand- of ysterklip van Die Poort; hulle't kweperlanings en peer- en moerbeibome geplant en aanteeluie ingeboet en ertappels opgeëerd en moddervisse uit Holspruit getrek; hulle het in die Bybel geglo en hul tiendes gegee en die vanselfsprekende dinge gedoen: getrou, kinders versorg, gewerk, met die seisoene saamgeleef en uiteindelik gesterf; en nooit geweet dat eenvoud 'n deug is nie.
Durf ek sê: één van hulle was doodgewoon?
Pa was ook 'n oom. Oom Petrus vir almal op die dorp, van die dominee tot die grofsmid; oom Petrus vir die laaste kind; oom Petrus vir Die Poort. En na oom Tien moes hý probeer om vrede te herstel waar daar onmin was, en met die roekelose mannetjies praat wat hul erfgeld aan vertoon bestee. Maar vir my was Pa nooit volledig nie. My suster had 'n sleutel tot hom, ek nie. Vir haar was hy volledig, vir my nie. Tot vannag toe.
En nou't dié nag my ingebreek tot mededoë, maar jy sal dit nie weet nie, Vader. Móét pa's dan sterf om vir hul seuns te lééf?

Dit word dag teen die ruite en voëls begin kwetter, en melk word afgelewer.
Het ek tóg geslaap, of wakend gedroom?:
Om 'n oop graf – miskien my eie – staan al die ooms van Die Poort, hoed in die hand, maar hulle kyk nie in die gat af nie; hulle kyk na bo of hul wolke soek, en hulle sing sleperig en skor: Kent gij dat volk?

1972

Swart-ys

Ná twee maande van swerf in Europa het Jean-Jacques vermoed dat hy eensaam is, en sy spieël het dit bevestig, want verwaarlosing is 'n neerslag van eensaamheid. Sy oë het gedra ná 'n rustelose nag, en daar was 'n geel puisie tussen sy baardstoppels. Jean-Jacques het hom teruggetrek, bang om deur sy eie beeld besoedel te word, maar gou teruggekeer, met die perversiteit van 'n misdadiger, en dié keer so naby aan die glas gekom dat daar 'n waas tussen hom en sy mooi asketiese gesig was.

Jean-Jacques was nie nét ydel nie: herhaling (soos elke ouer weet) is 'n gerusstelling; en veral op 'n alleenreis. Hy het die puisie verwyder, so versigtig en onbetrokke moontlik; maar 'n uur of wat later kon hy nog karbol ruik, want selfs sy potentste náskeermiddel kon dit nie verdryf nie. Ter wille van sy gemoedsrus is hy na 'n kapper, waar hy sy hare laat was, sny en stileer het; en elke ligte, presiese aanraking het hom gevlei en getroos. Hy het Kurt of Vienna 'n ruim fooitjie gegee en sonder glimlag versoek: " 'n Taxi, asseblief?"

"Waarheen?" het die taxibestuurder gevra; en met verbasing het Jean-Jacques aan homself herhaal: "Waarheen?" Tot dié inval gekom het: Sloane Square. Want dis waar hy eenmaal twintig was. En op pad het hy hom enkele luukses toegelaat: name en gesigte van toe; veral één gesig: foutloos, edel, ontoeganklik.

Jean-Jacques het óú kroeë gesoek en nuwes gevind; deur klapdeure geloop, en omgedraai. 'n Vertroude boekwinkel was nóg daar, maar onder nuwe bestuur. King's Road was 'n antiklimaks, en Jean-Jacques het sy toegewing aan nostalgie betreur; wou net hotel toe gaan toe 'n winkelpop 'n beroep op sy menslikheid doen. Want die pop lyk net soos Annebelle, veral in haar winterse kaalheid: dieselfde rooi hare, dik en sterk, byna nylonagtig; dieselfde wimpers en oogopslag.

Dan verskyn daar 'n winkelmeisie langs haar; 'n vensterversierder met lappe om haar voete wat haar soos 'n oorlogsvlugteling laat lyk. Wanneer Jean-Jacques opkyk na haar gesig, skrik hy. Sielvolle Victoriaanse oë; van 'n ouderwetse pop ook die preuts mondjie, die hoë, rooibruin wange, die kroesdroë krulle om 'n bleek gesig. En om haar hals, soos 'n bloedstreep, 'n pruimpers bandjie van fluweel. Sy beantwoord Jean-Jacques se blik, en raak gevange. Nou dwing sy om aandag: haar hand kruip smagtend op teen haar dy; sy glimlag sonder voorbehoud. Elke tand in haar mond is met silwer beslaan; 'n blink lag, 'n metaallag. En Jean-Jacques ril en stap haastig weg.

So vinnig vlug hy dat hy by die galery verbyloop waar hy David Hockney ontdek en gekoop het: sy etsreeks *A Rake's Progress*. Jean-Jacques sak met 'n steil trap af na 'n kelderverdieping, nog altyd ontstem oor die meisie met die tande, en besluit om nie na Annebelle te verlang nie.

Die uitstalling is streng gekeur: vier beelde; enkele potlood- en inktekeninge teen die muur. Drie uit die vier beelde sou óók as voorstudies kon geld: die hele tentoonstelling is gemonteer om één beeld wat sentraal staan, 'n skag lig op hom; en dis nie of dié lig uit die lae plafon val nie, maar van baie ver en baie hoog kom, soos op 'n Rembrandt-skildery.

Die beeld – 'n torso – is van Amerikaanse marmer, wat nóg sinneliker is as Carrara: 'n wit gloeiing onder die oppervlak. 'n Danser staan soos 'n vlam op sy voetstuk; 'n vlam wat wil opspring en lug raak en weg. Die bors is twee plate wat mekaar in gevaarlike ewewig hou; laer, middelpunt van dié skaal, 'n jong geslag wat traag ontwaak; agter sluit die hoë blaaie om die nek; die boude is ferm: knooppunt, energiebron; en van die kant gesien, word die lyn van heup en maag 'n finale stelling omtrent . . . ja, omtrent wat?

Dis 'n pynlike oomblik vir Jean-Jacques: hy wens hy kon skoonheid anders ervaar. Alles wat hy weet of vermoed omtrent God, liefde, seks en dood trek saam in dié oomblik, en lewer hom uit aan sy eie ontoereikendheid. Hy druk sy wang teen die marmer; klamp sy hande om die boude.

Die eienaar van die salon kug hoflik: "U is nie veronderstel . . ."

"Ek weet," sê Jean-Jacques onboetvaardig, "maar dis ál manier om 'n beeld te ervaar. Veral as jy dit wil koop."

"Ja," verset die eienaar hom, "maar . . ." Hy swyg voor Jean se uitdrukking; hervat eers na 'n rukkie: "Iemand anders is ook geïnteresseerd."

"Verkoopsgrepe," glimlag Jean-Jacques, "laat my koud."

Die eienaar van die salon is gekrenk: "U misgis u; ek wil u bloot beskerm . . ."

Jean-Jacques maak 'n gebaar wat vertolk kan word as "Vergeet daarvan" of "Loop weg"; tree dan 'n paar tree terug; kyk lank, en byna verwoed, na die torso; loop stadig óm en óm die beeld.

"Dit kos £1 500," kom 'n stem vanuit die skemer buite die ligbalk, "maar ons kan terme reël."

"Ek stel nie belang in terme nie," antwoord Jean-Jacques gesteurd, "maar wel in die beeld. Ek sal u môre bel."

Hy stap 'n kroeg binne, dié keer vasberade. Die rooi bekleedsels lyk geskaaf; op een plek peul kapok by 'n skeur uit. Maar as hy deur 'n gemmerwyntjie kyk, lyk die banke beter, selfs beleë. Hy bestel 'n derde gemmerwyn, van die ligte amber soort, en dink: "Moet ek my aan 'n beeld verwarm?" en, terwyl hy 'n bootjie uit 'n servet vou: "Hoe lank nog gaan ek my bekostig?"

'n Blok laer af is daar 'n elegante boetiek, en hierop stuur hy nou af. In die venster, teen 'n agtergrond van swart fluweel, en vasgepen deur verskeie skynwerpers, hang 'n pelsjas, met leerbande wat die polse en kraag nóú kan laat sluit. Dit kos £1 600.

Die jong assistent skrik merkbaar wanneer hy hom sien; Jean-Jacques wag tot dié reaksie afgeloop is. Dié keer gebeur dit nie, veral wanneer Jean-Jacques vra of hy die jas in die venster mag aanpas.

"Ek het dit geweet," sê die jong man. "U bou vra daarom, en u houding. Toe u by die deur inkom . . ."

Die pelsjas is van geskeerde bewer.

"Om ligter te wees," verduidelik die assistent. "Ons klant het dit só bestel."

Die bestuurder staan senuweeagtig nader, bang dat sy assistent 'n belangrike transaksie mag verbrou. "Ja," neem hy die verhaal van die assistent op, " 'n tragiese geskiedenis. Ons klant het twee keer van Parys af gekom om aan te pas, en toe is hy in 'n motorongeluk dood, kort voor Kersfees. Ys op die teerpad, weet u; swart-ys, soos dit soms genoem word."

Die jas self is skimmel, of 'n ligte sneeutjie daarop neergesif het.

Die assistent probeer sensasie as mistiek aandien: "Toe die eerste mense by die wrak kom, toe speel die radio nog. In daardie yslug – Bach."

"Händel," verbeter die bestuurder geniepsig, want die assistent het hom voorgespring met dié nuusbrokkie. "Definitief Händel."

Jean-Jacques wil alles van sy voorganger weet, maar vra nie uit nie; stryk aanhoudend oor die pels; lees met een vinger die watermerke op die voering.

Die bestuurder sluit aan by dié beweging: "Net die beste vir ons klant – hy't self die voering gekies. 'n Edel grys, nie waar nie? Hy was 'n individualis, ons klant, maar nie eksentriek nie. Want hy had smaak."

Die jas pas Jean-Jacques of dit vir hom gemaak is. Eenmaal binne die omhelsing van die jas, wil of kan hy nie daaruit nie. Jean-Jacques was al in baie arms verstrengel, dikwels sy eie, maar nooit het hy dit as sonde ervaar nie; nou, op hierdie oomblik, wat soos durende orgasme is, wéét hy wat die bose is, en selfverheerliking.

"Môre," sê hy gejaag, "môre sal ek u laat weet."

Die jong man skryf iets op 'n kaartjie. "Vra vir Peter as u bel," sê hy, en kyk pleitend na Jean-Jacques.

Dis baie laat voor Jean-Jacques daardie aand aan die slaap raak, en dít eers na hy pille gedrink het. Wanneer die foon om drie-uur lui, kan hy nie tot verhaal kom nie; hy tas, tas in die donker tot hy die rooi liggie op die skakelskyf sien pols. 'n Oomblik vrees hy: die man wat op die ys gegly het?

Dis Annebelle, dringend bewus van alles wat hulle skei: 'n kontinent, 'n oseaan, 'n lewenswyse. "Jean," huil sy, "kom huis toe: ek het jou lief . . ."

"Weet jy hoe laat dit is?" Jean-Jacques se stem is dik van die slaap; wil na verwyt klink maar kan nie.

"Jean-Jacques, ons kan nie wegkruipertjie speel tot aan die einde van ons fleur nie."

"Wanneer," spot Jean-Jacques, "is 'n fleur verby? Volgens my pas na ontmaagding."

"Hou op!" skree Annebelle.

Jean-Jacques kan hom voorstel hoe sy lyk: ontsier, verwring, verwelk. "Luister," sê hy gebiedend, "ons gaan nie dieselfde ou gesprek voer nie. Wat jy as liefde beskou, Annebelle, is niks anders as onbereikbaarheid nie. Koop 'n beeld, en jy het nie meer behoefte aan hom nie. En nou gaan ek afsluit; ek het slaappille gedrink en kán nét nié lánger nié . . ."

Hy plaas die gehoorbuis versigtig op sy mik; lê vyf, tien minute grensloos verlig teen die kussings. En sypel dan terug na sy ondergrond.

Die volgende dag het Jean-Jacques die jas gaan koop en, geborge in bewerpels, sy winterreis hervat.

1978

Vir vier stemme

'n Grap is 'n grap

Die hele affêre het as 'n grap begin (vertel oom Toon Lourens); 'n Boerepoets. Want sonder grappe sou die lewe in Die Hoek 'n man ondergekry het. Dit was depressie en droogte, en ons ongetroudes – ek en Beimen Botes en die klein Skotsman wat toe net die winkeltjie en poskantoor oorgeneem het – kon nie elke naweek gaan kattemaai nie. Geld en vervoer was die kwessie; en bowendien wou jy op jou werf wees om te red wat daar te red is. Maar Saterdagaande was almal se doodsteek. As jy jou kom kry, is jy maar weer op pad na oom Frik toe. Hy was beter daaraan toe as ons, maar dit was nie die groot oorweging nie: hy was 'n opgeruimde man, en sy dik vrou, tant Das, ook; daar kon jy 'n aand lank van jou ellendes vergeet, en lag ook, en vetkoek eet en koffie of lemoenstroop drink, en somtyds dans, want oom Frik had 'n grammofoon en 'n dogter. Aan die dogter, Let, het niemand ooit as 'n lewensmaat gedink nie; sy self ook nie, raai. Oor die moedervlek wat haar so geskend het, soos 'n pers lap oor die een helfte van haar gesig. Maar ook sy was vrolik, en het lekker gedans. En dikwels is daar kaartgespeel, veral in die winter "nap" en "whist" en klawerjas.

Freddy, die klein Skotsman, moes ook die eensaamheid in 'n wêreld vol verdriet gevoel het, want hy het hom af en toe by ons aangesluit; maar hy kon hom beter verweer daarteen, want hy was 'n boekwurm. Net sulke dikkes; en hy lees hulle deur, soms dwarsdeur die nag. Die liewe Beimen, aan die ander kant, het seker nooit weer in 'n boek gekyk ná sy katkisasie nie, behalwe in die Bybel, en ook hieraan, tussen vriende gesê, twyfel ek. Nie dat hy dom was nie. Hy was net nie die soort mens nie. 'n Man van die daad, ja; van aksie. Jag en swem en perde inbreek. En dis hy wat die knaendste oor 'n nooi was. Oor hy so verveeld was ná werk.

Dít het oom Frik die aand op die plan gebring. Ons was almal in die voorhuis bymekaar, Freddy ook; net Beimen moes nog kom. "Freddy," sê hy, "jy's amper te mooi vir 'n mansmens. Kom ons trek nou vanaand vir Beimen 'n streep, en trek jou aan soos 'n meisiekind." En "toe, toe, toe" skree ons almal, die vroumense vooraan; want vroumense, het ek al dikwels gesien, is gek na speletjies, en dink nooit wat daaruit kan voortkom nie. Freddy wou nog teenstribbel. "Wat van my snor?" pleit hy. "Jy kweek 'n nuwe," sê oom Frik, "en dié keer bemes jy hom van die begin af, om die brakkolle te wys wie is baas."

Die snor is afgeskeer, en die vroumense is kamer toe met Freddy. Onder die wyl hou ek en oom Frik die pad dop, wanneer Beimen nou kom; want ons was so opgewonde soos skoolseuns.

Toe oom Frik se "niggie" uit Kimberley haar verskyning maak, het ek en oom Frik na ons asems gesnak, so volmaak was die prentjie. Tant Das het jare gelede 'n bolla van haar lang meisiehare laat maak, en dit gedra tot sy te grys begin word het; dié bolla was presies Freddy se kleur hare, strooigeel, en amper goud as die son daarop skyn; en hierby 'n ou rok van Let, wat Beimen nie sou herken nie, want niemand het ooit aandag gegee aan Let se rokke nie; en baie poeier en sent, en 'n bloedrooi mond, en oorkrabbetjies. En tant Das en Let katkiseer Freddy van 'n kant af: hoe 'n vroumens moet loop en sit, altyd baie "ladylike".

Nooit sal ek Beimen se gesig vergeet toe hy Freddy die eerste keer sien nie; verwondering en blydskap, of dit om gebedsverhoring gaan. En hy draai om Fifi, soos die niggie uit Kimberley kortweg genoem is.

Oom Frik moes kort-kort uitgaan om te gaan lag; ek ook. Die ou het dubbel gevou, soos een wat osse inspan, en om ons te versukkereer ná ons lag- en hoesbuie, het ons dop loop steek agter die kweperheining.

Ons lang afwesigheid het Beimen gepas. Toe ons terugkom, nog rooi van die lag, is hy en Fifi in mekaar se arms, en hulle dans die Kalfiewals, en Beimen loer met sulke poepogies oor Fifi se skouers en sing:

> My ma se melk in die boer se glas
> En die oorskiet moes ek kry

En tant Das en Let sit aan mekaar en stamp in die hoek, en geniet die speuletjie só dat hulle maak of hulle ons brandewynasems nie ruik nie.

Teen drie-uur dié nag toe dans ons nog. Ek en oom Frik probeer kamtag 'n dansie met Fifi inkry, maar Beimen sê botweg: "Jammer, mense, daar is Let en tant Das; maar dié nooie het ek vir my bespreek."

Hoe Beimen so maklik bedrieg kon word, bly vir ons almal 'n raaisel. Want Freddy het met sy gewone stem gepraat; 'n tenoorstem. (Ek hoor hom nog sing: Bonnie Prince Charlie.)

Miskien omdat Freddy so goed gespeel het. Die manier waarop hy opgekyk het na Beimen. En sy oë neergeslaan het. En sy kop teen Beimen se skouer laat rus het.

Beimen was onstuitbaar – 'n afspraak; vir die volgende dag nog. En wanneer hy in Kimberley kan kom kuier?

Tant Das en oom Frik moes net wild begin wal gooi. Douvoordag, sê hulle, vertrek Genoveva.

Beimen se teleurstelling het 'n mens skoon arig laat voel. Nie net teleurgestel nie. Dis of hy bang was. Of iets kosbaars van hom afgeneem gaan word. En toe reeds het ek gevoel: 'n grap is 'n grap.

Oom Frik nie. Nog nie. "Skryf vir haar," moedig hy aan.

"Natuurlik," sê Beimen, al was dit glad nie vir hom natuurlik nie. Hy wat nooit lees nie, en selfs opsien teen die skryf van 'n notisietjie.

Hoeveel ure daardie briewe hom gekos het. En elke week twee, het ons met 'n omweg gehoor. Want Freddy het niks daarvan gesê nie, tot hy baie verleë by oom Frik-hulle gekom het, en van die korrespondensie gepraat het, moes praat, bygesê, want hy het die mondering, bolla en al, kom leen vir 'n foto. "Beimen dring aan op 'n foto," het hy gesê.

Freddy kon die briewe-ding maklik beheer, want hy was winkelier en posmeester. Hoe hy met die stempels gemaak het, weet ek nie; dalk had hy 'n Kimberleyse stempel. Maar Beimen het, gereeld soos klokslag, sy twee briewe per week gekry. En siek van spanning gewag op die volgende.

Oom Frik het die groot woord gaan praat met Freddy; ek, as medepligtige, was ook by as getuie.

"Dié nonsens moet nou end kry, Freddy. Ek het dit begin, en is baie spyt daaroor; ons moet Beimen inroep en verduidelik."

Hiervan wou Freddy nie weet nie. "Hy gaan julle, hy gaan my vermoor." (Sou Freddy aan hul afskeidsoen gedink het, daardie diep soen wat ek en oom Frik deur 'n kantgordyntjie afgeloer het?)

"Beimen is 'n boer, en is mans genoeg om te lag as hy 'n poets gebak is. Hy sal ons terugbetaal, op sy manier."

Freddy het snaakserig gelag. "Ek wil nie naby wees as dit gebeur nie." Hy het oor sy bolip gevee wat bleker was as die res van sy gesig. Skielik het ek besef dat hy nie weer 'n snor gekweek het nie.

"Ons durf hom nie beledig nie. Hy mag nooit weet wat gebeur het nie. Dit sal hom breek." Freddy se stem het al hoër geklim.

Ek en oom Frik het na mekaar gekyk.

Freddy het voortgegaan, maar al meer opgejaag.

"Die niggie moet sterf. Ek sal sorg vir die telegram."

Die niggie hét gesterf. Hand aan eie lewe.

Toe 'n jong daardie Saterdagmiddag laat by die poskantoor verbyloop, sien hy iets roois onder die deur uitkom. Verf, dink hy, verf wat omgeval het. Maar loop tog nader. En ruik aan die rooi. En proe daaraan. En hardloop weg om hulp te soek: blóéd.

Ag, Here, hoekom Freddy daardie rok en bolla moes aanhê voor hy homself . . . ek meen, dit was verskriklik genoeg, en so onnodig . . .

Want hoekom, hoekom, hoekom? Kan een van julle geleerde mannetjies my dalk help? Ons het soms saam geswem, na 'n jag of so, en ek kan julle verseker, daar was niks verkeerd met Freddy nie. Om die eerlike waarheid te sê . . .

Aan alles moet 'n einde kom

Kort na sy aankoms in Die Hoek het Freddy McTavish aan 'n boesemvriend in Kaapstad geskryf: "The landscape is quite Brontëesque, stark and desolate, but breathtakingly beautiful towards the evening, and the mountain air is invigorating, as Dr Sim promised me it would be. That, of course, is the whole purpose of my exile, for the mountain air is supposed to cure my asthma. But will I survive the Afrikaners? There is not a single English speaking person in the whole of Die Hoek. Luckily for me I have learnt The Taal at a very early stage, when my dear Mother, an Afrikaner by birth, was still alive. I can therefore converse with ease. But the Boers have so little to talk about, except the drought, which, by the way, is very severe. Basically they are kind, but naive, the whole style of living nineteenth centuryish. There is one character though who is fun, called oom Frik. His wife, tant Das, is rather corpulent; the daughter Let has no choice but to be virtuous, on account of a birth mark that disfigures her completely . . ."

Van dié aard het sy briewe gebly: iets oor die landskap en die weer, iets oor die mense; soms 'n lang brief oor 'n jakkalsjag of 'n buitenagmaal. Enkele mense het bestendige verwysings geword: oom Frik en sy gesin; 'n plaaslike "filosoof", ene Toon Lourens; en in toenemende mate 'n jong Simson, Beimen Botes, wat 'n sak koring dra of dit 'n kardoes is, maar soos 'n riet bewe as hy 'n vorm moet invul.

Op 'n keer het Freddy 'n paar kiekies saamgestuur, maar almal swart-en-wit, wat niks van die sagte aandkleure wys wat die Stormberge so groots en verdrietig kan laat lyk nie. Dit was ontmoedigende kiekies: een van die baksteenhuis wat sy tuiste en werkplek is (poskantoor, winkel), met twee tamariske op die kaal werf; een van homself, maar uit fokus, want Beimen wat die kiekies geneem het, het gebewe. Die vriend in Kaapstad het nooit kom kuier nie, soos hy 'n keer of wat beloof het; en later het hy opgehou met skryf.

Maar dit het Freddy nie gehinder nie. In werklikheid het dit hom gepas, want sy briewe het vir hom na verraad begin voel. Jy skinder nie oor jou vriende nie. Hy het ook agtergekom dat die Boeremense wel iets te sê het as jy eers agter die fasade van droogte en Calvinisme kan kom. Hulle ken die veld, en kan elke veldding by die naam noem, van die kanniedood tot by die rivierkat; en hulle kan wonderlike verhale vertel wat teen velddinge afspeel; party bloedstollend, wat van donker drifte in die mens getuig. Van 'n seun van neëntien wat 'n kind verwek het by sy suster van dertien, en haar toe uit wanhoop vermoor en homself opgehang het aan die tak van die reusagtige ou bloekom by die tolhuis, ja, die einste boom wat vandag nog daar staan, by die bek van Die Hoek; maar van die tolhuis is skaars die fondasie oor.

Freddy het weer begin teken; klein presiese tekeninkies van plante en diere. En hy het boek begin hou van die stories en sêgoed van die Boere. Saans het hy in Dickens gelees, want hy het hom voorgeneem om die versamelde Dickens deur te werk tydens sy ballingskap. Hy het sy tyd in Die Hoek "vrugbaar" bestee, soos dit heet.

Maar daar was aande, veral oor die naweke, wat hulle nie laat inbreek het nie; aande waarop die emosie 'n ander fokus wou hê as boeke; aande waarop hy verlate was, en mense wou hê, of beter gesê: een bepaalde mens. Maar dit het hy te laat besef.

Op 'n Saterdagmiddag, met nog 'n uur of twee son oor, klim hy op sy trapfiets, voortgedryf deur 'n onbestemde rusteloosheid. Eers ry hy in die rigting van die dorp, vyf-en-twintig myl daarvandaan; maar na 'n kwartier draai hy kortom, en ry maar weer na oom Frik-hulle toe, soos dikwels in die jongste verlede.

Voor oom Frik se huis met sy hoë stoep en bokhorings groei 'n heining saliebosse, van die rooies met hul suikersoet sap; en dis ook al beduidenis van 'n tuin in hierdie droogte.

Freddy suig een blommetjie na die ander uit, nes die kinders altyd maak. Die soet smaak en die hitte bedwelm hom, maar tant Das se stem verbreek die ban. Sy leun oor die onderdeur en wink hom nader.

"Kom binne, Freddy, jy sal sonsteek kry. En oppas vir die salies, die blomme is verlip."

Tant Das bedien lemoenstroop op die stoep. Toon Lourens het ook al aangekom, en kom saam met oom Frik van die stal se kant af huis toe. Freddy kan sweer hy ruik drank, maar oom Frik en Toon is albei ewe sedig. Te sedig, volgens Freddy; dis gewoonlik 'n aanloop tot korswel en jil. En daarmee kan hulle dan weer nie end kry nie, selfs lank na snaaks nie meer snaaks is nie.

"Ek wonder my of Beimen vanaand oorkom. Ou Streepsak sê hy sukkel met 'n windpomp," vertel oom Frik, en korrel na die yl wolkies, of daar 'n regstreekse verband tussen die droogtehemel en die windpomp-kwessie is.

"O, hy sal kom," grinnik Toon Lourens. "Hy is banger vir die eensaamheid as vir 'n skoot hael. Maar eers as die windpomp reg is."

Daar trek 'n luggie op die stoep, maar tant Das waai haar uit gewoonte koel met 'n sakdoek wat nat is van sweet en oliekolonie. Let kom op die stoep uit met nog 'n beker lemoenstroop. "Sjoe," sê sy, "wat 'n hitte."

"Skink nog vir Freddy," beveel tant Das moederlik. "Hy lyk so bek-af. Hoe gaan dit met jou mense, kind?" Let stamp aan haar ma, wat al weer vergeet het dat Freddy se moeder onlangs oorlede is.

"Goed," glimlag Freddy afwesig. Hoekom was hy teleurgesteld toe oom Frik oor Beimen gewonder het? Beimen dra tog niks by tot die gesprek nie; lag net oor alles. En is in almal se pad met sy allemintige lyf.

Later, wanneer die luggie 'n suidewind word, trek hulle binnetoe, na die voorhuis waar die grammofoon sy eie tafeltjie het, en die Statebybel op 'n ander tafel staan, 'n geelhouttafeltjie met inlegwerk van been en stinkhout.

Weer kom Beimen ter sprake.

"Arme sondaar," lag tant Das, "het sorg nodig, kan jy sien. En sy enigste suster in Tzaneen."

Oom Frik kom tussenbeide, sommer dwarsweg, soos dit lyk.

"Kom ons trek die ou vanaand 'n streep," sê hy ondeund en kyk aandagtig na Freddy. "Sal jy saamspeel, Freddy?"

Freddy voel bedreig, maar op 'n vae manier ook opgewonde. "Hang af, oom Frik."

"Kyk," sê oom Frik, "jy is amper te mooi vir 'n mansmens, Freddy. As ons jou nou opmaak . . ."

"Toe!" skree Toon Lourens, "dit sal sports wees. Dan vergeet ons 'n slag van die droogte en ons Landbankverbande."

"Ja, toe Freddy," pleit Let.

"Ek het nog 'n bolla," sê tant Das, "en ons vat een van Let se ou rokke. Toe, jong, lag kan niemand mos kwaad doen nie."

Freddy probeer stry teen sy stygende opwinding. "My snor . . ." skerm hy.

"Kweek 'n nuwe. En maak dié keer 'n goeie job daarvan. Elke môre en aand 'n lagie hoenderstront." Oom Frik lag dawerend oor sy eie grap; Toon Lourens val by hom in, en saam runnik hulle tot albei vervelig raak.

"Ek sal," sê Freddy stil.

Daar en dan skeer Let Freddy se snor af, na sy seep, water, 'n skeermes en 'n strop gaan haal het; en dan gaan die vroumense kamer toe met hom, waar hulle 'n halfuur lank aan hom arbei. Hy kom mooi uitgevul uit die kamer uit, met rooi lippe en wange, en sy strooigeel hare saamgevat in 'n bolla; 'n effens vulgêre vrou miskien, maar met 'n plus-kwaliteit wat nie te ontken is nie.

"Ramkat se moses! As Beimen nou net wil kom . . ." En oom Frik is eers by die venster en toe uit op die stoep. Haastig kom hy terug: "Hy is op pad, kêrels; nou moet ons gou ons dinge agtermekaar kry. Kyk, Freddy, jy is my niggie uit Kimberley. Ons noem jou Genoveva."

"Te lank," sê tant Das, "ons noem hom Fifi."

Let en Toon Lourens lag hulle byna ongelukkig.

"Moet nou nie staan en lag as Beimen hierso is nie," waarsku oom Frik. "Gaan buitentoe as julle dit nie meer kan hou nie."

Beimen se hemp is oop oor sy bors. (Géén hemp bly toe oor sy skof en breë spiere nie.) En dit lyk of hy nog groter swel met Genoveva wat amper broos voor hom staan. Hy druk haar hand te styf vas, en hou dit lank in syne. "Welkom," jubel hy, en kyk diep in haar oë, en bedoel: welkom in mý lewe; en sy sein dieselfde boodskap na hóm oor.

Nog nooit het 'n aand in Die Hoek so omgevlieg nie. Na die aandete – grofbrood, varkvet en gouestroop – word die grammofoon opgewen: Ou Hessie se wit perd en Die Kalfiewals. Soms verdwyn tant Das, dan weer Let, en lag hulle magteloos in die kombuis of in die slaapkamer. En ou Hessie se wit perd sterk oom Frik en Toon Lourens in hul kwaad, want hulle gaan vier die grap agter die kweperheining.

Met die terugkom bespied hulle Beimen en die niggie deur die venster. So van buite bekyk, lyk die dansery nóg intiemer, en met die instap sê oom Frik: "A nee a, Beimen, half time change partners." Maar Beimen is weerbarstig: "Oom Frik het vir tant Das, en Toon kan met Let dans, maar dié nooie het ek vir my bespreek."

Hoe later dit word, hoe onwerkliker word alles vir Freddy: speel hy iemand, of is hy uiteindelik tuis by homself? Hy skrik vir sy gedagtes, en probeer, baie letterlik, afstand kry tot Beimen, maar Beimen, natgesweet en vrolik, herwin gou sy buit. (Sien hy dan nie? dink Freddy. My hande en vel? En die mense wat so giggel en kort-kort wegraak?)

Ná 'n dans vra hy om verskoning, en gaan rook 'n sigaret in die kamer. Oom Frik loer om die deur. "Jy sit te ope, Fifi," bulder hy van die lag.

"Hoe lank moet dit nog aanhou, oom Frik?" vra Freddy. "Ek begin Beimen jammer kry."

"Nee, jy gaan nie nou die sports bederf nie, man! Ons moet 'n korrespondensie aan die gang sit. Dink net aan die briewe, en aan al die moeite wat ou Beimen gaan hê om die woorde in te span!"

Maar die briewe was nie Beimen se verdriet nie. Dit was Freddy s'n. Beimen het na hom gekom, by die poskantoortjie, en groot en lomp en verleë voor hom gestaan, soos die Saterdagaand.

"Met die eerste oogopslag, Freddy," bely hy. "My briewe moet haar terugbring, maar ek het nie die woorde nie. Jy móét my help, ou maat . . ."

Twee keer die week het Beimen briewe uit Kimberley gekry; twee keer die week het Beimen oorgery en sy hartstog kom dikteer.

"Freddy," vra hy eendag in die middel van 'n sin, "wat is dit met jou? Jy is so anders."

"Ek het my snor afgeskeer."

"Is dit wat dit is? Ek kon sweer . . ."

Maar wat hy kon sweer, het Beimen self nie mooi geweet nie; wel het hy rusteloos by Freddy gevoel, of Freddy sy verlange na Fifi versterk het; iets in Freddy se gebare, se oogopslag het Fifi vir een martelende oomblik na hom teruggebring, en dan moes hy haar by hom hê, hoe dan ook.

" 'n Foto," sê hy, "vra 'n foto. Ek wil 'n foto van haar hê."

Na lang beraadslaging met homself, ry Freddy oor na oom Frik-hulle toe om die mondering van die groot aand te gaan haal.

"Maar skryf julle dan wragtag en laat ons nie weet nie?" vra oom Frik kwaad. "Magtag, man, die hele plan was mos myne."

En wanneer Freddy met 'n kartondoos vol klere vasgeknyp in sy karet wegry, is oom Frik nog gebelg, en besluit om Toon van die affêre te gaan vertel.

Die volgende dag daag oom Frik en Toon by die poskantoor op.

"Kyk, Freddy, die nonsens het nou lank genoeg aangehou. Ek kan nie sien dat twee uitgegroeide jongetjies spektakels van hulself maak nie."

"Maar dis presies wat oom Frik wou gehad het."

"Ja, tóé, maar nie nou nie. 'n Grap is 'n grap, maar aan alles moet 'n einde kom. Ons moet Benjamin gaan vertel." (Net wanneer hy ernstig is oor Beimen, het oom Frik hom Benjamin genoem.)

Freddy verbleek. "Dit sal hom vreeslik verneder. Hy sal ons, hy sal my vermoor. Nee, nee, hy moet liewers niks weet nie. Die niggie van Kimberley moet verdwyn – verongeluk, of trou, of buiteland toe gaan. Laat alles asseblief aan my oor."

Oom Frik stap knorrig weg. Toon lyk of hy wil agterbly, sy lang gesig skielik ernstig, maar oom Frik skree: "Toe, toe, waar bly jy?"

Freddy staar hulle agterna. Die middag is nog nie mooi nie. Dit is te vroeg.

Later sal die berge pers word; die kaal bulte geklee raak deur die laaste lig. Maar nou is dit nog droogte, en alles is verlate en leeg.

Hy stap heen en weer in sy kamer, gemartel en verward. Soms kyk hy uit op die werf, maar sien die twee tamariskbome nie raak nie. Drie keuses het hy aan die niggie uit Kimberley gelaat, die een so moeilik soos die ander. Hy dink terug aan Beimen se ruie soen; aan sy porseleinblou oë wat helder is, selfs na 'n dag in die stof en son, en weet dat hy verlore is.

Of dalk het hy tog 'n kans. Een kans uit 'n duisend.

Met sorg, soos vir 'n huwelik, trek hy Let se ou rok aan; 'n blouerige rok met fyn blommetjies. Hy sukkel met sy hare, maar kry die bolla tog op 'n manier vasgespeld. In die winkel, wat met sy kamer verbind is, kry hy mooimaakgoed, poeier en 'n lippestiffie, maar sy hande bewe so dat hy al buite die lyn van sy mond beweeg. Sy mond lyk verwond, besmeer met bloed.

Ure later kry Beimen hom. Wydsbeen sit hy, met sy kop tussen sy bene, asof hy naar is, en wanneer hy uiteindelik opkyk, is sy oë leeg, sonder hoop of herkenning of liefde.

En hadde de liefde I

Op pad huis toe dink Beimen Botes met stygende skaamte: Ek het te ver gegaan. Ek moes dit nie gedoen het nie. Ek moet omdraai en gaan kyk.

Hy laat hom voortdra deur sy perd, al dieper die middag binne. Want sien wil hy nie: die besmeerde mond, die verkreukelde bont rok, die bolla skeef in die nek. Die droogteson druk soos hande teen sy blaaie, druk hom vooroor, al nader na die perd toe wat na salpeter ruik. Met 'n ruk kom hy orent: die laaste hek voor sy huis. Die hek blink en verdwyn, blink en verdwyn. Beimen skud sy groot kop heftig: lyk sonsteek só? En klim af en maak die hek oop, en lei die perd die werf binne.

In die bitter koelte van die peperbome kom hy tot verhaal. Hy laat die perd uit die trog drink, en lei hom koud, maar saal hom nie af nie: wie weet, dalk later; en gaan binnetoe waar hy op sy dubbelbed neerval en diep aan die slaap raak. Maar nie rustig nie. Hy sien Genoveva voor hom sit, in 'n tuin of in die veld, en stap nader, maar as hy sy hande op haar skouers sit, is dit Let wat na hom omkyk, met rooi oë in haar pers, geskonde gesig, en 'n lelike lag op haar lippe.

Teen melktyd word hy wakker, natgesweet, en met 'n swaar hoofpyn. Dalk help dit as hy was, en met 'n handdoek stap hy na die klipdammetjie toe, wat te smal is vir swem, en in elk geval te min water het, maar waarin hy darem sy warm lyf kan afkoel. Hy laat homself afsak, tussen die flardes paddaslyk deur; stoot die slyk vies opsy, en begin hom driftig was, veral die geslag; gaan lê dan 'n oomblik lank plat op die bodem, die water en slyk 'n dak bo hom.

Sy bad het hom verfris, maar nie van kwellings verlos nie: van pyn en woede wat om voorrang veg; en van emosies wat vreemd is aan sy aard, en waarmee hy geen raad weet nie: selfveragting; haat teen sy medemens en God; berou; mededoë. Iemand, voel hy in sy radeloosheid, moet verantwoordelikheid aanvaar; die grapmakers, nie hy of Genoveva nie. Al het sy saamgespeel. (Die liggaam het nie teëgestribbel nie, maar die oë was leeg; die bemorste mond oop, maar sonder geluid.)

Beimen gaan wys net sy gesig by die kraal, en klim dan weer op Poon. Hy leun oor na 'n spits oor: "Jammer, my dier"; en ry na die Van Onselens; na oom Frik en tant Das, en na Let met haar pers gesig. As húlle nie verantwoordelik is nie, wie dan? God? En as dit Hy is, wat maak jy dan? Leef jy tevrede voort met jou skande en jou pyn? Maak jou windpomp reg en bid om reën?

Die Van Onselen-werf is verlate; gordyne toe, deure gesluit. Tog hou Beimen aan met klop; loop van venster tot venster. Die westelike ruite is lou onder sy vingers, en skielik begin hy huil: hy wil mense hê, want hy is reddeloos verlate.

Streepsak kry hom op die stoepbankie. Wydsbeen sit hy, kop vooroor, terwyl sy groot bolyf ruk van die snikke.

"Dan weet die baas?"

"Weet ek wat?"

"Van die ander kleinbaas; van baas Freddy." Streepsak sper sy mond vol ou tande oop en bring sy hand mond toe; trek, maar baie stadig, 'n vinger krom.

"Hè?" vra Beimen dom.

En Streepsak herhaal, met wellus eerder as simpatie, sy trae handgebaar. Beimen kyk met afgryse na die vinger wat vinger is én sneller. "Kapukile!" skree Streepsak aan die einde van sy gebarespel. "Dood, hom se kop weggeblaas."

"My God, my God," kerm Beimen, maar hy huil nie. Sy vroeër trane word droog op sy wange, want die suidewind het opgesteek.

"En die mense is almal soontoe?"

"Die polies hy was hier, en die dokter. Die ounooi het gaan help . . ."

Streepsak het die woord vergeet, en Beimen is dankbaar, want hy wil dit nie hoor nie. Maar op pad na die poskantoortjie-en-winkel waar Freddy gewerk het, prewel hy aanhoudend: uitlê, uitlê, uitlê. En net 'n paar uur gelede het dié liggaam, dieselfde liggaam, ónder hom gelê, die bont rok opgestoot oor die wit boude; en hy het sy woede en teleurstelling in dié liggaam geledig.

Twee weke gelede het hy Genoveva ontmoet, oom Frik se sogenaamde niggie uit Kimberley. En sy hart aan haar verloor. Almal was laggerig dié aand, maar hy het gedink: Dis oor ek so verlief is. Laat hulle maar lag: ek het die gevoel, en hulle nie, en dis 'n goeie gevoel, want iemand wil my hê. Iemand wat nog mooi is ook.

Daar was nie lampe dié Saterdagaand nie, net kerse. En ook nie te baie nie. “ ’n Lamp maak die kamer so warm,” was tant Das se verskoning, en hy het dit aanvaar, want in die sagte lig kon hy nader kom aan Genoveva. Maar hulle was na aan mekaar, van die oomblik dat oom Frik gesê het: “Laat ek jou interesseer by my nig Fifi.” Op dié oomblik het Toon Lourens met sy lang gesig geproes en tant Das het kwaai gesê: “Maar gedra jou dan, Toon! Vir wat is jy so stuitig?”

Later was dit weer Lelike Let wat in sy gesig gelag het toe sy met haar ewige lemoenstroop kom ienterfeer het. Hy was op die punt om te sê: “Hier is my hart. Vat dit. Trap daarop. Maak wat jy wil daarmee. Want dit sal nooit weer myne wees nie.” Net so wou hy dit sê, maar Let het alles kom beneuk met haar verdomde lemoenstroop. Daar is ’n tyd en ’n plek om ’n ding te sê, en die tyd was presies daardie oomblik, en die plek was die settié in die voorhuis van ou Frik van Onselen. Hy het dit tog probeer sê later, met ’n soen, toe hulle afskeid neem, en sy het teruggesê soos geen vrou dit nog ooit met ’n soen kon sê nie, sterk en sonder valse skaamte. In soveel woorde: Vat my hart en mors daarmee.

Die volgende dag al het hy ’n brief probeer skryf, maar die woorde het onwennig geraak net as hy hulle wil inspan, en die Maandag is hy douvoordag na Freddy toe. In die winkeltjie, tussen sis en katruwa en blouseep en koffie, het hy sy liefde verduidelik, en Freddy het vertolk met mooi, geleerde woorde. “Dis darem nie wat ek gesê het nie,” het hy Freddy betig. “Maar dis presies wat jy dink en voel, nè?” het Freddy hom geterg. “Skryf nou mooi oor solank ek vir ons tee loop maak en roep my as iemand pos wil hê.”

Dit was wonderlik om met Freddy oor Genoveva te praat. Freddy het alles verstaan. Hy het amper nie na haar verlang nie, solank hy by Freddy was: sy was skielik so naby.

Poon struikel, en Beimen moet hom met ’n kragwoord oppluk. Dis vuilskemer, die lig is vals. En ’n matelose verdriet neem van Beimen Botes besit. Hoekom het hy dit aan Freddy gedoen? Oor hy Genoveva wou terughê, Freddy wou straf? Maar só straf? Met geweld en vernedering?

Hy het vroeg die middag na Freddy gery. Gehoop daar is ’n ekstra brief van Genoveva, een met ’n foto daarby. Maar Genoveva self het hom ingewag in Freddy se kamer, en sy was anders in die daglig as by kerslig, haar mond morsig en haar bolla skeef, en haar hande was manshande, en haar kaal voete groot, met knoppe op die tone. Hy wou hom wreek op haar; hy wou haar hê.

Beimen spoor sy perd aan. Dis die uur wanneer vlermuise vlieg en uile steun. Eers wanneer hulle oor die nekkie is, en Beimen die lig in die poskantoorhuis kan sien, kom hy tot bedaring.

Hy wil Genoveva sien voor hulle die deksel oor sy gesig skuif; hy wil haar gesig skoon sien, sonder smeersels en vals hare. Maar dan onthou hy wat Streepsak gesê het, en hou sy perd in. Bang vir die huis van die dode, banger nog vir die dood in eie huis, só sit hy, en voel hoe die nag in hom intrek soos dou.

En hadde de liefde II

Die Van Onselens drink hul vieruur-koffie op die voorstoep, want hier is koelte en 'n luggie. Hulle sit regop langs mekaar op die bank: oom Frik, beenderig, ondeund en met 'n hangsnor, met langs hom sy gesette vrou, tant Das; en dan hul ongetroude dogter, Let, wat wel haar jare het, maar verbygegaan word vanweë 'n moedervlek wat haar gesig ontsier. Sy het iets van haar pa se sin vir die snaakse geërf, maar by haar het dit verdiep tot ironie wat af en toe versuur tot sinisme. Van haarself sê sy dikwels: "Ek moet my verkoop aan 'n sirkus as 'n clown: ek is al klaar opgemaak." En nou onlangs, toe sy dit weer sê, was dit so hittete of oom Frik haak af met: "Ja, doen dit gerus, dat daar 'n ekstra geldjie kan inkom." Want die tye is nie goed vir die boere in Die Hoek nie: droogte; depressie. En met oom Frik gaan dit nog beter as met die ander, veral die beginners soos Beimen Botes en Toon Lourens, wat behoorlik wurg in dié dae. Daarom ontvang hy hulle graag, en trakteer hulle; maar van die lusern in sy klipskuur staan hy nie 'n enkele baal af nie, al wil wie ook wat betaal.

Die Van Onselens sit soos vir 'n portret, doodstil, asof hulle vergeet het van die koppies in hul hande. Bokant hulle is 'n stel bokhorings wat oom Frik se swaer uit Duitswes gebring het: koedoe, gensbok en eland.

Hulle sit doodstil, of hulle bang is die horings gaan op hulle val.

Dis Let wat uiteindelik die swye verbreek: "Sjoe, wat 'n hitte."

Tant Das vererg haar, en trek haar sakdoek, nat van die sweet en die oliekolonie, tussen haar borste uit: Let is jonk en skraal, en weet nog nie van gloede nie.

"Ek wonder my of die knape weer vanaand kom kuier. Ou Streepsak sê Beimen sukkel so met sy windpomp."

"Al weer?" vra Let.

"Ja," sug oom Frik. "Kyk maar mooi: altyd in die droogte. Wanneer jy jou hande vir ander dinge nodig het."

"Die stomme Beimen," sê tant Das.

"Hy sal regkom," praat oom Frik haar dood. "Hy het karakter."

Let neem die koppies agtertoe. "Hy sal nie regkom nie," sê sy hardop in die kombuis. "Want hy het nie karakter nie." En driftig begin sy opwas.

Twee jaar lank stop en herstel sy reeds vir hom, sonder betaling. Hoekom doen sy dit? Want hy kyk haar nie aan nie. Hy kan haar nie aankyk nie, vanweë die vlek op haar gesig. Vir hom moet dinge volmaak wees. Hy gru vir verminking; vir afwyking. 'n Dier moet vir hom mooi geteken wees. En tog stop sy, en werk die nate en ander skeure toe wat oopbreek in sy broeke en hemde telkens wanneer hy te wild buk of strek. As daar niemand naby is nie, ruik sy aan sy klere, of daar iets van hom daarin agtergebly het, sweet of pyprook, of iets heimliks, iets soeterigs en stinks, iets bedompigs soos ou paddastoele.

Let droog die koppies af. Een glip uit haar hand, maar sy keer dit betyds.

Laat dit breek. Laat gebreke word, iemand of iets. Beimen het nie karakter nie, en nog minder geld. Maar wat maak karakter nou saak as jy geld het? Haar pa het geld, baie meer as wat hy voorgee. Hulle kan op Wolfiespoort gaan boer; die verband oorneem by haar pa. Want Beimen kan werk. Hy het groot hande. En saans, in die donker, is alle katjies grou, ook die gevlektes, en hoef hy nie te gril nie.

"Let! Le-e-t!" roep haar pa van die stoep af. "Hier kom Toon aan. Gooi daar iets."

"Iets" sal nie koffie wees nie, besluit Let boos. Dit sal lemoenstroop moet wees. En as die water in die watersak nog nie koud is nie, kan Toon en haar pa hul eie planne maak. Dit sal hulle wel doen, maar later, want Toon bring altyd iets saam vir haar pa; en dan drink hulle skelm, in die stal of agter die kweperheining, en kou pepermente, en dink in hul eenvoudigheid dat sy of haar ma niks agterkom nie. O, hulle is 'n paar: haar pa en Toon Lourens; lag vir mekaar se grappe, tot sewentig maal sewe toe, en spog met hul lewenskennis.

As iemand lewenskennis het in dié kontrei, dan is dit Freddy McTavish, al sê sy soort kennis niks in 'n godverlate uithoek nie. Hy het die poskantoor en winkeltjie oorgeneem, maar net tydelik, sê almal; hy is op die Stormberge vir sy gesondheid. Hy is van die Kaap en was al oorsee; hy ken mense. Ook vroumense, al gee hy nie regtig vir hulle om nie. Hy is soos 'n broer vir haar. Hulle gesels oor alles onder die son, van die depressie tot hoendersiektes. Sy wys haar borduurwerk vir hom, en hy gee raad omtrent die kleure wat sy moet gebruik. Soms bring hy Engelse boeke vir haar, maar daar is te baie moeilike woorde in en die druk is te fyn. Nou lê hulle maar op haar bedtafeltjie, bo-op haar Halleluja.

"Let! Moet jy dan 'n perd loop opsaal!" skree oom Frik van die stoep af.

"Ek kom . . . ek kom . . ."

En Let speel die dienende Martha, 'n rol wat haar aanvaarbaar maak vir almal, af en toe selfs vir Beimen Botes. Sy laai haar bont skinkbord met bont glase, en 'n glasbeker met valerige lemoenstroop en 'n glasbeker vol water. Soos sy loop, klink die kraletjies van doilies teen die bekers; 'n fyn musiekie, soos dié van 'n musiekdoos.

Sy groet Toon Lourens met die hand en sê: "Sjoe, wat 'n hitte."

"Ek wonder my of Beimen vanaand kom," sê haar pa. "Hy sukkel glo weer met daardie windpomp."

"O, hy sal kom," grinnik Toon Lourens. "Want hy kan vrek oor geselskap. Ry sommer in die middel van die week oor na die poskantoor om met Freddy te gesels."

"Wat húlle vir mekaar te sê het," lag tant Das.

"O, baie," sê Toon. "Freddy teken van sy stories op."

"Maar wat weet Beimen nou van stories af?"

"Nie daardie stories nie, oom Frik. Stories oor Die Hoek," verduidelik Toon.

"Maar dié ken ek tog beter as hy, en ek kan hulle nog beter vertel ook. Ou Beimen is maar swaar van tong."

"Jy ook soms," kry tant Das 'n hou in, en stamp teen Let. Let giggel agter 'n sakdoek.

Oom Frik vererg hom. "Kom, Toon," sê hy, "die vroumense kort diskoers."

Let vat die glase en bekers kombuis toe. Sy voel nie nou al lus vir opwas nie, en gaan haal haar kappie en voorskoot.

"En nou? In dié hitte?" vra tant Das verbaas.

"Ek gaan eiers soek," sê Let bot, "daar is weglêhoenders by die plaat kriebosse."

"In dié hitte? En met al die slange?"

"Juis om die slange, dat hulle nie my profyt opeet nie. Ek is nie bang vir 'n slang nie. Ek vat 'n kierie saam."

Dit ís te warm vir eiers soek: Let weet dit. Die hitte val van alle kante af aan, van bo en van die grond af. Sy voel dit deur haar skoensole. Maar sy wil dink, en daarvoor moet sy alleen wees.

Later stap sy met 'n ompad stal toe; en met een hand hou sy 'n paar eiers bymekaar in haar voorskoot. Sy betrap haar pa en Toon op heter daad, soos sy vermoed het sy sou. Hulle probeer nog haastig om 'n half jack agter 'n blik Dubbin in die muurkassie weg te moffel, maar dis te laat.

"Let, as jy vir jou ma . . ." sê oom Frik, half kwaad en half skuldig.

Let lag. "Pa weet mos ek is 'n ou sport, maar dan moet Pa my vanaand help: ek het 'n plan vir groot sports. Dis nou te sê as Beimen en Freddy vanaand kom, want ek het albei nodig."

"O, hulle sal kom," sê Toon met 'n gemene laggie.

"Freddy ook?"

"Ja, want waar Dawid is, daar sal Jonatan ook wees. Lees maar jou Bybel."

Eintlik hou Let nie baie van Toon Lourens nie, maar vanaand sal hy 'n ideale bondgenoot wees. Hy het ook 'n aksie teen Beimen, want voor Freddy gekom het, was hy en Beimen gedurig bymekaar.

"Ek wil hê ons moet Freddy soos 'n meisiekind opmaak. Dan stel ons hom voor aan Beimen as Pa se niggie uit Kimberley. Ons noem die niggie Genoveva."

"Ek weet darem nie," sê oom Frik. "Sulke malligheid. En Beimen sal mos dadelik weet?"

"O nee, hy sal nie. Nie na ék met Freddy klaar is nie."

"Nou toe dan," sug oom Frik.

"Maar Pa moet die ding aan Freddy voorstel. Hy het groot respekte vir Pa."

"En sê nou hy wil nie?"

"O, hy sal," lag Let met dodelike selfversekerdheid, "o, hy sal wil."

En sy het reg, want Freddy het uiteindelik net een beswaar: sy snor.

"Dis die minste," sê oom Frik wat nou self begin opgaan in die speletjie, "ons skeer hom af, en jy begin hom weer van voor af. Maar dié keer dokter jy hom met hoenderstront."

Let gaan haal die skeergoed; die mes, die strop, die seep en water.

Daar is iets doelgerigs omtrent haar bewegings: iets manliks omtrent die hale waarmee sy die mes oor die strop trek, wat oom Frik verbaas. Hy kyk na Toon, maar dié sit net en glimlag.

Freddy lyk nie baie gretig om deur Let geskeer te word nie, maar oom Frik stel hom gerus: "Sy skeer my gereeld."

En Let ken haar werk, blyk dit gou: geen verwondings nie; nie 'n enkele druppel bloed nie. Sy skeer Freddy se snor af, maar begin dan ook met sy wange. "Ek hét vanoggend geskeer," protesteer hy tussen skuimbolle deur, maar Let gaan kalm voort. "Ek wil jou gesig glad hê," sê sy, "soos die boude van 'n baba."

Daarna neem sy hom kamer toe waar sy 'n rok uitgesit het, 'n bloue met 'n madeliefie-motief. Tant Das sit by, selfverwonderd oor die gedaanteverwisseling wat Freddy ondergaan. Haar bolla wat nog uit haar jongmeisiedae kom, smelt mooi saam met Freddy se langerige blonde hare; en Let se rooi oorkrabbetjies laat sy bessierooi lippe nog rooier lyk. Selfs skoene is geen probleem nie, want Let het besonder groot voete vir 'n meisiekind. Iets snaaks gebeur in die proses: Freddy verander ook van binne-uit. Hy lag koket, sy stem effens hoër as gewoonlik, van pure opgewondenheid; en sy handgebare raak vroulik.

Let van Onselen het nooit weer gelag soos daardie aand nie; so intens en so dikwels. Soms het sy haar lagbuie in haar kamer gaan smoor, in haar kopkussing; en soms het sy agter die bakoond gaan staan om asem te skep.

Met die voorkennis van 'n beproefde vrou het sy geweet dat Beimen die groot woord gaan spreek. Sy het dit in sy oë gesien toe hy styf met Genoveva gedans het – eenkeer selfs binneboud – en luidkeels gesing het:

> Toe ek nog eens 'n kalfie was
> toe moes ek honger ly

Suip dan, het Let minagtend gedink, suip dan tot jy die wildeskyt kry.

Sy het in die gang gewag met 'n skinkbord, en met perfekte tydsberekening sy perpousel onderskep. "Hier, julle moet al dors wees," het sy gegiggel, en lemoenstroop aangebied.

Die Van Onselens het niks van die briefwisseling tussen Genoveva en Beimen geweet nie. Eers toe Freddy een middag per fiets by hulle aankom met die gek versoek om sy Genoveva-mondering te leen, het hulle daarvan te hore gekom. Natuurlik was hulle boos: die hele plan was hulle s'n, en nou sit hulle eenkant, glad nie deel van die sports nie. Maar die klere het hulle tog geleen.

Terwyl hulle Freddy agterna kyk, sê oom Frik: "Ek wonder my of dié kêreltjie gesond is. Hy lyk dan so bleek."

"Dis oor sy snor af is," verduidelik tant Das. "Dis wat hom so bleek laat lyk."

"Daar is iets anders," sluit Let by haar pa aan. " 'n Onrustigheid."

"Ja, ja," beaam oom Frik, " 'n onrustigheid."

"Noudat julle so praat," sê tant Das, "hy het gebewe toe hy die boks by my aangevat het. Ja, ek onthou dit nou duidelik: gebewe."

Nog jare later sou die Van Onselens hierdie kort gesprek bly herskep, tot in die fynste besonderheid toe, want mense hou nou eenmaal daarvan om as profeties aangesien te word.

Die ongeluk het die volgende dag gebeur. Sersant Zietsman het die tyding gebring, dokter Rowland by hom, in die syspan. En albei hierdie mans, sterk en gehard, het gelyk of hulle kan knak.

"Met 'n rewolwer, oom Frik, wat hy in sy keel afgetrek het. Sy harsings peul uit soos kapok by 'n kussing. En die naarste is die vrouensklere wat hy aanhet. Dis hoekom ons hier is."

Dokter Rowland neem oor by die sersant: "Kan tant Das kom help uitlê, asseblief? Dis tragies genoeg, 'n mens wil nie nog praatjies hê nie. Hy was so 'n liewe seun."

"Ek wil saamgaan," sê Let. "Ek kan help."

Dokter Rowland aarsel. "Dink oom Frik . . ."

"O, Let is baie sterk, dokter. En sy en Freddy was soos broer en suster."

Dis Let wat die leiding op haar neem, want tant Das is onmagtig vanweë die skok. Dis Let wat handdoeke, seep en gaas bymekaarsit, en prakties vra: "Sou hy 'n doodshemp hê?" En nie wag op 'n antwoord nie, maar haar pa s'n uit die kamferkis gaan haal.

Let lyk strak, iets waartoe die donker helfte van haar gesig grootliks bydra, maar in haar sied dit; en sy dink aaneen, terwyl haar hande nou hier vat, dan daar: As dit maar Beimen was. Beimen Botes se lyf.

1981

Donkerskool

Ek en Xalsile moet ongeveer ewe oud gewees het, sover ons die jaar van sy geboorte aan die hand van natuurrampe en plaaslike geskiedenis kon vasstel.

Ons was in elk geval presies ewe lank.

My bene was sterker as syne. Ek was 'n atleet en het boonop die voordeel van goeie voeding gehad. Maar sy arms was weer baie meer gespierd as myne. Hy het van jongs af hout gekap en water gedra. En koeie gemelk. (Ek het ook probeer melk, maar sonder groot sukses; en tot vandag toe lyk dit vir my onbehoorlik om so intiem met 'n koei om te gaan.)

Die finale bekragtiging van ons eenderse ouderdom: ons balhare het in dieselfde jaar begin spruit.

Syne het net so anders gelyk as myne. Hulle was yl versprei, elke haar 'n kommatjie, verwoed ingekeer op homself, of hy wou teruggroei in die vel in.

Ek en Xalsile het saam dassies gejag en kaal in die rivier en in damme geswem, en in klowe, ook op buurplase, na Boesmantekeninge gesoek.

Op 'n dag het ons met 'n groot gesukkel op 'n rotslysie onder 'n oorhang uitgekom waar ons iets wonderliks gesien het: 'n nes met uilskuikens, elkeen opgepof en een en al donse. Hulle het ons met 'n gesis begroet, as ek reg onthou. Wat ek goed onthou, is die groot, amber oë. Ons het lank na hierdie oë gekyk en toe weer omgedraai en teen die steilte afgesukkel.

En dan was daar die keer dat ek en Xalsile die grootmense probeer naboots het. Ons wou ook vis met 'n treknet vang en het 'n stuk ogiesdraad vasgelê. Ons het spantoue by die kraal "geleen" en aan weerskante van ons net vasgebind.

Ons net was te beskeie vir die groot seekoegat in Hofspruit, maar waar die kuil nouer word en 'n muur vorm, was die water nog altyd diep en kon ons, ofskoon slegterig geanker tussen biesies en riete, ons net laat sak oor die rooibruin water. Laat sak; dan wag; dan skielik die net oplig, voor die verraste vis uit sy bewegende fuik kan padgee; ek aan diékant van die rivier, Xalsile aan die ander kant. En uiteindelik, toe my arms al lam begin word het en my handpalms rou was, en ek kort-kort begin gly het op die kleierige baan wat ek tussen die riete uitgetrap het, toe is daar iets in die net. Nie 'n moddervis nie, maar die kroon van riviervisse op die Stormberge: 'n groot, uitgegroeide geelvis.

Aanstap, beduie Xalsile uitasem, aanstap na regs, tot die rivier 'n smal lopie word en ons die vis met gemak op land kan kry; maar asseblief tog, mooi balanseer, en die net só hou dat die vis nie kan uitspring en wegkom nie.

Natuurlik het die vis weggekom, en dit vanweë my lompheid. Ek het gegly en beheer oor die net verloor.

Xalsile het my nooit die verlies van die vis vergewe nie. Hy het selfs ernstig daaraan gedink om ons vriendskap op te sê. Twee dae lank het hy geweier om met my te speel. Die derde dag is ek met 'n soenoffer stroois toe – 'n dik sny brood, vooraf besprinkel met water, en toe met 'n dik laag gowwermentsuiker bestrooi.

Nog wou Xalsile nie uit die stroois kom nie.

Sy ouma, Sanna Xaba, wat in my ma se tuin gewerk het, was toevallig tuis, besig om haar werf met 'n kriebosbesem te vee. Sy het onderlangs geglimlag terwyl die volgende gesprek plaasvind:

EK: My pa het my geslaan oor die spantou. Vyf houe.

XALSILE:

EK: Ek het vir jou brood gebring.

XALSILE:

EK: Met gowwermentsuiker op. Baie dik.

XALSILE:

EK: Vrydag gaan ek kondensmelk koop by Cahi. Ek gaan dit alleen opdrink.

Hierop kom Xalsile uit die stroois en neem die sny brood by my sonder om dankie te sê. Ek het geweet dat ek vergewe is.

Maar skeiding was nietemin in sig. Ek is hoërskool toe en boeke was soms vir my belangriker as die natuur. Xalsile was in elk geval "ingeskryf" by my pa, en was selde beskikbaar vir jag en speel.

Af en toe het ek prente vir hom gewys, en soms het ek die grammofoon na die houtkamer of die skuur gedra en vir hom plate gespeel. (Daar was een plaat waarvan hy ekstra baie gehou het; 'n Parlophone waarop Joseph Schmidt sing: "Heut ist der schönste Tag in meinem Leben".)

Op die plaas was buitegeboue – die houtkamer, die skuur, die stal – die enigste natuurlike ontmoetplek vir swart en wit. En iets van die vroeëre intimiteit het hierso teruggekom in ons verhouding; iets uit die dae van uilskuikens en spartelende geelvisse. Die reuk van stalmis en ammoniak, van wol, sakke, teer en dipstof, kon hiertoe bygedra het. Eerlike reuke. Maar ook prikkelend. Hier het ons 'n keer of drie saam draad getrek, maar toe verwittig Xalsile my dat hy klaar is met "kinderspeletjies"; hy "press" nou meisies.

In my tweede jaar as student is Xalsile bergskool toe.

Gelukkig het sy inisiasie binne die lang somervakansie geval, sodat ek alles kon meemaak, met kamera en sketsboek byderhand. Ek wou my eie waarnemings as basis gebruik vir 'n Volkekunde II-projek oor inlywingseremonies by die Xhosa.

Dit het mooipraat gekos, met omkoopgeskenke daarby, om die verlof van al die betrokkenes te verkry: dié van Esmine, "oppersjirurg"; dié van al die volwasse mans, en natuurlik dié van Xalsile self. Uiteindelik is besluit: ja, ek was tog vroeër Xalsile se "boetie"; maar streng gesproke is witmense buite "die swart geloof" en nie welkom nie.

Die besnydenis het op die wit middaguur plaasgevind. In werklikheid het dit seker 'n kwartier geduur, maar vir my het dit na 'n ewigheid gevoel. Dis of die natuur opgehou het met asemhaal.

Die son self was die lamp bo die "operasietafel". Xalsile het nakend op 'n konka gesit en strak voor hom uitgestaar. Esmine, wat al die moedswillige katte en honde op die plaas "reggemaak" het, het sy sakmes tydsaam en deeglik geslyp en toe in Kerol ontsmet. Hy het voor Xalsile gekniel en die lem het weggesink in die sagte voorhuid. Xalsile het effens geruk en sy gesig het vaal geword asof alle bloed daaruit weggevloei het.

Na die operasie is die blare van 'n veldplant om sy voël gedraai.

Op daardie oomblik – iemand moet hulle die teken gegee het – het vroue op die damwal digby die besnydenistoneel verskyn en ekstaties begin sing, Sanna vooraan, want sy moes instaan vir Xalsile se oorlede moeder. Xalsile is egter weggelei van hulle af, na sy hut in 'n bakbosleegte tussen twee reekse ysterkliprantjies; en hier sou hy vir al "die dae van die pyn" in afsondering bly, met as enigste onderbreking die besoeke van Esmine en ander volwassenes wat hom kom onderrig in die weë van 'n man, en terselfdertyd sy kos bring.

Toe kom die dag dat Xalsile die "donkerskool" mag verlaat.

Die jong seuns het kieriegevegte gevoer; seun teen seun. In die een hand word 'n kierie gehou, met 'n kombers om kierie en hand gewikkel; dis die kierie waarmee verdedig word. In die ander hand word die kierie gehou waarmee aangeval en geslaan word. Soos balletdansers het die seuns rondgedans op bene wat met stertkwaste en krale versier is; hulle het gepareer, tru gestaan, geslaan, gekerm, geskree.

Na dié vertoning het die ouer mans begin aantou en soos dassies teen die naaste rantjie gaan sit en wag. Een man, stellig die oudste, want sy kop was al wit, het hoed in die hand met die ander staan en praat, waarop hulle diep instemmend gekreun het.

Xalsile het uit die hut getree. Sy hare is intussen stomp op sy kop afgeskeer, wat hom vreemd laat lyk het, byna oer. Hy was van kop tot tone met wit klei besmeer; regop en eensaam het hy tussen sy helpers gestaan, kierie in die een hand, die ander groot hand koesterend oor sy geslag gesprei.

Skielik storm die kwêdiens, die kierievegters, op hom af.

Xalsile vlug van hulle af weg, soos die ritueel gebied; hardloop rivier toe, met die joelende kieriebende agter hom aan. Die kieriemanne slaan hom nie regtig nie; dryf hom bloot simbolies uit een staat in 'n ander in. Voordat Xalsile in die rivier spring, slinger hy eers sy kierie in die water in.

Intussen lig Esmine, Swartbooi, Hailele en die ander mans Xalsile se hutjie uit die grond uit en gooi dit om op sy sy.

Wanneer Xalsile terugkom, blink gewas, word hy met gesmelte vet ingesmeer: tussen sy boude, onder sy armholtes, orals. Dan word daar 'n spiksplinternuwe kombers met swier om hom gegooi: 'n verbanne prins het koning geword, en trots stap hy aan na sy ouma se hut, sonder om een keer na my te kyk.

Agter hom word sy hut aan die brand gesteek; vorentoe, op die vlak tussen die dam en die strooise, wag die vroue hom in met 'n ge-oeloeloe wat deur murg en been dring.

Het ek Xalsile verbeur toe ek hom as 'n volkekundige spesimen begin sien het?

Iets, wat ek vandag kwalik vriendskap durf noem, vanweë sy wankele sosiale basis, is beëindig toe Xalsile triomfantelik teruggekeer het na sy mense, herbore in die donkerskool, maar nou volledig 'n man, en vir altyd klaar met die kultuur van 'n wit seun.

Of so het ek destyds gedink.

Xalsile was nie klaar met die wêreld van sy wit vriend nie. Om die waarheid te sê, het hy my pa se diens 'n jaar of twee later opgesê, en hom in Kaapstad gaan vestig. Sy mense is terug Transkei toe, na die dorp Cala; en 'n jaar lank of so is daar oor en weer gebel om na die welstand te verneem. Sanna Xaba het selfs 'n keer kom kuier en vir my 'n kleipot en 'n grasmatjie gebring, en dis sy wat trots vertel het dat Xalsile by 'n elektrisiteitsfirma werk en baie geld verdien.

Dekades later het Xalsile weer in my lewe verskyn; een gekonsentreerde uur lank. Dit was met die eerste of tweede Kaapse Fees, ek kan nie mooi onthou nie, en daar was tente en ’n biertuin op Groentemarkplein.

Ek was juis op pad na Groentemarkplein toe iemand my naam – voornaam en van – luidkeels uitroep. By ’n venster op die soveelste verdieping het Xalsile uitgehang, wit oorpak aan. “Wag!” het hy geskree, “wag vir my!” En weer het hy my voornaam én van uitgeroep.

Die voornaam-én-van-ding: was dit ’n politieke stelling? Of was dit bloot sosiale naamsmousery? Maar wat sou naamsmousery hom in die sak kon gebring het?

Dank die Here het die Kaap ’n fees lank apartheid opgehef, en kon ek Xalsile na die biertent neem vir ’n bier en ’n hamburger. Sy hoof het hom net ’n halfuur gegee, vertel Xalsile, hulle is besig met die installering van ligte.

“Wat het jy vir jou hoof gesê?” vra ek.

“Ek het jou naam gesê,” sê Xalsile; en hy lag nie. Weer die frustrasie van my jeug: dat ek nie weet wat agter Xalsile se oë aangaan nie. Louter obsidiaan; hulle kaats my nie terug nie.

Ons praat al hoe luidrugtiger, soos in my jeug, toe ek die swart mense se welluidende styl nageboots het. Enkele mense kyk gesteurd na ons.

“Sanna?” vra ek.

“Dood.” Xalsile sluk ’n hap hamburger af en vra: “En jou ma? Ek weet van jou pa.”

Nou is daar tog ’n uitdrukking op sy gesig. Iets soos hartseer; iets soos onthou.

“My ma is ook dood. In Aliwal. Nou het ek nog net my suster oor.”

“Annatjie,” sê Xalsile. En weer weet ek nie of hy spot nie.

Ek probeer sy stilte ontlont.

“Onthou jy nog?” vra ek, en begin sing tot die misnoeë van die mense aan ons buurtafel. Ek kom net so ver as die eerste reël: “Heut ist der schönste Tag in meinem Leben.”

Xalsile glimlag breed, en opnuut verwonder ek my aan sy pragtige stel tande: na jare in die stad nog ongeskonde.

“Het jy baie kinders?” vra ek.

Xalsile skud sy kop. “Een gehad. Sy is dood.”

“ ’n Meisie?” vra ek verwonder. Sanna Xaba het destyds van ’n kwêdien gepraat.

Dit lyk of ek Xalsile beledig het, so ontevrede lyk hy; en skielik onthou ek hoe die swart mense wat ek as kind geken het altyd die geslagsaanduidings omgeruil het. Na ’n man is as sy verwys; na ’n vrou as hy. (“Waar is Sanna?” “Hy is by die berg, hy’t hom gaan haal die hout.”)

“En jou vrou, bly sy by jou in die Kaap?”

“Ek het hom weggegooi,” sê Xalsile. (As ek net kan wéét of hy regtig glimlag.)

"Het jy 'n ander vrou gevat?"

"Nee," sê Xalsile, en kyk reg in my oë. " ' n Vrou is sommer 'n blêddie ding."

Xalsile kyk op sy horlosie; hy moet gaan.

Wanneer ek sy hand druk, druk hy pynlik hard terug.

Ek kyk in sy oë. Vir die eerste keer voel dit ek weet wat agter sy oë aangaan.

"Het jy 'n telefoon?" vra ek.

"Nie by die huis nie, net by die werk." Hy noem sy firma se naam. "Wat's jóu nommer?"

Ek skryf my ongelyste nommer vir hom neer. Op nommer laaste ruil ek twee syfers om. Wat gaan dit tog help? Tussen my en Xalsile sal altyd 'n verlede kom staan.

1994

JOHN MILES

Gustav gaan speel

Die manier waarop ek hom ontmoet het, moes my gewaarsku het dat dit moontlik is. Maar dan ook slegs dat dit móóntlik is.

Dís hoe ek Pieterse leer ken het: Hulle was besig om 'n sloot te grawe, reg voor my huis. Maar naweke werk die slootgrawers nie. Hulle het hulle uitgrawing net so gelaat, darem met tekens omhein om te waarsku dat die volgende vyftig tree net eenrigtingverkeer kan dra.

Skielik gebeur dit toe Saterdagmiddag. 'n Bus en 'n motor kom staan kop aan kop in die bottelnek en altwee bestuurders weier om agteruit te ry. Gou is daar 'n tou aan elke kant. Maar iewers uit die niet kom 'n man en begin die verkeer reël. Beduie hier, beduie daar. En binne vyf minute vloei die verkeer weer normaal.

Wáárom sou hy so iets doen? Is dit 'n oordrewe gevoel van eiebelang? Of was dit bloot die daad van 'n toevallige Samaritaan? Dit was egter nog die een nog die ander. Aandagtig het die man die verkeer 'n rukkie dopgehou. Maar die twee strome het nou sonder wrywing deurbeweeg. Die kinders begin weer met hulle speletjies en die man gaan toe tussen die oorkantste heining en die werkers se sleepwa staan in 'n tipiese houding: sy bene wyd van mekaar, hande voor hom en oë op die grond.

Toe hy weer heellyf uitkom, hardloop ek buitetoe:

– Ekskuus Meneer, hoekom het jy nou net daar staan en fluit?

Hy was besig om liggies te voel of sy gulp goed toe is. Hy het sy skouers opgetrek en gesê

– Jy begaan 'n fout, kêrel, ek was besig om my hande te was.

Ek het agter uit my keel gelag en hom genooi vir koffie.

Só het ek Gustav Pieterse leer ken. Hy was seniorlektor aan die universiteit, in staatsleer. Vroeër vanjaar het sy vrou hom verlaat. Dit het hom oënskynlik nie veel ontstel nie.

– Ons was buitendien twéé wêrelde, het hy glo eenkeer gesê. (Later was dit alles in die koerant.)

Ek onthou dáárdie middag en aand nog. Ons het koffie gedrink. En dit was eers veral ék wat gepraat het. Ek het hom aan Dora voorgestel en ons het begin wyn skink en oor ou romans gesels. In die asbak langs sy stoel het 'n tennisbal gelê. Ek onthou hoe hy dit kort-kort hanteer het – terwyl ons meer en meer sit en luister – en so 'n paar keer voor hom laat spring het. En dan het hy verder gepraat. Die hele aand.

Hy het heelwat vertel, skerp en indringend, soos iemand wat los kom uit sy probleme.

Hy het gepraat oor die etiese implikasies van juridiese verskille, van die *Lumpenproletariat* as neweproduk van 'n kapitalistiese stelsel, oor die leë sosiale waardes van sy kollegas en skoonfamilie. Maar – ek onthou dit goed – telkens het hy, heeltemal op 'n ander toon, iets vertel van sy jeug.

Iets was omtrent só: (Gustav praat:)

– My pa was 'n bakker en ek het ook brood gebak, kleines. Man, ek onthou so goed: bruin, rog, wit, Bremer. En ek dink ek kon beter bak as hy. Snaaks nè? Syne het so dikwels verbrand omdat hy lank saam met my in die agterplaas kom vlieërs vlie het. En as dit reën, dan het ons in die meelkamer dambord of bal gespeel. Ek sou so 'n pa wou wees. Dit het ek vanmiddag besef; in al my frustrasies en probleme is dit my enigste begeerte.

Gustav het ek nooit weer gesien nie behalwe, miskien, gisteraand. 'n Maand na ons ontmoeting is hy dood. Hy het bo van die tandheelkundegebou se dak afgespring.

Gisteraand was ons by die Van Rensburgs. Eintlik is hulle vriende van Dora. Hulle woonstel is op die agtiende verdieping. Ons het drankies gedrink en Van Rensburg het oor potplante gepraat. Daarom het ek meer drankies as gewoonlik gedrink. Teen tienuur het hy my sy nuwe aankoop op die vensterbank gaan wys. Hy het weer 'n bietjie daaroor gesels, ook sy uitsig bewonder. Toe sê hy.

– Ek hoor Dora sê julle het die klein Pieterse 'n ruk gelede ontmoet? Ek het sy pa goed geken. Hy't so ses weke voor sy seun se dood verongeluk. Net hier, sien jy op daardie hoek.

Ek het by die venster uitgeloer en Gustav se gesig was na my gedraai. Ek kon sy oë sien toe hy verbyval. Hy het weggeraak soos wat iemand wegraak as hy aan sy kleindae probeer dink al verder en verder, nader aan sy geboorte.

1970

Voorgevoel

Ek het die man die straat sien oorsteek, van die kafee se kant af. Hy het óór die voor getrap, óp na die sypaadjie en moet 'n blomknop of twee sien lê het – die vorige nag het die wind nogal erg gewaai – want hy het vinnig opgekyk na my tuin en toe sy oë die groot struik vind, kon ek sien hoe vorm sy lippe die vier sillabes van *kamelia*.

Ek ken sy gesig al. Daagliks kom hy van die kafee se kant af as ek my tee staan en drink, hier voor die venster. En elke keer volg ek sy figuur se stokkerige bewegings deur die ou ruit, half onbewus, terwyl ek besig bly met een of ander formulering vir my proefskrif. Dis amper 'n soort dwangaksie om so te speel met die distorsies van die ou ruit: Ek draai my kop net baie effens en merk hoe sy voete buite verhouding is met die res van sy lyf; dan dans sy kop weer glaserig 'n ent voor sy lyf uit.

Maar dié keer het ek my werk geheel en al vergeet: hy ken dus ook die kamelia. Vir wie sou hy werk? Hy was nogal goed versorg. Ek het gewonder of hy Sotho of Zoeloe is. En hy ken 'n kamelia.

Ek het dadelik besluit om 'n geselsie met hom aan te knoop en het my reeds begin wegdraai van die ruit . . . in my spore verstyf. En net daar bly staan. Hy wou net-net by die volgende huis wegraak maar met my effense beweging van so ewe het hy skielik oor die hele onderkantste helfte van die ruit versprei. Hy't die kamer ingestroom met sy kleur, op my stoele gaan sit, deur die naslaanwerke vir my proefskrif geblaai en gevra of hy sy pyp mag stop.

1970

P. J. HAASBROEK

Aardrykskundeles

Hulle kom sluip-sluip deur die kreupelhout op die sang van die kinders af sonder om presies te kyk waar hulle trap, want baie oefening het hulle voete bekend gemaak met die bos. Hulle dra hulle wapens soos klere en beduie vir mekaar met handgebare terwyl hulle af en toe glimlag en met troebel oë na die hoek van die son en die wegval van die vlak vallei na die spruit aan die noordekant kyk.

Uit die gras en struike tree hulle in 'n sirkel vorentoe om die harde, warm oopte waarin die skooltjie en 'n groot maroelaboom staan. Die generaal skreeu en die kinders hou op met die melodie of hulle skielik deur meneer Enias Mukunga stilgemaak is. Die generaal wag hom in met sy bene wyd geplant terwyl die son sy skaduwee swart ets op die hardgespeelde grond.

Meneer Enias Mukunga se oë is amper rustig, maar hy hou sy hande plegtig styf voor sy withemp-bors. Hy praat sonder om te pleit oor die kinders wat altyd in die son speel waar hulle nou staan, oor die groot, oop land en die kartelinge van riviere. Dit klink soos 'n aardrykskundeles vir die kinders wat saamhok in die hoek van die klaskamer en aan mekaar vasklou.

Die generaal wys na die kinders en twee manne draf met hulle bosuniforms (hulle lyk soos tiers met bruin en groen kolle) en met hulle karabyne in die swetende koelte van die geboutjie in en dryf die kinders by die deur uit. Die wyse waarop die kinders by die deur uitstroom laat dit soos speeltyd lyk vir meneer Enias Mukunga wat nog steeds praat oor die land of hy 'n aardrykskundeles gee.

Die generaal lig sy wapen en vuur 'n kort, blaffende sarsie sodat meneer Enias Mukunga op die hardgespeelde grond val en met sy voete lustig skop in die grond van sy aardrykskundelesse.

1975

Anatomieles

Die lig val gloeiend wit oor die ronde kruine van hul koppe, reg in die oopgesaagde, oopgesperde borsholte van die liggaam. Dit is so warm dat die groepie mans kort-kort die sweet van hul voorkoppe en uit hul oë moet vee en dan hul hande teen hul sye vryf, maar sonder om regtig van die gevoel van taai klamheid ontslae te raak.

Hulle weet dat dit die swartpers klonte bloed in die kom van die oopgebreekte ribbes is wat hulle so laat voel, maar Beske se stem bly egalig, afgemete en selfs koel.

"Dit is die longkwabbe," sê hy, "linkerlong, regterlong." Hy tel die twee slap, wigvormige lobbe, perserigblou, effens kollerig en slymerig glad, een-een op en laat dit tussen die ribbes terugval. "Agter die bruingrys vlies sit die hart," sê hy, "na dié ding sal ons nou-nou kyk!" Hy druk 'n seningrige laag opsy en 'n reusagtige rooibruin slak lê rustig ingepas bo die sagte ligroos bult van die maag en die kronkelende derms. "Dis die lewer," sê hy onverskillig en druk met sy voorvinger 'n duik in die meegewende knol.

Sy hande gryp skielik en 'n kronkelderm span soos 'n dik, elastiese gomlastiektou in sy hand. Hy grawe dieper en ruk in die bloederigheid. Sy voorarm is rooinat en swart drade bloed klou aan die fyn, goue hare vas. Hy beur sy regterhand met die lem ook in onder die skommelende maagsak, saag met sy elmboog en ruk 'n ronderige, bruinpers niertjie in die helder lig in. Hy string die derms uit tussen die swart dye.

"Ek het dié klein skelm vergeet, dis die galblaas!" Hy draai 'n sakkie wat soos 'n kondoom vol diepgroen water lyk, in die rondte, wen die string op en sny dit met een vinnige haal van die blink lem deur. Hy hou die oop kant versigtig met duim en voorvinger toe en druk die groen sakkie tussen die oop grynsende tande in. "Die lewe is maar bitter, nè?" sê hy. Die dun vloeistof spoel oor die ken waarop die bloed reeds bruin opskilfer. Dit druppel soos rondgeslypte toermalyne waarin die son blits in die lang, kroeserige baardhare.

Sy hande begin al vinniger beweeg in die helder lig. Sy stem dikteer die name soos hy die organe losruk uit hul rustige lêplekke; die pers milt, die vurk van die lugpype, die strot en die hart met sy wit wolke vet en vingerende are. Uiteindelik kom hy regop, vee die nat rooi lem van die bajonet in die gras skoon en kyk na sy lang, mooi hande in die skroeiende son. Hy kyk baie aandagtig na sy hande asof dit iets heeltemal nuut vir hom is, asof dit iemand anders se hande is.

Die rivier is glad en blinkwit (tussen die bome) soos die skerp staal van die bajonetlem. Hulle hang die geslagte aan 'n dik tak op. Sy ingewande hang voor sy stowwerige knieë af oor sy stewels tot op die lang, malse gras.

"Wat het van sy ballas geword?" vra een van die soldate. "Hou jy hulle vir 'n soewenier, Beske?"

"Ek weet nie," sê hy ingedagte. "Hy het so te kere gegaan."

"God! Die lewe is maar bitter," sê die soldaat en grinnik. Hy tel die galblaas op wat tussen die tande uitgeval het. Hy prop dit terug.

"Of stem jy nou skielik nie saam nie, bliksem!" sê hy en hy spoeg, maar sy mond word nie leeg nie.

1975

In die Hoëveld waar dit oop is

Ons het 'n rukkie op die bopunt van die wye trap gestaan en na die gebou opgekyk. Die voorkant was volmaak vierkantig sonder 'n enkele venster in die gladde blouswart graniet. Net die swaar, ysterbeslaande deure het die reusevlak verbreek. Ek het omgekyk na die wintervaal Hoëveldse vlakte wat tot by 'n ver reeks rantjies weggestrek het, en gesien hoe nog motors onder die kop stilhou. Drie middeljarige mans en 'n meisie met 'n kniebroek was besig om teen die trap op te klim, die meisie voor. Sy het haar handsak vrolik geswaai.

"Dis nie uitgesluit dat die weerlig nog meer skade kan aanrig nie," het Sylvana Kometsie nadenkend gesê terwyl ons na 'n ru, swart gebrande gat in die plafon van die ingangsportaal kyk. "Weerligafleiers ten spyt."

"Die geniepsige engel met die swaard wat vlam en flikker . . ." het eerw. Königsberg ouder gewoonte sy sin onvoltooid gelaat.

"Gerhardus Potgieter, Hermaans Gabriël Jacobs, Jakkie Brits," het Sylvana die name op die eerste brons-ererol gelees. Haar harde altstem in die hoë saal het steurend geklink.

"Dit maak nie sin as jy nie prestasie en datum noem nie. Hou liewer op." Ek het skerper geklink as wat my bedoeling was, en sy het verbaas na my omgekyk. Ek het my skouers opgehaal en na 'n tapisserie gestap wat die slag van Mosega uitbeeld. Langsaan was Boomplaats en verder Langlaagte, Bourke's Luck en Greytown. Die marmerfries wat die Botha Liebenberg-verdrag uitbeeld, was 'n lang wit venster vol ernstige sneeumanne.

In die tweede saal was 'n aantal bronsbeelde op hoekige granietblokke. Die grootste beeld was die bekende Kruger deur Van Wouw, maar daar was ook 'n dramatiese Sarel Cilliers, De Wet op Fleur, Botha, Verwoerd en 'n aantal mindere figure. Teen die hoë mure, van die vloer tot teen die dak, het skilderye en foto's van mans en vroue gehang, te veel om na te kyk, maar hier en daar was tog iemand wat elke beeltenis uiters noukeurig bestudeer en aan 'n metgesel met 'n uitgestrekte hand uitgewys het. 'n Kolom-rysleutel is op 'n strategiese plek teen die muur aangebring en daar was 'n bordjie wat besoekers na 'n alfabetiese katalogus verwys. Met sorgvuldige organisasie is verseker dat die maksimum in die beperkte ruimte van die saal besigtigbaar is, maar eerw. Königsberg was nie beïndruk nie en het aanhoudend sinfragmente in sy grys baard gebrom.

Ná 'n ompad verby verskeie taferele het ons die oudio-visuele afdeling bereik. Ek het Sylvana en eerw. Königsberg oortuig dat indien ons elke toespraakruimte besoek, ons ure sal vermors, en toe ondervind dat dit moeilik is om 'n keuse te maak. Uiteindelik was Sylvana se "Hy was die laaste; 'n tragiese hel" deurslaggewend.

In die skemer saaltjie het reeds 'n aantal mense gesit toe ons binnekom. Ek het 'n paar Ghanese herken wat vroeër by die lughawe was. 'n Kollig het aangeskakel op 'n lang bleskopman op die verhogie. Die tros blaaie in sy hand het fel en onbeweeglik wit geskyn in die skerp lig. Dit was moeilik om sy gesigsuitdrukking te peil, want sy mond, wat deels vrolik was, se ander hoek het sinies afgetrek en sy oë, waarin ek naarstig na 'n vriendelike glinstering gesoek het, was genadeloos afwesig agter die blink brillense. Ja, dit was asof hy uit sy hoogte bokant die tafeltjie verby ons kyk, of déúr ons; 'n gevoel dat iemand agter ons sy aandag trek, het so sterk by my opgekom dat ek wou omkyk.

Ons het geduldig gewag dat hy moet begin praat, wetende van sy voorliefde vir die dramatiese stilte. Hy het sy kop van kant tot kant gedraai asof hy ons bestudeer en sy hande palms na onder op die tafel voor hom geplaas en teruggeleun. Toe sy brillens flits, was ek seker, soos van die wette van die optika, dat hy spesifiek na my kyk, en het 'n skielike koue teen my nek gevoel.

Dit was sy Mei-toespraak en hy het kort-kort sy regtervuis opgelig en met ’n reguit vinger gewys, boontoe, vorentoe na ons toe en na homself, ’n gevaarlik-vyandige figuur om wie alles toe reeds begin verkrummel het.

Ons het al drie al die toespraak gelees en na tien minute opgestaan. Toe ons uitstap, het die drie middeljarige mans met hul hoede in hulle hande by die deur ingekom. Die meisie met die kniebroek was nie meer by hulle nie.

“ ’n Goeie gelykenis van hom,” het eerw. Königsberg gesê: “Verbasende tegnologie; die spul moes miljoene gekos het.” Hy het geaarsel en na my gekyk asof hy steun soek. “Dit was nogtans ’n sinvolle vergunning aan hulle. Dink julle nie so nie?”

“Ja,” het Sylvana gesê. “Na alles het dié minderheidsgroep ook op grond van hulle bydrae sekere regte verdien. En dié het ons goed bewaar.”

Ek het dit nie in dié stadium gerade geag om oor my eie bydrae te spekuleer nie. Dit was vreemd hoe troosteloos leeg die Hoëveldse vlakte gelyk het toe ons weer buite kom.

1982

J. C. STEYN

Die dag toe ons agtergekom het dis oorlog

Saterdag, 29 November 1975. In ’n koel toegeboude stoepvertrek van ’n Noord-Vrystaatse dorpshuis sit ’n man van ’n paar in die twintig en skrywe. ’n Entjie weg op die tafel lê die vorige middag se *Volksblad* wat vroeg die oggend met die pos gekom het. Groot hoofletters: “SA VEG IN ANGOLA”. Die aanhef van een van die ander voorbladberigte lui: “Die stryd in Angola is nie meer ’n terroristiese oorlog nie, maar ’n verhewigde vorm van konvensionele oorlogvoering en dit sou nie gebeur het as daar nie inmenging van buite was nie, het die Minister van Verdediging, mnr. P. W. Botha, aan buitelandse nuusmanne in Pretoria gesê.” Op die hoofartikelblad veroordeel die politieke rubriekskrywer die optrede van die digter Breyten Breytenbach wat die vorige dag gevonnis is op aanklag van terrorisme.

Die briefskrywer, reeds op sy derde of vierde vel, skryf: “. . . en dit, saam met Breytenbach se nege jaar tronkstraf, maak daarvan ’n skokkend ongelukkige week. Ons kan vandag met reg noem: ‘Die dag toe ons agtergekom het dis oorlog’.

“Jy sal seker ook persoonlike nuus wil hê. Op die oomblik is ek besig met ’n nogal sinlose M.A.-verhandeling oor die werkwoordstuk in die enkelvoudige sin. Voorbeeldsinne uitdink met *sou moese*, *sou konne* en *sou woue*: ‘As dit maar gekeer sou kon word’; ‘Ons sou ’n ineenstorting moes verhoed het’ (*sou kon* is moontlik en ook *sou moes*, maar nie *moes sou* of *kon sou* nie: ‘Ons kon die oorlog sou gewen het' en 'Ons moes meer aandag aan ander sou gegee het,' is bv. uitgeslote); 'Ons sou so 'n dilemma moes kon vermy het', ensovoorts.

"Eergister het Dirk (ek meen jy ken hom: my oudste broer, suksesvolle sakeman) my saamgebring hiernatoe. 'Hier' is by my ander ouer broer Piet en sy vrou Christine. Dirk se vrou het glo ander verpligtinge; sy is dus elders. Dirk gaan môreoggend suide toe vir sake. Ondanks proteste van die familie ry ek vanaand terug, want die verhandeling lê op my gewete. Buitendien sou ek ook betrokke kon raak in ons 'betrokkenheid' in Angola. Eintlik moes ek dié vakansie my jaarlikse drie weke kamp toe gaan, maar ter wille van die tesis het ek uitstel afgesmeek. As sake aanhou versleg, sal die verlof waarskynlik gekanselleer en mense soos ek opgeroep word. Vir vandag se familie-reünie is Marié Viljoen – ook háár ken jy dalk: sy was saam met ons in die Afrikaans III-klas – genooi (deur my liewe skoonsuster wat al soveel gelukkige verhoudinge, verlowings en huwelike vir my probeer reël het).

"Vertel my, skryf die Hollandse koerante iets oor Angola? Dit sou interessant wees . . . Dit lyk my ek sal maar later verder moet skryf, want ek hoor opstaangeluide ná die tradisionele middagslapie."

"Johan, sit jy tog nie en brief skrywe nie? Pleks dat jy 'n bietjie gaan rus het. Vir watter nooie is dit?"

'n Warm, vriendelike 35-jarige vrouestem wat nie op die begin van 'n verleë apologetiese stameling wag nie, maar vrolik van die stoepdeur af die huis ingalm: "Opstaan almal! Koffie!"

In werklikheid moes die koffie nog gemaak, die water nog gekook en die ketel selfs nog volgemaak word. Terwyl daar vir die water gewag word, vra Piet: "Wat sê julle van Breytenbach se vonnis?"

Christine: "Hoeveel hét hy toe gekry?"

Marié: "Nege en 'n half jaar."

Piet: "Nege jaar."

Marié: "Is jy seker? Dis nege en 'n half jaar. Johan?"

Johan: "Ek is nie seker nie, maar ek dink ook nege."

Marié: "Ek is weer seker dis nege en 'n half."

Christine: "Ek het gister in *Die Volksblad* gelees toe hy in die hof vertel het van alles, hoe lief hy die land het en ek kry hom om die waarheid te sê tog so 'n bietjie jammer. 'n Mens kan amper verstaan hoekom hy dit gedoen het . . ."

Piet: "Twak! Jy moet jou jammerte in jou sak steek. Hy was 'n bleddie vabond. Terwyl ons seuns aan die grens sterf . . ."

Christine: "Die mense wat ek eintlik jammer kry, is sy ouers."

Piet: "Dis die moeilikheid met ons Afrikaners – ons ly altyd aan 'n bleddie minderwaardigheidskompleks, ons wil altyd om verskoning vra vir alles. Dis nonsens. Hy verdien sy straf. Ek wonder net wat daardie *Rapport* weer môre oor hom gaan skryf . . . Die ketel kook, Christine."

Terwyl Christine in die kombuis doenig is, gaan Piet en Dirk tuin toe om te kyk hoe 'n nuwe tuinjong vorder met die uitskoffel van kakiebos, maar natuurlik – "nes 'n kaffer is!" – onvermydelik ook al die ou afrikanertjies. "Christine kry wragtig 'n kleintjie as sy dit moet sien!"

Op die stoep vra Johan Marié uit oor hoe die eerste jaar van skoolhou gevoel het en hulle gesels oor die Kindersendingkrans, die verveling van netbal-afrigting, die moontlikheid van 'n motortjie koop, die Taalbeweging-vasvra oor die radio waarin die Vrystaatse skole so mooi gepresteer het ("En ek is bly Voortrekker-hoërskool het gewen!"), die plattelandse skole . . .

"Ons moet 'n bietjie praat," val Marié Johan in die middel van 'n sin in die rede.

"Praat?"

"Oor ons."

"Die oorlog?"

"Oor my en . . ."

Die telefoon begin rinkel.

"Dirk!" roep Marié wat moes gaan antwoord het.

Piet kom met die skinkbord koffie in, Christine met yskastert. Dirk kom staan in die deur.

"Ek is 'n bietjie in die moeilikheid, ten minste, ek wil julle 'n guns vra. Vriende van my bel nou net, sakekennisse, en sê hulle kar het hier op die Petrus Steyn-pad gebreek. Hulle ken g'n mense hier rond nie, maar toevallig het ek vir hom gesê ek kom hierheen en hy het toe 'n paar nommers gebel wat hy in die foonboek gesien het. Hulle is bereid om te betaal tot Maandag toe wanneer die garage'e . . ."

"Ag nee, nonsens, wat se gebetaal. Christine, ons het mos genoeg plek?"

"Ja, wat, hulle kan maar kom. Daar's nog Johan se kamer ook as hy regtig vanaand al wil gaan."

"Maar," vervolg Dirk, "daar is . . . ek weet nie hoe om dit presies te sê nie: eintlik maak dit nie saak nie, maar daar is mense wat beswaar sal hê: dis Indiërs . . ."

Piet: "Wat!"

Dirk: "Soos ek sê, die man is 'n sakevriend van my; dis vreeslike ordentlike mense; hulle lyk ook soos wittes, praat Afrikaans in die huis . . ."

Piet: "Maar man, dis mos buite die kwessie! Hoekom gaan soek hulle nie in die lokasie plek nie? Wat moet hulle in die blanke dorp kom maak?"

Dirk: "Niemand sal agterkom nie. Hulle lyk nes wittes. Ek sal in elk geval oorbly tot Maandag . . ."

Piet: "Dit kan my g'n bliksem skeel hoe hulle lyk nie. Dis die prinsiep van die saak."

Dirk: "Hoe bedoel jy, watter prinsiep?"

Piet: "En dan nog tot Maandag toe! Môre kom Christine-hulle se ouers kuier en wat moet ons dan vir hulle sê?"

Dirk: "Goed, ek sal hulle sê julle het nie plek nie." In stilte drink hulle verder koffie.

"Jy moet tog verstaan," sê Piet, "wat gaan die mense sê as hulle hoor ons gee slaapplek vir koel . . . vir dié mense?"

Niemand antwoord nie.

Na 'n rukkie vervolg hy: "En hoekom het hulle nie liewer lokasie toe gegaan nie?"

Dirk: "Hulle gaan nie met swartes om nie."

Piet: "Jy sien? En nou wil hulle hê ons . . . En nou wil jy hê . . ."

Christine: "Wat het hy gesê toe jy sê daar is nie plek nie?"

Dirk: "Baie vriendelik soos altyd. Gesê hy verstaan. Gelukkig is dit darem 'n groterige kar."

Piet: "Ja, baie van die bokkers is baie ryker as die wittes."

Dirk: "Hulle sal maar tot Maandagmôre langs die pad in die kar bly tot die garage oopmaak. Hy het darem gesê hulle het kos en water en so, want hulle vat altyd genoeg saam wanneer hulle deur die Vrystaat moet ry, want hulle is bang dat . . ." Hy bly stil.

Piet: "Bang waarvoor?"

Almal bly stil.

Christine: "Waar sou hy vandaan gebel het?"

Dirk: "Van 'n plaas af. Hy is so wit 'n gewone Vrystater sal nie kan sien hy is nie wit nie. Sy vrou is donkerder."

Christine: "Ek wonder in elk geval of ons iets kon doen."

Dirk: "Hoe so?"

Christine: "Mag 'n mens nie-blankes in jou huis laat slaap?"

Dirk: "Natuurlik mág jy. Geen wet verhinder ordent . . . verhinder so iets nie."

Piet: "Dis alles behalwe 'natuurlik' dat hulle by 'n mens kan oorbly. Daar is tog 'n wet dat Asiate nie langer as 'n sekere tyd in die Vrystaat mag wees nie, vier en twintig uur of so iets."

Dirk: "Die wet is tog anderdag verander."

Piet: "O ja? Hoe is hy nou?"

Dirk: "Nee, ek weet nie presies nie."

Piet: "Nou ja, ons moet liewer aan die veilige kant bly."

Marié: "Het dit iets te doen met die nuwe wet dat dié van die plase, van die swartes bedoel ek, dat hulle nie meer op die dorp mag kom werk nie? Mense was al daaroor in die hof."

Piet: "Nee, dis iets anders. Dis buitendien wittes wat in die hof was daaroor."

Dirk: "Maar wie sal so iets vir die polisie of iemand gaan sê? Wie gaan daarvan weet?"

Piet: "Dit maak nie saak nie. Die wet is die wet."

Dirk: "Sê nou dis 'n nonsens-wet? Ons weet ook nie eens of dit die wet is nie."

Piet: "En al was dit nie die wet nie, ons doen wat reg is, dis al wat belangrik is."

Marié: "Dis darem goed dat die ou Vrystaat so 'n wet gemaak het, anders het ons ook nou 'n Indiërprobleem gehad, nè, Johan?"

Johan: "Die Transkei is glo darem ook so."

Ná weer 'n rukkie stilte vra Piet: "Hoe lyk dinge vir julle in Angola?"

Die ander bly almal stil totdat Johan antwoord: "Ek sien vanmôre in die koerant ons is in in die ding, 'betrokke' soos hulle sê. As jy so tussen die reëls lees, lyk dit vir my ons is dieper in die gemors as wat ons kan dink . . . Dis eintlik vandag 'n geskiedkundige dag: Die dag toe ons agtergekom het dis oorlog."

"Nee wat, ek dink jy is te swartgallig," sê Piet. "Miskien waai alles gouer oor as wat ons dink. En Amerika sal tog sorg dat die Russe nie 'n vastrapplek in Angola kry nie. Die koerante oordryf ook altyd alles."

Niemand antwoord nie. Marié stel voor dat sy en Johan maar die koppies gaan was om darem ook 'n ou ietsie te doen.

"Onthou jy nog vir Willie Hamman?" vra sy hom in die kombuis.

"Jà, onthou jy, ek en hy het mos eenkeer saam elkeen vir jou 'n briefie geskryf met dieselfde woorde: 'Liewe Marié, jy sal seker baie verbaas wees om hierdie brief van my te ontvang. Ek skryf net om te sê dat ek baie van jou . . .' ensovoorts. Het jy regtig daardie tyd 'n sent opgegooi om te besluit wie? Dit het my vreugde oor jou keuse 'n bietjie gedemp."

"Natuurlik nie! Maar Willie het weer anderdag iets in dié trant . . . Maar jy stel seker nie meer belang nie?"

"Nee, ek stel belang . . . Het hy jou gevra om te trou? Moet ek gelukwens?"

"Dit hang af van wat jý . . ."

Maar die ander drie kom die kombuis in. Christine maak bekend dat daar besluit is om die aand vleis te braai.

Dirk en Piet hervat 'n gesprek oor waar dit die beste vir eersgenoemde sal wees om grond vir 'n vakansiehuis aan die Kaapse kus te koop: Gordonsbaai? Rooi-Els? Bettysbaai? Kleinmond? Selfs Hermanus?

"Die wind waai glo verskriklik op Rooi-Els."

"Eintlik stel ek meer belang in die blote belegging as in die vakansiehouery. As dit eendag te warm raak hier in die noorde, het 'n mens darem 'n soort toevlugsoord."

"Twakpraatjies!"

'n Rukkie lank help Johan vir Christine die uie rasper vir braaibrood. Marié is elders besig. Christine praat – aaneen en sonder logiese oorgange – oor die voortreflikheid van uie op toast, die swak kwaliteit slaghuisvleis deesdae, Johan se sosiale lewe: "Jy moet jou oë oophou, jong. Daar is iemand hier . . . Ek bedoel, ek weet van iemand wat graag jou *girl-friend* . . . Jy weet 'n mens word nie jonger nie . . ."

Buite word bier gedrink, argumente geopper, landsvraagstukke opgelos, oordele gevel ("Ek stem saam met die pa van daardie outjie wat by die grens doodgeskiet is dat hulle 'n koeël deur daardie bleddie Breytenbach se kop moes gejaag het!"), 'n pleidooi vir die verdediging gelewer ("Hy was 'n ou wat sterk gevoel het, hy wou al die baie dinge wat verkeerd was beveg, hy het die land hartstogtelik liefgehad. Is ons land honderd persent reg? Is geweld altyd verkeerd? Wat van die Rebellie? Wat van Jopie Fourie?"), vir die staat betoog ("Wat hy gedoen het, was om die volk te verraai. Dis Afrikanerbloed wat vergiet sou gewees het as hy sy sin gekry het.") en die Christelike gesindheid gepredik ("As iemand so opreg berou het soos hy, kan 'n ware Christen iets anders doen as om hom te vergewe?").

"Kom julle nog soms op die plaas?" vra Dirk na ete.

Piet: "Nee wat, vandag is daar nie meer mense nie . . . Alles is aan die verwaarloos. Die swartes wat nou daar is, verniel alles so – die bome is afgekap, die ruite stukkend gegooi en binne is kwaad gedoen. Ek weet nie hoekom het die mense eintlik die plaas gekoop as hulle hom so verwaarloos nie."

Dirk: "Dink julle ook nog soms aan die ou dae? Ons het nog op die ou manier grootgeword. Ek kan nie dink dat dit dertig, veertig jaar voor ons anders moet gewees het nie – geen radio, geen trekker, motor nie, niks. Ek wonder . . . Kan ons nie vanaand boekevat soos destyds nie?"

Piet: "Ons kan maar as jy wil."

Christine gaan haal die Bybel en gesangboeke uit 'n kassie met vroegtydige Kerskaarte, onbeantwoorde briewe, onbetaalde rekeninge en kwitansies wat gebêre word vir die Ontvanger van Inkomste. Sy sit dit tussen Piet en Dirk, en Piet skuiwe dit na Dirk se kant toe oor: "Lees jy maar."

Dirk blaai 'n rukkie rond totdat hy 'n plek gevind het.

". . . Want Ek het honger gehad en julle het My nie te ete gegee nie. Ek het dors gehad en julle het My nie te drinke gegee nie; Ek was 'n vreemdeling en julle het vir My nie herberg gegee nie; naak en julle het My nie geklee nie . . ."

Piet val hom in die rede: "As jy só wil lees, kan jy dit net so goed laat staan."

Dirk: "Waarom?"

Piet: "Dis 'n skande! Pa-hulle sou in hul grafte omdraai as hulle moet weet hoe jy vanaand die Bybel vir politiek misbruik. Skaam jy jou nie? Hier moet ons mense aan die grens veg, dalk moet Johan ook nog gaan, hulle moet gaan veg teen die terroriste en jy wil hê ons moet Indiërs in die huis ontvang. Dis 'n skande! As jy so wil boekevat, moet jy dit maar op jou eie gaan verder doen. Ek speel nie saam nie."

Terwyl hulle met Piet se motor stasie toe ry om Johan te gaan wegbring, merk Christine op: "Soe, die luggie bly darem maar nog skralerig saans," en 'n rukkie daarna: "Ek wonder, Dirk, het hulle jou gesê waar die kar presies staan?"

"Ek weet nie presies nie, so tien, twaalf myl hiervandaan, skat ek. Ja, dis seker koud in die kar, veral teen die môre se kant."

Piet (vererg): "Probeer julle op my gevoel speel, of wat? As 'n mens se bleddie kar op die pad breek, is dit net jou eie bleddie vrotgeit. As hulle hul goed behoorlik versorg, sal dit nie gebeur nie. En as hulle kastig vir gebeurlikhede sorg wanneer hulle deur die Vrystaat ry, moes hulle maar gesorg het dat hulle komberse saamvat."

Op die stasie blyk dit dat die trein, soos altyd wanneer Johan moet ry, laat is. Hulle praat dus voort – een of twee sinne per onderwerp, die eindelose onsamehangende gesprekke van wagtendes op 'n stasie: "Ja, dis mos skrikkeljaar volgende jaar, Johan, verwag jy enige aansoeke?" en Christine gee hom 'n stampie in die ribbes waar hy agter in die motor tussen die twee vroue sit; "Julle kan maar regtig ry, ek sal nie omgee om alleen te wag nie."; "Vyf twee agt nege voet bo seespieël, ek wonder wanneer sit hulle dit in meters om?"; "Ek wonder of dit by dié bultjie was waar hulle president Steyn amper gevang het in die Oorlog?"

Marié: "O? Wanneer was dit? Ek weet niks daarvan nie? Hoe het dit gebeur?"

Dirk: "Een van die Boere het vir die Engelse gesê die president is hier. Maar sy agterryer, ou Ruiter, het hom laat wegkom. Dis eienaardig as jy daaraan dink – dat die Boer verraad gepleeg en die bruinman dit reggekry het om . . ."

Piet: "Is jy al weer besig met insinuasies? Ek is siek en sat vir julle liberaliste wat alles verknoei soos dit julle pas."

Dirk: "Maar ek het niks bedoel . . ."

Piet: "En jy kan maar aangaan soos jy wil, ek sal daardie Indiërs nie vat nie."

Daar is 'n langerige stilte totdat die gesprek oor die kwessie Angola hervat word: "Miskien moet ons 'n dagboek hou soos van die Boere in die Engelse Oorlog?"; "Wat sal gebeur as ons nie teen 'n oormag kan stand hou nie?"

Dirk: "Die groot ding is wat die swartes gaan doen as dit regtig oorlog raak. As ons die nie-blankes aan ons kant kon hê . . ."

Piet: "Maar magtig, man, kry nou end kerm oor die 'nie-blankes' of 'swartes' of wat ook al! Jy hou aan maak of dit my skuld is dat die mense teen die pad sit. Ons is hulle niks verskuldig nie!"

Dirk: "Maar ek het mos niks oor hulle gesê nie."

Piet: "Maar jy plooi alles so om jou te pas te kom."

Dirk: "Miskien pla jou gewete jou."

Piet: "En waar de hel oor nogal?"

Die vroue begin praat oor koekresepte en breipatrone – dit word aanknopingspunt vir die genot van herinneringe aan lekker etes van die verlede ("Witwortels is die lekkerste soetkos." "Nee, gebraaide patattatjies.") Wat eskaleer tot jeugherinneringe in die algemeen.

"Onthou jy, Piet," sê Dirk, "daardie keer toe ons die agtermiddag so lank by die plaasskool gedraai het en die haelbui ons kry? Gelukkig het die ou meid ons in die stroois laat wegkruip tot dit oor was en sy't nog vir ons vet en brood en koffie gegee."

'n Ent verder – "seker al by die lokasie" – hoor hulle die sirene van die diesellokomotief ("O, ek dag dis nog stoom?" – "Nee, dis maar anderdag eers verander.") Johan se bagasie word uitgehaal en terwyl hulle na die stadig aankomende trein staan en kyk, draai Piet hom skielik na Dirk en sê vinnig:

"Orraait, jou bliksem, jy wen. Ons kan die mense gaan haal. Hulle moet die naweek maar . . . Christine se pa-'le moet maar 'n ander keer kom."

"Baie dankie."

"Te hel. Waarvoor?"

Dirk glimlag en vervolg: "En nou kan jy seker maar sommer vir Breytenbach ook vergewe, of hoe?"

"Dit sal vir jou . . .", maar die diesel raas so dat niemand kan hoor wat iemand sê nie.

Terwyl die trein noordwaarts ry, skryf Johan verder aan sy brief:

"Dit het al amper middernag geword. Dit was ook so 'n gewag. Suid-Afrikaanse treine is altyd laat. 'n Nag sonder einde, het dit gevoel. Maar, 'die môre kom, en ook die dag'.

"My broer gaan 'n mede-Suid-Afrikaner van 'n ander kleur in sy huis laat slaap. Wat 'n stryd was dit nie om so ver te kom nie! En nou dat alles verby is, nou dat hy besluit het om te aanvaar, amper of hy gretig was.

"Uit-einde-lik. Dis dan die uit-einde.

"Dis donkermaan, ongelukkig. As dit ligtemaan was, sou ek darem kon sien hoe die wêreld lyk. Ons ou gewese plaas lê so regoor waar ons nou ry – êrens tussen Blydskap- en Heuweltop-stasies. Maar die maan is eintlik nie nodig nie. In my verbeelding kan ek alles sien: die plaas en die ou opstal soos hulle tot 'n vyf, ses jaar gelede nog gelyk het. Ek sien my pa, besig om 'n hek te repareer, my ma wat aan 'n bedelaar-Bantoe 'n blikbeker koffie en 'n vrag brood met konfyt gee, ek sien myself saam met die plaaswerkers agter die skoffels loop op 'n broeiende somerdag terwyl die donkerwolke opsteek. Wat 'n verskriklike heimwee voel ek nie, wat sou ek nie wou gee om 'n dag, nee 'n uur, nee 'n minuut, weer dit alles te kon belewe nie.

"Dit alles is verby (die ou soort skoffel is in alle geval uit die mode). Ek het 'n eindelose verlange na 'n wêreld wat ek al hoe verder agter my laat, die óú Afrikaanse wêreld wat besig is om verlore te gaan. Maar die nuwe Afrikaanse wêreld dié sou ek vir geen geld ter wêreld, geen kleur ter wêreld, geen ander taal ter wêreld sou ek dit wou mis nie."

1976

WELMA ODENDAAL

Mamy Blue en ek onthou

Dis toe hulle vanoggend Mamy Blue speel dat ek onthou het.

Geweet ek sal weer moet onthou. Eendag. Het probeer om nié. Maar geweet ek sou . . . Want 'n mens vergeet nie. Tog het ek probeer om alles diep weg te bêre. En gehoop ek sal onthou op 'n dag wanneer ek beter kon verstaan.

Toe, vanoggend, speel hulle Mamy Blue – en ek onthou. Alles. Alles soos dit gebeur het. En op Mamy Blue se maat het alles weer voor my afgespeel. Onwillekeurig het ek saam op die maat geneurie. Sonder om te dink of my woorde saamval. Sonder om te weet of ek nou beter kan verstaan as toe dit gebeur het.

Een vir een met die klank van Mamy Blue het die skyfies van daardie aand voor my oopgeval. En ek onthou.

Ek wat in die Klub inloop en hulle speel Mamy Blue iewers uit die donker. Groot fun, het Alma by die hokkieoefening gesê. Kom saam vanaand, dan kyk jy. Toe, kom en kyk hóé ons ander leef. Kom, sê Alma en lag vir my. Soos altyd spottend en uitdagend. Sou sy dan altyd geweet het? Hoe alles gebeur het?

Ons is die aand met Alma se motor weg. Driekwartier op die dubbelpad en ons is in Johannesburg, Hillbrow. Alma kry parkering, 'n blok of wat van die Klub af. Glyn, Alma se vriendin, en nog iemand anders wat ek nie ken nie, net af en toe gesien het by die hokkie (sy speel vir 'n ander klub) is saam. Ek is die enigste in die motor met 'n rok aan – 'n Maksi-romp met suede boots en 'n oranjebont serp om my nek. Hulle ander het langbroeke aan. Alma s'n blouwit verbleik, met 'n loshangende T-hempie met die woorde LUV voorop. Glyn dra 'n witte met 'n gulp voor, styfgespan om haar gespierde bobene, en 'n liggroen hemp wat voor oopknoop. Die ander meisie het 'n rooibruin klokbroek aan, sy-agtig en nou om haar heupe, sy's mooi gebou, 'n geel hempie waaragter haar tepels span, en lang stringe gekleurde houtkrale om haar nek. Sy't my die hele ent pad Johannesburg toe geïgnoreer, eenkant in haar hoek agter in die motor gesit en rook; nou en dan in vulgêre Engels met Glyn (wat 'n Australiër is en nie lank in die land nie) geskerts. Alma het af en toe uitbundig gelag, soos altyd. Want sy is seker van Glyn, weet ek.

'n Snaakse soort opgewondenheid het my beet toe ons parkeer en afklim; afstap op Hillbrow se oorvol sypaadjies na die Klub toe. Ek loop 'n ent agter die drie. Alma is tussen ons, reg voor my, en telkens kyk sy om of ek nog aankom. Hoe verder ons loop, hoe sterker stoot 'n gevoel van – wat? opgewondenheid, angs, afwagting – in my keel op.

In 'n gangetjie tussen lendelam geboue stap ons deur. Hillbrow koer en rumoer rondom. En ek loop agter die ander drie aan. Toe gaan ons met steil trappe op en Alma is agter my. Dis 'n steil trapgang wat aanhou kronkel. Alma hyg agter my. Dis donker en ek struikel een keer. Alma gryp my elmboog van agter en ek ruk weg. Ek hoor haar sagte lag. Donker. Net skewe rooilig-lanterns by elke draai wat die trapgang maak. Dit voel asof ons nooit ophou trappe klim nie. My asem lê swaar in my keel. Maar terwyl ons opwaarts beur en hyg, hoor ek 'n geruis nader kom. En dan, soos 'n orgasme wat oopbars, val 'n kamer voor my oop met helder geel ligte wat heen en weer knak, rooi flikkers, ligdraaie en donker hoeke. Die Klub. Sweet bou op in my nek en bo my lippe.

Elkeen oorhandig 'n kaartjie aan 'n persoon agter 'n toonbank by die ingang. Dit word gestempel en teruggegee. Ek huiwer. Alma fluister iets, kry 'n stempel op haar kaartjie en stoot my vorentoe. Ek hoor die man by die deur sag lag en kaal sonder my kaart stap ek agter Glyn se bonkige rug aan. Ek sien niks anders raak nie; volg Glyn se gestalte deur die warm liggame van mense wat teen my skuur. Vader, waarom het ek gekom? Ek loop met Mamy Blue wat fluister in my ore. Ek loop flegmaties voort en voel dat my keel toegestop is en ek nie weer sal wil praat nie.

Ons gaan sit aan ’n klein tafeltjie teenaan ’n muur. Bokant draai ’n lig en flits sy kleure. Geel, oranje, rooi, geel, oranje, rooi . . . Die meisie wat agter by my in die motor gesit het, gooi haar bene wyd oop en sit agteroor op haar stoel; haar kop rus teen die mure en sy skree: “Haai, Tillie, howzat, Girl?” aan iemand tussen die dansende, stampende figure op die wiegeliedmaat van Mamy Blue. Glyn sit regoor my en met iets van ’n, ek kan sweer, simpatieke glimlag kyk sy na my; hou ’n pakkie Bensons na my toe uit. “Smoke, Girl?” My hand bewe toe ek hom na haar lokaas strek. Ek sien dan opeens dat Alma nie teenwoordig is nie. Waar tog is Alma? Sy kom van iewers en dra ’n ronde skinkbord met vier biere. Ek vee oor die skuim van myne.

“Well, Ou, wat dink jy van die Klub, huh?” lag Alma en klap my op die bobeen. Dan kyk sy na Glyn, steek haar sigaret aan en, terwyl ek met vuurhoutjies vroetel, myne. Sy strek haar lang bene en neem ’n teug van haar bier – Alma met haar besitlike selfversekerdheid. Die ander meisie se voet raak aan myne, per ongeluk, dink ek. Ek kruis my bene, stamp onhandig aan die tafel sodat die goue bier oor die glase spoel. Ek sien die stofkol aan die punt van my een skoen. Ek sluk aan my bier maar voel steeds die onrus soos ’n klont slym in my keel.

My bier is halfpad toe trek Alma vir Glyn regop en hulle loop in die rigting van die klotsende, malende dansfigure. Ek sluk ’n koue mondvol bier. Kyk hulle agterna. Later is hulle slegs ’n deel van die spattende geel-oranje-rooi, wat omgedolwe word in die smeltpot van klouende mense. Die ander meisie (haar naam is Jeanne, het ek gehoor) sit steeds langs my; klop met haar vingers op die tafelblad, neurie hard saam met die musiek, kou oopmond kougom, sigaret in een hand, en gooi telkens ’n skuimvolsluk bier in haar keel af. Ek is bewus van haar lewendige nabyheid; kyk so min na haar as ek kan; hou my oë stip op die dansendes, my hand styfgeklem om my bierglas.

Ek sien die pare mense rondom my. Die bier gaan goed af; sy bitter smaak nou en glad in my keel. Niemand steur hulle aan my nie. Waarom sou hulle? Ek voel my ledemate ontspan met die bier saam; is later nie meer bewus van die oopmond-, oopbeen-, kloppende Jeanne langs my nie. Die musiek tril hard. Hard. “Dance?” Sy kyk na my. Jeanne. Haar mond net effens oop. Haar bene. My keel, my keel span toe. Die klont bou op. My keel rek en ruk aan sy spier. My oë wil nie fokus nie. Ek voel haar leë oë op myne; haar pepermentasem meng met myne, haar hand is stil, haar bene wyd. Ek vee oor my mond. “Ag, piss off.” Dan staan sy op. Kyk weg van my asof ek nie meer naby is nie. Rek haar arms agter haar kop. Haar borste vorm haar borste span haar borste is fyn omlyn deur die lig. Sy loop weg. Ek kyk nie waarheen nie. Ek laat sak my kop en my wang rus teen die harde rand van die leë bierglas.

God, hier wil ek uitkom. Ek wil hier opstaan en met woede tussen die malende figure deur stamp. Uit. Ek wil uit. My pad na buite soek. Die buitelug oor my warm gesig voel spoel. Ek moet uitkom uit hierdie plek waar hulle fuif en dans en lok en gryp. Uitkom.

Alma en Glyn keer terug. Hulle dra nog vier bottels bier. Hulle vra waarheen Jeanne is. Ek weet nie. Ek sluk vinnig aan my bier. Spoedig trek die goue vloeistof laag in my glas af. Alma maak 'n grap daaroor en ons lag al drie. Begin dan gesels. Sommer oor hokkie. Ons praat. Dis moeilik, want die harde musiekklanke tril en galm en ons gesels gaan dood. Alma lag aaneen, hard en uitbundig. Ek wil hulle daar hou, maar hulle trek aan mekaar en loop weer in die rigting van die dansendes. Hierdie keer kyk ek hulle nie agterna nie.

Die mense bondel en die mense maal en ek kan nie my oë sluit nie. Ek wil toilet toe gaan maar is bang om hier op te staan. Die mense tol. My hart stoot vinnig. En ek drink en drink. Eenkant sit twee mense en soen, hul arms om mekaar se nekke. Eenkant sit mense op mekaar se skote, hul arms en bene gevleg. Eenkant verdwyn een se hand in 'n ander se kraag in. Eenkant deel twee mense 'n glas bier, hul hande vasgewurg in mekaar. Eenkant, hard, begin Mamy Blue speel.

Ek kyk en sien hom in my rigting aangeloop kom. Van ver. Maar hy kom hierheen na my toe. Ek weet – weet aan sy doelgerigte stap, weet aan sy oë wat van ver af na my toe beur. Hierheen. Oh Mamy oh Mamy oh Mamy Mamy blue . . .

Hy is lank en breedgebou. Sy arms swaai langs sy bene verby. Hy dra 'n leerbaadjie en serp wat styf soos 'n das om sy kaal nek geknoop is; uitpunthempskraag; nou, swart broek en sandale. Ek sien dat sy voete ook groot is. Hy kom staan voor my; strek 'n lang, maer hand na my toe uit. Rondom sy ringvinger is 'n breë, goue band grof uitgegraveer. Ek kyk op; op na sy glimlag, breë oë, digte wenkbroue. Sy hare is agteroor gekam, kort bo maar laag af in sy nek. Sy vingers gryp rondom my hand. Hy trek my op. Op tot teenaan hom. My kop kom skaars by sy nek. Met sy hand in myne loop ons na die mense wat skuur en skuur op Mamy Blue.

Die mense verdwyn rondom my. Ons staan stil regoor mekaar. Hy trek my nader. My gesig raak vas teen sy nek en ek ruik die speserye van naskeermiddel. Soos parfuum omvou dit my. Die gladde leerkraag van sy baadjie vloei teen my nek. Sy arms is om my, sy hande om my middel. Oh Mamy, oh Mamy Mamy . . .

Hy trek my styf teen hom, sy vingers voel deur my sybloes. Ek druk my hande binne sy baadjie in, voel die koel, sagte materiaal van sy hemp. Sy kop knak af en hy vat met sy lippe aan my oor. Ons wieg heen en weer, my oë is toe en Mamy Blue is slegs 'n onduidelike gefluister van die donker.

Sy een hand skuif op en kom lê in my nek. Sy tong dring gebiedend deur tot diep binne my oor. Sy ander hand trek die bloes weg en kom lê kaal op my brandende liggaam. Hy druk sy heupbene hard in my maag in. Mamy Blue hou my vas, suig diep aan my, ontdooi al die kriewels binne my. Ek voel duiselig maar gly nie uit sy hande nie. Oh Mamy.

Sing deur my brein. Vou my toe. Ek voel my hande aan sy styfgetrekte ribbebene. My hande gly op teen sy koel, gladde liggaam. Op vloei my hande. Op en op. Sy liggaam is glad en styfgespan soos satyn. My hande sprei oop. My hande kom tot rus op die uitblom-volheid van vroueborste. Die laaste kreet van Mamy Blue slaan my vol in die gesig en kreun vanuit my keel.

Ek stamp hom van my weg. Sy onkanthande gryp in die lug. Hy struikel agteroor. Val uitgestrek op sy rug op die vloer. Sy mond 'n verbaasde oop gat. My bene wankel. Die speeksel trek saam in my kiewe. My oë huil vanself. Ek loop weg tussen die mense deur. 'n Nare braakgevoel stoot op in my. Ek loop aan. Weg. Weg van die donker hoeke, die flitsende ligte, die saamgesmelte figure, die tart van Mamy Blue.

Alma en Glyn wag by die uitgang. Ons loop af met die kronkel-trapgang. Driekwartier se ry. Hulle laai my af en alleen stap ek die gang af na my kamer. Ek skakel die lig aan; staan voor die spieël. My bloes hang los oor my romp. My bloes is laag voor oop. My hare is nat op my voorkop. My oë sien ek nie raak nie. Maar wanneer ek hulle toemaak, hoor ek, sien ek, voel ek; reik ek na die warm vlees van die nag.

1977

JAN SPIES

Van Duiwel Pontius na Dominee Pilatus

Uit ons kerklike lewe het daar al baie staaltjies te voorskyn gekom. En dié wat vir die oorvertel nie so lekker was nie, is omgebroei tot hulle soos 'n goeie grap die loop deur baie monde kon neem. En so het ons kerkgesigte nog altyd twee kante gehad: die een is ernstig, en die ander is dié van 'n platjie.

Op 'n dorpie wat ek Kalkfontein noem, om ek nie weet hoe waar die storie is nie, het die gemeente vir jare lank in die skoolsaal diens gehou. En almal het pragtig saamgewerk en geld ingesamel vir die bou van hulle droomkerk ééndag.

Maar kerkbou is nie sommerse ding nie; jy moet vir hom rus-rus pak, soos dié gemeentetjie – miskien toevallig – ook gedoen het. Eers het hulle vir 'n behoorlike nes-eier gesorg en daarmee 'n stuk grond gekoop. En toe moes hulle van voor af wegspring en elke jaar die boufonds met 'n stewige stoot laat klim, want dis 'n lang leer voor jy by die balansstaat se weerhaan kom.

Maar hulle werk, en uiteindelik is die boufonds só sterk dat hulle die gebou kan oprig sonder om 'n enkele sent te leen. En dit sê veel, want kontant by die troffel vind 'n mens in ons tyd nie meer so dikwels nie.

En vandat die lidmate hoor dat dit nou sulke tyd is, begin daar 'n gees van onverduurlikheid onder hulle vaardig word – daar moet aan die gang gekom word, en gou ook. En die kerkraad voel insgelyks daar durf nie meer getalm word nie. En dit was toe dat daar vir die eerste keer onsmaaklikheid kom tussen van die lede van die kerkraad en ook onder die gemeentemense.

'n Sekere ou oom Piet, 'n ou strydros op die kerkraad, het 'n paar erwe in die nuwe deel van die dorp gehad. En elke keer as die kerkbouery ter sprake kom, dan praat hy in die rigting van dié erwe. Sy argument is dat die kerk in die nuwe deel gebou moet word, omdat die dorp soontoe aan die uitbrei is; dis as 't ware waar die toekoms van die dorp lê. En hy voel nou dat die gemeentegrond in die óú deel verkoop behoort te word en die kerk gebou moet word waar die meeste mense eendag sal woon. En verder is dit ook so dat die kerkraad nie grond sal hoef te soek nie, want hy wat oom Piet is, sal twee van sy erwe wat aan mekaar grens, beskikbaar stel – een vir die kerk en een vir die nuwe pastorie. En daarby is dié twee erwe sommer langs sy huis sodat hy namens die kerkraad 'n ogie sal kan hou oor alles waaroor die kerkraad 'n oog gehou sou wou hê.

Na oom Piet gepraat het, word daar dan so 'n rukkie oor die moontlikheid bespiegel, en dan is dit eers weer stil.

En so herhaal oom Piet elke keer sy aanbod. Maar, hy wil nie afstand doen van sy kaart en transport nie. Hy voel dat as hy die grond verniet beskikbaar stel, dit genoeg is. En dié houding van oom Piet maak die predikant versigtigerig. Daarom praat hy soveel as hy kan, die ding weg.

Maar later is die kerkraad en die gemeente altwee in twee kampe verdeel, en toe word hulle bang vir mekaar, want niemand weet watter kant die sterkste is nie. Daarom laat die predikant die ding nooit tot stemming kom tussen die "oom Pietkamp" en die "dominee-kamp" nie.

Vir 'n ruk wen die dominee tyd, maar uiteindelik is die dwarstrekkery so erg, en die druk om met die bouery te begin so sterk, dat hy 'n kerkraadsvergadering byeen moet roep vir die genadeslag na die een of die ander kant toe.

En almal het gepraat en party het baie gepraat, behalwe een ouderling. Hy sê g'n woord nie, en hy sou die skaal kon swaai. Daarom sê die dominee toe dit lyk of niemand meer wil praat nie: "Broer, jy het nou nog nie 'n opinie gelug nie. Kan ons dan nie hoor wat jou standpunt oor die saak is nie?"

Toe staan die stil ouderling op.

"Eerwaarde voorsitter," begin hy, en wag 'n lang ruk voor hy verder praat.

"Ek het 'n droom gehad, maar ek weet nog nie hoe om hom uit te lê nie."

"En wat het jy gedroom, Broer?" vra die dominee.

"Dominee," sê die ouderling, "ek het gedroom ek kom in die warmplek, maar ek is nie dood nie; ek kry net kans om te sien hoe dit daar lyk. En ek het daar rondgestaan en alles betrag, en later hoor ek die ou groot duiwel roep al die klein duiweltjies bymekaar.

"En ek beweeg ook nader – om te hoor wat hulle praat.

"En dís wat toe daar gebeur":

Die ou groot duiwel sê: "Kinners, ek het nou 'n slag ons boeke nagegaan, maar wragtag, ek kan nie 'n plek vind waar ons laas iemand uit Kalkfontein hier ingeskrywe het nie. Hoe doen julle julle werk?"

En die klein duiweltjies (party sê vir hom "Oupa", en ander "Pa"), hulle sê vir hom: "Ons mors ons tyd met Kalkfontein se mense; daar is nie salf aan hulle te smeer nie."

Die ou groot duiwel sê: "Dis nie moontlik nie. Julle dink net nie."

Hy sê: "Het julle al aan die politiek gedink?"

Hulle sê dít help niks; die setel is onbetwis. Daarom spits hulle hulle maar op die ander setels toe.

Die ou groot duiwel vra: "En die boere? Hoe staan dit met hulle?"

Hulle sê nee, daar's geen jakkalsklubs nie, en dis buitendien vredige mense. Hy vra: "En die pers en die pornografie?"

Die klein duiweltjies sê aikonna. Die mense léés nie. Al wat hulle lees, is die Bybel.

Die ou groot duiwel vra: "Nou hoeveel kerke is daar?"

Hulle sê: "Net een. Dis nou een gemeente van dieselfde Kerk."

Die ou groot duiwel sê: "Maar dan verneuk julle my mos nog allietyd met julle halwe werkery. Die Kerk bied altyd 'n moontlikheid, veral as daar net een is, want dan is verdeeldheid 'n kleine kunsie."

Een van die klein duiweltjies sê vir die ou, hy wat die klein duiweltjie is weet darem nie so mooi nie. Want die gemeente van Kalkfontein staan vas. Hulle het dit glad reggekry om suffel geld bymekaar te maak lat hulle nou vir kontant 'n yslike kerk kan bou.

Die ou groot duiwel sê: "My liewe hel, hoekom het julle my dit nie al lankal gesê lat daar 'n kerkbouery gaan plaasvind nie? Hierie kans kom nooit weer nie."

Een van die klein duiweltjies vra: "Hoe so, Pa?"

Die ou sê: "Nee, twee goed ken julle nog nie; julle moet nog baie leer van die moontlikhede van 'n gemeente wat kerk bou. Die een ding is die gemeente se swakheid, en die ander is Pa se krag – dis die twee goed wat julle moet ken. En natuurlik die manier waarop 'n man moet te werk gaan.

"Daarom moet julle mooi kyk na die stappe wat Pa volg solat julle volgende keer weet.

"Wie is die leidende figure in Kalkfontein se kerkraad?"

Die klein duiweltjies sê vir hom dit was oom Tewie en oom Hans, maar hulle-twee het nie in die warmplek uitgekom nie.

Die ou groot duiwel sê: "Nou ja, sien julle? Met die siele wat verby is, sal ons meule nooit weer maal nie. Wie is nou die manne na wie die anner sal luister? Dis waar die begin van ons sukses lê."

Die klein duiweltjies sê vir hom: "Pa, die staatmakers is die dominee en oom Piet."

Die ou sê: "Reg, nou pak julle vir my genoeg kos en kooigoed in vir 'n paar maande. Ek wil die besigheid op Kalkfontein persoonlik hanteer. En dan kyk julle wat ek doen.

"As die dominee en oom Piet elkeen net eers 'n klompie volgelinge het, dan kies ek oom Piet se kant en dan moet julle sien wat Pa se gewig kan doen."

Tot sover vertel die ouderling en hy bly stil.

Die dominee sê: "Broer, en wat het jy toe verder gedroom? Dit sal goed wees as ons die ding end-uit te wete kan kom."

Die ouderling sê: "Dominee, toe sien die ou groot duiwel my raak en hy vra: 'Wie is dié vent?' En toe sê hulle vir hom ek is die ouderling van Kalkfontein wat droom dat hy in die warmplek is, en toe sê die ou groot duiwel: 'Maak hom dadelik wakker anders loop vertel hy al my planne op die kerkraadsvergadering oor.' "

Die dominee vra: "Broers, is hier nog iemand wat 'n gesig gesien het?"

Daar is toe niemand nie, en almal – tot oom Piet – is doodstil. Daarom reël die dominee vir die soveelste keer dat hulle van die punt afstap. En hy sluit die vergadering af.

Die volgende môre ontvang die dominee 'n briefie van oom Piet. En dit lui toe so:

Eerwaarde Dominee, ek kies met duiwel-en-al jóú kant. Bou die kerk waar jy wil en sê wat se hulp jy nodig het.

Dit was vir die dominee die teken dat hy die swartspan onmiddellik bymekaar moes kry om die yster te slaan solank dit nog warm is. En met die nodige sin vir humor is die boosheid toe besweer.

Hy het ook gedroom hy is in die warmplek, nes die stil ouderling, vertel die dominee. En toevallig het dit gebeur op die dag dat die groot duiwel onverrigter sake van Kalkfontein af teruggekom het. En die klein duiweltjies vra vir die ou grote: "Pa, en hoe't dit met Pa en oom Piet gegaan?"

"Moenie nog daaroor praat nie," bulder die ou. "Ek mors nie langer my tyd met hom nie. Laat hom na die duiwel gaan as hy liewers die dominee wil help as vir my."

1977

INA ROUSSEAU

Onthou jy vir Helena Lem?

Onthou jy vir Helena Lem? staan daar geskryf in die brief wat 'n vrou so pas ontvang het van die man aan wie sy verloof is, 'n fagotspeler verbonde aan die simfonie-orkes van 'n stad in 'n ander provinsie.

Onthou jy vir Helena Lem? 'n Meisie met eienaardige liggrys oë wat, toe ons kinders was, soms saam met ons by die steengroef gespeel het? Dit spyt my om jou te moet vertel dat sy twee jaar gelede blind geword het. Ek was gister by die tandarts en sy het daar gesit toe ek by die spreekkamer aankom. Sy het vir my effens bekend gelyk, maar dit was eers toe die ontvangdame met haar praat en haar "juffrou Lem" noem, dat ek haar herken het. As ek reg onthou, is sy jonger as jy – maar sy lyk nou ouer as ons albei. Sy sê sy onthou jou. Sy moet binnekort 'n operasie ondergaan wat haar haar gesig miskien gedeeltelik sal laat herwin, maar die kanse is glo skraal. Dink maar aan haar.

Helena Lem.

Die naam verbrokkel tot vier enkelklanke wat glipperig op die oortrom val, maar dan voeg hulle hulle weer saam tot 'n eenheid, en hierdie eenheid word 'n herinnering; dog dit is nie tot die óór wat die herinnering hom rig nie, maar tot die óóg. Die aanskouingsbeeld wat uit die klanke te voorskyn tree en wat die vrou in die tuin teen haar geslote ooglede sien, is só skerp dat dit die nabeeld kon gewees het van iets van 'n sekonde gelede, eerder as die herverskyning van iets van baie jare gelede.

Dít is wat die vrou teen haar ooglede sien:

'n Vlinder met sy oorwegend purperblou vlerke trillend na bo oopgesprei, hurkend teen 'n agtergrond van blomkrone en blare.

Dan 'n hand wat van regs af verskyn en stadig opbreek in vyf knuppelvormige vingers: die vingers van Helena Lem.

En dan twee van die vingers wat die vlinder se vlerke tussen hulle soos in 'n knyptang vasknyp en met twee vingers van die ander hand aan flenters skeur.

"Hoekom het jy dit gedoen, Helena?"

"Oor ek lus was om dit te doen, natuurlik. Vir wat anders?"

Dit wat daar tussen die vingers oorbly – 'n paar rafels met iets lewends daaraan vasgeheg – word soos vuilis weggegooi: 'n windvlaag vee dit in die sand vorentoe en dan bly dit op een plek lê, maar dit lê nie stil nie, dog woel wild van al die lewe wat daarin vasgevang is en nie kan uitbreek nie totdat Helena Lem haar voet daarop druk.

Die vrou in die tuin maak haar oë oop en knip haar ooglede vinnig, asof sy haarself wakker maak uit 'n beklemmende droom.

Die somermiddag met sy bontheid wil haar deur haar wyd oop oë binnestroom, maar wat sy so pas teen haar ooglede gesien het, word 'n versperring wat niks wil deurlaat nie.

Sy gaan haal in die huis haar skryfblok en pen, en daar in die kwynende sonlig begin sy haar verloofde se brief beantwoord:

Haar derde paragraaf begin so:

My herinneringe aan Helena Lem is nie gelukkig nie en ek is haar nie goedgesind nie. Ek hoop die operasie slaag nie, want – Dan is dit asof haar pen meteens heeltemal oorneem en die woorde vanself uitstoot op die papier, die een woord na die ander, 'n sneeustorting van woorde:

ek wil hê dat, soos sy die afgelope twee jaar nie in staat was om 'n vlinder se vlerke te sien nie – die vlerke wat hy soos 'n uitspanseltjie bokant hom saam-

dra; die vlerke soos opgevoude Sjinese ryspapierwaaiertjies; die vlerke bespat met kolletjies wat soos conffetti deurmekaarskommel wanneer hy beweeg, maar soos die gebrande glas van 'n katedraalvenster word wanneer hy roerloos is; die vlerke met ingeskulpte rande wat met swart kartelkoord omgeboor is; die vlerke waaroor daar 'n netwerk spekies soos dun borduurgaring rank; die vlerke wat hy teenmekaar druk en dan weer oopsprei asof hy 'n prenteboekie oop- en toemaak – dat, soos sy, Helena Lem, die afgelope twee jaar nie in staat was om hierdie vlerke te sien nie, sy in die jare wat daar vir haar voorlê, ook nie daartoe in staat sal wees nie.

En nou beskryf sy tot in die fynste besonderhede die herinnering wat daar in haar opgelewe het by die oproep van die naam Helena Lem.

Elke keer in die daaropvolgende dae wanneer sy aan die kind Helena Lem dink, voel sy beklemd; maar dan dink sy aan wat daar met die vrou Helena Lem gebeur het, en die beklemming word vervang deur 'n gevoel van genoegdoening.

Sy wag vir 'n antwoord op haar brief, maar, soos haar verloofde se tweeweeklikse telefoonoproep, bly dit uit. Dan begin sy om dikwels die telefoonnommer van sy woonstel te skakel, maar word elke keer deur 'n vergeefse gelui begroet. Desperaat stuur sy dan aan hom 'n telegram waarin sy hom beveel om aan haar te skryf, en drie dae later maak sy 'n brief van hom oop. Dit was nog altyd vir hom moeilik gewees om hom onder die invloed van 'n sterk gemoedsaandoening skriftelik uit te druk, en die brief sien daar slordig uit vanweë al die woorde, woorddele en woordgroepe wat deurgehaal is, asof hy met sy pen gestotter het.

Hy skryf:

Helena Lem sal nooit weer sien nie, en sy sal ook nooit weer gesien word nie. Ek hoop jy is nou ~~gelu~~ tevrede.

Jou beskrywing van wat sy met die vlinder gedoen het, het my nie geskok nie. Ek kan jou verseker die meeste kinders vang ~~erg~~ wreder dinge as dit aan. Vernielsug is algemeen onder kinders.

Wat jy Helena Lem nie kan vergewe nie, is nie dat sy ~~destr~~ vernielsugtig was nie, maar dat sy iets vernietig het waarvan jy gereken het dat dit vir jóú kosbaar is. ~~Met mooiskrywery Met in blomryke taal Geaffekteerd Presieus~~ In blomryke taal gee jy vir my 'n lang beskrywing van die ~~vler~~ vlinder se vlerke, en vergelyk hulle met allerlei ander dinge wat vir jou ~~kosb~~ mooi is. As dit 'n vlieg was, of 'n wurm, of 'n vlooi, of 'n luis, of 'n muskiet wat sy ~~verwoe~~ vernietig het, sou dit jou nie geraak het nie. En wil jy vir my sê dat toe sy die vlinder doodgemaak het, sy meer ~~vernie~~ destruktief was as wat jy was toe jy daardie sin geskryf het waarin jy sê wat jy haar toewens? En as Helena Lem die vlinder doodgemaak het sommer maar net omdat sy "lus was" om dit te doen, sommer maar net so terloops, dan ~~bewys~~ beteken dit tog dat die vlinder nie vir haar die ~~waarde~~ betekenis gehad het wat dit vir jou gehad het nie. ~~en daarom behoort sy nie aanspreeklik geh~~

Eintlik wil ek vir jou iets ~~verskriklik gewigtigs~~ belangriks meedeel. Dit is naamlik; dat, soos jy nie vir Helena Lem wil vergewe nie omdat sy iets vernie-

tig het wat vir jou ~~mooi~~ kosbaar was, ek vir jou ook nie sal vergewe nie, omdat jy iets vernietig het wat vir mý kosbaar was, naamlik ~~ons liefde vir mek die verhouding tussen jou en my~~ my liefde vir jou. Jy het deur vir my te skryf wat dit is wat jy vir Helena Lem ~~toewens~~ hoop – deur daardie sin wat jy geskryf het – dit heeltemal ~~doodgem verwoe~~ vernietig en nou bestaan dit nie meer nie. Met ander woorde, ons verlowing bestaan ook nie meer nie. Die vrou wat ek ~~bem aanbid~~ liefgehad het, het opgehou om te bestaan. Van die oomblik af toe ek daardie sin gelees het, bestaan sy nie meer nie. En ek wil jou dit nie vergewe nie dat jy iets so ~~moo~~ kosbaars – dit wat meer as enigiets anders betekenis aan my ~~besta lewe verleen~~ gegee het – dat jy dit met een sin kon ~~verwoe~~ vernietig het, soos Helena Lem 'n insek ~~se vlerke~~ met een ~~beweging~~ gebaar kon vernietig. Ek sou ook 'n lang reeks mooi dinge kon opnoem waarmee ek ~~die lie verhouding tussen on~~ my liefde vir jou sou kon vergelyk, maar ek doen dit nie, want ek weet ~~jy sou nie daardeur~~ dit sou jou nie raak nie. Dat jy dit so ~~ongeërg terloops~~ maklik kon vernietig, sonder dat jy eers behoorlik besef dat jy iets lewends ~~verniei~~ vernietig, dat jy daardie sin sommer net so kon skryf, blykbaar net omdat jy op daardie oomblik "lus was" om dit te skryf, sonder om te dink aan ~~die onv moontlike~~ die uitwerking wat dit op ons ~~verh~~ liefde sou kon hê, bewys vir my dat dit nie vir jóú die betekenis gehad het wat dit vir my gehad het nie, nes die vlinder nie vir Helena Lem dieselfde betekenis gehad het as vir jou nie.~~Dat dit vir jou belangriker was van groter belang was op daardie oomblik om daardie sin te skryf as om ons liefde om uitdrukking te gee aan wraaksug as om ons liefde in stand te hou~~ Dat die uitdrukking van jou wraaksug vir jou op daardie oomblik belangriker was as die instandhouding van wat daar tussen jou en my bestaan, beteken dat wat daar tussen ons bestaan het, nou nie meer kan bestaan nie, en daarom wil ek jou nooit weer sien nie. Jy het nie die reg gehad om daardie ~~bose sweer in jou gemoed swart kol in jou bemoed~~ voos plek in jou siel aan my te toon nie. As jy nie daardie sin geskryf het nie, sou ek nie daarvan geweet het nie en die vrou wat ek ~~liefhet~~ liefgehad het, sou nog bestaan het. ~~Miskien dra alle mense so iets diep in hulle rond~~ Miskien dra ons almal so iets diep binne-in ons rond. Maar dis ons plig om dit verborge te hou vir diegene vir wie ons dierbaar is. Miskien lewe ons almal agter 'n ~~sluier front~~ fasade, en is dit al wat dit vir ons moontlik maak om naby diegene te lewe vir wie ons dierbaar is. Niemand van ons het die reg om ~~die sluier te verskeur ons fasade geweld aan te doen die sluier van onsself af te ruk~~ ons fasade te beskadig ~~ten aanskoue van~~ voor diegene vir wie ons dierbaar is nie. En as die fasade eenmaal beskadig is t.o.v. iemand vir wie ons dierbaar is, is dit vir altyd beskadig, want as die waarheid eers eenmaal ~~onthul~~ ontbloot is, kan niks op aarde dit ooit weer ~~verberg~~ bedek nie. Voordat die fasade beskadig is, weet 'n mens dat daar moontlik iets ~~onaangenaams leliks~~ skokkends agter die fasade kán wees, maar 'n mens ~~bly hoop hou aan met~~ glo dat dit nie die geval is nie, tótdat die fasade beskadig word en dit klinkklaar aan 'n mens bewys word dat die *skokkende ding wel bestaan. Daarná is dit ~~totaal geheel en al~~ absoluut onmoontlik om ooit weer ~~deur die fasade bedrieg te word~~ om ooit weer aan die fasade te glo. Hierdie ding het jy my aangedoen, en ~~daarom is al wat daar tussen ons en~~ daardeur al wat daar tussen ons bestaan het, vir goed vernietig. Moenie met my in aanraking probeer kom nie. Ek wil jou nooit weer sien nie.*

Dit is van hierdie tyd af dat die vrou stadigaan, dog opvallend, agteruit begin gaan. Sommige mense sê dat die verbreking van haar verlowing haar 'n knou gegee het waarvan sy nooit heeltemal kon herstel nie. Ander sê weer dat daar meer as dít in die spel moet wees. Menigeen probeer op 'n subtiele wyse, maar tevergeefs, in gesprekke met haar uitvind watter geheim sy in haar ronddra. En dan, wanneer sy reeds bejaard is en sommige mense beweer dat sy kinds is, gee sy die geheim prys teenoor 'n predikant op huisbesoek. Sy sê vir hom dat daar vir haar geen genade kan wees nie, omdat die sonde wat sy gepleeg het onvergeeflik is: dat sy as kind eendag 'n vlinder se vlerke verskeur het, hom in die sand neergegooi het en toe haar voet op hom gedruk het.

1979

MARGARET BAKKES

Inkrimp

Hulle keer die skoondogter in die gang voor. Die gang loop van die hysbak af verby die hospitaalafdeling van die ouetehuis tot by enkele kamers aan die punt van die verdieping. Hierdie kamers is nie deel van die hospitaal nie. Dis luuksedubbelkamers met private badkamers en groot vensters na die noorde toe uit. En in een van hierdie kamers woon die ou, ou vrou, haar skoonmoeder.

"Ons moet met u praat, mevrou."

Sy bly staan omdat die verpleegster se stem streng klink.

"Mevrou, julle moeder sal oorgeplaas moet word na die hospitaalafdeling. Sonder versuim. Sy het nou sonder twyfel daaglikse versorging nodig. En dié kan ons alleen aan haar gee as sy hier in die hospitaalafdeling is. En daartoe moet haar kinders toestemming gee."

Sy bly stil, sonder woorde. Eindelik dus, die vonnis. Die finale inkrimping.

"Sodra daar 'n sterfgeval is, reserveer ons vir haar die kamer. Praat solank met haar daaroor."

Sy stap verder na haar skoonmoeder se kamer toe. Sy stoot die deur oop en stap binne nadat sy liggies geklop en geen antwoord gehoor het nie. Dit is tog 'n mooi kamer, dink sy vlugtig. Sy het dit sélf nog so ingerig, vyf jaar gelede, toe die ou vrou van die luukse-hotel af hiernatoe getrek het. Sy het probeer om die oorgang makliker te maak. Sy het die kamer met sorg en smaak probeer inrig. Met iets van die sfeer van die luukse-hotelkamer. Maar deur die jare het sy geweet dat haar skoonmoeder die verskuiwing na die ouetehuis aan háár deur gelê het. En haar dit nooit vergewe het nie – dié noodwendige, noodsaaklike inkrimping.

Die blougroen gordyne is byna heeltemal toegetrek sodat slegs 'n enkele dun sonstreep op die dik blougroen mat val. Die ligte meubels van Japanse essehout en die blou skommelstoel in die hoek wag haar swyend in. Maar daar is die weeïge reuk van ouderdom en verval en agteruitgang in die kamer.

"Môre, Mamma."

Die ou mens lê op die bed met haar rug na die deur gekeer. Die somersnagrokkie ontbloot die skeletagtige skouers en die geswelde bene en voete. "Moet ek nie 'n ligte dingetjie oor Mamma gooi nie?"

"Ek kry warm."

Dis nou reeds weke dat die ou mens selde meer uit haar eie praat. Sy beantwoord slegs vrae. Wanneer die skoondogter oor haar buk, weet sy dat hier sorg nodig is. Sy voel 'n magtelose verset. Dwing die woorde uit.

"Sal ek vir Mamma 'n skoon nagrokkie aantrek? En 'n lekker warm seperige waslappie bring?"

Die hande met die skewe wysvinger maak 'n afwerende gebaar. Die yl stem is verstommend beslis.

"Ek het gister 'n skoon nagrok aangetrek."

" 'n Bietjie tee? Het Mamma geëet vanoggend?"

"Die ontbyt wat hul ingestuur het, was oneetbaar."

"Maar Mamma móét eet. Wat van Mamma se vitamine-drankie saans? Dié wat ek by die apteek gekoop het?"

"Ek is te moeg saans om dit aan te maak."

"Wat dan van nóú 'n glasie daarvan drink?"

"Nee, dit maak my naar." Sy hoor die toenemende ongeduld in die stem. Hou tog aan.

"Ek gaan vir Mamma 'n koppie Bovril maak. Daarvan hou Mamma mos." Sy soek in die muurkas na die vleisekstrak. Sien dat dit nog presies so toegeseël is soos sy dit dae gelede daar gelaat het. Sy haal 'n koppie uit die mooi blou-en-wit Italiaanse Spode-koppie wat sy as jong meisie in haar man se moeder se huis leer ken het. Duursame, elegante koppies.

Sy help haar om regop te sit. Die borsbeen is hol en hygend en oor die gesigsbeendere span die vel styf en geel. Agt-en-tagtig somers. Eintlik agt-en-tagtig winters. Want háár jare was by uitnemendheid moeite en verdriet. En as jy baie sterk is . . .

Die woorde van Jacques Brel se liedjie draai in die jong vrou se kop:

Die oues praat nie meer
of hoogstens af en toe.
Die oues droom nie meer,
hul het te lank geleef . . .

Sy weet dat die verpleegster reg het. Maar besluit ineens: dis nie haar taak nie.

Tuis die aand praat sy met haar man, die ou vrou se jongste kind.

"Dis nou al tien jaar lank wat ek omsien. Maar dié keer kan ek nie. Jou suster moet kom."

"Ek sal haar laat weet."

Sy vra hom twee dae later of hy sy suster laat weet het. Sy suster moet van ver kom.

"Nee," sê hy. "Is dit dan só dringend?"

"Jy sien mos."

Sy gaan elke dag. Sy doen wat sy kan: maak aan kant, trek reg, was 'n stukkie klere. Maar haar skoonmoeder se stil verset, naweë van die ou trots, beperk haar. Dring die jare aan haar op.

Pas uit die skool en vreemd in die groot stad was sy toe sy haar man ontmoet het. Hy het haar geneem na sy moeder se huis – 'n stylvolle, ietwat verweerde huis in een van die beste voorstede. Daar was ruimte en plate en boeke en mooi porselein – die blou Spode – en goed beplande maaltye. 'n Ouer broer en suster was reeds uit die huis. Haar man was die jongste kind van die vrou wat pas na sy geboorte haar man verloor het en daarna drie kinders alleen grootgemaak het. Met beperkte middele, maar met fyn aanvoeling vir lewenstyl en sekure beplanning. Sy het van die begin af ontsag en agting gehad vir die streng, statige mens wat haar alleen-lewe met ysere dissipline gevoer het. Maar warmte gesoek en blyheid . . . Veral in die laaste jare waarin sy nouer as tevore betrokke was by die ou mens. Omdat sy en haar man teruggetrek het na die stad waar haar skoonmoeder nog steeds gebly het. Eers in haar huis met die groen tuin, toe in haar luukse-hotelkamer: nou in haar mooi kamer in die ouetehuis en binnekort . . .

Die dogter het so dikwels moontlik probeer kom van die ver plaas waar sy gebly het. Die oudste seun het selde gekom. Maar as hulle kom, was die ou vrou vir hulle steeds die trotse, die streng, onafhanklike mens.

"Hoe wonderlik is Moeder nie."

Van die dodelike vermoeidheid na hul vertrek en die pynlike insinkings het slegs die skoondogter geweet.

Sy het op 'n dag na 'n gesprek geluister wat die drie kinders oor hulle moeder gevoer het. Dit was die dogter wat gesê het:

"Ons sal op haar graf kan skryf: 'Sy het ryker geword namate sy haar aan ander gegee het.' "

Die oudste broer het geantwoord:

"Sy hét haar gegee. Maar slegs aan haar kinders. Nooit aan ander nie."

Die skoondogter het geweet van die waarheid van hierdie woorde en haar verwonder oor die insig van die man wat sy moeder se huis vroeg verlaat en eintlik selde teruggekeer het.

En nou was dit sy wat die ou vrou op die laaste pylvak moes bystaan. Sy het gedink aan die Bybelse woorde. Geweet: die wedloop wás straf. En probeer vergewe. Maar by haar besluit gebly. Die dogter moet kom. Want sy hoor die woorde al die afgelope vyf jaar: "Julle het my nou uiteindelik hier. Maar julle moet my nooit na die hospitaalafdeling laat gaan nie. Hier in die kamer wil ek bly. Beloof my."

Daarom sou sy niks sê van die verpleegster se woorde nie, net maar elke dag gaan en doen wat sy kan. Tot die dogter kom.

Op 'n dag keer die verpleegster haar weer voor.

"Daar was 'n sterfgeval vannag. Môre word die kamer ontruim en uitgeverf. Oor die naweek kan julle moeder intrek."

Die aand bel sy self die dogter.

"Jý moet haar kom sê. Hierdie keer moet jy haar kom skuif. Jy moet môre op die trein klim."

Die dogter arriveer twee dae later. En van daardie dag af gaan die skoondogter nie meer na haar skoonmoeder toe nie. Sy sien dat haar skoonsuster vermoeid en hartseer lyk wanneer sy saans terugkeer om by hulle te slaap. Maar sy vra nie uit nie. Omdat sy eintlik nie wil weet nie. Buite wil staan. Eindelik, na 'n week, kondig haar man se suster aan: "Mamma is nou oorgeplaas na die klein kamer in die hospitaalafdeling. Dis 'n suidkamer. Koud. Ek het dit soos haar ou kamer probeer inrig – dieselfde mat en gordyne – alles. Maar dis so klein, so klein . . . Ek sal moet teruggaan na my man toe. Dis appeloestyd. Ek kan nie langer vertoef nie. Tot oormôre sal ek bly. Sy praat tog selde meer. Ek het haar gevra of sy vir my kwaad is omdat ek haar uit haar mooi kamer weggeneem het. Sy het my nie geantwoord nie. Net maar na my gekyk . . . Sy is tog na alles so wonderlik sterk. So trots. Wat doen 'n mens?"

"Wat 'n mens moet."

"En as ek nou weer weg is?"

"Ek sal elke dag gaan, soos ek gereeld gegaan het, met die jare. Ek weet dat jy nie langer kan bly nie. Ek sal gereeld gaan en jou laat weet. Noudat jy kom doen het wat jy moet."

Die man sit sy suster twee aande later op die trein. Hy is vermoeid en verlig toe hy van die stasie af kom.

"Nou is dit ook agter die rug. Ons moet maar vroeg gaan slaap."

Die telefoon lui om tienuur. Dit is die verpleegster.

"Julle moet kom. Moontlik moet julle moeder opgeneem word."

Tog nie dit ook nie, dink die skoondogter. 'n Vreemde, groot, koue hospitaalsaal met net 'n bed en 'n bedkassie tydelik joune.

Sy gaan vir die eerste keer die nuwe kamer binne. Voel die koue van 'n suidkamer. Daar is dieselfde meubels, dieselfde mat, dieselfde gordyne. Maar dis klein en oorvol. Sodat die dokter en die verpleegster en sy en haar man beswaarlik by mekaar en by die suurstofsilinder verby kan beweeg as hul voor die bed wil kom.

Dis te vol, te verskriklik vol, weet die skoondogter. Sy sal môre moet kom om dit leër te maak. Vir die laaste pylvak is daar immers net die basiese nodig.

Jare se peuterytjies en snuisterytjies en tafeltjies en boeke en foto's en vase vol blomme is nie meer van belang nie.

"Dis byna verby," sê die dokter. "Geen sin om haar weg te neem nie."

Die skoondogter kyk na die ou vrou en weet dat hierdie vermoeidheid dodeliker is, dat hierdie insinking die finale insinking is. Die dogter het vertrek. Sy is êrens in die nag op 'n voortsnellende trein.

Hulle begrawe haar dae later in 'n ou kerkhof langs haar man. Sonder wie sy twee-en-vyftig jaar geleef het.

Die skoondogter staan vlak by die graf en sy weet verwonderd: hoe klein, hoe héél klein is hierdie laaste smal omhulsel, hierdie laaste aardse woonplek.

1979

ELSA JOUBERT

Die sendeling se dood

Die vrou van die sendeling het vroegoggend buite na die tuin gegaan. Soos sy in die tuinpaadjie afloop, het haar hande half onbewus aan plante geraak, die nattigheid van dou op die blare gevoel. Haar vingers het getalm toe sy by die rose kom, lig begin bewe toe sy die roosknoppe aanraak.

By die voorhekkie hoor sy hoedat die melkman om die draai kom.

"Die oubaas is toe vannag oorlede."

Die melkman het die oubaas dikwels soggens vroeg in die roostuin teëgekom. Hy haal sy hoed af. "Ai, my nooi."

"Maar dit was rustig, sonder pyn," sê die vrou van die sendeling. "En hy was nie meer jonk nie. Ons kan hom dit nie misgun nie." Hy het 'n rukkie by haar stilgestaan, toe hoor sy weer die geklink van sy melkmandjie verder in die straat af gaan.

Die verpleegster is nog in die huis. Haar suster wat haar die laaste paar dae kom bystaan het, is op die stoep.

"Ek het koffie op die kombuistafel. Kom drink eers 'n koppie."

"Het jy vir die suster geneem?"

"Ja, sy het alles wat sy nodig het."

Toe sy klaar gedrink het, sê sy: "In die agterkamer op die kas, in 'n doos, is 'n hoed. En in die kas hang 'n jassie. Bring dit vir my, asseblief: Dit voel my so asof dit kouerig geword het."

Haar suster bring die goed en sy trek dit in die badkamer aan.

Haar suster draai om haar. "Maar Maria, gaan jy uit?"

"Is dit dan nog so vroeg?" vra die sendeling se vrou. "Is dit te vroeg om te gaan? Dis tog al seker om en by agtuur."

"Dis pas agtuur. Waarheen wil jy gaan?"

"Ek wil na die dominee. Aans gaan hy uit. Ek moet met hom praat oor die begrafnis. Dis mos nie te vroeg nie."

"Nee, maar sal die ondernemers nie . . ."

Die sendeling se vrou skud haar kop. "Ek wil met die dominee praat."

Toe sy buite op die sypaadjie kom, het sy onvas op haar bene gevoel en dit het haar verbaas, want sy het die heengaan van haar man so lank reeds in die gesig gekyk, daarmee saamgelewe. Sy het die gesig in die siekekamer uit haar gedagtes probeer wis, tydelik, om krag te kry vir wat voorlê; en deur lang jare van selfbeheersing geskool, daarin geslaag. Haar tred het stewiger geword.

Omdat dit nog vroeg was, het sy niemand teëgekom wat sy ken nie. Net aan die wasvrou met haar kind op die rug, het sy gesê, in dieselfde stem as vir die melkman: "Die oubaas het toe vannag afgesterwe."

Die wasvrou het haar twee hande in haar eie vasgehou: "Ai, my nonna."

Sy het die hitte van die hande nog in hare gevoel toe sy verder stap.

Toe sy die pastorietuin se hekkie oopstoot, het die kinders uitgedraf, op pad skool toe. Die voordeur het nog oopgestaan en dit was nie nodig om die klokkie te lui nie, want die bediende was die gangvloer aan 't opvrywe.

"Wil nooi die miesies sien?"

"Nee, ek wil graag met die meneer praat."

Eers toe sy op die regop stoel in die studeerkamer sit en op die koms van die dominee wag, het sy haar selfbeheersing begin kwytraak. Haar onderlip het begin bewe, haar keel het toegetrek. Haar hande het ook so gebewe dat sy hulle op haar skoot moes neerlê. Sy was bly oor die jassie wat sy aangetrek het.

Die dominee is nog 'n jong man en sy is lief vir hom. Hy het na haar gekom en sy arm om haar skouers gesit.

"Tante?" vra hy, met deernis, byna vrees in sy stem.

Die trane wel in haar oë op sodat sy hulle eers met haar sakdoek moet wegvee.

Sy knik.

Hy het van die sendeling se siekbed geweet, het geweet dat die einde nie ver kon wees nie.

"Vannag?"

Sy knik weer.

"En was tante alleen?" Sy woorde wil te kenne gee: het u dan nie vir my laat roep nie? Maar dan besef hy: hoe kon sy, in die nag, alleen?

"My suster bly hierdie afgelope paar dae by my. Maar sy kon ook nie so in die nag alleen na u kom nie."

Die sendeling se vrou het haar sakdoek in haar sakkie toegeknip en die swakte is vir die oomblik verby.

"Dit is nie die eerste oë wat ek toedruk nie, dominee. Die dokter was vroeg vanoggend daar en hy het die verpleegster laat kom."

Die jong dominee buig sy hoof: "Die eerwaarde het my nie nodig gehad nie, hy was gereed om te gaan. As daar ooit iemand gereed was . . ." Hy het haar koue hande in syne geneem. "Ons sal hom mis."

Sy antwoord nie.

"Almal was lief vir hom. Een van ons Vader se heiliges . . ."

Die sendeling se vrou is, ten spyte van haar krag, tog onderskraag deur hierdie woorde van hom. Haar stem word saakliker.

"Ek het kom praat oor sy begrafnis. Ek wil graag hê dat u hom moet begrawe."

Dit skyn hom te verbaas dat sy so kort ná sy dood, op so 'n vroeë uur, alleen, sonder bystand van familie of manlike vriende, hom oor dié saak kom spreek het.

"Met graagte," sê hy. Hy roep na sy vrou: "Laat bring tog vir ons 'n bietjie tee. En, Christine, kom bietjie hier."

Sy vrou is nog jonk; omdat sy met huiswerkies besig is, is sy nog in haar kamerjas, en sy hou dit voor haar toe terwyl sy verskoning maak: "Ek moes die kinders weghelp, jy weet, tante."

Haar man val haar in die rede. "Die eerwaarde, tante se man, is vannag oorlede. Sy het my oor die begrafnis kom spreek."

Die vroutjie weet van, maar ken nie self die eerwaarde wat so lank siek lê daar eenkant in die dorp, in een van die ver strate nie. Sy voel skuldig; sy druk haar wang teen dié van die sendeling se vrou. "My simpatie, tante." Met haar het sy by vroueverenigings kennis gemaak, maar ook nie goed geken nie. "So kom die dood, nè? En hy was so lank siek." Sy struikel oor haar woorde. "Ek gaan haal die tee."

Die sendeling se vrou het weer gaan sit. "Die begrafnis kan oor drie dae wees," sê sy. "As my broers, veral die een wat ver woon, kan kom. Maar hulle is ook al oud, ek weet nie. Maar veral wil ek sy ou gemeente kans gee om te kom – van Ebenhaezer. U weet, dominee, my man het dertig jaar lank daar in die sendingkerk gestaan. Hulle was lief vir hom."

Die jong dominee het agter sy lessenaar plek ingeneem om die datum en tyd neer te skryf. "So drie-uur die middag?"

"Dis goed."

"En ek wil graag, dominee," sê die sendeling se vrou, "dat u genoeg plek in die kerk oophou vir sy kerkraad, ook die oud-kerkraadslede wat onder hom gedien het. Die jong prediker – een van hulle eie mense – sal ook kom. My man het sy lewe aan die gemeente op Ebenhaezer gewy. Ons het die kerk gebou, met die genade van die Here." Daar kom 'n glimlagtrek oor die gesig wat vanoggend so bleek is. "Ek sal ook bly wees om hulle weer te sien."

"U sê daar sal heelwat van u man se gemeente kom?" vra die jong predikant.

"Ek meen so, dominee. 'n Begrafnis is mos 'n groot ding. Daar is busse wat te huur is. En dis nie so ver nie. Drie, vier uur se ry."

Die jong dominee maak aantekeninge met sy potlood. "Ek sou dink so die helfte van die kerk?"

Die kerk op hierdie dorpie waar hulle kom aftree het en so rustig en vredig en in liefdevolle einddiens aan die Heer gewoon het, is nie groot nie.

Sy knik.

"Dankie vir die tee, dominee. Sê maar vir u vrou ook dankie. Ek loop sommer nou."

"Kan ek saamloop?"

"Dit sal gaan, dankie, dominee. Dis nie ver nie."

Maar hy loop tot by die tuinhekkie saam, en daar talmend, kyk hy haar agterna.

Haar voetstappe is nou vinniger as toe sy met hom die paadjie afgestap het. Dis asof iets haar aanja huis toe, of liewer trek. Die ou eerwaarde. Dit is iets om mens te ontroer, dié liefde. En iets om mens tot nederigheid te bring, die aanvaarding.

In die loop van die oggend het die lykbesorgers die stoflike oorskot van die ou dienaar van die Here weggeneem, en daarna was die huis leeg. Selfs met bure wat inkom, met vriende wat gedurende die vyf jaar lange verblyf op die dorpie aan hulle geheg geraak het en kom simpatie betuig, het die huis leeg gebly. Die vrou van die sendeling het op die voorstoepie gesit en weer het dit skemer geword. Die geur van die rose het haar getroos waar sy op die stoepstoeltjie sit, op die verbleikte kussing. Dit was 'n wiegstoel, van rottang gemaak deur een van die blindes in hul eie gemeente. Sy was lief vir die stoel. Hy, weer, het op die oorkantse een gesit, saans, dié tyd, as die tuin nat is en die geur van die rose so soet.

Sy het so stil gelyk dat die dominee haar eers nie wou steur nie. Hy het gedink sy sien hom nie toe hy nader kom in die skemer nie, maar sy het gesê: "Sit gerus, dominee. Dis goed van jou om te kom. Sit hier oorkant. Dit was my man se stoel."

Die dominee is ongelukkig. Dit kon sy sommer aanvoel. Hy is verleë, en waar hy die oggend die een was wat sy arm om haar skouers gesit het om te troos, was dit nou sy wat gevoel het: ek moet hom troos.

"Wat pla u, dominee?" vra sy, met mededoë.

Die woorde kom swaar. Hy stryk met sy hande langs die rottangleuning, en dit verbaas haar watter steekpyn dit deur haar hart stuur, net dié bekende beweging.

Toe praat hy. "As dienaar van die Here is dit vir my swaar om aan u te moet sê wat ek moet. Daar is nie 'n keuse aan my gestel nie."

Nog kan sy geheel en al nie dink waaroor hy praat nie. Al wat hulle tog nou gemeen het, is die begrafnis.

"Die begrafnis?" vra sy.

Hy praat vinnig. "Ek was verplig om lede van die kerkraad te raadpleeg, en hulle het my verplig om vanmiddag die volle raad bymekaar te kry. Daar sal nie 'n blok afgestaan kan word aan die lede van u man se sendinggemeente nie."

Die verleentheid waarin die dominee klaarblyklik verkeer, maak sy woorde bruusker as wat hy bedoel. As dit van hom afgehang het . . . hy het die vergadering probeer lei . . . probeer in sý denkrigting stuur, maar daar was nie te keer nie. Soveel gekleurdes . . . hulle het geweier.

Sy laaste woorde is moedeloos. “Hulle wou net nie.”

“Ek begryp,” sê die sendeling se vrou. “Dit spyt my.” Haar woorde is opreg. As hy nie reeds opgestaan het uit haar man se stoel nie, sou sy haar hand uitgesteek het om aan syne te raak, ter versagting van sy boodskap.

“Dit spyt my dat ek u in die verleentheid gebring het.”

“Dit bring mý nie in ’n verleentheid nie.”

Die kleur stoot nou in sy wange op oor haar houding. As sy liewer hartseer, kwaad, gekrenk was.

“Maar wat van ú? Sal u toegee? Dit kwel my om te dink wat u aan die ou gemeente van u man sal laat weet. Ons wil tog nie seermaak nie.”

Asof in antwoord op ’n onuitgesproke vraag wat tussen hulle hang, begin ’n kerkklok lui, uit die verte, uit die onderdorp. So dikwels het haar man vir haar gesê: As jy nie antwoord weet nie, sal die Here die antwoord gee. Vertrou maar net. Hy laat nie op Hom wag nie. ’n Glimlag, skrynend in sy soetheid, selfs hier in die halfskemer sigbaar, kom oor haar gesig. Dis asof sy met haar man verkeer, of met die Here, of met albei.

“Ons sal nie seermaak nie.”

Die kerkklok lui van die sendingkerk oorkant die rivier, waar die huise minder gegoed, die tuine kleiner is, waarvandaan die wasvrou die oggend gekom het, die melkafleweraar.

“Ons ken die sendingleraar,” sê die oud-sendeling se vrou. “My man en hy het dikwels saamgebid, in dié kerkie waar die klok nou lui. My man was altoos so bly as een van hul eie mense in hul bediening kon staan. Ek sal soontoe gaan. Hulle kan hom daaruit begrawe. Dan maak ons niemand seer nie.”

Sy het toegestem dat die dominee hulle tot by die afdraandjie by die rivier neem, want dié keer het haar suster daarop aangedring om saam te gaan. Maar toe hulle by die bruggie kom, wou sy uitklim.

“Ek het nie moeilikheid met loop nie, dominee,” het sy hom verseker. “My suster ook nie. Ons gaan liewer alleen verder. Hulle sal ’n seun met ons saam terugstuur.”

Hy het die motor omgeswaai by die sandpad en hulle het daar uitgeklim.

Hulle het stadig geloop, want die opdraand anderkant die riviertjie gee tog moeite, versigtig om nie in ’n kol water of in ’n bemorste deel van die straat te trap nie, want hier loop nog diere rond. Dit was al sterk donker.

“Hier is die huisie,” sê die sendeling se vrou.

Hulle stoot die hekkie oop en loop met die paadjie tot by die stoeptrap.

Dan rus hulle eers. Die huis is van sink gebou, witgekalk soos die kerk.

Die suster druk met haar hand teen die kantmuur van die stoeptreetjies, vir ondersteuning; haar ander hand is deur Maria se arm gehaak. Sy voel die koue van die sink onder die hand. Sy voel ongelukkig.

"Ek kan regkom," sê die sendeling se vrou, en loop stewiger as haar suster.

Die gesig van die sendinggemeente se leraar verhelder eers en vertroebel dan toe hy die deur oopmaak en sien wie aanklop.

"Ag, mevrou." Hy staan terug dat hulle moet binnekom. Sy gesette postuur vul byna die hele gang. Hy het net van die tafel af opgestaan. Hy het sy swart klere aan, maar is in sy onderbaadjie en die servet is voor by die tweede knoopsgat ingesteek.

Hy het van die servet vergeet. Die sendeling se vrou en haar suster gaan sit op die stoele wat té diep is, tweedehandse stoele in die bodorp gekoop, met pluisbekleedsels. Hulle sak ongemaklik daarin neer.

"Ag, mevrou." Die leraar het met moeite, want sy postuur is nie daarna nie, op sy knieë gesak voor die stoel waarop die sendeling se vrou sit.

Hy maak 'n gebaar asof hy sy hande na haar wil uitsteek, maar is onseker. Sy los die stoelleuning en plaas haar hand in syne. Hy bedek die ou wit hand met albei sy donkeres.

"Ek het gehoor van die eerwaarde se afsterwe. Ek sou vandag gekom het, maar ek het gedink: laat ek vandag eers u eie mense die kans gee, dan kom ek môre."

"U moes maar vandag gekom het," sê die vrou wie se hand hy vashou, sag. "U het hom liefgehad."

Die trane loop oor die gesig van die bruin leraar. Hy is eers nie daarvan bewus nie; toe hy die nattigheid voel drup, gebruik hy die servet wat nog aan sy onderbaadjie hang om dit weg te vee.

"Hy was vir my 'n vader. Meer as 'n vader. In die moeilike werk . . ."

"Hy was vir u ook lief."

Sy hoor skottelgoed in die kombuis raas. Sy dink aan die biduur waarheen hy haas moet gaan. Het hy klaar geëet?

Hy het van sy knieë af opgestaan en hom na haar suster gewend. "Verskoon my, mevrou. Ek moet vir u ook sê, my simpatie."

Dan gaan hy ook sit, sy bene wydgesprei, sy vingers tesame, en 'n oomblik lank kyk hy hulle aan, vraend. Daar moet tog 'n rede wees waarom hulle hier is, vanaand.

"Ek wil hê u moet hom begrawe, eerwaarde," sê die sendeling se vrou.

Hy kan haar nie mooi begryp nie. "Iets sê by die graf?"

Weer plooi die skaduwee van 'n glimlag om haar mond. "Nee, eerwaarde, begrawe." Sy wys na die kant waar die kerkie langs die huis staan. "Hiervandaan. Uit die sendingkerk."

Hy draai sy hande, palms na bo, na haar. "Was dit sy wens? Hy het nie veel van ons mense hier anderkant die rivier geken nie. Hy het altyd gesê: dis jou gemeente, eerwaarde, afgetredenes moet nie inmeng met ander se gemeentes nie. Daar is nie so baie wat hom geken het nie."

Die sendeling se vrou kan nie hier oneerlik wees nie. "Nee, ek kan nie sê dit was sy wens nie, maar dis my wens. Daar sal 'n paar busse vol mense van sy vorige gemeente, van Ebenhaezer, na die begrafnis kom. Dis hoekom ek hier is vanaand, ek moet hulle môre laat weet."

Haar stem is moeg. Haar gesig lyk leweloos in die vaalgeel lig van die gloeilampie, asof sy reeds dood is. Haar suster staan op. "Kom, Maria, ons moet loop. Jy moet rus." Sy verduidelik aan die eerwaarde. "Sy het vannag nooit geslaap nie. Sy's tot die dood toe moeg."

Hulle help haar op uit die stoel. Die eerwaarde sê: "Dit sal vir my 'n groot voorreg wees om die begrafnisdiens te hou. Hier in my kerk. Ons het saamgebid in die kerk. Miskien is dit reg so." Ander reëlings, van die stoet, van die begraafplaas, kan hy nie nou aanroer nie.

Maar sy het nog nie klaar gepraat nie. Sy onthou haar belofte aan die dominee. "Dit gaan nie net oor sy vriende van Ebenhaezer nie," het die dominee driftig teëgepraat voordat hy hulle met sy motor na die bruggie by die rivier gebring het. "Ons was ook sy vriende. Óns in die bodorp." Hy het name opgenoem – hulle bure, die kerkraad, die susters van die vrouevereniging en hulle mans, boere in die distrik. "Ons wil ook daar wees. Ons wil 'n blok vir goed vyftig mense hê. U moet daarop aandring."

"Sal julle plek hou in die kerk vir so . . . dertig, veertig van sy ander mense?" Sy maak 'n moeë gebaar met haar hand na die ander kant van die rivier. "Vir ons vriende daar . . ."

Die eerwaarde knik. "Natuurlik, mevrou. Ag, mevrou."

Sy voel sy droefheid aan, en dit bring hare, van waar sy dit diep verberg het, na vore. Haar gesig breek op in rimpels van pyn. Sy hou aan sy hand vas. Haar suster begin huil. Sy het haar swaer dit vergewe dat hulle twee, hulle twee vrouens nóú, hiér moet wees.

"Hy was 'n goeie man," sê sy. "So sag van natuur."

Die sendeling se vrou is die eerste om haarself te beheers. "U moet nou gaan." Sy weet dis tyd dat die biduur begin.

"Ek kan u tog nie só laat gaan nie." Hy roep in die gang af na 'n kind wat nuuskierig, maar skaam, nader kom. Hy vat die kind aan die skouers. "Draf die straat af na oom Charlie. Sê hy moet sy teksie bring. Sommer nou. Toe draf."

"Sit weer," sê die eerwaarde. "Ek moet nou loop, maar oom Charlie is nounou hier. Dit spyt my dat ek nie kan bly nie. My vrou sal vir julle tee bring."

"Laat staan maar die tee," sê die suster. "Ek moet háár by die huis kry. Ek is dankbaar oor die motor."

Langsaan sing die gemeente al. Die sleperige soet sang van die hallelujaliedere is balsem. Die sendeling se vrou is byna spyt toe die kind kom sê die motor is daar, en sy en haar suster voel-voel die trappies afloop en by die groot deur van die outydse motor wat oom Charlie vir hulle oophou, inskuif. Maar hulle is dankbaar om te sit. Die seuntjie wat hom gaan haal het, spring voor in, vir die saamry.

Hulle ry stamperig in die sandstraat op en draai toe met die pad af wat oor die bruggie loop, terug na die bodorp.

Toe hulle oor die bruggie is, sien hulle die agterliggies van 'n motor ingetrek in die sandpad waar die dominee hulle vanmiddag afgelaai het.

Die kind, wat motors ken – ook dié motor – het sy skaamte vergeet en sê vir oom Charlie. "Dis die dominee se motor."

"Haai, dan het hy gewag," sê die suster.

"Of ons weer kom haal," sê die sendeling se vrou.

Maar dis te laat om stil te hou, hulle is te ver verby. "Jy moet maar sê, asseblief, as jy terugry en hy's nog daar, dat ons terug is," sê sy vir oom Charlie.

Hy wil nie dat hulle betaal nie. "Ons sê maar dis vir die ou meneer," sê hy toe hy die deur vir hulle oopmaak, selfs die tuinhekkie vir hulle oopknip. "Ek het gehoor van die afsterwe. Met afsterwe is dit anders. Veral as dit die ou meneer is."

Sy moet tog geslaap het, dié nag, want vroeg, toe sy haar suster Ella met die koppies in die kombuis hoor, het sy nie herinnering gehad aan lank wakker lê nie.

Die Here is vir my goed, het sy gedink. Hy het my lank voorberei en die gawe van aanvaarding sal Hy nie van my weerhou nie.

Selfs na sy bed kon sy met teerheid kyk. Daar is nou net 'n deken oorgetrek, sy wil dit weer opmaak.

Sy het aangetrek en terwyl sy haar hare voor die spieël opdraai, hoor sy die tuinhekkie oopgaan. Deur die fyn gordyntjie sien sy dat dit die bruin eerwaarde is wat met die tuinpaadjie aangeloop kom. Hy klop by die voordeur aan en is huiwerig om binne te kom, tot sy aandring. "Kom ons sit." Sy kan nie onthou dat hy tevore hier by haar man gekom het nie. Het hulle ooit hier saamgebid? wonder sy vaagweg, maar haar gedagte is vanoggend moeilik om vas te vat.

"Nee, hier binne," sê sy vir hom. "Sit."

Die oggendluggie is nog koel buitekant. Sy maak die voordeur toe.

Die huis is klein en die sitkamer is in die voorportaal.

Hy het sy swart baadjie aan en 'n skoon hemp. Hy hou sy hoed tussen sy hande, sit ongemaklik op die regop stoel wat vir hom die naaste gelyk het.

"Dis vir my moeilik om vir u te sê, mevrou. U man was 'n goeie man. Hy was die Here se geliefde. Hy is ons geliefde. Ek wil hom begrawe, uit my kerk uit. Dit sal 'n seën vir ons kerk wees, om hom uit ons kerk te dra."

"Wat pla u, eerwaarde?" vra die sendeling se vrou.

"Daar was gisteraand moeilikheid na die biduur. Iemand het dit te hore gekom en dit versprei dat die ander kerk nie 'n blok vir sy ou gemeente wou gee nie. Hulle voel seer daaroor. Hulle sê dan is hy ons s'n. Dan gee ons nie 'n blok vir húlle nie."

Die bruin eerwaarde is ontroerd. Daar is trane in sy oë: "Hy was vir my soos 'n vader. Ek wil my kerk oopstel, ek wil sê: kom almal wat vir hom lief was. Maar die kerkraad wil nie."

Hy het selfs die ongemaklikheid van in die wit vrou se sitkamer te sit, vergeet, of die ongemaklikheid van die suster. Sy droefheid oor sy vriend wat ontslape is, is diep, maar êrens, êrens, mag die Here hom vergewe, is daar tog 'n gevoel van: dit hoort so, dit sal hulle wys. Die adder in sy boesem, die duiwel wat hom bekruip. Erger as sy droefheid is nou sy walging van homself. Hy probeer dit afweer.

"Mevrou," hy sprei weer sy hande, palms na bo, na haar, "ek het probeer. Maar hulle wou nie. Hulle het gesê: die familie, na-familie, ja, maar nie hulle nie – dié wat in die bo-kerk geweier het nie."

"Die dominee?"

"Hulle het gesê nie die dominee nie . . ."

Sy het gedink aan die sagte, skoon gesig van die jong dominee wat gister by haar was, aan die vriende wat gedurende die dag gekom het, hulle offerandetjies van koek en poeding en blomme gebring het, maar tog betuigings van liefde.

"Ons kan hulle nie seermaak nie," sê sy sag aan die bruin eerwaarde voor haar.

Hy het opgestaan. "Ek gaan weer praat," sê hy, maar hy weet dis nutteloos.

"En nou?" sê haar suster toe hy weg is. "Ek het geweet hierdie heiligheid van julle . . . mens kan nie té heilig wees nie. Dan brand God jou. Nou moet jy hom onder die blou lug begrawe. Of by die Slamse." Maar sy skaam haar en bedwing haar. "Kan ons hom na sy ou gemeente terugneem?" sê sy sag, in groot deernis vir haar suster.

Die sendeling se vrou skud haar kop. "Hy sal nie toegelaat word om daar in die vreemde begrawe te lê nie. En dis so ver." Die moegheid wat sy tydelik kon aflê, bekruip haar, van die voete op na die bene, sodat sy bleek soos 'n laken word, weer moet gaan sit. "Dis so ver. Moet ons hom ná die diens dan weer terugbring hierheen, en sal hulle ons hom dan in óns begraafplaas laat weglê? Ná al die kwaaie gevoel? En sal hy daar wíl lê?"

Ag Here, bid sy, kon U hom maar soos Elia weggeneem het. Wat moet ek doen met die paar stukkies bene en uitgeteerde vleis wat oorgebly het van my man? Ag Here, kan U dit nie in u grootheid verteer, dat dit nie 'n struikelblok moet wees nie? In sy dood, waar hy dit in sy lewe nie was nie. Kan U nie u vuur stuur en hom verteer nie? Sy gees het U gedien, moet sy oorskot in die pad staan van u alwyse plan van Goedertierenheid?

Vir die eerste keer kom haar trane. "Maar as sy werk nog nie afgehandel is nie, Here, as sy liggaam 'n strydbyl in u hand moet wees, laat dit wees soos U wil."

1980

Agterplaas

My lewe beweeg op die periferie van 'n bestaansvlak wat ek nie ken nie.

Daar is kontakpunte, oppervlakkig: 'n woordjie aan die petroljoggie, die melkafleweraar vir wie ek môre sê. En daar is die swart vrou wat werk in my huis.

Sy is nader aan my as 'n suster, ken my intieme lewe op 'n dieper vlak as wat 'n suster my sou ken.

Maar ek ken haar nie.

Selfs die naam waarop ek haar aanspreek, is 'n gebruiksnaam, is na willekeur gekies, het nie die binne-verbintenis met haar wat my naam met my het nie. Haar eie naam word my nie verstrek nie; my tong sou dit nie kon hanteer nie.

Sy is my brug na die onbekende, maar dis 'n brug waaroor ek met moeite loop.

My huis is my verskansing. Ek ken die mure wat elke kamer omsluit. Ek kan van kamer tot kamer gaan. Ek kan 'n stoel verskuif, of 'n spieël teen die muur regstel, ek kan blomme pluk en in 'n vaas sit. Ek streel my huis met my hande, met my oë.

Maar sy het bygekom; ek is nie meer alleen nie.

Sy het kom woon in die kamer in my agterplaas en haar plek is afgepen.

Ek het groot struike geplant om dié kamer vir my oë te verberg. Saans as ek die venster toetrek van die kamer wat na haar kant front, hoor ek 'n gepraat agter die struike, of 'n skuifelende geluid soos van iemand wat uitkom en in die struike water.

Ek praat nie en ek kyk nie uit nie. Ek trek die gordyne dig.

Maar as dit oggend word, trek ek die gordyne oop.

Die lewe in die kamer in my agterplaas is verbonde aan my lewe. Sonder dié lewe is ek soos 'n liggaam wat nie skaduwee maak nie, is my werf, my huis vir my verlate, dwaal ek deur my huis, verlep die blomme in my vase en gee die spieëls teen die mure vir my 'n dowwe beeld terug.

Ek soek na die lewe in die kamer in my agterplaas om dit te ken. Ek vat aan die deur wat dig teen my toegetrek is, met vingers soos dié van 'n blinde. Ek kan nie sien nie.

God, sê my man, jy moet instap en kyk. Vir wat hierdie vreesagtigheid?

Hy stap werk toe en ek bly agter.

My kinders gaan skool toe en ek bly agter.

My gaste vertrek en ek bly agter.

Ek en die lewe van die swart vrou in my agterplaas.

Dis nie 'n enkelvoudige lewe nie, dis meervoudig. Dis die eerste wat ek moet leer. Haar lewe is verbonde aan 'n ander, en hierdie tweede aan nog ander, en ek deur hulle aan 'n amorfe liggaam wat my lewe binnedring. Die meeste van die tyd bult en roer dit in die kamer in my agterplaas, asof die mure beweeglik is, hulle digtheid verloor het en kan groei en inkrimp soos 'n tas van seil of sak, deur die vreemdelinge wat gehuisves word.

En hierdie vreemdelinge het 'n radar wat ek nie ken nie, wat hulle vertel van my aantog met die tuinpaadjie langs, van gevaar wat aan 't kom is. Die roeringe bedaar, die uitbultinge sak terug, die gesoem, die dowwe geluid wat kommunikasie aandui, verstil. Die mure krimp terug op hulleself, word solied, die kamer net 'n kamer, die deur dig toe.

Sou ek verder stap, met die sementpaadjie aanstap en die handvatsel draai en die deur oopruk, sou ek kry, miskien; op die bed 'n man, op die stoel 'n vrou, op die vloer 'n kind, en agter die deur nog 'n kind wat agter die klere skuil, en op die bankie voor die venster 'n man, die vette wat ek ken.

En hulle sal my roerloos aanstaar, soos beelde.

En die bekers koffie, of die bakke koue, gestolde kos, of die hopies kos op afgeskeurde stukke papier voor die kinders uitgegooi, sal ook verstrak; deur die stilte wat daarop toesak, niks word. Voor my oë wegraak, niks word.

En ek sal niks sien nie. Ek sal na die plafon kyk en sê: O, dan is Flora nie hier nie, of Emma, of Agnes, of Evangelina. Dit sou ek sê as ek sou binnegaan.

Maar ek gaan nie binne nie. Ek loop verby die toe houtdeur, verby die stil, strakgeworde mure van die klein vierkantige kamertjie. Ek trap op 'n droë tak op die tuinpaadjie om my teenwoordigheid des te duideliker te kenne te gee, en gooi die vrugtebome in hierdie droë stukkie agtertuin met die tuinslang nat. En dan, al pratende met myself, stap ek weg.

As ek sou wag, ongesiens sou kon wag, sou ek sien hoe die vreemdelinge weer aan 't roere gaan, en dan, asof my koms 'n gevaarsein was, begin uitkom uit die kamer; en deur die agtertuin begin die swart figure agter die struike uitloop, of dié wat selfvertroue het en 'n aktetas in die hand of 'n hoed op die kop, loop syhekkie toe, om die vryheid van die straat te bekom.

Uit die anonimiteit van my voortuin waar ek blomme natspuit, groet ek dié met die aktetas, en hulle groet my.

En somtyds, in die intimiteit van my agtertuin, groet ek dié wat wegsluip, en hulle groet my. En hulle kry vertroue en hulle waag dit uit hulle donker wêreld en kom my wêreld binne en sê, met oë wat knipper teen die lig: Help my.

Die vette wat ek ken, staan by my agterdeur.

"Ai, miesie . . ." Sy oë is blink en rond en leeg soos wit albasters. "Ai, miesie." Hy krap met sy vinger in sy oor. Hy bring sy hand af en haal uit sy voorste broeksak sy pas.

Hy wys dit vir my, kinderlik in sy plesier.

"Hy's daar, miesie. True, hy's daar." Dan krap die vinger weer in die oor. "Maar hy's verkeerd."

Die pas is verflenterd. Die stempels is nie in orde nie. Flora – want hy's haar broer – sukkel by hom om dit te laat regmaak, maar hy luister nie na haar nie.

"Hulle moet hom vang en wegstuur na Bethal," sê Flora. "Dat hy kan aartappels plant. Hulle slaat jou daar met die handvatsel van die graaf. Dit sal hom leer."

Hy lag omdat hy geslaan moet word, met die handvatsel van die graaf. Sy dik, oopgebarste lippe trek oop sodat die sagte rooi vleis binnekant wys en die geel wortels van sy groot ry tande. Hy lag en skud sy kop vir homself en sy eie domheid.

"Maar ek was dan daar, miesie, soos Flora gesê het. Soos sy gesê het, by die permit se kantoor."

"Ek het gesê jy moet vra vir Tebe, want hy sal jou help," sê Flora. Hy lag weer en krap met die vinger in die oor. "Ek het gevergeet die naam, my miesie, ek het gevra vir Febe, toe sê hulle hulle kin nie so iemand nie."

"Hy's mampara," sê Flora. "Toe staan hy net daar by die offies. Hy mors my bus-fare."

Ek vat die pas en blaai daardeur. Ek lees: Werkpermit en nuwe pas September 23.

Dis nou die volgende jaar April. Ek voel die radeloosheid in my opstoot. "Kan julle nie doen wat hier staan nie? Nou lê hy ses maande by die huis. En hier staan geskryf julle moet op 23 September die nuwe pas en permit kom haal."

Ook Flora begin met haar vinger in die oor krap. Haar mond gaan oop om te praat, dan maak sy dit weer toe.

Hy begin weer te glimlag, oor sy eie onnoselheid, begin weer te prewel: "Ai, miesie . . ." Maar ek sien 'n donkerte in sy oë opstyg, ek voel 'n klamte soos van vrees aan my.

Toe eers besef ek: soos Flora kan ook hy nie lees nie.

Ook die ou man het uit sy sak 'n brief gehaal.

Die ou man wat êrens in die donker ure van die nag of die skemervaal ure van die vroeë môre van die lokasie af sy pad hierheen gevind het, wat hom met sy kierie van die regop stoel in die donker hoek van die kamer in my agterplaas orent gedruk en met sy hand stuttend op die sementmuurtjie stadig die trappies opgeklim het na my agterdeur.

Hy sê nie veel nie. Hy haal sy hoed af, asof daar gebid gaan word.

"Praat," sê hy vir Flora.

Sy ooglede is neergeslaan, hy is maer en geboë, sy hare is platgedruk deur die rand van sy hoed, en klammerig. Daar is draadjies wit in sy snor, sy mond is klein en gedwee.

"Dis my oompie," sê Flora.

Die ou man hang sy kierie oor sy arm sodat hy met albei hande die dun blou, goedkoop papier kan oopvou; gee dit vir my dat ek die potloodskrif daarop kan sien.

"Ons het dit laat lees," sê Flora. "Ek sal vir die miesies sê wat daarin staan. Dis van sy kleinkind af, miesies, die kind se pa is dood en haar ma is dood, hier in die Kaap, want hulle is Kaapse mense, maar die pa is nie die Kaapse mense en toe hy dood is, het die broer die kind kom haal en na die land geneem om groot te raak, en nou wil sy terugkom na haar ou-tata en hier kom werk. Want dis droog in die land, sê sy en sy is honger en daar's nie werk nie. Die ou-tata stuur geld, maar hy's oud en hy kan nie meer stuur nie."

"Het sy papiere?"

Die ou man haal nog 'n papier uit sy sak. Dis 'n skoolvorm, 'n geel, oudgevoude papier met 'n verbleikte stempel daarop. Ek kan die naam van 'n skool ontsyfer en Patience Makebe wat in standerd een daar was, maar dis lank gelede en die datum is so verbleik dat ek dit nie kan lees nie.

Ek neem hulle met die motor na die permitkantoor.

Flora soek na Tebe, sy druk deur die ton wagtende mense, sy laat ons saamloop. En omdat ek by is, laat hulle ons deurgaan. Ons kom by Tebe se werkhokkie. Hy is 'n klein, skraal swartman, met 'n pak klere en wit hemp en das en 'n bril op sy neus. Miskien is hy familie van Flora of 'n vryer, want hy staan op toe hy haar sien en druk deur nog langer toue, en neem ons deur wagkamers waar die mense sit asof hulle eeue lank daar sit, geduldig, tydsaam, vasgegroei aan die banke. Hulle oë kyk ons aan, of hulle oë is toe, asof hulle slaap.

Die wit amptenaar is moeg en ongeduldig. Tebe wat nog meer mense bring, maak hom kwaad, en Flora wat tussendeur praat, nog meer. Hy haal 'n sakdoek uit sy sak en vee sy voorkop daarmee af. Daar is 'n groot afstand tussen sy lessenaar en die bankie teen die muur waarop ons gaan sit het.

Flora bly nie sit nie, sy staan op en begin te praat.

"Sit," skree hy vir haar. "Bly stil."

Daar is 'n onmeetbare groot afstand tussen die groot, leë, houtlessenaar waaragter hy sit en ons op die bankie teen die muur. Hy trek 'n vel papier nader en tel sy pen op; hy wag.

Flora haal die brief wat sy voor in haar rok gebêre het uit en vou dit op die lessenaar voor die amptenaar oop. Ek probeer praat, maar die amptenaar maak my stil.

"Het sy papiere?"

Die ou man haal die stukkie vergeelde papier, wat hy weer opgevou en in sy sak gesteek het, uit en lê dit op die tafel neer.

Die amptenaar lees die vorm. Hy lees die brief.

Sy vingers slaan op die naam in die brief en die naam op die papier. Nhlanda Rhoda in die brief, sê hy, Patience op die vorm . . . watter een nou?

Die ou man praat met Flora in hulle taal, sag asof hy nie oor die tafel durf praat nie. Toe hy opkyk, is sy oë uitdrukkingloos, asof enige sekerte of hoop wat hy nog gehad het, aan die wegkwyn is.

"Die juffrou was 'n non en het haar 'n ander naam gegee," sê Flora.

"En dit is al papiere wat sy het, hierdie . . ." Uit radeloosheid voltooi hy nie sy sin nie. Hy kry die ou man jammer. "Kyk, sonder papiere kan sy nie hierheen kom nie. Het sy niks anders nie? Geboortesertifikaat?"

Die ou man skud sy kop, hy weet nie. Hy strek sy hand uit na die vergeelde vierkant papier op die tafel.

"Dis nie genoeg nie," sê die amptenaar. "Hierdie . . . hierdie Patience. Hoe moet ek weet dis sy?" Hy wys na die brief. "En selfs as ek dit geweet het" – hy wys na die verbleikte stempel – "wanneer was sy daar? Waar? Daar's nie eens meer so 'n skool nie." En dan, asof hy self nie meer raad het nie: "Hoe moet ek weet vir wié julle die vorm wil hê . . . of daar ooit 'n Nhlanda Rhoda was?"

"Ons moet maar loop," sê ek.

Ons druk deur die mense na buite. My hande voel sweterig, die reuk van baie mense saam omklem my. Die stuurwiel voel taai onder my hande, die motor is bedompig en vol van die reuk. Die ou man kom nie saam terug nie. Hy het nie in die motor geklim nie; hy het weer sy hoed afgehaal en staan effens vooroor gebuig; soos voor 'n gebed.

"Dan stuur ek maar die geld vir kos," sê hy.

Ek knik. "Ja, dan stuur jy maar weer die geld vir kos."

Daar is 'n vreemde radar wat van my agterplaas na die agterplase van die huise langs my en agter my en om my loop.

Daar is 'n verbintenis wat deur die ganse voorstad loop, soos drade wat gespan is, onsigbare drade wat die een agterkamer met die ander verbind, en die een voorstad met die ander, en die voorstede met die swart lokasies. Soos 'n mens 'n spinneweb wat eers onsigbaar vir die oog was, sien wanneer die lig uit 'n sekere hoek op hom val, of stof daaraan vaskleef, of rook dit opeens swart omlyn, so kom hierdie onsigbare drade te voorskyn in 'n tyd van krisis.

Rosy drink.

Rosy, wat vir Flora aflos, dra haar rokke lank, en sommige aande vra sy vroeg af om na 'n kerkdiens te gaan. Soms op 'n Saterdagaand sing sy selfs heelnag deur.

Maar op 'n aand sal ek iets hoor val in die kombuis en wanneer ek by haar kom, sien ek iets het padgegee in Rosy. Die kopdoek op die kop is skeef, en wanneer sy in die pan roer, spat die kos oor die stoof, want die koördinasie van bewegings is nie meer daar nie.

Dan maak ek die kos self klaar en stuur haar kamer toe om dit af te slaap. Dit is wanneer die swakheid in 'n ligte graad is, oorsienbaar, iets wat verdra kan word.

Maar wanneer alles wat skerp en pikant smaak in die huis, opraak – die drank is lank reeds weggesluit – wanneer Rosy stil en afgetrokke raak, dan weet ons iets steek op, soos 'n mens onweer voel in 'n wind wat gaan lê, of soos 'n wasigheid wat uit die teerpad opslaan of 'n sekere platheid in die omlyning van bome of geboue in die verte van 'n storm vertel.

Dan kan ons maar net wag.

En dan op 'n oggend is Rosy nie daar nie, is sy weg, het sy êrens in die onkenbare limbo wat die swart woonbuurtes vir ons is, weggeraak.

Dan hang 'n eienaardige gevoel oor ons huis, soos 'n wolk. 'n Aanraking met die duistere, met die ongekende. In ons wêreld van witgekalkte mure en trosse rooi bougainvillea en blinkskoon stoepe, van gedekte tafels en 'n louoond waarin die skottels klaarstaan vir opskep, van skoon oorgetrekte beddens en 'n stapel gestrykte wasgoed om weg te pak, het 'n vreemdeling binnegekom.

Is die vreemdeling vrees, of skuld, of berou, of liefde?

Ons is lief vir Rosy. Ons deel ons klere en ons kos met haar, ons vertel haar wat ons bly maak en wat ons ontstel.

Waarom dan die vreemdeling wat in ons huis by ons kom woon wanneer Rosy weg is, êrens in haar eie limbo?

Ek werk in die kombuis, ek praat met die melkman, ek koop 'n nuwe groentemes, ek is besig.

Later word ek ongeduldig omdat ek besig is.

En ek word bewus van die radar wat in werking kom; van my leë agterplaas na die agterplase van my buurt, na buurte ver van my af, agter die berg, na werksplase in die fabrieksdeel, afleweringswaens, garagepersele, na die donker onbekende van die manskwartiere in die swart lokasies.

En die derde aand ná sy weg is, is daar laat, ná nege-uur, 'n klop aan die voordeur. 'n Jong swartman vra, keps in die hand: "Madam, is Rosy terug?"

Die telefoon lui – uit wie se huis, waar watter wit vrou uit is, net winkel toe, of pos toe? "Dis Agnes wat praat, Madam, is Rosy terug?"

Of 'n piep-piep in die gehoorbuis en die muntstuk word ingegooi, maar die buis sluk en ek hoor niks. En dit kom weer, die piep-piep, en nog 'n muntstuk val, en die oproep is deur en 'n skor manstem vra: "Madam, I speaking Rosy? Rosy not there?" En hy sê: "Madam, I find out. I let you know."

Daar is 'n eienaardige amorfe liggaam, waarvan Rosy deel is, wat haar gemis voel, wat êrens in sy intuïtiewe radar voel: 'n lyn is gebreek; êrens in die drade wat gespan is, het een van ons uitgesak.

En ná nog twee, drie dae, kom 'n swart vrou, weer in die aand, weer laat – dis ná tien, van waar sou sy kom, watter kombuis moes sy eers skoon agterlaat, by watter busstop staan en wag? – aan die deur klop en langs haar staan 'n jong meisie.

"Sy sal uithelp, Madam, tot Rosy kom."

En hierdie jong meisie, byna kind nog, wat ek nie ken nie, ken my, en sy ken die pad agterom na die kamer in die agterplaas, en sy weet onder watter los klip in die muur is die sleutel van Rosy se kamer, en die swart vrou sê: "Dis olraait, Madam kan haar in die kamer los." En Rosy se kleinerige uniform pas nie goed nie, dit span om haar fris jong borste en knope trek, sodat ek 'n hempie gee om onder die uniform te dra. En die volgende dag werk sy met die vertroue wat gewoonte gee, voor die wasbak in die kombuis. Die swart, sterk hande wring die vadoeke uit en hulle strek oor die vlekvrye staal en vee en vryf, en daardie vreemde droë blink wat net 'n swart hand aan my wasbak gee, kom terug.

Ná 'n week verby is, daag Rosy op. Dit is dieselfde vreemde swart vrou wat haar bring. Hulle kom in die aand, staan in die donkerte op die stoep, en Rosy skuil agter haar. "Sy's nog nie baie fris nie, Madam, maar sy is reg. Môre kan sy werk."

Rosy is skaam, haar gesig die kleur van as, en sy het maer geword. Die rok wat ek so goed ken, hang soos aan 'n klerehanger; haar skouers het klein geword.

Later, wanneer ek en die swart vrou in die kombuis 'n koppie tee saam drink, praat sy met my oor Rosy.

"Ons het hom gesoek, Madam. Hy't ook maar sy moeilikhede. Dan pak dit hom."

Ek weet van Rosy se moeilikhede. Ek het vir haar skoolgeld vir die jongste kind in Cradock gegee, die kind wat van haar geboorte af by ander mense inwoon. Ons het kos gestuur, want hulle skryf sy is maer en wil nie eet nie. Ek het haar gesê sy moet haar nie so kwel oor die seun in die Baai wat nie wil werk nie, sy moenie meer geld stuur om hom uit die tronk te hou of sy boete betaal nie. Hy gaan gewoontemisdadiger verklaar word as hy weer messteek, het hulle haar geskryf, en ek het gesê die pa moet nou help, maar die pa het sy jare laas gesien en die seun laas toe hy dertien was – hy was die kind van haar jeug – en hy het ook, omdat sy werk, by ander mense grootgeword. Ek het haar gesê: wat kan sy doen, dit help nie om te kwel nie.

En voorlaasweek, voor sy weg is, het die brief gekom. Sy kan dit nie oopmaak nie, want haar hande het te veel gebewe. Ek het die brief in die sak van haar oorrok gesien, onoopgemaak, dae lank, maar ek kon nie daaroor praat nie. Ons Rosy was reeds die waas van onaanraakbaarheid.

"Dis maar goed ons het haar gekry, Madam," sê die swart vrou vir my. "Hulle soek haar by die kantoor. Die papiere het gekom dat sy moet ry om die kind te gaan sien voordat hy hang."

"Ek dink, Madam," sê die swart vrou, "sy is bang om die kind te sien wat moet hang."

Die vrou in die skemerte van die kamer in my agterplaas, op die rand van die bed, is nog self 'n kind. 'n Kind wat opkyk na my, in wie se oë daar nie vrees of verleentheid is nie, maar 'n vreemde soort blink gelatenheid, 'n onomstootlike wete van te wees. En soos haar lyf duideliker in die halfskemer word en sy omdraai na my, sien ek die groot en geswolle maag wat voor haar op die knieë rus.

Sy het 'n oorrok van Flora of Rosy of Agnes aan. Die skouers is te groot en hang byna tot by haar elmboë. 'n Grootmens se kledingstuk aan 'n kind se liggaam.

'n Kind se liggaam? Sy vat met haar hande om haar buik. Beskermend vat die hande aan die buik, asof hulle 'n oerkennis het wat die kind nog nie het nie.

Die skraal hande van die kind is oerhande.

Maar haar gesig is maer en hoekig. Sy het uitgeteer terwyl haar kind groei. Waarvandaan het die krag gekom om die kind te laat groei?

Flora het my uit die huis kom roep om na die kamer te gaan. "Miesies, Nhlanda het teruggekom."

"Nhlanda?"

"Patience . . . Sy gaan die kind kry. Die buti op die land is dood en sy vrou wou nie sôre en hulle het Nhlanda gestuur dat ons kan sôre."

Daar is ’n vreemde poësie hierin. Die meidjie wat van nêrens kom, sonder papier, en die kind wat sy dra.

Daar is ’n redelikheid in die onredelikheid. Daar is ’n helderte in hierdie donkerte, en ek laat toe dat die helderte van die donker onbekende oor my stroom.

Ten spyte van die moeite wat sy meebring – waar gaan sy die kind kry, watter kliniek sal haar in hierdie laat stadium nog vat, watter hospitaal sal haar vat sonder die papiere, wie gaan die kind onderhou, die klere koop? – is daar tog poësie in die koms van die kind wat sy dra.

Selfs my skoonmoeder wat streng is oor hierdie soort ding en nie wil "bederwe" nie, het gesê sy gaan die doeke gee.

My dogter hekel ’n baadjie, en die sustertjie haal ’n pop uit ’n laai.

Was daar al ooit ’n kind so sonder papiere? Was daar al ooit ’n lewetjie wat so argeloos ontvang is en gebore gaan word? En op sy pad moet gaan?

Ons sal die kind wegsteek as hulle kom soek.

Ons sal die kind stilmaak met melk as hy skree. Ons sal hom klere aantrek as hy koud kry en ons sal hom was as hy vuil is.

Was daar al ooit ’n kind wat so ongevraag die wêreld binnekom? Ons was ’n week met vakansie en toe ons terugkom, was die werf verlate. Die kat het op die hoë muur van die agterplaas gesit en ons verwilderd en honger aangekyk.

Die kamer in die agterplaas het vreemd klein gelyk, asof dit êrens alleen op ’n vlakte staan, vier wit mure en ’n skuins dak en drie trappies wat na die deur loop. Dit het verwyder en witgekalk en eensaam gestaan. Die deur was bot toe en die vensters ook, die gordyne getrek. Aan die wasgoedlyn het twee uitgewaste uniforms en twee voorskote gehang; die wind het hulle gewaai dat die wasgoedpenne met die draad langs geskuif het, en hulle triestig teen die wasgoedpaal opgebondel.

Op die tafel in die agterplaas die sleutel van die kamer, niks daarby nie. En toe ons die deur oopsluit, was daar behalwe die muwwe reuk en die komberse en lakens op die bed gevou, ook niks.

Oor die koerantpapier waarmee die laai in die kassie uitgevoer is, het ’n lagie sandstof gelê, asof dit lankal daar opgespoel is, asof dit jare onverstoord daar gelê het. Ek het die gordyne oopgetrek en hulle het geskuif met ’n skuurgeluid, asof die gordynringe verroes en jare lank in onbruik was. Daar was ’n donker brandplek op die spieëltafel asof ’n stofie daar gebruik is.

En die bediende van langsaan het kom vertel dat hulle een nag hulle goed gepak en met die bondels en koffer op die kop geloop het, Flora, Nhlanda, ’n vreemde man, ’n seun . . .

Die kamer in my agterplaas is leeg.

Vanmiddag trek ’n nuwe swart vrou in.

Ek leef op die periferie van ’n bestaan wat ek nie ken nie.

1980

Telefoon

Dis Sophie se skril stem oor die telefoon. Sy oordryf soos altyd. "Hulle skiet in ons strate, die Witdoeke en die PAC en die Comrades en Azapo en almal, hulle skiet ons, hulle gaan ons huise afbrand, die wit polieste skiet saam met die Witdoeke."

Nou weet ek sy lieg. Wit polisiemanne is lankal aangesê om nie meer te skiet nie. Op sy ergste kan dit swart polisie wees.

"Ek lieg nie, Madam, daar's wie weet lank nie meer swart polieste in die lokasie nie, hulle sal uitgemoor word as hulle voet hier sit. So true's true, kom kyk maar, Madam."

Ek hoor 'n rumoer op die agtergrond, iemand skel, lawaai asof meubels omgegooi word.

Sophie skree: "Ek sit neer, Madam, hulle hoor ek praat met die Boere, hulle gaan my kap." 'n Vloed swart woorde spu by die buis uit, en ek hoor die skree wat ek al tevore gehoor het, galm in die foon. Toe's dit stil.

Ek staan met die buis in die hand. Dan sit ek dit maar neer.

Wat kan ek doen? Waarom op aarde het sy my gebel, die tweede keer hierdie week? Dis al jare dat sy uit my diens is; toe my kind uit die huis is en haar kinders groot genoeg was om te werk. Maar ons het baie sakke sout saam opgeëet. Vir haar gelag ook. Skril stem, oordrywing, grootpraat, stories . . . "Nee, Madam, ek gaan nie met die kinders se pa trou nie, die familie sal die skande van divorce nie kan vat nie . . ." Sy kan nie lees of skryf nie. "Die Here het geweet wat Hy doen. Ek is mos slim; as ek kon lees of skryf, was ek skelm daarby . . ." Ensovoorts.

Maar ek glo nie die wit-polieste-storie nie.

Ek bel vir Braam by die koerant. Hy weet van niks. Ek gee hom die nommer van die buurvrou waarvandaan sy gebel het. Hy sal iemand stuur om te kyk, as daar iemand beskikbaar is. Dié soort ding is al ou nuus.

Die kafee op die hoek sê ek moet maar twee brode vat, môre kom daar nie. Hulle het gehoor melk ook nie. Daar kom glo groot moeilikheid.

Ek druk die brood en die melk teen my bors vas en sukkel op huis toe.

Ons weet van niks hierdie kant van die berg nie. Al is die Vlakte aan die brand, weet ons van niks.

So 'n oproep krap mens om.

Ben is nog nie by die huis toe dit sesuur is nie. Ek kyk maar alleen TV.

Sophie was tóg reg. Dis weer dieselfde ou storie, mens ken dit al so goed. Die rookwolke dwarrel uit die strate, dit hang swart oor die woonbuurt. Polisiesirenes loei en die ambulanse probeer deurkom. Maar hoe gewoond mens ook al daaraan is, is dit tog nie mooi om te sien nie. Die kinders in die wit frokkies maak obsene gebare voor die kamera. Party is kaalbolyf. Mens kan die ribbekas sien; soos hulle dans, gaan die maer, knopperige skouers op en af soos skarniere. Die boarms is ook maar bra skraal.

Hulle rol ou tyres voor die polisie verby. Ek dink dis om hulle te tart. Ook nie net tart nie. In 'n hele paar strate brand tyres en die verkeer kan nie deur nie; die rook trek sterk swart, dit lyk of die suidoos wil opkom.

Die kamera wys hoe polisiemanne 'n klomp met kieries probeer terughou; dit lyk nie of hulle baie hard probeer nie. Hulle is ook seker al moeg. En dit ís wit polisie. Maar hulle hou die gewere dwars, soos stokke, om die klomp terug te hou.

Sophie se suster woon in 'n huis net langs die polisiekantoor. Sy moet maar die familie en die spul kleinkinders – hulle teel ook soos hase aan – soontoe neem as sy onveilig voel.

Agtuur se nuus is erger. Dit lyk of daar 'n slagting aan die gang is. Selfs die Rooikruis se plek is afgebrand. Die *Argus*-verslaggewer se motor is uitgebrand; hy't byna self in die slag gebly.

Ben kyk saam met my, skud sy kop. Aan die manier wat hy sy sigaret aansteek, kan ek sien hy is meer ontsteld as gewoonlik. Miskien weet hy iets wat hy my nie vertel nie. Hy trek vinnig in dat sy wange hol is, blaas die rook stadig deur sy neus uit. Na 'n paar trekke druk hy die sigaret in die asbak dood.

"My God, is hulle gek om die army-manne langs die polisie te laat sit? Die army en die polisie saam." Hy vee met sy hand oor sy kop asof hy 'n gek gedagte daaruit wil vryf. "Is hulle gek? Die polisie moet beskerm en paai, OK? Maar as die army sê: oor hierdie lyn kom julle nie, en as julle daaroor kom, skiet ons, dan moet hulle skiet."

"Hulle skiet al klaar," waag ek om te sê. "Dit weet jy tog. Sophie sê vandag weer die polisie skiet op hulle saam met die Witdoeke."

"Jy luister te veel na daardie meid se stories. Dis nie die polisie se werk om te skiet nie, dis die army s'n. Daarom is dit so gek om die twee saam op een wa te sit."

Ben was nooit in die army of die polisie nie, maar soos hy praat, sou 'n mens sê hy weet alles. Of hy hoor dit op kantoor. Dis maar seker waaroor hulle heeltyd praat.

"Maar dat ons in 'n gemors is," en hy wys na die TV-skerm, "dít kan jy weet."

"Hulle brand . . ."

"Natuurlik sal hulle hul eie goed afbrand. Wat anders kan hulle doen? Ons goed kom afbrand? Dit kom nog."

Hy staan op om vir hom 'n bier te kry. "Liewe Here, watter gemors. En dan's jou kind ook daar in die voorhoede in Johannesburg."

Wanneer Tommie iets doen waarmee hy nie saamstem nie, is dit mý kind; as hy iets doen wat in sy pa se kraal pas, is dit sý kind.

"Al wat Tommie doen, is dat hy vir 'n koerant werk."

" 'n Blerrie Engelse koerant."

Die weerberigte is verby, dis nou TV-sport. Ben blaas bietjie af, maar die rugbytoer-affêre ontstel hom weer.

"Daar's ook niks om na te kyk nie," sê hy en sit die TV af.

Vanoggend lui die foon weer. Ek weet nie hoe nie, maar ek kan aan die lui hoor dis Sophie en dis moeilikheid. My hart sak in my skoene.

Haar stem is hees. "Sal Madam die kinders vat?"

"Kinders?" Ek hou my dom. Ek ken nie die name van al die kleintjies wat haar kinders geteel het nie. Ek ken net háár kinders. "Watter kinders? Is julle nie by julle suster se huis nie?"

"Dis afgebrand toe hulle die swart polies se huis gebrand het."

"Watter kinders?"

"Herbert en Johnny."

Hulle is nie kinders nie, hulle is groot mans.

Nou's die heesgeid weg en sy skree weer: "Hulle soek hulle, Madam! Johnny is gekap en daar's nie Red Cross meer nie, en hy's ook te bang om te gaan, want hulle soek hom. Hulle soek vir Herbert ook, want hy't vir Johnny uitgekry en die ander gesteek."

"Waaruit gekry, en wie soek hulle?" Ek skree ook al. "Hoe moet ons hulle hier kry as die strate almal toe is? En hulle sal hulle agternasit hiernatoe . . . Jy wil tog nie . . ."

"Toe maar, Madam," sê sy. "Los maar." Ek hoor 'n rumoer by haar, weer soos tafels wat omgestamp word, en toe asof iemand haar aan die kop pluk, want haar stem kom snaaks uit met so 'n uitgedrukte skreeu, maar ek kan die woorde nie verstaan nie. En toe gil sy: "Ek praat nie met die Boere nie, julle lieg!" en sy skreeu iets in haar eie taal. Toe is daar niks meer nie, net dowwe geluide, asof die foon uit haar hand geruk is en aan die tou hang.

Ek wil nie neersit nie, ek druk die buis so hard as wat ek kan teen my oor, dis al kontak wat ek het, maar dis verniet, ek hoor niks.

"Sophie!" skreeu ek in die buis, en dan hoor ek weer in my kop: "Ek praat nie met die Boere nie!" en ek sluk my tweede Sophie terug. Toe sit ek maar die foon neer.

Dit pla my dat sy geskreeu het sy praat nie met die Boere nie, dat sy dit moes ontken, en dit pla my dat ek bly is dat sy dit ontken het, anders was sy miskien nou dood. Ek probeer dié gedagte uit my kop sit. Maar hét hulle haar geglo? Lê sy nie klaar dood met 'n tyre om haar nek nie?

Ek betrap my dat ek geweldig aan die bewe is. Ek wil vir my koffie maak, maar my hand kan die water nie uit die beker in die ketel gooi nie, dit stort amper alles uit.

Ek wil koffie hê, ek móét koffie hê, iets warms drink. Ek probeer weer en kry die ketel halfvol.

Ek praat nie met die Boere nie . . . Nou die aand by die huis van ons bure het 'n vriendin van oorsee gesê: "I'm so sorry for you being born an Afrikaner." Ek was so vies, ek wou kots, en was bly Ben het nie gehoor nie. Ek het my mond gehou. Maar toe kom my buurvrou ook met die storie – sy's so twintig jaar in die land – "I always thought you Afrikaners were nice people, but locking up the children . . ." "And shooting them," kom die vriendin van oorsee by.

"Oh well, they're not all like that," sus my buurvrou. Sy neem my paaiend aan die arm. "She's not like that, is she?"

Ek wonder of my buurvrou sou gesê het sy sal Herbert en Johnny vat? Sommer dadelik toe dit uit die bloute vir haar gevra is. En of sy ook sou gedink het aan die swart hordes wat Herbert en Johnny sou agtervolg, tot in haar agterplaas sou kom soek. Die hele lot sou gekom het, soos ons op TV sien, met pangas en messe en pistole en kieries, want ek weet nie eens wie dit is wat vir Herbert en Johnny soek nie. Dit kan nie polisie wees nie, dan sou hulle nie na ons toe wou kom nie; Sophie weet tog hoe Ben dink. As dit nie die polisie is nie, is dit hulle eie mense, ek kan die geweld in hulle oë nie vat nie.

Die kamer waar Sophie al die jare gebly het, staan leeg, dit weet sy. Dis agter in die tuin en versteek. Dit weet sy ook.

Ag Here, wat moes ek gedoen het?

Miskien het sy al klaar 'n tyre om die nek, en Herbert en Johnny ook.

Ek bel weer die nommer van haar buurvrou se huis. Dis beset. Miskien het hulle iemand anders gebel, maar vir wie anders sou Sophie bel as vir my? Ek wag 'n bietjie en bel weer, maar dis nog beset. En weer.

Of ek fout maak of nie, weet ek nie, maar ek sê vir Ben toe hy op die stoep kom dat Sophie gebel het. Want ek weet hoe oorhoeks hy is.

Hy dra 'n koerant onder die arm, met foto's en opskrifte in dik swart letters.

"Dit gaan maar woes daar," sê hy.

"Sy't gevra of ons haar kinders sal vat."

Hy gooi die koerant neer. Ek bring sy dop. "Watter kinders?" vra hy. Hy's nie 'n harde man nie, hy het 'n hart vir 'n kind. Hoeveel keer het hy nie snags uitgery lokasie toe as tyding kom dat 'n kind siek is nie, en dan Rooikruis toe met Sophie. Ek kan tog nie nou vir hom lieg nie.

"Herbert en Johnny," sê ek. "Johnny is gekap en hulle soek Herbert ook, want hy het ander gesteek om Johnny uit te kry. Hulle weet Sophie se kamer is leeg."

Hy kyk my oor sy glas aan. "Dink jy nou regtig ek wil die gemors hier op my werf hê? Dink jy regtig jy kan die Bandaid en die Dettol en die skêr uithaal en hulle regmaak en hulle dan laat soetjies slaap in Sophie se ou kamer? Here, vrou, die hele spul wat hom soek, sal hier wees. In die nag, in die donker, of in die dag as jy alleen hier is. En waar sit ons dan?"

Hy sit sy glas neer en haal sy sigarette uit en toe hy 'n vuurhoutjie uithaal om die sigaret aan te steek, kyk hy daarna.

"Net een vuurhoutjie," sê hy. "Net een, en die spul daar agter is aan die brand. En die denneboom vat vlam en ons is almal in ons glorie. Hulle kom nie, en as Sophie weer bel, sê jy ek sê so."

Ons eet, maar ons kyk nie weer nuus nie. Ben vou ook nie sy koerant oop nie. Hy gaan kamer toe en toe ek inkom, sien ek hy sit op die kant van sy bed en doen iets wat ek hom nog nooit sien doen het nie. Sy klerekasdeure staan oop. Hy het twee rewolwers op die bed; die een is uitmekaargehaal en hy maak die dele skoon.

Ek is verstom. "Ek het nie eens geweet jy hét so iets nie."

"Dan is dit maar goed jy weet dit nou. Ek wou jou nie sê nie, maar Tommie het werk toe gebel. Hy wil jou nie ontstel nie, sê hy, maar die nuus het deurgekom dat sagte teikens ook aangeval gaan word. Hy't gesê: 'Pa moet kyk na Ma.' Nou maak ek maar my rewolwers skoon." Hy kyk my aan. Ons verskil dikwels oor Tommie. Maar nou het Tommie hóm gebel.

"As Tommie dit sê, dan moet jy weet," sê hy.

Ek kan nie slaap nie. Ek sien die fosfor van die wysters op die horlosie langs my bed. Hulle skuif stadig. Maar onwrikbaar. Dis iets oor twee, dan net voor drie.

Ek kwel my oor alles. Hemel, jy kan nie die wêreld op jou neem nie, het Ben gesê. As jy daai twee geneem het, was daar nog hoeveel. Maar hy weet nie hoe ek voel nie. Dis sommer net nóú, nou dat almal op loop is, sê hy, dat jy sulke gevoelens het, dit het jou nooit tevore gehinder nie. Jy was min gepla met Herbert en Johnny toe Sophie nog hier was. Jy was nie so vreeslik gepla of hulle skool kry en of hulle siek is en of hulle werk kry en sulke goed nie.

Ek weet self nie wat nou met my aangaan nie. Miskien het Ben reg en is dit omdat almal so op loop is en al hoe meer mense anders begin dink as tevore, en dit nog wet ook gaan word dat ons anders moet dink, dat ek so gepla is. Noudat 'n mens dinge op 'n ander manier sien, weet jy nie goed wáár jy is nie. Dis asof iets verskuif het.

Ben rol 'n paar keer om en ek kan agterkom dat hy geduld met my wakkerlê verloor, maar hoe kan ek slaap as ek nie kan nie?

Johnny is hierso gebore, in die kamer agter in die tuin wat nou leeg staan. Sophie wou aanhou werk so lank sy kon, maar sy't haar misreken of iets, want een aand lyk sy vir my so snaaks. Toe sy die kombuis uit is, begin ek my bekommer dat sy so stadig loop en dat haar arm skaars die wasbak 'n laaste uitveeg kon gee. Ek het na 'n rukkie opgestaan en na haar kamer toe geloop. Maar ek skrik toe ek die deur oopstoot en ingaan, want daar lê sy op die vloer. Sy steun, en soos ek daar staan, word dit al harder, sy bulk. Sy rol diékant toe en daaikant toe en bulk.

Ek wou teruggaan en Ben vra om die dokter te bel, maar sy klou aan my arm en wil my nie los nie. Skree sal nie help nie, want Ben se musiek is aan. Sy trek my af tot ek op my knieë langs haar is. Soos die sametrekkings haar gryp, druk sy my totdat dit voel my hand is papgedruk; sy trek aan my arm dat ek haar moet help om op te kom op haar hurke. Ek was koud van die skrik, want ek wis die kind wil kom; ek kon haar nie los nie, dis net ek wat haar kon help. Sy het my byna omgetrek soos sy haar lyf oplig en ek het haar van agter gestut so goed ek kon, met my hand op haar rug haar half opgestoot. Sy't haar knieë ver uitmekaar gebeur, en só met steune en sugte – die gebulk het nou opgehou – en met 'n inspanning wat haar hele lyf kromtrek, het sy afgedruk en die kind het gekom.

Eers die koppie. Ek het met die een hand 'n handdoek en kombers wat byderhand was, gegryp en tussen haar knieë ingedruk. Toe moes ek haar los, want ek moes albei hande gebruik om die klein, bebloede, slymerige wesentjie te ontvang – die krag van die laaste uitstoot en laaste glibberige uitglip vas te vat en die kombers om hom te vou. Die nageboorte het gou gekom, sommer op die vloer. Die bloed het deur die naelstring geklop soos 'n groot, swaar hart se klop. Here, wat doen ek nou? Ek moet Sophie vashou én die kind . . . Die Vader hoor my, want toe is daar iemand by die deur – die bediende van langsaan het gehoor iets gaan hier aan. Sy't meer geweet as ek: sy't die naelstring gesny en afgebind, sy't Sophie laat lê en toe neem sy die kind uit my hande.

"Ek sal regmaak en skoonmaak," sê sy. "Roep bietjie oor die muur, daar's nog 'n vrou daar, sy kan kom help. Madam kan vir ons 'n emmer warm water bring. En miskien 'n bietjie tee."

Só is Johnny gebore.

Hulle soek Johnny. Wat hy ook al gedoen het, hy wou hiernatoe terugkom, na die kamertjie waar hy gebore is. Hy sal mos nie my huis afbrand met 'n vuurhoutjie, of my kap met 'n panga nie. Dis al of ek deur vlamme of rook die kind wat Johnny is se gesig sien.

Ek verslaap.

Ben is klaar weg toe ek wakker word. Daar's 'n briefie langs my bed: Hou die deur op knip, sit die veiligheidsketting op. Moenie vir vreemdes oopmaak nie. Moenie agtertuin toe gaan nie.

Nog in my slaapklere bel ek die nommer van Sophie se buurvrou. My vingers bewe, maar ek kry dit reg. Daar's vandag nie die gewone besettoon nie, net so 'n lang geluid. Ek maak koffie en probeer weer. Maar dis weer so. Ek bel die sentrale en vra hulle om die nommer te toets; hulle sê dis seker van die mik af, maar ek wil nie kopgee nie en sê hulle moet iets doen. Toe word die man vies en sê: "Al die telefone daar rond is buite werking. Mevrou weet tog self wat daar aangaan. Daar's baie huise afgebrand."

Ek dink aan die laaste gil wat ek gehoor het. Ek stort my koffie.

Die hele dag voel ek vasgekeer in die huis. Ek is bang om winkels toe te gaan of êrens, want as sy weer bel, wil ek kan antwoord. Ek luister na Ben en gaan nie tuin toe nie; die agterhek se grendel is baie pap, mens kan dit maklik van buite oopstoot.

Toe dink ek: Hulle het dit klaar oopgestoot, hulle het in die nag gekom. Sophie het 'n ekstra sleutel vir die kamer laat maak toe sy nog hier was, vir geval iets soos dié gebeur. Hulle is klaar in die kamer.

Ek is nie bly nie, ek is bang. Ek kwel my dat ek nie bly is nie; dis mos wat ek wou hê: Johnny terug in die kamer. Ja, maar klein, nie groot nie. Johnny klein, soos toe hy en Tommie nog saamgespeel het, elkeen met 'n motortjie in die vuis. Johnny het 'n rooietjie gehad en Tommie 'n bloue – Ben het vir albei gekoop. Maar nou soek hulle Johnny, en Tommie doen goed wat gaan maak dat hulle hom ook gaan soek.

Ek trek die gordyn van ons agterkamervenster oop en loer na die venster van Sophie se ou kamer, maar ek sien niks. Die gordyne is toegetrek soos altyd, hulle roer nie.

Miskien kom hulle vannag. Miskien moet ek water en brood daar gaan neersit. Maar ek mag nie agtertuin toe gaan nie, Ben het so gesê.

Ek sorg dat ek naby die telefoon bly, maar niks gebeur nie. As die telefoon maar net wou lui.

Ben kom vyfuur met 'n pakkie van die ysterwarewinkel huis toe. Dis 'n nuwe skuifslot wat hy aan die agterhek vasskroef.

"So," sê hy en pak sy gereedskap terug. "Nou kom niemand in nie." Ben weet nie hulle is dalk klaar daar nie.

Hy moet my gedagte gelees het, want hy gaan na Sophie se kamer en sluit die deur oop en kyk of daar iemand is. Dan sluit hy dit weer.

Hoe het hy geweet dis wat ek dink?

Ons kyk saam die sesuurnuus. Hy het vir my ook 'n drankie geskink, maar ek kan dit nie sluk nie.

"Drink. Jou senuwees vreet jou op," sê hy. "En moenie jou kop wegdraai nie. Kyk, dat jy kan weet wat aangaan in die lokasies."

Ek kyk en sien die swart rook, die kinders wat hardloop, die man wat bebloed daar lê. Daar's iemand wat skiet uit die huise uit, sê die verslaggewer, en die polisie kan nie terugskiet nie, want dalk skiet hulle onskuldige mense raak. Brandende tyres lê in die pad, en 'n uitgebrande bus. Toe hulle 'n verkoolde lyk wys, ruk my maag en ek loop badkamer toe.

"Sien jy," skreeu Ben agterna, "hierdie geweld wil ek nie op my werf hê nie. Die een neem wraak op die ander, daar's geen keer daaraan nie. So vergeet maar van Herbert en Johnny."

"Ek het van hulle vergeet," sê ek. "Ek wil hulle ook nie hier hê nie. Wat dink jy het ek aan Sophie gesê? Ek het nie gesê hulle kan kom nie."

Ek kom terug sitkamer toe. Hulle praat en praat en praat op die skerm; die een dink dit, die ander dink so.

Ben het ook gesê vir wat sleep hulle Sophie in die gemors in en vir wat gaan hulle met die gewelddoeners om?

Maar wat anders kon Herbert doen as om te steek toe Johnny gekap is, en hom weg te sleep?

Waarheen anders kon hy Johnny sleep as na Sophie se huis? En die gewelddoeners is seker maar dié met wie hulle werk toe loop, en dis seker met die werk toe loop dat daar moeilikheid gekom het.

Weer weet Ben wat ek dink.

"Moenie probeer ekskuse soek nie. Hulle is maar almal so," sê hy. Hy skink nog 'n dop in. "Ek dank net die liewe Here dat ons daaruit is."

"Tommie?"

"Tommie moet verantwoordelikheid vat vir homself."

"Soos Herbert en Johnny?"

Hy sluk. Hy skakel die TV af, want die nuus is verby.

"Maar met Tommie is dit tog anders," pleit ek.

"Natuurlik is dit anders; hy's 'n verantwoordelike mens."

"En Herbert en Johnny?"

Nou raak sy humeur kort. "Magtag, het ek jou nie gesê nie, hulle is almal so. Kap en steek en brand. Daar's nie redelikheid nie. Sien jy redelikheid in hulle oë as hulle so aankom op die skerm, selfs die kleintjies as hulle die tyres aanrol?"

Toe lui die telefoon.

Ek ken die manier waarop dit lui; ek weet. Hóé weet ek nie, maar ek weet wie dit is wat lui en wat sy wil vra. Dis nag, en Ben weet dit ook. Maar ek is voor hom by die telefoon en ek het die buis teen my oor.

"Sophie!" skree ek, "Sophie, hulle kan maar . . ." Maar Ben wil die buis uit my hand gryp. Ek los dit nie, ek sal dit nie los nie. "Sophie!" skree ek weer, "hulle kan maar . . ."

Met 'n geweldige ruk het Ben die buis uit my hand, en toe ek weer daarna gryp, vat sy ander hand aan my skouer en hy stoot my weg. Ek kom weer terug en gryp, en ek sien 'n woede in sy oë wat ek nie ken nie. Ek sien die spier in sy rug span, ek sien die arm na my kom. Ek glo dit nie, ek kán dit nie glo nie, maar hy't die buis oplaas van my weggeruk en my oor die gesig geslaan dat ek val. Ek is plat op die vloer, ek skuif oor die vloer. Hy't die buis gelos; dit hang aan die draad en swaai heen en weer. Hy kom na my asof hy dit self nie kan glo nie. Hy kniel langs my, sy stem is nie meer hard nie. Hy sê op 'n doodse manier, asof hy iets herhaal en herhaal: "Die geweld wil ek nie op my werf hê nie, jy weet dit mos, ek kan nie die geweld in my huis laat kom nie." Hy begin huil. Hy het nog nooit sy hand teen my opgetel nie.

Ek staan stadig op, want ek het seer geval, en my gesig is gekneus; ek kan al voel hoe dit swel. 'n Dun straaltjie bloed loop uit my neus.

Ek sit die buis terug op sy mik.

1993

P. G. DU PLESSIS

Ons mond

In die oggend voor my spieël, my ontbrilde gesig wollerig van bruisroom, skeer ek my oupa Venter se mond oop uit die wit. Elke keer herken ek die plooie wat afloop van die mondhoeke af na die weerskant van my ken – die voutjies wat 'n ou Minora *safety blade* kon vang om 'n bloedstrepie te laat, soos my dubbelgelemde, veilige Gillette. Die onder- en bolip is syne, die spierwit in die baard nou ook myne. Die oopvou-Krupp wou ek nooit gebruik om hom te skeer nie – daarvoor was sy vel al papierdun van sy tagtig jaar. Ek het die ril onthou as die haarkapper so agteloos met die *cut-throat* – soos die ding geheet het – oor my slagaar skraap. Want skape se keelafsny moes ek ken: as jy met die warm, rooi bloed oor jou hande, en die ruk van die dood teen jou arms op, die lem moes deurbeur tot in die sagte murg, terwyl jy bid dat jy gou en genadig tussen die werwels mog deur. Oupa het my leer slag, en dat jy jou gevoelenthede soms moet eenkant sit.

Kon hý?

Seker tog.

By die begrafnis van 'n dogter vir wie hy baie lief was, het ek – nog klein genoeg om sulke vrae te waag – hom tussen al die treurendes gevra:

"Hoekom huil Oupa nie?"

Ek onthou ons het gaan stilstaan, want hy het my aan die hand gehad, en hy het lank na my gekyk voor hy my vraag 'n ernstige antwoord waardig geag het:

"Oupa het klaar gehuil, my kind . . . ná onse oorlog."

Iets het in my lyf gespan en ek kon nie verder vra nie.

En Pa het op navraag weggekyk en gesê:

"Laat Oupa jou maar eendag self vertel, as hy dink jy sal verstaan."

Maar dit was soveel later. Al het hy in die middel van die eeu by ons kom bly.

"Ousus," het hy vir Ma gesê toe hy die dag by ons afklim, "vandag stoot ek my voete onder julle tafel in. Ek sal 'n kind in jou huis wees." En hy het woord gehou, dié man met die sterk lyf, die weggeslaande kneukels uit sy transportdae, die Dopperse wil-tot-geloof, die kromgeboude vingers – omdat hy ná die oorlog niks oorgehad het nie.

In Europa het die nuwe oorlog in daardie tyd gewoed. Pa, noukeurige onderwyser, het op sy skelm kaart (waaroor ons nie durf praat het nie, want internering was steeds sy voorland en waarheidsridders het oral rondgesluip, -geluister, -gefluister) die linies met rondekopspelde gevolg – spelde wat ook maar soms nie hulle staan wou ken nie, want die Duitse en Engelse nuus het verskil, en die lang lugdraad van die fluitende Arvin-draadloos moes in die aand eers uitgetrek word, sodat 'n ene Strauss, ná die gelui van aftelklokke, doodsklokke, met 'n grafstem kon aankondig: "Vandag sewe/tien/*vyftien!* geallieerde skepe gekelder."

My nagte was dan vol mense, spartelend tussen wrakstukke en olie in donker, koue water . . . en my gedagtes ril oor hoe versuip-verkluim moet voel, en waaraan jy tussen vrees, aanhou swem en voldonge oorgawe moet dink – seker oor die ver, warm, droë land, en huise met lig, stemme, en oorvloedig lug waarvoor jy nie hoef te veg nie en waarna jy nie hoef te snak nie. Dalk 'n warm bed, en dalk 'n vrou, kind, ma . . . Die eerste onrus oor mense se kortheid slaan dan soos kalk in 'n ketel êrens in jou binnesiel neer.

In die aande – in my herinnering altyd winter – wanneer die stronkevuur deur die Ellis du Luxe dreun en die volgende een se badwater in die koperboiler warm word, vertel Oupa met die Miller-lamp se lig in sy Jan Smuts-baardjie, van Magersfontein, van Rooiwal, van blokhuislyne.

In my seunskop was dit goddank lank-lank terug en ondenkbaar ver verby – nie meer soos die lyke van bekendes in die stink-swart kiste van my verbeelding nie. Dié wat 'seblief deur hulle opblaas- en vrottyd moet kom, sodat hulle aanvaarbare droë beendere kan word:

Magersfontein se Skotte was al so, byvoorbeeld. Oupa sou my later die plek loop wys waar hy en broer Tjaart in die vlak loopgraaf gelê het, en waar hulle buurman gelê het – die een wat die oggend vroeg 'n kopskoot gekry en gedurende die lang, warm dag so begin opblaas het dat die lyk skemertyd omgerol en Oupa met die een stywe arm "op die rug geklop het". Daaroor kon hy nooit ophou wonder nie.

"Hoekom sou ons tussen al daardie dood en gedreun, en met die kopseer wat die liddiet agter teen die rantjie ons gegee het, so aan die lagte gegaan het? Ek skaam my tot vandag toe . . . Maar ek het toe ook al soveel honderde skote deur die Mauser gesit, en soveel mense sien val, en 'n kopskoot langs my gesien die oggend – 'n man wat jy ken en wat soos 'n bees ruk toe hulle hom skiet . . . Ons skouers was potblou, en die geweerlope die heeldag só warm dat ons maar die patrone een-een ingestoot het, want ons was bang die magasyne sal ontplof – van die lope wat so warm was soos parsysters. As jy op hom spu, dan hardloop die druppel so 'n bolletjie langs hom af, soos op 'n stoof . . . Dalk dié . . ."

Ná sy stories, want die lyke was al beendere, het ek warmgebad en knus gaan slaap, met dooie Skotte om my – abstrakte lyke met rooigebrande bene. Ek het die Hoopstad-kommando met geweerkolwe sien veg teen die lansers. Ek het deur blokhuislinies gesluip gedurende die lang vlugnagte waar burgers van hulle perde afval en aanhou slaap, sodat hulle wakker geskop moes word. Selfs die krygsgevangenekamp kon ek my verbeel: ". . . waar 'n luis so heftig na jou toe aanstryk dat daar eintlik so 'n stoffie agter hom uitslaan."

Want Oupa was seker dat hy die regte ding en sy bes gedoen het. Baie seker.

"Is Oupa nie bang vir die dood nie?" vra ek.

"Oupa het vrede gemaak met die Here die tyd toe ek onder doodvonnis was. So hoekom vra jy dan nog, Pietman?" Oupa was nie bang vir die dood nie, want hy't dan vrede gemaak met die Here. En bokant sy bed het sy vastigheid gehang:

EBEN HAËZER
TOT HIERTOE HEEFT DE HEERE ONS GEHOLPEN

Maar in die middae gaan loop ek en Pa in die dorpsveld en praat oor Tennyson wat hy my leer lees. 'n Klompie reëls uit die *Morte d'Arthur* is onrustig in sy stem. Nadat hy Sir Bedivere hoeveel keer gestuur het, is Arthur uiteindelik op die boot waarin hy 'n stippel gaan word op die merekim. En hy sê in Pa se stem, in Pa se Boere-aksent, met Pá se verstaan:

But now farewell. I am going a long way
With these thou seest if indeed I go
(For all my mind is clouded with a doubt)
to the island-valley of Avilion . . .

na die groen van sy hiernamaals.

Where I will heal me of my grievous wound.

En voeg Pa by, want ons het ook oor Oupa gepraat:

. . . Long stood Sir Bedivere
Revolving many memories . . .

En oor die geskiedenis van leed en onthou:

And on the mere the wailing died away.

Dis die dubbele parentese van twyfels wat in Pa sit. Die *if indeed I go* en die *clouded with a doubt.*

"Is Pa bang vir die dood?" vra ek.

Sy antwoord ontwyk, en ek weet nou hy het geweet dat wat hy moet sê nie goed kon wees vir 'n seun nie.

"(For all my mind is clouded with a doubt)," haal hy aan en vir die eerste keer kom die ander twyfel uit sy mond.

"Ek is meer bekommerd oor die *grievous wound* . . . en hoe lank dit in dié land . . . Jy moet verstaan hoe wyd Tennyson praat wanneer hy sê: *And on the mere the wailing died away."*

Ek knaag aan hom vir duidelikheid, maar al wat ek terugkry, is dié aand 'n stukkie Dickens wat hy soos 'n goeie pa en 'n uitstekende Engelse onderwyser onder sy vinger kom hou waar ek sit en huiswerk doen:

"The leprosy of unreality disfigured every human creature . . ." "Ons," is al wat hy sê.

Toe Jan Smuts in '48 tienuur die aand in Standerton (so amper presies in die middel van die eeu wat ons lot was om te bestryk) uitval, moet ek die battery laai vir die grootmense wat luister na die uitslae. Ek doen dit met 'n Tiny Timenjintjie waarvan oom Lucas by die garage sê: ". . . sy tappets laat hulle nie meer stel nie." Maar daar's 'n soort raat: as jy 'n .22-patroondoppie onder die voetjie van die klep se stam indruk, dan help die verstelling net genoeg dat die ding so tien minute loop voordat hy die koper te ver platgeplet het vir die klep om oop te maak. '48 se nag is vol patroondoppies en 'n Tiny Tim wat batterye net so effens laai voor jy hulle maar uit moedeloosheid omruil, want dan raak die berigte, die spanning oor 'n moontlike oorwinning, nie te erg vir drie stelle ore om die draadloos nie. Oupa, Pa, Dominee. Almal Nasionaal.

Oupa vertel tussenin oor wat Kruger oor sy jeugdige Staatsprokureur te sê gehad het. En hy sê iets by:

"Hoe die man, ná die kampe, Here, die kampe! só in die Engelse kon ingekruip het!"

Net Pa het later eendag, toe die Malan/Strijdom/Verwoerd-politiek al ver geloop het, en Oupa al 'n stippeltjie op die meer was, *A Tale of Two Cities* uit my boekrak getrek, direk na die bladsy geblaai en gelees: *"The leprosy of unreality disfigured every human creature . . ."* en in die vertroulikheid van ons alleenwees bygesê: *"(For all my mind is clouded . .)* Boetman, wat doen ons? Met watter *grievous wound* is ons besig? By ander en in onsself? En hoe lank, verdomp hoe lank, gaan dit vat voor jou agterkleinkinders sal kan sê: *And on the mere the wailing died away?* (Al moet ek seker in die *past perfect* aanhaal, ontleed maar.) In jou oupa Venter het so 'n wond 'n leeftyd lank bly huil. Markus Antonius se beeld, nie myne nie."

Oupa se dood is skielik tussen ons, en ek haal die ander teenspraak wat ons saam ontleed het aan:

"*I am going a long way / With these thou seest* . . . Hét Oupa. Wat dink Pa?"

"Ma glo hy het." Dis nie 'n antwoord nie, en ek dink hy wil dit so hê.

In die vakansies wanneer ek terug was van die universiteit waar ek meer droogmaak as leer, skeer ek Oupa se mond uit die skuim wat ek in sy skeerbeker opklits en met sy skeerkwas aansmeer. Want Ma het gesê ek moet: "Jou Oupa skeer hom deesdae kort-kort raak, en dan skeer hy so half . . ." Ek rek die proses uit, want so binne-in iemand se intieme ruimte hoor jy meer en beter.

Só naby aan sy vel vra ek hom uit na waar die letsels, bruin kolle, vlekke en strepe wat nou met sy ouderdom uit hulle vergete pyn 'n verskyning maak, vandaan kom. (Ma noem dit doodsvlekke, maar nooit voor ouer mense nie.) En hy vertel soos toe ek klein was:

Van waar hy sy kneukel weggeslaan het op 'n handelaar wat hom oor eiers wou verneuk in die ou gewelddadige Johannesburg; oor waar die draad hom gekrap het toe die jongperd nou juis soontoe wou neuk. By elke letsel het hy 'n storie oor die verwonding toe hy jonk en vol krag en seker 'n bietjie wild was.

"*Revolving memories,*" glimlag Pa met die verbyloop, want Oupa verstaan nie veel Engels nie. "Of tel jy weer gene?"

Pa spot bietjie met my, weet ek. Want ons het 'n geskiedenis uit die middel van ons eeu, toe ek jonger was. Daar was die dag toe hy woedend by my kamer ingekom en 'n boek op my bed laat neerfladder het soos net 'n ou onderwyser 'n boek kan laat fladder. "Lees!" het hy gesê. "Ek is moeg vir Calviniste wat Calvyn nooit gelees het nie en allerhande dinge aan hom toeskryf!"

Pa kon sulke buie voor die domheid kry. Soos in sy laaste dae toe hy hoofouderling en sommer ook scriba vir die gemeente was.

"Dis vreeslik!" het hy ná 'n kerkraadsvergadering getier. "Om daar te sit tussen die spul vir wie jy elkeen skoolgehou het – jy ken elkeen se IK en voor hy opstaan, kan jy al weet watter kaliber stront hy gaan praat." Daardie woord het ek hom net twee keer hoor gebruik deur al die jare, so, hy moes kwaad gewees het.

Maar al die dinge bring toe mee dat ek deur 'n kort begrip van Calvyn se *Institusie* moes worstel – in Nederlands nogal. Dis wat aanleiding gegee het tot my genetellery. Ons is deur die predestinasie, met my heftige woede oor die regverdigheidsimplikasies van uitverkiesing, en ons het – dalk was dit nie eers meer Calvyn nie, sommer katkisasie – by die erfsonde aangeland waar kinders moet boet vir wat die oumense aangevang het. Tot ek ontdek het, en ek kon in my jeugdige waan van slimmigheid nie daaroor uitgepraat raak nie: dat met die fisiese oorgang van geslag tot geslag 'n mens in werklikheid twee helftes (ongeveer) van jou ouers is. Fisies. Rêrig! Want elke mens is net die gekombineerde selle van sy ouers wat verder gegroei het, betoog ek. En dan is jy rêrig-rêrig net die saamgegooide vier kwarte van jou oupas en oumas, en agt agstes van jou grootjies en . . . Want gene is fisiese goed! So verklaar ek toe die regverdigheid van die erfsonde! Pa glimlag toe ek sê: "So, 'n kwart van my het in die Engelse Oorlog geveg! En nog 'n kwart was in die konsentrasiekamp, en nog 'n kwart was op vlug met twee kleintjies in Betsjoeanaland en my ander kwart was 'n bittereinder by De Wet!"

Dié dat Pa sê, daar waar ek Oupa aan die skeer is: "Moet nou nie jou voorkwart raakskeer nie!"

Maar vir my is daar 'n nabyheid aan die gewese wonde – ook die een wat onverklaard bly. Want Oupa kan nie onthou nie. Dis 'n lang streep wat van langs sy oog af loop tot amper by die middel van sy wang. Dis duidelik 'n ou wond, maar hy kan nie onthou nie.

"Dis half of my kop die ding nie wil dink nie," probeer hy verduidelik.

Tot so 'n maand voor sy dood. Toe onthou hy.

"Pietman, nou onthou ek dit soos gister," sê hy sommer by die begin.

"Die wat nou, Oupa?"

"Die lange hier langs my wang af."

"Nou wat het Oupa daar seergemaak?"

"Toe ek op kommando gegaan het, het my jongste dogtertjie my op die perd gegroet en sy wou nie laat los nie. Hulle moes haar van my af wegskeur. Toe't een van haar naeltjies my so 'n lang streep gekrap. En die seerplek het lank gesweer, tot amper die hele Magersfontein deur."

"Ek het alles geweet van Oupa!" verwyt ek Ma daardie aand toe Oupa al gaan slaap het. "Hoekom het Ma-hulle my nooit vertel hy het 'n vrou en kinders voor oorlede Ouma en Ma-hulle gehad nie?"

"My kind," sê sy sagter as gewoonlik, "hoekom het jou *Oupa* jou dan nie vertel nie?"

Ma het sulke goeie antwoorde gehad as sy wou. Maar sy vertel:

Dat wat met Oupa gebeur het, 'n gewone storie was met die Engelse Oorlog: mense wat mense verloor, vroue mans, kinders ouers, geliefdes mekaar – en so bloedig voort, soos oorlog nou maar is. Maar Oupa was voor die oorlog getroud met 'n Lettie – dit was die eerste vrou se naam, en hy het twee dogtertjies by haar gehad. Hulle is al drie in die kamp dood. Ná die oorlog het hy toe met ouma Venter getrou en by haar het hy Ma-hulle gehad. Ouma Venter se naam was Nettie. Die eerste vrou wat so jonk dood is, was Lettie.

Met die volgende dag se skeer, vra ek.

Hy vertel nie van hoe hulle gevry en saamgeleef het nie: hy vertel van hoe hy met so baie verwagtings van die krygsgevangenetrein afgeklim het. Van hoe daar niemand en niks op die plaas oor was nie, oor hoe hy begin soek en verneem het – eers by Bloemfontein se konsentrasiekampmense. En van die lyste name wat hy sit en deurgaan het – van die lewendes en die dooies. Van hoe hy gehoor het daar was so 'n vrou met twee dogtertjies in Aliwal-Noord se kamp. Van die perdhuurdery wat hom amper sy laaste pennie gekos het. Van hoe hy die arme dier amper doodgemoor het van haastigheid en vrees. En van die leë lyste op Aliwal-Noord. Van hoe hy op die trein is Kimberley se kamp toe. En wat hy daar gekry het. Twee van die grafte was darem gemerk. So hy het 'n plek gehad om te huil oor die verniet van alles.

"Ek het daar klaar gehuil," sê hy, maar vir die eerste keer van ek hom ken, loop daar 'n traan deur die skeerseep.

Ek vra nie verder nie, en hy vertel ook nie verder nie, want die volgende keer toe ek moes huis toe kom, was dit omdat hy beroerte gehad het.

Toe ek ná die afklim na sy kamer toe is, moes ek eers in die deur stilstaan, want hy het gelê met die Psalmboek op sy bors. Ek het onthou hoe hy altyd vir die Doppers – voor hom en Ma altyd streng Enkel-Gereformeerd genoem – se kerkvergaderings voorberei het onder die *Eben Haëzer* bokant hom teen die muur. Met eers die Bybel waaruit gelees word (nie baie vlot nie) en dan met die Psalmboek waaruit hy eers deur die *uts* en *solle* gesing het (nie baie nootvas nie) voor hy Dawid se woorde bygesit het, en dan die gebed in gebroke Nederlands (met alle oorgawe en vertroue).

Maar die beroerte het iets geblokkeer met die lees. Ek het hom aan die linkerhand moes groet en vir die eerste keer vandat ek 'n man geword het tussen my familie se mans, het ek vooroor gebuk en hom op die voorkop gesoen.

Dit was die volgende oggend toe Ma, ná sy hom gewas het – ek sou hom skeer, hy het daarop aangedring – vir die eerste keer met die storie uit Oupa se kamer gekom het.

"Frikkie," sê sy vir Pa, "dit lyk my die beroerte het tog meer van die brein aangetas as wat ons gedink het." En sy verduidelik vir my, want hulle het kennelik al oor die ding gepraat.

"Dis nou die derde oggend dat jou Oupa met die ding kom. Elke keer sê hy vir my dat ons hom tog nie moet verkwalik nie – dis nou ons kinders, jou ouma Venter se kinders. Elke keer as ek hom daarna vra, dan wil hy nie uitwei nie, maar hy hou aan sê dat ons hom tog nie ná sy dood moet kwalik neem nie. Maar meer kry ek nie uit hom uit nie. Iets pla hom oor ons."

Eers die vierde oggend sê hy meer:

"Ousus," het hy vir Ma gesê, "julle moet tog nooit dink dat ek julle moeder minder liefgehad het as vir oorlede Lettie nie, of dat julle vir my minder was as die twee dogtertjies wat in die kamp dood is nie."

En Ma sê sy het nie mooi geweet wat om te sê nie, en sê toe maar:

"Maar Pa, ons weet mos Pa en oorle Ma het 'n mooi en goeie huwelik gehad, en Pa was vir ons 'n goeie vader. Hoe kan Pa nou . . .?"

"Nee, Ousus, Pa wil net hê julle moet weet."

Die vyfde oggend huil Ma toe sy uit die kamer kom, en sy haal Oupa se woorde vir ons aan:

"Ousus, my tyd is naby, maar ek wil nie hê julle moet dink julle oorlede moeder of julle kinders was vir my minder as oorlede Lettie en die twee dogtertjies nie. Maar ek weet nou al vier dae dat my tyd gekom het, en ek is dankbaar, want in die hoek van die kamer staan Lettie en die twee dogtertjies nou elke oggend vir my en wag."

Ma huil en praat romanties van die een groot lewensliefde, terwyl sy Pa se hand vashou, en Pa kyk vir my en sê by Ma verby:

"Dit was sy *grievous wound*. Hy sê maar net: *I am going a long way/With these thou seest* . . . Maar dit sal geslagte vat voor óns verwonding van ander – óns *leprosy of unreality*, die melaatsheid in ons gene wat ons sélf ook so verwond het – se huil sal wegsterf oor die *mere*."

Ek het dié oggend vir die laaste keer dáárdie mond van ons uit die wit oopgeskeer.

En in die oggende voor my spieël skeer ek grafletsels uit die skuim, want ons mond het 'n wond geword, en die wonde monde.

1998

M. C. BOTHA

Liefde is sterker as plastiek

Hulle het almal in een huis gebly. Die meisies was jonk, in hul vroeë twintigerjare. Die winkelpop was 'n man, uit plastiek vervaardig en aanmekaargesmelt deur 'n masjien. Die Here het hom nie geskape nie.

Dis eintlik 'n snaakse verloop van omstandighede wat daartoe gelei het dat die meisies en die winkelpop saam in een huis woon. Maar die basiese gedagte, die eenparige besluit wat die twintig vriendinne geneem het voor hulle gesamentlike intrek, was dit: Die alledaagse lewe het vir die vrou as simbool van gevoel nie meer agting nie, dit is mans se skuld, en wie het in elk geval 'n man nodig?

Toe kry hulle 'n winkelpop.

Vandag staan hy in die middel van die grootste kamer in die huis, op die middelpunt van die sirkel wat perfek gevorm word deur die twintig meisies se beddens.

Hy lyk baie meer gehawend as twee jaar gelede, toe hy nog 'n netjiese pak klere aangehad het, mooigekamde pruik, wel, toe hy nog 'n blink winkelpop was. Maar hy kon nie die belangrike toets van die tyd weerstaan nie; van die intrek twee jaar gelede tot nou was miskien twee jaar te lank in sy lewe. Liefde is sterker as plastiek, en selfs vir 'n winkelpop is dit te erg om twee jaar gelyktydig liefgehê te word deur twintig ryp vrouens.

Wat nou oorbly, is slegs 'n kaalgestroopte, koue poplyf; met deurmekaar hare en oneindige lipstiffiemerke van alle kleure en geure geplak oor sy hele liggaam. Maar die meisies word by die dag nog net liewer vir hom.

Heel in die begin was hulle skaam en teruggetrokke, en twee jaar gelede sou net die waaghalsiges dit gewaag het om voor hom te verklee. Niemand sou toe eers gedink het daaraan om aan hom te vat nie, wat nog te sê vertroetel. Inteendeel, so iets sou 'n verbreking van hulle hele ideaal en doelwit wees om sonder 'n man te kan klaarkom.

Maar 'n vrou bly maar 'n vrou, en dank die Vader daarvoor. Een maand na die intrek het een van die meisies saggies met haar vinger aan sy mond gevoel.

Binne die volgende maand het 'n meisie sy hare gestreel terwyl sy liggies aan sy skouer druk asof dit uit vlees en bloed bestaan. Die ander negentien het gevolg en soos voëls met uitgestrekte nekke om hom beweeg, nuuskierig om iets te ontdek. Die eerste meisie wat daaraan gedink het om hom te ontklee was die lelikste van die spul. Sy het sletterige toutjieshare gehad, 'n gesig vol puisies, lippe te rooi en 'n lyf soos 'n stomp. Maar haar naam was Venus, en met eelthande het sy stilletjies die baadjie van hom afgeskil, toe sy hemp en frokkie, sodat sy met haar lippe haarself kon afdruk op sy bors.

Die ander meisies was verheug oor hierdie ontwikkeling, en het met verwondering die res van sy liggaam ontklee. Hoe het hulle nie alles saam ontdek nie!

Die merkwaardigste van hulle saamwoon, selfs nou ná twee jaar, is dat die meisies geen teken van jaloesie of afguns toon nie. Niemand veroordeel die ander oor wat hulle doen nie. Elkeen is geregtig om die man lief te hê soos sy wil. En elkeen het geglo my liefde is uniek, my gevoel die treffendste.

Hierdie toestand van algehele onbesitlikheid kon slegs heers omdat die man nie kon praat nie. Die winkelpop was stom.

Sou hy vir die een kon sê: "Jy het mooi voete," of vir die ander: "Jou borste is sag soos meel," sou almal dadelik mekaar se oë begin uitkrap. Inderdaad, dit was die waarborg vir die twintig meisies se gelukkige voortbestaan; die winkelpop was stom.

En hulle sou nooit oud word van kinders kry nie.

1980

Frans Malan

1

Frans Malan is 'n Afrikaner. Hy glo in God, gaan elke Sondag kerk toe, herdenk elke jaar Geloftedag, en stem in elke verkiesing vir die Nasionale Party. Hy het 'n sagte hart en lewe gelukkig.

Min dinge kwel hom. Hy stel nie belang in hoeveel kernduikbote Rusland in vergelyking met die V.S.A. het nie en hy is nie werklik geïnteresseerd in wat die Eerste Minister se planne vir Suid-Afrika is nie. Solank Frans sy werk goed doen en sy gesin behoorlik onderhou, is hy tevrede. In sy 37 jaar het hy nog nooit rusie gesoek of sy vuiste gebruik nie. Selfs in sy kinderdae al het sy ma gesien hier is 'n mens wat moeilikheid vermy.

Frans is die stadsklerk van Gansbaai. Dit klink bedrieglik, want Gansbaai is nie 'n stad nie; dit het skaars meer as duisend inwoners, maar niemand het nog daaraan gedink om Frans iets anders te noem nie – hy is en bly maar stadsklerk. Frans is lief vir sy werk, want hy is lief vir die inwoners van Gansbaai. Hulle is arm mense. Die meeste van hulle is vissers wat 'n soort hardheid het as gevolg van die hardheid van die see waaruit hulle hul bestaan maak, en Frans sien sy rol in die gemeenskap as een van beskermheer. Hy het gesorg dat die eiendomsbelasting met elke jaar se begroting so laag moontlik bly, en hy kon dit taamlik maklik regkry, want sy beleid is een van besparing eerder as verbetering. Hy sal 'n straat liewer nie laat teer nie eerder as om dit wel te teer en te weet hy moet die groot onkoste daaraan verbonde uit die belastingbetaler se sak verhaal. Afgesien van die vismeelfabrieke op die dorp is daar geen ander groot nywerheid of onderneming nie. Gansbaai is nie 'n dorp wat sal ontwikkel of uitbrei soos ander dorpe nie – die inwoners weet dit en hou daarvan, en Frans het gesorg dat dit so bly. Hy woon al sy hele lewe lank op Gansbaai, en hy weet wat die mense wil hê.

Een aand na werk het Frans op sy stoep gesit en oor Walkerbaai uitgetuur. Sy huis is naby Die Kelders-hotel, 'n baken in Gansbaai, en het 'n onbelemmerde uitsig oor die hele baai. Hy het so gesit en kyk, amper in 'n dwaal, en sy blik het effens na regs gedraai. Die Kleinrivierberge het in 'n blou dynserigheid gelê. Dit was einde Juliemaand, en hoewel dit laatwinter was, het Frans sonder 'n trui op die stoep gesit. Die noordoostewind, 'n warm bergwind, het met rukke gewaai. Frans kon die hitte op sy vel voel, en dit het hom laat uitsien na die somer. Nou nog kan hy nie die winterweer van die suidwestelike Kaap waardeer nie. Hy het 'n hartstogtelike liefde vir hitte, en koue gepaard met reën, eintlik enige koue, laat hom mislik voel, asof dit iets is wat dinge in hom uitbring wat nie sy ware self is nie.

Sy vrou, Susan, het die kinders van 'n sportbyeenkoms by die skool gaan haal, en behalwe die goudkleurige labrador wat by sy voete gelê het, was hy alleen. Hy kon hoor hoe die branders breek teen die rotse voor die huis. Frans het gedink, ek voel goed en ek is gelukkig. Dit is iets wat hy meer as enigiets anders in sy lewe gevoel het. Vanaand voordat hy gaan slaap, sal hy die Here daarvoor dank.

'n Beweging reg voor die huis het Frans se aandag getrek. Die oomblik toe hy daarop fokus, het 'n man wat klaarblyklik na Frans toe nader gestap gekom het, gaan staan.

Hy het Frans gegroet: "Middag, Maaster." Die labrador het opgestaan en lafhartig begin blaf. Dit was al 'n ou hond.

"Middag," het Frans gesê.

"Maaster sal-ie omgie as 'k Maaster die hand kô gie nie?"

"Wat wil jy hê, kêrel?" Frans het 'n kriewelrigheid in hom gevoel. Hierdie man was een van die baie wat in die bosse en duine langs die kus gewoon het. Hulle het nie gewerk nie en was in min dinge geïnteresseerd, behalwe om brandspiritus te drink.

"Maaster onthou my mos van verliede djaar."

Frans het gedink. "Ek ken nie jou gesig nie."

"Maaster het sieker vergiet, maa wag, lat 'k naderkô, almiskie sien Maaster my dan bieter . . . Maaster *worry* nie? 'K ka maa kô om Maaster die hand te gie?"

Die labrador het 'n laaste blaf gegee, haar kop effens geskud, en met 'n sug weer gaan lê.

Frans het ook gesug. Hy het sy geïrriteerdheid verraai met die uitgerekte lettergreep van sy antwoord: "Jaaa . . ."

Die man het stadig nader gestap stoep toe, wiegend op sy voete. Frans het gedink die man weet nie waar op die wêreld hy is nie. Die trappies kon hy net-net opklim sonder om te val.

Eindelik het hy Frans bereik en sy hand uitgesteek. Hy het gesê: "Hier's my hand, Maaster." Frans het sy hand uitgesteek sonder om op te staan.

"Maaster sa' my help?"

Frans het homself verwyt dat hy die man laat opkom het, want hy gaan nou moeilik van hom ontslae raak. Hy het gevra: "Wat wil jy hê?"

"Maaster, 'k loep allien, 'k loopie saam met daai annerie." Hy het 'n rukkie gehuiwer, gewieg, sy oë geknip. "Maaster ka mos sien, hier staat 'k allien."

Frans het weer gesug. "Wat wil jy hê? Kyk hoe lyk jy."

"Dis *just the point*, Maaster, kyk hoe lyk 'k. En 'k loep allien; Maaster, help my met 'n klein dop."

"Dink jy nie jy het al genoeg gedrink nie?"

"Maaster, net 'n klein dop." Hy het met sy vinger beduie. "Net so 'n kleintjie vir 'n groet babalaas; Here, Maaster, 'k voelie oraaitie."

Frans het opgestaan en begin om die huis in te stap.

"Jene, Maaster, mens ka sien djy's 'n kind vanie Here."

Toe Frans eers binne is, het die man afgebuk en die hond gestreel. Sy het haar kop opgelig en haar stert het begin waai. Hy het op sy hurke gesit en met die hond gepraat.

Net toe Frans weer verskyn, het die man so kwaai gewieg dat hy van sy hurke op sy sitvlak te lande gekom het. "Daa val 'k nou af!" het hy uitgeroep, meer vir homself as vir iemand anders. Die hond het haar poot in die lug na hom uitgehou om weer gestreel en gekrap te word.

"Hierso," het Frans gesê, "vat dit en gaan."

Die man het na die dik sny brood en twee lemoene in Frans se hand gekyk. "Nou spiel Maaster dam nie die game nie. Kos helpie vi vekoue nie."

Frans het hom vererg. "Kyk, jy kan dit vat en loop, of loop sonder enigiets."

Die man het orent gestrompel en gesê: "Nes Maaster wil, nes Maaster wil." Hy het die brood en lemoene geneem. "Dankie, Maaster." Hy het omgedraai om te loop, hom bedink, weer omgedraai, die kos lomp na sy linkerhand verskuif, en gesê: "Hier's my hand, Maaster, en Maaster moet wiet, 'k loep allien."

Toe hy na 'n rukkie deur die onderste tuinhekkie stap en dit met 'n gesukkel agter hom toekry, het Frans nie meer so gelukkig as voorheen gevoel nie.

Die volgende paar dae het Frans hom oor die arme skepsel se lot bekommer. Dit het hom ontstel dat daar mense is wat so lewe – in die bos slaap, omtrent nooit eet nie, en net aan drank en brandspiritus dink. Hul gestel is so swak dat hulle min weerstand het, en elke nou en dan, met 'n vlaag onverwagte koue weer, gaan een aan blootstelling dood. Frans het homself gesien as iemand wat omsien na die hele gemeenskap, wat ook hierdie mense insluit. Maar hy was nie emosioneel ongebalanseerd oor hulle nie. Hy het geweet daar is al pogings aangewend om hulle te rehabiliteer, sonder enige welslae. 'n Paar jaar gelede is hulle almal in 'n inrigting in Kaapstad opgeneem, en enkele dae na die voltooiing van hul behandeling was hulle weer terug in hul boslewe.

Om hul verstand so te benewel dat hulle nie deel is van die realiteit nie, sodat hulle geen behoefte aan warmte of beskutting het nie, was vir hulle belangriker as om kos, klere en 'n bed te hê, maar nugter te wees. En Frans het gedink, maar daar moet tog een of ander manier wees waarop mens hulle kan help.

Susan en Frans het op die stoep gesit toe hy weer daar aankom. Hy het nugterder gelyk as die eerste keer, en ook nie gewag of gevra vir 'n uitnodiging nie. Die hond het 'n paar blawwe gegee en gaan lê. Hy het die treetjies opgeklim.

Susan was nie soos Frans nie. Sy het gesê: "Skoert hier! Waarvoer biedel jy? Gat soek werk!" Die hond het haar ore effens agtertoe getrek.

"Madam praat nou hard met 'n skepsel vanie Here. 'K 't eintlik die Maaster kô sien."

Frans het opgestaan en nader gestap na hom toe. "Wat is jou naam?"

"Antonie, Maaster. Antonie Spandeel."

Susan het gesê: "Wat lol jy met hom, Frans? Lat hom loep."

Frans het nie van sy vrou se onsimpatieke houding gehou nie. Sy was met almal en alles so, maar nou kon hy dit nie verdra nie. Hy het gesê: "Ek sal vir jou kos gee, maar nie drank nie."

"Nie, Maaster, vandag drink 'k nie, maa as maaster vi my 'n bietjie koffie en suikertjies ka gie, somme soe *gemix* in 'n blikkie . . . dis al wat 'k wil hê, Maaster; al vi vandag."

"Nou goed." Frans het omgedraai om in te gaan, skielik daaraan gedink wat Susan vir Antonie sal sê terwyl hy in die huis is, weer omgedraai, en gesê: "Kom saam met my." Toe het hy na Susan gekyk en haar met sy hand stilgemaak toe hy sien sy wil begin beswaar maak teen . . . wel, hy het geweet teen baie dinge.

Antonie het verleë sy mus afgehaal en hulle het saam na binne gestap.

In die kombuis het Frans twee stukke aluminiumfoelie afgeskeur, 'n paar eetlepels koffie in die een toegedraai, en 'n paar eetlepels suiker in die ander een. "Hierso," het hy gesê.

Antonie het sy lyf effens vorentoe gebuig toe hy nader kom en dit neem. Hy het gesê: "Baie dankie, Maaster, baie dankie." In die kleinerige kombuis kon Frans ruik hoe Antonie stink. Hy het na hom gekyk: sy skoene het soveel gate in gehad dat mens skaars kon sien dit is skoene, sy bruinerige langbroek was oortrek met vuil, donker vlekke en ook plek-plek geskeur. Aan sy bolyf het hy net 'n stukkende vuil trui gehad, en geen hemp nie. Hy het 'n breërige neus gehad en die wit van sy oë was bruin verkleur.

Terug op die stoep het hy sy mus opgesit en gesê: "'K sa vi Maaster 'n *present* bring, dis oraait, moenie *worry* nie, 'k loep allien. Da groet 'k vi iers, *bye* Maaster, *bye* Madam."

Frans het net sy kop geknik.

Susan het gesê: "Ja, loep!"

Die hond het met haar kop op haar voorpote gelê, en sonder om dit weer op te lig geloer hoe hy by die tuinhekkie uitgaan en om die draai verdwyn. Frans het binnetoe gegaan. Hy het ongelukkig gevoel.

Dié aand toe hy vir sy twee klein seuns gaan nagsê, het hy met sy Bybel in hulle kamer gaan sit. Hy het vir hulle gelees: "Jy moet jou naaste liefhê soos jouself." Op sy eenvoudige en onoorspronklike manier het hy vir hulle verduidelik dat mens in jou lewe ander mense moet help voordat jy enigiets anders doen. 'n Goeie Christen mag niemand veroordeel of haat nie, en dit help nie jy sê dit net of word 'n diaken nie. Jy moet dit voel en dit uitlewe. En hy het homself 'n bietjie verbaas toe hy sê: "Daar is baie verkeerde dinge in hierdie wêreld, maar die verkeerdste ding is om jou rug te draai en mense wat ly nie raak te sien nie."

Hy het hulle goeienag gesoen en die lig afgeskakel.

Later toe hy en Susan in die bed is, het sy gesê: "Daardie skollie wat hier was, jy gie nie wier vir hom kos-ie."

'n Dag of twee later het Antonie daar aangekom met 'n vuil wit plastieksak in die hand. Frans was besig om aartappels te plant in sy groentetuin, voor naby die tuinhekkie. Hy het nie 'n vroeë somer verwag nie, hy het maar net gehoop op een. So lief was hy vir hitte.

Antonie kon skaars op sy eie bene staan. Hy het aan die tuinhekkie vasgehou en die sak opgelig. Hy kon nouliks duidelik praat: "Hier's . . . hier's Maaster . . . se *present*." Hy het effens gegiggel, en voortgegaan: "Dja . . . my *present* . . . wat 'k . . . Maaster wiet . . . wat 'k *gepromise* . . . het."

Frans het oor sy skouer gekyk, nader gegaan en gesê: "Moenie dat my vrou jou sien nie."

Antonie het oor die hekkie gehang, die sak in een hand. "Hoe . . . sê . . . Maaster? Wi djy . . . nie . . ." Hy het weer begin giggel. "Wi . . . Maaster . . . nie my . . . *present* . . . hê-ie?"

Frans het met een hand die hekkie oopgemaak, en met die ander arm Antonie gestut sodat hy nie val nie. Hy het gesê: "Kom lê agter hierdie muur, dan sal my vrou jou nie sien nie."

Antonie het 'n paar tree van die hekkie padgegee, gestrompel, en eindelik geval. Met moeite het hy regop gesit gekom, en met sy rug teen die muur geleun. Hy was nou nie van die huis se kant af sigbaar nie.

Frans het hom dopgehou. Hy het niks gesê nie. Daar was 'n vae en verdwaasde uitdrukking op Frans se gesig. Die kort geskeerde hare op die kroontjie van sy kop het in alle rigtings gestaan soos hy dit die vorige nag verslaap het. Frans het daar gestaan soos 'n dom skoolseun wat algebra probeer verstaan.

Antonie het skuins geval en hom op sy elmboog gestut. Hy het gesê:

"Maaster . . . 'k 't . . . hier's Maaster . . . se witmossels . . ." Hy het die sak met die ander hand opgehou.

Frans het dit geneem. "Dankie . . . Wag, wag net hier. Ek sal vir jou iets kry." Hy het haastig deur die hekkie gegaan en opgestap huis toe. By die stoepdeur het hy geaarsel. Hy het gesug van verligting toe hy die geluid van 'n naaimasjien in die rigting van sy vrou se naaldwerkkamer hoor. Op sy tone het hy na die kombuis geloop. Hy het die mossels op die tafel neergesit, die brood in die broodblik in die helfte deurgesny, 'n klompie appels geneem, en weer op sy tone na die deur geloop. Halfpad daarheen het die hond van die gang se kant te voorskyn gekom. Toe sy hom sien, het haar stert begin waai. Sy het hom vakerig dopgehou terwyl hy uitsluip, gegaap, en haar uitgerek net toe hy by die deur uitgaan.

Antonie het in 'n bondeltjie gelê toe hy daar aankom. Vandag het hy 'n baie ou en verflenterde baadjie aangehad, en hy het die bokant daarvan met albei hande half oor sy gesig getrek gehou. Frans het sy naam 'n paar keer geroep, maar daar het geen antwoord gekom nie.

Met die kos in sy hande het Frans die patetiese figuurtjie weer half verdwaas beskou. Sonder enige waarskuwing het 'n vlaag woede oor Frans gekom. Hier lê hierdie armsalige niksnuts, wat sal hy my simpatie verdien? Onmiddellik het Frans aan die mossels gedink. Hy het die bondeltjie mens voor hom gehaat. En toe hy dit besef, het hy liewer geword vir hom. Hy het afgebuk en die stuk brood en appels in een baadjiesak geprop. Hy wou Antonie gryp en hom teen sy eie hart vasdruk. Die vuilsoet reuk van spiritus het hom gewalg.

Dié aand het hy frikkadelle gemaak van die mossels, wat hy en sy seuns alleen geëet het. Susan hou nie daarvan nie. En sy het ook nie daaraan gedink om hom te vra waar hy dit gekry het nie. Hieroor was hy bly.

2

Die somer het gekom en gegaan. En vir die eerste keer in sy lewe het Frans nie van die hitte gehou nie. 'n Ligte suidoostewind het knaend gewaai – 'n warm, droë wind, wat die temperatuur tot na aan veertig grade opgeskuif het. Die dae was lank en vol sweet. Vyfuur soggens was dit al lig, en na agt saans het die son eers gesak. Die skerp lig het Frans se oë seergemaak, en as hy oor die see gekyk het, het hy gehoop op donkerte.

Op 'n aand het hy vir sy vrou gesê: "Susan, ons het 'n bediendekamer, maar nie 'n bediende nie. Ek gaan Antonie vra of hy nie hier wil kom bly nie."

Sy het gevra: "Wie's Antonie?"

"Die man wat eendag hier aangekom het, onthou jy . . ."

Susan het gedink, en uitgeroep: "O, daai lae lak!" Sy het kwaad na hom gekyk. "Frans, jy's sieker gek! 'K sal-ie toelaat dat daai skollie in my hys woenie."

Frans het gesoebat: "Maar hy hoef nie in die huis te kom nie, die bediendekamer is buite, hy sal net daar bly." Hy het 'n rukkie gedink en gesê: "Susan, die man het geen heenkome nie, hy het nêrens om te slaap nie, hy het nie kos om te eet nie, die minste wat ons kan doen, is om vir hom 'n dak oor sy kop aan te bied."

Sy het gesê: "En kort voor lank trek ieder wat inie bos woen hie in; nie, Frans, jy bemoei jou net al wier met anner mense se sake, jy ka dit vergiet, daai skollie kômie op my werfie."

Frans het na haar gekyk en gedink, sy sê my werf. Hy het hartseer en moedeloos gevoel, en geweet dit sal nie help om verder te praat nie. Wat doen 'n mens met so 'n vrou? het hy gedink.

Hierna wou Frans nie meer hê Antonie moes na hom kom om kos te vra nie, maar hy sou 'n ander plan maak, hy sou na Antonie gaan. Elke dag as hy met die hond gaan stap het, het hy geloop in die rigting van die Plaat, die lang sandstrook al langs die kurwe van die baai, en vir Antonie kos of geld geneem. Antonie het twee geliefkoosde blyplekke gehad: in 'n digte ghwarriebos, of op 'n duin met 'n oorhangende rots, en Frans het hom gewoonlik by een van hierdie plekke gekry, alleen of saam met 'n groepie ander. Frans het geweet dat wat hy so baie sê, "'K loep allien", nie regtig waar is nie.

'n Klein krisis het ontstaan toe Antonie Frans eendag vra of hy by sy huis kan gaan bad. Antonie het gesê: "Natierlik nie innie hysie, Maaster, daar's mos *servant's quarters*."

Frans het 'n rukkie hieroor nagedink en gesê: "Wag net vir 'n dag wat my vrou nie daar is nie, ek sal jou hier kom haal." Hy het weer 'n rukkie gedink, aan Susan, en gesê: "Goed, kom ons gaan maar nou." Hy kon hom nie meer aan haar steur nie.

En sy het dit toevallig nie eens agtergekom nie, hoewel sy by die huis was. Frans het die aand in die bed daaraan gedink om vir haar te sê: Antonie het vandag hier gebad. Maar toe dink hy verder, wat sal dit tog help? Hy het besluit om môre vir Antonie R10 te gee.

Dit was besig om winter te word. As Frans soggens op pad was werk toe kon hy die diep skaduwees in die Franskraalberge sien, 'n teken dat die son ver noord is. Dinge was besig om te verander in Frans. Hy het nie meer gelyk na die gelukkige mens wat hy altyd was nie. En die belangstelling wat hy gehad het in die welsyn van die inwoners van Gansbaai het verdwyn. Toe 'n gesondheidsinspekteur van die Afdelingsraad voorstel dat 'n nuwe rioolskema vir die dorp beplan word, het Frans sy voorstel gesekondeer. Die burgemeester het 'n spesiale vergadering belê, want hierdie skema sou 'n halfmiljoen rand kos, wat net gedeeltelik deur die Provinsiale Administrasie gesubsidieer sou word. Frans het steeds gemeen die skema is 'n goeie gedagte, en na die vergadering het die raadslede aan mekaar gevra: "Wat het oor Frans Malan se lewer geloop?"

Van die koue en nat weer het Frans se hond erg rumatiek begin kry, heelwat erger as die vorige jaar. As sy voor die kaggel gelê en slaap het, kon sy nie behoorlik opstaan nie. Sy kon haarself net met die voorpote oplig, want haar agterlyf was heeltemal lam. Frans het haar Caledon toe geneem en die veearts het haar aan die slaap gesit.

Die hond se dood het 'n groot uitwerking op Frans gehad. Hy het nie werk toe gegaan nie en met niemand gepraat nie. Hy het aanhoudend gedink: hoe kom ek by iemand of by iets uit? Regtig uit. Nie soos by my hond wat dood is nie. Regtig by iemand, 'n mens.

Die kinders het hulle ma gevra: "Wat's verkeerd met Pappie?"

Sy het gesê: "Hoe moet 'k wiet? Toe, loep spiel nou."

Sy het egter regtig bekommerd begin raak toe dit een aand laat word en Frans nog steeds nie terug is van sy wandeling nie. Later was dit tienuur en sy het daaraan gedink om die polisie op te bel. Maar sy het haar bedink en besluit om te wag vir môre. Miskien kuier hy maar net by 'n vriend, het sy gedink.

Dit was Julie toe Frans vir die eerste keer brandspiritus drink. 'n Motreëntjie het neergesif toe hy saam met Antonie en 'n groepie ander onder 'n rots sit en 'n halwe bottel brandewyn uitdrink voordat hulle die spiritus daarin gooi. Die mengsel het Frans se keel soos vuur gebrand, en dit het gevoel of daar kole in sy maag is. Hy het gekots, en soos een van die ander die oorblywende spiritus in die plastiekhouer skoon begin drink.

'n Vlaag wind het skielik met 'n ruk opgekom. Dit het baie koud geword. Frans het vir Antonie gesê: "Wi djy nie in my hys kô blyie, Maaster?" Sy oë was glasig.

Antonie het gesê: "Daa noem Maaster my Maaster." Hy het Frans 'n klap op die skouer gegee. "Dis dam lekke nê? Nou's ons altwie Maasters!"

Frans het voor hom probeer uitkyk, maar hy kon nie sy oë fokus nie.

1982

DALENE MATTHEE

Die Judasbok

Kinders is vloeksels! woed dit uit haar uit. Sy skuur met drif die aluminiumteepot blink en spoel die skuursand af in die sinkbad by die hoek van die huis.

Vloeksels!

Langs die huis staan die motor waarmee hy gekom het: Karel, haar enigste seun. Om die hoeke van die ander Kleurling-huisies, 'n ent daarvandaan, loer groot en klein soos dasse uit skeure na haar kant toe.

"Loop lê!" skree sy en sien hoe die kinders spaander. Op Wolwedans se werf loop almal lig vir ou Bet se tong en lang karwats. 'n Onheil ruik sy van ver af uit en niemand wat al onder haar karwats moes deurloop, sal haar ooit weer daarna geringskat nie.

"God, gee my krag lat my hart net hou," bid sy kliphard by die watertenk.

Langs die tafel in die koel voorhuisie sit die deftige man en wag. Hy besef dat hy 'n fout gemaak het, dat hy nie moes gekom het nie. Hy moes by sy oorspronklike plan gebly het en net geskryf het. Maar toe kom die finaliteit en saam daarmee die begeerte om self op Wolwedans te kom groet. Na tien jaar.

So ontsettend baie het met hom gebeur in dié tien jaar dat dit hom geskok het toe hy hier aankom en skielik besef dat die jare hier nie verbygegaan het nie. 'n Nuwe tapyt op die vloer, nuwe buffet en nuwe koppies op die rak, 'n gradedagfoto van hom teen die muur, maar nie verandering nie.

By die deur uit. Anderkant die klofie in die Sondagmiddagstilte staan Wolwedans se opstal nog net so groot en wit en onbereikbaar ver in anderland.

Een ding troos: Dat hy Lillian nie saamgebring het nie. Sy het aangehou om saam te kom, maar hy het dit nie verstandig geag nie en haar afgeraai. Nou is hy bly. Hy het vergeet hóé eenvoudig sy mense werklik is. Miskien het hy deur die jare sy ma in 'n mate begin idealiseer; die abstrakte onthou: haar krag, haar veiligheid as die donder blinkslaan oor Wolwedans se ysterklip. Maar ook haar hande in die spierwit deeg wat netnou oondkoek word met stroop daaroor.

Hy het vergeet dat sy eintlik Ou Bet is, wat die duiwel nie vrees nie en om wie se huis selfs die hoenders versigtig skrop.

Hy skaam hom vandag vir haar – vir haar groot, vet lyf, haar kopdoek en haar onbeskaafdheid, die skurfheid aan haar voete. En hy skaam hom vir sy suster, Nossie, wat voortandloos uit die kamer sit en loer.

Hy moes nie gekom het nie. Of miskien het hy juis hierdie foltering nodig om die laaste twyfel uit sy hart te haal.

Ou Bet kom donker by die voordeur in.

"Jy moet oorkant by die opstal loop groet," sê sy kortaf.

"Hoekom?"

"Uit ordentlikheid uit."

"Ma het teen hierdie tyd seker reeds vir al my gebrek aan ordentlikheid ingewerk?"

Here, versoek ou Bet dringend in haar binneste, sit 'n wag voor my mond, dis my vlees en bloed.

Sy haal die bêrekoppies van die rak af en spoel dit uit in die kom.

Eintlik het sy twee seuns grootgemaak: haar eie en die een oorkant by die opstal, Niel. Toe hulle klein was, het hulle soos broers gespeel, saam slae gekry, saam kos gekry. Niel is die oudste en is eerste skool toe. 'n Jaar later is Karel ook skool toe. En Karel se rapport moes ook opstal toe en by mies Hettie verby. In die groot klasse het hulle albei gesukkel met die Engels en mies Hettie moes naweke inspring en help.

Niel is universiteit toe om dokter te word en Karel was in Matriek toe mies Hettie en die baas die Vrydagaand tot hier gekom het. Simon het toe nog geleef.

"Simon en Bet," het baas Piet gepraat, "wat is Karel se planne vir volgende jaar?"

"Nee, hoe sal ons dan nou sê . . ." Arme Simon het ook maar nooit geweet hoe om te sê nie.

"Hoe meen baas Piet nou?" het sy toe gevra.

"Ons het eintlik kom sê, Bet, as Karel verder wil studeer, is daar niks wat in sy pad staan nie. Wolwedans sal daarvoor sorg."

Karel het vir prokureur gaan leer. Niel het vakansies teruggekom opstal toe. Karel het net die eerste jaar nog gekom.

"Ek het die hele pad van Johannesburg af gekom om Ma te kom groet," sê Karel.

"Jy het nie bietjie lank gewag voorlat jy kom groet het nie?"

"Ek vertrek volgende Woensdag oorsee. Vir goed."

"Oorsee?"

"Ja, Ma. Ek is aan 'n meisie met die naam Lillian Stewart verloof, ons gaan daar trou en daar woon."

"Hoekom het jy haar nie saamgebring nie, of reken jy ons is te eenvoudig vir die stadsmeisie?"

"Sy is Wit."

"God!" skrik ou Bet amper 'n koppie flenters. "Is jy mal?"

"Nee, Ma. Sy is 'n vrou en ek is 'n man. Ons erken slegs ons mensskap, nie die kleur van ons velle nie."

"Kak! 'n Voël is 'n voël. Die groot law sê die spreeu en die mossie sal saam sit op die tak, maar nie in dieselle nes broei nie. En die skaap en die bok sal op dieselle land wei, maar nie saam gaan lê nie!"

"Ma, asseblief . . ."

"Ek mog net stennerd vier se gelerentheid hê, maar ek is nie onnooslik nie; ek en mies Hettie praat baie oor dié dinge. Baie. Ek sê jou."

Hy kry sy humeur met moeite beteuel. "Ek het die hele pad van Johannesburg af gekom om Ma te kom groet en nou maak Ma met my rusie uit Ma se onkunde uit. Ek gaan na 'n land waar daar nie Wit- en Swartmense woon nie, waar daar nie Wit en Swart en Bruin wette is nie, maar waar die mens méns is en die wette vir almal geld."

Lat my hart net hou vandag, Here! skree ou Bet in haar binneste en skink die tee.

Wolwedans het ou Bet nog selde sien huil. Op hierdie dag sou hy haar weer sien huil: oor iets wat soos 'n adder lê en wag in die voetpad waar sy nie beplan het om te loop nie . . .

"Jy kan vlug tot op die maan, Karel Philander," sê sy en pluk haar voorskoot reg. "Die groot law sal vir jou inhaal, want wit en swart is 'n ander ding. Wit en swart word in die hart gedeel en ek is wit en jy is swart."

"Ekskuus? Wat sê Ma daar?"

"Ek is wit omlat my hart wit is en jy is swart omlat jou hart swart is. Wat se nasie is hierdie Wit meisie wat haar aan jou staan en verloof het?"

" 'n Suid-Afrikaner wat oor Wit en Swart voel soos ek daaroor voel. Sy is Engelssprekend en 'n onderwyseres."

"Ja. Van haar soort het ek ok al gelees in die koerante. Haatsaaiers, opstokers, so swart soos die nag, sê ek jou."

"Ma!"

"*Ek* praat nou. Jy kan nie van die groot law wegkom nie en die groot law sê jy moet jou vyand liefhê, vir hulle bid! En voorlat ons dit nie geleer het nie, sal ons in onse moer in bly tot in lengte van dae, sê ek jou! En kan ons oorsee vlug, Wit meisies trou in die hoop lat van die skynsel op ons sal val . . ."

"Ma is lewenslank op Wolwedans voorgepraat."

"Wat weet jy van Wolwedans? Ek sal jou sê van Wolwedans solat jy daar annerkant die water sal onthou lat ek jou gesê het, solat jy jou Wit meisie ok van Wolwedans kan vertel. Op Wolwedans is daar net drie witmense: ek, ou Bet, mies Hettie en baas Piet. Die nuwe voorman dink hy's wit, maar hy issie. En wie rule op Wolwedans? *Ons*. Die drie wat wit is. By wie kom klop die anner as die kleintjie moet kom? By ou Bet. By wie klop hulle as daar siekte is? By ou Bet. Wie ry hulle dokter toe? Baas Piet. By wie leen hulle geld? By mies Hettie. Wie maak die rok vir die aanneming en die trou? Mies Hettie stik en ek vat die naald. En vir wie steek hulle in die rug? Vir baas Piet. En by wie steel hulle uit die kas? By mies Hettie. En vir wie skel hulle onner die rokke uit as hulle dronk is? Vir ou Bet. En wie bid vir hulle? Ons. Dis waar die verskil tussen wit en swart lê."

"En met wie se sweet is Wolwedans omgeploeg?"

"Wat anners kon hulle doen? Teach?"

"Hulle moes werk vir 'n broodloon en 'n bottel wyn."

"Wolwedans se mense kry goeie geld en vleis vir die pot. Die wyn koop hulle self, en hulle is gelukkiger as jy."

"Ma verraai Ma se eie mense."

"Wát? Ek verraai geniemand nie, dis jý wat jouself verraai, sê ek jou."

"Ek skaam my vir Ma."

"En ek skaam my voor God vir jou."

"Ma sê God is 'n Witmansgod."

Dit moes hy nie gesê het nie. "God is 'n God vir almal en almal is sy kinders, hoor jy! Hy's vir die Swartes net so lief as vir die Wittes en ons moet word soos Hy. En nou kom staan jy hier met jou klas kak van Witmansgod? Het ek jou so grootgemaak? Die onkruid groei van dieselle son en jy kom sê vir my dis 'n Witmansgod?"

"Ek dink nie Ma het 'n idee van wat in die wêreld aangaan nie," sê hy moedeloos.

"Ek weet alles wat in die wêreld aangaan; en sien die wêreld iedere aand op die televisie."

"Ag so? Het *baas* Piet vir julle televisie gekoop?" vra hy sarkasties. "Ek neem aan hy staan in die skuur en julle sit op die bale en klap hande dat dit bars."

"Ja. Ek en Nossie loop iedere aand en Vrydagaande gaan die karwats ook saam. Dis gewoonlik die aand wat die anner hulle eie show wil opsit."

"Dit skok my tot in my siel dat Ma nog vir die Witman kan opkom. Dink Ma hy wys vir julle alles wat aangaan oor sy televisiediens? Van die werklike hartseer en ellende van die stedelike Swartman en Kleurlinge?"

"Ek bid iedere aand vir dié wat so swaar kry. Ek vra die liewe Here om vir hulle wysheid en leiding te gee, solat hulle kan ophou teel soos konyne en suip soos visse, solat hulle kan ophou om die Witman te haat, maar end van die maand Witman se welfare te gaan kollek. En ek bid vir die Witmense met die swart harte wat alles opfok en ek vra die Here om aan hulle die meeste wysheid te gee. En ek bid vir onse Eerste Minister."

"*Onse* Eerste Minister? Wat waar is?"

"Die Eerste Minister van onse land."

"Ons het vir geen minister gestem nie, ons hét nie 'n minister nie, ons hét nie 'n stem nie!" Die woede bewe in sy hande as hy 'n sigaret uithaal en opsteek.

"Ek het vir hom gestem," sê ou Bet.

"Wát? Gestem? Waar?"

"In my hart. Stem op pampier het die wêreld nog nêrens gebring nie, ieder verder in sy moer in."

"Ma is gebreinspoel."

"Wat beteken dit?"

"Los dit. Kan ek nog tee kry?"

Sy skink die tee en gooi nog melk in die bekertjie. Na 'n rukkie sê sy: "Karel, daar is 'n anner ding wat Ma jou darem baie graag wil vra."

"Vra."

"Al die ellende in die stede onner onse mense, hoe't dit dan gekom lat jy met 'n *tie* om jou nek sit en met 'n grenter kar as baas Piet ry?"

"Ek wens Ma wil ophou met die ge*baas*sêery!"

"Ons ouvolk sê nog baas; die nuwes is die menere en mevroue, en ek moet sê dit klink vir my baie mooi en reg. Mies Hettie het ook al met my gepraat oor die ding, maar ek sê haar ek sal maar so doodgaan . . . Ek sien jy't toe nie my vraag geantwoord nie."

"Ek het nie antwoorde vir Ma se skynbestaan nie. Ma is 'n boereboetie en Ma is blind."

"En die Wit meisie, wat is sy?"

"Ek het dit nie teen die Engelse nie; dis die sogenaamde Afrikaner wat my bloed laat kook en die ondergang van ons mense was en steeds is!"

"En nou trou jy met 'n Witte omlat dit teen die Afrikaner se wet is?"

"Ek sal die Afrikaner wys dat hy my nie in sy land kan hou nie en ook nie onder sy wette nie!"

"Die Woord van God sê dytlik en uitdruklik lat ons moet vergewe en lat ons moet bid solat ons mekaar kan liefhê. Ons moet die Witman met die swart hart liefhê en vir hom bid totlat sy hart wit is. Haat en spite het nog nooit iets reggemaak nie en dit sal ok nie. Trou met 'n witvel sal ok nie jou hart wit maak nie en hare ok nie."

"Wolwedans het Ma voorwaar leer dans op hul wysie."

"Wie het jou laat leer?"

"Ma het daarvoor gewerk."

"Nie 'n pennie is van my loon gevat nie."

"Nie direk nie."

Nossie kom skaam-skaam uit die kamer uit en loop verby buitetoe.

"Kan Ma nie kyk dat Nossie tande kry nie?" vra hy.

"Los jy Nossie se tande uit. As die geld daar is, sal die tande ook daar wees."

"Ek neem aan sy werk in die opstal se kombuis."

"Sy wou nie leer nie. Mies Hettie is goed vir haar en leer haar allerhanne fênsie kos maak, solat sy eendag in 'n goeie hotel sal kan gaan kook. Mies Hettie sê die kind se hanne staan vir niks verkeerd nie."

Hy staan op en loop om die tafel. Op die buffet staan die gekleurde hoenderhaan wat hy in sy Matriekjaar vir haar gekoop het, in die middel van 'n gestyfde kleedjie. Hy voel meteens skuldig. Hy moes haar geldelike hulp gegee het, haar weggekry het van Wolwedans af voordat sy haar so totaal aan hulle verkoop had. Hy sal haar 'n tjek gee voordat hy gaan en sê sy moet kyk dat Nossie tande kry.

"Ma was inne koerant," sê Nossie toe sy terugkom en sku gaan skuil in die skemer vuurherd.

"Ag so?" probeer hy belang stel.

"Ja," sê ou Bet trots. "My petret was inne koerant. Ek het mos self vir my die ekstra vertrek aangebou. Baas Piet het vir my die vorm geleen en die sement gekoop, die klôgoed het die sand aangesleep en ek het die stene gemaak en gebou. Reken, en toe ek klaar is, toe kom die vrou van die dorp af hier aan en vat my petret. Die klomp sonsitters hier annerkant het nou ok kastig begin stene maak; snags steel hulle van mekaar se stêks en dan baklei dit eers weer 'n paar dae totlat ek met my karwats onner hulle inklim . . . Ou Moos het darem al fluks aangebou."

"Ai, Ma . . ."

"Ek sê jou glad wildvreemdes groet my nou op die dorp vanlat my petret innie koerant was."

"Ja," sug hy. "Maar in die oë van die Wit Afrikaner bly Ma net meid. Die oomblik dat Ma Ma se voet oor die streep sit wat hulle getrek het, is Ma vyand, opstoker, kommunis en is Ma gemerk soos ek. En ek kan aanloop, maar Ma nie."

Hy moes die ding nie só gesê het nie. In ou Bet se hart lê 'n trots waaraan sy nie laat raak nie. Deur niemand nie. Dis 'n trots so fier soos Wolwedans se kranse. En hy sien dit in haar oë en in haar skouers kom, en besef dat hy onverwags aan 'n regte snaar gepluk het.

"Ma se redding was nog altyd Ma se trots en Ma se verstand," volg hy vinnig sy voorsprong op. "Ma het vir Ma 'n grensposisie bekom en slim aan hierdie kant van die grenslyn gebly. Ma het Ma se leierseienskappe verwerk tot 'n soort tirannie op Wolwedans se werf en só die Wit boer en sy vrou se guns gewerf en saam daarmee Ma se trots beveilig. Ek glo dat hulle Ma seker reken;

die Afrikaner had nog altyd tyd vir 'n goeie Hotnot wat ja baas en nee baas en duskant die skeidslyn bly."

"Dis 'n lieg! Wat van al die plekke waar onse mense al kan kom? Dink jy ek sit hier en weet van niks? Dink jy koerante kom nie tot hier nie?"

"Ma glo al die halwe waarhede. Ons kan kom waar hulle sê ons kan kom; dis 'n kwessie van die lyn verlê. En ek daag Ma uit om te kyk hoe ver Ma oor daardie lyn kan kom!"

"Ek kom oralster waar ek wil kom."

"Ma bedoel: Ma kom oral aan hiérdie kant waar Ma wil kom."

"Sal ek jou sê hoeveel respekte die Witmense vir ou Bet het?" stry sy trots en tree onwetend nader aan die slagyster wat skielik in sy gedagtes begin vorm kry. "Toe ek hier gelê het en so siek was lat ek my kop nie kon oplig nie, het Niel my uit die Kaap uit kom haal, my saamgevat en self gaan oopsny en reggemaak en weer toegemaak ok. En weet jy wat het hy in daardie grote hospitaal voor almal van my gesê? Die nursie het rof met my gewerk en hy het dit gesien. Toe sê hy vir haar sy moet mooi met my werk, want ek is sy ou Bruin moeder. Hy't nie vergeet wie se hande hom help grootmaak het nie. My eie kind het nie eens geweet ek is in die hospitaal nie."

"Ma weet goed Niel se brief het eers by my uitgekom nadat Ma al by die huis was."

"En dit het my nie 'n pennie gekos nie."

"Vir Niel ook nie."

"Jy praat van jou Wit broer!"

"Hy is nie my broer nie, hy is 'n Wit Afrikaner!"

"Maar jy praat soos hy en jy kom uit dieselle grond as hy!"

"Ek sal die Wit Afrikaner haat tot die dag dat hy uitgesterf het!"

"Mag God jou genadig wees soos ons genadig moet wees. Vervloek 'n man en jy maak sy wapens skerp, sê mies Hettie; bless hom en jy maak sy wapens stomp. Ons moet vir mekaar bid en mekaar liefhê, anners gaan die wapens nie stomp kom nie en anners gaan onse mense ok nie bo uitkom nie!"

Hy moet haar terugkry by haar trots, haar daar laat knak, besluit hy. Die afstand tussen liefde en haat is 'n vuurvonk se spat . . .

"Ma sê die mense van Wolwedans en die mense op die dorp respekteer vir Ma?" sleep hy die slagyster versigtig nader.

"Ja!" sê sy trots.

"Ma dien oppie Society ok," spog Nossie uit die vuurherd. Hy ignoreer haar.

"Glo Ma dat Ma vir hulle 'n mens is soos enige Witmens?"

"Ja."

"Sal hulle Ma leed wil aandoen?"

"Nee. Geniemand met 'n wit hart sal iemand leed wil aandoen nie."

"En hoeveel van hulle, reken Ma, het nou so danig wit harte?"

"Die meeste van dié wat ek ken," sê sy met die grootste oortuiging – en verskuif presies na die posisie waar hy weet hy haar in die yster gaan laat trap en waar hy haar wil hê.

"Nou goed, Ma," sê hy sag. "Bewys aan my dat Ma 'n gerespekteerde mens is en ek trek elke woord wat ek teen die Afrikaner gesê het, terug."

"Hoe meen jy nou lat ek jou moet bewys?" vra sy ergerlik.

"Bewys hoe wit hul harte is."

"Hoe moet ek dit bewys?"

Skaakmat.

Hy kyk op sy horlosie. "Dis Sondag . . . Oor 'n uur of 'n uur en 'n half gaan hulle vir die aanddiens kerk toe op die dorp. Die Wittes, die Afrikaners. Gaan trek Ma aan, dan neem ek Ma tot by die kerk en dan gaan Ma in en woon die diens saam met hulle by."

"Is jy van jou kop af?"

"Ma sê dan . . ."

"Se moer! Dink jy ek weet nie wat in die wêreld aangaan nie? Dink jy koerante kom nie tot op Wolwedans nie?"

"Maar hierdie mense reken dan vir Ma. Hulle respekteer Ma en hulle ken Ma dan so goed. Die gevalle waaroor daar in die koerante geskryf was, was vreemdes vir mekaar."

Buite word dit dynserig en die skemerte kom vroeër die voorhuis in. In ou Bet se hart gaan lê 'n onrus. Die dringendheid in haar kind maak haar bang; dis of 'n krag uit sy lyf uit kom en in sy pikswart oë 'n vuur word.

"Ma sê mos die meeste van hulle se harte is wit. As Ma dan vanaand saam met hulle in die kerk gaan sit . . ."

"Dis nie my plek nie en dis nie onse kerk nie!"

"God is almal se God en dis tog Sý huis."

"Hoe praat jy dan nou met my tong? Of praat jy soos die wind, nou hier en dan daar?"

"Nee, Ma. Al wat ek vra, is dat Ma aan my moet bewys dat Ma vir hulle *mens* is. Bewys dit aan my en aan Nossie en bo alles aan Ma self." Sy beste kaart bêre hy nog eers . . .

In ou Bet torring 'n verset los: 'n kind van haar so met haar maak? Haar openlik in die sloot wil staan en stamp? "Dis nie my kerk nie," stry sy. "Voor ons saam in een kerk kan sit, lê daar baie bid vir ons voor, baie vergiffenis en baie vee voor onse deure."

"En wat van die vuilis voor húl deure?"

"Ons mag nie mekaar daarmee gooi nie. Verstaan jy dan nie wat ek sê nie! Dié met die wit harte moet bid vir dié met die swart harte en hulle in hulle se moer in regkry met die liefde saam!"

"Sê liewer Ma is *bang*!" gooi hy die troefkaart vol in haar gesig. "Bang om oor die lyn te trap wat die Witharte vir Ma getrek het omdat Ma diep in Ma se hart net so goed soos ek weet dat hulle almal vuilgoed is!"

"Wat sê jy?"

"Ek sê Ma is bang om in hul kerk in te stap en te bewys wie reg is: ek of Ma."

Niemand sê vir ou Bet sy's bang nie. Niemand nie.

"Hulle sal my nie uitsmyt nie. Nie vir ou Bet nie," sê sy trots.

"Bewys dit!"

Daar is 'n stil vreesloosheid in haar as sy hom antwoord: "Ek is nie bang nie. Ek sal my rok gaan aantrek en ek sal gaan en jou wys."

Dis soos die dag toe hulle kom skree het daar dryf 'n kind op die dam. Jou voete hardloop, jou lyf haal asem, maar jou kop sê: moenie dink nie, hardloop net. Jou hart weet dis jóú smart wat daar dryf, maar jou kop vat nie die dink nie, jy hardloop net.

"God, my Vader, hou vas my hand solank ek hierdie beker drink vanaand," bid ou Bet in die kamer. "Gaan my vooruit en berei vir my 'n plek solat ek nie voor hom val nie. En lat mies Hettie en baas Piet nie vanaand kerk toe gaan nie. Spaar hulle dit. Amen."

Sy ry in stilte saam. Dis soos die dag toe hulle geskree het daar dryf 'n kind op die dam. Jissus.

By De Kock se winkel en die eerste stopstraat skree sy: Draai om! Maar haar mond gaan nie oop nie en die woorde kom nie uit nie.

Dis al laat en stil om die kerk.

"Belowe my net een ding, Ma: nie agter teen die muur nie, maar reg in die middel."

Haar mond is droog; sy sukkel om die kardeur oop te kry.

Haar voete klim die treetjies . . . haar kop is duiselig soos wanneer sy die hoëbloed kry . . . haar lyf stoot die swaaideure wat na binne lei oop . . . haar ore suis. Here!

Sy kyk nie links nie. Sy kyk nie regs nie. Haar voete vat haar in die paadjie af tot waar haar liggaam móét gaan sit.

Here, help my dan!

Sy hoor nie die druising wat deur die kerk gaan nie. Deur die newels van haar vrees, reg voor haar, sien sy die goue letters: GOD IS LIEFDE.

Voete skuif, mense kug, die gemeente is in beroering.

Sy ruik haar eie angssweet om haar in die lug en hou haar oë brandend op die goue letters. Uit die toring galm 'n enkel slag en daarna is dit stil.

Sy sien hom kom uit die hoek van haar oog. Die koster.

"Ou Bet," fluister hy, "die kerk is vir Witmense, jy sal moet loop."

Die kerk is nou amper onstigtelik van beroering. Iemand sê los haar! Nog een en nog een en nog een . . .

Jy weet dis jou smart wat op die water dryf, maar jou voete vat jou lyf . . . Hande raak haar aan, maar sy kyk nie links nie en sy kyk nie regs nie.

My God, waarom het jy my verlááť?

Onder die trap wag Karel vir haar.

1982

E. KOTZE

Bloedige dag

Lya Solms skud die laaste stuk wasgoed met 'n driftige klapgeluid oop en pen die twee broekspype aan die draad vas. Dan buk sy en kantel die badjie blouwater in die gras om, gryp 'n stuk staalwol, skraap dit oor die seep en begin skuur die wateremmers en baddens met kort, haastige hale.

Sy hou die sonskaduwee dop wat om die watertenk se hoek kom. Sy het vanoggend vroeg, voordat sy plaas toe gekom het, haar eie bad wasgoed ingeseep en die suurdeeg net met meel deurmekaar gemaak en 'n bol gerol. Sy moet nog gaan knie.

"Wit en bont is op die bos," rym sy, "en hard en sag is in die pot," loop sy die tyd vooruit. Daar word agtermiddag geslag. In haar gedagtes ryg sy reeds die hamelskaap se binnevet van die derms af, ruik sy die bruingebraaide kaiings van die vetstert.

Die bloedige son brand haar tussen die blaaie. Dis 'n gruwelike dag. Met die draai van die somer kom daar soms sulke dae wanneer daar eintlik 'n swaelreuk uit die kliprantjies opslaan. Wanneer dit voel die duiwel krap vir oulaas kole uit voor die herfsgeel vlam in die bome. Glad nie 'n dag vir slag nie. Sulke dae dam die swoelte in die grasdak op en slaan snags binnetoe. Straks word die vleis bedompig. Maar daar is oesmense in die boorde wat rantsoen moet kry.

Lya sleep die blinkgeskuurde emmers deur die syferdam, keer hulle op die wasklip om en maak die blousellappie in 'n hoë mik sit. Dan sluk sy die laaste bietjie afgekoelde middagkoffie weg, spoel die bekertjie uit en begin haar eie goed bymekaarmaak.

Eenkant in die son lê haar kinders: die klein kind aan die slaap onder 'n luier, en die lam enetjie met sy vuil gevreetjie. Hy loer vir haar met helder wakker oë en lig sy lyf toe hy gewaar dis looptyd. Sy maak die kleintjie in die abbakombers agter haar rug vas, tel die lamme op haar arm en gaan sê vir die boervrou sy loop eers.

By die agterdeur kry sy haar wasgeld en 'n treksel koffie-en-suiker deurmekaar in 'n vaalkardoes, 'n dubbele sny vis-en-brood daarby. Die oorskietsplinter seep kan sy maar vat om haar eie goedjies mee te gaan uitvryf.

"En onthou nou van die slagtery, kom maar deur as jy die veewagter met die skaap op die werf gewaar," word sy herinner.

Met die uitgetrapte voetpad stap sy af rivier toe, oor die damwal en anderkant teen die skuinste uit, verby die ry enerse lae rietdakhuisies. Die Solmse woon in die heel laaste huis, langs die olienhoutbos, effens apart. 'n Kamer en kombuis is dit, met 'n venster en 'n deur en 'n skoorsteen. En 'n uitgetrapte stoep wat net hoog genoeg is om die vark uit die agterdeur te hou.

Die skoorsteen rook en die bodeur is oop, dus weet sy die skool is al uit.

Die opgeskote Mietjie het klaar geknie: 'n dubbele brood in 'n paraffienblik-pan.

"Ma," begroet sy Lya toe dié onder die lae kosyn inbuk en die lam kind op die drumpel laat sak, "Lewies-goed het weer aartappels in die as."

Lya gryp die houtriem agter die deur en slaan 'n lang hou oor die tafel, maar die twee onkruide spat by haar verby en sy kry net 'n windhou in. "Hoekom is julle so ongehoorsamig? Vanaand kan julle met jul bekke teen die wind sit!" Die boer is deesdae strik met die aartappeluithalery en staan self by om te kyk dat daar nie te veel raak gesteek word nie. Dis nie meer net vir loop haal nie.

En dit word al hoe moeiliker om die kinders elke aand dik te kry. Nié op geel skorsies en uitskottamaties nie.

Vanaand kan sy darem reken op die harslag. In die groot huis eet hulle mos nie long nie, en as sy die kop kap, val die koker ook nog haar kant toe. So prakseer sy terwyl sy die klein kind losknoop en laat drink.

"Jy moet maak en winkel toe hol," sê sy vir Mietjie, "en vir my kom water dra. Ek weet nie of ons gespoel kom voor ons begin slag nie."

Die paar muntstukke wat sy met die was verdien het, lê op haar handpalm en sy stoot die kleingeld met 'n flitsbeweging van haar duim oop, oorlê dan prakties: Twee kerse, bottel lampolie, boksie mêtjies, pakkie twak, pakkie kerrie. Suiker? Maar nee, dan kom dit kort vir koffie, en die trekseltjie uit die plaaskombuis is mos darem soet gemaak. Nietemin is sy skielik watertand vir 'n lekker ding. Sy voer 'n kortstondige stryd, swig dan voor die versoeking. "Bring 'n pakkie tjips."

"En 'n muis vir my? Vir die loop?"

"Muis!" Die lam kind lig sy bolyf: Hy roei homself voort met sy elmboë en kom hang halfmas aan die tafelpoot.

"Bring maar twee muise. Maar jy moet maak en kom. Jakkie, sie jy die kleidjie los, as jy Ma se breekgoed daar aftrek . . .! Lewies, kom vat die kind!" Maar Lewies is weg en sy sit Jakkie by die deur uit tussen die hoenderkuikens. Sy kan dit nie waag om hom alleen in die huis te los nie, hy pluk alles om.

Wat sy het, het sy swaar bymekaar gekry en geld om ander te koop, het sy nie. Sal daar ook nooit weer wees nie. Hulle is arm. Jan Solms loop dikgelap en Mietjie se klere span, die jongetjies-kinders se goed is gaar gedra. Hulle is deesdae aan alles kort: kooigoed en warmgoed, en agter met hul klops. Dis 'n treurigheid as jy daarmee agter is, as jy die dag moet rondval om jou dooies begrawe te kry.

Daar is nie ander genade nie, sy sal die naweek die kinders maar moet vat en gaan besemriet pluk. Hulle betaal nou ses sent vir 'n ordentlike bos en Mietjie pluk al fluks. Sy kan nog wasgoed ook vat en partymaal stuur missies Radyn van die bruin skool lap- en stopwerk.

Vir die afval se skraap word sy darem ook betaal.

Daar hang 'n donderweerbenoudheid in die lug en die wolke pak so wit soos blomkole oor die berg saam.

Lya staan teen die wasbad met 'n verwyt.

Dis sy wat die ongeluk oor hul huis gebring het. Dit was met Jakkie se kleinte. Sy het melkkoors gekry en moes hom hans grootmaak. Jan Solms het 'n varksog en jongetjies verruil vir 'n versie wat in die melk was en so het hulle genoeg melk vir die kleintjie en vir hulself gehad. Jakkie was rondvet van melkpap en hulle het dwarsdeur die winter snysels met kaneelsuiker geëet. Hulle het dit breed gehad daardie tyd.

Maar op 'n middag, toe die kind al 'n kruipkind was, staan sy voor die stoof die pot en roer toe sy iets agter haar hoor. Eers dag sy dis die kind onder die tafel, maar toe sy omkyk, sien sy dis 'n vrou, en toe sy weer kyk, sien sy die vrou se oë, en dis twee vlamme. En sy skrik en sy skree: "Jou mame se moer!" En met dié dat sy skree, kook die melkpot agter haar oor en toe sy weer kyk, is die vrou weg.

Dis die vuurgees, sê antie Kaatjie toe vir haar, en sy's nou kwaad, want jy't haar gevloek.

Op 'n middag toe die mansmense in die perskebome is en sy onder by die fontein met die wasbondel, maak die weer uier en las aan en raak aan die grom. Toe gee die wind een warreling en slaan daar 'n blits uit die lug uit en in die bloekom waaronder die koei op lyn staan. Net 'n vuurstreep en 'n swaelruik, toe staan die boom pikswart geskroei en lê hul melkkoei gaar verbrand.

Daarvandaan ry die ongeluk hulle.

Sy moes voetval vir 'n bietjie afgeroomde melk vir Jakkie. En die kind begin sommer agteruitgaan. Op 'n dag het hy net 'n koors en sy en antie Kaatjie staan bont, maar hy bly siek, tot hulle hom dokter toe vat en weg hospitaal toe. Toe hy terugkom, lyk hy soos hy vandag nog lyk, sy beentjies uitgeteer en hy sleep waar hy moet wees.

Sy kry swaar onder die vloek.

Sy staan en was met een oog op die plaaswerf.

Toe die slagtery begin, moet sy nog net spoel. "Ons sal nie nog vanaand daarby haal nie, vat maar in," sê sy vir Mietjie, "anners slaap die hoenders vannag daarop."

"Lewies," skree sy toe sy afsak rivier toe, "as ek skree, kom haal jy die harslag. En sôre dat daar water in die huis kom en kyk na die kinders!"

Sy's oorlams met 'n slagtery. Sy stook onder die swart driebeenpot met skraapwater en vat toe die slagding uit die mansmense se hande.

Die boervrou kom met 'n skottel vir die lewer en niertjies. "Vat jy maar die hart ook en die binnevette. Braai vir julle uit." En die lekker-lekker soetvleis.

Lewies kom haal die koerantpapierpak. "Loop gee vir Mietjie, sê sy moet solank opsit," sê Lya.

Kortendag hang die skaap. Toe pak sy die afval. Daar is niemand op hierdie plaas wat 'n afval uit Lya se hande kan kom vat nie. Maar vanaand sukkel sy.

"Ek sal nog 'n blyts moet kry," bely sy met 'n skaam gesig, verleë oor die oponthoud. "Hy maak swaar skoon."

Daar het mettertyd 'n weer aangegroei en die wind warrel kort-kort onder die pot in. Sy druk die uitgebrande stompies dieper in en verskuif die blou skottel met die skoon pens en pootjies.

Af en toe blits dit. Maar ver weg. Die mense het uitgeval en staan en wag vir hul dop voor die wynkamer.

Die boervrou kom 'n slag kyk. "As jy nou met die kop klaar is, moet jy maar los tot môreoggend toe, dan kan jy mos maar kap en verder afwas."

Maar môrevroeg wil sy spoel en dan die kinders vat en kloof op om te gaan hoor of sy nie iewers 'n los werk kan kry nie – uie skoonmaak of twak ryg dalk . . . Sonder om op te kyk of op te hou met krap, sê sy: "Nee wat, ek maak gou klaar, die kind het gedrink voor ek gekom het." Sy sukkel met die pluis wol tussen die ore, kry dan tog die oorhand en eindelik lê die kop by die res van die afval in die kom.

Sy keer die pot water oor die vuur uit en maak die messe bymekaar. Net toe sy die kom optel om kapblok toe te stap, slaan daar 'n donderslag wat die grond laat tril. Op die dreuning volg 'n rukwind wat die papier op die blok verflenter. Lya kap kort, haastige houtjies, elkeen sekuur waar sy hom wil hê. Sy kap die koker weg en vlek die kop oop, kap die holtes bokant die oë af en rond nog hier en daar af, haastig deeglik.

lewers kletter 'n paar los sinkplate.

Dan volg daar 'n geskreeu. Die hel breek los. "Die weerlig het Jan Solms se huis aan die brand geslaan!" roep iemand. "Hardloop, Jan!"

"Lya!" skree die mense, "jou huis!"

Sy staan met die skottel afval in haar hande en sy sien die donker rookwolk bokant haar huis, met hier en daar 'n oranje vuurstreep daarin. Dan jaag die wind die vlamme op en brand die dak hoog.

"My huis brand!" Lya gee 'n tree vorentoe, steek dan vas, trap rond met die afvalkom in haar hande. Die vuurtonge skiet in die lug op, vlamrooi teen die donker donderwolke. "My kinders, waar's hulle?"

Jan Solms steek kortpad tussen die nartjiebome deur.

Die plaasbakkie dreun met die vrag werkers en grawe agterop.

"Sit neer die kom en gaan kyk wat van jou kinders geword het. Hardloop, Lya!" skreeu iemand.

Sy voel skaars die gekrap van die wilde brame. Sy storm teen die rivierwal af en anderkant uit. Sy't eenmaal 'n kind gesien wat vooroor in 'n kolebak geval het. En die bees onder die boom met die swart weerligmerk oor sy vel.

Een van die vroue het haar klein kind. En die lammetjie hang aan Mietjie. Hy val na haar toe en sy gryp hom, kaalstert en bewend. Nie van koue nie, want die vuur skroei op 'n afstand. "Ma," skree hy, "Ma!" en hy klou met sy taai lekkergoedhande om haar nek. Sy ruik die skroei in sy kop toe sy hom teen haar aansus. Die vuur dreun in die dak. Alles aan die huis is oud en horingdroog en dit brand soos petrol. Die mansmense slaan die droë gras rondom plat sodat die vuur nie kan versprei nie.

Dan stort die dak stuk-stuk in. Wanneer die wind stoot, gloei die dakbalke in die donker en vonke skiet soos vuurwerk in die lug op. Te mooi.

Tant Raal sê: "Mietjie is nog met die twee kanne af water toe. En wat ek weer hoor, toe skree sy net en toe ek kyk, toe sien ek hoe gooi sy die kanne weg en sy hol en toe sien ek alles is onder rook. En ek skree vir haar: 'Gryp die kinders.' Ampers het ons vir Jakkie nie uitgekry nie, hy was agter in die kamer onder die kooi in. Dit het min geskeel of Mietjie het hom nie daar uitgekry nie, want die vuur was toe al by die deur."

Mietjie gaan hard aan die huil.

"Bring die suikerwater, sy het sleg geskrik."

"Hulle kon algar doodgebrand het."

In die nagloed van die vuur staan die geraamte van hul lantern op die lae muur tussen die slaapkamer en kombuis.

Van alles wat in die huis was, is dit die enigste ding wat sy kan eien. Verder het alles uitgebrand. Lya staan sonder taal.

Haar kinders is veilig, maar hulle het nie 'n kooi om vannag op te lê of 'n beker om uit te drink nie. Nie 'n kers of 'n treksel koffie of 'n sent geld nie. Die vuur het alles gevat: haar tafel met breekgoed, die portrette aan die muur, die stuk tapyt op die kamervloer, die kleretrommel agter die kooi met haar beste rok en Jan se swart pak . . .

Lya maak haar gesig met haar hande toe. Twintig rand by die plaaswinkel; rand 'n week, maar meer as een week was die rand nie daar nie . . . amper 'n jaar voor sy die skuld dood gehad het. Hoe kry sy dit weer bymekaar?

"Tot die stouf ook," sê tante Raal.

"Met die brood nog in die oond. En die harslag en vette van die slagding." Potte en panne ook, die waterskepper, sitgoed, voetwasbad, slaapvelle . . . Lya Solms staan en kyk met nat wange na haar huis se murasie. Dit kraak en val binnetoe. Daar is niks meer aan te doen nie.

Slegs rook trek uit die puin op.

Hierdie skuld is nou gelyk gemaak, dink Lya en draai weg.

Om haar is die mense wat sy ken. Hulle gooi saam. Almal is goed vir haar. Die boer het iemand aangesê om die leë huis langs Anneries en Griet uit te vee en hulle is agter op die bakkie terug plaas toe. Daar kry hulle aandkos en 'n bietjie van alles om saam te neem: mieliemeel en koffie en kerse. En die komberse van die buitekamer se bed af. Kos en slaapplek.

Soos brand maar maak, trek die nuus vinnig in die kloof af. En almal wat vir Lya ken, die gee. Hulle kry kos. Kaas en botter en konfyt, tee en blikkiesmelk en rys. Hulle kry klere. Bokse vol. Somergoed en wintergoed en alles bruikbaar.

'n Ketel en 'n emmer en skottelgoed. Die ou man van die winkel stuur twee geblomde enemmelborde en bekertjies. Een vrou glad vadoeke en 'n skottel.

Iemand dra 'n tafel aan wat Jan net so effens moet kalfater. Lya kan met mening nes skop.

Toe die boervrou teen die laat agtermiddag met 'n emmertjie melk kom verneem of sy wel regkom, ruik dit na stowekool wat oor die oop herd stadig gaar word, staan die mank tafel vas teen die muur gestoot met 'n geruite doek oor wat tot op die grond sleep.

En Lya gloei, want gisteraand het sy op die vlak gestaan, so kaal soos sy van haar mame af gekom het. Toe het sy 'n kol gewens die vuur moet haar maar vat en klaarkry. Nou het sy van alles en nog meer. Tot 'n kooi met 'n springmatras. Streepsak ken sy, velle op die vloer, die angels van rogstrooi . . . nou het sy 'n hopkooi en 'n so te sê nuwe wolkombers.

Sy het fynmeel in die huis en melk en alles. Sy gaan snysels met pypkaneel en baie suiker maak. "Mietjie, bring hout in en kom vat vir Jakkie onder die tafel uit, hy's in die suikersak. Ek slat jou!" Jakkie word muisstil onder die lang tafeldoek.

Lya sing terwyl sy die deeg ooprol en meel strooi en weer toerol. "Liewer Heer wees ons naby, met hierdie grote fees, maak ons harte waarlik bly; met u goeie Gees . . ."

En sy probeer dink aan 'n hol ding om die melk in te kook. Aan potte is sy nog kort.

Dan, bo die skerp reuk van Fe'erwariemaand se kool, ruik sy onmiskenbaar rook. Behoedsaam kyk sy dak toe, snuif 'n slag, sien dan die vloer. Daar het fynhout uit die vuur geval en 'n hopie vuilgoed wat sy bymekaar gevee het, aan die brand gesteek. Nou vreet die vlammetjie al aan die groen en rooi ruitjiesgoed van die lang tafeldoek.

Lya kyk na die vinnig groeiende gat in die tafeldoek. Vuur, dink sy en loer vinnig oor haar skouer. Sy voel 'n warmte in haar opstoot en 'n woede pak haar. Sy hét mos al betaal. Haar skuld is klaar betaal. Wat soek die vuur nou nog? Sy gryp die bak met soetmelk en skiet dit met 'n boog onder die tafel in, oor die brandende doek en oor die koletjies van die fynhout.

Toe Jakkie met 'n verskriklike geskreeu en druipnat tussen haar bene deur peul, staan sy hygend en kyk na die nat kol waar hul aandmelk in die grondvloer intrek.

Sy sit die bak op die tafel neer, buk af en tel die kind sorgsaam op. Toe gaan sy buitentoe, waar die koelte van die aand reeds in 'n sagte lugstoot met die vallei afgestroom kom.

1982

Soetloop

Chrissie was sewentien toe haar ma die jaar met die seer hand gesit het. Dit was 'n fyt wat nie wou deurbreek nie en later gaar gepap is, sodat die handbeentjies wit gelê het en ondersteun moes word as hulle die verbande omruil.

Tant Anna, 'n puntenerige vrou, was hulpeloos.

Sy het grootgeword in een van die hoë, wit plaashuise met diep, skemer kamers, in 'n tyd toe dogters tuis gebly het en besig gehou is met ligte takies in die huis; met borduur- en hekelwerk. Hulle het in sag gemoduleerde stemme gesels en tee gedrink, na raaisels en spookstories geluister, terwyl die silwervingerhoede die naalde deur die weefstof stoot. In 'n bêrekis het stapels kant opgehoop, en beddegoed van onverwoesbare linne, geplooide onderrokke met eweredig gerygde opnaaisels, die soomstekies byna onsigbaar.

'n Beskermde Victoriaanse meisie wat gewag het vir 'n kêrel wat op 'n Saterdagaand met hangsnor en stywe boordjie en laarse op 'n geroskamde perd die werf inpronk. Die vryery op regop stoele weerskante van die voorhuistafel, die stukkie kers tussen hulle, die pa wat vroegaand keel skraap en roep. Dan, ná 'n redelike tyd van hofmaak en ouers vra, die huwelik, die rol van waardige vrou en moeder wat sy sonder protes betree . . .

Die omstandighede ná haar troue was nederiger as waaraan sy gewoond was. Die grond was nie hoog geleë nie en geskei van die vrugbare saaiplase deur 'n soom van kalkbanke wat al teen die see langs loop, pleksgewys bedek met 'n vlak grondlaag. Maar hoofsaaklik was dit klip, loodwit teen die rug, met 'n fyn, yl inkleding van rankerige vygiegoed en skilpadbos wat weiding bied vir vee.

Die huis op die skeiding tussen die kliprug en saailandjies was klein: twee kamers en 'n voorhuis, 'n kookplek en bakoond by die vuurherd. Dit was gebou van die klip van die omgewing, die mure dik en laag en voor en agter gestut met stewige bere.

Die werf was ongelyk. Die agterdeur het uitgekyk op die steil kalkrand. In die rigting van die landjies was dit meer sanderig. Waar die grond losser en dieper is, was die put, uitgepak met kalkklip. Dit was bitter van die brak en het nie die dors geles nie. Die seep het in die water geskei, wit soos kesmelk.

Soos dit die mode van die tyd was, was die huisgesin groot. Daar was elf kinders: vier seuns en sewe dogters. Dié elf kinders, maar veral die dogters, het tant Anna opgevoed volgens die patroon van ouwêreldse verfyndheid waarin sy grootgeword het, en met dieselfde noukeurigheid waarmee sy die weefdrade van haar stopwerk tel.

Hul haarvlegsels was blink opgedraai bo-op hul kroontjies, hul halse versier met hekelpuntjies. Hulle het die fyner kunste van kook en bak geken.

Terwyl haar ma se hand stadig genees, moes Chrissie onder tant Anna se toesig die huishouding waarneem.

Daar was wel 'n ouer suster, Hanna, by die huis, maar sy het gereed gemaak vir haar troue wat ophande was. Sy wou die kamers uitwit. Die witkalk was reeds gesif.

Behalwe hulle twee was die kleinste kind, 'n dogtertjie van vier, nog tuis. Die huisgesin was selde voltallig. Sommige kinders was op skool, ander het elders gewerk. Maar naweke het hulle gekom om te bad en skoon aan te trek. Maandae was daar 'n oormag van vuil wasgoed.

In die winter het hulle die vars reënwater in die klipbakke op die rug gebruik om mee te was. Maar as dit opgedroog het, was die naaste bron van vars water by die see.

Daar, aan die rand van die branders, was 'n syfering wat onder 'n klipplaat uitkom. Anders as die grys sandsteenkranse was hierdie rotse pienk gekleur; donkerpienk hoër op, en ligpienk waar die see daaroor spoel.

Ná so 'n naweek lê daar die Sondagaand 'n mudsak wasgoed in die buitekamer, en haar ma sê vir Chrissie: "Môre sal jy alleen see toe moet loop."

Afgesien van die kamers wat sy wou skoonmaak, sou Hanna haar nooit so kort voor haar troue in die warm son langs 'n wasbad laat verbrand nie, al dra sy ook moffies. Maar Chrissie was 'n ander saak. Sy het toe nog nooit eens 'n kêrel gehad nie. Geskikte jongetjies was nie volop nie. En as hulle miskien nog toegelaat is om 'n plesierigheid op een van die plase anderkant die kliprug by te woon, was dit altyd onder toesig van 'n ouer broer of neef of soms haar pa self.

Teen die sonbrand gee haar ma haar van die smeergoed wat sy van room en kruie aanmaak, en sy sê die klein kind moet saamstap; al kan sy met niks help nie, is sy darem 'n asem.

Vroeg die volgende oggend val hulle toe in die pad: die kind dra die slopie kos en Chrissie behartig die sak wasgoed, bad en emmer.

Die voetpad is 'n kortpad deur die saailande na die duine.

Die landjies is skraal. Die gesaaides in die trog onder die duine is blootgestel aan die vogtige seewinde en roes. Voor die saaityd word die saad behandel: dit word om 'n deel gemeng met gebluste skulpkalk en aangeklam met water. As dit 'n nag lank so staan, kleef die kalk aan die uitgeswelde korrels en is dit gereed om in die grond te kom.

Op die lang witstrand anderkant die wasplek lê die skulpbanke waarvandaan die kalkbranders met bakkarre en donkies vragte skulp na die oonde op die hoogtes uitry. Soms smeul die vaalblou rook dae lank voor die oond uitgebrand is.

Die duinsand is los en dik en swaar, en die duine lê ry op ry, maar eindelik staan Chrissie en haar sustertjie op die laaste een. Daarvandaan kyk hulle oor die see wat boordensvol opgedam lê onder in die holte van die baai. Kort, dik brandertjies swel aan en breek skuimerig op mekaar.

Die oggend is sonder wind. Dis 'n mooi dag, lig en dynserig en nie te warm nie, maar tog sonnig.

Daar is nog niemand by die wasplek nie. Gewoonlik kom die wasvroue van Paternoster vroeg en vat die beste plekke vir hulleself. Maar daar is nie eens ’n spoor van ’n bok nie. Hulle kom suip soms by die syfering.

Chrissie het die hele plek vir haarself. Sy kies ’n hoë klip om die bad op neer te sit, en ’n platte om die wasgoed uit te klop. Dan stap sy met haar emmer tot by die punt van die klipplaat, na aan die water, en kniel daar, en begin die sand met haar hande wegskraap.

Ná elke wasdag waai of spoel die gate toe en moet dit eers oopgegrawe word. Sy werk ’n wye kom uit waarin die skoon water eers stadig en geleidelik sterker begin opwel: ’n helder stuwing tussen klip en sand.

Haar pa het haar vertel dat daar voorheen ’n groot varswaterdam tussen die duine was, waarby die vee kom suip het. Die water, het hy vermoed, kom van die kliprug af. Wanneer dit reën, sak dit tussen die kalkklip weg en dreineer in die skeure onder die grond af tot hier waar dit weer uitslaan. Maar met die tyd het die wind die duine verskuif en die dam het verdwyn. Al wat oorgebly het, is die syfering by die pienk kalkplaat.

Die water is soet, vars soos neut, en sy en die kind drink albei daarvan voordat sy skep om die wasbad vol te dra.

Dan seep sy die wasgoed in; eers die kooigoed en onderklere. Haar pa se onderbroek en -hemp van ongebleikte linne, haar ma se slaapjurk en kom’nysin van ’n fyner stoffasie, en die dogters se lyfies met borduursels op die bors. Elke kledingstuk is kosbaar. Dis nie net met die hand genaai nie, dis ook die enigste verskoning klere wat hulle het. Sy hanteer dit met die grootste omsigtigheid. Sommige dele is dun gewas en as ’n ding deurgevryf by die huis aankom, skeel dit min of haar ma knip die hele sagte kol uit en laat dit inlap.

Die lap is niks; van al die susters kan sy die fynste stekies werk. Maar die teregwysing: “Vir Chrissie kan jy nie ’n werk gee nie, sy speel haar tyd om.”

Saans, terwyl hulle met handwerk om die tafel sit, brei sy warm kerswas tussen haar vingers en vorm rosies en figuurtjies – en die kers brand skeef en net mooi die helfte gouer uit. As sy die misvloer moet smeer, vat sy nie ’n besem nie, maar gebruik haar hand om ’n sierpatroon om die rand te teken. Moet sy tafel dek, dans sy eers op die punte van haar tone rondom die tafel met die geruite doek om haar kop getooi.

“Christoffellina, Christoffellina, wanneer word jy eendag mens?” vra haar ma dan, en omdat ’n mens moet leer om jou kosgoed nie met jou kopgoed deurmekaar te maak nie, laat was haar ma die tafeldoek in die pekelsout putwater uit. En haar kop wat sy vir haar straf ook in daardie water moet was, kry sy agterna nie uitgekam nie.

Terwyl sy so vryf, vryf, voel sy die branderigheid wat die voorloper van bloed is. Sy begin haar vingers deurwas ten spyte van die vingerlappies wat sy dra.

Maar dan kan sy die witgoed oopgooi.

Die seesand is gewoonlik so skoon dat hulle sommer op die sand bleik. Voor sy ooptrek, maak sy seker dat daar nie die vorige dag bokke kom mors het nie. Anders vlek die witgoed en haar ma sal dadelik sien en sê: "Die ene ram!"

As haar ma die dag by is, kan hulle nie genoeg deurwas en bleik nie, en as dit lyk of die Paternosterse vroue wil spoel, ruik haar ma nog 'n slag aan hul goed en laat was sy nog 'n keer deur . . .

Die kind het haar dronk gerol teen die duine en kom druk Chrissie aan vir 'n stukkie brood. Sy voel self ook honger en vou die slopie oop. Sy skep vir hulle water by die brood en hulle gaan sit op die warmgebakte sand.

Terwyl hulle eet, gewaar sy dat die see sy draai elke keer 'n bietjie hoër op die strand kom maak. En elke keer wat hy stoot, stoot hy 'n bolling skuim voor hom uit. Die water groei.

Sy sal moet oplet. Sy sê die kind aan om te help kyk. Toe sy die oorskiet-brood terugsit onder 'n skaduklip, sê sy: "Kom staan jy nou hier naby my en hou jy die water dop. As die branders te naby kom, sê jy vir my."

Toe buk sy oor die bontgoed.

Uit die hoek van haar oog sien sy die kind met haar toonpunte skop, skop aan die flardes skuim wat ophoop en met elke spoel van die branders meer word en nader kom. Dan trek die water weer ver terug, en spoel, en trek weg sodat die klipplaat heeltemal oop lê.

Sy draai 'n slag weg en skep 'n emmer water en begin spat die bleikgoed nat.

Terwyl sy nog besig is en met haar rug na die see oor die wasgoed buk, is daar 'n harde geluid soos 'n donderslag, en 'n brander breek. 'n Wit kolk water stroom oor die klippe en kom op haar afgestorm, tregter om haar bene.

Sy swaai om en gryp haar sustertjie, kry haar aan die arm beet en hardloop teen die duin op na veiligheid. Agter hulle suis die water soos dit steeds aan-kom. Dit hap aan hul hakke.

Eers toe hulle meer as halfpad na bo uit is, voel sy veilig en kyk om.

Die see het kom draai waar sy dit nog nooit tevore gesien het nie. Hulle het wel al spoelmerke op die duinsand gesien, maar nog nooit só hoog op nie.

En die branders! 'n Lang ruk staan en kyk sy hoe hulle aankom en breek, terugtrek en bymekaarmaak en weer kom breek – elke keer 'n bietjie kleiner en verder weg, totdat dit later betreklik kalm word.

Toe is die geweld verby en moet sy gaan kyk wat van die wasgoed geword het. Sy kan dit nie net so los nie, want wat sal sy anders vir haar ma sê?

Waar die bleikgoed gelê het, is daar nou net 'n bank groen skuim, so hoog dat dit haar aan die middellyf vat. Sy lig haar rokke op en voel met haar voete, en voetjie vir voetjie skuif sy vorentoe totdat sy iets raak voel. Die see het die linne ingerol soos 'n reusewors, en ingespoel in die sand.

Sy buk af in die skuim, gryp die swaar rol vas en sleep dit met die krag wat sy van die skrik en angs oorhet, teen die duin uit. Toe dit hoog en veilig lê, hardloop sy terug na die bad met bontgoed. Dié staan nog op die klip; die branders het dit toegebreek en alles is vol sand, maar dit staan nog. Die emmer en seep ook, dankie tog!

Sy kry die bad aan die ore beet en steier onder die gewig daarvan. Haar hart wil deur haar borskas bars, haar arms skeur uit, haar rug breek en haar voete sak weg in die los sand.

Toe, bo die bonsing van haar hart, hoor sy 'n blaffie. Tussen die toiings van haar verwaaide hare deur sien sy 'n hondjie die duin afgewarrel kom. Agter hom, op die kruin tussen die biesiepolle, het 'n man verskyn.

Net 'n oomblik verbeel sy haar dat dit haar pa is wat alles bo van die kliprug gesien het waar hy met die vee wei, of dalk 'n oom op een van die lande wat die slag gehoor en kom kyk het. Maar sy stam uit 'n geslag mans wat kort en bonkig is.

Hierdie een is lank en jonk. Om sy kop het hy 'n nekdoek gebind en daar is 'n rooierige skynsel in sy oë. 'n Vaalwit stof kleef aan sy klere en bedek sy voorarms. Hy is 'n kalkbrander by een van die oonde na Paternoster se kant toe.

Hy kom vat die bad wasgoed uit haar hande en dra dit tot op die plek waar haar ander goed op 'n bondel lê en waar haar sustertjie sit met die sakkie brood wat sy voor die see weggeraap het. Sy kou onverstoord.

Chrissie, haar klere swaar van water en sand, sak langs die kind neer met die skrik nog in haar oë en keel.

Die jong man hurk by haar. En omdat hy niks by hom het om haar teen die skrik in te gee nie, haal hy die nekdoek af wat hy oor sy gesig bind as hy die gebluste skulpkalk sif, en begin vee die spatsels moes en skuim en sand van haar gesig en arms af.

"Hoekom is jy dan alleen hier op so 'n dag?" vra hy. "Het jy nie vanoggend gesien die see tel op nie? Die ene spatbrandertjies. Dis gevaarlik, as hy so wittand, weet jy nie of hy wil byt of lag nie. Dan moet jy liewer omdraai – soos Patnoster se vroue gemaak het. Maar nie jý nie. Ek kyk vir julle daar bo van die oond af, hoe julle twee hier oor en af, en ek wag, en later dink ek: ek moet darem gaan kyk, netnou spoel julle seegat in. En dit was ook amper . . ."

So praat hy, en vee die sand van haar arms af en tik dit uit haar hare uit.

Toe hy aan haar vlegsels raak, kom sy by en merk hoe laat dit is. Sy spring op.

"Ek sal jou help om by die huis te kom. Jy sal dit nooit alles gedra kry nie," bied hy aan.

Maar nee, met dié wasgoed kan sy nie by die huis aankom nie! "My ma sal raas. Ek moet eers klaar gaan was. Ek moet van voor af gaan begin. Ons het nie water by die huis nie!"

'n Kalkoond, as dit eers gepak en aan die brand gesteek is, het nie 'n oppasser nodig nie. Dis eers as die skulp bros gebrand is dat dit met water gesprinkel word sodat dit kan blus, en dan moet dit nog afkoel voor die siftery begin. Die kalkbrander het baie tyd en hy help haar om alles terug te dra tot by die klippe.

Die see het teruggetrek tot waar hy hoort, maar die gate is toegespoel. Die man maak vir haar die bad en emmer op 'n veilige klip staan. Toe werk hy die skuim en moes weg en grawe die syfergat oop. Hy bring skoon water aan en dra die bad vol.

Daarna rol hy die onhanteerbare rol linnegoed los uit sy verstrengeling en skud die stukke een vir een uit. Terwyl sy nog skaam probeer teëpraat en keer, doop hy die swaar, sandbelaaide lakens een vir een in die helder water.

Met die onhandigheid van 'n man, maar met die krag van 'n man in sy arms en hande, vryf hy die slik en moes uit die linnedraad, en hy wring die water uit, terwyl sy, met haar teer hande, die sagter vrouegoed spoel.

Toe die son reeds wil ondergaan en die kind en hondjie uitgespeel op die duin lê, albei vas aan die slaap, is die wit- en bontgoed skoon en droog en in bondels gebind.

Sy pak dit in die bad en hy lig dit op sy skouers en dra dit met gemak. Met die kind op haar rug volg sy hom tot op die rand van die ploegland. Daar gaan hulle staan.

"Nou moet jy omdraai. Ek sal self verder regkom." Sy laat die kind stap en neem die drag oor.

Hy draai weg in die rigting van die kalkoond, met die hondjie wat om sy voete kef, en hulle vat die kortpad deur die land.

"Het julle tweetjies lekker gespeel?" vra sy vir haar sustertjie.

Die kind, rooi verbrand, skud haar kop. "Die hondjie is stout. Hy het my gehap." Sy wys na 'n krapmerkie aan haar arm.

"Ag . . . miskien was dit nie hy nie . . . dis seker 'n skulpie wat jou so gesny het. Kom, Ousus smeer spoegies aan. Nou is dit gesond. So ja. Moenie vir Ma sê nie, hoor. Ma se hand is self seer."

Tuis wag haar ma al onrustig. "Ons het byna iemand gestuur om te gaan soek waar jy bly. Soveel wasgoed was dit tog nie dat jy 'n dag daarmee moes ommaak nie?"

Chrissie laat die emmer met 'n geklingel val.

Toe eers merk haar ma dat daar iets gebeur het.

"Die see het ons gejaag," sê Chrissie.

Dit kan die sustertjie bevestig.

Sy self het niks meer om te vertel nie: van wat daar gebeur het; van die man wat die soetloop aan die punt van die pienk klipplaat vir haar kom oopgrawe het.

Sy drink die vars, lou melk wat haar ma vir hulle skink. Toe vat sy die kind aan die hand en neem haar kamer toe. Hulle was en kruip langs mekaar tussen die skoon lakens in. Chrissie maak haar oë toe.

Die dag se moegheid stoot oor haar. Sy sug teen die hoë kussings aan, en word dan sag en weerloos in haar slaap, met die weerloosheid van 'n jong meisie wat vir die eerste maal die voorspel van die liefde ervaar het.

1986

PETRA MÜLLER

Marcu Taillefer

Vir H.A.

In die stad Vercour het ek 'n dubbelganger. Sy naam is Marcu Taillefer. Ek het hom natuurlik nog nie ontmoet nie.

Van tyd tot tyd gaan ek na Vercour om sake te doen. Ek handel my sake deeglik en vinnig af; en kom so gou moontlik na my tuisstad terug. Ek is nie daarop ingestel om my tyd in Vercour deur te bring nie. My woonplek lê ook effens afgeslote, in die gerestoureerde buurt langs die groot rivier waar kinders daglank op die groen grasperke speel. Ek woon daar in een van die wit huisies, ás ek oorbly in Vercour.

Met elke besoek word ek deur iemand aangesien vir Marcu Taillefer. Ek ken reeds die klanke van sy naam, soos dit na my geroep word! En altyd met 'n opgelugte glimlag – 'n blye groet, op hoop van geselligheid. Dit skyn my my dubbelganger is 'n man vir lewensgenot.

Die genot werk aansteeklik. Ek begin uitsien na hierdie amusante ontmoetings. Terwyl ek my tas pak om na Vercour te vertrek, sê ek vir Vera, my vrou: "Ek wonder wie my dié keer gaan eien as Marcu."

"Jy moet tog eenmaal die kans waarneem en in Marcu Taillefer se skoene instap," sê sy.

"Is jy van jou verstand af, Vera," betig ek haar.

Ons is albei goed onderleg in die tema van die dubbelganger en die gevare daarby betrokke. 'n Mens steur jou nie aan hierdie uitgediende besonderhede uit die oorspanne Germaanse verbeelding nie, maar jy behou tog 'n gesonde respek vir die uiteindelike gevaar.

My vrou, egter, is guitig en soms onverantwoordelik – 'n onbesonne middeljarige met 'n hang na gevaar. Eenmaal het sy op die impuls van die oomblik 'n sekuriteitswag wat 'n lading bankgeld op 'n sypaadjie bewaak het, skrikgemaak, en hy het haar byna doodgeskiet.

Dit is ook sy wat by geleentheid, nadat ons oor 'n tydperk van jare verkeerdelik opgebel is as sou 'n sekere Ben Norris die eienaar van ons nommer wees, vir die oproeper gesê het dat Ben Norris dood is. Die oproeper, geskok, het geantwoord: Jy lieg.

Nou as jy dan weet ek lieg, sê Vera, vir wat soek jy hom alewig hier.

Die man ('n seeman op soek na sy vriend) het haar in 'n vreemde taal gevloek. Ek is geskok oor hierdie optredes van Vera. Dit vertoon 'n ongevoeligheid teenoor andere. Dit steur haar nie. Vera is 'n noodlotsvrou. Soseer het sy haar aan haar lewe oorgegee dat sy glo niks kan met haar gebeur wat nie vooraf bepaal is nie.

"Sou jý in 'n vreemde vrou se skoene instap?" vra ek haar nou.

"Natuurlik," sê sy, en sy hou my nuwe ligblou sporthemp omhoog om dit in mooi voue neer te lê vir die inpak. "Wat se verskil sou dit maak, ek is ek."

"Dit sou ek nooit doen nie," sê ek tussen die aantrek van twee sokkies deur. "Dit is hemeltergend."

"Liewe Vernon," sê sy, "daar is niks wat ons op aarde kan doen wat die hemele kan terg nie." Sy kyk my ernstig aan, en liefhebbend.

Ek sien dat Vera begin verswaar. Haar bo-arms is dikker as tevore en daar kom 'n stompigheid aan haar heupe. Nogtans bly sy, soos tevore, 'n vorstelike mens, toegewy aan die gawes van skoonheid en waardigheid wat sy in alle lande en by alle mense weet te ontdek. Hoe kan sy nie speel met daardie gawes nie!

Sy het die lewensgrasie van mense wat veel ervaar het; haar middel-Europese voorsate het haar met eeue van herinnerde kennis beskenk. Sy is nie, soos ek, die kind van 'n bar en onbeoefende land nie.

Teelt, sê Vera, tel altyd, en hoe later hoe meer.

Hoe kan sy nie speel met die *erns* nie!

Haar pragtig versorgde hande beweeg soos twee klein lewendige diere tussen die moue en materiale van my klere deur. Die meeste daarvan het sy self gekies, en met toe oë, op die gevoel van die materiale. Vera is 'n aartssensualis.

"Hy kan geëerd wees om soos jy te lyk, dié Marcu Taillefer," sê sy. "Hy kan hom wat verbeel."

Sy hou my baadjie oop, en ek buk en laat glip my daarin. Dis waar, op vyftig het ek 'n goeie figuur.

Agter my, in die spieël, sien ek haar staan. Sy beduie met haar ekspressiewe vingers al in die lug af, asof sy inderdaad besig is om iets te skep.

Vera boetseer my, uit vermoedens en uit moontlikhede.

" 'n Vrou word aan haar hals en bors herken, maar 'n man, net soos 'n perd, aan sy agterkop en rug. Dit is wat my van jou onbekende Marcu interesseer. Jy word altyd van agter herken. Waar kan hy 'n rug en agterkop hê soos jy? Hy is 'n fynproewer. Hy het jou beste uitgesoek om na te boots!"

Sy vly haar agter teen my rug, en loer om my skouer.

"Wat weet hy tog van enigiets af, jou Marcu?"

"Nie myne nie, Vera," spot ek. "Joune."

"Hy weet van niks. Sê hom dit as jy hom sien."

"Ek sien hom nooit. Vra jy hom as jy hom sien."

"Ek sien nie eens die mense wat hom sien nie. Al wat ek van hom wil weet, is of hy ooit kavalleris was."

Sy tuit haar mond. Dit is al wat Vera teen my in te bring het: dat ek nie kavalleris is of was of ooit sal wees nie.

Vera is my tweede vrou. Ek is haar tweede man. Sy is grootgemaak in die offisiersgeslag; haar pa was kolonel. Sy het van oorlog tot oorlog gereis; ek ook, op my manier. Ons weet om mekaar te waardeer. Ons het van ver af na mekaar toe aangekom.

Die gevoel van bevreemding in 'n vreemde stad is aangenaam, veral as mense so na aan mekaar leef soos ek en Vera, in die tuisstad. Ek dryf op die stroom van lewe in Vercour soos 'n blaar op water. Ek laat my meevoer deur flardes gesprekke om my, deur die geure en parfume van diegene wat my etenstafel met my deel, deur gesprekke met deurwagte en ander vreemdelinge.

In die openbare tuine van Vercour voer ek die duiwe gelate en ervare, asof ek dit elke Sondag doen.

Die naweek het my hier gevang.

Ek word in die glashuis van die tuine herken deur 'n vrou.

Van voor en van ver.

"Marcu!" roep sy bly, en haas haar deur die groenigheid na my, soos iemand wat langsaam deur water swem, op pad na iets wat hy graag wil bereik, miskien die oewer.

Op sulke oomblikke weet tyd om te verstadig.

Hierdie keer het ek – merkwaardig! die vreugde om iemand te herken. Want hierdie skraal vrou met die broos enkels, wat vergeefs die tyd probeer aanjaag om by my te kom, is nie 'n onbekende nie. Sy het my reeds tevore so geëien.

Ek wag haar dus in, en glimlag meewarig, omdat ek weet.

"Marcu, is jy weer terug!" sê sy.

Sy kom tot by my, haar rooi rok swaaiend tussen die helderrooi blomme wat op hierdie deurwaterde binnemuurse loofgroen ry soos baaiers op 'n see.

Sy vat albei my hande saam.

"Ek het nie geweet jy sou reeds . . ."

'n Wonderlike oplugting pak my beet.

"Marcu is nie terug nie," sê ek, "dit is ek!"

"Inderdaad," lag sy, want ons het die wangedeelte van die situasie reeds tevore uitgespeel, "dit is u!"

Hoe vreemd, dat ek haar hande moet bly vashou.

"Nou moet u my vertel," sê ek, "hoe dit kom dat almal altyd so bly is om Marcu te herken."

"O," sê die vrou, en sy lig haar wenkbroue sodat ek haar helder oë duidelik sien, en dit lyk of sy van soetheid omgewe is, "hy bring die vreugde met hom, weet u."

"Vertel my dan hoe," sê ek.

"Hy is so skaamteloos," sê sy. "Hy is so waarlik roekeloos. As u Marcu kon ken, sou u van oomblik tot oomblik nooit weet wat met u gebeur nie. Dag is vir hom soos nag, somer soos winter. As die somer hom hier nie pas nie, versit hy elders. Hy gaan weg. Hy sê nie waarheen nie, hy verlaat jou. Waarlik, Gudrun ly onder hom. En hy weier om ons te vertel wat sy werk is, wat dit is wat hom so wegneem. Kan u dit glo dat selfs sy vrou nie presies weet wat sy werk is nie?"

"Sy vrou?"

"Gudrun."

"En u?"

"Haar vriendin. En een van sy gewese minnaresse."

Dit bevestig wat ek lank reeds van Marcu vermoed.

"Hy is 'n opportunis," sê ek. Nou laat ek haar hande los. En ek weet wat om met my hande te maak in die ongemaklike oomblik – ek steek hulle in die sakke van die tweedbaadjie wat Vera vir my uitgesoek het. Maar wat maak sy met haar hande? Heeltemal natuurlik beweeg hulle na die kante van haar mooi gesig en verstel haar sagte, ligte hare asof sy haar vir die afwesige Marcu skik.

"En u behou somaar sonder enige ongemak die vriendskap?" vra ek.

"Die vriendskap?" vra sy.

"Met Gudrun," sê ek.

"Ek sou tog nie so lomp wees om dit in gevaar te stel nie," sê sy. "As ons nie vir ons lewe glimlag nie, wat sal van ons word, vreemdeling?"

Ek hou daarvan dat die grasieuse vrou my op my eie begin sien. Ek weet ek staan hier in die skadu van die ander man, my voordanser, maar dit is aangenaam om te dink dat sy my tog ook begin ken.

"Vertel my iets van hom," sê ek. "Is hy 'n perdeliefhebber?"

"Maar natuurlik," roep sy uit, "ek het hom altyd gesê hy is half perd! As jy hom op die rug van een van die . . . hingste van hom sien, sou jy dink hulle is één."

Die nuus verbaas my glad nie. Is Vera ooit verkeerd?

"Besit hy dié?" vra ek.

"Marcu? Nee, hy besit nie. Eenmaal, glo ek, het hy. Dit was in Roemenië. Sy gesin, het hy my vertel, het die reg gehad om . . . hoeveel was dit nou: ses of agt perde te span. Voor die landau, begryp u. Dit was 'n reg wat deur die vors toegestaan is."

"Waar vind hy dan die perde?"

"O, hy is bevriend met almal. Veral perdeliefhebbers. Hy ry hulle perde vir hulle. Dis daarom dat hy ook nie swaarder word nie. Hy let op sy dieet. Marcu glo daaraan dat 'n mens jou lewe kan verleng deur die regte kosse te eet. Hy is nogal oppassend op sy kos. Dis vreemd, nè? By so 'n lewensgenieter sou 'n mens 'n uitspattige eetlus verwag. Maar nie hy nie. Uiters puntenerig. Gudrun moet die ete nét so voorberei."

Sy raak met haar dun vingertoppe aan die rand van 'n omkrullende blom, en volg die are op die blomblaar tot waar dit doodloop.

"Gelukkig is Gudrun 'n goeie kok," sê sy, en kyk na my oor haar skouer. Sy het haar so weggedraai van my dat ek weet dat sy wil hê ek moet haar volg. Die groen lig van die kweekhuis het in haar oë ingeswem, sy lyk soos 'n seewese.

Ons wandel stadig deur die gange van die kweekhuis. Daar is nog: uit elke hoë glasbel bol 'n ander voort. Die kuns is om terug te kan kom waar jy was, om die helder blomme van vaneffe te herken.

So is die beroemde koepeltuine van Vercour beplan.

"Is jy lief vir Gudrun?" vra ek.

"Ek is baie lief vir Gudrun," herhaal sy. En met nog 'n klein ophaal van haar skouers sê sy: "Marcu is reeds lank weg hierdie keer. Gudrun treur."

Asof sy my daarvoor verkwalik.

"Ons wag op tyding van hom," sê sy.

Dis 'n delikate oomblik. 'n Mens moet versigtig wees wanneer jy by die grense van dinge aankom. Alle vlugtelinge weet dit.

"Kom jy dikwels na hierdie kweekhuis?" vra sy.

"Ja," sê ek. "Vreemdelinge soek maar . . . hierdie dele van die stad uit. Parke. Konsertsale."

Niks hier binne is 'n direkte weergawe van wat buite gebeur nie. Die ondeursigtige glas verrig altyd sy taak: om hitte deur te laat, om sonlig weg te hou. Wanneer daar wolke voor die son verbytrek, word ons lig hier binne sag verduister, asof ons op 'n verhoog staan waar die beligting gekontroleer word vir effek.

"Parke wel," sê sy glimlaggend en miskien bestraffend, "maar nie konsertsale nie."

"Nie?"

Ons adem vrank lug in. Die plante gee hul koelte en hul onbekende esters aan ons af.

"Marcu is nie lief vir musiek en konserte nie. Dit staan hom nie aan nie. Hy sê dis sekondêr."

Sy het óm die ronding van 'n orgideë-stapel beweeg. Ek kyk na haar deur loof. Sy dra 'n sagte soort rok, ook blommerig. Sy is 'n ranke vrou, maar klein. Jy kan jou haar ledemate net in dun en swewerige rokke voorstel. Sy plaas haar voete noukeurig op die klam vloer van die tuinery. Sy voel elke tree af voordat sy haar daaraan toevertrou. En dan gaan sy weg.

Daar is twee glasdeure wat die kweekhuis van die buitewêreld afsluit. Ek kyk deur lower hoe sy by die eerste deur ingaan. Net voordat sy by die buitenste glasdeur uitgaan, tref die sonlig haar verblindend. Dan is sy weg agter die ondeursigtigheid van die bestoomde wande.

Met my volgende besoek aan Vercour het ek haar weer daar aangetref.

"Marcu is dood!" roep sy. "Hy het nooit teruggekom nie. Hy het eenvoudig in die middel van die kontinent verdwyn. Dit was 'n lang reis, veels te lank. Ek het altyd geweet eenmaal sal hy nie terugkom nie. Hoe sal ek dit begin te glo? Iewers moet ek vir hom begin treur, dink jy nie?"

Ek neem haar buitentoe, in die verblindende son. Ek neem haar dwarsoor die stad, deur die lowerstrate waar die bome bo by mekaar uitkom, af deur die nou stegies in die ou buurt, na die vierkantige wit huisie langs die groot rivier waar ek woon.

Hoë bome gooi hul skadu oor die ringmuur.

Niemand kom ooit hier nie.

Deur al die strate hoor ek hoe haar asem agter my aan hyg.

Toe ons by die ringmuur ingaan, roep sy: "Daar is iets wat ek vir jou moet sê. Gudrun treur oor Marcu!"

"Treur oor Marcu, Gudrun," sê ek. "Moenie Marcu ooit vergeet nie."

Sy lê op haar rug op die gras, en die skadu van die blare speel oor haar. Sy glimlag en sy skud haar kop: nee, ek sal Marcu nooit vergeet nie, en haar gesig beweeg van kant tot kant deur die gevlekte skadu's. Sy is 'n wese van die groenigheid, soos ek haar van die eerste dag leer ken het. Ek raak haar aan.

"Vernon," sê sy, met 'n stem wat byna nie meer hoorbaar is nie.

Anderkant die ringmuur hoor ons kinders roep terwyl hulle speel. Soms klink die stemme naby, dan weer ver, soos hulle skaterend hardloop op die groen gras langs die groot rivier, wat wegloop uit Vercour na oewerlose strande ver ten noorde van ons reeds verdroomde stadsverblyf.

As sy eendag begin glo dat Marcu dood is, het Gudrun my beloof, sal sy vir my die klere aanstuur wat sy in sy lang afwesighede aangekoop het, en wat hy nooit gedra het nie.

So het dit gebeur. Voor die feestyd, foutloos verpak, het 'n besending klere by my opgedaag. Dit was soos nuut. Miskien was dit nuut.

"Koop jy nou jou eie klere?" vra Vera my.

" 'n Geskenkie van 'n bewonderaar," sê ek, "wat ek nie mag afwys nie."

Ek wys met my oop hand na die stapel, en ek glimlag.

My Vera gaan bevoel die klere. Sy stort haar daarop los. Sy laat die syhemp deur haar hande loop soos water, sy bevoel die stof van die krawat. Sy laat die baadjie teen haar gesigsvel rus. Tussen die voue van die kamerjas deur glip haar vingers. Oor die glanspels van die bewerpet kyk sy na my, en haar donker gevlekte oë met hul gedempte bisantynse vuur neem alles in, alles in. Sy spin en snor tussen die vorms van die klere deur. Een vir een hang sy die kledingstukke in die kaste op. Sy pas dit op bepaalde plekke in, sy stryk dit glad. Vir laas verberg sy haar gesig in die voue, en diep asem sy die geur van hierdie klere in; daar is niks wat voor Vera verborge bly nie.

Snags, sê sy, droom sy van die hoewe van 'n halfmens.

1982

Vlerke oop en vlerke toe

Dis die sprinkaantrekke uit die Kalahari wat vir Maans van sy verstand gebring het – kleintyd al.

Van al die kinders in die skooltjie is Maans die eerste wat opkyk as die voorvlieërs doef-doef soos donderdruppels op die hete sinkdak val, om na 'n kort geworstel daar te vergaan.

Sy gesig vertrek; die juffrou sien dit. Hulle kyk na mekaar, en dan is hy by haar. "Miss, die sprinkaan kom."

Hy sê dit sag. Dis net vir hulle ore.

Sy sit daar in haar wit moeselienrok, 'n vrou uit ander, koeler streke, met die twee stroompies sweet wat koel paadjies onder haar arms reguit af grond toe loop.

Van almal hier is dit net hulle wat die sprinkaan vrees; sy omdat sy dit nie ken nie, hy omdat hy dit te goed ken.

Die ander begin rinkink sodra die sonlig vertroebel in die swerm se aankomende verduistering. Sulke dae sluit die skool, want die kinders moet help wegkeer. Party van hulle word gehaal, ander sit self af in die rigting van die verskuiwende donkerte. Van alle kante kom mans te perd en mense in muilkarre. Hulle wiele wiebel in die lig. As die werkspanne met grawe afspring, skiet die speke lig uit, soos 'n windmeul wat baie vinnig draai.

Slote word gemaak, vure word gemaak, met nat sakke word die rookskerm in die lug gestuur. Die son kry 'n grysrooi glans, hy brand deur die rook. Mense hoes en hardloop. Kinders gooi strome stof in die lug op; dit val op hulle terug.

Wanneer die son sak, sak die stroom. Eers dam hy op, dan sak hy, derduisende vliegtuigies op soek na sitplek. Hulle val in die slote in, hulle kriewel en krioel, by derduisende brand hulle dood. En die mense slaan met die sakke, slaan en skreeu, en eenkant dans die swartmense want dis kos wat kom.

Net Maans is aan die vlug. Sy pa se lande kan maar deurloop, hy's die een wat vlug. Hy kan nie in 'n gekrioel kyk nie. Dan slaan sy oë oormekaar, sy tong begin te lala-maak. Hy begin na sy kop te gryp, asof die goeters binne-in sy kopbeen is, en hy skreeu van vlerke! vlerke!

Eenmaal het daar 'n kolonie rysmiere in die ou-huis ingetrek. Dit was Maans se werk om hierdie mierstad uit die grondmuur op te kap en op die hardewerfie oop te gooi, waar al die hoenders staan en wag het. Hy laai die kruiwa vol met koeke miergrond, waaruit hulle in hul duisende krioel. En terwyl hy agter die kruiwa hardloop, hou hy oë toe.

Hoenders raas en flap; hy moet sy oë oopmaak of hy ry die hoenders raak. Swart uit elke oopgeskeurde gangetjie peul miere in hul angs . . .

In die middel van die werf laat hy die kruiwa wegloop. Hy gryp na sy kop en skreeu: "Hiaai, hiaau!"

"Kêrel," skree die werksmanne, "dis nie balktyd nie, wat skrou jy?"

Maans begin malkop in die rondte tol. Hulle pak hom beet. Hy druk sy oë toe.

"Vlerke oop!" skreeu Maans, "vlerke toe! Help tog, help!"

En daar was niks met hom aan te vang nie, tot die ou vrou uit die lang huis aangesukkel kom en hom bed toe neem met allerhande rate.

Hy't drie dae daar gelê, met kopseer in 'n donker kamer. Ma, dis vreeslik, bewe hy. Maar niks wat hy kan verduidelik nie.

En van toe af is hy *vlerke oop en vlerke toe*. As Maans weer anders is, dan klap die mense met die arms oop en toe, soos hoenders.

Daarná moet jy nie eens vir Maans vra om in 'n gewone vlam te kyk nie. Sonsteek, sê die oues. Die kind ruik na kaiing, hy's klaar kondêm van bo. Die sprinkaanstorie het hom heeltemal die kring in.

Van toe af begin ook die *gesien*. Hy't 'n wese van die buitenste tye gesien, sê hy.

Heeltemal reg, gee hulle toe, jy't met die sprinkaankoning gesels, vlerke oop en vlerke toe.

So gee hulle hom aan, van die een na die ander. Toe hy grootword, gee hulle hom 'n werkie, en 'n staning. Hy't selfs 'n vrou gekry, en op sy eie, 'n klein ronde rosyntjie van 'n meisiemens, uit die rosyntjieboswêreld. 'n Ou soet dingetjie, ook effens olik. Met haar handjies in haar skoot gevou, met haar onderlip ingevou oor die kaal rand van die onderbyt, sit sy en lag.

Ja, Maans is simpel, sê sy. Maar hy's goed vir haar, en wat is vlerke nou, dis mos nie sonde nie. As hy so op die werf staan en kyk of die vlerke kom, dan vat sy hom aan die hand en bring hom in.

Die ou mense sterf af – hulle was al stokoud toe hulle hom gehad het – en hy en Meisie erf die plek. Teen daardie tyd is sprinkaan in dié streke reeds getem.

Hy bid driftig by die wyksbiduur, 'n man van vrese en verlangens. Hy jy en jou die Here, en bid 'n openbaring af. Jy sal sweer hy praat met sy buurman op Vlakpan.

Dominee moet later aanspreek: "Broer, laat ons God nie so versoek nie."

Die bidgroep wag met ingehoue asem. Half skreefoog loer hulle wat hy gaan doen, noudat Dominee gepraat het. Dit lyk hy gooi ankers uit – hy staan met sy arms oop en weg van hom. Sy mond bly lewe. Dan laat hy die arms sak, hy gooi sy stryd af, hy laat sy kop sak en knik ja dis reg en goed so; hy gaan van bo tot onder op die bank sit soos dit moet. Sy openbaring: hy moet vir hom sy eie bidplek maak.

"Gedenk," hervat Dominee, "die groot gevare waarin land en volk verkeer. Moenie stryd in eie hart ontketen nie. Laat vrede heers!"

Vlakpan is nie geseën met grondwater nie. Daar staan maar 'n enkele sementdam op die groot vlak, 'n halfuur van die huis af, met die woerende windpomp langsaan.

Maans lê vir hom sy bid- en ontmoetplek langs die dam aan, in die middel van die veld, waar niemand hom kan sien of hinder nie. Daarheen loop hy en Meisie soms – net hulle. Sy weet, maar praat ook nie te veel rond nie, die mense is maar rof van doen. En die tye is nie goed vir manewales soos dié van haar Maans nie.

Maans het baie trapvloer gemaak. Hy gooi 'n ronde bed van goed gebreide klei, en trap hom vas. Hy laat hom deeglik uitdroog.

Dit moet in die oopte wees, om behoorlik van bo gesien te kan word. Maar ook nie te ver van water en skade nie: dus net 'n klipgooi van die dam af. Twee paadjies loop na hierdie bidplek toe: een van die dam-en-water af, 'n kort paadjie, en die ander 'n lang, reguit streep oor die dor veld, na die huiswerf by die rantjie. Duidelike boodskappe, 'n witter wit as die witvaal veld, en Maans hou hulle oopgetrap.

By die damwal drup daar water. 'n Aankomeling sal nie eens hoef te draai nie.

In dié nattigheid plant Maans 'n wilger, wat waaragtig vat. Dis 'n stok wat hy langs die dorpsrivier afgesteek het, eenmaal met Nagmaal. En met baie gebede aangehelp het tot dit grasgroen op die haai vlak staan, 'n baken wat niemand kan miskyk nie.

Die derde jaar al staan dit so hoog soos Meisie. En toe soos Maans met sy hoed op – en dis baie hoog. Daarná groei die wilger stadiger, met rukkings van groen in die lente, wat Maans tot geduld maan. Groei en groei tot 'n vaderlandswilg, 'n ding wat groenighede reën soos water uit 'n gieterkop.

As dan 'n boom so stadig kan groei tot sy voleindiging, kan hy, Maans, ook bekostig om te wag.

Elke dag loop Maans die paadjie uit. Hy drink die water en hy bid, in die middel van daardie dorsvloertjie waarop nog nooit gedors is nie.

Wat is die betekenisse tog, bid hy, dat U my nooit wil sien nie! Ek maak vir u die wysters by die water, Heer. Ek is 'n tempeldienaar, net soos Simeon.

Maar dis net die windpomp wat grond-in antwoord gee, met diep en versadigde waterklanke. Hy waag nie om te kyk in die wiel van daardie windpomp nie. Dit vang die lig te veel, en hy begin onthou van die krioelery.

'n Baie groot wilgerboom. 'n Ou man, sy oë grondwaarts gedruk. 'n Ou en heeltemal tandelose vroutjie. Nagmaal, wat nooit oud word nie, is al wat hulle van die plaas af kry. En nou ook die biddag vir vrede. Iets wat nooit tevore was nie: 'n biddag nie vir reën nie, maar vir vrede.

Maans se bakkie loop die pad af dorp toe. Steeds bid hy, steeds stuur hy sy woorde een-een op boontoe, moeilik aan die Jakobsleer. Waar ander by is, bid hy nie. Maar hy luister, want dit mag dalk wees dat die tyding vir hom in antwoord op 'n ander se gebed kom.

Maans het baie nederig geword, van al dié leë tyd.

En so kom dit dat hulle nié daar is toe die mank helikopter met die stukkende seuns ver uit sy pad na sitplek soek nie, toe hy stippelklein uit die son se glans begin afgly op die boodskap van die oop kol en die groen boom, toe hy met 'n oneweredige vlerkslag soos 'n mens wat sterf met 'n gebroke asem, hotvlerk-haarvlerk tot stilstand kom in sy eie stofdwarrel nie.

(Die lang en soepel takke van die wilger swaai vervaard op, weg van die windveegsel, en kom weer tot rus.)

– nie gesien toe daar mense uit die helikopter klim, en steierend onder die damwal gaan staan en drink, en ook water aandra na die ander in die helikopter nie. Ook nie toe die dooie een voor die stuurstang weggehaal en plat neergelê word nie.

Ook nie gesien toe die nuwe vlieënier 'n oomblik rondkyk na die menslose plek met sy harde, ronde blad, sy water en sy koelte nie – voordat hy die wankel helikopter steierend laat styg en terugneem, daar waar hy vandaan gekom het.

Daar was weinig tekens oor dié Maandagoggend, maar hy kon hulle duidelik sien: die omgewoelde staanplek, die stofsirkel, die waterdruppels wat elk in sy eie stofdruppel gekrul en verdroog het, die voetspore, 'n plek waar iets gesleep is . . .

Die meeste het hy gewonder oor die verskrompelde blaartjies wat van 'n wilgerrits gestroop was, net soos hy dit doen, as hy onwillig is om die groenigheid van die boom te verlaat.

En by party van die stofkorrels moes hy lank buk, want dit was bloed, en die miertjies was daar besig.

Toe het hy opgestaan, 'n man nie net lank nie maar ook hoog, en nog met die hoed op sy kop en die skadu oor sy oë dank gesê dat hy die tekens kon sien maar die veldslag gespaar bly. Want God in sy genade weet wat die oë van 'n man soos Maans kan sien om te verduur, en dis nie baie nie. Kleindag, tog, het hy dit reeds leer ken: armageddon.

1982

KOOS PRINSLOO

Die jonkmanskas

Die eerste keer dat hy dié woord gehoor het, was by sy vriendin, Iris. Dit was op 'n Sondagmiddag aan etenstafel nadat Stoffel, haar middeljarige broer, se gebooie die oggend in die kerk gelees is. Mamfi, hulle moeder, het aan die punt van die tafel die ietwat rumoerige geselskap vir 'n oomblik onderbreek en eers die seën gevra. Toe sy "Amen" sê, het Helena, Iris se hubare dogter wat langs die glimlaggende verloofdes gesit het, vir Koos gevra: "Mag ek vir jou inskep?" Hy het sy bord aangegee.

"Koos, bring vir ons nog 'n paar wynglase," het Iris gesê.

"Waar?"

"In die jonkmanskas daar in die hoek."

Hy het van die tafel af opgestaan en na die kas toe gestap. Dit was 'n geelhoutkas met twee laaie bo en twee deure daaronder. 'n Hangkas wat aan die eenvoudige behoeftes van 'n vryer voldoen, het hy gedink, maar gesê: "Jonkmanskas – dit het amper 'n maagdelike klank."

"Cheers to the virgins." Stoffel het sy reeds halwe glas rooi wyn gelig. Almal het vrolik gelag. Toe sê Helena: " 'n Mens kan 'n storie daaroor skryf."

Die woord bly hom by en die aand tuis is hy verontwaardig en verbaas wanneer hy dit nie in die HAT of *Die Afrikaanse Woordeboek* kan opspoor nie. "Jonkmansweer" en selfs "jonkmansbegeerte" is daar, maar nie "jonkmanskas" nie.

Die volgende middag loer hy by 'n tweedehandse-meubelwinkel in. Eintlik is hy op soek na 'n houtbed, maar tussen marmerblad-wastafels en riempiesbanke sien hy in die donker, teen die agterste muur, 'n jonkmanskas.

Dis 'n mooi kas, dink hy. Hy stap tot baie naby, versigtig om nie iets om te stamp nie. Eers kyk hy net. Dan leun hy vorentoe en ruik aan die kas. Hy staan weer terug. Hy kyk lank na die kas. Wanneer hy vir die tweede keer vorentoe leun, fluister hy met sy lippe dig teenaan die dofglimmende hout: "Jonkmanskas." Dan vat hy die ronde knop van die een laai vas en trek dit met mening oop en soos Marcel Marceau begin hy versigtig, een vir een, die volgende artikels in die laai uit te pak: Drie skryfblokke, *Croxley Cambric Linen Faced Writing Pad for Land, Sea or Air Mail*, genommer, in 'n netjiese stapel bo-op mekaar, *Ervaringe op Safari in Kenia – Jacobus Petrus Prinsloo* in verbleikte blou ink op die boonste een se omslag geskryf, 'n goue sakhorlosie, *JPP* onhandig, seker met 'n knipmes, op die rugkant uitgekrap; en twee verweerde foto's. En dan, met dieselfde geweld waarmee hy die laai oopgemaak het, sit hy vinnig 'n paar los getikte velle papier, die onvoltooide manuskrip van 'n storie, langs die ander goed neer:

DIE VERLANGSTE WAS TE GROOT

My ouma is op 12 Desember 1892 op Colesberg gebore. Sy is 'n nugter vrou en op nege-en-tagtig hou sy nog die lewe. My oupa het ek nooit geken nie. Hy is op vyf-en-sestigjarige ouderdom, op 30 Maart 1950, op Eldoret oorlede. Hy was, na wat ek kan aflei, 'n onverskrokke man.

Die kennis wat ek van my grootouers dra, is beperk en subjektief. Hierdie verhaal is dus blote fiksie:

Dit duur 'n rukkie voordat sy min of meer gemaklik sit. Die Volksie se bucket seats is nie vir ou mense ontwerp nie, dink ek. Ek klim agter die stuurwiel in en maak haar veiligheidsgordel vir haar vas. Sy wikkel op die sitplek rond, maar sê niks nie. Sy knyp 'n handsak onder haar arm vas. Ek trek versigtig weg. By die hoek sê sy: "Die mandjie." Ons hou stil en ek sit die mandjie met padkos wat by haar voete staan, agter tussen die ander bagasie neer.

Die rit deur die stad verloop sonder enige verdere onderbrekings. Ek konsentreer op die verkeer en die verkiesingsplakkate. Op een van die *Bly Blank My Volk*-slagspreuke het iemand die B's doodgeverf.

Dis die eerste keer dat sy saam met my huis toe ry, maar sy het besluit dis tyd vir haar jaarlikse besoek en die geleentheid het hom dus as 't ware self aangebied.

Net anderkant die Fonteine praat sy weer.

"Dis benoud."

Ek draai 'n venster oop en help haar om die veiligheidsgordel los te maak en vir die eerste keer sien ek sy het haar hare afgesny. Sy dra nog 'n haarnet, maar die bolla is weg.

"En Ouma se hare?" vra ek.

"Dit het 'n hennernis geword."

Ek het haar leer ken aan haar hare. In die oggend wanneer sy dit klaar gewas het, het sy buite op die stoep in die son gestaan, haar kop ver vooroor gebuig, en die Gileadkudde, 'n geil bos rooi kartels, met lang hale droog geborsel.

"Ja, dis seker die laaste keer," sê sy.

"Het Ouma dan ooit vantevore aan Ouma se hare gesny?" ontwyk ek wat vir my lyk of dit 'n emosionele onderwerp kan word.

"Toe ek klein was, moes ons. Dit was net voor die oorlog. Ons het Johannesburg toe getrek en daar was die een of ander siekte. Toe kry ons almal sere op ons koppe. Ek onthou die dag goed. Een van my broers het nog 'n loesing gekry omdat hy die hare aan sy gesig geplak het vir 'n baard."

Ek glimlag, maar ril 'n bietjie.

"En later in die kamp moes dit weer af," gaan sy voort.

"Die kamp?"

"Irene."

"Was Ouma dan in 'n konsentrasiekamp?" vra ek.

"Ja," sê sy en vat aan die haarnet, "ná die bomontploffing by die dinamietfabriek in Modderfontein is ons weg Bethal toe. My pa en broers is toe op kommando en die laaste elf maande van die oorlog was ons in die kamp."

"En toe sny die Engelse julle hare af?" Visioene van Auschwitz en Belsen doem voor my op.

"Nee, Moeder het. Daar was luise in die leë soldatekwartiere wat ons vir 'n skool gebruik het."

"En is daar familie dood?" kry my sin vir melodrama verder die oorhand.

"Nee. Daar was net 'n gerug dat Vader gesneuwel het; die kampkommandant het laat weet." Sy huiwer 'n oomblik. Dan sê sy: "Maar aan die einde van die oorlog het hy een aand van die trein afgeklim."

Lasarus, dink ek. Ek por vir nog inligting, maar sy lyk ongeneë om 'n woord verder te rep. Sy kyk deur haar oop venster na die plate kosmos wat die lappe sonneblomlande omring.

Anderkant Heidelberg haal ek in die ry die kosmandjie weer vorentoe. Sy skink vir my swart tee uit ’n fles en bied druiwe aan. Haar hande bewe nie. Tussen die blou are op haar voorarm is fyn wit littekens wat ’n operasie agtergelaat het nadat sy op twee-en-sewentig geval en haar arm gebreek het.

Op Standerton hou ek by ’n kafee stil. Ek stap saam met haar tot by die toilette en gaan dan die kafee in om sigarette te koop. Wanneer ek uitstap, hoor ek ’n rumoer agter my. Ek draai om. Die kafee-eienaar stry met ’n swart vrou. Skielik slaan hy haar met die vuis in die gesig. Sy val. Daar tuimel ’n rak lekkergoed op haar om. Bloed loop uit haar mond. Ek stap na die motor toe en help Ouma in. Ek sluit my deur oop. My hande bewe.

Anderkant Standerton kan ’n mens reeds van ver af Perdekop op die gelykte uitken. Die son bak warm. Ek draai my ruit oop. Ons ry verby die dorpie. Skielik skyn die *Jesus Kom*-heuwel helder in die middaglig voor ons. Die klippe wat teen die skuinste gepak is om die apokalips aan te kondig, is nuut gekalk.

“Is Ouma bang om dood te gaan?” vra ek.

“Nee.” Sy kyk stip voor haar in die pad. Dis weer lank stil in die motor. Ons ry verby ’n motel.

“Ons sal nou-nou op Volksrus wees,” sê ek.

“Oorlede Vader is in die distrik gebore.” Sy klink opgewonde.

“My oupa?”

“Ja.”

“Wanneer?”

“Die sestiende September 1885,” sê sy dadelik, sonder om eers te dink.

Dit is ook Breyten se verjaardag. Hy’s in goeie geselskap, dink ek. “Hoe het julle ontmoet?”

Sy haal haar bril af en sit dit op haar skoot neer. “ ’n Kêrel het kom opsit; ene Piet Joubert van Ermelo se distrik.” Sy vryf met haar hand oor haar oë. “Wind, ja hy’t vreeslik baie wind gehad; my nie juis aangestaan nie. Maar hy’t vertel van sy vrind uit Oos-Afrika.” Sy sit weer haar bril op en ek skuif reg vir ’n lekker storie. Sy maak eers haar handsak oop en haal ’n rolletjie pepermente uit. Sy bied vir my aan, neem self een en knyp die handsak weer styf onder haar arm vas voordat sy begin vertel.

“Piet se vrind se naam was Koos. Hy’s na die oorlog saam met sy vader en moeder na Brits-Oos-Afrika. Ja, so ’n lang kêrel,” beduie sy met haar hand. “Piet het vertel dat dié Koos glo enige perd kon tem; geen dier was vir hom te wild nie . . .”

“O wys my ’n man wat sy man kan staan . . .”

Sy kyk gesteurd op oor my ontydige tussenwerpsel.

“Ja, hy was ’n harde man.” Sy kyk weer vorentoe. “In alle geval, Piet het vertel dat Koos ’n lieflingperd had; ’n swart hings met ’n bles. En toe die perd die dag vrek, het Koos sy knipmes gevat en die bles versigtig uitgeslag. Die soewenier het al die jare agter sy kamerdeur gehang." Sy lyk skielik hartseer. " 'n Jonkman so na my hart," prewel sy amper onhoorbaar.

Ek glimlag. "En toe?"

"Wel, hy't self die storie kom vertel." Sy sug. "Dit was op 'n aand by 'n konsirt in die plaasskool. Een van die 'Chinese lanterns' wat ons gemaak het, het aan die brand geslaan." Sy rol die peperment in haar hand al in die rondte. "Hy en Piet was daar. Hy het oor my geleun en die vlamme met sy hande doodgeklap. En toe het hy gesê: 'O, jy is seker Lalie.' "

"En toe trou julle en Ouma gaan saam met hom Kenia toe?" loop ek die storie vooruit.

"Ja," antwoord sy kortaf.

"Wat dan van Ouma se ouers?" probeer ek die situasie red, want ek besef ek het haar entoesiasme gedemp. Maar dis tevergeefs.

"Dit was ware liefde," sê sy en steek die peperment in haar mond.

Buite Volksrus waarsku 'n bord teen spoedlokvalle. Ons ry stadig deur die dorp. En dan, wanneer ons die grens tussen Transvaal en Natal oorsteek met Majuba net mooi in sig, praat sy weer: "Jy moet sorg dat jou oupa se boek gepubliseer word."

"Se boek?" Ek hou my oë op die pad.

"Ja, hy't sy jagervaringe opgeteken en dis nooit gepubliseer nie, maar jy't geleerdheid." Terstond knip sy haar handsak oop en haal drie volgeskryfde skryfblokke uit. "Hier's twee kiekies ook."

Ek probeer nie protesteer nie.

"Die een voor die riethuis is jou grootjie en dié is ons trouportret," sê sy en druk die foto's onder my neus in.

Ons ry teen 'n slakkepas die gebergte af.

"Waar is Oupa?" vra ek. Ek soek tussen die tien kinders rond.

"Hy was terug in die Unie toe dit geneem is."

Die troufoto van die statige paar is erg verrinneweer. Oupa staan met manelpak en keil en Ouma gekroon met 'n reusagtige hoed, maar nie 'n sluier nie.

'n Sieraad vir haar hoof, dink ek. "En die hoed?"

"Ek sou dit weer kon dra," sê sy en voel of haar haarnet nog stewig is.

Die naweek by Pa en Ma lees ek die "manuskrip" deur. Dit bied moontlikhede, dink ek.

Ek vra Pa en Ouma uit na die gebeure wat hulle persoonlik meegemaak het, maar hulle kry dadelik stry.

"Oorlede Vader het daardie tier in Elgeyo geskiet . . ."

"Moeder, dit was in die Masai-reservaat . . ."

"Dit was Elgeyo."

"Maar ek was saam . . ."

"Almiskie . . ."

Ek besluit om my liewer op die "manuskrip" te verlaat en vra Pa om vir ons 'n paar home movies te wys. Hy stel die Specto 8mm/16mm-convertible op en ons kyk na films wat nog in Kenia geneem is: Kilimandjaro uit 'n Vickers Viscount; 'n toets op Nairobi tussen 'n blanke tuisspan en die Britse Leeus; Ouma se tuinman, 'n Masai, wat tussen haar dahlias skoffel; en 'n film van die verrigtinge by die vyftigjarige herdenkingsfees van die bestaan van die N.G.-gemeente Vergenoeg op Eldoret.

"Dis waar die eerste bamboeskerkie gestaan het, op Will Bouwer se plaas," verduidelik Pa wanneer 'n voormalige predikant 'n gedenkplaat onthul.

"Die plaas het eers aan oupa Prinsloo behoort," sê Ouma. Ek lei af dat dit my oupagrootjie moet wees, maar kry nie kans om navraag te doen nie. Pa en Ouma is dadelik weer aan die stry. Ma red die situasie met 'n vergeelde eksemplaar van die gedenkblad wat uitgegee is by dié herdenkingsfees. Vir 'n verandering is Ouma korrek in haar feite. Op bladsy drie-en-twintig staan daar: "Kort na ds. Loubser se aankoms is 'n tydelike kerkgebou op die plaas van oom Koos Prinsloo, ongeveer agt myl ten ooste van Eldoret opgerig, wat vir jare diens gedoen het as middelpunt van die gemeente."

Veilig tuis in Pretoria, Ouma se bevel helder in my ore, neem ek agter my lessenaar plaas en haal die oortreksel van die tikmasjien af.

MIJ ERVARINGE

Ons boere trek uit Suid-Afrika, die trek van oom Jan van Rensburg, na Brits-Oos-Afrika, later genoem Kenia. Ons vertrek van Wonderfontein-stasie op die vyftiende dag van Maart 1908,[1] na Delgoabaai waar ons die skip sou vat. Ons het dieselfde nag nog daar aangekom. Ons was maar swak ingerig vir so 'n woeste landstreek. Ons had 'n klompie waens, 'n klompie perde en 'n paar honde. Dit was al lewende diere wat ons had. Ons had weinig huisraad.

Die volgende oggend is ons besig met grote bewonderings vir die grote seewaters. Ons was alger verbaas oor die oneindigheid van die see en die gedreun van die branders. Ons bly twee dae op Delgoabaai terwyl ons ons goed en diere op die skip[2] laai.

Nou kom die orders, die skip gaan oor een uur vertrek. Ons hoor die skip se droewige fluit blaas. Daar was meteens 'n groot rumoer. Die mense sê teenoor mekaar: "Sal ons ooit weer die liewe aarde sien? Dalk sink die skip. Wat weet

1 Indien die trek, soos L.J.S. Changuion (*Die verhuising van Boere na Oos-Afrika 1902-1914*, M.A. verhandeling, Universiteit van Pretoria, November 1975, bl. 132) beweer, op 6 Julie 1908 op Mombasa aangekom het, lyk hierdie datum verdag.

2 Volgens Elspeth Huxley (*No Easy Way, A History of The Kenya Farmers' Association and Unga Limited*, Nairobi, voorwoord 1957, bl. 59) was dit 'n Duitse skip, die *S.S. Windhuk*, wat Van Rensburg teen £1750 gehuur het om die trek te vervoer.

ons wat wag vir ons daar ander kant in die freemde land waar ons na gaan net soos ons voorouwers ook na 'n onbekende land gekom het."

Hier en daar begin vrouens te huil en intussen blaas die droewige fluit weer. Ons word georder om op die skip te klim. Nog 'n skoot blaas die fluit. Die lere word opgetrek en die gekerm word hoe langer hoe meer.

Dit was dan ook geen halfuur of die skip begin bokspring en jy hoor: "Ik word naar." Later word dit so erg dat die mense begin opgooi. Nog tien minute en jy hoor net brul. Waar jou oog val, bid en huil en verwyt hulle: "Wat het ons hier op die see kom soek?" Daar is ook nie meer skaamte vir mekaar nie. Die jonkman en die jongnooi se koppe druk teen mekaar waar hulle besig is om die naarheid af te koel. Die ou vrouens bid en huil en bejammer hulle kinders wat volgens hulle meen gaan sterf. Net vroomheid hoor jy uit die mond van die rowwe mense. Almal het maar gemeen dis die laaste.

Die eerste klok het gelui en so 'n derde van die mense is na die tafel maar die meeste was met haas weer terug op die dek.

Die volgende oggend het dit gelyk of daar 'n bietjie beterskap onder die mense is. Tog was daar maar min, want party is so uitgeput dat hulle geen kop kan oplig nie. In party gevalle het dit gelyk of daar iets slegs kon gebeur het. Dit het darem langsaam beter gegaan.

Daar was dan ook 'n kaffer op die derdeklas dek wat met groot geskree die Boere begin vloek en sê: "Ik gaan di Boere vanaand doodsteek." Hy spring daar weg met 'n groot mes in sy hand en klim die trappe op na waar die mense is. Ek en my maat, Jaap Smit, wat daar op dekstoele sit, sien die brutale kaffer met die mes in die lug. Ons stap die knaap tegemoet en toe ons binne bereik is steek hy Jaap se voet amper op die trap vas. Jaap, wat 'n vinnige Boer met sy hande is, trek los met die vuis en slaan die kaffer die trappe af dat hy twintig voet van ons af op die dek val. Toe is die knaap twee keer so briesend en hy kom weer die trappe op met die mes. Ek, wat hom inwag, haak af met die vuis. Ta is weer daar onder op sy rug waar ek en Jaap hom gryp. Net toe ons hom oor boord wil gooi keer die ou mense ons. Die kaffer is toe dadelik geboei en opgesluit.

Ek was toe 'n bietjie sleg humeurt en het my konsertina gevat en 'n paar lewendige stukkies gespeel waarop 'n ou tante wat verbystap vir my sê: "Jij frees nie eers die wreede see nie." Ek sê: "Maar ouw Tante, dit is hier op see net soos op di drooge aarde." Maar sy knor nog meer. Toe het ek maar my musiek gaan bêre.

Ons het die Duitsers van die skip uitgedaag om teen ons tou te trek; nege man teen nege man met 'n dik tou. Toe die vlag val toe loop die Boere met die nege Duitsers. Nog 'n skoot, maar die Boere stap met hulle. Ons daag twaalf Duitsers teen nege Boere. Die Duitsers weier. Hulle sê: "Nee, julle Boere eet te veel mieliepap."

"Ja," sê Jaap Smit, "di Boere het mussels en ook krag, maar julle ouw Duitsers is sommer pap fan fet. Dit is net fan bitter bier." Hulle lag toe en stap fort.

Ons het uiteindelik na nege dae op die water op Kilindinibaai geland.[3] Ons het ons waens, perde en al ons toerusting afgelaai. Van daar af moes ons loop, want die aand moes die goed op die stasie wees wat 'n paar myl van die dokke is. Die aand het ons in 'n groot sinkgebou op die sementvloer kermisbed gemaak, maar ons het maar min geslaap, want die muskiete het ons half opgevreet. Die volgende oggend het ons die waens en perde op die treinwaens gelaai. Van daar was dit driehonderd-en-vyftig myl na Nairobi waar ons 'n dag moes oorbly om geldreëlings te maak en 'n bietjie hiervan en daarvan te koop. Van daar af is ons toe na Nakurustasie.[4] Daar is ons ontmoet deur oom Frans Arnoldi wat ons 'n staanplek belowe het op sy plaas sowat agt myl van die stasie af terwyl die afgevaardigde kommissie[5] na die hoëveld is om plase uit te soek. Met behulp van oom Frans se osse en kinders is ons na sy plaas. Van daar is die kommissie met 'n wa en agt man te perd na die Uasin Gishuplato. Hulle was vir twee-en-twintig dae weg op die tog. Toe die kommissie terugkom was alles in rep en roer.

Ek had 'n wa en 'n paar jukke en toue van Suid-Afrika saamgebring. Ek had toe een van die gevreesde vlakvarke geskiet en omdat die ding na 'n erdvark lyk, dag ek die ding had seker 'n sterk vel en had ek vir my tien stroppe gemaak. Ek had toe tien ongeleerde osse gekoop. Twee van hulle was al voorheen twee of drie keer ingespan en moes nou as voorosse dien. 'n Mens kon dink hoe dit sou gaan.

3 Graaf Crewe, staatsekretaris in Londen, stuur op 6 Julie 1908 'n telegram aan die goewerneur in Suid-Afrika, lord Selborne: "Press telegram states that 280 Boers are sailing for Mombasa with purpose of settling. Is this true and if so, where do they propose to go and why are they going."

Dit blyk dat sir James Hayes-Sadler, goewerneur van Brits-Oos-Afrika met wie Van Rensburg onderhandel het, nie geglo het dat daar enigiets van die onderhandeling sou kom nie en dus nie sy hoofde in Londen of lord Selborne daarvan in kennis gestel het nie.

Volgens die Immigrasieregulasies (£50 per persoon en kontant of bates ten bedrae van £200 per gesinshoof) het die meerderheid Boere egter nie gekwalifiseer om tot die land toegelaat te word nie, maar dit was onmoontlik om hierdie groot groep te laat terugdraai. (Changuion, bl. 132.)

4 Die geselskap het op 18 Julie op Nakuru aangekom. Op 29 Augustus 1908 besoek ds. J.M. Louw die Trekkers daar en die eerste kerk in Brits-Oos-Afrika word gestig. Hy gee die naam *Vergenoeg* aan die gemeente: "Met deze benaming heefte de stichter uitdrukking willen geven aan de gedachte dat de trekkers toen ver genoeg van de Moederkerk in Zuid-Afrika waren getrokken." (*De Kerkbode*, 1921, bl. 255.)

Nadat die Trekkers hulle op die plato gevestig het, is ds. M.P. Loubser na die gemeente beroep. "Kort na ds. Loubser se aankoms besluit die Kerkraad op 10 April 1911 (N.G. Kerkargief: Kerkraadnotule, Vergenoeg, bl. 16) om 'n tydelike bamboeskerk op J.P. (Koos) Prinsloo se plaas ongeveer agt myl ten ooste van Eldoret op te rig." (*Gedenkblad*, Vyftigjarige herdenkingsfees (1908-1958) van die Gemeente Vergenoeg, Eldoret, bl. 23.)

5 "Die afvaardiging het bestaan uit Jan van Rensburg, J.P. (Koos) Prinsloo, Jan Fourie, Bernardus Enslin, Jan Minie, Piet du Plooy, Jan Smit, Izak Smit, Piet Steenkamp en Piet Nel." (Z. Enslin: *Pioniers van Oos-Afrika*, bl. 2.)

Ek had ook 'n Masaai-kaffer gehuur wat seker daardie dag vir die eerste keer in sy lewe 'n witmens sien – is heel waarskynlik onnoselder as 'n dier.

Dit het seker twee of drie uur gevat voordat ons die osse ingespan het. Ek het toe die redelose kaffer in Zoeloe, waarvan hy natuurlik so min verstaan as 'n aap, beduie om die tou te vat. Toe ek die osse skrikmaak neem die een helfte met blaas en brul en vaart een kant toe koers en die ander helfte die ander kant toe. Dit was geen twintig tellings of al tien die vlakvarkstroppe was af en elke os had sy eie koers. Dit het my toe die hele dag gevat om die osse weer bymekaar te kry.

Die nag by die vuur het ek vir my van rou wildsvelle stroppe gemaak; stroppe wat kon hou en nie sommer sou breek nie. Die volgende oggend het ons die osse weer ingespan en toe ek hulle skrikmaak was dit weer brul en blaas en stoot en nekomdraai, maar die stroppe hou en later is die spul aan die gang. Ek en die Masaai-kaffer is alleen, want my broers moet my pa help. Die Masaai trek so aan die twee ongeleerde voorosse se koppe dat ek aanhoudend sê, maar in Zoeloe: "Moet nie di osse se koppe soo trek nie." Maar dan is dit of die kaffer dubbel soveel krag inspan.

Hy vat die tou met twee hande vas en lê vooroor, sy bors amper op die grond. Toe ek dit nie meer kon uithou nie draf ek die trekkende kaffer met die renostersweep by en had ek die eer om hom een streep te gee. Die snelle Masaai was binne een minuut die berg in en tot vandag toe, vyf-en-dertig jaar later, het ek hom nooit weer gesien nie.

Daar staan ek toe alleen met tien ongeleerde osse, raad op vir die lewe en die trek begin die volgende dag na 'n land sonder 'n pad deur swart houtbosse waardeur ons met byl en panga en pikke moet pad kap. So het ons dan aangesukkel en die honderd-en-agt myl binne een maand en agt dae afgelê. Toe ons op die plaas kom wat Pa vir ons gekies het, het ons 'n ent van die rivier af uitgekamp.

Nou begin meer moeilikheid. Ons het ongelukkig hier ingetrek met die lelikste meisies vir my oog, maar ek moes daarvan die beste maak. Ek was 'n skrander jonkkêrel uit 'n lewendige distrik en gebuurte en had nou 'n plan om 'n bietjie vir Anna te gaan kuier.

Ek het vir my 'n paar rooi skoene gaan koop waarvoor ek baie jammer was. Terwyl die gras in daardie dae so woes gegroei het en ek maar vroeg die môre moes begin stap, daar die enigste rygoed my twee voete was en ek ook maar bang was vir te laat in die veld wees, het ek my skoene se rieme aan mekaar gebind en oor my arm gedra om die woeste gras eers te laat afdroog. Op pad verwonder ek my aan die duisende wilde diere wat op die vlaktes loop; die een teenaan die ander. Elande, kwaggas, hartbeeste, blesbokke en nog ander kleinwild (dit lyk soos 'n kudde skape) oortrek die mooie vlaktes waar die rooi soetgras so 'n vaste blok staan en krul van mooiheid en geilheid.

Toe sien ek 'n erdvarkgat met vars stof wat voor hom uitslaan. Ek dog by myself, wat vir stof sou dit wees en besluit om nader te gaan en uit te vind. Toe ek by die gat kom was dit net een dreuning en hier half onder my voete bars 'n vlakvarkbeer uit met tande soos beeshorings. Ek dag dis my laaste dag en omdat die skoene my enigste wapen was, gooi ek die dreigende vark teen sy kop. Intussen moet ek rondspring en groot woorde gebruik, want agter die eerste vark kom nog ses ander uit die gat uit, elkeen reg onder my in. Ten laaste staan ek daar, roerloos van skrik, en daar is geen skoen te sien nie. Dit kom my toe in die gedagte dat die goed oor die vark se tande is en dis vir seker die laaste sien. Nogtans vat ek die douspoor en minstens negehonderd treë daarvandaan kry ek tot my grootste geluk my skoene, waternat en vol kwyl. Dit sou beter gewees het as ek die goed aan my voete gehou het, want dan het dit my ook al die onrus gespaar dat ek die aand dalk kaalvoet by die nooi sou moes sit.

Toe ek by Anna aankom het ek daar my avontuur meegedeel. Daar is baie oor gelag en ek het lekker gekuier.

Dit was dan maar armoedig in ons nuwe land en ek moes nou uitspring om 'n lewe te maak. Daar was 'n meneer Gleeman,[6] 'n Deen, by wie ek gaan werk het. Ek moes 'n looiery opsit, want, sê hy, daar steek geld in. Ek het later die Deen se werk bedank omdat daar maar min voordeel in was.

Ek was skaars by die huis of ek kry 'n hewige aanval van Malaria. Dit het amper my lewe gekos en ek was vir nege-en-twintig dae in die bed. Toe ek beter word het ek besluit om terug te gaan na Suid-Afrika omdat hier in die wilde kafferland vir 'n jonkman geen lewe is nie; geen meisies. Alles is dood. Ek, wat 'n lewendige man is, is half oorbluf. Ek het toe ook aan die skeepsagente geskryf om vir my plek op die skip te kry. Toe ek van hulle geen antwoord kry nie het ek maar op goeie hoop per ossewa na Londianistasie vertrek waar ek moes trein vat na Mombasa. Toe ek uiteindelik op Mombasa aankom moes ek sewe dae lê en wag vir 'n skip. Twee dae voor die skip inkom was ek verras van blydskap toe ek op die stasie sien hier klim een van my ou vriende, Piet Joubert, uit die trein en dat hy aan my sê hy gaan ook terug na ons ou land.

Daar was dan ook 'n sterkgeboude Engelsman op die skip. Ek en maat Piet wat net van tafel bo-op die dek kom, sien die Engelsman en 'n arm onnosel Italianer het "boxing gloves" aan en die kêrel slaan die ou Italianer half dood. Ons gaan sit op dekstoele om die petalje te aanskou. Maat Piet wat 'n uithaler bokser van Ermelo is, sê vir my: "Ouw maat, vandag moet jij sien hoe 'n Boer 'n Engelsman slaan."

Die ou Italianer wat nou rooi van die bloed is, wil nie meer boks nie en die Engelsman kom sit by my en Piet en begin ons te vertel dat hy sy lewe lank al boks en hy reis na geen land of plek sonder sy "gloves" nie. Maat Piet sê aan hom: "Sal jij met mij boks?"

[6] Waarskynlik H. Gleeman wat opgetree het as Van Rensburg se privaatsekretaris tydens laasgenoemde se onderhandelingsbesoek aan Brits-Oos-Afrika in 1906. (Changuion, bl. 129.)

"Ja," sê die kêrel laggend, "dit is mij plesier."

Maat Piet wat al halfvererg was vir die mishandeling van die Italianer trek toe die "gloves" aan, stap die kêrel by, vat sy hand en sê vir hom: "Ik is nie die ouw Taljander nie hoor."

"Oh," sê die Engelsman, "I am prepared for any man."

Die twee spring aan mekaar. Ek sien net die Engelsman skuif met sy kop en knie, soos 'n ruspe loop, tot teen die kant van die dek en keer om. Die bloed spuit uit die kêrel se neus. Alles wat om hom is, is bespat. Hy spring daar op en is die trappe af. Die nege dae wat ons op die skip was, het ons hom nie weer gesien nie. Maat Piet sê vir my: "Maat Koos, wat het ik jouw gesê, dit was 'n Boere hou."

So het ons dan 'n plesierige reis en al die beste grappies gehad.

Van Delgoabaai is ons per trein na Pretoria. Nadat ek en Piet van mekaar afskeid geneem het, het ek rond en bont verneem na my broer wat in Pretoria woon. Tot my grootste blydskap het ek by hom uitgekom. Ek is toe ook al kort van geld en moes begin werk soek. Ek en my broer het toe werk gekry in die Willies Deepgoudmyn. Dit het nie lank gehou nie, want na 'n dinamietongeluk het ek besluit dit is klaar met my en die goudmyn en het ek dadelik 'n applikasie gemaak vir die gevangenisdiens. Ek het twaalf maande daar gewerk as tolk in kaffertale en ook 'n goue sakhorlosie met 'n lootjie gewen. Ek is toe getroud en terug na Kenia, want die verlangste na my ouers en die oop vlaktes was te groot.

Ek was maar arm en moes op alle maniere probeer om 'n lewe te maak. Ek het toe vir my en my vroutjie 'n grashuisie van agt voet by twaalf voet gemaak. Daarin moes ons woon. Ek moes maar elke dag uitspring vir 'n verdienste en ek het begin om sommer groot jagterye[7] aan die gang te sit.

Na die laaste voetnoot duur dit 'n lang ruk voordat ek weer my moeë vingers op die sleutels sit om verder te tik. Maar niks gebeur nie. Ek staan op en gaan maak koffie. Dan stap ek na my boekrak en haal Brian Easlea se *Science and Sexual Oppression* tussen die ander slapbande uit. Ek slaan eers "penile insecurity" in die onderwerpindeks na. Op bladsy sestig kry ek waarna ek soek.

Dit is nie 'n groot stap tot by die volgende aanhaling en daarmee die einde van die storie nie: "Hunting was typically one such exclusively male and prestigious activity which served to bestow virile status on the successful male. Thus according to David Maybury-Lewis: 'Hunting is the most common expression of virility. Shavante men enjoy it for its own sake and delight in it, if they are good at it, because it enables them to make a public exhibition of their masculineness.'"

[7] "Dit ly geen twyfel nie dat die Boere in Oos-Afrika hulle self skuldig gemaak het aan grootskaalse jag wat dikwels gegrens het aan 'n massa-uitroei en -slagting ter wille van ivoor en huide, soos wat hulle voorouers in Suid-Afrika ook maar gemaak het." (Changuion, bl. 168.)

Sonder om die jagstories te verhaal, blaai ek tam na die laaste bladsye van Oupa se ervaringe:

"Nouw besluit ik om geen lisensie meer te fat nie daar ik voel mij kragte gee in. Ik is ook nie meer so finnig met di geweer nie – alles henner mij. Vroeër, as mij foete di grond fat is di geweer aan di kop en as di skoot klap, lê di bok. Nouw kan ik nie meer di korrel krij nie – di enigste is 'n skijf wat stilstaan.

"Ik is drie-en-sestig, mij hart is nog gewillig maar mij kragte is gebreek. Wat mij jagternatuur nog kalmeer is di wildskoppe, felle en karosse wat ik in di huis het – 'n fersameling wat ik al di jaare reeds bijmekaar gebring het."

As naskrif skryf hy:

"Ik kan di lesers fan hierdie eenvoudige jagtersverhale ferseker dat hierdie gebeurtenisse wat ik beskrijf het nie uitgedink is of uit geleesde boeke kom nie. Alles het werklik gebeur en is nie fersindsels nie, maar ware manlike ondervindings."

Die storie sou kon aangaan. Ek sou Ouma op 'n oggend kon gaan oplaai en uitry vir tee en skons by Jan Smuts-huis in Irene. Ons sou kon stry oor Jopie Fourie en sy sou uitvra na die vordering van Oupa se boek. "Voor die wind," sou ek dan huigel. En dan sou ons die begraafplaas, 'n monument ter nagedagtenis aan die gestorwenes van die konsentrasiekamp, gaan besoek.

Stel jou voor, sulke trietsige jonkmansweer. Ouma wat rondstap en vertel van die siekes en sterwendes wat hoes en huil dat dit soos 'n trop blêrende skape klink en van die paraffien wat hulle aan haar kopvel smeer teen die luise.

Ouma staan en rondkyk, soek na bekendes op die naamlys van gestorwenes. Sy brom dat die lys nie volledig is nie, want daar is minstens twaalf op 'n dag dood.

Ek stap na my motor toe. Wanneer ek inklim, skakel ek die radio aan:

> Imagine there's no heaven.
> It's easy if you try.
> No hell below us
> And above us only sky

klink dit oor die luidsprekers. Ouma kom klim in die motor, maar ek ry nie, want skielik het die hartseer van jare my oorval. Ek huil met oorgawe asof die hartseer nooit weer gaan einde kry nie. En langs my sit my ouma. Miskien dink sy aan 'n jonkman op 'n vurige perd of aan 'n trourok met 'n hoed wat weer gedra kan word – ek weet nie. Al wat sy sê wanneer my trane begin bedaar, is: "Ek is moeg. Jy moet maar ry dat ons by die huis kan kom."

Die middag by Iris-hulle aan tafel het Koos net met 'n halwe oor geluister na die gesprek wat hoofsaaklik gewentel het om Stoffel se voorgenome huwelik, want hy kon sy oë nie van die kas afhou nie. Hy het wel gehoor toe Mamfi opmerk dat die bewoording van die gebooie, in Stoffel se geval, miskien gewysig moet word na "'oujonkman' van die gemeente". Maar met die woord "jonkman" was sy gedagte dadelik weer by die kas. Sy mond was nog vol kos toe hy met sy vurk in die rigting van die kas beduie en sê: "Ek wil so 'n kas hê."

Helena het vir hom groot oë gemaak en gesê: "My ma sê altyd 'Wilhê kry 'n pak'," en vir Iris geglimlag.

Wanneer hy omkyk en sien dat die winkelier na hom staar, druk hy vinnig die laai toe. Hy staan 'n tree terug en vou sy hande agter sy rug.

"Ek sal die ander laai gebruik vir onderbroeke, kouse en sakdoeke . . ." sê hy hardop.

Die winkelier staan nader: "Verskoon tog . . ."

". . . selfs miskien 'n skeerstel met 'n kwas," val hy die winkelier in die rede en gaan sit op sy hurke voor die kas.

"Jammer, meneer, maar . . ."

Hy maak die onderste twee deure oop.

"Meneer! Ons verkies dat klante nie die meubels betas nie," sê die winkelier, effens rooi in die gesig.

"Hierdie jonkmanskas ruik na motwortel," sê Koos. Dan klim hy in die kas in en trek die deure dig agter hom toe.

1982

Klara se klokkies

Anton was baie mooi. Miriam wat Dinsdae sy wasgoed sorgsaam gewas en gestryk het, het altyd gesê: "Mooi, ja, soos 'n meisiekind," en dan goedig gelag. Hy het blou oë gehad, "weerlose come-to-bed-eyes," het sy vriendin Helena dit op universiteit genoem. Soms het hy die *Saturday Review* of die *Gentleman's Quarterly* by die CNA gekoop. Hy het nie veel in politiek belang gestel nie.

Die losieshuis waar Anton gebly het se naam was Ronde Geluk. Daar het hy twee kamers met 'n grasdak gehuur en 'n badkamer gedeel met sy buurman, Mervin, die kitaarmaker.

"Pretoria is 'n vriendelike, landelike stad vol staatsamptenare, weermaguniforms en amateurkore," het Etienne een middag in Ronde Geluk oor 'n glas whisky aan Anton gesê.

Etienne het kort, swart hare gehad en sterk wenkbroue wat in twee miniatuurkroontjies aanmekaargroei bokant die brug van sy reguit neus, en een nag op 'n trein naby Stockholm het hy saam met 'n blonde sokkerspeler geslaap.

"Ja, en waar die leeus by Leeubrug brul wanneer 'n maagd oor die Apies loop," het Anton bygevoeg. Hy het opgestaan en John Bryson se foto van Ernest Hemingway in *The best of LIFE* vir Etienne gewys.

"Dis maar net 'n troubled old man wat, twee jaar voordat hy 'n dubbelloop-haelgeweer in sy mond druk, in Idaho 'n blikkie in 'n pad af skop," het Anton gesê, waarop Etienne opgemerk het: "Miskien moes hy eerder 'n prins as 'n skrywer gewees het." Hy het deur die houtraamvenster gekyk na die katjiepieringbos langs die waterbak waar die mossies en vinke soggens baklei, en na die vergeelde blare van 'n boomvaring.

Dit was in die herfs.

Dit was laat een Maandagmiddag in die vroeë lente en nog baie droog. Anton het 'n rooi T-shirt aangehad en 'n groot kakiebroek met 'n krokodilvelgordel. Hy het in 'n leunstoel by 'n leeslamp met 'n skerm van Iranse katoen gesit en lees, toe iemand aan die deur klop.

Hy het stadig opgestaan en die bodeur oopgemaak. In die paadjie langs die pienk stokrose het Etienne laggend gestaan en met sy hand oor sy baard gevryf.

"Hoe gaan dit?" Hy het 'n blou hemp, 'n kortbroek en sandale aangehad.

"Geïrriteerd," het Anton ernstig geantwoord.

"Dink jy dis die weer?"

"Die weer?"

"Ja, die reën wat wegbly. Die droogte."

"Ek het nog nooit só daaraan gedink nie." Anton het geglimlag – die kuiltjie tussen sy baardstoppels was nie duidelik sigbaar nie. Hy het die onderdeur oopgemaak en op die drumpel gaan staan.

"Ek hou van jou broek en belt," het Etienne gesê.

"Dankie." Anton het aan die gordel gevat. "Dis Boerepunk."

Hulle het gelag.

"Ek is honger. Kom ons gaan eet iets," het Anton gesê.

"Kan ons vir Klara saamvra?" het Etienne gevra.

"Ja, dit sal lekker wees." Anton het die houtdeur saggies agter hom toegetrek en gesluit.

In Pretoriusstraat het die pers jakarandabloeisels met klapgeluide gebars onder die middagverkeer. 'n Blonde meisie met stywe jeans en 'n wit bloes aan het by hulle verbygestap. Etienne het begin lag: "Sy ruik na die Bois de Bologne."

"Die Bois de Bologne?" het Anton gevra.

"Ja, sy't kort bruin steweltjies aangehad en net 'n groot, los trui en sy't vooroor gebuk en geruik soos die meisie wat nou net by ons verbygestap het."

"O," het Anton gesê en 'n blom wat tussen die lens van sy skilpadbril en sy oog beland het, uitgehaal en laat val.

"Ná die tyd het sy baie gelag, want ek het tussen die struike deur gehardloop en hoog in die lug gespring en my hande geklap en geskree: 'Merci! Dankie!'"

"Snaaks dat 'n reuk soms so sterk aan 'n herinnering gekoppel is," het Anton gemymer. Hy het omgekyk. "Sy bly ook in Ronde Geluk. In die nag kan 'n mens haar soms hoor skreeu."

Hy het vir Etienne geknipoog en hulle het vrolik opgestap in Schoemanstraat tot by Whitecrook waar Klara saam met twee vriendinne agter 'n grys woonstelblok in 'n ou huis met 'n solder woon. Anton het die string koperklokkies by die voordeur twee keer laat rinkel – die tweede keer harder as die eerste. Hulle het gewag maar niemand het oopgemaak nie en Etienne het 'n roos in die tuin gepluk en die stingel deur die sleutelgat gedruk dat net die wit knop uitsteek.

Hulle het omgedraai en weer afgestap in Schoemanstraat. Dit was reeds skemer en die straatligte pas aan. In die weste, agter die silhoeët van die Volkskasgebou het weerlig uitgeslaan en ook agter die Voortrekkermonument op die koppie.

"Dit lyk na reën," het Etienne opgemerk.

In Beatrixstraat het hulle regs gedraai en stadig verby die Midnite Grill se koningsblou baldakyne gestap waaronder roomys met neute en kersies bedien word. Op die hoek van Kerkstraat het Etienne by die Cosmos-kafee ingestap en 'n pakkie Gitanes en 'n dosie Lion-vuurhoutjies gekoop. Op die plakkaat teen die kafeevenster wat die *Pretoria News* adverteer, was in rooi letters gedruk: BEIRUT-HELL SCENE.

Verder af in die straat het hulle by Orlando se Italian Delicatessen gaan staan en deur die venster geloer.

"Dit lyk soos fetusse in versterkwater," het Etienne van die Feta-kaas in die bottels gesê.

"Soos in die biologieklas op skool."

Hulle het aangestap tot by die verkeerslig op die hoek. Langs hulle het 'n man met grys hare en 'n sagte, wit vel verskyn. Hy het 'n swart pak aangehad en 'n swart hoed op sy kop. In sy hand was 'n aktetas. Toe die lig groen slaan, het hy geskree: "Volg Jesus!" en agter 'n jakarandaboom verdwyn.

"Goeie fok," het Etienne gesê en hy en Anton het laggend oor die straat gehardloop na die Arcadia-sentrum, waar hulle by Billy's Baked Potato gaan eet het.

Met 'n glas rooi wyn in sy hand het Anton vir Salomo aangehaal: ". . . by wie is wonde sonder oorsaak, by wie is dofheid van oë? By die wat láát opbly by die wyn."

Etienne het hard gelag en in sy baard gekrap.

"Julle bestelling?" het die kelnerin gevra. Sy was blond en het 'n pienk katoenbroek aangehad. Etienne se lag het in 'n senuweeagtige giggel verander: "Sorry . . . ons sal nou bestel."

Toe sy wegstap, het hy haar agterna gekyk en gesê: "Sy't oë wat blink soos beeste se velle in die oggendson ná die dip, êrens op 'n plaas in die Bosveld."

"En ek veronderstel haar boude lê soos peertjies in daardie kardoesbroek," het Anton geproes.

Nadat hulle elkeen 'n pizza bestel het, het Anton sy bril opgestoot en gevra: "Wat is die verskil tussen seks en masturbasie?"

Etienne het sy kop geskud.

"You meet new people."

Etienne het gelag en wyn op sy blou hemp gemors. Toe het hy Anton vertel van Vatsyayana se *Kamasutra*. "Ek het een naweek in Swaziland 'n eksemplaar in die hande gekry . . ."

"Wat is julle name?" het die kelnerin sy vertelling onderbreek.

"Etienne en Anton. En joune?" het Etienne gevra.

"Martie."

"Waar bly jy?" Etienne het vir haar geknipoog.

"Ek sal my telefoonnommer vir julle gee." Sy het vinnig weggestap en Etienne en Anton het verbaas na mekaar gekyk.

"Het sy nie pragtige boudjies nie?" het Etienne gesê en verder vertel van die weë van die liefde volgens sir Richard Burton se vertaling van die *Kamasutra* – hoe die minnaar sy beminde met sy naels gemerk het wanneer hy op 'n reis vertrek en dat dié tegniek veral gebruik is wanneer woedende geliefdes herenig.

"Dit klink vir my eerder na die markies De Sade."

"En julle klink vir my na stoute mans," het die kelnerin skielik langs hulle gesê en die twee pizzas op die plastiekmatjies voor hulle neergesit. Etienne het sy mes van die tafel afgestamp.

"Julle is nie getroud nie?" het sy gevra.

"Nee!" het Etienne gesê. Sy het gebuk en sy mes opgetel.

"Jy't baie mooi boudjies," het hy gesê.

"Ma' hulle's vet," het sy gegiggel.

"Dis wat hulle so mooi maak," het Anton gesê.

Sy het die rekening op die tafel neergesit – haar telefoonnommer was agterop geskryf – en weggestap.

Nadat hulle klaar geëet het, het Anton gesê: "Al wat saak maak, is die deernis wat 'n mens met die mensdom het." Hy was effens dronk. "Ek gaan uit Pretoria padgee," het hy bygevoeg.

Etienne het iets gemompel van "kosmiese insig" terwyl hy sy mond aan 'n wit papierservet afvee.

Toe hulle van die tafel opstaan, wou hy 'n fooitjie onder die rooi-en-groen tamatiesoushouer indruk, maar die kelnerin was dadelik by die tafel en hy het haar die geld in die hand gestop. Sy het hulle tot by die toonbank vergesel.

"Sien jou weer," het Etienne gesê toe sy wegstap, en in dieselfde asem aan die vrou agter die kasregister: "Sy's wonderlik."

"Sy is," het die vrou geantwoord en gevra of die kos darem ook na wense was.

Etienne het verleë gelag. Hy en Anton het elkeen 'n handvol gekleurde pepermente uit die glasbak op die toonbank gehaal en uitgestap.

Buite in die straat het swerms rysmiere om die straatligte gedraai. "Die reën is hier," het Etienne opgemerk.

In die tuintjie voor Ronde Geluk het Anton gesê: "Pretoria spel 'n mens met 'n P."

Die lente-uitlope van die boomvaring was duidelik sigbaar in die lig van die maan en die omringende woonstelblokke en agter die bure se dofverligte vensters het iemand kitaar gespeel.

By die deur het Anton gesukkel met die sleutels.

"Dronk," het Etienne geterg.

"Soos 'n voël op 'n draad, soos 'n dronkie in die straat . . ." Anton het vals gesing.

Die deur het oopgeswaai en Anton het die lig aangeskakel. Hy het die sleutels op die wit marmerblad van die wastafel met die bruin proteateëls neergesit en toe na die platerak gestap. Versigtig het hy deur die omslae geblaai en 'n opname van Strauss se *Vier letzte Lieder* uitgehaal. Etienne het op die rooi leunstoel gaan sit.

"'Und die Seele unbewacht will in freien Flügeln schweben,'" het Anton hardop in gebroke Duits van die plaatomslag voorgelees.

"Wat's dit?" het Etienne gevra.

"'A beautiful melody on the strings, which rises higher and higher followed by the voice as it describes the soul winging upwards freely in its flight,'" het hy verder gelees.

"Nee man, ek bedoel die liedjie se naam."

"O. 'Beim Schlafengehen'."

Anton het nooit sover gekom om die plaat op die draaitafel te sit nie, want dit het skielik hard begin reën.

Etienne het opgespring en buitetoe gehardloop. Anton het eers sy bril afgehaal en langs die sleutels op die marmertafel neergesit voor hy uitgestap het.

Later, toe die jakarandablomme op die sypaadjie 'n pappery begin word, het hulle hul hemde uitgetrek en onder die helder straatligte op die teer gedans. Anton het gesê: "Snaaks dat die Westerling gekondisioneer is om huis toe te hardloop wanneer dit reën."

"Beeste ook," het Etiene gesê. "Hulle vlug altyd na die hoek van die kamp en staan dan teen die lyndraad, sterte in die wind."

Hulle hare was nog nat waar hulle op die groen mat gelê en luister het na die reëndruppels wat saggies op die grasdak en die welige plantegroei in die tuin neersif.

"'My sword, I give to him that shall succeed me, in my pilgrimage, and my courage and skill, to him that can get it.' Maar," Anton het met sy vinger na die dak gewys, – "'My marks and scars I carry with me to be a witness for me, that I have fought his battles, who now will be my rewarder.'" Hy het die woorde nadruklik, asof hy inkanteer, uitgespreek.

"Wie's dit?" het Etienne sag gevra.

"John Bunyan."

Dit het ophou reën.

"Klara verwag," het Etienne gesê.

1987

Die wond

Hulle staan in die wit middagson op die stoep vir hom en wag; die stoep met die wit muur wat onder rooi gevlek is en met die kraak deur, net langs die pilaar; 'n breë kraak wat afloop tot in die rooigrond-bedding vol Barberton-daisies.

Van agter sy donker bril en die gekraakte windskerm sien die man deur die jakkalsdraadheining hoe die kind oor die stoepmuurtjie spring, in die blombedding land, swik en val, byna dadelik weer op sy voete is en oor die kollerige grasperk nader hardloop om die hek oop te sluit.

Die hekke, bo-aan spirale lemmetjiesdraad, swaai oop en die man ry tot voor die huis waar hy langs die tuinkraan stilhou. Nog voor hy die enjin afgeskakel het, is die kind by. Hy ruk die motordeur van buite oop.

"Stadig!" skree die vrou van die stoep af.

Terwyl die man uitklim, spring die kind en gryp hom om sy nek. Die man verloor effens sy ewewig. Sy donker bril gly van sy gesig af. Hy soen die kind skrams, laat sak hom dadelik weer grond toe. Skuins voor hulle kom die vrou teen die stoeptrap afgesukkel. Sy ondersteun haar groot maag met haar een hand.

"Kyk, Oom!" skree die kind. "Kyk, ek het dit self gebou!"

"Ja, ek sien," sê die man terwyl hy buk om die donker bril van die grond af op te tel. "Dis mooi."

"Het Oom vir my Lego's gebring?"

Voordat die man kan antwoord, is die vrou by hulle en sê sy, "Toe nou, dis nou genoeg. Gaan trek uit jou kerkklere en dan gaan kyk jy waar is die kat dat hy kan kos kry. Dis jou beurt vandag . . . En gaan sluit eers die hek." Sy draai na die man. "Dag, Broer," sê sy en soen hom. Hy draai sy wang (ruik haar asem?), sit die donker bril terug op sy neus. Die kind drentel na die hek toe, maar kyk eers om, sy skewe gesig met die ingevalle wang byna uitdrukkingloos.

Die man loop om die motor en haal 'n leerreistas uit die kattebak. "En Johnny?" sê hy terwyl hy regop kom, die bak sluit.

"Nee, padblokkades," sê die vrou. "Baie deesdae, met al die bomme en so. Hy sal seker nou-nou hier wees." Dan draai sy om en lei die man stadig oor die droë grasperk, uit teen die trappies en oor die rooi stoep die donker huis in.

Die man staan tussen die wasbak en die yskas en staar deur die kombuisvenster na die agterplaas.

"Het jy die plek maklik gekry?" vra die vrou. Sy sit by die tafel, haar bene effens uitmekaar en wag dat die ketel kook. Die man draai sy gesig weg van die venster na haar toe. Onder deur die tafelblad kan hy haar voete sien. Deur die bandjies van die wit sandale met die plat hakkies, wat effens nerfaf is, peul haar tone. Haar toonnaels is nie geverf nie. Haar rok het opgeskuif tot net bokant die knie. Hy kan die littekens op haar maermerries ook sien.

"Ja," sê hy. Dan draai hy sy gesig terug na die venster en vra byna onmiddellik. "Wat is dit daardie?"

Die vrou beur orent. "O, dis die selle."

"En daardie?" Die man haal sy arm van die yskas af.

"Waar?" Die vrou moet haar nek rek.

"Daar regs." Hy wys met sy hand.

"O, die meidekamer. Die tuinboy bly daar."

"En die mielies, dis seker syne?"

"Dis syne, ja. Ek het gesê hy kan maar plant," sê die vrou terwyl sy omdraai en die ketel afskakel. "Nie 'n onaardige skepsel nie." Sy haal 'n glaskoppie uit die kas teen die muur en gooi koffiepoeier in. Die man staan steeds tussen die wasbak en die yskas, sy arms gevou. "En die kind?" vra hy.

"Hy teken mooi, maar hy sukkel met lees. Sal miskien spesiale klas toe moet gaan. Ons sal dan moet trek."

Deur die venster sien die man hoe buite die hoë heining 'n geel vangwa stilhou, agterin 'n Alsatian, hoe 'n man uitklim, die deur hard toeslaan, die hek na die agterplaas oopsluit en eers weer toesluit voor hy oor die sementblad nader gestap kom na die agterdeur.

"Johnny," sê die man langs die yskas.

"O." Die vrou draai na die muurkas en haal nog 'n koppie uit. Nog voor die gaasdeur klap, roep Johnny, "Yes, swarrie!" Sy jong gespierde lyf verskyn om die kosyn, sy arm uitgestrek na die man voor die venster wat moet omdraai om sy hand uit te steek.

"Yes, yes, yes, en hoe gaan dit in Bojaansburg?"

"Koffie," sê die vrou. Johnny ruk hom om. "Koffie, ja," sê hy, loop na die tafel en haak 'n stoel met sy voet uit. "Lang dag. Warm, nè?" Hy slof op die stoel neer. "Het ek iemand iets hoor sê? Wel, ek het gevra hoe dit in Bojaansburg gaan," sê hy.

Die man met sy rug na die venster antwoord nie. Die vrou werskaf met die koppies in die pierings.

"O . . . So dis sukke tyd," sê Johnny. Hy vat 'n diep asemteug en blaas die lug weer stadig deur geperste lippe uit. Die man bly stil, bly voor hom uitstaar, sy arms weer oor sy bors gevou. Dis dan dat die gaasdeur klap. Nog voor die kind te voorskyn kom, skree die vrou al, "Het jy die kat kos gegee?!"

Die kind gaan staan in die deur. "Middag, Pa," sê hy voor hy omdraai en die gaasdeur weer toeklap.

"Ek sien die vyeboom vrek," sê die vrou. "Dis oor jy nie sorg dat hy water kry nie." Sy stap na die kombuiskas, trek 'n laai oop en haal 'n vleismes uit. Sy draai stadig om na Johnny.

"Kyk, daardie fokken boom is geplant lank voor ek die stasie kom oorvat het. Die kafferkonstabel behoort te weet om die boom water te gee. Of wat van daardie fokken wit tuinboy van jou?" Johnny roer sy koffie vinnig, klits dit dat die aluminiumteelepel teen die kante van die glaskoppie kap. "Ek kan nie die heeldag agter hulle fokken gatte aanloop nie." Hy kyk op na sy swaer langs die opwasbak. Dié reageer steeds nie. "Miskien moet ek vra vir 'n oorplasing Noordweste toe. Na my mense toe," sê hy.

"Miskien moet jy," sê die vrou en buk steunend af om 'n lemoen uit 'n sakkie wat op die grond lê te haal.

Sonder om sy mond aan die koffie te sit, spring Johnny op. Wanneer die gaasdeur klap, is hy al halfpad oor die agterplaas.

"Dis al wat ek nog inhou," sê die vrou terwyl sy orent kom en die lemoen met die vleismes begin afskil. Die man staan steeds tussen die wasbak en die yskas, sy rug na die venster gedraai. Buite word dit skemer. Die Alsatian begin hard te blaf. Dan brul die vangwa se enjin en fluit die bande.

"Ma het my gesê van jou brief," sê die vrou skielik. Sy skil die laaste reep van die lemoen af en gooi dit in die asblik aan die ander kant van die wasbak.

"Brief?"

"Wat jy in die army geskryf het."

Die man frons, sê niks.

"Ek het nie geweet jy was groendakkies toe nie," sê sy, sny 'n skyf oor die dwarste van die lemoen en druk dit in haar mond.

"Dit is lank gelede," sê die man, sy arms gevou.

"Sy het my gesê wat daarin staan." Sap drup oor die vrou se ken, loop in haar nek af wat sy met die rugkant van haar hand, waarin sy steeds die vleismes vashou, afvee.

"Ja?"

"Ja." Dan begin die vrou stik. Sy swaai haar swaar lyf vinnig om en buk oor die wasbak. Die man draai na haar toe en slaan haar met die plathand tussen die blaaie. Die gekoude vesel val saam met haar kunstande in die bak. Die mes kletter op die sementvloer. Die vrou gryp haar maag met albei hande vas. Die man draai om (stamp hy sy bobeen teen die formica-tafelblad?), loop uit die kombuis in die donker gang af en draai by die eerste kamer wat hy kry in. Hy maak die deur toe. Die kamer is donker binne. Hy struikel oor 'n bed en bly net so lê. 'n Lang ruk bly hy so lê, lank nog nadat die gehoes in die kombuis bedaar het.

Wanneer hy uiteindelik regop sit, is dit reeds stikdonker. Hy staan op en voel met sy hand teen die muur totdat hy die ligskakelaar kry. Wanneer die lig aangaan, besef hy dit is nie die kamer met sy tas in nie. Hy draai om na die dubbelbed. Aan die voetenent van die bed staan 'n televisiestel op 'n tafeltjie. Hy loop tot by die bed en trek die deken reg. Langs die bed lê 'n Bybel op die bedkassie en 'n bruin lêer. Byna instinktief maak hy die lêer oop, maar voor hy van die koerantknipsels wat daarin is, kan lees, gaan die deur agter hom oop. Die man kyk vinnig om.

"Los, dis my pa se goed," sê die kind.

Die man sou hom 'n vakansie by 'n dam kon herinner. Hy is seker tien of so. Sy suster kom met 'n handdoek om haar lyf gedraai in die rondawel in, skakel die elektriese waaier op die spieëlkas aan, verwyder dan die handdoek en begin haar hare droog vryf. Voor sy haar onderklere aantrek, draai sy na hom waar hy op die bed sit en vee sy die bloed tussen haar bene met die handdoek af.

Terwyl sy opskep, praat die vrou aanmekaar. Sy vertel van die majoor (sy is 'n tikster by die SAW op die buurdorp), en die hekwag, wat 'n "hans hotnot" is, van die ou vrou wat kom vye vat het (van die boom wat nou vrek), van die TV wat hulle kamer toe gedra het vandat sy uit die hospitaal is ("Dis makliker vir my daar") en van die jongens in die selle. ("Twee wit outjies wat nou daar sit. Kar gesteel. Shame, ek stuur vir hulle 'n ietsie nou en dan.")

Dis net die drie van hulle wat aansit; die vrou, die man en die kind.

"Toe, eet nou jou kos," sê die vrou vir die kind wat lusteloos rondkrap in die rys, gekookte boontjies en aartappels. Sy skuif self naderhand haar bord weg en sê, "Nee, die vleis is te vetterig vir my."

"Kyk die ooms se broeke, Ma." Die kind lê tussen hulle op die dubbelbed. Die vrou blaai deur 'n tydskrif. Die man staar na die skerm. "Kyk, Ma." Die vrou kyk nie op nie. Die kind draai na die man: "Oom."

"Daar is nie 'n oom op die bed nie," sê die vrou.

Die man bly na die skerm staar. Hy bloos nie en snak ook nie na sy asem nie.

"Wat, Ma?"

"Niks," sê die vrou en bly deur die tydskrif blaai. Dis dan dat 'n gil agter die huis opklink. (Sou dit bokant die geluid van die televisie moontlik wees om te onderskei of dit 'n vrou of man se stem is?) Die kind spring eerste op. "Wag!" skree die vrou voor sy die tydskrif op die grond laat val, haar van die bed af regop trek en waggelend agter hom aansukkel. Die man bly 'n oomblik lank roerloos na Romeo kyk wat met Juliet se slap liggaam oor die skerm dans. Dan staan ook hy op en volg hulle in die gang af, deur die donker kombuis na die agterdeur.

Die eerste wat hy hoor wanneer hy deur die sifdeur stap, is een van die gevangenes wat uit die polisieselle skree: "Ag, fokken shatap." Dan word hy bewus van die klapgeluide uit die buitekamer en die gille wat langsamerhand in 'n gebulk verander en dan in 'n roggel. In die geel nagligte staan die vrou by die wasgoeddraad met die kind wat sy met albei hande teen haar groot buik vasdruk. Stadig bedaar die klanke oor die agterplaas. En dan is dit doodstil. Die blikdeur van die buitekamer gaan oop en Johnny kom uitgestap. Hy slinger stadig by die vrou en kind verby tot by die blink koperkraan teen die buitemuur.

"Daar's 'n tokkelossie in sy kamer. Dis hoekom hy so 'n keel opsit," sê Johnny aan die man wat teen die agterdeur se kosyn leun. Sy tong sleep. "Stemme wat hy hoor . . . Stemme . . . Dis wat die meneer sê." Hy sukkel om die kraan oop te kry. "Maar sy bek is nou toe . . . Fokken swart kaffer." Wanneer Johnny vooroor buk om die bloed van sy hemp te probeer afwas, is die laaste wat hy uitkry, "Fokken dier," voordat hy sy ewewig verloor en met sy gesig in die kraan in val.

Die man gaan sit op die rand van die bed en buk af om die ritssluiters van sy kort swart stewels af te trek. Van agter sypel die klammigheid deur sy broek. Hy was eers die ligte bruin ring in die bad af, help die laaste vuilis met die rand van sy hand uit voordat hy die prop indruk en die warm en koue kraan gelyktydig groot oopdraai.

Wanneer hy klaar gebad het, gaan hy sonder om nag te sê na die kamer waar sy tas staan. Die kind lê en snork in 'n slaapsak op 'n opvoubedjie teen die ander muur. Die man klim in die enkelbed met die sponsmatras, maar hy raak nie aan die slaap nie.

As die man tot ruste kon kom, sou hy kon droom dat iemand in die vroeë oggendure op sy bed kom sit; hy sou kon droom hoe hy wakker skrik, die skakelaar druk wat aan 'n draad van die bedkassie afhang, hoe dit 'n vonkie maak wat 'n swart merkie op sy wysvinger los (maar hy sien dit nie) voordat die lig aangaan. Dis sy suster. Sy sê, "Ek kon nie slaap nie."

"O," sê hy.

"Dis van die pyn," sê sy.

Hy bly lê, sy oë oop.

"Maar die dokter sê dit sal nie lank wees nie, dan kan ek weer lekker eet. Hy sê ek moet net oppas vir vetterige kos."

"En Johnny?" vra die man.

"Hy's soos 'n brullende dier hier weg. Wou nie hê ek moet sy gesig verbind nie."

"Ek het in die army 'n brief* van Ma gehad," sê die man. "Sy sê daarin . . ."

"Ek wil dit nie weet nie," sê die vrou en draai haar gesig na die polistireen-Mickey Mouse teen die muur.

"Ek dink hulle het ons baie lief," sê die man.

"Ja?"

"Ja."

"Het sy jou gesê van Pa se affair?" vra die vrou.

"Watter een?"

"Hoe bedoel jy?"

"Daar was twee."

"Ja?"

"Ja, die eerste keer toe sy verwagtend was met my, en nou kort voor hy afgetree het."

"Sy het haarself probeer skiet," sê die vrou.

"Sy het my dit ook gesê," sê die man, "maar eers later." Die vrou begin huil. Hy gaan sit regop, vat haar hand. "Waarheen is Johnny?"

"Ek weet nie," sê sy. Sy huiwer 'n oomblik, wag dat haar snikke bedaar.

"Maar dit gaan deesdae beter. Selfs nou terwyl ek in die hospitaal was. Dis vanaand die eerste keer. Maar die kapelaan het gesê as dit so aangaan, sal hy reël dat ons verplaas word."

"Noordweste toe?" vra die man.

---

* Ingagane Kragstasie
4/5/76

Liewe Koos,

Ek en Pa moet eerlik erken dat ons baie geskok was toe ons moes verneem van jou ongesteldheid, in die brief wat ons ontvang het. Maar wees verseker ons sal jou nooit verstoot of verwerp nie. Was net bly dat jy die saak so nugter benader het en dadelik mediese behandeling ontvang het.

Ja in daardie opsig het ons hopeloos gefaal om jou in te lig, maar ek persoonlik voel 'n bietjie ongelukkig dat Pa dit nie gedoen het toe jy jou rypheid periode bereik het nie. Ek het hom daardie tyd genader en gesê hy moet jou daaroor meer breedvoerig inlig, toe was sy antwoord niemand het hom gehelp in die verband nie, jy lees baie en moontlik weet jy meer van die saak af als hyself. Maar het ek dit toe liewers op my geneem dan was die saak dalk anders. Ek moes jou susters inlig toe hulle hul rypheid tydperk bereik het, maar het gevoel dis Pa se plig toe jy daardie stadium bereik het. Ek wil nie die splint in Pa se oog alleen raak sien nie, die balk in my eie oog is seker grooter. Wel seun wees verseker van ons voorbidding, ons is baie seker jy sal jou probleem te boven kom. Wees sterk in die geloof. Onthou jou liggaam is 'n Tempel van die Here. Hou dit rein en skoon.

Jou suster moes die einde van die maand bedank. Johnny wou nie hê sy moes langer werk nie (geelbaadjie streke). Toe ons met haar daaroor praat toe word dit vir ons gesê hulle maak nou hulle eie besluite. Ons het net gevoel dis baie onwys om jou werk te bedank voor jy 'n ander betrekking het. Sy is nou soos 'n puppet on a string. Sy sou nooit na 'n man se pype gedans het nie maar nou is dit 'n ander storie. Ek wens regtig Johnny wil meer volwasse optree. Sy doen en laate irriteer my so, hy wil net altyd aandag trek. Maak maar hierdie brief tot niet als jy dit klaar gelees het. Ek kan jou nie sê hoe dankbaar ons is dat jy die openhartigheid gehad het om ons te laat weet nie. Ek weet uit persoonlike ondervinding dat Pa 'n moeilike mens is om dinge mee uit te redeneer. As jy nie soos hy dink nie, dan is hy altyd humeurig. Jy het al meer veld gewen in daardie opsig. Daar is ek maar 'n lamsak gewees. Kan tog nie onenigheid verdra nie, en was maar altyd die minste, wat in opsigte seker verkeerd is, want elke mens het tog 'n reg op sy eie opinie.

Ons sien uit na jou tuiskoms en vergewe ons ons tekortkominge. Jy bly maar nog ons kind, wat ons 'n suksesvolle toekoms wil help opbou. Sterkte op die pad vorentoe. Ons bid vir jou.

Baie liefde,
Pa en Ma.

"Enige plek. Ek wil net wegkom hier, weg van haar." Die vrou vee haar trane af.

[Wat die man se swaer droom? Sal ons dit hier waag?

Om briewe aan die minister te skryf wat die vrylating van die Wit Wolf, Barend Hendrik Strydom, eis? Om soos sy held in kamoefleerdrag oor Strijdomplein te storm, pistool in die hand, laggende? Om 'n foto van homself te laat neem met die kop van 'n swart man in sy een hand en in die ander 'n mes waaraan tamatiesous gesmeer is?

Miskien. Miskien nie. Kyk sy weerlose oë wanneer hy aan die jong buurvrou vertel (droom hy dalk van die soutsmaak op haar borste?) hoe 'n inwoner van Madadeni een Sondagmiddag voor sy ma se Peugeot inswaai en sy met 'n gebreekte nek in die grondsloot langs die hoofweg beland. Kyk hoe klein word sy pupille wanneer sy vrou sy stiefbroer ('n skakelbordoperateur op die dorp) 'n trassie noem omdat hy handskoene dra en saans klere maak agter sy Singer.]

En dis ook hier waar die man sy droom anders sou wou droom. Dat hy saam met 'n minnaar op 'n bed lê, in die somer, op 'n strand. Dat hulle mekaar liefkoos. Net dit. Of dat hy by die venster uitvlieg die donkerte in, óór die vyeboom en die hoë draadheining heen tot hoog in die lug waar hy ver onder in die agtertuin Sibusiso Khuzwayo se gekneusde en opgehewe gesig nét nog kan sien en die panga in sy hand wat die geel gloed van die sproeiligte terugweerkaats die hemelruim in, elke keer dat die lem deur die lig suis voordat dit die stam van 'n mielieplant deurkap; stelselmatig, een na die ander, al vier rye.

Of die man sou wou droom hy sweef oor die selle waar die twee jongmans slaap en die een droom dat hy op 'n bed op 'n strand iemand liefkoos, en die ander droom dat die man wat bokant hul selle sweef, hoër en hoër vlieg (in 'n Lego-vliegtuigie?) tot by die maan en terug, terug tot in die kamer en die enkelbed waar die man sy suster lê en aanskou wat op die punt staan om te sê: "Enige plek. Ek wil net wegkom hier, weg van haar."

Die vrou vee haar trane af en staan op. "Ek moet jou nog my wond wys," sê sy.

Laat in die nag gaan die man se kamerdeur skielik oop en skakel iemand die lig teen die muur aan. Hy ruk sy slaapbroek oor sy heupe, trek dan die beddegoed tot onder sy ken op. (Draai die kind op die kampbedjie om in sy slaap? Wat droom hy?) Die vrou kom staan langs die bed en sê: "Ek het jou nog nie my wond gewys nie." Sy knoop die pienk kamerjas oop, lig haar nagrok met die een hand tot onder haar borste. "Dertien duim," sê sy en vryf met die ander hand al met die rooipers rif langs, af oor haar geswolle buik.

1992

Die storie van my pa

Na 'n lang swye is daar skielik 'n telefoonoproep van my pa, maar die antwoordmasjien is reeds aan, want ek en my minnaar is op pad uit om ons ontmoeting, twee jaar gelede, te gaan vier.

"Viernuldubbeltwee sestweenul," klink die boodskap effens nasaal maar in high spirits uit die grys antwoordmasjien op deur die koel lug van die ingangsportaal met die hoë plafon. "Laat gerús 'n boodskap na die sein."

Buite waai die Meiwind die laaste blare van die bome.

"Hallo, Broere, dis Pappa hierso. Ons verlang 'n bietjie. Wou net hoor hoe dit gaan. Bye." As ek sy boodskap die volgende dag weer en weer terugspeel, tel ek tog 'n effense verdrietigheid op, maar in hierdie oomblik klink dit nie te dringend nie, en soos ek gesê het, ek en my minnaar is daarop uit om ons avontuurlike ontmoeting twee jaar gelede te vier. Ons fliek en eet en drink en koop blomme en kry selfs laataand 'n klein bietjie stry. Maar ons lag en gesels ook en my minnaar – o, my minnaar! – hóm vertel ek die storie van my pa.

Kyk, my pa is een van 'n tweeling en dié suster was hom tot hul tieners was fisiek (en miskien andersins?) tog effens een voor. Dié dat hy haar toe hulle nog klein was altyd onder deur die reënboog wou stamp.

Maar eintlik is dit nogal 'n sad storie, want my ouma had haar hande met dié twee se geboorte reeds voller as vol. (O, hoe lag my minnaar, lag en lag hy, want "jy klink darem nou net soos jou pa".) Agttien maande voor hul geboorte het my ouma 'n kind gehad, 'n dogter met "vallende siekte", om my pa se woorde te gebruik. En vallende siekte is geen grap nie, sê my pa, veral toe.

"Jaaa," sug my ma, "in die jaar vroeg was medisynes maar skaars."

Dis altyd hier waar my ma haar sê inkry, diep tot in die hart van die storie van my pa: "Ja, kyk, Ouma het die kind mos in kokende water gebad, toe kry sy die stuipe, dís waar álles begin het. (Lag en lag my minnaar, want "kyk net, jy klink dan nou kompleet weer net soos jou ma".)

My pa sê nou nog – en my ouma is al tien jaar dood – my ouma, met dié dat haar hande so vol was met die kind met die vallende siekte en so, wou hom en sy suster nooit eintlik gehad het nie.

Nou nie dat dit 'n ononderbroke stilswye was nie, dié stilswye die afgelope twee jaar tussen my en my pa. Vanjaar nog het ek gebel met my pa se verjaardag om geluk te sê. Aan sy stem kon ek hoor hy kry homself, soos gewoonlik, tog o so jammerlik, tog o so verskriklik, jammerlik, jammer. ("Êrens tussen 'n donderwolk en the hurt lover," verduidelik ek aan my minnaar. En kyk net hoe lag hy, my minnaar, lag hy vir my en my familie. Ons is vir hom tog alte snaaks.)

Hulle het sy verjaardag by my suster gaan vier. Het laat eers by die huis gekom, want hy sien sleg en ry dus stadig in die nag.

"Maar dra Pa dan nie Pa se bril nie?"

"Wat! As ek 'n ongeluk maak, verloor ek my oë!" gil en skree my arme, arme, o so verstote, o so beduiwelde, o tot die dood toe bedroef en bedonderde, arme stokoue fokken ou pa.

As ek twee weke na my pa se verjaardag weer bel om te hoor hoe dit gaan, ook met my neef, sê my pa: "Maar Bennie is láásmaand al dood."

Weer speel ek die boodskap op die antwoordmasjien voor ek die volgende dag terugbel.

My pa val met die deur in die huis. Hy't 'n droom gehad: "Ons is in die workshop hier langsaan. Ek en jy en Ouma. Ek sê jou om die shifting aan te gee, maar jy is nog klein, en jy soek en jy soek en hardloop verbouereerd daar anderkant na die . . . Moenie vir my bang wees nie . . ." breek my pa se stem onverhoeds deur my oor. Hy hyg na sy asem: "Moet asseblief nie bang wees vir my nie," ween hy en skree hy en pleit hy. "Ek het dit alles uit liefde gedoen . . ."

My pa se stem gaan lê in my maag. Stadig maar seker breek my hart. Ek luister na sy snikke oor die foon, luister hoe hy hortend en slukkend tot bedaring probeer kom.

"Die ander dag sê ek vir jou ander neef, toe jy klein was en dokter Hansie le Grange, ja, die een met die boereorkes, gedink het jy't bloedkanker, het ek die Here gesê as jy doodgaan, maak ek myself van die gras af. Verstaan tog mooi, ek dreig jou nie. Soos ek vir jou neef sê, dis oor ek die Here getart het dat Hy my nou straf. Jy dink miskien anders oor dié goed, maar dis wat ek glo.

"Ag, jy is so klein in my droom," vertel my pa en raak weer bewoë. "En jy raak al meer verbouereerd as jy die spanner nie kan kry nie. Jy is naderhand daar teen die muur by die rakke waar jy twee plankies in die hande kry en soos 'n boekie vir my aanbied."

Hy het homself uit die droom uit wakker gehuil, sê my pa, "en dadelik vir Mamma vertel. Dis sy wat gesê het ek moet bel."

"Dankie vir jou droom," sê ek.

"A," sê my pa, "ek voel sommer baie beter."

Wel, wag daar 'n surprise vir hom.

Ek sou my pa 'n brief kon skryf: "Liewe Pa, reeds die afgelope agttien jaar herbedraad ek my hart en kop om nie meer vir jou bang te wees nie. En, vreemd genoeg, die afgelope tyd ís ek nie meer nie. Of so te sê. (Kry 'n mens dit óóit heeltemal reg?) Maar, jou selfbehepte bliksem, het jy al ooit gaan sit en wonder waarom ek en my susters van kleins af gesidder het in ons spore?"

Wat ek nie in dié brief sou vertel nie, is hoe ek en my minnaar aan die einde van 'n o so troostelose Werkersdag, twee jaar gelede, ontmoet het in die lieflike skemer gange van die stoombaddens, hoe ons drie keer genaai het daardie eerste heerlike donkerdronk nag, hoe hy, tien dae later eers, 'n sonneblom en sy foonnommer op my drumpel gelos het en hoe ons toe suutjiestrap, swaardra, al-aan-die-eenkant eers na maande begin ingee het vir mekaar.

Van ons herdenking vertel ek my pa wel oor die foon, en stadig maar seker hoor ek hoe sy hm's 'n a's begin te kwyn. Halfpad deur my relaas sê hy onbeskof: "Hier's jou ma."

Wat ek hom ook nie nou al sal vertel nie, is dat ek en my minnaar deesdae baie minder naai met die sproei in my mond en die koorsblare in my hol en die nimmereindigende slingerskyt en die o so seldsame kankertjies saam.

Dít, liewe Pappa, hou ek vir later.

(Ns. Terwyl ek my pa se boodskap oor die antwoordmasjien weer en weer speel, onthou ek iets omtrent die storie van my pa wat ek die aand vantevore vergeet het om my minnaar te vertel: Eers op sestien – ja, hy was al uit die skool gehaal – het my pa nie meer gedraf nie, maar soos 'n normale mens gestáp as my oupa hom beveel om iets te loop haal.)

1993

P. J. PHILANDER

'n Koeël vir 'n klou

Tussen Freek de Jager en sy uitsig oor die pan hang 'n spinnerak. Om sake te vererger, bly sit die groot, bruin spinnekop roerloos in die middel, soos 'n vleuelmoer wat daar vasgeroes is. Ook die wind wil nie volkome sy bondgenoot wees nie, waai wel uit die rigting wat sy teenwoordigheid in die boom nie verraai nie, maar roer die takke en trek aan die ankerdrade tot die spinnerak soos 'n oogpêrel sy korrel belemmer. Maar hy't gekom om wraak te neem vir die dood van sy seun en vertrou die wind sal namiddag gaan lê. Dan sal hy van die spinnerak ontslae raak. Op die oomblik is die ding onbereikbaar, selfs as hy die mauser gebruik om dit af te steek, en om verder vorentoe te waag, is ook nie raadsaam nie, want hy sit op 'n droë tak.

In die helder sonlig is al die ander takke om hom goudgeel van blomme en bye. Hy kan nie help om te dink aan sy huis op die koffieplantasie hier buite Nairobi nie waar bye nou om 'n menigte wit bloeisels zoem en sy oorlede seun se weduwee agter toe luike in haar donker kamer skuil teen die tropiese hitte. Freek, met soveel wraaklus in sy hart, pas nie in die boom nie.

Ook nie in die jaargety wat verlede week kom aanklop het met die eerste reëndruppels en die pan nou aanloklik groen hou nie. Dié tyd van die jaar kom maak die wolke elke dag uier bo die akasias en binnekort sal nuwe weivelde die wildtroppe al verder van die pan af weglok. Hier aan die leeppunt waar die gras op die oomblik geiler is, as gevolg van die sug, skuil 'n maanhaar en sy harem. Op die panrand, half verberg agter die gras, lê een van sy wyfies binne trefafstand, maar Freek bedwing homself, want hy moet eers doodseker maak dis dieselfde wyfie wat sy seun by hierdie pan verskeur het.

Hy skrik vir 'n naaldekoker se gewirwar in die radar van die spinnerak. Die spinnekop bly sit roerloos asof hy groter slagoffers verwag, en ook nie lank nie, of 'n hotnotsgot kom doen 'n skietgebed in die buitenste kring van die spinnerak. Die twee slagoffers belemmer sy uitsig nog meer en daarom bring hy sy verkyker by om die wêreld beter te bespied.

Al in die laagte langs roer daar iets pynlik stadig, tydsaam, asof die lewe nooit verbygaan nie. Hy verstel die verkykerlense: die donker kol op die sand is stellig die einste plek waar die leeuin sy seun platgetrek het. Dis 'n genade dat sy vrou nie die aaklige dood belewe het nie. Alles is hom nog so helder voor die gees. Die Masai wat die tyding gebring het. Die klompie los bene, 'n ontredderde geraamte, die verskeurde klere, die mauser wat sy seun versaak het . . . dieselfde een waarmee hy nou kom wraak neem.

Hy kyk stipter deur die verkyker, maar dit bly vaag voor sy oë. Hy sukkel tot hy dit reg ingestel kry en wonder toe nie meer waarom die ding oor die bloedkol so stadig beweeg nie. Die ding vervoer 'n berg en het 'n eeu en 'n half nodig om dit tot by die graf te dra.

Skilpad het klaar met haar agterpote 'n gat gegrawe in die sand, haar eiers daarin gelê en slepende op die buikskild sal haar kleintjies op hulle beurt hulle vragte moet dra.

Dit kom by hom op dat hy in sy kinderjare die skilpaaie dikwels as teikens gebruik het om te oefen met sy windbuks. Hy wonder of selfs dié skilpad nie nog sulke letsels dra nie.

Hy sien hoe die oue se kop 'n ruspunt soek, soos die pendule van 'n horlosie wat amper afgeloop is. Hy weet dis ondraaglik warm op die sanderige grond. Aan die hotkant van die skilpad lê 'n hopie bene wat oorgebly het ná gisternag se jag. Koedoe of dik-dik, dit maak vir die miere nie saak nie, hulle wil net die laaste leksel uit die murgholtes hê en laat die bene daarna in die son verbleik. Hier skuld die lewe die natuur niks meer nie.

Hy sien die grypvoëls hoog bo hom in die lug maal. Wanneer sy nek moeg word van die krukasbeweging, volg hy hulle skaduwee grond langs tot waar hulle op 'n halfgevrete karkas toesak. Met hulle skerp bekke knip hulle die senings los en skeur die orige vleis aan bloederige repe. Alles word gulsig afgewurg. Binne 'n halfuur is net die bene oor. Dié word opgehys en uit die hoogte stukkend laat val op 'n rots. Hy sidder om te dink wat met sy kind sou gebeur het as hy eers later op die toneel afgekom het.

Hy gryp die geweer, want hy't weer iets gehoor. Die skielike verdonkering word nie deur die wolke veroorsaak nie, maar deur 'n swerm flaminke wat voor die son uit die bloute neerstryk in die kantwater van die pan. Hulle het die sagte kleure van rose wat nie ryp gekry het nie en hulle bene tint die water ligrooi terwyl hulle rustig vis om wurms en slakke.

Weer eens gryp hy die geweer te gou. Dis dié keer 'n troppie gemsbokke wat ongestoord gaan suip. Die skaduwees van hulle horings lê uitgestrek soos heiningpaaltjies op die sand.

Dis die uur waarvoor hy lankal wag hier in die boom. Nou sal die leeuwyfie te voorskyn kom, geel uit haar grasskuiling onverwags op die voorste bokke toeskiet. En wanneer die verwarring oor is, sal daar 'n bok op die klam sand lê met oë wit omgedop soos lentebolle wat hulle skubblare verloor het; met die tong halfpad uit tussen die voortande, bloedloos soos 'n uitloopsel.

Maar niks gebeur nie. Hulle haal die pan en staan drie-drie en suip in die son tot die rimpels deur hulle veroorsaak teen die rooi beenskubbe van die flaminke opwip. En vir die eerste keer besef Freek dat hy ook dors is ná al die skroeiende ure in die akasiaboom. Die water in sy fles is heerlik koel.

Die gemsbokke kom talm op hulle gemak op die droë sand en stap daarna doodgerus deur die laagte, toe drie leeuwyfies vlammig en skielik uit die gras uit opskiet. Blitssnel spring die bokke om en hulle hoewe dreun oor die aarde. Die leeuinne is waarskynlik nie honger genoeg nie. Ná die stof gaan lê het, kom die drie wyfies aangeloop water toe en dit gee Freek kans om sy slagoffer uit te ken.

Dis die een wat in die middel loop, met littekens deur skerp horings ingehark op haar linkerblad. Die wraak vlam in hom op en hy vind dit byna onmoontlik om homself te bedwing toe die groep regoor hom is, maar besef terselfdertyd dit sal nie 'n doodskoot wees as hy nou skiet nie, want die wyfie naaste aan hom vorm 'n lyfwag vir haar.

Hy voel hy moet wraak neem hier op dieselfde plek waar sy seun se bloed die sand nog vlek. Hy wil haar in die hart tref, ook 'n verbysterende slag in die kop gee. Hy wil haar brandmerk met die koeëls en dan dwarsdeur die nag in hierdie boom wag hou tot die hiënas al nader en nader kom huil. Hy wil hulle bekke soos slagysters hoor toeslaan op haar ruggraat. Hy wil in die maanlig haar binnegoed op 'n streep sien uitborrel agter hulle skerp tande aan. En ná die nagfees wil hy wag tot die arende kom om haar bene skoon te pik. Dan wil hy helder oordag haar bene hoor kraak soos hulle dit op die klippe sal laat stukkend val. Daarna kan die miere deur die beenholtes tonnel agter die murgvet aan.

Die gedagte aan sy skoondogter en kleinseun in die donker kamer kom weer voor hom en hy verloor geheel en al korrel. Uit wanhopigheid steek hy met die loop van die mauser na die spinnerak wat hom pla, maar weer misluk dit.

Wanneer hy eindelik weer duidelik kan sien en die geweer styf teen sy skouer druk, staan die verdoemde leeuwyfie afgesonderd van die ander twee. Eers hou hy die verkyker met sy linkerhand voor sy oë tot hy doodseker is: die linkeroor het 'n keep aan die spits punt en die stert 'n duik in die huidhuls omtrent 'n span van die haarklossie af. Dis waaragtiglik sy.

Versigtig hang hy die verkyker oor die tak waarop hy sit. Toe rig hy hom in. Die wyfie staan net mooi reg vir die kolskoot en tog talm Freek nog. Sy vinger verstyf op die sneller soos die kromming van 'n slot.

Drie welpies het uit die gras reguit na haar toe aangehardloop gekom en aan haar uiertjie kom pomp.

Toe hy blindweg 'n skoot in die lug afvuur, wip die laaste flamink met 'n padda in die bek uit die water op, vlieg met sy prooi na die ondergaande son en die pan lê glansig soos 'n brekende oog onder sy vlerkslag.

1983

ANDRÉ LETOIT (KOOS A. KOMBUIS)

Skrywersnag

Toe hy vroeg in die klein ure wakker word en na sy sigarette soek, het hy sommer 'n kasset in die masjien gedruk. Maar in plaas van die gebruiklike musiek, het iemand met hom begin praat. Oor Christus en bekering.

Hy het opgestaan, en na sy kitaar gereik. Die bandopnemer op die vloer doodgeskop met sy regtervoet. Behalwe die bandopnemer was daar verskeie ander voorwerpe op die vloer. Sandale, 'n paar halfvuil onderbroeke, 'n boek (*The Burnt Ones* van Patrick White). En op die tafel was sy outydse swart tikmasjien, waarvan die klawers vanself op en af beweeg het.

Hy het 'n stuk papier in die tikmasjien gesit. "We are all in the gutter, but some of us are looking at the stars," het die masjien getik.

"Dis plagiaat, jou bliksem," het hy gesê. "Ek sweer ek het dit al iewers gehoor. Oscar Wilde het dit gesê."

"Jy behoort teen dié tyd te weet daar is geen oorspronklikheid in my nie," het die tikmasjien voortgegaan. "Ek is 'n snippermandjie vir die liefdesverse van digters. En daar is niks so onoorspronkliks soos liefdesverse of -briewe nie. Veral joune."

Hy wou kitaar speel. Daar was geen mikrofone wat van die dak afgehang het nie. Net een groot spinnekop aan sy draad.

"Gaan voort, jy hinder my nie," het die spinnekop vriendelik gesê. "Ek is al gewoond aan retoriek."

En hy het gespeel. Maar al die note het in mannetjies verander, wat onderstebo op sy bed gaan staan het. In verskeie kleure. Rooi en groen en geel. Met hoedens op hulle voete. *"We are marching to Pretoria,"* het hulle gesing.

Hy het besluit om latrine toe te gaan. Die gemeenskaplike latrine was buite, twee treë van sy deur af. Sy kaal voete het geknars op die grond.

Buite het die maan om en om gedraai. Dit was volmaan. Die sterre was helder en pragtig. Die maan het speke, het hy gedink.

"Lafaard," het die maan gesê. "Plagiaris. Breyten Breytenbach het ook al gesê ek het speke. Hoewel, ek moet erken, dit verander nie die feit dat ek wel speke mag hê nie. Niemand het nog die teendeel bewys nie."

Die maan was die kaal ronde gesig van 'n monnik: *Friar Tuck of St Dominic.*

Hy het genies.

"Bless you," het die maan gesê.

Hy het die lig aangeskakel in die badkamer. In die middel van die vloer het 'n groot slap padda gesit, die kleur van boombas. 'n Heilige dier, vir sommige Hindoes.

"Is jy ook hier om my te intimideer?" het hy aan die padda gevra.

"Ek het jou badkamer kom inspekteer," het die padda gesê. "Hoeveel uur per dag spandeer jy op die toilet?"

"Ek lees Joseph Heller op die toilet," het hy homself verweer. "En boonop is dit 'n private saak."

"Joseph Heller is 'n pot kak," het die padda gesê.

"Wat moet ek dan lees?"

"Chaucer," het die padda gesê. "Hy het simpatie met ons saak. Dáár is nou vir jou 'n skrywer."

Ek voel bedreig, het hy gedink. En teruggegaan kamer toe, waar hy 'n sigaret opgesteek het. Die sigaret het stilswyend tussen sy vingers gedobber.

Die tikmasjien het, in sy afwesigheid, die volgende boodskap gelaat:

"Life is full of alternatives, but no choice."

"Wat bedoel jy," het hy gevra, "in hierdie konteks? Is jy 'n fatalis?"

"Jy het my so geleer," het die tikmasjien gesê. "Ek kan niks sê sonder om jou te herhaal nie. Jy misbruik my dag en nag vir jou gedigte en goed."

"Ek kan nie anders nie," het hy gesê.

"Presies," het die tikmasjien gesê.

Hy het weer sy bandopnemer aangeskakel.

In plaas van Pink Floyd, was daar Händel. *Die Messias* van Händel, soos uitgevoer deur Dan Hill.

Toe hy die volgende oggend wakker word, het die kasset afgeloop. Alles was stil. Sy sigaret het 'n gat in sy laken geskroei.

Dit was volmaan laasnag, het hy vaagweg onthou. En agter sy tikmasjien gaan sit om die dag se werk te begin.

1986

GEORGE WEIDEMAN

(Gelykenis)

My vriend die kapelaan het die studeerkamerdeur agter hom toegetrek en voor die kaggel gaan sit, sy hande na die kole uitgehou. Ek kon aan die onophoudelike gepluk van die spiertjie in sy wang sien dat hy ontdaan is. Ek het vir hom 'n drankie ingeskink, my pyp opgesteek en gewag.

Hy het met die kole gepraat: Weet jy wat 'n wapenstryd aan mense doen? Sonder om op 'n antwoord te wag, het hy voortgegaan: Nee, hoe sal jy weet? Jy sit hier – gevaarvry agter jou tikmasjien, agter jou lessenaar, jy verbéél jou oorlog en vrede, jy's 'n god van veilige woorde, jou boeke is jou beskutting . . .

Ek verwyt jou dit nie dat jy ongedeerd is nie, begryp my goed. Ek lê jou dit nie ten laste dat jy stories versin nie. Maar ken jy die werklikheid van menswees in 'n verskeurde wêreld? Ken jy die ontsetting van 'n troep wat sy eerste mens doodgemaak het en by jou kom huil? Ken jy die leed van kinders wat op hul pa se bakkie afkom, uitmekaargeskiet? Ken jy die hartseer van ouers wat vanoggend hul kinders skool toe laat stap het – om hulle nooit weer te sien nie? Weet jy hoe hard dié dinge 'n sagte mens kan maak?

Hy het gesug: Die grens tussen liefde en haat word so maklik oorgesteek . . .

Maar daar moet 'n oorsaak wees, het ek dit lomp gewaag.

Daarop het hy 'n koevert uit sy bosak gehaal en aan my gegee.

My vriend die kapelaan het gewag dat ek die brief deurlees.

"Dis 'n gevoelige mens wat hier geskryf het," het ek gesê. "Maar dis nie voltooi nie." Ek het na die laaste vel gekyk. "Dis soos iemand wat dinge vir homself wou duidelik maak deur hulle neer te skryf. En toe hou hy sommer op."

"Dus?"

"Hy hét nie duidelikheid gekry nie."

"Presies. Kyk na die einde; daardie laaste paar paragrawe. Dis asof hy die gebeurde dramaties wou voorstel, soos wat dit plaasgevind het, maar sonder om by die klimaks uit te kom."

"Óf by die afloop. Wat hét toe gebeur?"

"Ek kry niks uit hom uit nie. Ek het gemeen . . . Miskien kan jy . . .?"

Hy het nie na my gekyk nie, maar heftig met die vuuryster tussen die kole gekrap.

"Waar sal ek hom kry?"

"By die Grossherzog," het my vriend gesê. "Hy sit daar, op die stoep. Elke dag sit hy daar. Drink hom onkapabel. Wag, ek sal jou 'n foto van hom gee."

Glimlaggende dienspligtige. Maar méér as die netjiese uniform val die paradoks op: skerp, intelligente oë, besonder gevoelige mond. Waar het ek daardie mond al voorheen gesien?

"Drama geloop, toe 'n paar onderwysvakke. Hy wou blykbaar 'n paar jaar skoolhou, daarna skryf en vryskut vir die verhoog."

My vriend die kapelaan het opgestaan en gespanne na my gekyk.

"Sal jy hom gaan opsoek?"

Ek het na die foto gekyk en geknik. Toe die voetstappe oor die gruis wegraak, het ek die brief weer gelees.

Dag, Pa.

Dis moontlik die laaste brief wat ek skryf voor ek huis toe kom. Miskien word dit nie eens gepos nie – die pos is buitendien maar treurig. Hier op Wêreldsend verloor mens byna alle kontak met die werklikheid.

(Wêreldsend is 'n denkbeeldige naam, Pa, maar hier is 'n plaas nie baie ver hiervandaan nie wat wél die naam dra. Dieter het my vertel; dit het vroeër, voor die onteiening, aan sy pa behoort. Maar Pa weet mos die Army hou van geheimsinnigheid, so ek noem die plek maar Wêreldsend.)

Hier het 'n ontstellende ding gebeur. Ontstellend is ook nie eintlik die woord nie. Woorde laat my vanaand in die steek.

Miskien is dit die insekte; hulle gee mens geen ruskans nie. En tog het ons alles toegegaas, ek weet nie wáár hulle inkom nie. Hier lê al tientalle rondom die lamp en skoppend in die bakkie met water wat ek hier neergesit het, maar kort-kort skiet een hom vanuit die niet hier na die ligkol toe en vas in my hare of sidderend teen die skryfpapier. Party is werklik skrikaanjaend!

Maar wag, netnou sit my verbeelding weer met my op die loop. Een ding weet ek: vir 'n entomoloog sal dit 'n paradys wees.

Vir my sê hulle vanaand net een ding: Skoert, jy hoort nie hier nie. Jy is nie geharnas teen ons nie, en tog lok jy ons aan met jou lig.

Verskoon tog my neerslagtigheid. Ek weet Pa ken my nie so nie. Maar ek voel ek het vanaand by 'n grens gekom. Dis 'n grens wat alleen met mag betree kan word, en nie met redelikheid nie.

Ek sien so uit na 'n nuwe begin. Van my skryfwerk kom nie veel nie. Goed, ek hou skool, maar soms voel ek daar kon net sowel 'n lykbesorger voor die klas gestaan het – swaelstert en al.

Dis die uniform: agterdog ken geen perke waar die soldaat sy verskyning maak nie.

Dis waaroor ek eintlik wil skryf, maar ek weet nie of ek daarby sal uitkom nie.

Daar het iets gebeur wat alles verongeluk het. Maar ek kom daarby.

By tye was daar 'n goeie verstandhouding tussen ons, tussen my en die leerlinge. Maar dan het ek weer geweet: ek word geduld; dis iets voorlopigs.

Ek kan nie hul taal praat nie. Dit is natuurlik deel van die probleem. Dieter kan, en hy het eendag vir my gesê hy dink partykeer ons mors ons tyd. En Pa weet self watter idealis Dieter is. Hy het twee van hulle hoor gesels, en omdat die een opgewonde was, het hy hulle afgeluister.

Ons moet soveel as moontlik uit hulle kry, het die een gesê. Laat ons voorlopig saamspeel; hulle het baie geld – laat hulle hul geld op ons mors. Die dag gaan kom dat ons sterk genoeg is, dan verjaag ons hulle. Hulle hoort nie hier nie.

Wat beteken dit? Die wilde praatjies van 'n ontevredene, 'n ophitser?

En tog is dit, na wat gebeur het, presies soos ek vanaand voel: ek hoort nie hier nie. Ons hoort nie hier nie.

Ons het kampe gemaak en draad gespan, maar die gate is nie met ons hande gegrawe, die pale nie met ons voete vasgestamp nie.

Eintlik weet of vermoed mens dit al lankal, ek kon dit aan hul oë sien, aan hul uitkyk by die flappe: dit was asof hulle geduldig sit en wag, soos mense wag op 'n boodskapper.

Intussen het ons maar die beste probeer maak van die omstandighede. Ek meen: ons het tog probeer om op 'n manier lig te bring in die oorlogsdonkerte, en diep binne-in my is daar hoop.

As dit net nie vir Gerrit se optrede was nie!

Ek dink ek het voorheen geskryf dat dit 'n landbouskool is; dat daar vanjaar daarmee begin is. Dit was eers blykbaar 'n sendingstasietjie. Miskien het ek dit ook al geskryf? Nogtans: ons bly in wat vroeër die pastorie moes gewees het. Pa weet mos hoe lyk oom Johnnie Diedericks-hulle se tuishuis? Gewelfde verêndatjie, heininkie met spits paaltjies rondom. Presies so, behalwe dat hier ook 'n groot dadelpalm staan, en die een hekpaal se boonste deel is in die vorm van 'n kruis.

Hier is nie veel ander geboue nie, en dié wat daar is, het ons ingerig as pakruimte, vir die implemente en so aan. Op 'n klipperige gelykte het ons 'n paar tente ingerig as klaskamers, terwyl die bouery nog aan die gang is. Die Owerheid het die koshuis darem al teen die einde van Maart voltooi. Stef, 'n veearts, doen sy diensplig as koshuisvader.

Ons het tuin gemaak – ek wens Pa kon my tamaties sien! Die Bevelvoerder van ons Seksie was voorverlede week hier; hy't omtrent my hele week se oes saamgevat. Pa sal nooit glo wat ons hier regkry nie – rondom is pure woestyn. Die rotse lyk soos uitgebraaide vet, verder net sand. En dit word skroeiend warm. Maar hier is volop onderaardse water. Toe ons hier aangekom het, het ons 'n suigpomp geïnstalleer; twee manne het met die seuns se hulp kampies gemaak, mielies geplant, en dadelsuiers. Dadels aard goed; Dieter-hulle het daarvan gehad, en hy sê as 'n dadel met sy wortels in die water en sy kop in die hel staan, groei hy!

Nou ja, as dinge sou kon bly soos hulle was, sal hier oor agt of tien jaar dadels geoes word, vir Afrika!

As dinge so sou kon bly. Pa weet nie hóé verward ek is nie. Die radiodominee het vanaand uit Jeremia gelees, die gesig van die twee mandjies vye. Hy het ernstig gepraat; gebid oor ons volksroeping. Dit het my laat terugdink aan wat Pa altyd sê: dat ons suile van lig moet oprig, pilare van die waarheid.

Maar wat help dit as ons nie sélf die messelwerk doen nie? Of as sommige meen dat daardie pilare van Noag se dae af die vaste grens tussen "beskaaf " en "onbeskaaf" is?

Kan een slegte vy nie 'n hele mandjie vye bederf nie?

Dit is hoe ek oor Gerrit voel, en die Here moet my vergewe, want ek wil nie oordeel nie. Het ek nie ook skuld nie? Het ek genoeg met hom geredeneer?

Dis juis oor Gerrit dat ek skryf, miskien om helderheid te soek.

Wat gebeur het, het die agterdog wat daar aanvanklik teen ons was, opnuut laat opvlam; dit selfs sterker gemaak. Afkeer het tot haat uitgeswel. Die goeie gesindheid wat ons na die eerste paar maande gewen het – ondanks inmenging en propaganda van buite – het in 'n wantroue verander, dieper as ooit tevore.

Dinge het so mooi reggekom, Pa – daardie eerste paar maande. Ek meen, in 'n verdeelde en oorlogsgeteisterde land het ons iets gebring waarna gesmag is: kennis, onderwys, geleenthede. Selfs die agterdogtigstes moes dit erken. Wanneer ek les gegee het, was die handwapens, die geweer voor langs die skryfbord en die uniform vergete.

Ons was goed op pad om hulle aan ons kant te kry, of dan, ten minste: aan die kant van redelikheid.

Maar miskien is dit verwaand om so te sê. Miskien is dít juis waar ons die fout gemaak het. Ons? Ek kan ook nie namens die ander praat nie. Miskien het my geesdrif my verraai, en Dieter se ywer hóm. Gerrit was nooit juis geesdriftig nie. Julle mors julle tyd, het hy gelag. Ek het gedink aan die gesprek wat Dieter afgeluister het. En tog, Pa – 'n mens kan mos baie aflei van die reaksies in jou klas?

Soms het dit byna vervelig geword, die patrone van dae. Veral naweke. Ons het die seuns soms met die Bedfords op 'n uitstappie geneem, soos dié keer. Wag, ek kom nog daarby.

Aanvanklik was hulle nie baie gretig om agterop die Army-trokke te ry nie, veral nie om in 'n buurdorp agterop gesien te word nie. Maar hulle moes daaraan gewoond raak; hoe anders kom jy veilig van plek tot plek?

Ja-nee, Pa, party dae wou ons vrek van verveling. Soos Sondae. Dan het Gerrit ons uitgedaag om 'n bierblikkie bo van die kruispaal af te skiet. Hy kon verbrands goed skiet!

Ons wedywer ook met ons snorre: Ek en Gerrit en Dieter het mekaar uitgedaag. Arme Dieter – g'n boereraat sou iets op sy bolip laat wys nie! Gerrit s'n was gou welig – so 'n regte moestas.

Soggens vroeg is ons uit, akkers toe. En hét die seuns gewerk! Ná ontbyt lesgee. Ek reken ek het selfs 'n gevoel vir Afrikaans by hulle wakker gemaak. Watermeyer, byvoorbeeld. Onthou Pa nog die "Bloeddorstige jagter"? Hulle kon hul so maklik vereenselwig met die kraai se aanklag:

> Met hierdie snawel het ek self
> Elia in die grot gevoed,

vereffen jy jou skuld, o mens,
met moordslag en met lammerbloed . . .?

Maar hoe verduidelik jy "moordslag"? Hulle kén dit so goed! Hier 'n vader, daar 'n broer, iewers 'n familielid wat land uit is en nou êrens in die onbekende grensland deelneem aan wat hulle noem "die gewapende stryd", die "vryheidsoffensief".

En na wat verlede week gebeur het, vrees ek alles het te laat gekom.

Ons is die Saterdag met 'n klompie sportspanne hier oor na O. toe: ons eie sokkerspanne, ringtennis, vlugbal; twee netbalspanne van ons buurskool. Almal agterin die vragmotors. 'n Hele opgewekte uittog. Drie vragmotors: ek en Gerrit het vóór gery met die soheentoe-gaan, Dieter en Simon in die middel, en Stef agter.

Alles het mooi verloop; by die wedstryde ook, en met die oorslapery in die koshuise was alles honderd persent. Maar toe ons Sondag deur die buurdorp ry, op pad terug, het die moeilikheid begin.

Ons het by die kafee stilgehou om koeldrank te drink, toe een van die seuns 'n pakkie sigarette koop. Gerrit het hom gesien, maar toe hy hom voor stok kry, het die seun die pakkie tussen die bondel op die bak ingeskiet en dit was onmoontlik om vas te stel wat daarvan geword het. Intussen het Stef al gery, en ons was haastig, want dis 'n lang pad, en die kalkstof en die hitte is nie speletjies nie.

Ek het Gerrit se ergernis verstaan. Ons was nie oor die rokery as sodanig bekommerd nie, maar agterop was brandstof.

Vir Gerrit was die insident 'n bevestiging van sy beskouinge. Al die hervormingswerk wat ek die afgelope paar maande probeer doen het, het in die stof agter ons verdwyn. Ek kon sien dat hy onredelik kwaad was. Ek dink ek het al voorheen geskryf oor my redenasies met Gerrit. Oor sy onsinnige opvattings. Sy geliefkoosde teorie is dat mense wat na aan die ewenaar of in die warmer streke van die wêreld grootword, 'n dikker kopbeen het, en dat daar gevolglik minder plek vir verstand is.

"Hy kan mos nou sien daar's petrol agterop," het hy gebrom. "Dit wys jou net . . ."

Hier gaan ons al weer, het ek gedink. 'n Mens raak later moeg van redeneer, Pa. Ek weet net so goed as hy dat daar nie agterop gerook mag word nie, maar ek het in die stilligheid gereken dat hy die saak anders kon hanteer het. Hóé weet ek nou ook nie presies nie.

Dit was 'n moeilike terugrit. Gerrit was nors, en hy het kort-kort agtertoe gekyk asof hy iets verwag. Hoe ons daarby uitgekom het, weet ek nie, maar die gesprek het later gegaan oor vreesprojeksies, skuldgevoelens en die regverdigbaarheid van geweld. Ek dink ons het baie driftig geraak, en ek was dankbaar toe ek sien dat Stef ons by die grens inwag. Nou kon ons stilhou en eet; van daardie punt af is dit nog 'n goeie drie uur se ry.

Terwyl ek en Dieter en Stef en 'n paar van die groter seuns besig was om die padkos uit te deel, het Gerrit die seun wat die sigarette gekoop het, onder hande geneem. Ek het hom laat begaan, want hy het die seun by die kajuit ingeboender en ek het gemeen dit was buite sig van die ander. Buitendien, het ek gedink, dit sal hom laat afkoel. Maar terwyl ek gehelp het om die kos uit te deel, het daar 'n beroering deur die rye gegaan. Toe ek omkyk, was ek net betyds om te sien hoe Gerrit, op die sytrap, sy arm terugtrek, gebalde vuis langs die skouer.

Snaaks, Pa, wat se gedagtes dan al in die rondte deur 'n mens se brein maal. Op die heilige Sondag, het ek gedink, op die heilige Sondag kom daar vandag moeilikheid.

Toe hy slaan, was ek by hom.

Maar toe reën die klippe al.

Hy het sy rewolwer uitgepluk, sy arm afwerend half voor sy gesig.

Ek het die rewolwer by hom afgeneem en hom van die treeplank weggestoot. Ek sal nooit sy gesig vergeet nie. Tussen vrees en haat moet daar 'n emosie wees wat nog nie 'n naam het nie. Ek het die deur oopgepluk en die seun aangesê om uit te klim. Die klippe het opgehou val. Alles het so vinnig gebeur dat Stef, Simon en Dieter nog daar by die kos gestaan het, te verdwaas om iets te doen.

Ek het na die hoofseun toe gestap, ernstig met hom gepraat. Hy het sy rug na my gedraai en op 'n rots aan die oorkant van die pad gaan sit. Die ander het sy voorbeeld gevolg. Plotseling was alles baie stil. Ek onthou net dat 'n boskraai iewers gelag het.

Ek dink Pa sal verstaan hóé ek gevoel het. Magteloos is nie die woord nie. Maande se harde werk, versigtige beplanning, opoffering – alles in 'n oogwink daarmee heen. Hulle het in roerlose botheid daar gesit, al sestig van hulle, met stroewe gesigte.

Ek was woedend.

"Tien minute gee ek julle," het ek gebulder, "en dan ry ek. Dan kan julle voetslaan as julle wil."

Ons het in die vragmotors gaan wag; Gerrit agter by Stef. Ná 'n paar minute van spanningsvolle stilswye het die eerstes opgeklim.

Ek wou Gerrit invlieg; is dit dan nie hý wat gedurig gal afgaan oor 'n wiskundeonderwyser wat hom geklap het nie? Gelukkig was hy by Stef.

En nou, noudat alles verby is, twyfel ek weer. Is dit nie mý skuld nie? Moes ek nie toegesien het dat Gerrit nié die seun onder hande neem nie?

Erger nog: toe ek sien dat Gerrit die seun eenkant toe roep, het ek nie gedink – gehóóp! – dat Gerrit sy drang tot geweld moet laat botvier nie? Sodat ek in my verslag kon skryf . . .

Wat het ek nóu om in my verslag te skryf?

Ná verlede Sondag was niks meer soos voorheen nie. Ons het die aand vroeg gaan slaap, en alles was oënskynlik rustig, maar toe ek Maandagoggend by die prefab instap, sing die telefoon. Toe staak hulle reg rondom, by ons twee buurskole, en ook by ons was daar nie 'n beweging buite nie.

Net die varke het hul dors en honger uitgeskreeu.

Alles klink so onwerklik op papier, Pa. Maar miskien kry ek tog duidelikheid as ek dit neerskryf.

Ek skryf dit nie om Pa ongerus te maak nie.

Nee, ek moet alles neerskryf soos wat dit gebeur het. Miskien kry ek nie later die geleentheid nie. Miskien onthou ek nie alles soos wat dit gebeur het nie. Dit moet 'n verklaring wees.

Het Gerrit verkeerd opgetree? Dit was tog 'n uittarting van gesag?

Donderdag het dinge na "normaal" teruggekeer. Maar al die spontaneïteit van vroeër het verdwyn. Hulle het steeds geweier om Gerrit se klasse by te woon: ek het hom kort-kort in die prefab se deur sien staan met 'n sigaret.

Vrydag het dit gelyk asof dinge beter gaan. Hoewel hulle steeds nie 'n voet in Gerrit se tent gesit het nie, het dit gelyk asof alles kalmer is.

En tog: onder die oppervlak het daar iets bly roer.

Maar wat maak 'n mens anders, Pa – as om maar voort te gaan met jou werk, om te hoop alles kom weer reg?

Dit was nie soos met ons weerbarstige matriekjaar nie. Pa sal nog goed onthou: hoe rebels ons was oor ou Bok ons hare bygedam het. Ons opstand was maar kortstondig: ná 'n week het ons al ons griewe vergeet!

Maar hierdie ding met Gerrit en die seun – dis soos 'n onskuldige dwarreltjie, en voor jy jou oë uitvee, tol hy alles met hom saam, 'n weerstandswind, 'n orkaan.

Vanaand is alles stikdonker buite. Iemand het gisteraand die lampie wat ons op die hekpaal vasgesit het, stukkend gegooi. Dit het so vinnig gebeur, toe ons buite kom, was daar niks. Net die stikdonkerte. Die varke was onrustig, maar toe ons met die lanterns soheentoe is, was daar ook niks te sien nie. Hoe moes ons tóé weet van die klein varkie?

'n Mens lewe nog so rustig van dag tot dag, en eensklaps weet jy dat grense en vastighede nie meer bestaan nie, of dat nuwes ontstaan het.

Ons begin elke dag se skoolprogram uiteraard met 'n godsdiensoefening. Hulle hou daarvan; mooi en spontaan sing hulle die dag tegemoet.

Gister was dit Gerrit se beurt. Ek het gemeen dat hy nog 'n rukkie moes wag, maar hy wou volstrek nie. Miskien wil hy dinge probeer regmaak, het ek vir myself gesê en hom laat begaan.

Hy het uit Markus gelees, die gelykenis van die landbouers. Hoekom juis dié gedeelte? Ek weet nie. Dit het gelyk of Gerrit baie dinge toevallig doen; hy's 'n impulsiewe mens. Maar terwyl hy gelees het, het ek tog die indruk gekry dat dit verband hou met verlede Sondag se voorval. Dit was nie 'n gelukkige keuse nie. Nadat hy gelees het, was daar 'n soort onrustigheid onder die seuns; hulle moes gevoel het dat hy dit op húlle bedoel, die landbouers wat eers die diensknegte of boodskappers onverrigter sake teruggestuur en toe die enigste seun vermoor het.

Ek meen, alles was baie presies soos óns dit gedoen het: die wingerd, die heining, die parskuip, die wagtoring. Met so 'n bietjie verbeelding en verdraaiing het Gerrit hom – ons? – ingedink in die posisie van die diensknegte, van die erfgenaam.

Dit wat gister betref. Dit is vir my moeilik om oor vandag te skryf. Maar ek het geen keuse nie.

Vanoggend kom vra Jerobeam (ai, die Bybelname!) of hulle die Geskiedenisperiode kan gebruik vir dramatisering – 'n les in die geskiedenis. In die verlede het hulle dikwels – op my aandrang – 'n episode uit die geskiedenis (byvoorbeeld Van Riebeeck se aankoms), 'n Bybelverhaal of 'n greep uit 'n voorgeskrewe werk aanskoulik voorgestel.

Ek het vir Gerrit gaan soek om hom uit te nooi na die klas, want ek het gereken dat dit 'n soort versoeningsgebaar was van die leerlinge se kant.

Gerrit was egter nêrens te kry nie. Seker nog rou oor wat gebeur het, het ek gemeen; hy is waarskynlik veld toe, of pomp toe. Ek het nie verder gesoek nie.

Jerobeam het my by die tentflap voorgekeer. Hulle is nog nie gereed nie, het hy beleef gesê. Ek het solank 'n sigaret aangesteek en gewag, wetende dat die dag nog lank is. Hier haas 'n mens jou nie.

Toe het Jerobeam my kom roep.

Ek het agter in die tent gaan staan. Die leerlinge was nog stiller as gewoonlik; vol afwagting. Jerobeam het nog een keer van agter die kombers wat as skerm diens doen, te voorskyn gekom en by die syflap uitgeskarrel. Weer teruggekeer en die "gordyn" oopgetrek.

In die verste hoek het 'n figuur bewegingloos op 'n stoel gesit, sy rug na ons toe. Kakieklere en 'n laphoedjie wat in die dowwe lig nogal baie gelyk het soos dié wat ons bedags op die lande dra.

Dit val my by dat Jerobeam iets gesê het van die gelykenis van die landbouers.

Die laphoedjie . . . die boer, seker – maar waar is die landbouers dan? het ek gewonder.

Daar was meteens 'n gespanne, doodse stilte, asof iets met die beplanning skeef geloop het. Buite kon ek die sonbesies hoor, en my ore het begin sing, asof iemand 'n swaarkalibergeweer langs my afgetrek het.

En toe draai die figuur met die laphoedjie om. Of liewers: iémand draai hom om; dit het vir my gelyk soos 'n opgestopte figuur.

Die eerste wat ek herken het, was die weglê-snor. Die krytwit gesig. Daarna die gapende wond teen die regterslaap; die dik, donker klodders bloed.

"Meteens draai hulle na my toe om; gaffels en grawe en tuinvurke in die hand, asof ons landerye toe op pad is."

In sy teruggesonke oë, soveel anders as op die foto dat ek hom kwalik herken het, sit iets soos verwildering. Toe hy weer praat, is dit asof hy vir homself 'n vraag beantwoord.

"Ek moes padgee, ja – wat kon ek anders doen?"

Voor hom was die witgeverfde tafeltjie taai van bottelspore.

Tog het hy nie soos 'n dronk man gepraat nie. Kort-kort het hy net wild om hom geklap, asof hy insekte verjaag; toe subiet begin lag:

"Hulle't die lamp stukkend gegooi, ha!"

Ek het besef: daar kom 'n stadium wanneer die drank 'n mens nie meer aantas nie – altans, nie jou spraak belemmer nie. Want toe hy weer praat, was die skerp herinneringe van flussies uitgerafel tot flenters woorde en frases. Ek kon geen sin uitmaak nie, behalwe één, wat hy oor en oor gesê het, en selfs dié sin was vir my volkome verbandloos.

"Die varkie," het hy gesê, "hulle't 'n varkie oopgesny; dit op die hekpaal neergesit."

Ek dink nie hy het agtergekom dat ek opstaan en loop nie. In die straat kon ek hom nog hoor praat, en ek had minder duidelikheid oor my eie lewe as voorheen.

1983

Tarantella

Dit was die natuurlikste ding ter wêreld dat ek my manuskrip aan Novella sou voorlê. Het sy my dan nie geleer om die daeraad te ontdek nie?

"Dis omtrént 'n boek." Sy blaai rond, kyk na die indeks.

"Ek weet. Dis vol stories, oues en nuwes."

Sy lyk geïnteresseerd, maar bespeur ek huiwering?

"Afrikaans word 'n probleem," sê ek. "Is dit wat pla?"

Haar oë vlam 'n oomblik lank, soos tieroog onder water. Ek onthou hoe ons, ek en sy, hurk langs 'n poel met helder winterwater, hoe spoelklippies deur ons vingers gly.

"Afset het my nog nooit gepla nie," sê sy. "As dit hét, sou ek al geloop het." Sy leun vooroor, en nou is haar oë die kleur van geslypte rookkwarts, en daar is emosie in haar hoë wangbene, op haar lippe, in haar vingerpunte. Sy lyk presies soos tante Marta as jongmeisie op die sepiatekening: Oos-Europees, met, miskien, 'n titseltjie Mediterreensheid en Oostersheid.

Vir hulle – die familie – is sy Novella, die stiefsustertjie, die kind met die sigeunerbloed; die makou tussen die swane; die een wat buite die formasie vlieg omdat sy nie daarbinne hóórt nie. Vir my is sy Noëlle, en Nola en Nerissa . . . al die name wat sy gespéél het, is hare; en verál Kelenca, *Kelentsa*, soos Marta haar genoem het, *die negende*.

"Jy luister nie," pruil sy.

Ek raak aan haar hand. Die impuls is nog daar.

"Uitgewers – soos ons – word uitgelewer," sê sy, en meteens is daar 'n erns in haar stem en oë wat my van stryk af bring. "Kom kuier vir my. Dan vertel ek jou, oor 'n glasie wyn."

"Waarom het jy dan hier kom werk? Uitgewer geword?"

"Ek glo aan stories, dit weet jy tog. Aan die wirra-warra van die vertelritmes, aan stroomop swem . . ." *Die Forelle*, dink ek, hoe kón sy nie Schubert spéél nie!

"Toe los jy die musiek . . .?"

"Ag, ja," sê sy, "so 'n bietjie. Onthou: dis met stories soos met wysies, jy moet jou óórgee. Iewers klop 'n oerritme, jy improviseer maar net."

"Jy's steeds romantikus," sê ek.

"Dis al hoe moeiliker," sê sy, "as die realiteit hom aan jou opdwing. Maar jy? Het jy vergeet?"

Hoe kan ek vergeet? Hoe sy haar uit die windsels van die kleed gedraai het, getol het oor die sand, gedans het op vioolklanke oor die water . . . En die maanlig toe sy teen die stroom in duik, die maanlig wat uit die wit van haar dye twee slank seile tower . . . Ek was dertien, amper veertien. Sy negentien of twintig.

Hoe ons teen die sandbank uitswem en ons hare soos honde droogskud, hoe haar hande deur myne vleg, hoe sy my hande stuur . . .

"Maar daar is ook 'n ander rede. Ek wil graag met my eie begin. 'n Onafhanklike uitgewery. Hierdie manuskrip . . ." Sy huiwer, terwyl sy die bladsye deur haar vingers laat gly. "Dalk wil jy dit nog vir my gee?"

Skielik stuit sy by 'n bladsy. "Ek sien jy het ook al deurgeloop; fiktiewe karakter ofte not."

Natuurlik. Die brief wat my so ontsenu het. Sy wil begin lees aan die verhaal wat ek voorlopig "Ghoelasj" noem, maar maak dit dan los en gee dit vir my. Sy maak die deur toe.

"Lees dit asseblief vir my," sê sy, en kam met haar vingers deur haar hare. "Ek wil die ritme hoor."

"Nou kies jy die één storie wat nog onvoltooid is."

"Watter storie is óóit klaar?" Met 'n laggie: "En dink aan al die Groot Onvoltooides . . ."

"Ja," sê ek aarselend, "maar ek wou daarvan 'n roman maak." Ek begin onsamehangend praat, soos altyd wanneer ek opgewonde is en my tong te stadig is vir al die woorde. "Dis net: 'n roman het so 'n . . ."

"Status? Ag, kom nou."

"Jy weet wat ek bedoel: dit word verhef bo ander genres . . . maar dit kon nie, ék kon nie. En hier sit ek nou met 'n halfklaar storie!"

"Lees! Dit ís 'n storie, is dit nie?"

Ek begin, maar onderbreek myself dadelik: "Jy sal sien, ek is nog net so sentimenteel soos altyd. Melodramaties. En ek het te veel bestanddele vir my resep."

"Sal jy nou lees?!" Sy maak haar oë toe.

GHOELASJ

Die Klein Windhoek-slaghuis is vanoggend om 09:48 deur 'n kragtige bom in puin gelê. Vanaand, terwyl ek oor my roman slaap, bel een van my karakters my wakker. Sy praat Afrikaans met 'n swaar aksent – Duits? – maar rustig, asof sy besig is om aartappels te skil.

'Hoe sou jy gevoel het, professor Weideman, as jóú vrou en kinders se liggame tussen die maalvleis en ghoelasj . . .'

Ek plaas die foon instinktief terug.

Ek skink vir my koffie, gooi die beker skoon mis. Dis my eerste ervaring van dié soort oproep. Aldo, Brian, Christo, Danie . . . hulle het al soortgelyke oproepe gekry. Elke keer as daar 'n bom ontplof. Kan jy maar weet.

Ek verbrand my tong; dink daaraan dat 'n kwasterige student eendag vir Danie gesê het hy speel met vuur. Die ander studente se gesis en gejou het hom stil gemaak, maar ons het geweet nie almal wat klas draf, het suiwer akademiese oogmerke nie.

Celién, ses maande swanger, slaap met die vredigheid van die verwagtende vrou; Melita, pas vyf, lê met haar arms om die teddiebeertjie wat ek uit Stockholm saamgebring het.

Ek gaan sit by die kombuistafel, skink 'n tweede beker koffie. Teen hierdie tyd slaap ek gewoonlik. Maar nou is ek so wakker asof ek pas opgestaan en geskeer het.

Die woord ghoelasj het my van kleins af gefassineer. Nee, nie die wóórd nie, maar die taal, die oorsprong van die woord. En toe, in 1956, die jaar van die bloedige onderdrukking van die Hongaarse opstand, is ek op vreemde wyse betower deur Magjaarse name – Istvan, Zoltan, Sandor, Laszlo, Kelenca . . .

Novella se ooglede roer nie, maar daar is 'n effense glimlag om haar mondhoeke.

. . . en natuurlik verhale van verskrikking en van dapper opstandelinge. Soveel dat ek 'n plakboek daaroor gemaak het. Pal Maleter, Imre Nagy, Imre Simkovics: dié name het langs die name van Voortrekkerhelde in my "helde galery" ('n ongebruikte skooloefeningboek) gepryk. En Petöfi se beroemde gedig, met die refrein:

> By die God van die Hongare
> sweer ons
> ons sal nooit weer slawe wees nie!
> Nooit! Ons sweer! Nooit weer nie!

Die bekoring van die eksotiese? Soos wat ander mense deur die vreemdheid en die vloeiende klinkers van die Suidsee-eilande of die nasale stemvalle van Spaans aangetrek word? Nee, dit moet tog meer as dit gewees het. Miskien dit wat Van Wyk Louw later laat skryf het van kinderboudjies en 'n sliert Magjarebloed in die cocktail en die wolfdoring wat staan en bloei.

Ek was oortuig dat ek die Hongaarse taal gaan aanleer, en ek het selfs 'n brief daaroor aan ds. Kálmán Papp, destyds leraar van die Hervormde Kerk op Krugersdorp, geskryf om my voorneme te motiveer. Ds. Papp het die Onse Vader in Magjaars aan my gestuur en my verseker dat ek, selfs op ouderdom nege, nie die moeite moet probeer doen om "een van die moeilikste tale ter wêreld" aan te leer nie. Ek was teleurgesteld, want ek kon nie verstaan hoe 'n Hongaar soos hy Afrikaans so maklik kon bemeester – selfs 'n predikant word! – as Magjaars dan so ingewikkeld is nie.

Ek is vandag meer as ooit daarvan oortuig dat dit makliker is om Magjaars aan te leer as om te bid. Of om 'n roman te skryf.

Maar ek weet dat ek 'n suigeling was met die '48-verkiesing, en dat ek apartheid en Afrikanerskap en volkstrots daarna saam met my Nutrine ingekry het, en ek het in my vroeë tienerjare geweet wat 'n petrolbom – in Boedapest 'n "Molotov Cocktail" – is. My plakboek was vol foto's van Russiese tenks en Hongaarse vlugtelinge deur die sneeu aan 't trek. Die dapper, asketiese gesig van Pal Maleter was net so in my geheue ingegrif as die skerp, uitdagende oë van Jopie Fourie of Johannes van der Walt. My broer Hennie, elf jaar ouer as ek, het glo in die oorlogsjare gedreig om by die Gryshemde aan te sluit elke keer as hy stout was en Pa hom 'n loesing beloof.

Toe ek ouer geword het, het ek – saam met die res van die wêreld – vergeet van die *eerste grootskeepse opstand teen 'n moderne diktatuur* en eers veel later, toe die verroeste Ystergordyn val, onthou dat skrywers 'n leidende rol in die rewolusie gespeel het. En akteurs, soos Simkovics.

Ek wou juis in my roman – 'n eerste poging – uitkom by die onweerstaanbare wellus van weerstand, toe bel Ouma Meelbol my.

Daar sit ek toe met my soveelste beker koffie, en ek weet nie hoe – of waarom – ek met die roman moet verder nie.

Hoe sou sy lyk? Dié Ouma Meelbol met die aksent? Bygesê: ás dit 'n vrou is. Kon ook 'n man gewees het, dink ek wanneer ek die skorrerige stem in my gedagtes óórspeel. Ek stel my 'n grof geboude vrou met 'n bril en krullerige grysblonde hare voor. So 'n regte oumatjie met fraai kleinkinders vir wie sy poncho's hekel of jodel of die Hawaise ghitaar bespeel.

Ek trek die foon se koord uit en probeer slaap. Die beeld van 'n bloederige slaghuis – vol roet en die reuk van natgespuite brandsels – bly my by.

"Geweld," het Danie, 'n teoloog, nou die aand gesê, "is in sekere omstandighede te regverdig."

"Wat van die onskuldiges? Die kinders?"

"Niemand is onskuldig nie. Ons word, by wyse van spreke, in sonde ontvang en gebore."

"By wyse van spreke?"

"Ja, en die land gaan nog baie offers vra. *Afrika* gaan dit vra. Die *wêreld* gaan dit vra. Die *geskiedenis* sal dit vra."

"Maar doen ons – ek en jy en al die ander – nie genoeg nie?"

Danie het gelag. "Ons wuif pinkies en bal vuiste, maar hoeveel mense het 'n hand of 'n arm of 'n been verloor?"

Maar toe 'n gasdosent – uit Australië, maar hy het ook 'n jaar of wat in Transkei klas gegee – een oggend om elfuur saam met die studente toi-toi – het sy manewales vir my so vreemd gelyk soos wat 'n student uit die Caprivi sou lyk as Ester van Zyl hom vra om saam te sakkie-sakkie.

En toe die onlustepolisie een Vrydagoggend op die plaveisel tussen die dosenteblok en die lesingblok uit hul blitsbussie spring en tussen die marsjerende studente in skiet, staan ons almal van agter die donker glasmuur van 'n kantoor en kyk. Die stem van 'n offisier oor 'n megafoon slaan deur soos dié van 'n seun wat pas begin skeer het. Die kampus word die hele dag beleër. Ek skakel Celién om te sê dat ek nie kan huis toe kom nie. "Julle moet die politiek uitlos," sê sy, en daar is kommer in haar stem. "Maar ons doen niks!" sê ek, "dis die ergste: ons doen niks!"

Dit word 'n warm Oktoberdag en van agter die gerookte glas sien ons hoe 'n paar studente in 'n donkerblou minibus gelaai word. "Daar gaan Ester ook," sê 'n kollega.

"Ester van Zyl?"

"En Bibi," sê Levi Namaseb.

"Bibi Naobes?"

Ons kyk hoe die skraal, blonde meisie en die meisie uit Damaraland met haar fyn, gevlegte hare en glimswart vel hulle eers teësit en dan onder aansporing van 'n paar fris arms in die bussie verdwyn. Die minibus bly staan daar in die warm son terwyl die taakmaglede met die vlugvoetigheid van roofdiere tussen die geboue op die kampus verdwyn.

Ek lees Van Wyk Louw:

> En: die wolfdoring staan en bloei
> wit wolf- en rooflied
> lááť dit – lááť dit! – kaal stáán en stáán:
> laat die stáán én die roofstem
> náák staan, náák in ons oë.
> Laat die stem staan in ons ore.

Skraal troos.

Ek probeer aan my roman werk. Dis 'n outobiografiese werk, 'n soort reisroman. Dit vertel van 'n dosent wat, tydens 'n besoek aan Swede (op uitnodiging van SWAPO) in Uppsala saam met 'n reisgenoot wegdwaal van die toergroep en in 'n boekwinkel verseil raak. Hy haak vas by Wefrik Eriwetsky se *Unpublished Modern Russian Folktales*. "The narrator of the folktale," noteer hy, "is more often than not extremely unreliable, because his imagination tends to react to history in a most individualistic way, thereby transforming history into a personal vision – much in the same way that a shaman through his dance performance demonstrated blindly that which nobody could have envisaged at the time of the performance. Although Frazer may be right in saying that this figure was (or is) an *oracle of the nation*, that vision was never intended to be a vision for his contemporaries, but a reminder of things of the past and things to come."

Hy het nie veel verder as die eerste storie of staaltjie gekom nie, toe waarsku Christoffel dat hulle sal moet aanstaltes maak. "Die smorgasbord en die kaviaar en die buitelandse vleuel van SWAPO wag," het Christoffel, 'n joernalis, sinies gesê. "En die falankse Sweedse liberale."

Die ander lede van die toergroep, almal wit Namibiane, het intussen saam met SWAPO kerse in die katedraal aangesteek.

Hulle het in die bus geklim en teruggegly oor die sagte groen heuwellandskap en die mere – of inhamme uit die Oossee, hier weet mens nooit – konferensiesentrum toe; en hy was skielik baie lus vir 'n lang koffie.

Toe hy sy hand uitsteek na 'n houer waarop mjölk staan, keer iemand hom.

"Moenie!"

"Waarom nie?" Hy steek weer sy hand na die houer uit. Hy is nie lus vir swart koffie nie. Anton Lubowski staan langs hom.

"Tsjernobil," sê Anton grimmig.

Maar ek het met dié roman nie veel verder gekom nie.

Skaars 'n week na my terugkeer uit Stockholm skeur ek 'n brief in my kantoor oop terwyl ek uitkyk oor die plein waarop ons studente in hul opmars gestuit is.

Wit Wolwe Beweging

Prof. G.H. Weideman
Departement Afrikaans en Nederlands
Akademie
Privaatsak 13301
Windhoek
9000

Geagte Prof. Weideman

Medewerkers van die vyand
Ons weet wat u doen en dit is in u belang om te weet wat ons doen.
Dit het onder ons aandag gekom dat u simpatiek teenoor die vyand is en uself vereenselwig met hul optrede op die kampus bv. ECC.

– Raak ontslae van die NANSO-SWAPO stigma wat aan die Akademie kleef!
– Verander u houding!

Wees dus gewaarsku – ons verander die Akademie maklik in 'n *Khotso-huis* (Johannesburg 30 Augustus 1988).

Wit Wolwe

Ek hou voor die brief op met lees, maar dis of die netjiese, getikte velletjie my oë vasgenael hou. Novella kyk op, begryp dat ek nie verder wil lees nie.

"Hm," sê sy. "Hm."

"Wat bedoel jy: 'hm'?"

"Ek het jou uitgenooi. Kom kuier nou, kom ons maak dit Saterdag . . . Dan vertel ek jou . . ."

Dis byna asof die glinstering uit haar oë weg is; dit het die afsydigheid van obsidiaan. Of verbeel ek my?

Dan onthou ek: sy was vir my nog altyd só. Wendinge. Verrassings. Onverwagte bevlieginge. Nou nog toegedraai in windsels klere, dan 'n ferm begeleier van my stram hand.

Dis sy wat my van *Baldanders* vertel het, na aanleiding van Blinde Harry se storie oor die ding wat voor jou oë verander as jy hom 'n sekere vraag vra: dan otter, dan vis, dan likkewaan, dan . . . En dis sy wat my aan Borges bekend gestel het, en aan Grimmelshausen en Njal se saga – ag, te veel om op te noem. Maar dis ook, en veral, sy wat my geleer het om te dans.

Nou is ons albei 'n klompie jare ouer, en ek wonder of ons nog kan dans.

Saterdag breek aan. Dit word 'n terugreis. Laataand onthou ek: sy sou my nog vertel, sy sou nog haar reaksie op my onklaar storie uitlê.

"Ag, die melk is op!"

"Ek sal gou gaan," sê ek, maar sy vier haar onafhanklikheid met 'n glimlag. Die kort, koel rok wat sy aanhet, pas so lossies om haar dat dit my oë en my gedagtes 'n oomblik gevange hou.

"Nee, ek wil solank hê jy moet hierna kyk." Sy trek 'n lêer, bruinerig, onopvallend, tussen die ander uit. Terwyl sy haar lapleerjassie aantrek en die Suidoostewind drúk teen die woonstelruit, maak ek die lêer oop. Ek hoor haar met die kat praat – stoute ding, dis jy wat altyd sorg dat die yskas hierdie tyd van die aand leeg is, nè – en toe raak ek verdiep in die manuskrip.

Daar is nie 'n naam nie, wel 'n titel. *In die greep van die wolfspinnekop*, lees ek.

"Wie is die skrywer?" vra ek binnetoe.

"Ek gee jou drie raaie," sê sy terwyl sy haar kleingeld aftel. "Wil jy 'n koerant hê?"

Ek weifel. "Daar's deesdae min oor boeke," sê ek dan. "Bring tog maar een, seblief."

Sy buk skielik oor my en ek beleef visioene van ons swemparadys van weleer.

Haar lippe suggereer dat sy dit ook onthou.

Sy is, soos altyd, die inisieerder.

My oë spring rond oor die hoofstuktitels.

Die koerier, lees ek. *Die Robert Smit-konneksie. My vriende by die BSB. Pik en die lugwaardinnetjies. Ons huur 'n paar handlangers. Operasie Ivoor. Operasie Hout. Chianti saam met Chiavelli; pizza saam met Palazzollo. Die hanteerder. Magnus was sy hande. Waarom die Riemvasmakers hulle rieme moes vasmaak. Hoe Lubowski syne styfgeloop het.* Ek hou die lêer nader, om 'n potloodkorreksie beter te kan lees. Daar val 'n foto uit. Op die foto is drie mense. Voor hulle is 'n gedekte tafel en wynglasies. Twee van hulle is bekend, maar ek kan die man aan die regterkant nie eien nie. Die man in die middel, sy oë toegedruk deur sy breë wit glimlag, is Jonas Savimbi. Aan sy regterkant, met 'n ewe breë glimlag, sit kol. Oliver North.

Ek ontsyfer die potloodgeskriffie. *Geklassifiseerd*, staan daar.

"Vreemde vriende?" vra sy spottend. "Ek het meer foto's om jou te wys. Jy moet onthou: 'n spinnekop se kamoeflage is ongelooflik. Soms lyk hy soos sy web; soms lyk hy soos 'n bondeltjie insek in die web, soos een van die kospakkies. Soms wag hy agter sy valdeur . . ."

"Wat is dit hierdie?" vra ek terwyl sy die skuifkettinkie uit sy gleufie haal.

"Dis dinamiet," sê sy, en sy trek die deur agter haar toe.

Ek raak so verdiep in die handskrif dat ek nie dadelik agterkom hoe vinnig die tyd verbytik nie.

Voor in die manuskrip, naas motto's van Nietzsche, Johan Degenaar, André P. Brink en 'n Roemeense raaisel – vry vertaal as "In die land van die blindes dra die paddas manel" – is 'n handgeskrewe stuk wat lyk asof dit die blakerteks wil wees. Of is dit deel van 'n keurverslag?

In hierdie romandebuut word die baasskap van faksie bo fiksie ondersoek. Maar dan nie net op die vlak van gedokumenteerde onthullings nie; ook as ondersoek na die demoniese oorheersing van die Suid-Afrikaanse politiek deur selle of faksies – "families" wat regdeur die samelewing en ook internasionaal opereer en waarvoor die Broederbond en ander organisasies maar net rookskerms is. Die roman is op verhaalvlak 'n reisroman: Thomas, 'n musikoloog, reis na die suide en ooste van Europa om meer uit te vind omtrent die oorspronge van die tarantella en volksdanse. Die soektog voer hom na Taranto, Sicilië, Madrid, Boedapest, Boekarest en Sofia. Op die lughawe by Rome, op pad terug Suid-Afrika toe, word sy dokumentetassie met dié van 'n tussenganger omgeruil. Van hierdie oomblik af verloor Thomas sy onskuld.

Thomas dink aan die verband tussen sy navorsing en die gebeurde in Suid-Afrika. Eienaardig; dis nie net die fisieke afstand nie – hy voel ook andersins ver verwyderd van sy "mense", sy "vaderland". Hy dink terug aan die Italiaanse musiekstudent wat hom op 'n voetreis deur Sicilië en rondom die voet van Italië geneem het, haar vurige oë. Wat het sy nou weer gesê tydens hul afskeidsgeselsie, toe die nuus van die staatsgreep-poging in Pretoria al weggewaai het met die wind? "Dis nie wat érken of hérken word wat saak maak nie," het sy gesê, "dis wat ons in onsself óntken: die patrone wat ándersom loop, die aweregse, die diskordante, dit wat off-beat is, die onsegbare. Ons is geleer om nié te waag nie, ons dans op voorspelbare wysies, ons laat nie toe dat die musiek ons beetneem en bevry van ons malaise nie. Ons het die mite vernietig!" Toe buk Thomas vooroor om sy aantekeninge oor die tarantella uit sy tas te neem. Toe hy die knip laat oopspring, weet hy iemand het sy tas omgeruil.

Dis eers toe die kat teen my bene skuur dat ek agterkom sy is nog nie terug nie. Die kafee is tog net hier onder, om die hoek?

Miskien was die hoek s'n toe, besluit ek. Verby die wye venster dryf die stad soos 'n reuse-ruimteskip.

Ek vluglees, skielik onrustig, besluit dan om te gaan kyk. Ek sit die lêer in my tas.

Die hyser is te stadig na my sin. Maar terwyl ek skommelend in die skag afdaal, dink ek aan die name van die hoofstukke – waarvan sommige doodgetrek en ander met potlood gewysig is.

Sy lê met haar gesig naby die grynsende tande van 'n afvoerpyp, haar linkerarm soheentoe gestrek asof sy iets, soos 'n waardevolle ring of halsjuweel, tussen die straatvuil wil uithaal. Half onder haar, maar met die opskrif duidelik leesbaar, lê die eerste uitgawe van die Sondagkoerant. Eksklusief: *Vrygelate Strydom praat reguit*. HY BLY NOG WOLF, lees ek, en dan sien ek die stukkende melkhouer en hoe die melk stadig met die drukkersink meng, en onder haar deurvloei na die drein toe en anderkant haar half-opgetrekte knie uitkom en skielik donkerder lyk.

1994

ETIENNE VAN HEERDEN

My Kubaan

Ek het 'n Kubaan aan 'n tou. Soos ons geleer is by die SAW se Perde- en Hondeskool in die rooi poeierstof van 'n uitgetrapte Voortrekkerhoogte, hou ek die leiriem liggies om my linkerpols; die wurgkettings om die Kubaan se nek verskaf geen pyn as ek ruk nie – slegs 'n skoksensasie wat hom op die noodsaak van dissipline attent maak.

Ook Barbara Woodhouse het dié primêre beginsels aan die volk verduidelik, met as agtergrond 'n pastorale Engelse toneel. Dit is egter dinge wat enige korporaal van die Honde-afdeling weet.

Ek het die Kubaan se ore nog nie afgesny nie. Dié ekstatiese daad, wat 'n mitologiese anker het in die Amerikas (wat tog nader aan die Kubaan se hinterland is as die stink, verkragte Angola), sal eers later plaasvind: soos die Rooihuide sal ek my trofee eers teen die éinde, die héél einde eis. Ek sal dit netjies insout, in watte toedraai en per weermag-lugvrag versend na Bellville, waar die familie dit in formalien sal bewaar en aan bewonderende gaste wys as hulle 'n Sondagmiddag-besoek aflê, of, soos ek gevra het, dit vasspyker aan die voordeurkosyn.

Sodat dié wat ore het om te hoor, kan hoor.

Dit klink wreed. Oorlog is so. Maar aan die ander kant is die liefde ook wreed.

Ek sê dit nie om van die punt af te dwaal nie. Ses weke se patrolliewerk in die Bos in, en nóú eers verstaan ek wat beteken die koerante of die weerburo se *versengende* hitte. Daar is soveel in dié een woord opgesluit: die skril sonbesiesang wat soos radiogolwe deur alles priem, deur die been, deur die vleis, deur die murg. Ook: die sweet wat in druppels hang aan jou winkbroue; as jy 'n oomblik opkyk (en jy mag nie), sien jy die druppels. Die groen bos, die groen bosklere, die vlekke van ander liggame, die lig wat skuif en plas, die son wat breek en die ploeter met die één liggaam wat jy het. *Versengend.*

Ek dwaal dus nie af nie. Ek wil kom by my en dié Kubaan se sonderlinge verhouding. Ons moes mekaar eers vind, natuurlik. Soos in die ou slawehandel. (Hulle vertel dat Portugese meisies – sommiges erg uitgebaster, ongelukkig – nou te koop is effens verder noord as Gebied Rooikat. Ons was nog nie só ver nie, hulle sê die Rekkies moer soms daar rond.) Ek het hom eers deeglik bekyk. Sy kiestande was gesond. Sy voorste tande was effens aangekleur deur die Havaanse sigare wat hy gerook het. Maar sy neusvleuels het 'n aangename fynbesnedenheid aan hulle gehad. Sy hande was nogal slank, en ek kon in die geheel nie kla nie.

Wát van die ander gekry het, is, nou ja . . .

Ek het my Kubaan orals met my saamgeneem. Dit was die goue reël. Nooit sonder jou Kubaan nie, het die Kommandant gesê.

Want: die Totale Aanslag eis Totale Weerbaarheid.

Ek en my Kubaan gesels.

Ek: Wat is daar nou aan dié Castro?

Hy:

Ek: Sou jy per mortier, Stalin-orrel, AK-47 of bajonet wou sterf?

Hy:

Ek: Wat die Swapo's ook doen, is om jou oor 'n miershoop vas te maak. Die miere soek eers die sagte, klam plekke, die orale en ander openinge. 'n Mens is ook maar so: jy eet eers die kersies van die koek af. En die miere is eintlik onskuldig. Hulle weet nie. Op die uiterste ken hulle nie pyn nie. Die wriemelende, gillende liggaam van die slagoffer is bloot 'n groot eetbaarheid. Hulle weet nie daar is lewe, kosbare lewe in nie. Hulle kan nie intelligensie na waarde skat nie. Die vonk van die persoonlikheid gaan by hulle verby, die individuele gelaatstrekke. Kortom: dis vir hulle 'n maaltyd. Hulle word slegs gedryf deur 'n stom, dinklose, diep drif. Hulle moet eet, en hulle marsjeer met 'n meedoënloosheid wat uit geslagte se ingeteelde instink kom. Ek blameer dus nie die miere nie. Wie blameer jy?

Hy:

Ek: Miskien moet ons aan die lesers verduidelik hoe ek aan jou gekom het. Ons wil nie hê dat die lesers ook, soos ons, die gevoel kry dat hulle in die lug sweef nie, vingerpoppe aan drade wat komieklik rukkerige bewegings maak as 'n vinger iewers spring nie. Bowenal mag die leser nie soos 'n yo-yo voel, gedurig geloods in 'n ruimte waarin hy onveilig en onbegrens is nie. Ons verlei hom eerder met die bekende en kyk of ons iewers arriveer.

Hy:

Ek: Kom, sit nou stil. Ek maak jou vanaand weer buite vas, in die reën, as dit gaan reën, soos die ander soms doen, dink jy dit gaan reën?

Hy:

Ek: Dit was veel later as die Brug Veertien-episode. Of sage. Of sege. Ek noem dit om die leser te oriënteer. Al Venter was pas hier om *Into Angola* vir SATV te skiet, hy't sy kameras uiteraard net hier en daar gerig. Ek het so uit die skaduwees gekyk hoe hink die stukkende kinders al om hom en wedywer met die vet verpleegsters om 'n plekkie voor die lens. En hoe die vleis-in-foelie later soos by 'n supermark afgelaai is, het die lesers seker ook gesien.

So wreed soos die liefde, só ook is die oorlog. Dit het ek al gesê.

Soos donsvere dryf die valskerms en aan elkeen hang 'n puntjie. Soos dissels dryf hulle, met aan die onderpunt van elkeen die saadjie. Hoe wonderlik het die natuur nie sy meganika beplan nie! Só dra die wind die saadjie aan sy donserige valskerm tot op 'n stuk aarde waar hy kan val en ontkiem en léwe!

Ek was een van dié disselsade. O, hoe het ons gedryf, die pragtige jong manne van die Republiek. Groen was ons uniforms, rooi die blos op die wange, steil die wind, Afrika soos 'n oop hand onder ons – en weg, weg dreun die vliegtuie en onder ons, nog laer af, oor die bossiekoppie, karring die helikopters met die rooi kruise. Lieflik daal ons, in die son, die wind, my God! Ek was so naby, tóg so ver. In 'n oogwink kon alles verander. Dood/lewe. Net só, met die grens tussen die twee so toevallig soos die graadverskil in 'n geweerloop se mik.

Disselsade, heldedade. Seuns van die Republiek: Afrika is ons s'n, óns die wit, wit donsvere.

Lê stil, Kubaan, geen kos vir jou vandag nie. Hoor hoe blikkerig klap die varkpanne daar by die opwasbak. Daar's 'n kruppel oud-Swapo wat opwas. Hy staan op een been en kyk met een oog na die vuil skottelgoedwater waarin die blink varkpanne wegglip. Hy staan onder die seildak, by die enkele boom en kyk hoe die oorskietkos in 'n konka weggegooi word totdat dit ophoop en verveelde stewels daaroor trap en die manne later gaan lê soos jong, hortende honde, kaalbolyf in die tente, terwyl hulle foto's van hul geliefdes om en om in hul hande draai of daarmee na die toilette stap.

Wreed ook is die liefde, soms net so wreed soos die oorlog.

Dit was kort na Al Venter en SATV laas hier was. Operasie Koedoe was toe nog in beplanning. Ons het nie geweet nie, maar tog gehoor. Soos dit maar gaan tussen die tente (dit was altyd soos 'n miernes) het die fluisteringe gegroei tot gerugte en die gerugte tot nuus, en die nuus het gepromoveer tot feit en algemene kennis. Dit was nog nie so nie, maar dit was so: ons sou dieper as tevore ingaan, diep, diep die omgedolwe land binne, verby die murasies en gestrande trekkers en motors en afleweringswaens, verby die murasies van Portugese winkels en verby die trosse nomade wat met oop, histeriese oë wag dat die jeeps en Bedfords kom en vertrek. Ons sou deurbreek, deur Savimbi se wêreld die grasplato oor, tot amper by – of, ja, selfs tot ín – Luanda.

Een groot eenheid sou al die eenhede word: 'n enkele masjien. Die gedagte aan penetrasie het opgewonde gemaak, dis te verstane.

Of soos met Jamesy, hei, Kubaan, luister, soos met Jamesy: hulle het hom in 'n nat beesvel toegedraai en die vroue het hom vasgestik binne die nat silinder. Toe die beesvel daar onder die boom droog word, het die bende lankal padgegee en ons kry Jamesy met sy tong wat op sy bors hang en die klosse groen brommers wat daarop koek. Ons het hom só, net so, begrawe met die uitgedroogde beesveldoodkis om hom.

Hoe lank vat 'n beesvel om droog te word en in te krimp in die son van Angola?

Jamesy was half Hollands, die kaaskop van die kamp. Hy't so half-half nog in Nederland gestaan. Op patrollie het hy Gerrit Achterberg of Nijhoff uitgehaal en dit was vir my histeries snaaks – die kosmiese revolt en "Voor dag en dauw" in die bosse van Angola. Ons was óór die grens – sý Nederland 'n milde landjie iewers uit ons kollektiewe onderbewussyn. So het Jamesy Zeeman, vroeër van Amsterdam, gesterwe aan beesvelinkrimping.

Wat het geword van my en my Kubaan se gesprek? Hy antwoord nie, en as hy wél sou – nou ja, ek verstaan nie sy taal nie. Ek wonder watter taal praat hy? Het Kuba 'n eie taal? Hulle het ons nooit gesê nie. Die sigare smaak goed. Dit lê tussen lyke in ondergrondse bunkers of smeul in dooie hande. Die rook is nog in die warm longe as ons hulle uitsleep uit die bunkers; gooi ons hulle soos matrasse op die Bedfords, val hulle doef en blou hoes die dooie longe die rook uit.

Hul siele is lankal reeds na Kuba, neem ek aan.

In ieder geval het ons opdrag om nie te veel met die Kubane te praat nie. Húlle het seker ook die klassieke opdrag gekry: naam, rang en magsnommer. Verder niks. Al behandel hulle jou soos 'n hond. Of span jou oor 'n miershoop.

Operasie Koedoe was nog op papier, in die stratege se briljante breine aan 't vorm: 'n Disneyland van mag en kartetse en geweld en oprukkende jeeps en knetterende gewere en vleis wat skielik deur vel peul en die skrikwit splinter van 'n been. Ek sê nie sommer nie. Ek was daar.

Ander was nie daar nie. Van die ouens – en nie almal was Nusas-lede nie, hoor – wat by Brug Veertien was en ook daarná, het geawol. Nie weer nie, het hulle gesê. Die grond was te vreemd. Hulle kom (byvoorbeeld) uit kosmopolitiese Seepunt. Hulle leef heeltyd daar. Nou beland hulle in Angola. Hulle – nou ja, ék kan verstaan. Dis soos Jamesy Zeeman: iewers is daar 'n kortsluiting.

Baie het geawol. In een kamp glo oor slegte kos. Ons het geweet dat dit Operasie Koedoe was. Maar die blinksterre het nie geweet dat ons weet nie. Almal het geweet dat ons weet, van skutter op tot by die rang van eerste luitenant. Verder op het hulle gedink dis net húlle wat weet: dié wat die stokke onder die arm dra en soos poue rondpronk in die menasie saans.

Ons het dus geweet en ons voorberei. Wat doen 'n soldaat wat hom voorberei? Hy groet eintlik wat nie te groete is nie. Hy's nie soos 'n ou in Death Row nie. Hy weet nie. Wat jy eintlik groet, is die sekerte. Jy groet die sekerte en dit vat lank. Dit vat baie nagte. Dit vat baie dink, of baie wégdink. Sommige ouens dink dit weg. Hulle raak wild, die kamp raak wild voor 'n operasie. Hulle drink en baklei soos tiere. Hulle vloek en bemors die latrines. Hulle steel die Bedfords en jaag deur die vlugtelingkampong. Hulle maak die moffies kaalgat vas op jeeps se neuse en ry dorp toe met hulle. Hulle drink, drink, drink.

Die ander ouens wat net dink: party loop weg. Hulle gaan op awol. Hulle kan nie huis toe nie, want dis die eerste plek waar hulle gesoek sal word. Hulle awol YMCA's toe – Durban, Port Elizabeth, Kaapstad, Johannesburg . . . maar later kan hulle ook nie meer soontoe nie. Die blinksterre het vaste oë op die YMCA's gesit om hulle dop te hou. Kan mens sê dat dit 'n hele geslag op awol was? Kubaan, wat dink jy?

Hy:

Ek: Weg van 'n oorlog wat hulle nie verstaan het nie? En jy, jy's ook van 'n eiland en jy veg ook op 'n plek – 'n ander kontinent. Of is jou vaderland 'n idee?

Hy:

Ek: Operasie Koedoe is aangekondig, op die daaglikse orders. Die offisiere wou ons voorberei, ons is op 'n groot dag saggies ingelig dat ons ingaan. Maar ons het reeds geweet. Ons was voorbereid.

Dit was 'n hele ruk terug. Ek het sedertdien my Kubaan, en hy is die resultaat van alles wat tussenin gebeur het.

My hele lewe het verander sedert ek dié Kubaan het. Ek mag hom nie alleen laat nie. Hy is altyd by my. Deel van my, kan mens maar sê. Ons is, by wyse van spreke, één. As ek afgaan na die latrineblok, moet hy saam. As ek gaan stort, moet hy ook dié private oomblik deel. Hy is so na aan my dat hy my drome deel. Hy weet al amper wat ek dink.

Ek: Hei, Kubaan, stem jy saam? Is dit so?

Hy antwoord nie, hy kyk nie na my nie, soos 'n bang hond bang is om na sy baas te kyk. Ek laat die wurgketting rinkel. Dit klink soos iets uit 'n Middeleeuse kelder, of uit 'n Barbara Woodhouse-program.

Mens het dit aangevoel. Elkeen het dit aangevoel – ná Operasie Koedoe sal sy lewe nooit weer dieselfde wees nie. Sommiges het dié gevolgtrekking op melodramatiese wyse bereik. Ander het dit stil-stil bedink. Ek het, dink ek, dit instinktief gevoel, op 'n meer realistiese vlak as die ander.

Die klein patrollies die Bos in (ek het al iets daaroor genoem) het begin lyk na Boy Scout-togte na die Vaaldam of Chapmanspiek. Iets groters het voorgelê, my Kubaan, iets wat jou aan my besorg het, wat jou na my gebring het, sodat ek jou nou by my het soos mens 'n stuk koeël in jou bobeen ronddra – nooit is jy sonder die dowwe pyn nie, nooit sonder die herinnering nie.

Disselsade. Heldedade. Binne die vliegtuig: die gedreun van die motore het alles gesmoor. Dit laat my altyd dink aan insekte: die groen helms met die net daarop vas. Die rugsakke met die kort gewere, die waterbottels op die heup, die geverfde gesigte. Soos insekte in die maag van 'n groter insek. In dié tyd soek mens ook eers die sagte, klam plekke. Daar is dinge waaraan jy dink, waarmee jy spook. En dis dán dat die liefde ook wreder raak as die oorlog. Op die uiterste ken jy nie meer vrees nie. Die vlakte wat onder jou verbyskuif, is bloot 'n kaart, die kaart wat by jou ingehamer is by Basis, voor die vertrek. Jy is 'n kopspeld; as jy takties reg beweeg, word die blou kopspeld op die kaart 'n vlaggie. As jy of een van die ander in jou peloton 'n fout maak, word die speld dalk uitgetrek en al wat oorbly op die kaart, is die gaatjie wat die speld se punt gelaat het.

Jy weet nie meer jy is lewe, kosbare lewe nie. Jy is daarom nie meer bang om te sterf nie. Dis die geheim van alle leërs. Dit is die magiese krag van die uniform, die stamdans, die marsjerende peloton, die vliegtuig in formasie.

Disselsade, heldedade. Binne die vliegtuig: die reuk van Afrika se wind is nie Etosha se modder of die swaar trope se reuk nie, dis nie die reuk van vars mis en gras en die vroeë oggende nie. Dié reuk, 'n mengsel van masjienolie, sweet, leer, skoenpolitoer, klere, tentseil, rubber, sperm, liggame, bloed en die skerp geur wat 'n mens in die hoogste angs afskei (angs nie as vrees nie, maar as hipergereedheid, adrenalien-angs), is Afrika s'n. Dit is die asem, die nuwe asem, van die kontinent.

Later weet ons ons moet gereed maak. Die enjins doof uit, die rooi liggie flits aan. Gou, té gou, is die tyd daar. Die kajuitdeur gaap, 'n gat na 'n donker en woeste land onder. Die reuk raak bedompig. Afrika se reuk. Ons sweet, ons kamoefleerverf en sweet smeer af aan die agterkante van ons hande. Mens raak lus om te spring, om uit te kom in die lieflike wind, die vryval wat onkeerbaar is. Mens raak lus om net te val en te val, 'n koeël op sigself, 'n missiel na die middelpunt van die aarde.

Ek moet spring. Ruk die wind in my wangvleise. Ek dink niks. Konsentreer net op die sprong, die meganiek wat die Valskermskool by my ingedril het. Ek val los van die vliegtuig, die groot staalvoël wat opeens weg is; sy skaduwee kan ek links onder oor die bosse sien glip. Onder my is die wit blomme van 'n paar oop skerms, murasies, 'n geroeste sinkdak wat tóg son vang. Ek pluk my skerm en ruk tot 'n rustige sweef. Ek is nou in die niemandsland waar alle sekerheid verdwyn het. Geen aarde onder die voete, geen skroef om my weg te dryf nie, geen wete van wat onder wag nie. Soos 'n dissel, oorgelewer aan die wind en die toeval en – volgens die Kapelaan – die Voorsienigheid, het ek gedryf.

Ek was heeltemal alleen, totdat ons op die grond weer sou aantree nadat ons ons van ons skerms losgevou het. Ek moes my vrees beteuel. Dink aan die operasie. Dink aan elke beweging. In my gedagtes my geweer nagaan. My skerm probeer stuur. Uitkyk vir 'n vyandelike patrollie. Al nader kom die vreemde land. Ek val soos 'n saad – 'n dood of 'n lewe binne.

Ek het die Kubaan nie verwag nie. Ek het hom nie gevra nie. Hy is aan my opgedwing – deur die tyd, die geskiedenis, die besondere politieke omstandighede. Maar hóé hy ook al daar beland het (deur toeval of Voorsienigheid) – feit is, toe ek grondvat in 'n dwarreling wind, half skeef binne-in 'n bos wat omtrent manshoogte staan, met my valskerm wat eenkant toe bol in die wind en ek wat rem en struikel en terselfdertyd vloek en om my soek na die ander ouens – toe is die Kubaan daar.

Geel soos van 'n eiland, vreemd met die fyn neusvleuels en die sensuele neusvleuels het hy uit die skaduwee gestap 'n plas son binne, sy roomkleurige uniform kraaknuut en hiperkorrek aan sy lyf. Het hy met my geglimlag? Ek het my vloekend probeer loswoel uit my valskermharnas, my gevleuelde anker wat my geknel het. Uiteindelik was ek los, die kort karabyn in my hand warm het die son reeds in die metaal gesit half binne-in die bos het ek geval en die karabyn het onder my begin knetter en die stof het in klein wolkies om die Kubaan se voete orent gestaan maar hy het steeds glimlaggend bly aankom en ek het hom vervloek sy geslag en sy hoer van 'n moeder en sy eiland en hy het glimlaggend aangestap gekom maar my nooit bereik nie terwyl ek snikkend my karabyn lê en leeg skiet het, nog half in my harnas, met die valskerm wat in Afrika se wind rustig eenkant op en neer flap.

1983

Dol hond

Die negende dag van hul trek oor Wapadsberg merk Jakadas Pool die hondsdol hond wat hul donkiekarretjie agtervolg, die eerste keer op. Hy is al suf uitgestaar oor die vaal rugge van sy twee donkies. Hul stom, roeiende koppe teen die uitgestrekte vaalte van die vlaktes laat hom terugverlang na die valleie van Rooidraai, Sondagmiddae as hy van die rivier af opkom, skoongewas in die blink Viswater, en Kintie vryf sy hare in met Vaseline. Dan die eerste teug, die beste een, van die dik, romerige koringbier uit die ses skottels wat voor die huis in die son staan.

Toe hy die dolheid in die hond sien, gee hy die leisels oor aan sy vrou, Kintie, en dink: Vandag sal ons nie kan uitspan nie – nie voor ons eers daardie maer dierasie afgeskud het nie. Die drie kinders sal maar so in die ry moet pis van die karretjie af grond toe. Die hond haal hulle stadig in, maar hou op vyftig tree sy afstand. Dis 'n gewone steekhaar; hy kon van enige struis in die Wapadsberg gedros het. Maar Jakadas sien dadelik, toe hy die eerste keer met 'n omkyk die hond gewaar, aan die skuimklosse om sy bek, die skewe kop en die wit om die oë dat die hond mal is.

" 'n Meerkat het hom seker gebyt," sê hy aan Kintie en knoop sy kierie los van die reling van die donkiekarretjie. Hy tap die laaste bietjie lampolie in die lantern, draai die pit so laag moontlik en steek dit brand. Terwyl hy Fielies, sy oudste, aan die hakskene vashou, hang Fielies agter die karretjie af en bind met 'n veterriempie die lantern aan die gatkant van die donkiekar vas – só dat hy net-net bokant die grond hang.

"So ja," sê Jakadas toe hy die maer lyfie van sy seun ophelp tot bo-op die trek. "Nou hou die oliereuk die gedierte terug." Hy neem die leisels weer by Kintie en vra haar om haar rug na die voorpad te draai en saam met die kinders die hond dop te hou. As die hond nader kom as vyftig tree, moet hulle hom sê. Wat hy dan sal doen, weet hy nie. Van hondsdolheid het almal in die Karoo geweet: selfs as 'n hondsdol koei jou lek, kry jy die stuipe, die watervrees en die skuim om die mond, die alleenloop en iewers op die vlakte, waar hulle jou lyk moet uitbrand, die dood. 'n Meerkat wat jou bekruip, kan die dolheid by jou inbyt. Val 'n mal hond se blaf net op jou ore, het die ou mense gesê, trek die kiem by jou kop in. Op die plaas was daar net één raat vir 'n dol dier: loop roep die baas dat hy hom kan vrekskiet in sy spore.

As hulle net water kan kry, hoop Jakadas: dit sal die hond verjaag. Van vroeg-oggend al, lank voor die hond hulle spore begin naloop het, was die water al op. Kintie is in die ander tyd en sy is aanhoudend dors. Die watersak wat in die skaduwee onder die karretjie aan die as swaai, is al uitgedroog; dit sal nie eens help as hy dit vir haar gee om teen haar maag te druk vir die kalmte en koelte wat nog in die seil kan wees nie. Fielies het gaan voel: niks.

Hy onthou goed, met die swaaiende ore van die donkies voor hom en Kintie se rug teen syne, hoe sy Oompie Danster in die Kamdeboo deur 'n dol hond bekruip is. Oompie Danster het sy bokke opgepas en onder 'n kriedoring gesit toe hy oor die allenige vlakte 'n druipstert hond na hom aangehink sien kom. Oompie Danster het dadelik gesien die hond is mal: die oop mond, die skuim-kwyl, die windskewe draffie. En Oompie Danster het sy bokke net so gelos en gehardloop vir die naaste water – 'n windpomp so vierhonderd tree ver. Maar voor hy halfpad windpomp toe was, het die hond hom geskraap, hom net een ruk aan die onderbeen gegee, die ruik van die water op die wind gekry en pad-gegee, slinger-slinger tussen die kriedorings in.

Oompie Danster het geweet hy't net drie dae op die vlakte oor. Hy't sy bokke aangejaag kraal toe sonder om te naby aan hulle te kom, die spar met 'n riem vasgewoel en sy laaste bevele en wense van onderkant die wind geskreeu na sy vrou en kinders, waar hulle deur die struis se vensters na hom staan en kyk het. Drie dae lank het al die struise hul deure toegehou terwyl Oompie Danster sy laaste dwale op die aarde dwaal. Die eerste nag kon hulle hom hoor huil soos 'n jakkals, die tweede nag was hy al so kêns dat hy aan die struise se deure kom hamer het. Binne het almal verskrik op 'n hopie gesit met olielampies voor hul inasem. Eers teen die vroegoggend kon hulle hom hoor wegdwaal nadat hy eers Ouma Danster se lêhenne met sy eie tande doodgebyt het. Met sy wegloop, het Ouma Danster altyd gegril, kon hulle sy tande hoor klapper soos die koors hom gevat het.

Die derde nag, toe almal se kos in die struise al op was, het hy hande-viervoet draaie op die werf kom gooi en die mense het geglo: Oompie Danster het in 'n mal hond verander en die res van sy lewe loop hy die spore na van mense wat hom in sy lewe in die gesig gevat het. Die oggend ná die derde nag het Ouma Danster al die struise opgeklop. "Julle kan maar uitkom," het sy aan die gehawende gesigte gesê wat die bodeure oopgemaak het. "Die Kroo het Oompie Danster gevat, Here seën sy arme siel sigself."

Net een maal kon hy Kintie se rug teen syne voel roer en praat sy. Hy ken dié beweging in haar lyf – dis wanneer sy haar kopdoek laag oor haar oë trek om iets te sê. "Dis jou Oompie Danster," sê sy. En 'n bietjie later, weer die aftrek van die doek: "Wat het jy hom aangedoen, Jakadas?"

Hy trek sy skouers op en probeer spot. "Oor ek sy bokke uitgemelk het in die sandsloot?" Maar die hol kol op sy maag sê óók: dis Oompie Danster wat juis nóú gekies het – noudat hulle stry gekry het oor die rantsoen op Rooidraai en die distrik moes uit – om hom by te loop oor sy kleintydsondes.

En om die donkies te probeer sambok tot 'n draffie, sal nie help nie. Hulle't nie meer krag oor ná nege warm dae op die pad nie. Buitendien lyk die hond nog lig op sy voete, al hang sy kop so laag. Gelukkig, dink Jakadas terwyl hy omkyk, slaap die kinders. Fielies lê met sy een armpie slap oor die reling, waar hy met 'n stokkie teen die wielspeke sit en speel het. Die twee meisiekinders lê op 'n hopie agter teen die rooster en kosblikke. Kintie het 'n goiingsak oor hul koppe getrek vir skaduwee.

Hy onthou nog hoe die ougoed Oompie Danster se spore nageloop het om sy lyf te kry sodat hulle dit kon toepak met doringtakke om aan die brand te steek. Sy spore het in groot kringe oor die vlaktes geloop, af in die dongas teen die droë riviere, teen die voetheuwels van die Sneeuberge uit, maar aanhoudend terug na die toe kerkdeure van die sendingkerkie onder die peperbome, waar Oompie Danster sy voornaam – al wat hy ooit leer skryf het – in die stof geskryf het. Dit was die laaste helder ding wat hy ooit gedoen het. Die ougoed wat sy spore gevolg het, het gesweer dat sy spore later verander het: dié om Ouma Danster se hoenderhok was al half mens, half hond, en dié voor die huise se drumpels was pure pote van 'n hond.

En nou, op die negende dag van hul trek, moet Oompie Danster verskyn uit die kleintyd. Nege dae, kan hy skaars glo, is hy en Kintie en die kinders al op pad. By elke uitdraaipad met 'n plaasbordjie het hulle uitgespan, die donkies gekniehalter en hulle laat wei op die goewermentsveldjie weerskante van die pad. Verder as dit mog die donkies nie – die boere skiet sommer gou op 'n trekdonkie. As die seil skuins gespan was vir skaduwee en daar was genoeg hout vir vuur, het hy die plaaspaadjie gevat nadat Kintie die boer se naam van die bordjie vir hom afgelees het. By party boere werk 'n man nie as jy dit nog kan verhelp nie. Hulle is die sambokboere, wat net bokkoms en mieliemeel en moeite gee.

Alleen het hy die plaaspaaie afgestap en by die laaste hek, waar die bome en die blombeddings begin, het die werfhonde gewoonlik begin blaf. Dan jou respekte wys deur op 'n afstand te wag tot die baas of miesies uitkom of een van die kombuismeide stuur om te vra wat jy wil hê.

Maar nêrens is werk nie. Oral lê trekke langs die pad oor. Die droogte vat sy tol en die boere dank af waar die hande te veel is en die werk te min. Dan weer terug na die trek by die afdraaipad. Van ver af sal Kintie met haar hand bokant die oë hom staan en dophou, en hy sal vroegtydig sy kop skud, sodat sy haar huile kan huil voor hy by haar uitkom. As hy by haar kom: die aftrek van die doek. "Jakadas Pool, ek wil nie die kind langs die grootpad kry nie, hoe gaan die kind voel as hy groot is en hy moet hoor hy's soos 'n weggooivel die lewe in langs die grootpad?"

Op die tweede dag het die twee hoenders in die draadhok langs die watersak gevrek, tesame, asof hulle 'n teken gekry het. Die aand het hulle vet hoendervleis geëet, en hy't weer teruggedink aan Rooidraai. As daardie Baas Rooikoos net gehou het by sy belofte om die rantsoene op te skuif, dan was hulle nog daar, by daardie draai in die rivier met sy rooi dongas vol dassiegate. Maar toe die baas hom by die rantsoenkamer byloop en hom klap dat hy steier teen die meelsakke, voor die ander volk, en hy val teen die sementvloer en hy moet weer opstaan om die mieliemeel van sy wang af te vee, het hy sy twak en koffie en bokkoms voor die witman se voete neergegooi, huis toe geloop en vir Kintie gesê: " 'n Man moet jou kop lig. Jou vuiste kan jy nie teen 'n witman lig nie." Sy broer Seun sit al twee van sy drie jare vir aanranding; juis teen Baas Rooikoos se neef, Piet Donkerhoek, het hy sy arms gelig. Hulle sê Piet Donkerhoek het Seun dronk in die melkstal gekry, aan die sing en melk met die ongespande koei se een agterbeen in die halfvol melkemmer. Hulle't so baklei in die stal, gly-gly op die beesmis en tot in die pisvoortjies tussen die koeie, dat Piet Donkerhoek se stoetkoeie se melk vir 'n week daarna nie wou sak nie. Toe die uiers dikgeswel tussen die koeie se agterbene hang en die melk deur die spene grond toe begin spuit, moes die veearts geroep word. Piet Donkerhoek het swaar verlies gely en sy kwota by die kaasfabriek verloor omdat hy vir twee weke nie melk kon lewer nie. Seun se vrou en kinders – sy was nog binnemeid in die opstal en die oudste seun hekoopmaker vir Piet Donkerhoek – is van die werf af gejaag en die polieste het Seun eers goed opgedonner agter die melkstal voor hulle hom in die vangwa weggevat het. Sy vrou en kinders het drie maande teen die treinspoor gesit en snags kos gesteel uit die vuilgoedblikke van die Guest House teen die rivier.

"Mens gaan nie 'n witbaas teë nie. Jy byt nie die hand wat jou voed nie." Só het Kintie gesê toe hy die aand by die huis kom ná die klap. Maar hy't gesê: " 'n Man moet jou kop kan lig." Hulle is die nag daar weg, Kintie in trane tot hulle Rooidraai se honde nie meer kon hoor nie. Toe het sy haar doek oor die oë afgetrek en die bitter trek om die mond gekry. Tot diep in die nag het hulle gery, met die oop sterre bo hulle en die wit pad tussen die donkies se koppe. Hy't sweep ingelê, want hy wou ver wees as die dag breek. Dalk sou Rooikoos hom met die bakkie kom soek sodat hy sy maand notice kon inwerk voor hy loop. By die afdraai Graaff-Reinet toe, het hy en Kintie lank gestry. Die maan was al aan die ondergaan en ver op die turksvyvlakte het 'n jakkals getjank. Sy wou reguit aan, Middelburg toe: sy't familie daar in die lokasie gehad. Hy wou Wapadsberg oor, na Graaff-Reinet, want hy't gehoor daar was 'n bui reën in daardie geweste. Dáár sou werk wees. Op die vierde dag, toe hulle die eerste opdraandes van Wapadsberg vat, het Fielies maagkoors gekry van die dooie bleshoender wat hulle teen die pad gekry het. Agterna het hulle eers gedink: die bleshoender het 'n goeie dag dood teen die pad gelê en die ongediertes het nie daaraan gevreet nie. Hulle moes gedink het, maar hulle was honger en bly oor die skielike stuk vleis en Kintie het stew gekook saam met 'n paar varkore wat hy en die kinders langs die pad uitgegrawe het. Fielies was al een wat siek geword het en vir twee dae het sy maag geel geskyt. Die bleshoender het seker op 'n manier DDT of wolwegif ingekry. "Die kind is naby dood," het Kintie gesê. "Die hoender was vol gif, die Here help ons." En sy't haar maag vasgehou terwyl die kraaie bokant hulle draai soos die donkies al stadiger en moeër gestap het. Later het hy hul skofte rou geslaan, maar opgegee, want hulle trek net hul ore plat en poep hom in die gesig.

"Die donkies gee in," het Kintie gesê.

"Brandsiek gemorse!"

"Moet hulle nie moer nie, Jakadas, dis die Here se gediertes."

Ja, hy't óók gehoor die Here het 'n esel gery, maar nie sulke donkies nie, nie Karoodonkies nie, wragtag.

Kintie het hom stil bekyk met haar hand op haar maag. "Ek kry nie genoeg gesonde kos in nie," het sy gesê.

Hy't stilgehou, uitgespan en eenkant, wég van Kintie en die kinders, onder 'n boom gaan sit en nadink. Teruggaan was nie moontlik nie, die baas sou klaar 'n ander trek laat kom het. Nee, hulle sou moes vorentoe, tot by reëns, waar ook al.

En op die negende dag, skielik: die hond. Hy't omgekyk na die pad wat agter hulle wegslinger, 'n ent gesit en vorentoe kyk, en toe het iets hom weer laat omkyk. Skielik, asof uit die niet, was die hond daar. Wit oogbolle, die bek laag teen die grond, skuim wat tap op die droë pad. Al tussen die wielspore, asof dit twee drade is waartussen hy draf.

"Ons kan nie afklim voor ons nie by water is nie," het hy aan die kinders verduidelik. "As die hond water ruik, sal hy geepad."

"En as ons nie water kry nie, Pa?" Fielies het van sy speletjie by die wielspeke opgekyk. Die meisiekinders was soos hul ma: dikbek om die mond, stil.

"Ons sal water kry. Die spruite sal iewerste afkom. Laasnag was daar weerlig in die berge. Diékant toe." Hy't beduie met die sweep.

"Moenie vir die kinders lieg nie, Jakadas," het Kintie gesê. "Daar was g'n weerlig nie. Ek het heelnag wakker gelê."

"Onder die seil, ja. Ek het die are gesien, diékant toe." Hy't weer beduie. "En vanoggend reën geruik."

"Dis dou, jy weet dis dou wat mens ruik as die veld so droog is. Dis g'n reën nie." Weer die doek oor die oë.

"Ons sal water kry." Hy't vorentoe gedraai, weg van die hond agter hulle, en die donkies met die sweep se steelkant in die holle gepor. "Kom julle gemorse. Hie-ja, hie-ja nou!"

Die dag toe Fielies elke paar honderd tree sulke geel plassies langs die pad geskyt het, het die skeerders op hul dikwielfietse verbygekom. Hulle't stilgehou en hul fietse teen die telefoonpaal naby die trek staangemaak. Fielies het in die seil se skaduwee gelê en sweet. Die ses manne het saam met hom pyp gestop. Daar was ook 'n Xhosa by hulle en 'n geel Boesman wat in Botswana leer skeer het. Die Xhosa het 'n vetplantjie in die veld loop soek en hulle het dit fyngestamp en saam met bietjie lampolie vir Fielies ingegee. Hy't geslaap tot die volgende dag en hy was beter toe hy wakker word.

Die wêreld lyk maar armoedig Graaff-Reinet se kant toe, het die skeerders beduie. Die wol is vuil van die stofveld en enige skaap wat jy op sy skof omkeer, lê wydsbeen van die wurms. En die boere betaal sleg: nou net sikspens die vlies. Baie boere het ook skeermasjiene gekoop. Dan doen een man 'n hele span se werk in een dag.

Om hulle te troos, het hy die slypklip wat hy by sy oorlede pa geërf het, gaan losdraai uit die klam lappe langs die watersak. "My pagoed was ook 'n skeerder – tot hy sy handsening in 'n baklei afgesny gekry het." Hulle het hul skêre uitgehaal en woordeloos geslyp terwyl die koffiewater op die kole geborrel en twee reiers ver bo hulle oorgevlieg het. Hy't beduie. "Kyk, Kintie, daar moet water wees." Sy't haar hand op haar maag gesit en gekyk hoe die slypsteen se grys water oor die skeerders se vingers droog word.

Later, gebuk oor hul fietse, is die skeerders weg nadat hulle aan hom 'n rolletjie pruimtwak gegee het. In Somerset-Oos, hoor hulle, soek 'n klomp boere nou 'n skeerspan. Dis nog vier dae se ry ver, hulle moet aanstoot. "Dié wêreld het genade lankal vergeet," het die een aan Kintie gesê toe hulle ry. Hy en Kintie en die meisiekinders het staan en kyk terwyl die skeerders wegtrap.

"Jy kan skeer, Jakadas," het Kintie die aand gesê.

"En 'n huis? Gaan jy en die kinders so allenig langs die pad oorlê terwyl ek op die plase rondskeer? Die polieste sal julle optel, Kintie."

"Ons kan 'n huis soek."

"Die plaasboere gee net huis as jy ook jou hande gee, jy weet dit, Kintie."

"Ek kan by my mense op Middelburg gaan bly."

"Hulle slaap sewe in 'n kamer. En jy't nie papiere vir die lokasie nie."

Die doek oor die oë. Hoe kon sy nie lag nie, op Rooidraai, as hy haar 'n skottel turksvye uit die vlak bring!

En nou die hond. Ook toe dit skemer raak, steeds: die hond. Kintie moet Fielies vashou terwyl hy in die ry water afslaan. Die hond draf oor die druppeltjies in die sand, hy kom net aan of hy niks sien nie, net die droë watersak wat aan die as swaai.

Een maal, ver vorentoe, sien hulle 'n stofstreep aankom. " 'n Kar!" roep Kintie. " 'n Witman!"

Hulle wag tot die kar nader kom. "Ons moet hom stop." Kintie staan swaar regop, wankel op haar bene. "Dalk het hy 'n roer." Toe die dreuning die hond se ore bereik, lig hy sy kop. Hy spits sy ore en draf na die rand van die pad toe. Maar hy staan nie stil nie. Hulle sien die son blink op die kar se voorruit. Jakadas staan regop en swaai sy arms. Kintie verloor haar balans en val terug op die trek. Die kar is vol witmense. Hulle wys na die donkiekar. Die kar swiep verby. 'n Dik wolk stof sak oor hulle neer. Hulle hoes, die kinders begin huil. Toe die stof wegsif, sien hulle die hond, weer in die middel van die pad, tussen die wielspore. "Dis jou Oompie Danster," fluister Kintie. "Hy kyk my in die oog."

In die lig van die lantern aan die as blink die hond se oë. Kintie breek vir hulle stokbrood en hou die blik vet sodat hy sy brood daarin kan vee. "Hy kom nie nader as hy kos ruik nie," sê Kintie. Die jongste meisiekind het begin huil, vroegskemer al, sy is nou half aan die slaap, maar kerm saggies as hulle oor 'n klip ry en die karretjie skud. Hy eet met die een hand en hou die leisels met die ander. Teen die steilte gaan staan die hot-esel viervoet in sy spore. Hy lê in met die sweep, maar die donkies roer nie. Agter hulle sien hulle die oë van die hond laer sak soos hy op die pad gaan lê. "Hy kom nie nader nie," sê Kintie. Sy sit die kosblikke weg in die trommel, die deksel piep in die stilte. Dis doodstil in die veld. Almal weet – die jakkalse, die krieke – die mal hond loop vannag, dink Jakadas. Almal wag tot sy spore oor die berg se rug loop voor hulle uitkom. Hy lê weer in met die sweep en skielik woer-woer 'n groot uil laag oor hul koppe.

"Uil in die pad," sê hy sonder om na Kintie te kyk. Sy't gelowe oor uile. Die donkies begin weer stap. Die uil het seker 'n muis gesit en vreet in die oop pad. Verbeel hy hom dit of hoor hy die hond se pote op die gruis? Dou begin in sy klere sit; hy voel koud. Kintie en die kinders het onder die komberse teruggesak, sy lê die hond met een oog en dophou. Hy dink aan Rooidraai: die klamheid van die dou op die onderdeur as hy dit oopstoot vir die vars môre wat mistig in die rivier se draaie lê. Die wit sprinkaanvoëls wat laag oor die lusernlande aankom. Elke oggend dieselfde tyd, voor die bye begin raas in die lusernblom en die hitte jou met 'n swaar hand in die blaaie druk.

Rantsoene was skaars, losgeld ook vir klere of skoene, die hand van die baas suinig en streng. Maar 'n mooi plaas. Sondae het die polisie die struise kom skud vir gesteelde vleis of blikke uitgebraaide vet. Die wêreld was honger en die swerfvolk het onder die boere se stoetvee gevang asof dit slaghuisvee was. Elke Sondag het die vangwa oor die klippe en bottelskerwe en halwe bakstene van die struispaadjie aangebons gekom, maar die mense het oral weggesteek: 'n goed gesoute boud in die ou Fordkar se wrak, bo die vrot wiel, ónder die modderskerm. Eenkeer 'n hele slagding bo in 'n windpomp. "Julle dink die polisie kyk nie op nie," het die konstabel gesê – 'n bruinman nogal, een van hul eie mense – en sy neef Willempie aan die skouer weggevat vangwa toe.

Met die wegry het neef Willempie nog vir laas deur die gaasdraad van die vangwa na hom geskree: "Jy moet maar jou haasstrikke stel, neef Jakadas, en die belt intrek om jou mage!" En die vleis in die wrak – dié het die speurders gekry omdat 'n swerm brommers die middag om die modderskerm gaan draai het.

Verder kon hulle, óm die vleislus en die satheid vir sout bokkoms verby, darem 'n lewe maak op Rooidraai. Die baas het die vorige somer 'n kraan na die struise aangelê en hulle kon groente plant. Ná 'n maand of twee was sy lappie mielies al wat bly staan het, mankoliekerig in die droë wind wat van die ooste af oor die vlakte gestoot het. Die ander se groente het doodgebrand, of gevrek in die vergetelheid van voordag opstaan en sonsak lyfseer huis toe kom, na die nors vrouens en die snotneuskinders. Saterdae en Sondae het Sikspens en sy mense dronk in die groente, teen die koel beetblare en slaaikoppe, aan die slaap geraak tot alles platgetrap en doodgepis was.

En toe hy vir Baas Rooikoos sê: "Die rantsoen is te min vir 'n man wat met sy hande werk van vroegdag tot laat en vir 'n vrou en vir drie kinders . . ." het die witman gesê:

"Maar dit was goed genoeg tot nou. Wat se storie is dit vandag nou weer?"

"Ons kos is op, Baas. En my vrou is in die ander tyd, Baas."

"En ek lê die kraan aan teen hoë koste," het Rooikoos se sproetgesig hier teen syne gesê, "en al wat julle doen, is om die kleingoed die kraan te laat ooplos. Kyk daai donnerse poel water wat om die kraan dam, en van julle groentetuine het niks gekom nie, ek het saad en grawe gegee en als."

Mý groentetuin staan, Baas, wou hy sê. Maar in die woede van die oomblik het hy sy bek verbygepraat: "Die mense het nie meer wil nie, Baas."

"Hoekom nie? Hoekom nie? Oor niks meer vir julle goed genoeg is nie? Oor die opstokers snags van die treine afklim en tussen die struise rondloop?"

"Oor die lewe op die plase, Baas."

"Julle kry huise, julle kry kos, julle kry arbeid, julle kry alles. Dink jy ék kry iets verniet? Wie moet sy hand vir my oopmaak?" Baas Rooikoos voor hom: die rooi baard, die winkbroue met die roes in, soos hulle altyd oor hul grawe gespot het as hy van hulle wegstap. Die sproete op die gesig skielik groot, met die gesig so naby syne; hy kon die asem ruik, hy kon vleis op die asem ruik, die vet ribbetjie wat hy self uit die slagkamer moes gaan haal vir die kombuismeide om te bewerk.

"Ons ly honger, Baas, kyk hoe vet is jou kinders."

En toe die oophandklap.

Kintie het met 'n swaar hart saamgekom. Huilend het sy die karretjie gepak en haar swaar lyf gehys tot bo-op die trek. Sy't die blik vet by Sikspens gekry – dis nog van die steelskape wat hulle in die serwituut langs die stasie teëgekom het.

"Wie is dié ooi sonder baas?" het die manne gesê. "Kom ons trek hom plat sodat ons vrouens weer met blink gesigte kan lag."

Toe die spoorwegpolisie kom, was die laaste seninkie opgevreet en die laaste kloutjie en klossie wol tot as uitgebrand. Die polisiemanne het na die boepmage van die kleingoed gekyk en na die oumense wat met hul haasbekke in die struise se skaduwee die vretery lê en uitslaap het met brommers wat al om hul oop monde wei, en die polisiemanne het gesê: "Rooidraai-gespuise, ons sal julle nog kry. Laat ons net een skaaphorinkie in jul herde uit die as krap, dan is julle almal voor die magistraat." Maar alles was skoongebrand en menskak bly menskak – dit het die speurders ook maar weer agtergekom toe hulle in die dongatjie agter die garingbome gaan ondersoek instel het. Die ooi het verdwyn in Rooidraai se honger mage in en het as niks anderkant uitgekom.

Hy glimlag, en sien dan dat Kintie by die kinders lê. Hy kyk agtertoe: daar is die oë, die oë wat hulle nie wil los nie. Oë, onthou hy, uit sy kleintyddrome, toe Oompie Danster in 'n hond verander het: jy sit in die veld, houtgerus, en skielik kom 'n mak meerkat na jou toe aan en jy dink hy sal omvlie as hy méns sien, maar as hy nog nader kom, is jou tweede gedagte dat dit 'n makding is wat verdwaal het van sy werf, en voor jy nog jou oog in syne gerig het, bevlie hy jou skielik met sy skuimende, oop bek, sy grawende pote en byt hy sy malheid in jou vleis in. En nou: hy maak of hy Kintie nie hoor huil waar sy haar kop tussen die kinders ingedruk het nie. Tesame met die donkies se hoewe hoor hy nou duidelik die girts-girts van die mal hond se pote.

"Die uil," sê Kintie toe hy weer omdraai en sy regop sit.

Teen ligdag, toe die hond al duideliker in die skemerte word, kom hulle op die bodraai van Wapadsberg. Die kronkelende pas slinger na onder en ver oor die leë vlakte kan hulle 'n mistigheid sien hang. "Droë mis," sê hy aan Kintie. Hulle begin afsak, hy trek albei leisels styf in, die donkies rem in hul stange terug en swaai hul koppe heen en weer, asof hulle verby hul oogklappe wil kyk. Die disselboom lê hoog teen hul nekke.

"Dáár's 'n werf!" roep hy skielik uit. Die son blink op die dak van 'n opstal tussen hoë bome. "Kintie, laat kom die brood en die vet, ons gaan na daardie plaas toe!"

Kintie is langs hom, haar oë blink van opgewondenheid. "Die kos is op," sê sy, maar dit maak nie meer saak nie. Fielies begin huil toe hy dit hoor en Kintie word naar en bring oor die reling op. Hy hoor haar leë maag ruk. Hy kyk nie om nie: die hond sal oor haar maaggoed loop sonder om dit eens te ruik, weet hy.

Op die vlakte draai hulle by die plaaspaadjie in. "Paradysvlei," lees Kintie.

"En die baas? En die baas?"

"Die naam is dof," antwoord sy. "Die verf is afgedop."

Stadig kruie hulle met die plaaspaadjie op, 'n laning bome deur. Die hond vat ook die draai by die bordjie in en volg hulle.

"Kom die brak?"

Haar stilte is sy antwoord.

Die werf se hek lê oop; hy't verniet sit en beplan hoe hy vooruit sal moet spring vir die oopmaak. Die tuine is effens verwaarloos. Jakadas kyk weer om na die hond. Kintie en die kinders sit nou teen hom. Teen sy rug kan hy haar maag voel druk. Helder sonneblomkoppe hang langs die paadjie, party geknak in die wind.

Die waenhuis se deur staan oop. Dit is leeg. Kintie trek haar asem in. "Hier's niemand nie, Jakadas!" Sy gryp hom vas, haar vingers in sy ribbes in. "O Here, Jakadas, die uil het dit beduie, net hier keer die hond ons vas!"

Hy moet vinnig dink; daar is nie 'n pad óm die huis nie. Daar is draaiplek vir die donkies, maar net een pad terug. Hy kyk om. Vyftig tree weg, tussen die spore, kop laag teen die grond: die hond.

"Ons gaan die huis in," sê hy.

Kintie trek haar asem in. "Dis inbrekery. Die polieste . . ."

"Bly stil, Kintie." Hy gee die kinders elk 'n klap sodat hulle hul huilery laat staan en mik ook 'n klap na Kintie. Weer kyk hy agtertoe. Die hond is 'n goeie ent weg, die rooi tong stoot skuimvlokke oor die tande.

Met twee kwaai hale sweep hy die donkies tot by die voordeur en spring af nadat hy die leisels in Kintie se hande gestop het. Hy kyk agtertoe, maar die hond sien hy nie: hy moet iewers agter die karretjie en die donkies wees. Met sy eerste skop gee die deur 'n kraakgeluid. Dit is van stewige hout. Met die tweede begin Kintie gil. Met 'n derde kraak die hout om die slot. Hy skouer dit oop. Kintie gee die kinders aan, eers Fielies, wat gat oor kop by die huis ingeboender word, dan die twee meisiekinders, en laaste, swaar en lomp in sy arms, met haar asem suur van die kots teen die bergpas nadat hulle die opstal gewaar het, Kintie.

Net voor hy die deur toestamp en 'n kas daarvoor inskuif, soek sy oë die hond, maar daar is steeds geen teken van dié nie. Vervaard kyk hulle in die skemer huis rond. Die meubels is spoggerig: koper-asbakkies en blompotte, 'n groot portret bokant die kaggel, diep sitstoele. Hy vee met die agterkant van sy hand oor sy mond. Witmenshuis – hy kan dit ruik: vloerpolish, vleis uit die kombuis. Seep, vlieëgif. Die matte op die vloer en voor die kaggel 'n tiervel met opgestopte kop: oop bek en glaserige oë. Hy gril en kyk uit. Die donkies staan in die tuig en wei op die grasperk, onbewus van die hond en die karretjie wat komieklik agter hulle waggel soos hulle beweeg. Die hond lê in die middel van die werf, in die oopte, met sy kop op sy pote en sy oë op die voordeur.

Kintie en die kinders loop voor hom uit die gang af. In die slaapkamers is die beddens netjies opgemaak. In die badkamer, waar 'n spierwit sitbalie met 'n swart deksel staan, suig die kinders dors aan die toe kraan. Wanneer Kintie dit oopdraai, spoel blink water oor hul gesigte. Fielies druk sy kop onder die kraan en lag vir die bruin stofwater wat uit sy nek oor die bad se wit bodem spoel.

Hy stoot self die spens se deur oop. Dik, swaar biltonge – rugstringe – hang van die dak. Daar is 'n halfoop sak met goudgeel droëperskes. Hy vat 'n handvol en druk dit in die kinders se kieste. Kintie draai om en kom met 'n nat gesig voor hom staan. Sy kyk af na die kinders, toe weer na hom. "Vandag steel ons, Jakadas, voor die aangesig van die Here."

Hy kry fynhout en 'n paar stukke doringhout in die hoek langs die stoof, druk dit by die stoof se bek in en haal 'n boksie vuurhoutjies uit die spens. Toe die swart stoof brul van die vlamme, sit Kintie 'n beker koffie voor hom neer. Hy kerf lang repe biltong. Hulle bly in die kombuis – waar al die kos is – tot hul klaar geëet is. Dit is laatoggend toe Fielies op die sitkamerbank aan die slaap raak. Kintie laat die meisiekinders in die wit bad bad. Hulle sit tot by hul skouers in die water. Hul lyfies is bruin teen die wit teëls. Jakadas streel met sy vingers oor die blink, gladde teëls.

Later, toe die kinders al slaap, stap hy en Kintie na die voorhuis. "Waar's jou Oompie Danster?" vra sy.

Jakadas kyk na buite.

"Hy lê op die werf. Hy hou die voordeur dop."

Kintie kyk na die portrette teen die mure. "Jou oompie," vra sy, "het hy eintlik rede gehad om jou kwaad aan te doen?"

Hy skud sy kop. "Nee."

Kintie vat hom aan die arm. "Kom ons kry ons rus, Jakadas."

Hulle slaap die hele middag en die nag. Toe hy die volgende oggend wakker word en uitkyk by die voorhuis se venster, is die hond weg. Hy gaan loer by al die kamers se vensters uit, maar sien niks nie. Toe tap hy 'n emmer water en terwyl Kintie angstig binne die voordeur wag, stap hy op die werf uit. Die emmer water hou hy styf teen sy bors, reg vir die gooi.

Hy gaan soek op die plek waar die hond gelê het. Die donkies staan dikgevreet onder in die tuin in die skaduwee van 'n bloekomboom. Hulle lyk half aan die slaap. Op die werfgruis loop die donkies en die karretjie se spore, spore wat tot teen die voordeur slinger en verder terug, die werfhek uit. Hulle spore – syne en Kintie en die kinders s'n – lê slordig by die voordeur, waar hulle haastig in is.

Jakadas stap terug na die huis. Kintie maak vir hom oop. "Die mal hond is weg," sê hy. "Seker in die vlak gaan vrek." Dat daar op die werf geen spore van 'n hond is nie, vertel hy haar eers laat daardie aand, toe die kinders al dikgeëet slaap en hy en sy saam in die bad sit terwyl hy haar vet, opgeswelde boep met wit seepskuim sit en vryf.

1988

T. T. CLOETE

Dokter Diedericks leer om te lag

Dit is in die nasomer aan die einde van Maart.

Dokter Diedericks is 'n geneesheer. Hy lê alleen in sy slaapkamer in sy ruim huis en dink aan sy langdurige en ongeneeslike siekte, waaraan al sy geld en al sy mediese kennis en dié van sy kollegas niks kan doen nie. Ook nie die liefde van sy vrou en al sy kinders, wat almal reeds getroud is en naby hom woon nie. Hulle besoek hom gereeld en probeer hom troos, koop allerlei vir hom, maar dit help niks nie. As jou lewe bedreig word, kan jy nie opgewonde raak oor 'n nuwe skeermes of 'n nuwe naskeerroom om die vel lekker te laat voel en sulke ietsies nie. Sy siekte maak hom somber. Hy kan nie verstaan waarom juis hy wat so baie ander se pyn help verlig het, nou so baie en so lank moet ly nie. Hy kon nog so baie vir ander gedoen het. Hoekom moet mens sterf as jy nog wil lewe? Hy het sy lewe lank met die siekte en dood van ander gewerk; nou moet hy aan sy eie werk. Het hy nie verkeerd gekies toe hy besluit het om medikus te word nie – om só jou lewe lank met siekte en dood te werk?

Sy vrou kom uit die kombuis en praat met hom. Sy kan sien hy voel al weer sleg. Sy probeer hom opbeur. Sy staan daar in die deur, besorg oor die lang siekte van haar man, self aangetas deur maande se medelye, vrees . . .

"Jan is ook siek," sê sy. "Hy moet glo 'n ernstige operasie ondergaan."

Sy het dit 'n uur gelede ook al gesê, en hy begryp dat sy hom probeer troos, maar soos netnou verval hy in homself, antwoord nie daarop nie. Dit maak haar bedruk dat hy so weinig spraaksaam is; dit maak haar so triestig as hy daar so stil sit sonder om 'n woord te sê. Met 'n sug wat hy nie kan hoor nie gaan sy weer weg.

Een van sy kleinkinders kom binne met iets lekkers wat sy dogter vir hom stuur. Hy eet dit nie maar vra dat sy dit vir hom moet gaan bêre vir later. Al die medelye en meelewing en sorg en besorgdheid laat hom nog sieker en ernstiger voel. Dit maak hom bang, verswaar die erns van sy siekte.

Toe hy weer heeltemal alleen is, dink hy: Ek kan dit nie haal nie: eendag sal die groot en finale verwoesting kom. Maar wat is daar in sy lewe om *verwoes* te word? Die dood het alleen sin as dit iets sinvols verwoes.

Hy gaan 'n entjie stap saam met sy kleindogter wat weer huis toe gaan. Hy wandel moeilik deur die strate. Dit is 'n pragtige laatsomer-oggend. Die bome staan in hulle veelkleurige blare. Die son is sag. Hy onthou: "In a somer seson whan soft was the sonne". Hy weet nie of hy weer 'n somer sal beleef nie.

Hy dink daaraan dat hy die laaste tyd – dalk die laaste tyd van sy lewe – so min met sy vrou en kinders gesels, dat hy hulle verwaarloos – 'n sieke wat die gesondes verwaarloos! dat hy so met sy eie siek gedagtes besig is. Hy moet by sy dogter ingaan, dink hy. Hy moet iets doen vir die lewendes, tot die einde toe. Hy stap in, vra haar uit na haar gesondheid, en dit maak haar gelukkig dat hy ineens so spraaksaam is.

Toe voel hy skielik hoe 'n koue hom bekruip. Sy dogter sien dit. "Voel Pa siek?" vra sy besorg.

"Ek ís dan al maande siek . . ."

"Maar is Pa nou sieker . . .? Ek vat Pa gou terug met die motor."

"Nee, toe maar, dit is nie ver nie; miskien is dit goed dat ek die entjie stap. Die bietjie wat ek self kan doen, moet ek doen."

Sy stap saam met hom.

Toe hy by die huis kom, is hy reeds koorsig en duiselig. Hy wankel. Dadelik gaan hy lê, en terwyl daar 'n rilling deur sy liggaam gaan, sê hy vir homself: Daar het hy my nou; ek het dit maande lank al verwag . . .

Hulle ontbied sy kollega wat na hom omsien.

Die dae het weke geword, die weke maande, die maande byna 'n jaar en nou is dit die einde, dink hy. Dae lank lê hy en yl, sien gestaltes wat nie bestaan nie. Soms is daar helder oomblikke, maar helderheid en beneweling gaan nou ongemerk en gemaklik in mekaar oor.

Toe versink hy in 'n droom. Dit is 'n durende droom, wat aanhou selfs wanneer hy by sy bewussyn is, wanneer hy iets drink, of ietsie eet, of sy natuurlike behoeftes doen.

Hy droom dat hy in 'n pragtige duur motor ry, iets soos 'n Jaguar. Dit is 'n lang reguit teerpad, uitstekend gemaak, en hy ry sag. Hy is sterk en bestuur self: Maar die rit beangs hom. Dit is nie 'n rit soos van iemand wat blymoedig is nie. Hy sit alleen in die motor met sy oë angstig op die lang reguit pad gerig, want 'n vrees is in hom dat hy by 'n hek sal kom. Daar is geen rede om bevrees vir 'n hek te wees nie, want daar is vandag mos nie meer hekke op die grootpaaie nie. En ás daar hekke was, sou hy hulle immers self kon oopmaak. Tog laat hy toe dat vrees hom oorheers. Tog maak die gedagte aan die hekke hom so bevrees dat hy vir niks anders aandag het nie. As daar afdraaipaaie, stilhouplekke, omdraaikans is, dan sien hy hulle nie. 'n Skok gaan deur hom. Daar sien hy inderdaad 'n hek. Toe hy nader kom, sien hy dit is oop. Met 'n sug van verligting ry hy deur.

Hy voel onrustig. Hy maak sy oë oop, maar die wakendes by hom kan sien dat hy verby hulle kyk en deurmekaar is. Hy maak bewegings met sy hande asof hy 'n motor bestuur, en mompel ongeduldig oor die hek wat daar is, maar oop is – dis tog sinneloos.

"Daar was 'n hek," roep hy verskrik uit. "Maar gelukkig was dit oop."

Sy vrou sit haar hande op sy hand en kop.

Hy bedaar.

Hy reis verder. Daar is weer 'n hek, en weer 'n hek, maar hulle is almal oop. Tog laat elke nuwe hek hom skrik – die feit dat hulle oop is . . . dit word dus vir hom makliker gemaak om voort te reis, voort, die eindeloosheid in, sonder terugkeerkans. Hy dink daaraan dat hy nog nie vasgestel het of daar remme aan sy motor is nie. Hy soek met sy voete, vind die remme, toets hulle; die motor gaan staan. Toe sien hy dat hy betyds gerem het. Hy staan voor 'n hek wat toe is. Daar staan 'n man, 'n gewone verkeersman soos by 'n padblokkade. Die man loer by sy venster in.

"Waar reis u heen?"

Hy weet nie dadelik wat om te antwoord nie. Toe sê hy: "Waar almal heen reis." Die man maak die hek oop.

"Ry dan maar," sê hy.

So hou dit aan. Elke maal is daar 'n hek en staan daar 'n verkeersman wat vra waarheen hy ry. Altyd gee hy dieselfde antwoord, en elke keer mag hy dan verder reis. Maar sy vrees word al sterker. Dalk kom daar 'n hek en 'n man wat nie wil oopmaak nie. Maar voorlopig gaan dit goed. Altyd weer maak 'n verkeersman die hek vir hom oop.

Toe kom daar 'n hek met 'n man wat anders lyk, wat 'n nuwe vraag vra:

"Wie is u?"

"Ek is dokter Diedericks. Ek is 'n geneesheer."

"Ja, ek weet van jou. Ons weet van al jou weldade. Ry maar."

Die man maak die hek vir hom oop.

Hy ry nou deur baie hekke en wys net elke keer na die kenteken op sy voorruit wat aandui dat hy 'n geneesheer is. Dan laat hulle hom vriendelik deur. Party keer hom voor net om hom te groet en 'n goeie reis toe te wens. Party van die hekwagte was sy pasiënte wat lankal dood is, hom nooit betaal het nie en hom nou eers bedank. Aan die een kant stel dit hom gerus, aan die ander kant ontstel dit hom – die reis vorder te maklik en te vinnig, sonder dat hy weet waarheen.

Toe kom hy by 'n hek waar daar twee manne staan. Dit maak hom weer bevangs. Hy besef instinktief dat dit hier moeiliker sal gaan. Hy hou stil. Bang wag hy vir hulle.

"Wie is jy?" vra een.

"Ek is dokter Diedericks. Ek is 'n geneesheer, ek het baie mense gesond gemaak. Ander kon ek nie genees nie, maar ek het hulle lyding verlig, dikwels sonder vergoeding. Ek is onderweg verby party van hulle en hulle het my bedank en deurgelaat."

Die twee manne aarsel, en 'n tyd lank staan hulle eenkant met mekaar en beraadslaag sonder dat hy kan hoor wat hulle sê. Lank bekyk hulle hom twyfelend.

Toe vra een: "Is dit jy wat met die groot treinongeluk in Johannesburg by die arm derdeklaspassasiers aan die agterkant van die trein begin dokter het . . .?"

"Ja, dit is ek."

Hulle maak vir hom oop.

"Dan kan jy maar ry."

Lank ry hy ongesteurd verder. Dit lyk of daar nie meer hekke is en manne wat vrae stel nie. Wyd en oop lê die wêreld, sonder iets wat jou keer, met 'n landskap wat boomloos en hemelloos is, eindeloos uitgestrek, sonder sonskyn, maar nie donker nie, asof onder bewolkte lug, grys, met 'n reguit pad wat onbelemmerd in die verte oor die vlaktes uitstrek.

Naderhand ry hy deur 'n digte mis. Plotseling is daar weer 'n hek, en weer staan daar twee manne.

"Ons het oor die radio van die ander hekwagte gehoor dat jy kom. Jy is dokter Diedericks, geneesheer."

Groot angs bevang hom.

"Ons moet jou uitvra. Wat het jy vir jou pasiënte gesê wat jy gesond gemaak het?"

"Wat bedoel u?"

"Het jy hulle ooit vertel dat jy nie die enigste of eintlike geneesheer is nie, dat die pasiënte moet saamwerk . . .?"

"Ja, dit het ek dikwels . . ."

"Het jy hulle ooit vertel van die genesende krag van God die Here?"

Hy laat sak sy kop in skaamte.

Nee, dit het hy nooit vertel nie. Maar hy het hulle altyd bemoedig, hulle min geld gevra – hy het baie arm pasiënte verniet gedokter.

"Ek het nie ryk geword uit my praktyk nie . . ."

"Ja," sê hulle, "ons weet dit reeds."

Hulle aarsel nog so 'n bietjie. Toe, langsaam, asof hulle nog twyfel en hom 'n groot guns bewys, maak hulle die hek oop.

Neerslagtig ry hy verder. Dit word al moeiliker. Netnou sal hulle hom weer vrae stel wat hy ontkennend moet beantwoord. Dan sal hulle hom nie laat deurgaan nie. Waarheen dan? Daar is immers nie omdraaikans nie. 'n Lewe van toewyding en harde werk – en tog het hy foute gemaak; hy was nalatig, sonder om te weet dat hy nalatig was. Hy het baie ellende verlig of weggeneem, maar het hy vreugde verkondig? Moes hy nie liewer predikant geword het nie? Hy het baie aan ander mense, vreemdelinge, gedoen, maar het hy ooit aan homself gewerk? Aan sy geliefde huismense? Hy voel skuldig – maar hy weet nie mooi waaroor nie. Hy het lus om te probeer omdraai en te kyk of hulle weer die hekke vir hom sal oopmaak op pad terug huis toe. Hy maak wilde stuurwielbewegings met sy hande asof hy vinnig met 'n motor draai. Sy vrou sit haar hande op syne. Hy bedaar.

Toe sien hy iets wat hom tegelyk van hoop en wanhoop laat bewe. Hy sien 'n hoë rots voor hom en bo-op die rots 'n groot kerk, soos hulle in die Middeleeue gebou het. Dit is 'n pragtige groot kerk. Ineens is daar sonlig oor die landskap. Die sonlig blink in die groot kerk se vensters. Daar staan talle groot blink motors om die kerk. Maar hoe sal hy daar kom? Hy sien nog hekke voor hom, en 'n steil, kronkelende pad na die kerk toe, hoog op die rots.

Hy het verwag dat hy 'n gesing en gebede uit die kerk sou hoor kom. In plaas daarvan hoor hy 'n aanhoudende jubelende gelag uit die gebou opklink. Dit verstom hom. Dis of hy deur die groot vensters teen die hoë mure silhoeëtte van verminkte gestaltes sien, maar hulle lag, of hulle krul so van die lag.

Daar is hy ineens al weer voor 'n hek. 'n Indrukwekkende man staan voor die hek, lank en fris gebou, met deurdringende juweelagtige oë. Hy staan vreesloos orent, soos iemand wat baie mag het, soos 'n regter, soos 'n engel wat soos 'n regter aangetrek is in 'n toga.

Hy hou vol vrees 'n hele ent van die hek af stil.

"Waar gaan jy heen?" roep die man van ver af.

"Na die kerk toe, u edele," antwoord dokter Diedericks.

"Wie is jy?"

"Dokter Diedericks."

"Waarom is jou gesig so strak? So bevrees? So ernstig? Waarom lyk jy so bedruk? Waarom lag jy nie? Ek laat alleen mense deur wat lag. Hy wat in die hemel woon, lag." Om te bevestig wat hy gesê het, wys die man met 'n vinger na 'n plek in 'n dik boek wat hy by hom het, oopgeslaan, met die oopgeslane kant na Diedericks toe. Diedericks kan egter niks daarvan lees nie, dit is te ver, en dit is in klein skrif; gedruk op dun papier. Hierdie woorde verbaas hom. Dit klink amper spottend.

"Ek weet alles van jou af. Dat jy gely het in jou jeug, dat jy daarom besluit het om geneesheer te word om ander se lyding te verlig, dat jy 'n baie swyg-same en stug mens is omdat jy so baie lyding gesien het, dat jy baie siekes genees het, baie behoeftiges en armes gratis behandel het, dat jy hard gewerk het, baie nagevors het om die mens se lyding te verlig, maar dat jy nooit gelag het nie, nie Bergson oor die lag gelees het nie, of Norman Cousins nie."

"Maar ek het baie in die Bybel gelees. Ek was nie 'n kerkmens nie, maar ek was 'n Bybelmens."

"Dan het jy nie goed gelees nie."

Skielik raak Diedericks opstandig, begin hy sy man staan: "Waarom moet ek lag? Moet ek lag oor my een kind wat dood is, oor my eerste vrou wat ek verloor het, oor al die lyding wat ek in my lewe gesien het, oor my eie lang siekte van nou al byna 'n jaar, oor die pyn wat ek self gely het van my geboorte af tot nou toe? Dit is nie maklik om daaroor te lag nie."

Die man is inskiklik: "Nee, dit is nie altyd maklik om te lag nie. Abraham en Sara en Hagar se seun het al moeilikheid met die gelag gehad, en Job met die mense wat jonger as hy was, en die Prediker, maar Dawid . . ."

Diedericks raak al dapperder: "Moet ek lag as die ongeluk my tref? Moet ek oor verwoesting en broodgebrek lag? Moet ek oor my sondes lag, of oor dié van ander mense?"

"Maar het jy ooit jou pasiënte leer lag? Het jy ooit dié wat gesond geword het, aangemaan om te lag, dié wat jy genees het, gewaarsku om te gaan en te lag? Het jy ooit gelag omdat jy geneesheer was en nie die pasiënt nie? Het jy daaraan gedink dat jy tot jy siek geword het 'n lang lewe gehad het om te lag? Dat jy nou nog daaroor kan lag?"

Dan volg daar 'n lang stilte.

"Wat moet ek nou doen?" vra Diedericks.

"Omdraai."

"Waarheen?"

"Terug na waar jy vandaan gekom het."

"Om wat te doen?"

"Om te gaan leer lag. Daar móét 'n tyd wees om te lag."

Die man lag en laat hom omdraai.

Toe hy terugry, is daar skielik geen hekke nie.

Stadigaan word hy weer beter, langsaam, met tye van nuwe verswakking. Ure lank sit hy sonder om te roer, sy gedagtes soos 'n groot glas water. Dan dink hy oor sy droom . . . "Die droom wil my iets leer, ek weet nie hoekom nie."

Toe kom die predikant op besoek, iets wat nooit vroeër gebeur het nie. Die predikant het altyd gedink die dokter het hom nie nodig nie, en die dokter het gedink die predikant is iemand wat redeneer: "Van lag moes ek sê: dis sinloos, en van plesier: wat bring dit?"

Hy hoor weer hierdie gedagte toe hy die predikant daar voor hom sien. Dit klink vir hom bekend-vreemd, asof dit nie sy eie gedagte is nie, asof hy dit dink met die stem van die man wat hom laat omdraai het.

Dokter Diedericks sien hoe die predikant hom aankyk. "Dalk dink hy dit is klaar met my."

"Moet ek vir u iets lees, dokter?" vra die dominee.

"Graag," antwoord Diedericks.

"Wat sal ek vir die geneesheer lees?" dink die dominee. Hy soek. Blaai rond. Vra: "Wat moet ek lees vir u?"

"Dominee kan maar lees wat u wil."

Die man is sterwende, dink die predikant, sy taak is voltooi, hy gaan huis toe, al kon hy nog lank gelewe het.

"Dan sal ek vir u lees uit Prediker 7. Ek lees van vers 1 tot vers 16."

Hy begin lees. Dokter Diedericks neem elke woord op, al lyk dit of hy skaars hoor. Toe die dominee by vers 3 kom, roer dokter Diedericks asof hy die dominee wil stilmaak. Maar hy sê niks. Toe die predikant by vers 6 kom, roep Diedericks: "Dit is genoeg." Dit is of hy helder raak. Asof hy iets ontdek het, roep hy: " 'n Mens kan lag terwyl hy treur." Hy raak stil. Doodstil sit die predikant en mevrou Diedericks in die vertrek by die dokter, verstom. Hulle kyk na die sieke. Sy mond is nog oop in 'n naroep. Sy oë is toe. Hy sak terug in die groot leunstoel met die hoë rug. Sy mond vertrek. Dit lyk asof hy dood is . . . of hy lag . . .

1984

JAN VAN TONDER

Aandenking vir 'n vry man

"Hoe kom mens uit dié plek uit?" vra die nuweling. Hy is jonk en sterk. Dit voel vir hom of sy skouers vel-af skaaf teen die mure, of hy nie kan gedraai kry sonder om êrens te skuur nie. Elke bevel van 'n bewaarder voer hy uit eers nadat hy die man reguit in die oë gekyk het.

Langs hom staan nog 'n man in gevangenisdrag. Hý lag wit wasem, hande in die sakke teen die koue. "Die mure is hoog, hè?" Hy lag weer. " 'n Man doen maar sy stretch, dán huis toe."

Allies leun teen die rooibaksteenmuur van die selkompleks; hy het sy een voet in die gras geplant en die ander hoog opgetrek as buffer tussen sy boud en die koue muur. "Ek praat van vóór die tyd, man," sê hy driftig.

"Dis nie vir jou nie, Allies," maan Bill. Hy weet waarvan hy praat, want hy het voorheen vonnisse uitgedien en het self eenkeer probeer ontsnap, maar is gou weer gevang. Toe het hy nie parool gekry nie. "Nee, mate, doen jou tyd."

"Ek bly nie hier nie, no ways. Dis maklik vir jou om te praat met die drie jaar wat jy oor het, maar weet jy hoe lank is twin-tig fffókken jare? Op my ouderdom?"

Bill trippel rond om sy bene warm te kry. Hy vryf sy hande in die koue son. Hy skud sy kop aanhoudend. " 'n Mens kom reg hier, later. Jy leer om nie so teen die jare vas te kyk nie. Geduld, my mate. Hier kan jy ook vir jou 'n lewe maak. Dis tog amper soos buite: goeie mense, slegtes, vriende, 'n job. Die reëls is nie so lekker nie, ek weet, maar buite is daar ook mos wette, nes hier."

"Hoe kan jy dit 'n lewe noem? Ek wil hier uit, man!" Hy moet hom bedwing om Bill nie voor die bors te gryp nie. Hy staan 'n ruk doodstil en sê dan: "Ek kan nie, Bill, sowaar as die Here." Sonder dat hy wil, begin sy oë traan. Hy snuif 'n slag en spoeg langs sy voete, sak op sy hurke neer. Die rook van sy sigaret draai tussen sy geel gevlekte vingers deur.

Bill onthou hoe hy lank gelede in 'n ander tronk ook so gesit het. Daar is niks wat help vir dié ding nie, behalwe as jy regtig so ver kom om springbokkie te word . . .

Maar nee, hy durf Allies nie aanmoedig nie.

Terug by die sweiswerk waarmee hy besig was voor ete bly die gedagte aan ontsnapping by Bill. Twintig jaar het Allies gekry. 'n Kwart daarvan remissie: vyftien oor. Vyf of ses daarvan parool as hy hom gedra: nege oor. Maar Allies se humeur is te kort, uit die baklei sal hy nooit kan bly nie. Hy sal veertig wees wanneer hy hier uitloop, of amper veertig.

Hy slaan die sweisreste met die skerp hamertjie van die gloeiende lasplek af. Sy aandag is nie by die werk nie. Meet en pas, staal teen staal. Allies 'n springbokkie? Is die hoek haaks? . . . Knyp die nuwe sweisstaaf vas en buig hom en slaan zoemende vonke met die punt uit die staal . . .

Aandete in die gevangenis word vroeg genuttig en dan word die inwoners toegesluit voordat die dagskof van diens kan gaan. Allies en Bill deel hul sel met 'n stil, versigtige ou man met skrefies-oë. Die oue is die ene tatoeëermerke – sy lyf 'n trotse kerfstok van talle vonnisse. Vroeër was hy ook die tronk se meestertatoeëerder.

Ná die geklap van deure en slotte volg die kenmerkende stilte. 'n Klein rukkie is daar niks, en dan eers begin almal rondskuif om alles gedoen te kry voor die ligte afgeskakel word. Bill skryf 'n brief aan sy vrou.

Die oue kook water vir sy tee: die elektrisiteit kom van die ligsok teen die plafon met 'n draad langs na twee skeermeslemmetjies in 'n beker water. Hy luister behoedsaam ingeval 'n bewaarder die gang afgestap sou kom en hom met die toestel vang. Wanneer hy klaar is, versteek hy die "ketel" in 'n klein skeurtjie in sy matras.

Allies bestudeer die tralies voor die venster. Hy staan op en gaan na die deur, dié bevoel hy en gaan lê weer op sy bed, onbewus daarvan dat Bill nou en dan van sy skrywery af na hom opkyk.

Bill kan nie slaap nie. Hy hoor Allies rondrol. Dis al na twaalf.

"Daar's 'n ou trick wat al vir baie gewerk het," sê hy uiteindelik saggies.

Allies sit regop in sy bed. "Bill?"

"Ek sê daar's 'n . . ."

"Gaan jy my help?" val Allies hom in die rede.

"Ek vertel jou net van dinge wat al gewerk het vir ander manne – ek wil nie my parool bedôner nie, mate."

"Vertel."

Bill vertel en dié nag droom Allies van 'n nuwe lewe en hy droom van bloed en skarrelende mense in wit klere. Met die opstaan besluit hy dat hy gaan ontsnap, maar sê niks vir Bill nie. By die werk dink hy sonder ophou aan sy vryheid. Hy besluit om 'n soewenier met hom saam te neem, wat hy tot die dood toe by hom sal hê. 'n Tatoeëermerk van die oue. Dit is al wat hy uit die tronk sal saamvat, belowe hy homself.

Met middagete sê hy vir die oue: "Ek soek 'n prentjie vanaand. Môre moet hy sit en klaar. 'n Smart prentjie, hoor jy?" Hy loop weg voordat die man kan antwoord. Die skrefies-oë lag – hy het jare laas 'n opdrag gehad.

Terwyl Bill by die deur waghou, werk die oue met die naald. Allies wou 'n vrou hê, soos die een op die ou man se rug. Maar syne moet vlerke hê.

"Ek sê nog dis nie nodig dat jy nog bom toe gaan voor jy waai nie," sê Bill. "Jy gaan 'n paar dae kry vir die prentjie. Jy weet nie hoe is dit daar nie. Nét so 'n klein fokken selletjie, mate." Hy wys met die hande. "En die rations daar is nie soos jou ma s'n nie, nè. Jy suffer. In elke stretch het ek al bom gedoen, behalwe dié een. A-groep en als vir die eerste keer in my lewe, mate."

"Ek het lus vir tee," sê die oue.

"Maak klaar hier. Ek soek 'n smart prentjie. Dis al wat ek hier uitvat en dit moet smart wees."

Die oue werk in stilte verder. Hy wonder of Allies sy plan gaan deurvoer. Hierdie tatoeëermerk lyk vir hom na blote uitstel. Hy sê dit nie.

"Ek gaan nie bom toe nie," sê Allies skielik. Die ander twee kyk hom fronsend aan, maar sê niks.

"Ek gaan nie bom toe nie want ek gaan môre-oggend hospitaal toe."

Die oue kry onmiddellik respek vir die fris man onder sy hande. Dis toe nie uitstel nie. Een van sy prentjies gaan weer straat toe.

"Lemmetjie?" vra hy en deur die skrefies blink sy oë van opgewondenheid.

"Jip."

Die oue werk ywerig en kry klaar net voor die lig afgeskakel word. Uitgelate en vrypostig tik hy Allies teen die blad. "Tjie-tjie-tjie."

Allies sien hom oor omdat dit 'n spesiale geleentheid is.

"Ek gaan jou mis, mate," sê Bill na hy 'n ruk in die donker gelê het.

Allies het ook geheg geraak aan Bill in die paar maande. Hy antwoord nie. Hy is skielik bang vir wat hy môre moet doen – die ou-ou tegniek waarvan Bill gepraat het: die sluk van 'n skeermeslemmetjie. By die tronkhospitaal kan hulle niks vir jou doen as jy lem gesluk het nie. Dis 'n operasie in die algemene hospitaal in die stad. Daar herstel jy ook die eerste ruk met net een bewaarder wat jou oppas.

Jy word aan jou katel vasgeboei en die wag sit en lees of dut of gesels met die verpleegsters totdat sy aflos kom. Wanneer jy sterk genoeg is, vang jy die wag met 'n slap riem en jy is weg. So het Bill min of meer vertel.

Die moeilikste van die hele spul is glo die slukkery.

'n Uur voor hulle wakker gemaak word, is Allies op. Hy het nie meer as 'n halfuur op 'n keer aaneen geslaap nie. Die wegkom is te belangrik, hy kan nie wag om te gaan nie. Die vrees vir die lemmetjie het grootliks verdwyn. Hy sal nou enigiets doen.

"Gaan lê, man." Bill draai 'n slag om. Hy het self eers in die nanag aan die slaap geraak.

"Jy kan my lemmetjie kry," sê die oue gul.

"Gee dan. Joune ook, Bill." Hy neem die lemmetjies. "Die twee van die ketel ook, ou man."

Teësinnig staan die oue die lemmetjies af.

Allies wonder of dit gaan seer wees, maar onthou hoe vry hy reeds voel sedert hy besluit het om te ontsnap.

"Ek het hom ook probeer sluk een keer," bely die oue skielik.

"Was dit seer, ou man?"

"Seer, ja."

"Het dit gewerk vir jou?"

Dit lyk of die oue spyt is dat hy uitgelap het. Hy antwoord nie.

"Het dit gewerk, vra ek!"

"Net my tong stukkend gesny. Die lem en my tee uitgekots voor daar goeie skade kon kom. Sommer tronkhospitaal toe."

Allies bind die lemmetjies met skoenmakersgare in 'n treintjie aanmekaar, die een kort op die ander. Hy het hulle eers elkeen in twee geknak om die sluk te vergemaklik.

"Jy gaan seker nie die hele lot sluk nie," sê Bill bekommerd.

"Ek gaan seker maak. Ek wil nie die ou man se fout maak nie."

"Ek dink jy moet versigtig wees."

Allies het weer op sy bed gaan sit. Dis nog donker in die sel.

"Ek moet seker maak."

"Maar een is genoeg, mate. Netnou is jy so siek dat jy nie eens kan wegkom nie. Dan was alles verniet."

Dis 'n ruk stil voor Bill agterkom dat alles nie pluis is nie. Hy spring na Allies toe en in die effense lig wat nou deur die venster kom, sien hy die jongman se lyf ruk. Hy sien die toutjie by sy mond uithang en besef wat Allies gedoen het.

"Los die lyn," skreeu hy en gryp Allies se hande vas. "Los, mate, los die bliksemse ding."

"Wat gaan daar aan?" kom dit van die gang af.

"Help hier!" Bill is nie so sterk soos Allies nie. "Help!"

Die toutjie is met bloed oortrek toe Allies hom beetkry en uitruk. Die ry lemmetjies kerf aan sy slukderm en tong en bloed stroom by sy mond uit. Hy wil iets vir Bill sê, maar hy kry net reg om bloed te roggel. Sy mond vertrek asof hy wil lag.

Hy is baie stil toe die meestersleutel eindelik gehaal en die seldeure oopgesluit word. 'n Ruk lank het hy erg gehoes van die bloed wat in sy lugpyp begin afloop het, maar nou ruk sy lyf nog net sporadies. Op 'n draagbaar gaan hy uit.

In die sel bly die oue teleurgesteld sit. In sy hand swaai die bebloede skeermeslemmetjies aan 'n lyn.

"Wat nou van my prentjie?" sê hy en kyk soos 'n kind na Bill.

1984

Victor Singh

Hy was lank weg, Victor Singh. Die mense wat hom geken het voor hy Pretoria toe gestuur is, het hom byna nie herken toe hy weer hier opgeneem is nie.

Singh sit met sy bord in die een hand, lepel in die ander. Hy praat nie. Sê net nee of ja as een met hom gesels. Dis al hoe lank dat hy terug is en nie 'n woord sê as dit nie nodig is nie.

"Wie's daai ou wat nooit sy mond oopmaak nie?" het ek al baie nuwelinge hoor vra. Dié keer Daniël Tutu.

"Dis Victor Singh," antwoord Mbatha. Mbatha het vir Singh geken voor hy weg is. Hy het gesien hoe grys hy geword het. Hoe daar skielike lyne op sy gesig verskyn het.

"Is dit die man wat Pretoria toe is?"

"Dis die man."

Almal weet van Singh. 'n Man was maar 'n paar dae hier, dan het hy al gehoor van Singh, Victor Singh wat Pretoria toe is.

Ek het al gehoor dat selfs die nuwe bewaarders vroeg-vroeg al deur die ander van Singh vertel is. Party van hulle het glo gaan kyk na foto's van Singh wat geneem is voor hy weg is. "Merkwaardig," het hulle dan gesê. 'n Mens hoor Singh se stem maar min, maar selfs die paar woorde wat hy sê, oortuig jou dat hy 'n ou man is.

Sy vrou het glo aan die huil gegaan toe sy hom die eerste maal sien na hy teruggekom het. Sy kon dit mos nie bekostig om hom te gaan besoek die ses maande wat hy in Pretoria was nie.

"Oh, God, God, what did they do to you?" het sy geskreeu.

Ek self het dit nie gesien nie, maar almal praat daaroor.

Wat ek wel weet, is dat Singh lyk soos iemand wat die dood enige oomblik verwag.

Hier is baie van ons wat moord gepleeg het. Maar dis net Singh wat galg toe gestuur is. Dis net hy wat Pretoria toe is om te wag vir die tou.

Toe stuur hulle hom terug; en nou kan hy die wag nie afgeleer kry nie.

1984

ALEXANDER STRACHAN

Visioen

Hier is nie veel te doen nie en ek sit maar die meeste van die tyd onder die knoppiesdoringboom. Soms stap ek af rivier toe, hoewel dit miskien 'n bietjie gevaarlik is.

"Jock wil jou sien," sê die jong man wat oor die sand aangestap kom. Hy het net 'n kortbroekie aan en sy vel is donkerbruin gebrand. In sy hande is 'n stuk hout waaraan hy kerf.

Jock lê in sy hut. Sy oë kyk sonder belangstelling na bo. Ek trek vir my 'n stomp nader en sit vir die soveelste keer en kyk na die manier waarop die latte inmekaargevleg is. Die vlieë is lastig en ek klap kort-kort na hulle.

"Vertel my van hom," sê ek so skielik dat Jock sy kop effens draai. "Jy het hom goed geken."

Die laaste ruk dink ek dikwels aan hóm. Niemand weet dat hy my vader was nie. As kind het ek hom af en toe gesien wanneer hy by ons aan huis gekom het. Dit het maar min gebeur, want sy koms het altyd die huishouding omgekrap. Kort voordat ek by die leër aangesluit het, het ons gehoor dat hy dood is.

Ek kon nie veel van hom uitvind by die soldate wat saam met hom gewerk het nie, aangesien hulle huiwerig was om oor hom te praat. Om die waarheid te sê, hulle wou nie eers direk na hom verwys nie. Ek het gou besef ek moenie te veel uitvra nie.

Tog was daar fluisteringe in die basis: Hulle het 'n hinderlaag gelê en een van die Boesmanspoorsnyers was opgesteek. Die man na wie niemand meer by name verwys nie, het 'n gevaar geword oor die manne te lojaal teenoor hom geraak het. Ook die spoorsnyer het dié nag gesterf. 'n Paar soldate het onmiddellik bedank en die ander wil, miskien ter wille van hul eie posisies en by 'n gebrek aan bewyse, eerder nie hieroor praat nie.

Jock het nou nie meer nodig om stil te bly nie. Tog lê hy net en staar met nikssiende oë na die dak. Ná 'n lang ruk wys hy vir my dat ek kan gaan.

Dis moeilik om te glo dat ek 'n week of so gelede nog by my huis was. Die telefoon het gelui en nadat ek gepraat het, het ek na die motorhuis gestap en die sak met my uitrusting van die balke afgelig. Toe het ek stad toe gery.

Die grys gebou was bekend. Ek kon selfs van die vrae onthou wat destyds hier aan my gestel was:

"Sal jy daarvan hou om mense dood te maak?"

(Jy mag nie.)

"Terwyl jy vinnig in Eloffstraat af ry, stap 'n ou man met 'n seuntjie skielik voor jou motor in. Jy moet een van die twee doodry. Wie?"

(Dit maak nie saak nie. Jy moet net wys jy kan dadelik 'n besluit neem.)

"Hoekom bewe jou hande so?"

Ek was toe agtien jaar oud. Hierdie keer het die sekuriteitswag my na 'n ander kantoor geneem.

Vier mans sit rondom 'n tafel. Die een wat namens almal praat, glimlag eers, beduie dan ek moet sit, tel die koerantuitknipsels van die tafelblad op en begin die opskrifte die een na die ander vir my lees:

"Suid-Afrikaanse soldate vermis?"

"Groot groep soldate gevange geneem?"

"Weermag ontken gerugte."

Die spreekbuis laat die koerantblaaie sak en kyk my lank in die oë voor hy stadig begin praat sodat ek elke woord mooi hoor: "Niemand word in die ware sin van die woord vermis nie . . . en geen groot groep soldate word gevange gehou nie. Wat wel waar is, is dat een van Swapo se ontoeganklikste basisse onlangs deur 'n groep van ons soldate ingeneem is." Hy praat nou heelwat harder sodat sy snorpunte liggies bewe. "Daar is egter 'n probleem. Toe die bevel gegee word dat hulle moet onttrek, het hulle geweier . . . by implikasie beskou hulle ons nou as vyand!

"Soos jy sien, het die pers nou ook lont geruik. Een koerant beweer selfs dat 'n eenheid van Durban Bluff betrokke is. Alle soldate wat moontlik iets hiervan weet, word tans tot hul operasionele basisse beperk."

Die spreekbuis stoot 'n foto oor die lessenaar. "Herken jy hom?"

Ek tel die foto op en kyk verbaas na Jock se gesig.

"Hy's in beheer . . . met ongeveer vyftig man onder hom; asook die vier Puma-helikopters en twee gun-ships wat hulle sou uitlig."

Die spreekbuis stoot sy stoel terug, loop om die tafel en kom staan reg voor my. "Dis waar jý inkom," sê hy. "Jy sal jou eertydse vriend en spanleier oorreed om terug te keer. Weier hy, sal jy hom uit die weg moet ruim . . ."

Kort hierna het ek per vliegtuig vertrek. Dit het eienaardig gevoel om die enigste springer te wees. Op die grond het ek my valskerm stukkend gesny en 'n ent van die afgooistrook af wegbeweeg, aangesien Swapo moontlik ook die vliegtuig gehoor het. Dit het Jock se verkenningspatrollie nie lank geneem om my op te spoor nie.

Jock het in die basis gewag. Ons het mekaar jare laas gesien en sy oë het 'n oomblik wasig geword van blydskap.

"Ek het gewonder wie hulle sou stuur," het Jock ná die groetery gesê. "Kom dat ek jou bietjie rondwys."

Hy het my op 'n verkenningstog deur die basis geneem. Eers bogronds en toe ondergronds: die moderne wapentuig, die bomvaste bunkers, die voertuie, die helikopters, die seinnetwerk waarmee sowel Swapo- as Suid-Afrikaanse berigte onderskep en ontsyfer word, die magasyn, die kroeg . . .

Ek staan van onder die knoppiesdoring op, want Jock wil my weer sien.

"Ons slaan vanaand die Weermag se rat run," sê hy. Dit klink of hy met moeite praat. "Die seiners het agtergekom die konvooi oornag op die Golden Highway. Ek wil eers 'n paar dinge met die pilots uitklaar."

Ek stap in die basis rond en kyk na die voorbereidings. Alles is bekend: magasynvere wat uitgehaal en gerek word, radio's wat getoets word, masjiengeweerbande wat gelaai word, waterbottels wat vol gemaak word, helikopters wat nagesien word . . . Die enigste verskil is waarskynlik dat die manne hulle nie kamoefleer met black-is-beautiful nie.

"Ek hoop daar's genoeg brandstof op die rat run vir die tjoppers," hoor ek een van die soldate. "Solank ons hulle in die lug kan hou, is ons kanse hier baie beter."

Teen sononder is alles gereed en die helikopters styg die een na die ander op.

"Jy sien seker," sê Jock, "dat ek die pilots nie vertrou nie. Daarom laat ek maar een van ons manne saam voor sit."

Ek is saam met Jock in die ops-kamer terwyl die operasie plaasvind, en ek kyk na sy dooie oë.

"Wat's fout, Jock?"

"Wat?"

"Iets is nie reg met jou nie. Wat het van jou vuur geword?"

Hy bly 'n hele ruk stil en sug dan. "Ek's moeg vir oorlog. Tot hier toe," en hy beduie met sy hand teen sy ken.

Jock het nie lus om verder te praat nie en ek luister na die radioberigte wat af en toe oor die lug gehoor word. Toe die helikopters terugkeer, bly hy sit en gaan kyk ek alleen toe die buit afgelaai word. Eers die brandstof, dan die ammunisie, kos, ander voorrade en heel laaste 'n paar kaste drank. Die soldate skeur die kartonne oop en dis nie lank nie voor die gelag en gesing gehoor word wat gewoonlik op geslaagde operasies volg. Ek staan hulle en bekyk, en ek wonder of hulle nóg dieper in die moeilikheid kan kom.

Hierna gaan die dae stil verby. Die soldate moet seker gis oor wat ek en Jock bespreek, want hy laat my die meeste van die tyd by hom in die hut sit. Wat hulle nie weet nie, is dat Jock omtrent nooit praat nie. Daarom is dit ook vir my 'n verrassing toe hy die aand van my verjaardag op 'n partytjie besluit.

Vroegaand vergader ons in die kroeg en 'n spesiale drankie word vir my gemeng.

"Wat's dit?" vra ek vir die kroegman.

"Roomys en Coco-Rico. Hooligan juice."

"Lekker," sê ek.

"As jy klaar is, moet jy hierdie try," sê een van die soldate. "Giggle juice!" Almal lag.

Ek kyk na die oorkant van die kroegtoonbank waar Jock sit. Dit lyk amper of hy vanaand wil saam gesels. Die kroegman kyk ook na Jock, want sy glas is nooit leeg nie. En teen twaalfuur slaan Jock skielik op die toonbank en wink my nader.

"Hel," sê hy, "ons het 'n goeie tyd saam gehad. Onthou jy die Portugese? Hulle kon later nie meer die honger vat nie. Gelukkig kry ons toe 'n bobbejaan geskiet."

Jock vertel hoe hy die bobbejaan in 'n pot laat kook het. Toe dit gaar was, het hy 'n blad afgeskeur om te kyk hoe die vleis lyk. Hy het nie kans gesien vir die handjie nie en dit afgeknyp en weggegooi.

"Waar was julle?" vra Jock. "Hulle duik soos een man op die hand af en na 'n gestoei vat een dit by die ander af. Hy gaan sit so ent van ons af op sy hurke en eet dit soos wat mens bekfluitjie speel . . . van die naels af anderkant uit!"

Dit gaan vrolik in die kroeg. Iemand vertel van die keer toe hulle deur 'n moeras moes beweeg om die vyand by te kom. Bo-oor hulle was kort-kort 'n skietery en die muskiete was rof. Hulle wou vrek van bangheid. Die spanleier was die moer in oor die sjoesj-geluide wanneer hulle, halflyf in die pappery, die muskiete met takkies wegklap. Toe Phil die gekoek van sy baard stroop en sy hande teen mekaar druk, loop die bloed straaltjies teen sy arms af. Die spanleier was éérs die moer in toe die agterste man nie meer antwoord as hy hom oor die radio roep nie. Net toe hy wil omkyk, sien hy die koord tussen die spreekbuis en die res van die radio is afgeskiet . . .

Maar Jock het intussen neerslagtig geraak; moontlik oor die noem van Phil se naam.

"Kom ons gaan pis buite," sê hy. "Ek's nie meer lus vir drink nie."

Ons staan teen die kroeg se muur en Jock sug.

"Ek's moeg," sê hy.

Ek sê niks nie en dit maak hom kwaad.

"Dink jy miskien ek kan nie vir die manne gee wat hulle hier soek nie, hè? Hulle wil aksie hê, skiet, opdonder! God, man, het ek nie genoeg gehad nie? Ken ek nie die bos soos my hand nie? . . . Net voor die kontak begin die bos skielik leef, alles druis, jy hoor dit, jy voel dit in jou bloed; jy weet die kak is hier, maar jy kan nog niks sien nie. En dan eers praat die terrs se AK's." Jock se gesig is natgesweet. "Weet jy wat?" vra hy. "Ek is bang. Nie vir mense nie. Dis iets anders. Ek weet nie; dis 'n dooie gevoel in my bors. Dinge wat ek gedoen het, het my begin pla."

Ek voel hartseer oor Jock. Hy lyk nie soos die beste operateur wat die Weermag nóg gelewer het nie, die man wat 'n span in enige gebied kon inneem en nooit 'n verkeerde beslissing sou maak nie. Nou staan ons teen die kroeg se muur en hy het nog nie klaar gepraat nie.

"Vir mense is ek nie bang nie," sê Jock, en sy stem is hees. "Dink jy ek ken nie jou opdrag nie?"

Ek los hom daar en gaan lê in my hut en wonder oor wanneer ek sal moet optree. My vader, die man na wie niemand by name verwys nie – ek wonder wat hy nou sou gedoen het.

Die volgende dag staan ek voor Jock se hut toe die seiner kom rapporteer. "Gee die berigte vir my," sê ek.

Ek sien hoe die jong man huiwer.

"Gee!"

Ek vat die papiere en blaai daardeur.

"Wat dink jy hiervan?" vra ek.

"Dit lyk of die Weermag iets beplan. Miskien selfs 'n basisaanval."

"Wat van Swapo?" vra ek.

"Hulle het ver teruggetrek na ons hulle geslaan het. Ek glo nie hulle sal gou iets probeer nie."

"Dankie. Jy kan maar gaan."

Ek wens ek kon 'n berig uitstuur om tyd te wen, maar dit sal die soldate net meer agterdogtig maak. 'n Ent weg speel hulle vlugbal. Die plek het werklik 'n rustigheid wat mens nie verwag nie. Maar daar is nog iets wat ek met Jock moet bespreek.

"Ek moet met jou praat oor die Swapo-gevangenes in die basis," sê ek. "Hulle is noodsaaklik vir die kosmakery en ander roetinewerk, maar dis te gevaarlik. Mens kan hulle nie heeldag dophou nie. Ons moet van die helfte ontslae raak."

Dit lyk nie of Jock luister nie.

"Ons moet die helfte doodskiet," sê ek.

"Nee! Nee!"

Ek skrik vir sy heftigheid.

"Nee! Loop!" Sy oë draai wild in sy kop rond.

Die volgende dag wil Jock my nie sien nie. Ek roep die soldate byeen.

"Die plek het moontlikhede," sê ek. "Ons kan selfs vroumense invoer."

Hulle vertrou my nie. Daar is iets wat ek vir hulle van Jock moet vertel, maar dis blykbaar nie nou die tyd nie. Daarom hou ek my toespraak kort.

"Ons moet wag," sê ek. "Ons moet nie te haastig wees nie."

Maar hulle sou nie vir lank meer wag nie. Hulle was van plan om Jock uit te stoot. Hy het nooit meer uit sy hut gekom nie en hom ook nie aan my gesteur nie. Tog het ek geweet dat die soldate met 'n gevaarlike ding besig was. Dit was verstommend dat hulle so gou vergeet het wie Jock werklik is. Ek kon die voorbok tussen hulle waarsku, maar ek twyfel of hy in dié stadium na my sou luister. Maar selfs ék was ontnugter toe die soldate die oggend geskok in groepies rondstaan nadat hulle die voorbok keel-af gesny in sy hut gekry het. Toe het ek geweet Jock is kranksinnig.

Dié dag hang daar 'n stilte oor die basis. Ek lê in my hut en dink. Dis tyd dat ek optree.

Deur 'n opening in die gevlegte latte kan ek die soldate dophou. Hulle kyk kort-kort in die rigting van Jock se hut en dan weer na my slaapplek. My deur staan oop. Wat sal dit in elk geval help om dit toe te hou? Van Jock was daar vandag nog geen teken nie. Enigiets kan gebeur, maar die soldate is nog huiwerig. Hulle het nog nie 'n nuwe leier uitgewys nie. Die Swapo-gevangenes sit stil bymekaar onder 'n boom.

Buite my deur hoor ek voetstappe. Die soldaat trap rond in die sand. Dis 'n ruk stil en dan hoor ek die persoon wegstap.

Die meeste soldate is nou iewers tussen die bome. Sou dit wees wat my vader in gedagte gehad het? 'n Eie volk oor wie hy kon regeer?

Ek staan op en stap vinnig ops-kamer toe. Die seiner skrik toe hy my sien en kyk na die 9mm-pistool wat op die tafel lê. Ek skeur die rol berigte af wat deur die dag ingekom het en stap weer vinnig uit.

In my hut gaan ek dit sorgvuldig deur. Die moeilikheid is hier, dis duidelik. Ek lê op my rug en kyk na die dak, terwyl ek dink.

Teen die middag het ek finaal besluit en raak ek aan die slaap. Ek skrik natgesweet wakker. My lyf is warm en ek het 'n oomblik nie 'n benul van die tyd nie. Dis nag. Ek maak my hand toe en voel die krag van my greep. Alles lyk onwerklik . . . byna asof ek myself op 'n afstand dophou.

Gestel ek staan op om tussen die vure deur te stap waar die manne gehurk sit en gedemp gesels . . . Dit voel asof hul oë in my rug brand toe ek in die rigting van Jock se hut begin stap. Die nag is donker buite die ligkring van die vure en ek kyk na die skaduwees wat die vlamme teen die hut gooi. By die deur huiwer ek 'n oomblik, die mense het opgehou praat, en dan gaan ek binne. Ek vat my jagmes stewig vas toe ek oor Jock buk. Buite raak die gedruis van stemme al hoe sterker. Ek talm in die hut tot ek agterkom hulle kan nie langer wag nie. Dan stap ek uit en kyk oor die wagtende oë heen. Die manne is stil. Hulle wag. Ek stoot 'n gebalde vuis bokant my kop uit en 'n siddering trek deur die groep.

"Ons moet saamstaan," sê ek. "Ons het 'n Weermagaanval om af te slaan."

1984

JEANNE GOOSEN

Karoo

"Moenie toelaat dat enigiemand julle intimideer nie, mense. Koop waar julle wil en gaan waarheen julle wil. Ons sal julle beskerm."

Ons het opgekyk na waar die stem uit die lug kom. 'n Vliegtuig het laag oor die dorp gevlieg. Dit het stadig beweeg en toe weer net so skielik soos dit gekom het, verdwyn. Die woorde het in die lug bly dreun: ". . . intimideer nie . . . waar julle wil . . . beskerm . . ."

Die straat het weer tydsaam begin beweeg. Elkeen het sy gang gegaan. Ek het my briewe gepos en teruggestap huis toe.

"Het Missies die aeroplane gesien?" vra die bediende toe ek by die voordeur inkom.

"Ja, was dit dan hier ook?" vra ek ietwat verbaas. "Wanneer?"

"Nou net."

"Kon jy hoor wat hulle sê, Maria?"

"Ja, ons mag koop waar ons wil. By al die winkels."

Sy het 'n klam kledingstuk teen die lig gehou, dit rats oor die tafel gesprei en die strykwerk hervat.

Ek stap na die voorste vertrek, maak die deur toe en gaan sit agter die tikmasjien. Die vertrek is vol oggendleegte. Dis 'n nuttelose dag, een van daardie wat al vyfuur in die oggend begin. Teen tien is jy skoon moedeloos en taai gelewe aan die dag wat net die-vader-weet nooit tot 'n einde kom nie. Ek kan die sipresse deur die venster sien, die tortels hoor koer. Teen die bleek lug versplinter die oggend in al die skakerings van poeier en blou.

Dit was mos 'n vliegtuig wat ek gesien het en nie 'n helikopter nie. En dit het ook nie só laag gevlieg nie. Jy kon die stem duidelik hoor. Maar hoe is dit dan dat jy dit oral op dieselfde tydstip kan sien en hoor?

En nou onthou ek skielik ook dat daar 'n lang ry swart mans verby my gestap het. Hulle was geboei en soldate met terroristeklere en masjiengewere het hulle bewaak.

Wag nou. Wag nou net 'n bietjie. Laat ek net duidelikheid kry. Ek hét dit mos gesien, of het ek dit laas nag gedroom?

'n Lang ry swartes het netnou, nóú nét verby my, verby die poskantoor in die rigting van die landdroshof gestap. Dit hét gebeur en ek het dit met my eie oë gesien. En daar was weermagvoertuie ook. Casspirs. 'n Hele streep van hulle het stadig in die hoofstraat geluier.

Maar my liewe Jesus, dis soos oorlog.

Die verkeer het nie tot stilstand gekom nie en nie 'n siel het 'n ooglid verroer nie. En noudat ek daaraan dink, die Casspirs is mos al geruime tyd hier. Dis nie die eerste keer dat ek hulle sien nie. Jy kan hulle ook snags duidelik in die strate hoor sluip. Hulle moes saam met die tente wat aan die buitewyke van die dorp opgerig is, aangekom het. Van Oudtshoorn af.

Oorlog op hierdie godverlate stuk platteland? Van wanneer af het die lewe so verander? Of was dit maar altyd so dat ons dit net nie opgemerk het nie? 'n Vliegtuig waaruit 'n stem praat, army-voertuie, soldate met terroristeklere en masjiengewere, tente en swart prisoniers. Voeg nog daarby die sirenes, die aanhoudende sarsies geweerskote, padversperrings en die gesingery snags in die swart woonbuurt. En die spreiligte rondom die lokasie wat die plek in die nag so helder verlig dat jy dwarsdeur die barste en krake in die gehuggies kan sien. G'n hond kan sy geheim in so 'n skerp lig verberg nie. Dis tien maal, 'n duisend maal helderder as daglig. Dan is daar nog die swartes wat al wat 'n "wit" winkel is, boikot. Jy weet ook nie wanneer hulle kom werk nie. En hulle ook nie. Dis die leiers wat besluit wanneer en vir hoe lank op 'n keer. En luister hulle nie, word hul huise afgebrand.

Maar van wanneer af het dinge so ingewikkeld geraak? Toe ons drie weke gelede hierheen terugkom, was dit maar so. En niemand kon ons nou eintlik presies sê wat aanleiding tot die opstande gegee het nie. Is dit moontlik dat 'n mens die buitengewone so onmiddellik aanvaar, so sonder dat jy self enige werklike gevoelens of duidelike idees daaroor het?

Dis die vryheidsliedere snags wat my onrustig stem. Dis elke liewe nag vir wie weet hoe lank nou al. Snags in die koue kom dit aangedryf op die wind. Dit is so duidelik dat 'n mens vreesbevange regop sit en wonder of hulle die wit gedeelte binnegedring het en nou hier voor in die straat staan en skreeu en eis en aandring. En so gaan dit al vandat ons terug is. Vanaf die heel eerste nag.

Ek onthou daardie nag goed.

Dit was net na elf.

Die huis en die honde het pas tot ruste gekom. Ons het die ligte afgeskakel en die luike oopgestoot. Buite het die nag uitgebroei onder die hemel gelê. Die soet Karoolug het die vertrekke binnegevloei. Ek was bly om terug te wees. Skielik, baie duidelik, baie helder kon jy dit hoor. Die eerste stemme het die nag in opgestyg. Ek het verwonderd gelê en luister. Meer stemme het bygekom, welluidend en half-pratend. Dit was onmiskenbaar vryheidsliedere. Ek het dit instinktief geweet, al kon ek die vreemde woorde nie verstaan nie. Soms het die stemme gekla en was daar byna iets wiegeliedagtigs aan die sang, iets paaiend, soet dog gevaarlik en verraderlik.

"Hulle kan nog vir jare lank so aanhou sing," het Leo gesê. Sy kon my onrus aanvoel. "Jy moenie dat dit jou ontstel nie. Dit kan 'n mens gedaan maak as jy jou te veel daaraan steur. Dis ook 'n soort terreur, 'n soort sielkundige oorlogvoering."

Slim kind!

'n Sarsie skote het deur die nag geklief. Die sang het staccato afgebreek. 'n Sirene het skril en aanhoudend geloei. 'n Swaar voertuig het skielik weggetrek. Nog skote het gevolg en toe was dit skielik doodstil. Na 'n paar minute het 'n koor woedende krete losgebars, 'n paar vrouestemme het gegil en toe was dit weer stil.

Die ontgogeldes sweer trou. 'n Nuwe koninkryk sal kom. In die hemel wapper 'n vlag. Die burokrasie sal in vlamme opgaan.

Die sang het weer begin. Eers sag, dan geleidelik harder en dringender. Die stemme het met die nag gemurmureer. As 'n mens net die woorde kon verstaan, maar iets in my het die kern daarvan begryp. Dit was 'n oeroue nood.

"Jy moet die koue in aanmerking neem," het Leo, wat die vorige jaar iets van Shakespeare vir die swart matrieks moes leer, gesê. "Die skoolboikotte het toe ook eers met die aanvang van die koue maande begin en eers weer teen die einde van Augustus geëindig. Dis 'n algemene feit dat opstande hul hoogtepunte in die koue bereik. Sodra dit warmer word, word almal weer rustiger."

Vertel. Van die skool laas jaar.

Daar is iets gerusstellends aan 'n pratende stem in die nag wanneer jy bang is.

"Soggens om agt lui die skoolklok. Almal daag op. Al die kinders, die leste een is teenwoordig, maar nie een kom die klaskamer binne nie. Hulle staan buite op die stoep, drom styf teen mekaar in die koue. Dan begin hulle met die slagspreuke en die gesingery. Hulle spring op en af, stamp met hulle voete en stoot hulle vuiste in die lug. In die bytende koue staan die wasem by hulle monde uit. Hoe kouer die dag, hoe driftiger raak hulle, aggressiewer, intenser.

"Hier teen tien, wanneer die sonnetjie uitkom, begin die stemme luier word, vaker; sak die eerstes uit, plof hulle soos sakke aartappels op die stoep neer en begin insluimer. Al hoe meer dop later om en na nog 'n halfuur lê die hele lot uitgepaas in die son en snork, moeg en uitgeput van die gesingery en nonsens wat dwarsdeur die vorige nag geduur het.

"Ek sit binne-in die klaskamer. Met al die kinders buite aan die slaap, steek ek 'n sigaret aan, neem 'n paar diep teue en druk dit dan weer dood. Ek stap uit tussen die hopies slapendes. Hulle lê daar in hulle stowwerige skoolklere met hulle gesigte vol snot- en sweetstrepe. 'n Mens kyk so na hulle en dan sien jy hulle ook maar aan vir wat hulle regtig is: verwarde goed, deurmekaar, ongelukkige kinders, vasgevang in 'n miserabele opset, 'n opgefokte wêreld wat die Here weet niemand meer raad voor het nie. Hulle is kinders, ongeletterd en verwond en hulle kan die plek waar dit jeuk en pla, nie vind nie. Hulle kan die aard van hulle pyn nie verwoord nie. Jissis, hulle het god-weet nie 'n kat se kans nie. What next. En ek kan ook nie bekostig om daar te staan en sag word nie.

"Ek stap terug klaskamer toe. Merk maar die opstelle wat hulle die week tevore toe dinge nog rustig was, geskryf het: *What I'd like to do when I leave school . . .*

"Jirre, al die seuns wil prokureurs word, preachers, onderwysers en advokate. Leiers. Die dommes wil weer almal speedcops word, ye gods, met 'n motorbike, krag tussen die bene, 'n uniform, wit handskoene de lot, met 'n oop nasionale pad voor hulle wat tot in die horison strek. O ja, en almal is soccer stars. Die meisies wil weer òf nurse wees òf maatskaplike werkster en elkeen se opstel eindig: *I want to do something for my people . . .*"

Daar is iets belangriks wat ek agter woorde moet uithaal.

En dan moet ek dit kan herken, die boek kan toemaak, terugsit en oplaas sê: So ja, nou verstaan ek . . .

Ek hou my tikmasjien gelaai. As ek kon weet hoe om die visier te stel, sou die woorde 'n vloed koeëls kon stort, maar altyd, altyd kom ek op ander woorde af. Daar is bronne agter taal wat verwyderd is van die kennis van taal.

My woorde het rakke vol papiere geword en ek kan dit nie vernietig nie. Dit besit iets van myself, van die verlangens wat ek nie langer kon verberg nie. Niks kon die toets van die tyd deurstaan nie. Die vervreemding was altyd byna onmiddellik en alles waaroor ek eens so sterk gevoel het, het niksseggend geword. Al wat ek kon ervaar, was 'n stel woorde.

Ek het rapport verloor. Ek kan nie uitreik nie, ek kan nie bereik nie.

Was die skryfdaad tot dusver dan net 'n terapeutiese susmiddel, 'n belydenis, die aanhoudende goedpraat van niks? En kry die gebrabbel wanneer die grenslyne van die grammatika uitgewis word, werklik innerlik 'n dieper dimensie?

Ek sit op my stoel. Ek leef ritteltit. My dinkkas verbeel hom bles.

Ek het te gewillig geword, te gereed om ideologieë te dien, maar ek leef in 'n wêreld waar alles groter en wyser is as ek. Op my bandmasjien kla Berlioz my van hoogverraad aan. Jy kan twee here nie dien nie. Ek is die ene ore, pure boetedoening. Ek span my masjien in, 'n geduldige wintermuil. Vir wie moet ek die planeet bewoonbaar maak? Sal ek tyd vries, sal ons deur alle grense galop?

Intellektuele vreugde verhef die siel. Die funksie van feite is om die mens weg uit die wêreld van sinne en korrupsie te lei – na die wêreld van die intellek en die ewige.

Is dit katarsis, reiniging? Lieflike vlugpad uit hierdie miserabele werklikheid . . .

Die kosmiese wonder en die estetiese vreugde kan, helaas, nie van die rede geskei word nie . . .

Ek het probleme en ek moet daarby uitkom. Dis sielsbelangrik.

(Ek moet met 'n nuwe literêre loopbaan begin.)

Buite wys die sipresse vinger hemel toe. Hulle leef in die brandende katedraal van die wêreld. Die Karoo is 'n ouwêreldse pastoraal. Dis 'n dag sonder draadwerk. Die son hang homself uit, wit, groot en skoon uitgespoel soos 'n kussingsloop. En ek weet: ek leef nie net buite mense nie, maar buite die ganse Republiek. lewers moet ek my ding doen. Ek is deel van 'n deurmekaar sisteem.

Ons leef afgesonderd hier. Tevergeefs soek ons in die plaaslike koerant na nuus oor wat besig is om hier te gebeur; die noodtoestand en hoe, wat verder. Die koerant beteken niks. In Sonskynland klink die mense steeds glasies. Die burgemeester (stoute ou boudknyper!) knip die soveelste lint, onthul hoogdrawend, roep die Here aan en prys die sustersbrigade.

Mense trou, doop kinders, sterf. Stoetramme word opgeveil en boere ontvang trofees. "Die wêreld kan g'n sonder ons wol nie . . ."

Ensovoort, ensovoort, ensovoort.

Onopvallend op die tweedelaaste bladsy 'n beriggie oor die aandklokreëling ingevolge artikel suffel en suffel. Overgeset synde: die donner wat dit saans na tien op straat waag, sal soos 'n hond geskiet word.

Die televisie lewer ook niks op nie, meld in elk geval niks oor hierdie dorp nie. Ons word saamgevat in die statistiek van die Oos-Kaapstreek: soveel dood, soveel beseer, soveel in hegtenis geneem en begrafnisse word gereël. Die huise gaan in vlamme op en die oproeriges word met gas en traanrook uiteengejaag. Woordvoerders ontleed die situasie. Hulle praat namens ons, hulle praat namens die gewondes, namens dooies, namens dié in tronke, namens dié wat ly. Alles is vaag en in hierdie afgesonderde landdeel vervreem ons van ons eie situasie.

Nêrens sê iemand iets van die verskriklike sang snags hier nie; van die vlamme wat die Karoovlaktes verlig nie; van die sirenes, die sarsies skote, die tentdorpe, die oorvol hospitale of die morbiede army-lorries wat die strate beset nie. Uit skamele nuus plak ons ons eie vreesbeelde aanmekaar, vorm ons onsekere prentjies, soms so verwronge dat geen hond dit ooit sal durf bevestig nie.

Die bediendes kom net af en toe werk. Ons weet nie meer wanneer om hulle te verwag nie. Ons leef deur hulle. Hulle is ons enigste skakel met die swart woonbuurt en ons enigste bron oor wat aangaan. Ons is uitgehonger vir nuus. Ons het soos die hofvoëls geword, daardie vroue wat soggens soos aasvoëls uit die voorstede, uit hulle poskaartbestaan, hof toe aangefladder kom om op die lewe te kom teer. By gebrek aan lewe. Hulle sit die banke vol met hulle kosmandjies. Hulle word die klaagsters, die ontgogeldes, die aangerandes, die verkragtes, die gewondes, die verweerders wat kom kla oor die miserabele fokken lewe wat die Here weet net aanmekaar, sonder ophou, vuil trieks op hulle speel.

Ons voel instinktief ons bediendes se behoefte aan om ook na buite te kla, om mee te deel, om selfs te vermaak, maar ook om bang te maak en om groot te praat oor klein suksesse. Uit hulle vertellings versin ons 'n onmiddellike toekoms, soek ons leidrade vir verder. Triomfantlik staan hulle in die kombuise, trots op die solidariteitswapens voor op hulle borste vasgespeld:

"Die kinders wil die land terughê. Hulle sal nie voor dan ophou nie . . ."

"Ons moet by ons kinders staan . . ."

"Vier van ons jong meisies is gister deur 'n klompie wittes gerape . . ."

"Hulle stamp sommer die deure oop, Missies . . ."

"Hulle het nou al vier poeliesmanne doodgemaak . . ."

"Onthou Missies vir Jakob met die donkiekarretjie wat die messe en skêre slyp? Hy's ook dood."

"Die man van die lokasiesupermark laai nou elke Woensdag sy trok vol siek oumense en kinders en vat hulle na 'n dokter in P.E. toe . . ."

"Het Missies nie raad met my baby se oë nie? Dit brand aanmekaar, is rooi. Sy slaap niks snags. Dis die traanrook. Dit kom onder by ons deure in . . ."

Die vrou voor in die straat buk, tel 'n klippie op en gooi dit deur my venster. "Skep jy?" vra sy spottend.

(God, hier kom die wêreld al weer aan en ek kan nie my skuilplekke met my saamneem nie!)

"Ja, met lepels," roep ek half vies terug.

Mevrou Danie Malan staan nader. Sy glimlag, buk en haal 'n lemoen uit haar mandjie: "Vir inspirasie."

Ek neem dit deur die venster. "En nou moet jy my verskoon," sê ek ernstig en skuif die raam af.

Mevrou Danie Malan lag. Sy buk, tel haar mandjie op en hervat haar wandeltog deur die warm straat. Sy verdwyn om die hoek. Sy het 'n bestemming. Sy is 'n kranige kombuisdirektrise. Haar dae is gemaak. My ongemanierdheid bevestig my andersheid. En sy verstaan my. O ja . . .

Die lewe is 'n oorbeligte foto. Ek tik die woorde: *Die lewe is 'n oorbeligte foto.* Hoeveel eeue het deur hierdie gedagte gereis?

Iemand klop aan die deur. Dis Maria se kinders. Vyf van hulle. Nommer vyf is 'n baba wat op die oudste een se rug geabba word. Te oulik.

"Kom binne!" Ek is pure sonskyn.

"Leo," roep ek vrolik.

Ons neem die kinders deur die huis, betig die honde tot bedaring. Die kombuis is opeens bedrywig.

Ons sny brood.

Ons smeer botter en stroop.

Ons skink glase vol melk. (Swartes het almal 'n vitamien C-tekort.)

Ons skil lemoene.

Ons deel wors uit wat hulle vir middagete kan braai.

Maria gloei gelukkig. Haar kinders is haar las, haar lief, haar leed. Klein ondeug is pure pret en plesier. "Hulle is bang in die lokasie, Missies, nou so met die skool afgebrand en al die dinge. 'n Mens is ook bang met hulle weg van jou."

Maria deel komme waswater, seeppoeier en koerante uit. Elke kind kry 'n venster om te was. Hulle gesels in hulle eie taal. Die baba word sitgemaak op die grasperk. Ons dop vir haar 'n piesang uit.

Ek stap na die voorste vertrek en gaan sit agter my tikmasjien. Ek sal die wêreld op 'n skoon vel begin. Eers sal ek stol, dan sal ek gloei, oorhaal en dan sal ek afvuur.

Die lewe is . . . Ek kyk op, in die swart gesig van die oudste kind. Die dogter is ywerig besig om my venster te was. Sy sing. Sy knoop haar tong, sing. Sy sing droomverlore. Sy is opgeskoot, oud genoeg om bedrewe met 'n hoop klippe om te gaan. Sy sing met ronde mond. Haar tande glinster.

Ek voel so verskriklik bedruk. Wat gaan van ons almal word? Die Here weet, iets vreesliks is besig om te gebeur en daar is niks wat ons daaromtrent kan doen nie. Ons is hopeloos verlore en my whisky is op. Ek wil skryf, maar daar is niks waarvan ek seker is nie. Ek het 'n duisend boeke gelees en het niks geleer nie.

Daar is niks wat ek hartstogtelik liefhet nie, niks waarvan ek 'n intieme kennis het nie. Aanstons moet ek begin dink aan kook, maar al die kos is uitgedeel.

Die kind bemors my venster. Haar gesig is vol vuil strepe. Sy irriteer my skielik. Sy vee onbeskaamd haar neus aan die agterkant van haar hand af. Sies. Verdomp, weet hulle nie van beter nie?

Ek kan vergeet van werk. Ek stap die straat af. Hulle kan my inpas by Kamdeboo Haarmodes.

"Iets besonders," sê ek vir Nolan die homo. "Iets totaal en al anders," pleit ek byna. "Besluit jy."

Vorm my en maak my net soos u wil . . .

Nolan die homo masseer my hare. Die wortels vibreer. Die halsstarrigheid verlaat my. Die paradys is begroei met wit blomme. Die veld is geil en sentimenteel. Vrede op aarde! Die leeu en die lam lê binneboud. Die katoliek en die kommunis soengroet. Kat en hond gee mekaar die regterpoot . . .

Leo. Wat doen sy? Sy hou die fort moeiteloos. Sy funksioneer soos 'n amoeba. Sy jag alleen. Organismes is haar saak. As gevaar dreig, leef sy mikroskopies, ongeërg. Sy slaag die lewe met lof.

Nolan span 'n plastiekvel oor my kop. Hy trek die bossies hare deur die gate van die vals vel. My kop is 'n triestige Karoolandskap. Hy karnuffel die yl grasspriete met 'n bleek room. My kop is pure weiveld. Ek is 'n voerbos vir gretige angoras.

Loomheid omvat my met sy beste bedoelings. Daar is niks te vrees nie. My voet sal nie wankel nie. Ek kyk met my oë afgeslaan na die berge. Geen onheil sal my oorval nie.

"Was my kliënt!" roep die homo in 'n sopraanstem. 'n Swart vrou met 'n oorjas lei my na 'n wasbak. Sy trek die vel af, spoel my hare, draai 'n handdoek om my kop en neem my na 'n stoel voor 'n spieël.

Ek kry 'n asbak. En tee. En 'n *Cosmopolitan*. Me. Raphaely besing die vreugde van knoffel, damask, suurlemoene, koeksoda en seks. En raai, libido met betrekking tot vandag se vrou.

Ek sluk my tee met 'n gekromde pinkie. Je m'appelle Jeanne Guset . . . Ek lig 'n vinger: die gepeupel gehoorsaam . . .

Die homo is rats met die kam en borsel. Hy tem en die grasveld lê gedwee voor die bries van die warm borsel. Hy dikteer en my hare krul op sy bevel. Koppigheid kry 'n finale nekslag: my dos is mak; onderdanig aan die mag van die hoër hand.

Loof die queen, outokraat, kenner van sjampoes, skêre, kondisioneerders, henna, droërs en harerate. 'n Slaaf behaag my met 'n spieël. Ek vertoon weerskante sus en van voor en agter, só.

Ek stap uit in die skerp sonlig, hervorm en wedergebore, my hare 'n stralekrans, 'n oëverblinder; o salige lot.

Ek sal my skrede nie huiswaarts wend nie.

Tuis seëvier die swart gevaar. Hulle sal lewe, hulle sal sterwe vir silwer strepe in hulle hare. Om so te kan skitter. Oral blink die majesteit.

Die lomp hoewe van my Green Cross-skoene word fyn polvy. Ek trippel die Landdrost-hotel binne.

"My wêreld, moet nou net nie vir my sê dis jy nie!" koer Alta, die bestuurderes. "Jou hare! Het Nolan dit gedoen? Hy is 'n meester!" Sy stuur my onder die elmboog die voorportaal binne.

Die antieke koper glans. In die venster brand 'n lig. Die ou wêreld is blink gepolish. Die verlede leef in al sy glorie. Die geskiedenis swel.

"Sit, ek bestel tee." Alta draai haar kop skuins, betrag my met verwondering, skree skielik: "Johanna, kom kyk hier!"

Die ontvangsdame loer om die draai en slaan haar hande saam. Johanna is verbysterd. Sy gil: "Is dit jy?" Voor sy kom sit, wink sy ook die twee tiksters nader. "Ek het jou amper nie herken nie!"

"Wie sal nou sê," sê die een met die pen agter haar oor.

"Kan jy nou raai," sê die ander een. 'n Swart vrou bring 'n skinkbord met tee, appeltert en room.

Om my koer 'n vrouegemeente. Hulle ly aan chairomanie, 'n sieklike, oordrewe gekwetter.

Iemand het die eiendomsagent van oorkant die straat laat weet. Sy waggel die vertrek binne en plof op die stoel. Haar bril hang aan 'n ketting om haar nek. Sy kyk my ondersoekend aan: "Jy sien," sê sy streng. "Jy kan as jy wil."

Alta: "Jy moet dit nou elke dag doen . . ."

"Ek sê mos altyd, as jou hare gedoen is, dan kan die hele wêreld ook maar vergaan," sê een tikster.

"Dit doen 'n mens darem maar goed," sê die ander een.

"Wie't dit gedoen?" vra die ontvangsdame.

Alta: "Nolan. Wie anders?"

"Hy's damn goed met hare, al sê wie nou ook wat," sê die eiendomsagent. "Wanneer dit by hare kom, ken hy sy storie."

"Die moffies is die beste met hare," sê die een tikster.

"Dit kan jy weer 'n keer sê," sê die ander een.

Dis skielik stil. Hulle wag vir my om iets te sê:

"..."

"..."

My verhemelte is soet van die room. 'n Galsterigheid stoot op tot agter in my verhemelte. Ek voel skielik verskriklik bedruk. Benoud. Ek moet hier uit, asseblief, laat iets net gebeur.

"Jy kan as jy wil," sê die eiendomsagent weer.

"Okay," sê ek.

Ek moet padgee. Maar waarheen? En wat moet ek tot vanaand toe doen om die tyd om te kry? En al die, al daardie kinders by die huis. Ek moet by my eie probleme uitkom. Sal ek ooit weer kan skryf? En waaroor moet ek skryf?

Ek dink aan die lokasie se babies met die rooi oë.

Ek het so bliksems baie probleme.

Byvoorbeeld: die kos is op.

1986

Aan die einde van die reënboog

Dit was skemer in die Commercial Hotel se Ladies Bar. Ek het my Klipdrift double by die Spanjaard geneem, betaal en by die verste tafel in die kroeg gaan sit. Langs my was daar 'n lae dubbele muurtjie, opgevul met sand en waarin daar plastic blomme gedruk was. Die "plante" was bestand teen ewige duisternis, pis, suur bier, sigaretstompies en kots.

Ek het 'n pakkie Texan uit my binnesak gehaal, een aangesteek en die vuurhoutjie in die Goodyear-asbak geflick.

Die drie mans by die kroegtoonbank was klaar aangeklam. Hulle was groot, dik en pap. Ek ken hulle soort. Vuilgatte. Smerige klote. Bad news for women. 'n Vrou was iets wat jy eers half besimpeld donner en daarna op 'n kombuisvloer anker.

Ek ken hulle soort. Hulle sal hier bly sit tot hulle omkap, of tot iemand hulle uitsmyt. Môre vroegdag is hulle weer terug met hul vuil stories en om kak te soek by die arme drommel wat gou ingeklok het vir 'n quick one.

Die vent op die end van die ry, die een vir wie hulle "Barney" sê, se gevreet staan my die minste aan. En van die drie het hy die grootste bek.

Ek neem 'n sluk Klipdrift, voel hoe die tamheid wyk en die energie terugbruis.

Die vuilspuite by die toonbank begin kru lag. Die vette in die middel stamp Barney met sy skouerhomp: "Ou pel," sê hy. "Wat is DIT wat nou net hier ingestap het? Issit 'n man of issit nou 'n vrou?"

Hy proes grof, draai om op die hoë kroegstoele en bekyk my. My kruis word nat.

"Daar is net een manier om uit te vind," sê Barney. "Bevoel DIT."

Hulle lag weer, soos net skobbejakke kan lag.

"Kom ons wed," sê die middelste een. Hy vroetel in sy broeksak en plak 'n noot op die toonbank neer. "Vyf rand! Ek sê dis 'n man daai!" Hy beduie met sy hand agter sy rug na my.

Die een langs hom dra 'n kep. Die snor onder sy neus lyk soos 'n dun snotstreep. Hy sit ook sy geld neer. "Ek sê dis 'n vrou!" roep hy selfversekerd uit.

"En ek sê dis 'n trassie!" skree Barney. Hy swaai om op sy stoel. Hy kyk onbeskof na my en kom dan op sy voete. "En daar's net een manier om uit te vind . . ."

Ek staan op, trek my baadjie uit en hang dit oor die stoel. Ek smyt my Texan tussen die plastic plante.

Ek is lank, lenig en dertig. Ek is so fit soos Rodger Bannister voor hy die vierminuut-myl gekraak het. Ek is 'n vrou, en ek vat g'n kak van niemand nie.

Die laaste tree neem ek.

Ons staan op die oop vloer in die middel van die Commercial Hotel se Ladies Bar.

"Het jy miskien van my gepraat, Buster?" vra ek koel. Die spiere onder my syhemp tintel. Ek is so kalm soos die Blou Donou op 'n windstil dag. Ek kyk in sy pap gevreet, na die klein ogies wat in die drillende vet gloei, na die baardstoppels en die olierige bottergeel kuif. Ek kyk na die wollerige hare wat tot laag agter in sy dik nek dons.

Ek kyk in 'n gesig wat ek haat: Hy is Parow Laerskool se prinsipaal se double. Hy kort net die lat.

Sy gulp is oop. Sy onderste hempsknope makeer. Sy harige pens peul uit, hang oor sy safaribroek.

Hy breek 'n wind op in my gesig.

Ek ruik sy sweet. Ek ruik sy stink suur asem.

Ek sien die Spanjaard agter die toonbank half skrams. Hy droog glase af en pak dit sorgvuldig in netjiese rye op die rakke agter hom.

Barney se pof regterklou mik na my bors. Vark, hont, vuil kont!

Ek vang sy hand blitsvinnig en gryp dit vas. Ek voel hoe my biceps knop maak. Ek begin sy arm stadig na onder druk – af, af ondertoe en ek draai dit met mening. Met my linkerelmboog kap ek hom teen die kant van sy kop. Dis harde been teen harde been. Iets kraak.

Barney verloor sy balans maar hy's vrek vinnig weer op sy nommer vyftien Grasshoppers.

Ek is reg vir hom. My spiere is geolie. Hy het nie 'n kat se kans nie, goor gat!

My berekening is fyn. Ek plant 'n regtervuishou sekuur tussen sy twee oë, en met hierdie een hou verniel ek sy pap gesig. Dit was een moerse hou. Die gevreet wat ek haat, is oombliklik voos. 'n Paar strale bloed loop teen die kante van sy gesig af. Die krag van die vuishou het hom effens laat steier, maar hy is wragtig weer op sy pote. Hy is verwoed, reg om dood te maak.

Hy storm op my af.

Dit was 'n taktiese fout.

Hy doen wat ek wil hê hy moet doen.

Ek volg op met 'n linkervuishou, dié keer vol in sy smoel. Die dik lippe gee pad, ek voel tande breek. Die vark bly op sy voete. Dis vernedering wat hom laat aanhou. Dit maak hom blind. Dit maak hom taai.

Hy maak dit weer vir my. Hy't kop verloor.

Ek spring vorentoe, bring my regterknie op. Ek stamp hom netjies en báie, báie onsag in sy knaters. Barney vou dubbeld. Hy skreeu soos 'n vark wat geslag word. Hy kruip op sy knieë op die vloer, bedek sy dinges met sy hande. Sy plesierspier sal vir weke aanmekaar kramp, sy lus vir keeps blus.

Hy kyk met onverbloemde haat na my. "Fôkken teef!" skree hy en spuug tande en bloed.

Ek staan effens opsy.

Die vark het nog nie genoeg gehad nie. Ek gryp 'n handvol sand tussen die plastic blomme, buk oor hom, druk dit in sy bek en smeer sy gesig met die res daarvan. Hy hoes, sluk, stik, proes, en paas dan uit – sy bors die ene bloed, slym, sop, sand en tande.

So ja.

Dit is doodstil in die kroeg. Jy kan 'n speld hoor val.

Die twee mans by die toonbank sit soos soutpilare op hulle stoele. Hulle is bleek in die dowwe lig. Die een se hande bewe. Albei se bekke hang oop.

Die Spanjaard is nog altyd ge-occupy met die glase. Hy haal hulle nou uit die rakke, vryf hulle weer 'n keer met die vadoek blink en pak hulle dié keer in lang rye op die toonbank.

Ek stap na die middelste een. "Wie is volgende?" vra ek koel.

Hy draai terug op sy stoel. "Ek vat nie aan vroumense nie," mompel hy skor.

"Jy vat net aan hulle met jou vuil bek!" sis ek. "Nè!"

Hy sit kop onderstebo oor 'n bak savouries. Ek neem sy kop en sy nek in albei my hande. Ek stamp sy gesig binne-in die bord. Die bord breek flenters en die chips en mystery balls spat oor die toonbank. Ek stamp sy gesig nog 'n paar keer in die glassplinters. Bliksem. En dan los ek hom. Hy bly lê op sy bebloede gesig. Dik getik.

So ja.

Ek tel sy glas op, ruik daaraan: Dit is cane, lime en lemonade. Ek smyt dit in Nommer Drie se poedinggevreet. Ek gaan staan agter hom en skop die kroegstoel onder hom uit. Hy plof soos 'n sak varkmis grond toe. Die reling vang hom teen sy oogbank. Hy snak, ruk twee keer en lê dan stil. Dis verby met Doris Day.

So ja.

Ek stap terug na my tafel in die hoek. Ek maak my Klipdrift leeg en trek my baadjie aan. Ek stap tot voor die toonbank, haal 'n kam uit my sak en trek dit deur my dik bos blink hare. Ek check myself in die spieël agter die Spanjaard. My strikdas sit nog waar hy vanoggend gesit het.

Oorwinning proe soet.

Die Spanjaard pak nou weer die glase terug in hul rye in die rakke agter hom. Hy kyk skielik vurig na my, vra dan dringend: "Wie is jy?"

"Hulle noem my Jean," antwoord ek. "Net Jean."

Ek stap by die kroegdeur uit, af met die trappe tot onder. Die dolla agter die ontvangstoonbank voor die deur smile. Haar lippe is rooi en blink en sag en soepel. Haar borste is rond en vol. Hot stuff.

"Ek is Carmensita," sê sy sangerig en die punt van haar rosige tong verskyn tussen haar lippe. Sy lek, lek, lek aan haar onderlip, vee dan die nattigheid in haar een mondhoek met haar lang rooi pinkienael af. Sonder om haar oë van my weg te neem, steek sy haar hand agter teen die muur en druk 'n knoppie. Anneli van Rooyen se stem vul skielik die ganse Commercial Hotel: *Aan die ein-de vôn die reë-enbôô-ôôg . . .!* sing sy.

Carmensita leun vooroor op haar elmboë. Haar borste dein op en neer. Sy kyk na my met 'n sigaret in haar mond. Ek vonk my Ronson. Sy hou my hand met albei hare vas.

Ek ruk los. Ek het iets vergeet. Ek hardloop die trappe na die Ladies Bar driedrie op.

In die bar druk ek Nommer Drie met die hak van my skoen opsy. Ek buk oor die toonbank, haal die drie vyfrandnote onder die asbak uit. Ek hou een na die Spanjaard uit. Hy sit sy vadoek neer en neem dit met 'n teer gebaar. Sy buiging is kwalik sigbaar. "Gracie amigo."

Buite knipper ek my oë teen die skerp sonlig.

Ek kyk na die kerkhorlosie. Tien voor vyf.

Ek koop 'n *Argus* en in die woelige Voortrekkerweg kies ek koers na die ou gedeelte van Parow.

1995

ANDRÉ LE ROUX

Moet 'n slag gaan kyk hoe lyk dit daar by Goudini-Spa

Op die man in die lykhuis se T-hemp staan Goudini-Spa.

Langsaan tussen die kiste, die een kis op die ander, is 'n veerpyltjiebord teen die muur langs 'n plakkaat van Gerrie Coetzee. Dis 'n ou plakkaat. Teen die agterste muur hang die middelbladfoto's van meisies in stywe bikini's, so styf soos nuwe handskoene.

Die een meisie sit met 'n sopkastrol tussen haar bene, 'n houtlepel in die kastrol en haar borste se ligbruin kringe SO GROOT SOOS DEKSELS! Die steel van die houtlepel maak 'n duik so groot soos 'n man se duim se punt in die onderkant van een bors, die een wat skeef hang.

PRIVAAT GEEN TOEGANG op die deur.

Agter daardie deur speel die manne kaart. Iemand het ál die veerpyltjies vasgelê. HOU DIE DEUR TOE ASSEBLIEF!

Voor die deur lê 'n plas water. Dit het gereën.

Ek't, om die waarheid te sê, in die reën gery tot hier, verby 'n munisipale bus tot in Observatory en my aantekeningboekie op my bedkassie by die huis vergeet waar ek hom altyd neersit om hom te onthou soggens as ek loop, langs my sigarette. 'n Mens vergeet maklik as dit so koud is soos hier. Toe vra ek die sekretaresse van die hoofdirekteur of uitvoerende bestuurder of so iemand vir 'n stukkie papier.

"Het my aantekeningboekie ongelukkig by die huis vergeet," sê ek. "Ek weet dis nou seker soos 'n soldaat wat sy geweer by die huis vergeet het, maar nou ja, ek wil darem niemand SKIET nie."

Om te skiet, is sensueel, dink ek onseker terwyl ek na die sekretaresse kyk. Sy's swanger geskiet. Daar's 'n verband tussen blomme en bomme en die manier waarop mense doodgaan, dink ek. Daar's blomme op die vensterbank, sien ek.

"Wat se soort papier?" vra die sekretaresse, vasgekeer agter haar maag, agter die elektriese tikmasjien op haar lessenaar en haar bolip sweet.

"Sommer enige papier. Sommer van dáárdies. Tikpapier. Dis genoeg, ja. A4. Net so een of twee velletjies. Nie DRIE nie!"

Sy gee my vier, vyf velle. Ek vou dit op so groot soos 'n Hallelujaboekie om in my hempsak by my sigarette te pas. Ek wag op die hoof- uitvoerende direkteur of iemand. Hy weet góéd ek wag . . . Die stoel sit nie lekker nie.

UITEINDELIK! Hy sê: "Kom sit, kom sit, wag, jy sal meer papier nodig hê."

Ek keer nee, nee, ek't genoeg hier, dankie, kyk, dis net dat . . . Hy GLO my nie of hy steur hom nie aan my nie. Hy haal hard deur sy neus asem, weens sy liggaamsbou, sien ek, en hy stoot 'n vel tikpapier onder my silwer balpuntpen wat blou skryf in en sê daar, so ja.

Maar ek wys hom. Ek skryf niks neer wat hy sê nie . . .

Hy praat en praat, maar hy kan maar praat. EK HET DIE PEN IN DIE HAND! Ek kan hom skiet as ek wil sodra hy 'n verkeerde beweging maak. Ek kan sien hy weet dit en hy's bang daarvoor. Hy praat en praat.

Ek tik-tik met my pen soos 'n tydbom op my been. Hy dink dis my senuwees. Ek dink hy's 'n drol.

Hy kla.

Hy kla oor mense altyd opkyk as hulle agterkom watter soort werk hy doen. Ek kyk op. Hy kla oor die probleme van sy bedryf, die onkoste en die dankbare ondankbaarheid, al die reëlings en telefoonoproepe. Dan maak die mense grappies wanneer hulle opkyk.

Hy dink nooit dis snaaks nie, want hy't al ál die grappies gehoor. People are dying to meet me. Hy't dit ook al gehoor. "Hoei, Johnny, wee' jy wat se werk doen dié ou?!" Dis moeilik, dis moeilik.

"Ek sê, Johnny, wi' jy 'n kis koop? Cheap!" Dis nie snaaks nie, sê hy. Dis glad nie snaaks nie.

Terwyl hy praat en vertel, begin ek skryf: Snor, lippe, bril, aartjies, wange, maag, broek, bal, grappie. TRIENG.

Hy swaai sy stoel skuins om een van sy ses telefone te beantwoord. Dan staan hy op en gaan sit weer met 'n gebaar van sy hand. Sy stoel twiet onder sy bewegende gewig.

Hy dink sy kantoor is DEFTIG. Daar's 'n onbruikbare kaggel in die middel van die een muur ingebou; die muur agter my, matte onder my, muurpanele van hout om my en 'n asbakkie voor my.

Die asbakkie pas, toevallig, by die gordyne. Ek sit en mors aspris in die asbakkie wat toevallig by die gordyne pas. Ek blaas die lug vol wit rook tot hy weer twietend opstaan om die lugreëlaar aan te skakel en verskoning te maak oor die ding so raas. Mors as op sy matte onder my, maar dit was per ongeluk.

Ek kan sien my rook pla hom. Ek hou my koud. Ek rook te veel. Ons kan maar seker nou gaan kyk hoe lyk dit hier agter . . . (vraagteken). Ek skrik my koud. Soos wanneer 'n mens wag vir iets wat jy wéét gaan gebeur en as dit gebeur, skrik jy. Dis soos 'n onverwagte klop aan die deur . . .

SHIT!

Ons loop die sementtrappies af en uit oor die sementblad tussen die voorste gebou met die plastiekkranse en die agterste gebou met die baie deure en lae dak.

Ek maak self die buitedeur oop. Binne-in die vertrek is NOG twee deure. Een van die deure lei na die kamer met die hoë venstertjie.

Daar balsem Ronnie in sy T-hemp die lyke met pypies. Hy maak die liggame mooi. Hy kis die liggame netjies. Hulle vat die liggame weg. Dis die een deur. In die voorste gebou verkoop hulle die plastiekkranse teen afslagpryse . . .

Die ander deur hou die koue binne. Die temperatuur is vlak bo vriespunt. Die deur het slaghuis-handvatsels aan, blink en gladde chroom. Dit KLIK as die deur toeklap, daar waar die vrou in pan Nommer 1 skielik een middernag half-lyf ORENT GEKOM HET!

"Wat vir 'n ding is 'n pan?" vra ek.

Dis die laaie weerskante teen die mure van die koelkamer gerak van vloer tot plafon. 'n Pan is 'n laai en dit lyk só, wys Martin. En dit werk só. Hy trek 'n laai uit. Daar's 'n lyk onder plastiek in die laai. Dis Martin se werk om die panne skoon te maak. Kyk, elke pan het 'n nommer, elke liggaam daarop 'n etiket aan toon en vinger.

Hulle lê koppe diékant toe. Martin vee die vloer tussen die koppe. Hy vee ontsmettingsmiddels in water voor hom uit met sy besem op die nat sement-vloer tussen die rye panne gerak van vloer tot plafon. Hy's Ronnie se assistent, kan jy maar sê. Martin.

Ek vra: "Wat's dit dáárdie?" Ek moes nie gevra het nie . . .

"Waardie?" vra Martin.

"Dáár. Dáárdie!"

Dis soos 'n toegedraaide vis; 'n vis tussen al die plastiekbondels in die vorm van mense met koppe en knieë en voete met tone IN DIE LUG!

"Dis 'n . . . wat sê hulle in Afrikaans nou weer? 'n Pasgebore, 'n doodgebore . . . Hoe sê hulle vir still-born?"

Toegedraai in BRUINPAPIER in die koue. JISSIS! Die koelkamer se temperatuur is 4 grade bo vriespunt. Gedurende die dag styg die temperatuur 'n paar grade, nè? Met dié dat die deur so baie oop- en toegemaak word . . .

Maak die deur TOE!

Agter die deur staan Ronnie. Dis die deur van die balsemkamer met die een klein venstertjie daarbo. Bokant die deur hang 'n rooi vlaggie wanneer hy werk. Sodat die mense kan sien hy's besig.

"Kom maar in," sê hy. "Kom maar in."

Ronnie staan daar met 'n bles. Hy's kort en fris. Hy was lank laas by Goudini-Spa – sy T-hempie is verbleik.

"Ronnie," steek sy hand uit en groet. Sy hand voel pap.

Martin skuif verby.

Hy gaan staan langs Ronnie. Hy kyk na Ronnie se hande.

Ronnie kyk na sy eie hande. Hy kyk op.

Hy sê wéér: "Kom in."

Hy sê VAT daar, Martin.

"Kom maar in. Kom maar in."

Hulle noem hom dr. Quincy en partykeer Hoender.

Iemand het op die rooi vlaggie bo die deur geskryf: HOENDER.

"Iemand wat wou snaaks wees," sê Ronnie. Hy dink nie dis snaaks nie. Hy loop óm die tafel na 'n regop staalkas in die hoek.

Uit die regop staalkas in die hoek haal hy sy jas en plastiekstewels en voorskoot en stywe, dun handskoene te voorskyn. Dis nuwe handskoene.

"Gebruik net partykeer 'n masker, as 'n ou lank in die veld gelê het. Byvoorbeeld. Dan moet ek die venster ook toemaak. Anders hou die ander mense wat hier buite verbyloop dit nie."

Hy kyk om en draai sy kop na die venster. Sy nek is kort en dik.

Hy gaan staan agter die lyk.

Die lyk lê op die tafel, 'n steriele, wit tafel wat soos 'n tandartsstoel kan op en af, soos 'n wipplank. Daar is die reuk van formalien en paraformaldehied in die lug voor jou neus, pal, en dit brand in jou keel en oë.

Dit laat my kopvel JEUK! Ek moes nooit gevra het nie. Die liggaam is 'n swart karkas.

Die ingewande lê eenkant in 'n emmer. Dis 'n Steri-Nappi-emmer. Die liggaam se kop glip ál AF, glip ál AF van die nekstut wat moet keer dat dit nie afglip nie. Die boonste helfte van die skedel is afgesaag.

Die inhoud lê ook in die emmer soos pap. Die kopvel is teruggevou oor die voorkop en oë van die halwe gesig. Die kop is 'n dop. Martin draai 'n kraantjie oop. Ronnie sukkel met die pypies.

Hy sukkel met die aar in die nek. Om die balsemvloeistof te laat loop.

"Almal lyk nie soos dié een nie," maak hy verskoning met sy vinger soos 'n stilstaande koeël op die lyk gerig.

"Hierdie een lyk maar sleg," verduidelik hy hulpvaardig. "Hy kom van die polisielykhuis af om gebalsem te word; hulle lyk so ná 'n post mortem. Hy moet nog met die vliegtuig Oos-Londen toe, dié een. Dan's dit verpligtend dat hy eers gebalsem word."

Martin assisteer.

Hy beman die skakelaartjie van die masjientjie wat die balsemvloeistof pomp.

Die masjientjie maak TRRR-KRRR-BRRR en slurp rooi vloeistof uit 'n bottel op.

"Baie goed vir 'n verkoue," sê Ronnie. "Ek kry nooit verkoue nie."

Hy soek na die aar in die nek en druk 'n pypie daarin. Die nek is oop. Die aar het 'n mondjie koeëlrond.

"My neus sal loop, ja, maar verkoue, NOOIT!" Die rooi vloeistof begin onsigbaar vloei, tot Ronnie sê dit loop nou lekker. Hy snuif.

"Ruik hoe ruik dit. Kyk, hier kan jy sien, hier slaan dit al deur aan die binnekant van die kopvel." Hy druk daar.

Die kop is oop nes die nek en die kopvel natterig soos rou vleis onder Ronnie se wysvinger. Dit IS rou vleis! Die boonste helfte van die kopbeen is in 'n PRESIESE sirkel afgesaag en toe verwyder; die inhoud lê in die emmer. Net die halwe kop is nêrens te sien nie.

Dit lê heel onder in die emmer.

"Voel, voel hier aan die arm, dit begin al styf word. Dis 'n teken dat daar nêrens iets in die pad van die formaldehied is nie. Jy sal later sien die naels en tone word weer pienkerig."

Dis 'n teken dat die bloed deur die liggaam dreineer terwyl Martin se masjientjie langs die gereedskapkis staan en bewe en TRRR. Dit sluk die vloeistof in.

"Vat nogal tyd," sê Ronnie geduldig. "Die balsem-proses duur maklik twee, drie uur."

Geduld. Maar soms, verduidelik Ronnie, SUKKEL hy.

"Jy kan 'n aar bars – dan trek die hele lyk pikswart." Of sê hy, jy sukkel jou vrek as die are verkalk is. Dan moet jy ál met die aar langs soek tot jy die verstopping kry. En dan weer 'n ander aar soek om die héle liggaam gebalsem te kry. Vat tyd.

"Anders help dit nie. Gewoonlik, as die lyk nou nie lyk soos dié ene nie, dan maak ek 'n klein snytjie in die lies net hierso so om 'n aar te kry. Maar as dit 'n vrou is, dan soek ek die aar in die nek. Ek hou die onderlyf toe. Hier loop maar altyd mans verby."

Jy weet . . .? vra hy saggies, vroetel in die emmer, en pas die boonste helfte van die kopbeen sekuur terug op sy plek. Eers die inhoud, versigtig dat niks uitval nie, versigtig en stadig, stadigies nader. Die laaste sentimeter vinnig kaplaks WAP! soos twee rivierklippe op mekaar onder water. Die geluid is net dowwer, baie dowwer. Die kop klap toe.

Hy gebruik gips om die twee helftes te heg. "Netjies, sodat 'n mens nie die las sien nie."

Dan die kopvel terug op sy plek, bo-oor getrek soos 'n rubberlappie. 'n Paar toutjies óm die kop en ken hou alles in posisie en gee die gips kans om te set.

Ronnie laat val afknipstukkies tou in die leë maagholte. Om daar te bly, om daar TOEGEWERK te word! Hy lig die ingewande op uit die emmer met albei hande asof hy 'n rivierklip optel, vingers gesprei sonder om te veel te laat drup uit hart en longe.

SWART HART EN LONGE!

Hy plaas dit terug in die holte van die borskas. Hy wikkel dit. Hy knie en rol dit effens in posisie en strooi wit formaldehied in poeiervorm oor. Hy KLAP daarop met palm en hand en rol dit nog so bietjie.

Dit lyk asof hy deeg uitrol volgens 'n resep.

"Man, ek was eers sjef in die Vloot," sê hy.

Hy was ook skrynwerker. Hy sit ook vloere vir die lykwaens in. Houtwerk is steeds sy stokperdjie. Partykeer saans, as die werklas dit toelaat, sing of speel hy kitaar met kort vingers in 'n orkes in 'n nagklub in Kaapstad of by troues.

"Toe ek nog my eie orkes gehad het, het ek 'n deeltydse werk vir die dag gesoek. Toe kry 'n vriend vir my hierdie werk. In die begin wou ek niks eet nie. Baie manne hou net 'n rukkie hier, dan loop hulle. Hulle kom nie eens terug vir hul geld nie."

Hy vat watte.

"Wys jou net."

Hy vat watte en stop die keelholte daarmee op.

"Maar toe begin ek belang stel in die werk. Dit gee 'n mens 'n waardering vir die lewe. Dit het vir my 'n ambisie geword. As ek klaar is met 'n lyk, moet hy mooier wees as toe hy hier ingekom het, sien? Jy sal nou-nou sien."

Hy werk toe.

"Spesiale tou. Vislyn werk nie. Dit skeur te maklik uit." Hy maak klaar. "Right, nou maak ons hom mooi. VAT daar, Martin."

Hulle sit hom in die kis.

"Ek maak hom nou nie mooi vir 'n dans nie, nè? Net so dat hy 'n natuurlike kleur het."

Daarvoor gebruik hy 'n lipstiffie en poeier en spesiale rome. Hare word in die koelkamer gewas en gekam; 'n man se dooie hospitaalbaard geskeer, wange en neusgate met 'n wattetjie ontsmettingsmiddel skoongemaak, letsels aan 'n ongelukslagoffer se gesig opgebou met was.

Ronnie sit grimering aan. Hy rangskik stroke watte rondom die kop en nek sodat net die gesig uitsteek; sit 'n borslappie op met pers lintjies onder die ken. As die liggaam effens te lank is vir die kis, net effentjies, LIG hy die knieë totdat die voete inpas.

Dit pas in.

Ronnie sit die deksel op. Martin stoot die kis op 'n trollie uit, by al die deure uit. Hy kap die kosyne.

"Kom ons gaan drink tee," sê Ronnie. Hy was eers sy hande, VRYF sy hande. Dis teetyd.

'n Paar manne sit reeds langs die kiste, leun teen swaar embuia en eet hul toebroodjies, drink koffiefles-koppies vol groentesop, speel kaart langs die wit KINDERKISSIES, eet kaastoebroodjies en koue frikkadelle met UIE in.

Martin sit 'n lagie koerantpapier in 'n kis. Dan 'n lagie wit plastiek en 'n kopkussinkie van saagsels. Jy moet 'n begrafnisondernemer gebore wees, sê hy. Nee, sê hy, hy's nie bang nie.

Net in die begin bang gewees, net die eerste week of so. Toe die vrou in pan Nommer 1 skielik so halflyf ORENT gekom het die nag. Toe die wit plastiek so van haar bolyf afgeskuif het. Was besig om die koelkamer se vloer skoon te maak met die besem, ontsmettingsmiddel en water.

Toe kyk hy op en sien die vrou.

Hy sien die vrou kom stadig halflyf op. Die vrou sit regop. Hy was nog nooit so bang in sy hele lewe nie. Hy't begin skree. Die vrou het haar kop gedraai en so halflyf regop gesit en na hom gekyk, net gekyk en gekyk. Hy't begin gil oor die vrou so na hom kyk. Hy't gegil en gegil en gesien hoe die plastiek ál AFFER skuif tot ONDER haar borste. Dit het hom deurmekaar en nog banger gemaak. Hy't aanmekaar gegil en gegil.

Maar hulle sê as jy eers van dié plek gedroom het, dan is jy nie meer bang nie . . . Miskien moet ek 'n slag gaan kyk hoe lyk dit daar by Goudini-Spa.

1987

GAWIE KELLERMAN

(van Dik de Necker)

Dik de Necker sit swaar op die bedrand en kyk na sy bruin broek met die ingewerkte stukke in die sitvlak voordat hy opstaan en klaar aantrek. Dik de Necker is wat hulle hom noem. Boonop is hy 'n kok wat sy tyd ongemotiveerd in die weermag deurbring. Dik de Necker se probleem het aan hom 'n swak mediese klassifikasie besorg en hom in 'n inrigting ingedwing. 'n Army-kok vir twee jaar. Hy is nog net negentien jaar oud en hy droom drome wat hom help om uit sy depressiewe toestand te ontvlug.

Dik de Necker stel homself weer teleur deur aan die advertensie van 'n spierbouapparaat in *Huisgenoot* te dink. Hy besluit om hom by sy dikheid te berus. Vir sy berusting skenk hy aan homself 'n bootreis op die Nyl. Hy besoek die tempel van Abydos in 'n drastoel wat deur vier swetende draers gedra word. Terug op die rivierboot, vaar hy verby die Tempels van Karnak. Hy staar rustig daarna terwyl hy die koel wind wat oor die rivier waai, geniet. Op die regteroewer wei drie Egiptiese waterbuffels in die biesies. Hulle kyk op toe hul wagter vir hulle fluit, blaas die water uit hul neuse en begin stadig uit die biesies uitstap. Een bulk hard. Met behulp van sy tolk kry Dik de Necker 'n papiruspluim in die hande. Hy bestudeer dit tydsaam.

Met sy terugkeer by die Hotel de Paris in die Nyl-delta, gesels De Necker, skemerkelkie in die hand, met 'n Ierse skoonheid wat op die res van haar navorsingsgeselskap wag. Hulle gesels oor Egiptiese wyshede wat onder meer onder die piramide van Gizeh gevind is. Toe sy fisieke belangstelling in hom begin toon, onttrek Dik de Necker hom met 'n verskoning na sy suite. Hy gaan sit op die bedrand. Hier word hy geroep deur 'n swart kombuishulp wat hom in Ovambo wil laat verstaan dat hy in die kombuis benodig word. Daar aangekom, gee Dik de Necker die drie sakke mieliemeel waarvan pap gemaak moet word. Hy kyk hoe die meel in die kookwater ingeroer word. Terwyl die pap prut, dink hy daaraan dat dit klink na die waterbuffels wat hy by die rivier gesien het. Die sirene kondig etenstyd aan en Dik de Necker skep die pap uit in opdienskottels. Hierna gaan stort hy, want kokke moet skoon wees.

Dik de Necker beskou die dag se resepte, kolomvormig geskryf soos die hiërogliewe op die tempelmure. Die bestanddele word vir hom ryk olies, speserye, medikamente vir die balsem van die Egiptiese koning Toetankamen, wat so tragies dood is. Dik de Necker deel die Egiptiese volk se leed met die afsterwe van hul jong koning. Hy ruik die brandoffers van die rouende Egiptenare. Dik de Necker maak sy oë stadig oop en haal die sago wat besig is om oor te kook, van die vuur af.

Hy draai om, stap na die kokke se kwartier toe en "crack" totaal oor sy dikheid, alleenheid, roepingloosheid en waardeloosheid, totdat die NDP-kapelaan na hom toe kom en met hom begin praat. Hy lees aan Dik de Necker die gedeelte voor oor die Israeliete wat uit hul ballingskap in Egipte verlos is, vertel hoe daar vir dié slawe verlossing gegee is. Dik de Necker dink aan die tien plae, die dood van die eersgeborenes. Hy ruk hom reg, kies kant, gee sy sakgroot Bybeltjie vir die kapelaan terug en sê vir hom om dit te hou.

1988

(van die seunsoffisier)

Hy stap stadig, nie moeg nie, na sy tent toe. Dit moes kort tevore gereën het, want die stoom slaan uit die wit sand op en hy loop dit en geniet. Die makalanipalm langs die tent se blare blink hoog op aan die stele, swaels duik uit die droë blare teen die stam uit, swiep laag oor die grond en gaan sit teen die snaarstywe tenttoue om hul vere te kam.

By die tent haak hy die flap los, vou dit om en staan terug. Die outomatiese geweer wat rustig oor sy linkerskouer gehang het, vat hy in albei hande vas, bring dit na sy mond en blaas die wit stof daarop af. Hy laat sak dit weer, kyk na die wit stof op sy stewels en in die voue van sy bruin broek, en vee die modder onderaan sy stewels teen 'n klip langs die deur af. Die palm se blare staan stil op hul stele. Hy kyk op daarna. Daar gaan 'n storm kom. Dan stap hy in.

Voor die groen staalkas gaan hy staan, skuif die linkerdeur oop, vou sy outomatiese geweer se kolf uit, sit dit links agter in die kas neer en haal 'n draadhanger uit. Hy gaan sit op die rand van die bed met die glad gestrykte swart wolkombers, buk af en ryg die veters van sy stewels los, trek hulle uit en sit hulle voor die toe gedeelte van die kas langs mekaar neer. Die bruin wolsokkies word uitgetrek, uitgeskud en elkeen word oor 'n stewel gehang.

Toe hy opstaan om sy hemp uit te trek, woel hy sy tone in die koel sand in. Hy hang die hemp oor die hanger, kyk daarna en sien dat dit nog netjies gestryk is. Hy hang dit oor die blink pyp in die kas. Hy haak die metaalgespe van sy gordel los en trek sy broek uit. Toe hy dit uitskud, vlieg daar 'n mot van die tentdak af. Hy jaag dit met sy broek by die deur uit en gooi die broek op die groen kas. Hy haak weer die tentflap vas. In die skemer gaan lê hy op die bed.

Die growwe kombers is skurf onder sy rug. Hy lê met sy bene effens opgetrek, sy kop op die wit kussing, en sy hande gevou onder sy kop. Sy gesig en skouers is vol, jonk gerond oor die vlak been. Die arms is soepel, atleties hard. Die bors- en maagspiere is fiks, die geslag netjies gevul in 'n rooi nylon scant. Hy draai op sy sy en slaap soos 'n seun terwyl die lug liggies roer oor die haartjies op sy lyf.

Toe die reën op die tentdak begin val, word hy wakker, draai op sy rug en strek hom op die bed uit. Hy lê en luister rustig na die reën, met sy hande onder sy kop gevou. Dan kyk hy op sy horlosie, staan op en gaan vou die tentdeur oop, haak dit in. Die water drup van die tentdak af. Die laaste lig van die dag val in, word ligter soos die wolke vir oulaas wegtrek. Hy gaan staan voor die kas, haal sy geweer uit en ook die skoonmaakstel. Dan sit hy rustig die geweer uitmekaar en haal; stuk vir stuk pak hy op die bed uit en vee dit met 'n olielappie af.

Met die geweer weer aanmekaargesit, begin hy die res van sy uitrusting op die bed uitpak. Netjies in rye. Die kompas met die spikkels fosfor op, die gevulde magasynsakkies, die ekstra magasyne, die noodhulpsak, die black-is-beautiful, 'n appel, 'n vol waterbottel, 'n sakkie isotoniese koeldrank en 'n boshoed. Hy klim in 'n swart kortbroek, vat sy handdoek en stap na die storte.

Onder die stort probeer hy sy lyf met water alleen skoon kry. Sy olierige hande skuur hy met 'n handvol sand af. Met 'n liggaam wat nog na olie ruik, stap hy terug en haal skoon klere uit die regterkant van die kas uit. Hy trek stadig aan, maak sy stewels versigtig vas en begin om sy uitrusting in sy gevegsdrag se sakke te pak, behalwe die black-is-beautiful. Met sy blikspieëltjie in sy linkerhand begin hy om swart strepe dwars oor sy gesig te smeer, sy nek en hande. Dan sit hy en wag.

Sy seksie begin die een na die ander voor die tent by die makalanipalm bymekaarkom. Hulle is stil, almal streperig gekamoefleer, behalwe een. Toe hy by sy tent uitkom en oor die seksie kyk, sien hy hom. Sy kyk vra hoekom. Die jong troep kom staan voor hom op aandag, volg hom dan die tent in. Hy gaan sit op die bed en wag vir die troep om te praat.

"Luitenant, ek is gatvol van nagpatrollies, ek is gatvol vir stap, ek is gatvol om sonder seep te was. Luitenant, ek is moeg."

"Kom sit hier op die bed," sê hy toe hy opstaan en die black-is-beautiful uit die kas haal. Hy begin die troep kamoefleer. Sy vinger gly plek-plek in die nattigheid oor die troep se gesig. Hy sê niks nie, want hy weet nie wat om te sê nie, want hy mag niks sê nie, want hy is die seksieleier, want hy moet hulle terugbring. Tog sê hy dat hy verstaan, hy is self net agtien.

1988

J. M. GILFILLAN

My liefste poppie

Toe Hendrik Taljaard daardie middag die boodskap kry dat Pop hom wil sien, het hy nie eens opgekyk van die vonkprop waarmee hy besig was nie. Hy het net dieper oor die enjin gebuk en sorgvuldig sy werk klaargemaak. Eers toe hy sy hande aan 'n flenter-handdoek skoonvee, het hy na sy suster Letta gekyk sonder om te laat blyk dat hy haar gehoor het.

"Gaan jy maar in en sê vir Maria om koffie te maak, of tee, soos jy wil. Ek kom nou."

Hy gaan maak eers die werfhek toe wat Letta laat ooplê het en verwilder die makoue uit die lappie kool voordat hy kombuis toe stap om warm water te skep vir sy hande waaraan die ghries nog sit.

In die voorhuis kry hy vir Letta, besig om stoelkussings uit te klop. Aan die manier waarop sy werk, kan hy sommer sien dat sy besig is om driftig te raak. "Dié huis kort 'n vrouehand. Van Pop weg is, verwaarloos alles . . ." en sy trek vieserig aan 'n bondeltjie stofdons wat teen haar rok vasklou.

"Tog kom ons klaar," sê Hendrik terwyl hy tydsaam sy pyp begin te stop. Hy vra haar uit oor Frans, sy swaer, en oor hulle boerdery, 'n ent verder langs die grootpad. Terwyl sy kla oor die melkprys en oor die onbetroubaarheid van werkers, is sy gedagtes by Pop. Hy wonder waar Letta haar raakgeloop het. Of sou sy by hulle wees? Hy laat Letta maar praat, dalk laat val sy weer iets oor Pop. Maar sy suster is uitgepraat oor boerderysake. "En waar is Sussie dan?" Sy rig haar tot Maria wat met 'n skinkbord teegoed inkom, maar dié kyk stug af na die vloer.

"Sy is spruit toe met Maria se kinders. Hulle het gaan klei uithaal vir koppies en borde," gee Hendrik antwoord.

Letta roer haar tee dat die lepeltjie se fyn geklingel teen die koppie die enigste geluid in die stil voorkamer is. Die kind verwaarloos, dit sien sy nou vir die soveelste keer. Heeldag in die wind en weer saam met Maria se ongeleerde spannetjie. As Hendrik vir Pop terugneem, dan het die kind weer 'n sorg. So nie sal sy en Frans hulle seker oor die bloedjie moet ontferm. Sy sug.

"Hendrik, ek het gekom om julle klere na te sien. Maar jy weet self, ek het ook 'n huis en kinders." Sy kan hoor dat haar stem besig is om te klim en sy bly maar eerder stil voor sy te veel sê.

Hendrik staan op en vat die leë koppie by haar. "Tog kom ons klaar," sê hy weer. "Laat Maria jou maar wys wat daar te doen is aan die kind se klere, ek moet na die skaap gaan omsien." Hy tel sy hoed op waar dit lê langs sy stoel en loop deur toe. Net voor hy uitstap, vra hy met sy rug na Letta toe:

"En waar wil sy my nogal sien?"

"Hoe nou?"

"Pop. Ek vra waar sy my wil sien."

Letta staan op en stryk eers haar rok tydsaam glad oor haar heupe voor sy antwoord.

"In die Springbok-kafee. Pop het gesê sy sal môre teen elfuur vir jou wag in die Springbok-kafee. Take it, or leave it, dit was haar woorde."

Toe Letta kort voor sononder haar goedjies bymekaarsoek om te ry, is daar nog geen teken van die kind nie. Dit maak haar onrustig sodat sy by Hendrik pleit om tog maar weer vir Pop terug te neem. Hy moet onthou dat sy jonk is en ook maar swaar grootgeword het. "Moet nou nie haastig wees nie, ou broer. Dink goed na voor jy sommer besluit."

Hendrik slaan haar motordeur toe, en kyk weg, ver oor die winterwit veld.

"Ek het klaar gedink. Daar is nie meer te prate nie," sê hy net.

Hy kyk haar motor agterna tot dit oor die bult verdwyn en wonder waarom hy nie maar gesê het dat hy sal gaan nie. Want voor haar naam dié middag tussen hulle genoem is, het hy al geweet dat hy haar sal gaan soek. Een of ander tyd sal hy gaan soek tot hy haar kry. Hy het net nooit kon dink dat dit sý sal wees wat terugkom nie. Môre om elfuur in die Springbok-kafee, het Letta gesê. Die wilde vreugde wat sy suster se woorde in hom losgemaak het, wil nie heeltemal gaan lê toe hy sy kind van die spruit se kant af sien aankom nie.

Maria het al die lamp in die kombuis aangesteek toe die kind moeg en beteuterd inkom. Sy gooi warm water in die sinkbadjie vir Sussie se arms en bene. "Onthou om paraffienvet aan te smeer," sê Hendrik terwyl hy die maer kinderbeentjies betrag. Hy is maar bly dat Letta reeds weg is, want opeens sien hy sy kind deur háár oë. Sy lyk inderdaad vuil en verwaarloos en dit hinder hom skielik dat sy so aan Maria vasklou. "Toe nou, dis genoeg, gaan trek aan jou nagrok." En ergerlik teenoor die swart vrou: "Wat staan jy so? Jy moet vroeër loop saans. Dis nie nodig om vir die kind te wag nie. Ek kan haar ook was."

Die volgende môre is Hendrik nog vroeër as gewoonlik op. Hy verskree die werkers by die stal en jaag Fanjan aan om die bakkie te kom was. Hy verwens die jammerlike feit dat hy nie 'n motor het nie. Vir Pop moes 'n man in 'n motor kon gaan haal. 'n Winkelnuwe Chev, met vlerke wat blink in die son en vere wat wieg oor die plaaspad.

Toe hy sy flanelbroek vir Maria gee om te pars, is dit vir hom asof sy haar kop skud en haar oë kyk by syne verby toe sy dit later by die slaapkamer kom afgee. Maar miskien verbeel hy hom maar. Wat sal sy tog weet! Hy kan net sowel na die prokureur of dokter op pad wees. Sussie kom in terwyl hy skeer. "Gaan ons dorp toe, Pappie?"

Hy is ergerlik sonder dat hy weet waarom. "Nee, óns gaan nie. Ek gaan. Jy bly hier en jy bly in die huis. Maria moet jou hare was, dan maak jy dit voor die stoof droog. En trek tog een van die rokkies aan wat tant Lettie gister heelgemaak het." Die teleurstelling in die kind se gesig laat hom byvoeg: "Ek bring vir jou 'n mooi lint. En van die toffies waarvoor jy so lief is."

Terwyl hy naskeerwater oor sy gesig plas en sy das sorgvuldig knoop, is hy bewus van die kind se oë op hom. Ernstige bruin oë wat hom dophou sonder om een keer te knip. Sou sy agterkom dat dit die uitbundige geel das is wat Pop hom nog gegee het om by sy pullover te pas wat hy nou vir die eerste keer weer uit die kas gehaal het? Hy is spyt dat hy vaneffe so kortaf met haar was en hy gaan sit by haar op die bed se rand. Sy vly haar teen hom aan en hy streel oor haar lyfie. Haar nagrok se knoop is af en die materiaal skuif weg oor haar skouer. En daar, pers, teen die kindervel, sien hy die begin van die hale wat oor haar hele rug loop. Die skok daarvan laat hom opnuut voel asof daar sweepslae oor sy eie rug reën. "Hoe lank vat sulke merke dan om te verdwyn?" wonder hy. "Of gaan dit nooit weer heeltemal weg nie?" Hy skuif die nagrok terug oor haar skouer en hou haar styf teen hom vas. "My liefste poppie," fluister hy teen die growwigheid van haar hare, "my enigste poppie."

In die Springbok-kafee is dit skemerig en Hendrik moet eers gaan staan om hom te oriënteer ná die fel sonlig buite. Hy koop 'n koerant en 'n pakkie sigarette voordat hy na die tafeltjies draai. En toe sien hy vir Pop. Sy sit in die verste hoek, met haar rug na hom toe. Sy het 'n rooi rok aan waarteen haar vel so wit soos melk afsteek. Haar hare is opgesteek en die kromming van haar nek is teer en jonk. Net 'n paar tree en hy kan by haar wees. Maar eers loop hy na die speelkas wat groen en rooi flits en soek húlle liedjie uit. Toe "Red sails in the sunset" se melancholiese wysie die kafee begin vul, draai Pop haar om, en haar oë soek tot sy hom vind. Sonder dat hy weet hoe hy daar gekom het, staan hy langs haar en sy vingers sluit om haar ronde bo-arm.

"Hallo, vreemdeling." Sy lag na hom toe op met haar gul rooi lippe. Hy gaan sit sonder om haar te soen. "Ek het na jou verlang, jong," en sy pruil haar mond op 'n manier wat sy hart van voor af laat ruk. "Pop, Pop, Pop," klop dit deur hom, maar hy sê niks. Hy sit net na haar en kyk asof hy nooit genoeg sal kry nie. En sy kyk terug met haar ligblou oë waaruit die speelsheid weg is. En sy ráák hom, omdat sy vreemd weerloos is, so met haar stil gesig waaruit die lewe en die betowering vir die oomblik verdwyn het. Hy sien nou duidelik dat haar neus te breed is om mooi te wees en dat haar hare onnatuurlik wit is, soos dor wintergras. Hy sien, soos 'n wurm onder haar vel, die letsel wat sy as kind opgedoen het. "Met die kombuisstoel man, want my pa was woes as hy gedrink het," onthou hy weer haar stem toe sy vinger die eerste keer die merkteken nagetrek het. En hy voel dieselfde jammerte as wat hy dié oggend vir sy kind gehad het. Pop se oë sak eerste en hy sien hoe 'n spiertjie langs haar mondhoek begin trek. "Is jy nog altyd kwaad vir my?" Haar stem is yl soos 'n dogtertjie s'n, en sy sit en draai en draai aan wat hulle trouring moet wees.

Hy wil haar verseker dat hy nie kwaad is nie, nooit weer sal wees nie, maar eers moet hy oor Sussie praat. Terwyl hy nog wonder oor hoe hy dit die beste sal kan doen, skuif sy nader sodat hulle knieë onder die tafel raak. En met haar linkerhand begin sy streel oor sy dy, totdat praat nie meer nodig is nie. Al waarvan hy nog weet, is Pop en die reuk van haar poeier so betowerend naby en haar vreemde ligblou oë in syne.

En uiteindelik is dit sý wat praat. Sy belowe van nooit en nooit weer nie en sy vertel van die tyd in Johannesburg en van die aaklige salon waar sy werk gekry het. Net om hare te was, verbeel jou, sý wat hier op die dorp al die perms gegee het! Hendrik sit en verkyk hom aan haar. Wanneer sy praat, en veral wanneer sy gelukkig is, is sy een en al betowering. Dit is asof haar melkwit vel deurgloei is met lig en haar vreemde, ligte oë straal hom tegemoet. Met een of met albei hande streel sy oor sy been, sy hand, sy wang. Hy kan nie dink hoe hy haar ooit weggejaag het nie. Weggejaag! Die gedagte laat hom ineenkrimp. Dis so goed of hy het sy eie weerlose kind by die deur uitgestuur.

Dis al verby die middaguur toe hulle gearmd by die kafee uitstap. Hendrik is bewus van die ander mans se oë op Pop en hy kan hom goed voorstel hoe sy van agter lyk in haar nousluitende rooi rok met die donker kouse en hoëpolvyskoene en daardie effense swaaistap van haar. Pop, my Poppie, dink hy, en hy lag af in haar blye oë.

Dis byna sluitingstyd wanneer hulle uit die winkels kom, moeg gekoop. Daar het lokke uit Pop se haarnaalde ontsnap en dit omring haar gesig soos 'n stralekrans.

Sy is nog opgewonde oor die nuwe klere wat sy gekry het, en sy skuif styf teen Hendrik vas in die bakkie. "Dankie, jong," fluister sy, haar hand hoog teen sy been. Hulle ry die paar myl plaas toe sonder om veel te praat. Hendrik is skaars bewus van die bekende landskap waaroor die skaduwees nou lank en koud lê. Die bloedwarm mens teen sy skouer klop saam met sý hartklop en die winternag lyk vir hom vol van belofte.

Die kombuislamp brand in die donker huis en Hendrik kan Sussie by die onderdeur sien staan toe hulle by die werfhek inry. Vir die eerste keer dink hy weer aan die lint en die lekkers wat hy belowe het en hy voel skuldig oor al die papiersakke agter op die bakkie. " 'n Volgende keer kry Sussie weer," belowe hy homself en bring die bakkie vlak by die agterdeur tot stilstand.

Die kind kom uitgehardloop, maar toe sy vir Pop sien, steek sy vas. Hendrik vererg hom. "Kom groet vir Mammie," sê hy en skrik vir die barsheid in sy stem. Pop kom sit haar arms om die kind wat styf en ontoegeeflik bly staan. "Sussie, ons gaan lekker speel, jong. Toe nou, kom soen vir Pop," en sy buk af oor die kind wat gehoorsaam haar kop oplig maar dadelik na die groet terugvlug in die warm kombuis in.

Die tafel is gedek vir twee. Sussie staan styf teen Maria wat nog by die opwasbak doenig is, en dit lyk asof sy wil huil. Hendrik is kwaad en smyt 'n papiersak op die tafel neer. "Wat maak jy nog hier, Maria? Het ek nie gesê jy moet vroeër loop nie?" Die swart vrou maak saggies die kind se hande los wat aan haar rok vasklem. "Ek kom môre weer," glimlag sy vir Sussie en tree oor die drumpel, die nag in.

Saam met Pop kom daar lewe in die stil kombuis. Sy lig die deksels van die kospotte af. "Ag nee, nie vanaand al mieliegruis en soutribbetjie nie! Vanaand gaan ons vier, of hoe sê jy, Sussie?" Sy gryp die kind om die lyf en wieliewalie met haar oor die vloer. Vir Hendrik is dit pynlik om te sien hoe styf en sonder plesier die kind haar laat meevoer.

"Haal jy vir ons 'n goeie tafeldoek uit, Sussie," en Pop pluk die geruite kleedjie af. Sy soek kerse in die kombuislaai en maak hulle staan in twee pierings. En toe begin sy uitpak: polonie, weense worsies, tamatiesous, blikkies bone en aspersies, sardientjies en sjampanje. Sy laat Hendrik die nuwe glase uitspoel en sy lag uitgelate toe 'n prop tot teen die plafon skiet. Dis vir Hendrik heerlik om haar so vrolik te sien en hy probeer vergeet van sy kind wat eenkant staan, met haar oë groot en donker in die smal gesiggie.

"Gee vir die kind kos," sê hy na sy tweede glas sjampanje, "sodat sy kan gaan slaap." Hy voel ongemaklik met Pop wat op sy skoot sit en saam uit sy glas drink onder die ernstige oë van sy dogtertjie. Dit irriteer hom dat sy soos 'n waspop langs die stoof bly staan, sonder om te roer, net met die twee oë soos donker gate in haar kop.

Pop skep 'n bord vol winkelkos en roep die kind nader. Self gaan sy weer op Hendrik se skoot sit en voer hom aspersies met haar vingerpunte. Van die sjampanje het daar 'n rooskleurige lig onder haar vel begin gloei, en haar hare wat nou heeltemal los hang, laat haar broos en weerloos lyk. "Kompleet 'n engel," dink Hendrik en hy gee hom oor aan haar betowering.

En toe klop Fanjan aan die kombuisdeur. Of Hendrik sal kom kyk, daar is 'n ooi wat lyk of sy vrekte het. Hy staan teësinnig op en soek 'n lantern in die kombuiskas. "Ek is nou terug," sê hy en sy lang gestalte buk uit onder die agterdeur.

Meteens is dit stil in die kombuis. Pop skink vir haar nog sjampanje in en sy draai na die kind. "En waarom eet jy nie? Is Pop se kossies nie so lekker soos Maria s'n nie?" Die kind kyk af op haar bord en steek 'n stukkie polonie in haar mond. Die ongewone winkelkos word dik in haar keel en sy sit maar weer stil, met haar hande in haar skoot gevou. Pop drink die sjampanje teugie vir teugie terwyl haar ligte oë op die kind bly. "Toe, eet!" por sy. Sussie bly doodstil sit en sukkel om haar trane weg te sluk.

"Kyk vir my!" Pop weet dat sy nou op gevaarlike terrein is, maar die sjampanje het haar bloed warm gemaak en daar is die ou opstand in haar teen die kind wat Hendrik s'n is, maar so anders is as hy. "Ek sien jy is nog maar altyd 'n ou tjankbalie," sê sy toe die kind uiteindelik haar oë lig. "Asof Pop jou sal opvreet! Nou eet jy die kossies alles op en dan mag jy gaan slaap."

Die kind worstel met die vreemde kos, maar slaag daarin om dit happie vir happie na binne te werk. Uiteindelik lê daar nog net 'n hopie aspersies op haar bord. "Opeet," tart Pop se stem. Die kind sit stil en byt haar naarheid en haar trane terug. Pop se stoel knars soos sy opstaan en die kind skrik. Sy spring op en hou haar hande afwerend voor haar uit. "Nee, Mammie, asseblief, Mammie!" pleit sy.

Pop bly staan agter haar stoel. Sy wou die kind kamer toe vat, maar die vreesbevange reaksie het al die ou vure in haar aangeblaas. En tog bly sy waar sy is. Net die ligte oë smeul gevaarlik. So staan hulle teenoor mekaar totdat die stilte vir die kind te veel word. Sy begin om die tafel wegvlug, na die binnedeur se kant toe. "Sussie!" roep Pop, en dit ontsenu die kind so, dat sy die tafeldoek in haar vaart saamsleur. Die nuwe glase kantel vloer toe. Saam met die gerinkel van glas wat breek, breek ook Pop se laaste bietjie selfbeheersing. Haar oë is wit vuur toe sy, sonder om te kyk, haar hand uitsteek na die sambok wat altyd agter die kombuisdeur hang.

Waar Hendrik gebuk sit oor die siek skaap, hoor hy sy kind se eerste hoë gil, en hy stuur Fanjan weg na die stat toe. Hy los die ooi en die doseermiddel net daar en stap weg, om die kraal, die nag in. Hy wil nie hoor nie. Hy mág nie hoor nie. Hy loop en loop net en dink aan Pop se melkwit skouers en gladde rug. Hy struikel oor 'n klip. En toe hoor hy 'n jong kapokhaantjie hortend kraai. Hy wonder dofweg, deur sy eie pyn, waarom die hoender dan so buitenstyds is.

1989

Taalles

Sy beweeg deur die klas en haar rok ruis agter haar aan: 'n wolk duifgrys sy. En dit is hierdie ruising waaruit daar 'n geheimsinnige lyfreuk opstyg wat dit vir Alfred Ngwenya onmoontlik maak om op sy werk te konsentreer. Sy oë volg haar waar sy buk by Mkhize om iets te verduidelik, en verder soos sy met die ry af beweeg, verby Bongani en Fanifani. By Maria Hlatshwayo bly sy 'n ruk lank staan en sy knik goedkeurend. Musekwa moet 'n stommiteit begaan het, want nou is sy op pad na die swartbord. Op haar geduldige, byna onwesenlike manier begin sy opnuut uiteensit dat oorganklike werkwoorde met direkte voorwerpe in sinne verbind. Om te toets of daar 'n direkte voorwerp in 'n sin voorkom, kan 'n mens die wat-vraag stel:

Sarel koop WAT?	Antwoord: 'n nuwe baadjie.
Ons hoor WAT?	Antwoord: die klok.
Anna lees WAT?	Antwoord: 'n boek.

"Let wel," sê sy nadruklik, "dié toets kan slegs toegepas word nadat daar vasgestel is dat die betrokke hoofwerkwoord nie 'n koppelwerkwoord is nie. Die eerste toets vir oorganklikheid is dus om te bepaal of daar 'n direkte voorwerp in die sin optree. Indien die direkte voorwerp as onderwerp gebruik kan word wanneer die sin in die lydende vorm geskryf word, kan ons aanvaar dat ons te doen het met 'n oorganklike werkwoord."

Sy sit die kryt neer en klap haar hande om van die wit stof ontslae te raak. "Meneer Musekwa, verstaan u nou waarom u sin grammatikaal nie korrek is nie?"

Musekwa se kop hang en beskaamd skud hy van nee. Sy gaan maak vir haar plek langs hom en begin van voor af verduidelik, geduldig en sag, maar asof sy self ver weg, op 'n ander plek is.

Miskien is haar grootste fout nie dat sy sommer aanneem dat ons almal haar taal verstaan nie, dink Alfred. Miskien lê die knoop by haar aanbieding: dit is asof sy besig is met 'n spooktaal; 'n taal wat net in die doderyk gepraat word. As sy maar kwaad kon word of ten minste 'n bietjie entoesiasties!

Hy is lankal verby sý aanvanklike woede oor die taal. Die taal wat 'n vereiste is vir sy graad in die Regte en wat soos 'n onbeweeglike rots in sy pad lê. Die taal wat hom reduseer tot 'n onbeholpe kind. Sou sy ooit kon glo dat hy nooit minder as 75% kry vir sy ander vakke nie? Sou sy hoegenaamd belangstel? Vir haar is hy 'n registrasienommer; een van die massa onnosele swart studente wat nie die eenvoudigste sin foutloos kan neerskryf nie. Weet sy van die gedigte wat Simelane skryf? Het sy al ooit 'n Zoeloe-pryslied gehoor? Die musiek daarin?

Hy kyk af op die vel papier waarop daar 'n verlate opskrif staan: *My vakansie*.

Sy het vanoggend gekom met die gedagte dat hulle skryf oor die pas afgelope Aprilvakansie. Vir oefening, het sy gesê. Soos 'n troppie skoolkinders. En sodat sy geduldig, sonder ergernis, hulle foute kan korrigeer.

Aan die soet-soel geur weet hy dat sy langs hom staan.

Julle hoef nie 'n feitelike weergawe van die vakansie te gee nie, sê sy in die algemeen, maar hy weet dat sy met hom praat.

"As die vakansie nie lekker was nie, of miskien bloot vervelig, kan julle uit julle verbeelding 'n eie droomvakansie skep; 'n maanreis, as julle wil."

Mits ons die woordeskat gehad het, dink hy. Dan was enigiets moontlik. Dan het ek haar eie vakansiewêreld betree deur te vertel van my tien leeglê-dae by een van die luukse hotelle aan die Noordkus. Bedags in die son langs die see met 'n blondekop Sweedse meisie. Een wat haar bikinitop in die slaapkamer vergeet het. Smiddae suig ons wodka met strooitjies uit halwe pynappels terwyl ons halflyf in die swembad hang, en saans speel ek snoeker met 'n wit baadjie aan en 'n broek van gladde, blink materiaal.

Kom nou, meneer Ngwenya, die tyd stap aan, por sy.

Hy dink aan die afgelope vakansie op die suikerplaas waar sy oupa 'n arbeider is. As hy die woorde gehad het, sou hy haar kon vertel van die groot kliphuis tussen groen grasperke waar die wit kinders daglank tennis speel, of swem, of te perd heuwels toe ry. Hy sou kon vertel van die ligvloed wat elke aand by die huis uitstroom, die pragtige motors wat in die oprit stilhou en die musiek wat oor die ganse verligte tuin pols . . .

Musiek wat gehoor kan word tot by die kampong en waarna hy elke aand in die donker staan en luister het. Want sy wil hoor van die werklikheid? Die klomp sweterige lywe in die bedompige hut, die vervelige dae van suikerkap, die gemis aan boeke, musiek, intellektuele geselskap; die brandsiek skaap wat hulle kon kry nadat dit al 'n dag lank vrek gelê het in die bos .. .

Toe hy oor die papier afbuk, glimlag hy. Daar was darem plesiere ook. Die lang wandelings teen skemer, agter die beeste aan, die vinnige swemmery in die rivier en die geskerts vroegaand by die vuur wanneer die hele wêreld sag en rokerig geword het. Met die weggaan het mnr. Mundell hom selfs R20 in die hand gestop vir die ongevraagde hulp met die boerdery. Van mev. Mundell was daar 'n hemp. Een wat haar seun, Gregory, seker nie wou gehad het nie, maar dis niks, soms het 'n mens netjiese klere ook nodig.

In die paar minute voor die periode eindig, skryf hy haastig:

My vakansie.

Ek het na my oupa se plaas gegaan. Ek het by die trein gegaan. Want ek was daar ek het na die rivier toe gegaan. Ek het na die rivier geswem. Ek het met my oupa se kinders gesels. Sondag het ons baie vleis van skape geet omdat daar was 'n braai in die middag. My oupa het my 'n goed present gegee en dit was 'n nuwe hemp. Dit was 'n mooi vakansie.

By die deur prop hy die stuk papier in haar hand waar sy nog op hom staan en wag. Nou moet ek 'n pryslied gaan lees, dink hy, of 'n psalm van Dawid. Dit sal die sonde van die taal van my afwas.

1989

Rosita se storie

By 'n internasionale boekebeurs van feministe moet 'n mens seker verwag om van allerlei aan te tref. Veral as die samekoms in Amsterdam is. Daar kan jy jou maklik vasloop in lewende legendes soos Marilyn French en Shere Hite, en as jy voorbarig genoeg is, kan jy selfs 'n paar woorde wissel met Nederlandse skryfsters soos Hella Haasse of Renate Dorrestein. Uit jou eie land merk jy Ellen Kuzwayo, opvallend in 'n kleurryke kaftan en bypassende tulband, diep in gesprek met 'n vrou wat waarskynlik uit Noorweë kom. Waar anders kry 'n mens sulke wit hare by so 'n porseleinvel?

Maar ek, uit voorkeur of blote beskimmeldheid, het verkies om te kyk, eerder as om aanknopingspunte te probeer vind. Een oggend, na 'n sessie met die titel "Schrijven voor jonge mensen" het ek my tuisgemaak op die trappe wat lei na die Beurs van Berlage om in vrede my kaastoebroodjie te eet. Langs my het 'n mooi vrou haar lang bene kom uitstrek in die son. Elke jaar, het sy in Nederlands aan my gesê, wanneer Amsterdam so 'n warm, vogtige somer beleef, het sy heimwee na haar geboortedorp. Dáár reën dit nou en daar staan die wingerdstompies afgeknot en swart en wag op die lente. Die Wes-Kaap! Kan dit wees dat sy uit die Wes-Kaap afkomstig is, het ek opgewonde geraai. Haar blydskap oor 'n landgenoot kon sy ook nie wegsteek nie en ons het mekaar behoorlik om die hals geval. Wellington, het sy gespesifiseer. Soos Breyten s'n, slaap ook met haar hart ingepiekel in daardie wit dorpie tussen sy swewende blou berge.

Sonder dat een van ons dit gemerk het, was ons besig om Afrikaans met mekaar te praat.

Ook ek is 'n boeredogter uit Wellington se distrik, en ons ontdek verder dat ons so min of meer tydgenote is. So 'n toeval roep om 'n viering en ons is daar weg, Boekebeurs vir die oomblik vergete. By 'n straatkafee op die Spui het ons gaan sit. Natuurlik het ons wyn bestel en daarmee ons herkoms bevestig: rondom ons was al wat Hollander is dorstig aan die bier drink in die stomende somerweer. Toe ons glase klink, het ons vir die eerste keer ons name aan mekaar bekend gemaak. Rosita Johanna Jongbloed staan hare opgeteken in die doopregister van die Sendinggemeente op Wellington.

Sy woon al baie jare in Amsterdam, vertel Rosita. Van haar studietyd af. Sy het destyds 'n beurs van Ikeys gekry vir verdere navorsing en voor dit afgehandel was, is sy met 'n Hollander getroud. Nee, nee, keer sy laggend, dit het nie lank gehou nie, sy is lankal weer op haar eie, maar sy het so 'n goeie loopbaan dat sy nie kan dink aan teruggaan nie. Dus bly sy 'n vrywillige balling. Sy kyk af op die tafel en ek vermoed dat daar 'n mistigheid oor haar oë geskuif het. Sy wás al terug, 'n hele paar keer al. Natuurlik. Die eerste keer toe hulle haar pa gebêre het in die kerkhoffie op die plaas. Nou is daar nog haar ma en haar susters wat nie so gelukkig was om weg te kom nie.

'n Hele ruk sê nie een van ons iets nie. Dan waag ek dit om op te merk dat dinge tog verander het. Sy kyk na my en ek sien dat daar voor haar oë hortjies toegeval het. "In die stede miskien. Daar het dit seker verander. Op sommige plase dalk. Maar waar ek grootgeword het, is alles verskriklik eenders in hulle andersheid." Meteens is sy haastig. Sy klap haar vingers vir die kelner. "Ober, ik moet afrekenen," en bedremmeld moet ek toekyk hoe sy vir my glas wyn betaal wat nog halfvol op die tafel staan.

Ons stap saam terug na die Beurs van Berlage waar ons verskillende middagsessies wil bywoon. Ek het "Schrijfsters en het platteland" op my program gemerk en sy wil "Fantasieen over geweld tegen mannen" nie misloop nie. Van haar spottende opmerkings kon ek reeds aflei dat sy nie veel respek het vir my literêre aspirasies nie. Die hele doenigheid rondom skryfsters en hulle boeke vind sy dan ook effens vermaaklik. Háár hele belangstelling is gerig op feministiese kwessies. "As jy klaar is met jou kinderverhaaltjie moet jy by my kom inloer dat ek jou kan vertel van my fantasie oor hoe ek nog eendag 'n sekere boerseun se vitale orgaan lit vir lit wil afsaag. Met 'n mes wat so stomp is dat 'n mens van Pretoria tot in die Kaap op hom kan ry, soos my ma altyd gesê het. Dit sal nou 'n bestseller uitmaak! Op dié noot skei ons weë. Ek beweeg regs na die Wangsaal en sy gaan saam met die stroom in die rigting van die Berlage.

Daardie aand, by 'n geselligheid vir kongresgangers wat ek uit nuuskierigheid bywoon, bly ek en sy alleen oor aan die lang tafel nadat al die ander opgestaan het om te dans. "Die lot laat nie toe dat ons mekaar kwytraak nie, nè," en sy blaas 'n rookspiraal die lug in. "Ek het tog nie lus om met 'n vrou te dans nie. En ek is te sinies vir smalltalk. As jy nader skuif, kan ek jou verveel met DIE STORIE VAN MY LEWE. Almal uit daardie godverlate land het mos aljimmers die behoefte om by mekaar te bieg. As ek klaar is, kan jy vertel hoeveel bruin mans jy al geneuk het." Haar oë spot met my en sy skink ons glase vol. "Op zijn Hollands en in gewone boere-Afrikaans."

Ek lag maar saam en belowe dat ek sal bieg as die tyd ryp is. Soos sy kan dink, sal ek heelwat apartheidsondes op my gewete hê, en om te bieg, is nou hoogmode onder die Calviniste in ons land.

En so begin Rosita haar verhaal by haar geboorte op die Neethlings se plaas, waar trouens ook haar ma en al haar ooms en tantes aan moederskant in die wêreld gekom het. Haar pa was 'n vreemdeling. Hy het een somer uit Bonnievale se koers gekom en ingeval by die oes en hy het nooit weer vertrek nie.

"Ken jy die Neethlings?" Onder haar skerp oë kan ek sonder om te bloos, verklaar dat ek van hulle weet; dat ek hulle van sien ken, maar dis sover dit gaan. Die twee dogters was voor my, en Frans, wat 'n tydgenoot behoort te wees, was nooit saam met my op skool nie. Sy ouers het hom Paarl toe gestuur. As ek reg onthou, Gimnasium toe. Dit kon die Hogere Jongensskool ook gewees het. Op Stellenbosch was ek natuurlik altyd bewus van Frans Neethling. Hy was op die studenteraad, hy was 'n eerstespanrugbyspeler en hy was die soort kêrel wat altyd ten minste 'n joolprinses op sleeptou gehad het. Nie die kringe waarin ek beweeg het nie. "Solank ek net weet jy is nie 'n niggie of 'n antie of iets van hulle nie," sê Rosita voor sy verder vertel.

Van kleins af is sy soggens douvoordag na die Groothuis saam met haar ma. Haar susters, wat ouer was, moes met die donkiekarretjie skool toe. Ek ken mos die storie. Ek is ook mos 'n boorling van daardie wêreld. Hoe sal ek nou nie weet van die volkies se gewoontes nie?

"Weet jy, daardie koppie koffie wat Ma vir ons geskink het na die lang loop tussen die wingerdstokke in die prille môre, dié proe ek nog in my drome. En die beste Hollandse koffie kom nie naby nie! Ewenwel, solank Ma binne gewerk het, kon ek op die werf rondspeel: klip-klip in die stof, huis-huis onder die besembosse of doktertjie skelm saam met die kleinbasie. Toe ek begin groter word, het ek werkies in die huis gekry. Later 'n raakvatter geword wat gereeld oor naweke en vakansies moes kom uithelp.

"Van die begin af was ek 'n astrante Hotnotsmeid en nie op my bek geval nie! Seker daarom dat Frans so baie van my gehou het. Baas Frans. Die kleinbasie. En ek het van hom gehou omdat hy mooi en sterk was. En magtig. Eendag sou hy baas wees van Avontuur en almal sou moes spring op sy bevel. Maar juis omdat hy magtig en arrogant was, het ek hom gehaat ook. En ek wou hom hê. Op my voorwaardes. Dus: nie as sy mindere nie. Daarom dat ek my so woes versit het teen sy attensies.

"Jy weet, daar was 'n tyd toe ek so simpel was om te droom dat Frans my sou trou. Teen alle wette in. Sy ouers sou insien dat ek slim en mooi is, en die sprokie van die prins en Aspoestertjie sou vir die soveelste keer waar word. Ek was maar altyd sy meisie en tussen ons was daar . . . As ek nie so sinies was nie, sou ek dit seker liefde kon noem. Verder het ek die plaaswerk geken en in die huis was ek 'n voorslag. Ek sou enige dag kon oorvat as gasvrou en heerseres van Avontuur. Maar ek het nie rekening gehou met my bruin vel nie.

"Jy ken mos ons Hotnosmeidjies. Vroeg ryp. Maar ek was cunning genoeg om die vrot te vermy. Ek het geweet dat ek in mevrou Neethling se goeie boekies moes bly. Daarom het ek die boerseun onder die appelbome ontmoet, maar nooit toegelaat dat hy my in die skuur vaskeer nie. En hoe het hy nie probeer nie! Party Sondae was hy kwansuis siek. Met al die huismense weg kerk toe was ek dan alleen met hom. Hy sou my na sy kamer toe roep, kastig om vir hom tee te bring. Met my naels en my tande het ek hom van my lyf afgehou, want van al die werk was ek taai en lenig. Dis net die simpel droom oor die wit sluier en die vlekkelose trourok wat my deur daardie opgehitste oggende gedra het. En my woede teen die baas wat dink dat dit net vir vat is.

"Dis nou van Frans se hoërskooldae wat ek vertel. Eers toe hy in matriek was, het hy meisies huis toe begin bring. En net daar het die sterlig uit my oë verdwyn. Ek moes vir die nonnatjies koek en tee aandra en opvee waar hulle mors en toekyk hoe hulle in die swembad baljaar. En Frans . . . Die kleinbasie ken my omtrent nie. Dit terwyl my mond nog brand van sy soene. Hoe het ek daardie meisies in hulle swembroeke nie gehaat nie! Aan die pronk met hulle uitgebleikte lywe terwyl my mooigeid weggesteek is onder 'n kopdoek en 'n voorskoot. Maar al my wroeging was natuurlik pure verniet. Daardie meisies het nie eens geweet dat ek bestaan nie. Dit was mos maar van altyd af julle manier om dwarsdeur ons te kyk!"

Haar heftigheid ontstel my. "Rosita?" Maar sy is al weer aan die lag met haar kop agteroorgegooi en ek kan nie anders as om die sierlike boog van haar nek raak te kyk nie.

"Net in case jy dink dat jy trane sien – dit was van kwaadgeid. Nog altyd. Oor wat hy daardie Sondagmiddag vir my gesê het in die spens. Ons is ordentlike mense. Ek en my pa en my ma en ons hele familie. Vir wat moes hy met my praat of ek rubbish is?

"Dit het later gebeur, toe hy al op universiteit was. Die patroon was lankal vasgelê. In die geheim vry hy my warm, maar wanneer daar wit meisies by was, of van sy maats, dan ken hy my nie. Ag, ek moes dit natuurlik nie toegelaat het nie, maar as 'n mens verlief is, dan ken jy mos geen rede nie. My skoolwerk het nie meer bestaan nie. Al wat getel het, was Frans. Fransbaas. Baas Frans. Arme ma het gedink dat haar droom van één kind met matriek ook daarmee heen is. En heimlik seker maar gevrees dat sy uiteindelik met die bybie sal bly sit.

"Toe, een Sondagagtermiddag, stuur mevrou Neethling my om te gaan suiker haal in die spens. Ek loop die skemerdonker vertrek in, vas teen Frans en die meisie. En weet jy, nou dat ek nie meer kan worry oor hom nie, is ek nog altyd kwaad oor die droëperskes wat hy vir my bederf het. Daardie spens was 'n boerehemel waar jy toegevou is in die geur van droëperskes. Die laaste somer se oes het altyd in slopies van die balke af gehang. Toe ek daar instap met my neus in die somergeur, was Frans en die meisiemens die laaste wat ek verwag het. Hy het seker ook maar geskrik, so met sy broek om sy enkels en die meisiekind wat toehou waar sy kan. En toe sis hy vir my, so deur sy tande: 'Blêrrie geelbek, maak dat jy wegkom hier, ek wil jou plat gevreet nooit weer sien nie.'

"Dis presies wat ek gedoen het; om te maak dat ek wegkom. Ek het by 'n antie van my ma in Manenberg gaan bly en matriek gemaak en 'n beurs gekry Ikeys toe. Elke toekenning en scholarship het ek gewen, maar laatnag, as die paartie verby was, het ek gedink dat Frans nie weet nie en nog minder omgee."

Die dansers het teruggekom tafel toe en in die geroesemoes was dit onmoontlik om verder te praat. Later het ek heeltemal opgegee en my onverdeelde aandag gewy aan die Kanadese skryfster wat regs van my gesit het. Daardie aand het ek nie weer met Rosita gesels nie. Voor sy geloop het, het sy 'n papiertjie in my hand kom druk met haar telefoonnommer.

Maar ek was reeds op pad België toe en eers aan die einde van my reis, drie weke later, toe ek vir oulaas in Amsterdam gaan draai het, kon ek haar weer opspoor. Daar was nie juis tyd vir meer as 'n koppie koffie nie. Hierdie keer aan die binnekant van 'n kafee, want die somerweer het omgesit in een van die skakerings van grys waarvoor Nederland beroemd is. Rosita was nie lus vir praat nie. Sy het 'n pakkie gebring vir haar mense. Ek kan dit maar in Wellington pos, want ek is seker nie in die gewoonte om by plaasarbeiders te kuier nie, sê sy met al die hortjies dig. Maar ek dring aan om haar storie enduit te hoor. Het sy Frans nooit weer gesien nie?

Ja, erken sy onbelangstellend. Laas jaar. My verbasing laat haar lag en ek kan sien hoe die vertellus weer wakker word in haar. Ja, laas jaar in Oktobermaand, en 'n goeie ding ook, want eers na sy Frans weer gesien het, kon sy 'n verhouding aanknoop met iemand selfs donkerder as sy. "My smaak vir wit mans het goddank opgedroog. En nou het ek hierdie wonderlike lat ontmoet. Jy weet, sy hare ráás en in die donker spat die blitse daaruit! Om by hom te wees, is om 'n lading elektrisiteit deur jou lyf te kry wat jou mind skoon wegblaas en jou drie dae op 'n wolk laat sit.

"Maar Frans nou. Ek was net een keer weer op die plaas en dit was met my pa se begrafnis. Die nooi en die baas was daar, maar Fransman natuurlik nie. Wat het hy nou te verloor by 'n arbeider se laaste uitvaart? Daarna, ook omdat mevrou Neethling my nog altyd soos 'n meid behandel het – doktorsgraad van die Vrije Universiteit of nie – het ek besluit om my voete nooit weer daar te sit nie. Maar dit maak seer, want die Here weet, ook ek het daardie grond lief. Wanneer ek nou gaan, bly ek in die Kaap. In 'n hotel of by antie Baby. My ma se susters kan altyd 'n plan maak om my te kom sien. Dis vir hulle ook 'n vakansie om in die Kaap te kom.

"Maar laas jaar nou. Daar was 'n internasionale kongres in Kaapstad en 'n deel van die navorsing het gehandel oor virusinfeksies by wingerdstokke. Frans, 'n leier in die boeregemeenskap, was een van die sponsors. Wat ek natuurlik nie geweet het nie. Ek het hom ook nie gesien nie, tot die aand met die dinee. Dit was in die Mount Nelson. 'n Regte uithangaffêre.

"Weet jy, elke keer dat ek in Suid-Afrika kom, het ek hierdie silly neiging om op te dress. In Amsterdam leef ek in my denims, maar sodra Tafelberg in sig kom, moet ek uithang. Ek wil die boere wys. Ek wil hulle laat sien hoe doktor Rosita Jongbloed van die Instituut vir Mikrobiologie daar uitsien. Seker kinderagtig, maar dis nou soos dit is.

"Nouja, die aand by die Mount Nelson was dit weer sulke tyd. Ek het 'n rooi rok vol sequins spesiaal laat maak, nogal by Errol Arendz, en ek het sulke crystal chandeliers aan my ore gehang. Hemelhoë spykerhakke en swart kouse. The works."

Ek kan haar net sien, met haar wilgerlatlyf in 'n styfpassende rooi aandrok en haar welige hare hoog op haar kop gestapel.

"Ek oordryf seker nie as ek sê dat ek die belle van die ball was nie. Bygesê, die vrouenavorsers is soms regte bloukouse, so van hulle kant was daar nie juis kompetisie nie. Maar party van ons manlike kollegas het opgedaag met stunning jong goedjies en daar was van die wynboere se vroue wat 'n jaar se opbrengs aan hulle lywe gehang het. Maar glo my, as Rosita wil skitter, dan word al die ander liggies dof. Dit was so 'n aand.

"Eers na die etery verby was en almal agterna nog rondgestaan het met likeur, het Frans na my toe gekom. Ek het hom nie herken nie. Nie dadelik nie. Vir my het hy na 'n belangrike man gelyk in 'n pak wat effens te styf sit, maar nog altyd aantreklik. Grys langs die slape en so aan, en met die onmiskenbare reuk van gesag. Ek dink hy wou sommer kom aanpap met die dazzling darkie, maar toe hy naby genoeg kom, het hy gesien dis niemand anders as sy boyhood sweetheart nie. Ek dink van ons twee was hy die meeste verslae.

"Ons het êrens gaan sit, en na die ergste skok afgewear het, kon ons nie ophou praat nie. Frans het gekom met die gewone verskoning: dat apartheid en die sisteem ons uitmekaargeskeur het. Ons is net te vroeg gebore. Maar hy sou vergoed. Sommer daardie aand al. Want hy het my nooit vergeet nie. Natuurlik het ek geweet hy lieg, maar dit was darem lekker om te hoor. Ek moes hom net tyd gee om sy vrou te gaan aflaai by haar suster in Pinelands, dan kom hy terug na my toe.

"En ek? Natuurlik wou ek wraak neem. En vat waarvoor ek al die jare gewag het. Ek het gedink dat ek hom 'n nag sou gee waarin ek elke move sou dikteer en wat hy in sy lewe nooit sou vergeet nie. Dan sou ek verdwyn, terug na Amsterdam, sodat hy met die hunkering kan bly sit. Ek het geweet dat ek ook kon seerkry in die proses, maar dit was 'n kans wat ek bereid was om te vat."

Rosita kyk op haar horlosie. "Ons sal omtrent moet gaan. Jy moet betyds op die lughawe kom; Ma reken op hierdie pakkie. Dis warm ondergoed teen die nat winters. En drop. Op haar oudag het sy nou 'n smaak ontwikkel vir dubbel zoute Hollandse drop. Seker die bloed van die blouoogseeman wat roer in haar are."

"Maar Rosita . . ." My stemtoon dwing haar om weer te gaan sit.

"Wat wil jy nog weet? Die storie is klaar, finish, verby. Toe Frans daardie nag by my hotelkamer kom, was ek weg. In ant Baby se kombuis het ek voor die stoof gaan kniel, want my bene wou my nie meer dra nie en ek het geklappertand soos een met koors. Dis nou wat julle skrywers true love noem!"

"Maar Rosita, waarom . . .?"

"Waarom? Seker maar omdat ek sy vrou ontmoet het. Vroeër daardie aand was ek in die kleedkamer saam met hierdie olifant all dressed in pink. Stringetjie pêrels onder die derde ken. Een van die soort wit vrouens wat ek verpes. Baasspelerig en lui – alles op gesag van die magtige wit boer wat sy ring aan daardie vet vinger gesteek het. Maar toe begin hierdie eksemplaar met my praat. Ek weet nou nog nie hoe dit gekom het nie, maar ons het direk kontak gemaak. Daar was 'n soort egtheid aan haar wat na my hart toe gegaan het. Sy het vertel hoe ontuis sy voel by hierdie soort geleentheid en hoe sy wens om gesofistikeerd en mooi te kan wees soos ek. Nie vir haarself nie, maar sodat haar man trots kan wees op haar. Sy weet hoe belangrik dit vir hom is, maar na sy vier seuns in die lewe gebring het, kon sy nooit weer die vetjies afskud nie. Nie dat sy juis probeer het nie, giggel sy agter haar hand. Daarvoor is sy tog te lief vir soetgoed. Maar van die seuns gepraat: sy sit met 'n seer hart oor die ou jongstetjie. Hy kon nie van haar afskeid neem nie, ook oor hy knieserig is. Seerkeel en steek in die oor en so aan. Nou is hy uitgelewer aan sy ouer broers se genade en hulle kan so goddeloos wees . . .

"Kyk, sê sy, die mode sal sy nooit verstaan nie. Sy het 'n klomp geld spandeer, maar 'n blinde kan sien haar rok is al weer nie reg nie. Waar kry ek my know-how vandaan? Maar sy moet darem sê, dis vir haar net die lekkerste om met 'n huisrokkie aan vir haar seuns en hulle maats pannekoek te bak of om 'n siek kalf gesond te dokter of om 'n bybietjie in die lewe te help bring.

"Toe die vrou nog so praat, toe kom staan my ma en my anties en al die vrouens van Avontuur om my, en hulle koppe in die bont doeke knik van ja. Ja, so is dit om vrou te wees op 'n boereplaas.

"Ons het 'n hele ruk staan en praat en dit het al lekkerder geword. Later het sy glads een van my oorbelle in haar oor gehaak en ons het die orgidee op haar linkerbors afgespeld en in die vullisdrom gegooi. Naderhand wou sy terug, want die nagereg moes nog bedien word en sy dood oor die Mount Nelson se poedings.

"Ek het nie haar naam gevra nie en haar ook nie weer gesien nie.

"Toe Frans van my af weggaan om sy vrou te soek, was ek seker dat dit een van die glamour girls in die Elzbietha Rosenwerth-nommertjies sou wees, en die wraak was al soet in my mond. Maar toe vang my oog hom waar hy uitstap saam met die pienk mammie en toe . . ."

Rosita se bruin oë blink in myne. "Sê vir my ma om vir jou kerrievis klaar te maak. Ek moet nou regtig waai. By my woonstel wag daar 'n klong met hare wat raas en 'n gees so vry soos die blou lug bokant Wellington."

In die vliegtuig het ek gaan sit met Rosita se pakkie op my skoot. Toe het ek die stringetjie kunspêrels om my nek losgeknip en dit in die asbak laat val. Ek was skielik nie meer opgewonde oor die kinderboek wat ek wou skryf oor my idilliese kinderjare op 'n wynplaas nie. Voor die sorgelose wit kind het 'n skare vroue ingeskuif, doeke laag gebind om hulle voorkoppe en hande gevou oor hulle buike. En oor alles het 'n reusagtige boerefiguur 'n verlammende skadu kom gooi.

1993

ZIRK VAN DEN BERG

Kyk is vry

Die huis staan teen 'n rant, omring deur 'n stuk veld waarin die tuinier hom bedags vergeefs afsloof, sover sy kan agterkom. Daar is geen ander huise in die omgewing nie. Dié dat sy die vrymoedigheid het om haar kaal uit te trek en voor die venster te dans as haar ouers uit is.

Sy kan haar weerkaatsing – slank en blond en veertien – in die ruit sien, want dis lig binne en donker buite. Terwyl sy daarna kyk, verbeel sy haar sy is 'n ster met die wêreld aan haar voete, en daar is 'n gehoor wat bewonderend staar na haar skoonheid en talent. Sy tree na die middel van die vertrek, skop in die lug voordat sy haar een been optrek en in die rondte tol! Haar goue hare maak 'n stralekrans om haar kop, haar arms is wyd na weerskante uitgesprei, haar oë toe van ekstase. Toe sy hulle oopmaak, sien sy hom deur die venster, buite in die donker.

Staan. Daniël met die swart gesig en wit oë.

Sy gil en duik plat, strek en druk die staanlamp se skakelaar. Dan kyk sy uit die donker kamer na buite. Hy is weg. Daar is net die veld – spookwit gras en swart bome teen die helling. Haar hart klop hard teen die growwe mat. Waar sou hy wees? Sy luister, maar hoor net haar eie hartslag. Is al die deure gesluit? Sy trek 'n hemp oor haar kop en draf op haar tone voordeur toe. Dis gesluit. Dan agterdeur toe. Op pad vat sy die broodmes van die kombuisrak af. Die deur is oop en sy sluit hom haastig, draai bewerig om en staan met haar rug teen die hout. Hy sal 'n venster moet breek om in te kom. Dit sal haar tyd gee om die polisie te bel, om haarself iewers toe te sluit totdat hulle hom kom wegvat.

Sy gaan sit by die telefoon, en wag, haar ore gespits in 'n nag vol verdagte geluide: die plaat wat aldeur op die draaitafel draai (maar sy is te bang om hom te gaan afskakel), 'n hond wat van ver af blaf, 'n tak wat iewers teen 'n venster tik, 'n motor se remme wat by die boonste stopstraat skree, die dak wat kraak, iemand by die voordeur!

Sy swaai om met die mes voor haar opgelig, gereed. "Pappa!"

Haar pa skakel die lig aan, staan verbysterd aan sy sleutels en klou, langs sy verstarde vrou, voor sy skamel geklede dogter, vreesbevange en deurmekaar, en die klere wat gestrooi in die sitkamer lê.

"Wat is dit?"

Die kommer in haar pa se stem laat haar onbedaarlik aan 't snik gaan. Al wat sy uitkry, is: "Daniël."

"Het hy iets aan jou gedoen?!"

Sy val teen haar pa se bors en klou hom vas. Hy sê oor haar kop vir haar ma: "Ek het jou gesê ons moes hom nooit hier laat bly het nie!"

Terwyl haar pa die polisie bel, vat haar ma haar kamer toe en sit by haar totdat sy bedaar. Haar ma wil saamkom badkamer toe, maar sy sê dis nie nodig nie, sy is nie meer 'n kind nie.

Sy is nog in die badkamer, sit op die bad se rand, toe die polisie aankom. Sy kan haar pa en ma se stemme hoor, saam met een of twee vreemde mans s'n. Skielik voel sy spyt en bang en wil vir hulle gaan sê om die ding te los, maar sy is nie aangetrek nie en skaam oor haar vroeëre verskriktheid. Pleks van buitentoe te gaan, sluip sy na die donker sitkamer en loer deur die venster wat gebeur.

Sy kyk hoe hy in 'n flits se ligkol verby die venster kom, voor die twee polisiemanne. Iets glip uit die bondel onder sy arm en val in die gras. Toe hy buk om die koekie Lifebuoy-seep op te tel, skop een polisieman hom. Sy maak haar oë toe, maar sien hom nog.

1989

Dokumentêr

Ma en seun het hulle voor die TV gemaklik gemaak, albei toegewoel in komberse op die vloer, met hul rug teen die rusbank, hul koue hande om koffiebekers geklem. Hulle wag vir 'n program oor die man wat die seun se pa kon gewees het.

Hy is Hendrik Moolman, die sanger en rotskunskenner met die eksentrieke lewenstyl, die man wat die dinge doen waaroor duisende net droom, soos om primitief te lewe, in die natuur, sonder elektrisiteit, televisie of selfs 'n vrou.

"Het hy regtig amper met Ma getrou, huh, Ma?"

Ester Nortjé knik.

"Nou hoekom het Ma nie?"

"Sjuut!" Ester beduie vir haar spruit om stil te bly, die program begin.

Bo in die klowe van die Drakensberg sal jy hom kry, Hendrik Moolman, die man wat by derduisende mense bekend geword het vir sy diepsinnige praatliedjies. Hier sing hy nie vir ander om te hoor nie. Hy dra nie 'n kitaar nie, net 'n tas vol kwassies en 'n kamera. Daar is nie verf op sy kwassies nie, maar wel oeroue stof van Afrika. Hy borsel dit sagkens, met die hand van 'n meester, van rotsskilderye af om die primitiewe skoonheid vir sy kamera bloot te lê.

Die verteller praat voort terwyl die kamera Moolman se bonkige silhoeët teen die oggendlig volg soos hy die donker berg uitklim. Later wys hulle hom van naby. Daardie geskreefde oë is nog net dieselfde as toe hy gesê het: "Es . . ."

"Nou waar het dit nou alles eintlik begin?" vra die SAUK se meisie vir Moolman.

As student het hy en Ester saam die berge in gevaar. Daar het dit nie saak gemaak dat sy 'n bietjie aan die benerige kant is nie en altyd half ongemaklik in geselskap nie. Hulle het soms weke lank in die wildernis gebly, geleef van veldkos waarvan hy haar geleer het, onder die sterre geslaap. Dit was die gelukkigste tye van haar lewe.

"Eintlik al vandat ek so 'n tjokkertjie was," sê Moolman. "As ek my ma gevra het waar ek vandaan kom, het sy altyd so na die berge gewys en gesê sy het my dáár gevang. Toe kom soek ek die res van my familie."

Die meisie glimlag met dikgeverfde rooi lippe wat deur duisende jare se stof sou wys. "En jy soek nog steeds?"

Moolman knik, maar lyk skielik ongemaklik.

"Dis seker maar swaar so alleen?"

"Dit kon erger. Eerder alleen as saam met iemand wat jou lewe versuur!" Die meisie lag. Sy het advertensiewit tande.

Almal is tog so gevat oor TV, hulle lag selfs as iets nie snaaks is nie, hulle glimlag tot as hulle nuus oor rampe lees, sê Ester se man altyd. Hy haat televisie. Hy sê televisie verander andersins onaanstootlike mense in geopinioneerde marionette. Hy sit aand na aand voor die televisiestel en gal braak totdat hy aan die slaap raak.

Ester deel nie sy opinie nie. Sy kyk met dromerige oë.

Die meisie vra waarom die mense op rotswande geskilder het en Hendrik Moolman sê: "Hulle het nie papier gehad nie." Hierdie keer lag die meisie nie, en hy vervolg: "Daar is verskeie teorieë. Eers is aangeneem dit moes sukses op 'n jagtog verseker, dat hulle gedink het as jy iets kan teken, kan jy jou mag daaroor laat geld. Dit wil egter nou lyk of die tekeninge uitbeeldings van magiese rituele en visioene is. Die primitiewe mens wou waarskynlik sy drome in sy woonkamer vergestalt, soos ons ook maar."

Wanneer die program eindig, het Ester lankal opgehou om na die klankbaan te luister.

"Hoekom het Ma nie liewer met só 'n man getrou nie?" vra haar seun sodra die laaste titel van die skerm af rol.

Ester antwoord nie. Sy staan op uit haar kombersnes en skakel die TV af. Dan kom vat sy die halfvol bottel weg wat tussen haar man se ribbes en die rusbank se leuning ingedruk is. "Kom, Hennie, help dat ons jou pa in die bed kry."

Selfs nadat hulle met die slapende man in die gang af gesukkel het en al die ligte af is, bly 'n groen kolletjie op die dooie televisieskerm brand.

1989

HARRY KALMER

Die waarheid

Daar was eendag 'n meisie. Haar naam was Tienks.
Sy het graag gelag.

"As jy dit so vat, is ons hele lewe 'n leuen. Die hele gemeenskap. Die manier waarop ons lewe. Dit wat ons geleer is."

Sy het die laaste bietjie wyn uit die bottel gedrink en dit teen die rotse stukkend gegooi.

"En as jy agttien is, vind jy uit dat dit alles leuens is. Waar begin 'n mens dan, hè? 'n Mens moet nuwe waardes kry. En dan gryp jy so vinnig. Hoe weet jy dat dit wat jy kies die regte ding is . . .? Jy kies sommer net. Jy is so deurmekaar."

Charl het nie geweet wat om te antwoord nie. Hy was een-en-twintig en met vakansie in die Oos-Kaap. Sy was vier-en-twintig en is drie dae tevore uit aanhouding vrygelaat. Geen klag is teen haar gelê nie.

Charl het die vorige middag uit Port Elizabeth na die Thornhill-plakkerskamp geryloop. Hy was geskok deur wat hy gesien het.

Onder karige sink-, tak- en plastiekskuilings het ou mans, vroue en kinders die koue sit en trotseer. 'n Paar hulpwerkers en nonne het kos uitgedeel. 'n Sterk reuk van menskak het oor alles gehang.

Charl het 'n paar blikkies kos op die hulpwerkers se tafel gaan sit. Sonder om iets te sê het hy omgedraai en weggestap. Dit het vir hom gevoel asof almal na hom kyk. Hy het vinniger begin loop.

Agter die eerste klomp bome het hy gaan staan. Hy het opgebring. Lank nadat sy maag leeg was, het dit nog bly ruk. Hy het begin bewe. Hy het gaan sit. Na 'n ruk het hy teruggestap na die grootpad. 'n Blesserige branderplankryer het hom tot by Jeffreysbaai gevat. Hulle het oor muurbal gesels.

Op Jeffreysbaai het Charl 'n rondawel gehuur. Hy het op die strand gaan stap. Behalwe 'n ouerige man en vrou met twee honde was die strand verlate. In die verte het 'n paar branderryers op hul planke gedobber. Af en toe het een van hulle 'n brander gery.

Charl het op die sand gaan sit. Die son was aan die ondergaan.

Op pad terug na sy rondawel het Charl vier hoenderboudjies en 'n pakkie tee gekoop. Voor die hotel het hy op die ingewing van die oomblik besluit om 'n bier te gaan drink.

Die hotel se sitkamer was leeg. Charl het die diensklokkie gaan druk. Hy het in 'n stoel gaan sit en 'n sigaret opgesteek. 'n Kelner in 'n rooi baadjie het sy bestelling kom neem.

In die hoek het 'n TV klankloos geflikker. Hy het opgestaan om dit harder te stel. "Los maar, jy sal nie die waarheid hoor nie. Dit het jy vanmiddag by Thornhill gesien. Kyk maar liewer net. Dis beter."

Charl het omgedraai. Die meisie het dronk gelyk. Sy het 'n sluk bier uit haar bottel geneem en haar mond met haar trui se mou afgevee.

"Is jy bang vir mense?" het sy gevra en geglimlag. Charl het gesien dat sy mooi was.

Die kelner het Charl se bier gebring. Charl het gesukkel om die geld uit sy sak te kry.

"Drink op my," het die meisie gesê en 'n bruin randnoot op die skinkbord laat val. Charl het "dankie" gemompel en die bier geneem.

"Dit lyk regtig of jy bang is vir mense. Vanmiddag by Thornhill kon jy niemand in die oë kyk nie. Vanaand het jy omgedraai toe jy sien hoe vol die kroeg was. En nou . . . Maar dis OK. Ek self praat net so baie as ek geblaas is."

Charl het die geld uit sy sak gehaal en met die muntstukke in sy hand bly staan. Sy het na sy hand gekyk en weer begin lag.

"Kan jy regtig nie praat nie?"

Charl het sy skouers opgehaal.

"Sê net ietsie, toe," het die meisie gevra en geglimlag.

"My Engels is nie so goed nie."

"Dit klink goed. Wat is jy? Duits?"

"Nee. Afrikaans."

Sy het weer gelag.

"Jy lyk nie so nie."

"Is dit 'n kompliment?"

"Ek weet nie. Ek was ook eers."

"Was?"

"Ja. Ek weet nie meer wat ek is nie. Miskien 'n Suid-Afrikaner . . . of 'n Azaniër."

Sy het gegiggel en begin Afrikaans praat.

"Hulle het my eergister vrygelaat. Hulle het my die hele tyd in Engels ondervra en Afrikaans met mekaar gepraat. Seker gedink ek kan hulle nie verstaan nie."

"Het hulle jou seergemaak?"

"Nee. Nee . . . nie geslaan of iets nie."

Sy het die diensklokkie gaan druk. Dieselfde kelner het gekom. Terug by

Charl het sy die bier in haar hand klaargemaak en die bottel op die tafel agter haar neergesit.

"Het jy dit al gesien?" het Charl gevra en 'n blinknuwe muntstuk na haar uitgehou.

"Wat is dit?"

"Die nuwe randstuk. Dit gaan die noot vervang."

Sy het die geldstuk bestudeer en weer begin lag.

"Hoekom lag jy?"

"Hoe's hierdie Springbok, hè? En Soli Deo Gloria. Sjoe. Waar kry jy dit?"

"In Port Elizabeth."

"Is dit waar jy vandaan kom?"

"Ek is vandag daar deur."

"Dis lekker om weer Afrikaans te praat. My ou is 'n Kanadees, so ek praat die hele tyd net Engels. Hét altyd net Engels gepraat. Hulle het hom laas week gedeporteer. Hulle het ons saam ingetrek."

"Het hulle jou oor Thornhill . . .?"

"Nee . . . in die Kaap. Ek kuier hier op Jeffreys. Lê laag. Ek het sommer net vanmiddag gaan check wat daar aangaan. Dis grim, hè?"

"Ja." Sy het haar kop geskud, gelag en sy hand gevat.

"Kom ons gaan bar toe. Ek wil jol. Daar's music. Ek moet mense sien. Ek was so lank . . . sjoe."

Die kroeg was vol branderplankryers. Charl en die meisie het die hele aand bier gedrink en veerpyltjies gespeel.

Toe die kroeg sluit, het hulle 'n bottel wyn gekoop en op die hotel se stoep uitgedrink. Later is hulle na haar kamer. Daar het hulle jazz geluister. Om die meisie te beïndruk, het hy gemaak asof hy daarvan hou. Die meisie het gesê haar naam is Tienks.

Die volgende oggend het hulle in die rigting van Kaap St. Francis gaan stap. 'n Ent van Jeffreysbaai het hulle twee mans met veldfietse gekry. Die een fiets het in 'n moddersloot vasgesit. Charl en Tienks het probeer help. Hulle het vol modder geraak.

Die vier van hulle kon niks uitrig nie. Een van die mans het met die ander fiets gery om iemand met 'n bakkie te gaan haal. Charl en Tienks het saam met die ander man by die fiets gewag.

Dit was maklik om die fiets met die bakkie uit te trek. Die mans het Charl en Tienks 'n bottel wyn gegee. Dit was hierdie bottel wat Tienks teen die rotse stukkend gegooi het. Die bakkie het OX-nommerplate gehad.

Charl is die volgende dag weg. Hy het die aand op King William's Town geslaap. Die advokaat van 'n plaaslike aktivis het in dieselfde hotel as hy tuisgegaan. Die naam van die aktivis was Steve Biko.

Die datum die volgende dag was 7.7.77. Charl het die aand op Kokstad geslaap. Die volgende oggend het hy by Quacha's Neck Lesotho binnegegaan.

Charl het drie weke lank in Lesotho gebly. Daar het hy vir die eerste maal in sy lewe ’n swart vriend gehad. Die vriendskap het so lank as Charl se vakansie geduur. Hy het ook heelwat van die studente leer ken wat na die vorige jaar se opstand in Soweto gevlug het. Hulle het graag oor Suid-Afrika gepraat. Hy het geweet dat hy nooit ’n banneling wil wees nie.

Die universiteit het begin en Charl is terug na Suid-Afrika. Vroeg in September het hy vir Tienks in Kaapstad gebel. Die man wat die telefoon beantwoord het, het gesê dat sy weer aangehou is. ’n Paar dae later, op 12 September 1977, is die aktivis van King William’s Town in polisie-aanhouding dood. Hy was dertig jaar oud.

Die einde van daardie jaar het Charl vir Tienks in die Kaap gaan kuier. Sy was stiller as wat sy op Jeffreysbaai was. Sy het gesê dat sy bang is om in Suid-Afrika te bly. Sy het nie geweet of sy nog ’n aanhouding sou kon verduur nie. Haar kêrel wou hê dat sy na Kanada gaan, maar sy wou nie. Sy het Charl baie oor Lesotho uitgevra.

Tienks het die volgende April vir Charl in Johannesburg gaan kuier. Dit het beter met haar gegaan. Sy het by ’n hospitaal in Lesotho gewerk.

Eendag het hulle ’n blikkie spuitverf gekoop. Die aand het hulle “Julle het die gewere maar ons het die getalle” teen ’n muur in Linden geverf, en in Greenside “Laat Beyers Naudé Ga . . .” Toe was die verf klaar. Tienks het gelag en daarop aangedring dat hulle dit die volgende aand gaan voltooi.

Sy was gelukkig in Lesotho. Sy het haar werk geniet en in ’n deelhuis saam met ander Suid-Afrikaners in Maseru gewoon. Sy en Charl het ’n verhouding gehad. Hulle het mekaar ten minste een maal per maand gesien. Omdat Charl nog gestudeer het, het Tienks gewoonlik Johannesburg toe gegaan.

Tienks was geskok toe Charl in 1980 besluit om vir diensplig aan te meld. Sy het hom nie meer besoek nie, maar gereeld aan hom geskryf.

Charl is aan die einde van sy eerste dienspligjaar na Ovamboland verskuif. Hy het twee of drie maal aan Tienks geskryf, maar sy het hom nooit geantwoord nie.

Charl is in 1984 met Sarah, ’n ou skoolvriendin, getroud. Hulle het ’n uitnodiging aan Tienks gestuur. Sy het nie geantwoord of opgedaag nie.

’n Jaar na hul troue is Sarah en Charl vir ’n week Lesotho toe. Bedags het hulle gaan perdry, gaan stap of probeer om forel te vang. Hulle het elke middag na die sonsondergang gesit en kyk. Saans het hulle groot vure gemaak en whisky gedrink. Na die tyd het hulle in hul slaapsakke na die sterre gelê en kyk. Hulle het ’n speletjie gespeel – die een wat die meeste satelliete tussen die sterre kon tel, het gewen. In die donker kon hulle die stemme van die mense in die statte naby hulle hoor.

Die laaste aand het hulle besluit om vir Tienks in Maseru te gaan kuier.

Hulle het die volgende oggend vroeg opgestaan en vir oulaas gaan stap. Daarna het hulle die motor gepak. Die kos en ’n halwe bottel whisky wat oor was, het hulle aan die kaptein gegee op wie se grond hulle kampeer het.

’n Uitgebrande dop was al wat van Tienks se huis in Maseru oorgebly het. Die blomme was dood. Die grasperk wild en oorgroeid. Hulle het woordeloos deur die murasie gestap. Charl het vir Sarah gewys waar Tienks se bed gestaan het.

Hulle het by ’n buurhuis gaan klop. ’n Man het die deur oopgemaak en hulle na binne genooi. Hy het tee gemaak. Hy het vertel dat die huis langsaan een nag met masjiengewere en handgranate aangeval is. Almal wat in die huis was, is doodgeskiet.

Die man het saam met hulle na hul motor gestap. By sy voorhekkie het hy gaan staan. Hy het beduie waar die aanvallers se helikopter geland het.

Hulle is deur beide grensposte sonder om met mekaar te praat. Naby Ladybrand het Charl die motor van die pad getrek. Hy het uitgeklim en langs die pad teruggestap.

Vyftig tree van die motor af het hy gaan staan. Hy het omgekyk. Sarah het langs die motor na hom gestaan en kyk. Sy het ’n sonbril opgehad. Die verlate swart pad en die stilte het hom aan ryloop herinner.

Hy het ’n paar klippies opgetel en dit na die ander kant van die pad gegooi. ’n Blou bakkie het verby gekom. Vir ’n oomblik het hy dit oorweeg om sy duim uit te steek. Hy het die bakkie lank agterna gekyk en na hul motor teruggestap. Sarah het agter die stuurwiel ingeskuif.

’n Paar kilometer verder het hy aan die slaap geraak. Hy het gedroom. In die droom het hy en Sarah by ’n tafel gesit. Tienks het met haar rug na hulle gestaan. Sy het by die venster uitgekyk.

“Die een ding is om nee te sê vir die leuen,” het Tienks gesê. “Om te bid vir reën en nie stil te staan en kyk hoe hulle hierdie land opfok nie. Frederico Lorca is na ’n veld geneem. ‘Ek sal agter die waarheid aan marsjeer.’ Die ding is om nee te sê vir die leuen. Hulle het die waarheid gevang en in die dieretuin gesit. Ek droom van vrede. Goue affodille in ’n canfruitbottel. ’n Donker tjello. ’n Blink vloer. My kinders in ’n ander Suid-Afrika. Ek dink aan die Nagmaal van my kinderdae. Kom eet en drink. Koop sonder geld of prys.”

“Oorlog is ’n mors van tyd.”

Daar was eendag ’n meisie haar naam was Tienks. Sy het geglo. Geglo in die land waar die Boerevolk woon. Nkosi Sikelel’ iAfrika. Die dood kom in ’n helikopter. Daar was eendag ’n land met die naam Suid-Afrika.

Sarah het Charl wakker gemaak. Voor hulle was ’n padblokkade.

1989

F. MUHERAB MARETHAB

Die groot tug

Vandat ek kon onthou, was ek en oom Aron saam. Hy het my vertel van my ouers se dood. Skool toe het hy my gestuur. Alles wat ek besit het, het van hom af gekom. Klere, speelgoed, skoolboeke die lot.

Beter nog, ons was maats nes pa en seun, net ons twee saam. Ons het in 'n gerieflike sinkhuisie gewoon en ek het my eie kamertjie gehad. Ek was 'n prins, gemeet aan Ou Lokasie se standaarde.

Dis toe dat tannie Sabiena langs ons intrek. Met intrek bedoel ek sy het een Saterdagmiddag haar sinkpondokkie 'n paar tree van ons s'n op 'n gelykte gaan staanmaak.

Daardie dae was trek maklik. Sy het glo stry gekry met haar buurvrou. Toe het sy 'n paar manne gehuur, haar pondokkie uit die klei en misvloer laat lig, en na 'n ander, beter staanplek gaan soek.

Vir ons klonkies was dit nogal pret. Ons moes met stokke aan die pondok slaan om vir die manne wat van binne dra, rigting aan te gee. Op hul beurt moes hulle swaai in die rigting van die geluid. Dan gaan dit "doef, doef" diekant toe, "doef, doef" daaikant toe. Ag, dit was jouwaar pret.

Miskien onbewus en uit gewoonte het ek te veel in ons huise se kant laat draai, want toe ek my kom kry, was ons op die oop stukkie grond naby ons huis.

"Hop, hop," skree ons daar en die trekkery was oor. Geen Stoeteford en daardie goed wat 'n mens deur jou nek laat betaal vir 'n trek nie.

Anyhow, die trek was over en tannie Sabiena was gesettle. Soos dit goeie buurmanskap vereis, het oom Aron sy kant gebring en nie lank nie of ons was huisvriende. Dis nou ek, oom Aron en tannie Sabiena.

Die een ding lei mos na die ander; vriende moet mekaar help. Tannie Sabiena doen die wasgoed vir ons almal. Ek gaan skep water vir ons almal by die community pomp. Oom Aron kap hout vir albei huise en tannie Sabiena maak altwee huise skoon.

Toe begin ons saam-saam eet. Soms by ons en soms by haar. Hierdie samewerking was vir my so lekker, mooi en skoon. Wat die kroon nog hoër gespan het, was die dat ons elkeen sy deel met lojaliteit en toewyding gedoen het.

Die een ding lei mos na die ander. Waar my beker oorgeloop het, het oom Aron nog gekort. Was ek nie in st. III nie, sou ek die sakie miskien beter begryp het.

In my diep droomslaapaande het oom Aron uitgesluip. Elke oggend het tannie Sabiena my brekfis aangedra. Ek het soos 'n prins gelewe, gemeet aan Ou Lokasie se standaarde.

Een Saterdagoggend toe ek opstaan, hoor ek stemme in oom Aron se kamer. Toe ek fyner deur die sinkplate luister, herken ek hy en tannie Sabiena se stemme.

Was ek nie in st. III nie, sou ek die sakie miskien beter begryp het. Anyhow, ek was gelukkig en stemme in ander mense se kamers pla my min.

Die een ding lei mos na die ander. Toe ek weer een Saterdag sien, het iemand anders in tannie Sabiena se huis ingetrek, want tannie Sabiena was reeds maande lank ons permanente gas in oom Aron se kamer.

Anyhow, ek was gelukkig vir my part en 'n gas in 'n ander ou se kamer pla my min.

Ná 'n agt tot nege maande, het my geluk begin draai. Waar ek eers die prins en alleenheerser was, het tannie Sabiena koningin van die huis geword. "Doen dit, doen dat. Nie so nie, ook nie so nie", my prinslike lewe was aan die verbrokkel.

Die een ding lei mos na die ander. Ook oom Aron se lewe het begin verander. Tant Sabiena was baas oor ons altwee. "Waar is die geld, Aron? Ek wil die hele pay hê. Waar was jy, Aron? Jy kom nie weer so laat." Waar oom Aron elke Saterdag net 'n biertjie met sy vriende gedrink het, het hy nou tydsaam, elke dag, bottels wyn leeggemaak.

Een Saterdag toe ek en oom Aron alleen was, kon ek my smart nie meer bedwing. "Oom Aron, wat gaan aan? Wat is aan die gebeur met ons?" het ek getreur. Tot my verbasing het oom Aron ook op my skouer gehuil. Ná die geleun aan en getreur, het oom Aron sy besluit geneem. "Ek is lief vir die vroumens, Japie man. Dis net haar inhalerigheit. Ek sal vanaand as sy terug is, hierdie sakie op my manier regsien. Om nie in die pad te wees nie, moet jy by uncle Anton se huis gaan slaap. Ek sal sommer nou die sakie met my ou groot vriend gaan reël."

Daardie Saterdagnag het ek vir die eerste keer in my lewe sonder oom Aron deurgeslaap. Die Sondagoggend vroeg wou ek reeds na hom gaan. Uncle Anton het my egter laat verstaan, oom Aron moes self na ons kom. So was die saak afgespreek.

Die son het hoër en hoër geklim en ek kon dit net nie meer hou nie. Toe uncle Anton die kleinhuisie besoek, het ek vinnig weggesluip.

Naby ons pondokkie het ek eers gaan staan om asem te kan skep. Toe het ek ingegaan en aan oom Aron se deur geklop. Nadat hy "kom binne" gesê het, het ek ingestap.

Wat ek daardie dag in die kamertjie gesien het, maak so seer om weer te herhaal. Oom Aron se lyf was vol knoppe. Met trane in sy geswelde oë, het hy deur sy stukkende lippe gefluister: "Ons het verloor, Japie man, die vroumens is te sterk."

Vinniger as wat ek gekom het, het ek treurend teruggevlug. My held, my vriend, my enigste in die lewe is vernederend verslaan.

Toe ek by uncle Anton kom, het ek hom die hele storie vertel. Al vloekend en briesend is hy daar weg. Dit het my grootliks getroos. Agterna het ek met my kombersie teruggetrek huis toe. Daar gaan tref ek die twee vriende aan, sommer in 'n beter luim.

"Moenie worry nie, ou Japie man, dinge sal regkom. Hou ons dop die einde van die maand en jy sal sien ons is van die vroumens ontslae." Soveel troos het ek nie verwag nie. Die twee weke voor die einde van die maand was my grootste folteraars.

Daardie Saterdag was alles omgekeerd. Oom Aron lê toe onder die bed. Uncle Anton lê onder die komberse op die bed en die twee wag tannie Sabiena in.

Deur die sinkplate kon ek hoor hoe die twee ramme beplan. "Onthou as sy inkom, Anton, maak asof jy jou dronkslaap slaap. As sy begin met haar skoorsoek, blaas die bliklamp dood en peper haar. Ek sal op die regte tyd uitkom en jy kan dan verkas. Moet nou net nie so slaan dat my arme Sabiena te veel ly nie. Gee haar net 'n lekker slae. Ons moet haar net onderdanig kry."

Sesuur val tannie Sabiena by die laundry uit en oor sewe was sy tuis. Geen busse en taxiwaggery wat ons alewig vertraag nie.

Met die intrap sien sy die toegedekte mens op die bed al snorkend dat die sinkplate bewe. "Aron, jou lae luis, vandag neuk ek die drank uit jou. Gee my net eers die pay. Ek wil sien of alles daar is."

Al tierend trek sy die kombers af en toe ontplof die huis. Dis stikdonker in daardie kamer, maar die houe kon ek hoor. In my diepste kry ek haar jammer, maar getug moet sy beslis.

Toe kom die doodgil diep en luid: "Hou op asseblief! Ek is nie Aron nie. Die ewige hond lê onder die bed."

Die volgende Saterdag het ek en oom Aron 'n klomp manne gehuur en getrek. Nou staan ons ou pondokkie op 'n ander plek.

1989

ANTON DÖCKEL

Tuiskoms

Al het die berigte oor die radio dit ook bevestig, wou ons eers maar glo dat dit weer net koerantstories was. Hulle skryf dikwels reën in die Karoo tot vloede as daar nie ander nuus is nie. Die Karoo-mense dink nog in duime en voete en 'n koerantman wil graag een voet water in die strate verkeerd verstaan as een meter. Dus was ek eers nie ernstig onrustig nie.

Ons kan nie deurkom na die Laingsburgse sentrale nie. 'n Telefoondraad het seker van sy mankolieke paal afgewaai. Ek sou graag by Ma wou hoor wie se hoenders die keer met die stroom af is. Nou ja, hulle sê Laingsburg met sy "groot vloed" sal vanaand oor die televisie verskyn. Ek wonder tog of hulle die slag bekendes sal wys en hoe sal dié nie ingenome met die afneem-gedoente lyk nie!

Die kameraman het die dorp uit 'n helikopter afgeneem. Dit verklaar hoekom die Buffelsrivier so verkeerd en so uit perspektief breed loop. Die beeld swaai; die huise en strate behoort nou in sig te kom. Daar is die kerk, middel van die dorp. Waar is Krigestraat dan? Ek behoort ons ou woonstraat selfs uit die lug te ken. Sy loop lê van die padbrug, al langs die rivier, onder die treinbrug deur. Die brûe vurk nou in die middel van 'n breë waterstroom. Tussen hulle sou Krigestraat span. As dit nog daar was.

Soos 'n klou weerlig slaan die skrik om my. Skielik en blitswit.

Ek ry. 'n Woensdagoggend. Huis toe om self te gaan kyk. Oor twee bergpasse ry ek asof my pad gelyk is. Straat vir straat pak ek die dorp uit my geheue voor my uit, maar as een deel skerp in onthou kom, dryf die res weg.

Dalk staan die dop van die huis nog noudat die water afgesak het. Ma se Agastoof sou net deur 'n verskriklike krag verskuiwe kon word. Ek onthou baie ou winters aan sy warmte teen my rug. Agterkant warm; omdraai, voorkant warmte toe. Sy vuur sal uit wees soos na 'n vakansie. Ek is op pad huis toe en die herinneringe spoel van voor asof ek stroomop ry.

Toe ek klein was, moes ek op my tone staan om te kan sien hoe die Aga se vuur daar binne-in lyk. Pa-Fanie staan met 'n blikemmer vol kole wat versigtig in 'n gat bo in die warmplaat geskud word. Die swart koue kole wil die geelwit vlamme doodlê, maar hulle kraak en breek hulle van onder af en peul weer deur boontoe. Sy hitte sou die rivierwater ook laat wegstoom. Die Aga teen die vloed: effens afkoel, gloei, afkoel en die potyster dalk krimp en kraak as die water dit wil toevat. Hoe sterk was die water?

Die afgelope drie dae se dag en nag het naatloos aanmekaar gelap. Ons het gerugte en bespiegelinge oor Laingsburg gehoor. Dit het soos 'n oggend gevoel; iets nuuts soos 'n dag se oopbreek toe 'n radio-telefoon Laingsburg met ons verbind. Ma praat self die waarheid tot in my huis:

"Ons is darem veilig – ons is in die hotel. Jy moet vir Meisie en Ouboetie ook laat weet."

"Wat gaan aan? Wat bedoel Ma met veilig in die hotel? Was die water tot in die huis?"

"Wat praat jy? Die helfte van die dorp is net rivier. Verskriklik, my kind."

Haar stem versink in die gedruis van ander geluide. Ek hoor 'n tot siens, 'n hallo; ander mense wat hulle familie probeer aanroep. Dan bruis die statiese geraas op die lyn harder. So het die rivier geklink as ek in die nag in die bed wakker word en hom hoor afkom. Teen die kussing by my oor fluister Ma: "Dis niks, net 'n heerlike straal water in die rivier. Slaap nou maar weer, môre bak ons lekker pannekoek."

Daar is baie stukke onthou wat tegelyk en deurmekaar inval. Ons het baie foto's van somers en winters in Ma se tuin. Gewese tuin? My vrou saam met die muisvoëls in die appelkoosboom; haar gesig verdof deur die helder stippels van die vrugte. In 'n winter staan ons twee kinders en glimlag teen donkergroen blare onder lemoene.

Omblaai: Kyk Ma en Pa-Fanie of ek of my vrou saam met die kinders in die kamera. Altyd skreefoog teen die son wat verblindend oor die dorp skyn uit 'n skoon hemel.

Het die hemel sy blou uitgestort?

Ek is daar, maar moet ver van die dorp af agter rye ander motors stop. Dreunende masjiene probeer walle stoot waar die brug se aanlope was. 'n Smal nek grond verbind reeds die nuwe oewer met die brug. Hieroor stroom mense met kameras asof hulle wat oor is uit die verwoeste dorp wil gaan plunder.

Ek herken Laingsburgers in die stroom mense. Met hulle besittings weggespoel, lyk hulle ook soos die vreemdes. Ons groet nie. Hulle laat my verbyloop, ek laat hulle verbygaan; ken ons mekaar? Hulle gesigte is rooi gebrand. Onder die blote lug slaan die son met 'n skerpte waarteen hulle onderdak in hul koel huise beskut was.

Daar lê 'n bruin streep teen die muur van die dubbelverdiepingskoolkoshuis; sekerlik te hoog om te glo dat dit 'n hoogwatermerk kan wees. Die gebou staan op die hoek waar Krigestraat by die hoofstraat aangesluit het. Van die stopstraat af het sy boomkoelte tonnel gemaak tot onder die treinbrug. Nou van skadu en huisfronte gestroop, lyk dit kort en oop. Die teervlak hou na dertig meter op en val met 'n paar brokke grond, teerskil op die een kant, of na 'n sandsloot drie meter laer. Ek klim af, dís die pad huis toe. Sonder 'n gewel, 'n stoep of 'n hek wat kan sê: dis waar jy nou is, verdwaal ek op 'n stukkie aarde wat ek toe-oë moes ken.

Selfs op die donkerste nagte sonder 'n maan, die vyf straatligte dood, sou ek kon weet waar ek is aan die bome se swart vorms. Die moerbei oorkant die Koortse, die olywe verder aan, die bougainvillea wat bo Ruimte se hek uit sy prieel rank, die netjiese tuinmuurtjie waar die Kilians vroeër gewoon het. Ou Fourietjie se windpomp klong sy dam agter die kwepers vol. Dit was merkplekke om die pad huis toe uit te snuffel.

Ek klouter uit die onbekendheid van die sandsloot terug op die wal. Stap onbeskaamd waar huise se slaapkamers en sitkamers was. Tree deur die mure; trap onder die vloere.

Drie kinders kyk op van 'n soekery op 'n hoop pleister en bakstene. Daardie krulkoppe – is hulle die Jordaan-kinders, wat eens op 'n tyd vier huise noord van ons gewoon het? In die wal regoor hulle, vroeër oorkant die straat, hang 'n motor met sy neus vasgeval deur sy motorhuis; stert oor die afgrond soos 'n swael in sy walnes. Wie s'n sou dit wees? Dora het daar gebly. Sy het lankal mos getrek. Ek wil die mense nog onthou soos toe ek hier gewoon het. Asof hulle nie mag verander het sonder om vir my te sê nie.

Ek tel die rommelhope tussen die Jordaans en ons. Ongeveer hier moet ons erf gelê het.

Ek stap vanaf dryfsand op modder in ons voorportaal. Sonder dat ek eers die silwergeverfde hek oopstoot, sonder die hol dok-dok van my skoene op die sementpaadjie tussen die roosbome. Verbeel mure om my; hoe dit duisende kere vantevore gevoel het om hier in te stap.

'n Stuk van die telefoon lê op die grond waar dit van sy onsigbare muur afgeval het. Ek loop kombuis toe, uit gewoonte die regte aantal treë vir die gang, draai in waar die deur was. Van die hele Aga lê daar net 'n ventilasierooster. Nie eers 'n erdjie is daarvan afgestamp nie. Dit is die regte plek? Ek voel dit, al groet niks my nie.

Hier lê goed van ander mense wat by ons kom inspoel het. 'n Muurteks wat meer paslik sou wees as daar gestaan het: Wat is 'n Moeder sonder 'n Huis.

Die water het hier waar huis was rivier gemaak. Van die straatkant af is die voortuin weggevat; met grond en al onder die huis uitgegrawe. Die mure het ingestort en is weg saam met die vloed, maar die kaal fondamente het skeef op 'n nuwe vlak gaan lê, presies in die vorm van die vertrekke. Bo teen die uitgekalwerde wal staan 'n stukkie agtermuur van die sonkamer nog so vensterbankhoog.

Dit lyk soos 'n nuwe bouery wat gaan begin. Hier lê die fondamente al klaar en wag vir nuwe mure. Ma sal dalk hou van 'n split-level.

Waar die agtertuin was, lyk dit nou soos 'n rou nuwe erf wat nog skoongemaak moet word van die klippe, sandwalle en ander bourommel. Net langs die plek waar die kombuisstoepie was, het blare van 'n blomplantjie losgespring uit die modderskil. Ek vee die slikgrond af. Hier kan die tuin weer uitloop!

Dit is nuwe grond dié. Behoort aan almal wat kom kyk het. Ek het nie meer die reg om iemand te keer: Moenie oor ons erf loop nie. Waar dryf ons bakens, heinings, hekke, deure; ons privaatmaakgoed?

Die agterkant van die erf, die vroeëre skans teen die rivier, lê nog amper soos dit was. Diékant het ons die rivier teruggedruk en hoog wal gegooi vir moontlike verspoel. Oorlede Pa het breekwaters gebou en 'n rietbos aangelê om die grond te bind. Na sy dood het die dykwerke bly lê totdat Pa-Fanie dit vir ons kom voltooi het. Agter die walle het ons 'n geil tuin aangelê op die slikgrond wat uit die rivier se bedding gewin was. Die walle en die riete het vroeër jare die kwaai vloede teruggehou en net oorstootwater, dik van die slik, het deur die riete gesyfer. Die aartappel- en pampoenakkers het weer groter en groener onder die stowwerige slikafsaksel uit opgekom.

Die rietbos staan nou kort bo hulle wortels afgedraai; Pa se breekwaters is tot op die klip oopgespoel. Die rivier loop nog steeds sterk, sy pad nou meer as wyd genoeg.

Ons het altyd gedink ons is veilig op hierdie sterk wal as ons wag vir die rivier om af te kom na swaar reën. 'n Ou herinnering dring na vore: Pa wat op die rand van die wal bo die water staan. Sy arms swaai. Slaan, swaai en gooi. "Ma, wat maak Pa?" Sy probeer keer dat ons nie moet sien nie. Dit is pasgebore katjies. "Ons kan nie almal grootmaak nie." Hulle nat lyfies tol slap op die golwe in die rivier en raak weg onder die treinbrug.

Ma wag seker by die hotel. Ek moet haar daar gaan kry. My skoene trap stink lugborrels oop uit die modder. Die soet ruik in die neus is doringboompeule en blommetjies wat verrot, het ek vroeër jare gedink as ek in die rivier stap nadat die water afgeloop het. Wie weet wat gis nou onder die grond?

'n Mens kan nou kortpad steek oor toegeslikte strate en uitgewiste erfgrense. Plekke waar vrugtesteel vir kinders taboe was, lê nou oopgegooi. Walle sand lê soms dakhoog langs die huise. Dáár steek 'n vyeboom se tak grasgroen uit; 'n arm waaraan jy 'n toegespoelde tuin sou kon uittrek.

Op die hoek van Swartberg- en Suidstraat lê 'n klomp ongebruikte doodskiste wat soos ongeduldige skuite op die water self deur die huise se mure gestamp het. Die makabere toneel het al die nuusmanne kom afneem.

Hier dwaal baie mense rond, asof hulle gedink het dat hulle iets kan kom doen, maar nou moed opgegee het teen die omvang van die skade. Bekendes ontmoet mekaar en val in mekaar se arms.

Almal se groet is omtrent dieselfde: "Ek is so bly om jou te sien. Ons kan die Here dankbaar wees dat ons nog lewe." Veilige woorde. Ander sê weer onseker: "Is jou mense . . . almal veilig?"

Julle het nog iets om te kom bekyk, dink ek. Dis drie strate van die rivier af en hier was net vloedskade; nader na die rivier is alles weggevee. Die buitemure van die huise staan nog. Hier staan nog bome, die takke toegedraai in opdrifsels: selfs motordeure en matrasse.

Daar was pogings om huis skoon te maak. Watervoos meubels is uitgedra en laat staan. Oop yskaste stink. Stowe het baksels klei in die oond. Rokke, hemde en pakke wat in klerekaste vir die water wou wegkruip, klou met laparms om drade, baksteenmure en boomstamme vas.

Die weermag is ook hier. Agter in die vragmotors lê jong dienspligtiges; bondels saamgespoelde kakie. Hulle wag op bevele. Offisiere staan en beplan die komende operasie onbetrokke en droogvoets. Goed toegerus, in skoon klere en droë stewels. Die Laingsburgers kom kaalvoet en besmeerd verbygestap met mandjies of doekies vol besittings in die hande. Dankbaar groet hulle die dienspligtiges. Hulle dra 'n teelepel of 'n blompot; 'n Bybel oopgeval en die blaaie moddergestyf by die belofte wat Noag gekry het dat die wêreld nie weer deur water sal vergaan nie.

Daar was niks by ons huis om op te tel nie. Net ou ysters, stukke sement en sinkplaat: Die ribbe van 'n huis waarin jy geen lewe kan blaas nie. Op die eerste water het die dokumentasie van ons gesinwees weggespoel. Doopfoto's, geboortesertifikate, Ma, Pa, Ouma en Oupa se trouportrette, my Sondagskooldiploma, my ou liefdesbriewe wat nog in die kaslaai vergeet was. Hoe lank sal 'n mens jou geskiedenis en jou jeug kan onthou sonder die sleutels van klein aandenkings?

Ek sien Ma al van ver af waar sy voor die hotel staan. Sy gesels met iemand, maar kyk kort-kort in die oopgeskraapte hoofstraat af of ek nie ook een van die stroom mense kan wees nie. Hoofstraat wat nou lyk soos 'n slootstraat.

Sy het my nog nie gesien nie. Ek wil vinniger teen die opdraand uit, na Ma toe waar welkom tuis dalk is. Die treë bly moeg net soos 'n droom se hardloop in die lakens bly knoop.

Ek sou eerder vir Ma op 'n ander plek troos, selfs tussen die fondamente van ons ou huis sou dit beter wees as om hier voor 'n hotel 'n aandoenlike toneel vir die ramptoeriste te skep.

Ons vat mekaar styf vas.

"Ek het geweet jy sou kom. My jongste altyd eerste by Ma." 'n Asemteug stik effens.

Ek hou my heel. My gesig 'n stram deksel wat dig moet sluit teen trane wat wil deursyfer.

"Ons het niks van 'n huis meer oor nie. Het jy al gaan kyk?"

"Ja." My stem klink kortasem. "Ja, ek het eers daar gaan soek vir iets wat oorgebly het. Ma," troos ek, "dis net die adres wat weggespoel het."

1990

EMMA HUISMANS

Die verhouding

Op 'n manier het dit gewerk. Dit het net nie altyd so goed gevlot nie. Daar was genoeg gevoel, commitment ook, selfs die opregte begeerte om betrokke te wees.

Ek sal die begin altyd as Desember onthou. Vir haar het dit vroeër al per brief begin. Maar vir my was dit die einde van die jaar as almal op vakansie gaan. Die Transvalers, die biskoppe en die community workers. Selfs die struggle vat af en jy loop party van die activists op Sandy Bay of in die Brass Bell raak. Dis nou as jy parkeerplek tussen al die Mercs en die Audi's uit Transvaal kan vind.

Sy het daardie jaar opgedaag met 'n handvol etniese leerarmbande as Kersgeskenke vir die Kapenaars. Die eerste nag het sy reeds gesê I want you to be my lover. Ek, met Zwelethemba en Bonguletho se stront nog aan my hande, het battle fatigue gepleit en om uitstel gevra.

Maar die nag daarna was dit sulke tyd en 'n week of wat later was ek selfs verlief. Ons het min politiek gepraat en sy het 'n gepaste, selfs pertinente affiniteit vir my swart kollegas en vriende getoon. Tuis in Johannesburg was sy saans 'n Lifeline councillor en bedags het sy Engels aan 'n hoërskool in Soweto gegee. Dit was goed genoeg, and I just let go. Dit was nie meer die gebruiklike fucking to erase violence nie, maar please, let me touch your soul. En sy het.

Dit was die begin van die einde van nog 'n jaar van komberse, samp en boontjies op die surface en magasyne en sewe-punt-ses-twee's en thirty eight specials onder die spaarwiel. Nog 'n jaar van swart en bruin agterdog oor wie is wie in die struggle en freaked out whiteys wat iets probeer doen.

Kort voor Kersfees het sy I love you gehyg. Ek het my kop laat sak en ingestem. Mens kan van violence alleen nie leef nie. Ons het hand-aan-hand oor Noordhoekstrand geswerf, maar ek het geweier om saam met haar deur die Golden Acre te loop.

Ek het snags niks minder gedroom nie en nog gereeld protesterend, natgesweet en met my vuiste gebal, wakker geruk. Maar sy was 'n stewige slaper.

Ek moes haar herinner aan die Christmas of Concern wat weer eens landwyd deur die movement uitgeroep is, maar deur die meeste mense ignore is. Sy het haar geskenke spytig in haar tas teruggepak. Ek het Oukersaand in 'n kroeg deurgebring met 'n pak wit kerse vir 'n candle-light vigil op die Parade wat toe nooit afgekom het nie.

Kersdag het ek polities korrek aan die ander in detensie gedink en gedrink op my eie luck. Ons het ons eerste fight gehad: oor waar ek die vorige aand was . . . argumente is doodnormaal, maar haar counselling jargon het my dwars in die keel gesit.

Sy is terug Johannesburg toe met volle vertroue in 'n afstandbeheerde verhouding. Dit was net 'n kwessie van tyd en dan sou ons wel bymekaar wees.

Die volgende keer in 'n shack in KTC – geweerolie aan my hande en nog 'n fokken geroeste magasyn – het ek gewonder hoe ek ooit haar twee poedels hier sal verduidelik.

Met telefoonoproepe, tapes per pos, naweek- en vakansiebesoeke het ons die verhouding aanmekaar gehou. Ons het versigtig en ontwykend gestruwel oor wie op boontoe of af ondertoe moet verhuis. Sy had 'n huis en 'n staatsubsidie geknoop aan haar werk en ek my kontakte en kamerade. Sy was heimlik moeg vir Johannesburg en het in die romantiek van die Kaap geglo. My usefulness as 'n whitey in die local townships het uitgedien geraak. Wit is 'n opvallende kleur.

Nadat seksie twee sonder orders van bo 'n polisie-van opgeblaas het, moes ek 'n week lank in 'n shack lê omdat die padblokkades almal voorgekeer het. Tussen stukke brood en lou mellow yellow het ek oor haar gedroom en chauvagtig jaloers geraak by die gedagte dat sy dalk daardie milde wit heupe vir iemand anders sou gee.

Dae en nagte het eindeloos boring verby gesleur. Droom en werklikheid het oormekaar geval. Tussen die vlieë en die reuk van my eie pis in 'n konfytblik en die gekibbel in Xhosa en Engels langsaan oor wat wie se skuld is, het ek gesweer iets moet verander. Dat ek net eenkeer weer 'n intelligente gesprek wou voer, sonder slogans of jargon, oor my plek in die nuwe Suid-Afrika. Ek het die dag onthou toe ek 'n lid van die Rooi Brigade in 'n gragtehuis aan die Singel in Amsterdam ontmoet het en my eerste reaksie op Goya se Derde Mei 1808 in die Prado. God, ek was jonk.

Ook die padblokkades is opgehef en terug op kantoor het die stryd tussen so-called coloured en swart in volle gang voortgeduur. Ten koste van die ekumeniese ideaal, welsyn en education. Rolle swart plastiek het die binnehof vol gelê omdat die veldwerkers uit was op eie private trips en die man in beheer te BC-bewus om hulle in die bek te ruk. Ek het versigtig deur die mynveld van ondergrondse beskuldigings getrap na my tikmasjien en nog 'n pamflet: Waar staan u as Christen teenoor die gewapende stryd?

Tussen twee tussenkoppe het ek haar gebel. Sy was nie daar nie. Tuis, later dieselfde nag na whisky en steak weer 'n keer gebel, maar nog geen antwoord nie. Toe sy uiteindelik antwoord, raak ek onredelik oor die telefoon en eis 'n verduideliking. Sy, die ene verdraagsaamheid, kalmeer my met Lifeline skills. Sy was bloot Sandton toe, pragtige huis met 'n jacuzzi, om na die jongman te soek wat die armbande sny. Sy wou twee etniese halsbande vir haar poedels hê. And shame, the guy looked so bad, he is so overworked, sy ma, such a warm woman, is ook bekommerd oor hom. She just had to stay and talk.

Natuurlik.

Die jaar het aangekarring met nog meer curbs, restrictions, bomaanvalle en roundups. Vierduisend kinders onder agtien in detensie en 'n verdere negeduisend van ons. My drome word simptome en ek wonder wat van my sensor geword het.

Tussen Johannesburg en die Kaap het ons met ywer en opregte bedoelings voortgewoeker en my gereelde trips op boontoe het my koerierstatus begin gee.

Op 'n sestig-minute-tape vertel sy my onder andere van Jusef, 'n gedeelde kennis van ons, wat 'n beurs gekry het en binnekort na Amerika vertrek. Hy is besig om al sy besittings te verkoop. Ek skakel die bandmasjien af. Jusef is geskool om 'n mylpaal in alternative education te word. Sy plek is hier, nie in die States nie.

Met die volgende foonoproep keer ek 'n argument oor Jusef se vertrek, want ek het al weer 'n vliegkaartjie in my binnesak. Ek soek vrede vir hierdie komende week, want ek is bekommerd oor die papierwerk, en die Browning, en die ekstra magasyne met 9 mm-parabellums in my bagasie.

Maar dit vlot alles soos gebruiklik en haar mollige borste met die littekens van 'n lift jare gelede vergoed vir die angs. Ek verdrink in haar warmte en raak uitgeput in haar arms aan die slaap.

Ons moet Jusef op Jan Smuts afsien. Ek is onwillig, maar kry vreemd genoeg opdrag van bo. Ek moet die Browning saamneem. Op die lughawe sal hulle my vertel wat ek daarmee moet doen. Ek aanvaar dit gelate, baie gewillig om van die ding ontslae te raak. Ek trek my swart T-shirt aan en gespe die holster vas.

Daar bo-oor kom 'n wye los kakiehemp. Die Browning lê swaar en bewus onder my arm.

Sy het die twee poedels by die kapsalon gaan haal. Hulle is geborsel en geskeer met pienk strikkies in die krulle op hulle koppe. Leisels aan hulle etniese halsbande: hulle gaan saam. Ek weier om een vas te hou.

Sy is tevrede oor my toewyding laasnag en slaan kort-kort haar arms om my in Jan Smuts se vertreksaal. Ek druk haar weg, want die Browning sal wys en sy is eindeloos pissed off met my.

Sy vind Jusef. Hy staan alleen en bruin. Hulle omhels en soen en klou aan mekaar, ingenome met hulle natuurlike spontaneïteit oor die kleurgrens. 'n Groepie jong swart kamerade – ek herken sommige van hulle – daag op. Hulle loop een vir een na Jusef en groet hom met die hand. Drie rukke, duim oor duim. Hulle hou hulle eenkant en praat gedemp oor die jongste beperkings op skool.

Een van hulle trek my weg agter 'n pilaar en voel na die pistool.

Hy wys na Jusef. You've got to shoot him. The traitor. Wait for our sign. Long live, comrade.

Long live se voet. Hoe sal ek ooit weer hier uitkom? Maar die organisasie het seker daarvoor gesorg. Die een of ander diverting action. Jare lank het ek al geweet dit gaan kom. Maar so? Op dié manier, vir so 'n weak cause? 'n Bruin knaap, jare gelede deur die komitees uitgesonder vir die education of the people. Nou gaan hy landuit, om waarskynlik nooit weer terug te kom nie.

My lewe vir so 'n man?

Ek hou die groepie studente dop. Hulle oë gesluier teen die haat, gerig op Jusef, op haar en die honde. Dis 'n swart-bruin ding dié en 'n whitey om die can te carry.

Maar commitment is commitment. 'n Opdrag 'n opdrag. En waar sal ek, ex-Afrikaner, môre wees as ek dit nie uitvoer nie?

Die teken kom. Ek ruk die Browning uit, my vinger om die sneller. Jusef is reeds op pad na die deur. Hy sien my nie. Ek ruk om en skiet skoot na skoot die hele magasyn in die poedels leeg.

My vuis bal.

Vandag vertrek Jusef na Amerika.

1990

Die hond

Gister het daar nege tandelose olifantjies op die Malieveld gestaan. ’n Klompie van vyf en ’n klompie van vier. Die slurpe tastend oor die vetterige gras, die pote stamp-stamp op soek na regte grond. Historiese grond.

“Is er iets aan de hand?” het die vrou naas my gevra.

“Nee, Mevrou, ek huil sommer net.”

Hoeveel miljoene protesvoete het hier nie al gestaan nie? Teen kernkoppe en besnoeiings, vir walvisse en minderhede. Selfs die pit bull-terriërs het hiervandaan vertrek op weg na die Binnehof.

“Schattig, hè?”

“Nee, Mevrou.”

Die twee bulletjies het slurp teen slurp gestaan. ’n Halfhartige stoot of twee.

“Zo speels, toch.”

“. . .”

Een van die olifante het skielik reg op my af begin loop. Poot vir poot. Die ore wapperend in ’n byna vlieglose land. Slurp omhoog. Ek het teruggedeins, oor my fiets gestruikel. Vir ’n oomblik weer die angs, maar ook heimwee. Ek kon die stof weer ruik, die sonbesies hoor skril. Die koue sweet tussen my skouerblaaie voel. Verlange en afsku tegelyk.

“Het zijn maar circusdieren hoor,” het die vrou nog geroep.

Ek het my fiets gegryp en huis toe gevlug. In die Waterloostraat het die hond weer op die balkon gesit. ’n Staal-en-betonhokkie, so klein dat die enorme dier hom skaars kon draai. Heldergrys oordag met sy neus boontoe gerig, het hy gekla oor ’n maan of ’n son wat hy selde sien, maar nog êrens in sy bloed vermoed. Ek wou nie, maar het tog weer gestaan en luister na sy weeklaag. Weer wou ek hom van die balkon af gryp en loslaat in die duine. Maar hy sou dit nooit oorleef nie.

Sommige dae werk net nie in hierdie land nie en dit lyk nie asof vandag soveel beter begin nie. Vanoggend is die koffiemasjien steeks. Die liggie brand, maar daar gebeur niks. Die koffiesak het ek agtergelaat. So ’n handgemaakte stuk lap en draad neem mens tog seker nie ’n grens oor nie. Dan maar tee uit die theebus wat wel ’n komplete kringloop voltooi het. Veertig jaar gelede van die Veluwe na Transvaal en nou terug op ’n Haagse kombuisrak. Regte antiek, het my oorkantse buurvrou beweer. My ma s’n, het ek verweer.

Onder in die straat staan die buurman se dik duiwe en wag vir brood. Die straat se katte lê onder die bakfiets en kwispel. Instink trek nog hulle ore plat, maar hulle lomp pogings lewer selde ’n veer op. Die man van skuins oorkant met die daggaplante in sy venster, is nog nie op nie. Mens kan alles sien hier van bo af.

Nondwe kom.

Sy is al drie dae in die land. Oor die telefoon het sy dit reeds oor die oulike gordyntjies in die squatter-kampe hier gehad. En die netjiese rytjies blomme al om die hutte. Sy is nie die eerste Suid-Afrikaner wat haar oor dié volkstuintjies misgis nie. Ek het geweet wat hulle was die eerste keer toe ek hulle deur die treinvenster sien – jare gelede toe ek nog agter my wortels aan gereis het. Ek kon net nie dink dat iemand homself so kon verneder nie. So 'n kitsch stukkie grond 'n halfuur van huis en haard, vasgevang tussen die snelweg en die treinspoor. Dit alles net om iets anders as 'n potplant in die vensterbank te sien groei. 'n Poging om jou hande in die grond te kry. 'n Ongewaste aartappel of 'n wortel uit die klei te trek.

En 'n week gelede het ek toe self daarin getrap. Ek het twee plastiekemmers op die solder loop soek, gaatjies in die bodems geboor en hulle helderblou geverf. Ek het grond in 'n plastieksak gaan koop en tien gousblomplantjies in tien plastiekbakkies; vyf in elke emmer geplant. Te veel, volgens Zwarte Annie op die hoek. Ek het die emmers op twee stapeltjies bakstene aan weerskante van my voordeur, reg op die straat, neergesit. Blou en banaal, en binnekort nog oranje ook. Daardie aand het die grond nog onder my naels gesit.

Grond word hier "aarde" genoem en klippe heet deurgaans "stenen". Dit is alles te koop in sakke, by die kiosk voor die supermark. Veral die klippies is duur, want dit word ingevoer.

"Waarna verlang u terug?" het die reisende radiojoernalis wat darem ook iets teen sy expense account moes wys, my 'n jaar gelede gevra.

"Klippe, Boet!" het ek in die skuimkop van sy mikrofoon geroep. Sulke gewone boereklippe wat in die palm van jou hand kan lê. Hy het eintlik biltong of sonskyn verwag en het blitsig sy bandmasjien afgeskakel, bang dat ek oor geweld sou begin.

Maar ek het net geglimlag en oor taalverskille begin praat, en oor hoe mens jou humor kwyt raak so tussen al die betekenisverskuiwings deur.

"Vind u die aanpassing moeilik?" het hy weer probeer, sy oog op sy horlosie, want hy moes minstens elf minute uit my kry.

"Nee wat. Ek kan hier al die boeke wat ek al die jare nie mog lees nie, sommer gewoon in die biblioteke vind. Dis 'n great land dié."

Die tee het koud geword. Ek moet nog my boeke gaan omruil voordat ek Nondwe by die stasie gaan haal. Sy doen die Novib/-Memissa/Mama Cash-toer. Soek geld, proposals in plastiekkoevertjies waarskynlik onder haar arm. Sou dit nog steeds om trench gardens gaan? Of is dit nou waterpompe? Of naaimasjiene?

Die man wat hier agter woon, loop al weer met sy hond in ons straatjie. Hy skel en ruk, maar die dier bly ondanks die swaar ketting al teen die man se wil in beur. Ek hou hulle dop van hier bo terwyl ek my baadjie toerits. Die hond trek uiteindelik sy rug krom en draai 'n puntige, bruin hoop reg voor Zwarte Annie se deur. Dit gaan weer groot herrie afgee. Hy skrik as die voordeur agter my toeklap. Kyk van my na die hond, na die dampende drol, en wurg die dier haastig om die volgende hoek.

Die plantjies het hulle al behoorlik uit die modder losgewoel. Burgerlik, boers, kleinsteeds. Al die bekende woorde duik op, en êrens diep agter in my kop sien ek Ma haar wenkbrou lig. Vergeet dit, Ma. Ek het hulle regtig nodig. Op die klipperige Bokkeveld waar u nou so stewig begrawe lê, word hulle soms madeliefies genoem. Onthou Ma nog? Sy het my lief, sy het nie. Blaartjie vir blaartjie, blom vir blom. En Ma sê, moenie so mors nie, maak skoon!

Ek sluit een na die ander die slotte om my fiets oop – die vaste slot onder die saal, die kabel om die lamppaal en die ketting om die agterwiel. Die slotte is saam meer werd as die hele fiets. Maar as iets so bedreig word, steek besitlikheid maklik kop uit. As hierdie een ook gesteel word, koop ek sowaar een vir 'n geeltje by 'n junk. Die volmaakte kringloop. Ek sê dit elke keer, maar ek doen dit nooit nie. Ek bind die sak boeke agterop vas. Kristof, Monikova en Khaksar. Gaan ek ooit alles inhaal?

Ek fiets deur my buurt wat deesdae in sommige koerante 'n ghetto genoem word. Deur die swerfvuil, die uitgebrande winkelkarretjies, die brug oor langs die tapytwinkels verby en in die geskiedenis in. Langs die herehuise, verby die kerktoring met sy klokkespel, tot ver in die wêreld van die destydse landgrawe en hul paleise. En die biblioteek. Die een in ons wyk spesialiseer in prentverhale en swak vertalings van Agatha Christie. Ook hierdie land het sy duidelike grense. Ek maak my fiets aan 'n leë vullisbak vas. Voor die ingang sit 'n hond en wag. Die ketting om sy nek is aan so 'n slim gekrulde oog in die muur gehaak. Honde mag nie in biblioteke kom nie.

Mense in die vreemde spandeer ure aan onthou. Die uitpluis van wat nou presies gebeur het, net daarvoor, net daarna en of dit ooit werklik gebeur het. Hoe het die hond by my uitgekom? Ek hou nie eers van honde nie. Honde is rassisties. Die Boere het honde gehad. Honde en gewere. Honde wat afgerig was teen swart.

Die hond het so 'n ent anderkant Ogies op die R22 gestaan. Stoksielalleen, kop skeef gedraai. Dit was nog vroeg. Die son was nog nie eers op nie, alhoewel die dag rooi en gereed agter die eindelose mielielande gelê het. Ek het agteruit gery, die deur oopgegooi en hy het op die sitplek gespring. Die heeltyd stil bly sit met sy oë op die pad gerig. Ek het nie 'n hond gesoek nie. Wit en met 'n hond in 'n tuisland, kan net nie werk nie. Kort voor Acornhoek het hy so heftig vir die blonde korporaal met die puisies begin grom, dat die knaap nie eers die bakkie deurgesoek het nie. Dit was die eerste van vier roadblocks daardie dag. Ook in die Bosveld het die onrus toegeneem. In Hoedspruit het ek 'n sak hondeblokkies en 'n vlooiband gekoop. Dis hoe die hond by my beland het.

Nondwe het geskrik toe sy hom sien. Maar hy het haar niks gemaak nie, net reg by haar verbygekyk na die kinders wat aan die pomp se slinger gehang het. Sy kop het saam met hulle op en af gegaan. Ek het die pale en rolle draad begin aflaai.

Die hond het na die kinders toe geloop. Hulle het hulle hande bak gemaak en hom laat drink.

"Dis nie 'n wit hond daai nie," het sy gesê en versigtig 'n rol ogiesdraad aangevat. "Waar kry jy hierdie?"

"Vorm 701," antwoord ek vaag, met 'n hoekpaal waarop die personeelnommer en universiteitskode duidelik in geel gestensil staan, in my hand.

"Nè?" Nondwe het 'n feillose oor vir halwe waarhede gehad. Ek kon net 18 pale en 3 rolle draad uit die gewete van die professor kry. Het toe maar self, op pad magasyn toe, daarvan 180 en 30 gemaak. Die spul het amper nie op die bakkie gepas nie.

'n Klompie van die vroue uit die dorpie daag skoffel oor die skouer op. Vat aan die draad en klap hande oor al die heininggoed. Dalk word dit nog alles waar.

Teen twaalfuur loop die dag soos 'n ou grammofoon af. Alles word stadiger. Die bosluisvoëls duik nie meer so vinnig agter die insekte aan wat ons losspit nie. Selfs die spottende gelag van die loeries word stil. Sewe pale staan al. Ek steek die graaf in die grond. Dis net te warm.

Die ander sit reeds in die yl skadu onder die maroelas, namaak-tupperwarebakkies met pap op hulle skote. Die hond loop lê 'n tree van my af in die stof, tong uit sy bek. Ons deel 'n Cola-bottel lou water.

Nondwe stoot 'n bakkie na my kant toe. "Gaan ons dit maak? Is dit groot genoeg?" Sy vra altyd meer as een vraag tegelyk.

Ek knie die rolletjie pap en peusel takserend. "Ek reken, ja. Dis groot genoeg. Plek vir twintig trenches en ons is maar nege."

"Ja, maar as dit werk, is die ander dadelik by." Die optimisme van projekwerkers.

Ek het Nondwe, ex-non, verpleegster en veldwerker, die eerste keer ontmoet toe ek 'n paar maande gelede navorsingswerk moes doen oor "bestaande strukture" in haar omgewing. Dit was die drang van 'n stadsuniversiteit om uiteindelik by 'n deel van die realiteit betrokke te raak. Die platteland, agterland. Tuisland-land.

Dit het my gepas, so 'n tydelike opdrag. Ek moes tog 'n ruk die stad en die struggle uit. Te veel insidente en mense op my spoor. Nuttige wegkruipplek, het my kamerade en enkele vriende gedink. So 'n bietjie bosveld, die stadiger, minder gevaarlike Afrika. Nogal reg langs die Wildtuin. Dink net.

Nondwe het vir die local hospitaal gewerk. So 'n tweehonderd-bed-storie met minstens vierhonderd pasiënte, deur die tuisland bestuur, maar deur Pretoria regeer. Sy het 'n hele spul afkortings agter haar naam gehad wat omtrent net die Wêreldgesondheidsorganisasie kon verstaan en waardeer. Moeder Owerste het destyds aan opleiding en titels geglo, veral vir hulle enigste swart suster. Dit het van Nondwe 'n ekspert in primary health care gemaak en 'n oortuigde dorpsontwikkelaar. Maar ook 'n gelowige. Sy kon God, die kloosterorde en die stukkendgemaakte gemeenskappe nie met mekaar rym nie.

Nondwe het my oral heen saamgevat. Deur haar kon ek 'n wye draai om die tog maar verdagte Black Housewives' League gooi en dadelik by die regte vroue uitkom. Ek was diep beïndruk. Te duidelik, want my verslag het, tot irritasie van die professor, daarvan oorgeloop. Oor hoe hulle, ondanks die hele korrupte netwerk van aangestelde chiefs en indoenas, die ruggraat van die tuisland was. Hoe hulle helpmekaar-groepies, die stokvelle en die burial societies, hulle in staat gestel het om met waardigheid 'n pad deur die ellende te baan. Vir my was dit women's power waarby Westerse feminisme, van watter kleur ook al, meestal verbleek het.

As iemand, so het ek met oortuiging geskryf, 'n vaste ontwikkelingsvoet hier op die grond wou kry, sou hulle eers saam met hierdie vroue moes leer loop. Lastige woorde, want selfs aan 'n progressiewe universiteit het "strukture" meestal 'n broek, of minstens 'n assegaai en 'n skildvel, gedra. Veral in die, volgens hulle, agtergeblewe gebiede.

Alhoewel gewoond aan die nutteloosheid van papierwoorde, het ek dit nietemin alles neergeskryf. Van die slogans van die ministers en chiefs, tot die budget-vraagtekens van die hospitaalpersoneel.

Selfs die vrese van die geweer-oor-die-skouer-boere op die omliggende plase, tot die verwagtinge van die comrades ondergronds, wat nie net deur die regime gejag word nie, maar ook deur hul eie tuislandpolisie.

Klaar, in fakulteitstyl gedruk en gebind en in die professor se poshokkie besorg, was dit tyd om te loop. Maar ek het gebly: Nondwe het my gevra.

Sy wou 'n tuinbouprojek by een van die dorpies begin. Die vroue wou dit uiteindelik hê. Ook die prof, met 'n oog op potensiële donateurs vir sy eie ruralplanne, het van die idee gehou. Solank dit net nie geld sou kos nie en ek ver weg van alle ondergrondse groepe sou bly (die vier paragrawe daaroor het hy eiehandig uit my rapport geskrap). Dan mog ek van hom die universiteitsbakkie en die petrolrekening nog 'n rukkie langer hou.

Maar natuurlik, professor, dit is tog die hele idee van my rural bemoeienis. Slegs wortels en boontjies, water en die stukkende pomp. Geen politiek nie. Ek beloof. Veral aan myself.

"Haai, sisi, die bokke is lus. Daar's werk." Nondwe kreun orent. Haar verpleegsterhande het in geen jare 'n piksteel vasgehou nie, en al die gekap en gespit vreet aan 'n mens se rug.

Die omheining het op 'n vreemde manier my werk geword. Alle vorige projekte kon juis oor die gebrek aan heinings nie op die been kom nie. Daar is net nie geld vir pale en draad nie, en geen hout meer in die omgewing oor vir takheinings nie. Sodra 'n groenteblaar dit bo die grond waag, word dit deur die boerbokke afgevreet. En bokke is, behalwe vir melk en vleis, ook statussimbole met 'n hele spul regte. As die indoena die dag moet kies, wen die bokke meestal bo die vae workshop-woorde soos vitamines en groente.

Terug in die stad het ek toe maar met 'n gewetenlose vinger in die skuldbesef van die professor gewroet tot hy sy handtekening op die rekwisisie gesit het.

"We shall repossess," haal ek aan as ek, later die aand, my tog by Nondwe probeer verontskuldig.

"Ek sal vir jou bid," sê sy terwyl ons die blase op ons hande bekyk en die hond sy opgejaagde vlooie met sy tande uit sy hare hark.

Halfpad deur die eerste week daag daar een middag 'n afgevaardigde van die tribal office in uniform op. Hy wil weet oor die draad en die pale. Veral hulle cut. Die vroue smyt moedeloos hulle gereedskap neer en 'n skril gesprek in streekstaal volg wat selfs Nondwe skaars kan verstaan.

Dis soos die gebruik is. By elke donasie, van alles wat inkom, eis die chief sy deel op. Nie-amptelik. Selfs die vlugtelinge uit Mosambiek weet dit.

Ek verrys groot en wit. "No donors, no NGO's, no money. Mine!" My pale, my draad. Ek wys hom die geel letters op die pale. "My heining." Die hond begin saggies grom. So 'n vertoon van wit en besit verstaan die man wel deeglik en hy verdwyn mompelend. Die vroue skater van die lag.

"Hau, Miesies," betig Nondwe my en ek blaas skaam die aftog, die hond in my spoor. Toe ek teen sonsondergang terugdraai, staan daar drie kameelperde tussen die knoppiesdorings. Twee grotes en 'n kleintjie.

"Lê!" fluister ek vir die hond sonder naam. Met hulle lang bene steur hulle hul min aan heinings. Ontsnap gereeld uit die Wildtuin ook, veral as 'n olifant 'n paal of twee platgestoot het. Ons moet bo die wind wees, want hulle hou aan met vreet. Hulle buig oor die kruin van 'n blouhaak en trek versigtig met hulle tonge die blare tussen die dorings los. Rustig, byna prehistories, asof hulle in grootte en lengte nie regtig meer by vandag hoort nie. As hulle vlekke verdwyn en hulle nog net donker buitelyne teen die aandgloed is, volg ek die hond huis toe.

Nondwe wag my in. Sy is ontsteld en kwaad. "Dis gevaarlik so alleen en in die donker."

Ek klop die hond op sy kop.

"Daai hond van jou is niks nie. Hy grom net as hy 'n uniform sien en kwaad dra nie altyd 'n keps en stewels nie."

Ek vertel haar van die kameelperde.

"Dis die seekoeie wat die grootste moeilikheidmakers is," sê sy. "Veral af suid, Witrivier se kant toe. Hulle vreet alles op en trap alles plat. Mense ook."

"Soos die Hippo's." Pantservoertuie met dierename.

Nondwe klik met haar tong. "Jy hou ook nooit op nie. Dis te droog vir seekoeie hier. En hulle gebruik buffels in ons distrik. Kom eet. Ma'nene het hoender geslag om die behoud van die draad te vier."

Die heining staan uiteindelik. Die trenches is gegrawe en weer opgevul, klippies en leë blikkies onderin en daarna kompos en grond. Laag vir laag, nes hulle in die boek sê. Twaalf dorpsvroue neem nou al deel, maar die indoena se vrou bekyk ons gewoel nog van 'n afstand. Niemand glo regtig dat mens met so min water op so 'n klein stukkie grond genoeg groente kan groei nie. Ons weet ook nie, want dis ook ons eerste keer, maar ons laat niks blyk nie. Ons plant en skoffel saam. Elkeen in haar eie tuin, saam agter een heining. Ry boontjies, ry beet, hokkie wortels, hokkie radyse, sirkel pampoene, sirkel patats en later, as dit koeler word, rye spinasie en kopkool.

Maar saam met die tuin groei die onrus in die gebied. Dis die jong mense wat steeds openliker in opstand kom teen die marionet-regimes. Geld bedoel vir hulle skoolboeke en klaskamers, beland volgens hulle in Toyotas en nuwe winkeltjies. Hulle is dapper, vol moed, maar onervare en hulle ontbreek die sluheid van hulle strydgenote in die groot stad. Hulle glo nog vas net omdat hulle die reg aan hulle kant het en duidelike bewyse, hulle die aandag en beskerming van die internasionale media en opinie sal kry.

Een van hulle herken my, die dag dat ek inderhaas die indoena se seuntjie – blindederm volgens Nondwe, wurms volgens die nyanga – hospitaal toe neem. Ons het mekaar al 'n paar keer raakgeloop. Op kongresse, simposiums en report-back meetings. Die laaste keer was so agt maande gelede. Dit voel soos agt jaar. Kan ek dan nie iets daaraan doen nie, met al my kontakte?

Ek bel en trek toutjies tot diep in die nag. Die hond loop onrustig heen en weer. Tevergeefs. Die tuislande tel nie regtig nie. Nie by die media nie en skaars by die progressiewe organisasies. Dis 'n kwessie van prioriteite. Woorde van simpatie en verontwaardigde meegevoel, maar daarby bly dit. En by beloftes van regshulp as dit ooit tot 'n hofsaak sou kom. Ek belowe dat ek die volgende dag weer sou probeer. Ons kom donker en laat terug.

Weer wag Nondwe my in. Buite die dorp, onder die boom waar ek altyd die bakkie parkeer. Sy is woedend. Oor my betrokkenheid dié keer.

"Ek het gedink jy verstaan!" roep sy. "Wortels en beet is ook wapens!"

Ek weet. Dit was nie my opdrag nie en ook nie my bedoeling nie. Geen politiek, geen geweld, geen aandag rig of trek nie.

"Net een woord van die local police chief aan die indoena hier en ons twee word uitgeskop."

Maar hulle is so jonk, so moedig, so reg. En hulle maak sulke foute. Hulle is sulke maklike prooi.

"Húlle foute, wat hulle self moet maak en regmaak. Nie jy nie."

Ek belowe om daaruit te bly, so goed as wat ek kan. Praat saailinge en sojaboontjies om dit weer reg te maak.

Nondwe slaan haar arms om my. "Tula, sjuus nou. Ek verstaan mos ook."

Dis 'n helder nag en ver weg huil 'n hiëna. Die hond spits sy ore en kla saam. Ek soek Orion en maak 'n storie op oor 'n reus wat 'n enorme kierie vir sy 370e verjaardag gekry het.

"Sien jy, van daardie blou ster tot by daardie gelerige een. So groot."

In die klooster het hulle die nonne nooit oor die sterre geleer nie. Net oor God en Maria en versoening en werk vir ander tot heil van Hom.

Die Suiderkruis is op. Ek neem lengte-as tussen my vingers en wys haar hoe om die suide te vind. Sy lag verras, meet en pas en kom elke keer weer bokant dieselfde klompie bome uit.

Die hiëna huil nader. Die hond word stil.

"Ken jy die storie van die hiëna en die olifant?"

Ek lag. Dis so klassiek. "Nee, vertel. Dis seker 'n tricky een."

Sy vertel graag. Dié keer die hiëna wat in 'n gat geval het, so diep dat hy nie kon uitkom nie.

"Die hele nag huil en kla hy. Ligdag kom die koedoe kyk.

" 'Help my uit, edele koedoe?' smeek die hiëna.

" 'Nee,' antwoord die bok. 'Jy is die een wat die kleintjies verslind in die veld, terwyl hulle nog gebore word.'

" 'Is nie waar nie. Alles leuens. Dis die wildehonde wat dit doen. In die donker sien hulle my daarvoor aan.'

" 'Maar ek weet jy is sleg. As ek jou hier uithaal, vreet jy my ook op,' hou die koedoe vol.

" 'Ek sal nie, ek sal nie,' belowe die hiëna."

Nondwe bly stil, haar oë op die Suiderkruis wat besig is om op sy sy te gaan lê.

"Maar die koedoe het toe tog. Hy het daardie gedraaide horings van hom in die gat laat sak en die hiëna uitgehelp en . . ."

". . . die eerste wat die hiëna doen, is om die bok te bespring," val ek haar in die rede.

"Tula. Dis my storie. Maar jy is reg. Dit word toe 'n vreeslike bakleiery. Totdat die olifant daar aankom en wil weet wat aan die gang is. Die olifant was nie net koning nie, maar regter ook. Hy eis 'n verduideliking. Die koedoe is so seer en vol bloed dat hy skaars 'n woord kan uitkry. Die hiëna rammel die een storie na die ander af. En almal klink nog redelik ook.

" 'Wag nou,' keer die olifant die gekreun en stortvloed van woorde. 'Dit klink baie ingewikkeld. As ons nou almal teruggaan na presies hoe dit was voor alles gebeur het, kan ek sien wat gebeur het.'

"Hiëna is 'n liegbek, en regtig dom ook. Hy spring dadelik terug in die gat net om die olifant te oortuig van sy reg.

" 'Nou toe nou,' sê die olifant, 'nou kan julle maak soos julle lus het,' en loop tevrede weg. Wat die koedoe toe ook doen, en van toe af maak hy asof hy die hiëna nie hoor huil nie."

Nondwe meet weer die suide. Dit lê nog steeds anderkant dieselfde boom, al het die sterre 'n halfslag gedraai. "En hy tjank vandag nog. Kom ons loop. Dis laat."

’n Paar van die jong mense word aangehou en keer ’n week of wat later stukkend geslaan terug. Hulle ouerhuise word aan die brand gesteek deur ’n bende vigilantes wat baie duidelik hulle bevele en beloning by die Suid-Afrikaanse veiligheidsmagte kry. Maar die media daag nog steeds nie op nie. Dis te ver, te kleinskalig in vergelyking met wat daar daagliks in die groot stede gebeur. ’n Paar maande gelede het ek waarskynlik ook so gedink.

Ek kla by Nondwe. Woede en magteloosheid verwring so gou perspektief.

“Jy het gekies. Die twee gaan nie saam nie. Dis verset of groente.”

“Ek het groente gehaat toe ek klein was,” spot ek terug.

“Nou dalk weer,” lag Nondwe.

’n Patrollie daag in die dorp op – tuislandpolisie onder aanvoering van ’n wit sersant. Hulle soek elke huis en hut deur sonder om te sê waarna. Die Boer wil my ID-boekie sien. Ek het dit nie by my nie. Ons is mos nie verplig, soos ander, om dit te dra nie. Maar hy skryf sorgvuldig my naam neer. Ek spel dit outomaties verkeerd. Dit kan later vir heelwat vertraging sorg.

“Wat maak jy hier?” wil hy weet.

Ek neem hom die dorp uit. Wys hom die tuine, noem die naam van die universiteit, ’n paar selfhelpskemas en voedingsorganisasies, alles tegelyk en verwarrend.

Hy knik, ja-ja, asof hy die hele storie al voorheen gehoor het. Nog een van hierdie rare filantrope. Hy maak sy boekie toe, bekyk die rye plante en die heining. Die geel stensils is nog duidelik leesbaar.

“Hoor hier, plant ’n paar gousblomme tussen daardie kool. Dit hou die slakke weg.” Hy raak aan sy keps.

Hulle verdwyn weer, ’n stofwolk agter die buffel. Nondwe laat die hond los wat tog nog ’n entjie blaffend agterna hol. Die vroue kyk na my, na mekaar, en skoffel dan in stilte verder.

Die jong seun wat gister hier aangekom het, het hulle vroegdag al, voor sonop, die veld ingestuur. Hy is ’n kleinkind van Ma’nene, van die tuin net langs myne. Ek gaan sny ’n paar latte uit ’n kweperboom anderkant die droë loop en help haar om die boontjieranke op te lei.

“You talk to him,” sê sy terwyl Nondwe gaan water haal. “Tell him violence no good.”

Ai, Mama. Dit weet ek self nie eers altyd so mooi nie. En hy wil rêrig, veral van my, niks daaroor hoor nie.

Ek bly daaruit. Die boontjies klim en die rooi skemer al deur die beetblare. As hierdie projek ’n sukses word, sorg die professor dalk dat ’n paar Deense krone diekant toe uitgedeel word. Die vroue praat deesdae oor naaiwerk en weef. Of bakstene maak om kleinhuisies mee te bou, want die boetes wat die chief oplê en in sy eie sak steek, loop elke jaar op. Ek saai gousblomme tussen die kool en sommer tussen die patats ook, net om seker te maak. Maar ek is die enigste een wat dit doen.

Nog meer jong mense keer terug uit die dorp, want die skole is gesluit om 'n einde aan hulle vergaderings en optogte en eise te maak. Gerugte trek van dorp tot dorp. Oor die vigilantes wat Ma'nene se kleinseun soek, die nuwe aankomelinge in die army kamp anderkant die hospitaal, en 'n rondloperolifant wat onlangs deur die Wildtuin se heining gebreek het.

Ek bring al hoe meer tyd in die veld deur, saam met die hond wat nog steeds nie 'n naam het nie. Hy blaf nooit vir die impalas nie, maar waarsku wel as die vlakvarke skielik van rigting verander.

Die kleiner kinders hou heeltyd die grotes dop. Hulle mag nie naby die groepies kom wat heeldag praat, beduie, kwaad word en dan weer van voor af begin nie. Maar hulle volg hulle oral op 'n afstand. Dis hulle ouer broers en neefs wat al jare skool toe was. Die vroue vertrou die jongklomp nie. Hulle skel op hulle omdat hulle so laks is as dit by water en hout haal kom. Maar Nondwe sê hulle raas so omdat hulle bang is oor wat kom. Die jonges vermy die tuine, maar loop wel kortkort verby op pad na die droë loop waar hulle klippe bymekaar soek.

Hulle hurk voor Ma'nene se huis. Die hopies klippe langs hulle groei elke dag. Twee comrades uit Bosbokrant daag ook op. Hulle het bottels en 'n kan petrol by hulle. My hart sink. Die indoena laat sy donkies inspan en ry weg in die rigting van die tribal office. Ons kan nog lank daarna sy vrou hoor skel. Teen die aand laat sy die dorpsoudstes roep en spoor hulle aan om met die jonges te praat.

"Hulle gaan nie Ma'nene se huis ook brand nie," is al antwoord wat hulle die volgende dag kry, so hard dat ons dit almal kan hoor.

"Ons sal dit self doen," sê die oudstes. "Ons sal met hulle praat as hulle kom."

"Vigilantes praat nie," waarsku die jonges. Ek tel. Daar is vyftien van hulle. Ek gryp die emmer wat ek kom haal het. Selfs trench gardens het water nodig.

Die stofwolk is die eerste waarskuwing. Hulle kom met twee minibussies. Parkeer langs my bakkie. Dit vat 'n rukkie voordat almal met hulle kieries, stokke en fakkels uit is. Hulle sing iets wat ek nie ken nie, maar baie soos ons eie freedom songs klink. Stamp met hulle voete en dans nader aan die dorp. Skuins agter hulle kom nog 'n stofwolk aan.

Ek gooi die emmer op die grond neer en hardloop by hulle verby na Ma'nene se huis. Die jonges staan gereed. Klippe in die hand, bottels onder hulle hemde.

"Don't!" roep ek. "Daar is 'n buffel reg op hulle hakke. Don't provoke them. Die Boere soek rede om te skiet. En hulle gaan júlle skiet, nie die vigilantes nie. Los daardie klippe."

Die agterdeure van die buffel slaan oop. Stewels en manskappe tuimel na buite. Die sersant van die gousblomme vooraan. 'n Riotgun in sy hande. My haat buk en soek onmiddellik 'n klip. Die hond grom, maar in die verkeerde rigting.

"Shaddup," sis ek.

Dan die roep. 'n Geskreeu uit die rigting van die tuine. Dit was Nondwe. Die woorde is onduidelik, maar die ontsetting en die angs laat elkeen in sy spoor omdraai.

Die hond, ore plat, skiet tussen my bene deur. Die sersant en ek sit tegelyk die hond agterna. 'n Paar tree van die tuin af vind ons Nondwe op haar knieë.

Anderkant die heining, langs die maroelas waaronder ons elke middag rus, staan hy. Die alleenloper. Sy ore vorentoe, sy slurp omhoog. Swaar ivoor. 'n Enorme dier.

Die gejil en geroesemoes van stemme agter ons word heeltemal stil. Net die sonbesies skree nog. Dan tjankblaf die hond. Die olifant lig sy slagtande. Hy wapper met sy ore.

Die polisie, die vigilantes, die vroue en die jonges trek hoorbaar asem in. Die hond blaf en blaf en skiet dan vorentoe, nog nader aan die pote en die dreigende slurp.

Ek probeer hom terugroep. "Hierso, hond!" My arms is om Nondwe geslaan. Ek moet haar orent kry. Die olifant swaai met sy kop. Skynaanval, dink ek nog. Ek het hulle dit genoeg kere in die Wildtuin sien doen wanneer die karre te naby kom.

Hy gee 'n paar tree vorentoe. Vir dié agter ons is dit genoeg. Hulle maak hulle uit die voete. Stil, bang dat hulle die aandag op hulleself sal rig. Hy kom enkele treë van ons heining af tot stilstand. Hy gaan dit alles platloop, dink ek. My heining, die rankboontjies, alles.

"Hail Mary . . ." hoor ek Nondwe prewel.

"Bleddie fokken hel," vloek die Boer.

"Hond!" roep ek skaars hoorbaar.

Die olifant draai sy kop na ons toe. Dis asof hy reg vir ons kyk. Die sersant lig sy geweer, hand op die slot. 'n Riotgun met haelpatrone. Die hond blaf histeries, streep met sy agterpote in die sand en byt aggressief in die lug. Elke keer skiet hy 'n entjie vorentoe en retireer dan weer.

Die olifant laat sy kop sak en slurp teen die bors storm hy. Hy skep die hond met sy tande en gooi hom in die lug. Die hond tjank en land reg voor die woedende pote wat trap en aanhou vertrap. Die olifant kniel in die sand op wat daar nog van die hond oor is. Dan kom hy orent. Hy is nog steeds net ore, tande en slurp. Versteend bly ons staan, gebede en protes, gille en angs in die oomblik vasgevang.

Die polisieman haal oor en trek die sneller. Die hael slaan teen die olifant se flank vas. Ook die loodkorrels van die tweede skoot laat net stof uit die dik vel opslaan. Tog bly hy dié keer staan. Hy lig sy slurp en die trompetgeluid wat hy maak, is geen woede of oorwinning nie, maar afkeer. Hy lig 'n poot, dan nog een, draai om en loop weg.

Dit was alles anders daarna. Soos niks wat ek reeds geken het of later sou ken nie. Die vigilantes het hulle wapens in hulle bussies gepak en gery. Die polisie, na die gebruiklike magsvertoon, ook. Ons het die stofwolke dopgehou totdat dit oor die horison verdwyn het.

Die kleintjies het my gehelp om die hond te begrawe. Meeste van die jonges is voor donker al weg. Die skool is weer oop, het die sersant nog gesê voordat die buffel se deur toegeklap het.

Ma'nene se kleinseun het die volgende dag na die Witwatersrand vertrek om in die townships te verdwyn. Nondwe het dit reggekry om hom uit sy aansluitplanne anderkant die grens uit te praat. Of die stad veel beter sou wees, het ons ook nie geweet nie. Maar dat hulle hom weer sou kom soek en dat hy 'n teiken sou bly, was ook duidelik.

Die indoena het 'n dag later teruggekeer, verras dat alles nog staan. Sy vrou het hom drie nagte buite laat slaap en die laaste stukkie tuingrond agter die heining vir haarself opgeëis.

Al wat oorgebly het, was die hopies klippe voor Ma'nene se huis. En die tuin en die onkruid, en die slakke wat hulle op die kool gestort het. En die gousblomme wat nie gehelp het nie en oranje en oneetbaar tussen die koolkoppe deur gebeur het. Hulle was pragtig, en skuld het alkante aan my geknaag.

Ek kan nie besluit tussen nog 'n boek van Haushoffer of een oor die trekgewoontes van voëls nie. Ek los die Haushoffer. Ek is reeds laat en Nondwe ken net my telefoonnommer. Sy het nie eens my adres nie. Buite is die fiets weg. Gesteel. Nog meer straf van bo af.

"Here Jesus," bid ek vals, want ek glo niks en niemand meer nie, "as U net hierdie keer my fiets teruggee, sal ek nooit weer iets steel nie. G'n paal of stuk draad nie." Ek belowe dit elke keer en ek kry nooit my fiets terug nie.

"Seblief, Here. Nondwe staan op die stasie!" Ek begin moedeloos lag. Mense op die sypaadjie kyk met afkeer toe.

Dis die derde fiets in drie jaar dat ek hier woon. "Ek sal nooit weer nie," prewel ek weer. Stilte. "Ook nie 'n hond nie, Here!" roep ek hardop uit.

Ek struikel amper oor hom op die hoek. Hy lê op die sypaadjie. Die slot onder die saal kon hulle dié keer nie oopkry nie. Ek gil amper van vreugde. Gryp, sluit oop en trap oor die Binnehof, die Plein, die Korte Poten.

Sy staan buite die kiosk, verdiep in al die emmers blomme.

"Kan ek help?" vra ek skielik in swaar Afrikaans agter haar.

Sy kyk nie op nie. Bly net 'n paar sekondes so staan. " 'n Bos van daai, asseblief."

Ek kyk oor haar skouer. Sy wys na 'n emmer vol skreeu-oranje blomme. Gousblomme.

"Nee. Nie hulle nie. Hulle werk nie." Die erns in my stem verbreek die spel.

"Dis wat jy dink. Die tweede jaar het ons hulle vroeg ingesit. Hulle het al geblom toe die koolplantjies begin vat. G'n slak het naby gekom nie. Hy was reg."

Ek staar haar in stilte aan.

Sy gooi haar arms oop. "Kom hier."

Agter ons lê my fiets op die grond. Die agterwiel draai nog. Ek het heeltemal vergeet om toe te sluit.

1994

RACHELLE GREEFF

Mister Marques

'n Meelgeur sif deur die hoë, plat venster van die bakkerytjie in Stasieweg.

Binne tussen die groot oonde wat die lug lou maak, en die staalblad in die middel van die vloer, beweeg drie mense met wit waterstewels sonder om te praat. Voor die wit plastiekvoorskote vou en strek hul sterk hande sonder ophou in die stilte. Dis geoefende koshande wat so heen en weer vloei, en agter in hul skouerblaaie is 'n effense eggo hiervan.

Dis tien voor een in die oggend.

Dit lyk of hulle in hul slaap knie en doen as hulle by tye stip afkyk, so ontspanne is hul gesigte.

Net soms, omdat die batterye van die transistor vannag finaal pap is, klink die stamp van 'n sif teen hout, die pieng van metaal op pyrex of die ronde plof van deeg in die dommelige uur.

Op straat dreun nou net lugreëlaars. En dis of die teer langs die slootjies stoom, verlig adem omdat die honderde haastige en slordige sole, die skellende taxi's 'n ruk lank weg is. Dié tyd van die nag skud die staalbrug ook nie bo elke treinrug nie, en by die mark tussen die stasie en terminus skarrel rotte en muise geruisloos tussen die leë dose en kratte.

Dis hoekom die bakker, die een wat die baas is, dit dadelik hoor.

Sy bakkiedeur.

Die sandbruin Toyotabakkie met die wit kap staan net buite die gebou op 'n laaisone. Staan waar dit elke nag staan.

Hy hou op knie en luister. Die klont deeg klou om sy hand soos 'n bleek bokshandskoen.

Daar's dit weer.

En dan is dit weg.

Die bakker is nie agterdogtig van aard nie en daarom, al sit hulle aan die verkeerde kant van die spoor, stap hy uit sonder 'n wapen. Hy hou nie so iets aan nie en dink nie eens daaraan om die een of ander ding uit die bakkery saam te vat nie. Hy skraap net die deeg van sy hande en vee die res af daar waar die voorskoot rys. Rustig soos een wat vars lug gaan soek, druk hy die staaldeur oop teen die fris en swart nag.

Hy stap nie ver nie. Net verby die gasbottels in die draadhok.

Iets roer in die bakkie se kajuit.

En tog nie. Dis net die silhoeët van die truspieël en die Superman.

Hy draai terug.

Maar met dié sien hy duidelik die donker vorm van 'n kop.

Nou eers stap hy uit die steeg en oor die sypaadjie. Hy vee weer oor die dik wit plastiekvoorskoot.

Die bakker is nie bang nie en hy's ook nie kwaad nie. Dis net raar dat iemand dié tyd van die nag in sy bakkie sit. Seker 'n misverstand.

Die deur aan die bestuurderskant is toe, maar nie op knip nie. Hy maak dit oop en buk af om binnetoe te praat. Hy het van nature nie juis 'n diep stem nie, maar omdat hy lanklaas gepraat het, breek dit nou falset. "Can I help you?"

Binne sit een met sy rug skuins na die deur. Hy ruk om.

Dis 'n kind, 'n seun.

"What's going on?" vra die bakker, sy stem nou sterker.

En omdat daar nog geen reaksie is nie, herhaal hy die vraag in Afrikaans, want dalk verstaan die kind tog nie Engels nie. Die gesig waarteen hy vaskyk, is wit en skerp.

Die bakker is oorbluf en dis sy eerlike bedoeling om te hoor wat die kind, wat nie ouer as veertien kan wees nie, hierdie tyd van die nag hier sit en doen.

"Ek wag vir die driver," kap hy vinnig. Hy's 'n geoliede klein liegbek, maar dit weet die bakker nog nie.

Al wat hy weet, is dat hy nou nog minder begryp wat aangaan. "Maar ek is die driver," en sy deegvingers wys terug na homself.

En toe hy dit sê, toe eers sien hy die los drade tussen die kind se vingers en die gereedskap op sy skoot. Natuurlik.

Die kind is oorgehaal vir die man se volgende skuif, sien dat hy sien en sy arm skiet na die ander deur, maar dis gesluit en in die donker en sy paniek vat sy vingers verby die knip. Hy swaai om en duik met sy bolyf half in die plastiekvoorskoot vas, maar voor hy tussen die man en die deur kan uitglip, gryp die bakker hom met albei hande aan die nek en pluk hom buitentoe dat sy knieë hard klap op die teer. Maklik soos niks, want die kind is skraal en die bakker se arms gewoond aan 25 kg-sakke.

Die kind is stom van die skok. Hy't hom misgis met die man se stem en sy stupid bleddie vrae. Shit, hy't nie eens getwyfel dat hy sou wegkom nie.

Die bakker stamp die bakkiedeur met die kant van sy lyf toe. Die vingers van sy een dik hand om die kind se linkerboarm. Die ander hand het sy hemp agter naby die kraag in 'n stywe bondel.

Die kind se T-hemp span teen sy strot en hy weet: probeer hy nou iets, gaan hy wurg. Nou's daar nie 'n kans nie, miskien netnou.

So stoot die bakker hom na die staaldeur in die streep lig. Hou hom in 'n stywe en gespanne greep, ongemaklik.

Hy herken die gevoel ná al die jare. Hy dra die baba, syne, uit tot by die taxi, want sy vrou het die sny. Twee pienk gepofte gleuwe, nes babamuis, is al wat jy sien in die wit lap. 'n Receiving blanket, onthou hy, het sy dit genoem. Almal draai agter hom om, dink hy, en kyk na die stram stap en sy elmboë wat uitsteek soos handvatsels, met Antonio in sy receiving blanket.

"Lordie, Mister Marques?" Dis die een met die lang houtlepel in die hand wat opkyk, maar nie ophou karring nie.

Die ander werker, 'n plomp vrou, hou dadelik op werk en gaan staan hand in die heup. Haar wange word blink bolletjies. "So much for an early morning surprise hey," en sy lag hees sonder om te weet na wie se verrassing sy verwys.

Mister Marques, nog met die kind aan die kraag, lyk verleë, asof hy betrap is en nie weet waarnatoe nie. En toe hy sy werkers se gesigte sien, weet hy hy moes die kind buite laat loop het. Nou is dit te laat. Hy ken hulle te goed.

As die ander gesondig het – dis ingeteel in hulle – geniet hulle dit sonder genade en met smaak. Oopmond oorgegee aan die sirkus, die verrigtinge van die hof.

Die kind se oë beweeg vinnig onder sluwe ooglede en neem op een slag alles in: useless venster, nog 'n deur, twee mense. Hy sê niks. Doen ook niks, en skop steeds nie teë nie toe die bakker, wat ook breë polse het, sy hande met 'n stuk lap, 'n geruite vadoek, agter sy rug vasbind.

Onder die buislig sien die bakker dat die seun jonger as veertien moet wees. Peutersagte wenkbroue, en op sy bolip is die vel skoon en glad. Die spierlose skelet onhandig hangend tussen kind en adolessent.

Die bakkery is 'n klein onderneming. Net een lyn en twee telefone. Een staan op 'n werkoppervlak langs 'n stoof en die ander een in 'n hokkie van 'n kantoor agter 'n glasafskorting. Hier maak die bakker die kind op 'n stoel langs 'n staalkabinet sit en sluit die deur agter hom.

Hoekom worry oor wat Fahida-hulle sê? Hoekom los ek hom nie? Ek't tog niks verloor nie. Dan kan ons aangaan – die eerste order moet halfses uit – aangaan asof niks gebeur het nie. En die outjie is after all net maar 'n snuiter en as ek nou die polisie bel . . . dis nou vir jou 'n damn nuisance.

En omdat daar nie meer naels is nie, skeur sy oogtande velletjies los op die vierkantige vingerkoppe en hy weet glad nie waarom die hele ding hom so ontstel nie.

Die bakker is 46 jaar oud en hy woon al twintig jaar in die grondvloerwoonstel langs die Kenilworth-renbaan. Dis net so lank al dat hy elke aand tienuur hier kom oopsluit en soggens sewe-uur oorgee aan die dagstaf, wat weer vyfuur loop. Hy ken hierdie plek, elke mop en roller en oondlig, beter as sy eie lyf. Hier bak hy elke dag van die jaar behalwe Krismis en Nuwejaar. Elke dag is soos die vorige en as hy terugkyk, af in die weke en maande en jare, sien hy die prentjie op die bakpoeierblik en dit maak hom bly.

Maar dis Fahida en Mervyn wat hom tog "persuade", soos Fahida die volgende dag vir die verslaggewer vertel, om die polisie te bel. Wel, dis eintlik Fahida wat aanhou. "Daai is 'n skollie, Mister Marques, laaitie of te not. Moetie 'n boek by sy cover judge nie – anders vir wat neuk hy daar buite?"

Hy gaan na die ander telefoon, die een tussen die werkgoed. Hy hou die seun dop waar hy kop onderstebo sit en net 'n keer of wat sy oë oor die deurmekaar tafel met bestelboeke en papiere, die ou almanakke teen die mure lig.

Fahida is al jare by hom en ken hom goed. "Laat die law maar besluit," dring sy vir oulaas aan en draai dan terug na haar Danish pastries; haar sê het sy gesê.

Met die hoorbuis klaar tussen sy oor en skouer, 'n vinger onder die nommer in die telefoonboek, en die ander hand s'n op die ronde skyf met die syfers, twyfel hy nog.

All the king's horses and all the king's men never had it so good. En met 'n "that's no lie" het Fahida die prentjie van die stukkende eiermannetjie bo-op die eierdoos eendag hier by die telefoon teen die muur geplak.

Die bakker weet nie juis van kinders nie, maar soms moet hy voor in die winkel uithelp as een van sy dagmense siek is, en dan kom hang hulle met geld oor die toonbank en kyk rond en wag lank voor hulle met 'n vinger wys. Hulle vat gewoonlik die goedkoop goed, rolletjies of van die ses-sent-slangetjies langs die kasregister, en nooit meer as twee op 'n slag nie.

Hy kyk na die seun. Afgesien van die eienaardige posisie van die skouers lyk hy nes een van die baie seuns wat elke jaar in die somer kom werk soek.

Die polisie kan hom maar vat, besluit hy, maar 'n klag gaan hy nie lê nie. Daarvan is hy seker.

Hy stel hom die kind agter in die geel vangwa voor, sy vingers deur die draad soos 'n apie s'n, en sy derms begin ontydig druk.

Miskien moet hy darem net sy hande gaan losmaak.

Maar dis te laat. Die aanklagkantoor in Lansdowneweg is skaars 'n kilometer van die bakkery, en hy hoor die voertuig oor die brug skreeu. 'n Oomblik raas 'n radio voordat twee deure kort en hard soos geweerskote klap.

Hy kyk of die kind ook gehoor het en hy voel nou so skuldig dat hy dit gelate sal aanvaar as die polisie hóm uitsleep.

Maar asof hy lankal nie meer hier is nie, sit die kind voor hom en uitstaar na 'n groot almanakfoto. Tafelberg van Blouberg af. Voor is duinegras en agter 'n brons bottelblondine in 'n wit bikini, gerond soos 'n Kopenhaagse bolletjie.

Die bakker wens die transistor het gewerk.

Die twee polisiemanne se ligblou hemde is glad en in die moue is reguit voue gestryk. Dit sien die bakker, want hy kyk oral behalwe in hul oë terwyl hulle ongemaklike en intieme vrae uitryg. En dan, voor hulle net so paraat en regop as wat hulle gekom het by die deur uit verdwyn, klop hulle hom op die skouer en wens hom geluk. Maar dis húlle wat die kind boei en vorentoe stamp met selfvoldane gesigte. Hul energie, so lyk dit onder die meedoënlose lig, ingeperk net deur die kreukelvrye uniforms.

Die bakker het nie vrou en kind nie. Gehad, ja, maar dit was lank gelede. Elf, twaalf jaar.

Toe die treinbrug sidder en ruk bo die eerste trein, sit hy voor sy lessenaar.

In sy glashokkie, in die uur waarin die werklikheid gly en newel, lyk hy nie veel anders as 'n gorilla nie. Die massa vleis moeg en wagtend. Die ogies waterig.

Voor hom tussen die slordige stapels staan 'n teelepel in 'n getjipte teekoppie met kookwater. Die goue oor is wit geslyt tot by die dun blink kurwes waar dit aan die koppie heg. Langsaan 'n blik Frisco en 'n Floro-bakkie met suiker.

Vanoggend drink hy nie 'n koppie koffie saam met die halfvyftrein nie.

Toe hy by die ander inval vir die laaste twee uur, sien hy donker merke in die stoflagie meel op die vloer. Dis die spore van die harde, blink skoene van netnou.

Voor hy huis toe gaan, maak hy die paar dosyn varkore. Altyd voor hy dit in die oond stoot, onthou hy wat Mervyn een nag spottend hiervan gesê het terwyl Fahida in die toilet was. "Weet Mister Marques wat roep my mense die koeke?"

En noudat hy staan met die pan vol wit en oopgevlekte vrou, dink hy nóg minder dis snaaks.

Toe klein Zaida, 'n broerskind van Fahida, die keer hier gewerk het, vertel Mervyn ook vir haar. Dit gebeur as hy nie by is nie. Maar hy weet, want hy kom in toe Mervyn die varkore omdop, Zaida haastig wegdraai en skielik, kop omlaag, baie besig raak met iets anders sodat haar lang hare val voor die giggellag. Mervyn begin fluit.

Sy's altyd aan die terg. "Wanneer kom wys jy jou girl-friend, Mister Marques?" of: "Mister Marques moet ook nou maar Slams draai." En dan koggel sy met haar ken en oë na Mervyn en Fahida om hulle ook in te sleep by haar speelsheid.

Maar nou is iets bederf. Astrant, ja, maar hy't geglo sy's nog baster kind – al sukkel jy om, terwyl sy knie soms, jou oë te skil van die skommel van die gerysde ronding. Hy sien Mervyn sien ook.

Kort hierna, een aand, moet hy haar by die huis gaan aflaai, want sy't so sleg maagkrampe. Dis stil in die bakkie – hy's maar bly oor die radio – en sy terg niks. Kyk die hele tyd stip deur die venster langs haar asof sy die pad vir die eerste maal sien.

Hy sal dit nooit doen nie, maar in hom kom sit 'n ding wat net aan haar hand wil raak en sê hy weet van hierdie pyn – hy's nie stupid nie; hy het ook 'n vrou gehad. En 'n kind.

Van nou af is hy minder gemaklik as sy by is. Te bewus ook van die keer met die varkore en van die blouswart hare wat regaf val tot op haar boude.

Zaida is net 'n kort rukkie by hulle. Toe is sy terug skool toe.

Teen die tyd dat die bakkery volstoom aan die gang is, ruik dit buite, tot om die hoek by Coats for Africa, na warm stysel en suiker. Die skerp geluide van die werkersdag saag binnetoe deur die smal venster en binne blaf die werkers, wat intussen meer geword het, geïrriteerd op mekaar, en hulle sweet.

Maar vir die stroom pendelaars wat nou opvloei van die stasie in die rigting na die hoofweg, is die louwarmte 'n lafenis. Warm rolletjies en rosyntjiebrood breek oor die kil dag. Af en toe draai een in. En al stop jy nie, is die geurende baken so seker soos die berg, en die ent op die sypaadjie verby *Fresh Rolls and Bread Pastries Pies* is 'n vinnige trek aan 'n ander man se zol.

In sy woonstel langs die renbaan maak die bakker al die vensters, behalwe die stowwerige een bo die opwasbak, toe teen die enjins wat aanskakel, luier en wegry. Sluit dit teen die stemme wat hy net in stukkende sinne hoor. Hy trek die gordyne, want die son is nou-nou hier. Hy hoor nie die duiwe in die bloekombome nie. Hy lees nie vanoggend die koerant nie.

Twee dae later bel die polisie hom by die huis. Bel hom elfuur die oggend wakker uit sy driekwartbed. Toe dit lui, weet hy wie dit is en hy skrik, maar hy's bly die wag is verby. Hy dink nie eens daaraan om dit te beantwoord nie, want dis die eerbare en regte ding om te doen.

Fahida plak die knipsel op die muur vir almal om te sien en saans as hy inkom, vertel sy vir hom dat die dagmense sê daar was daardie dag beslis "meerdere customers". En dan beskryf sy in detail hoe sommige stadiger stap in die verbygaan en binnetoe wys, want hulle't gesien in die *Argus*.

"En nogal front page," en sy koop 'n ekstra een om huis toe te neem.

"But the police told me they had been looking for him for a long time, so I thought I should rather make a statement."

Now Mr Marques's catch has led to the uncovering of 115 cases of theft from cars in Claremont, 35 similar cases in Wynberg, two cases of car theft, one in Claremont and one in Wynberg, and three cases of burglary.

"The boy seemed so innocent, but he had a whole lot of tools with him – I think he wanted to steal the radio in my bakkie," Mr Marques said. (Hoewel hy nooit gesê het hy't gedink die kind wou sy radio steel nie.)

Lieutenant Laubscher said the police were considering rewarding Mr Marques for the arrest.

Wat moet hy met die geld doen? As hy rondkyk in die woonstel, sien hy hy het niks nodig nie. Miskien prente vir die mure, maar die idee is vir hom so vreemd dat hy dit gou vergeet. Al waaraan hy kan dink, is 'n stortgordyn, want die oue muf aan die agterkant.

Daardie dag droom hy hy gee dit vir Antonio. Sy kind. Nou al uitgegroei van been, maar sy gesigvel nog skoon soos 'n kleintjie s'n. Seker. Maar die helder heerlikheid verloor vinnig vorm, want hy besef in sy droom dat dit ook nie kan nie. Dis bloedgeld. Hoe sal hy dit vir hom verduidelik? Kyk, spoel die droom, ek was op nagpatrollie. Of: sien, Pa is 'n konstabel. Maar die kind sal bang word as hy sy knuppel of holster soos 'n gruweloffer op die tafel lê.

Laatmiddag toe die kantoorwerkers die woonsteldeure begin oopsluit en toeklap, onthou hy die droom, en terwyl hy by die beker swart tee sit, verlei dit hom verder.

Miskien kan ek tog maar hierdie een keer lieg. Dit sal hom tog nie kwaad doen nie. En dink net wat ek alles vir hom kan koop: ek sal hom vat hier na Kenilworth Centre toe en ons kan die bakkie vol laai en by Mike's Kitchen gaan eet agterna. En Maandag sal hy aankom by die skool met sy nuwe fiets, na skool afshow op sy skaatsplank, en hy sal spog: kyk wat kry ek van my pa. Daar sal nog oorbly, genoeg om weg te sit.

Die kombuiskaste se wit verf vergeel, sien hy waar hy nou nugter sit tussen die koelkas en die stoof by die ingedrukte tafeltjie met die blink pote.

Dis nie die manier hoe hy die geld gekry het nie. Nee, dit kan nog gaan.

Dis dat hy nie weet waar Antonio is nie.

Sy't nog 'n tyd lank by Ackermans gewerk, toe's sy weg na haar suster in PE. Sy en die kleintjie. Agt maande. Omdat hy gedrink het toe, net daardie een keer swak was, het sy gesorg dat hy die kind nie mag sien nie. En al wat hy vir die res van sy lewe het, is die seuntjie op die kombuisvloer wat balanseer in sy dik doeke, vorentoe beur met sy bloklyfie en gil as die bottel wegrol voor 'n ry fyn wit druppels uit. Sy en die suster en almal is weg uit PE, waarnatoe weet hy nie, want hy't dit maar eers later uitgevind.

En ek weet nie hoe my eie Toni met tande lyk nie.

Buite klik-klak vrouehakke vinnig die straat af. Hy sien haar uitspattige skoene en die geil kuite waarmee sy hom, soos met die res van haar lyf, getart het. Hy dink aan die varkore en hy vloek haar want sy's 'n bitch, maar iets is mos beter as niks.

En deur sy vet geswelde vingerkoppe peul die hele lot – Fahida wat so blooming moederlik is, Mervyn, cock-sure Mervyn, die kind wat kom neuk het – tot die tafeltjie sidder op sy vormlose bene van staal.

Die seun wat Mister Marques in hegtenis geneem en met 'n vadoek vasgebind het, was twaalf jaar oud. Die geld wat hy hiervoor gekry het, het hy gebruik om 'n verwer en 'n letterskilder te betaal om die bakkery op te knap. Die koerantknipsel op die muur het hy afgehaal en weggesmyt. Toe dit tyd word vir die eerste Paasbolletjies, het dit gelyk of Fahida en Mervyn al van die hele aangeleentheid vergeet het.

1990

Season's greetings

Noudat Lea elke dag by die huis is, oor die probleme met haar swangerskap, sien sy ou tannie Masters van oorkant meer dikwels.

Lea hou van dié eienaardige klein vrou wat soms voor sonop, wanneer sy die koerant buite gaan haal, haar sypaadjie en slootjie vee. Sy's altyd vriendelik, en praat met 'n fluisterstem soos iemand wat stembandskade opgedoen het. Haar vel is styf oor haar wangbene gespan en sy het 'n groot mond. Haar dik, silwer hare is in 'n bolla onder 'n ragfyn netjie ingesteek. Sy moet 'n mooi meisie gewees het.

Johannes, Lea se man, sê tannie Masters is nie all there nie.

Tannie Masters is met 'n Engelsman getroud. Hulle lei aparte lewens, het sy Lea eendag in haar vertroue geneem.

Albei is toegewyde lidmate van 'n charismatiese kerk, maar die tannie ry met die ou Apache na haar kerkdinge en die oom op sy ou swart dikwielfiets.

Hulle het drie kinders: die oudste 'n onderwyser en die middelkind 'n verpleegster. Maar die jongste, dan sien jy hom en dan nie. Sy naam is Peter. Soms stormdronk in die park saam met die bergies, ander kere kaalbolyf op die naat van sy rug op die sypaadjie. Dié een wat sy ma so naarstiglik vee.

Lea leer ken ook nou die buurt se kakofonieë. Soos die vullislorrie wat twee maal 'n week, teen ongeveer halfdrie, 'n einde maak aan alles wat stil en vredig was. Nou ook.

Sy's dadelik wakker, maar haar ooglede trek swaar oop oor die oogballe, asof gelym. Sy gooi die deken af, gekoop as sogenaamde comforter, staan op en stap buitentoe. Die posbus is deesdae 'n modieuse tennisbaangroen. Die bus lewer die daaglikse dosis rekeninge – meesal medies – en die eerste Kerskaart op.

Ten bate van Lifeline. *Best wishes throughout the season and the coming year.* Van hul vriende wat die chromosoomdefektiewe kind het met die groot tong en die klein oortjies.

Nee, een Kerskaart het mos al laas maand gekom. Reeds in November. *Where will you be these Xmas hols? Thousands of South Africans experience the sheer pleasure, pride and convenience of their own Pelican Pool EVERY holiday. There is no better investment in your family's future health and happiness. This can be your happiest Christmas ever!*

Tannie Masters snoei hulle heining met die rooi vruggies; haar boarmvelle flap driftig. "Ek het teewater opgesit, come and have a cup," nooi sy toe sy Lea gewaar.

Sy en die tannie drink hulle tee by die formica-kombuistafel. Die oom syne op die toegeboude stoep.

Die tannie vra oor die swangerskap uit. Sy klik haar tong en skud haar kop toe sy hoor van die dreigende miskraam.

"En hoe gaan dit met tannie?"

"My dear child, laat ek jou nie ontstel in jou kondisie nie." Haar oë word vol trane en dit lyk of hulle groter word. "Peter is back in Pollsmoor. Dié keer het ek nie sy bail betaal nie."

Lea se maag is te groot om vorentoe te leun sodat sy die tannie se hand kan vat. Al wat sy kan doen, is om te sê: "Ai, ai, tannie. Sê vir hom baie groete. Sê vir hom onthou hy dat hy my eendag so vriendelik gehelp het om in my huis te kom toe ek myself uitgesluit het? Kan ek nie vir hom iets stuur nie? Dalk iets bak nie?"

"Nee, hulle mag niks kry nie. Net tandepasta en magazines."

Sy glimlag opeens groot. "Reverend Retief says I must cling to the message of Easter, selfs God het dit ervaar, maar Hy nou natuurlik net vir drie dae. Maar ek sê vir hom baiekeer kry mens 'n kind net om hom te verloor. Halleluja."

Die sakkiestee maak Lea naar.

Oom Masters groet haar vriendelik toe hulle verby hom stap op die stoep, vra hoe dit met Johannes gaan. Hy praat met haar asof sy vrou glad nie langs haar staan nie.

Toe sy terugstap, brand die swart leiklip van haar eie tuinpaadjie haar voetsole. Maar dis 'n bevestiging dat sy tóg kontak het met vaste aarde. Sy wat deesdae voel sy's pal in 'n bed op golwe, tussen vier mure wat draai en kantel. Heeltyd probeer om 'n voet geplant te kry op die stabiele volvloermat dat die getol, al is dit net vir 'n oomblik, kan stop.

Dis weer tyd vir Ipradol. Adrenalien elke vier uur dat haar hande bewe soos dié van een op dieetpille en haar asem binne-in haar borskas donder. Sodat die fetus kan voortdommel in die medies gekalmeerde watersak wat so deur die medikasie verlam word dat hy sy inhoud nie prematuur kan uitstoot nie.

Sy gaan sit op die bank in die sitkamer. In die kombuis kreun die strykplank: seën Peace se sleurhande, Here. Sy sit haar voete op die koffietafel; die tone is vet skilpadjies. Haal dit weer af en steek dit onder die tafel in.

Sy vat die oggendkoerant. *Kinders vloek Kersvader toe sy geskenke opraak.*

Blaai om. *Ná gisteroggend se drie uur lange samesprekings tussen die Minister van Nasionale Gesondheid en 'n afvaardiging van die Mediese Vereniging van Suid-Afrika (MVSA), het alles daarop gedui dat oplossings vir probleme rakende gesondheidsdienste wel gevind kan word, ondanks die MVSA se eis dat sy bedank.* Sit die koerant neer.

Hierdie land, formuleer haar breinselle wat hulle reeds skik vir 'n kinderwêreld, werk soos 'n kaleidoskoop. 'n Mens weet nooit wat die oorspronklike, ware beeld is nie. Met net 'n tiekie se draai van die buis tuimel die stukkies keer op keer in 'n gans ander prentjie. Mense gaan onbewaak dood in hospitaalgange; vroue kraam op die vloer ónder hospitaalbeddens; gestremdes word "behandel" met brandende sigarette, leë kosborde, toue en erektale manlike geslagsorgane. Maar toe maar, jou ontsteltenis is vlietend, just a flick of the wrist en dis weg en jy kan jou oë nie glo oor die bonte vrolikheid nie, joliger as 'n krismisboom met elektriese aan-en-af-liggies.

Sy staan op en gaan sluk een-en-'n-half Ipradol in die kombuis. Oor twintig minute dus die kardiovaskulêre kloppings.

Peace gaan met haar relaas voort waar sy vroeër vanoggend opgehou het. Dit sal goed wees vir die mevrou, reken sy, as haar attention bietjie wegkom.

Vandag het sy dit oor Ling, dis nou die broer van Muf en Kaffer, wat laas jaar doodgesteek is. Hoe Smokey en Sleeps en Cola, hulle is mos van die Jesters, gisteraand vir Ling, wat 'n Blood Baby is, met die mes binne-in die been in gesteek het, en sommer net so daar voor haar huis in die gangetjie in. Maar dis ook understandable, want Smokey-hulle is mos besigheidsmense (hulle verkoop Buttons) en Ling het hulle goed getry steel. En toe begin die Mongrels inmeng en almal hardloop rond met guns en die Boere ry maar net so op en af, want as die Mongrels skiet, doen hulle mos niks nie.

Van Ougat, haar oudste en ook 'n gangster, vandag nie 'n woord nie. Ook nie van Fay, sy girlfriend, wat sy nie kan vat nie. (Toe Lea destyds vir haar van die komende baba vertel het, was sy opgewonde en het die volgende oggend opgedaag met geel wol vir sokkies en 'n kappie wat sy intussen self gebrei het. Die kappie het 'n breë geel strik van satyn. Eendag, kort hierna, het sy ingedagte met die stoffer in die hand by die buffet gaan staan. "Mevrou sal nou sien: as die baby klein is, trap hy 'n gat in jou skoot, maar as hy groot is, trap hy 'n gat in jou hart.")

Lea se voet soek vloer om die bed te bestendig. Haar sintuie herleef Peace se Hanover Park soos die eerste keer. ("Hangover Park", spot Peace soms.) Net anderkant die gespuitverfde *Welcome to Lag-Lag Valley* tref die stank van 'n kloaak jou vol in die gesig.

"Asseblief nie nou nie, Peace."

"Ag shame, ja, ek sien mevrou is weer nie lekker nie. Maar is ook oor mevrou so heeldag kaalvoete loop."

Peace se middeltjie is dun onder die breë seintuur, haar kuite goed gevorm. Haar hare blink mahonie uit 'n buis. Wanneer sy soggens inkom, het sy altyd hakskoene en kouse aan, 'n borsspeld en bypassende armband. ("Saterdag het daai ander klong, Ghakkie, weer vir my gebring twee botteltjies spray; ek sien die OK se labels is daarop. Ses rand vir die twee en drie rand vir twee onderbroeke. Toe vat ek dit. Hulle steel dit all over, waar hulle nou kan. Meesal in Athlone, maar baie gaan Kaap toe. Hulle sê hulle gaan net gou na hulle se pa se winkel toe; net om gou te gaan haal. Sien, as ék dit nie vat nie, iemand anders gaan dit tog by hulle vat. Solank hulle my net nie in die moeilikheid bring nie, maar hulle praat nogals nie. Gaan maar net tronk toe en as hulle uitkom, beginne dit maar weer. Mevrou moet sien, grand, grand rokke en jeanse.")

Peace, wat tien jaar ouer as Lea is, woon met haar wettige man en vier kinders in 'n council-flat. Dis die eerste keer dat sy 'n man het wat nie haar neus breek as sy saam met die buurman oor die rates kla of haar oë opmors as sy kos pleks van wyn koop of haar voor die kleintjies rape as hy gesuip is nie.

Peace se oupa was 'n Duitse sendeling van die Wupperthal-distrik.

Lea gaan skakel die TV in die slaapkamer aan. CNN: "Life is so tough, so fragile, so mean." Donald Trump, glad en glimlaggend. Skakel weer af.

Sy bring haarself tot by die bed, gaan lê en wag vir die hartkloppings.

Dis nie verniet waatlemoenseisoen nie. Ook sy is ferm en uitgeswel, swaar, en heelwat meer sop as pienk vesel. En agter haar borsbeen is 'n klein binnelyfse meer, waarvan sy die oorloop swaar keer. Soggens, baiemaal, word sy met klam oë wakker.

Soos ná die droom waarin sy en Johannes na haar grootouma se graf soek. So ver hulle stap, sak die wit sand onder hul voete in. In een van die grafte, dit lyk soos 'n bed, lê 'n man. Die grond tot onder sy ken opgetrek soos 'n kombers. Hy praat met hulle toe hulle verbykom en rys dreigend op toe hulle nie reageer nie. Hierop kry Johannes enorme vlerke en hy sjwies-sjwies oor die grafte, 'n oorverdowende noordwestewind agter hom aan. Dit maak haar bang. Hy stop net af en toe om agter 'n grafsteen te poseer, sy kop 'n beeld van marmer, totdat hy spottend lag en weer ruisend opstyg. Hy verdwyn deur 'n ronde venster en sy bly staan tussen stukkende grys spinnerakke.

Sy's ontsteld toe sy wakker word, en skaam. Dít nooit ooit van Johannes nie, hy wat haar nou snags so versigtig vashou.

Nou die nag weer sukkel sy deur die water met 'n enorme vibrator in haar mond. Haar hande moet sy gebruik om hulle kat te red.

As die ongeborene ophou roer, sal dit ook in water wees. Die eerste keer het die dreigende bloed, wat gewoonlik die einde inlui, om 2:35 in die nag gekom. Die tweede, derde en vierde keer was dit ook in die swart ure waarin al geluid miskien 'n sirene op die snelweg is.

Jy word wakker en dink instinktief dis jou menstruasie, want hoog op teen jou bene, waar jou dye mekaar liefkoos, is dit taai. A, die verligting van dis OK, jy's gesond en jy is nie swanger nie. Die altyd welkome terugkerende bloedbewys van wegdoening en hernuwing, wat jy kan ruik en sien, en gemaak deur jou eie lyf.

Maar dan.

In the black of the night, three o'clock in the morning, the night from Saturday to Sunday (why does it always happen on Saturday night?) the cervix opens up, the cunt flashes out blood clots.

Jy gaan badkamer toe sonder om die bedlamp aan te skakel, die man sug tevrede in sy slaap. Op die toilet kyk jy deur jou vlesige wit dye af in die bak terwyl jy urineer. Jy sien net swart. Jy hou die toiletpapier waarmee jy jou afgevee het teen die lig, helder en naak teen die plafon met die watermerke. Teen die muur, met die opkyk, sit die nagakkedis. Sy twee swart puntogies blink kinderlik en laat jou jouself bedwing in die ysige afwesigheid van enige geluid. Jy moet raai hoeveel bloed, want môre gaan die ginekoloog daarna vra, dit en die kleur en of daar klonte was. En of dit voor of ná die kontraksies was.

Niemand sal jou glo as jy sê jy het dit gisteraand gelees en met die lees het die wete gekom dat dit vannag jóú beurt is nie. Die boek se naam is *Panic blood*. Daarom sal jy dit vir niemand sê nie, want net sien is glo.

Waarheen, kom dit opeens by jou op, gaan die ongedoopte "in sonde ontvang"? Na watter hemel of hel?

Tannie Masters is reg: baiekeer kry jy net om te verloor. Maar nie soos gelukkige God net vir drie dae nie, vir jou is die verlies sonder ophou.

Lea gaan maak vir haar 'n warmsak en lou melk met heuning en kaneel in die kombuis wat na hond ruik. Die hond maak nie haar oë oop nie, maar klop haar stert teen die binnekant van die blindes se hondemandjie. Lea vat aan haar klam, swart neus. Dis koel. Haar stert piets vinniger en sy steun orent, rek haar nek lank en ligbruin uit. Haar donker varkogies is onmiddellik vrolik, maar Lea foei haar terug bed toe. Sy stap sitkamer toe. Slaap kan sy nie en brei kon sy nog nooit nie. Lees is al wat oorbly.

'n Man het gisteraand al skreeuend na sy dood gehardloop in die Tafelbaaise hawe.

"Ek wil doodgaan," het die man oor en oor uitgeroep.

Hy is daarvan beskuldig, nee, dis 'n ander man in die volgende kolom: *Hy word daarvan beskuldig dat hy een nag sy vrou vermoor en in stukke gekap het. Hy het dele van haar oorskot gekook en vir hul kat gevoer.*

Watter dele? En sal haar twaalf jaar oue kat haar wat se dele ook al eet? Die vrou se naam was Arminda. Arme Arminda, gewurg, gekook en geëet.

Neem, eet; dit is my liggaam wat vir julle gebreek word; doen dit tot my gedagtenis.

Sy sit regop, stoot haar leesbril teen haar neus op. Moenie slaap nie; as jy slaap, word jy oorval.

'n Amerikaanse TV-ster kom op die D.F. Malan-lughawe aan. Sy sonbril is 'n ondeursigtige strook swart plastiek van oor tot oor. *"Suid-Afrika,"* glimlag hy asof vir 'n tandepasta-advertensie, "*is 'n asemrowende mooi land met die vriendelikste mense wat ek in my lewe ontmoet het."*

Juffrou Van der Spuy is vet, en sy het sproete, rooi hare en 'n bril wat opkrul by die buitenste hoeke. Sy skryf die opstel-onderwerpe op die bord in ronde, ewe groot letters. Ek kies die een aan die penmaat in Holland. Dit is juffrou Van der Spuy se geliefkoosde onderwerp en ek wil hê juffrou Van der Spuy moet van my hou. In die middel, skuins na regs af, ons huisadres en die datum.

Liewe maat, ek wil haar nooi om die Kersvakansie by ons in Suid-Afrika deur te bring. Ek wil skryf van die sonnige weer en die strand waarheen ons amper elke dag gaan, omdat dit so naby is, met ons lilo's en waatlemoenskywe en Coppertone en handdoeke. Die strand se naam is Christian Beach en dis net langs Muizenberg, waarheen my ma ons nie wil neem nie. Maar my vulpen vloei sy eie letters sonder dat ek wil en ek raak paniekerig, want juffrou Van der Spuy stap op en af tussen die banke en gaan nóú hier wees en sien op my oefeningboek staan van 'n man wat in 'n gat met slange gegooi is deur polisiemanne en van ons nanny wat met 'n geweerkolf in haar maag geslaan is 'n week voor haar babatjie gebore is en hoe sy en Lucky wat sewe geword het die nag nadat haar huis afgebrand is onder 'n bos weggekruip het en al drie taxi's van haar man uitgebrand is en sy bel my ma, maar juffrou Van der Spuy gryp die telefoon en nadat sy kwaai gepraat het, kom slaan sy my oor my kneukels met 'n ligblou plastiekliniaal. Én op my handpalms totdat hulle bloei. 'n Dame, sê sy, en haar gesig is bloedrooi, jok nooit nooit nooit. Hoe harder ek huil, hoe harder slaan sy. Ook moet ek "Die Stem van Suid-Afrika" 'n honderd maal uitskryf ná skool. Ek maak my broek nat en die dam op die houtvloer maak 'n gelerige straaltjie met 'n bietjie skuim vooraan onder die kind langsaan se bank in.

Lea skrik wakker toe die posbusdeurtjie klap. Dis die oggendkoerant. Die kransduifpaar wat bo in die skoorsteen nes gemaak het, koer en sy hoor hoe hulle hul vlerke strek ná die nag. Lag filter sag deur die gordyne. Onder haar is die bank nat.

Van dié dag af moet sy pal lê. Net opstaan vir die toilet en badkamer en voete beweeg vir sirkulasie. Sy slaap baie, maar meer dikwels is dit net sluimer. In een wêreld geluide van die wasmasjien, die stofsuier, die bure se hond, die TV, die vullislorrie.

Maar iewers anders – op 'n gans ander aarde – stap sy deur fynbos. Loop asof in die skerp Septemberlug van Tafelberg se boonste kabelstasie na McClear se baken, maar tog is elke landmerk onder haar veerligte, bonsende Puma-hardloopskoene nuut. Van ver af kom 'n vuilwit wolkbank massief aangerol sonder om nader aan haar te kom. In die wolke staan Johannes, sy hande bruinerig soos haselneut.

Of sy worstel, haar lyf hard en stram, met mense wat sy tot in die grein ken. Sy voel elke vesel van hul stoeiende liggame onder haar vingertoppe, sy ruik hul asems en oksels.

Sy moes, vanweë die dreigende miskraam, vroeër ophou by die skool, maar sy help nog met nasienwerk.

Die stapel opstelle is in dagboekvorm.

Going to school – on my way I saw a cat in the road – it was dead – all the fur was taken off.

Volgende: *On my way home saw two taxi-drivers fighting with knives. The one was bleeding hard. He got a bad wound on his chest. The other was bleeding on the head. There was some white thing as if he was chopped with a axe. I don't think he will live, an ambulance came after a long time.*

Volgende: *When I arrived home from school my mother said we must go to the rubbish dump and dump rubbish – we saw a plastic bag – took it – inside it there was a baby – don't know if boy or girl – took it – before arrived home my sister said – must throw it away – threw it.*

Uiteindelik is dit Oukersaand. Lea lê bo-op die comforter. Op 'n kleinbordjie langs haar lê 'n halfgeëte Kerspasteitjie. Tannie Masters het dit vroeër die middag oorgebring. Lea het weer na Peter gevra, steeds sonder om te weet hoekom hy in die tronk is. Sy wil nie weet nie. Nie nou nie. Boonop, hoe kan mens so iets vir 'n ma vra?

"Ek gaan môre ná kerk daarheen en neem vir hom 'n *Car* magazine. I'm afraid it will have to do as his Christmas box." Sy sit onverwags haar hand warm en bewend op Lea se bultende maag, maak haar oë toe en kantel haar kop effens agtertoe. Vinnig. Sy groet haastig en loop.

Ekstase en verdriet, dink Lea, lyk eenders.

Dit is benoud warm, al is die son hier reeds agter die berg. Op Clifton, aan die agterkant van die berg, skyn die son steeds op die rye en rye glimmende lywe, die vet en flab tot op die bruin been uitgebraai. Die koelkas se deur klap gedemp. Johannes is aan die kos maak; arme Peace, want hy los die kombuis altyd in 'n verskriklike gemors. Partykeer, van nie weet nie, pak hy van die vuil goed sommer in die mikrogolf. Lea se oë gaan toe, onbewus, en 'n oomblik flikker die TV-nabeeld silwer en swart agter haar ooglede.

Sy dommel weer soos eenkeer lank gelede, bo-op, byna binne-in, die lui golwings van 'n waterbed.

Opeens blaf hulle hond hard in die gang. Sy spring woedend, knorrend, op teen die glasruitjies van die voordeur. Haar naels krap teen die glas en die raam ruk in die kosyn. Sy grom diep uit haar keel.

Lea is by, maar lê toe-oë en wag op die skel van die klokkie. 'n Klop. Iets.

Johannes kom sê hier's van Peace se mense. Hulle wil haar sien.

"Wat op aarde? Hulle moet maar hierheen kom."

Die afvaardiging bestaan uit Peace se man, Dennis, wat een van Johannes se ou pakke klere aanhet. En Peace se jongste twee dogtertjies. Lea herken hulle nuwe Krismisklere omdat Peace dit aan haar beskryf het nadat sy dit op die boek gekoop het. Die meisies se hare, vol bobbels en linte, is styf agtertoe getrek in blink vlegseltjies. Hulle dra lakleerskoentjies met effense hakkies. Daar is ook 'n vrou wat voorgestel word as Peace se suster, Cathy. Op haar ruim, wit frillebors hang 'n goue kruis met *God is Love* daarop gegraveer. Aan haar hand is 'n seuntjie met 'n satynonderbaadjie en 'n strikdassie. Sy tandjies in sy mond is swart afgevrot.

Peace sou môre, in die agtermiddag, kom help omdat Johannes se familie van die Transvaal kom eet. Peace is nou seker siek.

Dennis lyk verleë in die slaapkamer voor die swanger wit vrou. Hy maak keel skoon. "Ekskuus dat ons pla, mevrou, dis oor Ougat dat Peace gesê het ons moet kom."

Lea se kind gee haar 'n harde skop teen die ribbe en sy trek haar asem skerp in. Uit sy binnebaadjiesak haal Dennis 'n pienk, gevoude stuk skryfblokpapier. "Lees maar self, mevrou."

Dis Peace se kinderlike handskrif in groen balpunt: *"Ek skryf maar want ek weet Dennis sal te embarris wees om te praat. Hulle het eers vir Fay gerape Mevrou en toe 'n stukkend bottel in haar opgedruk. Toet hulle 'n stok in Ougat opgedruk. Hy is vol gatte en goed. Hy is in Groote Skuur. Die dokters gee hom tien persent. Ek is baie jammer tog Mevrou, maar nou wil ek eers my huil uit huil. Cathy sê sy sal kom help want dis mos nou factory holidays vir haar en sy is fluks. Ek hoop Mevrou hulle het 'n Happy Kersfees Mevrou.*

Toe die groepie deur die kamerkosyn beur gang af, hoor Lea die stem van die president in sy Kersboodskap vanaf die voetenent: "Die seisoen van geweld, ek herhaal, die seisoen van geweld is verby."

1993

RIANA SCHEEPERS

'n Kind en 'n vis

Die kind het dit reggekry om 'n vis te vang.

Die hele somer lank het hy die vis in die vlak, modderige water van die Siyayirivier dopgehou. Hy het geweet die vis is daar, want hy kon die groot lyf in die water sien roer. Die vis was 'n donkerder, lui skaduwee tussen die graswortels en palmiete en die sagte modder wat hy met sy vinne opgeskep het. En toe die kind eers weet van die vis, het hy naderhand presies geweet waar om hom te soek tussen die riete en grasse. Die vis het nooit verder geswem as die bog waar die klomp riete gegroei het nie, hy was altyd daar êrens. Hy was die donker ding in die vlak water, wat blitssnel en met 'n skielike warreling van modder kon wegskiet as die kind hom met sy knopkierie probeer steek het. Daar was dowwe kolle op sy lyf wat die kind kon sien as die son hom reg vang.

Die dag toe die kind die vis die eerste keer gesien het, het hy op sy maag teen die biesiekant van die Siyayi gelê en met sy hande in die water gespeel. Hy het alleen agtergebly op die hardgebakte rivierwal toe die ander abantwana van die stat verder met die rivier afgeloop het om voëleiers uit die neste in die rietbos te gaan haal.

Mthetu, jou luiaard, het hulle hom gespot terwyl hulle wegloop. Pasop vir die krokodille wat jou gaan vang, ons sal jou nie kan help as hulle kom nie, het hulle gelag.

Hy kon hoor hoe hulle al verder wegraak, hoe hulle praat en skree en met stokke die bome se blare loop en afkap. Die brak met die spits ore is ook saam, die kind kon kort-kort sy skerp blafgeluide hoor. Later kon hy nog net die kapgeluide van hulle stokke hoor.

Hy wou nie saam nie. Hy het lekker op die grond gelê, sy kop op sy elmboog gestut en die ander, beweegliker hand in die water. Op die plek waar hy gelê het, was die wal skerp en die water amper reg onder hom, sodat sy hand gerieflik afgehang het. Die son het lekker op sy rug gebak, in sy kopvel ingekriewel. Die water was lou om sy hand, sy vingers vyf drywende wortels van 'n waterplant. Hy het die bewegende skaduwees van die watervlak probeer vang, die sonlig deur sy vingers laat roer.

En toe het die vis hom gebyt.

Die kind het orent geruk en sy hand teruggepluk. Hy was net betyds om te sien hoe die groot vis onder die watervlak, reg voor hom, skerp op sy maag draai en met 'n warreling van vinne en stekels tussen die graswortels en die biesies wegskiet, diepwater toe. Hy kon duidelik sien hóé groot die vis was. Groot.

Hy het horterig begin huil. Nie oor sy vinger seer was nie, maar omdat dit gebyt is. Oor die skrik. Oor die ding in die water.

Terwyl hy na sy vinger kyk, het hy gedink aan die groot, plat bek van die vis. Hy het hom die harde bek om sy hand verbeel, die skerp tande om sy arm, sy skouer, sy hele kop.

Hy wou agter die ander kinders aan hardloop, want die vaak was nou heeltemal uit sy lyf. Maar toe sien hy weer die vis.

Dié het stadig en lui teruggeswem gekom, en weer tussen die plante van die vlakwater in die modder ingesak. Die vis se vinne het skaars geroer. Hy het weggeraak, totdat die kind nog net gewéét het van die vis daar onder.

Die kind was bang vir die vis.

Hy het gedink aan al die kere wat hulle al deur die rivier geswem het, wat hulle mekaar in die vlakwater gejaag het en handevol modder opgeskep het om mekaar te gooi. Hy het gedink aan die groot vis in die modder wat van die kinders weet, en nog altyd daar was as hulle geswem of gespeel het. En aan die stekels op die vis se plat kop.

Toe die ander kinders terugkom, het hy nog steeds daar gesit en afkyk in die water. Hy het nie weer die vis gesien nie. Nie daardie dag nie. Hy het ook nie die ander kinders vertel nie.

Die kind het begin om die vis elke oggend te voer. Soggens het hy die laaste brandsels van die vorige aand se pap uit die pot gaan krap, die harde kors met 'n bietjie water natgemaak, en dit dan tussen sy duim en handpalm gedruk en gedruk totdat dit 'n stywe bol was. Hy het gewag totdat die ouer kinders skool toe geloop het, totdat hy hulle nie meer in die voetpad tussen die heuwels kon sien nie, en dan stilletjies water toe gegaan. Hy en die brak.

Die kind het geweet waar om na die vis te soek. Die vis was gewoonlik die donker kol waar die son tussen die palmiete op die water gebrand het. Hy het die bol pap in stukkies opgebreek en dit naby die vis se lêplek in die water gegooi. Die pap het eers op die water gedryf, wit spikkels wat sag en voos word, en dan onder die oppervlak insak. Die laaste stuk pap het hy altyd vir die brak gebêre. Of as dié veld in was, het hy dit self geëet.

Partykeer het die spikkels pap roerloos in die water weggesak, maar soms, en al hoe meer, kon die kind sien hoe die groot lyf van die vis onder die oppervlak beweeg en hoe die bek die papstukke hap. Dikwels was daar ook die skerp bewegings van kleiner, vlugtiger visse. Maar daar was net een groot vis. Die kind wou die vis vang.

Hy wou die vis gewoond maak aan die pap, en hom dan vang. Hóé het hy nie geweet nie, want hy was te bang om die vis met sy hande te probeer vang. Hy het eers probeer om hom met 'n groot klip kapot te gooi, maar die vis was nog altyd te vinnig. Toe het hy probeer om die vis raak te steek met 'n skerp stok, maar dit was asof die vis gewéét het. Die oomblik wat die skaduwee oor die water val, het hy geswenk en was hy weg.

Die kind was bang vir die vis, en wanneer hy in die middae saam met die abantwana in die rivier geswem het, het hy gesorg dat hy wegbly van die modderige vlakte by die riete. En dan het hy met sy een hand tussen sy bene vasgehou. Hy was ook altyd eerste uit die water, want hy het geweet dat die vis van hulle weet; dat die vis na hulle spelende lywe deur die riete en die modderwater kyk, en sy stekels roer.

Hy was nie bang as hy op die wal gestaan het nie. Dán het hy in die water ingekyk, en probeer uitmaak wat hy alles van die vis tussen die riete kon sien: die bruin vel met die ligter kolle, die oë, die vinne wat roerloos hang asof dit die vinne van 'n dooie vis was. Dan het hy geril, en 'n bietjie van die waterkant af weggeskuif.

Die kind het nie geweet hoe om die vis te vang nie. Tot die dag toe hy die wit mense by die rivier gekry het.

Hy het een oggend, nadat hy die vis gevoer, en die brak die laaste pap van sy hand afgelek het, al langs die rivier afgeloop. Hy het fluit-fluit geloop, die harde lag van die inhlekabafazi in die home bokant hom nagekoggel. Die brak was agter 'n ding in die veld aan. Toe hy by die platkroon om die draai van die voetpad kom, was die mense skielik daar. Die wit man en 'n seun het daar voor hom op stoeltjies langs die rivier gesit. Agter hulle, 'n bietjie dieper op die wal in die koelte van die bome, het 'n kar sonder 'n dak gestaan. Hy wou eers omdraai en terughardloop, maar hulle het hom nog nie gesien nie, en hy was nuuskierig om te kyk wat hulle daar langs die rivier doen. Hy het suutjies teen die stam van die platkroon gaan sit en hulle dopgehou. Hy was bly dat die brak nie daar was nie, want dan sou hulle hom lankal gesien of gehoor het.

Die man was besig met iets op die grond voor hom. Hy het opgestaan, 'n lang stok uit die gras langs hom opgetel, en met die stok 'n dun lyn met 'n ding aan die voorpunt in die water gegooi. Die stok het kirrr gemaak soos 'n watervoël. Toe het hy dit skuins teen die stoeltjie laat staan, en nog 'n stok opgetel. Die seun het by die man gaan staan. Die man het die stok in die kind se hande gesit, agter hom gaan staan en oor sy hande gevat. Hulle het saam-saam die stok se lyn in die water gegooi. Met 'n plonsgeluid het dit naby die kant van die rivier in die water geval. Hulle het die stok opgelig, en aan die knopkierie-kant gedraai-draai. Die lyn het weer uit die water opgekom, teruggekom na die stok toe.

Voor aan die lyn was daar iets vasgemaak, wat die stok effens krom laat buig het. Die man het die stok uit die seun se hande gevat en alleen die lyn in die water gegooi. Dit het 'n wye boog oor die water gemaak en toe ver, in die middel van die rivier, neergeplons. Hy het die stok vir die seun teruggegee. Toe het hulle net gesit en niksdoen. Partykeer het die seun iets gesê, maar die man het nie gepraat nie.

Die kind het moeg geword om so stil te sit en kyk na niks. Hy het opgestaan en 'n bietjie nader geloop. Hy wou stilletjies agter hulle verbyloop om na die kar te gaan kyk, na die groot wiele. Hy wou deur die vensters loer om te kyk wat daar alles binne-in is, maar toe het hulle hom alreeds gesien. Hulle het op hulle stoeltjies omgedraai en na hom gekyk. Hy het versteen bly staan, te bang om te beweeg.

"Whoza lapa," het die man na hom geroep, voordat hy kon omdraai om te hol.

Hy wou bly staan, maar die man het hom met sy arm nader gewink en weer geroep.

"Whoza lapa!"

Hy het stadig nader geloop en met sy een voet op die ander een naby hulle gaan staan.

"Sawubona, Mfana," het die man gesê.

"Yebo," het hy teruggegroet, sy hand oor sy kop.

"Usaphila na?" het die man gevra.

"Yebo, ngisaphila," het hy geantwoord.

"Igama lakho?"

"Mthetu," het hy sy naam vir die man gesê.

"Hlala phansi, Mthetu," het die man vir hom gesê, en hy het op sy hurke langs die stoeltjie neergesak.

Die kind het onderlangs na die stok in die man se hande geloer en toe na die seun wat aan die anderkant van die man gesit het. Die seun het na hóm gekyk, en hy het vinnig sy oë laat sak. Niemand het verder gepraat nie. Hy het onrustig gewonder wanneer hy weer kon opstaan en loop.

Die volgende oomblik het die man se stok 'n skerp singgeluid gemaak, hy het opgespring, en aan sy stok gepluk. Mthetu, wat gedink het dat die man op hóm gaan spring, het van die skrik omgeval en agteroor in die gras bly lê.

Die seun het begin lag, en toe Mthetu sien dat die man met die stok besig is, het hy ook begin lag, sy skrik vergete.

Die seun het opgestaan, sy stok op die grond neergesit, en naby die man gaan staan. Mthetu het ook opgestaan en gekyk hoe die man by die water aan sy stok draai. En toe het die wonder gebeur.

Voor sy oë het Mthetu gesien hoe die man met die kromgebuigde stok 'n wriemelende, nat vis uit die water lig en wal toe bring. Die vis het met sy bek aan die punt van die lyn gehang. 'n Lewendige, spartelende vis. Die man het dit tot op die grond laat sak en die lyn uit die vis se bek gehaal. Aan die punt van die lyn was daar 'n skerp, blink haak. Die vis het op die grond gelê en flap, maar die seun het dit vinnig teen die grond vasgedruk voordat dit kon wegspring. Dit was nie 'n baie groot vis nie, maar die nat vel het met 'n klomp kleure in die son geblink.

"Hawu, Bakithi!" het Mthetu gesê, oogappels wit van verwondering.

Die vis het met 'n hernude geflap onder die seun se hand uitgespring. Mthetu het vinnig vorentoe gespring en na die vis gegryp. Die seun het langs hom kom kniel, en saam het hulle die vis teen die grond gehou totdat die spring en die ruk uit sy lyf was, en net die bek nog oop en toe gegaan het. Die vis se bek was in die een hoek stukkend waar die haak uitgeskeur is, maar daar was nie bloed nie.

Die man het vir die seun iets gesê en hy het die vis gelos, in 'n sak gaan rondsoek en met 'n mes teruggekom. Versigtig het die seun die vis by Mthetu gevat, en hom op sy rug omgekeer. Hy het die mes se skerp punt in die klein kolletjie agter die vis se maagvinne ingesteek en stadig, al met die maag langs op, tussen die vinne deur, tot onder die vis se kop oopgesny. Die mes was skerp, en die binnegoed het rooi in die vis gelê. Die seun het dit met die mes van die vis se borskas losgemaak en op die grond uitgekrap.

Mthetu het met verwondering gekyk. Die seun het die vis onder 'n sak in die koelte gaan neersit, en sy visstok gaan optel waar hy dit op die rivierbank neergesit het. Mthetu het op sy hurke langs die seun gaan sit en die stokke se punte dopgehou.

Hy wou vir die man vra hoe hy dit reggekry het om die vis so maklik uit die water te haal, maar hy was te bang om te praat. Hy het net gekyk.

Daar het niks verder gebeur nie. Die seun het naderhand opgestaan en sy lyn ingedraai. Daar was niks aan die punt van die lyn nie, net 'n blink haak. Hy het weer in die sak gaan grawe en teruggekom met 'n stuk brood in sy hand. Hy het 'n stukkie afgebreek, dit om die blink haak van sy lyn gesit, en dit toe vasgedraai met 'n stukkie wit tou wat lyk asof dit al langer en langer word. Hy het die lyn in die water gegooi, maar die punt van die lyn met die brood het teen die kant in die vlakwater geval. Hy het ingetrek, en weer probeer gooi. Met die gooi het die broodklont afgekom en op die water bly dryf. Die seun het moeg geword vir die gooiery, en sy stok op die grond by sy stoeltjie neergesit.

"Kom," het hy vir Mthetu gewink, "kom ons loop."

Mthetu kon nie die taal verstaan nie, maar het geweet die seun wil hê dat hy saam met hom moet gaan. Hy het opgestaan, maar bly kyk na die man se stok wat oor die water gestaan het. Hy wou weer sien hoe die man 'n vis uit die water haal, maar die seun het hom aan sy arm beetgekry en saamgetrek.

Hulle het in die platkroon se takke geklim. Die mik van die boom was hoog, maar hulle het mekaar opgestoot en opgetrek totdat albei wydsbeen oor die dik dwarstak gesit het. Onder hulle was die rivier glad en breed. Die seun het met hom gepraat. Die klank in sy stem het vrae gevra, en daarom het Mthetu hom vertel van die vis, sy vis, boontoe op in die rivier in die vlak rietboog.

"Dit is 'n baie groter vis as wat jou pa gevang het," het hy vir die seun gesê. "Jy sal nie weer so 'n groot vis sien nie, dit is die grootste vis in die hele Siyayirivier tot by die see."

Die seun het vir hom gesê hy is al in standerd twee, en hulle het hier kom vakansie hou, op die plek waar sy pa grootgeword het. "Kan jy hoor dat my pa Zoeloe kan praat?" het die seun gevra.

"Niemand weet van my vis nie," het Mthetu geantwoord, "net ek en jy. Maar ek gee nie om dat jy weet nie, jy moet net nie vir jou pa daarvan sê nie, want hy sal my vis kom vang as hy net weet hoe groot hy is. En ek wil hom self vang. Ek weet nou hoe ek dit sal regkry."

Hulle het met hul bene aan die takke gehang, hulle arms regaf ondertoe totdat hulle koppe dronk en vol bloed was. Hulle het weer opgekom, en so ver as moontlik op die tak probeer kruip, tot daar waar dit oor die water hang.

"Ek het tog 'n BMX," het die seun gesê. " 'n Rooie. In ons dorp ry ek sewe blokke ver skool toe. As ons weer teruggaan skool toe, begin ons swem. Ek swem vir die Otters. Hoekom is jy nie in die skool nie? Julle het mos nog nie vakansie nie. Ons het vanoggend gesien hoe die skoolkinders langs die pad loop!"

"Waar het julle die stokke en die haak vir die visse gekry?" vra Mthetu en kyk na die seun se snaakse wit hare. "Ek wil baie graag een hê."

Hulle het uit die boom geklim en verder met die paadjie afgeloop.

"Whoza, whoza!" het die seun se pa na hulle geroep. Hulle het in die paadjie gaan staan.

"Kom hier, Wikus, kom eet eers iets voordat julle klein bliksems heeltemal verdwyn."

Hulle het teruggegaan, en Mthetu het gekyk of daar weer 'n vis gevang is terwyl hulle weg was, maar daar was niks. Hy het saam met hulle hul kos geëet. Brood en soet, wit tee. En 'n appel. Hulle het Mthetu se tee in die bottel se kop gegooi. Hy en die seun het onder die boom gaan sit om te eet; die man het teen die kar se wiel geleun.

Nie lank daarna nie het die man opgestaan en hulle goed bymekaar gemaak. Hy het begin om dit in die kar te laai. Hy het ook die stokke se lyne ingetrek en die vishake se skerp kante aan die stokke vasgemaak.

Mthetu se asem was in sy keel. Die mense was op pad.

"Ek wil ook so 'n stuk lyn hê," het hy vir die man wat sy taal gepraat het, gesê.

"Uthini?" het die man gevra.

"Ek wil ook so 'n lyn hê," het hy weer gesê.

"Yini?"

"Ek wil 'n vis vang."

Die man het gelag, sy kassie oopgemaak en 'n stuk lyn onder uit die kas tussen al die ander goed gehaal. Dit was so gekoek dat dit soos 'n biesiepol gelyk het. Hy het die lyn gegooi; Mthetu het dit raakgevang. Die man het nog rondgekrap, en toe 'n haak ook uitgehaal. Dit was 'n groot haak, groter as die wat hulle aan die lyne gehad het. Dit het nie geblink nie, dit was effens rooierig. Die man het nie die haak vir hom gegooi nie. Hy het dit versigtig aangegee.

"Sala kahle, Mfana," het hy gegroet.

Die seun het reeds in die kar gesit. "Koebaai, outjie," het hy geroep en vir Mthetu gewaai.

Die kar het 'n entjie teruggery, toe skerp gedraai en teen die steilte uitgery.

Mthetu het op sy hurke neergesak met die bondel lyn en die haak in sy hande. Hy het lank na die groot haak gekyk, die skerpte van die omgekrulde punt op sy vinger getoets. En toe het hy begin om die lyn los te torring.

Mthetu het die bol lyn uitmekaar gehaal, elke dag 'n bietjie losser en losser gekarring, terwyl hy op die wal van die rivier by die vis gesit het. Hy het die vis dopgehou terwyl sy hande gewerk het. Hy het gekyk wat die vis doen, of hy stil lê op die rivierbedding, en of hy tussen die palmiete ronddryf. Die vis was dáár.

Dit het lank gevat om die lyn los te kry, maar toe hy eers 'n los punt in die koek kry, het dit makliker gegaan. Dit was 'n groot, deurmekaar bol, maar die losgeknoopte stuk lyn het elke dag langer geword. Toe hy uiteindelik die laaste knope losgetorring het, het hy die lyn in lusse om sy vuis gedraai, en dit saam met die haak in die koraalboom se mik gaan sit waar hy dit elke dag weggesteek het.

Dit was sy vis. Niemand moes weet van sy lyn en sy haak nie. Ook nie van sy vis nie.

Hy het een hele oggend gesukkel om die haak aan die lyn vas te kry. Die lyn was sterk, maar glad, en dit wou nie vasknoop soos 'n mens 'n riempie of 'n stuk winkeltou knoop nie. Waar die lyne oorkruis in die knoop bymekaar gekom het, het dit bly gly en lostrek. Hy het toe maar die punt knoop op knoop gegee totdat daar 'n groot knoets groen lyn aan die haak vas was, en hy seker was dat dit nie sal loskom in die water nie. Hy het net die een haak gehad. Dit kon nie wegraak nie.

Alles was reg om die vis te vang. Dit moes net weer oggend word sodat die ander kinders kon skool toe gaan.

Vroegoggend reeds het hy die brandselpap uit die pot gaan krap, en dit in sy hande loop en druk. Hy het op die pap gespoeg, nóg 'n bietjie water bygegooi, en weer gedruk en gedruk. Dit moes 'n pap wees wat aan die haak sal bly sit as dit in die water kom. Dit moes nie 'n pappery word en van die haak afkom nie.

Mthetu het gekyk of daar iemand naby was, en toe by die hut se deur uitgeglip en in sy ma se goed gaan krap. Hy het die botteltjie Vaseline onder haar klere gekry en vinnig die blou dekseltjie afgedraai. Hy het met sy voorvinger deur die dik salf geskep, en toe die sloot met sy voorvinger platgesmeer. Hy het sy vinger in die bol pap gesteek en die salf ingewerk totdat dit 'n stywe, beweeglike klont in sy hande was. Toe het hy sy knopkierie gaan haal en al met die oorgroeide voetpad langs begin loop, eers na die boom waar sy lyn en haak in die mik weggesteek was, en toe rivier toe. Die brak het ook saamgedraf.

By die rivier het die brak 'n paar vinnige lekke aan die water gegee, en in die koelte gaan lê.

Mthetu het die los punt van die opgerolde lyn aan sy knopkierie vasgemaak, die res van die bondel losgemaak, en die meeste daarvan om die knopkierie se steel gedraai. Hy sou nie 'n lang stuk lyn nodig hê om die vis te vang nie, die water was te vlak. Hy het 'n stuk van die papklont afgebreek en dit styf om die haak vasgedruk. Hy het 'n stukkie van die pap in sy mond gesteek en daaraan gekou. Dit was korrelrig, met 'n branderige smaak. En hy kon die Vaseline proe.

Die pap was taai, dit het styf om die haak geklou. Versigtig het hy dit in die water laat sak, daar, in die sonkolle tussen die palmiete waar hy geweet het die vis sal wees. En toe het hy gewag.

Hy het gewag vir die swaar lyf van die vis wat aan die pap gaan hap, en dan met sy bek aan die haak gaan vassit. Hy het gegril vir die plat bek en die breë kop en die stekels en die kolle op die vis se lyf wat bo die oppervlak van die water gaan verskyn.

Sy arms het styf aan die stok geklou, gereed om te pluk as die vis byt.

Daar het niks gebeur nie. Hy het die knopkierie stadig opgelig, en die haak uit die water getrek. Die pap was alles af.

Teleurgesteld het hy die lyn uit die water getrek en weer 'n klont om die haak vasgedruk.

Twee gestreepte visvangers het in die droë takke van 'n boom naby hom kom sit en lawaai.

Hy het die lyn weer laat sak. En gewag.

Die haak het slap in die water bly hang, daar was nie eens 'n roering van 'n visbek of 'n vin in die water nie. Lank het hy so gesit, sy teleurstelling al groter. Hy het gedink die vis sal dadelik byt. Toe hy die lyn uittrek, was die pap weer af.

Die vis wou nie die pap aan die haak hê nie. Die pap met die Vaseline was nie die regte kos wat die vis aan die haak sou laat byt nie. Hy moes vir die vis lekkerder kos kry. Iets wat aan die haak sal bly vassit. Vleis.

En toe het Mthetu 'n plan gekry.

Hy het die knopkierie met die lyn en die haak versigtig op die wal neergesit en opgestaan om te kyk waar die brak is. Dié het nog steeds in die skaduwee oopbek lê en hyg. Hy kon die dier se ribbes onder hom voel. Hy het langs die brak gaan sit, en hom met sy lyf teen die grond vasgedruk. Die brak het gedwee op sy sy bly lê, sy oor plat teen die grond. Mthetu het met sy een hand tussen die dier se agterbene begin soek. Voel-voel, oor sy stywe, reguit spier en die ronde balle, agter onder die stert in, totdat sy hand die sagte hobbels van 'n klomp vasgesuigde bosluise in die holte raakgevat het. Die brak het geruk en met sy bene in die grond gekrap om regop te kom, maar die kind het sy een been ook om die dier se nek gegooi en hom vasgelê.

Versigtig het hy die bosluise afgetrek, gekyk hoe die rooi bloedspikkels op die dun vel uitslaan die oomblik wanneer die bosluis se kop loskom. Hy het aangehou aftrek totdat daar 'n hele bondel rondgesuigde bloubosluise in sy hand was. Dit het gelyk soos 'n handvol blou krale. Hy het sy hand toegemaak, en van die brak afgeklim. Die brak het opgesping en sy lyf geskud.

Mthetu het teruggegaan na sy stok op die wal, en die wriemelende bosluise netjies op 'n hopie voor hom op die grond gegooi. Hulle het op klein pootjies begin roei om weg te kom, en dié wat op hul rugkant te lande gekom het, het hulpeloos op hul uitgeswelde vol lywe bly lê en spook. Hy het hulle versigtig, een vir een, aangekeer en almal op die rugkant omgekeer. En toe het hy die knopkierie nader getrek en begin om die bosluise een vir een aan die haak in te ryg. Die dik bloed het uitgepers oor die skerp punt van die haak, maar daar was nog genoeg bloed in hulle velle oor sodat die vis dit kon proe. Die bosluise sou bly sit. Toe hy klaar was, was sy hande vol van die donker bloed.

Hy het die haak met die bosluise en die swaar bloedreuk versigtig in die water laat sak.

Dit het gewerk.

Mthetu was nie voorbereid op die krag van die vis se pluk aan die lyn nie. Hy het die kierie net met een hand vasgehou, met die lyn nog tussen die vingers van sy ander hand. Die lyn het in sy hand geruk en skerp in sy vingers ingesny. Hy het vervaard met albei hande na die kierie gegryp en vasgeklou. Sy vingers het gepyn. Die vis het probeer wegswem, diepwater toe, maar die lyn was te kort. Mthetu het op sy boude gaan sit en bly klou aan die swaar kierie wat uit sy hande wou trek. Die vis het met sy vinne en die wriemels van sy lyf aan die modder probeer vasklou, hy het met die gewig van sy lyf in die modder probeer wegsak, wegswem, wegkom, maar hy kon nie.

Die skrik in Mthetu se vleis het stadig weggesak, maar sy hele liggaam het nog gebewe. Hy het stywer aan die knopkierie geklou, dit tussen sy bors en sy opgetrekte bene vasgedruk. Vir 'n kort oomblik het hy gedink dat die vis losgekom het, of dat die lyn uit die hoek losgetrek het, want dit het skielik slap gehang, maar die volgende oomblik het dit weer geruk, styf gespan en die knopkierie amper uit sy hande gepluk. Mthetu kon net aan die stok klou, hy was nie sterk genoeg om die vis in te trek nie. Aan die ander kant van die lyn het die vis weer begin wegswem. Mthetu het gevoel hoe die lyn hom water toe trek. Hy het aan die stok geklou asof sy lewe daarvan afhang.

En toe het hy stadig op sy boude agtertoe begin skuif. Die lyn het skietgegee, gekom, en weer styf gespan. Hy het al verder agtertoe geskuif, sy kop styf teen sy knieë, die knopkierie in sy nek vasgedruk. Hy het nie gevoel hoe die stywe lyn in sy wang insny nie, hy het nie gevoel hoe sy hande brand nie, hy het net gedink aan die vasklou.

Mthetu se kop was nog steeds teen sy knieë vasgedruk toe die vis se plat kop bo die water verskyn. Hy het nie gesien hoe die vis se bek in die lug oogrek nie. Hy het nie gesien hoe die vinne op die droë grond roei en die lyf wild rondswaai nie. Dit was eers toe die brak skerp begin tjank dat hy sy oë oopgemaak en sy kop opgetel het. Die brak het naby die vis op die wateroewer gestaan, en op skrikkerige bene vir die ding geblaf. Die vis het op die grond gelê, sy stert nog in die water, sy bek oop, sy vislyf 'n sparteling van vinne en modder en water. Hy het vir 'n oomblik stil gelê. Mthetu was seker dat hy stip na hom gekyk het.

Dit was die lelikste ding wat hy nog in sy hele lewe gesien het. Leliker as die uTokoloshe, óf die Impundulu waarvan sy ugogo hom in die aande vertel het. Hierdie ding met die stekels om die bek en die dik, bruin lyf en die skerp rugvin. En die oë wat vir hom kyk. Die vis was mooier in die water.

Hy het opgestaan en die vis met die knopkierie verder opgetrek, tot in die koelte onder die bome. Dit was swaar. Hy het die knopkierie om 'n boomstam gedraai sodat die vis nie kon loskom en teruggaan water toe nie. Dit het nog lank daar gelê en flap. Mthetu kon dit hoor. Die brak het naby die vis gestaan, sy kop op sy voorpote, sy agterbene regop en stokstyf. Met elke ruk van die vis se lyf het die brak geblaf.

Mthetu het nie geweet wat om met die vis te maak, noudat hy dit gevang het nie. Hy het nie geweet hoe om die haak weer uit die vis se bek te kry nie, want hy wou nie met sy hande aan die vis raak nie.

Later, toe die vis heeltemal stil lê, het hy versigtig, met die punte van sy vingers, die haak uit die vis se bek gaan skeur. Hy het 'n icheckers wat daar naby teen 'n bos vasgewaai het, gaan haal, en die viskop eerste daarin gedruk. Die sak was te klein; die vis se stert het nog uitgehang, en 'n stuk van sy rugvin het deur die plastiek gesteek.

Mthetu het by die waterkant gaan sit en afgekyk in die troebel water. Hy het bly kyk of hy nie dalk 'n donkerder skaduwee tussen die palmietwortels kon sien wegsak nie.

1990

Die familiefees

Halleluja, sê die mfundisi.

Halleluja, sê die mense in die warm skoolsaaltjie.

Amen, sê die mfundisi.

Aaamen, sing die mense.

Amen, sê ek ook.

Ek sit in 'n bedompige skoolsaaltjie tussen tweehonderd mense, êrens tussen heuwels waaruit ek nie op my eie die pad terug sal vind nie.

As 'n mens by die venster van die saal uitkyk, kan jy die see blou in die verte sien lê.

Ek sit voor in die saal, agter 'n tafel, want ek is een van die eregaste by dié geleentheid. Ons sit op 'n dik plank wat met leë drommetjies op die punte en in die middel gestut word. Soos al die ander wat saam met my voor sit, is ek een van die uitverkorenes, want ek het 'n toga aan. Die res van die mense sit op die skoolbankies wat in rye staangemaak is.

Ek is die enigste wit mens.

Ek woon die familiefeesviering by van een van my studente wat so pas haar graad gekry het.

Ek het die uitnodigingskaartjie die oggend vroeg op die vloer van my kantoor gekry. Iemand moet dit onder my kantoordeur deurgestoot het. Dit was ’n wit kaartjie met vergulde letters. Graduation Party of Patiwe Sibongile, het op die voorkant gestaan.

The pleasure of your company
is requested at the
Granduation Party
of
PATIWE SIBONGILE NKOSINATI
who has obtained a B.A. Degree
at the University of Zululand.
Date: Sunday 2nd July 1989
Time: 10h00
Venue: Insingizi H.P. School Hall
Bomela, Port Shepstone

Kindly grace the occasion
by bringing your academic attire.

Juffrou Nkosinati was die vorige jaar in die aandklas, links voor langs meneer Hadebe. Juffrou Nkosinati wat bedags ’n onderwyseres is, en saans met ’n taxi na die universiteit toe ry vir die aandklasse sodat sy haar graad kan voltooi. Juffrou Nkosinati wat klokslag met die toetse en eksamen die hoogste punte in die klas behaal het.

Ek onthou dat ek met die kaartjie in my hand voor my lessenaar gaan sit het, my voorbereiding eers gelos het.

Oor drie weke. Op ’n Sondag.

En Port Shepstone is 259 kilometer van waar ek bly.

Ek het teruggedink aan my eie gradeplegtighede. Geleenthede waar my ouers nie teenwoordig was nie, omdat ek hulle aangesê het om nie te kom nie. Hulle sou meer as ’n duisend kilometer moes reis om dit by te woon.

En buitendien is gradeplegtighede sulke oneindig dodelike en moeisame gebeurtenisse. Ek kon my nie indink dat my arme pa deur alles moet sit net vir my drie minute op ’n verhoog nie, en daarom het ek vir hulle gesê dat hulle nie moet kom nie, al weet ek hulle wou. Ek sou veel liewer ’n dag saam met hulle op die plaas wou deurbring – in verbleikte jeans, nie in ’n toga nie.

Ek het die telefoon nader getrek en die sentrale gevra om die nommer in

Paddock te skakel. Die foon het lank aan die ander kant gelui voordat iemand dit geantwoord het.

In Zoeloe.

Sawubona, het ek gegroet.

Yebo.

Ek het my naam gesê.

Ek het vir die persoon aan die ander kant gesê dat ek een van mejuffrou Nkosinati se dosente by die universiteit is.

Dat ek die uitnodiging wat ek gekry het, aanvaar, en dat ek uitsien om saam met hulle die geleentheid te vier.

Daar was 'n kort stilte aan die ander kant, en toe is ek vriendelik bedank dat ek geskakel het.

'n Week later was Patiwe in my kantoor. Haar hare was met noukeurige simmetriese patrone oor haar hele kop vasgevleg. Haar profiel het skerp uitgestaan. Sy is 'n baie mooi vrou. Sy is ook 'n skrander student, én soos wat ek op haar studentekaart gesien het, net 'n paar jaar jonger as ek.

My ma sê dat jy kom? het sy my gevra.

Ja. Ek wil baie graag kom, maar jy sal vir my moet beduie hoe om by julle uit te kom. Ek ken nie die plek nie, ek sal nie weet waar die skoolsaal is nie.

Sy het verleë gelag.

Jy moet net op Port Shepstone kom en bel, ons sal jou daar kom haal. Sy het nie regtig gedink dat ek sal gaan nie.

Patiwe se broer het my kom haal, ek het in die Wimpy vir hom gewag nadat ek hulle geskakel het. Hy het aangedring dat ek my motor in die straat voor die polisiekantoor parkeer.

It's not safe in the streets, het hy gewaarsku.

Ek is saam met hom in sy ou Datsun die dorp uit en die heuwels in.

Ek het later tred verloor, ek kon nie meer skat hoe ver ons gery het nie. Ons het eers met 'n kronkelende grondpad gery, en toe afgedraai in twee spore wat nouliks sigbaar was tussen die hoë gras. Ek kon hoor hoe dit teen die onderkant van die motor skuur, en was bly dat ek nie met my eie motor dié pad gery het nie. Die spore het tot by 'n stat geloop waar ons gestop het. Daar was niemand in sig nie, net 'n paar hoenders wat om die hutte geskrop het. En 'n hond wat uit die skaduwee opgestaan en stadig na ons toe aangeloop het.

Waar is die skool? het ek my metgesel gevra.

Woza, het hy gesê, en geglimlag.

Ons het uitgeklim.

En toe sien ek wat hy bedoel het. Daar was 'n uitgeloopte voetpad wat teen die steilte van die bult uitgekronkel het. Ons moes verder loop.

Ek het my toga oor my skouer gegooi, *Die swerfjare van Poppie Nongena,* wat ek as 'n geskenk saamgebring het, onder my arm vasgeknyp, my lang swart rok se soom opgelig, en agter hom in die voetpad aangeloop. Ek was dankbaar dat ek plat stewels aangehad het.

Ons het nie meer gepraat nie.

Ons het ver geloop, hóé ver kon ek nie skat nie. Hoe hoër ons teen die heuwels uitgeloop het, hoe mooier het dit geword. Die see het die hele horison vol aan ons linkerkant gelê. Ons het deur 'n landskap van grasbulte en beeste en miskoeke geloop.

Ek kon nie glo wat met my gebeur nie.

Ek, wat gedink het ek ken hierdie land.

Patiwe het ons tegemoetgekom. Sy het onder haar toga 'n skitterwit rok van satyn aangehad, die gradeband hoog teen haar nek.

Jy het gekom, het sy gesê.

Ja, ek is hier, Patiwe.

Sy het my hand gevat en my by die deur ingelei. Dit was half skemer binne, en die gebou was vol mense. Die mense op die plank agter die tafel het almal opgeskuif, en vir my plek gemaak. Ek het op die punt langs Patiwe gaan sit.

Dit was reeds oor elf, en die kerkdiens het pas begin. Ek woon 'n fees by wat, weet ek, die hele dag gaan duur. Na die kerkdiens sou die koor sing, sal elke familielid wat van belang is die geleentheid kry om te praat. En praat sal hulle praat, en sing sal hulle sing, want dit is die dag waarop die fees van Patiwe se jas gevier word.

Patiwe se ma was die laaste om op te staan. Sy het in die voorste ry bankies gesit. Sy het haar kopdoek vasgedruk en haar tjalie stywer om haar skouers getrek. Met 'n diep, melodieuse altstem het sy begin om 'n pryslied te sing. Die res van die mense het op verskillende toonhoogtes, en in perfekte harmonie, ingeval. Langs my het Patiwe haar kop laat sak.

Daar sit sy vandag met haar jas, het die ma gesê nadat die lied geëindig het, en na haar dogter gewys, maar julle vergeet van al die beeste en hoenders wat ek moes verkoop om haar daar te kry.

Kom huis toe, het haar ma voor al die mense gevra. Kom gee skool by die plek waar jy grootgeword het. Kom na die mense wat jou hier nodig het.

Ek het my kop laat sak. Ek het gedink aan die vorms wat op daardie oomblik op my lessenaar lê. Vorms waarin die dekaan mejuffrou Nkosinati aanbeveel vir 'n beurs wat haar in staat sal stel om twee jaar lank in Londen te studeer. All expenses paid. Vorms wat nog net wag vir my getuigskrif.

Ons het Nkosi sikelel' iAfrika gesing en, stram ná die lang sit, in die sonlig uitgeloop, die akademiese prosessie vooraan.

Dit was amper halfvyf.

Maar ons sou eers gaan eet voordat hulle my terugvat om huis toe te ry. Ons is weer met die voetpad oor die heuwels terug. 'n Singende prosessie van tweehonderd mense in die veld op pad huis toe. Die kinders het vooruit gehol. Patiwe het my hand gevat, en dit die hele ent pad vasgehou.

Die familie het 'n bees en 'n skaap en hoenders geslag, en vir al die gaste kos gegee. Vleis en pap en aartappels en sous en aanmaakpoeding en drank. Hulle het oral rondgesit en geëet en gedrink. Ek het saam met hulle gelag en geëet en gedrink op Patiwe Sibongile se swart jas.

Ten spyte van hierdie gloeiende getuigskrif, stuur ek jou in my hart terug huis toe, Patiwe. Gaan terug na jou land se heuwels, waar hulle jou nodig het, het ek gedink toe ek in die gang afloop om my getuigskrif vir die dekaan te gee.

Ek het die kaartjie twee maande te laat gekry. Iemand moet van my onthou het en dit aangestuur het. Dit was 'n wit kaartjie met swart letters.

Funeral of Patiwe Sibongile, het op die voorkant gestaan.

This is to inform you
that the funeral of our
beloved daughter and sister
PATIWE SIBONGILE NKOSINATI
will be on Sunday, 18th March 1990.

She died as an innocent victim.
We will remember her in our hearts.

Al sou ek die begrafnis wou bywoon, sou ek nie kon nie.

Toe die noodtoestand in die res van die land opgehef is, is dit in Natal behou, en polisieversterkings in die townships is aangevra. Ek kon ook nie haar familie opspoor nie.

Ek het teruggegaan na my rekenaar en die dokument met haar getuigskrif opgeroep. Ek wou my troos aan wat daarin staan.

1991

Bruilofsnag

Toe die bruid se hooftooisel half verlep langs haar een oor afgesak het, toe die laaste houtstompe besig was om in vlamme op te gaan, toe die wodkabottels almal halfleeg in vensterbanke rondgestaan of omgeval op die tafels bly lê het, toe die oorblywende gaste almal in een hoek saamgetrek het en dronk en driftig aan die stry gegaan het, het die Poolse bruidegom opgestaan. Die bruilofsnag was al amper verby, maar hy en sy bruid sou saam met hul gaste feesvier. Tot die laaste een toe.

Dit was halfvyf in die oggend.

Buite het dit weer liggies begin sneeu. Die vlokke het neergedwarrel, in 'n nóg dikker laag op die vensterbank vasgepak.

Hy het opgestaan, sy bruid aan die hand geneem, "kom, Marzanna", en haar vir die soveelste keer dié aand oor die dansvloer gestuur. Die klein bende musikante wat vroeër die aand wilde dansmusiek op fluite en viole gespeel het, was almal weg. Hul musiekinstrumente was nog daar – teen die muur in die hoek staangemaak of argeloos op die tafel neergesit. Die viool het veilig in staatsie gelê, die deksel van die kas oopgeslaan. 'n Kassetspeler het nou ingestaan vir die musikante. 'n Bekende volkslied uit die platteland, met woorde oor 'n verlore liefde. Die sanger se stem het intiem en droewig om hulle gevou.

Hulle was die enigste paartjie op die klein dansvloer tussen die tafels wat vroeër die aand gelaai was met bruilofskos. Borscht en bigosh en gerookte salm.

Ek was moeg. Tot sterwens toe eensaam.

Die verlatenheid het my ingehaal.

Om my het die bruilofsgangers al hoe heftiger gepraat en gelag. Beduie. En verder gedrink. Ek kon nie meer 'n woord van hul gesprek volg nie, die paar sinne Pools wat ek tydens my reis baasgeraak het, was onvoldoende. Maar ek het nie omgegee nie. Die hartseer van 'n verlore bruilofsnag, die melancholie van die vallende sneeu en die moegheid het my beetgepak. Ek het my skouerknop onder my wang ingedruk om my kop te steun.

My lief. Ek het jou verloor.

Wanneer sou ek kon teruggaan na my kamer in die klein pension in die dorp?

Links van my was Andreij besig om met nadruklike woorde iets aan die kring luisteraars om hom te vertel. Hierdie mense is vriende, reeds van hul kinderdae. Ek was die vreemdeling in hul midde – wat gul genooi is om vanaand te deel in hul vreugdevure. Hulle het aandagtig na Andreij se lewendige oë gekyk terwyl hy gepraat het. Die vrou met die lae hals het vorentoe gebuk gesit, elmboë op haar knieë, haar kop naby hom. Die ander het hom laggend in die rede geval en op die skouer geklop. Waarvan wou hy hulle oortuig? Andreij wat my twee dae tevore, net ná my aankoms in hierdie godverlate, sneeubedekte grensdorpie, op een van my wandelinge voorgekeer en my namens die familie van die bruid na die huwelik uitgenooi het.

Hoekom, hoekom, het ek gewonder, het ek hom nie net geïgnoreer toe hy met my begin praat het nie? Was dit omdat sy oë helderblou en sonder bedrog was? Ek was nie lus vir die gemeensaamheid van vriende by 'n vrugtefees nie. Ek wou die vreemdeling in die dorpie bly, uitgesluit. Ek wou treur oor my eie verlatenheid. Ek wou alleen wees.

" 'n Vreemdeling in die poorte word uitgenooi, dis tradisie by ons," het hy in gebroke Engels vir my gesê. "Dit beteken geluk en voorspoed vir die bruidspaar. Ek sal jou kom haal."

Ek het geweet van dié gebruik. Die dorpsgek en die vreemdeling bring geluk. In my eie dorp was ek die gek, hier was ek die vreemdeling. 'n Dubbele geluk aan die onbekende bruidspaar.

Ek wou nie die bruilof bywoon nie.

Maar ek was tog gereed toe hy my kom haal.

Ons het na die klein houtkerkie tussen die bome gestap waar die gaste op die stoep vir die bruid gewag het. Toe sy kom, 'n dik pelsjas bo-oor haar dun, somerse trourok, het sy en die bruidegom eerste die kerk ingestap, ons almal agterna.

Die musiek het opgehou. Andreij het opgehou praat en na die bruidspaar gekyk. Toe het hy opgestaan en na die bruid gestap wat nog steeds in die kring van haar bruidegom se arms bly staan het.

"Andreij?" het sy gevra.

Hy het sy hand na haar uitgehou. Almal het skielik stilgebly. Na hulle gekyk.

Ek het my kop van my skouer af gelig. Andreij, wat die hele aand vrypostig al die vroue uit hul stoele getrek het om met hom te dans, wat my eers die passies van die baldadige volksdanse geleer het en toe aangegee het na die arms van die ander mans, die priester, die herbergier, die kleinboere, het nog nie een keer met die bruid gedans nie, het ek skielik besef.

Die kasset het weer begin speel. Krapperige musiek van 'n slegte opname. Die bruidegom het sy bruid laat gaan en alleen by die tafel gaan sit. 'n Sluk uit sy glas geneem en hulle dopgehou. Marzanna het haar na Andreij gedraai, haar een hand op sy skouer gesit.

Almal het geweet.

Selfs ek.

Ek wat vroeër die nag in die houtkerkie onder die priester se dreunsang gedink het, kyk hoe gelukkig is sy langs die man van haar keuse – en daarvan gepyn het, selfs ék het geweet. En ek wou dit nie sien nie. Andreij, die dorpsgek. Jy óók.

Hulle het in 'n snaakse stilte beweeg, selfbewus met die oë op hulle. Hulle het bly staan toe die musiek eindig. Die bruidegom het opgestaan, sy bruid by Andreij kom haal.

Die vuur was uitgebrand. Die aand was verby. Die gaste het half verleë opgestaan, skielik bewus van hul gebrek aan bedagsaamheid. Die motor met sy spesiale sneeubande wat ons almal met die smal pad na die herberg aangery het, moes ons weer terugneem na die dorpie. Iemand het die herberg se buitedeur oopgemaak en uitgegaan sonder om dit weer toe te maak. 'n Sneeuwind het ingewaai, die koue van buite ingebondel.

Die man het weer teruggekom, 'n paar woorde gesê.

Die motor is weg, dit het te laat geword vir die bestuurder, hy was lankal huis toe, moes ons hoor.

Hulle het senuweeagtig begin lag. Ek het bly staan, gewonder wat my nou te doen staan. Hoe ver strek hul hoflikheid teenoor 'n vreemdeling?

Almal het begin om halfleë wodkabottels bymekaar te maak en in hul sakke te druk. Andreij het na my gekom.

"Ons loop terug," het hy gesê.

"Wat?"

"Ons kan nie hier oornag nie, die herberg is vol bruilofsgaste, ons moet loop, dis nie so ver nie." Hy het gelag en geknipoog. "Toe maar, ons het wodka!"

Ek het my jas gaan haal. Ek was ook dronk genoeg om kans te sien vir die sneeupad terug. Die bruilofsgaste het almal op die stoep bymekaar gekom. Die vrou met die laehals-rok, nou bedek onder haar jas, haar ouer, stemmiger suster, die drie mans. Ek het nog gekyk waar die bruilofspaar is sodat ek hulle kan groet, maar ek kon hulle nêrens sien nie. Andreij het by my ingehaak, my by die besneeude treetjies afgehelp. Ons het in die tweespoorpad begin loop, die ander agter ons aan.

Buite was dit skitterblink koud en oop. My voete moes soek na vastrapplek op die vars sneeu. Andreij het die bottel wodka na my uitgehou. Ek het gesluk, gevoel hoe my keel brand, my oë toetrek. Ek het opgekyk na die stuk hemel tussen die boomtakke. Dit was verskriklik mooi, verskriklik oop. Ná 'n paar honderd meter was dit nie meer koud nie. Ons was 'n klomp dronk mense in die sneeu. Val-val het ons deur die sneeu geloop, aan die uitroepe agter my kon ek hoor as iemand gly. Andreij was warm teen my, sy jas teen my wang. Sou hy dalk die res van die nag by my bly?

Hulle het begin sing. Wat, kon ek nie uitmaak nie, maar die satire in die afgemete tone was duidelik. Hy moes my vraende kyk op hom gevoel het.

"Die volkslied," het hy vinnig tussen twee spottende note vir my gesê en teatraal voortgesing.

Hoekom weet ek nie, maar die man reg agter my het skielik opgehou met sing.

Hy het met dungerekte geluide begin huil. Andreij het omgekyk.

"Achtung, bitte?" het hy skielik langs my geskreeu en gaan staan. Ek het geskrik.

Hy het my arm gelos en hom omgedraai. Die ander het strompelend teen ons vasgeloop en toe in 'n bondel gaan staan. Hulle was tjoepstil, die tjankbalie ook.

"Passport, Polischer Schwein!" het hy in gebiedende toon geëis.

Die huilende man het histeries begin lag, weer begin huil. Hy was stormdronk.

"Achtung! Auschwitz toe met julle! Vorwärts! Enkelkaartjie na Auschwitz, Dachau!" het hy in Duits beveel.

Hulle het senuweeagtig begin lag.

"Poolse honde, ruggraatlose lafaards!" het hy voortgeskel en sy gebalde vuis reguit voor hom uitgesteek.

"Ja, ons gaan, Herr Hitler!" het hulle koggelend begin saamspeel, "ons gaan!" Hul oorlog was nog nie verby nie, het ek besef.

Ons het weer begin stap. Hy het my hand gevat en driftig in 'n gansmars begin marsjeer. Ek het my losgewoel uit sy greep, ons kon nie in dié ritme saamloop nie. Ek het toe geweet ons sou nie dié nag saam deurbring nie.

Want met elke dronk huweliksnag sal dit weer Duitsland teen Pole wees. En Pole teen die Russiese invallers. Weer en weer. En weer.

En ek teen jou, my lief.

1994

Heks

Dit was die vrou se bos hare wat my opgeval het. Dit was aan die brand.

Tussen al die mense op die besige lughawe, mense herwaarts en derwaarts met trollies bagasie, of slepend aan bultende koffers, het ek haar raak gesien. Sy was in dieselfde rigting as ek op pad, na die lang ry inweegtoonbanke aan die noordekant van die groot vertreksaal. Soos almal wat gerieflik wil reis, was sy in jeans en stewels. Die res van haar was nie juis besonders nie; oftewel, dit wat ek van haar kon sien waar sy voor my tussen die mensegemaal geloop het, was doodgewoon.

Maar haar hare, dit was 'n vlammende wolk om haar.

Met elke beweging van haar kop het haar hare om haar skouers geknetter. Dit was nie dat dit skelrooi, wortelrooi, sproetrooi was nie (met hoeveel spotskakerings van rooi het ons vir Fires op skool verpes?); dit was die oordadige weligheid daarvan wat my na haar laat kyk het. Selfs oor 'n afstand heen kon ek sien dat dit haar natuurlike haarkleur was; 'n koringland waardeur die vuur trek, gesond, gloeiend soos koperdraad, 'n sluier, 'n kudde waaigras tot in die klein holte van haar rug.

Heks, het ek geamuseerd gedink. As jy maar net kon, sou jy sekerlik jou hande smekend opgelig het . . . gebid het vir die verlossing wat van bo uit die hemel, of dalk uit die hel moet kom . . . Maar kyk, jy is vasgebind, jou haredos brand reeds, die vlamme begin jou verteer, die skare staan in verwondering en afgryse en kyk . . .

En haar toe terstond vergeet.

My Europese winter was verby, ek is op pad huis toe, skielik haastig. Vriendskappe is hernu, nuwe ervarings is gedeel, die ure in bruin kroeë is mild en warm verwyl, maar nou was ek moeg, deurdrenk van indrukke, boekwinkels, biblioteke, treinritte deur die wye landskappe van die Lae Lande. My navorsing was afgehandel, ek kon my studie afsluit.

Ek verlang na die Kaap, besef ek skielik. In Suid-Afrika is dit nou bykans somer. En so lief as wat ek is vir reën en donker, mistige dae, plaaskind altyd wagtend op die reën, is ek moeg van die Europese winter; jasse en musse en serpe en 'n koue wat dúúr. Ek wil sien hoe blou die see kan brand, ek wil die son op my vaal vel voel, vroegoggende in my eie bed lê en hoor hoe die muezzin se stem weemoedig en yl oor die Bo-Kaap heen roep. In 'n vreemde gevoel van solidariteit met Suid-Afrika het ek vroegmiddag, net voordat ek my laaste bagasie toegerits en my tasse gesluit het, my Afrika-oorbel aan my oor gehaak. Die één oorbel wat in Zoeloeland spesiaal vir my gemaak is; 'n stringetjie leer wat tot op my skouerbeen hang, opgevrolik met die ryk optelgoed van my land; 'n skulpie, 'n paar sade van 'n vlamboom, 'n stuitige tarentaalveertjie op die punt.

"Ntombenhle, dit is joune," het die vrou vir my gesê wat dit jare gelede behendig vir my saamgeknoop het.

Ek gaan huis toe.

Die inweegritueel by die toonbank verloop sonder oponthoud. Die blonde vrou agter die toonbank lig nie 'n enkele wenkbrou toe sy sien dat my bagasie 'n kilogram of wat oorgewig is nie, en ek kry sonder moeite 'n sitplek in die afdeling vir nie-rokers.

" 'n Sitplek die héél verste weg van die rokers, asseblief?" vra ek mooi, denkende aan 'n vorige nagmerrievlug toe ek noodgedwonge tussen die rokers moes sit. Met my aankoms die volgende oggend was ek siek; my oë dikgeswel en rooi, my neus toe, en ek vir ewig die harnas in vir rokers.

"Geen probleem," glimlag die vrou agter die toonbank.

Ek gaan deur die doeanekontrole, met die klap van 'n stempel word my besoek finaal afgesluit. By die belastingvrye winkels koop ek vir oulaas 'n paar geskenke en, met my laaste munte, sjokolade. Om my is daar 'n gedreun van mense, stampend en stotend met arms oorvol handbagasie, tasse, jasse. Ek soek 'n leë stoel, haal my boek uit my handtas en begin lees. Oor 'n driekwartier sal ons vertrek.

Dit is net nadat ek vasgegespe het, teruggesit en rondgekyk het met wie ek my persoonlike ruimte vir die volgende twaalf ure moet deel, dat ek haar sien.

Die vrou met die pragtige bos hare.

Ek sien haar vir die eerste keer van voor terwyl sy in die nou gangetjie aangestap kom. Dit is onmiskenbaar sy, haar hare het die oordadigheid van 'n vuurwolk om haar. Sy is nie mooi nie, sien ek verwonderd, en dit is moeilik om haar ouderdom uit haar harde gelaatstrekke te skat. Maar ek bly asof gehipnotiseerd kyk na die weelde van haar hare waarvan sy so argeloos onbewus is.

Dit is duidelik dat sy deel is van 'n groep luidrugtige jongmense wat saamreis. Hulle dra almal dieselfde blou windbrekerbaadjies en roep vrolik heen en weer na mekaar, raak die onsinnighede kwyt van mense wat opgewonde is oor die vooruitsig van 'n vakansie, 'n nuwe avontuur. Hulle praat Frans en Vlaams, hoor ek. En hulle kry hul sitplekke in 'n bolling om my. Voor en langs en agter my neem hulle plaas, vou hul bonkige baadjies op en plaas dit in die bagasierakke weg. Die rooikop se sitplek is in die ry voor myne, aan die oorkant van die paadjie; drie, vier stoele van waar ek teenaan die paadjie sit.

Miskien het sy my oë op haar gevoel, miskien was dit 'n natuurlike draai van haar kop waar sy besig was om haar bagasie in die rak bo haar weg te pak; maar binne 'n oogwink het sy haar omgedraai en kyk sy direk na my. Ek voel betrap, probeer my oë wegdraai, maar haar ysblou oë hou my blik meedoënloos gevange. Sonder enige skroom bekyk sy my, soos 'n kind wat onbewus van die sosiale reëls is. Ek kyk magteloos terug, verleë, maar nie in staat om my blik af te wend nie. Haar oë sak, sy kyk na my oorkrabber. Sy kyk lank daarna, haar oë stip op my sleutelbeen gerig. Toe sy weer opkyk, glimlag sy onverwags vriendelik vir my.

"Very nice," sê sy vir my oor die ruimte heen.

"Dankie," knik ek.

Toe sy gaan sit om vas te gordel, vryf ek my regterhand oor my skouer. Haar ysoë het my geskroei, voel ek.

Die groep mense wat saamtoer, gaan Kaapstad toe. Hulle gaan vir twee weke lank met motorfietse deur die Wes-Kaap ry, is af te lei uit die gesprekke wat opgewonde heen en weer kaats. 'n Bekende motormaatskappy borg hulle, sien ek toe die man wat in dieselfde kort ry as ek teen die venster sit, 'n lêer oopmaak en dokumente daaruit haal. Hy slaan 'n kaart van Afrika se suidelike punt oop op die tafeltjie, vul die ruimte voor hom en die oop sitplek tussen ons met die platgemaakte grond van my land. Hy begin met sy vinger van Kaapstad ry, die Overberg in. Hy stop op Hermanus, stap 'n lang ent langs die see om te kyk of daar dalk nog 'n paar waterreuse in die baai is. Hy en die geselskap slaap oor, kies dan verder koers suide toe. Swellendam, Knysna, Plettenbergbaai gly onder sy vinger verby. By die mooiste dorpies van die streek oornag hy, drink wyn, eet vars seekos en kyk op in 'n swart nag om die Suiderkruis te soek. By die Stormsriviermond kyk hy hoe rivier en see in 'n maling teen mekaar beur, en draai dan om. Hy vertoef 'n paar dae in die Klein Karoo, ry dan verby Zoar, Amalienstein. Hy sien die verlate opstalle, lig sy hand in 'n groet na die inwoners van die land wat langs die pad staan om die spektakel van twintig kragtige motorfietse in 'n konvooi te bekyk. Stadig, teen 'n slakkepas, ry hy deur die Swartbergpas, kyk verwonderd op na die kleure van die rotswande wat uit die aarde met bittergroen en brandoranje geskeur het. Hy draai op na die N1, Groot Karoo toe. Matjiesfontein, Hexrivier, tot terug na die gastehuis onder Duiwelspiek, reis ek met hom saam, 'n gidsengel agterop sy motorfiets.

Die rooikopvrou is besonder uitbundig. Sy beweeg van groepie tot groepie en gesels met driftige gebare van haar hande. Sou sy die leier wees? Een van die organiseerders? Wanneer sy met die man kom gesels wat langs my sit, kom staan sy feitlik teenaan my. Sy kyk nie na my nie, maar vir 'n paar oomblikke steek haar oë weer op my oorkrabber vas. My oë bly op my boek, maar ek lees nie 'n enkele woord nie. Hulle gesels in Frans met mekaar, ek kan van hul gesprek niks uitmaak nie.

Haar hare lewe om haar, ek kan dit ruik.

Dit is net na die ete dat die eerste whiskybottel oopgemaak word. 'n Duur bottel, op die lughawe gekoop, word uit sy geskenkverpakking gelig en oopgemaak. Sommige van die toerlede het hul plekke verlaat en staan nou in groepies bymekaar in die nou paadjie en gesels. Die hele groep se glasies word gevul.

"Op ons toer in Afrika!" sê die rooikopvrou van waar sy voor almal in die paadjie stelling ingeneem het. Sy lig haar plastiekglas na die toerlede.

"Op ons toer!" word om my in Vlaams en Frans geklink.

Ek kom agter dat ek vergeet het van my boek wat oop op my skoot lê, dat ek onbeskaamd sit en kyk na die gemoedelike geroesemoes om my. Die groep se vrolike geesdrif het 'n aansteeklike uitwerking op die ander reisigers ook, ek sien dat niemand oënskynlik omgee of mor oor die feit dat van die groepies mense reg voor die televisieskerm staan waar die eerste film van die aand begin draai het nie. Ek wonder of hulle die kraanvoëls by Bredasdorp sal sien, of die son teen die regte hoek by die kranse op Montagu sal val, as hulle deur die poort ry.

Op my pragtige, droewe land, skink ek in my verbeelding saam.

Toe die vlugkelnerin die trollie belastingvrye produkte die gangetjie af stoot, koop die rooikopvrou nóg twee bottels whisky en 'n bottel uitvoerbrandewyn. Van die ander mense in haar groep het ook bottels van êrens te voorskyn gehaal. Langsamerhand raak hul gesprekke luidrugtiger, die grappe skunniger, die gelag skeller. En steurend. Ek het my boek weer opgetel om te probeer lees, maar die partytjie om my het nou so uitbundig geraak dat dit onmoontlik is om te konsentreer.

"Die stemming styg, maar die peil daal," onthou ek my stroewe ouma se woorde as die gesprekke aan haar lang Sondagse tafel na 'n glasie soetwyn te oproerig geraak het. Die passasiers om my wat nie deel van die toergroep is nie, sit nou ook met stoïsynse gesigte, probeer om die rumoer om hulle te ignoreer.

Ek sit my oorfone op en skakel oor na die kanaal met klassieke musiek. Voor en om my klim mense heen en weer oor die sitplekke, ek word twee keer gevra om op te staan sodat die man langs my kan uitkom, daar word in bagasierakke gegrawe, luike word oopgemaak en toegeklap. Ek maak my oë toe, probeer my groeiende irritasie besweer deur met konsentrasie te luister na die samespel van die twee viole in Bach se Doppelkonzert. Aanstons sal hulle wel tot rus moet kom, dit is al byna middernag.

Die rus kom nié. Dit is kort voor twaalfuur toe ek die skerp reuk van sigaretrook in my neus kry. Iemand baie naby aan my is besig om te rook. Toe ek my oë oopmaak, staan die rooikopvrou 'n ent voor my in die paadjie. Sy het 'n sigaret aangesteek, en is besig om, 'n leë glas in die een hand, sigaret in die ander, met wydse gebare iets te demonstreer. Daar is nêrens 'n lugwaardin of vlugkelner in sig nie. Ek haal die oorfone van my kop, staan op en stap na haar.

"Pardon, mevrouw," sê ek stadig en duidelik. Daar het 'n stilte oor die groepie neergedaal. Verskeie pare oë kyk na my. "Dit is 'n rookvrye sone. Sal u asseblief u sigaret doodmaak?"

Ek draai om en stap terug na my plek. Die vrou kyk nie na my nie, sy vat net 'n diep teug van haar sigaret, blaas die rook hoog die lug in. 'n Lugwaardin het vanuit die niet verskyn.

"Will you please extinguish your cigarette, madam?"

Die rooikopvrou glimlag, druk haar sigaret in haar leë glas dood. Sy draai om, kyk spottend na my voordat sy aangaan met haar gesprek.

Teen twee-uur is dit duidelik dat die rus nie hierdie nag vir iemand beskore sal wees nie. Toe die hoofligte afgeskakel is, het die toergroep in een kol bymekaargekom om hul party voort te sit. Ten spyte daarvan dat die ander passasiers in ongemaklike posisies probeer om te slaap, het hulle al die leesligte om hulle aangeskakel. Dit is opvallend dat die meeste van hulle teen dié tyd stormdronk is, maar daar word steeds bygeskink. 'n Hele paar keer het hulle spontaan begin sing: sportliedjies, smartlappe en smeerliedjies wat hulle in histeriese lagbuie laat uitbars. Teen halfdrie steek die rooikopvrou weer 'n sigaret aan. Nog een of twee haal ook hul pakkies uit, begin rook.

Ek druk die knoppie teen my stoel wat 'n lugwaardin moet ontbied. Niemand daag op nie. Ek staan op, stap na die afgeslote ruimte waar die waardin aan diens op 'n stoeltjie sit en deur 'n tydskrif blaai; ek is siedend. Die waardin staan op, neem haar flitslig en stap uit in die gangetjie. Voor haar staan feitlik die hele groep met brandende sigarette, rumoeriger as ooit. Terwyl die waardin doelgerig op hulle afstap, gaan sit ek op my plek. Haar stemtoon is nie meer so vriendelik soos vroeër die aand nie, sy beveel hulle om onmiddellik hul sigarette dood te druk. 'n Paar van die groeplede doen dit geredelik; die rooikopvrou nié. Met 'n nonchalante gebaar gooi sy haar kop agteroor, lig haar hand met die sigaret en rook verder. Die rook dwarrel om haar kop, dit lyk asof lig en rook uit haar hare stroom. Selfs in my woede kan ek sien dat dit 'n pragtige prentjie is; was ek 'n fotograaf, sou ek haar gevra het om nét so te stol, sou ek my sluiter laat klik het. Jy brand met 'n vuurgloed wat uit jou mond, jou oë, jou hare kom, met die arrogante lig van jou ken daag jy selfs die duiwel uit.

Die lugwaardin het hulp gaan roep. Sy kom weer te voorskyn, dié keer met die vlugkaptein aan haar sy.

"Extinguish your cigarettes, and please go to your seats!"

Die groepie begin stadig uitmekaar beweeg, hulle gaan gedwee terug na hulle plekke. Die rooikopvrou stáán. Sy druk haar sigaret stadig in haar glas dood, maar sy bly staan waar sy is, in die paadjie, half leunend teen die rugkant van 'n sitplek. Die passasiers om my is nou almal wakker.

"Madam, will you go to your seat, now!" Dit is nie meer 'n versoek nie, die man staan vierkantig in die paadjie en wag dat sy moet gaan sit.

"I not troubling anyone . . ." begin sy protesteer.

"Nów!"

Die vrou skeur haar los van die plek waar sy staan, stap na haar sitplek. Daar daal 'n vreemde stilte neer, die leesligte word een-een afgeskakel. Die vlugkaptein en die waardin verdwyn in die gangetjie. Ek sit oopoog en kyk in die donker in, ongewoond aan die stilte. Ek is moeg, maar slaap sal ek nie nou meer nie, weet ek. Dit is skielik abnormaal warm en bedompig in die kajuit, ek ruik nog steeds die swaelreuk van die sigarette. Ek trek die lugdienskombers, wat ek oor my skouers opgetrek het, van my af. My oorkrabber kielie teen my kaal skouer.

Die leeslig wat skielik regs voor my aangeskakel word, is verblindend skerp ná die donkerte. Dit is die rooikopvrou. Sy staan regop by haar sitplek, draai om. Onder die lig wat bo haar brand, is sy 'n fantoom van vuur, 'n kreatuur van knetterende lig. Sy kyk reguit na my. Sy wéét dat ek wakker is, sy wéét dat ek na haar kyk. Sy lig haar hand en wys met haar vinger reguit ná my in die donker. Sy kan my nie sien nie, weet ek, maar ek voel hoe 'n vrees my verlammend pak. In my lewe was ek nog nooit só bang nie. Haar oë is twee ysprieme op my. Haar mond gaan oop.

"You unlucky woman."

Sy praat met mý, weet ek.

"You be unhappy for long, long time. You lose your love, your house, you be unhappy for life . . ."

Ek sit verstar na haar en kyk. En ek herken haar. Van eeue gelede. Ek weet dat haar woorde reguit na my toe aankom, dat sy besig is om die kwaliteit van my bestaan vir die res van my lewe te bepaal.

En toe word ek kwaad.

"Heks," sis ek tussen my tande. Ek voel hoe ek uit my liggaam uitstyg, hoe ek die ruimte om my liggaam vul met 'n vibrerende energie wat nie aan my behoort nie. Ek sweef bokant die lugruim van die ekwator. En ek begin praat in die taal van my kinderjare. Suka nyoka, vloek ek haar met die oervloek waarmee ek grootgeword het. Jy is nou in Afrika, feeks, dis mý gebied. Ek stuur jou heksery, jou vervloeking na jou terug.

Die vrou voor my staan versteen. Dit lyk asof sy skielik krom geword het, asof haar hare hul veerkrag, hul kleur verloor het. Voor my staan 'n lelike vrou met 'n harde gesig. Sy draai plotseling om, gaan sit, en skakel haar lig af.

Dit is doodstil en donker in die kajuit.

Kaapstad begroet my met 'n weldadigheid van hitte en somergroen en 'n berg wat my huis omhels. Toe ek die voordeur oopsluit, spring my kat van die geelhouttafel in die eetkamer af waar hy in 'n poel son gelê het, en kom skuur teen my bene. Ek buk af om oor sy digte swart pels te streel, en hy reageer met 'n sagte gromgeluid wat 'n liefderike spin om my enkels word. My huis ruik na ou hout, ek is tuis. Ek gooi die deure oop, sit een van die nuwe CD's wat ek gekoop het, in die speler, en begin my tasse uitpak. Die boeke beland in 'n stapeltjie op my tafel, die geskenke en die aandenkings netjies op die stoele, die sjokolade in die yskas waarin daar net 'n blikkie katkos staan, die vuil wasgoed in 'n hoop voor die wasmasjien. My huis is 'n heerlike warboel wat my toevou, die telefoon lui onophoudelik, my vriende verwelkom my terug.

Dit is ná middernag dat die wind begin waai. Eers was dit net die geluid van die wind in die eikeboom voor my oop kamervenster wat my wakker gemaak het. Maar teen die vroegmôre-ure is die wind 'n mens wat in die huis rondloop; een wat radeloos aan gordyne pluk en die vensterrame laat ratel. In hierdie somernag word dit so koud dat ek opstaan en 'n kombers uit die kas haal om oor my lakens te gooi. Ek lê knus in my bed, my huis staan al 'n honderd jaar, niks kan met my gebeur nie. En sluimer weer in. Teen die oggend reën dit met harde ysvlae teen die ruite.

Die koue dúúr. 'n Week nadat ek tuis gekom het, reën dit steeds. Die noordwestewind waai. "Fratsweer," sê die weerburo. "Die Kaap," sê die Kapenaars voor hul kaggels wat met rooikranshout gestook word.

En dit is in dié week dat ek een oggend by my ontbyttafel die koerant oopslaan en die berig op bladsy drie lees. Van die groep toeriste uit Europa wat met motorfietse deur die Wes-Kaap getoer het. Van die grusame ongeluk in die reën.

Ek kyk lank na die foto van die ongelukstoneel. Langs 'n uitgebrande motorfiets, onder een van die lakens wat 'n liggaam gedeeltelik toemaak, is daar 'n koringland waardeur die vuur knetterend trek, 'n kudde waaigras, 'n wolk van vuur.

Ek vat aan die oorkrabber wat ek die oggend in my oorbel gehaak het.

Dit lewe, dit tril vertroostend, boosaardig, onder my hand.

1999

P. H. ROODT

Die holgetrapte pad

Die brief het vanoggend gekom. Gereeld al om die tien dae skryf sy.

Liewe Boet
Hier gaan dit alles wel. Jou pa en ek is nog gesond. Soms kla hy van sy rug en ek sit met die pyn in my bene. Rumatiek seker, maar op ons ouderdom moet jy dit begin verwag.

Die reën bly weg. Daar is soms vlieswolkies in die lug. En baie dwarrels. Feitlik elke dag kurktrekker hulle deur die lande. Soms is daar die verskriklikste stofstorms en dan waai alles weg. Jy kan die huis nie skoonhou nie, ek vee maar net tot teen die mure. Dit is al amper Dingaansdag en ons het nog nie geplant nie. Ek weet nie wat gaan vanjaar gebeur nie. Maar gisteraand het jou pa gesê was daar 'n ring om die maan, so die reën moet naby wees. Hy is deesdae weer so onrustig. Kort-kort op om buite te gaan kyk en dan los hy soos gewoonlik die agterdeur oop. Jy onthou mos dis sy ou laai.

Ouma lê nog steeds. Dis nou byna 'n jaar al. Sy praat nog steeds niks, sy volg jou net met die oë, maar sy verstaan elke woord wat jy sê. Die dokter sê elke keer hy kan nie verstaan dat sy nog lewe nie, maar die Here het sy tyd.

Jou pa sê jy moet weet jy kan enige tyd kom boer as jy wil en oom Piet wil jou nog steeds as vennoot hê, jy het tog die geleerdheid. Hy wil jou graag in die hof gebruik, die kantoorwerk en hofwerk word vir hom te veel.

As jy enigiets nodig het, moet jy laat weet. Dis vir ons swaar dat jy so ver is en nie wil werk nie, maar ons glo jy sal een van die dae weer jouself wees.

Ek moet nou sluit. Jou pa wil nog dorp toe en jy weet mos hoe haastig hy skielik kan raak.
Liefdegroete
Pa & Ma

Ma, liewe Ma. Die plaas kan hulle nie wegvat nie, ook nie die geluk van gister en eergister nie; al loop alles – al my gisters – soms deurmekaar en verpoeier tot angs. Wat kan ek antwoord? Ek haal steeds asem. Uitgespaar, dankie. Hier is 'n berg en 'n see. En nog een van die baie bosbefoktes met sy ou gevoelentjies van selfbejammering, woede, selfveragting, gelatenheid, skuld – hy dra sy smet soos 'n plaag. Hoe klink Beckett: yesterday is heavy and dangerous . . . yesterday deformed us?

Melodramaties? Vals? Vlak? Die geestelik-kreupele is vervelig.

Inventaris: kamer, bed, tafel, stoel. Uitsig oor die Tuine: akkerbome, fladderende duiwe, glippende eekhorinkies. 'n Paar tydskrifte: *Custos, Natura, Time*. 'n Klompie boeke: Durrell: *The best of Henry Miller*, Roth: *Portnoy's complaint*, Greene: *A burntout case*, Strachan: *'n Wêreld sonder grense*, Coetzee: *Waiting for the barbarians*, White: *A fringe of leaves*, Mailer: *The naked and the dead*, Jones: *From here to eternity*, Wiesel: *The fifth son*, Cloete: *How young they died*. Die ander titels lê rugkant weg of onder die ander versteek. Ma se geskenk: De Villiers: *Te vroeg vir moedverloor*. 'n Blikkie Coke, 'n oorvol asbak, 'n halfgeëte peer op die tafel; klere, skoene, vuil kouse die vloer vol. Ma sal die stuipe kry. Ligbruin mure. Afgedopte ghwelle verfsplinters hang soos wasgoed na 'n haelstorm. Sam, the ceiling needs a painting. Eenkant 'n kas, deur halfoop, bo-oor 'n broek. Op die deurmekaar tafel die swart bandspeler.

Tuiste. Wat meer het 'n mens nodig?

As jy skuins by die venster uitkyk, kan jy sien hoe kolk 'n wit wolk hitsig teen Duiwelspiek.

Laataand is die strate grafstil. Ek loop stadig, geruisloos uit gewoonte, oor ronde keistene. Ver bo is die maan 'n koue wit bal. Ek luister na die wind. Flentertjies papier wat hoppelend voor my uit wapper. Ek kyk na die winkelvensters: tussen die radio's, yskaste, bottels, speelgoed, meubels, fleurige linte – "Geseënde Kersfees", "Merry Christmas". Orals 'n walglike oordaad. Dooie stad. Ek ruik die vrot in die lug. Graffito op 'n gebou: *Hell is other people*. Ek stap kruis en dwars deur die strate. Ek hoor 'n gehyg, gelag, hol klanke uit geboue. Veraf sirenes. In 'n vlak steeg twee rooi oë sonder 'n gesig.

"To journey through life, man must choose between nausea and a smile." Die een het jy gekry, die ander verloor, sonder 'n keuse. Die mislikheid is deel van my bestaan soos die vuil lug wat ek inasem. 'n Lamheid kruip in my bene op, iets brand agter my oë. Ek veg deur 'n swart mis terug huis toe. En bo-oor twee vullisdromme. Hoe zijn de helden gevallen. Kletterend, dawerend, luid. Ek lê dof – bloei my oog? – tussen piesangskille, pap, suur melk, die drek van goor kos. Probeer my skoonmaak, maar die stank kry orals 'n houvas: in my klere, hare, nek, mond, neus, oë.

Ek sluip die stasietoilet binne, kyk na die spektakel met sy vuilbont narrepak. Bokant die spieël het iemand geskryf: *Do not take life too seriously, you will never get out of it alive.*

Ek bal 'n vuis, die nar beweeg. Bokant die linkeroog is nog twee verpotte ogies, die neus streep skeef in 'n donker vlek, die mond het 'n verdere lyn bygekry; horisontaal onder die ken suggereer 'n rooi kol die strikdas. Die pet makeer. "Aaaáándág! Presenteer gewéééér!" Die klank dans in die spieël, word 'n pad, bosse, hitte.

Sy sit net duskant 'n potplant in die groterige sitkamer van die hotel. Sagte blomoortrekte stoele. Haar wit hare kontrasteer skerp met die welige groen van die plant. In profiel is sy mooi: hoërige voorkop, skerp wangbene, reguit neus, mondhoeke wat effens afbuig, 'n sagte ken en vloeiende neklyn. Die borste is regop. Jy kan die tepels sien punt.

'n Student? 'n Jong sakevrou? 'n Meisie/getroude vrou wat wag vir haar kêrel/man/skelm? Wat de hel maak dit saak. Die jagseisoen is altyd oop. Jy sit lui terug. Skreef jou oë teen die rookspiraal. Voor jou staan jou derde drankie. Jy voel 'n weldadige warmte in jou opstuif; oorweeg 'n paar openingskuiwe. Vat 'n sluk. Eers stadig die tien tree tussen julle oorbrug met 'n half afwagtende glimlag op jou lippe, asof julle ou bekendes is. Straal selfvertroue, vriendelikheid; die regte balans tussen hoflikheid en intimiteit. Nie te veel van die een of te min van die ander nie – 'n vrou wil nie gedruk voel nie – altwee kan in ekstremis fataal wees. En 'n kans, 'n vollyfkans letterlik deur jou vingers. Jy glimlag. Trek 'n lang skuif en laat die rook stadig deur jou neusgate borrel.

Sy kruis haar bene. Die rok skuif op oor 'n welgevormde knie, laat die belofte aan vreugde verder.

Hoe voorspelbaar. Sinies: as die spoortjie so lyk, hoe lyk die stasietjie nie? Sedert M was daar nog niemand nie.

Die jag het begin. Die prooi is gereed. Jy streel vlugtig oor jou kuif, druk die sigaret dood, ledig die glas, staan vasberade op.

Sy kyk aanvanklik eers weg; mooi, alles verloop volgens plan. As jy naby is, kyk sy stadig op, haar effens vraende glimlag antwoord op jou afwagtende een.

Dan die ontploffing, die pyn. Die gesig is vol op jou: die donker punte onder die geel, golwende hare, die bepoeierde gelaat, die uitdrukkinglose leë oë sonder lag.

Here tog.

Jy vlug, getref vlug jy waarheen jy vlug iewers moet daar tog jy vlug kruppel dier vlug vlug vlug.

Na die soveelste in 'n hool vol dooie mense wat klanke voortbring en draai en draai in grimas, vou jou gedagtes wanhopig malend om 'n beeld: vars, sag, mooi, die vrou soos jy haar eers gesien het; die finale was 'n illusie van die lig?

P

Ek aanvaar dis verby. Die laaste nege maande het ek niks van jou gehoor nie. Jou ma sê ek moet geduldig wees: maar waarvoor? Jy kan net sowel dood wees. Ek weet niks, hoor niks, ek kan tog nie 'n herinnering liefhê nie, ek is 'n vrou. Al die mooi wat daar tussen ons was, maak jy met jou stilte tot niet.

As jy net wil skryf of bel, kan ons dalk vorder, al is dit net om te verstaan. Maar nou weet ek net dat jy, nadat jy uitgeklaar het, Kaap toe is. Intussen kon jy al op tien ander plekke gewees het. Ek het my al allerhande goed wysgemaak. Ag, wat help dit. Ek skryf en skryf en niks kom na my toe terug nie. Kon ek jou maar oopbreek uit die stilte, of lewend maak uit my herinnering.

As iemand nege maande gelede vir my gesê het – ná daardie aand wat ek daarna met soveel vreugde met my saamgedra het – dit sal so eindig, sou ek in sy gesig gelag het.

Nou het die onmoontlike waar geword.

Ter wille van dit wat mooi was: liefde – ás dié woord op papier iets beteken.

M

Bedags is jy hier. Jy kyk na die duiwe, die bome, die berg. Bestaan alles werklik? Jy probeer lees, stap in die kamer rond, totdat jy 'n dreunende ritme word; vyf tree vorentoe, vyf tree terug, eindeloos om en om. Jy is vlegsel been en spier, jy trap die gedagtes weg, om en om. As die donker jou omvou, glip jy die strate in: skaduwee tussen skaduwees.

As jy net die moed het. Dis die enigste sinvolle daad wat oorbly. Dan is jy buite gister, vandag en môre sal nie aanbreek nie.

Laatnag lê jy moeg op die bed. Jou oë rooi. Jy vroetel deur die stapels papiere. Leë woorde op nog leër papier. Jy blaai. My woord is onbetroubaar, ruik sleg soos drek. Daar is angs in 'n blaar. Stront. Blaai. Ovamboland was 'n ontnugtering. Ek en 'n paar ander is in 'n skool gedruk. "Julle mannetjies het mos die geleerdheid," het die jong luitenant gesê, "voed die plaaslike bevolking se kinders op. Skep orde, dis waarom dit gaan." Blaai, blaai. Een van die baie pogings aan M: Gister is my hel; vandag 'n tronk, môre soos gister en vandag. Vergeet van my. Gooi die hoop papier op die vloer. Agter jou oë is 'n vlam sodat jy skaars kan sien.

Tyd vir jou slaaptydstorie. Jy speel die spoel terug. Druk die knoppie wat die nagtelike ritueel aan die gang sit. Jy luister na die oordeel van jou eie stem. Eers dan mag die slaap dalk kom.

Eendag, lank, lank gelede was daar 'n land en 'n grens en 'n oorlog. Al die jong manne van die land moes gaan om in 'n ander land te veg of sekere take te verrig. Boem-boem. Eers was daar tien, nou is daar nege.

Maar P is gelukkig. Hy staan in 'n klaskamer. Voor hom 'n see van gesigte. Hulle is stil soos muise. Kyk na hom en doen wat hy sê. Ná maande begin hy insien: Hulle verdra hom net, want die gewere is naby, sommer in die klas teen die skryfbord staangemaak. Dis 'n ou antwoord van Afrika: Jy is aan die kant van diegene wie se gewere die naaste is.

Fires, een van die luitenant se orde-manne, gee die eerste in. "Kyk net wat doen ons vir hulle en waar is die dankbaarheid? Nee, hulle bedonner ons om elke draai."

Die manne sit een middag laat 'n paar biere en drink. "Hulle is almal Swapo's. Ons maak gatte van onsself: ons hou vir hulle skool, leer hulle om te plant en te saai, en wat doen die bliksems? Hulle konkel in die donker saam met Swapo. Waar kry hulle kos, waar slaap hulle, waar steek hulle die landmyne weg? Hè, ek vra julle?"

Jan Naudé het óf nie geluister nie óf hy is al moeg vir dié holgetrapte pad. "Weet julle ouens: bome kan met mekaar praat? Julle onthou mos nog die groot koedoevrekte 'n paar maande gelede. Niemand kon dit verklaar nie. Die boere was met hulle hande in hulle hare. Maar nou het 'n prof van Onderstepoort of iewers gekom, lees ek vanmiddag in die koerant, en hy het die hele ding verklaar. Elke boom het blykbaar in normale omstandighede 'n lae, onskadelike gifvlak in sy blare. As hy egter té kaal gevreet word – en dit werk kollektief – styg die gifvlak in sy blare en dit maak die kos onverteerbaar in die bok se maag. Die een boom praat deur middel van 'n reuk wat hy afskei met die volgende en só kry jy 'n massagesprek van die bome. Op dié manier veg hulle en dis dodelik effektief teen die diere. Dit moet iets beteken."

"Stront, man, jy moenie alles glo wat jy lees nie." Fires se gesig is rooi soos sy hare. "Papier is geduldig. Bid jou aan: bome praat met mekaar. As jy dít glo, sal jy enigiets glo. Dit was seker maar 'n virus of 'n ding. Bowendien, ons weet mos die natuur sorg vir homself: as dit baie droog is, teel die diere nie aan nie of hulle vrek om die een of ander rede uit. Wat het dit in elk geval met die punt te doen? Wat ek wou sê," hy gooi verwoed sy leë blikkie in die hoek van die vertrek, "óns gee vir hulle kos en skuiling en so help ons indirek vir Swapo. Ons moet die bliksems goed opneuk, ons mense, geld en goed vat en teruggaan na die Republiek. Laat ons sien of Nujoma uit hierdie godverlate stuk land vir hulle kan kos lostoor. Hulle sal soos die Ethiopiërs op strepe lê en vrek. Ek is gatvol vir hulle."

Die ander was stil, maar Jan antwoord: " 'n Honger buurman is 'n gevaarlike buurman. Ons is nou eenmaal in 'n gemors. Wat kan ons doen? Ons moet maar probeer doen wat reg en billik is."

Skaars 'n dag later vererg Fires hom bloedig vir 'n groot, lomp seun, Solomon. Dié kon glo nie 'n eenvoudige som ná herhaaldelike verduidelikings doen nie. Hy het hom hard en berekenend deur die gesig geslaan. "Jou dom-onnosel kaffer," volgens 'n ooggetuie, maar toe is die vet sissend op die vuur: van alle kante spring die standerd agts op hom.

Jan Naudé is eerste op die toneel. Toe P bykom, is hy besig om 'n vinnige sarsie met sy R1 deur die venster te skiet. Die kinders klim tydsaam van Fires af. Hy is bebloed, vuil, sy klere geskeur, sy mond snaaks rukkend.

Die luitenant is jonk, professioneel en glad nie geamuseer nie: "Goed, as julle nie kan skoolhou nie, sal ek julle die geleentheid gee om oorlog te maak. Lyk vir my dis waarvoor julle gekom het. Julle geleerdheid beteken vir die army fôkol. Ons het gedink ons kan julle mannetjies positief gebruik, in 'n opbouende hoedanigheid, maar goed, as julle wil veg, sal julle veg." P wonder nog hoekom hy en Jan ook in die ding is, maar in die army leer jy gou die wonder af. Die opdrag is: as hulle kan landmyne plant, kan ons ook.

Hulle hou die onderwyser meer as twee weke lank dop. Bepaal sy roetine. Skryf alles haarfyn neer. Die inligtingsmanne is doodseker: snags hou hy vergaderings, versprei propaganda, hy is 'n belangrike skakel in die vyand se terreurnet.

Die onderwyser het 'n vaste roetine. Snags monitor ander ouens hom, maar bedags – weeksdae – is dit met geringe wysigings soos volg: Op die kop halfsewe kom hy uit sy huis, klim in sy bakkie en ry die 20 km deur die bosse na sy skooltjie toe. Daar gee hy klas tot so eenuur se kant.

Twintig, vyf en twintig oor een is hy terug by sy huis. Vieruur begin hy weer roer: eers gaan hy winkel toe – ses kilometer van sy huis af – gewoonlik om sigarette te koop of soms 'n bietjie negosieware, en dan doen hy sy besoeke: die hemel weet waar orals.

Van Maandag tot Vrydag is dit sy patroon. Al wat soms verander het, is dat hy op wisselende tye snags huis toe gekom het: enigiets tussen elf en twee.

Dis P, Jan en Fires se oorlog.

Vieruur die môre, 'n Vrydag, is hulle op hulle pos. Dis doodstil. Rondom die donker bosse. Die eerste oggendgeluide begin hoorbaar word. P en Fires is besig met die landmyn. Hulle stel hom so vyf kilometer van sy woonplek af, net om 'n draai in die tweespoorpad. Die sand is koud, 'n ysigheid in hulle hande, maar hulle stel hom netjies en versigtig. Bo-oor kom die sand. Dan wis hulle hul spore uit.

Jan is 'n ent terug met die radio. Hulle stap saam met hom 'n tweehonderd tree verder net voor die pad weer 'n kronkel maak. Daarvandaan, onder die takke van 'n reuse-Suidwesdoring, kan hulle die pad mooi met die verkykers dophou.

Die wagtyd gaan in eindelose sekondes verby. Net ná halfsewe hoor hulle die dreuning. Die son is mooi op. Voëls wat raas. Dis nog koud, maar P sweet. Sy mond is droog. Die vertwyfeling: Is die manne doodseker? Hý moet hiermee saamleef. Is hy nie dalk net 'n onskuldige onderwyser nie, met 'n swakheidjie vir drank of vroue of geselskap?

P staan en kyk. Die verkyker bring meedoënloos die draai tot vlak voor sy oë. Dan is die rommelende bakkie vol in hom. Die volgende ding wat hy sien, is die twee kinders wat laggend op die bak staan, hulle lag sorgvry met hom.

Sy geluidlose skreeu, God! daar was nog nooit kinders saam nie, verdwyn saam met die slag in die niet. Toe begin hy hardloop. Fires wil nog keer: "Wag, man, ons moet waai," maar toe is hy al amper by die bakkie of wat daarvan oor is.

Die onderwyser is 'n paar stukkies bene en bloed. Hy sien die seun se kop eenkant lê, maar die meisie lewe nog, haar swart oë kyk verwonderd in syne. Sy oë wil haar tot lewe skreeu. Maar sy snak en 'n waas kom oor haar gesig. Hy probeer magteloos deur die newels breek, maar kyk sekuur vas in 'n leegheid en verby: diep in 'n leë put, sekuur in 'n leegheid.

1990

CORLIA FOURIE

Liefde en haat

Lise lê in haar bed en kyk na die donker skaduwees teen die mure. Iewers tjank 'n hond. Iewers kriek 'n kriek. Iewers jaag 'n motor.

Sy kan nie slaap nie. Sy is bang. Bang hulle kom. Bang hulle kom vannag as sy slaap. Bang hulle vermoor haar vannag . . . en haar pa en haar ma en haar suster ook.

Maar gelukkig het haar pa 'n rewolwer. As hy skiet, skrik hulle dalk en gaan na 'n huis waar die mense nie vuurwapens het nie.

Sy moet wakker bly. Sy moet die hele nag lank wakker bly sodat sy vinnig na haar ma en pa se kamer kan gaan. Haar pa is vir niks bang nie. Hy sal sorg dat hulle haar nie kry nie. Sy sal in 'n kas of onder die bed wegkruip.

Die huis waar die gesinsmoord gepleeg is, het mure en 'n dak, volvloermatte, linnegordyne in die sitkamer en wasbare gordyne in die slaapkamers, badkamers en kombuis.

Op die buffet in die eetkamer is 'n gesinsfoto. Die man, vrou en drie kinders – twee tienermeisies en 'n kleuterseun – glimlag reg in die kamera. Die gesin lyk of hulle tandepasta of melk adverteer.

Op die koffietafel in die sitkamer is tydskrifte soos *Sarie*, *Garden & Home* en die AA se motortydskrif. Die viooltjies in die mandjie by die venster blom in skakerings van pienk en pers.

Deur die venster sien Lise 'n middeljarige vrou in die kombuis van die buurhuis wat hoër geleë is. Die vrou staan vir haar en kyk. Dis Lise wat eerste wegdraai.

Die kombuis is netjies. Op die wasbak staan 'n leë botteltjie waarin 'n verdowingsmiddel was. Op die vensterbank is 'n plakket met 'n Indiaanse gebed: Great Spirit, grant that I may not criticize my neighbour until l have walked a mile in his moccasins.

Daar lê 'n pienk laken met 'n donkerrooi bloedvlek in die gang. Bokant die laken is 'n bloedkol teen die muur.

Die eerste slaapkamer is dié van die kleuterseun. Op die boekrak is 'n Kinderbybel, 'n versameling van Grimm se sprokies, Liewe Heksie-boeke en 'n laphanswors. Motors en ander speelgoed is in 'n plastiekhouer in die hoek.

Die beddegoed is deurmekaar en die kussing bebloed. Daar is ook bloedspatsels aan die lakens en komberse sowel as teen die muur bokant die koppenent.

Die tienermeisies het 'n groter slaapkamer. Teen die mure is plakkate en foto's wat uit tydskrifte geskeur is van Johnny Depp, Tom Cruise, A-Ha, Johnny Clegg en Jason Donovan.

Die bed naaste aan die venster is ook bebloed, maar die ander bed is onbevlek. Die kombers lê op die mat asof iemand haastig uit die bed opgespring het.

Op die bedtafeltjie is 'n Bybel met 'n leeromslag. Langs die Bybel twee kettingoorkrabbertjies met sterretjies, 'n halfgedrinkte glas water en 'n opgefrommelde sneespapier.

Het die meisie gisternag wakker geword en is sy kombuis toe om iets te gaan eet, of wou sy badkamer toe gaan? Was sy wakker toe haar pa inkom? Het sy haar ouers hoor gesels? Gehoor wat haar pa beplan? En het haar ma saamgestem?

'n Streep lig teen die donker gangmuur wanneer die sitkamerdeur oopgaan. Die lig verdwyn. Lise hoor haar ma se stem. Haar ma klink bang.

"Maar as die polisie hulle nie kan keer nie. As ons wakker word en hulle is in die straat . . . in die tuin . . ."

Haar pa se stem, sterk en oortuigend: "Moenie bang wees nie. Ek sal jou en die kinders nie in hulle hande laat nie. Ek sal julle skiet as dit nie anders kan nie. God sal verstaan dis uit liefde gedoen, nie uit haat nie."

In die hoofslaapkamer flits die kameras. Lise gaan nie in nie. Van die deur af kan sy die bebloede beddegoed sien. Sy sê vir Louis dat sy met die buurvrou gaan gesels.

Dis warm buite. Baie warm. Die lug dril soos slap jellie en die geluide van bye, wespe en insekte irriteer haar ore soos die tandarts se boor.

Skaars het sy geklop, of die deur word oopgemaak, asof die vrou agter die toe deur vir haar staan en wag het. Sy lyk so karakterloos soos 'n vrou in 'n seeppoeieradvertensie. Sy sê sy is mevrou Venter en nooi Lise na die sitkamer met blomme in vase en ornamentjies agter glas.

"Ek kan dit nie glo nie. Ek kan dit waaragtig nie glo nie. Nie húlle nie."

Lise het dié sentiment die afgelope twintig jaar in haar werk al heelwat moes aanhoor. Niemand kan glo dat iets slegs met hulle, hul vriende of die bure kan gebeur nie.

Is dit nie ons behoud nie? wonder sy. Die gedagte dat verskriklike dinge net met onbekendes gebeur. As dit vir ons 'n werklikheid was dat ons kan verongeluk, aangerand word, in 'n opstand omkom of vermoor word, sou ons hoegenaamd nog soggens kon opstaan? Nee, dis soveel veiliger, soveel draagliker om te glo dit gebeur net met ander mense.

Mevrou Venter se mond trek of sy wil huil, maar haar oë is nuuskierig, asof sy Lise ingenooi het omdat sy self meer inligting verlang.

"Ek kán dit nie glo nie. Hulle was so lief vir mekaar, almal van hulle. En altoos saam, nes druiwekorrels aan 'n tros."

"Wat van probleme?"

"So twee maande gelede het ek vir Erna in die supermark raakgeloop en sy het bedruk gelyk. Sy sê toe hulle het probleme met geld. Gawie het vir homself gewerk. Hy was 'n makelaar of iets. Maar daarna het hulle by ons geëet en niks daarvan gesê nie. Wat dink die polisie?"

Lise sê nie van Bosman se brief nie.

Daar is geen uitkomkans nie. Ons gaan alles verloor. Erna wil hê ek moet haar en die kinders ook saamneem sodat ons as gesin bymekaar kan bly. Dis net een sprong van die lewe, wat maar net 'n stadige dood is, na die dood wat die ewige lewe is . . . veilig in Jesus se arms. Vergeef Here, vergeef.

"Blerrie fokken donner," sê Louis toe hy wegtrek. "As hy nie wil lewe nie OK, maar hoekom sy vrou en kinders ook saamsleep?"

Louis ry vinnig. Hy sit agter die stuurwiel asof hy die motor as 'n wapen teen die wêreld wil gebruik. Hy vertrou niemand anders op die pad nie en wonder wat dié donner of daai bliksem nou gaan doen. Hy wens hy het 'n rewolwer by hom gehad – om verkeersoortreders se wiele pap te skiet.

"Dink jy sy vrou het geweet wat hy gaan doen, of sê hy sommer so om van sy skuld ontslae te raak?"

Lise trek haar skouers op.

"Ek sweer hy lieg. As my pa so mal sou wees om dit te probeer, het my ma ons kinders gegryp en weggehardloop."

Lise lê in die donker en luister na die stilte waar haar ma en pa naby haar kamerdeur staan. (Staan hulle by die venster en uitkyk na die donker tuin en die enkele straatlamp met die ligkol soos 'n stralekrans?)

Iewers roep 'n uil.

Is die gesprek klaar? Gaan haar ma niks sê nie? Nie huil nie?

Maar nou ja, haar ma sê nooit iets as haar pa sy praat gepraat het nie. Haar ma se gesig skroef net op soos iemand wat uit die donker in die lig kom. (Dan kry sy 'n migraine en gaan lê in haar kamer met 'n nat lappie op haar kop.)

In stilte loop haar ma en haar pa na hul kamer toe. Lise hoor hulle daar rondbeweeg. Later hoor sy hulle in die badkamer. Sy hoor hulle in hul onderskeie beddens klim en die lig afskakel. Sy hoor die beddens liggies kraak soos wat hul liggame goeie slaapposisies soek. Dan is dit stil.

Hoewel hulle met die vensters oop ry, sweet Lise só dat dit voel asof haar rug aan die rugleuning vasgelym is.

Die hitte slaan op Louis se bolip en op sy voorkop uit.

"Ek weet wat die donner gisteraand vir sy seuntjie gesê het. Hy het vir hom gesê: 'Drink hiervan, dit sal jou lekker laat slaap.' En die outjie het eenvoudig gehoorsaam, nie vir 'n oomblik gewonder hoekom hy skielik medisyne moet drink om te slaap nie."

Hulle ry 'n rukkie in stilte. Toe praat Louis weer. "My pa was soos 'n god vir my. Ek het geglo hy sal sorg dat niks slegs met my gebeur nie. En toe eendag, ek was so tien, elf, lees ek 'n artikel oor meteoriete. By die artikel was 'n foto van 'n meteoriet wat in 'n kinderkamer iewers in Amerika geval het. Die meteoriet het net mooi tussen die twee kinders se beddens geval terwyl hulle geslaap het. As dit 'n voet hierdie kant toe of daardie kant toe geval het, was een van hulle vermorsel, want die rots was byna so hoog soos 'n man.

"En saam met die meteoriet het my pa aarde toe geval. Van daardie dag af het ek geweet hy's ook maar net 'n mens."

Die glimlag op Louis se gesig word onnatuurlik soos 'n clown se lag. Sou hy ander tye onthou? Toe hy nie eens van sy pa gehou het nie?

Die woorde bars meteens oor sy lippe asof hy hulle te lank binnegehou het, byna soos gistende gemmerbier die prop van 'n bottel afskiet as dit te styf ingedruk is.

"Die bastard dink die Here sal hom vergewe, maar as daar 'n hiernamaals is, sal hy sweerlik tot in alle ewigheid in die hel brand."

Lise kyk na die profiel van die intense, jong gesig. Na die wit kneukels op die stuurwiel. Sy onthou sy het eenkeer in die fotograwe se ateljee vir Louis hoor vertel wat hy aan 'n man wil doen wat 'n kind verkrag en vermoor het – die man se ledemate lit vir lit met 'n byl afkap en sy geslagsorgane ook. Die beslistheid waarmee hy dit gesê het en die spanning en kragdadigheid in sy liggaam het haar laat vermoed dat hy daartoe in staat is. Soos Bosman wil hy hom die reg toe-eien om oor ander mense se lewens te besluit.

Hoekom?

Sy vermoed die antwoord. Hy dink hy is reg. Dis so eenvoudig.

Ek het dit nooit geweet nie, dink sy, dís soos hierdie mense dit doen. Só maklik.

Louis se stem sny deur haar gedagtes. "Die donner het seker gesê dis uit liefde gedoen, maar ek sweer hy haat hulle. 'n Mens maak g'n dood wat jy liefhet nie, net wat jy haat."

"Abraham het sy geliefde seun Isak op die altaar vasgebind omdat hy geglo het God wil dit so hê."

"God het Isak van die offerdood gered."

"Maar later het God sy eie Seun as offer gegee. En Hy het dit uit liefde gedoen. Het Hy 'n vinger verroer om sy Seun se lyding te versag?

"Miskien het Bosman gedink hy red hulle van die vernedering van armoede. Of miskien het stres 'n chemiese wanbalans in sy brein veroorsaak sodat begrippe soos 'Hierdie lewe wat maar net 'n gestadige dood is' en ' 'n gejaag na wind' soos 'n deuntjie in sy kop bly draai het. 'n Deuntjie wat alle rasionele gedagtes verdring het. Of anders kon hy nie die gedagtes verdra dat sy vrou en kinders 'n lewe van hul eie kon hê nie.

"Maar wat weet ons eintlik van dié mense, Louis? Buiten die bloedspore het hulle niks weggegee wat hulle anders maak as hul bure nie."

Louis kyk vlugtig-nuuskierig na haar voor hy weer na die pad kyk. "Dit klink of jy weet van dié mense. Navorsing gedoen?"

Lise kan nie baie van daardie nag onthou nie. Was dit met Sharpeville? Daarna?

Maar wat sy helder onthou, is dat sy so nat was van die sweet asof sy pas uit 'n bad water geklim het. Sy was bewus van elke gespanne spier in haar liggaam en haar keel het haar gewurg.

Sy het lê en luister. Lê en wag vir die geluid van die opstand.

Want wanneer die hordes swartes kom, moes sy reg wees.

Reg wees om die venster met 'n stoel stukkend te slaan en uit te spring in die pangaswaaiende massa.

Miskien is dáár vir haar genade. Miskien is die swartes se haat nie so fel soos haar ouers en onderwysers haar vertel het nie. Maar as sy haar misgis het, as sy ewe seker van hulle haat gaan omkom as van haar pa se liefde, dan sal sy haar berus.

Maar sy sal moet spring, want sy is baie banger vir haar pa se liefde as vir die swartes se haat. Haar pa sal haar nooit laat wegkom nie. Daarvoor is hy te lief vir haar.

1991

PIROW BEKKER

Boodskap van die duif

Tant Josina van der Bank het die noodberig om vieruur oor die radio gehoor en dit haar heilige plig geag om die tyding aan Annette oor te dra. En om te troos en te help waar sy kan.

Dit was 'n moeilike taak. Daarom het sy nog eers gedraal en vurig gehoop dat Annette dit ook oor die radio gehoor het of dat iemand anders daar sal wees wat haar reeds vertel het – iemand wat dit makliker sou kan doen.

Almal het geweet hoe lief Annette en Adriaan vir mekaar was. Hulle was net ses maande getroud. Annette het haar eendag self vertel dat, as Adriaan iets moet oorkom, sy ook nie meer wil leef nie. Sy het Adriaan te lief.

En nou hierdie ding . . .

Tant Josina skuifel stadig met die nou, verspoelde straatjie langs.

Darem vreeslike storms vir hierdie tyd van die jaar. Die draadloos het eenuur gesê dis die kwaaiste in menseheugenis in die noordwestelike Transvaal. Hulle het seker vir ou Hennie Krous gevra. Hy is mos volgende maand drie-en-negentig en hy het hier sy verstand gekry.

Die telefoondrade lê glo plat. Dis seker dié dat hulle van Adriaan laat uitsaai het.

Eindelik sien sy die huis en in haar hart bid sy dat Annette dit al moet weet.

Tant Ralie Welgemoed was besig om beskuit uit te droog toe sy die noodberig hoor. Sy het haar aanvanklik nie aan die saaklike stem oor die radio gesteur nie. Maar toe sy met die herhaling Adriaan se naam raak hoor, het sy die pan beskuit wat sy krities teen die lig beskou het, geskok laat afsak tot op die tafel.

Naas die geskoktheid was daar onmiddellik 'n gevoel van spyt dat sy dit nie wyer bekend gemaak het dat sy 'n voorbode oor Adriaan Linde gesien het nie. Sy kon dit net vir Ouraja vertel toe dié vanoggend daar was.

Sy wou nog gaan vertel, maar daar was nie meer 'n krieseltjie droë beskuit in die huis nie en Hans se ou maag wil nie safte beskuit hê nie. Maar sy het Adriaan se voorbode laas nag gesien. Ouraja sal kan bevestig dat sy gesê het daar gaan iets vreesliks met Adriaan gebeur. Arme Annette! Dat haar getroude lewe nou . . . Sy kry die kind darem so jammer. En nou is sy nog in die ander tyd ook.

Tant Ralie draai die aankondiger se woorde in haar gedagte om en dis vars soos die oopgebreekte beskuit. Sy moet gaan. Sy moet Annette gaan vertel. Wie weet, dalk is sy die enigste wat die berig gehoor het.

Maar sy was nie al een nie. In die voorkamer van die kleinerige huisie het reeds vier vroue gesit. Tant Josina was een van hulle.

Met die intrap het tant Ralie gesien alles is nie pluis nie. Annette het nog soos altyd gestraal:

"Nou kyk nou! Al my ou vriendinne kom kuier nou vanmiddag vir my. Kom sit, tant Ralie. Kom sit!"

Dan het hulle haar nog nie gesê nie! Of kan dit dalk wees dat hulle ook nog nie weet nie? Haar oë dwaal van die een gesig na die ander en toe is sy seker dat hulle weet en dat hulle almal met een doel daar is. Maar dat nie een hierdie mensie te pletter kan slaan nie.

Annette en Adriaan het nog so baie planne gehad. Hulle wou laas maand nog met alle geweld weggaan omdat Adriaan 'n beter werk op 'n groter plek kon kry. Maar het besluit om te bly en sy, Ralie, het beterweterig gesê hulle weet nog nie, Doringpan is soos 'n doodskis: as 'n mens eers daarin is, kom jy nie weer uit nie.

Hulle het vir haar gelag. Sy sien Adriaan nog soos daardie dag. So het sy hom laas nag ook in die voorbode gesien.

Annette voel nie die spanning tussen die vyf vroue aan nie. Sy praat met hulle, geesdriftig, hakkel soms effens, soos haar gewoonte is.

Kort-kort dwaal haar blik egter deur die groot venster na waar Adriaan se posduiwe blou en rustig in die hok sit. Een bad behaaglik met uitgestrekte vlerk in 'n kom waarvan die rand net bokant die grond uitsteek.

Sy gaan maak koffie vir haar gaste. Nou is die vroue alleen.

"Julle het gehoor van Adriaan?"

Die ander knik swyend.

"Ek het sy voorbode gesien. Laas nag. Julle sal my nou nie glo nie, maar ek het 'n swart afgrond gesien en Adriaan . . ."

"Ons moet haar sê. Sy moet weet van Adriaan. Ons kan nie so sit nie." Tant Hendrien breek tussenin. Sy weet sy het hul gedagtes vertolk. Stilte volg op haar woorde.

Tant Jaaitjie, 'n klein vroutjie met 'n donkergrys bolla, het opgestaan en tot in die middel van die vloer beweeg in tant Ralie se rigting. Toe steek sy vas en fluister hees, asof sy bang is Annette kan hoor.

"Jý moet, Ralie. Jy sal dit die beste kan doen."

"Nee!" protesteer tant Josina, en besef toe dat sy die woord laat glip het. Maar almal het haar gehoor. Sy gee ook nie om nie. Ralie is nie die regte een nie. Nee, nie Ralie nie.

"Een van ons moet," vervolg sy toe effens onseker. "Ek is so bang. Julle weet, Annette was nooit 'n sterk kind nie. Sy kan haar 'n ding so aantrek."

"Wie wil jy dan hê? Seker jy?" Daar is nou 'n ander klank in tant Ralie se stem. Sy voel afgehaal.

Die klein vroutjie het teruggegaan na haar stoel en gaan sit voordat tant Josina antwoord:

"Nee, ek weet tog nie. Laat ons nog 'n bietjie wag. Die Here sal self iemand aanwys. Dalk kom hier nog iemand . . ."

Annette kom binne met die koffie. Sy sit dit op die klein, ronde tafeltjie in die middel van die vloer neer.

Toe kom tant Ralie op die been.

"Annette-kind, jy wou my nog laas wys hoe jy jou slaapkamer uitgeplak het. Ons het toe skoon vergeet."

Sy aarsel 'n oomblik. "Ek gaan net gou suiker haal, dan gaan ek Tante wys." En sy stap uit.

"Ralie!" Maar tant Josina het klaar besluit. Toe Annette terugkom, gaan sy saam met die twee na die slaapkamer.

"Ek wil ook so graag sien. Kan ek maar, kind?"

"Alte seker, tant Josina. Kom gerus saam. Ek en Adriaan het saam die papier uitgesoek. Ek hou net nie van die lys nie."

Hulle draai in die kamer rond. Maar tant Josina kyk nie net na die mure nie. Toe hulle terugkom, sorg sy dat sy laaste uitkom. Sy het die Bybel wat op die spieëlkas gelê het, in haar hande.

In die voorkamer merk Annette die Bybel vir die eerste maal. Haar oë verraai haar verbasing. Sy wil ook nie vra nie. Die ou mense doen dit soms. Dalk is daar iets wat tant Josina hinder. Miskien het daar iets tussen hulle gebeur.

Nou weet sy: iets het gebeur. Daar is twee wat kwaad is vir mekaar. Tant Mynie Lamprecht is juis so stil. Sy het die hele tyd omtrent nog nie 'n woord gesê nie.

Die oë van die ander vroue dwaal kort-kort na die Bybel wat tant Josina stil in haar hande hou. Annette sien dit en sy wil die spanning verlig.

Sy vertel van Adriaan wat vanoggend voor hy weg is, twee van sy beste posduiwe in 'n mandjie gesit het en saamgevat het. Hy sou een loslaat sodra hy daar aankom en hy sou 'n boodskap om die duif se been bind.

Hy wou sommer ook die duif toets. Hy sou die tyd ook in die boodskap meld, dan kan sy sien hoe lank die duif gevlieg het. Nou moet sy kyk wanneer die duif aankom. Dis dié dat sy by die venster sit.

'n Koppie rinkel in 'n piering. 'n Boodskap vir haar! Hulle het altyd geweet Adriaan neem aan duifwedvlugte deel. Die kinders van die dorp is dol oor sy duiwe. En as van hul duiwe broei – dis nou gewoonlik sommer commons – gaan die seuns dikwels vir Adriaan kuier in die hoop dat hulle 'n eiertjie uit sy hok sal kry.

Nou moet die duif 'n boodskap vir haar bring.

"Tant Josina, jou koffie is al yskoud."

Die verweerde vrou skrik op en die ooglede flikker bo die fletsblou ogies. Sy sit die Bybel eenkant neer.

"Ja'k," sug sy, sê dan onverwags: "Haai, kind, nou sit jy so vir die duif en wag!"

"Adriaan sal my kwalik neem, Tante, as ek nie die tyd aanteken nie."

Daar is weer stilte, asof die ander wag dat sy haar koffie moet klaar drink. Annette kan dit nie begryp nie. Waarom ruim hulle dan nie die moeilikheid uit die weg nie?

Die twee het hulle natuurlik voorgeneem dat die een nie haar voete oor die ander se drumpel sal sit nie. Toe het die ander gereël dat hulle hier in haar huis moet bymekaarkom. Hulle is die sekondante, byna soos in ’n tweegeveg.

Eienaardige mense, dink sy. Sy staan op en neem die leë koppies kombuis toe.

In die voorkamer heers daar verwarring tussen die vyf vroue.

“Wat moet ons doen?”

Tant Josina het weer die Bybel in die hand geneem en buig skielik haar hoof: “Laat ons krag vra.”

Die ander se koppe sak geredelik.

“Hemelse Vader, ons bid U om sterkte. Wil U haar . . .”

Maar toe hoor hulle die deur na die kombuis oopgaan. Sy swyg en hulle sit haar woordeloos en inwag.

Ergerlik dink tant Josina: Waarom het ek nie voortgegaan nie? Dan sou Annette gesien het dat alles nie pluis is nie en sy sou gevra het. Dan sou sy, wat Josina is, haar kamer toe gevat het en . . .

Daar is nou geen twyfel meer by Annette nie. ’n Klein bietjie wrewel stoot in haar op dat hierdie mense soms so kleinlik kan wees. En tog het sy hulle almal lief.

Sy en Adriaan oorweeg dit om weg te gaan wanneer die kindjie eers daar is. Maar dit sal vir haar ’n swaar afskeid wees. Sy het teensinnig hierheen gekom. Nou . . . Sy was soos ’n ding wat jy in ’n wilgerstam indryf: Die stam swel hom vas.

Sy het die mense leer verstaan.

“Kom nou, my tantes.” Sy kan dit nie meer hou nie en sy stoot regdeur. “Laat ons al die ou moeilikheidjies uit die wêreld maak. Die lewe is gans te kort om nog in onmin te lewe.”

Vir die eerste keer praat tant Mynie, omdat sy plotseling bang geword het dat die uitvalletjie wat sy twee weke gelede met tant Ralie gehad het, ter sprake sal kom. Haar hande wring in haar skoot. Die dun lippe trek effens en haar stem is onnatuurlik.

“Kind, ons is hier om met jou te praat. Oor die duif . . . oor Adriaan se duiwe . . .”

“Maar Mynie! Hoe kan jy hier voor almal . . .” Dis tant Josina.

’n Motor ry stadig in die straat verby. Dis ’n vreemde motor. Die vroue is oortuig die bestuurder het rondgekyk, so asof hy soek na ’n huis.

Almal het hul koppe laat sak asof hulle bid. Annette se gedagtes is ’n warboel. Kan dit oor Adriaan se duiwe wees? Hy laat hulle tog net elke middag uit vir ’n oefenvlug en dan gaan sit hulle nooit op die dakke nie. Hulle keer altyd dadelik na die hok terug.

Tant Josina het opgestaan om Annette aan haar arm uit te lei. Nou het dinge tot ’n punt gekom. Nou moet sy . . . O, Here, gee krag, gee krag . . .

Toe val ’n duif uit die blou lug en fladder ’n oomblik bokant die hok. Adriaan het doringtakke bo-op die hok gepak om die duiwe te leer om regstreeks op die loopplankie te gaan sit. Die duif duik van die loopplankie in die hok. ’n Mannetjie koer verwelkomend. Sy broei. Dis dié dat Adriaan haar saamgevat het. Sy sou nie langs die pad talm nie.

“Die duif!” Die sug val swaar in die vertrek.

Toe is Annette buite. In die hok skarrel die duiwe deurmekaar omdat dit voertyd is. Voor die venster staan die vyf vroue met strak, gespanne gesigte.

“Ek sal gaan,” huiwer tant Ralie, maar sy is bly toe die ander haar teenhou. “Nee, laat haar alleen wees.”

Die duif met die breë gomlastiekringetjie om die been is sag in haar hande. Die klein koppie wentel en sy maak geluide soos ’n duif wat tot paring roep, net senuweeagtiger.

Annette haal die klein, wit papiertjie uit die gomlastiekringetjie en eers wanneer sy buite is, vou sy dit oop. Die ander sien hoe sy die boodskap lees, op haar polshorlosie kyk en kalm aangestap kom.

In die voorkamer sê sy wat in die boodskap staan. Net dat Attie veilig aangekom het en dat hy die duif om kwart voor twee losgelaat het. Die ander dinge is vir haar persoonlik bedoel.

Verslaenheid is op die vyf gesigte. Hulle kan dit nie begryp nie. Hulle was so seker dat die boodskap van die duif verpletterend sou wees. Hulle het hulle so daarop ingestel.

En nou . . . Kan dit dalk wees dat dit ’n ander man is van wie die draadloos gepraat het? Nee, dit was tog duidelik. Dit was Adriaan. Die spanning word te swaar. Tant Mynie breek eerste, omdat sy bang is dat Annette sal vra wat die moeilikheid met die duiwe is.

“Annette, ek kan nou rêrig nie meer sit nie. Jan en die kinders wag seker al. Dankie vir die koffie.”

Annette laat haar begaan. Tog hinder die ding van die duiwe haar nog. Waarom het die tante nie klaar gepraat nie? Miskien sal sy nog van een van die ander hoor.

Tant Hendrien en tant Jaaitjie volg. Eindelik gaan ook tant Josina. Traag omdat Ralie alleen nog oorbly.

Toe hulle alleen is, besluit Annette om tant Ralie te vra: “Wat is dit van Attie se duiwe, Tante, waarvan tant Mynie gepraat het?”

Sy antwoord nie dadelik nie. Sy dink: Nou is dit net ek en hierdie mensie. Daar is die voorbode. Dis nie elke mens wat voorbodes sien nie. Sy het gesien dat Josina aarsel om haar alleen met Annette te laat.

“Sê maar vir my, Tante.”

Annette se oë is blou en vraend. Hulle staan teenoor mekaar. Die groot vrou tril by haar vlesige arms.

“Nee, niks nie. Ek weet tog nie, kind. Ek weet niks daarvan af nie. Jy weet tog ek het laat hier gekom.”

Skielik is sy ook haastig. Sy beweeg in die rigting van die deur.

“Haai, ek is een wat beskuit uitdroog en ek staan heelmiddag hier. Miskien bring ek later 'n pannetjie vir jou en . . . Adriaan." Sy groet en sy is bly toe sy buite in die straat is.

Die vyf vroue loop saam met die melkkoeie huis toe. En toe die tweede posduif 'n rukkie later met die boodskap kom, was Annette stokalleen – daar was niemand om haar te troos nie.

1992

Die invloed

Wanneer 'n jongman 'n meisie in sy hart liefgekry het en sy sy liefde boonop beantwoord, is daar min dinge wat hom van haar af sal weghou. Die stokou reëltjies "Sij conden bijeen niet comen, het water was veel te diep" bestaan eenvoudig nie in sy liefdesbundel nie. Bygesê natuurlik: as hy nie 'n slap hoofse minnaar is nie, maar 'n man met murg in sy pype.

'n Man met alles veil, selfs sy eie lewe – en bereid om dit te bewys.

In hierdie geval was die vurige jongman 'n visserseun van ons dorp: Wenning Nylandt. 'n Oop, regskape jongeling wat elke dag wat die goeie Vader gegee het, voluit gelewe het. Die meisie was Milla van de Wateren. Tussen hierdie twee minnaars – daaroor het die dorp se inwoners saamgestem – sou die see self hom weldra uitstrek. So naby en tog so ver.

Verduidelik verduidelik ou waarnemers graag hoe dié twee uit die staanspoor vasgedraai was. Wenning was van geboorte af 'n seemens, 'n visser wat sy ambag op die water geleer het. So het iedereen hom aanvaar: 'n brood-uit-die-water-mens. Iedereen behalwe Milla se ma. Hilda Sewes (so genoem na haar oorlede man, Sewes) was 'n geswore landmens wat haar in 'n oomblik van swakheid laat meevoer het tot die bestaan van 'n visserman se vrou. Dié swakheid het sy haarself nooit vergewe nie.

Sy het net gelewe vir die dag wanneer sy nie meer na die verraderlike blou dam hoef te kyk vir elke dag se kos om te eet nie.

Of Wenning lief sou geword het vir die see as hy in ander omstandighede grootgeword het, is moeilik om te sê. Ook sy pa was visser. Soos die meeste hier. Maar ook anders. Die see was vir hom sy hartklop. Op die see was hy in sy element. Op land was hy ontuis: lomp soos 'n verdwaalde robkalf. Stil, in homself gekeer. Maar op die water het hy uitgevloei en saamgeborrel. Hy het elke môre gesing wanneer hy op die water uitgaan. En van speenoud af was saam met hom op die skuit die seun wat sy tengerige vrou hom gegee het voordat sy heeltemal weggekwyn het en dood is: Wenning. Groot voor sy tyd. Seemanskappie en al.

Hilda Sewes se man is deur die see weggeneem. Op 'n helder middag het 'n storm uit die suide gekom en die water selfs in Vredenbaai hoër opgejaag as wat enigiemand kan onthou. Twee dae later is die skuit aan 'n rots gevind asof dit 'n kapstok is waaraan die see hom gehang het. Nog 'n dag later is Sewes deur speelse golfies op die sand uitgedra.

Ongeskonde. In sy fleur. Maar 'n lyk. Hilda Sewes was verbitterd. Sy geliefde see. En wat van haar nou? Sy het bly sit met 'n kind. 'n Dogter genadiglik. 'n Dogter wat die see nie sou sien nie.

Sy wou inderdaad onmiddellik haar kind vat en padgee. Maar hier het sy 'n dak oor haar kop gehad en 'n groentetuintjie wat tydelik siel en liggaam aanmekaar kon hou. Toe bied ou Willem Swanepoel nog vir haar 'n werkie in sy slaghuis aan. Weldra het dié sterk vrou die werk van enige blokman gedoen. En beter ook.

Sy het gebly. Voorlopig.

Aanvanklik het die vriendskap tussen Milla en Wenning haar min gepla. Hulle was spotkinders. Dit was sommer van niks-anders-het-om-te-doen-nie dat hulle ure lank kon sit en ginnegaap. Skielik stilbly as sy naby kom.

Luister met hulle lywe totdat sy weg is.

Een aand het hy, toe hy van die boot af kom, 'n vis saamgebring.

"Sommer 'n ou Vredenbaai-kabbeljoutjie, ta' Hilda."

"Jy weet, Wenning, ek hou van my dag af nie van seevis nie. Ek kan nog 'n varswatervis in my liggaam kry."

"En dié ou Vredenbaaiertjie dan?"

"Vat dit maar vir Erwie en Jônnie. Julle werk tog vir hulle."

"Ek sal eendag hoër op langs die rivier loop kurper soek, vir ta' Hilda."

"Dis nie nodig nie."

"Hulle is sommer net hier anderkant die invloed, ta' Hilda."

"Ek sê mos dis nie nodig nie!" Sy het skielik besef dat sy eintlik die uitdaging vergroot. "Sit tog maar die vis daar op die wasbak neer."

Nie lank daarna nie het hy weer 'n vis gebring en was hy klaar met 'n verskoning. "Ons het vandag rêrig op skool gesit, ta' Hilda. Twee uur lank voordat die ander bote agtergekom het wat aangaan. Maar toe was ons al dik gevang."

"Ek het jou vantevore gesê . . .!"

By die volgende geleentheid het die verskoning reeds een van opoffering begin word: "Vis loop nou maar yl, ta' Hilda. Hulle wil nie rys nie. Maar hier is darem iets."

"Hoe's dit dan nou met julle wonderlike vangstes?"

"Dis maar die tyd, ta' Hilda. Die sakvis is ook lastig dié tyd."

Milla het by die middeldeur ingekom. Haar ma het twee keer na haar gekyk. Het sy so vinnig vrou geword!?

"Wat hoor ek van sakvis? Sies!" Sy het haar neus oordrewe opgetrek.

"Wat weet jy van visse?" het Hilda Sewes vinnig gevra.

"Ek weet van sakvis. As sakvis hom aan jou hoek opgehang het, moet jy als afsny." Sy het die kabeljou in sy hand gesien, dit by hom geneem en haar hand oor die vis laat gaan. "Hoe goud is hy hier oor sy rug."

"Jy het nog nie 'n regte rietbul gesien nie!" Wenning het getril. "Hy is eintlik so groen van die blink op sy skof."

"En het die haaie weer baie pak gekry?"

Hilda Sewes kon sweer haar dogter is daarop uit om haar te tart.

Wenning het gelag. "O, hulle het! Jy hoor net kort-kort hoe lê iemand knuppel in. Ons het naderhand kruise op die vaalhaaie gekerf om te kyk of dieselfde een weer wil opklim."

Milla het saamgelag. "En toe?"

"Daar het sowaar een nog 'n keer die hoek loop vat!"

Hilda Sewes is sonder 'n woord die huis in.

'n Week later het sy aangekondig dat sy 'n huisie hoër op teen die rivier gehuur het. Die grondjie was groter. 'n Plotjie. Hulle kan selfs die paar slaglammers oorneem. Hulle trek môre.

Almal het geweet dit was om Milla weg te kry van Wenning af. Arme Wenning, het hulle gesug, hy het nooit 'n kans gehad nie.

Die derde aand in die nuwe huis het Wenning gekom. Daar was 'n diep keep om sy mond. Die atmosfeer in die huis was stram. Uiteindelik het hy by die tafel orent gekom. Sy asem het die olielamp sy vlam 'n oomblik laat inhou.

"Ta' Hilda het iets teen my."

Haar hande het bly roer in die skottel harslag wat sy aan die bewerk was. Sy het gevra of hy nie bly vir aandete nie.

"Ta' Hilda, ek weet van ta' Hilda en die see."

"My dogter sal haar nie met die see afgee nie!"

"My pa het my die boot beloof."

"Sien!" het sy uitgebars. "Jy bly van nou af hier weg!"

Milla het stil eenkant gesit. Sy het niks gesê nie.

"Die see was goed vir my pa. En hy is goed vir my."

"Dit is soos hierdie mense is. Doen net wat die pa doen."

Hy het 'n rukkie nagedink. "Wat is daar anders?"

"Dis altyd net die see! Die see!"

"Hoe kan ek bewys dat die see my goed sal behandel? As daar maar 'n manier was!"

"Jy wil bewys dat die see jou goedgesind is!" Sy het nie opgekyk van haar lewer nie. "Hoekom loop swem jy nie die invloed deur nie?"

Hy het regopper gekom. "Dit sal ek doen!"

Sy het opgekyk. Haar hande was stil. "Jy besef dat die rivier afgekom het. Dat die invloed vol haaie is."

"Ek sal hom deurswem. En terug ook!" Hy het sy klere begin afstroop. Naderhand staan hy net in sy onderklere daar. Maar toe vaar iets in hom en hy stroop dié ook af. Soos hy in die wêreld gekom het, staan hy daar in die lamplig.

Milla het haar gesig weggedraai. Maar die vrou het die uitdaging aanvaar. Sy het haar hand diep in die skottel gesteek. Toe sy hom uithaal, het die bloed van haar vingers gedrup.

Sy het voor hom gaan staan. Toe het sy die bloed oor sy skouers gesmeer.

Oor sy bors, sy dye. Hy het hom omgedraai en sy rug na haar gehou. Sy het nog bloed geneem en sy blaaie benat. Die waterige bloed het in 'n straaltjie afgeloop tot in sy sy.

"Toe nou!" het sy gesê. "Gaan nou. Laat ons sien."

Hy het een keer na Milla gekyk. Haar gesig was nog afgewend.

Hy het uitgehardloop, teen die rivierwal af tot by die water wat donker was met hier en daar 'n skuimstreep van woelinge onder die oppervlak. Skemer het reeds toegesak.

Die vroue het uitgegaan op die wal en gestaan en kyk hoe hy die water inloop, maar spoedig gedwing word om te swem.

Plek-plek het hy weggeraak. Dan was sy kop weer sigbaar. Uiteindelik het die dik skemer na die ander kant hom heeltemal toegevou.

"Daar klim hy oorkant uit!" het Milla geroep, maar sy was nie seker nie.

Hulle het gewag. Elke moontlike beweging dopgehou. Selfs nadat hulle niks meer kon sien nie, het hulle bly kyk.

Die jong meisie het eerste omgedraai.

"Ek moes hom nie met die bloed bestryk het nie!" het die ouer vrou haar by die huis ingehaal.

"Dan is hy tog deur!" Milla het haar klere begin losmaak. Die intieme lamplig het met 'n vreemde lewe haar oë binnegevloei terwyl sy na die skottel reik om haar eie skouers te benat. Teen die tyd dat sy gereed was, was die ouer vrou op haar knieë.

Daar is diegene wat sê dat sy deurgeswem het tot anderkant. Ander sê dat hy haar op die duskantste wal ingewag het. En dan is daar dié wat sê dat hy haar in die middel van die stroom ontmoet het, want die stemme van twee kinders wat jy soms in die aand met 'n sterk invloed hoor, klink van anderkant af duskant en van duskant anderkant.

1992

KERNEELS BREYTENBACH

Die teater van bloed

Tydens pouse sien Realdus Columbus hierdie asembenemende nommer wat vonkelwyn drink. Hy probeer dadelik oogkontak verkry. Wanneer die oomblik kom, glimlag hy, en het die plesier van 'n beantwoording.

Realdus koop sy eie vonkelwyn en beweeg doelgerig na die man wat alleen by een van die Nico Malan-Arena se hoë ronde tafels staan.

"Armani?" vra hy, met 'n knik in die rigting van die man se kasuele pak, tabakkleurig, smal gelapel.

"Nee. Gianni Versace."

Die man glimlag – met 'n mate van gevlei wees, neem Realdus aan.

"Hier gekoop?"

"By Versace se winkel in New Bond Street in Londen."

"Wou sê dit lyk nie na die soort pakke wat 'n mens hier in sondige Suid-Afrika kry nie."

Die man lag, kort genoeg om Realdus te laat voel hul vriendskap is gesmee. Realdus besluit om nie verder uit te vra oor die man se syhemp en sy skoene nie.

"Geniet jy die stuk?" Die man se vraag bevestig die band.

"Marthinus Basson *a go go*."

"Die teater van bloed, nè?"

Realdus kry 'n gedagte.

Die klokgelui kondig die einde van die pouse aan.

"Kom ons kry mekaar hier vir 'n glasie ná die tyd."

Die man weifel nie. "Graag."

Hulle stap terug na *Anatomie Titus: Fall of Rome.*

"Soos jy gesê het. Die teater van bloed."

Die man strek sy arms bo sy kop, vingers gesluit, palms na bo. "Ja, die swart man speel toe die wit mense op hulle huigelagtige moere."

"En die regisseur ons op ons s'n."

Hulle lag vir die eerste keer spontaan saam. Die man laat val sy arms langs sy sye. Die Gianni Versace hang onberispelik.

Realdus koop vir hulle elk 'n botteltjie droë vonkelwyn.

Wanneer hulle hul eerste teug met die beleefde klink van glasies neem, stel Realdus homself voor.

"Werner."

"Geen van nie?"

"Nog nie."

Werner kyk Realdus vierkant in die oë. Realdus kan die uitdaging nie ignoreer nie. Hy moet die inisiatief neem.

"Die kombinasie van Marthinus Basson en Heiner Müller is ongelooflik."

"Die epiese struktuur neig om die sentrale idee te verberg," sê Werner. "Ek kan sien hoekom almal op loop is met die bloederigheid, die afgekapte hande, die baarheid, al die truuks en smerige foefies, maar ek hoor nêrens hoe hulle praat oor wat dit alles beteken nie."

Realdus haal sy skouers op in sy Hilton Weiner. "O, ek weet nie. Die Genet-agtige gebruik van die Aäron-figuur om die aanvaarde morele sisteem uit te dop en op sy kop staan te maak, vind ek baie maklik om te snap."

"Ja, uiteraard. En deur die ontluistering kom die openbaring, word die weg déúr die skynbare chaos duidelik." Werner laat homself 'n glimlag toe. "Op dié manier word die stuk toepaslik in die breë konteks waarin dit opgevoer is."

Hulle staan by 'n hoë ronde geselstafeltjie. Per toeval het hulle hul rûe na die res van die kroegie gekeer, sodat niemand by hulle kan aansluit nie.

"Dit was baie versiende van die Kruik-raad om Marthinus Basson te vra om die regie te behartig," sê Realdus. "Wie anders as hy kon die eng visie van benepe denke só duidelik ontmasker?"

"Net solank jy nie benepe denke toeskryf aan slegs die regse faksies, die konserwatiewes nie," antwoord Werner.

"Natuurlik nie. Heiner Müller se hele aanslag is tog om die sosiale, politieke, godsdienstige en seksuele norme aan te val. En dít is nie die alleenreg van die verkramptes nie."

Werner knik met die kop.

"Aan die oppervlak lyk dit net gewelddadig en gemeen," gaan Realdus voort. "Dit besef Basson. Dit lyk net kontraproduktief en negatief, maar onder dit alles lê die suiwer menslikheid."

"Dis amper soos 'n vollengtespieël in 'n badkamer," sê Werner.

Dis Realdus se beurt om 'n begrypende glimlag te benut.

"Jy staan na jouself en kyk terwyl die bad vol loop," gaan Werner voort. "En jy sien al hoe minder van jouself, want die spieël wasem toe, en jy sien net 'n vae figuur deur die stoom. Marthinus Basson en Heiner Müller weet 'n mens moet die krane toedraai, die vensters oopmaak en die glas skoonvee as jy hoegenaamd weer die mens wil sien."

"Inspekteer jy jouself só?" vra Realdus.

"Dis net 'n beeld," antwoord Werner.

Hulle lag weer.

"Weet jy," sê Realdus, "ek het nog nie vanaand geëet nie."

Hulle bestel 'n vol bottel sjampanje by die Bistro, met twee baguettes.

"Die edele en die onedele saam," sê Realdus terwyl hy sy baguette probeer sny tot meer fatsoenlike porsies.

"Soos hierdie plek," antwoord Werner. "Die ligte, onaangetaste hout van die vloer, die kwasi-Franse stoeltjies en tafels."

"Dis nie só eenvoudig nie," sê Realdus. "Dit lyk kwasi-Frans, maar dit is nie. Nic Goodwin het hierdie plek ontwerp, en hy's nie 'n aap nie. Die versiering is eklekties, kultusgerigte plakkate en advertensies dáár teen die pilaar, die kiaat en Rustenburg-graniet van die toonbank, die vlekvryestaalkabels daarbo, die ontblote ventilasiepype en elektriese voorsiening, die halogeenlampe en nagemaakte Art Deco-skerms . . ."

" 'n Gebaar teenoor die postmodernisme," spot Werner.

" 'n Vriendelike gebaar," sê Realdus.

" 'n Vriendelike gebaar van ontbloting," antwoord Werner.

Realdus onderdruk die hunkering om sy hand op Werner se bobeen te plaas.

Hulle vorder goed met die bottel vonkelwyn. Hulle keer nooit terug na die aand se opvoering nie. Hulle meet belangstellings, soek na gemeenskaplike vriende, en tot albei se verbasing vind hulle geen: nie belangstelling óf vriende nie. Hulle bereik die bodem van die bottel pas nadat hul baguette op is.

"Kom jy koffie by my huis drink?" vra Realdus.

"Ek het gedog jy vra nooit nie," antwoord Werner met 'n monotone stem.

Hulle staan op die boonste vlak van die huis, aan die bo-ent van die trapskag.

"Hier is die sentrale as van die gebou," sê Realdus. Hy draai om, wys na die dak. "Deur die daklig kan jy Leeukop sien bedags." Hy draai terug, en lei Werner af na die groot glasruite van die eerste tussenvlak. "As jy hier afkyk, sien jy die Eerste Strand van Clifton."

Werner fluit, 'n gedempte fluit van bewondering.

"As 'n mens bedags daar onder op die strand staan en jy kyk op hierheen," gaan Realdus voort, "lyk dit of vertikale lyne die huis oorheers. Kyk, net hier langsaan die ruit, weerskante, is daar twee pilare van nege meter hoog. Dit styg op van die vierde vlak af, al langs die glasomhulsel van hierdie trapskag. Die pilare ondersteun die slaapkamer se balkonne."

"Hel," sê Werner. "Wie het hierdie huis ontwerp?"

" 'n Bewonderaar van Jennifer Sorrel."

"Hier in die huis voel dit eerder asof horisontale lyne domineer," sê Werner.

Realdus sien dat in die oorheersende wit omgewing van die huis se binneste Werner se gesig lank en enigmaties voorkom, beklemtoon deur sy gitswart hare en welige wenkbroue. Hy merk ook dat Werner moet geskeer het pas voor die opvoering – geen stoppel begin wys nie. "Dis soos die argitek dit wou gehad het. Hier voel 'n mens dadelik 'n weidsheid aan, terwyl jy tog bewus is dat die huis ses vlakke het, en noodwendig 'n sterk vertikale struktuur vorm."

Hulle beweeg af na die sitkamer. Werner gaan sit op die groot wit leerbank. Realdus kan sy gesig gereflekteer sien in die glastafel voor die bank.

Realdus maak vir hulle 'n bottel sjampanje oop.

Wanneer hulle die eerste betowerende teug geneem het, staan Werner op, en stap met sy glas na die balkon.

Realdus volg hom.

Hulle staan 'n ruk stil na die ligte van Clifton en kyk, asook dié van 'n verbyvarende skip.

Werner draai om, leun met sy rug op Clifton gekeer teen die reling aan.

"Ek wil hê jy moet vir my 'n guns doen," sê Realdus.

"Jy ken nog nie eens my van nie," antwoord Werner.

Realdus voel meteens sterk. "Moenie dinge vooruitloop nie," sê hy.

"O."

"Wat ek wil hê jy moet doen," sê Realdus, "is om vanaand vir my model te wees in 'n video."

Werner verstyf langs hom. "Ek het gewonder of ek die hele aand 'n fout gemaak het," antwoord hy.

"Nee, jy loop weer dinge vooruit. Moet nie oordeel voordat ek verduidelik het nie." Realdus weet dis nodig om nóú meer dominerend te wees. "Kom, ek wys jou."

Hulle stap na binne.

Realdus maak 'n konsole onder die trap oop. Binne-in is 'n hoëtroustel, 'n rak vol CD's, kassette, 'n TV-stel en videomasjien. Heel onder is twee rye VHS-kassette, almal volgens 'n Realdus-stelsel genommer.

Hy wys die videoversameling aan Werner.

"Ek hou daarvan om mense op te neem," verduidelik Realdus. "Nie spesifiek in seksuele situasies nie. Ek laat hulle praat. Party wys hoe om kos voor te berei. Ek het verskeie bande waarop mense lê en slaap."

"Soos Warhol se goed."

"Meer banaal. Hulle lê langs my op die bed, en ons slaap letterlik."

Werner begin weer ontspan. Realdus merk op hoe lank Werner se vingers is, hoe netjies sy naels versorg is.

"Goed, daar is sekere dinge wat liefs nooit die publiek se oë moet bereik nie," gee Realdus toe, "maar dit sal ook nie."

Realdus skuif een van die opnames in die videomasjien in. 'n Onbekende man is besig om sy gesig te grimeer. Na 'n paar minute skakel Realdus dit af.

"Dis net dat ek die versameling só probeer struktureer dat dit interessant bly. Ek plaas die kamera op sy driepoot, skakel dit aan, en laat dinge net gebeur. Ek verskyn net hier en daar, soos in die slaapnommers, of," en hy lag ietwat verleë, "in die een S&M-band, waar 'n vrou haar sweepfantasie op my uitgeleef het. Maar meestal bly ek weg, orkestreer net dinge. Dis nooit vernederend vir my modelle nie."

Werner kom orent. "Wat het jy vir hierdie model in gedagte?"

Die kombuisvloer is van Italiaanse marmer. Die wit marmer sluit pragtig aan by die wit asketisme van die huis – en kombuis – se binne-ontwerp.

Werner, gestroop van al sy klere, sy ring en sy Ebel Discovery-horlosie, lê in die middel van die kombuis. Sy kop rus op die marmer, en sy arms lê netjies langs sy sye.

Die driepoot staan op die een kombuiskas. Die videokamera is feitlik na onder gemik, só hoog het Realdus die driepoot gestel. Die kamera is per kabel met die TV-stel in die konsole verbind. Realdus sit voor die stel.

Die varkbloed, 'n oorblyfsel van die *tchernina* wat Realdus die vorige aand gemaak het, lê donker waar Realdus dit oor Werner se borskas, maag, genitalieë en bobene gegiet het. Heelwat van die bloed het begin afloop, en vorm poeletjies langs Werner.

Realdus staan op, en hardloop flink met die trap op na sy slaapkamer. Hy stoot die deur oop, en word met 'n luide blaf verwelkom deur sy Duitse herdershond, Oscar.

Hy neem Oscar aan sy halsband, en met vriendelike troetelwoorde lei hy hom af met die trap, na die kombuis.

Hy por Oscar by die kombuisdeur in, en trek dit toe.

Hy sluit die deur.

Oscar kom gou in die gesigsveld van die videokamera. Hy blaf eers vir die indringer op die vloer, maar dan kry sy nuuskierigheid die oorhand.

Oscar snuif-snuif in die lug.

Werner lê stil, sy oë gesluit.

Oscar ruik aan Werner. Hy begin bo by die harige bloedkoeke op Werner se borskas. Realdus kan nie wag dat Oscar begin lek nie. Hy wil inzoom op die tong wat die bloed oplek.

Oscar volg sy eie kop.

Kwyl drup by die hond se bek uit, maar hy begin nie lek nie. Hy kom staan langs Werner, asof hy bo-oor hom wil strek.

Dan lig hy sy agterpoot en begin bo-oor Werner pis. Dis 'n stewige projektiel van geel urine. Dit vee die bloed op Werner se maag in 'n ligte stroom af, maar daar is nie genoeg urine om al die donker bloed af te spoel nie.

Werner is roerloos.

Oscar beweeg steeds nie weg nie. Hy skop-skop met die opgeligte agterpoot, en slaag daarin om nog enkele blertse urine te loods.

Dan beweeg hy weg na die deur, waar hy met klein tjankgeluidjies vra om uitgelaat te word.

Werner lê stil. Dan begin hy praat.

"Varkbloed en Cacharel Eau de Toilette is 'n dodelike kombinasie. 'n Hond moet eenvoudig net daarop pis."

Hy begin lag, luid en uitgelate, en kom dan weer tot rus.

Werner maak sy oë oop en kyk die kamera reg in die oog. Hy wag op reaksie, op bevestiging, op instruksies, enigiets.

Realdus Columbus sien die onsekerheid in sy oë. "Die ontluistering," fluister hy vir homself.

Realdus skakel oor van die kamera op die driepoot na verskuilde kameras in die dak.

Werner en Oscar in een sel. Hy wag op die vertoning om te begin.

1992

Mnr X hou braaivleis

Die buurman is half verleë.

"Ek wil net weet of ek hallusineer," sê hy.

Dit lyk nie so nie, sê Brenda.

Sy glimlag, nooi hom in.

"Ek is besig om gras te sny," sê die buurman.

Sy't gehoor, sê Brenda.

"Elke keer as ek by die onderpunt van die tuin kom, daar by die gat in die heining waar my honde destyds so lastig was, dan sien ek 'n voet."

'n Voet? Brenda is verbaas.

"Dit lê net daar. Die hele oggend al," sê die buurman.

Goeiste aarde, sê Brenda.

"Kan ons asseblief gaan kyk?" Die buurman trippel omtrent. "Ek sal nooit rus hê voordat ek weet wat dit is wat ek daar gesien het nie."

Brenda stem saam.

Hulle stap agterplaas toe, deur die kombuis.

Op die tafel lê 'n hoop boerewors, tjops, en twee tamaai gerookte varkribbes. Langs die tafel staan sowat ses dosyn bier, 'n paar kiste wyn, whisky en enkele bottels koeldrank.

Hulle kry mense vir braaivleis vanaand, verduidelik Brenda. Elke Oujaarsaand hou hulle 'n braai, sê sy.

Hulle stap in die tuinpaadjie af, na die hoek van die erf.

Hulle sien die man gelyktydig.

"Wat op aarde," roep die buurman.

Liewe hemeltjie tog, prewel Brenda.

Brenda tik-tik met haar skoen aan die man.

Hy lê tjoepstil.

Die buurman klap hom teen die wang.

Die man roer nie.

Brenda hardloop kombuis toe. Sy kry haar handspieëltjie. Die buurman hou dit onder die man se neusgate.

Geen wasem.

"O, magtig," sê die buurman.

Goeiste ons, sê Brenda.

Die lyk lê reg langs die braaiplek en die onthaalhuisie, 'n halfoop rondawel met grasdak net langs die niervormige swembad.

Die lyk het net 'n kortbroek aan. Brenda ken hom van g'n kant af nie.

Brenda en die buurman staan 'n ruk na die lyk en kyk.

Dit ruik gelukkig nog nie, sê Brenda.

Hulle gaan bel die polisie.

Brenda het kwalik vir haar en die buurman 'n pot sterk moerkoffie gemaak, of die polisie daag met loeiende sirene op. Dis 'n sersant en 'n konstabel.

"Jammer," sê sers. Nortjé nadat hy homself voorgestel het. "Die luitenante kon nie kom nie, want hulle is besig met 'n strategiese beplanningsessie vir die Nuwejaar-feesvieringe. Die hele mag is vandag ingestel op ander dinge as moorde en sulke dinge."

Brenda neem hulle dadelik na die lyk.

"Hy's dood orraait," sê die konstabel.

Wie kan dit wees? wonder Brenda.

"Ons kan die lyk nie verwyder voordat die fotograaf hier was nie," sê sers. Nortjé. "Moet asseblief nie aan die lyk raak nie."

En wat van haar braaivleis? vra Brenda.

"Alles sal skoongemaak wees so teen middagete se kant," sê sers. Nortjé.

Hy stuur die konstabel vangwa toe om die fotograaf per radio te bestel. Die konstabel loop asof hy op die punt staan om te begin marsjeer. Hy kom terug met die nuus dat die fotograaf die dag afgevat het en eers gesoek sal moet word.

"Kom hy?" vra sers. Nortjé.

"Hulle bel hom nou, sersant," sê die konstabel.

"Ek sal nou moet terug huis toe," sê die buurman. Hy wil sy hande gaan was. Hy's by die deur uit voordat iemand kan antwoord. Sers. Nortjé kyk hom agterna.

Die konstabel is weer by die vangwa. Brenda hou hom deur die hortjies dop. Sy sien hoe hy met 'n frons die vangwa se deur toeklap, en terugkeer huis toe.

"Sy vrou sê hy's krieket toe, sersant," sê die konstabel. "Hulle probeer hom nou daar in die hande kry."

Sers. Nortjé neem sy pet. "Ek moet terug stasie toe," sê hy. "Ek los die konstabel eers hier."

Brenda se moed sak in haar skoene.

Sy sal maar moet voortgaan met die braaivleis, deel Brenda hom mee. Haar man en party van die ander gaste sit ook by die krieket op Nuweland, en die braaivleis begin onmiddellik wanneer hulle terugkom.

"Moet asseblief glad nie aan die lyk raak nie, mevrou, of dit hoegenaamd probeer beweeg nie." Sers. Nortjé groet, en laat Brenda en die konstabel in die sitkamer agter.

Die konstabel neem Brenda se verklaring af en marsjeer dan stadige pas in die tuin, op soek na enige leidrade, of die lyk se ander klere.

Brenda maak vir hom tee en 'n paar toebroodjies vir middagete.

Sy kan nou nie haar lippe aan kos sit nie.

Die konstabel geniet sy middagete in die braairondawel.

"Dit neem 'n paar maande om gewoond te raak aan die lyke, mevrou," sê hy aan Brenda wanneer hy die bord en beker kombuis toe bring. "Al die bloed. Maar 'n man raak gou gebrei. Ek kan nou enige tyd van die dag, enige plek eet. My eetlus is gesond, mevrou."

Hierdie een het gelukkig geen bloed nie, sê Brenda.

Maar sy verstaan hoe dit is. Eers het sy gedink sy moet naby die toilet bly. Nou is die naarheid weg, en al het haar eetlus verdwyn, weet sy dat sy oor 'n rukkie dit in die tuin sal waag, en dat sy vanaand haar makietie gaan hou en dit gaan geniet ook.

Skuins ná vier is sers. Nortjé terug. Hy moet die lyk se vingerafdrukke kom neem vir moontlike identifikasie.

"Die fotograaf is steeds onbereikbaar, mevrou," sê hy. "Hy was lyk my nie by die krieket nie. Ons sukkel om hom op te spoor. Maar moenie worry nie, mevrou, ons sal hom kry. Moet eenvoudig net – vanaand is ek op diens in Seepunt, en ek wil nie hê hierdie ding moet oorstaan tot môre nie. Ons is baie besig hier rondom die nuwe jaar."

Brenda maak die laaste voorbereidings vir die braaivleis klaar. Sers. Nortjé staan 'n ruk by Brenda. Gou raak hy verveeld, mompel 'n verskoning en verkas.

Brenda gooi vir haar 'n lang G&T in.

Egbert, haar man, en vier van sy vriende daag kort na ses op. Brenda sien die son en bier het hulle opgekeil.

Egbert-hulle gaan bekyk die lyk. Hulle raak onverwags histeries uitgelate oor die swygsame besoeker naby die braaiplek.

Brenda skep moed. Die vriende se vroue kom teen sewe een-een aan. Ander genooides daag op.

Egbert verduidelik aan almal wat aan die gang is. Die konstabel word uitgevra oor wat almal te doen staan.

"Geniet die party," doen die konstabel aan die hand.

'n Gevoel van jolige plegtigheid kom oor die aanwesiges.

"Kaptein," sê Giel Davel, een van Egbert se vriende. "Ek wil jou 'n ding vra terwyl ons nou hier staan en wag." Almal kyk na Giel. Hy is 'n bok vir sports, veral ná 'n lang dag by die krieket. "Hoekom is die polisie só deurmekaar?"

"Wat bedoel u?" vra die konstabel.

"Deurmekaar man, dof, jy weet. Laat ek jou vertel. 'n Maand gelede swaai 'n vrou voor my in. Ek swaai uit, in 'n paal vas. Sy jaag weg. Ek lê 'n verklaring by 'n vroulike sersant af. Ek sê haar ek is in kar B, en die vrou wat voor my ingery het, in kar A. Die sersant vra of ek kar A se nommer gekry het. Die sersant sê orraait, dan is my kar eintlik kar A, en die vrou se kar is kar X. Sy sê X staan vir die onbekende, dis soos dit moet wees vir die polisie."

"Staan X nie vir Christus nie?" vra Egbert.

"Whatever," sê Giel. "Maar vir die polisie is dit die onbekende. Nou, wat ek wil weet, is dít: Is hierdie man wat hier lê en nie vanaand sy mond aan kos gaan sit nie, is hy mnr X?"

"Het die lyk iets met u ongeluk te doen, meneer?" vra die konstabel.

Brenda sit in die rondawel en lag vir Giel se storie. Hy's 'n regte clown.

"Vergeet dit," sê Giel.

Teen agt, wanneer die Kaapse somerskemering begin merkbaar word, kom die fotograaf aan. Hy's natgesweet, lyk asof hy 'n baie rowwe partytjie agter die rug het, en drink dadelik eers 'n koeldrank.

Brenda gaan roep die konstabel uit die musiekkamer, waar hy na Egbert se CD's gestaan en luister het.

Die fotograaf is nie in 'n plesierige bui nie. Brenda kry die gevoel dat hy haar blameer vir die onderbreking van sy eie feestelikhede. Dan fotografeer hy die lyk vanuit elke moontlike hoek, maar laat dit in dieselfde posisie lê.

"Ek kan nie verstaan nie," sê hy ná hy sy kameras weggepak het, "hoe julle die lyk eers vanoggend ontdek het. Dit lê duidelik al 'n hele klompie dae hier."

Hoekom stink die lyk dan nog nie? wil Brenda weet.

"Slaan my ook dronk," sê die fotograaf.

"Miskien is die lyk eers laasnag hierheen gebring," sê Egbert. "Dalk was dit in 'n vrieskas."

Die fotograaf gee toe dat dit 'n moontlikheid is.

Almal staan in 'n kring om die lyk. Dan paar hulle weer af: die vroue saam met Brenda in die rondawel, en die mans saam met Egbert by die reusagtige braaiplek.

Brenda kyk na die lyk langs die braaiplek, en dan na Egbert en die mans wat in die vuur staan en tuur terwyl hulle hul drankies nuttig. Wat is so vreeslik daaraan? wonder sy hardop.

"Die feit dat die lyk geen respek afdwing nie," antwoord 'n vriendin langs haar.

Die braai raak al joliger.

Egbert oortuig die nors fotograaf om ten minste een bier saam met hulle te geniet voordat hy huis toe gaan. "Bier lawe as die lewe skawe," sê die fotograaf.

"Ek kan die polisie nie verstaan nie," sê Chelodie, Giel se vrou. "Hoe kan 'n mens ordentlik slaap snags as jy aanmekaar met dooies en skelms te make het?"

"Daar is niks wat 'n bier nie kan regmaak nie," sê die fotograaf. Hy kyk belangstellend na Chelodie, 'n kolos van 'n mens.

"Begin 'n mens nie naderhand jou agting verloor vir die kosbare dinge van die lewe nie?" vra Chelodie. Sy staan met 'n bierbeker vol witwyn.

"Die lewe is soos 'n bier," sê die fotograaf. "Eers die borreling, dan die burp, dan die uitskeiding en die afskeid."

"Het jy baie nagmerries?" vra Chelodie aan die fotograaf.

"Is dit 'n strikvraag?" wil die fotograaf weet.

Bly die siele van dooie mense by die lyk ná die dood? wil Brenda weet.

"Hulle styg seker dadelik op," sê Chelodie. Egbert maak haar glas weer hoog vol. "Of daal af, wie weet?"

"Die Egiptenare het 'n beter antwoord gehad," sê Egbert. "Hulle het geglo dat jy die lyk moet balsem, en dan in 'n kamer moet plaas waar die gestorwene se hele lewensgeskiedenis in die hiërogliewe teen die mure vertel word. Die siel van die mens het soms saam met ander siele tussen die sterre gesweef en gereis, maar meestal het hulle na die grafkelder teruggekeer en in daardie hiërogliewe voortgeleef. Só het die mens dan die ewige lewe gekry."

"Hel, Eggie, maar jy's diep," sê Chelodie. Sy haak by hom in. "Ek wonder of 'n mens in die ewige lewe droom en nagmerries kry."

"Die ewige lewe word erg oorskat," sê die fotograaf. "Nes seks."

Sê nou net die dooie man langs die swembad se siel sweef nog hier iewers rond, sê Brenda – wat dan? Miskien het dit soos die Egiptenare se siele teruggekeer hierheen, en vaar dit nou in die rondawel en die braaiplek rond, dalk selfs in die mense hier in. Brenda voel hoe sy hoendervleis kry.

"Dan is ons almal besete," lag Giel.

Die fotograaf protesteer nie wanneer Egbert vir hom 'n tweede bier bring nie. Hy lig sy bier omhoog. "Ons drink op mnr X," sê hy.

Hy en Giel is besig om mekaar te vind.

Die fotograaf ploeg met 'n sappige stuk wors 'n pad deur sy krummelpap.

Die konstabel beweeg tussen die gaste deur, 'n glas koeldrank wat Egbert met wodka gedokter het in sy hand. Hy gaan bel elke tien minute in stasie toe, en smul saam met Brenda-hulle aan Egbert se braaikuns.

Hy sien hoe die gaste nader staan na die lyk.

Die fotograaf neem nog 'n bier. Hy stel sy vertrek onbepaald uit. "My vrou is baie kwaad vir my," sê hy.

Chelodie sit haar bord neer. Sy prop 'n laaste stukkie wors in haar mond en buk af om die lyk se gesig beter te bekyk.

"Jêg!" roep sy. "Sy oë is toe."

"Die oë is die poorte van die siel," sê Egbert.

"Wil jy nie kyk of sy oë omgedop het nie?" Giel trek die fotograaf aan sy arm. "Die oë is dood," sê die fotograaf. "Nie eens Broer Shawn die geloofsgeneser sal hom nou kan regbid nie." Hy buk tog af, en lig een van die ooglede. Die oog is effens skuins na bo gekeer. Hy laat sak die ooglid weer terug.

"Ek's seker dit het beweeg," sê Chelodie. "Jitte, ek gril sommer."

"Twak, man." Giel trek 'n lang teug aan sy sigaret. "Daai siel het al lankal deur daardie vleispoort van hom geglip. Hy't gatskoon gemaak as jy my taal sal verskoon."

"Hy sal nooit weer sy lip aan 'n bierbeker sit nie," sê die fotograaf. "En sy siel sal nie meer in sy lyf rondwapper van al die drank nie."

Chelodie begin huil.

"Wat's dit met jou?" vra Giel.

"Niemand weet wie hy is nie," snik Chelodie.

Wat maak dit saak, hy's tog dood, sê Brenda. Sy drink vanaand whisky.

Die konstabel keer terug, rooi in die gesig van woede. "Kan jy dit glo," kla hy. "Halftwaalf in die aand en nou eers laat weet hulle my hulle kom die lyk eers môre haal. My hele aand in sy moer."

"Foeitog," snik Chelodie. "Wie weet, miskien wou hy gehad het Bles Bridges moet op sy begrafnis sing. En nou lê hy hier, en niemand weet wat sy laaste wense was nie." Hartseer oorweldig haar, en sy bars uit in 'n hewiger huilbui.

"Nou sal ek die hele nag by die lyk moet waak," sê die konstabel.

Egbert bring vir hom nog 'n gedokterde koeldrank. "Nou moet jy maar die nuwe jaar hier by ons insien," sê Egbert.

"Bles Bridges sing nie by begrafnisse nie," sê Giel.

'n Mens kan nooit seker wees nie, meen Brenda.

"Dalk wou hy nie begrawe word nie." Chelodie het tot bedaring gekom. "Dalk wil hy veras word."

"Dalk wil hy hê sy geliefdes moet sy as gaan strooi op die Springbokvlakte," sê die fotograaf.

"Of in die mynskag by Ermelo afgooi," sê Giel. "Of by die Voortrekkermonument in die briesie werp."

Brenda begin die vonkelwyn oopmaak. Sy hou die horlosie fyn dop.

"Dalk het hy sy liggaam geskenk vir orgaanoorplantings," sê die fotograaf. "Nou kan hulle niks meer gebruik nie." Hy kyk na die lyk se kop. "Nie eens die hare vir 'n pruik nie."

"Bleskop se moses," sê die konstabel.

"Ag, magtig, so kan dit nie aangaan nie," sê die fotograaf. Hy wink vir Giel om hom te help, en begin die lyk optel. Hulle kry hom staangemaak tussen hulle.

"Ons kan mos onthou hoe hy gelê het," sê hy.

Die lyk se knieë knak effens onder hom, maar Giel en die fotograaf gooi sy arms oor hul skouers, sodat die drie lyk soos 'n voorry wat wil sak in 'n skrum.

"Lekkerste wors wat ek in baie jare geëet het," sê die konstabel. Hy neem ook 'n glas vonkelwyn by Brenda.

Die fotograaf en Giel sukkel om die lyk staande te hou. Die lyk se kop val agtertoe en vorentoe. "Dronkgat," sê Giel.

Die hemel word skielik verlig deur verskeie noodfakkels.

Die skepe in die hawe trompetter.

Die gaste begin mekaar skielik gelukwens. Glasies word omhoog gelig.

"Op die nuwe jaar!" gil Giel.

"Die nuwe jaar!" eggo almal hom.

Al die glasies word flink met een teug geledig.

Brenda hou pligshalwe al die glase vol.

Chelodie huil weer.

"Hier werk daai Roma White nou deur," sê Giel.

'n Traan wikkel oor die wang van die fotograaf.

Brenda voel 'n knop in haar keel kom.

Moes hy doodgaan? vra sy.

"Hy kon ten minste gewag het vir die nuwe jaar," voeg Egbert by.

Giel en die fotograaf gaan lê die lyk neer waar hy moet wees. Die lyk ruik skielik baie erger as vantevore.

Brenda kry vir hom 'n kussing en 'n kombers.

'n Mens moet gemaklik lê, sê sy, al is jy dood. Sy trek die kombers netjies tot onder die lyk se ken.

"Dis absoluut tragies," sê die fotograaf. "Hy gaan die volgende Nuwejaarsparty misloop."

Maar ons sal hom darem almal onthou, sê Brenda – hy lewe voort in ons gedagtes.

"Ek wonder of hy 'n vegetariër was," sê Chelodie.

Ons almal sal elke Nuwejaarsaand dink aan die keer toe ons met mnr X party gehou het, sê Brenda.

"Ons sal nie onthou watter jaar dit was nie," sê Egbert, "maar ons sal mnr X onthou. Hel, dis hartseer."

"En hier was nie eens vanaand 'n fight nie," sê die konstabel.

Brenda maak die glase weer vol met vonkelwyn. Sy gooi vir almal 'n stewige lysie van boegoebrandewyn by.

Die fotograaf struikel skielik orent. "Ons moet 'n groepfoto neem," sê hy. "Geen partytjie is verby voordat daar 'n groepfoto geneem is nie."

Ag man, sê Brenda.

"Dis volgens die reëls," sê die fotograaf.

Giel en Egbert haal die lyk weer onder sy kombers uit. Giel sit vir mnr X sy donkerbril op.

Die fotograaf stel sy kamera se tydkontrole. Almal skaar hulle om mnr X.

Giel hou twee bokhorinkies met sy vingers agter mnr X se kop.

Die flits gaan af. Giel neem sy donkerbril dadelik terug.

"Ek hoop mnr X lyk mooi op die foto," sê die fotograaf.

Mnr X word weer ter ruste neergelê, kop op sy kussing, stewig in die kombers toegewikkel, sodat net sy kop uitsteek.

Party van die gaste kom sê dankie. Hulle wil gaan slaap.

Egbert vermaan 'n paar van die manne om liewer hul vroue te laat bestuur.

"Ons gaan die dronkgatte vanjaar hel gee," sê die konstabel.

Brenda bly sit langs mnr X. Dis te veel moeite om op te staan, sê sy.

"Hoekom hou jy die dooie bliksem se hand vas?" vra Giel.

Brenda bloos, en los dadelik die koue hand.

Die partytjie verloor stoom.

Die fotograaf raak aan die slaap op sy stoel langs die etenstafel onder die braairondawel. Sy kop val vooroor en hy lê met sy gesig in die oorblyfsels van sy krummelpap, tjops en aartappelslaai.

Egbert oorreed Giel en Chelodie om langer te bly met 'n bottel 10 jaar oue Late Harvest.

Hulle sit in 'n kringetjie rondom die lyk. Egbert en Brenda, Giel en Chelodie, en die konstabel.

"Wat doen jou vrou vanaand?" wil Chelodie van die konstabel weet.

"Ek's gay," sê die konstabel.

"Wat het dit met enigiets te doen?" vra Giel.

Die konstabel stap na die braairondawel en skink vir hom 'n bierbeker vol vonkelwyn en boegoebrandewyn. Hy kyk die geselskap van 'n kant af deur. Hy giggel.

"En op die eerste oggend van die nuwe jaar is mnr X my metgesel."

Die konstabel gee mnr X 'n piksoentjie op die wang. "Lekker slaap," sê hy. "Droom van ons."

Die konstabel maak die bierbeker met een lang teug leeg.

Hy beur skielik vorentoe, en trek die lyk regop. Hy laat mnr X teen hom leun, en sit sy arm soos 'n vertroueling om die lyk se skouers.

Brenda se neus jeuk.

Mnr X ruik soos die marinade waarmee Egbert die tjops gaargemaak het.

Egbert verdwyn in die huis in. Vanuit die sitkamer klink John Cale se "Paris 1919" skielik op.

You're a ghost la la la lalala, sing Brenda saam.

Hulle bars uit van die lag.

Egbert keer terug met 'n klomp skoon glase, en 'n enorme glasbeker met 'n helderblou vloeistof.

"Wat's dit?" vra Chelodie, skielik opgeruimd.

"Eggie, jy's 'n bliksem," sê Giel. "Blue Sharks!"

"Dit lyk onwettig," sê die konstabel.

"Not te hel," lag Egbert. "Een derde tequila, een derde wodka, een derde blou curaçao. Siedaar, Blue Shark!"

Hy skink vir elkeen 'n stewige glas.

Giel lig sy glas. "Ons drink op alle minnaars!"

Die kringetjie drink saam 'n heildronk.

"Wag," sê die konstabel. Hy skuif nader aan mnr X.

"Gaan skakel gou die musiek af," versoek hy.

Egbert waggel sitkamer toe.

Just a visitor you see, sing Brenda nog saam, maar John Cale is reeds stil.

Egbert keer terug.

Die konstabel het sy een arm stewig om die lyk, en kyk hom vertederend aan.

"Willkommen! Bienvenue! Welcome!" sing mnr X.

"Fremder, estranger, stranger
Glücklich zu sehen . . ."

Almal kyk geskok na mnr X.

Die konstabel bars uit van die lag.

Goeiste aarde, sê Brenda. 'n Gay buiksprekende konstabel. Egbert hou hul glase vol met Blue Sharks.

"Nog! Nog!" por Chelodie die konstabel aan.

Hulle is stil met afwagting.

"Bye bye mein lieber Herr," sing mnr X.

"Bye bye mein lieber Herr,
It was a strange affair
But now it's over . . ."

Chelodie klap uitbundig hande. Egbert steek sy twee wysvingers weerskante van sy mond in en fluit kliphard.

"Nee man, konstabel!" skree Giel. "Nie sulke Engelse hartseer nie man! Sing vir ons iets in Afrikaans!"

Die konstabel maak keel skoon.

Dit is weer stil.

"Kent gij dat volk," sing mnr X,

"Vol heldenmoed,

"En toch zo lank geknegt . . ."

Giel maak hom weer stil. "Goeie begin, maar dis nie die regte geleentheid nie. Ken jy nie iets anders nie?"

Egbert por die konstabel aan met 'n Blue Shark.

"Goed," sê die konstabel. "Wat van 'n Boere-blues?"

Stilte daal op die kringetjie neer.

"Al lê die berge nog so blou," sing mnr X.

Giel maak keel skoon.

"Al lê die berge nog so blou," sing mnr X en Giel.

Egbert skuif nader.

"Al lê die berge nog so blou," sing mnr X en Giel en Egbert.

"Jou woorde sal ek steeds onthou," sing almal saam.

Goeiste aarde, sê Brenda, volmaakte harmonie!

Almal klap hande vir die konstabel en mnr X.

"Hoekom huil jy, konstabel?" vra Chelodie.

Brenda kyk na die konstabel. Sy oë swem, en trane loop teen sy wange af. Hy probeer sy mond stil hou, maar die hoeke beur al af.

Mnr X se kop wil nie meer regop bly nie. Dit kantel om, en lê half teen die konstabel se skouer.

Die konstabel kan nie praat nie. Hy hou sy mond besig met 'n groot sluk Blue Shark.

Dan praat hy sag, sodat almal verstil. "Ek is so verskriklik eensaam," sê hy. "En wanneer ek iemand ontmoet op wie ek verlief kon raak, is hy dood."

"Ek gaan hom vreeslik mis wanneer hulle hom kom haal," sê Chelodie. "Hoe gaan ons ooit vir hom tot siens kan sê?"

Brenda steier orent.

Nou, sê sy, het dit tyd geword om te dans.

1992

M. M. WALTERS

Die dag toe hulle 'n Paasgodin op Langebaan gekies het

Eintlik was dit nie die seisoen vir sulke dinge nie, want die duine was soggens nat van die dou en die seemis het tot laat nog tussen die eilande gehang. Langs die kus was die koelte van die herfs reeds voelbaar. Die gees van groei was nie meer in die lug nie. En van oudsher wag die gode op warmer klimaatstoestande voordat hul die ys breek vir 'n herverskyning.

Maar dit was Pase en die Christene van die Swartland het saamgetrek langs die Saldanha-meer. Dit was langnaweek en hul Heiland (wie se geboorte hul ook hier gevier het met tradisionele deurdrenktheid en enkele verdrinkings) is gekruisig en begrawe, maar sou weer (volgens die Boek) opstaan op die derde dag. En dít, immers, is tog vooruitsig en rede vir groot vreugde. Met jong wyn en gedans moes daar dus gevier word. En met die verkiesing van 'n Paasgodin: tradisioneel die vrugbaarste onder die skones wat die seën sou dra en die saad vir die nuwe lewe.

Onder ingeligtes is gefluister dat die aspirante reeds die vorige middag aangeland het – behoorlik gekamoefleer in klere wat hul goddelikheid verberg. Elkeen wou die aand alleen deurbring in haar kamer: die liggaam voorberei op die beproewinge wat voorlê. Sommige van hul het die ritueel geken uit vorige feeste, want die een wat meeding langs die Weskus, het gewoonlik reeds uitgesak langs ander kuste. Maar daar is ook altyd dié wat vir die eerste keer probeer – die ene opgewondenheid en sugte: net soos elke hardertjie van die strandmeer uitbeur see toe, nét toe, haai toe. By almal sluimer die hunkering in die bloed: die drang om gekruisig te word, neergelê en bedek te word tot die sterre verskiet en 'n duisternis hul oorval. Almal droom van 'n engel wat die graf sal oopmaak met 'n heerlike opstanding van die vlees.

Die woonwapark was vol. Die Christene het ingekruip in elke beskutte holte, onder elke skaduboom, in elke leë kamer of ongekooide skuur. Eie proviand is saamgebring, in oorvloed, sonder vertroue in 'n vermeerdering van brode of wanindrukke in verband met vis. Veral die wyn was genoeg: dit kon straks gebeur dat die water wáter bly.

Die aand vantevore het die jong mans begin drink en toe hulle nog half nugter was, in die strate begin loop en die motors voorgekeer – net om naand te sê, gemaak snaaks op Engels – soos hulle gemaak het toe hulle nog Maties was. En hul vrouens het gelag vir die gekkery en die hand-om-die-lyf-weer-jonk-weestyd wat amper verby was.

Laat die nag het van die jong manne op die sand gelê en huil omdat hulle hul god verloor het agter die wit duine waarheen hulle die bewende maagde gelei het vir die wyding. So versteurd was hulle van wyn en van weemoed dat hulle nie kon loop nie. Hulle kon maar net op hul elmboë leun en bulk van narigheid in hul onmag: hul broeke benat en bevuil. En die maagde het bewoë gaan slaap met lampe wat hoopvol brand vir die god wat gesterf het en seker eers weer na drie dae tekens van ontwaking sou toon.

Die ou mans het maar net eenstryk deur gedrink. Hul geloof in 'n opstanding wat wonderbaarlik is, het lank reeds gekwyn tot niks. 'n Nuwe bruilof, of selfs 'n ou avondmaal, was hul nie meer gegun nie. Ouder gewoonte steek hul dan maar 'n dop totdat die donker en die vaak hul oorval.

Op die dag dan waarvan ek skryf, het dié wat daartoe in staat was, vroeg opgestaan en voorberei: gewas, geskeer, gegrimeer en ingesmeer, maar skamel aangetrek om te pas by die plek en die geleentheid. En afgesit na die hotel op die rotse langs die see. Vroegtydig.

Teen elfuur het dit begin stoom tussen die opgewonde en saamgeperste lywe op die terras. Dorstige mans het bier na bier gedrink en meer en meer begeer. Vrouens het boonste kledingstukke begin uittrek vir vryer perspirasie en beter vatplek vir die son en vir die oë. En organiseerders het hul hande gevryf in afwagting op die winste as die werklike losbandigheid eers begin.

Om twaalfuur het daar 'n helikopter oor die see verskyn. Waarvandaan? Ou Langebaners het beterweterig gesê: Hier kom die Bassontjies. Almal het hul nekke opwaarts gerek: die stolp, die stolp, wie was in die stolp – sedert kleintyd voorberei op die gedagte dat engele neerdaal uit die hemel. Maar die landing van die naaldekoker, perdeby, gevlerkte steker, was maar net teken dat die ander ongevlerktes moes verskyn – dramaties op die afgesproke oomblik. Om die swembad, voor die beoordelaars, het hulle verby geswaai in hulle dun en min kledingstukkies. Sommige met los jakkies oor kaal skouers – skild waaronder formidabele wapens eers strategies vertoon en daarna weer verberg is in 'n professionele spel van wegkruipertjie en loer en soek en stilstaan en gevang word. Op en af en heen en weer. Almal met lang bene op steltskoene. Heen en weer en op en af. En rooi lippe en wit tande wat lag en wellustigheid belowe.

Om eenuur het die beoordelaars hoofde bymekaar gesit en begin fluister. Sommige het radeloos maatbande uitgehaal en gemeet: heupe, dye, die swelling van die borste – kopskuddend. Hoe kan die vrugbaarheid tog bepaal word? Die vrou van een van die regters het hand kom bysit met 'n storie van 'n droom waarin die wenner aan haar geopenbaar is. Maar dít wou die regbank nie aanvaar nie. Die skare het gejuig en raad gegee. Swetende mans het gejubel en geen twyfel oor hul gunsteling gelaat nie. En totaal weggevoer het andersins kalmes palmtakke afgeskeur en geswaai. Almal het gevoel die ding moet nou na 'n kant toe.

Om kwart voor twee het die regters die gunstelinge aangekeer verhoog toe. En die skare het gegil: Kroon haar! Kroon haar! En die mans het nader gedrom en gedruk, nader om van naderby te kyk en stuitige dinge te sê. En hul vrouens het heimlik gevoel dat hulle hier verstoot word.

Eindelik om twee-uur het die hoofregter na vore getree vir die finale daad met die verkosene wat bruin en glansend in die son gesit het met haar hewende boesem en oë vol verwagting. En terwyl die hekse van Skandinawië op hulle besemstokke na eilande vlieg om met die duiwel te kopuleer, die heilige sonvoël sy rooi eier lê in die dal tussen ronde heuwels, ou Parysenaars hoopvol sipreskerkhowe besoek, Griekse ortodoksers die Paaskers aansteek in donker tempels, sy dun vlam die seisoene splyt, bakkers in Londen wit deegkruise rol, insteek in die geurende oonde, opgeleefde Amerikaanse miljoenêrs in tennisskoene en donkerbrille die herlewenis soek langs die lydensweg in Jerusalem, die hoteleienaars bultende banksakke nog voller maak uit die oorlopende kasregisters en die Pous oor alles sy seën uitspreek met bleek hande, het hy haar gekroon met die groen en goue kroon van Paasgodinne.

'n Ou tante, rustende op die agterste gestoelte van haar swaar en verrekte lyf, het weemoedig geglimlag oor die verrukte vertoon van vreugde – wetende van die blomtyd as die koeke dik geswel is, soet, vol heuning en vol jongby, maar ook van die bitter, arm maande as die koningin sterf, die bye wegtrek en die neste stil en droog is.

1994

FRANSI PHILLIPS

sewe en sewentig stories oor 'n clown (3, 12, 24, 41, 46, 74)

3
Die clown trek deur die strate en hou opvoerings. By een van die opvoerings speel die clown vir die mense 'n stukkie op 'n silwer fluit. Daar kom pragtige klanke uit die fluit. Die klanke verander in herinneringe en die herinneringe verander in drome.

Een van die drome verander in 'n woonstelgebou. In die woonstelgebou staan 'n vrou en brood sny met 'n mes. Die vrou begin om fluit te speel op die broodmes. Daar kom pragtige klanke uit die broodmes. Die klanke verander in herinneringe en die herinneringe verander in drome.

12
Een van die clowns by die karnaval speel vir die mense 'n stukkie op 'n silwer fluit. Daar kom pragtige klanke uit die fluit.

Die klanke verander in herinneringe en die herinneringe verander in drome. Die werklikhede, die herinneringe en die drome, die verlede, die hede en die toekoms word een. Enige iets kan in enige iets anders verander, want alles is tegelyk verskillend en dieselfde.

Een van die drome verander in 'n woonstelgebou. In die woonstelgebou staan 'n vrou en brood sny met 'n mes. Die vrou begin om fluit te speel op die broodmes. Daar kom pragtige klanke uit die broodmes. Die klanke verander in herinneringe en die herinneringe verander in drome.

24
Die bus ry by 'n kerk verby. In die kerk is daar 'n koor wat besig is om te sing. Die clown besluit om na die koor te gaan luister. Hy lui die bus se klokkie. Die bus stop. Die clown klim van die bus af en loop agter die klanke aan by die kerk in.

Nadat die koor in die kerk gesing het, begin die priester om te bid. Die priester bid baie lank. Die clown kyk op sy horlosie terwyl die priester bid. Die sekondes verander in minute, die minute verander in ure en die ure verander in dae, weke, maande en jare.

Party van die mense gaan dood en ander mense word gebore terwyl die priester bid.

41
("The mind became apparent in the flesh" – St. Bonaventura.)

Een van die boeke in die boekwinkel handel oor St. Franciskus van Assisi. St. Franciskus word baie arm. Hy gaan bly tussen die bedelaars en die siekes. Later gaan bly hy tussen die diere in die veld. In die veld praat hy met die diere, die voëls, die insekte en die plante. Hy praat ook met die aarde, die water, die lug en die vuur, die son, die maan en die sterre.

Uiteindelik begin hy om met Jesus te praat. Terwyl hy met Jesus praat, kry hy wonde op sy hande en sye. Party dae begin die wonde te bloei.

Dié nag droom die clown van 'n pop wat haar hande en sye vir hom wys. Die pop kry wonde op haar hande en sye. Die wonde begin te bloei.

Die clown kry ook wonde op sy hande en sye.

46
'n Kunstenaar met lang hare en 'n baard kom by die clown aan. Die kunstenaar groet die clown en sê vir die clown dat sy naam Julian is. Julian gaan wys sy studio vir die clown.

In die eerste kamer van die studio is daar 'n klomp klei. Julian verander die klei in beelde van plante, diere en mense. As die wind deur die beelde waai, verander die beelde in plante, diere en mense. Party van die mense word kunstenaars. Die kunstenaars verander die klei in beelde.

In die tweede kamer van die studio is daar 'n prisma. Die prisma gooi 'n reënboog oor die studio. As die vrouens onder die reënboog deurloop, verander hulle in mans, en as die mans onder die reënboog deurloop, verander hulle in vrouens. Die clown verander in 'n vrou. Die vrou dans met die clown.

In die derde kamer van die studio is daar 'n klomp spieëls. Die clown kyk in een van die spieëls. Hy sien sy tweelingbroer in die spieël. Daarna kyk hy en sy tweelingbroer in die spieël. Hulle sien 'n drieling daar.

74

Die clown en sy vrou klim op die voël se rug en vlieg die ewigheid in. Alles word onmeetbaar. Een dag word so lank soos 'n duisend jaar, en 'n duisend jaar soos een dag. Al die paaie word ewe lank.

Die tyd gaan verby, maar staan tegelyk ook stil. Die werklikheid verander in 'n herinnering en die herinnering verander in 'n droom. Die oomblik en die ewigheid, die begin en die einde, die werklikheid, die herinnering en die droom, die verlede, die hede en die toekoms word een.

Die skaduwees, die spieëlbeelde, die stories, die eggo's, die hologramme, die televisieprogramme, die voorspellings, die visioene en die hallusinasies word deel van die werklikheid.

Enige iets kan enige iets anders vervang, beïnvloed, na-aap of herhaal, want alles is tegelyk verskillend en dieselfde, en die uitspansel is tegelyk een en oneindig baie.

1985

INA LE ROUX

Jack May Ramarumo

Ai, my hart is nou nog seer as ek dink aan die swaarkry van Jack Ramarumo, en al die dinge wat ons hom aangedoen het. Lank gelede het Ramarumo en sy twee vrouens en kinders daar op Folovhoḓwe by ons aangekom en grond gevra om te bly. Toe ons die mense so sien verbystap, was ons verwonderd want hulle was so arm. Ons ken armoed daar op Folovhoḓwe, maar die mense was arm. Sy kinders het heeltemal kaal geloop, die groter kinders het net die *tsindi*, die stertriem, gedra. Sy twee vrouens het 'n paar velle voor en agter gedra met 'n riempie. Jack het 'n broek gehad. Die *vhamusanda* sê toe, nee, hulle kan maar kom bly, hoewel hulle eintlik Sotho-mense van Waterpoort se kant was, en hy gee vir hulle stukkie grond om land te maak. Nou, die mense was so arm, hulle het nie eers familie wat vir hulle kan kos gee nie. Dit was die tyd net voor die reëns begin het, toe hulle kom bly. Ons almal het hulle maar net so gekyk en gelos want ons meng nie met vreemde mense nie. Toe ons nou kyk, sien ons ’n vreemde ding gebeur hier by ons. Elke oggend voor dit nog mooi lig word, is Ramarumo en sy twee vrouens al klaar op die land en hulle pik. Lank na donker werk hulle nog, dwarsdeur die warm dag. Láát kom hulle eers terug by hulle huis. Ons het sulke harde werk nog nie gesien nie. Toe onse vrouens begin om hulle lande om te pik, toe staan Ramarumo se boontjies se groen koppies al uit bo die grond. Dis die tyd toe die stories begin het. Die mense begin sê hierdie nuwe mense is toormense, *vhaloi*. Dis nie hulle wat daar werk op die lande nie, dit is die *maṱukwane*, die zombies, wat vir hulle in die nag hulle lande kom bewerk. Ons het gesien hoe Ramarumo en sy vrouens en groter kinders so baie vroeg opstaan, maar die mense sê nee, dis nie hulle nie, hulle sit daar eenkant onder die boom, die *maṱukwane* doen die werk. Ons het begin bang word vir hulle, ons het hulle eenkant geskuif, sy vrouens en kinders ook. Niemand het dit vir hulle reguit gesê nie, maar almal het onder mekaar gepraat, hulle is mense wat toor. As Ramarumo daar kom waar die ander manne bier drink, het die manne een vir een opgestaan en weggeloop. Partykeer het die eienaar van die beer hall die deur toegesluit as Ramarumo kom, dan sê hy “Ek is nou toe”, want met die toormens kan jy nie meng nie. Sy twee vrouens was ook eenkant, hulle het net met mekaar gesels. Eendag kom ek so teen skemeraand aan huis toe en ek sien daar staan klomp mense so in ’n kring. Toe ek daar kom, sien ek dis twee seuntjies wat baklei soos wat seuns maar maak. Toe ek naby kom, sien ek maar dis my eie boetie se kind wat daar veg en die ander seuntjie is Ramarumo se een seuntjie. Nou is dit moeilikheid, dink ek en begin bang word. Ek staan nog so saam met die ander toe kom staan Ramarumo self hier langs my. Nou hou ek meer vir Ramarumo dop. Toe doen hy iets wat my heeltemal verskrik. Hy vat sy belt met al twee hande en hy trek sy broek so op. Net so. Ek skrik so daarvoor en spring om en hardloop na my huis toe. Daar sê ek vir my ma en my ma se suster Ramarumo het so gemaak en hy het iets hier langs my op die grond gegooi. Ek is next. Hy het my ge*panzhilela*. *Panzhilela* beteken iemand toor jou, hy kan dit doen met ’n woord of met medisyne wat hy op jou pad neersit, enige manier. Die vrouens skrik, hulle hardloop na die dokter toe en sy gee vir my iets uit ’n koedoehoring om te drink wat die toorkrag van Ramarumo sal dilute. Ek drink en voel bietjie beter. Ai, as ek nou so daaraan dink, dan skaam ek my, ons was so vas in die toorkragte al wat ons kon doen, was om dit te dilute, ek het nog nie geweet dat Jesus Christus ons heeltemal kan losmaak nie. Oor al die jare was dit nie maklik vir Ramarumo en sy vrouens en kinders om tussen ons te bly nie. Ons het hulle so misbehandel. Hoekom hy nie teruggegaan het van waar hy gekom het nie, weet ek nie. Nou, later van tyd het hy ook verander. Hy het gesien hoe die mense hulle so uitskuif-uitskuif en dan het hy maklik gesê “Jy sal sien!” as iemand hom kwaad maak. Daardie woorde “Jy sal sien" is kwaai woorde met sterk krag, *"U ḓo vhona!"* Dis woorde wat mense gebruik as jy iemand *panzhilela*. Ramarumo het self die mense bang gemaak as hy so sê, want hulle was al klaar eenkant. Dit het gelyk of hy nie meer omgee nie, hy het ook nie meer vriendskap gesoek nie. Nou, later van tyd het ek bekeer en toe ek terugkom van die Bybelskool, was Ramarumo swaar op my hart, maar hy wou nie luister nie. Ons het hom te ver weggestoot. Daardie nag in 1991 toe die jong mannetjies elf towenaars op Folovhoḓwe en Muswoḓi kom doodmaak het, het hulle vir Ramarumo ook doodgekap en hom verbrand.* Toe sê die ouer mense nogal "Ja, nou sal ons rus."

* *Nine persons that were allegedly identified as wizards and witches were forced out of their huts and they were then assaulted and set alight. Two were even set alight in their huts. These descriptions were given as part of evidence in the case in the Supreme Court in which eleven residents of the Folovhoḓwe residential area are accused of nine counts of murder and eleven of arson. The incidents took place on 10 and 11 March last year at Folovhoḓwe and Muswoḓi Dipeni and the deceased were Messrs Johannes Mualusi, Jack May Ramarumo, Paulos Libada, Andries Ndou, David Khavhakhavha and mesdames Leah Makwarela Tharaga, Rebecca Nenzhelele, Margaret Matshusa and Fayaseni Ndou.* Mirror August 16 1991.

1996

JACO BOTHA

Geelperskes

I

Hy sukkel lank voordat hy die huis kry. Die paaie het baie verander in die afgelope twintig jaar. Dit is vir hom snaaks dat hy op 'n manier nog verwag het om die blou Chev voor die garage te sien staan. Hy kyk om na sy kinders.

"Nou ja, dis die huis waar Pa grootgeword het."

"Ek is dors."

Sy kinders is net te moeg en mislik van die lang ry om in sy nostalgie te deel. Daar loer 'n gesig deur 'n kantgordyntjie van die kamer waarin hy en sy jonger broer vir soveel jare geslaap het.

"Wil jy nie ingaan nie? Ons kan darem nie verniet so ver gekom het nie."

"Ek is dors."

Hy lui die voordeurklokkie en wag vir 'n vrou se voetstappe in die gang. 'n Ronde, bruin vroutjie maak die deur oop.

"Is die mense hier?"

"Ja."

Daar is 'n snaakse glimlag op haar gesig. Eers toe sy oë gewoond raak aan die skemer in die voorportaal, kan hy sien dat sy 'n geel somerrok aan het.

"Kan ek help, meneer?"

"Ek is jammer, mevrou."

Hy weet nie wat om te sê nie.

"Toe maar, baie mense maak nog die fout. Ons almal moet seker maar gewoond raak aan dié Nuwe Suid-Afrika."

Sy lag net met haar mond.

"Ek, ja, ek."

Vir 'n oomblik vergeet hy hoekom hy daar is.

"Ek het in hierdie huis grootgeword."

"O, u is welkom om deur te stap. Dis nou nie so netjies nie, veral die kinders se kamers – u weet mos. Ek sien u't self twee kinders."

Sy seuntjie het die agterste ruit van die motor oopgedraai.

"Pappa, ek is dors."

Hy is nog ongemaklik.

"Ek sal moet haastig maak, die kinders is moeilik."

"U is welkom om u vrou en kinders in te nooi. Dis darem nie lekker so in die warm kar nie."

"As dit nie 'n probleem sal wees nie."

Hy wil haar nie weer affronteer nie.

Hy stel sy vrou en kinders aan haar voor en sy sê: "U kan maar solank deur die huis stap terwyl ek vir ons koeldrank aanmaak."

Sy streel oor sy seuntjie se kop.

In die sitkamer kry hy hulle weer. Daar is 'n skinkbord met koeldrank op die koffietafeltjie. Twee van die glase is leeg. Sy vrou sit stram deur 'n tydskrif en blaai.

"So, meneer De Villiers, lyk dinge nog dieselfde?"

"Baie herinneringe . . ."

Hy lag verleë. Sy knik en al verstaan hy nie hoekom nie, weet hy sy verstaan.

Daar staan 'n bak geelperskes langs die skinkbord. Onwillekeurig raak hy aan een.

"Kry vir jou, asseblief."

Hy weet hy kan nie weier nie.

Die perske is melerig aan die buitekant en hy moet lank kou om dit met die soet geel vog te laag meng. Hy dink, Liewe Here, dis die eerste geelperske in wat, 'n kwarteeu? Kan dit so lank wees? Dit voel dan soos gister.

"Die perskes kom uit ons eie tuin uit."

Hy vee die taai vog met 'n sakdoek van sy mond en knik.

"Ek weet, die boom was al hier toe dit nog ons tuin was."

"Ja, die boom is al baie oud."

Skielik begin hy lag en gee nie om dat sy vrou skerp na hom kyk, of dat sy kinders se oë verbaas en rond na hom loer nie. Hy probeer ook nie meer om die sop uit sy mondhoeke of van sy handpalms te veeg nie.

II

Dit was baie laat toe sy pa hom wakker maak. Dit het soos 'n droom gevoel – sy pa se hand op sy boarm.

"Saggies, Christiaan, moenie jou broer wakker maak nie."

"Wat is dit?"

Hy het nog gesukkel om sy oë oop te kry.

"Kom net."

Toe hulle in die kombuis kom, het hy geskrik. Sy pa se oë was groot en sy gesig was baie wit in die skerp lig. Dis die eerste keer dat hy sy pa onseker, bang gesien het. Dit was baie koud. Daar het 'n halwe beker koffie op die kombuistafel gestaan. Hy het 'n sluk daarvan gevat, maar moes dit afwurg – dit was yskoud. Hy het nie daarvan gehou dat sy pa so lyk nie.

"Jou ma het die babatjie verloor."

"Is sy oraait?"

Hy was skielik self bang. Hy het gevoel soos die keer by die tennisbane.

Hy het altyd, toe hy nog klein was, as sy ma laatmiddag tennis gespeel het by die munisipale bane, op die parkeerterrein gesit en gruishuisies gebou. Daar was swartes in blou oorpakke besig om 'n deel van die parkeerterrein te teer. Hy onthou nog goed die reuk van nat teer en die "ha-ha-ha"-hadidas wat oor die fabrieke gevlieg het.

Toe die swartes weg is, wou hy sy naam in die nat teer gaan skryf. Sy oupa in Pretoria het hom geleer hoe om die "C.d.V." te teken. Sy ma-hulle het by die klubhuis uitgekom met hulle tennisrakette en pienk handdoeke. Sy het hom twee maal geroep.

"Christiaan, kom, ek is haastig. Jou pa is al by die huis."

"Ek is besig, Ma."

Hy wou mooi groot met die roomysstokkie teken sodat dit vir altyd daar kon bly, maar die teer was nog warm en het bly koek en terugloop.

"Christiaan, ek ry nou."

"Wag, Ma."

Hy het so gekonsentreer dat hy die Chev nie dadelik gehoor het nie. Toe hy omkyk, was sy ma-hulle al om die draai. Hy onthou die reuk van nat teer en die hadidas en dat hy baie bang was en baie gehuil het. Sy ma was gou weer terug, maar hy het bly huil.

"Ja, ek dink so. Die ambulans het haar netnou kom haal. Die dokter sê . . ."

Dit het gelyk of sy pa wil begin huil.

"Ons kan maar net bid."

Sy pa het nooit eintlik van bid gepraat nie. Hy was toe éérs bang. Sy pa het sy hande oor sy eie gesig getrek soos een wat 'n masker wil aftrek en toe vinnig opgestaan.

"Jy moet my kom help."

Hulle het in sy ma-hulle se slaapkamer ingestap. Dit het baie snaaks daarbinne geruik, soos sout of vleis of iets wat hy nie geken het nie. Hy wou die lig aansit, maar sy pa het hom gekeer.

"Die bedlampie is genoeg lig. Vat daardie kant, ons moet die beddegoed aftrek."

'n Deel van die laken was nat en taai onder sy hand. Sy pa het die bondel beddegoed toegerol asof hy bang was dat daar iets gaan uitval. Hy het dit in die kombuis neergesit. Hy het deur al die kaste in die kombuis gesoek.

"Wat soek Pa?"

Sy pa het nie geantwoord nie en net die kassie waarin hy besig was om te soek hard toegeslaan. Daar was 'n vol meelsak in die volgende kassie. Sy pa het die toutjies losgeknoop en sommer die meel op die kombuisvloer uitgegooi. Toe kon hy sien sy pa huil.

Hulle het die beddegoed in die meelsak gesit en onder die geelperskeboom voor die agterdeur gaan begrawe. Hy het met elke graaf grond gebid: "Here, laat my ma terugkom," spit, "Here, laat my ma terugkom."

Hy het toe ook gehuil.

Toe sy pa die laaste los grond vastrap, het hy opgestaan. Sy vingers was baie koud en seer. Hy het gestap tot in die hoek van die agterplaas verste van die perskeboom af en opgegooi. Hy kon nog die galsterige, koue koffie proe.

Toe hy terugstap huis toe, het dit begin lig word. Daar het 'n ou man, sy pa, in die agterdeur gestaan en hy het die vrot geelperskes van die vorige somer geruik.

1997

HERMAN WASSERMAN

Die vlieë

Toe sy kinders klein was, het hulle altyd die slapies getel voor groot dae. Soos hul verjaardag, of die vakansie, of Kersfees. Sodat die tyd vinniger kan verbygaan. Nou is hy bang om die dae te tel, vir ingeval hy dalk sou agterkom hoeveel daar oor is voor die groot gaan lê. Tog, dink hy terwyl hy in die kombuis sit en kou aan die roosterbrood en eiers wat hy vir middagete gemaak het, die versoeking is groot om die ure te tel voor vanaand. Om die waarheid te sê, hy het 'n paar weke gelede al begin tel, heimlik in sy agterkop en op die kalender. Hoeveel dae oor om geskenke vir die kinders en kleinkinders te koop, wanneer hy moet bank toe gaan om te reël vir 'n voorskot op sy pensioen om darem vir elkeen iets ordentliks te kan koop, wanneer om sy hare te laat kap.

Hy het nie die uitnodiging verwag nie. Hy het eintlik maar gereed gemaak om hierdie Kersfees weer net 'n telefoonoproep van hulle te kry, 'n Kerskaartjie en 'n tjekkie in die pos "om iets moois te koop en aan ons te dink" en jammer ons kan nie daar wees nie, maar Pa moet maar verstaan dis so 'n groot palawa om al die kinders soontoe te vat en die bagasie en alles en ons het klaar plek in die strandhuis bespreek. Maar toe, brandewyn op 'n nugter maag, die oproep een aand net voor nuustyd op die radio. "Hello, Pa, dis Ans. Hoe gaan dit? Jammer om te pla, hoop nie Pa het al geslaap nie." Sy en Hannes het gedink, hoekom kom haal hulle hom nie vir Kersfees nie, dan kan hy sommer 'n week of so by hulle kuier in Franskraal. Hy het eers nie mooi verstaan nie, dog sy bedoel hulle gaan hom kom haal en in die ouetehuis sit waarmee hulle al so lank aai. Maar sy het weer gevra, selfs mooi gevra, en hy het die opgewondenheid voel opkruip uit sy maag uit. Al het hy nie die vaagste benul gehad wat nou ewe skielik in hulle gevaar het nie. Ja, dit sal lekker wees. Is julle seker?

Die vlieë is lastig in die warm kombuis. Hulle sit in klossies om die ligskerm teen die dak, spat nou en dan uitmekaar en vergader op die vetterige braaipan op die stoof. Een of twee kom sit op sy gesig, kielie op sy snor, val dan lui-lui terug in die lug as hy sy mes neersit en hulle met sy een hand probeer verwaai. Wonder wat Ans-hulle nou juis vanjaar besiel het? Kry hulle hom jammer? Tog net nie jammer kry nie. Eerder vergeet, eerder ignoreer. Hy soek nie jammer nie. Seker bang hy gaan dood en dan gaan hulle skuldig moet voel. Hy waai die gedagte saam met nog twee vlieë van die stukkies eier uit sy bord weg. Voertsek, nuttelose skepsels. Die eier het koud en jellierig geword, dit proe rubberig.

Na ete gaan lê hy vir 'n middagslapie, maar dis te warm om te slaap en sy kop is te vol. Hy gaan weer die goed in sy tas na. Het hy alles? Hoed vir die strandson, lekkers vir die kinders, geskenke, genoeg klere? Hy stap heen en weer in die huis, vat hier en vat daar, maar kan nie ontspan nie. Dis vyfuur, hulle kom agtuur, het Ans gesê. Dis minder as 'n uur se ry Franskraal toe, hulle kan tienuur al geskenke uitdeel. Hy stap kombuis toe, sit die ketel aan vir koffie. Meer om iets te kry vir sy hande as uit lus. Die vlieë raak wakker toe hy instap, spat weg van die vensters waar hul saamgekoek het, swerm in die lug rond. Een of twee vlieg in sy gesig vas, bly sit op die sweet aan sy voorkop.

Hy waai geïrriteerd in die lug rond en gaan sit by die tafel. Blerrie vlieë. Verpeste goed vrek ook nie meer van die gif wat hy spuit nie. Broei net meer ywerig voort in die warmte. Oral teen die muurlyste is dit vol swart spikkels soos hul mis hard geword het teen die pleister.

Hulle sê vlieë leef net 'n dag lank. Binne hierdie dag doen hulle alles wat dit mense jare neem om te doen. Word gebore, eet, paar, vrek. Waarvoor is hulle tog geskape? Net om te eet en te skyt en te sorg dat die ritueel na hul dood voortgaan?

Hy was die koppie sorgvuldig na hy gedrink het. Alles moet skoon wees wanneer Ans-hulle kom. Nie hulle laat dink hy het versorging nodig nie. Dit het al donker geraak, en hy moet die kombuislig aansit om te kan sien in die wasbak. Die lig is geel, die vlieë op die skerm maak swart kolle skadu teen die muur. Jammer hy kon hulle nie doodmaak voor Ans-hulle kom nie. Hulle sal dink hy is vuil.

Teen tienuur het hulle nog nie gekom nie. Sedert sewe-uur het hy langs die radio in die eetkamer gewag, sy kierie ingehaak oor die rugleuning, sy tas reggesit langs die tafel. Dan is dit nou doodgaantyd vir die vlieë, sit hy en dink terwyl die muurhorlosie tienuur slaan. Hulle het hul dag gehad. Dis donker, en in die kombuis, teen die mure en op die asblik, op die krieseltjies kos in die vloer se skrefies, in die stowwerige wegsteekhoekies bo-op die kaste, sterf die gebroedsel. Sê hulle totsiens aan hulle blyplek vir die dag. Sou hulle ook ouderdom kan proe? Lymerig en sout in die mond? Sou hulle die vaal word van die son teen die middag herken wanneer die aand nader kruip?

Vannag, terwyl almal slaap, sal die ander gebore word. Môre sal hy nie die verskil sien as hy in die kombuis instap nie. Op die lampskerm, teen die vensters sal die swart paksels sit, net soos gister en die dag vantevore. Maar vir hom sal dit nog maar steeds vlieë wees.Vlieë is vlieë. Mense is mense.

Hy kry dit reg om tot twaalfuur wakker te bly. Hy luister vir 'n kar om te stop, vir deure om te slaan, vir kneukels teen die voordeur. Maar dis doodstil. As hy deur die venster kyk, sien hy die bure se ligte is ook reeds afgeskakel. Net nog die liggies van hul Kersboom (het dit seker aan vergeet) flikker ritmies. Aan, af, aan, af. Dan 'n rukkie langer aan, dan af. Dan weer aan, af, aan, af. Iets moet gebeur het. 'n Kind het dalk siek geword, hulle kar het gebreek. Die telefone op Franskraal is dalk af. Hulle sou tog gebel het. Dan maar gaan slaap. Môre is tog eintlik eers Kersfees, hulle sal dan kom. Terwyl hy by die kombuis verbystap, skrik hy half by die gedagte aan die massadood wat besig is om daar plaas te vind.

Die telefoon lui vroeg die volgende oggend. Maar hy is reeds wakker, al van vyfuur af gelê en rondrol. "Môre, môre, geseënde Kersfees!" Ans se stem klink asof daar absoluut niks skort nie. "Hoop nie Pa het vir ons sit en wag nie. Jammer ons het Pa nie kom oplaai nie, maar ons het onverwags mense gekry en kon hulle nie alleen los by die huis nie. Ek moet nou saggies praat anders hoor hulle my, maar Pa moet sien hoe sit hulle ons huis vol. Orals, in die ou beknopte sitkamertjie, in die kombuis, op die stoep.

"Ons moet maar volgende jaar 'n plan maak," tjirp sy. Hy probeer sy teleurstelling wegsteek. Nie jammer nie.

Nadat hy totsiens gesê het, gaan hy kombuis toe om iets in die yskas te soek vir middagete. Teen die mure, op die lampskerm, teen die vensters sit die swart spikkels. Hy probeer op die grond kyk of hy gister se vlieë kan sien dood lê, maar sien niks nie. Twee of drie vlieg reguit op hom af. Skaars 'n paar uur oud, dink hy, en hulle weet al klaar hulle moet aan die beweeg bly, want hulle het nie lank oor nie.

Een kom kriewel in sy nek, kielie met sy pootjies in die gladde sweet van sy nekvelle. Soek, soek vliegie. Soek maar, dink hy. Ek gaan jou met rus laat. Hy glimlag effens by die gedagte dat die vliegie op Kersdag gebore is. Nog twee kom sit op sy bord. Hy verbeel hom hulle kyk op na hom terwyl hy kou, honderde saamgestelde oogvenstertjies gerig op sy bewegende kakebeen, asof hulle wag vir goedkeuring. Die man sluk, kyk stip na die vlieg wat besig is om met sy pootjies tussen die stukkies kos rond te krap. "Dag, vliegie. Dag, ou maat," kom dit sag uit sy mond.

1997

Kaap van Goeie Hoop IV: 'n blyplek in die stad

Ons het seker almal, op ons manier, 'n plaas verloor. 'n Lewenswyse, 'n soort besit.
– Etienne van Heerden: "Gemeenplase", uit *Liegfabriek*, 1988.

Dis ontsaglik donker op die N2 vannag. Hy weet nie hoekom nie. Hy ken die kontrei goed, ry die pad seker vier keer per week, maar vannag sukkel hy om bekende bakens te herken. Dalk het dit iets te doen met die reën wat in lang slymerige slierte oor die pad trek, vuil en grys, asof die hele stad se onreinheid daarin opgelos het, asof al die inwoners se skuld saam soos molekules verbind het met die water, sodat jy daarmee deurdrenk kan word, dat jy gewas kan word met die onreg van 'n hele metropool. Daarom kan jy selfs wanneer jy die grense van die stad verlaat, nie daaraan ontsnap nie. Dit trek in jou klere in, in jou hare, in jou vel en raak deel van jou liggaam. Stad is jy en tot stad sal jy terugkeer.

Dit weet die man terwyl hy die pad vat van die lughawe af, daardie drumpel na nuwe wêrelde, self op die mespunt tussen twee van die uiteenlopende wêrelde wat Suid-Afrika is: aan die een kant die donkerte en koue van die plakkerskamp, die eerste herinnering wat besoekers aan die stad kry dat hulle hulself inderdaad in die Derde Wêreld bevind, en aan die ander kant die liggies en gewoel van een van die gewildste toeristestede ter wêreld, waar die dollar en die pond gespierd genoeg is om jou bykans verniet enige soort paradys te kan laat bestel.

Dat daar verskeie werklikhede in ons land is, is nie 'n nuwe insig nie, dink die man terwyl hy ry en probeer om nie die reën teen die motorruit te hoor slaan soos 'n woedende ryloper of hijacker wat probeer binnekom nie. Maar al weet ons dit al so lankal, sukkel ons nog elke dag om sin te maak uit die teenstrydighede, ons pad te vind aan die hand van botsende seine. Soveel werklikhede is hier dat 'n mens daardeur oorbluf word, dat dit soms moeilik is om feit en verdigsel, vrees en fantasie, angs en hoop van mekaar te skei. Vir sommiges is dié skisofreniese bestaan uitdagend, spoor dit aan tot prestasie en opportunisme en entrepreneurskap of gewoon die laaste, gretige koloniale grypslag. Vir ander is die voortdurende spanning tussen is en nie-is, tussen het en nie-het, 'n katalisator wat kreatiwiteit laat vloei, die kragte van die skepping weer oproep as 'n soort poging om orde te skep uit die dreigende chaos van geweld en misdaad. Kunstenaars gedy in sulke tye.

Maar vir sommiges, soos sy twee vriende Theuns en Minette, is dit te verwarrend, te oorweldigend. Hulle sien net die asse, die verkragting, verminking en vernietiging, kry dit nie reg om die feniks solank te verbeel nie. Daarom dat hulle vannag die middernagvlug Kanada toe gevat het. Vir goed. Hier kom pêre, hier kom pêre, vat jou goed en trek Ferreira.

"Kom ons ry vir oulaas na al ons uithangplekke," het Minette vanmiddag gesê, en nie eens probeer om die weemoed in haar stem weg te steek nie.

"Ag, moet nou nie so dramaties wees nie, man," het hy probeer, "daar is nie so iets soos vir oulaas nie. Julle sal terugkom, julle sal sien. Dis julle plekke dié, julle mense." Hy het uit David Kramer aangehaal, maar hulle het nie die verwysings gesnap nie. "These places are my places / these people are my people / it's not easy to mend a heart once it's been torn." Hy het altyd op woorde teruggeval: as die wêreld anders begin lyk, is daar altyd tekste om jou aan te oriënteer. Papier is geduldig, en boeke verduur jou selfsugtigste begeerte.

Hulle het in sy motor geklim en die streke van hul saamwees probeer tatoeëer op die geheue, 'n afbeelding om saam te dra na die onbekende: op Seinheuwel gaan staan en uitkyk oor die grys wintersee, oor die berg se nek af gery Kampsbaai toe, waar 'n mens in die somer op die sneeuwit strande loop en droom, in Langstraat koffie gaan drink en in 'n antiekwinkel ingeloer, waar Minette vir hom 'n vulpen as afskeidsgeskenk gekoop het. Toe Seepunt toe, waar 'n bedelaarseuntjie by die motor se venster Minette laat snik het van die skrik toe hy onverwags opduik en met 'n snotneus en treurig getrekte gesig aan haar ruit klop. Maar selfs sy het al die hardheid aangeleer om anderpad te kyk in dié land, waar 'n mens jouself moet temper om nie ten gronde te gaan aan óf terminale hartseer óf 'n bedwelmende materialisme nie. Waar die Rockspider's Opera gestaan het, het hulle al drie vir mekaar gekyk en geglimlag. Daar het hulle dikwels ná 'n groot bord boerekos 'n Racheltjie de Beer se poeding bestel: 'n koeksister onder 'n yskoue berg roomys, afgesluk met 'n broffie, sterk moerkoffie met 'n vuishou brandewyn daarin teen die Kaapse reënkoue. Jammer die plek het toegemaak, het Minette gesê en om haar rondgekyk. Niks bly dieselfde nie, wou hy beaam. Maar sy het reeds vinnig aangestap kar toe, haar handsak styf teen haar lyf vasgeklou, die herinnering aan vrees vlak op haar gesig. Langs die Putt-Putt-baan in Drieankerbaai het hulle gaan parkeer en gekyk na die onstuimige see, die bombardement van die branders teen die skanse tussen natuur en kitsch-kultuur, die fyn sproei van soutwater sien stuif oor die miniatuurgholfbaan.

"Kom ons gaan Waterfront toe," het Theuns gesê, "ek wil gou vir my 'n laaste Afrikaanse boek of twee gaan koop."

"Vader, maar jy kan darem melodramaties sentimenteel wees as jy wil!" het Minette verbaas uitgeroep, "jy sal waarskynlik meer Afrikaans kan praat in

Kanada as in Kaapstad, man," maar 'n uur en 'n half later het Theuns 'n sak vol boeke by die winkel uitgedra. Die man het later skelm geloer wat sy vriend aangeskaf het: Van Heerden se *Liegfabriek*, 'n versamelbundel van Aucamp-verhale, *In een kraal*, Venter se *Foxtrot van die vleiseters*, Coetzee se *Op soek na generaal Mannetjies Mentz*. Eklekties, maar almal boeke wat hy onlangs weer gelees en by Theuns aanbeveel het. Die man voel gevlei: dis dus ook 'n stukkie van hom wat Theuns die moeite werd ag om saam te neem oorsee, 'n virtuele hy om later te gaan besoek as hy die koue en verlange begin voel. Tussen die sneeu in die Noordelike Halfrond sal hy kan lees van mymeringe oor die plaas, sal hy in die papierblaaie die stofpaaie en damklei kan ruik. Nie dat dit hom enigsins sal laat onthou van hoe hulle in die stad gebly het nie. Van boerdery en die plaaslewe weet hulle absoluut niks. Die boer in beton waarvan Koos Kombuis sing, op die tape wat hul gemeenskaplike vriend Allie vir hulle gemaak het, "om te luister op die vliegtuig", is 'n mite. Al waarheen hulle ooit terugkeer, is na 'n blyplek in die stad.

Toe die man in die Waterfront se parkeerterrein die gorillaslot van sy stuurwiel afhaal, het Theuns gesug. "Jy kan deesdae ook nie eers meer hier seker wees van jou veiligheid nie. Onthou julle die bom by die Planet Hollywood? En die bendes het lankal al hier ook ingekom. Onthou julle, die eerste keer het hulle 'n veiligheidswag hier binne aangeval, die tweede keer was daar 'n skietgeveg daar by die ingang. Skoollaaitie doodgeskiet."

Niemann haal sy mes uit. Voor die wilde oë van die ander hensoppers en die eskorts trek hy die hensopper se kop aan sy hare agtertoe. Hy sny die man se strot voor oop. Coetzee se fiksie klink erger as wat Theuns nou vertel, dink die man, maar hy weet daar is nie meer so 'n duidelike verskil tussen die alledaagse werklikheid en die grusame detail in 'n roman nie. Hy het probeer om 'n silwer randjie te kry vir Theuns se donker boodskap, maar dit het nog meer negatief uitgekom: "Maar dis darem nog baie veiliger as selfs Seepunt. Daar kan jy dit glad nie meer saans waag nie, selfs bedags kan dit gevaarlik raak. So 'n jaar of wat gelede het ek nog baie keer saans daar gaan stap, soms selfs laat in die nag, sal dit nie nou meer waag nie."

"Ook gangsters?" het Theuns gevra. "Hulle seker ook," het die man geantwoord, "maar ek hoor nou die dag van 'n ou wat daar deur 'n klomp straatkinders aangeval is toe hy vir 'n middagstappie gegaan het. Hulle het hom toegetakel met knipmesse, so vol gate is hy gesteek dat hy dit amper nie gemaak het nie. Sy lewer en niere en milt en so aan was aan flarde. En al wat die straatkinders gevat het, was sy horlosie." *'n Dun straaltjie bloed loop by 'n mondhoek uit en drup uit die neus, bloed wat hy saam met die bietjies lug terugslurp tot in sy mond.* Coetzee kon sy geweld terugherlei na Boer op Boer en Boer teen Brit. Maar waar lê die linies vandag? Beslis nie meer net eenvoudig tussen swart en wit nie, al gryp die opportunistiese politici en hul nalopers daarna. Die man sug.

Minette en Theuns het hul koppe geskud terwyl hy vertel, en die man het gesien hoe Theuns telkens sy asem intrek om ook iets by te dra tot die onderwerp. Dit is al bekend, hierdie uitryg van misdaadstories. Dit het 'n gewilde tydverdryf geraak, almal kan meedoen, want almal ken óf iemand wat al gehijack of verkrag of vermoor is, óf hulle het self al 'n statistiek geword. Almal kan by 'n ete saamgaan op 'n grieselige herbesoek aan hul onlangse verlede en daar gewelddadige gemeenplase vind. Oor die groot goed wat met 'n mens gebeur, soos die ding met Minette, praat niemand nie, hulle sal eerder klein voorvalletjies opnoem. Wel met kleur en geur word bloed in herinnering geroep as dit iemand anders en onbekend s'n was, dan kan die tragiek selfs aangedik word. Oor jou eie pyn en van dié naby aan jou is dit nie so maklik om woorde te vind nie. Dan vertel jy maar van die inbraak by jou huis of die karradio wat vir die soveelste keer gesteel is en hoe 'n schlepp dit is om die motorruit te vervang, dan praat jy oor bybetalings en geeneis-bonusse. Almal was al 'n slagoffer, soveel so dat jy tussen die verskillende kere kan kies as dit kom by oorvertel. De-angst, noem party mense hierdie gesprekke, die stapelvoedsel van aandete-partytjies en braaivleisvure. 'n Manier om die nagmerries op hok te hou. Dis 'n soort nostalgie, 'n herbesoek aan 'n land en 'n streek wat so verander het dat jy nou met vertellinge moet probeer om weer jou rigting te vind. *Die herbesoek word selde 'n aflegging*, sal Theuns later in sy Van Heerden-boek in die verhaal "Gemeenplase" raak lees, as hy so ver kom. *Eerder 'n bevestiging*. Van Heerden was reg, dink die man, die moeite wat 'n mens sal doen om die verlede te herkonstrueer, is inderdaad skynbaar oneindig. Diegene van wie hul vertroude stukkie aarde weggeneem en verander is, sal nooit kan ophou terugkeer daarna om dit te probeer terugkry nie. *Die ontheemde as besoeker of selfs knaende herbesoeker*.

"Jy weet," het Theuns begin toe die man ophou, "dis nou al orals so, party plekke net meer as ander. Toe ek en Minette laas week begin inpak, besluit ons om weer vir oulaas te gaan kyk hoe dit lyk waar ons grootgeword het, my kontrei te groet, as 't ware. Klink nou vreeslik sentimenteel, maar 'n mens raak sentimenteel as jy emigreer, glo my." Hy het na Minette gekyk vir ondersteuning, asof hy skuldig voel oor sy emosie. "Anyway, ek wou haar gaan wys waar ek en my skoolpelle altyd op Bellville-stasie op die trein geklim het vir 'n trip Goue Akker toe. Ry eers so bietjie in Voortrekkerweg af, verby die hotel waar ons Vrydagaande skelm in die White Lady probeer inkom het. Maar die plek het nou heel verander, ek kon nie eens agterkom of dit nog 'n hotel is nie. Draai toe af by die Lobster Pot, waar my pa ons op verjaardae heen gevat het, die plek lyk nog goed, maak toe 'n vinnige draai links na die ou biblioteek, waar ek Trompie-boeke by die stapel uitgeneem het.

"Toe gaan ons stasie toe, wou vir haar wys waar ons altyd lekkers gekoop het met die deel van die maand se koerantaflewergeld wat oorgebly het ná ons die treingeld Kaap toe betaal het. Ek wou sommer self weer 'n los sigaret koop soos toe, kyk of die kafee dalk nog van daardie kartonnetjies kondensmelk verkoop."

"Dirkies?" het die man hom in die rede geval. "Is hulle nie Dirkies genoem nie? Of Buksies, of so iets?"

"Kan nie onthou nie," het Theuns half ongeduldig gesê, haastig om by die punt van sy storie uit te kom, iets in sy gesig het reeds verander. "Anyway, ek wou vir Minette wys hoe cool ek lyk agter 'n Space Invaders-game, wat hulle natuurlik lankal nie meer het nie, 'n mens kry seker nie eers meer die goed nie.

"Ons stop nog skaars, toe is daar al 'n paar leepoogouens wat opkyk van waar hulle teen die mure hang. Ek was seker dom, naïef, om te dink dat dit veilig sou wees daar op die stasie. 'n Mens hoor tog gereeld van aanvalle en moorde op treine. Maar ek was al te diep weg in die herinneringe, skoon in 'n ander wêreld."

"En waar was jy toe, Minette?" het die man probeer om Minette te betrek. Dalk het sy nie eers meer gehoor nie, dalk het die storie ou wonde oopgekrap, dalk was dit al uit gewoonte dat sy die praatwerk aan Theuns oorgelaat het, want dit was hy wat die vraag geantwoord het sonder om die ritme van sy vertelling te verbreek. "Minette was bang om saam te kom, maar nog banger om in die kar te bly sit. Sy kom toe maar saam in.

"Toe ons op skool was, het 'n ou bedonnerde Griek met 'n stompiearm die plek besit. Nou was daar 'n vreemde vrou agter die toonbank. Ek groet haar, vertel haar dat ek op 'n nostalgiese trippie was, hoe ons op skool altyd hier kom lekkers koop het voor ons Kaap toe gery het vir die dag, maar sy kyk my net met oopgerekte oë aan, loer na die outjies op die sypaadjie, skud haar kop. 'Would go home if I were you,' sê sy. 'Woman got raped here last week.' 'n Ou is glo die ander dag daar geskiet ook, vertel sy my, mense word glo omtrent daagliks aangerand. Wou eers vir haar sê, ag kom nou, dit kan nie so erg wees nie, ek ken die plek mos, maar toe ek so rondom my kyk besef ek skielik niks is meer dieselfde nie. Dit was nutteloos om te bly.

"Ons het net buite om die hoek gekom toe die ou die mes voor my gesig druk. Gelukkig het hy net my horlosie gegryp en 'n kettinkie van Minette se nek, toe weggehol, en het ons niks oorgekom nie. Net natuurlik die skok so kort op die vorige keer . . . Toe maar huis toe gegaan, vir haar foto's gewys van my skooldae. Dis al waar ek nog die ou plekke kan herken." Theuns het ver weggekyk oor die see.

Die N2 is nat en glibberig, motorbande is onvas op die teer op sulke aande. Die reën raak al hoe harder hoe nader hy aan die stad kom. Dis moeilik om vorms uit te maak of selfs afsonderlike liggies te herken, maar hy ken die gebied so goed dat hy op gevoel kan ry. In sy bors voel hy al klaar die bekende beklemming, in sy mond die metaalagtige smaak van gemis. Selfs die woorde is weg, hy kan nie eers aan 'n enkele liedjie se woorde of 'n verhaal dink om hom rigting te gee nie. Theuns en Minette is skaars 'n kwartier weg, en hy mis hulle al klaar. Om agtergelaat te word, dís die ding. Miskien moet hy ook maar die vreemde aandurf, in 'n sin doen hy dit tog al klaar elke dag, dan nie? Die plekke rondom hom word elke dag meer onbekend, dis waar, maar tog, dis steeds al wat hy ken, dink die man. Dalk moet hy hom net beter kamoefleer om by die omgewing in te pas. Hy moet leer verander, nuwe verhale aanleer. Die verlede lyk maar net van ver af goed, die ou stories klink soms beter net omdat hulle bekend is. In die helder daglig is dit tog duidelik dat daardie ander land van gister vol monsters is, dat dit dom sou wees om terug te kyk. Nostalgie is geslepe.

Dit reën nou verwoed, hy sukkel om te sien. Hy is al in die stadskom, nie te ver van sy huis af nie. Hy het teruggekom in die gemeenskap van onheiliges waar hy bly, die versameling vervreemdes. Hy is tussen al die bekende onbekendes, die gesigte wat hy in die strate herken sonder dat hy ’n naam daarby kan plaas, broers en susters wat mekaar nooit ontmoet nie. Dit voel vir hom sy motor swem, dis nat en donker om hom, hy voel klewerig, maar hy begin ontspan in die wete dat dit vertroude terrein is. Selfs al kan hy skaars ’n tree voor hom sien, wéét hy: dit reën nou teen die steiltes bo Vredehoek waar die bergies onder die bome slaap, op die nagskof-sekuriteitsman buite die N1 City se koopkasarms, op die armoedige sinkplaatsee in Kruispad. Hy weet hoe val die water op die onkreukbaar netjiese grasperke in Durbanville, hoe sny die wind deur al die kollektiewe angs wat hang in die vogtige naglug. Dit reën oor die yuppies wat coke sny in een of ander sitkamer in Kampsbaai, dit hamer teen die kombuisvenster van die weduwee in Goodwood wat angstig wakker word van die geraas, op die oorhang van ’n balkon in Obs waar twee pelle ’n joint rook, oor die gangsters se flatse in Manenberg, oor die brug langs die Waterfront wat nêrens heen gaan nie. En op die duiwe wat met gepofte vere in die bome van die Kompanjiestuin sit en wag dat môre moet aanbreek sodat hulle weer van die toeriste se peanuts kan eet voor hulle koers kies af, al langs Adderleystraat af sodat hulle onder in Roggebaai op Jan van Riebeeck se arrogante kop kan gaan kak tot in alle groenspaat-ewigheid. *Was alles weg hier / was alles skoon hier*. Wie het dit nou weer gesing?

Ek het hierdie stad lief soos ’n mens, dink die man, soos ’n mens maak dit my seer. Hy dink: Minette, Theuns, kan julle my sien, of is die gevoel van vry word van die gepynigde kontinent vir julle te hemels? Kan julle iets uitmaak as julle afkyk, of lyk alles maar dieselfde van daar bo af? Die man kyk rond, vee die wasem van die venster af. Dit moet hier êrens wees, daarvan is hy seker. Dan, ja, daar is dit: die groot naambord waarop hy daagliks die letters aflees wat die deurnagkafee aankondig, die spil van die buurt, dag en nag ewe verwelkomend, middelpunt van stadsbewoners se verlange. Hierdie stad is hý, dink die man, en tot hierdie stad sal hy terugkeer. En dan: rus my siel.

2003

ELIAS P. NEL

Jan Dos

Die wind stoot liggies teen Jan Dos aan waar hy met haas sy weg deur die veld baan. 'n Voetpaadjie kronkel voor hom uit; word weerskante deur ruie boesmangras begrens. Die ligte briesie veroorsaak 'n rimpeling in die gras. Dit laat die wit pluime op en neer dein en herinner hom aan die see wat hy twee jaar gelede vir die eerste keer gesien het. Op dae wanneer die wind sterker waai, verander die gras in beduiende hande soos dit heen en weer rondgeslinger word. Die mense noem dit soms die "kom-hiernatoe-gras".

Jan Dos het egter nie vandag tyd om die skoonheid te bewonder nie, hy haas hom om by die liefde van sy hart, Hester Mattys, te kom.

Hy kry 'n trotse glimlag as hy aan die mooie Hester met die pragtige stem dink. Daar is nie nog 'n mens wat so mooi soos sy Hester kan sing nie. Sy ken al die stukke wat oor die draadloos kom en sy kan in Afrikaans en in Ingils sing. Wanneer hulle saam kuier, speel hy altyd sy kitaar, en Hessie sing dan al die mooiste liedjies wat sy ken. Soms sing sy ook sommer vir die lekker sonder dat iemand vir haar speel. As sy die slag op die dorp kom, vra Meneer ook altyd dat sy in die kerk moet sing.

Dis nou al vier jaar dat Blomtuin Jan Dos se vrywerf is; hy en Hessie plan om aankomende jaar net so voor die groot dae te trou. Anders as die meeste jongkêrels, gebruik hy nie vir Hessie as sy vrou nie. Sy oorle ma het reguit vir hom gesê: "Kyk hierso, Jan, g'n mannetjiestjeent van my sal 'n anner mens se meisietjeent gaan tamteer'ie. Jy wag totlat Meneer vir julle soos respektebil mense innie tjêrk getrou het. Ek blo nou vir jou, mannetjie, moenie lat daar moeilikgeit kommie."

Al lewe sy ma nie meer vandag nie, kan hy nie haar woorde in die grond in trap nie. Hy sal by sy belowe-woord aan sy oorle ma bly, en 'n groot bruilof hou op die plaas waar Hessie se ma-goet bly.

Hy stap effens stadiger om die kitaar op sy rug te verskuif. Wanneer hy tevrede is dat dit weer soos voorheen sit, stap hy tevrede voort. Op sy kitaar is Jan Dos baie trots, daar is nie nog so een in die omgewing nie. Hy weet. Hy brêk altyd by die ander ouens: "Ek het my tjietaar yt die Kaap yt laat kom."

Hy is netjies uitgevat op die heerlike koel Saterdagmiddag. Jan Dos verkies om die ongeveer drie myl te voet af te lê, eerder as om te perd of per fiets te ry. Wanneer hy loop, het hy meer kans om te dink; sy ma het altyd na hom verwys as die "tjeent met die geil gedagtes". Vandag dink hy oor hoe die toekoms vir Hessie en hom daar moet uitsien en hy begin hardop droom.

"Ek wil toggie soos die ander mense hier rond lewe nie. Dis net 'n klomp tjeent, en hulle se klere en huisraad is ôkkie wat wonners'ie. Nee, ek wil 'n blink lewe vir my Blommie hê, blink soos 'n begrafnisklip."

Die ongewone vergelyking wat sy gedagtes so skielik te binne skiet, laat hom effens skrik. Maar hy kan nie op die oomblik aan iets anders dink wat so mooi blink soos die begrafnisklip wat hy week voor laas hier in die kerkhof op die plaas ingemessel het nie. Hy kon hom behoorlik daarin spieël, so het dit geblink. Netso sal hy en Hessie se lewe wees, geen brandgat lewe vir hulle nie; daarvoor sal hy wat Jan Dos is sorg!

Die wind pluk ietwat hard aan sy hoed en dit versteur sy gedagtegang. Hy trek sy hoed reg – dit is sy uitgaanhoed, netjies getoon met 'n bloedrooi band en 'n spierwit volstruisveer aan die linkerkant. Sy velskoene is blinkrooi en hy sal die stoffies afvee net voordat hy aan Hessie se kamerdeur klop. Die kakiebroek is gestryk nes sy oorle ma hom geleer het: die plietse lê stokstyf teen sy bene en dit sal keer dat sy broek nie bokknieë maak nie. Hy haat bokknieë, selfs sy ourol word met plietse gestryk. Sy hemp is skitterwit en dit bol net reg agter sy rug as hy windop loop. Jan Dos kan van sy dag af nie slordige mense verdra nie; sy oorle ma het van kleins af met hom geraas en gesê: " 'n Vuil en 'n luigat mens kom nêrens innie wêreld'ie, want niemand wil met 'n stinkgat opgeskeep sit'ie."

En hy wat Jan Dos is, is nie 'n man wat sy ma se woorde sal vergeet nie, daarom is klere en sy huis en sy lyf altyd netjies.

Hy word uit sy droomwêreld geruk deur die roep van die natuur. Hy verlaat die voetpaadjie en gaan enkele treë verder om sy nood te verlig. Toe hy omdraai om aan te stap, trek 'n snaakse voorwerp op die klipbank sy aandag. Hy gaan onmiddellik nader. Tot sy verbasing sien hy hoedat die pens van 'n dier hier skoongemaak is. 'n Redelike vars hoop pensmis lê verspreid oor die klipperige oppervlak. Verder af teen die klipbank sien hy ook bloed wat nie ouer as 'n dag kan wees nie. Hy sien ook skopmerke; dis beslis dié van 'n dier wat met sy agterpote skop terwyl hy keelaf gesny word.

Geeftag, dink Jan Dos, moenie vir my sê hier is skaapstelers innie rondte nie!

Hy begin dadelik die omgewing fynkam. Dan kom hy daarop af: half versteek onder 'n driedoringbos steek die horings van 'n bok uit. Hy trek daaraan en is dronkgeslaan toe hy die kop van 'n bok onder die bos uittrek, want hy besef hier's 'n groot fout: dis die kop van rooikop-kêrelbok. 'n Mens slag tog nie 'n kêrelbok nie, behalwe as dit miskien 'n kapater kan wees. Hy druk die kop terug onder die bos en besluit om verder rond te kyk.

Toe hy omdraai, sien hy die boer van Blomtuin na hom aangestap kom.

Dankie tog, nou hoef ek nie alles op die plaas te gaan oorvertel'ie, dink hy dankbaar.

Hy staan die boer glimlaggend en inwag, maar sy glimlag word met 'n gebulder begroet: "Is jy die dônner wat my vee so steel?"

Hy is uit die veld geslaan. Die Botha-kêrel behoort hom tog te ken en te weet hy is nie so 'n soort mens nie. Voordat hy hom nog kan verdedig, tref 'n allemintige klap hom. Dit ruk hom skoon van balans af. Half verdwaas skarrel hy om sy hoed op te tel. 'n Venynige skop tref hom onder die sitvlak, laat hom gesig eerste oor die ruwe oppervlak skuur. Hy spring orent, haal sy kitaar van sy rug af; sy kitaar moet tog nie vandag iets oorkom nie. Hy kyk verbaas na die mense voor hom. Behalwe Botha het sy twee fris seuns en hul werker Gertjie Links nou ook by hom aangesluit. Dis nou vir jou 'n ding!

Jan Dos het nog nooit voorheen enige probleme met die Bothas gehad nie, maar hy weet vandag sal redeneer nie help nie. Hy sien hoedat Gertjie Links hom verlekker oor sy lot en vervies hom sommer op die plek vir die ou strontgat mannetjie. Hy is seker nou nog vies omdat hy wat Jan Dos is, sy hand in die as by Hester geslaan het. Vandat Hester gewys het sy stel nie belang om met die trensgat van 'n Gertjie Links kooi te maak nie, is die ou mannetjie tog te kortaf met hom.

"Lyster asseblief . . ." probeer Jan die woedende man tot bedaring bring, maar dis puur verniet, hulle sak op hom toe. Gertjie Links en die seuns hou hom vas terwyl Botha die houe op hom laat reën. Die pyn van die houe wil hom hardop laat huil, hy voel hoe die warm bloed oor sy gesig vloei.

Toe Botha hom los, sien hy deur sy betraande oë hoe een van die seuns op sy kitaar toesak.

"Asseblief, los tog net my tjietaar yt!" pleit hy. Maar sy woorde val op dowe ore. Die volgende oomblik word sy spogstuk oor sy kop aan flenters geslaan. Nou huil hy openlik en bid hardop in 'n huilstem: "Ag, my liewe Here, laat ek tog net vidag yt hierie ding kom. Help my asseblief, Here!"

Trane van vernedering loop oor sy wange; hy is nie gewoond aan dié soort behandeling nie. Sy oorle ma het altoos gesê: "My tjeent, al is jy vidag hoe eenvoudig, jy moet altyd pertiekelur wees."

En was hy pertiekelur! Sy manier van lewe het almal aan die praat gehad. Almal het geweet hy is 'n eerlike mens en hulle het net goed van hom gepraat. Hoe kan die mense hom dan nou so behandel? Hulle gee hom dan nie eers kans om te verduidelik nie.

Botha kom met 'n riem aangestap.

Vidag gaan hulle my soos 'n sleg weglooperhond slaan! dink hy en maak solank gereed vir die slae wat gaan kom.

Botha gooi die riem na sy seun Kleinpiet en sê bars: "Maak die sleg dônner goed vas en laai hom agter op die bakkie."

Jan Dos dink 'n vlietende oomblik aan wat sy ma hom van kleins af geleer het, hoe sy hom aanhoudend vermaan het: "Jy moet onthou, my tjeent, dis net ongetewelde mense wat soos skollies oppie straat stane beklei. Jy moet vir Ma belowe lat jy dit altyd sal onthou en nooit vir jou met dié soort rowwerageit ophou nie."

Hy het nog nooit sy ma se woorde vertrap nie, maar vandag sal dit die een keer wees dat hy nie haar vermaninge gaan gehoorsaam nie. Hy gaan blitsvinnig te werke. Hy stamp Gertjie Links dat hy daar doer trek. Die een Bothatjie slaan hy met die kop dat hy teen sy broer wat met die riem in die hand nader kom, val.

Hulle tref mekaar met 'n harde slag en val hard grond toe. Jan wag nie nog om te sien wat gebeur het nie, dis net sieks, toe slaan hy ysterklou in. Hy weet nie waarheen hy hol nie, hy weet net hy moet vinnig wegkom van die mense af.

Botha maak sy helpers bymekaar en is gou-gou weer op Jan Dos se spoor. Die pienk GMC-bakkie vlieg oor die aarde en pyl op hom af. Voor hom is die hoë lyndraad wat Boesmansyfer van Blomtuin skei, 'n goeie vyf of ses voet hoog. Jan besef daar is nie nog tyd om deur te kruip nie, nee, hy kan nie nog slêk nie, hy moet bo-oor. Hy weet nie hoe nie, hy weet net hy het hom opgetel en gespring; en toe hy anderkant grondvat, besef hy eers hóé hoog hy werklik gespring het. Daar is nie tyd om te brêk oor wat hy reggekry het nie, hy moet maak dat hy by die plaashuis op Boesmansyfer kom. Die kêrel sal keer dat Botha-goed hom verder seermaak, dit weet hy verseker. Hulle, die Jansens, sal weet hy wat Jan Dos is, sal nooit so iets doen nie.

Uitasem bereik Jan die plaashuis waar die kêrel, Dolf Jansen, en sy vrou, Enna, op die agterstoep sit. Hulle lyk verbaas toe hy sonder seremonie die stoep ophardloop. Sonder om enige tyd te verspil, begin Jan stotterend vertel wat hom vroeër te beurt geval het. Die trane, wat as gevolg van die middag se vernedering vrylik oor sy gesig loop, meng met die bloed wat uit die sny onder sy oog vloei en proe bitter in sy mond.

Dat ek wat altyd so presies op my lyf is nou vidag so voor'ie plaasmense moet staan. Wat moet die mense van my dink? wonder hy.

Hy het ook net mooi klaar vertel wat gebeur het, toe die pienk GMC-bakkie van Botha in 'n stofwolk voor die huis stilhou.

Harde woorde val. Jan Dos voel hoe hy weer soos kleintyd in 'n donker, stowwerige erdvarkgat wil versmoor. Jansen sit net doodstil en luister hoe die mense hom as 'n skaapsteler uitmaak en sê niks.

Jan Dos en Gertjie Links was tot vandag toe nie watwonderse vriende nie, maar hulle het darem ook nie in kwaaivriendskap gelewe nie. Gertjie se woorde is soos die erdvarkgat wat stukkie vir stukkie op hom inval en hom versmoor. En daar is niks wat hy kan doen om uit te kom nie.

"Ek het net vidag vir my kêrel gesê, die bloemen mannetjie sukkel al vannie jaar voorlaas af met my om hom te help om vannie skaap te steel. Hy woo so wragtag ôk hê ek moet van my eie kêrel se skaap op Blomtuin steel om saam met hom oppie dorp te gaan verkoop," vertel Gertjie sonder om te blik of te bloos aan Jansen.

"Ma dissie waar'ie, ek kry da' elke keer 'n permit vir allie vleis wat ek oppie dorp ga' verkoop," pleit Jan en wil amper flou word toe Jansen hom in die rede val en kortaf sê: "Ek gee jou net 'n permit vir die vleis wat jy hier op Boesmansyfer slag. Hoe weet ek of jy nie dalk later die gesteelde vleis bysit nie? Ek het jou so vertrou, maar jy het my seker ook al rot en kaal besteel. As ek moet uitvind daar is net een van my fokken skape weg, sal ek jou sommer self vrekskiet."

Jan Dos is verslae, tot in sy siel gekrenk. Hy wil met Jansen redeneer, hom oortuig dat dit Jan Dos is wat voor hom staan en van skelmgeit beskuldig word. Hy ken hom mos tog al jare lank, weet hy da' nie dat hy wat Jan Dos is, hom nie met oneerlikgeit ophou nie?

In plaas daarvan stotter hy net: "Asseblief, verstaan tog, ek ken my lewe lank niks anders as om met vee te werk nie, ek sal toggie 'n kêrelbok slag nie. Sy vleis is laf, 'n mens kan dit mos toggie eet'ie . . ."

Maar Jansen val hom in die rede: "Enna, bel jy die polisie, ek en Piet sal Jan in die waenhuis toesluit totdat die polisie opdaag. As hy onskuldig is, kan hy dit in die hof gaan bewys. Ek hou nie skelms op my plaas aan nie."

In die halfskemer, bedompige waenhuis huil Jan Dos soos hy nie eens met sy oorle ma se afsterwe gehuil het nie. Dis ook maar goed sy leef nie meer nie, sy sou nooit die skande wat vandag oor hom gekom het, oorleef het nie. Hy is skaamkwaad, kwaad omdat hulle hóm van alle mense van stelery beskuldig, skaam omdat hy soos 'n sleg bandiet in die waenhuis opgesluit word. Hy wat nog net wou goed aan ander mense doen, wat nooit enige mens kwaad vir kwaad vergeld het nie. En die Jansens? Die mense by wie hy al vandat hy twaalf jaar oud is, werk – agtien jaar lank – wil hom nie glo nie. Het hulle hom hoeka allie tyd gewantrou? Toe hulle so baie weggegaan het en hy so trots was oor die vertroue wat hulle in hom gestel het, het hulle hom toe al allie tyd gewantrou? Beteken dit dan niks lat hy 'n goeie en ordentlike lewe soos sy oorle ma hom geleer het, wil lei nie? Beteken al sy ma se leringe dan niks?

Hy is baie bang oor hoe Hessie die hele affêre sal vat. As daar nou een mens is wat hom sal glo en tot die einde by hom sal staan, is dit sy. Hy kry sommer 'n hol kol op sy maag as hy daaraan dink dat Botha-goed miskien kan dink dat sy ôk in die kaaipastige stelery is. Miskien sal hulle haar ôk slaan!

"Ek maak hulle vrek as hulle net aan my Blommie raak! As ek maar net by haar kan wees, net haar hand kan vashou, maar nou sit ek hier, opgesluit en wag dat die polieste my moet kom haal."

Met die skande wat oor hom gekom het, sal hy seker nie eens meer aankomende maand met die groot kerk op die dorp, as terjaken voorgestel word nie. Meneer en Meester was laas met die wyksnagmaal hier en toe het hulle vir hom gesê hy is gekies om as terjaken op die kerkraad te dien. Hy het nog vir hulle gesê: "Meneer en Meester, dit was nou rêrig die minste van my verwagting, maar ek sal seker maar nie die mooi werk kan aanvat'ie. Ek ka' dannie eers lees en skryf nie, hoe sal ek nou die anner mense kan bearbei?"

Sy trane begin sommer weer vanself loop as hy dink hoe mooi Meneer en Meester die dag met hom gepraat het. Eers het Meester gepraat: "Jan, ou seun, die liewe Heer kyk nie na dinge soos lees en skryf nie, Hy kyk of 'n mens se hart reg is."

En toe sê Meneer: "Ek weet vandag so seker as wat ek hier staan, as daar nou een mens se hart reg is om vir die Here te werk, dan is dit jy wat Jan Dos is."

Nou is dit ook vir goed verby, hoe kan hy dan nou op die kerkbank gaan sit as hy soos 'n bandiet in die poeliesbakkie rondgery is? Sy manelpak hang al klaar in sy klerekas, dis waar dit seker sal moet bly. Sy oorle ma sal so bly gewees het omdat hy vir die liewen Heer werk, omdat sy hom opgegroot het om die Here te vrees en na sy wil en behae te lewe.

Jan se keel begin toetrek as hy daaraan dink dat die polieste seker al naby is. Hy was in sy hele lewe nog nooit met die polieste deurmekaar nie, nog minder het hy die binnekant van 'n tronk al gesien. Die vrees vir die onbekende kom soos 'n bosluis op hom sit, dit wil hom nie los nie.

Ná wat soos 'n paar dae gevoel het, daag die polisie uiteindelik op. Alle vrae wat hulle aan Jan Dos vra, kan hy nie antwoord nie. Hy kyk net pleitend na Jansen en vra ná 'n rukkie: "'Seblief tog, sê dan vir die mense watter soort mens ek is, ek is mos voor die heilige Here nie 'n skelm mens nie, ek vra mooi, asseblief . . ."

Hy kry geen reaksie van Jansen nie, dié staan net daar asof hy Jan Dos van geen kant ken nie.

Die een polisieman pluk hom nader en klap hom dat sy ore tuit. "Ek is nou net mooi moeg van jou kak, jou blêrrie skelm Boesman!" snou hy Jan toe.

Hierna gryp hulle hom en boender hom in die vangwa dat sy kop teen die sif klap. Die lang ent dorp toe word vinnig afgelê en agterin die vangwa sukkel Jan Dos om asem te haal, want die stof wat daarin dam, wil hom versmoor.

In die koue sel gaan sit hy op 'n hopie in 'n hoek en steur hom nie aan sy medegevangenes nie. Toe die aandete heelwat later ingebring word, tref die volle omvang van sy penarie hom vir die eerste keer. Die kos, 'n hopie mieliepap met 'n skeppie goue stroop bo-oor in 'n blikbord, laat hom onderlangs mompel. "Dissie eers die kos wat ek vir my honde oppie plaas gee om te eet'ie."

Die skerp reuk van gekookte mieliemeel is skerp in sy neusgate en laat sy maag draai. Hy kan homself nie beweeg om te eet nie en krap lusteloos met sy lepel in die bord rond.

Die nag is die langste en eensaamste wat hy nog ooit moes deurmaak. Toe die son sy eerste strale deur die tralies stoot, slaak Jan Dos 'n sug van verligting.

Vroeg die Maandagoggend word hy weer in die vangwa gelaai en na die hofsaal gebring. Hier gebeur alles so vinnig dat hy nie mooi weet wat aan die gang is nie. Toe hy hom weer kom kry, lei 'n konstabel hom uit die hof, terug na die hofselle.

"Askies tog, ma' wat gaan nou aan?" vra hy half skugter aan die polisieman.

"Jy kan op borgtog van tien pond vrygelaat word. Het jy soveel geld?" antwoord dié hom.

Soveel geld, dink Jan wrang, ek het baie meer geld as dit, maar hoe gaan ek dit in die hande kry? Buitendien, daai geld is uitgesit vir my en my Blommie se troue en die wit Studebaker-bakkie wat ek wil koop. Ai, plês ek vir Meester gevra het om my bankboekie by Blommie oppie plaas te gaan haal, maar nou sit ek sonder geld om my byl te betaal.

Hy sit weer ineengekrimp in 'n hoekie en sluit sy oë. Vir geselskap met die ander bandiete het hy tog nie lus nie.

Hy sit nie lank so nie of hy hoor hoedat iemand na hom roep. Hy spring orent en loop flink na die traliedeur. Dis weer die konstabel met die kaperdien uniform en helmet, wat hom kortaf beveel: "Kom saam."

Wat gaan tog nou weer aan? wonder hy terwyl hy agter die nors konstabel aan stap. Hy is te bang om weer uit te vra. Toe hulle by die lang gang uitkom, sien hy die skoolmeester staan. Jan Dos storm op hom af, groet hom oordrewe met die hand, hy moet hard stry teen die trane. Dan dring dit tot hom deur: Meester het my kom los! Hy het gekom om my byl te betaal!

Met opgewondenheid wat soos die Doringrivier op Boesmansyfer ná groot reëns deur hom bruis, vra hy half uitasem: "Hoe't Meester geweet ek is hier?"

"Dis 'n lang storie, Jan. Die Bothas het Hester Saterdag van die plaas weggejaag omdat sy jou kwansuis met die stelery gehelp het."

"Die lae bliksems!" Onmiddellik kom hy agter dat 'n lelike woord sy mond hier voor die skoolmeester verlaat het. "Askies tog, Meester, maar ek is so bitter. Ma' waar's Hessie?"

"Sy wou nie saamkom nie, Jan. Sy sê sy wil jou nie so sien nie," verduidelik Meester simpatiek.

"Dis ôk maar beterder so, Meester, maar ka' ons nou yt die plek kom? Ek wat so gewoond is aan die groot oop vlaktes van die plaas, versmoor in hierdie toe plek."

Die ses weke voordat die saak weer voorkom, is een lang uitmergeling. Op Boesmansyfer, die plaas waar hy sy sweet gegee het, word hy soos 'n sleg hond weggejaag. Meester het hom skaars afgelaai of Jansen kom na sy huis aangery.

"Jy sal jou goed moet vat en trap, Jan. Jy moet verstaan dat ek nie skelm mense op my plaas kan aanhou nie. Dink net wat die ander boere hier rond van my moet dink . . ."

"Ja, en ga' niemand gee om hoe Jan Dos voel'ie! Niemand weet lat Jan Dos allie jare wat hy hier op Boesmansyfer gewerk het, noggie êns sovil soos 'n knoppiespeld gevat hettie. Nee, Jan Dos het ôkkie die plaas alleen gebustier te'wylsma die boer vannie plaas hier en innie anner lande rondgeloop hettie. Niemand ken nou ewe skierlik die Jan Dos wat van smôrens vroeg tot saans laat sy sweet hier weggegooi het of dit sy eie bloemen plaas issie! En vir wat?"

Hy is na aan breekpunt en moet net keer om nie sy oorle ma se woorde innie grond in te trap nie. En om te dink, hy't nog vidag so rond gekyk innie hof; so gehoop Jansen sal daar wees. Daar wees om vir hom te plie, virrie magistraat te sê: Jan Dos is 'n eerlike man, hy sallie so iets aanvang'ie. In sy hart sit daar so 'n stuk skurfgeit oor Jansen hom so sleg gebehandel het. Sy oorle ma het altyd gesê: 'n Mens moet nooit lelik met 'n anner mens deel'ie, want jy weet nooit wannir jy weer oor daai een verleë issie. Wat hom betref, sal hy nie eers weer vir Dolf Jansen 'n bietjie water vra nie. So, hy gee glad'ie om of hulle in kwaaivrindskap uitmekaar gaan nie.

En op 'n dag in die prokureurskantoor hoor hy hoe die man lees van veediefstal, aanranding, onwettige betreding en naamskending. Hy kyk vraend na Meester, asof hy wil sê: Jy't my hiernatoe gebring, jy moet vir my verduidelik wat dit als beteken. Meester het aangehou hy moet help kry as hy nie innie tronk wil gaan sittie.

Toe die prokureur die klagtes aan hom verduidelik, vra Jan saggies: "Hoe kan die mense so stane lieg? Skaap het ek wat Jan Dos is nog nooit in my lewendige lewe gesteel'ie. Aan hulle het ek ôkkie geslaan nie. Gestamp en weggestoot, ja, maar dit was om te preur lat hulle my nie onglukkag slaan nie."

Nog 'n skok wag op hom toe die prokureur hom vertel dat Botha vir die 30 skape, 11 bokke en 6 duur stoetramme wat oor ses maande weggeraak het, vyfhonderd-en-vyftig pond en ses pennies eis. Hy luister sonder om te praat na wat Meester en die prokureur te sê het.

Toe hulle klaar is, bars hy uit: "Die lae klomp sleg bliksems! Nie een van hulle sal ooit naby Jan Dos kom'ie, daarvoor is hulle net te gevrek en sleg. Wat het ek vir Jansen of vir Botha gedoen lat hulle my so moet behandel? Wat het ek vir die slegasem van 'n Gertjie Links gemaak lat hy hommie skaam om my so voor'ie Here te stane verkoop'ie? Ek issie sodanig gebekommer oor'ie geld'ie. As ek al my vee verkoop en al my bêregeld trek, sal ek daai paar pond maklik kan betaal. Ma' dissie waaroor dit gaan nie, ek het mos voor'ie Here niks gedoen nie! En my oorle ma het vir my geleer: 'My tjeent vir jou reg moet jy bereid wees om dood te gaan. Moenie lat anner mense onnorag op jou trap'ie.' En ek sweer vimôre vir julle, die Here is my getuie, ek is bang, baie bang om tronk toe te gaan. Maar ek ga' ôkkie lat mense oor my loop en my reg afvattie!"

Dit kos Meester mooipraat en pleit, maar Jan Dos wil nie ingee nie. Die prokureur waarsku hom: "Met al die getuienis teen jou sal hulle jou ten minste vir drie of vier jaar opsluit. Aan die ander kant: as ek jou verdedig en ons skuldig pleit, kry ons dalk versagting en jy kry buitestraf."

"Meneer, ek hettie die krag om teen'ie moedbreek mense te stane baklei nie. Maar ek weet God slaap'ie, en ek sallie gaan tronk vir 'n ding wat ek voor'ie Here nie gedoen hettie. As niemand my da' wil glo nie, da' issit danatoe. Maar ek betaal voor'ie Here nie 'n pennie vir diere wat ek nie gevat hettie! Da' gaan ek liewerster tronk toe!"

Die lang gewag voor die hofsaak maak van hom 'n senuagtige, onseker mens. Hy wat altyd so selfversekerd en opgeruimd was. Die hele dorp is teen hom. Dis nog net Meester, Meneer en nog 'n paar ander mense wat nog dieselfde teenoor hom is. Hester bly solank by Meester en sy vrou. Hyself bly verder af in die dorp by die Maliqua-gesin. Dinge tussen hom en Hester is ook net nie meer wat dit was nie. Daar het nou 'n ongemaklike stilte tussen hulle gekom lê wat hy nie kan verstaan nie. Hulle weet nie meer waaroor om met mekaar te gesels nie. Dit pla Jan dat hy nie meer sy Blommie se klokhelder stem hoor nie. Die mooi stem het stil geword, sy sing ook nie meer nie. In die lang stiltes hou hulle net mekaar vas en dis toe dat dit gebeur.

Alleen en verwerp deur die wêreld wat hulle so liefhet, gee hulle in voor die begeerte om aan iemand te behoort. Voordat hulle besef, is hulle deel van 'n stormende perdetrop. 'n Dolle gejaag, klappende hoewe en alles is net so skielik as wat dit begin het, verby.

Hierna laat die skuldgevoel hulle nog verder uit mekaar dryf. Hy vra aanhoudend aan homself: "Wat is besig om met my te gebeur? Hoe kan ek dit aan my Blommie gedoen het? Hoe is dit moontlik lat ek in 'n paar dae als wat my oorle ma my geleer het, virrie varke gooi?"

Sonder 'n prokureur staan Jan Dos voor die magistraat. Hy word so deurmekaar van al die vrae dat hy begin hakkel en verskillende antwoorde op dieselfde vrae gee. Hy hoor hoe die magistraat sê hy is skuldig en moet ses jaar lank tronk toe gaan. Ses jaar! Hy sien hoe hy in die tronk oud word en sy Blommie verloor. Hy hoor nie eens dat die helfte van die vonnis vir drie jaar opgeskort is nie.

Sy hele lyf bewe en sy mond is kurkdroog toe hy met die magistraat praat: "Ag, askies tog, ma' kry ekkie 'n boete nie? Ek meen dis mos darem die eerste maal wat ek hiersô kom, asseblief?"

Die magistraat trek sy voorkop op 'n plooi en sê kwaai: "Vir 'n oortreding van dié aard is daar nie 'n boete nie. Waar wil jy in elk geval die geld kry? Seker weer gaan steel?"

Hy vererg hom vir die mense wat hom net wil verkleineer en nie wil glo lat hy 'n eerlike mens is nie. Hoe het hy nie gehoop en gebid lat die Here net Jansen se hart sal versag nie? Lat hy net vidag hier gewees het om vir hom te kom plie. Die mense sal vir hom glo, want hy is een van die rykste boere van die distrik.

Die mense lag toe hy vir die magistraat sê: "Julle dink mos ammal omlat ek oppie plaas werk en nie ka' lees of skryf'ie, ek is 'n kaalgat nikswerd! Ek is seker ek het meer geld innie bank en lewendige diere as julle ammal!"

In die banke het Meester en sy vrou moeite om Hester tot bedaring te bring. Sy huil kliphard en roep aanmekaar na Jan. Haar mooi stem is vandag net 'n roggeling. Voordat hulle kan keer, begin sy sing:

"As ons lewensweg hier op aard moet skei –
wie dan, my liefling, sal by my bly?
Sal ons ooit weer saamwees soos voorheen
of sal ek steeds kwynend oor jou bly ween?
Vaarwel, my lief, vaarwel, mag die liefde
    van my hart

jou op hierdie donker pad bewaar van
menig smart.
Vaarwel, my lief, vaarwel."

Dis doodstil in die hof. Van die mense vee trane af en die magistraat sit net en kyk kwaai voor hom uit. Toe Jan Dos uit die hof gelei word, kyk hy glad nie eens in Hester se rigting nie.

Die eerste maand in die tronk is louter hel, maar hy wys aan niemand hoe hy voel nie. Hy doen alles wat die bewaarders van hom vra sonder om teë te praat. Hy word baie dae slegter as 'n hond behandel. Hy het nie meer sy eie wil nie. Hy moet hardloop as hulle so sê, hy moet stilbly of praat as hulle so sê. Hy weet nou hy het 'n fout gemaak. Hy moes na Meester en die prokureur geluister het. Wat baat dit om op jou reg te staan as jy daardeur jou lewe verloor? Hier in die tronk met die mure wat hom inhok, het hy ophou dink. Sy diep gedagtes werk nie meer vandat hy in dié plek is nie. Hy lewe maar net omdat sy liggaam nog lewe, maar sy hart en siel is dood, morsdood. Die dag toe hulle gesê het Jan Dos is 'n dief en 'n rower en Jansen hom vir'ie voëls laat staan het – dié dag het hy ophou lewe.

Ná die derde maand in die tronk kom Meester en Meneer daar aan. Hulle weet te vertel dat die skape en bokke al die tyd deur rondloperhonde gevang is. Jansen het glo van die honde op sy plaas gekry en doodgeskiet.

Meester vertel: "Jansen kom toe by my aan, baie spyt oor die onreg wat hy jou aangedoen het."

"Dis nou te laat vir trane, Meester. Hy kan sy spyt maar . . . hou." Hy wou eers 'n sterker woord gebruik het, maar bedink hom. "Hulle het my geslaan, soos 'n dol hond innie waenhuis toegesluit. En weet Meester en Meneer wat is die ergste? Die ergste is lat Dolf Jansen my nie geglo hettie! Hy ka' maar sy spyt hou vir tweegevreet mense soos Gertjie Links. Ek het dittie norag'ie. En ek gaan ôkkie by hom ga' stane gatkruip'ie." Nou gee hy nie meer om wat hy voor die predikant en die onderwyser sê nie.

Meneer probeer hom nog moed inpraat. "Alles is nie so donker as wat dit vandag vir jou lyk nie, broer Jan. Jy is jonk en kan weer oorbegin. Jansen het juis gesê dat jy met graagte weer vir hom kan kom werk . . ."

"Dit sallie blêrrie dag wees! Hoe kan ek vir mense ga' stane werk wattie vir my vertrou nie? Meneer en Meester, ek staan vidag voor julle as 'n stukkende man. Stukkend gebreek oorlat die mense wat vir my ken, sê ek is 'n skelm. Hier in hier'ie tronk het hulle vir my verder gebreek. Hoe de hel, askies virrie woord, ma' dis hoe ek voel, hoe ka' Meneer praat van nie donker'ie? Lat ek nou vir Meneer sê: Jan Dos se lewe issie ene nag! As ek vidag innie dorp loop, sal ammal sê: 'Daar loop Jan Dos, hy't mos gebandiet oorlat hy skaap gesteel het.' Dis hoe donker my lewe vidag is!"

Meneer en Meester is daar weg sonder dat hy gewys het hy is bly omdat hy dalk binnekort vrygelaat sal word.

Alleen in sy sel, breek die nuus wat Meester ook nou vir hom gebring het hom stukkie vir stukkie uitmekaar. Hester, sy Blommie, is glo al 'n maand t'rug saam met 'n bênd Kaap toe. Sy gaan vir hulle sing en miskien gaan hulle ôk nog 'n plaat maak en oor die draadloos sing. Waar sal 'n mens wat innie Kaap bly en oor'ie draadloos sing in 'n tronkvoël wattie êns ka' lees of skryf'ie belangstel? Sy is vir altyd weg. Hy weet dit, al het Meester ôk gesê sy kom weer t'rug.

Twee dae nadat Meester-hulle by hom was, word hy vrygelaat. Hy is bang vir wat buite die tronk op hom wag. Terwyl hy in die lang gang afstap, bid hy saggies: "Ag, my liewe Here, wat het ek da' gedoen lat U vir my so swaar lat kry? Het ekkie net altyd my beste vir U en vir my meremens gedoen nie? Hoe ka' daar buite so baie regte skelms rondloop, ma' ek wat niks gedoen hettie, is soos 'n hond opgesluit? Is daar dan nie meer geregtigeit, die geregtigeit waarvan Meneer so baie preek'ie? As ek nou hier uitstap – wat wag vir my daarbuite?"

By die toonbank steek hy vas, kyk rond of hy dalk vir Meester gewaar. Maar daar is niemand bekend nie en die teleurstelling stoot soos 'n mislikheid in sy keel op.

Da' is dit nou ôk maar tot daa'natoe, dink hy. Ek het geweet hulle sal my ammal een vir een los. Ek het mos vidag niks, ek is 'n niks. Net 'n bandiet met 'n swartkol op my naam. Ek sal seker maar alleen moet regkom. Hoe, weet ek voor'ie Here nie.

Die bewaarder by die hek waar hy sy lospapier moet ingee, kyk hom met 'n glimlag aan en sê: "Dis darem seker lekker om weer 'n slag vry te wees, nè, Jan?"

Hy antwoord hom nie, stap net stadig deur die hek na buite.

Die wind stoot sterk teen hom aan terwyl hy sy weg met moeite in die breë grondpad baan. Dis 'n stormsterk wind wat donker stofwolke oor die vlaktes waai. Hy moet haastig sy rug teen die wind draai om te keer dat die sandkorrels nie in sy oë kom nie. Hy kyk na die veld en sien hoe dit in die drie maande agteruit gegaan het. Die boesmangras is net droë stingels sonder die wit pluime. Ook die driedoringbosse is verdroog en swart sonder die lekkerruik pienkgeel blommetjies.

"Ek en die veld is vidag eeners, vaal en leeg. Sonder my Hester, die blom van my lewe, is ek dood, en sonder mense wat my vertrou en bystaan, is ek maar net 'n droë, leë dop. Die veld sal nog weer regkom as dit reën, maar ek? Wat is daar wat my weer sal laat regkom?

Sy klere hang onnet aan hom. Die broek is gekreukel met duidelike bokknieë. Die hemp is oortrek met vuil kolle en die hoed is nie getoon nie en is sonder die spoggerige volstruisveer. Sy flinke stap is deur 'n lustelose strompeling vervang.

Hy gaan sit op die sandwal langs die pad en praat weer hardop met homself.

"Ek het nettie meer'ie krag om teen'ie sterk wind te beur nie. As ek maar eerderter daai dag 'n perd offie baisekel gevat het, da' het ekkie oppie besageit afgekommie. Ma' wat sal dit als gebaat het? Die bliksemse Botha en sy gatkruiper Gertjie Links sal nog altyd gesê het ek is 'n skaapsteler. Dis nou maar eenmaal uitgesit lat Jan Dos geslaan moet word, my hart se punt verloor, nie geglo word deur'ie man wat ek als voor opgeoffer hettie. Ek is nou maar eenmaal gebore om 'n gemors van 'n lewe te hê. Al my oorle ma se opofferings was puur verniet.

Hy voel nie hoe die sandkorrels sterker teen hom aanwaai nie, voel nie hoe dit hom geniepsig in die gesig piets nie. Dit dam teen hom op en begin stadigaan 'n hopie om hom vorm. Jan Dos is nie bewus dat die rooi, verstikkende sand besig is om hom lewend te begrawe nie.

1998

THOMAS DEACON

Bergmannetjie

"Vroejare was dit Bergmannetjie se manierlikheid om van fontein tot fontein te trek," sê ant Velletjies, terwyl sy 'n titseltjie snuif op die kneukel van haar hand sit en uitskud. "Ek lieg nie vir jou nie, deusman. Soos wat ek hier voor jou op my agterent sit en rondskuiwe, is ek geheel en al 'n kerklike mens. Gaan vra maar vir leraar. Hy sal vir jou met 'n heiligheid in die oë kan vertel dat ek wat Velletjies Koester is, van snotneus se dae af grootgebring is in die vreesagtige dinge van die lewe. Ek meen te sê, vir waarheidsdinge had ons van oudsher af 'n groot gesag. Mamagoeters had goed geweet om waarheid, eerbiedsamigheid en gehoorsamigheid by onse lywe in te móér! En as ons donkiestreke uitgehaal het, had Pagoed by haar oorgegryp met die handsambok!

"So maak Pagoed vir ons een jaar staninkie op die plaas Bokfontein, dour iewerster in die dieptes van onse K'roowêreld. Nou moet ek vir jou sê, deusman, dourie jaar van die staninkie was vir jou 'n behoorlike dróógpramjaar; só droog, dat die uitkomstetjie net betyds met onse paadjie langes gevoetsaam het, anders had al wat viervoetig en tweebenig was, opgedood van hongerte en dorstigheid.

"Ons had nog skaars afgepak gehad, of Mamagoeters sê my aan om water te gaan haal by die fontein; sy sê: 'As kind had ek die wêreld hierlanges susterlik geleer ken; jy moet mooi suutjies drawwe tot dour waar die biesies óórhangetjies maak op die water; daar is die wal nie té hoog nie; daar sal die skepwerk makliker wees as op annerlike plekke. Pasop net vir onnodig se ronddwaal; mens weet nooit watter soort van gevaarlikheid agter die bosse lê en skuil nie. En pasop dat jy nie stoutstreke uithaal water se kant toe nie; Bergmannetjie lê en loer vir kinders wat stoutlyf van gedaante is; hy speel nie met hulle saam nie!'

"So beduie Mamagoeters met watter draaipaadjie ek langes moet drawwe. So buk ek onder die drastok in; aan elke punt van die stok haak ek 'n emmer; toe dra my voetsole my fontein se kant toe. 'Heretjie,' bid ek, 'help tog net dat Bergmannetjie nie op my pad langes kom nie! Wie sal vir Mamagoeters fonteinwater loop skep as ek deur daai boosling vasgevat worre? Kleinsussie kruie nog natgat op haar se agterent rond; die oudstes is ook al onder Mamagoeters se vlerke uit . . . Buiten my is daar niemand anders om emmerwerk te loop maak nie.'

"Soos wat my voetsole hardepaadjie langes drawwe, kom al wat vertelsel is oor Bergmannetjie in my gedagtes op. Ek sien vir Mamagoeters; sy sit by die rokerigheid van die aandvuurtjie stories en uitskud; sy sê: 'Daai kêreltjie het mos 'n liewigheid in sy lyf vir meisiekinders met moesies op hulle se aangesigte. Hoe swarter en hoe groter daai moesies, hoe lokliker lyk daai meisiemens vir hom; hoe groter die planne wat hy maak om vir moesiemens in die hande te kry.'

"Mama waarsku ook: 'Jy is die enigste van my kinders wat met swartmoesie op hulle se aangesigte hierdie wêreld binnegehelp is. Daai dag toe jy op die velle uitgeskud is, het vangvrou jou sóóó gebekyk; sy het gesê: 'Hierdie kind sal moet oppas vir Bergmannetjie! Sy sal moet oppas! Kortkêreltjie se lus sal behoorlik uithang as hy vir háár te siene kry. Sy sal moet mooitrap met die waterhaalslag; die oog sal móóikyk moet gooi, anders is julle wat Koesters is, vir moesiekind kwyt!'

"So drawwe ek hardepaadjie langes, so drawwe ek sandpaadjie langes; so drawwe ek bospaadjie langes, totdat die fontein skielik blinklyf voor my oopmaak. Toe gaan ek staan, doeksel oor die gesig. Ek kyk om my rond, báng vir daai enetjie wat so vreeslik van moesietjies hou; ék met swartmoesie op die aangesig!

"Ek haak die emmers van die drastok af los; ek sit hulle op die grond neer; my oë soek vir die plek waar die biesies oorhangetjies maak op die water. A, daar is dit! Maar net toe ek die emmers wóú optel om te loop skep, sien ek 'n troewelgeid uit die water uit opkom. So staan en kyk ek daai troewelgeid, totdat daar 'n persigheid op die water uitkom; toe kom daar ander kleure op die blinkigheid van die water ook uit; al daai mooi kleure wat agter elke reënsel in die aardboog bly rondspeel; daai boog wat aljimmers kromstert oor die rante hang nadat dit klaar gereent het. Dis mooi, dink ek. Dit lyk net soos die aardboog wat bokant onse reënrante bly kopspeel. En ek dink: elke keer as daai boog so staan en kleurmaak, hardloop ek agter hom aan. Ek wil sy punt vasgryp met my hande; ek wil vir Mamagoeters loop sê: 'Kyk hierdie boogrol, Mama; ek het hom gevang. Nou kan Mama vir ons mooi klere maak. Mama kan na Haakneus se winkel toe gaan; Mama kan by hom loop spog: 'Kyk tog hiér; ons het ook kleregoed; ons hoef nie meer by jóú koopsels te maak nie; ons vang sommer self onse kleregoed bokant die reënrante!"

"Toe wéét ek sommer dis Bergmannetjie se kleurkombersie daai. Dis nie oor hóé dat hy dit so oopsprei nie; dis om vir moesielyf nader te lok; hy wil haar die dieptes van die fonteinwaters binnetrek!

"My kop sê vir my dat ek moet terughol staninkie toe, dat ek moet gat skoonmaak tot dour tussen Mamagoeters se bobene; dour waar ek van onder haar rok uit vir die wêreld kan tong uitsteek; dour waar die sawwigheid van haar boboude 'n rustigheid in my losmaak, totdat sy vir my sê: 'Dis tyd dat jy loop slaap! Moenie hier so onder my roksel sit en ginnegaap nie! Jy is nie meer pram se kind nie; jy is groot genoeg om tussen die boboude van onse wêreld skuilte te loop soek! Siejy skedêdel, lêplek toe! Bergmannetjie vang graag stoutgatte, veral diésulkes met swartmoesie op hulle se aangesigte!'

"Daai kleure bly speel op die water. Toe hoor ek hoedat iemand beginne te sing. Dis 'n sagte stem; dis 'n mooie stem; dis 'n man se stem; dis 'n stem met die soet van heuning in die innerlike binneste daarvan:

'Agassafonnakaatjie, agassafonnakaatjie
jy met die hingselemmertjie
ek met die blinknerfbaadjie.
Agassafonnakaatjie, agassafonnakaatjie
jy met die hingselemmertjie
ek met die drienaatblinknerfreënboogbaadjie . . .'

"Toe duik al daai kleure skielik net wég onder die waters. Eers die persigheid, toe die groen, toe die geel . . . toe al die anderlike kleure. Toe klouter daar 'n driebeenklipdassie, kleurebaadjie en al, van onder uit die waters uit, dour waar die biesies oorhangetjies maak op die water. Daai klipdassie maak sulke huilgeluidjies; hy kom reguit na my toe aangesukkel, driébeentjie, driébeentjie. Ek wil hom optel; ek wil hom in my arms vashou; ek wil daai baadjietjie van hom vasvat; ek wil voel hoedat die gladdigheid daarvan tussen my vingers rondspeel.

"Maar toe is dit weer misvuur se stories wat in my binneste beginne vlam skiet: jy moet oppas vir Bergmannetjie; partykeer verander hy hom in 'n klipdassie, enetjie met net drie beentjies. Dan jammer moesiekind hom uit die diepte van haar hart; dan tel sy hom in haar arms op, maar net dán, net daar waar jy hom staan en lief maak, verander hy homself in Bergmannetjie. Dan trek hy jou onder die waters in; dan moet jy vir hom werk, saam met al die ander moesiekinders wat hy vir hom ingetrek het. Maar as jy vir hom wat klipdassie is met 'n miskoek gooi, sal hy jou nie lastig val nie. Nee, dan sal hy weghol; hy sal nooit weer terugkom nie. Al sing hy allerhande leunerige goeters, hy sal nooit weer terugkom nie.

"Ek kyk so om my rond; ek kyk so op die grond rond. Toe sien ek 'n vet miskoek neffens een van die wateremmers. Maar klipdassie kom, hy kóm! Net toe hy amper by my is, gooi ek hom met daai miskoek mooi tussen die middelste voorkant van sy kop. Toe moes jy vir driebeentjie sien! Hy verander daar en dan in viérbeentjie. En hy swaai gatkant na my kant toe; hy beginne hol dat dit wít sit; en so ver as wat hy hardloop, sing hy:

> 'Agassafonnakaatjie, agassafonnakaatjie
> jy met die hingselemmertjie
> ek met die drienaatblinknerfreënboogbaadjie.
> Agassafonnakaatjie, agassafonnakaatjie
> ek gaat nou vêrbergwêreld toe
> maar môre kom ek weer.
> Is môre dalk te vêr
> dan kom ek ander keer . . .'

"Toe raak ek móérs kriewelrig, want Mama het gesê: 'gaan haal water!' en sonder water mag ek nie by die staninkie aankom nie. So buk en loer ek, so buk en lóér ek. Ek vat daai emmers; ek skép. Ek buk áf; ek haak die hingsels aan die drastok; ek draf terug staninkie toe, omkyk-omkyk.

"So vreet my voetsool bospaadjie; so vreet my voetsool sandpaadjie; so vreet my voetsool hardepaadjie; so drawwe ek bospad-sandpad-hardepad, totdat onse staninkie voor my beginne opdye. Maar wat sal ek daar in die drafpaadjie voor my sien staan? Dis 'n man; dis 'n mooie man; dis 'n loklike man; dis 'n lieflike man; dis 'n man wat vrougoed se manierlikheid kolmabiesie in haar lyflikheid wil laat slaan; dis 'n man aan wie se pronklikheid jy met al twee die hande wil vát. Kompleet soos witborskraai staan hy daar in die drafpaadjie, wit hemp en swart pak klere om die lyf; hy lig sy arm; hy sê: 'Kyk bietjie wat ek in hierdie hand van my vashou. Dis 'n boegoetakkie; met hom sal jy al die sleg dinge van die lewe kan omtoor na lieflikheid, net soos daai spreikombersie wat jy op die fonteinwaters gesien drywe het. Kom vat; dis jóúne!' En die lag breek so bietjies-bietjies oor die lieflikheid van daai man se lippe; en die son gooi blinkstraal teen die melkwit van sy tande.

"Maar ek hoor weer vir Mamagoeters, hoedat sy oujare se stories teen die rokerigheid van die aandvuur sit en uitskud; sy sê: 'Toeka se tyd had onse mamas te vertelle gehad van daai Bergmannetjie, van hoedat hy homself kan verander in 'n mooie man, enetjie met 'n swart pak klere aan sy lyf, enetjie met 'n spierwitte hempigheid. 'n Boegoetakkie, dís wat hy vir jou wil gee. Maar as jy aan daai takkie vát, gryp mooiman vir jou; hy sleep jou fonteinwaters toe. Dour laat sak hy jou in die dieptes weg; in die donkerheid van die moddergate suie hy al die bloed uit jou lyf uit. Hy suie en suie totdat jy so wit is soos daai natterigheid wat partykeers uit onse wintershemel val, daai kouigheid wat onse kinders soos pêredrolle saamgedruk het, waarmee ons gespeel het, waarmee ons mekaar gegooi het.'

"En ek drawwe ómpad verby daai mooie man, maar soos wat ek drawwe, hoor ek hom sing:

'Waar Bokfontein
se misvuur brand
is 'n boegoetakkie
in my hand.
Waar Bokfontein
se misvuur vlam
kom soek ek jou
my geuslyflam . . .'

"Ek hoor, maar ek maak of ek nie hoor nie; ek drawwe dat dit wít sit, totdat ek daai man nie méér kan sien nie, totdat ek hom nie méér kan hoor nie. Toe is onse staninkie sommer hier vóór my, dour waar Mamagoeters sit en skaapkop skraap in die kookskerm; sy vra: 'Vir wat is jou klere so nat! Vir wat is jy so moeg? Kyk net hoe het jy water gemors! Die emmers is dan nie eers hálfvol nie! Gaan trek vir jou droëgoed aan. Of moet ek daai gatjie van jou brandslaan!'

"Daai aand sit en sing my oompie Galliegoed om die misvuur:

'Klipdassie span sy kleurtjie
span sy kleurtjie oor die waters.
Klipdassie span sy kleurtjie
sy kleurtjie oor die waters.
Waarnatoe gaan jy?
Waarnatoe gaan jy?
Gaan jy slaap of gaan jy vry?
Of gaan my liefding by my bly . . .?

"Hy sit daai speelding van hom teen 'n houtstomp neer; hy sê: 'Dis een van Bergmannetjie se liedjies daai; soos wat ek dit vir julle sit en sing, het oorle Mamagoeters dit ammelee gespeel en gesing; sy het daai bokkertjie gekén . . . Ek weet góéd; oorle Mamagoeters het vertél . . .'

"Ek loop lê met my kop teen oompie Galliegoed se skouer. 'Vandag het ek vir Bergmannetjie gesien,' sê ek. 'Ek het sy spreikombersie gesién, ek het vir klipdas gesién; swartpak het vóór my in die drafpaadjie kom staan . . .'

"Mamagoeters praat met daai oompie van my, maar ek vang haar woorde net so bietjie-bietjie, want die vaak sluk aan my. Toe word my kop te swaar vir my lyf."

1999

E. K. M. DIDO

Die prediker

Woensdagoggend 26 Augustus 1998 is ek soos gewoonlik douvoordag op Blackheathstasie om die trein werk toe te kry. In plaas van op Bellville afklim, ry ek vandag tot in Kaapstad. Ek moet by die hospitaal langs die Waterfront kom waar my studente hul praktiese eksamen doen. Die stasie wemel van pendelaars, maar iets is anders. Die harde gepratery ontbreek. Oral staan mense in bondels saamgedrom.

Elke groepie wat ek verbysteek, praat oor dieselfde ding:

"Het jy gehoor wat by Planet Hollywood gebeur het? Is dit nie terrible nie?"

"Wat dink jy van die bomontploffing by Planet Hollywood? Die tiewie sê daar is drie dood en hulle weet nie of die ander gaan recover nie. Wat dink jy daarvan?"

"Jitte, my broe', wat word van ons land? Niemand het meer respect for life nie!"

"Het jy die lelike ding van Planet Hollywood gehoor? Almal dink dis terrible, maar vra vir my. Ek was daar! Dis waar! Die Jirre kan my doodslaan as ek lieg. Ek en my ou wou daar gaan afkoel, maar toe ons daar kom, toe wemel dit van cops en goed. En weet jy wat? Die hele building is opgeblaas! Net die neon sign wat nog hang. As ons net 'n klein bietjie vroeër daar gekom het, was ek nou in my glory in!"

Ek staan langs die groepie en luister hoe die vrou oordryf terwyl haar vriende swaar sugte gee. Ek sug stilletjies saam, want ek is nog te verslae en verbysterd om enigiets te begryp. Vanaf Februarie is daar om elke hoek en draai 'n bomontploffing in die Wes-Kaap en dit het my nie juis baie gepla nie. Maar hierdie keer is dit anders. Ek ken die plek, want ek was al 'n hele paar keer daar. Voorheen het ek medelye met die slagoffers gehad. Hierdie keer voel dit asof hulle my eie familie is.

Die trein trek die stasie in, en ek wurm my met eersteklaskaartjie en al by die oorvol derdeklaswa in. Ek wil wees waar die geprekery en gesingery en gebiddery is terwyl sommige kliphard vloek en lag en tekere gaan. Selfs die stink sweetreuke skrik my vandag nie af nie. Ek is te verslae om met my eie gedagtes in 'n eersteklasplek te sit. In die wa is almal se gedrag anders as gewoonlik. Niemand skerts of lag nie. Almal luister aandagtig na die gesange en gebede. Dit lyk asof almal nes ek voel. Verslae oor wat in die land gebeur.

Op Bellville verlaat die sanggroep ons en 'n vrou begin met 'n heserige stem in gebroke Engels preek. Ek wonder vir die soveelste keer waarom my mense van ons moedertaal wegskram. Gelukkig pynig sy my ore net tot op Mutualstasie. Ons is so twintig mense in die wa oor en sit ver van mekaar af. Niemand praat 'n woord nie.

Net toe ek weer aan Planet Hollywood begin dink, spring 'n middeljarige man op en haal 'n Bybel uit sy rugsak. Hy slaan die Bybel met die stukkende omslag oop, en loop eers op en af en kyk ons goed deur. Elke keer as hy 'n voet neersit, gee hy 'n harde sug, en 'n paar van ons sug saam. Ek sug om die swaar gevoel op my bors weg te kry. Ek sug nog so, toe begin die man preek, en sy klipharde stem laat my amper van die klipharde geel plastiekbank afval.

"J-a-a, my broers en susters! Die koms van die Here is naby! Glory! Laas nag se ding by Planet Hollywood is maar net die begin. Die Woord sê daar kom erger dae. Amen! Kom ek lees vir julle wat die Skrif . . ."

Hy wil nog sy vinger op die vers sit, toe die trein met 'n rukbeweging tot stilstand kom. Net betyds haal hy die naaste sitplek. Ek loer by die venster uit en sien dat ons tussen Woodstock en Kaapstad staan. Dat die trein tussen stasies staan, pla my nie. Dit gebeur alte dikwels. Maar toe ons na 'n halfuur nog nie beweeg nie, begin ek bekommerd raak. Die studente het my al agtuur by die hospitaal verwag, en dis reeds tien oor agt!

Intussen het die prediker weer begin sug en preek. En na elke sug soek sy vingers 'n vers in die Bybel op. Ons almal luister aandagtig en ek wonder wanneer sy nekare van al die skree-praat gaan bars. Hy is net mooi op dreef, toe een van die mans vir sy maat sê: "Hey broe', check daai score!"

Ons almal se koppe hang soos nat lappe by die vensters uit. Die prediker s'n ook. En toe gewaar ek hulle langs die voorkant van die trein: 'n swerm polisieoffisiere en honde! Wat gebukkend langs die treinspoor af soek.

Ek sal nooit weet wie gepraat het nie. Al wat ek hoor, is: "Daar's 'n bom op die spoorlyn!"

Sonder dat ons wis wat ons doen, skuif ons almal styf teen mekaar en vat hande. Dit maak nie saak dat ons mekaar nie ken of mekaar miskien nooit weer sal sien nie. Ons klou van pure banggeit aan mekaar vas. Eers toe die prediker weer aan die woord is, besef ek dat al die mans by ons bly sit het en nie uit die trein gespring het nie. Ek probeer om my aandag te vestig op dít wat hy preek, maar dis moeilik. My kind bly maal deur my kop en die gedagte dat ek nie gereed is om deur 'n bom fyn en flenters die ewigheid in gestuur te word nie.

Maar toe sê die prediker iets wat almal verskrik na hom laat kyk. Veral die mans.

"Ja-a-a, broers en susters. Hier staan dit geskryf." Sy vinger druk op elke woord wat hy lees: "Wie ore het om te hoor, laat hom luister! Glory! On the last days silicon chips will be planted on your hand and on your foreskin! Amen!"

Hy druk amper 'n gat in sy voorkop toe hy "foreskin" uitbulder.

"And that, broers en susters, will be the only time that you will be able to buy something!"

Ek luister al lank nie meer nie. My verstand het by "foreskin" gaan stilstaan. Liewe wêreld! Ek sal nou nie sê dat ek die Bybel van voor na agter ken nie, maar ek sweer my Bybel bevat nie daai vers nie.

Ek sou normaalweg nie in 'n lagbui uitgebars het nie. Regtig. Ek het al deur snaakse preke gesit en nog nooit gelag nie. Maar hierdie keer kan ek dit nie verhelp nie. Ek meen, ons hou nog almal mekaar se hande so vas, toe slaan die prediker se woorde ons voor die kop. En toe ek weer kyk, knyp die man aan my linkerkant sy bene styf teen mekaar, ruk sy hand uit myne en klou sy skoot vas asof hy die hele Namib se diamante daar bewaar. Jy kan sweer hulle staan reg met die silicon chip!

My gelag laat die ander klomp na my kant toe loer, en toe hulle die man se aksies sien, skater hulle ook van die lag.

"Satanskinders!" bestraf die prediker ons.

Ek steur my nie aan hom nie. Die ander ook nie. Ons lag dat die trane rol.

So tussen die geskater deur besef ek dat ek nie meer vir die man langs my lag nie. Ek lag van verligting omdat ek binne nie meer so swaar bedruk voel nie. Toe die trein uiteindelik ná 'n uur se vertraging by die Kaapstasie intrek en ons almal ongedeerd op die perron afspring, sak ons op die prediker toe om sy hand te skud.

Toe my beurt kom, loer ek na die oop Bybel in sy linkerhand en vergeet net daar wat ek wou doen. Die man het meer as 'n uur lank teksverse aan ons voorgelees uit 'n onderstebo Bybel! Ag, dag ek, miskien het hy dit net omgedraai toe hy ons moet groet. Maar my nuuskierigheid kry tog die oorhand.

"Broer," sê ek ewe sedig, "daai vers met die silicon en goeters. Dit raak waar niemand dit wil hê nie. Lees hom net nog 'n slag, asseblief."

Die paar mans wat agter my hul beurt staan en afwag, begin proes. Die prediker lyk in sy skik oor die versoek.

Net voor hy begin lees, draai ek gou die Bybel reg. Hy gee 'n breë glimlag, blaai so 'n paar keer rond, en kry dan die plek en lees die presiese woorde van vroeër: "Wie ore het om te hoor, laat hom luister! Glory! On the last days silicon chips will be planted on your hand and on your foreskin! Amen!"

Ek staan styf teen hom en my oë volg sy vinger oor die verse en lees die woorde stil vir myself. Ek lees nie wat hy lees nie! Hy lees van die voorhuid en ek lees Psalm 25:2: "My God, op U vertrou ek . . ."

Toe weet ek verseker: Onse prediker kan nie 'n dooie woord lees nie! Hy weet nie eens wanneer 'n boek onderstebo is nie! Maar met sy silicon chips en foreskin en al het hy ons onwetend gehelp om die Planet Hollywood-gebeure en die amper-treinbom in die oog te kyk en die onveilige wêreld met moed in te gaan.

Beskaamd bly ek doodstil staan tot hy tussen die menigte op die stasie verdwyn het. Wat 'n prediker!

1999

S. P. BENJAMIN

Die mense wat probeer vergeet

I.

In die middel van die straat sak 'n swanger vrou hulpeloos inmekaar. Daar is niks meer wat sy vir haarself, of die kind wat in haar buik woel, kan doen nie.

Sy lê haar kop teen die warm, harde teer neer, haar oor teen die grond vasgedruk om te luister of daar nie dalk iemand, een van die huisvroue wat flussies nog voor hekke en in deure gestaan en gesels het, na haar aangehol kom nie.

Om hierdie bevalling te oorleef, sal 'n wonderwerk kos. Sy moet die baba uit haar buik verlos kry. Haar oë is toe, en sy sien niks meer voor haar nie. Die son skroei haar gesig asof dit wraak neem. Maar hiervan is sy net vaagweg bewus.

Die kind kan nie meer wag nie, en soos 'n wegloophond skenk die vrou in die pad geboorte aan haar seun. Vlak onder haar opgeswelde buik druk haar seuntjie sy kop vir die eerste keer die wêreld in.

Het die kind enige idee wat hier op hom wag? Dié kind wat nooit eers sal weet wie sy pa is nie.

Die kind word by die dag groter en sterker. In sy spelery op die agterwerf verbeel hy hom soms dat hy 'n hond is, 'n klein bruin brakkie. Hy knoop 'n stuk tou om sy nek vas en maak die ander ent daarvan aan 'n boom vas. Hy blaf en grom kwaai vir al die honde wat in sy verbeelding vlak by hom verbygehol kom. Later terg hy die honde aan die ander kant van die draad en hol dan met sy kaal pootjies tussen die langerige grasse deur, kruip onder 'n los stuk seil in, die tou steeds om sy nek vasgebind.

Onder die seil verander die kind se aanvanklike gelag in 'n gegrom wat klink asof sy lewe daarvan afhang. Die vrou verstaan haar kind se optrede nie. Sy stamp hom net liggies in die ribbes wanneer hy tussen vreemde mense, op straat, so begin grom vir honde wat agter hekke blaf of verbybeweeg. Die kind vererg hom elke keer bloedig vir sy ma. Maar hy huil nie; sterk honde tjank nie as hulle afgeknou word nie; hulle hap en byt en wys hul tande.

Die kind word 'n sterk jong seun. Bedags moet hy na homself omsien, want sy ma het nie tyd vir hom nie. Sy sit van vroegoggend tot laataand in die agterwerf en rook. Sy was nie meer sy gesig in die oggende nie, druk ook nie meer soos vroeër 'n paar snye brood in sy hand voor sy hom by die hekkie uitlaat om in die straat te loop speel nie.

Eendag, sweer die seun, vreet hy haar nog op.

Sodra 'n klein brakkie sterk genoeg is om op sy eie pote te staan en self te vreet, baklei die ma met hom oor hy sy bek in haar kosbak steek. Voertsek!

Soggens kies die seun koers strate toe. Hy sluip bedags deur die strate en snuffel in vuilgoeddromme op soek na oorskiet. Soms bedel hy voor winkels 'n paar sente en koop dan iets om te eet. Ander oggende is hy vroeg genoeg en vergryp hom aan die hope slegte vrugte wat by die winkels se agterdeure uitgesit word.

Soms dwing die hongerpyne hom tot meer drastiese oorlewingsmaniere. Soos vanoggend waar hy 'n kort entjie agter die vreemde, swanger vrou loop. Sy oë trek op skrefies, sy hande gaan aan die bewe en hy grom diep vanuit sy keel. Die vrou met die lang blonde hare kyk om, maar dan is dit vir haar reeds te laat om uit die pad uit te beweeg. Hy bestorm haar en skop haar bene onder haar swaar opgeswelde liggaam uit. Hy gryp na haar handsak. "Fokken hond!" skree die vrou toe sy die grond tref. Die pyn in haar lyf soek úit.

Die seun hol die straat af. Daar is vuur in sy oë. Hy hol tot die donkerte later soos 'n groot seil oor hom oopsprei. Hy soek skuilplek. Môre sal die dag weer voor hom oopgegooi word.

(Die vrou met die blonde hare skenk later in die hospitaal geboorte aan die lykie wat sy die laaste paar uur in haar lyf gedra het. Wat het vandag van haar God geword? wonder sy, en wat het in sy kop verkeerd gegaan?

Sy hou die ligte in die plafon van die kraamkamer dop. Lê met haar leë buik, haar leë arms, haar borste wat nou tevergeefs aan't swel is.)

Die seun kruip onder 'n bos in. Sy maag pyn terwyl hy die handsak styf teen hom vasdruk. Hy sluk van die skuim en slym wat by sy mond uitloop om die leegte in sy maag te probeer vul.

(Die man sukkel om sy bedroefde, bitter vrou met die mooi blonde hare regop te hou langs die oop gat wat die klein wit kissie insluk. Dis 'n pragtige dag ná dit die vorige paar dae so gereën het. Die man skuif half onder sy vrou in om haar regop te probeer hou, haar slap, treurende lyf te stut. Sy huil geluidloos. Sy vee met kort hale van haar hand oor haar nat wange. Die man trap met sy nuwe skoene in die sagte grond rond om stewig onder sy vrou te bly. Hy dink aan die ander kleintjies wat by die huis agtergebly het.

Die vrou raak opeens te swaar vir die man. Die oop graf trek haar grond toe. Sy skoenpunte sak weer weg in die klam grond en hy beduie vir iemand om nader te staan.)

Die honger seun kyk weer om. Hy ken glad nie die vrou en die kind wat agter hom aankom nie. Hy voel hoedat sy hande weer in sy broeksakke aan die bewe gaan. Hy wonder wat dit is wat hy teen kinders het.

Hy wonder wat dit is wat hy teen vroue het.

Hy staan stil. Bo in die straat sien hy die broodlorrie aankom. Hy is so honger soos 'n verdwaalde hond in 'n vreemde straat. Oor die geluide wat by sy mond uitkom, het hy nie meer beheer nie.

Hy sien dat die vrou met die seuntjie in haar arms, ook nou vinniger aangestap kom. Die lorrie is net 'n entjie weg. Hy kan die rubber op die pad hoor suis, die vuil rook wat by die lorrie se uitlaatpyp uitgestoot word in die lug ruik. Verbeel hy hom die geur van vars gebakte brood? Die geraas van die enjin laat die bloed vinniger deur sy are pomp. Hy grom. Toe hy omkyk, het die vrou met die kind by 'n oop hekkie ingedraai. Sy druk haar hand by die oop bek van die posbus in. Hy druk sy hande dieper in sy sakke, want hulle ruk verskriklik. Hy sak op sy knieë neer. Die bewerasie het ook na sy bene versprei.

Die bestuurder sien dat die hond té na aan die rand van die straat sit. Hy pluk aan die stuurwiel in 'n poging om uit te swaai, maar die hond storm voor die lorrie in. Die slag slaan dof teen die bestuurder se oortromme vas. Hy voel hoe die onderkant van die lorrie en 'n wiel die hond tref.

'n Ent verder bring hy die lorrie vloekend tot stilstand. "Bleddie honde," skel hy. "Kan die bleddie mense dan nie hul honde op die werf hou nie!" Dan klim hy stadig uit en bekyk eers die voorkant van die voertuig voor hy oorloop na waar die hopie vleis en been in die straat lê.

Maar hiervan is die seun nie meer bewus nie.

II.

Noudat haar seun dood is, moet daar begrafnis gehou word. Maar sy steur haar nie daaraan nie. Eintlik verstaan sy glad nie meer die bohaai nie, en nog minder waarom daar van haar verwag word om te treur; die dood is tog maar net die dood en dieselfde lot wag vir almal, mens of dier. Alhoewel sy met pyn hier onder in die straat die kind die wêreld ingebring het, het hy tog nooit werklik aan haar behoort nie. Buitendien het sy soveel ander al aan die dood afgestaan. Daar was haar suster en ou Piet Langding. Mense gaan heeltyd dood en sy verstaan nie waarom almal so 'n groot bohaai moet maak nie. Waarom begrafnisse, wonder sy. Sy wat nie eens genoeg geld op een slag bymekaar kan skraap om 'n pakkie sigarette te koop nie. Hoe kan sy nog vir die kind 'n begrafnis en 'n paartie agterna vir die begrafnismense reël? Buitendien het niemand ooit van die kind gehou, of iets goeds oor hom te sê gehad nie.

Oor die jare het sy geleer om nie té geheg aan mens óf dier te raak nie. Om lief te hê, bring net verdriet.

Haar seun is nie meer daar om haar te pla vir kos en klere nie. Nou is dit weer sy alleen teen alles wat die lewe haar kant toe gooi. Vandat sy die tyding ontvang het van haar seun wat soos 'n brak onder 'n lorrie beland het, sit sy net in die son in die agterjaart op een van die kombuisstoele. Sy bedel sigarette by elkeen wat haar hand kom vat en kom hoor hoe ver sy met die begrafnisreëlings is. Sy skud dan net haar kop, soek vuurhoutjies, steek die sigaret aan, gaan sit weer op haar stoel en trek haar skouers op. "Ek weet nie wat van die lyk gaan word nie. Die staat sal seker later self iets doen. Gebeur mos met lyke wat te lank lê." Dan soek sy weer 'n sigaret.

Op die derde dag begin die ander mense reëlings tref om die seun onder die grond te kry. Die meneer trek sy wit hemp en sy swart baadjie aan en vra sy vrou om saam te gaan. Sy pof haar hare in 'n bolla saam en trek een van haar beste truie aan. Later wag die twee van hulle by die bushalte. Dit moet vreeslik wees om 'n kind aan die dood af te staan.

Die ma van die seun sit in die son en loer oor die draad.

Sewe dae ná die ongeluk word daar begrafnis gehou. Vanoggend het sy soos gewoonlik opgestaan, die slaap uit haar oë gevee, die ketel aangeskakel om bietjie swart koffie in haar lyf te kry en weer in die agterjaart op haar stoel loop sit. In die huis, en ook oral om haar was die ander besig om alles reg te kry voor die liggaam om halfnege by die voorhekkie ingestoot word.

Waar sy met die koue, leë beker in die flou oggendson sit, steur sy haar nie aan die gewerskaf nie. 'n Paar mans, uitgedos in ouerige baadjies en verweerde dasse, raak rondom haar besig met die uitspit van onkruid, want die dinge sal sommer hier in die agterjaart gebeur.

Toe die toegeskroefde kis later 'n entjie van haar af staan gemaak word, skuif sy net haar stoel nader aan die skadu sodat sy darem nie heeltemal in die son na die gebeure hoef te kyk nie. Terwyl een van die ouerige begrafnisgangers begin bid, roep sy 'n ander nader om 'n sigaret te bedel. Na die gebed word daar gesing en uit die Bybel gelees en weer gesing.

Toe hulle haar agterna vra of sy nie iets wil sê nie, sug sy net en sê: "God sal julle almal eendag seën – op sy tyd, natuurlik."

Toe stoot hulle weer die kis met haar seun by die voorhekkie uit. Sy bly op haar stoel sit, wag dat dit stil op die werf en in die huis word. Sy het skoon vergeet van die sigaret wat sy voor by haar bors, onder haar trui ingesteek het. Nou haal sy die klam sigaret uit en lag vir haarself oor dié vergeetagtigheid. Die huis is stil. Wie ook al nog laaste in die kombuis gewerskaf het, het ook koers gekry. Sy sit die stoof aan om haar sigaret aan te steek.

Die vrou loop weer by die agterdeur uit. Gaan sit op haar stoel. Iewers is hulle seker nou besig om haar seun onder die aarde te kry.

Terwyl sy stadig aan haar sigaret suig, onthou sy daardie nag toe sy uit die brandende skuiling gevlug het. Sy het 'n verweerde nagrok aangehad. Sy onthou die mense wat sy in die hut agtergelaat het, die twee in die bed.

Toe sy vroeër daardie aand by die deur probeer inkom, was dit gesluit. Susan het vir haar kom oopsluit. En sommerso met die oopswaai van die deur het sy vir Susan met die leë bierbottel deur die gesig probeer slaan. Maar in die donkerte moet sy sleg gemik het, want die bottel het haar hoog teen die bors getref. Toe was die hel los!

Sy het haar suster daar in die klein kombuisie bewusteloos geslaan. Wat 'n gestoei. Haar suster was 'n sterk vrou. Dis juis gedurende dié stoeiery dat die paraffienlamp omgeval het. Agterna het sy darem nie veel moeite gehad om haar suster se nagrok oor haar slap kop te trek nie. Gelukkig was daar nie bloed nie, en die nagrok het wonderbaarlik heel gebly. Toe moes sy nog die slap liggaam terug bed toe sleep ook.

Met Piet Langding was dit makliker, want hy was lam gesuip. Hy't nooit eens van die bakleiery wakker geword nie.

Die sigaret is uit. "Sal ek ooit regtig van julle kan vergeet? Van jou Susan, en Piet met die wilde baard," praat sy met haarself terwyl sy die sigaret onder haar voet doodtrap. Miskien sal sy weer haar klere kan vat en hiervandaan wegtrek, van alles wat die afgelope paar dae hier gebeur het vergeet en weer 'n nuwe begin iewers gaan maak. Ja, miskien is dit tog weer tyd om op te staan en verder te trek. Maar wanneer keer die begrafnisgangers dan tog terug? Sy wil weer iewers 'n sigaret bedel. Fok hulle almal, dink sy en skuifel son toe.

1999

EBEN VENTER

Leo

Every life is many days, day after day. We walk through ourselves, meeting robbers, ghost, giants, old men, young men, wives, widows, brothers-in-love. But always meeting ourselves.

James Joyce, *Ulysses*

Gedurende die voornag van 23 Julie kry Leo Blom die nosie dat hy gaan sterf. Dieselfde nag nog, maar later.

Hy beur orent, stap weg van die verwarmer en haak sy jas van die kapstok af. Hy't die kwik al tot minus nege sien sak op Burgersdorp. Mollie kyk net na hom, maar toe hy sy handskoene begin aantrek, sê sy tog iets.

"Ek weet nie hoekom jy nou vanáánd wil uit nie. Jy sal nog jou dood gaan haal, Leo. As ek jy is, bly ek net hier."

Haar woorde laat hom opkyk. 'n Blik, 'n blyk van waardering byna. Sou sy dan ook weet?

Mollie skrik, sy was nog altyd 'n vrou met 'n verstand van haar eie. Die implikasie van haar woorde gaan haar nie verby nie. Sy laat sak haar borduurlap, kielie die gemmermaag van haar skootkat, skoon verleë.

’n Serp om sy kop, hoed bo-op, ’n tweede serp om sy nek. Die bossie sleutels in sy jassak. Hy sal die staalhek agter hom grendel en Mollie veilig agterlaat. Maar ’n ongerustheid het in haar hart kom lê. Hy weet sy wou nooit so iets gesê het nie.

Hy raak aan haar skouer, haar vingers sluit om sy handskoen. Sy kyk nie agtertoe toe sy hoor hoe hy by die kabinet ’n sopie brandewyn skink nie. Toe is hy vort.

Sy voel lus om een van die kinders te bel, maar wat het sy nou eintlik om vir hulle te sê. Sy sal vir hom wag, indut miskien, maar die kommer sal bly kalwer. Leo ken haar vrese. Helder oordag en reg voor Stephenson’s is Hagel Aucamp se handsak gegryp. En dis maar om die minste te noem.

Maar sy sal hom ook nie terughou nie. Ná die derde baba wou sy ophou. Maar hy’t deur die huis gedawer, toe stiller geraak en later niks meer gesê nie. Vir dae was hy swyend. Totdat sy toegegee het. Hy was nie iemand vir wie jy kon voorsê nie.

Hy kom op die kaal grond om hulle huis, ’n grasperk het hulle nooit aangelê nie. Uit respek het die bure maar geswyg, maar hy weet daar’s ’n fatsoenlikheid in omgang, maak nie saak of jy binne of buite die huis is nie. Oral altyd blomme, in die beddings, in die vase op die sideboards, op die stoeloortreksels.

Hy loop met hulle straat af, draai regs in President Swartweg, dan links in Harmonieweg. Hy kyk op om te sien of hy die gepakte klippe, H A R M O N I E, teen die rantjie kan uitmaak. Hy dink so, maar hy kan hom ook verbeel omdat hy dit so goed ken en hy stap verder.

Eers by Lizelle se huis kyk hy weer op. Hierdie nag wil hy homself van die bekende vergewis: die byderwetse Lizelle wat nooit die gordyn van haar portaal heeltemal toetrek nie. En die lig wat sy aanlos. Verbykommers moet haar vars rangskikking in die kopervaas op die fluweellap kan sien. En haar viltskildery: ’n boepens-piekanien langs ’n driepootpot.

In Colignystraat wat deur die dorp na Venterstad lei, gaan hy onder een van die denne staan. Hy trek sy handskoen uit en in die halflig voel-voel hy na die lug, of dit werklik só koud is. Vanaf die oosdorp waar die kook- en warmmaakvure brand, stoot ’n newel oor die res van die dakke. En bokant die rook, tog, yl sterre. ’n Kar kom verby. Hulle sal hom nie gewaar nie. Hy verkies dit so. Daar’s min karre dié tyd van die nag, dié tyd van die jaar. Hy onthou die opgewonde stemme voor skoudanse, die asems van vee wat na die veilingkrale gedrywe word. Die stilte, die afwesigheid nou, is ondraaglik.

Hy stap aan, middedorp toe. Agter hom, die hospitaal. Gertjie lê daar en hy wonder of sy maagaandoening hom vannag rus gaan gun. Hy en Mollie het gaan inloer, van Mollie se mosbeskuit gevat. Toe hulle die groen kamer instap, wemel die plek van Gertjie se broers en hulle vrouens. Hulle’t al die pad van Pretoria af gekom. Vermoed Gertjie is op sy laaste. Almal het goed gevaar. Party met aandele, ander met droogskoonmakerye regoor die Rand. Die vroue die ene geld om die hals en pols. “Julle leef lekker, nè?” sê Gertjie vir die pinstripes. Barend, die een met die hoed, wys sy ringvinger na hom. "Gertjie, jy't ook lekker geleef." Gertjie draai sy gesig weg van die klomp: "Maar julle't my nooit gesê nie," ween hy. Gertjie sal nie daar opstaan nie, dit weet Leo.

Leo is nie in die hospitaal gebore nie, maar op sy ouma se plaas. Ouma Cornelia, van sy pa se kant. Sy ma wou om die dood dat die swaar, beneukte vrou met die bevalling help. Maar op die plaas was 'n geboorte niks om 'n bohaai oor te maak nie. Soos beesslag elke winter was dit iets waarmee almal help om dit so gou moontlik klaar te kry. Almal was vertroud met die reuk en bloed en slym toe die kind kom. Niemand het gehuil soos hulle deesdae by geboortes doen nie.

Op vyf het hy eenkant begin sit met *Keurboslaan*-boekies wat hy by Mrs Slater se biblioteek gaan haal het. Hy het stadigaan besef dat sekere dinge wat hóm fassineer glad nie sy maats skeel nie. Vanweë die lang, lang gange het die hospitaal 'n indruk op hom gemaak. En hulle benoude kos op die trollies, iets wat net vir siek mense lekker kon wees. Met die besoek aan Gertjie val dit hom op dat die kos nog net dieselfde benoudheid het, maar die gange het korter geword. Alles, eintlik. Dit verbaas hom, hoe kort sy lewe eintlik was.

Hy stap aan.'n Stywe pas. Hy kan sy voet in sy kous op die binnesool van sy skoen voel trap en lig, trap en lig. Die brug van sy voet het nooit gesak nie, maar as hy aan die binnekant van sy sool voel, is dit week, gekreukelde papier wat hy raakvat. Foeitog, Lizelle. Die arme mens. Haar kunstigheid wou die dorpsmense nooit heeltemal koop nie, hulle't haar nooit geag nie.

Vir hom wel, reken Leo. En tog. Hier – en nêrens anders nie – koop Lizelle, hier gaan sy kerk toe, hier gaan sy begrawe word. Hy en iemand soos Lizelle, hoe verskil hulle eintlik? Wat hom die keer in Boet Smuts se vliegtuigie, laag oor die dorp, die meeste getref het, was dat al die mensies van bo af presies dieselfde gelyk het. Hy kon nie uitmaak wie se kop wie s'n was nie. "Elke kop ewe veel werd," sê Boet toe hy dit noem.

Sy kinders, dink Leo nou. Sou hulle hom ag, sou hulle in staat wees om te sien dat hy, soos sy pa altyd gesê het, sy "merk" in hierdie dorp gelaat het? Hy weet dit nie. Hy sien hulle so min. Die wil om te vra is daar ook nie.

Hy sou regs na die stasie wou afdraai om vir oulaas die melkdepot te bekyk, maar hy ken sy maat. Sy energie is te min. As kind, en selfs later as volwassene, het die depot hom geïnteresseer. Die kanne, twee, vyf, tien gallon, elkeen met sy baas en plaas se naam daarop ingegraveer. Sterk voorarms sou hulle van 'n bakkie tot daar gedra het. Waterside, Wasbank, Poortjie. Alles is nou verby. Die meeste boere melk of room nie eers meer af nie. Die ou depot staan verlate. Die stasie het trouens sy lewe verloor. Hy was onlangs nog geskok omdat gebreekte ruite nie eers meer vervang word nie. Meneer Delport kan so daaroor raas as hy kom tee drink. Nou besef hy dat hierdie dorp voor en gedurende sy verblyf verander het en nog weer, altyd, sal verander.

Dirkie, al kleinkind wat van boeke hou, sal dalk eendag sy en Mollie se trouportrette bekyk. Die foto met al die gaste voor die stadsaal, die hoede, die dogtertjies in pienk valletjies, die satyn V-lint oor die blink bonnet. En Dirkie sal hom verwonder dat so iets in die middel van Burgersdorp kon plaasvind, dat daar soveel wit mense in so 'n klein dorpie was. Dat daar soveel rus en vrede en vertroue was.

Hy hoor mense sê hy's fluks. Vir sy ouderdom stap hy nog flink om 'n brood te gaan koop. Die ander klim lankal in die kar. Hy loop onderdeur die treinoorweg, oor die dorpspruit. In die straatlig kyk hy vinnig ondertoe. Klip, fluitjiesriet, geroeste blik, plastiek, die karkas van 'n hond.

Leo sê hardop vir homself dat hy nie nostalgie het nie, geen verlies ervaar nie. Sy tone voel ook nie meer of hulle wil afval nie. Dis 'n laaste, kort uittog. 'n Einde, soos jy 'n breipant sal afent. Niks meer nie. Hy sou by Dominee 'n draai kon maak, sy lig sal nog brand. Maar die mannetjie is jonk. Wat het hy al geleer wat hy as nagedagte by Leo se lewe sou kon voeg?

By die garage op die hoek van Van der Walt- en Colignystraat draai hy links. Hier't Willie altyd sy gepoetste karre pragtig uitgestal. Selfs 'n rangskikking van pampasgras in die hoek. Nou staan daar net 'n paar tweedehandse motors op die vloer, en selfs dié is stowwerig. Hy kyk op. Van die straatligte hier in die middedorp is flenters. Oor Burgersdorp se berg hang koue sterre.

Hy is verbaas oor hoe hy sy eie dorp tree vir tree verken, hoe hy soos 'n besoeker na die ruite van Pep-stores staar. Daar word streepkomberse uitgestal, skooltruitjies. Hy sou foto's van die bekende gesigte kon neem en dit sou alles nuut wees. Sy refleksie in die ruit lyk na iemand wat van elders kom, maar hy weet dit kan nie. Sewe-en-sestig van sy sewe-en-sestig lewensjare het hy hier deurgebring. Daarvan kan hy byna vier-en-sestig goed onthou.

Hy't dikwels saam met sy oom Alwyn Oos-Londen toe gery vir wolveilings. Dan het hulle in die King's tuisgegaan. Een keer vir Mollie se niggie en dié se man in Botswana gaan kuier. 'n Lemoenplaas, wild en rooibeeste. Hy herinner hom een aand toe hulle buurman, Seretse, gebel het. En net die een keer is hulle oorsee toe hulle in Taipei 'n draai gaan maak het. Die walms van mens- en diereafval het hom laat besluit dat hy nooit daar sou wou woon nie. Toe hy dit vir Mollie sê, lag sy beterweterig.

Leo het gedag hy sal na hulle klere gaan kyk. 'n Moontlike invoerdery was in sy agterkop. Maar toe hy eers daar rondloop, 'n fabriek of wat besoek, het hy belangstelling verloor. Die afwerking was hopeloos, die vroue voor die naaimasjiene vroegoud van oortyd werk. 'n Meneer Chong Keng het hom byna oorreed om 'n baal baadjies te koop. Selfs vir hom en Mollie uitgevat vir sop met 'n nasmaak. Net die kluitjies daarin was eetbaar. Maar hy moet darem sê dat die plaaslike mense sonder uitsondering vriendelik was. Sy't toe maar kanttafeldoeke en snuisterye gekoop. Goedjies vir die kinders.

Origens het hy net hier gewoon, op hierdie dorp onder hierdie stuk hemel. Hy't met lap begin, later mans- en vrouemodes, goeie skoene, rolbalklere verkoop. Mense het later gemeen Leo se klere het te uitspattig vir Burgersdorp geword. Leon, sy oudste, het lankal die besigheid oorgeneem. 'n Tak in Aliwal oopgemaak. Maar hy bemoei hom nie daarmee nie. Nes hy hom ook nie vroeër aan mense se praatjies oor sy duur klere kon steur nie. En hy en Mollie kom niks kort nie.

Die stappery begin sy tol eis. Die skêraksie van sy bene begin vreemd voel. Asof hy weer sy eerste lomp treetjies waag. Hy sal reg voor hom fokus om sy gedagtes weer in pas te bring. Hy sal die ronde doen en terugkeer, Mollie streel en rustig maak, en dan gaan lê. Sy weet hy sal terugkom.

Hy loop oor die skoenbruggie wat Taylorstraat met die winkelstoep verbind. Verby Burgersdorp-apteek, *AD 1936,* en sy winkel. Vir 'n oomblik kyk hy, Leon stal deesdae selfs onderklere uit, en stryk dan aan. Hy voel hoe die koue lug deur sy neus instroom, maar dit maak hom nie meer bang nie. Vroeër miskien. Die laaste klompie winters kon griepaanvalle hom weke mislik hou. Totdat hy wanhopig begin raak het. Met sy seer lyf en brandurine kon hy sy dood toe makliker voorstel. Nou het die aanmelding so skielik gekom.

Vir 'n geruime tyd is hy al vreesloos. En al val hy ook vanaand, sal sy selfvertroue nie kwyn nie. Hy het dit vir Mollie gesê. Sy was in een van haar snipperige buie. "Leo, jy weet nie eers meer waarvoor mens deesdae alles behoort bang te wees nie. Wanneer laas het jy nuus gekyk, koerant gelees? Mrs Birch is nou die dag in haar huis op Dordrecht vermoor. Sea cottage, onthou jy, die perd wat kort voor die July morsdood geskiet is. Ag, jy sal nie. Jy't nooit in sulke dinge belang gestel nie. Maar dit was ou Mrs Birch wat Sea Cottage sy naam gegee het."

Die teëls op die mure van die poskantoor. Die storie van poslewering. Die nuwe swart burgemeester het vir Lizelle gevra om Boesmantekeninge in die omgewing af te teken om iewers in die dorp uitgestal te word. Toe hy tot nuwe burgemeester verkies word, het hy glo sy voorganger, Neels Smit, gebel om te hoor wanneer hy die wit Mercedes CAC 1 kan oorneem. "Jy maak 'n groot fout, meneer," het Neels gesê, "dis my eie motor. Voertuie is nog nooit aan burgemeesters uitgedeel nie." Van die dorp se mense wou hulle morsdood lag daaroor. Leo het nie.

Die laaste paar jaar het toevallige toeriste hier gestop. Blonde Duitsers wat die poskantoorteëls kom afneem. Die posdraer op 'n perd deur 'n vol rivier. Sou hy op daardie oomblik dalk 'n brief wou pos of seëls wou koop, het Leo in sy spore omgedraai.

Daar pryk 'n yslike foto van president Nelson Mandela teen die hoofmuur van die poskantoor. Toe hy inkom en dit vir die eerste keer sien, het Jeanette gewag dat hy 'n opmerking daaroor moes maak. "Daar's 'n pakkie hier vir tant Mollie, meneer Blom," het sy geglimlag. Hy't teruggedraai van die foto, na haar gekyk en niks gesê nie. Hy het besluit dat die foto nie aanstoot gee nie. Vroeër was daar mos niks teen die muur nie, net grys glansverf. Niks meer nie. Daar is 'n gestrooptheid aan sy mense. Maar dis onnodig om verder hieroor te dink of te verduidelik. Hy neem daarvan kennis, dis al.

Hy gaan pos die koevert met die tjek aan Kloppers, Bloemfontein. Dis vir die verwarmer wat Mollie bestel het. Sy tjek was R11.40 kort. Maar hulle het nogtans die verwarmer gestuur. In goeie trou.

Hy stap verby die NG kerk sonder om op te kyk en om die draai verby die verlate Toyota-garage, dissels kom reeds in barste van die ryvlak op, tot by die Jubilee Hotel. Hy sou sy besoeke aan die hotelkroeg op sy een hand kon tel, maar hy het behoefte aan iets sterk. Anders haal hy dalk nie die opdraande huis toe nie.

Binne is daar tekens van lewe. Die enigste plek op die dorp waar daar vanaand mense sal wees. Die kroeg ruik selfs vir hom lekker. Daar is slegs swart mans, die meeste met Castle's op die toonbank voor hulle. Sommige drink net so uit die bottel. Hulle kyk om toe hy inkom en steur hulle dan nie verder nie. Die serp om sy kop het hy afgehaal voordat hy ingekom het, nou ook sy hoed. Hy gaan sit 'n entjie van hulle af en bestel 'n dubbele brandewyn, skoon.

'n Klammigheid dam op in die hoeke van sy oë. Hy soek na sy sakdoek, probeer hom dan op die harde stoeltjie gemaklik maak. Hy bewe toe hy betaal, bewe toe hy die glasie oplig. Moes hy na Mollie geluister het? Hy struikel en val dalk op pad terug. Om op so 'n nag op straat opgetel te word. Sy versameling boeke val hom by. Hoeveel keer het hy al vir Mollie gesê dat daar g'n ding is waarsonder hy nie kan klaarkom nie. Maar heimlik sluit hy tog sy boeke uit.

Pragtige kabinette met glasdeure het hy vir sy boeke laat maak. Mollie het daaroor gekla, want sy moes dié jaar afskeep toe sy somersrokke in Oos-Londen gaan soek. Albertyn het hom 'n fortuin gevra vir die kabinette. Hy dink dit was tog 'n bietjie te veel, maar hy sou dit nooit teenoor die man self kwytraak nie. Albertyn het hard gewerk, sy hande het dit gewys. Mollie het gedink sy stilswye is 'n swakheid.

Die brandewyn laat hom tog beter voel. Sy boeke dan. Sy boeke sal in die kabinette bly staan soos hy hulle gerangskik het. Of iemand die deurtjies sal oopsluit en versigtig een uittrek en daarmee gaan sit om plesier daaruit te put, twyfel hy. Hy't die lot aan Dirkie bemaak. Hy skat hy sal daardeur blaai as hy groot is en dit eers in sy huis staan. Die meeste sal hy dalk lees. Maar daar sal dit ophou. Hy twyfel of Dirkie se kinders nog moeite met die ou boeke sal maak. En as die vismotte eers inklim, sal Dirkie se vrou begin uitsmyt.

En sy klere? Dié sal uitgedeel word. Mollie sal sy laaste klompie klere môre of oormôre as sy die skok verwerk het, die onderbroeke wat nog uit die was moet kom, opvou. Sy sal dit self wil opvou. En stryk oor die bollinge wat hy met jare se dra in die materiaal agtergelaat het, oor elke onderbroek waar hy homself so en nie so gedra het, waar sy hom hier vanaf vyftig af kon sien krimp. En hy vir haar, magtig. Sy sal hulle innig opvou, vir 'n rukkie bêre, maar omdat die seuns tog nie van die outydse snit hou nie, sal sy dit mettertyd vir lappies gebruik. 'n Paar dalk vir Seliena weggee.

Miskien sal 'n "Oupa-dit" en "Oupa-dat" nog opklink as die kleinkinders kom kuier, maar mettertyd al hoe minder word. Die herinnering aan hulle oupa verbleek, word met hulle eie lewens vervang. Mollie sal hom by haar hou totdat sy ook moet gaan. Daarna sal sy voetspoor en vingerafdruk op Burgersdorp vir goed verdwyn. Onder stof en populierblare in die herfs, onkruid in die somer. Op 'n blom, 'n roos dalk, kan hy maar net hoop. Alles wat kan, sal hom oordek. Sy lewe slegs die enkele klop van 'n miskruiertjie aan 'n sydeur, 'n ingang wat lankal nie meer in gebruik is nie. En niemand hóéf tog moeite te doen om hom in herinnering te hou nie. Die gestrooptheid al wat oorbly.

"Meneer Blom, meneer Leo?"

Iemand het by hom kom staan sonder dat hy dit agtergekom het. Dis Kortboy Sakhati. Hoe lank staan hy al daar langs hom?

"Magtig, Kortboy, hoe laat jy my skrik."

"Nee, ek sien mos toe ek omkyk daar sit 'n man wat ek ken. Ons het mos saamgeloop, toe kom staan ek hier. Maar ek sien meneer Blom is vanaand met sy eie dinge besig."

"Ag, Kortboy, ek het lus gehad om 'n bietjie uit te kom, al is dit winter. Mens sit te veel as jy ouer word. Ek het gemeen," maar hy maak nie klaar nie. Hy voel 'n geneentheid teenoor die man, hulle het inderdaad 'n pad saamgeloop. En hulle het goed klaargekom. Hy voel aan dat Kortboy spesiaal sy geselskap kom opsoek het, maar vanaand is daar so weinig waaroor hy nog met hom, met enigiemand, sou wou praat.

"Meneer Blom is nie meneer se ou self nie." Kortboy lag vol en wit. Hy drink milk stout teen die kilheid van die aand.

"Kortboy," fluister Leo, "wat maak jy hier? Ek dog jy drink by jou eie plek."

"Nee, maar ek moet dieselfde vir meneer Blom vra. Jy's so skaars, ek sien jou nooit meer nie."

"Jy't 'n goeie kop vir sake, Kortboy. Jy kan trots wees, ek is, op wat jy hier vermag het. Bereik het." Hy is uitasem ná die sin.

"Ja, dis soos jy sê, meneer, die Here het gesorg dat ek nie by sy vingers uitgly nie. Dis soos jy daar sê. Maar jy weet so goed soos ek, meneer Blom, dat daar ook haat na my kant toe gekom het."

Kortboy Sakhati onthou die laat tagtigerjare, die tyd van die noodtoestand. Leo onthou dat daar tye was, nagte, toe hulle mekaar gehelp het.

Daar was 'n boikot teen sy eie winkel. Broeke, die reguit wyes met turn-ups, baadjies, sy ganse voorraad het net so bly hang. Mollie het snags rondgerol. Hulle moes Santjie nog deur kollege help. Onder geen omstandighede sou sy toelaat dat hulle laatlam verwaarloos word nie.

Kortboy het 'n drankwinkel en sjebiens in die township. Toe, soos nou, het hy ook aan ander sjebiens voorsien. Leo het eers gedink Kortboy se besighede spring die boikot vry. Aanvanklik was dit só. Toe kom die bevel: niemand koop meer by Kortboy nie. Daar het 'n gerug oor hom rondgedwarrel. Kortboy Sakhati was 'n impimpi, hy't onder dieselfde kombers as die wittes gelê. "Hoekom nie, meneer Blom?" het hy een aand oor die foon gevra, hy't hom daardie tyd dikwels gebel. "Ek is 'n sakeman, ek volg die wet van die besigheid." Toe hy hom eendag omdraai, staan sy huis in vlamme.

"Ek het weer mooi op my voete gekom, meneer Blom. My huis staan weer. Daar is nie probleme nie."

Leo voel hoe hy van die stoeltjie begin afgly, sy hand gryp die toonbank, die dun, blou vel span oor sy kneukels. Sy gesig lyk na as. Die terugtog sal hom gedaan maak. Maar hy sal dit haal, hy sal dit terug na Mollie toe maak.

"Kortboy, gee my hand tot by die deur."

"Seker. Meneer Blom, waar staan die kar?"

"Om die draai. Net tot by die deur sal reg wees, Kortboy. Tot hier, dankie." Hy hou nog 'n rukkie vas aan Kortboy. Hy kan die man se liggaamshitte deur sy baadjiemou voel. Dis tweed wat hý nog aan hom verkoop het.

"Is meneer nou seker jy's oraait?"

Die hitte van sy liggaam. "Ja, dankie. Goeienag, Kortboy. Ek groet."

"Ons praat weer, meneer Blom," groet Kortboy. "Loop meneer nou mooi vannag en môre en oormôre." Hy laat hom daar en loop terug na sy halwe glas stout.

Leo skuifel voetjie vir voetjie aan op die hotelstoep. Daar is lig, daar val ook lig van die straat af, maar hy sien niks raak nie. Die koue is strawwer nadat hy binne vertoef het. Hy sal nie die Taalmonument haal nie. De Overwinning der Hollandsche Taal. Hy ken dit tog. Dis in sy geheue vasgebrand. Hy wou net vir oulaas na die oorspronklike beeld gaan kyk, die een sonder kop. Die verweerde marmergolwinge van haar kleed, die afgevrete wolletjies van die lammetjie aan haar skeen. Die afkopvrou teen die naghemel. Dit het 'n bekoring vir hom.

Hy staan in die skadu van 'n stoeppilaar en kyk in Queenstownweg af wat skuins uit die dorp na Steynsburg lei. Vanaf Stephenson's kom daar 'n donker massa aan. Hy weet nie wat dit is nie. Dit lyk na 'n amorfe, wollerige wolkmassa wat na links oorhel, dan na regs. Elke nou en dan groei dit aan die regterkant in uitstuwende sirkels. Hy wil nie sy oë knip nie. Uit vrees dat hy dalk iets mis. Hy sorg dat hy in die skadu hou. Maar nie omdat die vreemde voorwerp dalk 'n gevaar vir hom mag inhou nie.

Regoor die viswinkel sien hy die massa is net 'n klomp mense, mans, eintlik seuns. Hulle dra wye broeke en praat hard. Party het mekaar om die lyf beet. Regs, dit wat hy 'n stuwing uitgemaak het, loop een met 'n kombers om hom. Soos hulle al nader kom, besef hy hoe hard hulle werklik praat. Een speel 'n trompie, die seun met die kombers sing. Hoe nader hy kom, hoe harder klink dit. Om die koue te verdryf, die moedeloosheid van g'n werk, g'n hoop op werk, g'n hoop.

Hy ken sy hartklop, en nou, diep onder sy jas, is dit vinniger. Hy het afgekom waarop hy wou, die hartklop wat hy op die aand loop soek het. Dit is 'n oomblik, 'n gewaarwording waaraan hy graag wil vashou. Hy glimlag. Die warm asems van die seuns in die star, grou strate van sy dorp.

Hulle kolk aan na die kroeg. Daar sal nie genoeg geld wees sodat almal iets kan drink nie. Hoogstens 'n bottel bier vir die hele klomp. Op die stoep gewaar hulle die wit gesig. Die voorste, groterige een kom nader en die ander volg. Hy praat oor sy skouer met sy maters, tart. Leo verstaan hulle nie, nie eers naastenby nie, maar hy kan aanvoel dat hulle skoorsoek.

Sy jas, die hoed op sy kop, sy handskoene. Hulle't hom opgesom sonder om twee keer te dink. Dis selfs moontlik dat hulle hom herken. Hy ken dalk hulle pa's. Die grote reg voor swaai met sy hand voor sy neus verby, raak vir 'n oomblik met die koue punte van sy vingers aan sy regterwang. Maar een van sy maats gryp hom van agter. Leo ontsyfer die woord "madala". Die grote draai om. Almal praat tegelyk. Dan swaai hulle om sonder om hulle verder aan hom te steur en drentel binnetoe. Laaste, die kombersdraer. Net voordat hy ingaan, vlerk hy sy arms onder die kombers wyd oop sodat die lig deur die kroegdeur vir Leo verdwyn, draai homself styf toe in sy kombers en stap na binne.

Leo vou homself in sy jas toe, tree versigtig die trap af, stap oor Queenstownweg en draai terug in Colignystraat. Hy hou in die donkerte op die sypaadjie, die lang pad huis toe. Ná die insident bly sy asem jaag en dit sal ook nie bedaar alvorens hy hulle hek agter hom toesluit nie.

Die kerkgebou. Hy wou nog ten alle koste na hulle kerk gaan kyk. Maar dis té ver, buite bereik. Net die toring is sigbaar terwyl hy verby Van der Waltstraat steek. Dit sal moet doen.

By die brug oor die spruit én by die treinoorweg moet hy lank gaan staan om sy kragte te herwin. Sy sweet is yskoud, selfs sy voete in die wolsokkies is klam. Hy hou onder die laning denne, tog skugter ná die konfrontasie op die stoep van die Jubilee. Hy is nou effens banger, versigtiger. Die situasie met die seuns was die sneller.

Hy sukkel aan. Die straat is eindeloos lank. Onder elke derde boom moet hy gaan staan. 'n Keer voel hy hoe sy keel volstoot. En tog hou hy aan. Hy kom agter dat hy nie meer die naalde kan ruik nie. Hy snuif diep. Het sy reuksintuig reeds gaan staan?

Hy moet aanstryk. By die stopteken op Harmonieweg verpoos hy. Hy moet daaraan vashou om regop te bly. Die paal is nat van die dou. Die ryp sal later kom, die dou sal ys word. Hy moet homself deur hierdie laaste twee strate dra voordat hy by hulle eie straat kan indraai, die laaste veertig meter. Hy is te swaar. Sy greep om die ysterpaal verswak, hy voel hoe hy neersak, maar hy hys hom weer op. Een, twee, drie en op. Op. Daar was 'n geleentheid, 'n aand. Hoe mooi keer dit nie terug nie.

Die King's Hotel, Oos-Londen. Oom Alwyn Visagie loop voor omdat hy die dinge ken. Leo verwonder hom aan die pragtige ingangsportaal. 'n Donkerblou tapyt onder 'n ronde, middernagblou plafon met honderde liggies nes sterretjies. Die ronde plafon hang aan onsigbare kabels. Dit skep die indruk dat die dak oor sy kop sweef.

In die eetkamer kyk hulle reg op die see uit. Oom Alwyn bestel 'n Riesling en koningklip. Hy bestel dieselfde. Broodrolletjies en 'n krul botter arriveer. Die kelner is beleefd.

Om na branders te kyk terwyl jy eet. En die orkes van James Last van iewers af te hoor, net die regte volume. En, onder in die straat, selfs daardie tyd van die aand, kom 'n Beehive-roomyskarretjie aangeklingel. Kinders ruk los uit 'n ma se hand. Leo voel of hy in 'n ander wêreld aangekom het.

Later in die Ceroy's-nagklub onder die hotel is die drinkery voortgesit. 'n Verskeidenheid van mengeldrankies, die een meer eksoties as die ander. Drie-en-veertig van oom Alwyn se bale wol het Klas A gekry. Toe oom Alwyn weer terugkom, hy't gesê hy moet net bietjie badkamer toe, is daar 'n meisie by hom ingehaak. "Kyk 'n bietjie wat het ek hier," sê oom Alwyn en stel Suzette aan hom voor. Sy soen Leo vol op sy mond. Sy dra blou maskara met blinkertjies. Oom Alwyn bestel nog drank. Later vra Suzette of hulle haar tan wil sien. Hulle is al drie na oom Alwyn se kamer. Hulle het haar gedeel.

Leo onthou nou dat sy glad nie vir hom so waffers was soos vir oom Alwyn nie, maar die aand daar in die King's, dis wat getel het. Toe hy en oom Alwyn die volgende keer weer daar tuisgaan, het hy klaar geweet hoe alles gaan lyk en proe.

Hy kom verby Lizelle se huis. Die lig in haar voorportaal is afgeskakel. Hy weet nou hy gaan dit huis toe maak. En hy dink vir oulaas aan die aand in die King's, die kingklip, die klammigheid van die wyn op sy lippe, die branders, James Last, die gevoel dat hy uiteindelik op 'n ander plek beland het. Dit was die enigste keer. En hy is so bly dat hy dit kon ervaar, so bly.

Mollie is dadelik op toe sy hom by die staalhek hoor. Sy't maar gesit, later 'n sjerrie geneem en verder geborduur. Dis 'n landelike toneel met 'n huisie teen die berg, 'n skoorsteen, 'n rokie. Links op 'n akker staan 'n man. 'n Boer, want hy het 'n graaf in sy hand.

"Ek is so bly jy's terug, Leo. In hierdie koue, hierdie nag."

Hy val slap in haar arms, bo-oor haar. Sy help hom na sy stoel voor die verwarmer, maar hy beduie kamer toe. Toe sy hom op hulle bed wil gaan neerlê, beduie hy, nee, hy wil na die spaarkamer. Na die enkelbed. Daar gaan hy lê. So met sy skoene en jas aan. Net die serpe en hoed moes sy afhaal.

"Gaan nou, Mollie."

"Maar, Leo . . ."

Hy wuif haar weg, sy moet loop. Hy wil alleen wees. Sy gee toe, haar hand voor haar mond. Trane kom.

Ná 'n ruk trek hy die bokhaardekentjie by die voetenent op. En vou sy hande voor sy bors.

2000

CHRISTIAAN BAKKES

Jeremia Gawuseb

Ons is uit op renosterpatrollie. Ek en die Riemvasmakers in hulle deel van Damaraland, tussen Wêreldsend en Palmwag. Die veldwagters bestaan uit Markus Roman, Vitallus Florrie, Abram Mapanga en Jeremia Gawuseb, 'n Damara wat 'n Riemvasmakervrou getrou het. Hy is pas aangestel en nog nie heeltemal deel van die span nie.

Ons het die patrollie in die Springbokrivier begin en twee dae daar gebly. Op die eerste dag het ons 'n trop van sewentien olifante gekry, maar geen vars renosterspore nie. Die volgende dag het ons 'n renosterkoei en -kalf gekry. Ons het nader gesluip om die renosters te identifiseer aan hulle horingvorms en uitstaande kenmerke. Mens moet naby genoeg kom sodat behoorlike foto's geneem kan word vir positiewe identifikasie. Die Springbokrivier-area raak golwend soos die wêreld nader aan die Skedelkus begin afplat.

Saans om die kampvuur in die droë loop van die Springbok begin die gesprek by die dag se gebeure, skuif aan tot by olifante wat snags huishoudings besoek (Frederik Roman is een nag naby sy huis doodgetrap) en dan, uiteindelik, gaan die gesprek oor wat tans op alle Riemvasmakers se lippe is. Die migrasie terug na Suid-Afrika.

Toe die Suid-Afrikaanse regering in 1974 die Riemvasmakers van hulle plek noord van die Augrabies-waterval geskuif het, is Xhosasprekende Riemvasmakers Ciskei toe en Afrikaanssprekende Riemvasmakers Damaraland toe in Suidwes-Afrika. Die regering het infiltrasie van ongewenste elemente vanaf Suidwes-Afrika gevrees en Riemvasmaak, teen die Suidwes-grens, is ontruim om plek te maak vir 'n militêre gebied.

In die jare negentig het die Xhosasprekende Riemvasmakers vir die Mandelabewind gevra of hulle kan terugkeer na hulle geboorteplek. Die versoek is toegestaan. Die Afrikaanssprekende Riemvasmakers in Damaraland het daarvan te hore gekom. Baie van hulle wou ook terugkeer. Baie van hulle het in die Suid-Afrikaanse Weermag gedien tydens die oorlog. Hulle het egter heeltyd gehunker na hulle geboorteland. Nou was daar 'n geleentheid. In 'n ooreenkoms tussen Sam Nujoma en Mandela is gereël dat die Riemvasmakers uit Damaraland op staatsonkoste teruggeskuif sal word. Dit sou natuurlik vrywillig wees. Die wat wil, kan agterbly in Namibië. Daar sou drie trekke wees. Die eerste twee het in 1996 plaasgevind. Meer as die helfte van die Riemvasmakers het hulle nedersetting op Bergsig in die hartjie van Damaraland verlaat. Nou in 1998 sal die derde en laaste trek plaasvind. Enige Riemvasmaker wat hierna wil trek, moet dit op eie onkoste doen.

Ons skuif ons kamp noord en kamp in 'n nek van 'n berg wat aan weerskante afkyk op twee valleie. Hier is dit meer bergagtig. Basaltkranse toring bo ons. Die eerste dag soek ons vergeefs. Ons kry een olifantbul en vyf kameelperde. 'n Paar troppe gemsbokke.

Die middag kry ons 'n renosterspoor by 'n fontein. Ons volg dit en kry 'n jong swartrenosterkoei vas aan die slaap onder 'n melkbos, halfpad teen 'n bergklofie uit. Ons sluip nader en wek haar om 'n positiewe identifikasie te kry. Sy spring regop en gee my genoeg kans om 'n paar foto's te neem. Die veldwagters herken haar en merk haar af. Sy spring weg en draf met die berghang af en verdwyn in die vallei. Daardie nag terwyl ons slaap, weeklaag die hiënas in die kranse bo ons. Abram staan op en gooi nog 'n mopaniestomp op die vuur.

Die volgende dag stap ons af na die fontein in die tweede vallei, maar ons kry geen vars renosterspore nie en later besluit ons om terug te keer na die nek, kamp te breek en verder te gaan.

Die bakkies stamp oor die klipperige bergpasse. Ons ry van vallei tot vallei en maak kamp in 'n droë loop tussen twee fonteine. Nou word daar eers tee gemaak en gewag vir die son om bietjie wes te skuif.

Jeremia Gawuseb is 'n kort, dikkerige Damara. Die ander veldwagters spot hom omdat hy nog nie stapfiks is nie en heeltyd agterraak. Ek vind hom goeie geselskap. Hy boer in die Huab-vallei en het baie probleme met olifante wat sy plaas en huishouding besoek. Hy vertel my van die dag toe 'n olifantbul sy donkiekar in die drif bestorm het.

"Die donkies steek vas en weier om vorentoe te gaan en die olifant kom van die kant af. My skoonpa en die kinders spring af en hardloop teen die berg op. Ek wil ook spring, maar bly sit. Die olifant kom. Ek besluit om met die olifant te praat. Ek sê: 'Ou Olifant. Ek sien jy wil my donkiekar skraap. Ek gaan nou net hier op my donkiekar sit. Ek gaan bid laat jy nie my donkiekar skraap nie.' So waar as God. Die olifant steek net daar vas en staan my so en kyk. Vir lank kyk hy my so. Toe draai hy om en stap die bosse in. Ek wag totdat hy weg is. Toe roep ek vir skoonpa en die kinders. Ons vat die donkiekar deur die drif. Die kinders was baie bang daardie nag en het nie geslaap nie. My vrou was kwaad vir die olifant."

Toe dit afkoel die middag verlaat ons die kamp. Ons stap oor die rante sodat ons die fontein windaf kan nader. Dadelik tel ons vars tekens van renoster op. Hoog teen die hange sien ons die bergsebras uit die berge uitkom in die rigting van die fontein. Die middagson tooi die dorre wêreld rooi en geel. 'n Godverlate wildernis. Ons stap oor 'n platorand en onder ons in 'n leegte staan drie swartrenosters en vreet aan 'n melkbos. Ons gaan sit in die rante en hou hulle dop. Dit is selde dat mens twee kalwers saam met 'n koei sien. Die jongste kalf is agtien maande en die ander omtrent vier jaar. Ons moet nader om seker te maak. Ons kry goeie foto's, maar die wind dwarrel en die renosters kom van ons te wete. Ons skarrel op teen die rantjie en die renosters dreun verby ons in die leegte.

Abram en Markus karring aan Jeremia terug by die kamp. Ek sit my skryfwerk neer en begin luister. Jeremia praat ernstig. "Hulle het by my plaas aangekom en aangehou. Hulle het gesê: 'Swaer, ons trek nou. Patrys wil saam. Julle moet kom.' Ek sê toe vir hulle: 'Julle moet maar trek. Ek sien julle. Julle lyk gesond. Trek maar. Hierdie is my land. Ek bly.' Hulle sê: 'Ja, maar swaer, Suid-Afrika is Patrys se land.' Ek sê: 'Hierdie land is my land en Patrys is my vrou.' Dit is toe dat sy haar voorkinders saam met haar broers en haar pa Suid-Afrika toe stuur."

Vir die volgende twee dae stap ons ver. Ons kry nog 'n renosterkoei en kalf in die berge. Ons stap oor 'n nekkie en verras bergsebras teen 'n hang. Drie troppe vlug met donderende hoewe oor die klipbestrooide terrein en versamel as een trop op 'n plato oorkant ons. Ons kry nog kameelperde en jaag 'n aardwolf op. Springbokke en gemsbokke is orals. 'n Godverlate wildparadys. Op die laaste oggend kry ons die swartrenosterbul waarna ons heeltyd soek.

Die patrollie is verby en ons ry om die manne by die huis te gaan aflaai.

Ons stop by Jeremia se huis. Dis helder oordag, maar sy bokke staan op kraal. Sy honde draf hom tegemoet, maar geen stowwerige kinders speel voor die huis nie. Die blou deur van die lat-en-sink-pondok is toegetrek. Abram en Markus en Vitallus raak stil en kyk onderlangs na mekaar.

Jeremia los sy kampgoed op die grond en stap na die blou deur toe. Teen die blou deur is daar 'n koevert geplak. Hy haal dit af en haal die brief daarin uit. Met sy rug na ons toe lees hy terwyl sy skouers laer en laer sak.

By die bakkies staar die manne na die grond en na hulle voete en na die vlaktes. Hulle mis mekaar se oë.

Amper verleë mompel Vitallus. "Kom ons ry, manne. Dit word laat."

2000

DIANA FERRUS

Vrou in die rivier

Sy roep na die jong man. Hy hoor haar hartstogtelike smeke en vol begeerte gee hy in.

Sy flankeer eers liggies met hom en fluister beloftes. En soos die drif in hom begin oplaai, versterk haar greep, nie opdringerig nie, maar net genoeg om hom vir meer te laat vra. Sy los hom speels en as hy teleurgesteld wil wegdraai, gryp sy hom weer.

Die speletjie word vol hartstog, vol roekeloosheid. Soos sy begeertes al intenser raak, blink groot korrels water op die jong man se donkerbruin lyf.

Sy hande beweeg in ritmiese liefkosings – haar hande beweeg strelend oor sy rug, sy maag . . .

Hy wil meer van haar weet. Hy wil meer van haar hê. Hy vloei met haar liefkosings saam na 'n bestemming tot nog toe onbekend.

"Kom nou, Antjie, die lorrie wag!"

"Ja, Mamma. Het hulle alles ingelaai? Koos, het julle die komberse?"

"Hetetjie tog, noudat jy praat, Antjie, ek het my bloue in my kamer vergeet. Bringit tog hier," sê antie Bettie.

Dis vakansietyd in Worcester. Dis warm Desembermaand. Dis 'n tyd vir die rivier! Worcester se mense kamp elke jaar uit by die rivier. Dit kom oor die jare al aan. Krismis is die tyd vir nuwe klere, 'n nuwe rok en hoed vir die meisiekinders en as daar baie geld is, 'n nuwe klerepak vir die jongetjies.

Die mammas en pappas gaan kerk toe in hul ou klere. Die wat nie kerk toe gaan nie, het ieder te veel gehad die Oukrismisnag of is besig met kos kook.

Oujaarsdag is die dag van die rivier. Dan pak almal op, dis gemmerbier en gemmerkoekies – emmers en blikke vol. Ant Lalie bak vir Munnikstraat se mense en ant Suse bak vir Truterstraat se mense. Groot ant Bettie van Munnikstraat maak haar eie gemmerbier. Ant Lalie, haar beste vriendin, bak nog al die jare haar gemmerkoekies. Dis blikkieskos en tuisgebakte brood en altyd 'n sak meel om roosterbrood by die rivier te maak.

Ant Bettie raak ongeduldig. Die kinders kan altyd so draai. "Sarie, Margie, Antjie, kom nou, dit raak laat, die lorrie wag!"

Die drie, Sarie, Margie en Antjie is ant Bettie se dogters. Die lorrie is Mister Essop se lorrie. Hy het 'n winkel op die hoek van Maailien- en Potestraat. Hy neem hulle elke jaar rivier toe.

Die Breërivier is kwalik drie myl uit die dorp. Die lorrie is swaar gelaai. Ant Bettie en haar kleindogter Baabie sit voor by die drywer. Die kinders wat agter sit, maak groot lawaai tot die ontsteltenis van die ou vrou.

Koos en sy swaer Elie is ook bly hulle is uiteindelik op pad. Hulle is belet om voor hulle skoonma te drink. Nou het hulle die kans om bietjie keel nat te maak. Soos die lorrie ry, skud die wyn op almal uit en as hulle verby die ou brug ry, dan is die sesbottelkan al 'n kwart uitgedrink.

"Jis, julle kinders, julle kan nie nou al gaan swem nie, kom help eers die goed uitpak," skree antie Bettie vir die kleingoed wat rasend van opgewondenheid word toe hulle die rivier sien.

"Mamma, Koos het vir ons 'n lekker plekkie hier om die draai gekry."

"Margie, ek wil glad nie naby die mense hier kamp nie."

"Ag, Mamma," sê Sarie, "hulle sal tog nie vir ons hênner nie, kom, dis tog die beste plek."

Ant Bettie se twee skoonseuns is hard aan die boompies afkap en grond skoonvee. Hulle het nie 'n tent nie. Dis net die rykerige mense wat tente het. Ant Bettie se oorle' man, Bokkie Mariens, het toentertyd twee los seile by sy baas gekry wat hulle nou nog gebruik om 'n kamphuis te bou.

En as hulle uiteindelik klaar die kamphuis gemaak het en die goed weggepak het, dan is die kinders amper onmiddellik in hulle broekies. Hulle gaan nou swem!

"Julle swem net in die vlak water. Baabie, julle groot kinders moet sien dat julle by die kleintjies bly," skree antie Bettie haar bevele uit.

Koos en Elie maak vuur terwyl hulle elke slag om die naaste boom verdwyn en die drie dogters is besig met middagete.

Die aand sit almal om die kampvuur. Koos en Elie is nou al goed geolie en smaak om te sing, maar ant Bettie kap hulle liedjies elke keer in die helfte af!

"Basta met die geraas. Hier's mense wat al slaap."

"Ma, is dit waar van die vrou wat jare gelede in die rivier verdrink het?" vra Baabie. Sy is ant Bettie se oudste kleindogter en die ou vrou is gek na haar.

"Ja, my kind, dis 'n hartseer verhaal. Jou ma-hulle was nog nie eens gebore toe dit gebeur het nie. Ek was 'n jong meisie. Die vrou, sy was 'n Rossouw, Emmie Rossouw wat in die Witblokke gebly het, sou met die man, ek kan nie meer so lekker sy van onthou nie, trou. Toe kom bly daar 'n vroumens hier op Worcester. 'n Baie mooi vrou, sy was van die Kaap. Sy het al die mans mal gehad."

"Het Ma al daai tyd vir oorle' Pa geken?"

"Nee, ek dink ek was omtrent so vyftien. Ek het toe nog nie kêrels gehad nie."

"Ewenwel, die Rossouw-vrou se kêrel het toe dolverlief op die Kaapse vrou geraak. Toe ons weer hoor, was die twee getroud en toe trek hulle Kaap toe. Emmie Rossouw se hart was gebreek. Die mense het daai tyd gesê dit was self-moord, sy het haarself in die rivier gaan verdrink. Sy kon nie oor haar hartseer kom nie."

"Mamma," sê Antjie, "ek hoor hulle sê sy het 'n kussingsloop oor haar kop getrek en so in die water ingeloop."

"Jong, ek weet nie daarvan nie, maar die storie loop dat haar siel nie rus nie. Die mense sê 'n mens kan saans haar gehuil hoor."

"Ma, dis nie waar nie," sê Baabie, "Ma maak my nou bang."

"Nou gaan slaap jy, ek kom nou kooi toe."

"Nee, ek gaan wag vir Ma, ek is te bang."

"So, dan is dit waar, Mamma, wat die mense sê," gee Sarie kommentaar, "die mans wat so elke jaar in die rivier verdrink, dis sy wat hulle kom vat."

"Jong, Sarie, so glo ek en om alles te kroon, is die meeste mans wat verdrink van die Kaap. Hulle weet te sê dat die Kaapse mans nie die rivier ken nie, maar ek glo dis Emmie Rossouw wat elke jaar haar man van die Kaap kom eis."

Koos, wat nou goed geolie is, luister na die stories en het nou vreeslik wind toe hy sê: "Julle praat nou 'n groot klomp nonsens. Antjie, ko' ons gaan slaap."

"Die jong bly uit die hand uit, ek weet nie wat Antjie in die jong gesien het nie," snou antie Bettie hom met 'n diep frons tussen die oë toe.

"Ons kan bly wees ons is nie van die Kaap nie, nè, Ma, sy sal nie vir ons kom vat nie," sê Baabie half bangerig.

"Nee, Ma se kind moet nie bang wees nie, sy sal nie vir julle kom vat nie. Haai, kyk wat is die tyd – Baabie, kom help jou ouma gou om water op die kole te gooi en dan kan ons maar gaan slaap."

Dis Vrydag. Die nuwe jaar is in sy derde dag. Die mense wat by die rivier gekamp het, is terug by die huis, sonder geld en sonder kos. Die gemmerbier en koekies is lankal vergete. Die hoofopskrif in die eerste uitgawe van die koerant vir die nuwe jaar heet: "Polisieduikers vind lyk."

"Antjie!" roep Koos, "kom lees hier." Antjie kom aangehardloop en gryp die koerant by haar man.

"Polisieduikers het Ronald Fortuin (25), van Kensington in die Kaap, se lyk verstrengel tussen die riete gekry. Hy het vermoedelik verdrink toe hy in 'n maalgat beland het."

2000

DANIE BOTHA

Iemand by die deur

As kind op Brandwacht reeds het Jako van 'n "pelgrim" gehoor. Ma het in die Bybel van 'n "pelgrimslied" gelees, en in die Sondagse jeugprogram oor die radio is John Bunyan se verhaal as vervolgverhaal opgevoer.

Vir Jako is 'n pelgrim 'n man. Hy het 'n ruwe bruin rokjas aan, met 'n huik wat hy oor sy kop trek teen die stormwinde en slagbuie reën. Sandale aan sy voete, en 'n tougordel om sy middel. Hy dra sy besittings in 'n sak oor sy skouer, of dis 'n bondel aan 'n kierie. Hy het ook 'n houtstaf om die loop te vergemaklik en homself mee te verdedig. Hy is bebaard; sy lippe is gebars.

Hy is kort-kort met bergpaaie langs aan die loop of ten minste teen opdraandes uit. Hy kyk op na die skaduryke top van die berg, hou 'n hand voor sy oë. As daar ander (ook vroue) saam met hom is, sing hulle oor God wat hoog bo hulle is.

Of hy staan op die een bergtop en kyk oor valleie der valleie heen na ander bergtoppe. Watter swaarkry en avonture, hoeveel vol riviere en afgronde lê nie daartussen en wag op hom nie? Sal hy nie iemand onderweg moet red nie?

Die pelgrim frons dikwels. Dis of hy met 'n ernstige boodskap of opdrag belas is. Sy gesig is omfloers van 'n stilte, behalwe wanneer hy sing. Selfs dan bly die erns.

Hy is op pad na Ewigheid.

Soos een winternag blou, blou jare gelede buite Worcester.

Jako sit op die klein stukkie uitbouing van die vuurherdmuur langs die Doveroond. Hy moet kort-kort sy bene wegdraai van die vuuropening as Ma 'n kastrol kom aflig. Die kole en vlamme is 'n stuk veld vol miershope op 'n somermiddag. Nee, meer as dit: sipresbome, afgebreekte huise en kraalmure. In die lig vloei en staan alles tegelyk stil. Daar loop mense. Sadrag, Mesag en Appeleenoog. Klein, klein. Dieper en dieper die lig in.

Die skoorsteen is 'n groot stuk swart berghang met die renosterbosse orals afgebrand. Dis 'n steilte wat aanhou en aanhou. Hoe hoër Jako bedags daarin opkyk, hoe banger word hy. Die swartheid wil jou vasdruk. (Soos by Sand Hills naby De Doorns waar die pad deur die berg geskiet is; jy sit agter in die Nash en kyk op. Meteens net geel rotse en grond en grond hoog bo jou uit. Maar nou's ons naby Ver-Oupa-hulle op Orchard!) Jy kan daarteen opgaan, maar hoe ver? Wat wag op jou waar dit die donkerste is? Jy kan gly en afstort.

Nou in die nag kan 'n mens nie te ver in die skoorsteen in op sien nie.

Jy kan ook nie deur die klein venstertjie agter die stoofplate en die kastrolle kyk nie. Donker, donker.

Die kombuisdeur se onderkant laat wind en reën deur. Ook deur die hap regs boaan die bodeur waar Pa se duiwe vroeër jare deurgevlieg het voor die plek in 'n huis verander is.

Op die vensterbank bo die kombuistafel brand die lantern. Die vlam rek, swaai, buig.

Na ete is net Jako en Ma nog in die kombuis. Sy droog die laaste skottelgoed af.

Hy kan die reën en die wind nou goed hoor.

Môre sal die Brandwachtberg toe wees onder die sneeu. Grys en koud tot by die laagste hange. Nooit tot op die plaas self nie. Behalwe die een jaar baie lank gelede toe die groothuis ook toegeval het. Oupa was altyd trots op die foto wat in meneer P.A. Malan se eksekuteurskantoor op Worcester gehang het.

Die lae sneeu en die talmende donker reënwolke verander die berg. Dit het nou iets van die Here: almagtig, sterk, ontoeganklik. En jy word bang om daarna te kyk. Vanaf al die kranse kan onheil elke oomblik toeslaan. Sal die sneeumassas nie nader stroom oornag nie?

Ma se hare is swart. Toe Braam nog 'n babatjie was, het sy middae op die bed met hom gelê en vir hom gesing: "Luister hoe fluister die wind deur die boompietjies. Heen en weer wieg hy al oor die stroompietjies. Doedoedoe, bladertjies, slapenstyd nadertjies, so sê die windjie aan blaartjies en blompetjies." Dan lê Jako ook by hulle op die bed en draai en draai 'n lok van Ma se hare om sy vinger, en glo Mamma sing dit vir hóm ook terwyl Ouma se hoenders kloek en skaduwees teen die dak skuiwe wanneer iemand of iets in die hitte van die middag voor die huis verbygaan. Dan sink-sink Jako in Ma se liefde in.

'n Ou skaapwagter uit haar jongmeisiedae op Keurbosch was die enigste man wat ooit vir haar gesê het sy's 'n skoonheid, sê sy altyd. Hy het haar die roos van Matroosberg genoem. Pa het darem seker ook die een of ander tyd gesê sy's mooi toe hy na haar gevry het. Sy't toe in die Nasorgafdeling van die Skool vir Blindes op Worcester gewerk, Matrone gehelp in die kombuis. Maar sy was met baie mans deurmekaar, terg Pa altyd.

Ma sing Hallelujaliedere wanneer sy die dag stoof skoonmaak en roetbesmeerd raak.

Sy kyk nou na Jako, dan na die agterdeur, en begin die resitasie uit haar skooldae opsê:

"'Wie roer aan my deur so vertroulik en sag? Kom binne maar, vreemdeling, dis awend, dis nag.'

"'Nee, ek mag nie na binne, ek pelgrimskind, my lewe is swerwe, my naam is die wind.'"

Is die pelgrim al weg by die agterdeur? Loop hy nou al deurnat verby Ouma se hoenderhok?

Gaan hy vannag nog alleen die koue en donkerte van die Brandwachtberg in?

Dalk staan hy by die dorsvloer en kyk terug na die lanternlig.

Is hy hartseer voor hy na die Here gaan?

2001

NATANIËL

Die fees

Halass kyk vir 'n oomblik na die are op haar hande.

Miskien sal ek my handskoene uithaal, dink sy. Dié't sy twee, drie jaar vantevore vir 'n keer aangehad tydens 'n rare uitbarsting van tevredenheid en selfvergunning. Met haar gunstelingrok, haar fyn handskoene en haar sykouse het sy tot in die agterkamer gedans, 'n bottel rooiwyn oopgemaak en twee glase op haar eie gedrink. Die volgende dag het sy haarself hardop uitgevra oor dié lawwe insident en die nodigheid van so iets.

Sy plaas die eerste hoender in die swart skottel en lig die tweede uit die wasbak. Sy vryf haar hande met olyfolie, growwe sout en swart peper en masseer die hoender hardhandig. Sy plaas dit langs die eerste. Heel wortels, ongeskilde aartappels, 'n hand vol lywige preie en breë sampioene word rondom gerangskik. Sy draai 'n knoffel in teenoorgestelde rigtings totdat die huisies losbreek en oor die hoender val. Sy vee haar hande af aan haar voorskoot en lig 'n hand vol gedroogde vye uit 'n papiersak. Sy gooi die vye in die skottel en draai om.

Goeienaand, sê sy. Haar stem slaan teen die spensmuur vas en spring terug. Hoog en heeltemal te hard.

Goeienaand, sê sy heelwat donkerder, Dit is ek, Mejuffrou Boudon. Hier is my uitnodiging.

Sy maak 'n oordadige handgebaar en voel onmiddellik hoe haar gesig vuurwarm word.

Miskien sal ek net stilbly, dink sy. Ek sal praat as hulle my iets vra.

Halass haal 'n ongemerkte bottel witwyn van die rak af. Sy gryp 'n mes en breek die seël. Sy trek die lang kurk met haar hand uit en gooi die wyn oor die hoender, die groente en die vye. Heel laaste volg 'n hand vol sout en 'n wilde bos vars kruie. Sy sit die swaar deksel op die skottel en maak die oond se deur oop. Sy lig haar hand teen die hitte.

Die oond is laag gestel sodat die dis vir 'n hele paar ure in die oond kan prut en geurig bly.

Ou Duval sal beslis kom groet. Hy sal orals bly soek en dan kom sit om te wag. Later sal hy bekommerd raak en een van die ander gaan roep. Hoeveel sal hier wees? dink sy, Miskien net een of twee. Wel, dan kan hulle twee keer eet. Dalk daag die ander eers heelwat later op. Dalk bly hulle wag tot sy terugkom.

Vir 'n oomblik staan sy stil. Toe ruk sy die deur van die koelkas oop en haal 'n groot plat bak uit. Sy ruk die doek af. 'n Verleidelike stuk varkvleis lê en blink in die lamplig. Halass haal 'n metaalpen van 'n haak teen die muur. Sy prik die vark met diep, sekure hale en stop hom met ansjovis, bloedrooi heel rissies en vars roosmaryn. Sy smeer hom met olie en kruie.

Die vark beland ook in 'n skottel, omring van rooiwyn, ook uit 'n ongemerkte bottel van die rak. Halass maak die oond oop en skuif die hoender eenkant tot daar plek is vir 'n tweede skottel. Sy was haar hande vinnig en loop na die spens. Sy kom terug met drie bottels suurlemoendrank, goud en dik soos stroop. Sy pak glase op die tafel en draai die lamp laer. Die olie moet hou, dalk sit hulle enduit.

Die brief het twee weke vroeër in haar hek beland. Dubbelgevou en deur die draad gedruk. Nie onder haar voordeur of oor die toonbank op die dorp nie. In die hek, soos 'n duif wat blindelings gevlieg het.

Sy moes die brief twee keer lees om te verstaan wat daar geskrywe was. Die ink was soos dié van 'n drukkery, maar die letters was groot en swaar soos dié van 'n kind. Of 'n afperser. Of 'n baie ou hand. Sy't onmiddellik onthou dat sy al voorheen daarvan gehoor het, dat dit Ou-mamma was wat haar vertel het, byna twintig jaar tevore.

Min mense word ooit genooi, het Ou-mamma vertel. Sy self het net van een vrou geweet wat 'n uitnodiging ontvang het. Dit was geskrywe op een van haar lakens, terwyl dié buite in die wind gehang het. Dat sy genooi was na die Fees van die Koppe. Sy kon nie onthou of die vrou gegaan het nie, of waar dit gehou is nie, maar sy kon wel onthou dat die aanwysings vreemd was. Die vrou het baie mense gevra – wat sy seker nie moes gedoen het nie – en almal het probeer verduidelik waar dit was. Alhoewel geen siel nog ooit so 'n fees bygewoon het nie.

Halass kyk na die tafel. Te karig, besluit sy en pluk 'n kasdeur oop. Sy haal vier plat brode onder 'n doek uit en sit hulle skuins oormekaar in die middel van die tafel. Die suurdeegreuk ontmoet kruiewalms iewers voor die oond se deur en ruk aan Halass se hart. Sy ruik en onthou skielik tafels wat kreun, kinders wat hardop lag en die wolkies vang soos dit uit die mans se pype verskyn.

Sy breek die was uit die bek van 'n fles en laat val honderde olywe op 'n bord met vrolike patrone. Sy loop uit op die stoep en pluk klein tamaties uit die rank. Sy kyk deur die bome en toe op na die skemerte met sy deurskynende maan. Oor minder as 'n halfuur gaan sy padaf loop met haar handskoene en 'n flits op soek na die Fees van die Koppe. Sy besluit sy sal 'n bottel water saamneem en ook 'n paar plat papawerkoeke. Sy kan dalk verdwaal. Of dalk moet rus as die pad te lank is.

Sy't besluit om niemand van die brief te vertel nie, nie eens Duval nie. Hulle sou net lag, en sê dis 'n poets. As jy weet van die wêreld, val jy nie vir sulke twak nie, dít sou hulle sê. Hou op droom en maak oop jou oë.

Die aanwysings is vaag, maar die brief sê duidelik dat sy dit wel sal vind. Stap tot in die dorp, anderkant uit, bly kyk vir tekens, 'n vreemdeling wat glimlag, 'n uil wat wakker word, hou net aan. Sy't onmiddellik geweet die fees is vir mense soos sy, dat sy daar veilig sou voel, inpas, leiding kry. Sy kon dit aanvoel toe sy die koevert oopmaak.

Halass sit 'n hand vol lepels neer op die hoek van die tafel. Sy stapel haar kristalbakkies in twee skewe torings. Toe haal sy 'n goudgeel dis uit die koelkas. Gebakte vla met suikerkristalle en heel gebraaide amandels, geroosterde klapper en brandewyn uit die Suide. Sy voel nou tevrede. Wie ook al na haar kom soek, sal gemaklik wees en goed eet.

In haar kamer vee sy met 'n klam lap in haar nek. Sy tik reukwater op haar polse en haal haar handskoene uit die laai. Sy maak seker dat haar flitslig brand en sit die padkos in haar handsak. Sy loop deur die kombuis en sien skielik haar ma voor die stoof, sy sien haar tantes en haarself, die dogtertjie met die lang, lang hare. Almal gee skottels aan of rangskik borde. Sy kan sien dat hulle nie weet van die koue van hierdie huis nie. Dat hulle nie sal dink hoe vreemd hierdie plek vir ander kan wees nie. Dat die agterdogtige hart van die klein dogtertjie toe nog nie gegroei het tot die geslote hart van 'n eenkant vrou nie. Sy probeer haar ma se oë sien, maar dié bly ontwykend, soos altyd na 'n nag se slae. Wanneer sy haar pa se swaar hand gangaf kon hoor.

Uit die oond kom die magiese reuk van geregte met perfekte balans, kruie, speserye en wyn wat op die regte tyd bymekaar inklim. Die reuke van 'n plek waarheen massas behoort te stroom. Halass tel haar uitnodiging van die vensterbank af op en trek die deur agter haar toe. Toe's sy weg.

Ou Duval het wel kom inloer soos dit sy gewoonte was op 'n Dinsdagaand. Hy't eers lank geklop en toe die deur oopgemaak. Hy't deur die huis geroep en toe maar gaan sit. Later het hy 'n olyf in sy mond gesit en heelwat later 'n stuk brood afgebreek. Teen nege-uur het hy besluit om iemand te gaan roep, hier was fout, Halass sit nooit haar voet by die deur uit op 'n weeksaand nie. Maar eers het hy 'n glas limonade gedrink.

Net voor die dorp het hy by mense gaan aanklop, mense met wie hy nooit 'n woord gepraat het nie. Hulle het gesê hulle kom saam na Halass se huis, hul seun kan solank op die dorp gaan vra of iemand haar gesien het.

Soos die nuus versprei het, het Halass se kombuis vol geloop met mense wat nog altyd bitter min vir mekaar te sê gehad het (en nog minder vir Halass). Die oond is oopgemaak en daar is weggelê aan geregte van 'n ander wêreld. Niemand wou hardop sê dat dit eintlik heerlik was om hier te kuier sonder haar nie. Niemand wou enigiets sê nie. Hulle het gesmul, gelag en die een kurk na die ander uit bottels getrek. Daar was nog nooit so feesgevier nie.

En iewers ver, op 'n plek heel onbekend, moes die ander bymekaar gewees het, dié met koue, geslote of stil harte. Dié wat nie weet hoe om die wêreld in te nooi nie. Of saam te baljaar nie. Hulle moes hulle eie fees gehou het, dalk sonder 'n tafel kos of landgoedwyne, maar wel bymekaar.

Hulle móés daar gewees het (en dalk nog steeds), dies wat so verdwyn. Waar anders?

2001

NANETTE VAN ROOYEN

Tollie Hans

Jurg Myburgh is 'n man met 'n seninglyf. Sy ivoorpak gelood in fyn potloodstrepies. Sy hare blouswart agteroor gejel. En bo sy wangbene gloei die swart oë van 'n mafia-jongeling. Hy kom na my met afgemete puma-treë, die trek van 'n jagter om sy mond. Ek pluk aan die hoë soom van my koraalgewaad. Die hand wat hy na my uitsteek, is maer. Nie vir 'n groet nie, maar om my in 'n pirouette om te tol tot my rug kaal teen sy bors aandruk. Slu en berekend gly sy voorvinger teen my ruggraat af. Daar trek 'n koue deur die losieshuis, wat korrelrig op my vel kom lê.

Ons bestyg die liggeel Opel Rekord met die wit kap. Myra sit agter langs Jannie Holvlei en ek voor aan die sy van Myburgh. Ons luister Bessie Smith: "Take me for a buggy ride", "A good man is hard to find" en "Devil's gonna get you". Die spits neuse van my oorgetrekte skoene skuil in die Rekord se een neusvleuel. Ek tel die nagemaakte pêrels op my aandsakkie. Ek oorweeg die aand soos sonde.

"Wat doen jy vir 'n lewe?" vra ek. Hy kantel sy kop en antwoord veel later.

"Ek is Tollie Hans
en ek loop net saans."

"Daa'sit," brul Holvlei van agter. Myra giggel in sy donker greep. Van toe af hou ek my stil.

Nietemin, toe die stad voor ons flikker, brand opwinding in my bors. Myburgh stop by 'n stalletjie en koop 'n bos blomme. Oordadig rooi. Hy stryk dit met swier op my skoot neer. Myra giggel. Ek skud die watervlekke van my koraaltabberd af en gloei.

Ons dans by Bob's Inn en drink Martini's. My verhemelte word skurf, maar die woorde rol glad oor my tong. Hy gooi my in 'n halfsirkel van hom weg, trek my nader, rol my van die een skouer na die ander. Ek tol die nag in voor sy bors verby. Hier trap-trap, daar trap-trap. Fyntrap vir die veerman van die onderwêreld.

Ons trek skoene uit en gaan eet roomys by die Doll's House. Myburgh fluit 'n kelnerin uit die donker uit. Hy steek 'n pap angelier by haar cleavage in. My lag kom te diep vanagter my keel uit. Ek loer om na Myra – 'n drenkeling in die arms van Holvlei.

Die volgende oggend steek die son by die Rekord in.

"Myburgh," skrik ek op. "Neem my huis toe."

Myra se visnetvoete steek by my ore verby. Holvlei lê tussen haar bekkenbene. Myburgh se kop leun dof teen die stuurwiel. Ek gryp die slap blomme angstig vas. Hulle stele lê pick-up-sticks deurmekaar tussen ons.

"Ons moet huis kry," pluk ek aan Myburgh. "Kyk hoe lyk die blomme al."

Die maande het onder ons uitgeloop. En die aande was Tollie s'n – waarin hy by my kom loop het.

Op 'n dag kom klop hy aan my venster. Met die opskuif van die houtraam rimpel sy gesig deur die dik glas soos die spieëlbeeld op 'n dam waarvan 'n wildegans so pas opgevlieg het.

"Ons moet praat," sê hy met 'n stywe mond.

Ek het hom nie ingenooi nie. Die nuus by die venster verneem soos die slegte tyding van 'n vreemde boodskapper.

Vir twintig jaar daarna kon ek swart oë nie aankyk nie. So het ander kleure my dan ook verbygegaan.

Myburgh is getroud met die ma van sy kind. Myne het ek in 'n wit provinsiale gebou agtergelaat. 'n Seun sonder naam, maar met die klamswart kykers van 'n pelsdier.

Vyftien jaar het ek my memories op mottegif gehad, toe Myra bel.

"Myburgh is dood," sê sy. 'n Sin waarin letters beweeg om in 'n enkel punt tot stilstand te kom. Ek sien hom loslit wegstap. Die ivoorpak se strepies versmelt met 'n skemer van grys.

Buite in my binnehof ruik dit na swael. Die buurthonde tjank beangs bo die jillende kinders uit. Ek gaan haal 'n bottel ou wyn, doof die binneligte en maak sewe kerse op die fonteinmuurtjie staan. Die koraalrok en muf charlestonskoene vou ek versigtig uit sneespapier uit. Net die stukkende skoene pas. Ek draai Bessie Smith in die CD-speler. Steek sewe kerse, berekend, vir Myburgh aan. Die pakkie in groen vilt gaan haal ek uit die geslote laai van die kersiehoutskryftafel. Dit ruik na olie en stof.

Bessie sing "Foolish man blues". Sy sing "I used to be your sweet Mama".

Buite dons die motreën rooi, groen en geel vuurpyle wasig in die lug. 'n Suisgeluid sweef tussen die staccato's van klappers deur.

Toe tol hy my met 'n twist van sy pols tot teen sy bors. 'n Skraal vinger gly teen my rug af. Ek hoor hom saggies lag oor die ritssluiter wat nie wil toe nie. Sy asem ruik na anys. Hy het sy oë verpand. Ek dans vir hom, heen en weer, nerfaf heen en weer. Fyntrap vir die veerman van die onderwêreld.

Teen sy linkerskouer ruik ek 'n fris angelier. Bloedig rooi soos die gekondenseerde kartels van 'n verskietende flare. Vanaand gee ek vir jou 'n blom wat al vir jare souterig deur my skedel rank.

Vir jou, Tollie Hans, loop ek van nou af net saans.

2001

NINI BENNETT

Bus 7070

Die winkeltrollie vol pos kom in. Dan nog een. En 'n derde.

Die superintendent lyk moedeloos. Haar groot borste onder die blou poskantoortrui beweeg wanneer sy sug: "Julle moet vinnig afbus vandag. En geen missorts nie, asseblief. Oormôre is dit Goeie Vrydag. En die paaspos is wéér vertraag."

Rita kyk na tant Miem en tannie Kleintjie. Sy begin die rekkies losmaak.

"Anders werk ons almal oortyd," sê die sup.

Tannie Kleintjie se tong speel in die opening tussen twee boonste tande. "Daar moet net nie pamflette ôk wees nie. Anders slaap ons nóóit vannag nie."

Die posmeester kom staan agter die sup. Daar is wit vlokkies in sy snor. Seker weer sy maagmedisyne.

"Lilly, jy moet maar die boekpakkies doen. En die Business Reply Services." Hy kyk na die sup. Hy is bles en bekommerd. Daar was weer 'n strike op Bloemfontein. Die publiek hou nooit op kla nie.

Die posmeester en Lilly die sup stap weg.

Buite in die koue staan 'n posbus stampvol missorts.

Tannie Kleintjie fluit deur haar uit tand. Sy weeg die pos, en Rita en tant Miem maak rekkies los. Dan gly haar wysvinger vol poskantoorink oor die lys teen die muur. "Veertig kilogram! Dis omtrent vier duisend briewe!"

Dis koud in die hok. Daar is geen lugreëling of mat nie, en die vensters is te hoog om die lae herfssonnetjie te vang. Die koue styg op uit die wit-en-swart teëlvloere en die wind sypel deur die posbusse as iemand oopsluit om uit te haal. En nou, met die koue front wat die Weerburo vir Pretoria voorspel het, word dit nog erger.

Tannie Kleintjie en tant Miem sit op kroegstoele en subsorteer die vars geweegde pos volgens die eerste twee nommers van die posbusse. Behendig kam hulle vingers deur die stapels en flap die briewe in die posrakke teen die muur. Dis Rita se werk om die subsorts in die vier duisend agt honderd posbusse te gooi. Eers as al die pos klaar gesubsort is, help tannie Kleintjie en tant Miem om die res te sorteer. Filamon is al 'n week af siek.

"Hy's net lui," brom tant Miem. "Dis oor hy weet dis paaspos. Lékker, nou moet ons als doen." Daar is lang hare op haar bolip, soos dié van 'n walrus. Sy is taai en sinies gewerk ná vyf en twintig jaar in die poskantoor.

Tannie Kleintjie is maer en bruin. Die tellers skinder dat sy nooit naby 'n badkamer kom nie. Haar man is retrenched, nou moet sy die pot aan die kook hou. Sy suig ingedagte aan haar tong en klap haar lippe. As sy konsentreer, sien 'n mens iets pienks deur haar uit tand loer.

"Dalk is Filamon rêrig siek." Rita dwing haar skouers agteruit; haar rug pyn weer. As kind is sy nooit behandel vir skoliose nie. Op die dokter se onlangse plate kon sy duidelik die S in haar ruggraat sien. Hy het 'n oefenprogram en rugstut voorgestel, maar hoe kan sy dan buk en strek om die pos te sorteer? Tog gaan daar nie 'n dag om wat sy nie pyn het nie. Maar pos sorteer bring brood en botter op haar tafel. Sy doen dit al sedert sy sestien is, en met net 'n J.C. agter haar naam is werk maar skaars. Sy weier om te kla: sy huur 'n buitekamer, sy volg elke aand die sepies op TV en in haar af tye gaan sy biblioteek toe en neem arms vol liefdesverhale uit. Haar enigste geheim is dat sy soms by winkels wat tweedehandse trourokke verhuur, inglip en droomverlore die rokke aanpas. Sy is vyf en dertig en nog 'n virgin. Sou iemand vir haar vra wanneer sy dan trou, sal sy seergemaak antwoord: "Jesus is my bruidegom."

Elke middag ná werk week sy broodkorsies in 'n roomysbak en kyk verwonderd hoe die voëltjies toesak op haar liefdesmaal. In die winter kook sy spesiaal sop vir die poskantoor se mense; die datumstempel laat die tellers se gewrigte pyn en die poshanteerders se hande bly skurf en blou. Om met handskoene te sorteer, deug nie. Mens kan die briewe net nie lekker raakvat nie.

Langs die sorteerhok is die kleinhok, waar Hannatjie en Ella al die geregistreerde pos, fast mails, priority mails en couriers doen. Die tralies voor die tellers se hokkies is onlangs vervang met bulletproof-glas.

In stilte sorteer hulle. Af en toe klap tannie Kleintjie se tong. Sara bring hulle koffie: dit wasem in die koue hok.

Tant Miem haal nors haar toebroodjies uit haar kosblik.

"Polony," snuif tannie Kleintjie opgewonde, maar tant Miem bied nie vir haar aan nie. Sy sug en draai die handradio met die halwe antenna op Radio

Kansel. Dan steek sy 'n sigaret aan en rook vinnig. Slegs met breaks mag hulle rook. En sy wil nie weer op die rooi tapyt gaan staan nie. Die posmeester, ou Dikkop, het haar behoorlik ingevlie toe daar eendag rook uit 'n posbus geborrel het – sy kon nie betyds dooddruk nie, en ou Dikkop het mos so 'n manier om te sluip. Sy was net betyds om haar asbak in 'n posbus te druk. Maar die laaste keer was daar groot moeilikheid. Sy het haar asbak in 'n posbus vergeet. Toe iemand oopsluit om pos uit te haal, lê daar 'n stink asbak vol stompies – dit is summier aan ou Dikkop gerapporteer. Toe moes sy weer op die rooi tapyt verskyn. Die posmeester se wit snor het gebewe. Hy het sy bottel Mucaine vasgeklou, so kwaad was hy.

Rita drink klaar. Sy werk vinnig: 7016; 7098; 7042; 70 . . . Ná negentien jaar van pos afgooi kry haar hand outomaties die regte bus. Soos in 'n refleksbeweging.

So met die sorteerdery loop haar gedagtes ver. Die meerderheid briewe is rekeninge. Mense skryf nie meer baie vir mekaar nie. Miskien is dit omdat mense nie meer vir mekaar voel nie. En nou met die e-mails en alles raak dit makliker en goedkoper om jou pos met 'n computer te stuur. Maar ook meer onpersoonlik, dink Rita.

'n Poskaart uit Amerika met 'n kaal man voorop, wat sy eers blosend bestudeer voor sy dit ingooi; 'n half-geadresseerde briefie in 'n kinderhandskrif wat sy eenkant sit, om later met groot moeite en 'n adreslys uit te pluis in watter bus dit hoort. Sy het baie deernis met kinderbriewe. Sy probeer ook begrip hê met mense wat nie hulle poskodes ken nie, al moet sy die regte kodes opsoek en dit met 'n rooi pen oorskryf.

Haar hart klop vinnig. Sal hy weer daar wees, vanoggend elfuur? Sal sy handsome oë weer na haar kyk deur posbus 7070?

Soms sluit iemand tussendeur oop, die blou deurtjie krys en die son val wit in die skemer hok. 'n Hand ritsel, papier kraak en skuif geheimsinnig na buite. Dan klap die deurtjie toe, die geluid van 'n sleutel in 'n slot, en die son wat so skielik van buite ingeval het, word weer weggesluit.

Skielik voel Rita moeg. Die nommers begin swem voor haar oë. Die brandpyn in haar rug raak erger. Sy probeer aan iets anders dink. Sy dink aan die woorde van die predikant oor die radio. En aan die liefdesverhaal, *Dokter in saal sewe*, wat sy gisteraand in haar bed lê en lees het. Haar hande aarsel 'n oomblik. Die smaak van die Black Magic uit bus 7070 kom lê soet op haar tong. Gister was die heel eerste keer in haar lewe wat sy sjokolade van 'n man gekry het.

Tienuur, en tea break.

Sara sit hulle bekers Milo op die houtlessenaar neer. Die kroegstoele krys agteruit.

"Is dit weer met kookwater en Cremora gemaak?"

"Natuurlik," sug tant Miem. Maar tannie Kleintjie gee nie om nie. Geld vir kos is amper op; wie kan nou uitkom op ’n poshanteerder se salaris – R1 800 ’n maand?

Hulle rus nie ’n volle kwartier, soos gewoonlik met tea breaks, nie. Volgens ou Dikkop kan hulle maklik oor die ses duisend briewe ’n dag sorteer, elke tien sekondes ’n brief, lunch, tea breaks en toilet-toe-gaan ingereken.

Tant Miem gluur na tannie Kleintjie. Rita laat haar kop verleë sak.

“Hoe vra ’n mens iemand om te bad?” fluister tant Miem opsetlik hard aan Rita. Tannie Kleintjie maak of sy nie hoor nie en Rita kyk anderpad. Ook die sup het al daaroor gekla.

Hulle het klaar gesubsorteer. Met trollies vol pos in rooi poskantoorskottels begin hulle by die grootste nommers en werk na Rita toe. Tant Miem het die stasie verander, en gelukkig vang die halwe antenna Nicky van den Berg se stem darem duidelik op.

Rita se oë kyk ver, verder as die reëlmaat van die grys, stowwerige posbusse.

Sy het nog die *SA Birdwatching*-tydskrif in bus 7070 gedruk, toe gaan die deurtjie oop.

“Haai,” het hy gesê. Sy het nie gekoes toe die posbus oopgaan nie. Dis nou wel ’n aardige gevoel as iemand sy pos uithaal en van buite na jou kyk, maar sy groet die publiek altyd vriendelik.

“Wat is jou naam?”

“Rita.”

Sy oë het haar vasgehou. So, aan weerskante van die posbus, was hulle gesigte baie na aan mekaar.

Sy het nie geweet wat om te sê nie. “Jy hou van voëls?”

“Ja,” het hy gelag, “ek kan nie meer my posbus by my huis gebruik nie.”

“Hoekom nie?” het sy verbaas, maar meer op haar gemak, gevra. Pos is haar terrein.

“Daar bly nou mossies in my posbus. Hulle broei daar. Toe kry ek maar vir my hierdie een. Mossies is maar so – maak enige plek nes.”

Dit was ’n week gelede. Die volgende dag het ’n posbus lank oopgestaan, so lank dat sy na die ligstraal toe geloop het, want sy het gedink iemand het vergeet om te sluit. Dit was weer bus 7070. Sy gesig in die grys vierkant het vir haar geglimlag.

“Môre elfuur,” het hy gefluister voor hy die deurtjie sluit.

Mnr. A. J. Joubert, het sy op sy pos gesien. Sy het sy naam op die poskantoor se naamlys opgesoek: hy bly op ’n kleinhoewe. Hy het net ’n huistelefoonnommer.

Die reëlmaat van die enerse posbusse het al vir Rita die reëlmaat van tralies begin aanneem. Sy het hartseer gedink aan haar roomysbak en die gewone voëltjies wat daaruit eet: little brown jobs, vinke, swaeltjies en duiwe. Skielik was sy intens bewus van mense wat oopsluit – hoe die verkeer en lewe daar buite vir 'n paar oomblikke harder opklink deur die oop posbusse. En die geknars van sleutels in slotte. Hoe dit klingelend wegsterf. Soms kon sy papier hoor skeur nadat die posbus gesluit is, dan 'n stilte. En voetstappe, weg, al hoe verder weg.

Vier duisend agt honderd geslote wêreldjies, het sy gedink. En sy moet die duisende briewe per dag na elkeen se bestemming bring. Negentien jaar al het sy eelte aan haar voete, en poskantoorink skrop jy nie maklik af nie.

Die volgende oggend elfuur het sy gewag voor bus 7070. Die deurtjie het oopgeswaai soos 'n mossie se piep.

"Hallo, meneer Joubert," het sy te vinnig gesê.

"Sommer Anton." Hy het geknipoog en Rita het gedink haar hart mis 'n slag.

"Het my boek oor posduiwe al gekom?"

"Nee, maar ek het nog nie klaar afge. . . ek bedoel gesorteer nie."

"Hmm. Het jy geweet die ou Romeinse soldate het posduiwe gebruik as boodskappers? Dan het hulle briefies aan hulle pote vasgemaak en hulle laat vlieg. Maak nie saak waar jy 'n posduif loslaat nie, hy vlieg altyd terug na sy hok toe."

Posduiwe. Hoe mooi klink dit skielik, het Rita gedink. Maar voor haar geestesoog kon sy net die vet, lui duiwe in haar roomysbak sien.

"Vandag noem ons hulle wedvlugduiwe." Sy oë was bruin en helder. En hare blou, soos lug; vol verwondering oor duiwe.

'n Streep lig skiet oor die skemer vloer.

"Haai," sê hy.

Rita sluk. Sal hy nog van haar hou as hy weet hoe krom sy is? So krom soos 'n ou vrou wat dringend 'n loopring nodig het? Of staar hy hom net blind teen haar oë, of haar gesig wat die hele hokkie vul?

"Hallo, Anton." Die son is nou agter sy kop.

"Ek het vir jou iets gebring." Hy maak sy hand oop. In sy palm lê 'n rooi angelier. "Dis plastiek. Maar dit moet vir ewig hou."

Sy trek haar asem in. "O, dankie. Baie dankie. Dis prágtig."

"Nog iets. Wanneer het jy môre lunch?"

"Tussen twaalf en een," sê Rita verleë. "Môre werk ons net tot drie, want Vrydag begin die Paasnaweek mos."

"Goed. Sal jy môre saam met my gaan eet?"

"Ja," sê sy vinnig.

"Dan kry ek jou buite voor die glasdeure. Dra die angelier teen jou bors, dat ek nie die verkeerde meisie vra nie."

Sy rek haar oë om hom beter te hoor. "Dankie, Anton. Ek sal daar wees."

Hy knipoog en die deurtjie gaan geluidloos toe, voor die sleutel amper onhoorbaar draai.

Rita sug gelukkig. Party mense het so 'n manier om hulle posbusse hard toe te klap en die sleutel te laat knars in die slot, amper of hulle afreken met hul pos, of met hul rekeninge, of – so voel dit soms vir haar – afreken met die mense wat die pos in hulle busse moet gooi. Maar Anton is sensitief, dit kan sy hoor aan die manier hoe hy sy posbus sluit.

Halfvyf, toe niemand kyk nie, druk sy die angelier in haar handsak.

Die winkeltrollie vol pos kom in. Nog een. En 'n derde.

"Pááspos!" kerm die sup. Die posmeester staan langs haar. Hy lyk bekommerd, maar sy snor is nog skoon. "As julle nie klaarkry nie, kan niemand drieuur huis toe gaan nie. Julle ry te veel met die gravy train. Vinnig en reg afbus, dis ons leuse. Nie missort! Missort! nie!"

"Ja, meneer," sê hulle onderdanig.

"Én," vervolg sy bewende snor, "wie steel bus 8740 se *XXX-Rated Magazine*? En drie maande na mekaar?"

"Wat is dit?" vra die sup besorg.

"Dis die naam van die tydskrif. *XXX-Rated*, 'n pornografiese tydskrif uit Amerika."

Hulle skud hulle koppe.

"Dis Filamon," sê die posmeester en vryf oor sy maag. "Julle vroumense sal nie so iets steel nie. Die man is baie kwaad, hy soek sy tydskrif. Hy betaal duur om dit van Amerika te bestel."

Rita word rooi: sy het gesien hoe Filamon 'n tydskrif met *Adults only* voorop in sy werkstas druk. Dit was net voor hulle gesluit het een middag, en Filamon het haar nie gesien nie. Hulle het almal 'n eed afgelê dat hulle nie pos sal steel nie. Sy het hom nie gerapporteer nie; dit sou Filamon sy werk kos.

Rita bly stil. Filamon het 'n vrou en babaseuntjie om voor te sorg.

Die posmeester draai kortaf om en die sup stap saam met hom weg. Die gewone roetine gaan sy gang. Tannie Kleintjie se tong klap en tant Miem sug.

By bus 7070 staan Rita stil en frons. Onderaan 'n groot wit koevert staan *Die Gauteng Beheerliggaam Vir Gestremdes* gedruk. Dan gooi sy dit met 'n ligte polsbeweging in die bus.

Met tea break drink sy haar Milo met versigtige lippe, sodat haar rooi lipstiffie nie smeer nie. Dit is die eerste keer in maande dat sy make-up aansit; dit laat haar mooi en waardig voel. So of sy haar pose beter kan hou. Ook die pienk oogskadu wat, so glo sy, die helderblou van haar oë beklemtoon. Tot een van die tellers het vir haar gefluit en gevra vir wie lyk sy so sexy.

Toe haar rug te veel begin brand, gaan sit sy op 'n bankie.

"A-nee-a," raas tant Miem. "Dís mos nou lekker. Kleintjie, ek dink ek en jy moet ook daar gaan park."

Meteens voel Rita rebels. Sy kyk uitdagend na tant Miem, maar staan tog op. Gaan sy die res van haar lewe so deurbring, met die klaende sup elke oggend halfagt; met die reuk van tannie Kleintjie se sweet wat meng met die reuk van tant Miem se polony-toebroodjies; met Filamon wat die tydskrifte vol kaalbasmeisies steel; met haar rug wat met die gebuk en -strek tussen die grys poshokkies nog meer pyn?

Die pos is ver van klaar.

In die kleedkamer druk sy haar hare reg. Vaalblonde hare wat steil afhang. Haar grimering hou nog. Sy steek die angelier teen haar blou poskantoorbloes se kraag vas.

Sy glimlag vir haarself.

Dan stap sy uit, haar handsak gekoester onder haar arm.

By die glasdeure kyk sy rond. 'n Bejaarde man druk op sy kierie verby. Hy is so oud, hy lyk skoon verdwaas van die ouderdom.

'n Poskantoorbakkie. 'n Vrou wat 'n pamflet geïrriteerd opskeur.

Sy frons teen die son: 'n man in 'n rolstoel. 7070 ís 'n lae posbus!

"Rita." Dit is sy stem. Sy arms, sterk en bruingebrand, roei aan die groot wiele na haar toe.

'n Pyn skiet deur haar stuitjie.

"Anton," glimlag hy, en steek sy hand uit. Hy wag dat sy groet, vervolg dan joviaal: "Ek het gedink ek gaan haal pos uit, toe haal ek vir jóú uit." Hy knipoog.

Sy probeer dink aan iets om te sê. Iets sinvols. Maar sy bly kyk: tussen die twee wiele van die rolstoel, twee stompies sonder knieë in 'n kortbroek.

"Is Mike's Kitchen reg met jou?" Hy glimlag weer, skynbaar min gepla dat sy so openlik na sy gebrek staar. "Jy weet, omdat ek voëls goed ken, ken ek mense nog beter. As jy voëls baie met 'n verkyker dophou, leer jy later om 'n nabykyker van mense te wees . . ." Sy trap ongemaklik rond. "Juis omdat mense so bevange is, takseer jy hulle makliker op face value."

Sy kry dit reg om te praat. "Nee, nee, ek dink jy maak 'n fout."

"Rita?"

Maar sy wil nie verder hoor nie, draai vinnig om en hardloop – potsierlik – haar handsak skommelend oor haar skouer en teen haar bors die angelier wat voel of dit met elke tree groter word.

'n Posduif keer altyd terug na sy hok, onthou sy in die verbygaan sy woorde.

2002

P. J. BOSMAN

Nag van twee vroue

Delia het my by die voordeur ingewag toe ek laat dié Julie-aand van Potchefstroom af na ons dorpshuis teruggekeer het. Ek het 'n kliënt in die streekhof verteenwoordig. In Delia se geskokte stem moes ek hoor van die aanval op Vierfontein, die Krugers se plaas, en dat die Kommando my dringend soek. Meer weet sy nie.

Sy verwyt my dat sy my nie op die selfoon kon bereik nie. Ja, ek het vergeet om dit te aktiveer toe ek die hofsaal verlaat. Sy het reeds my velddrag, swaar jas en stewels reggesit en die R1 uit die geweerkluis gehaal.

Terwyl ek die V6 Isuzu se versneller oor die agtien kilometer na Vierfontein plattrap, maal wilde gedagtes deur my kop. Wat wag op my? Liggame onder lakens, bloedplasse op vloere, besmeerde mure, 'n deurmekaargekrapte huis, mans wat na patroondoppe en ander leidrade soek? My God, ons staan wéér voor die Oosgrens. Dit is die distrik se vyfde plaasaanval in net soveel maande.

Vierfontein se werf onder die kil sterre is vreemd rustig toe ek in 'n stofwolk stilhou. Daar is enkele voertuie, polisiemotors, dokter Meyer se silwer BMW, 'n vangwa waar twee wagte waak en 'n ambulans met oop laaideure, die binneruim verlig, die stertkant teen die huis se agterdeur getrek.

Gawie Kruger se wit dubbelkajuit Colt-bakkie staan in die motorhuis. Dis daar waar die enigste ander teken van polisie-aktiwiteit is; drie mans wat in die helder buislig om die bakkie doenig is – die bekende toneel van vingerafdrukke wat by die deurslotte geneem word, die kwassies en poeier.

Toe ek op pad na die agterdeur by die ambulans verbyloop en my dwing om na binne te kyk, sien ek op 'n draagbaar 'n groen, toegeritste seil en onder die verstikkende seil die bult van 'n liggaampie, 'n vorm soos dié van 'n kind. Arnold, die kind waarop Marié en Gawie Kruger nege jaar lank gewag het.

Lewe sy ma en pa? En indien wel, moet ek hulle nou in die oë gaan kyk. Of sal daar blinde oë ná 'n kalmeerinspuiting wees? Ek hoor stemme uit die kombuis. Geen kans vir ontvlugting nie. Maar in die kombuis is daar weer die teenstelling van kalmte, 'n soort vredigheid: 'n groepie wat om die tafel sit, dieselfde tafel waar ons op koue aande tot laat gekuier het in die koesterende warmte van die Aga-stoof. Marié wou dit nie met 'n elektriese stoof vervang nie.

Ek sien om die tafel die polisiekaptein by die burgerbandradio, Gawie wat vooroor gebuk sit, sy gesig in sy hande, die kommandant met 'n groot ruitekaart van die distrik voor hom oopgesprei, dokter Meyer en dan Marié wat opstaan toe ek binnestap; 'n bleek vrou met oë waarin die glans gedoof is.

Sy gee 'n tree in my rigting. Ek vou my arms om haar, voel die broosheid en die ligte siddering wat deur haar trek. Om haar te help, praat ek eerste.

"Die ambulans, Marié. Ek het klaar gesien."

Ek kyk bo-oor haar na dokter Meyer vir hulp. Sy gesig is strak. Haar stem is gedemp teen my jas. "Hulle het hom op my skoot geskiet, Gerrit, hier bo by die motorhek. Hy het in my arms gesterf. Hulle wou die deure oopruk."

Sy ril, tree terug en sê dan gewoon, asof ek op 'n normale geleentheid hier aandoen: "Kom drink 'n koppie koffie. Ousleia is hier by die stoof."

Nou eers raak ek bewus van die geelbruin vroutjie; 'n skaduwee teen 'n muur.

"Ek is bly jy is hier, Ousleia." Sy was al 'n gerusstellende deel van hierdie kombuis en hierdie huis toe dit nog Marié se ma s'n was.

Dis iets wat ek al voorheen belewe het, dat mense ná 'n ramp oor die verskriklike detail praat, asof hulle hul só tot die werklikheid wil dwing.

"Ousleia was eerste by die bakkie terwyl die koeëls op ons gereën het. Dit was sy wat gehardloop het om die motorhuis se deur oop te maak en só vir Gawie die kans gegee het om terug te skiet. Sy het klein Arnold by my gevat en in 'n kombersie toegedraai. Op sy bedjie neergelê. Sy het my help skrop aan die bloed en vir my skoon klere gebring."

"Ek het maar net gehelp, Nonmarié." Ousleia vee verleë met haar rok se mou oor haar oë.

Só het elke slagveld sy held, dink ek toe ek die koffie uit haar seningrige hand neem. Die koppie rinkel in die piering. Moet ek met Gawie probeer praat? 'n Hand op sy skouer is seker genoeg.

Die radio kraak en 'n stem vul die kombuis: "Delta Drie roep Alpha Een. Oor."

Die radiostem is sonder emosie, professioneel. "Ons is op die laaste een se spoor, anderkant die kliprant op McDonald se grond. Was dit nie vir 'n stukkie hemp wat aan 'n doringdraad bly steek het nie, het hy ons ontglip. Hy is in die hoek deur waar McDonald se lyn aan die westekant met Marais s'n kruis. Hy hardloop reg noord. Die spoor is warm want die honde is opgewonde. Ruitverwysing: 73FF. Stuur asseblief mense om hom vorentoe af te sny. Oor."

Die kaptein gee instruksies in die mondstuk en êrens word ontvangs erken. Zulu en Charlie sal die net wyer span.

Ek sluk die laaste van my koffie en vra wat my taak is. Die kommandant wink my na buite.

"Hulle was vier wat Kruger by die hek ingewag het. Dit was met klippe versper, maar hy was gelukkig dat hy daaroor kon jaag. Die Colt se *sump* is nietemin moer toe. Die koeël was vir die bestuurder bedoel. Hulle het hom agtervolg en daar is nog drie koeëls deur die bakkie. As die ou meid nie byderhand was nie . . .

"Ons het reeds drie gevang, een sopas. 'n Ander een is deur Kruger gekwes.

Ons het hom net hier anderkant die bloekombome vasgetrek. Hy sit nou soos 'n aap in die vangwa met Meyer se verband om sy bobeen.

"Ons het jou in die veld nodig, Theron. Gaan daar deur die hek en volg die spore van die voertuie en die openinge waar die drade geknip is. Hou so ver moontlik noordwes."

Dit is maklik om die spore te volg. Ek jaag roekeloos deur die openinge in die kampdrade. Party drade is bloot met klippe platgedruk om dit op die grond te anker. Geen gedagte aan die duur bakkie nie, net die moordende stamp van die wiele oor klippe en deur gate en die wilde gebons van die kopligte oor die hobbels. Vorentoe speel ligte sporadies oor die horison want 'n ganse kommando is aan die beweeg op die perde van 'n nuwe soort oorlog. Dié keer is ons behoorlik georganiseer.

Ek steek 'n bultjie oor en gewaar links voor my 'n samedromming van wit en rooi ligte. Ten minste 'n dosyn bakkies staan in 'n kring, kopligte en skietlampe op die middelpunt van die omsingeling. Ek hou buite die kring stil en klim uit. Die yslug tref my gesig soos speldeprikke. 'n Paar mans staan in groepies rond. Ander sit in hulle voertuie. Ek sien die sigaretkooltjies.

Iemand sê: "Jy is laat, Theron. Die harde werk is klaar gedoen."

Daar is 'n gelag en die venyn ontgaan my nie. Ek staan bekend as 'n liberalis wat hom vir die Nuwe Suid-Afrika beywer.

In die middel van die ligkol lê 'n menslike gestalte, opgekrul op sy sy, sy hande agter sy rug geboei. Die kol veld is verlig asof die son op middaghoogte vlam.

Toe ek oor hom buk, tref die stank van rou ontlasting my. Hier, voor my oë, word die gesiglose vyand meteens konkreet, vind ek 'n verteenwoordiger van die byna onnoemlike wreedhede: mense sonder meer geskiet, of doodgekap, met draad verwurg, messteke om seker te maak, gryse vroue verkrag, 'n man se lyk brutaal in die veld gerangskik in die lig van 'n batterylamp. Die seine is ongeveins: 'n boer se lewe is minder werd as 'n spoegblerts op die sand. Gee pad van die grond van ons voorvaders af.

Die man se oë is toe, een daarvan is bowendien toegeswel. Daar is 'n koeksel bloed en grond onder sy skewe neus en ek weet dit is gebreek. Uit 'n oopgekloofde lip sypel 'n straaltjie bloed. Hy kon dood gewees het, was dit nie vir die bewing van sy lyf nie.

Al sy energie moet verbrand wees met sy vlugtog deur die wrede veld. Waar hy lê, moet dit minstens vyftien kilometer van die moordtoneel af wees; vyftien kilometer vanaf die bultjie onder die groen seil en die glanslose oë van 'n ma.

Ek moet stry teen die versoeking om my stewel se punt in die reeds verminkte gesig te laat ontplof.

Ek dink aan Marié Kruger se gratis lesse op breimasjiene en in lees en skryf en somme maak. Nie in 'n winderige skuur nie. In Vierfontein se groot woonkamer, waar Ousleia die gekomberste en gekopdoekte "studente" met skons en tee in porselein bedien.

'n Gesig het vorm aangeneem deur die verminking – dis Alpheus Makudu. 'n Jaar gelede het hy uit Gawie Kruger se diens gedros. Hy was in beheer van die melkery want hy was skoolgeleerd, kon die produksiestate byhou en die jaloesie van ouer werkers nogal goed hanteer. Maandeliks het hy eenkant 'n paar honderd rand ekstra ontvang.

Ek skrik toe Barend Wilkens skielik langs my praat: "Hoe lyk hy vir jou? Besig om te vrek, nè? My geluk en sy ongeluk dat ek eerste by was toe die honde hom tussen die klippe uitgejaag het. Tyd om hom te skiet, was daar nie. Hy is 'n amateur. Hy het die geweer neergegooi en gehendsop. Daar was toe al 'n paar bakkies om hom. Toe kry ek hom aan sy kraag en broek se gatkant beet en storm die hoek van my Land Rover se kajuit. Ná die derde stamp het hy gevou."

Kan ek Wilkens, die andersins sagmoedige reus, kwalik neem?

Vyf maande gelede het Dirk van Coller 'n koeël tussen die oë gekry toe hy skemeroggend sy skuur se deur oopskuif.

'n Maand later was dit die vrygesel Buks Lategan se beurt; in die aand in sy kombuisdeur ingewag, dit is 'n wonderwerk dat hy kon ontvlug en oorleef met agt skote deur sy lyf en ledemate. Hy is lewenslank verkreupel. Sy plaas is in die mark.

Brandstigting by die Van Niekerks, en toe die slagting onder Barend Wilkens se melkkudde. Tien koeie geslag, skaars honderd meter van sy huis af – vernielde stukke primavleis onder kosprys vir 'n bevoorregte krieseltjie van die massa. Die res van die koeie se hakskeensenings is afgekap.

Kan daar iets erger vir 'n boer wees as om 'n tienduisendrandkoei met 'n koeël uit haar lyding te verlos? Kan 'n land dit bekostig om terug te keer na troppe maer beeste wat die veld vertrap vir 'n tiende van die moontlike melk- en vleisproduksie?

"Ek ken dié man," sê ek vir Wilkens. "Hy het tot 'n jaar gelede Gawie Kruger se melkery bestuur."

Wilkens se mond val oop. Hy roep in die rigting van die naaste omstanders: "*Boys*! Gerrit Theron ken dié man. Hy het vir Gawie Kruger gewerk. Ou Gawie het al die tyd die adder aan sy boesem vertroetel."

'n Radio kras in een van die bakkies. Ons staan nader. Die laaste lid van die bende is gevang.

Hy het in 'n erdvarkgat gekruip maar soos 'n rot uitgepeul, sonder sy geweer, toe iemand voorstel dat hulle 'n handgranaat daar inrol. 'n Paar manne proes van die lag en daar is meteens verligting. Ons kan huis toe gaan, na kaggels en boontjiesop.

Alpheus Makudu word op 'n rooi bakkie gegooi. Sy kop en lyf tref die gehawende Ford Bantam se vloer met 'n plankerige geluid.

Op Vierfontein is sy hart stil in die gehoorstuk van dokter Meyer se stetoskoop en daar is geen refleks van die pupille nie.

Die ambulans is weg. Hulle sal hom op die vangwa oorlaai, besluit hulle, om soos iemand pittig opmerk, sy kamerade daar "geselskap te hou".

Maar voor die oorlaaiery laat roep die kommandant Ousleia na buite. Marié volg haar.

"Aia," sê die kommandant, "ken jy dié mens? Ons wil seker maak."

Hy lig met sy flits op die vaal gelaat.

Ousleia staar, trek toe haar asem skerp in. Dit lyk asof sy duiselig word. Sy leun vooroor en streel met die brug van haar hand oor die stywe wang.

Haar stem is gesmoord: "Dis my kínd, baas."

Die harde gestaltes vervaag in stilte. Die twee vroue bly gearm langs die rooi bakkie op Vierfontein se dowwe werf staan.

Miskien is dít waarom ek minder droom en gil in my slaap want dié laaste beeld was verlig deur Afrika se hoogste sterre.

2003

LEONARD KOZA

Juffrou Bester en Boelie, die boikotter

"Klas, wat gaan aan? Julle was nog nooit so stil nie! Is daar iets wat julle hinder? Sê my, asseblief tog. Ek sal help as ek kan," sê juffrou Bester. "Onthou, julle ouers offer baie op om julle hier te hê. As julle my nie as julle onderwyser wil aanvaar nie, sê my. Dan kan daar mos reëlings getref word vir 'n ander onderwyser."

Die kinders antwoord nie en sy is bekommerd. Die standerdses-klas se gemiddelde ouderdom is veertien jaar en hulle is die hoogste standerd van Vorentoe Primêre Skool.

Juffrou Bester verduidelik weer wat 'n belangrike rol opvoeding in die lewe speel, en hoe noodsaaklik dit is vir die opbou van 'n toekoms.

" 'n Beter toekoms met die 'gutter education' wat ons hier kry? Watter toekoms kan daar wees onder 'n politieke stelsel wat gebaseer is op die kleur van 'n persoon se vel?" roep iemand uit. Juffrou Bester besef dat haar klas reeds beïnvloed is deur gebeure buite die klaskamer.

Die klok lui vir pouse. Gedurende pouse is daar 'n gewoel op die skoolgronde. Hier en daar vergader groepies leerlinge om te praat oor gebeure oral in die townships van Suid-Afrika. In die middel van die groep is daar een met 'n koerant wat die gebeurtenisse vir die ander lees. Omdat hy groot en vet is, noem hulle hom "Bully Beef", maar kort af is hy Boelie.

Boelie raai hulle aan om nie terug klaskamer toe te gaan nie, maar om plakkate te maak met slagspreuke daarop en dan straat toe te gaan. Die leerlinge is verdeel. Party wil klas toe gaan. Boelie vertel hulle hoe die motorbande in die ander townships alreeds brand terwyl hulle nog in skoolbanke sit. Die meeste kinders stem saam. Hulle wil nie leer terwyl ander leerlinge hulle gate uit geniet deur motors met klippe te bestook nie.

Toe die klok lui, gaan net 'n klein groepie klas toe. Die res volg Boelie.

"Waar is die ander leerlinge?" vra juffrou Bester.

"Hulle is saam met Boelie, juffrou."

Die juffrou se bloed kook van woede: "Vir Boelie wil ek nie meer in my klas hê nie. As hy weer hier instap, stap ek uit."

Sy is besig om aan hulle te verduidelik dat die land se vraagstukke nie deur kinders opgelos kan word nie toe daar skielik 'n rumoer is van banke se deksels wat op en af geklap word en vensterruite wat breek in die klaskamer langsaan. Die volgende oomblik kom Boelie in.

"Wat soek julle in die klas terwyl die meeste van die kinders buitekant is?" vra Boelie.

"Boelie," probeer juffrou Bester hom keer. "Weet jou ma wat jy doen? Sy is nou in die werk om jou op skool te hou terwyl jy ander mense se kinders intimideer om nie te leer nie."

Sonder om 'n woord te sê, draai Boelie om en stap uit.

Een vir een keer die ander kinders terug. Juffrou Bester kyk die klas deur en sê: "Enige een wat vir Boelie wil volg, is vry om dit nou te doen."

Juffrou Bester is besig om die slagspreuke van die swartbord af te vee, toe daar 'n klop aan die deur is.

Haar hart klop in haar keel. Sy wil so graag vergeet van die dag se gebeure, want skoolhou is al waarvoor sy lewe. Sy skraap haar moed bymekaar en gaan na die deur toe. Sy kan hoor dat daar meer as een persoon by die deur is.

'n Hele paar van haar leerlinge soebat haar om die deur toe te hou. "Juffrou, moenie! Juffrou gaan seerkry!" skree hulle vreesbevange. Maar juffrou Bester besluit om die deur oop te maak, al vrees sy die gevolge.

Toe sy die deur oopmaak, druk die skare die deur oop en storm die klaskamer in.

"Amandla! Amandla!" skree hulle met gebalde vuiste in die lug. "Weg met die gutter education, freedom now!" Boelie lei die optog. By hom is sy ma. Mevrou September se oë staan stil in haar kop van woede.

Juffrou Bester herken haar en groet vriendelik. "Goeiedag, mevrou September, kan ek help?" Die kinders sing en skree so dat die twee vroue mekaar glad nie kan hoor nie. "Mevrou September, die beste sal wees dat ons na die hoof se kantoor gaan," sê juffrou Bester. "Maar ons sal nie *almal* in die hoof se kantoor kan ingaan nie," voeg sy by en kyk na die ander.

Maar Boelie se moeder wil niks hoor nie. "Ek wil wiet watte' reg het djy om nie vir Boelie in djou klas te hê nie. Word djy nie betaal uit onse tax nie? Hoekô gie djy vi' djou soe uit soes ou rama?"

Juffrou Bester se oë is vol trane toe sy sê: "Mevrou! Ek is 'n onderwyseres en nie 'n straatmeid nie! Boelie was in my klas vanaf Sub A tot nou en ek het nog nooit voorheen probleme met my klas gehad nie. Ek is soos 'n moeder vir my klas, aangesien ek self 'n verantwoordelike moeder is.

"Ek verstaan dat daar probleme in die land is."

Die skoolkinders skree toe luidkeels: "Amandla! Amandla! Free Mandela! Free Mandela!" In die gewoel en geraas kan die twee vroue mekaar nie hoor nie, terwyl die kinders aanmekaar skree: "Amandla! Amandla! Free Mandela! Free Mandela!"

Dit is duidelik dat die skare juffrou Bester nie 'n kans wil gee nie. Boelie se moeder voel soos 'n heldin toe sy die kinders weglei van die skool af.

Juffrou Bester gee 'n sug van verligting, maar die volgende oomblik kom gewapende manne in uniform die trap opgenael en vra: "Juffrou! Juffrou, sê ons waar is die boikotters?"

Voordat juffrou Bester iets kan sê, antwoord een van die leerlinge: "Hulle is De la Reyweg se kant toe, konstabel."

Die vier Casspirs wat die skool omsingel het, is haastig daar weg na De la Reyweg waar 'n groep kinders besig is om voertuie te bestook met klippe terwyl ander besig is om rommel en motorbande aan die brand te steek. Die verkeersligte by die kruising van De la Reyweg en Industria Ringweg is alreeds skeef gegooi. Klippe reën op voertuie en die bestuurders raak verward en bevrees.

Die klomp kinders spring wild oor heiningdrade toe hulle die polisie gewaar. Gelukkig vir hulle kan die Casspirs nie so vinnig beweeg soos die vangwaens nie en daarom kan hulle wegkom.

Die kinders vlug na enige oop hek of deur in die behuisingskema, maar die polisie sit hulle agterna. Sommige van die mense in die skema jaag die kinders uit en sluit hul deure. Die polisie looi baie van die kinders met sambokke en laai hulle op die Casspirs.

"Julle is kindermoordenaars! Julle is kindermoordenaars!" skree die mense in die skare vir die polisie.

'n Gedeelte van die skare bestaan uit studente en hulle skree: "Away with gutter education! We want a people's education!" Hulle vlug uitmekaar toe daar meer Casspirs met gewapende polisiemanne opdaag. "Die boere se moere! Die boere se moere!" skree 'n paar stemme uit die skare.

Toe klim die polisie in met rubberknuppels. Daar is 'n gehuil en geskree langs De la Reyweg soos nooit tevore in die geskiedenis van Ravensmead Township nie.

Intussen het die polisie na Boelie se huis in die sub-ekonomiese skema gejaag.

"Wat is Boelie se regte naam?" vra 'n polisieman een van die mense. Die een kyk na die ander, maar niemand wil kommentaar lewer of antwoord nie.

Oom Piet Fluit verbreek die stilte: "Konstabel, sy van is September. Hy woon in Abrahamstraat by die ou skema. Sy pa is 'n dronklap."

Die skare gil van woede vir oom Piet Fluit: "Hou vi' djou voo'barig, djy ga'n genecklace word."

Oom Piet Fluit antwoord ewe ongeërg: "Daai jong wóón mos in Abrahamstraat."

"Kom wys ons waar hy woon," sê die konstabel vir oom Piet Fluit.

"Gathond! Gathond!" skree die skare terwyl die polisie met oom Piet Fluit wegry en toe gaan hulle al brommend uitmekaar.

Abrahamstraat is in rep en roer toe die polisievoertuig van die veiligheidspolisie daar aankom.

Die inwoners is verbaas om oom Piet Fluit agter in die motor te sien. Terwyl die polisie die werf binnegaan, omsingel die skare die voertuig. "Daa's oom Piet Fluit!" skree die kinders opgewonde en die skare word uit nuuskierigheid al hoe groter.

'n Jong seun wys dat oom Piet Fluit die ruit moet laat sak en hy vra: "Wat soek oom Piet Fluit met hierdie mense wat o's soe onnerdruk?"

"Die boere wou weet waar Boelie woon en toe het ek ingewillig om hulle te wys."

Die jong seun is nie so gelukkig met die antwoord nie en sê: "Wat, is oom Piet dan 'n squealer? Is oom Piet nie meer bekee' nie?"

Ergerlik antwoord oom Piet Fluit: "Boelie is die oorsaak van baie moeilikheid in die scheme omdat hy onder die invloed is van die ANC en die kommuniste, daarom help ek die polisie."

Toe die skare dit hoor, skree hulle: "Gathond! Gathond!"

Oom Piet Fluit glimlag eers, maar toe daar teen die vensters gespoeg word, vererg hy hom bloedig en sê: "Watter soort bruinmense is julle? Kan julle nie vi' julle gedra nie, vuilgoed!"

Dit moes hy nie gesê het nie, want toe reën die klippe teen die motor. Die twee polisiemanne kom met vuurwapens in die hand aangehardloop en vuur 'n paar skote in die lug. Die skare laat spat toe hulle die skote hoor.

Die polisie roep versterkings in en binne enkele minute is die hele Abrahamstraat vol polisievoertuie.

Oom Japie, die eienaar van 'n besige smokkelhuis in Abrahamstraat, is op sy senuwees.

Hy is bang dat die polisie miskien nog 'n klopjag kom uitvoer. Een van die bure, mevrou Anna de Wee, skree van oorkant die straat: "Dit is baie snaaks dat die law va'dag soe volop is. As o's hulle anne'tye bel, dan is hulle kamstig short-staffed."

Dit is duidelik dat die polisie nie weet waar om vir Boelie te soek nie.

"Is hy dan soe important dat soe baie polisiemanne vi' hom moet soek?" vra mevrou Anna de Wee.

Die polisieman gee haar net so 'n vuil kyk en sê: "Ek dink nie die vent is so important as wat hy 'n opstoker is nie. Sy nek draai ons om. Met hom gaan ons nie speel nie. Hy is definitief onder die invloed van kommuniste wat die regering wil ondermyn."

Die vrou kom toe effens vorentoe en loer by een polisievoertuig in en sê: "Djulle is nogal gelaai soes sardientjies inne blik."

"Dis nie jou besigheid nie. Het jy nie werk by jou huis nie?" vra die sersant.

"Kan 'n mens dannie ee's kyk hoe lyk die polisiekarre wat o's tax gekoep het nie?" vra die vrou, en die polisieman skud net sy kop.

'n Man nader die passasierskant van die polisievoertuig. Hy het grys hare langs sy slaap en 'n hoed op wat tot by sy ore gedruk is. Sy mond is effens skeef en oop en toon verslete tande en sy lippe is so worsdik dat dit lyk of dit met die geringste steek van 'n koppiespeld sal ontplof. Die binnekant van sy lippe is rooi van al die jare se alkoholiese dors wat hy moes les.

"Ek sê, konstabel, ek is Boetie September!" sê hy terwyl die kwyl in strepies langs die hoeke van sy mond afstroom. "Soek djulle vir Mandela?" voeg hy by.

Die polisieman gee hom 'n skewe op en af kyk en sê: "Ja, ons soek na Mandela en wat daarvan?"

Boetie September haal sy hoed af en hou dit voor hom: "Gie vir my 'n dop se gel' dan sê ek vir djulle waar Mandela nou is," sê hy.

Die konstabel skakel die motor aan en laat die masjien dreun. "Gee pad hierso, jy's dronk!" sê hy.

"Hoe kan konstabel sê ek is dronk, maa' ek wiet waa' Mandela nou is, maa' konstabel is nugte', maa' wietie," sê Boetie September en lag hardop.

Daar kom 'n dringende boodskap oor die radio: Versterkings word benodig by 'n padblokkade in De la Reyweg. Die polisievoertuig is soos blits daar weg. Die rooi stof van die gruispad trek soos 'n wolk deur die skemahuisies en die mense hyg woedend na asem.

In 'n kits is Boetie September omring deur 'n skare.

"Hey, Boetie, wat het djy virrie law gesê?" vra Anna Bruintjies hom. "Ek hoepie djy het Boelie se game weggegie nie!" voeg sy by.

"Ek sal dit nooit doen nie," sê hy. "Ek het vi' die law gevra of hulle vir Mandela soek en toe sê die een law nogal ja," sê Boetie. "Die law sê toe ek moet padgie, want ek is dronk. Ek het nogal 'n stywe dop Oom Tas gedrink, ma' djy sal dit nie soema agterkom nie," verduidelik hy. "Maa' min wiet hulle dat Boelie my seun is, anders sal hulle my omtrent hom uitgevra het."

Die skare lag hardop toe Anna Bruintjies sê: "Watte' soort law is hulle wat vi' Mandela innie Tiervlei soek. Wiet hulle dannie hy bad in Pollsmoor nie? Ek wonner nogal wat ga'n by De la Reyweg aan, want daa' het 'n dringende boodskap oo' die radio gekom oor 'n papblokkade daa'," voeg sy by.

"Nie 'n papblokkade nie, Anna, djy mean 'n padblokkade. 'n Papblokkade is wannee' djy gebreakfast het en djou maag kannie we'k nie," spot Boetie September.

By hul aankoms by die padblokkade, is die twee konstabels verstom. Talle motors se ruite is stukkend gegooi, ander is omgekeer en aan die brand gesteek. Hulle moet vinnig padgee en wegdraai vir brandende motorbande en ander vlammende versperrings.

Die ambulansmanne is onder geweldige druk besig om beseerde motoriste en lede van die publiek in twee ambulanse te laai. Die polisievoertuig hou byna langs die een ambulans stil.

"Luister hier!" skree die konstabel. "Is daar enige skoolkinders tussen daai beseerdes wat julle nou besig is om op te laai?"

Die ambulansman gaan net voort sonder om antwoord te gee. "Donner! ek vra mos of daar nie enige skoolkinders tussen daai beseerdes is nie?" vra die polisieman vir die tweede keer.

Die ambulansman gee hom 'n skewe kyk en sê toe: "Daa's nie nog tyd om te kyk wie gaan skool toe en wie nie. My werk is om te sien dat hierdie beseerde pasiënte by die hospitaal uitkom."

Hy trek die ambulansdeur agter hom toe, skakel die sirene aan en vertrek.

"Maar kyk so 'n vullis. Hy's mos 'n regte nai," sê die konstabel. "Ek't lus en moer hom en sê sommer hy't my gevloek," voeg hy by.

"Kom ons jaag die etter tot by die hospitaal."

Sy kollega tik hom op die skouer en sê: "Ou maat, ons kan die piesang agtervolg, maar hoe weet ons Boelie is tussen die beseerdes?"

Die konstabel skud sy kop en sê: "Ek kan nou nog nie vat dat daai tief vir my wat 'n polisiekaptein is, sê dat daa's nie nog tyd om te kyk wie gaan skool en wie nie."

Sy kollega lag skielik hardop: "Om te dink Apartheid is nog nie verby nie en hoo' hoe k'k vertel hy jou."

Die konstabel kyk op sy horlosie en sê: "As Boelie daar is dan moer ek hom."

Sy kollega steek 'n sigaret in sy mond en sê: "O nee, vir Boelie gaan ons nie vandag of vanaand vang nie. Ons kan hospitaal toe gaan om te gaan uitvind wie almal opgeneem is. Vir Boelie wag ons eers tot alles weer stil is en dan trek ons hom vas. All you know is hy miskien al lankal nie meer in die Kaap nie."

"Nogal waar wat jy sê, miskien is hy al lankal op pad Kuba toe en ons jaag 'n ambulans met mense vol knoppe met die hoop daar's 'n well-known kommunis tussen hulle," sê die konstabel. "Maar terug Ravensmead toe sal hy terugkom, hy's mos in die struggle, aggaai," lag hy. "Hy sal mos weer terugkom om te kom spog hoe hy ons ontduik het en dis wanneer ons hom vang."

So't dit gegaan in ons kontrei toe die kinders gestruggle het vir freedom.

2003

Kopieregerkennings

Pulvermacher: "Gebet van Tities Tokaan" uit Melt Brink: *Grappige stories en ander versies in Kaaps-Hollands*, oorgedruk in *Standpunte 122*.

Jacob Lub: "Mij oom Hansie" uit *De zwarte gevaar* (JHH de Bussy en HAUM)

C. J. Langenhoven: "Die bouval op Wilgerdal" uit *Versamelde werke* (Tafelberg-Uitgewers).

Eugène N. Marais: "Klein Riet-alleen-in-die roerkuil" uit *Dwaalstories* (Human & Rousseau).

M. E. R.: "Die boodskap" uit *Kwartet* (Tafelberg-Uitgewers).

C. M. van den Heever: "Leuens" uit *Vuurvlieg en sterre* (Tafelberg-Uitgewers).

J. van Melle: "Oom Diederik leer om te huil" uit *Vergesigte* (J.L. van Schaik); "Die tuiskoms" uit *Oom Karel neem sy geweer saam e.a. verhale* (Tafelberg-Uitgewers).

Toon van den Heever: "Werkstaking by die kleigat" uit *Gerwe uit die erfpag van Skoppensboer* (Perskor).

Boerneef: "Teen die helling" uit *Teen die helling* (Tafelberg-Uitgewers).

Elise Muller: "Kinders in die skemer" uit *Die vrou op die skuit* (A.A. Balkema).

Jan Rabie: "Drie kaalkoppe eet tesame", "Die man met die swaar been", "La promenade en chien", "Ek het jou gemaak" en "Droogte" uit *21* (Human & Rousseau).

C. G. S. de Villiers: "Die swygsames" uit *Klein vaderland* (A.A. Balkema).

Uys Krige: "Dood van die Zoeloe", met toestemming van die skrywer.

Etienne Leroux: " 'n Dag in Berg-en-Dal – Drieduisend siele" uit *Windroos*, met toestemming van die skrywer.

Adam Small: "Klein Kytie" uit *Windroos*, met toestemming van die skrywer.

Breyten Breytenbach: "selfmoord 2", "die boenk" en "fascistiese pampoen" uit *Katastrofes* (Human & Rousseau); "Die verlossing van die beeld" en "Kortverhaal" uit *Mouroir* (Taurus).

Ingrid Jonker: "Die bok" uit *Versamelde werke* (Perskor).

André P. Brink: "Dertien" uit *Bolder*, met toestemming van die skrywer.

Abraham H. de Vries: "Brood 2" en "Passenger in transit" uit *Vliegoog* (Tafelberg-Uitgewers); "Die uur van die idiote" uit *Die uur van die idiote*, "Siënese dagboek" en "Nag van die clown" uit *Nag van die clown*, "Winkelplaas – 'n verhaal" uit *Skaduwees tussen skaduwees* (Human & Rousseau).

Karel Schoeman: "Die park na die val van die blare" uit *Bolder*, met toestemming van die skrywer; "Die hotel", met toestemming van die skrywer.

Henriette Grové: "Dood van 'n maagd" uit *Jaarringe* (Tafelberg-Uitgewers).

Chris Barnard: "Bos" en "Hoogsomernag" uit *Duiwel-in-die-bos* (Tafelberg-Uitgewers).

A. A. J. van Niekerk: "Die-aader-naait-deer" uit *Kelkiewyn en koggelaar* (Tafelberg-Uitgewers).

Audrey Blignault: "Die onverganklike spoor" uit *Die verlange loop ver* (Tafelberg-Uitgewers).

Hennie Aucamp: " 'n Bruidsbed vir tant Nonnie" en "Armed vision" uit *'n Bruidsbed vir tant Nonnie*, "Die nag van die ooms" uit *Hongerblom*, "Swart-ys" uit *Enkelvlug*, "Vir vier stemme" uit *Volmink*, "Donkerskool" uit *Gewis is alles net 'n grap* (Tafelberg-Uitgewers).

John Miles: "Gustav gaan speel" en "Voorgevoel" uit *Liefs nie op straat nie* (Tafelberg-Uitgewers).
P. J. Haasbroek: "Aardrykskundeles" en "Anatomieles" uit *Roofvis*, "In die Hoëveld waar dit oop is" uit *Verby die vlakte* (Human & Rousseau).
J. C. Steyn: "Die dag toe ons agtergekom het dis oorlog" uit *Op pad na die grens* (Tafelberg-Uitgewers).
Welma Odendaal: "Mamy Blue en ek onthou" uit *Keerkring* (Perskor).
Jan Spies: "Van Duiwel Pontius na Dominee Pilatus" uit *Pilatus tot Molshoop* (Perskor).
Ina Rousseau: "Onthou jy vir Helena Lem?" uit *Soutsjokolade* (Tafelberg-Uitgewers).
Margaret Bakkes: "Inkrimp" uit *Sing vir ons Matilda* (Tafelberg-Uitgewers).
Elsa Joubert: "Die sendeling se dood" en "Agterplaas" uit *Melk*, "Telefoon" uit *Dansmaat* (Tafelberg-Uitgewers).
P. G. du Plessis: "Ons Mond" uit *Boereoorlogstories*, samesteller Jeanette Ferreira, Van Schaik.
M. C. Botha: "Liefde is sterker as plastiek" uit *Die hartklop van gevoel* (Perskor); "Frans Malan" uit *Die einde van 'n kluisenaar se lewe* (Human & Rousseau).
Dalene Matthee: "Die Judasbok" uit *Die Judasbok* (Human & Rousseau).
E. Kotze: "Bloedige dag" uit *Halfkrone vir die Nagmaal*; "Soetloop" uit *Silt van die aarde* (Tafelberg-Uitgewers).
Petra Müller: "Marcu Taillefer" en "Vlerke oop en vlerke toe" uit *Voëls van die hemel* (Tafelberg-Uitgewers).
Koos Prinsloo: "Die jonkmanskas" uit *Jonkmanskas* (Tafelberg-Uitgewers); "Klara se klokkies" uit *Die hemel help ons* (Taurus/Human & Rousseau); "Die wond" uit *Slagplaas* (Human & Rousseau); "Die storie van my pa" uit *Weifeling* (Hond).
P. J. Philander: " 'n Koeël vir 'n klou" uit *Hoefyster vir die hart* (Tafelberg-Uitgewers).
André Letoit (Koos A. Kombuis): "Skrywersnag" uit *Breekwater en ander verhale* (Perskor).
George Weideman: "(Gelykenis)" uit *Tuin van klip en vuur* en "Tarantella" uit *Die donker melk van daeraad* (Tafelberg-Uitgewers).
Etienne van Heerden: "My Kubaan" uit *My Kubaan* en "Dol hond" uit *Liegfabriek* (Tafelberg-Uitgewers).
T. T. Cloete: "Dokter Diedericks leer om te lag" uit *Die waarheid gelieg* (Tafelberg-Uitgewers).
Jan van Tonder: "Aandenking vir 'n vry man" en "Victor Singh" uit *Aandenking vir 'n vry man* (HAUM).
Alexander Strachan: "Visioen" uit *Wêreld sonder grense* (Tafelberg-Uitgewers).
Jeanne Goosen: "Karoo" uit *'n Kat in die sak* (HAUM); "Aan die einde van die reënboog" uit *'n Gelyke kans* (Human & Rousseau).
André le Roux: "Moet 'n slag gaan kyk hoe lyk dit daar by Goudini-Spa" uit *Sleep vir jou 'n stoel nader* (Human & Rousseau).
Gawie Kellerman: "(van Dik de Necker)" en "(van die seunsoffisier)" uit *Wie de hel het jou vertel* (Tafelberg-Uitgewers).
J. M. Gilfillan: "My liefste Poppie" en "Taalles" uit *Van stiltes en stemme*, "Rosita se storie" uit *Die vrank smaak van frambose* (Human & Rousseau).
Zirk van den Berg: "Kyk is vry" en "Dokumentêr" uit *Ekstra dun vir meer gevoel* (Tafelberg-Uitgewers).
Harry Kalmer: "Die waarheid" uit *Die waarheid en ander stories* (Taurus).

F. Muherab Marethab: "Die groot tug" uit *Goël*, later ook *Syferfontein* (Tafelberg-Uitgewers).
Anton Döckel: "Tuiskoms" uit *Terug na Klein Paradys* (Human & Rousseau).
Emma Huismans: "Die verhouding" uit *Berigte van weerstand* (Taurus/Human & Rousseau); "Die hond" uit *Sonate vir wraak* (Kagiso).
Rachelle Greeff: "Mister Marques" uit *Die rugkant van die bruid* en "Season's greetings" uit *Onwaarskynlike engele* (Tafelberg-Uitgewers).
Riana Scheepers: " 'n Kind en 'n vis" uit *Die ding in die vuur* (HAUM); "Die familiefees" uit *Dulle Griet*, "Bruilofsnag" uit *'n Huis met drie en 'n half stories* (Tafelberg-Uitgewers); "Heks" uit *Feeks*, (Human & Rousseau).
P. H. Roodt: "Die holgetrapte pad" uit *Afrika is blou soos 'n lemoen* (Tafelberg-Uitgewers).
Corlia Fourie: "Liefde en haat" uit *Liefde en geweld* (Tafelberg-Uitgewers).
Pirow Bekker: "Boodskap van die duif" en "Die invloed" uit *Lag byvoorbeeld* (Tafelberg-Uitgewers).
Kerneels Breytenbach: "Die teater van bloed" en "Mnr X hou braaivleis" uit *Morsdood van die honger* (Human & Rousseau).
M. M. Walters: "Die dag toe hulle 'n Paasgodin op Langebaan gekies het" uit *Saturae, die essays* (Tafelberg-Uitgewers).
Fransi Phillips: Tekste 3, 12, 24, 41, 46 en 74 uit *sewe en sewentig stories oor 'n clown* (HAUM Literêr).
Ina le Roux: "Jack May Ramarumo" uit *So lief as wat daardie hoender vir 'n skoot is* (Human & Rousseau).
Jaco Botha: "Geelperskes" uit *In Drie Riviere* (Human & Rousseau).
Herman Wasserman: "Die vlieë" uit *Verdwaal* (Human & Rousseau); "Kaap van Goeie Hoop IV: 'n blyplek in die stad" uit *Aan die ander kant van die stad* (Human & Rousseau).
Elias P. Nel: "Jan Dos" uit *Iets goeds uit Verneukpan* (Tafelberg-Uitgewers).
Thomas Deacon: "Bergmannetjie" uit *Anderkant die Troe-troe* (Human & Rousseau).
E. K. M. Dido: "Die prediker" uit *Douspoor* (Tafelberg-Uitgewers).
S. P. Benjamin: "Die mense wat probeer vergeet" uit *Die lewe is 'n halwe roman* (Queillerie).
Eben Venter: "Leo" uit *Twaalf* (Tafelberg-Uitgewers).
Christiaan Bakkes: "Jeremia Gawuseb" uit *Stoffel in die wildernis* (Human & Rousseau).
Diana Ferrus: "Vrou in die rivier" uit *Uit die kontreie vandaan*, saamgestel deur Abraham de Vries (Human & Rousseau).
Danie Botha: "Iemand by die deur" uit *Uit die kontreie vandaan*, saamgestel deur Abraham de Vries (Human & Rousseau).
Nataniël: "Die fees" uit *Tuesday* (Human & Rousseau).
Nanette van Rooyen: "Tollie Hans" uit *Om te vlerk* (Human & Rousseau).
Nini Bennett: "Bus 7070" uit *Stoornis* (Tafelberg-Uitgewers).
P. J. Bosman: "Nag van twee vroue" uit *Vergissing* (Protea Boekhuis).
Leonard Koza: "Juffrou Bester en Boelie, die boikotter uit *Die gazoem vannie township* (Lerato Promotions).